PETER CHEYNEY

W0399962

CHEZ LE MÊME ÉDITEUR

ED McBAIN, Chroniques du 87e District

PETER CHEYNEY

Récits de l'Ombre

Duel dans l'ombre
Héros de l'ombre
Les étoiles se cachent
Sinistres rendez-vous
On ne s'embête pas
Ombres dans la rue
Sombre interlude

Préface de Michel Lebrun

PRESSES DE LA CITÉ

SOMMAIRE

© Presses de la Cité, 1988 pour la présente édition
ISBN 2-258-02381-5 N° Editeur : 5682
Dépôt légal : 4e trimestre 1988

AVENTURIERS ET FEMMES FATALES

par Michel Lebrun

Romancier comblé, Peter Cheyney semble avoir été victime de son propre succès.

En effet, son personnage le plus célèbre, Lemmy Caution, maintes fois incarné à l'écran par le bonasse Eddie Constantine, a polarisé l'intérêt des lecteurs, et finalement occulté le reste d'une œuvre pourtant fertile en protagonistes autrement originaux et inquiétants.

Généralement, on réduit l'univers de Cheyney à trois constantes immuables : violence, humour et petites femmes rigolotes. Vision, faut-il le dire, simplette, caricaturale et totalement erronée...

L'équivoque s'est installée dès 1945, lorsque *La Môme Vert-de-gris* inaugure la Série Noire. Trompés par le cadre et le personnage de Lemmy Caution, les lecteurs français croient pour longtemps que Peter Cheyney est américain !

Les sept romans que voilà, en rafale, devraient permettre une utile réévaluation — et peut-être une révélation — de Cheyney, écrivain décidément rétif aux étiquettes.

Bien que, dans l'une des histoires, on retrouve l'incontournable Lemmy Caution, tous ces récits n'appartiennent pas à l'histoire des détectives, mais aux « Récits de l'Ombre », qui relatent la lutte sans merci d'un service de contre-espionnage face au Nazisme.

Un bref rappel biographique s'impose.

Reginald Evelyn Peter Southouse Cheyney (1896-1951), né à Londres de parents irlandais, est successivement clerc de notaire, comédien, bookmaker. Après s'être battu en France durant la Première Guerre mondiale, et avoir essuyé plusieurs blessures, il quitte l'armée en 1919 avec les galons de capitaine.

Il fonde une agence de police privée, puis, lors de la Seconde Guerre mondiale, il s'engage dans la Home Guard afin de se battre contre les Nazis.

C'est en 1942 qu'il inaugure les « Récits de l'Ombre » (ainsi nommés parce que les titres originaux comportent pour la plupart l'adjectif *dark*) qu'on retrouve dans ce volume.

Aujourd'hui, l'expression « roman d'espionnage » englobe une formule stéréotypée, où un héros-superman affronte sans coup férir d'extraordinaires cataclysmes politiques, et culbute à chaque tournant de chapitre des cohortes de femelles en chaleur.

Jean Bruce, puis Ian Fleming et Gérard de Villiers ont surabondamment exploité — jusqu'à la corde, disent certains — cette formule aux ingrédients immuables : exotisme, sadisme, sexisme...

Et on fourre Cheyney dans le même sac, en oubliant que ce parfait gentleman se fût arraché la moustache en lisant — s'il l'avait pu — ses imitateurs !

Cheyney, c'est aveuglant à la lecture, est beaucoup plus proche des thrillers psychologiques d'Eric Ambler, John Le Carré, voire Len Deighton, que des exploits des surhommes comme O.S.S. 117 ou S.A.S.

Cheyney ? Un ambigu tragique, qu'on peut lire à plusieurs niveaux.

Romancier d'action, Cheyney ? Sans doute l'est-il dans les aventures négligemment tirées de ses livres au cinéma par des artisans français de la Série B, estimables peut-être, mais bien loin de l'esprit original.

Pourtant, dans les Récits de l'Ombre, Cheyney privilégie la réflexion, et mêle l'introspection à l'action. Il utilise essentiellement les *temps morts,* ces périodes de latence et d'angoisse, où l'agent secret, seul dans un pays étranger, attend qu'il se passe quelque chose, dans des refuges précaires : bars, salles d'attente, chambres d'hôtel, cinémas presque vides où, assis devant un film sans intérêt, le héros se pose des questions fondamentales. Qui suis-je ? D'où viens-je ? Où vais-je ? Et surtout : Qu'est-ce que je fous dans ce merdier ?

Jamais on n'avait aussi bien fait ressentir la solitude de l'espion, cette personne déplacée qui n'a pas de chez-lui.

« Greeley était assis dans un fauteuil à deux shillings au cinéma. Il suivait avec assez d'intérêt les épisodes qui se déroulaient devant lui sur l'écran. Greeley aimait le cinéma. Comme il disait, le cinéma vous arrache à vous-même. Il aimait aussi les aventures. Le fait que sa propre existence était bien plus aventureuse que tout ce qu'il pouvait voir sur un film ne lui était jamais venu à l'esprit. Il faisait un métier, mais l'étoile de cinéma vivait une aventure. »

Tous ces hommes sont des brutes, des tueurs. Qu'ils s'appellent Caution, Guelvada, Kane, Greeley, Fells ou Shaun O'Mara, c'est sans hésiter qu'ils utilisent le couteau, la corde à piano ou le flingue.

« Je lui tirai une balle dans le ventre. Le Mauser fit un bruit semblable à celui d'une bouteille qu'on débouche. La môme s'écroula à la renverse contre le mur : je lui tirai une autre balle dans le cœur. Cela l'acheva. Je m'approchai et restai un moment à la considérer. »

Mais ces criminels insensibles et cyniques dissimulent, enfoui au sein de leur carapace, un véritable cœur de midinette qui bat pour une femme tendrement aimée...

Une autre équivoque (toujours en provenance des films d'Eddie Constantine) veut que ces durs à cuire grands séducteurs, utilisent, puis jettent les femmes complaisantes après consommation, comme des boîtes de bière vides.

Ça, c'est la lecture au premier degré. Le héros se vante de bonnes fortunes imaginaires, ça fait partie de son déguisement. Et pour ce qui est de se rincer l'œil, il ne s'en prive certes pas.

« J'suis du genre poétique, moi. Rechercher la beauté a été le principal souci de ma vie. Laquelle ? Celle qui se termine à un bout par une jolie tignasse blonde et à l'autre bout par une paire de souliers à hauts talons. Ce qui se trouve entre les deux a été, de longues années, mon occupation préférée. »

Mais quand il se trouve au pied du mur, le héros de l'ombre est beaucoup moins hardi en actes qu'en paroles. Il se laisse embrasser, mais seulement pour les besoins du service, et se garde d'aller plus loin.

« Cette femme-là pourrait donner des leçons de baiser par correspondance. Quand elle éloigne sa bouche, c'est comme si on enlevait le cataplasme de la poitrine de grand'père. »

L'agent secret, même dans ce genre de situation, sait que la mort le guette (ou le camp de concentration) et pense à la femme de sa vie qui l'attend quelque part à Londres, fidèle, sous les bombardements.

La Femme Fatale, pourtant, est partout. Méfiance.

« Les femmes étaient dangereuses pour les hommes qui font le métier de Kane. Si charmante, sincère, honnête, patriote que fût une femme, elle n'en pouvait pas moins être dangereuse, même malgré elle. »

« En se servant d'une femme, on pouvait toujours obtenir des résultats. Et, ce qui était plus grave, on pouvait toujours atteindre un homme à travers une femme, d'une façon ou d'une autre ; et si une femme était amoureuse, cela n'était que plus facile, parce que les femmes amoureuses prennent parfois facilement peur. »

Dans ces Récits, la Femme Fatale se signale par son prénom. On y trouve, dans le désordre : Zelda, Hilda, Valetta, Dodo, Tamara, Lorella, Zilla, Mayola, Sandra, Glynda, Bettina, Lauren, Magdalen, Eulalia, Tanga. En voulez-vous de la vamp bien ténébreuse ? En voilà une pleine botte !

On est plus tranquille avec les barmaids. Chez Cheyney, elles sont nombreuses (le bar étant l'un des lieux de rendez-vous les plus prisés) mais demeurent anonymes et réservées, malgré leurs physiques affriolants.

Quant à la pianiste parisienne du *Turban vert,* elle possède un nom trop prédestiné pour être vraiment honnête. Thérèse Martyr !

On l'a vu, l'espion façon Cheyney est bien éloigné de nos modernes supermen. D'ailleurs, héros de l'Ombre, il est tenu à la modestie dans son comportement comme dans sa vêture, afin de mieux se fondre dans l'anonymat.

« Vous n'auriez pas remarqué Guelvada. Vous ne l'auriez pas remarqué parce qu'à ce moment-là il s'appliquait à passer inaperçu. C'est une chose qu'il réussissait parfaitement. Il appartenait à cette bienheureuse catégorie de gens qui, simplement en pensant dans un certain sens, en s'imposant une certaine attitude mentale, peuvent à volonté soit se faire inévitablement remarquer, soit passer complètement inaperçus. »

Contrairement à James Bond, l'homme de l'Ombre est plutôt petit et rondouillard, souvent chauve et mal vêtu, ce qui ne le rend que plus dangereux.

Il aime boire, ça, oui. Et fumer. Ce sont les seuls plaisirs qui lui restent, dans cette Europe de 1942 infestée par la peste nazie.

Avachi dans un fauteuil de bar, dans la semi-pénombre, il reluque mélancoliquement en sirotant sa bibine les jolies femmes qu'il n'aura jamais. Il écoute aussi la musique d'ambiance, de la musique sud-américaine de préférence, et quand il lui arrive de danser, il se montre expert en conga, rumba et boléro. L'évasion auditive et alcoolisée.

Demain, peut-être, il sera mort.

Dans ces sept romans, qui se déroulent comme un travelogue, de Londres à Dublin, de Lisbonne à Paris, de Tanger en Norvège, c'est en vain qu'on chercherait de ces précisions topographiques qui ont fait en partie le succès de Gérard de Villiers.

Cheyney s'attache plus au paysage humain qu'à la véracité géographique. Plus que l'exactitude d'un décor compte la vérité des personnages, ces machines humaines devenues, sous le poids des circonstances, des machines à tuer.

En conclusion, ces romans nous plongent dans une période dramatique de notre Histoire, nous remontons le temps et nous y prenons le même plaisir attendri qu'à la projection d'un vieux film d'Hitchcock en noir et blanc, comme *Les 39 Marches*...

Mais le récit fonctionne, nous entraîne, nous passionne, tant le propos — sous un ton narratif détaché — est grave. S'il savait plaisanter — et comment ! — Peter Cheyney prenait le Nazisme au sérieux.

Décidément, nous sommes très loin du « roman d'espionnage » actuel, au sadisme exacerbé, à l'érotisme classé X, aux couleurs fluorescentes.

Et ça fait du bien, non ?

DUEL DANS L'OMBRE

Titre original :
Dark Duet

Traduit par Michel Arnaud

1

Rapide et sans douleur...

Le bureau était une modeste pièce carrée et sombre au troisième étage d'un immeuble voisin de Golden Square. Le mobilier en était ordinaire et neutre, mais un grand fichier d'acier y apportait une note sérieuse.

A côté, entre ce bureau et le corridor, il y avait une pièce un peu plus petite dans laquelle Mac Murray, un homme corpulent, les épaules larges, l'air d'un bon vivant, lisait distraitement un journal du soir. Il lui tardait de voir partir Fenton.

Mac Murray avait été « prêté » par le Bureau Central du C.I.D., et le temps qu'il ne passait pas à souhaiter son retour à Scotland Yard, il le partageait entre les nouvelles concernant les courses de lévriers et les questions qu'il se posait au sujet de Fenton. Celui-ci, en effet, excitait sa curiosité. Il l'excitait même rudement. Mac Murray se demandait pourquoi il était nécessaire qu'il restât, lui, enfermé vingt-quatre heures sur vingt-quatre dans la petite pièce extérieure, tandis que Fenton était dans l'autre assis devant son bureau à attendre des coups de téléphone qui arrivaient rarement, ou bien passant une bonne heure à compulser le contenu du fichier, annotant au crayon des dossiers. Des dossiers que Mac Murray ne voyait jamais.

Il déplaisait à ce dernier d'être curieux. D'autant qu'il n'y avait aucun moyen de satisfaire sa curiosité. Les ordres qu'il avait reçus étaient de suivre les instructions de Fenton et puis de « la fermer ». Des ordres excellents, se disait le policier, et dont l'excellence n'était en rien diminuée par le fait qu'il lui eût été impossible de ne pas la fermer. Puisqu'il n'avait rien à raconter.

Fenton, assis au bureau de l'autre pièce, semblait à première vue aussi ordinaire que le mobilier. C'était un homme approchant de la soixantaine. Ce qui lui restait de cheveux était artistement plaqué sur son crâne et sa courte moustache était soigneusement entretenue. Si on le regardait attentivement, après avoir remarqué la bonne coupe de ses vêtements corrects, mais usagés, on pensait que c'était sans doute là un vieux fonctionnaire ou encore un officier retraité. Ce que l'on pensait n'avait du reste aucune importance. Fenton ne répondait jamais à aucune question, semblant se retrancher derrière une barrière au-delà de laquelle les questions ne l'atteignaient pas.

Il rapprocha un peu la lampe de bureau de façon à en diriger la lumière sur les papiers qu'il était en train d'examiner. Il regarda sa montre. Il était sept heures. Au-dehors, il faisait déjà nuit, une nuit d'hiver sombre et froide, et une pluie pénétrante commençait de tomber. Fenton bâilla, puis, se relevant en arrière sur son siège, il tira un étui de sa poche et alluma une cigarette. Il se demandait s'il avait encore longtemps à rester là... à attendre.

Fenton se disait que l'on est toujours en train d'attendre quelque chose. Du moment où l'on venait de naître à celui où la mort était imminente, on attendait quelque chose — quelque chose de bon ou de mauvais. Ce pouvait être la femme de votre vie, ou le divorce qui vous débarrassait d'une erreur, ou encore de l'argent, ou la possibilité d'assouvir un désir de vengeance, ou une chance de réussite. Mais on était toujours en train d'attendre. Et c'était assommant. Le téléphone sonna. Fenton soupira, puis il décrocha le récepteur :

— Oui, dit-il... Oui, monsieur... J'ai rassemblé tous les renseignements que nous avions sur elle... Il n'y a rien de *nouveau* sur elle, absolument rien... Non, monsieur... Pas de dossier à proprement parler et absolument rien d'officiel... Mais nous en savons plus long sur son compte... Ne quittez pas, monsieur, je vais vous le dire dans un instant...

Il posa le récepteur et, allant au fichier, il en attira à lui un des tiroirs dans lequel il se mit à chercher parmi les dossiers soigneusement classés. Puis, prenant un de ceux-ci, il revint à son bureau et reprit le récepteur :

— Elle est ici, dit-il en consultant le dossier, sous le nom de Mrs. Marquès. Elle est arrivée de Norvège comme réfugiée — une riche réfugiée. Elle passe pour avoir de l'argent — à la fois à Lisbonne et à New York. Elle est très forte, monsieur, terriblement forte. Les gens du C.E. portent sans hésiter au crédit de cette dame le torpillage du *Maratta Star*... Vous vous rappelez le *Maratta Star,* monsieur ? C'était l'un des bateaux qui transportaient des enfants au Canada... Oui, monsieur. Ils l'ont eu. Un sous-marin l'attendait. Une histoire pas très jolie, monsieur... Huit jours après, on a trouvé une douzaine d'enfants dans une chaloupe. Ils étaient morts de froid... C'était l'ouvrage de Mrs. Marquès, monsieur. Il y a aussi un tas d'autres choses — les unes moins graves, les autres pires, si c'est possible... Oh !... vraiment, monsieur, elle a fait cela aussi ! Il se mit à sourire légèrement. Eh bien ! monsieur, s'il en est ainsi, je crois que même *vous* devez commencer à en avoir assez d'elle...

» Eh bien ! monsieur, qu'allez-vous faire ? Vous ne pouvez pas agir par le ministère de l'Intérieur, n'est-ce pas ? Il n'y a rien d'officiel contre cette femme. Impossible de rien prouver... Fenton haussa les épaules. Son sourire devint plus sarcastique. Eh bien ! si vous êtes d'avis que la chose le mérite, on peut toujours employer la méthode 4 ou 5... Dans le cas présent, monsieur, reprit-il après une pause, je choisirais la méthode 5. En procédant ainsi vous sauveriez probablement un grand nombre de vies humaines... Très bien, monsieur... Inutile de vous inquiéter davantage à ce sujet. Je vais prendre les dispositions nécessaires. N'y pensez plus... effacez de votre mémoire le nom de cette dame... Bonsoir !

Fenton raccrocha. Il avait le sourire. Il resta un petit moment assis, les yeux droit devant lui, regardant sans le voir le rideau qui, conformément aux instructions de la défense passive, masquait la fenêtre. Au bout d'un instant, il pressa le bouton de la sonnette qui était sur le bureau. L'homme qui était dans la pièce à côté entra.

— Mac Murray, dit Fenton, je m'en vais. En cas d'urgence, vous pouvez m'appeler chez moi. Mais je ne pense pas que vous aurez à le faire. Je crois que pour aujourd'hui nous en avons terminé avec ce qu'il pouvait y avoir d'urgent.

Il sourit. Mac Murray acquiesça de la tête et retourna dans l'autre pièce.

Fenton se dirigea vers le portemanteau qui était dans le coin du bureau. Quand il eut mis son pardessus et son chapeau, il revint près du téléphone et forma un numéro de Mayfair.

— Allô ! dit-il au bout d'un instant, Kane ? Comment allez-vous ?... Il y a un petit travail pour vous... Vous pourrez avoir les détails de la manière habituelle... J'aurai l'occasion de parler à notre ami en rentrant chez moi. S'il le peut, il prendra les dispositions nécessaires... Oui, c'est de ce genre de choses qu'il s'agit... Méthode 5... Vous comprenez ? Et rappelez-vous que vous êtes en Angleterre... Allez-y avec précaution... Bonsoir, Kane...

Il raccrocha. En traversant la pièce voisine pour sortir, il dit bonsoir à Mac Murray. Dans le corridor, tout en se dirigeant vers l'ascenseur, il sifflait doucement pour lui-même.

Après le départ de Fenton, Mac Murray alla dans le bureau et jeta un coup d'œil autour de lui. Quand il eut vérifié la fermeture des tiroirs du fichier, il revint dans la première pièce et ferma à clé la porte qui le séparait du bureau. Là-dessus, ayant installé dans un coin un lit pliant, il disposa sur celui-ci quelques couvertures et un oreiller. Prenant ensuite dans sa poche revolver un pistolet automatique, il le mit sous l'oreiller. Puis après avoir fermé à clé la porte donnant sur le corridor, allumé une lampe à alcool et posé sur celle-ci une petite bouilloire, il se déshabilla, s'étendit sur le lit de camp et puis se mit à lire la dernière édition du *Star* en attendant que l'eau voulût bien bouillir.

2

Kane était en train de nouer sa cravate devant la psyché lorsque le téléphone sonna. Il répondit, puis s'occupa de nouveau de sa cravate. Il avait un petit peu mal au cœur, mais sans pouvoir dire avec certitude si cette sensation était la conséquence du coup de téléphone qu'il venait de recevoir ou de l'absorption d'un trop grand nombre de martinis succédant à celle d'un certain nombre de whiskies. De toute façon, se dit-il, cela n'avait aucune importance.

Il était grand et mince, mais il avait les épaules carrées et les hanches très étroites. Sa souplesse était évidente. Il se mouvait avec nonchalance et l'on avait le sentiment qu'il réservait son énergie, n'en utilisant que le strict nécessaire, mais qu'il était capable de déployer une vitalité beaucoup plus grande si l'occasion le demandait. Il avait des mains singulièrement longues, étroites et élégantes pour un homme aussi grand, le pied petit. On avait l'impression que c'était un homme qui devait très bien danser le tango, qui devait faire presque tout bien... s'il avait envie.

L'expression mobile, presque ironique de la bouche de Kane indiquait que l'humour ne devait pas faire défaut à celui-ci, qu'il devait même être d'un naturel plutôt enjoué. Mais cette impression ne s'appliquait qu'à la partie inférieure de son visage. Au-dessus de la bouche et du nez — qui était long et dont le bout remuait quand Kane souriait, si bien que l'on ne pouvait en détacher les yeux, surtout si l'on était une femme — au-dessus donc de la bouche et du nez, un autre caractère apparaissait : une sorte de volonté farouche, non point l'obstination d'un visage têtu, mais plutôt quelque chose qui, pour être fugitif, ne devait pas moins en être très puissant. Néanmoins dès que les yeux de Kane souriaient, tout son visage s'éclairait et l'on croyait s'être trompé sur son compte. On se trompait effectivement... mais non point comme on le pensait.

Kane prit une cigarette dans la boîte de Player's qui se trouvait sur la table voisine du miroir et l'alluma. Un côté de son visage était presque encadré par une mèche indocile de cheveux brun foncé et l'extrémité du sourcil qui était en dessous, se relevant, lui donnait un air malicieux, voire machiavélique. Un observateur masculin eût trouvé Kane sympathique. De même une femme, mais celle-ci se serait dit en outre qu'il ne fallait pas trop s'y risquer avec lui. Qu'il fallait même se tenir sur ses gardes.

Ses vêtements lui allaient bien. A la façon dont il traversa la pièce pour aller prendre un pardessus dans la garde-robe, on sentait que quelque chose l'impatientait. Pourtant la manière presque négligente dont il endossa le vêtement et mit un chapeau mou noir démentait cette impression.

Le chapeau sur la tête, il paraissait plus séduisant que jamais. Il l'ajusta soigneusement devant la psyché. Il était soucieux de tels détails. En fouillant dans ses poches à la recherche de ses gants, il se demanda s'il trouverait un taxi quelque part à proximité de Queen Anne Street.

Queen Anne Street... Il regarda dans la glace et se demanda pourquoi diable il habitait Queen Anne Street — cette rue calme et distinguée tout près de Cavendish Square. Il décida d'étudier sérieusement la question et s'assit soudain sur une chaise à haut dossier. Tout en fumant sa cigarette, il se demandait pourquoi diable il logeait dans Queen Anne Street. Au bout d'un instant, il conclut que c'était parce que Queen Anne Street était une rue calme et presque morte. Peut-être commençait-il à vieillir un peu et le calme et la paix prenaient de l'importance pour lui.

Cette réflexion le fit rire. Puis, se demandant si on était vieux à trente-huit ans, il décida que de toute manière cela n'avait pas d'importance. Sa cigarette était terminée, il la jeta, en alluma une autre et descendit.

Il y avait peu de monde alentour, et Kane pouvait entendre distinctement le bruit de ses pas. Pour une quelconque et mystérieuse raison, les bruits habituels de la circulation londonienne semblaient réduits au silence. Kane se mit à penser à Fenton.

Fenton, c'était quelqu'un. Il vous demandait les choses les plus extravagantes. Il est vrai que Fenton ne doutait de rien. Fenton était le type d'Anglais qui a l'air d'être un peu vague, hésitant et original, et qui, en réalité est, secrètement, aussi coriace que tous les diables de l'enfer. Oui, coriace était le mot. On pouvait s'attendre à tout de la part de Fenton. Il n'avait peur de rien, mais si cela faisait partie du scénario, il était prêt à vous laisser tomber froidement, à vous laisser dans la panade sans songer à lever même le petit doigt pour vous sauver de la potence. La potence... c'est bien de cela du reste qu'il s'agissait : ce n'est qu'une autre façon d'y laisser sa peau.

Un coup de vent brusque poussa presque Kane sur la chaussée. Il se dit que novembre était vraiment un sale mois et, comme pour justifier cette appréciation, quelques gros flocons de neige se mirent à tomber. Kane se rapprocha des maisons pour s'abriter.

Il arrivait au bureau de poste qui est au bout de Saint James' Street. Dans l'ombre, entre le bureau de poste et le Conservative Club, un homme vêtu d'un vieil imperméable était appuyé contre le mur. Kane s'arrêta et lui dit bonsoir.

— Nous ferions mieux de dépasser le coin, dit l'homme. Ici, on n'est pas bien pour parler.

— Comme vous voudrez, fit Kane. Pour moi, ici ou autre part, cela se vaut.

L'homme au vieil imperméable le précéda dans l'étroite rue qui longe le Conservative Club. Il s'arrêta à une quinzaine de mètres de l'entrée de service du Club et s'appuya contre le mur. Kane lui faisait face, les mains dans les poches de son pardessus, les épaules en dedans.

— Je suppose que Fenton vous a parlé ? dit l'homme à l'imperméable.

— Oh ! oui, fit Kane. Il y avait quelque chose de particulièrement définitif dans le ton dont il prononça ces deux mots. Quelque chose qui indiquait en tout cas que, quoi qu'eût dit Fenton, cela avait provoqué chez Kane un ordre de pensées bien défini — et qui ne pouvait être le sujet d'aucune modification.

— Guelvada est dans le Surrey, reprit l'autre, en train de se la couler douce dans un patelin nommé Tyrrell's Wood. Je vais le faire prévenir aussitôt que je pourrai. Il a une voiture là-bas. Il peut être de retour assez vite.

— Il me semble que l'on est rudement pressé, dit Kane, vous ne trouvez pas ? Il prit une cigarette dans son étui et l'alluma.

— Pourquoi pas ? dit l'homme au vieil imperméable. Est-ce que vous avez envie de lanterner ? Son ton était légèrement sarcastique.

— Je n'aime pas lanterner, dit Kane. Mais j'aime prendre mon temps.

L'autre haussa les épaules.

— Je suppose que Fenton ne vous a rien dit du *Maratta Star ?* demanda-t-il.

— Non, dit Kane. Et, de toute manière, qu'est-ce que le *Maratta Star* a à voir là dedans ?

— C'était l'un des bateaux qui étaient censés transporter des enfants au Canada, dit l'homme à l'imperméable. Un sous-marin l'a eu. Il l'attendait. Mrs. Marquès — oui ! C'est son ouvrage. Sans doute doit-il y avoir d'autres bateaux. C'est peut-être pour cela que Fenton est pressé.

Kane détourna légèrement la tête. Il jeta un coup d'œil vers Saint James' Street.

— Très bien, dit-il. Néanmoins je n'approuve pas cette précipitation. Elle me déplaît. Comme il me déplaît qu'Ernie revienne à cent à l'heure de Tyrrell's Wood dans sa sacrée voiture. Un de ces quatre matins quelqu'un va se demander comment il se fait qu'un réfugié belge... — soudain Kane ricana — pardon, un Belge libre, puisse parcourir le pays n'importe quand dans une puissante voiture. Et là-dessus on se mettra à poser des questions.

L'homme à l'imperméable haussa de nouveau les épaules, presque imperceptiblement. Il avait plutôt l'air de s'ennuyer.

— Et alors, à supposer que l'on pose des questions... ? demanda-t-il.

— A supposer que l'on pose des questions ? répéta Kane. Eh bien ! n'avez-vous jamais été frappé par l'idée qu'il pouvait y avoir des gens pour qui les mouvements de Guelvada et les miens sont aussi intéressants que le sont pour nous ceux d'autres gens ? Quelqu'un posera trop de questions — quelqu'un, je veux dire quelqu'un de dangereux, pas de pauvres types comme Fenton et vous, qui passez votre vie assis sur vos fesses dans votre bureau à vous répéter que vous êtes des petits malins, mais des types comme Guelvada et moi. Si quelqu'un doit avoir des embêtements, ce sera nous, n'est-ce pas ? Vous, vous vous contenterez de continuer à user la peau de vos fesses.

L'autre bâilla.

— Ce que vous dites est idiot, fit-il. Ce n'est pas en restant assis que j'ai perdu ma main droite.

— Bon, grommela Kane. Qu'il en soit comme vous voudrez. Je persiste à trouver que c'est stupide. Enfin... Vous allez téléphoner à Guelvada ?

— Oui, dit l'autre. Je crois que je peux lui donner un ou deux tuyaux pour lui permettre d'entrer en contact très rapidement. Fenton a suggéré que cela serait une bonne chose si vous pouviez en avoir fini ce soir même, avec cette affaire.

— Bon Dieu ! fit Kane. Vous devenez impatients, vous autres, pas vrai ? Il jeta au loin son mégot.

— Je crois que Guelvada pourrait être de retour en ville vers neuf heures, reprit l'autre. Si tout va bien, il devrait être à la *Bouteille Jaune* — vous savez, ce bistro de Mayfair — aux environs de neuf heures et demie. Si j'étais vous, je lui donnerais jusqu'à dix heures moins le quart. Vous pourriez alors l'appeler au téléphone du bistro en question. Si tout a bien marché pour lui, s'il a vu les gens que je veux qu'il voie, vous devriez être à même alors de commencer les opérations.

— Très bien, dit Kane. Est-ce tout ?

— C'est tout, dit l'homme au vieil imperméable. Bonsoir, Michael.

— Bonsoir, répondit Kane en s'éloignant dans la direction de Saint James' Street.

3

Kane était debout juste en deçà de la porte de l'entrée des artistes, porte vitrée dûment camouflée, bien entendu, une cigarette non allumée pendant au coin de sa bouche. Il attendit là deux ou trois minutes, puis le régisseur apparut en haut de l'escalier et lui fit un signe. Kane monta les marches d'un bond, suivit l'homme le long du corridor et entra dans la loge. Il ferma la porte derrière lui et s'appuya contre elle.

Valetta Fallon était assise devant la glace de sa table à maquillage, en train de se faire les sourcils. Le kimono qu'elle portait fermait mal et découvrait ses jambes. Kane regarda celles-ci en connaisseur.

— Valetta, dit-il, je ne sais pas si on te l'a jamais dit, mais tu as la plus chic paire de jambes que j'aie jamais vue.

Tournant la tête vers lui, elle sourit.

— J'ai l'impression qu'un certain nombre d'hommes m'ont dit quelque chose dans ce genre-là, fit-elle ; puis le regardant avec gravité, sans lâcher la petite brosse qu'elle tenait à la main, elle ajouta : Mais pas au cours des neuf mois qui viennent de s'écouler. Tu ne t'assieds pas, Michael ? Si tu veux des cigarettes, il y en a dans la boîte. Et elle indiqua celle-ci de la tête.

Kane accrocha son chapeau à la patère qui était derrière la porte et s'assit. Il jeta la cigarette non allumée qu'il avait à la bouche et en prit une autre dans la boîte.

— Et pourquoi pas au cours des neuf mois qui viennent de s'écouler, Valetta ? demanda-t-il.

Elle lui jeta un regard de coin entre ses longs cils. Kane se dit qu'elle était très belle. Le modelé de son visage était exquis. Elle avait une bouche délicate, sensible, presque frémissante. Kane, qui aimait à regarder une bouche de femme, se dit qu'il pourrait regarder celle de Valetta pendant des heures sans se lasser. La bouche de Valetta était une bouche comme ça.

— On dirait, à t'entendre, que tu essaies de faire dans le genre immoral, fit-elle ; puis se mettant de nouveau à sourire : Peut-être, Michael, as-tu oublié que depuis neuf mois je suis ta maîtresse ?

Il fit la grimace. Il avait l'air d'un écolier malicieux.

— Pourquoi l'oublierais-je ? demanda-t-il.

Elle leva les sourcils, répondit :

— Je ne sais pas, sauf que je n'arrive pas à comprendre pourquoi tu es prêt à penser que je suis disposée à accueillir les compliments des autres hommes alors que je suis censée être amoureuse de toi.

Kane hocha la tête.

— Ah ! oui..., dit-il.

Il fit un rond de fumée. Elle posa la petite brosse et, tournant sa chaise, lui fit face.

— Je voudrais te connaître un peu, dit-elle. Je voudrais savoir si tu es vraiment un type dur et cynique, un « dur de dur », ou si la façon dont tu parles, dont tu agis est seulement de la pose.

— Je ne crois pas que les cyniques posent jamais, fit-il. Ils n'en ont pas besoin : qui aurait envie de poser au cynique ? Passé l'âge de dix-huit ans, personne n'admire le cynisme. De plus, on n'est pas cynique par pose : on est cynique parce qu'on vous force à l'être.

— Oui, dit Valetta. Et moi, Michael, est-ce que je t'ai beaucoup forcé à être cynique ?

— Pas le moins du monde, répliqua-t-il avec un sourire. Tout au contraire. Si ce n'était grâce à toi, je serais absolument et entièrement submergé dans des océans de cynisme.

— Tu es quelqu'un de pas ordinaire, n'est-ce pas ? fit-elle. Est-ce que tu ne trouves vraiment rien de bon dans la vie ?

— Rien qui dure, jeta légèrement Kane.

Elle reprit la petite brosse et regarda dans le miroir.

— Moi, j'ai duré, fit-elle.

— Tu as duré neuf mois, dit Kane. Il éteignit sa cigarette et mit les mains dans les poches de son pardessus.

— Je me demande ce que cela veut dire ? interrogea Valetta. Est-ce que cela veut dire que tu ne t'attends pas à ce que je dure beaucoup plus longtemps, ou bien que tu espères que je ne durerai pas beaucoup plus longtemps ?

Kane sourit. Elle trouvait ce sourire exaspérant.

— J'espère très peu de chose, dit-il et je n'attends rien. Je suis rudement content de ce que j'ai. Mais, continua-t-il, parlons un peu de toi maintenant. Quand une femme tombe amoureuse d'un homme, il faut qu'elle en retire quelque chose, n'est-ce pas ?

Elle se leva, se débarrassa de son kimono et entreprit de s'introduire dans sa robe de scène. Elle avait un corps ravissant et elle espérait que Kane s'en apercevrait. Ce n'est qu'au bout de quelque temps qu'elle dit :

— Mais que faut-il qu'elle en retire ? Il n'est pas absolument indispensable qu'elle en retire quelque chose, n'est-ce pas, Michael ?

Il hocha la tête. Il souriait maintenant d'une façon tout à fait gentille.

— Il faut qu'elle en retire quelque chose, dit-il, autrement rien ne va plus. Lorsqu'une femme se rend compte d'une façon précise qu'un homme ne lui apporte rien, elle fait quelque chose, surtout une femme comme toi, Valetta.

Elle lui sourit. Elle se poudrait le nez, se penchant en avant afin de ne pas mettre de poudre sur sa robe.

— Est-ce qu'il ne t'est jamais venu à l'idée que je pouvais avoir tiré quelque chose de toi, Michael ? dit-elle.

Il leva un sourcil.

— Quoi donc... ? s'enquit-il.

— Beaucoup d'amusement, dit Valetta.

— Il ne me viendrait pas à l'idée de me décrire comme un type spécialement rigolo, dit-il.

Elle s'assit soudain sur la chaise, les mains jointes sur les genoux, et le regarda. Elle réfléchissait.

— Moi non plus, dit-elle enfin. Tu n'es pas spécialement rigolo, mais il y a quelque chose de rudement séduisant en toi. Tu es un de ces hommes qui n'ont pas besoin de passé. Une autre cigarette, Michael ?

— Je veux bien, fit-il.

Elle prit une cigarette dans la boîte, l'alluma et la lui tendit. Il remarqua la trace de son rouge au bout. Il aspira une bouffée.

— Voilà qui est intéressant, reprit-il. Ainsi je suis un type d'homme qui n'a pas besoin de passé. Explique-moi cette mystérieuse remarque, Valetta.

Elle réfléchit un moment.

— Eh bien ! dit-elle finalement, on rencontre des hommes qui ne vous intéressent vraiment que parce que l'on sait tout sur eux. Par exemple, on fait la connaissance d'un homme. Il est plutôt brusque ; il a l'air dur. Normalement, on ne devrait pas être attirée par lui, et puis voilà qu'on apprend que c'est un homme qui a fait des tas de grandes choses dans sa vie. On se rend compte que ce sont les choses qu'il a faites qui l'ont durci comme ça. Elles sont responsables de son caractère. Sachant cela, on est encore plus disposée à être intéressée par lui. Si on ne le savait pas, on cesserait probablement de penser à lui. Tu comprends ? Je ne sais pas très bien expliquer ce que je pense, acheva-t-elle.

— Je comprends, dit Kane. Il fit un rond de fumée et le regarda flotter au travers de la loge.

— Mais toi, dit-elle, de toute façon, tu serais quelqu'un de bien. Quoi que tu aies été, quel qu'ait été ton métier, quoi que tu aies fait, tu serais toujours toi-même. Tu es quelqu'un de fascinant. Tu es aussi quelqu'un de terriblement intrigant. Tout à fait indépendamment de ce que tu peux faire ou ne pas faire... Ce qui me rappelle...

Elle s'interrompit et le regarda. Elle avait les yeux brillants et un peu moqueurs. Kane avait envie de la prendre dans ses bras.

— Ce qui te rappelle quoi ? demanda-t-il.

— Michael, te souviens-tu de la première fois que nous nous sommes vus ? Le soir où ils ont jeté cette bombe qui a fait sauter cet endroit avec tous ces gens dessous ? Te souviens-tu comme je me suis précipitée dans tes bras, en quête de protection ? Ce que j'ai eu peur !

— Et moi, est-ce que j'avais peur ?

— Ça, je n'en sais rien, dit Valetta. En tout cas, cela ne t'a pas empêché de profiter de la situation.

— Je t'en demande humblement pardon ! dit Kane.

— Pas besoin, dit-elle. J'ai trouvé que tu avais une technique superbe. Mais voici où je voulais en venir : une fois que nous étions convenus de dîner ensemble et tandis que je me préparais à te retrouver, j'ai décidé de demander ce que tu faisais exactement, et, je ne sais pas comment, quand le moment est venu de t'interroger, je n'en avais plus envie. Je me suis dit que j'aimais mieux te garder dans mon esprit comme quelqu'un de plutôt mystérieux.

Kane hocha la tête.

— Oui, dit-il, je vois ça. Ainsi tu m'avais déjà classé dans la catégorie « sérieux », n'est-ce pas ? Il lui fit une grimace ironique, découvrant une belle rangée de dents blanches.

— Ce que j'ai pensé me regarde, dit Valetta. Mais, ce qui importe, c'est que je ne t'ai pas demandé ce que tu étais, et quand, après que nous avons à nouveau convenu de nous revoir, je t'ai quitté, lorsque j'ai été dans mon lit, regardant le plafond et pensant à toi, j'ai décidé que la prochaine fois que je te verrais je te le demanderais vraiment.

— Qu'est-ce qui t'a fait oublier de me le demander ? interrogea Kane.

— Oh ! oui, bien entendu, tu ne t'en doutes pas ? dit Valetta.

— J'ai vaguement l'impression que... Mais continue... dit Kane.

— Eh bien ! reprit-elle, en quelque sorte, j'ai toujours remis de t'interroger. Mais un de ces quatre matins je vais satisfaire ma curiosité. Elle s'interrompit, puis tout à fait brusquement : Michael, demanda-t-elle, qu'est-ce que tu fais ?

Il fit un rond de fumée.

— Tu es sans doute, remarqua-t-il, une femme dont on peut dire qu'elle ne manque pas d'expérience. N'est-ce pas, tu n'es pas idiote ? Tu es même plus que capable de bien juger quelqu'un. Eh bien ! Valetta, que penses-tu que je sois ?

Elle secoua la tête.

— Je veux bien être pendue si je le sais, dit-elle. Tu pourrais être n'importe quoi. Tu es un de ces types que l'on peut ranger dans n'importe quelle catégorie. Tu es quelqu'un d'indéfinissable.

— Je crois, reprit Kane, que ce que tu veux dire exactement, c'est : Pourquoi ne suis-je pas dans l'armée, dans la marine ou dans l'aviation ?

— Si tu veux. Pourquoi n'es-tu pas mobilisé ?

— Je vais te le dire : un train express m'est passé dessus quand j'avais sept ans. J'ai eu le foie coupé rigoureusement en deux, et c'est pourquoi on m'a réformé.

— C'est ça, fiche-toi de moi, Michael. Mais c'est vrai qu'une fois tu m'as dit que tu n'aimais pas que l'on te pose des questions.

— Oh ! toi, ce n'est pas la même chose. Ainsi tu veux vraiment savoir ce que je suis et ce que je fais. Il était toujours assis, mais il se pencha soudain en avant. Tu sais, dit-il, je trouve que tu es une femme merveilleuse. Connaître un homme, sortir avec lui, coucher avec lui pendant neuf mois et lui demander seulement au bout de ces neuf mois ce qu'il fait dans la vie, je trouve cela épatant et presque incroyable.

— Ne parlons pas de cela, fit-elle. Dis-moi plutôt...

On frappa à la porte.

— Miss Fallon, c'est à vous dans deux minutes, lança le régisseur.

Elle se leva.

— Cette interruption s'est produite juste au bon moment, dit Kane. Comme ça, je vais avoir tout le temps d'inventer quelque chose.

— Au revoir, Michael, dit Valetta. Maintenant il faut que je te quitte. Est-ce que je te vois ce soir ?

Il secoua la tête.

— J'ai rendez-vous avec un type. Une petite affaire. Je regrette, Valetta. J'aurais aimé souper avec toi.

— Moi aussi, dit-elle. A bientôt, Michael. Prends des cigarettes, si tu en veux. Au revoir.

Il écouta le bruit que faisaient ses hauts talons sur le ciment du couloir tandis qu'elle s'éloignait. Il était assis, regardant droit devant lui la table à maquillage, ses longues mains pendant entre ses genoux : l'image d'un désespoir plein d'ironie.

Au bout d'un court instant, il se leva, mit son chapeau et gagna lentement l'escalier et la porte de sortie.

4

Entrée en scène de M. Guelvada — « Ernie » Guelvada, le Belge libre. Le gentleman chargé d'une mission...

Ernie était inquiétant. Carrément inquiétant. Il était impossible de lui parler, ou même de le regarder, ou encore d'être dans la même pièce que lui sans éprouver un vague malaise. Quand on n'était pas avec lui, on s'étonnait de cette réaction et l'on finissait par conclure que l'on avait les nerfs ou l'imagination malades, que l'on était idiot. On était bientôt certain que c'était une question de nerfs ou d'imagination et cela durait jusqu'au moment où l'on revoyait M. Guelvada et où l'on constatait qu'au fur et à mesure qu'on connaissait mieux celui-ci ce sentiment de malaise augmentait.

Bien entendu, on ne parvenait pas à le connaître mieux. Personne n'y est jamais parvenu. Sauf Kane. Kane, lui, le connaissait et il connaissait aussi l'existence du ver qui habitait M. Guelvada, un ver rongeur qui passait son temps à errer du cerveau aux tripes. Lorsqu'il s'en prenait au cœur, des choses différentes — et peut-être plus intéressantes — se passaient.

Guelvada était au bar de la *Grain Tavern* à Tyrrell's Wood. Assis à la table du coin, il observait la propriétaire. Il était en train de se dire qu'elle avait un corps fort agréable, qu'elle était vraiment très bien faite, que ses seins étaient rigoureusement proportionnés à ses hanches et à sa taille. Guelvada passait une grande partie de son temps à regarder le corps des femmes. Non point d'un œil concupiscent ou même tant soit peu salace, mais avec un calme et une impartialité qui étaient presque du détachement. En même temps qu'il se livrait à cette occupation, il avait coutume de penser à d'autres choses. Parfois, il pensait en français, parfois en wallon, ou bien en flamand, ou bien en russe, ou bien en espagnol, ou bien en portugais, ou bien en anglais. Il parlait presque parfaitement toutes ces langues. Assez parfaitement pour se débrouiller. Lorsqu'il pensait en anglais, il faisait toutes sortes de choses bizarres pour se distraire. Il pensait par exemple en anglais pédant — c'est-à-dire en ce qu'il considérait être de l'anglais correct — ou bien en anglais entrelardé d'argot et d'américanismes qu'il avait appris au cinéma. Ce n'était certes pas le genre d'homme que l'on pouvait situer par son langage. Ce n'était pas non plus le genre d'homme dont on disait qu'il était tant soit peu érudit. Pourtant son érudition était extrême.

Il parlait rarement de lui-même et préférait croire que son existence était banale et sans intérêt. Il était plutôt petit et semblait un peu gras. En fait il n'était pas gras. Il en donnait seulement l'impression. Quand il le voulait, il était fort et agile. Il avait un visage rond, agréable et ouvert, la bouche mobile et indulgente. Et comme à tout cela était joint le demi-sourire qui jouait d'ordinaire sur les lèvres de Guelvada, on était plus que jamais forcé de se demander pourquoi l'on se sentait mal à l'aise quand on était avec lui.

Il était né dans une charcuterie près d'Ellezelles. C'était une charcuterie prospère et qui appartenait à son père. La mère de Guelvada ayant remarqué qu'il n'était pas particulièrement heureux au milieu des porcs décida qu'il serait prêtre. Elle le voyait très bien en curé. L'idée d'Ernie en soutane la ravissait. C'est pour cette raison qu'il fit des études qui devaient lui permettre de faire une belle carrière dans le clergé. Sa mère aurait été incapable de dire, si on le lui avait demandé, en quoi consistait une belle carrière dans le clergé — peut-être l'épiscopat ? — mais l'éducation était pour elle un pas dans cette direction. La guerre de 1914 mit un terme à ses rêves. Elle mit aussi un terme à la vie du père d'Ernie, qui fut abattu par les Allemands pour avoir coupé la gorge d'un caporal du génie, et à celle de sa mère, qui fut tuée par le caporal du génie parce qu'elle lui avait arraché un œil avec son pouce tandis qu'il essayait de la violer.

Plus tard, Ernie, considérant toutes ces choses à la lueur de la paix, parvint à la conclusion qu'elles étaient — à leur manière — tout à fait logiques, et il devint « courrier », c'est-à-dire une sorte de guide, d'interprète et de compagnon de route combinés.

C'était, pensait-il, un métier intéressant que celui de courrier. On y restait rarement assez longtemps quelque part pour s'y ennuyer. On faisait la connaissance d'un tas de gens et l'on n'avait pas le temps de s'en fatiguer. On n'avait en fait le temps de se fatiguer de rien. La vie devenait un kaléidoscope où se mélangeaient des Anglaises entre deux âges pourvues de chiens et d'argent, des escapades au Casino avec des Anglaises plus jeunes et désireuses de voir à quoi ressemblait la vie nocturne, et des discussions au sujet de notes d'hôtel avec des femmes d'autres nationalités qui semblaient vouloir passer leur vie à discuter à propos d'un franc ou deux.

Guelvada prit son verre et traversa la pièce en direction du comptoir qui reliait la petite salle, où il se trouvait, à la grande. Par-dessus le bar, dans l'autre salle, il vit un ou deux hommes qu'il connaissait de vue. Ils le saluèrent et il leur sourit en retour. Quand il souriait, il était presque transfiguré. Il y avait quelque chose d'angélique dans son visage. En tout cas, son sourire était engageant.

Il posa le verre sur le comptoir et commanda un gin-fizz d'une voix douce. Il regarda la propriétaire tendre le bras pour attraper la bouteille. Le geste qu'une femme faisait pour saisir une bouteille mettait sa ligne en valeur, pensait-il, et c'était pour cette raison qu'il commandait toujours des boissons dont les bouteilles se trouvaient sur les rayons les plus élevés. Une nuit, à Lisbonne, dans un bistro où l'on servait une sorte d'egg-flip au rhum dont personne ne voulait jamais et dont la bouteille se trouvait sur un rayon élevé, Guelvada avait passé la soirée à commander cette sale mixture rien que pour pouvoir regarder la serveuse quand elle attrapait la bouteille. Il était comme cela.

— Il y a un ou deux jours que je ne vous ai vu, dit la propriétaire en posant le gin-fizz devant lui sur le comptoir. Mais sans doute avez-vous eu à faire ?

Guelvada lui sourit.

— Oh non ! dit-il. Pas le moins du monde, madame. Au contraire. Je me suis simplement promené sur votre magnifique terrain de golf, en pensant.

Elle rit. Il se dit que c'était une femme très agréable.

— Comment ? dit-elle, sous la pluie ? A quoi pouviez-vous bien penser ?

Guelvada devint soudain grave. Puis son visage rond s'éclaira d'un sourire.

— Croyez-le ou ne le croyez pas, dit-il calmement, mais l'une des choses auxquelles je pensais, c'était votre silhouette. Je la trouve superbe. J'espère seulement que les Allemands n'envahiront pas l'Angleterre.

— Pourquoi cela ? demanda-t-elle. Quel rapport cela peut-il avoir avec ma silhouette ? Elle se redressa un peu. Elle aussi pensait qu'elle avait une belle silhouette.

— Un très grand, dit Guelvada. Les Boches apprécient beaucoup votre type de femme.

Elle rougit.

— Ils pourraient toujours essayer, dit-elle. J'ai une hache à leur intention dans la remise.

Guelvada hocha la tête.

— Je sais, dit-il pensivement, puis lui souriant de nouveau : J'ai connu une autre femme qui était comme ça. Elle aussi avait une hache dans sa remise. Ils lui ont coupé les seins...

Prenant le verre de gin-fizz, il regagna sa table. Au moment où il portait le verre à ses lèvres, la serveuse de la grande salle tendit la tête à travers la porte.

— Monsieur Guelvada, dit-elle, on vous appelle au téléphone. Quand j'ai demandé qui c'était, on m'a dit de la part de Peter.

— Merci, ma jolie... dit Guelvada.

Il se leva et, quittant le bar, passa dans le couloir. Le téléphone mural était au bout du couloir. Il saisit le récepteur et dit « allô ! ».

— C'est vous, Guelvada ? demanda-t-on à l'autre bout du fil.

— Lui-même, dit Guelvada. Ici, E comme Ernie.

— Correct, répondit-on. Et ici « P » comme Peter. Il y a une nommée Mrs. Marquès...

Guelvada l'interrompit.

— Oui ?... demanda-t-il vivement. Il souriait un peu — un drôle de sourire. Ses lèvres se relevant découvraient ses dents.

— *Oui !* dit « P » comme Peter. Méthode 5. Ça vous va-t-il ?

— Pourquoi pas ? fit Guelvada. C'est logique, n'est-ce pas ?

— Dans le cas présent, oui, sans aucun doute, dit l'autre voix. Il paraît qu'elle sera ce soir chez des gens qui habitent Hampstead. La soirée doit commencer aux environs de dix heures. Elle se prolongera tard. Il va falloir que vous et « M » comme Michael tâchiez de vous y introduire d'une manière ou d'une autre. On veut que ce travail soit fait rapidement.

— Vu, dit Guelvada. Ai-je des relations communes avec la personne en question ?

— Malheureusement ces relations sont plutôt vagues, dit la voix. Mais il y a un bistro dans Mayfair qui s'appelle la *Bouteille Jaune*. Il y a une certaine Mrs. Mallary qui y va. C'est une amie de Mrs. Jeanes qui donne la soirée à Hampstead. Cette Mrs. Jeanes connaît un nombre fou de gens. Elle aurait pu faire votre connaissance. Il y a trois ans, à Eden Rock, en tombant de la passerelle de bois, elle s'est cassé la jambe. Deux soirs plus tard, avec sa jambe dans le plâtre, elle est allée jouer et elle a gagné vingt-cinq mille francs. Cela peut-il vous aider ?

— C'est possible, dit Guelvada, à la condition qu'elle aille ce soir à la *Bouteille Jaune.*

— Elle y sera, dit la voix. Je peux arranger cela. Je vais essayer de mettre un type là-dessus pour faciliter les choses. Mais, une fois qu'elle y sera, il faudra que vous vous débrouilliez tout seul.

— Entendu, dit Guelvada. Mais comment est-ce que je reconnaîtrai votre type le cas échéant ?

— Il connaîtra votre autre carte d'identité, dit Peter. Il saura qu'elle est au nom de Pierre Hellard. Soyez Pierre Hellard et faites-vous reconnaître par lui. S'il vous reconnaît, ce sera mon type. Mais n'oubliez pas qu'il s'en ira avant que le travail commence. C'est un type qui manque d'expérience. On ne peut pas compter sur lui, et il ne sait rien — rien qui importe. Compris ?

— Compris, dit Guelvada et il sourit à nouveau de cette façon singulière. Je sais me débrouiller tout seul. Si elle va à la *Bouteille Jaune*, ce sera facile.

— Il n'est pas question que vous vous débrouilliez tout seul, dit la voix. Parfois vous êtes un peu trop décidé, Ernie. Vous allez travailler avec Kane. C'est lui qui dirigera les opérations... Une fois que vous aurez vu Mrs. Mallary à la *Bouteille Jaune,* restez-y. Michael vous appellera au téléphone. Vous pourrez lui dire comment se présentent les choses. Après cela, à vous deux, vous n'aurez qu'à boucler l'enfant.

Guelvada se mit à rire.

— Tu parles ! dit-il. Boucler l'enfant est juste. Mince d'enfant ! Mais nous la bouclerons... Dites-moi, comment est-elle — je veux dire cette Marquès ?

— Bien roulée, je crois, dit la voix. Elles sont toujours bien roulées. C'est le métier qui veut ça. Vous comprenez ce que vous avez à faire. Vous feriez mieux de rentrer tout de suite à Londres.

— Entendu, dit Guelvada. J'y serai dans une demi-heure.

— Prenez votre temps, dit la voix. Pas besoin de vous faire pincer pour excès de vitesse.

Guelvada raccrocha. Il revint dans le bar, finit son verre et prit son chapeau. En sortant, il salua la propriétaire.

— Un drôle de petit gars, Mrs. Soames, dit l'un des clients de la grande salle à la propriétaire quand Ernie eut disparu.

— Oui, acquiesça-t-elle. Il me fait de la peine. Tous ces Belges libres me font de la peine. Ils n'ont pas de foyer, ils n'ont rien. Ils n'ont rien à faire, rien d'autre en quelque sorte que d'attendre que nous ayons gagné cette guerre pour pouvoir rentrer chez eux et commencer à y faire un peu de nettoyage.

— Oui, un drôle de petit gars, répéta l'homme.

— Il est bizarre, dit Mrs. Soames. J'ai l'impression que, pour une raison quelconque, il est très content de lui. Mais on ne sait jamais avec ces étrangers...

5

Il pleuvait lorsque Guelvada traversa Berkeley Square. Il rangea sa voiture au bout de Charles Street. Quand il en sortit, l'aigre vent d'hiver lui coupa les joues. Il frissonna un peu. Il n'aimait pas le froid. Il se mit à marcher dans la direction de Shepherd Market, les mains dans les poches, la tête baissée contre le vent, l'air profondément absorbé par la résolution de quelque urgent problème.

L'urgent problème, c'était le temps qu'il faisait. Guelvada était en train de penser que, dans le coin de Belgique d'où il était, le vent n'était pas aussi mordant ni la pluie aussi froide. Il se demanda à quoi aurait ressemblé la vie s'il avait été prêtre. Il se dit que peut-être elle aurait pu être plus amusante ; mais en y réfléchissant bien, après tout, la vie des prêtres n'était pas tellement amusante.

Il traversa Shepherd Market et tourna dans la rue qui menait à l'impasse dont le fond était formé par la *Bouteille Jaune*. Il entra dans le bistro. L'endroit était plein de monde et, de l'intérieur, debout à droite du rideau de défense passive, il put jeter un coup d'œil rapide vers le bar et voir que le service était fait par deux personnes, un plongeur d'un âge incertain à un bout et, à l'autre, une agréable barmaid.

Guelvada se dirigea rapidement vers l'extrémité du comptoir la plus proche, se fit servir une double fine, paya et alla s'asseoir avec son verre à une table située à un angle de la salle. Puis, allumant une cigarette, il regarda calmement autour de lui.

Vous n'auriez pas remarqué Guelvada. Vous ne l'auriez pas remarqué parce qu'à ce moment-là, il s'employait à passer inaperçu. C'est une chose qu'il réussissait parfaitement. Il appartenait à cette bienheureuse catégorie de gens qui, simplement en pensant dans un certain sens, en s'imposant une certaine attitude mentale, peuvent à volonté soit se faire inévitablement remarquer, soit passer complètement inaperçus.

La *Bouteille Jaune* était une de ces boîtes qui ont une atmosphère bien à elles. Quand on y entrait, on se demandait d'où venaient les gens qui s'y trouvaient, qui ils étaient et ce qu'ils faisaient. On était surpris que tant de gens pussent n'avoir rien d'autre à faire que d'absorber des boissons variées aux mêmes heures.

La plupart des hommes jeunes avaient un genre assez spécial, un tantinet efféminé. Les femmes, à quelques exceptions près naturellement, appartenaient à cette catégorie de femmes que l'on voit en compagnie des hommes jeunes qui ont un genre assez spécial et un tantinet efféminé.

Les soldats, les marins et les aviateurs se faisaient remarquer par leur absence. Les vrais soldats, les vrais marins et les vrais aviateurs, bien entendu. Il y avait quelques-uns de ces individus jeunes et manifestement normalement constitués qui, vêtus en officiers, accomplissent des besognes mystérieuses et sans doute — du moins pour eux — importantes, besognes dont une bonne dactylo pourrait venir à bout en temps ordinaire ; genre de personnages produits par n'importe quelle guerre et qui, incapables ou non, témoignent d'une aptitude remarquable à porter un uniforme et à se tenir aussi loin que possible de n'importe quelle sorte d'arme mortelle.

Dans le coin le plus éloigné, deux ou trois jeunes hommes appartenant au sexe douteux étaient engagés à fond dans une conversation sur les tendances de la mode. L'un d'eux se proclamait modéliste. Il était là tous les soirs, parlant de lui-même, et arborant des chandails de couleurs différentes.

Il était en train de causer avec un autre jeune homme qui, à en juger par ses propos, était décorateur d'intérieurs. Guelvada se dit que ces appellations de « décorateur d'intérieurs » et de « modéliste » étaient comme la bienfaisance : comme elle, elles servaient souvent à masquer une multitude de péchés. Il se demandait comment la race britannique, célèbre pour sa virilité, pouvait produire de tels spécimens d'humanité. Il se demandait ce que ces jeunes hommes auraient bien pu faire à l'époque victorienne, époque contre laquelle on pouvait certes dire bien des choses, mais où, en tout cas, il y avait un préjugé très net contre les jeunes gens qui se conduisaient comme des femmes, qui exerçaient des métiers que l'on pouvait qualifier de féminins, qui n'étaient occupés que de leurs pareils et qui abandonnaient aux autres gens tout ce que la vie peut avoir d'ennuyeux et de désagréable. Sans doute auraient-il été mis dans des maisons de redressement, et cela leur aurait un peu « fait les pieds ».

Guelvada soupira et détourna les yeux. Dans un autre coin du bar, il remarqua un homme d'âge mûr aux cheveux ondulés et aux lèvres soigneusement maquillées. Il était en train de boire une bénédictine et souriait vaguement à quiconque voulait bien regarder dans sa direction. Guelvada, avec un petit sourire, se dit qu'il lui plairait beaucoup de couper la gorge du buveur de bénédictine, que cela pourrait être amusant, que ce serait une bonne action.

Son regard fit lentement le tour du bar. Il y avait de petits groupes de femmes, bien habillées et pleines d'assurance, appartenant à cette pseudo-élite que l'on trouve dans toutes les villes du monde, et qui fait peu de choses pour justifier une existence facile et inutile en temps de guerre. Des femmes qui ont toujours de l'argent, que ce soit grâce à une pension alimentaire ou de quelque autre façon, et qui sont toujours sur le point de commencer à faire quelque chose pour la guerre la semaine suivante. Parfois elles vont jusqu'à un service de Croix-Rouge ou d'Assistance Sociale pour se renseigner ; parfois elles vont même jusqu'à emporter chez elles un bulletin d'adhésion à remplir. Elles dépassent rarement ce stade. Leurs vies commencent en général dans la soirée et elles savent toujours quel est le club où l'on dîne le mieux et l'endroit où l'on peut aller après. Pour des raisons connues d'elles seules, elles se considèrent en dehors de la guerre et de ses désastres, et même la chute d'une bombe de mille kilos dans la rue voisine ne réussit pas à ébranler cette conviction. Incapables de s'intéresser à l'ennemi, que ce soit pour le craindre, le haïr ou le combattre, elles évitent soigneusement les conversations, les films, les livres ou les journaux qui pourraient leur rappeler que c'est la guerre et que sur tous les fronts des hommes souffrent et meurent. Et si l'ennemi était dans la maison voisine, elles seraient certaines que pour quelque bonne, encore que mystérieuse raison, leur propre domicile serait épargné au profit de la maison suivante. Elles ont des migraines affreuses et transportent invariablement dans leur sac de petites boîtes contenant un sédatif quelconque qui, suivi d'un whisky et soda, les guérit non moins invariablement pendant une heure ou deux.

En dépit des cartes de textiles et des restrictions, elles sont toujours bien et élégamment habillées et parviennent toujours à acheter de nouvelles robes lorsqu'elles le veulent.

Guelvada se mit à penser à Mrs. Mallary. Il se demanda quel genre de femme c'était, si elle réagirait facilement ou bien si elle était une de ces femmes cyniques qui refusent de juger un homme sur les apparences. Il pensa à cela pendant un court instant, puis, ayant terminé sa fine, il prit son verre et alla à l'autre bout du bar. Il commanda une double fine à la barmaid avec un sourire si charmant, si enfantin, que celle-ci, presque malgré elle, lui sourit à son tour.

— Bonsoir, mignonne, dit Guelvada, ça fait une paie que je ne vous ai vue. Ça marche, dans le coin ?

— Très bien, dit-elle. Elle ne se rappelait pas avoir déjà vu Guelvada, mais il avait une telle assurance qu'elle se dit qu'elle devait l'avoir vu. C'était sans doute un vieux client qui n'était venu que rarement ces derniers temps.

— Il y a un tas de nouvelles têtes ici, enchaîna Guelvada. Est-ce que Mrs. Mallary continue à venir aussi souvent que par le passé ?

— A peu près, répondit la barmaid, et telle était la force de suggestion de Guelvada qu'elle se rappela maintenant l'avoir vu une ou deux fois au bar en compagnie de Mrs. Mallary.

— Si on demande M. Hellard au téléphone, dit Guelvada, avertissez-moi, voulez-vous ? Il y a un ami qui doit m'appeler. Il saisit son verre, retourna s'asseoir et attendit patiemment en fumant une cigarette.

Dix minutes plus tard, le rideau de défense passive fut soulevé. Un jeune homme maigre, l'air maladif, avec aux pommettes le rouge de la tuberculose, parut et s'effaça pour laisser passer une femme.

— C'est merveilleux de vous revoir, Mrs. Mallary, dit-il d'une voix mesurée, mais très distincte. Quelle bonne surprise !

Guelvada leva vivement les yeux. Ainsi, c'était là la « relation commune ». Son regard ne fit que parcourir le jeune homme maladif. Guelvada se demandait où diable Fenton, ou n'importe qui, avait été le dénicher, celui-là. Mais on ne savait jamais : il y avait de ces jeunes hommes maladifs qui étaient des durs.

Mrs. Mallary appartenait à ce genre de femmes dont on dit couramment qu'elles sont de bons copains. Elle aimait beaucoup son prénom d'Héloïse. Elle était sans préjugés en ce qui concernait ce qu'elle appelait « s'amuser ». Elle était capable d'absorber une grande quantité de liquide sans être ivre. Elle aimait boire parce que cela lui donnait un sentiment d'indépendance et que cela produisait chez elle une légère excitation — amusante pour elle, et, pour certains hommes, séduisante.

Elle approchait de la quarantaine et était jolie. Elle avait de beaux yeux dont elle pouvait se servir d'une façon des plus meurtrières, et des formes qui à un certain moment furent à la mode en France. Sa poitrine était plutôt opulente mais sans exagération, ce qui, joint à une taille bien prise et à des hanches étroites, donnait à son corps une apparence d'instabilité qui ne manquait pas d'agrément et qui, pour des raisons quelque peu mystérieuses, lui procurait les hommages les plus francs de la Marine, hommages qui étaient loin de lui déplaire.

De nombreuses têtes se tournèrent pour la regarder. Cela aussi lui plaisait. De fait, elle valait la peine d'être regardée. Elle était charmante. Elle portait un tailleur de velours noir, sobre, mais très bien coupé ; une cape en renard la couvrait jusqu'aux hanches, une voilette artistement disposée autour d'un discret chapeau de velours noir donnait à son visage la note de mystère indispensable. Les bas arachnéens étaient de soie noire, et ses souliers de chevreau verni avaient des talons de dix centimètres.

Guelvada regarda Mrs. Mallary et son cavalier se diriger vers une table située à l'autre bout de la salle.

Il attendit cinq minutes, puis, saisissant son verre, il s'avança vers l'extrémité du comptoir et commanda une autre fine. Comme il retournait à sa table, il s'arrêta brusquement au moment où il passait devant le couple. Son visage s'éclaira du sourire que l'on a lorsque l'on reconnaît quelqu'un.

— Mais, dit-il, est-ce que je rêve ? Non, je ne me trompe pas... Mrs. Mallary !... et après tant d'années !

Elle leva les yeux vers lui.

— Ecoutez, dit-elle, c'est très impoli, mais je suis forcée de vous dire que je ne me souviens pas de vous. Sans doute le devrais-je ?

Guelvada eut l'air désappointé.

— Je crois bien que oui, avoua-t-il.

— J'ai l'impression que, moi aussi, je devrais vous reconnaître, dit le jeune homme maladif. Je vous ai vu quelque part. En fait, je suis certain d'avoir fait votre connaissance — mais simplement, je ne puis me rappeler où.

Guelvada lui adressa un bref sourire. Il se rendait compte que le jeune homme essayait de l'aider, mais qu'il avait peur d'en dire trop.

Il attira à lui un siège libre, s'assit, et sourit à Mrs. Mallary. Elle lui sourit en retour. D'ores et déjà, elle avait décidé en elle-même que Guelvada était « intéressant ».

Guelvada, souriant modestement, la regarda droit dans les yeux. Les siens étaient d'un brun très foncé, limpides, presque implorants, comme s'il ne se rendait pas compte du fait qu'il possédait auprès des femmes un pouvoir de suggestion qui était proche d'un magnétisme naturel. Mrs. Mallary n'y fut pas sensible. Bien au contraire, le visage rond et ouvert de Guelvada lui plaisait beaucoup. Elle se dit qu'il avait une jolie bouche. Elle appréciait la stricte correction de son linge et de ses vêtements et la manière impeccable dont sa cravate était nouée. Décidément quelqu'un « d'intéressant », pensa Mrs. Mallary.

— Je suis terriblement désappointé, dit Guelvada. Est-ce que vous ne vous rappelez pas vous être cassé la jambe en tombant de la petite passerelle de bois à Eden Rock, et puis, deux soirs plus tard, avec cette même jambe dans le plâtre, être allée jouer si courageusement et avoir gagné pas mal d'argent ? Vous ne vous souvenez pas de cela ?

— Seigneur ! dit Mrs. Mallary. Est-ce que vous y étiez ? Ne me dites pas... Elle fouilla dans ses souvenirs. Ce n'est pas possible ! Seriez-vous l'homme qui s'est trempé jusqu'aux os pour venir me repêcher ?

Guelvada prit un air modeste.

— Bon Dieu ! s'écria le jeune homme maladif, mais si, c'est bien lui ; maintenant je me rappelle.

— La vie est trop drôle, n'est-ce pas, dit Mrs. Mallary. Croyez-vous ! C'était le bon temps, n'est-ce pas ? Je voudrais bien y être de nouveau.

— Moi aussi, approuva Guelvada. En attendant, je trouve que nous devrions fêter cette rencontre. Si nous buvions quelque chose ?

Le jeune homme maladif vint vivement à la rescousse.

— Il faut fêter cela, ça s'impose — ne serait-ce que parce que cette rencontre nous rappelle le bon vieux temps. Que vous le vouliez ou non, je vais commander du champagne.

— Johnnie, s'écria Mrs. Mallary, voilà une idée excellente. Excellente !

Guelvada pensa que, peu importe qui il était, Johnnie avait été bien dressé. Il ne ratait aucune occasion. Guelvada se demanda qui il était, quel était son travail à lui.

— Oh ! non, dit-il en souriant, c'est moi qui vous offre le champagne. Et il se dirigea vers le bar.

Vingt minutes plus tard, Mrs. Mallary, les yeux un peu plus brillants, déclarait :

— Vous savez, c'est absolument ridicule, mais je ne peux même pas me rappeler quel est votre nom.

Elle jouait avec le pied de sa coupe de champagne, faisant tourner celle-ci.

— Je m'appelle Hellard, dit doucement Guelvada. Je suis Belge. Il sourit : Belge libre. J'ai un poste dans notre gouvernement ici. J'ai eu la veine de pouvoir sortir de Belgique.

— Je parie que cela n'a pas dû être facile, dit-elle. La situation des Belges est affreuse. Elle disait cela sur le même ton que celui qu'elle eût employé pour dire le regret qu'elle avait que le dîner fût en retard.

— Oui, affreuse ! répéta Guelvada avec l'expression appropriée. Mais un jour nous aurons notre revanche. Nous serons de nouveau libres, madame.

— Bien entendu, dit Mrs. Mallary en achevant sa coupe de champagne. Je pense que vous ne devez pas beaucoup vous amuser ici, continua-t-elle. La vie à Londres est bien terne, n'est-ce pas ? Mais je trouve que vous parlez remarquablement bien anglais... Il est vrai que tous les gens du Continent sont très doués pour les langues, n'est-ce pas ?

— Moi pas, dit Guelvada. J'ai dû beaucoup travailler pour arriver à parler à peu près l'anglais. Je prends encore des leçons.

— Cela me semble inutile, remarqua-t-elle.

— Non pas, dit Guelvada. Bien parler une langue n'empêche pas qu'il faille continuer à l'apprendre. Vous comprenez, lorsque je raconte une histoire ou que j'en écoute une, j'aime être capable d'en saisir les finesses.

— Je suis sûr que vous devez connaître d'excellentes histoires, dit le jeune homme maladif d'un air entendu. Puis, son visage s'éclairant soudain : Bon Dieu ! fit-il, votre prénom n'est-il pas Pierre ? Pierre Hellard ? Je viens enfin de me le rappeler.

— Tout juste, dit Guelvada. Pierre Hellard.

Il sourit à Johnnie. C'était là l'identification. Johnnie lui faisait comprendre qui il était. Quelques personnes seulement savaient que Guelvada avait trois cartes d'identité dans sa poche, dont l'une était au nom de Pierre Hellard, Belge libre.

— Oui, reprit-il, au cours de mes voyages, j'ai glané une ou deux bonnes histoires. Celle-ci vous amusera peut-être. Il lança un regard plein de sous-entendus à Mrs. Mallary et se mit à raconter une histoire — une histoire très spirituelle, pas trop risquée, juste ce qu'il fallait.

Riant de bon cœur, Mrs. Mallary réclama d'autres histoires du même genre, et Guelvada lui donna satisfaction. Mrs. Mallary et Johnnie étaient ravis. Guelvada commença à se mettre en frais. Il était de plus en plus charmant et se montrait plutôt brillant causeur. Johnnie l'aidait, glissant adroitement un mot par-ci, un petit encouragement par-là. Mrs. Mallary commençait de trouver que Guelvada était plus qu'« intéressant », qu'il était carrément amusant. Elle pensait qu'elle pourrait même sous peu se mettre à l'apprécier « tout particulièrement ».

Il commanda une autre bouteille de champagne.

— Ce soir, dit-elle tandis qu'on débouchait la bouteille, je vais à une soirée. Johnnie m'accompagne. Pourquoi ne viendriez-vous pas, vous aussi, ce sera amusant — si toutefois vous n'avez rien de plus drôle à faire ?

— Je serais ravi de vous accompagner, dit Guelvada.

— Voilà qui est bien, fit gaiement Johnnie, et se tournant vers Mrs. Mallary : Pierre va donc pouvoir vous y conduire, Héloïse. Moi qui cherchais une excuse pour pouvoir m'éclipser, maintenant, je l'ai trouvée. J'ai un rendez-vous ce soir.

— Vraiment ? dit Mrs. Mallary. Elle n'avait pas l'air très affligée par cette défection. Est-elle jolie ? Demanda-t-elle.

— Il ne s'agit pas d'une femme, dit Johnnie, mais d'un homme. Rendez-vous d'affaires.

— Bien entendu, fit Mrs. Mallary. C'est sans doute cette blonde avec qui je vous ai vu la semaine dernière... Comment s'appelait-elle donc ? Virginia quelque chose, je crois ?

— Oh ! celle-là... dit Johnnie. Oh ! non, celle-là, c'est fini. C'était, du reste, une fille rigolote. Elle a été employée pendant quelque temps comme secrétaire dans un ministère. Je ne sais plus lequel. Il paraît qu'on l'avait surnommée Virginale. Mais cela n'a pas duré...

— Ça ne m'étonne pas, dit Mrs. Mallary. Enfin, Johnnie, si vous ne pouvez vraiment pas venir, inutile que j'insiste. Je me fais une raison maintenant que j'ai Pierre... Elle regarda Guelvada d'un air complice.

Celui-ci était satisfait à la pensée de voir Johnnie s'éclipser. Il ne doutait pas un instant que les ordres qu'avait reçus celui-ci fussent d'établir le contact entre Mrs. Mallary et lui et ensuite de se retirer de l'affaire. Très bien, pensa Guelvada, moins chacun en savait, mieux c'était.

— Il n'y a qu'une objection, mais elle n'est pas grande..., dit-il. Un ami à moi doit me téléphoner ici. Nous devions passer la soirée ensemble, mais il me sera facile de me dégager. J'aime mieux aller avec vous à cette soirée. Il regarda Mrs. Mallary, un sourire dans les yeux.

— Comment est-il, votre ami ? demanda légèrement celle-ci. Gentil ?

— C'est un type épatant, dit Guelvada. Je voudrais bien lui ressembler.

— Vous n'êtes pas si mal, Pierre, déclara-t-elle en riant. Mais, de toute manière, si votre ami téléphone, demandez-lui donc de venir aussi avec vous.

— Merci, dit Guelvada. Je suis sûr qu'il sera ravi. A propos, où cette soirée a-t-elle lieu ?

— A Hampstead, Charlotte Court... chez Mrs. Jeanes. Mais ne vous inquiétez pas, je vous conduirai. Elle lui sourit. Vous aurez certainement beaucoup de succès avec vos histoires, continua-t-elle. Mrs. Jeanes adore ce genre d'histoires.

— Alors, dit-il, nous devrions être très bon amis. J'en connais un tas d'autres...

— Non ? dit Mrs. Mallary. Pas possible. Vite, racontez-m'en une.

— Pas maintenant, dit Guelvada. Gardons cela pour la soirée.

Il se mit à verser le champagne. Comme il reposait la bouteille, la barmaid lui fit un signe. Après s'être excusé, il se dirigea vers le bar.

— Votre ami est au téléphone, un certain M. Michael, dit-elle. Le téléphone est de l'autre côté de cette porte. Elle indiquait une porte dans le coin.

— Merci, dit Guelvada. Il traversa la salle et franchit la porte en question. Dans le couloir, il y avait une cabine téléphonique. Il saisit le récepteur.

— Allô ! dit-il. Ici Ernie...

La voix calme de Kane lui parvint à travers le récepteur.

— Etes-vous entré en contact avec la personne ? demandait-elle.

— Oui, dit Guelvada. J'ai fait la connaissance de Mrs. Mallary. Elle est ici en ce moment. Tout va bien. Je l'accompagne à une soirée chez une certaine Mrs. Jeanes qui habite Charlotte Court, à Hampstead.

— Comment cela se présente-t-il ? demanda Kane. Comment est-elle, cette femme ?

— Facile, j'en ai l'impression, dit Guelvada. Vous voyez le genre : bien habillée, ne s'en faisant pas trop, s'ennuyant plutôt... et elle aime boire. Elle boit même beaucoup. Peut-être seront-ils tous comme cela.

— Ça m'a l'air d'aller, dit Kane. De combien de temps pensez-vous avoir besoin ?

Guelvada réfléchit un moment, puis :

— Il est maintenant dix heures moins le quart, dit-il. Donnez-moi encore une heure. Je voudrais chauffer un petit peu plus Mrs. Mallary. Si vous venez à Charlotte Court vers onze heures et demie, minuit moins le quart, ça devrait coller. Vous savez qu'ils veulent que ce soit vite fait ? ajouta-t-il après un court silence.

— Je le sais, dit Kane.

— Comment allons-nous nous y prendre ? demanda Guelvada après un nouveau silence.

— Je ne sais pas, répondit Kane. Cela dépend de Mrs. Marquès. Une fois que vous aurez fait sa connaissance et que vous aurez eu une chance de voir le genre de femme que c'est, vous aurez une indication. Vous savez bien, continua-t-il, que les gens comme Mrs. Marquès sont toujours forcés de faire beaucoup de charme, et les femmes qui font du charme sont toujours faciles à approcher, n'est-ce pas ? Elles recherchent toujours les hommages, quelle que soit leur importance. Il est possible qu'elle se laisse encore prendre à ce vieux truc.

— Vous voulez dire qu'il faut procéder comme pour l'affaire d'il y a sept mois ? demanda Guelvada.

— C'est exactement ce que je veux dire, dit Kane. Dans ce pays-ci, c'est la meilleure façon de procéder.

— O.K. ! dit Guelvada, cela me va très bien. J'aime cette façon-là. Elle est artistique.

— Zut pour l'art ! jeta Kane, qui imaginait Guelvada au téléphone en train de sourire, d'un sourire qui découvrait ses dents.

— J'aime procéder en artiste, reprit Guelvada. A propos, ce soir, je suis Hellard — Pierre Hellard.

— Vu, fit Kane. Et cela signifie, n'est-ce pas, que nous utiliserons l'appartement de Pierre Hellard ?

— Naturellement, dit Guelvada. Du reste, il est situé dans Saint John's Wood — pas trop loin de Hampstead. Tout va comme sur des roulettes. Je suis très content de l'aspect que prennent les choses.

— Enchanté de vous l'entendre dire, fit Kane.

Il y eut un silence, puis Guelvada demanda :

— Qui êtes-vous ce soir ?

— Singleton, dit Kane, Jack Singleton. J'étais dans l'automobile — maintenant je suis dans les tanks — rayon fabrication, bien entendu... Et au nom du ciel, Ernie, tâchez de n'avoir qu'une seule carte d'identité sur vous — celle au nom d'Hellard.

— Ne vous en faites pas, dit Guelvada. Est-ce que vous m'avez jamais vu commettre une gaffe ?

— Non, répondit plutôt brutalement Kane, jamais !

— Alors, pourquoi vous en faire ? A tout à l'heure.

6

Il était onze heures dix lorsque Kane, cognant à la vitre du taxi, fit signe au chauffeur de s'arrêter. Il descendit, paya et se dirigea vers Ormesby House — l'immeuble meublé de Saint John's Wood où « Pierre Hellard » était censé habiter. Il pleuvait un peu et il faisait très froid. En marchant, les mains enfoncées dans les poches de son pardessus, Kane pensait à tous les appartements que Guelvada et lui avaient utilisés à des fins diverses dans toutes les parties du monde. Le souvenir de chaque « travail » qu'ils avaient exécuté ensemble — comique, déplaisant, macabre ou simplement tragique — était associé dans l'esprit de Kane à l'atmosphère de l'endroit où ce travail avait été exécuté. L'image d'une série de décors — chambres, appartements — lui traversa l'esprit, des chambres et des appartements quelque part en France non occupée, en Belgique, en Suisse...

Un de ces jours, se dit Kane, les choses se gâteraient. C'était inévitable. On pouvait lancer un sou douze fois de suite en l'air et onze fois de suite retourner face, mais, la douzième, c'était pile. Un de ces quatre matins, s'ils continuaient assez longtemps le même métier, c'est pile qu'ils retourneraient.

S'ils continuaient assez longtemps le même métier ! Il eut un sourire sans gaieté et s'abstint de penser plus avant à cela. Il pénétra dans Ormesby House par l'entrée de service. Dans le couloir faiblement éclairé par les lampes masquées de bleu, il s'arrêta, immobile, tâchant de voir si le portier était quelque part aux alentours. Lorsqu'il se fut assuré que le couloir était désert, il s'avança rapidement jusqu'au bas de l'escalier, passant devant le tableau qui indiquait que M. Pierre Hellard habitait au premier et qu'il était « sorti ».

Kane monta vivement l'escalier. Arrivé au premier étage sans avoir rencontré personne, il gagna la porte de l'appartement et l'ouvrit prestement avec l'une des clés de son trousseau. Quand il fut entré et qu'il eut fermé sans bruit la porte derrière lui, il mit une paire de gants de peau et alluma la lumière dans l'antichambre.

L'appartement était composé de plusieurs pièces, ni laides, ni belles : exactement ce que l'on pouvait attendre d'un immeuble bourgeois courant. Il y avait une antichambre, à chaque extrémité de laquelle donnait un petit couloir — l'un à gauche menant à la cuisine, à la salle de bain et à une chambre d'amis ; l'autre, à droite, menant à la chambre à coucher principale. Tout de suite en face de Kane se trouvait la porte du salon et, à droite de celle-ci celle de la salle à manger.

Kane entra dans le salon, donna de la lumière, retira son chapeau et alluma une cigarette. Il jeta un coup d'œil circulaire sur la pièce. Il y faisait un peu froid, l'atmosphère était même légèrement humide — l'atmosphère d'un appartement inhabité depuis quelque temps. Kane alluma le chauffage électrique dans le salon, puis celui de la salle à manger, puis celui de toutes les pièces. Cela fait, il revint au salon. Il resta un bon moment au milieu de cette pièce de dimensions moyennes et confortablement meublée, fumant calmement et, de temps en temps, faisant un rond de fumée des plus artistiques. Toutes les fois où il eut à faire tomber la cendre de sa cigarette, il ne se servit pas de l'un des cendriers répandus abondamment dans la pièce, mais jeta soigneusement la cendre dans la poche droite de son pardessus.

Il était debout au centre du salon et regardait autour de lui, le dos à la porte qui donnait sur l'antichambre. En face de lui, il y avait un grand canapé, et le radiateur électrique se trouvait à la gauche de celui-ci. Kane passa derrière le canapé et le poussa un peu plus près du centre de la pièce. Le meuble était maintenant exactement dans l'axe de la porte donnant sur l'antichambre et plus près du radiateur.

Non loin de là, il y avait une sorte de buffet bas. Kane en ouvrit les portes et, regardant à l'intérieur, examina les bouteilles qui s'y trouvaient. La plupart étaient vides. Il porta celles-ci dans la cuisine et les empila sous l'évier, puis, ouvrant un placard, il y prit des bouteilles non entamées de fine, de whisky, de gin, de martini, d'eau gazeuse et les transporta dans le buffet du salon, sur le dessus duquel il posa un plateau d'argent chargé d'une douzaine de verres et d'une carafe.

Sa cigarette était près de se terminer ; il en écrasa le bout contre la semelle de son soulier gauche et mit le mégot dans la poche droite de son pardessus, puis, s'asseyant au centre du canapé, il examina soigneusement la situation. Là où il était assis, il était pratiquement dans l'axe de la porte donnant sur l'antichambre. Tout de suite à la droite du canapé, assez près pour qu'il en sentît la chaleur, se trouvait le gros radiateur et, non loin de là, il y avait le buffet.

Kane se leva et se dirigea vers ce dernier meuble. Deux grands pas l'y menèrent. Avec sa main gantée, il ouvrit le tiroir du centre et en examina le contenu. Il y avait quelques nappes, des serviettes récemment repassées, quelques couverts à fruits en argent et une ou deux vieilles revues. Kane, laissant le tiroir ouvert, retourna à la cuisine.

Il ouvrit l'armoire à provisions, s'agenouilla devant le rayon du bas et commença de retirer la pile de linge de maison qui emplissait celui-ci jusqu'en haut. Une fois qu'il l'eut complètement débarrassé, il tendit la main vers le fond de l'armoire et ouvrit une petite porte qui s'adaptait exactement au mur. Prenant ensuite dans la poche supérieure gauche de son gilet une petite torche électrique, il en projeta le rayon dans la petite trappe située derrière l'armoire et éclaira une curieuse collection d'armes. Il y avait, entre autres, une paire de pistolets allemands de 3 mm, quatre ou cinq automatiques de fabrication américaine, deux revolvers de l'armée et une série de couteaux allant depuis quelque chose qui ressemblait à un kriss malais jusqu'à l'arme, à la lame droite et coupante comme un rasoir, utilisée par les parachutistes anglais.

Kane choisit un automatique espagnol de calibre 32 qui portait une marque d'enregistrement de Guernica, une boîte de munitions de calibre assorti, et posa le tout sur la table de la cuisine, en pleine lumière. Puis, prenant délicatement le pistolet par l'extrémité du canon avec ses doigts gantés, il retira le chargeur avec précaution, comme attentif à ne pas abîmer la couche de poussière qui recouvrait l'arme.

Le chargeur était vide. Kane ouvrit la boîte de munitions. Elle était pleine aux trois quarts de cartouches ; quant à l'autre quart, il était composé de douilles éjectées après qu'on eut tiré. Il prit neuf de celles-ci et une cartouche. Il inséra huit douilles vides dans le chargeur, puis la cartouche, puis, au-dessus de celle-ci, la neuvième douille vide. Il remit le chargeur dans la crosse, puis, tenant fermement le pistolet dans la main droite, il actionna le mécanisme de recul, faisant de la sorte passer la douille vide dans le tonnerre de l'automatique. Il actionna à nouveau le mécanisme de recul et la douille vide fut éjectée. Répétant une troisième fois la même opération, il amena à son tour la cartouche chargée dans le tonnerre du pistolet.

Il porta l'automatique dans le salon et le posa sur l'une des vieilles revues dans le tiroir du buffet. Il ferma le tiroir avec soin et retourna dans la cuisine. Là, après avoir rangé la boîte de munitions dans la trappe, il referma celle-ci, puis remit le linge de maison scrupuleusement à sa place. Ayant ensuite jeté un coup d'œil autour de lui pour s'assurer que tout était bien comme il devait être, il éteignit le chauffage et sortit, fermant la porte derrière lui.

Il fit le tour des pièces de l'appartement, éteignant partout le chauffage électrique, sauf dans le salon où il le laissa allumé. Puis, éteignant la lumière, il passa dans l'antichambre. Très silencieusement, très doucement, il ouvrit la porte d'entrée de l'appartement et écouta. Aucun bruit. Il ferma derrière lui la porte, aussi silencieusement qu'il l'avait ouverte, et, après avoir parcouru à pas feutrés le couloir, il descendit l'escalier et sortit rapidement par la porte latérale.

Une fois dehors, dans l'obscurité, il sourit pour lui-même. Personne ne l'avait vu entrer. Personne ne l'avait vu sortir.

7

Kane était devant la porte de l'appartement de Mrs. Jeanes, à Charlotte Court, Hampstead. Il regarda sa montre et vit qu'il était minuit moins le quart.

La porte s'ouvrit. Face à Kane, l'homme qui l'avait ouverte le regardait d'un air interrogateur. Kane, à son aise, les mains dans les poches, toisa presque machinalement cet homme.

Son habit était vieux et lui allait mal. Les revers n'étaient pas doublés de soie. On avait l'impression que le devant de sa chemise tout éraillé n'était qu'un plastron. Il avait une cravate noire. Kane se dit que cet homme aurait pu avoir l'air d'un sommelier de bonne maison s'il n'avait pas eu, répandus sur lui, sur ses vêtements et sur son visage, tous les stigmates de l'« extra ». Kane se demanda vaguement où il fallait exactement s'adresser, en temps de guerre, pour engager un extra.

— Je suis M. Singleton, dit Kane. Mon ami, M. Pierre Hellard, m'attend.

L'homme sourit. Kane se dit que ce sourire voulait être aimable. Il éclairait le maigre visage, faisant disparaître les profondes rides entre les sourcils, et découvrant une rangée de dents inégales, les unes cassées et les autres gâtées par la carie. L'homme parla, sa voix était douce et rassurante, avec un accent étranger à peine perceptible. « C'est un Suisse », se dit Kane.

— Que Monsieur se donne la peine d'entrer, dit l'homme. M. Hellard m'a annoncé la venue de Monsieur. Si Monsieur veut bien me suivre.

Kane pénétra dans l'antichambre et suivit l'homme dans une pièce située sur la droite. C'était une pièce assez grande et bien meublée, qui servait de vestiaire. Elle était pleine de manteaux et de chapeaux de toutes les formes et de tous les genres, un manteau de fourrure du dernier chic côtoyant un vieux chapeau mou noir à larges bords. Kane regarda vivement autour de lui. Ainsi, c'était *ce genre* de soirée. Dans un coin de la pièce, il y avait, rangées en lignes comme les soldats, des bouteilles de champagne, de whisky, de fine et de gin.

Il retira son pardessus et le laissa tomber sur le sol avec son chapeau. Lorsqu'il fit face à la porte, il trouva le serveur devant lui qui lui tendait, d'un air engageant, un plateau chargé de verres.

Kane sourit et se servit. C'était un champagne-cocktail qu'il avala presque d'un trait. Il en aima le goût piquant, presque acide. Il en prit un autre et l'avala presque aussi rapidement.

— Je suis content que Monsieur apprécie ces cocktails, dit le serveur. Ils sont de ma fabrication. La recette aussi est de moi.

— Ils sont très bons, dit Kane. Je vous félicite.

De l'autre côté de l'antichambre, par les portes ouvertes des autres pièces, venait un brouhaha confus de voix.

Le serveur se mit en marche vers la porte.

— Mrs. Jeanes est dans la pièce de droite, monsieur, dit-il par-dessus son épaule. Mrs. Jeanes est la maîtresse de maison. Si Monsieur désire quelque chose pendant la soirée — quelque chose de spécial — je suis tout particulièrement à la disposition de Monsieur. Et il s'en alla, porteur de son plateau.

Kane passa dans l'antichambre. Juste en face de lui une porte était ouverte et, dans le salon sur laquelle elle s'ouvrait, une foule d'hommes et de femmes, serrés comme des sardines, parlaient tous à la fois, faisant un vacarme assourdissant. A droite de l'antichambre, face à la porte d'entrée, par une porte à deux battants grande ouverte, on découvrait une large portion d'une autre pièce où il y avait beaucoup moins de monde que dans la précédente, mais en quantité suffisante néanmoins pour que l'atmosphère y fût étouffante.

Juste en deçà de la porte, Kane aperçut une femme extraordinaire et au moment même où son regard tombait sur elle, il vit le serveur qui, évoluant entre les invités comme une anguille, se glissait jusqu'à elle et lui murmurait quelque chose. Sur-le-champ, elle regarda dans la direction de Kane. C'est là la maîtresse de maison, se dit celui-ci. Et il se dirigea vers elle, qui s'avançait à sa rencontre avec la démarche sautillante des femmes qui ont des souliers trop petits et des talons trop hauts.

C'était une « blonde framboise ». Kane, qui s'était souvent demandé avec ahurissement ce que pouvait être une « blonde framboise », le voyait maintenant et était encore plus ahuri. Les cheveux de cette femme, outre leur couleur pour le moins surprenante, étaient réunis en un chignon très haut, ce qui lui donnait l'apparence d'un clown à cornes, apparence encore renforcée par l'extrême blancheur de sa peau couverte d'une poudre d'un blanc de plâtre et par le rouge éclatant de la petite bouche qui était soigneusement dessinée avec du fard sur une bouche naturellement plus grande. Dans ce visage d'un blanc cadavérique, les yeux, outrageusement fardés, eux aussi, à grand renfort de khôl et de bleu sur les paupières, ressortaient étrangement et semblaient à chaque instant sur le point de tomber. C'étaient des yeux effrontés, légèrement injectés de sang.

Tout bien considéré, plus encore que d'un clown triste, cette femme avait l'air d'un poisson étonné !

— Mrs. Jeanes ? demanda Kane. Je m'appelle Singleton. C'est trop aimable à vous de m'avoir permis de venir à votre soirée. Je ne sais comment vous remercier.

Elle lui décocha un sourire qui voulait être enchanteur et dit d'une voix très rauque :

— Il n'y a vraiment pas de quoi me remercier. C'est moi qui suis enchantée de vous voir ici. J'en ai plein le dos de cette soirée idiote. Les gens dont j'ai assez s'incrustent et je n'arrive pas à parler à ceux qui pourraient me plaire. La vie est bien embêtante, vous ne trouvez pas ?

Kane murmura un vague acquiescement.

— Autrefois, continuait-elle, mes soirées étaient épatantes. Ça a duré jusqu'au moment où j'ai fait la connaissance de gens que je n'avais pas envie de connaître. Des gens qui, en réalité, ne font rien d'artistique. Des bourgeois qui se donnent des airs. Et, maintenant, ils viennent tous ici boire et parler à tort et à travers de choses dont tout le monde se fiche. Cette guerre porte un coup mortel à l'art, souvenez-vous de ce que je vous dis là. Demandez à Veteria — c'est le serveur — de vous donner à boire. Il a garé ce qu'il y a de bon. Vous ne vous figurez tout de même pas que je vais donner autre chose que de la bibine à un tas de sales bourgeois.

Après un nouveau sourire qui découvrit son râtelier, elle tourna le dos à Kane et se perdit dans la foule. Kane sourit à son tour et s'éloigna dans la direction opposée. Il cherchait Guelvada.

Il était un peu ennuyé pour Ernie. Il était tout à fait impossible pour le Belge de commencer à s'occuper sérieusement de Mrs. Marquès dans cette foule. Il allait donc être forcé d'attendre que la plus grande partie des gens fussent partis. Mais il était déjà tard maintenant, et il était fort possible que Mrs. Marquès fût l'une des premières à s'en aller, car, si elle était le genre de femme que se figurait Kane, elle ne s'attarderait pas sans une bonne raison dans une soirée comme celle-ci. Elle devait avoir trop de choses à quoi penser — des choses sérieuses — pour gaspiller son énergie, mentale et physique.

Sans doute Guelvada était-il du même avis et, dans ce cas, il était capable d'essayer de brusquer les choses, et Guelvada n'était pas à son avantage lorsqu'il se dépêchait. C'était du reste la raison pour laquelle on ne laissait jamais le Belge travailler seul. Il devenait impatient et tentait de prendre des raccourcis pour atteindre le but désiré, ce qui, dans leur métier, n'était jamais une bonne façon de procéder.

Kane se dirigea vers l'antichambre. Il fut soulagé de voir que bon nombre de gens étaient en train de prendre leur chapeau et leur manteau et d'entendre la voix enrouée de Mrs. Jeanes prodiguant des salutations aussi artificielles que bruyantes. Traversant l'antichambre, il passa dans l'autre pièce. Plus du tiers de la foule était parti, et il était possible maintenant de remuer.

Kane évolua vers le buffet sur lequel étaient disposées des rangées de verres fraîchement emplis de champagne-cocktail. Il se versa une fine à l'eau et, appuyé contre le buffet, regarda autour de lui. Tout au fond de la pièce, il y avait une alcôve, dont la décoration orientale avait quelque chose d'incongru. Contre le mur de cette alcôve, il y avait un immense canapé recouvert de brocart jaune, et, sur celui-ci, Guelvada et une femme étaient assis. Guelvada, un charmant et enfantin sourire sur les lèvres, était penché vers la femme et lui parlait.

Ainsi, c'était là Mrs. Marquès ! Kane s'aperçut qu'il était vaguement surpris. Il ne s'attendait pas à ce que Mrs. Marquès fût comme ça. Pour une raison inconnue, il s'était imaginé que c'était une femme mince, belle et inquiétante — une combinaison qui existe certainement, quoi que puissent penser les scénaristes américains, et qui, en temps de guerre, est appréciée à sa juste valeur. Pendant un instant, Kane pensa aux gens qui appréciaient Mrs. Marquès à sa juste valeur.

C'était une grande femme, du type communément appelé junonesque. Elle était jolie, mais son charme n'apparaissait pas immédiatement. Elle était visiblement bien faite, mais son corps était de ceux qui réclament les services d'une bonne corsetière. Les hanches charnues se continuaient par des jambes rondes et effilées, terminées par des chevilles très fines et des pieds qui semblaient presque trop petits étant donnée la taille de leur propriétaire.

Elle était brune. Kane se demanda si ce n'était pas une blonde teinte en brune. Elle avait un type de blonde. Si on le regardait attentivement, le visage était assez beau ; mais, à première vue, la tête et les traits paraissaient trop grands pour la taille, quoique cette apparence fût probablement due à la façon dont Mrs. Marquès était coiffée.

Plus on l'observait, plus elle semblait séduisante. Kane se rendit soudain compte que c'était une de ces rares femmes qui, pour une raison quelconque, paraissent à première vue ordinaires et plutôt lourdes, mais qui, lorsqu'on les examine plus à loisir, se révèlent singulièrement attachantes, étant, en fait, la réplique sur une grande échelle de très jolies femmes. Une fois que l'on s'est habitué à leur gabarit, on est parfaitement disposé à concéder qu'elles sont belles et séduisantes.

Guelvada la faisait rire, et Kane put constater qu'elle avait une bouche et des dents parfaites, et que, lorsqu'elle bougeait, c'était avec grâce en dépit de sa taille.

Kane découvrit soudain ce qui faisait une grande partie du charme de Mrs. Marquès : elle était du type pseudo-maternel. On était d'abord intéressé par elle parce qu'elle s'intéressait à vous. On était attiré vers elle parce qu'elle semblait avoir ce quelque chose de reposant qui touche la grande majorité des hommes, et puis, lorsqu'on la connaissait mieux, lorsqu'il était trop tard, on devait s'apercevoir qu'elle était femme, dans la plus violente acception du mot, et l'on devait sans doute longuement se demander comment on avait bien pu ne pas se rendre compte de cela dès le premier instant. Et alors Mrs. Marquès devait probablement dominer la situation comme *elle* le voulait.

Elle était habillée avec un goût remarquable. Elle portait une robe rouge foncé sous un manteau trois quarts de la même couleur, dont le col et les poignets étaient garnis d'astrakan noir. L'effet, sur le fond du divan jaune, était saisissant. Ses bas étaient beige clair, et elle était élégamment chaussée de petits souliers vernis à hauts talons qui mettaient en valeur sa cheville et faisaient paraître le pied plus petit encore. Elle était visiblement fière de ses pieds. Sur le fond rouge foncé du corsage, se détachait un collier de perles dont les extrémités disparaissaient sous un jabot de fine dentelle. Elle avait aux doigts plusieurs bagues de prix, dont Kane pouvait voir scintiller les pierres lorsqu'elle remuait les mains.

Appuyée au dossier du canapé, elle regardait Guelvada, souriant et faisant beaucoup de gestes avec ses mains, dont elle se servait du reste avec grâce. Kane put constater qu'elle avait des doigts longs et expressifs.

Ernie n'avait pas perdu beaucoup de temps, se dit Kane. Il s'était rapidement mis à l'ouvrage. Mais, en cette occasion, pour une fois, il avait sans doute eu raison. Il s'était douté que, selon toute probabilité, Mrs. Marquès s'ennuierait à cette soirée. Il l'avait entraînée, avait soigneusement choisi pour elle le fond du canapé jaune qu'elle serait peu encline à quitter et il avait commencé à jouer son rôle, espérant la retenir là jusqu'au moment où, Kane étant arrivé, ils pourraient ensemble passer au stade suivant.

Kane trouvait Mrs. Marquès fascinante. Oui, se dit-il, franchement, fascinante était l'épithète qui convenait à Mrs. Marquès. Et les femmes fascinantes sont rudement plus dangereuses que les femmes belles, ou charmantes, ou simplement intelligentes. Pour être fascinante, il faut qu'une femme soit intelligente. Pendant un moment, Kane s'attarda à cette pensée, puis il conclut que le pouvoir de fascination était une sorte d'intelligence physique additionnée de charme.

Il regarda le Belge. Celui-ci était en pleine action. Il se penchait en avant et parlait avec volubilité toutes les fois que Mrs. Marquès se taisait. Il mettait beaucoup de passion dans ce qu'il disait, et son visage était rayonnant de bonne humeur. Il devait raconter une histoire à Mrs. Marquès, pensa Kane, une de ces histoires dont il avait un stock, avec, pour la plupart, deux ou trois fins différentes, ce qui permettait de les adapter au genre ou à l'état d'esprit de l'auditeur.

Kane se versa une autre fine à l'eau et regarda de nouveau Mrs. Marquès. Elle avait l'air de réagir à ce que lui disait Guelvada, de bien réagir. Kane se rendait compte combien il était nécessaire que Mrs. Marquès réagît *bien*. Tout dépendait de cela.

Mais en général, les femmes réagissaient bien à ce que leur disait Guelvada. Kane se demanda ce qui faisait que les femmes — même les femmes intelligentes — se laissaient toujours prendre aux boniments de Guelvada. Quelle qualité secrète ou quelle vertu, ou quels arguments, ou quel charme ? Des silhouettes de femmes défilèrent dans l'esprit de Kane : la grosse petite femme de l'affaire Valdez, celle qui avait été poignardée ; la femme qui avait tiré Ernie d'un sale pétrin, à Arquesnes ; la grande dame de l'histoire de Loughborough...

C'était rudement bizarre, mais en général Ernie arrivait toujours à s'en sortir, et pourtant se fier à la chance — si c'était de la chance qu'il s'agissait — ce n'était pas une bonne chose. Un de ces jours, se disait Kane, il se pourrait que le sou qu'ils lançaient en l'air et qui retombait invariablement face pour eux déciderait que cela avait assez duré et retournerait pile — rien qu'une fois. Et une serait amplement suffisante !

Il revint lentement dans l'antichambre. D'autres gens encore s'en allaient, prenant congé de Mrs. Jeanes, émettant des mensonges polis et parlant d'« après la guerre ». Kane les regarda d'un air mauvais, tout en se demandant ce que la guerre représentait exactement pour eux. Une certaine somme d'ennui, et c'était tout. Soudain, la différence entre ces gens et Guelvada et lui-même lui vint à l'esprit, et il eut un sourire méprisant. Pour Ernie et lui, la guerre représentait un sacré nombre de choses. Parfois même il y avait de l'abus, il y en avait même tellement que, lorsqu'on n'était pas particulièrement de bonne humeur, on avait rudement envie de penser à autre chose.

Du reste, ça ne valait rien de penser. Un jour, Kane avait entendu Fenton qui disait : « Je n'aime pas les hommes qui pensent trop — en tout cas, pas dans notre métier... C'est moi qui me charge de penser... Je leur demande seulement de faire ce que je leur dis de faire, de ne pas poser de questions et de s'abstenir de penser. Dès qu'un de mes gens se met à penser, il est fini... ! »

Kane haussa les épaules et revint dans la pièce qu'il venait de quitter. Il n'y restait plus, maintenant, qu'une douzaine de personnes — y compris Guelvada et Mrs. Marquès — en train de boire, de manger et de causer. La plupart étaient un peu ivres. Kane jeta un coup d'œil exercé autour de la pièce. Il était à la recherche de quelqu'un : de quel genre exactement, il le savait. Il y avait un couple à côté du buffet en train de boire des champagne-cocktails. Un couple que Kane avait déjà remarqué. Ils semblaient parler et boire sans mesure. Ils avaient l'air artiste. Ils avaient l'air de pouvoir faire l'affaire.

Kane alla au buffet et prit un cocktail.

— Les champagne-cocktails de Veteria sont rudement bons, dit-il à l'homme. C'est une recette à lui. Moi, je les trouve extraordinaires. Pas vous ?

L'homme le regarda. Il était petit, les épaules larges. Il avait des cheveux noirs en désordre, quelques gouttelettes de sueur perlaient à son front. Un col d'une propreté très relative laissait passer une cravate de laine écossaise. L'homme était ivre.

— Je suis d'accord, dit-il, j'ai bu des champagne-cocktails dans tous les bistros de Londres et, ici, je les trouve très bons. Il lança à Kane un clin d'œil qui se voulait connaisseur. C'est du reste pourquoi j'y viens, conclut-il.

Kane sourit aimablement :

— Rien que pour ça ? demanda-t-il.

— Je ne sais pas, dit-il, si vous êtes venu à beaucoup de soirées de Sonia Jeanes. Mais, autrefois, elles étaient tout à fait épatantes. On y rencontrait des intellectuels ou, tout au moins, des gens intelligents. Ma femme et moi, — il désigna la femme qui était près de lui, appuyée contre le mur près du buffet, et qui était en train de lancer des œillades à un homme qui était de l'autre côté de la pièce —, ma femme et moi, nous nous faisions une fête d'y venir. Mais maintenant... Il haussa les épaules. Qu'est-ce que vous dites des gens qui étaient ici ce soir ? Non ! Je vous le demande... Qu'est-ce que vous en dites ?

Kane approuva énergiquement du chef. Il était en train de se dire que ce type n'était pas drôle, mais il se disait aussi qu'il pouvait faire l'affaire. Lui et sa femme.

— Je vous comprends très bien, fit-il, très bien. Vous êtes artistes, je pense !

— Oui, dit l'autre. Mon nom est Kelzin. Je suis critique, j'écris, je dissèque, j'analyse, j'étudie la vie et l'art et, à un moindre degré, si j'ose m'exprimer ainsi, je suis imité en cela par ma femme.

Celle-ci regarda Kane en souriant et se rapprocha d'eux.

— Je m'appelle Singleton, dit Kane. En temps normal, je fabrique des autos... Maintenant, je m'occupe de tanks, mais j'ai une grande admiration pour les artistes, je pense que ce sont les gens comme votre femme et vous qui donnent son sens à la vie. L'art est vraiment la seule chose qui compte...

Mrs. Kelzin regarda son mari et sourit. Elle avait des lèvres épaisses et le nez épaté, la peau olivâtre. Très manifestement la flatterie de Kane lui faisait plaisir.

Kelzin, lui aussi, semblait satisfait :

— Il est naturel, dit-il, qu'un artiste aime être apprécié — surtout par quelqu'un qui, comme vous, n'a rien à voir avec l'art. Il y a trop de jalousie en art, surtout en ce qui concerne les critiques. Au début de la soirée, j'ai eu une terrible bagarre avec un type qui avait l'impertinence de soutenir que les critiques sont des sortes de parasites, des gens qui vivent du travail des autres, qui critiquent ce qu'ils seraient incapables de produire eux-mêmes. Il allait jusqu'à dire que, s'il n'y avait pas d'artistes, les critiques mourraient de faim ou seraient forcés de se trouver un métier honnête...

Mrs. Kelzin l'interrompit :

— Fern chéri, dit-elle, ce n'était que jalousie. Il était jaloux de toi. En tout cas, tu lui revaudras cela quand tu voudras.

— C'est juste, sourit Kelzin. C'est toujours les critiques qui ont le dernier mot... du moins sur le papier.

Kane tendit un autre champagne-cocktail au critique.

— Vous occupez-vous de tableaux aussi bien que de livres ? demanda-t-il d'un ton aimable.

— Oui, répondit Kelzin en étouffant mal un hoquet. Mon activité s'étend à toutes les formes d'art. Je suis d'avis que l'esprit du critique doit tout embrasser.

Il étala sa main sur le dessus du buffet et la regarda avec intérêt. Kane remarqua qu'il avait les ongles sales.

— Mais pourquoi cette question ?

Kane se sourit à lui-même. Pour le genre Kelzin aucune ficelle n'était trop grosse.

— Il y a quelque temps, dit-il, quelqu'un — je ne sais plus qui c'était — a mentionné votre nom à propos de tableaux. Je ne me souviens plus de quel peintre on parlait, mais je me rappelle que mon interlocuteur disait que vous étiez très calé.

— Il l'est, fit vivement Mrs. Kelzin ; je ne l'ai jamais vu se tromper. Et vous pouvez me croire, je m'y connais un peu, moi aussi.

— Je n'en doute pas un seul instant, dit Kane à Mrs. Kelzin avec un sourire. Mais voici ce dont je voulais vous parler. Un monsieur que je connais veut me vendre quelques tableaux, et, avant de les acheter, j'aimerais avoir un avis autorisé. Il y a de tout et ce sont des petites choses, mais, néanmoins, j'aimerais savoir ce que j'achète. Voudriez-vous jeter un coup d'œil sur ces toiles ? Naturellement, je ne vous demande pas cela à titre gracieux.

— Tout travail mérite salaire, déclara pompeusement Kelzin. Je suis votre homme. Où sont les tableaux et quand voulez-vous que je les expertise ?

— Je serais ravi si vous pouviez le faire ce soir même, dit Kane. Voyez-vous, je dois partir en voyage demain dans la matinée, et les tableaux sont chez un ami qui m'a prêté son appartement — pas très loin d'ici — à Saint John's Wood en fait. Si vous voulez bien, Mrs. Kelzin et vous, venir y prendre un verre... ?

— Saint John's Wood ? dit-elle. Mais c'est sur notre chemin pour rentrer. Nous pourrions peut-être partir d'ici ensemble et prendre un taxi en commun ?

— Excellente idée, dit Kane. Nous partirons ensemble.

Kelzin prit un autre champagne-cocktail.

— Ça me va, dit-il. Il commençait à parler avec difficulté.

— Il y a une ou deux personnes à qui je veux parler avant de partir d'ici, dit Kane. Le moment venu, je vous ferai signe et nous irons ensemble à Saint John's Wood.

— Parfait, acquiesça Kelzin. Si nous ne sommes pas trop saouls, nous serons ravis... Faites-nous signe avant de partir.

La femme sourit à Kane, et le couple s'éloigna. Une minute après, ils étaient en grande conversation avec quelqu'un, de l'autre côté de la pièce.

Kane but une autre fine à l'eau. Il se dit que, maintenant, cela suffisait. Il avait pas mal bu — suffisamment pour *avoir l'air* d'avoir trop bu. Il regarda dans la direction d'Ernie.

Guelvada leva la tête et, à travers la pièce, son regard rencontra celui de Kane. Il agitait sa main gauche de bas en haut, le poignet et l'avant-bras immobiles. Le salut d'un homme qui a bu juste un petit peu trop.

C'était un vieux signal. Cela voulait dire : *tout va bien, allez-y.* Kane répondit par un sourire, posa son verre sur le buffet et traversa la pièce en direction du canapé jaune.

En s'approchant, il put voir qu'Ernie et Mrs. Marquès étaient assis un peu plus près l'un de l'autre, que leurs mains posées entre eux sur le canapé étaient sur le point de se toucher, si elles ne se touchaient pas déjà. Mrs. Marquès s'appuyait avec abandon contre le dossier du canapé et regardait venir Kane, qui put voir qu'elle avait les lèvres légèrement ouvertes et humides. Elle souriait.

Kane s'arrêta et resta debout devant le couple.

— Bonsoir, Jack, dit Guelvada. C'est chic de te voir, Jack... tu sais probablement pourquoi. Il sourit malicieusement à Kane, puis regarda vivement Mrs. Marquès. Mrs. Marquès, dit-il, permettez-moi de vous présenter mon ami Jack Singleton, un grand ami à moi. Jack, je te présente Mrs. Marquès — Mrs. Helda Marquès — une Norvégienne... aussi délicieuse que charmante.

— Enchanté, dit Kane. Puis : Madame, ajouta-t-il, je pense que vous avez à la fois beaucoup de chance et beaucoup de malchance.

Elle se mit à parler, et, tout de suite, Kane se rendit compte que sa voix était peut-être ce qu'elle avait de plus séduisant. C'était une voix basse, plutôt rauque, mais qui avait une chaleur particulière — une voix que l'on avait envie d'écouter. Elle parlait un anglais correct, mais avec un accent évident et qui ajoutait encore du charme à ce qu'elle disait.

— Voulez-vous me dire, monsieur Singleton, pourquoi j'ai à la fois de la chance et de la malchance ?

Kane s'appuya d'une main contre le côté de l'alcôve et, se penchant vers Mrs. Marquès :

— De la chance, dit-il pour des raisons évidentes. Une femme ayant vos attraits, s'habillant comme vous, parlant comme vous, a de la chance. Quant à la malchance, elle n'est que passagère. Une femme qui est réduite à la conversation du personnage que vous voyez ici a de la malchance.

Elle eut un rire de gorge.

— Pourquoi cela ? demanda-t-elle.

— Il n'y a qu'à regarder Pierre, ricana Kane. C'est un de ces Belges comme il y en a tant... vous me comprenez ? Il se croit irrésistible. Il faut une femme comme vous, Mrs. Marquès, pour voir ce qu'il vaut vraiment.

Guelvada s'appuya contre le dossier du canapé et éclata de rire. Kane put voir qu'il prenait la main de Mrs. Marquès sans que celle-ci eût l'air de trouver cela déplacé.

— Vous vous rappelez, Helda, dit Guelvada, que j'ai dit à Jack que j'étais spécialement content de le voir ce soir. Je vais vous dire pourquoi, et cela va le rendre encore plus furieux. Toutes les fois que nous convenons d'aller à une soirée ensemble, il est en retard. C'est parce que c'est un idiot. Mais, moi, je suis un malin. Je suis, en tout cas, plus malin que lui. Pierre, le pauvre idiot de Belge, arrive le premier et, quand il est arrivé, qu'est-ce qu'il fait ? La voix de Guelvada devint presque un murmure. Comme c'est un artiste, il choisit l'unique femme présente qui vaille la peine qu'on lui parle — la maîtresse de maison exceptée, bien entendu — et il lui parle. Après cela, des idiots d'Anglais, comme mon ami Jack, arrivent et s'aperçoivent qu'il n'y a personne à qui parler — pas de femme intelligente, veux-je dire, ou qui vaille la peine d'être regardée.

— Vous deux, dit Mrs. Marquès, vous êtes — comment dites-vous ? — des incorrigibles... Vous aimez faire semblant de vous disputer.

— Ne croyez pas cela, Mrs. Marquès, dit Kane, nous ne faisons pas semblant de nous disputer. Nous appartenons à ce genre d'amis qui passent la plus grande partie de leur temps à se disputer. Il nous arrive aussi d'avoir une conversation normale — mais cela, très rarement.

— Et puis-je savoir si c'est à propos de femmes que vous vous disputez d'ordinaire ? demanda-t-elle, en regardant Kane.

Elle avait des yeux couleur améthyste, très clairs.

De nouveau, Guelvada éclata de rire.

— Ce n'est pas moi qui me dispute avec lui, Helda, dit-il, c'est lui qui se dispute avec moi. Voyez-vous, les dames sont toujours très aimables avec moi. Elles veulent bien me parler. Mais elles ne veulent jamais lui parler à lui.

— Vous êtes méchant, Pierre, dit-elle.

« Ah ! ah ! pensa Kane, ainsi ils en sont déjà à s'appeler Pierre et Helda. Ernie a travaillé vite. » Il se demanda si Guelvada avait pris Mrs. Marquès à l'improviste ou si celle-ci, en ce moment, ne travaillait pas, si elle « était en vacances » et, en conséquence, ne demandait qu'à s'amuser.

— Je suis plus que certaine qu'il me serait très agréable de parler de toutes sortes de sujets avec M. Singleton, continua-t-elle.

— Vous croyez cela ! dit Guelvada. Détrompez-vous. Il est incapable de parler d'autre chose que de ces ridicules tanks qu'il fabrique.

Les yeux de Mrs. Marquès s'agrandirent.

— Ah ! dit-elle, il fabrique des tanks ? Magnifique ! Monsieur Singleton, peu importe que vous ne soyez pas loquace aussi longtemps que vous fabriquerez beaucoup, beaucoup de tanks pour que mon beau pays soit libéré de ces maudits Allemands.

— Attrape, Pierre, dit Kane, je viens de marquer un point. Mon manque de conversation et de charme est compensé par mes tanks.

— Monsieur Singleton, reprit-elle, ne vous laissez pas faire par Pierre. C'est un de ces garçons légers et tout à fait délicieux à qui les femmes aiment parler... mais sans plus... vous comprenez ? Et elle jeta un regard en coin à Guelvada.

— Moi, dit celui-ci, je suis quelqu'un de modeste. Je suis déjà profondément étonné qu'une femme veuille bien me parler et je ne songerais certes pas à en attendre davantage.

Elle continuait à le regarder de côté.

Kane modifia le ton de sa voix. Il y mit une pointe de mauvaise humeur.

— Tu te crois un type extraordinaire, n'est-ce pas, Pierre ? Un vrai don Juan ?

Guelvada eut l'air un peu vexé.

— Jack, dit-il d'un ton conciliant, je t'en prie, ne sois pas comme ça.

— Très bien, fit Kane, je n'insiste pas, je vais aller boire une autre fine à l'eau.

— C'est ça, dit Guelvada, excellente idée ! Reviens nous voir... dans un an ou deux. Il eut un clin d'œil pour Mrs. Marquès.

Kane fit demi-tour et, traversant la pièce, passa dans l'antichambre. Sur son chemin, il vit Kelzin et sa femme en grande discussion avec une autre femme. L'antichambre était vide. Mrs. Jeanes avait disparu. Kane entra dans la pièce qui servait de vestiaire. Veteria, le serveur, était en train de ranger des bouteilles vides dans un coin. Kane alla à lui :

— Veteria, dit-il, je crois que le moment est venu où j'aimerais goûter une de vos boissons de choix.

Veteria leva la tête et sourit. Kane se dit que c'était un sympathique vieil homme.

— J'ai une très bonne fine, monsieur, dit Veteria. Pas de la fine à boire avec de l'eau — le genre de celle que j'ai vu boire ce soir par Monsieur — mais quelque chose d'extra. Si Monsieur veut bien attendre un petit moment.

Il quitta la pièce et revint au bout d'une minute porteur d'un grand verre à dégustation à moitié rempli de fine, qu'il tendit à Kane.

— Je n'ai pas apporté la bouteille, dit-il, sans quoi quelqu'un, comme par exemple M. Kelzin, pourrait se l'approprier. Je crois que Monsieur appréciera cette fine.

Kane tenait le verre dans ses mains, le chauffant entre ses paumes. La fine sentait très bon. Il en but une gorgée.

— Elle est merveilleuse, dit-il. Très, très bonne. Il est rare de boire une fine comme ça de nos jours.

— De nos jours, remarqua le serveur, il est rare de trouver quelque chose de bon. Les mains pendantes, il regardait Kane.

Il y avait quelque chose de pathétique chez lui — quelque chose de pathétique dans la cravate trop petite, mais soigneusement nouée, dans le devant de chemise éraillé, dans l'habit propre mais luisant.

— Ça vous plaît d'être serveur ? demanda Kane.

Veteria jeta un coup d'œil par-dessus son épaule, regardant dans la direction de l'antichambre comme pour s'assurer que personne ne pourrait entendre ce qu'il allait dire.

— Moi ? dit-il alors. Monsieur a-t-il jamais rencontré dans toute sa vie un homme qui aime être serveur ? Existe-t-il un homme assez idiot pour aimer appartenir à une tribu disparue ?

Kane sourit.

— Les serveurs appartiennent donc à une tribu disparue ? demanda-t-il.

— Si un homme pouvait faire autre chose, dit Veteria, il le ferait. Il n'y a pas un serveur qui puisse dire avec certitude comment il en est devenu un, j'entends un *vrai* serveur, pas un de ces jeunes messieurs qui portent un tablier pendant quelques mois parce qu'ils apprennent à diriger un hôtel ou un restaurant, mais un vrai serveur, monsieur. On devient serveur pour une raison occasionnelle ; c'est toujours pour quelque temps seulement ; on doit toujours trouver autre chose le lendemain, un vrai métier, mais on n'en trouve jamais, et l'on reste serveur. On mange aux moments où personne ne mange. On a faim quand les autres gens mangent. On passe son temps à essayer de faire plaisir et on a toujours l'impression de ne pas y arriver. Personne ne dit jamais à un serveur qu'il est un bon serveur, on lui dit seulement qu'il n'est bon à rien ou qu'il a oublié quelque chose, n'est-ce pas, monsieur ?

Kane sourit.

— Je crois que vous avez raison, dit-il. Vous savez, je n'avais jamais pensé à cela.

— Pourquoi Monsieur voudrait-il y avoir pensé ? Qui est-ce qui y pense ? Qui a envie de penser à un serveur ?

Il se tut pendant un instant.

Kane but une gorgée de fine.

— Quant à moi, reprit Veteria, ma position est pire aujourd'hui que celle de n'importe quel autre serveur.

Il haussa les épaules.

— Que voulez-vous dire ? demanda Kane.

— Je suis Suisse, dit le serveur. Non seulement, monsieur, je suis un serveur, mais aussi je suis un serveur suisse. Il se tut un moment pour laisser à ses paroles le temps de faire leur effet. Que Monsieur s'imagine, continua-t-il, au moment où pratiquement tous les autres pays du monde sont en guerre, ou ont quelque chose à faire avec cette guerre, le mien ne l'est pas. Il y a d'autres serveurs dans le monde, des serveurs français qui désirent être libérés, ou des serveurs allemands qui exultent à la pensée de ce qu'ils croient la victoire de leur Führer, ou des serveurs italiens — membres de cette race de valets, acclamant ce chef d'une race de valets, Mussolini. Mais moi, même dans une discussion entre serveurs au sujet de cette guerre, je n'ai pas de place.

Il regarda de nouveau par-dessus son épaule, puis reprit :

— Que Monsieur veuille bien y penser. Parfois je travaille dans un endroit où il y a deux serveurs italiens. Ils sont naturalisés Anglais et ils détestent le régime fasciste. Il y a aussi quelques serveurs français, un Hongrois, deux ou trois Tchèques. Parfois on parle de la guerre. Ils s'écoutent mutuellement parler, mais, si je veux dire quelque chose, on m'interrompt en me jetant avec mépris : « Tais-toi, tu es Suisse. Ton pays ne se bat jamais. »

Veteria cessa de parler. Il jeta un regard pathétique à Kane, puis s'éloigna lentement.

Kane acheva sa fine et, ayant posé son verre, il retourna dans la grande pièce. Elle était vide maintenant, à l'exception de Mrs. Marquès et de Guelvada, qui, très près l'un de l'autre, étaient en grande conversation. Guelvada parlait avec animation et souriait. Kane resta un instant sur le seuil à les observer, puis, d'un pas mal assuré, il s'avança vers eux. Mrs. Marquès leva la tête comme il approchait. Elle lui sourit.

— Vous n'en avez pas encore assez de cet idiot ? demanda-t-il d'une voix épaisse en montrant du doigt Guelvada. Vous n'allez tout de même pas me dire que vous vous laissez prendre à ses boniments ?

Elle rit.

— Je ne sais pas ce que vous voulez dire, monsieur Singleton, dit-elle. Et je ne sais pas ce que vous voulez dire par les boniments de Pierre. Moi, je les trouve très amusants.

— Oui ? fit Kane d'un ton insolent. Et vous n'êtes certes pas la première. Mais, les autres, je m'en fichais.

— Vraiment ? demanda avec douceur Mrs. Marquès. Alors, dites-moi pourquoi je fais exception.

Kane s'écroula à côté d'elle sur le canapé.

— Je vais vous le dire, commença-t-il avec un hoquet, vous me rappelez une femme que j'ai connue autrefois — une femme bougrement bien. J'ai failli l'épouser, cette femme... J'ai dit « failli »... Je regrette de ne pas l'avoir épousée... Il eut un nouveau hoquet. C'est pourquoi je m'intéresse à vous, continua-t-il, et c'est pourquoi je veux vous mettre en garde contre lui. Il montra du doigt Guelvada qui, penché en arrière, les mains jointes derrière la nuque, souriait à Kane d'un air protecteur.

— Ce type est un ami à moi, dit Kane, sauf quand il s'agit des femmes. Quand il s'agit des femmes, il n'y a qu'un seul mot qui lui convienne équitablement...

Il eut une certaine difficulté à prononcer le mot « équitablement » et s'arrêta pour respirer. Puis, après avoir regardé gravement Mrs. Marquès pendant un moment, il reprit :

— Et ce mot, c'est « salaud ». Pierre, dès qu'il s'agit des femmes, est un salaud, le dernier des salauds.

— Mais, monsieur Singleton, dit Mrs. Marquès d'un ton doux et conciliant, il y a un tas d'hommes qui sont comme ça, n'est-ce pas ? Tel n'est pas votre avis ?

— Peut-être, dit Kane, mais il n'y en a pas qui soient aussi salauds que lui. Quand je dis que c'est le dernier des salauds, c'est, du reste, maquereau que je veux dire. Pierre est un sale maquereau. Il n'a pas son pareil pour soulager de tout ce qu'elles possèdent les femmes qui sont assez bêtes pour l'écouter. Pierre, mon bon ami Pierre, est un maquereau, un maquereau belge, mais un sale petit maquereau. Kane eut un rire sarcastique et montra Guelvada du doigt.

— Ecoute, Jack, dit celui-ci, tu commences à nous embêter. Tu es saoul comme une brute, tu devrais rentrer. Il jeta un regard complice à Mrs. Marquès.

— Je rentrerai quand je voudrai, déclara Kane. Ne croyez pas que je cherche à vous imposer ma présence, Mrs. Marquès, je veux seulement vous avertir... c'est tout. Et je fais ça uniquement parce que vous me rappelez une femme que j'ai failli épouser.

— Monsieur Singleton, dit quelqu'un.

Kane leva la tête. C'était Mrs. Jeanes. Elle était apparue brusquement comme un spectre, l'air profondément ennuyée.

— Il y a des gens nommés Kelzin dans l'autre pièce, dit-elle. L'homme se prétend critique d'art. Je veux qu'ils s'en aillent. Je crois que je ne peux plus les supporter.

Kane se pencha vers Mrs. Jeanes, et d'un ton de confidence :

— Je vais vous dire quelque chose... déclara-t-il. Je crois que, moi non plus, je ne peux pas les supporter. Mais, surtout, faut pas leur dire. Hein !... surtout pas...

Il avait l'air très ivre.

— Mais, ajouta-t-il, voulez-vous me dire, Mrs. Jeanes, ce que j'ai à voir là-dedans ?

— Pas grand'chose, répondit-elle sèchement, sauf que Kelzin prétend qu'il a rendez-vous avec vous pour aller voir vos tableaux. Je dois avouer que cela me semble une drôle d'heure pour regarder des tableaux. Bien que je ne croie pas que l'heure qu'il est puisse en rien changer la valeur de l'opinion de M. Kelzin. J'espérais seulement que vous pourriez l'emmener les voir.

— Merci, Mrs. Jeanes, dit Kane, vous êtes sport... Je vais aller parler à Kelzin, et je vais l'emmener. Je regrette qu'il vous ait embêtée.

Il fit deux pas chancelants, puis, se retournant, dit à Mrs. Marquès :

— Rappelez-vous ce que je vous ai dit sur lui. Méfiez-vous. C'est un salaud.

De la main, il fit au revoir, parvint avec difficulté à franchir la porte à double battant et disparut, suivi par Mrs. Jeanes.

Mrs. Marquès regarda Guelvada.

— Pierre, dit-elle doucement, si nous partions ?

— Oui, fit Guelvada, allons-nous-en. J'en ai par-dessus la tête des Jack, des Jeanes, des Kelzin, de tout le monde. Seule Helda m'intéresse. Partons. Et il se leva.

Dans l'autre pièce, Kane était en grande conversation avec les Kelzin. Ceux-ci étaient appuyés contre le buffet, trouvant que c'était là la façon la plus commode de se tenir debout. Kane était devant eux, conservant difficilement son équilibre et agitant les mains d'un air apaisant. Ils étaient engagés à fond dans une quelconque discussion sur l'art. Mais, au bout de quelques minutes, comme il semblait qu'ils eussent oublié de quoi ils parlaient, Kelzin suggéra de boire quelque chose. Veteria, qui rôdait aux alentours, leur apporta des fines à l'eau.

— Que Monsieur m'excuse, dit-il à Kane. Je sais que Monsieur ne prendra pas cela pour une impertinence, mais Madame... madame Jeanes... m'a laissé entendre qu'elle aimerait aller se coucher. Il est très tard, et tout le monde est parti...

— Pas possible ! dit Kane. Ainsi, tout le monde est parti. Allons-nous-en aussi, ajouta-t-il en se tournant vers Kelzin. Allons regarder mes croûtes.

Ils se dirigèrent tous trois vers le vestiaire.

Quand ils furent partis, Veteria, le serveur, se mit à parcourir la grande pièce, rassemblant les verres, vidant les cendriers. Il avait l'air très fatigué.

En arrivant près du guéridon qui était à côté du canapé jaune, il aperçut un petit mouchoir dans le creux entre les coussins. Il le prit. Le petit morceau de batiste et de dentelle dégageait un parfum subtil. Il le porta à ses narines. Ce mouchoir, se dit-il, devait appartenir à Mrs. Marquès.

Il était debout dans la pièce déserte, tournant et retournant le petit mouchoir entre ses doigts, pensant à Mrs. Marquès, pensant aux femmes, aux parfums et à d'autres choses agréables.

Il avait l'air pathétique et abandonné. Il resta là pendant quelques minutes à penser, puis, avec un soupir, il mit le mouchoir dans sa poche et recommença de vider les cendriers et de ramasser les verres sales.

8

Kane fit arrêter la voiture à cinquante mètres environ de l'entrée de service d'Ormesby Court. Il descendit et chercha de l'argent dans ses poches. Finalement, il trouva un peu de monnaie. Il était debout, légèrement titubant et comptant dans sa main, à la lueur de la lanterne du taxi, le prix de la course. Il laissa tout le temps au chauffeur de voir qu'il était ivre.

Kelzin et sa femme descendirent à leur tour. Kelzin, lui, était *très* ivre. Le grand air lui avait fait mal, et sa femme était presque en aussi mauvais état. Le taxi s'éloigna.

— Fern, dit Mrs. Kelzin, si tu arrives à voir ces sacrées croûtes, tu auras de la chance. Moi, je ne sais même pas où je suis... mais je m'en fiche !

— J'ai fait arrêter le taxi trop tôt, déclara Kane, mais ce n'est pas loin. Par ici. Il les précéda dans l'obscurité et les attendit à l'entrée de service.

Ils pénétrèrent dans le corridor. Kane marchant vite, avec parfois une embardée, commença de monter l'escalier. Kelzin et sa femme le suivaient, abordant les marches avec difficulté.

Devant la porte de l'appartement, Kane tira son trousseau et choisit la clé.

Il ouvrit la porte. Devant eux, l'antichambre était dans l'obscurité.

— Nous allons d'abord boire quelque chose, dit doucement Kane : nous nous débarrasserons de nos manteaux après.

Il étendit la main, alluma la lumière, et ferma la porte d'entrée aussitôt que les Kelzin l'eurent franchie. Puis, traversant l'antichambre, il ouvrit brusquement la porte du salon.

— Nom de Dieu ! dit-il alors d'une drôle de voix. Il était immobile, regardant dans la pièce, le critique d'art et sa femme derrière lui.

Guelvada et Mrs. Marquès étaient sur le canapé au centre de la pièce. Mrs. Marquès était étendue et Guelvada penché sur elle avait les lèvres sur les siennes. De ses bras, elle lui enlaçait les épaules. La scène avait un caractère résolument érotique.

Kelzin eut un mauvais rire.

— Il y en a qui ne s'embêtent pas, fit-il.

— Tu parles... dit Mrs. Kelzin.

Kane avança d'un pas dans la pièce. Guelvada se dégagea. Mrs. Marquès, se redressant, s'assit sur le canapé. Très à l'aise, elle regardait alternativement Kane et Guelvada. Son regard ne témoignait d'aucune surprise, simplement d'une curiosité amusée.

Kane jeta un coup d'œil circulaire sur la pièce. Puis son regard passa rapidement du guéridon placé près du couple, et qui était chargé d'une bouteille de whisky et de deux verres, au buffet. Pendant l'espace d'une seconde, ses yeux s'arrêtèrent sur le tiroir central de ce meuble.

— Hellard, dit-il d'une voix épaisse à Guelvada, tu vas me fiche le camp d'ici et emmener cette p... avec toi !

Guelvada se leva lentement. Il était debout devant le canapé, regardant Kane. Il y avait quelques gouttes de sueur sur son front et ses lèvres tremblaient. Son visage était mortellement pâle.

— Fern, murmura Mrs. Kelzin, allons-nous-en d'ici.

Mrs. Marquès eut un petit rire :

— Pierre, dit-elle à Guelvada, qui lui tournait le dos, votre ami est un peu bizarre... vous ne trouvez pas ?

Guelvada regarda Kane dans les yeux.

— Sacré nom de Dieu ! dit-il lentement, à qui donc crois-tu parler ? Je suis ici chez moi ! C'est toi qui vas foutre le camp.

— M... ! hurla Kane. C'est moi qui paie le loyer, et tu sais bien que, depuis trois jours, c'est moi qui me sers de cet appartement. Fous le camp et emmène ta grosse p... avec toi...

Guelvada fit un pas en avant, étendit les mains. Kane le gifla avec violence. Le coup fit perdre son équilibre au Belge, et il tomba de côté sur Mrs. Marquès. Kane se mit à rire.

Guelvada se releva, le visage livide. Il jurait en flamand, et sa bouche vomissait des obscénités.

— Tu me paieras ça, enfant de p..., articula-t-il péniblement, je vais te tuer. Il fit une embardée vers le buffet.

— Pauvre imbécile, tu ne pourrais pas tuer une mouche, dit Kane. Fous le camp et emmène-la... Il y a un joli terrain vague derrière la maison. Vous y serez aussi bien qu'ici. Dépêche-toi, ou je te casse la gueule...

Guelvada ouvrit brusquement le tiroir, y plongea la main et l'en sortit armée du pistolet.

— Bon Dieu ! dit Kelzin.

— Ne vous en faites pas ! murmura Kane par-dessus son épaule. Il n'a même pas assez de tripes pour tuer une mouche.

Guelvada écumait presque.

— Ah ! hurla-t-il, je n'ai pas assez de tripes ! Bon Dieu ! tu vas voir !

Il braqua l'automatique sur Kane.

Mrs. Kelzin poussa un cri aigu.

— Ne vous en faites pas, répéta Kane. Il n'est pas chargé. Monsieur joue au gangster.

Il fit rapidement un pas en avant, sortant de la ligne de tir du pistolet, et, d'un coup de poing, frappa Guelvada sur le côté du cou.

Guelvada tomba. Il tomba sur le canapé. Il en agrippa l'extrémité avec sa main gauche, essaya de se retenir, s'écroula de côté. Son bras droit se releva et, comme il achevait de tomber, le coup partit...

Un air d'intense surprise envahit le visage de Mrs. Marquès. Pendant l'espace d'une seconde. Puis sa bouche s'ouvrit. Mais aucun son n'en sortit. Elle essaya de porter la main à sa poitrine. En vain. Le temps d'un clin d'œil, elle eut une grimace d'agonie, puis elle s'effondra de côté sur le canapé. Un peu de sang apparut au coin de ses lèvres. Une tache d'un rouge plus sombre commença de grandir sur le devant de sa robe rouge.

— Oh ! mon Dieu... mon Dieu ! dit Kelzin.

Mrs. Kelzin fit demi-tour et essaya de s'enfuir de la pièce. Elle buta contre une chaise qui était près de la porte et tomba. Elle resta sur le sol, gémissant doucement.

Guelvada, en se redressant, regarda autour de lui. Il vit Mrs. Marquès. Ses doigts s'ouvrirent et l'automatique tomba sur le sol. Guelvada avait les yeux écarquillés, la bouche ouverte. Il regardait d'un air ahuri Mrs. Marquès, dont les yeux vitreux semblaient, absurdement, contempler le radiateur électrique.

Guelvada tomba à genoux. Il se mit à pleurer. Il resta à genoux, se balançant d'avant en arrière, reniflant, pleurnichant.

Kane se retourna et regarda Kelzin.

— Sale histoire !... dit-il. Descendez chercher le concierge...

Kelzin s'en alla... Sa femme, toujours sur le sol, se mit à pousser des cris hystériques. Kane saisit la carafe sur le buffet et versa un peu d'eau sur elle. Elle cessa de crier et se mit à geindre doucement.

Kane alla au téléphone qui était près de la fenêtre. Il décrocha et forma 999. Au bout d'un instant, il se mit à parler...

9

Kane debout devant le radiateur électrique regardait l'inspecteur du C.I.D. Quelque part dans le voisinage, quatre heures sonnèrent à un clocher. Du dehors monta le bruit du car de la police qui démarrait, emportant la dépouille mortelle de Mrs. Marquès. Kane se dit que ce devait être rudement embêtant d'être inspecteur du C.I.D. et d'être dérangé à n'importe quelle heure de la nuit pour de telles histoires.

L'inspecteur était assis à la table de bridge qu'il avait placée au centre de la pièce. Il écrivait avec lenteur et application. Debout derrière lui, un jeune policeman rangeait des feuilles de papier dans une serviette.

L'inspecteur avait un visage maigre, plutôt beau. Il avait les tempes grises et les jointures un peu enflées. Kane pensa qu'il avait probablement des rhumatismes.

Guelvada était assis à l'extrémité du canapé la plus proche du radiateur. Il avait les yeux rouges, les traits tirés, l'air d'un vieillard. Ses mains étaient jointes sur ses genoux ; sans arrêt, il passait sa langue sur ses lèvres. Kane se dit qu'il était extraordinaire.

L'inspecteur se leva et mit son carnet dans la poche de son pardessus.

— Voilà, dit-il, c'est tout ce que l'on peut faire ce soir. Il regarda Kane. Inutile de vous dire, messieurs, que vous devez rester tous les deux à la disposition de la justice. Il y aura une enquête... la semaine prochaine, sans doute.

Le policeman lui tendit son chapeau mou.

— Jack, murmura Guelvada sans bouger la tête, pourquoi as-tu dit ça ? Pourquoi ? Oh ! Mon Dieu ! Il éleva la voix. Si tu n'avais pas dit ça... Il se mit à pleurer. Il faisait un bruit rauque, grinçant, fort pénible à entendre.

— A votre place, lui dit l'inspecteur, plutôt gentiment, je me calmerais. Assez d'engueulades pour ce soir, n'est-ce pas ?

Il se dirigea vers la porte.

— Bonsoir, inspecteur, lui dit Kane quand ils furent en bas de l'escalier. Et merci pour tout ce que vous avez fait. C'est une histoire bien affreuse. Il est difficile de se rendre compte exactement comment ça a pu se produire.

— Il est toujours difficile, après coup, de se rendre compte comment ces choses se produisent... dit l'inspecteur. Le drame, c'est que cette cartouche se soit trouvée dans le pistolet. Il haussa les épaules. A votre place, je donnerais un somnifère à Hellard, ajouta-t-il. Dans l'état où il est, il m'a l'air capable de faire n'importe quoi.

— Je vais m'occuper de lui, fit Kane. Pauvre diable... C'est épouvantable de tuer une femme comme cela.

L'inspecteur approuva.

— Elle était belle fille, ajouta-t-il un peu malgré lui ; puis, souriant non sans sympathie à Kane : Enfin... Bonsoir, dit-il.

Et il disparut dans l'obscurité avec son acolyte.

Guelvada sortait de la salle de bain quand Kane remonta, et il était en train de s'essuyer les mains. Il s'avança vers le buffet et se versa un solide whisky qu'il but d'un trait. Puis, prenant une cigarette dans son étui, il l'alluma et en aspira la fumée avec un plaisir évident.

— C'est la première fois que je fais cela, déclara-t-il. Je veux dire la première fois que je vise en tombant... Ça devait faire plutôt bien, hein ?

— C'était tenter la chance que d'agir ainsi, dit Kane. Vous auriez pu la rater. Bon Dieu ! pourquoi faut-il toujours que vous tentiez la chance ?

Guelvada haussa les épaules.

— C'est plus artistique, dit-il. J'aime agir en artiste...

Kane saisit son chapeau.

— Ne faites pas trop l'artiste à l'enquête, dit-il. Tenez-vous-en simplement à ce que nous avons décidé, et n'essayez pas de faire le malin. Bonsoir, Ernie...

Il sortit et ferma doucement la porte derrière lui.

Dehors il faisait très sombre et très froid. Il alluma une cigarette et se mit en marche vers Queen Anne Street.

Il sifflait doucement pour lui-même.

1

« *Dulce Conga* »

Dans le lointain, on entendait faiblement de la musique, mais parfois, lorsque quelqu'un — un garçon d'étage ou une femme de chambre — ouvrait la porte de service située au bout du couloir, les sons devenaient plus proches, bribes d'un morceau bien rythmé, d'allure très espagnole.

— J'aime cette musique, dit Guelvada. Elle est chaude et colorée. Il me semble que c'est une « conga ». Je me demande quel en est le titre. Oui, cette « conga » — c'en est une, maintenant j'en suis sûr — me plaît beaucoup. Elle me donne du vague à l'âme. Je crois que ce soir je serais volontiers d'humeur à faire la cour à quelqu'un ou bien...

— Ou bien peut être d'humeur à couper la gorge de quelqu'un ? acheva Kane.

Guelvada haussa les épaules et, allant au buffet, il se mit à confectionner deux cocktails bien tassés. Puis, ayant mis un morceau de glace et un petit morceau de feuille de menthe dans chacun des verres, il traversa la pièce avec ceux-ci et en tendit un à Kane qui, vautré dans un énorme fauteuil-club, était en train de lire un numéro de l'*Evening Standard* vieux de quatre jours.

— Un beau jour, dit Kane, je visiterai Lisbonne pour de bon. C'est une ville que j'aimerais voir en temps de paix. Elle me plaît beaucoup. Elle a de l'atmosphère. Cet hôtel aussi en a. Et les femmes aussi. Oui, un de ces jours, je reviendrai certainement ici.

— Un de ces jours, répéta doucement Guelvada en hochant la tête, peut-être. En tout cas, mon vieux, aujourd'hui, vous restez claustré dans cet hôtel à attendre quelque chose qui n'arrive pas, quelqu'un qui ne vient pas, quelqu'un qui peut-être ne viendra pas.

Il s'assit sur le bras d'un fauteuil et se pencha vers Kane. Une idée venait de lui traverser l'esprit et, dans son animation, il laissa son anglais se teinter d'une pointe d'accent belge.

— Ecoutez, dit-il. Est-ce que ce ne serait pas à se tordre — mais à se tordre à s'en faire éclater la sous-ventrière — s'ils nous oubliaient. Oui, s'ils oubliaient que nous sommes ici et nous y laissaient. On pourrait s'en payer, Michael, surtout s'ils oubliaient aussi de cesser de nous envoyer du fric. Il alluma une cigarette. Lisbonne est une chic ville. Je la connais bien. Vous oubliez parfois que j'ai été *courrier.* Croyez-moi, c'est une sacrée ville et pour quelqu'un qui s'y est un peu baladé...

— Parlez-m'en un peu, demanda Kane. A vrai dire, je l'ai à peine entrevue... Il alla au buffet et, se versant un autre verre, le but vivement, s'en versa un nouveau et retourna s'asseoir.

— J'aimerais vous mener partout, dit rêveusement Guelvada. Dans l'Alfama — c'est la vieille ville ; dans le bas de celle-ci, à la Citade Baixa et puis au Bairro Alto — c'est le quartier haut. Mais vous pouvez toujours vous mettre à la fenêtre et regarder d'ici l'Avenida. Il y a toujours un tas de jolies choses à voir dans l'Avenida.

— Cette ville pue, dit soudain Kane. Elle pue l'Allemand. Tout le monde sait cela. Ils font tout ce qu'ils veulent ici. Tout le monde sait *cela*...

Guelvada haussa un sourcil.

— Tout le monde ? demanda-t-il avec un sourire cynique.

Kane saisit le journal.

— Ecoutez, fit-il, ce que dit l'*Evening Standard* d'il y a quatre jours.

Et il lut à haute voix :

La propagande nazie, qui ne rencontre actuellement aucune opposition, devient plus arrogante chaque jour. Elle vient d'envoyer ici un contingent d'« aryennes » titrées et polyglottes, dont la moralité est, elle aussi, au service du Führer, et qui ont pour but de gagner à la cause du Reich l'élément snob de la haute société portugaise.

La question que se posent toujours les Nazis dans un cas comme celui-ci est : « Qui est-ce qui détient vraiment le pouvoir ? » Au Portugal, la conclusion, d'ailleurs correcte, à laquelle ils sont arrivés, est que ce ne sont ni le gouvernement du Dictateur ni les nécessités économiques nationales qui mènent le pays, mais bien la police. En conséquence, les Nazis se sont employés à gagner celle-ci. Jusqu'à présent, ils se sont peu occupés des grands chefs. Tout leur effort s'est dirigé vers les membres de la police qui sont chargés des besognes administratives et de qui dépend la marche quotidienne des affaires.

Ces fonctionnaires subalternes sont invités à l'Ambassade d'Allemagne, où ils sont placés sur un pied d'égalité avec l'élite du pays, flattés, invités à visiter l'Allemagne aux frais des Nazis. On leur fait cadeau d'automobiles, de coûteux appareils photographiques, et on leur laisse entendre, à l'occasion, que le salaire de gens aussi capables qu'eux est beaucoup plus élevé dans les pays sous contrôle allemand que, par exemple, au Portugal ou en Espagne...

Guelvada haussa les épaules.

— Et puis après ? demanda-t-il. Mais, sans attendre de réponse, il continua : Les Boches peuvent l'emporter pour certaines choses. Mais il y en a une, au moins une, pour laquelle ça ne marche pas aussi bien...

Kane but une gorgée.

— Laquelle ? interrogea-t-il.

— Comment le saurais-je ? dit Guelvada. Mais nous sommes ici, n'est-ce pas ? Et, quand nous sommes quelque part, est-ce que cela ne veut pas dire d'habitude que quelqu'un, tôt ou tard, aura de petits ennuis ?

Kane sans répondre, acheva son verre. Puis il dit brusquement :

— Aujourd'hui, j'ai lu un bouquin que quelqu'un avait laissé dans ma chambre. Un bouquin plutôt idiot, mais il y a un passage qui s'applique à nous. Un passage pas mal.

Guelvada débouchait une nouvelle bouteille de whisky. Il regarda Kane par-dessus l'épaule. Quelque chose dans la voix de celui-ci l'intriguait.

— Comment était-il, ce passage pas mal ? demanda-t-il avec douceur.

— C'est un bout de poésie, dit Kane. Ecoutez...

Il est enfui le temps des menuets
Et dans la salle où se sont tus les clavecins
S'élève maintenant et retentit le son
De la voix de deux spectres en un sombre duo.

» Voilà ce que nous sommes, Ernie, continua Kane avec un sourire presque joyeux. Deux spectres en un sombre duo — un sacré duo...

Quelqu'un ouvrit la porte au bout du couloir. La musique envahit le couloir, arriva à leur porte. Tous deux écoutèrent.

— C'est un rudement bon orchestre, dit Kane. Il doit coûter un argent fou.

— Mais oui, dit Guelvada, pourquoi pas ? Nous sommes dans le meilleur hôtel de Lisbonne. On y trouve tout ce que l'on veut. On y trouve même de grosses espionnes, allemandes et blondes, vêtues de velours noir, cachées derrière les palmiers du hall. Il ne nous manque que William le Queux pour écrire un livre là-dessus. Marrant, n'est-ce pas ?

Il prit dans sa poche un étui à cigarettes en platine, très plat, et l'ouvrit. Il contenait quelques cigarettes et une mince petite fiole pleine d'un liquide incolore. Une inscription était gravée à l'intérieur du couvercle : « *A mon Ernest bien aimé. M.* » Guelvada prit une cigarette et l'alluma.

— Mon cher Michael, demanda-t-il après avoir fumé en silence pendant quelque temps, pourriez-vous me dire ce que nous sommes exactement censés faire ici ? Il posait cette question sans conviction, comme s'il s'attendait à ne pas y obtenir de réponse. Et, aucune réponse ne venant effectivement, il continua de fumer placidement.

Il y eut un long silence. Puis, contre toute prévision, Kane parla :

— Nous devons attendre quelqu'un, dit-il, un Américain. Il est au courant. C'est un type nommé Gallat.

— Ah ! fit Guelvada. Gallat ! Joli nom !

Le téléphone sonna. Kane se leva et répondit.

— Oui, Mrs. Lahn, dit-il au bout d'un instant. Certainement. Je serai ravi... M. Guelvada ? Oh ! oui. Il est ici. Je l'amènerai avec moi... oui... Dans cinq minutes au plus.

Il raccrocha.

— C'était Mrs. Lahn, dit-il. Vous savez, la gentille Américaine. Celle qui a une fille. Elle demandait si nous voulions nous joindre à elle pour souper. J'ai accepté. Vous allez me faire plaisir de laisser la petite tranquille, hein ! Ernie ?

Guelvada haussa les épaules d'un air désespéré.

— Mais pourquoi, demanda-t-il d'un ton plaintif, me dire des choses pareilles ? A moi ! Rien n'est plus loin de ma pensée.

— Oui, oui, causez toujours, dit Kane. Mais, en tout cas, je vous le répète, pas de blagues. Laissez-la tranquille. Je ne veux pas attirer l'attention. Il y a déjà trop de gens curieux dans cet endroit. Descendre souper avec les Lahn et danser une ou deux fois a l'air plus normal que de rester dans cet appartement sans mettre le nez dehors.

— Remarquablement juste, dit Guelvada. Il sourit brusquement à Kane. Mais, ajouta-t-il, à supposer, pour le plaisir de discuter, que la petite me fasse des avances : qu'est-ce que je ferai ?

— Rien, dit Kane. Dites-lui que vous êtes marié.

— Ça les rend souvent pires encore, dit Guelvada. Bien pires. Toutes les femmes croient que le fruit défendu est meilleur.

— Je me fiche de ce qu'elles croient, dit Kane. La femme, quelle qu'elle soit, qui, après vous avoir regardé pendant deux secondes, peut encore se figurer que vous êtes le fruit défendu devrait se faire examiner par un psychiatre. En tout cas, vous allez faire ce qu'on vous dit. Pas de bêtises avec la petite. Si vous commencez quelque chose, j'y mettrai un terme — et sans doute d'une façon qui vous déplaira. Compris ?

— Parfaitement, dit Guelvada. Mais je trouve tellement dommage que l'on se méprenne si souvent sur mon compte. Il s'éloigna dans la direction de sa chambre, en sifflant.

Kane alla dans sa propre chambre située de l'autre côté du salon. Il prit son smoking dans l'armoire et commença de se changer. Quand il eut enlevé ses chaussettes, il plongea la main au bout de celle de gauche et en retira un télégramme ainsi rédigé :

Kenneth Michael, *Hôtel Estrada,* Lisboa.

Opération Sally réussie d'après rapport spécialiste américain stop Docteur Gallat la soignera jusqu'à convalescence stop Votre oncle arrive le 27. Tendresses de tous. Mary.

Kane prit un crayon dans sa poche et barra certains des mots du télégramme, laissant seulement subsister :

Américain Gallat arrive 27.

Kane prit une cigarette dans la boîte qui était sur la table de toilette, l'alluma et brûla le télégramme avec la même allumette.

Gallat aurait dû arriver le 27 novembre. On était le 28. Kane n'aimait pas cela. Parfois un jour de retard pouvait être dangereux.

Il mit son pantalon et alla dans le salon boire un autre verre. Dans la salle de bain, Guelvada chantait avec âme et avec un accent parfait un fado portugais.

Kane fit la grimace et, quand il retourna dans sa chambre, il en ferma la porte.

2

Sept heures quinze du soir. Il pleut et il fait froid. Permettez que l'on vous présente Marcel Dupuis — petit et mince, très soigné, très élégant. Presque le Français conventionnel des films américains... presque, pas tout à fait...

Marcel avait le visage long, en forme de cœur, des yeux bruns, attirants, parfois implorants, souvent un peu durs. Sa peau avait cet aspect particulièrement lisse qui est l'apanage des rares hommes qui n'ont que peu souvent besoin de se raser vraiment. Il avait les pieds et les mains petits.

C'était un Français typique. Tout en lui le proclamait. Il suffisait de parler des Allemands devant lui pour que ses yeux devinssent durs, sa bouche mauvaise. N'importe qui pouvait aisément se rendre compte qu'il les détestait.

Et la charmante *W.A.A.F.* avec qui il buvait des cocktails dans un des salons du *Marigold Club* s'en rendait compte elle aussi. C'était une fille bien, et elle se disait que le présent devait être rudement pénible pour un bon Français comme Marcel.

Le garçon s'avança discrètement.

— Votre table est prête, dit-il, et, après avoir déposé devant Marcel un plateau sur lequel était posée une feuille de papier pliée en deux, l'addition, il s'éloigna.

— Nous allons dîner ? demanda Marcel. J'ai faim. Pas vous ?

La *W.A.A.F.* répondit qu'elle aussi avait faim et se leva. Marcel déplia discrètement l'addition et vit qu'ils avaient bu pour huit shillings et neuf pence de cocktails. Il vit aussi qu'au bas de la feuille de papier, dans l'espace vierge qui se trouvait en dessous du total, deux mots étaient écrits très légèrement au crayon : *Dulce Conga.*

Marcel déposa un billet de dix shillings sur le plateau, y joignit l'addition, qu'il replia, puis suivit la jeune femme. Dès qu'ils furent installés à leur table, Marcel commanda le dîner, s'excusant de façon charmante pour la maigreur de ce menu de temps de guerre. L'orchestre, qui exécutait un quelconque air de danse, cessa de jouer.

— Aimez-vous la musique espagnole ? demanda Marcel à sa compagne et, celle-ci lui répondant affirmativement : Je vais leur demander de nous jouer quelque chose, continua-t-il, quelque chose de spécial. A la condition, bien entendu, qu'ils le connaissent. Et, se levant, il se dirigea vers l'estrade sur laquelle se tenait l'orchestre.

La jeune femme le regarda s'éloigner et se dit qu'il avait une démarche très distinguée et que c'était vraiment dommage qu'il fût si malade. Marcel, en effet, avait le cœur très malade, et c'était là la raison pour laquelle les Forces Françaises Libres du Général de Gaulle en Angleterre n'avaient pu utiliser ses services. Marcel savait cela. Mais il savait aussi qu'il y avait mille chances contre une pour que personne à l'Etat-Major des Forces Françaises Libres ne sût que le vrai Marcel Dupuis gisait au fond d'un fossé, quelque part en France, et que l'entreprenant Herr Himmler avait proposé — ou plutôt enjoint d'une façon sans réplique — au nommé Karl Walcz d'assumer à l'avenir l'identité du mort.

L'Etat-Major des Forces Françaises Libres ignorait cela et, de ce côté, Karl n'avait rien à craindre. Mais ce que lui-même ignorait, c'est que, dans un bureau du troisième étage d'un immeuble de Golden Square, il y avait un nommé Fenton dont le métier était d'être particulièrement curieux et qui avait le bras très long et un naturel des plus soupçonneux. Pour Karl lui-même, Karl Walcz était mort. Seul vivait Marcel Dupuis. Et ce qui n'était pas ce dernier n'était plus qu'un souvenir pour lui. Fréquemment, du reste, il lui semblait préférable de ne plus être Karl, moins périlleux en tout cas... Les dangers que l'on courait si loin de Herr Himmler étaient certes bien moins grands que ceux auxquels on était exposé quand on travaillait dans le voisinage immédiat de celui-ci. Herr Himmler, en effet, avait une certaine habitude qui était de tirer sur ses propres agents pour les raisons les plus bizarres. Pour ceux-ci, la mort subite ou le camp de concentration s'ils en savaient trop peu. Pour ceux-ci, la mort subite s'ils en savaient trop long. De sorte que, quand on travaillait près du S.S. Reichsführer Himmler, on passait son temps à se demander avec angoisse si l'on en savait trop ou trop peu.

Par contre, l'on travaillait en Angleterre avec une certaine sécurité. On était en tout cas à l'abri de Herr Himmler ou de la jalousie mesquine d'un quelconque sous-chef de la Gestapo. On risquait seulement d'être tué par les Anglais, mais cela faisait, bien entendu, partie des risques normaux du métier.

— Je pense que des tas de gens doivent vous assommer en vous priant de jouer tel ou tel morceau, disait Marcel au chef d'orchestre dans un anglais peu correct, mais charmant, mais je me demande si vous en connaissez un qui s'appelle *Dulce Conga ?*

Le chef fit un signe au premier violon.

— Ça, c'est drôle, dit-il à celui-ci. Qu'est-ce que tu penses de cela, Harry ? Et s'adressant à Marcel : Nous le connaissons. Mais que vous nous demandiez de le jouer, ça a presque l'air d'une blague. Je vais vous dire pourquoi. Il y a un client qui nous a demandé si nous connaissions cet air. Nous lui avons dit que non. C'est un air espagnol. Nous ne l'avions jamais entendu. Mais le client en était fou. Alors il nous en a donné un enregistrement et, comme ça, nous avons pu l'apprendre pour lui.

— Extraordinaire ! dit Marcel. Mais je voudrais bien avoir ce disque.

C'est un air ravissant, et que j'aime énormément. Savez-vous où je pourrais trouver le disque ?

— Le client m'a dit avoir acheté le sien à Londres, dit le chef d'orchestre. Chez Williams, dans Greek Street. J'ai le numéro du disque, je vais vous le donner, si vous voulez. Il prit un carnet dans sa poche, en tourna les pages. C'est bien ça, dit-il, Williams, Greek Street. Le numéro du disque est 41 927 M.

— Merci infiniment, dit Marcel.

— Il n'y a pas de quoi, dit le chef d'orchestre. Tout à l'heure, nous allons vous jouer votre air.

Marcel s'éloigna, mais il ne retourna pas tout de suite à la table où l'attendait la charmante *W.A.A.F.*

Il fit le tour de la salle et s'arrêta devant un minuscule groom, qui, appuyé contre le mur, semblait monter la garde devant une porte. Marcel lui donna une demi-couronne et quelques instructions. Puis il revint à sa table, s'assit en s'excusant de s'être absenté et, de sa voix douce et agréable, se mit à parler de toutes sortes de choses.

Quelques minutes plus tard, le groom vint l'interrompre.

— Monsieur Dupuis, dit-il, on vous demande au téléphone. Je crois que c'est urgent.

Marcel, s'excusant à nouveau, se leva et suivit le groom. Au bout de cinq minutes, il était de retour, le visage grave.

— Ma chère Mary, dit-il, une chose terrible est arrivée. Mon frère a été blessé la nuit dernière au cours d'un bombardement aérien de la côte sud-est, je viens seulement de l'apprendre. Il faut que j'aille tout de suite à son chevet. Je sais que vous comprendrez.

— Bien sûr, Marcel, dit-elle, sincèrement affectée. Je suis absolument désolée. Puis-je faire quelque chose pour vous ?

— Seulement rester ici et dîner, dit Marcel. Je vait régler en partant. Dans un instant, on va jouer le morceau dont je vous ai parlé : *Dulce Conga.* Il vous plaira, j'en suis sûr. Promettez-moi de penser à moi en l'écoutant. Au revoir, chère Mary. Il faut que je parte sur-le-champ retrouver Georges.

Comme il s'en allait, elle lui sourit. Ce soir, il semblait plus charmant, plus courageux que jamais.

Il prit son chapeau et son manteau au vestiaire et sortit du *Marigold Club.* Une fois dans la rue, il s'engagea dans l'étroit passage qui mène à Regent Street, traversa cette dernière rue et entra dans la cabine téléphonique qui est près de l'extrémité de Sackeville Street. Il prit dans sa poche le morceau de papier sur lequel il avait noté le numéro du disque que le chef d'orchestre lui avait si obligeamment donné — 41927. M. Karl eut un léger sourire et forma « Mayfair 41927 ». Il pensait à la surprise du chef d'orchestre si celui-ci avait su.

Quelqu'un répondit.

— Ici, Marcel Dupuis, dit celui-ci.

— Comment avez-vous eu le numéro ? demanda la voix, à l'autre bout du fil.

— Je l'ai eu au *Marigold Club,* dit Marcel. C'est là que se trouve le seul orchestre de Londres qui semble connaître *Dulce Conga.* Les musiciens l'ont appris en écoutant un disque. Le disque a été acheté chez Williams, Greek Street.

— Très bien, dit la voix. Avez-vous une voiture ?

Marcel répondit affirmativement. La conversation se prolongea encore un peu, puis il raccrocha et retourna dans la rue. Il pleuvait, mais ça lui était égal.

Il était neuf heures moins le quart quand il traversa la rue principale de Hampstead dans sa petite conduite intérieure. Peu de temps ensuite, il quittait une route située de l'autre côté du Val de Health pour s'engager dans un chemin désert. Il arrêta sa voiture sur le bord du chemin, éteignit les phares et, descendant, s'avança dans l'obscurité, marchant avec précaution sur le sol humide. A cinquante mètres de là — à cent mètres de la route — il y avait une voiture, à l'intérieur de laquelle Marcel se pencha.

— Bonsoir, dit-il.

— Bonsoir, répondit l'homme qui était au volant.

Marcel prit son étui à cigarettes et le lui tendit. Puis il monta dans la voiture. Les deux hommes fumèrent dans l'obscurité, abritant l'extrémité allumée de leur cigarette dans le creux de leur main.

— Sur quoi voulez-vous des renseignements, demanda Marcel. L'invasion ou l'affaire Marquès ?

L'autre eut un rire guttural.

— Les invasions ne sont pas mon rayon, dit-il, je m'intéresse seulement à Marquès.

— Je connais une partie de l'histoire, dit Marcel. Tout bien considéré, ce que je sais peut vouloir dire quelque chose. Il s'installa plus confortablement et continua : Helda est allée à une soirée — une soirée chez une certaine Mrs. Jeanes, à Charlotte Court, près d'ici, à Hampstead. Il y avait quelque temps qu'elle connaissait Mrs. Jeanes. Mrs. Jeanes est une idiote. Helda se servait de son appartement pour rencontrer des gens. Il paraît qu'au cours de la soirée est arrivée une femme nommée Mrs. Mallary — autre idiote. Un homme était avec elle, un Belge, Pierre Hellard. Il paraît qu'Helda et lui se sont liés d'amitié au cours de la soirée. Cette partie de l'histoire me surprend un peu, parce que, comme vous le savez probablement, Helda n'était pas comme ça. Enfin, de toute manière, il semble que le Belge et elle ont passé la plus grande partie de la soirée à parler ensemble. De quoi ? Je ne sais pas. Dans l'obscurité, il haussa les épaules. Il se peut qu'elle ait cru pouvoir l'utiliser pour quelque chose. Plus tard est arrivé un ami d'Hellard — un nommé Singleton — qui était censé être dans la fabrication des tanks.

» Vers la fin de la soirée, il y a eu un peu de « friction » entre Hellard et Singleton. Puis Helda est partie avec le Belge. Elle a accompagné celui-ci dans un appartement de Saint John's Wood. Cela aussi, vous êtes d'accord avec moi, ne ressemble pas à Helda. Mais elle y est allée. Il paraît que l'appartement était celui d'Hellard. Il ne s'en servait pas beaucoup, et il le prêtait à Singleton quand il n'était pas là.

» Il paraît aussi que Singleton, avec quelques amis à lui, tous plutôt ivres, est arrivé à un moment très inopportun. Singleton a insulté Helda. Il y a eu une scène dramatique au cours de laquelle Hellard s'est mis à brandir un pistolet qui était censé ne pas être chargé. Alors Singleton a jeté le Belge à terre d'un coup de poing. En tombant, celui-ci a pressé sur la gâchette ; le coup est parti et a tué Helda.

Dans l'obscurité, Marcel sourit cyniquement.

— Bien entendu, il y a eu enquête, reprit-il, bien entendu également, l'enquête a été suivie d'un verdict de « mort accidentelle ». Hellard a été réprimandé par le Coroner pour sa criminelle négligence, et il a été condamné à quarante shillings d'amende pour avoir été en possession d'un pistolet sans permis.

L'autre fit claquer sa langue.

— Accident particulièrement stupide, dit Marcel.

— Beau travail, fit l'autre, je dirai même travail d'artiste. Vous ne trouvez pas, Dupuis ? Savez-vous quelque chose sur cet Hellard et sur ce Singleton ? continua-t-il. Où sont-ils maintenant ?

— Ils sont partis pour Lisbonne, dit Marcel. Mais ils ne sont plus Singleton et Hellard. Il sourit de nouveau. Maintenant ils sont Kenneth Michaels et Guelvada.

L'autre se mit à rire.

— Bon Dieu ! dit-il. Encore Kane et Guelvada. Mais pourquoi Guelvada se sert-il de son vrai nom, cette fois-ci ?

— Il est forcé, dit Marcel. Autrefois il était *courrier*. Il est connu à Lisbonne sous son nom de Guelvada. Est-ce tout ?

— Oui, dit l'autre. Cela me suffit. Je vais avertir qui de droit qu'Helda a été liquidée. Ils seront très ennuyés. Elle n'avait pas sa pareille. Il faut faire venir quelqu'un d'autre — une femme d'expérience. Il y en a une en Irlande qui peut faire l'affaire. Cela signifie que je vais m'absenter pendant une semaine environ. Quant à vous, Walcz, vous allez rester à Londres. La prochaine fois que je voudrai vous joindre, le titre du morceau sera *Bravada Tango*. Demandez-le dans l'un des night-clubs de Regent Street. Mais n'utilisez plus le *Marigold*.

Marcel descendit de la voiture et, après avoir salué son interlocuteur, il retourna à sa propre voiture, démarra et, gagnant la route en marche arrière, se dirigea vers Hampstead.

Il était neuf heures vingt-cinq quand il entra dans le petit garage attenant à un pavillon situé près de Haverstock Hill. Puis, ayant fermé la porte du garage, il pénétra dans le pavillon par l'entrée de service.

Comme il avançait dans le couloir, il fut surpris de voir qu'il y avait de la lumière dans le salon. Il pensa qu'il avait oublié de l'éteindre et se blâma pour sa négligence.

Mais, quand il ouvrit la porte, il s'aperçut qu'il n'avait pas été négligent. Deux hommes étaient assis dans les fauteuils devant le radiateur électrique. Marcel leva les sourcils d'un air surpris.

— Marcel Dupuis ? Demanda l'un des hommes. Police ! Je vous arrête sous l'inculpation d'espionnage. Et il exhiba un mandat d'arrêt.

— Dupuis, dit l'autre homme, retirez votre main de votre poche. Vous êtes fait ! Un geste malheureux et je vous descends !

Mac Murray somnolait dans la première pièce quand le téléphone sonna. Il décrocha.

— Ne quittez pas ! dit-il au bout d'un instant, et appelant Fenton par le téléphone intérieur : monsieur Fenton, dit-il, il y a quelqu'un au bout du fil qui veut vous parler. Il dit que la communication est pour vous. Je vous le passe ?

— Oui, passez-le-moi... Allô ! dit Fenton.

— Ici, dit une voix, S comme Sammy. Ce soir, Dupuis est allé au *Marigold Club* avec une *W.A.A.F.* Nous avons parlé à celle-ci. Rien contre elle. Elle a fait la connaissance de Dupuis à une soirée dansante, et elle s'est un peu laissé prendre à ses boniments. Elle avait rendez-vous avec lui ce soir et ils sont allés dîner au Club. Il est allé trouver le chef d'orchestre et lui a posé des questions au sujet d'un morceau intitulé *Dulce Conga.* Le chef d'orchestre connaissait ce morceau par quelqu'un d'autre qui lui avait donné le disque. Le chef d'orchestre a donné à Dupuis le numéro de ce disque. C'était 41 927 M.

» Ce numéro doit signifier quelque chose. J'ai vu le disque. L'étiquette du titre a été imprimée spécialement et collée dessus. Peut-être l'exécution du morceau est-elle un signe de reconnaissance pour les agents opérant dans la même ville ou quelque chose de ce genre. Après avoir quitté le club — il a dit à la *W.A.A.F.* qu'il allait voir son frère qui avait été blessé — Dupuis est entré dans une cabine et a donné un coup de téléphone ; puis il s'est rendu à Hampstead. Il a rencontré un homme près du Val de Health — Villinger. Tous deux ont été arrêtés. Ils refusent de parler.

— De qui venaient les ordres ? demanda Fenton.

— De la Section Spéciale du Service de Contre-Espionnage, dit la voix à l'autre bout du fil.

— Très bien, dit Fenton. Merci. Il raccrocha.

Se levant, il alla au classeur métallique. Il ouvrit les tiroirs marqués « D » et « V » et prit une fiche dans chacun. L'une portait comme en-tête le nom de Marcel Dupuis, l'autre celui de William Villinger. Fenton traça une petite croix au crayon à côté de chacun des noms, puis, ouvrant un autre tiroir — celui marqué « Z » — il y prit un dossier orné d'une étiquette ainsi libellée : *Affaires liquidées,* et y mit les deux fiches.

Ensuite, après avoir fermé le classeur, il retourna à son bureau, saisit le téléphone et appela un numéro.

— Ici, Fenton, dit-il, il faut faire parvenir, le plus rapidement possible, un message à M comme Michel, *Hotel Estrada,* Lisbonne. Le texte à chiffrer est le suivant :

» *Attention au morceau* Dulce Conga, *probablement signe de reconnaissance ou de contact. Mary.*

3

Il y avait foule au restaurant lorsque Kane et Guelvada y entrèrent. Kane se dit qu'un reporter de radio eût certainement qualifié l'endroit de « plein de couleur ». La plupart des hommes étaient en smoking et quelques-unes des femmes, couvertes de bijoux, étaient habillées avec un luxe exquis.

Kane, jetant un coup d'œil circulaire tout en avançant, se demanda combien d'entre elles étaient de ces aryennes de noble naissance et de moralité facile qui « travaillaient » pour le Führer.

En tout cas, on pouvait tout de suite distinguer le petit pourcentage de gens qui étaient des agents déclarés ou déguisés du gouvernement allemand. Il y avait le loueur de documentaires de propagande au service de Goebbels — la méthode qu'il employait était simple : on avait gratis un documentaire sportif à condition de projeter une ou deux bobines de films pronazis soigneusement choisies. A côté de lui se trouvait la dame qui s'occupait activement d'engager des « techniciens » pour la compagnie allemande qui s'était installée quelques semaines auparavant dans de somptueux bureaux. Le fait que la plupart des techniciens de cette dame n'eussent jamais mis les pieds dans un studio de cinéma n'avait d'importance pour personne.

Il faisait très chaud. Les tables assez éloignées les unes des autres — la direction avait sans doute voulu essayer d'empêcher tout le monde d'écouter la conversation de tout le monde — occupaient deux côtés de la grande salle, formant une sorte d'« L ». les deux autres côtés étaient occupés respectivement par l'estrade de l'orchestre et par les portes de service. Le long des tables — du côté du mur — il y avait une véritable avenue de palmiers : ceux-ci, à en croire Guelvada, servant de postes d'observation aux innombrables *Fräulein* perpétuellement sur le qui-vive dans l'espoir de surprendre les secrets de quelque dîneur rendu imprudent par un trop bon dîner, trop généreusement arrosé.

Dans le coin le plus éloigné de la salle, à une table placée près du tournant de l'avenue de palmiers, Kane aperçut Mrs. Lahn et sa fille. Il leur fit signe de la main.

Mrs. Lahn les accueillit avec son habituel sourire aimable. Mrs. Lahn était un spécimen parfait de « l'Américaine en tailleur ». Tout en elle répondait à cette appellation. Même lorsque, comme maintenant, elle portait une robe de dîner très féminine, celle-ci donnait l'impression d'avoir été coupée par un très bon tailleur. Mrs. Lahn était magnifiquement coiffée et avait les doigts étincelants de bagues.

— Bonsoir, vous deux, dit-elle. Est-ce la première fois que vous mettez le nez dehors aujourd'hui ? Griselda et moi, nous nous demandions ce qui vous était arrivé.

— C'est très aimable à vous, dit Kane.

— Et de la part de Griselda également, ajouta Guelvada.

Griselda sourit. C'était une séduisante fille de vingt-cinq ans — avec une légère tendance au romanesque. Elle trouvait Kane et Guelvada « intéressants ». Ils l'intriguaient et les quelques fois où elle leur avait parlé, elle les avait trouvés différents de la majorité des hôtes masculins de l'*Hôtel Estrada*.

— J'espère que nous ne vous avons pas dérangés, dit Mrs. Lahn, en vous téléphonant ainsi, mais nous nous ennuyions un peu. Griselda dit qu'elle trouve les hommes d'ici un peu « lourds ».

— Je pense, répliqua Kane, que nous excitons sa curiosité. Il sourit à Griselda. Je la crois très observatrice. J'ai remarqué de quel œil aigu elle regardait tout le monde.

— C'est parce qu'elle a suivi des cours de psychologie au collège, expliqua en riant Mrs. Lahn. Elle essaie de classer les gens dans des catégories bien définies.

— Ainsi, dit Guelvada à Griselda, vous avez essayé de nous classer dans une catégorie bien définie. Moi, j'adore que l'on me classe. Puis-je savoir à quelle catégorie j'appartiens, d'après vous ?

Griselda appuya son menton sur ses mains jointes. Pendant un instant, elle prit un air grave. Puis :

— Je ne sais pas exactement, dit-elle, mais il me semble que, tous les deux, vous devez avoir quelque chose à faire avec la finance.

— Bravo ! dit Guelvada, c'est presque ça. La question finance m'occupe beaucoup. Je passe mon temps à essayer de joindre les deux bouts.

— Ne me dites pas que nous avons l'air de brasseurs d'affaires, protesta Kane.

— Y a-t-il des gens qui songent à brasser des affaires en temps de guerre ? demanda Mrs. Lahn.

— Enfin, reprit Griselda, c'est sans doute indiscret de vous le demander, mais qu'est-ce que vous faites exactement, tous les deux ? Vous êtes trop « intéressants » pour faire quelque chose d'absolument normal !

Kane lui sourit.

— Normaux, nous ne le sommes pas exactement. Moi, je le suis tout de même assez, mais il suffirait à peine d'insister pour qu'Ernie trouve une place de choix dans un asile d'aliénés.

Il alluma une cigarette.

— Ceci dit, reprit-il, je suis tout à fait disposé à satisfaire votre curiosité.

Il eut un bon sourire :

— Nous sommes, Ernie et moi, deux célèbres gangsters.

— Vraiment ? fit Griselda. Je crains de ne pouvoir vous croire. Si vous étiez des gangsters, vous n'en parleriez pas.

— Très juste, dit Kane. De fait, nos occupations sont, je le crains, beaucoup plus prosaïques. Nous travaillons pour le ministère de l'Information. On a commencé à se rendre compte en Angleterre que les Allemands faisaient entrer trop de films de propagande au Portugal. Nous sommes ici pour essayer de placer quelques courts métrages anglais. Vous savez : de petits documentaires légèrement romancés. Je crois que cela pourrait plaire aux Portugais.

— J'en suis sûre, déclara Mrs. Lahn. Les cinémas d'ici font trop de place à la propagande allemande.

— Comme c'est intéressant ! dit Griselda à Guelvada. Ainsi, vous êtes dans le cinéma ?

Guelvada prit un air modeste.

— Oui, dit-il. Et savez-vous ce que je me disais ? C'est que vous êtes sûrement photogénique. Je voudrais bien être de retour à Hollywood. Je crois qu'il y aurait quelque chose à faire avec vous.

Il lança un coup d'œil malicieux à Kane.

— Je suis sûre, déclara Griselda, que vous devez connaître des gens absolument passionnants. N'est-ce pas ?

— Passionnant est le mot, dit Guelvada, et j'espère en rencontrer encore des tas d'autres.

Il se pencha vers elle par-dessus la table.

— Voulez-vous que nous dansions ? demanda-t-il.

— Avec plaisir, répondit Griselda. Cet air est très joli, n'est-ce pas ?

— C'est ce que je disais, moi aussi, remarqua Kane. En tout cas, ça m'a l'air d'être le morceau favori de l'orchestre. Déjà, de ma chambre, je le leur ai entendu jouer, et ils l'ont encore joué lorsque nous sommes entrés. Ça fait la troisième fois en moins d'une heure.

— Cela ne m'étonne pas, dit Griselda. C'est un air ravissant.

Elle se leva et précéda Guelvada sur la piste de danse.

— Quand on a l'âge de Griselda, dit Mrs. Lahn, une guerre est quelque chose de bien pénible. Cela bouleverse le cours normal d'une existence.

— Bien sûr, approuva Kane. Mais Griselda a quand même l'air de ne pas trop s'ennuyer.

— Peut-être, mais elle ne s'amuse pas *vraiment*, dit Mrs. Lahn. Aujourd'hui, il n'y a pas d'endroit au monde où l'on puisse *vraiment* s'amuser. Tout est sens dessus dessous, tout est bizarre, tout va mal. On ne peut être sûr de rien. En temps normal, le moment serait venu de trouver un mari pour Griselda. Mais quel homme — quel homme bien — pense à se marier dans les jours que nous vivons ? Je crois que nous allons être forcées de rentrer en Amérique. Là-bas, je me sentirai plus à l'aise.

— En ce moment, sourit Kane, le tourisme n'est pas très facile. C'est pourquoi Lisbonne est devenue une sorte de rendez-vous du monde entier. C'est l'une des seules villégiatures qui restent, avec Miami. Et l'une comme l'autre ont leurs dangers.

— Des deux, déclara Mrs. Lahn, je crois que je préfère Miami, monsieur Michaels. Vous ne trouvez pas qu'à Lisbonne il y a trop d'atmosphère ?

— Aujourd'hui, il y a un peu trop d'atmosphère partout, dit Kane, mais il est logique que l'on s'en rende compte davantage ici qu'ailleurs. C'est ici le seul endroit où Anglais, Américains, Allemands, Français, Espagnols, Italiens puissent se rencontrer sans avoir la possibilité de se tuer, sauf en dehors de la légalité, et le fait qu'ils ne puissent se tuer qu'en dehors de la légalité ne signifie pas qu'ils n'aient pas envie de le faire. Je crois bien que c'est cela qui rend l'atmosphère plutôt lourde.

— Je pense que vous avez raison, approuva-t-elle.

— Si j'étais vous, dit Kane, je rentrerais en Amérique et j'y resterais.

— C'est ce que pense mon mari, répondit-elle. Hier, j'ai reçu un câble de lui nous disant que nous devrions rentrer.

Elle sourit.

— Sans doute pense-t-il qu'Hitler a des visées sur le Portugal comme sur le reste du monde.

Elle jeta un coup d'œil autour d'elle.

— C'est une drôle de guerre, vous ne trouvez pas ? Regardez ce restaurant... plein de monde... et il est plus d'une heure du matin. En Russie, des gens se battent à mort... et en Libye. En France, en Hollande, en Norvège, des millions de gens souffrent, meurent de faim... sont les victimes de toutes sortes d'oppressions... Vraiment, le monde est sens dessus dessous.

Kane haussa les épaules.

— C'est nous qui l'avons voulu ainsi, dit-il. Oui, nous avons cherché ce qui est arrivé — nous, votre pays et le mien — et nous sommes servis. Maintenant nous devons faire de notre mieux pour en sortir et, quand ce sera fini, il s'agira de faire en sorte que cela ne puisse plus recommencer.

Un groom s'approcha de la table.

— Senhor Michaels, dit-il, un monsieur vous demande. Il a un message pour vous. Il dit que c'est urgent.

— Merci, dit Kane, et, demandant à Mrs. Lahn de l'excuser, il se leva et suivit le groom dans le hall de l'hôtel.

Un monsieur de petite taille, les épaules larges et l'air agréablement anglais, attendait là. Un groom s'éloigna.

— Vous avez un message pour moi ? dit Kane. Je ne crois pas vous avoir déjà vu, n'est-ce pas ?

— Non, monsieur, fit l'homme. M. Michaels, n'est-ce pas ?

Kane acquiesça du chef.

— Nous avons reçu un message de Londres, dit l'homme. Par le fil spécial du Consulat. Il était adressé à M. Kenneth Michaels en personne. Pourriez-vous me dire de qui peut venir ce message, monsieur, de façon que je puisse être sûr que je m'adresse au bon destinataire ?

— Je crois, dit Kane, que la seule personne qui ait pu vouloir me faire parvenir un message par votre chef, c'est ma tante Mary.

— Merci, monsieur, dit l'homme et, après lui avoir tendu une enveloppe, il prit congé et s'éloigna.

Kane mit l'enveloppe dans sa poche et monta dans son appartement. Ouvrant alors l'enveloppe, il prit le message qui y était contenu et lut :

Attention morceau Dulce Conga, *probablement signe de reconnaissance. Mary.*

Il alluma une cigarette et avec la même allumette brûla le morceau de papier et l'enveloppe au-dessus de la corbeille à papier. Puis, s'asseyant dans le fauteuil-club, une jambe passée sur l'un des bras de celui-ci, il attendit le retour de Guelvada.

Sur la cheminée, la petite pendule espagnole commença à faire le bruit de ferraille qui indiquait que l'heure allait sonner. Il y eut un court silence. Ensemble Kane et Guelvada regardèrent la pendule. C'était devenu une habitude chez eux.

L'heure sonna. Les trois notes différentes frappées sur le petit timbre résonnèrent dans la pièce.

Guelvada regarda amoureusement l'ananas qu'il tenait dans la main gauche. Il prit un couteau dans le buffet et se mit à découper l'ananas dans une coupe de verre taillé. Ceci fait, il prit un presse-fruits et écrasa l'ananas. Il passa un bon moment ainsi, se livrant à cette opération avec un soin presque jaloux.

Kane, assis dans le fauteuil-club, se dressa pour observer Guelvada.

— Oui, dit-il brusquement, oui... nous pouvons parler, nous pouvons parler tant que nous voudrons : où est-ce que cela nous mène ? Il va bien falloir que nous admettions le fait que Gallat n'a pas donné signe de vie. Il aurait dû le faire. Il aurait dû être ici hier après-midi, une heure après l'arrivée de l'avion. Et il n'est pas ici. Eh bien !... où est-il, et pourquoi n'est-il pas ici ? Tôt ou tard, il va falloir que nous nous inquiétions de le savoir.

Guelvada déboucha une bouteille de curaçao et en versa la moitié sur la purée d'ananas. Le bruit que faisait la liqueur en tombant sur le fruit écrasé et en éclaboussant les parois de la coupe de verre était agréable. Kane aimait ce bruit.

— Ce n'est pas à moi de discuter, déclara Guelvada. Vous êtes le patron. Si vous dites que nous devrions nous inquiéter de ce Gallat, alors je m'en inquiète et je suis convulsé d'angoisse. Et je proclame que je transpire d'angoisse en pensant à ce lambin de Gallat. Mais, après m'être abandonné pendant un moment à ces sensations, je vous demande : « Et alors ? »

Il déposa la bouteille de curaçao et en déboucha une de rhum Bacardi. Il versa quatre cuillerées à soupe de Bacardi dans la coupe et ajouta le contenu d'une bouteille de limonade. Puis, saisissant la coupe, il se mit à remuer le mélange.

— Gallat aurait dû être ici hier, dit Kane.

Il éteignit sa cigarette et en alluma une autre.

— Il n'est pas ici. Il faut que nous fassions quelque chose.

Guelvada haussa les épaules.

— Mais quoi, et pourquoi ? demanda-t-il. Devons-nous aussi jouer les nourrices sèches au bénéfice du très charmant Gallat ?

— Ne soyez pas idiot, Ernie, dit Kane. Que pouvons-nous faire d'autre ? Nous ne pouvons pas attendre en nous tournant les pouces. Gallat savait ce que nous sommes censés faire ici, quoi que cela puisse être. Il avait des instructions, peut-être des instructions écrites. Il y a de fortes chances que quelqu'un l'ait descendu. Cette ville grouille de types du contre-espionnage allemand, à l'affût de gars comme Gallat. Il les a probablement eus sur le dos au moment même où il descendait de l'avion. Ils l'attendaient.

Guelvada posa la coupe de verre taillé et saisit un shaker à cocktail. Il versa le mélange dans le shaker, vida dedans le reste du curaçao, ajouta beaucoup de glace et se mit à secouer vigoureusement le tout.

— D'accord, dit-il. Mon cher Michael, je suis invariablement d'accord avec vous sur tout. J'ai toujours dit que vous étiez le bon sens incarné. Très bien, donc : que devons-nous faire exactement ? Où allons-nous commencer à chercher M. Gallat ? Nous ne savons même pas à quoi ressemble M. Gallat. C'est peut-être un beau jeune homme. A moins que ce ne soit un vieillard orné d'une barbe rousse. A supposer même que nous sachions comment il est : alors, quoi ? Où allons-nous ? Allons-nous demander à la police si elle sait quelque chose sur Gallat ? Ceci, si l'on tient compte du petit article de l'*Evening Standard* que vous m'avez lu, pourrait être une démarche assez maladroite. Nous pourrions avoir assez de déveine pour tomber sur le policier même qui a des sympathies pour Herr Himmler. Probablement, du reste, ces messieurs espèrent-ils que nous allons faire quelque chose de ce genre. Rien ne leur ferait plus de plaisir que de nous voir dévoiler que nous sommes les individus qui attendent l'aussi délicieux qu'absent Gallat.

Guelvada emplit deux verres avec son mélange, posa le shaker et, allant à Kane, lui tendit un des verres.

— Suis-je censé boire ce truc-là ? demanda Kane. Bon Dieu ! quel affreux mélange !

Il respira le contenu de son verre.

— Néanmoins, je dois avouer que cela sent bon.

— Ecoutez, dit gravement Guelvada, quand j'étais ici, il y a sept ans, je suis tombé follement amoureux d'une femme. Je ne crois pas vous avoir parlé d'elle. Une femme épatante. Elle avait tout ce qu'une femme devrait toujours avoir, et, en plus, elle était loin d'être bête. Cette femme-là, c'était quelqu'un... Toujours est-il qu'il me parut que ce serait gâcher ma précieuse existence que de ne pas essayer d'avoir une aventure avec cette femme, mais elle était froide comme de la glace. Elle avait l'âme entourée de glaçons. J'ai tout essayé, mon cher, mais rien à faire. Alors, un soir, j'ai pensé au présent mélange. J'en ai préparé un peu, et je suis parvenu à le lui faire boire. J'en ai bu moi aussi. Sur-le-champ, elle a tout oublié, tout sauf qu'elle m'aimait. Ce fut tout à fait merveilleux.

Guelvada soupira.

— La dernière chose que j'ai sue d'elle, reprit-il, c'est qu'elle disait qu'elle me tuerait si jamais elle me revoyait. Je crois, du reste, qu'elle le ferait. Elle était vraiment splendide...

Il alla chercher le shaker sur le buffet et revint remplir les verres.

— Ernie, de quoi avez-vous parlé avec Griselda ? demanda Kane.

Guelvada sourit aimablement.

— De riens charmants, dit-il. Vous savez, elle est romanesque, cette petite. Pour une fille de son âge, elle est beaucoup trop romanesque. Je l'ai laissée parler presque tout le temps. J'ai découvert que vous l'intéressiez beaucoup.

Il jeta un regard en coin à Kane.

— Pourquoi ? demanda celui-ci.

Guelvada haussa les épaules.

— C'est ce que je voudrais bien savoir, fit-il. Elle dit que vous êtes quelqu'un, que vous avez une très forte personnalité et que vous pourriez être très séduisant.

Il fit une grimace.

— Elle parlait du point de vue psychologique, bien entendu.

— Bien entendu, dit Kane.

— Elle a pas mal étudié les spécimens masculins présents dans cet hôtel, continua Guelvada. Elle en pense peu de bien. Elle les juge intéressants, mais superficiels. Elle voudrait découvrir ce qu'elle appelle quelques spécimens portugais et les étudier.

— Elle risque de les trouver un peu trop *forts,* ricana Kane.

— C'est ce que j'ai suggéré, approuva Guelvada. J'ai dit : « Grattez un Portugais et vous trouverez à peu près tout ce que vous n'attendez pas. »

— Et alors ? demanda Kane.

— Et alors, la danse a pris fin, et nous avons rejoint Mrs. Lahn, dit Guelvada. Vous aviez disparu... j'ignorais pourquoi... et il y avait à sa table un vieil ami à elle, un Américain qui est ici pour quelques jours, un vieux monsieur avec un petit bouc et des revers de smoking bordés d'une ganse noire. Le portrait d'un juge de Virginie aux environs de 1850. Alors j'ai pris congé et je les ai quittés. De plus... je commençais à m'ennuyer un peu. Il m'est difficile de rester très longtemps avec une jolie fille sans lui faire la cour. Dans ces circonstances, je préfère boire.

— Donnez-moi un autre verre de votre mixture, dit Kane. C'est rudement remontant.

On frappa. Avec hésitation Kane regarda la porte et fit un signe à Guelvada. Tandis que celui-ci se dirigeait vers la porte, Kane glissa sa main dans la poche intérieure de son veston et l'y laissa. Guelvada ouvrit la porte. Mrs. Lahn se tenait dehors.

— Mais entrez donc, chère madame, dit Guelvada.

Mrs. Lahn entra. Elle était visiblement ennuyée. Elle affectait un air détaché, mais il était apparent que quelque chose la tracassait. Kane se leva, lui indiqua un siège et, tout en l'observant, se demanda ce qui avait pu se produire pour que Mrs. Lahn vînt ainsi leur rendre visite à cette heure tardive — ou plutôt matinale. Son cerveau travaillait très vite. Le métier de Kane le rendait soupçonneux. Quand les choses tournaient mal, il ne se fiait à personne, suspectait tout le monde. Même Mrs. Lahn. Le fait que Gallat ne se fût pas montré avait réveillé cette sorte de sixième sens que Fenton admirait tant chez Kane. Ce petit sens supplémentaire qui avait permis à Kane de mener à bien les missions les plus délicates, les plus dangereuses, et de demeurer en vie.

— Asseyez-vous, Mrs. Lahn, dit-il. Qu'est-ce qui ne va pas ? Et, puisque vous êtes ici, vous boirez bien quelque chose.

— Non, merci, dit-elle, si cela ne vous fait rien. Je suis sans doute complètement idiote, mais je suis inquiète au sujet de Griselda, et je ne sais pas pourquoi.

Guelvada haussa les sourcils. Il était tout intérêt. Ce qui ne l'empêcha pas néanmoins de verser un peu du contenu du shaker dans les deux verres.

— Qu'est-il arrivé à Griselda ? demanda Kane.

— Elle a disparu, dit Mrs. Lahn d'un ton qui signifiait qu'elle se rendait parfaitement compte que l'idée que Griselda eût *vraiment* disparu était absolument ridicule, mais qu'elle désirait que quelqu'un d'autre lui confirmât ce fait.

— Comment a-t-elle disparu exactement ? demanda calmement Kane.

— Eh bien ! dit Mrs. Lahn, après votre départ, un vieil ami à moi est arrivé, puis M. Guelvada et Griselda sont revenus de danser. Ensuite Griselda est repartie danser avec un jeune homme qu'elle a rencontré une ou deux fois ici à l'hôtel. J'étais en grande conversation avec mon vieil ami, et je la voyais vaguement évoluer sur la piste avec son cavalier. La danse s'est terminée, mais je ne me suis pas aperçue tout de suite qu'elle n'était pas revenue s'asseoir. L'orchestre a joué autre chose presque immédiatement, et je suppose que j'ai pensé qu'elle dansait de nouveau. Là-dessus, je suis allée continuer ma conversation au fumoir et, quand mon ami m'a quittée, je suis montée chez moi. Je comptais y trouver Griselda, mais elle n'était pas là. J'ai attendu un petit peu et puis je suis redescendue dans le hall et au restaurant, mais sans la trouver. Alors j'ai demandé au bureau et l'on m'a dit qu'elle était sortie une heure auparavant... avec un homme... un homme jeune...

— Sans doute le jeune homme avec qui elle dansait, dit Kane. Je pense qu'ils sont allés admirer le clair de lune. A moins que Griselda n'ait voulu étudier son compagnon, j'entends psychologiquement.

— Non, dit Mrs. Lahn. Ce n'était pas ce jeune homme. C'en était un autre. Quelqu'un que les gens du bureau ne connaissent pas du tout. Ils ne se rappellent même pas l'avoir vu auparavant. Je me demande si je devrais téléphoner à la police ?

Kane tendit son étui à cigarettes à Mrs. Lahn ; il alluma la cigarette qu'elle prit et la sienne propre, puis retourna s'asseoir. Là-dessus, il remit l'étui dans sa poche, puis, tout à fait naturellement, frotta le dos de sa main gauche avec la paume de sa main droite.

Guelvada comprit le signal. Cela voulait dire : « *Je vais essayer de l'"endormir". Aidez-moi.* »

— Ecoutez, Mrs. Lahn, dit Kane, je n'aime pas être indiscret, mais, en même temps, il me déplaît de vous voir inquiète. Je ne pense pas que vous deviez vous tracasser au sujet de Griselda. Nous savons qu'elle ne court aucun danger, n'est-ce pas, Ernie ?

Guelvada sourit aimablement.

— Mais oui, dit-il, avec un petit haussement d'épaules. Nous le savons.

Il rit doucement, et son rire était vraiment rassurant.

— Que savez-vous donc tous les deux que j'ignore ? demanda Mrs. Lahn. Que se passe-t-il ici ?

Elle leur sourit, et l'expression de son visage montra son soulagement évident.

— Et savez-vous, monsieur Michaels, reprit-elle, je crois que je boirais volontiers quelque chose, puisque vous êtes tellement sûrs tous les deux que Griselda est en sécurité.

— Ernie, dit Kane, est l'auteur d'un mélange extraordinaire. C'est affreux de le regarder le préparer, mais le résultat est excellent. Voulez-vous goûter cela ?

— Mrs. Lahn, ne croyez pas un mot de ce qu'il dit, protesta Guelvada. Il est jaloux de mes talents de barman et de psychologue féminin.

— Je ne sais pas ce que vous entendiez en disant que vous n'aimiez pas être indiscret, dit-elle à Kane en riant. Mais y a-t-il quelque gros secret entre vous deux et Griselda ? Comment se fait-il que vous sachiez où elle est et moi pas ? Ou cela aussi est-il un secret ?

— Ecoutez, fit Kane. Vous savez que Griselda aime jouer les psychologues ? Eh bien ! comme la plupart des psychologues-amateurs de son sexe, elle s'occupe surtout des spécimens masculins. Il est possible, j'en ai l'impression, qu'elle s'intéresse un peu particulièrement à quelqu'un. Ce n'est pas votre avis, Ernie ?

Ernie comprit.

— Si, dit-il, et je pense même, Mrs. Lahn, que vous découvrirez que le séduisant jeune homme avec qui a disparu Griselda est quelqu'un que, probablement, vous connaissez bien. L'amour, ajouta-t-il d'un ton poétique, a peut-être choisi Lisbonne pour se manifester. Un jour ou l'autre, même les psychologues doivent succomber à ses traits.

— Je vois, dit joyeusement Mrs. Lahn. Ainsi Griselda est amoureuse, n'est-ce pas ? Elle se promène au clair de lune. Alors je suppose que tout est pour le mieux. Surtout si c'est quelqu'un que je connais, bien que je ne comprenne pas pourquoi Griselda a cru devoir faire un secret de...

Kane l'interrompit.

— Je crois bien, dit-il, que Griselda pense que vous avez tendance à vous moquer de certains de ses flirts. Sans doute veut-elle être tout à fait sûre avant de vous en parler.

Mrs. Lahn posa son verre vide et écrasa le bout de sa cigarette dans le cendrier qui était sur la table à côté d'elle.

— Oui, dit-elle. Mais il est très tard et je vais me coucher.

Elle se leva.

— Je ne m'inquiète plus pour Griselda, continua-t-elle, mais il est un peu tard, n'est-ce pas ? Puisque vous en savez tant sur elle, peut-être pourriez-vous aussi me dire à quelle heure elle va rentrer ?

— Je peux vous dire deux choses, déclara Kane avec aisance. Griselda n'est pas très loin, et elle ne tardera pas à rentrer. Je vous conseille d'aller vous reposer. Demain matin, vous trouverez votre fille bien au chaud dans son lit, en train de prendre son petit déjeuner.

— Je me fie à vous, dit Mrs. Lahn en riant, bien que je ne sache pas pourquoi je le fais. Ainsi vous me garantissez que Griselda va rentrer, n'est-ce pas ?

Elle se dirigea vers la porte, que Guelvada ouvrit.

— Oui, nous vous le garantissons, affirma Kane. Bonsoir, Mrs. Lahn. Si cela peut vous intéresser, permettez-moi de vous dire que nous vous aimons beaucoup. N'est-ce pas, Ernie ?

— Vous parlez pour vous-même, dit Guelvada. Moi, je vais plus loin que cela. J'aime passionnément Mrs. Lahn.

Celle-ci s'éloigna dans le couloir en riant.

Guelvada ferma la porte, puis, revenant au buffet, il versa un peu de bacardi dans un verre et le but.

— Qu'est-ce que c'est que cette histoire-là ? demanda-t-il. Je ne comprends pas.

— Ecoutez, Ernie, dit Kane. Vous vous rappelez, lorsque nous étions assis ici avant de descendre souper : toutes les fois que la porte de service s'ouvrait en bout du couloir, nous pouvions entendre jouer l'orchestre ? Vous vous rappelez que vous avez dit qu'ils jouaient une conga, vous avez même dit que c'était un joli morceau...

— Je me le rappelle, acquiesça Guelvada. Et alors ?

— Quand nous sommes descendus souper avec Mrs. Lahn, dit Kane, quand nous sommes entrés dans le restaurant, l'orchestre jouait le même air. N'est-il pas plutôt bizarre qu'un orchestre joue deux fois de suite le même morceau dans un délai aussi bref ? C'est la première fois que je l'entends faire à celui d'ici.

— Peut-être, dit Guelvada, mais je ne comprends toujours pas.

— Possible, dit Kane. La troisième chose, c'est que, lorsque vous êtes allé danser avec Griselda, ils ont joué de nouveau cette conga. En d'autres termes, ils ont joué le même air trois fois en une demi-heure. Vous allez descendre et tâcher de savoir le titre de ce morceau.

— Volontiers, dit Guelvada. Je vais faire de mon mieux. Est-il permis de vous demander pourquoi vous vous intéressez à la musique de danse ?

— Mais oui, fit Kane. Fenton s'est manifesté. Il a fait téléphoner à l'Ambassade. On est venu m'apporter le message... Il y a un morceau espagnol intitulé *Dulce Conga*. Fenton dit que ce doit être une sorte de signal de reconnaissance pour les autres. Compris ?

— Compris, dit Guelvada en souriant. Les choses ont l'air de devenir intéressantes, pas vrai ? Ce serait amusant que les gens du contre-espionnage aient commencé à s'occuper de nous avant que nous sachions même ce que nous faisons ici.

Il haussa les épaules et quitta la pièce.

Kane alluma une cigarette. Il passa une de ses jambes par-dessus le bras du fauteuil et fuma en silence, envoyant des ronds de fumée vers le plafond. Il était encore absorbé dans cette occupation lorsque Guelvada revint. Celui-ci entra, ferma la porte derrière lui et resta le dos appuyé contre elle.

— Mon cher Michael, nous allons de surprise en surprise : le titre de ce morceau était *Dulce Conga !...*

Kane hocha la tête. Il avait l'air abattu.

— Je ne sais pas, continua Guelvada, tout ce que cela veut dire pour vous, le morceau, Griselda, Mrs. Lahn et tout le reste, mais cela ne veut rien dire de spécial pour moi. Vous n'avez pas envie de me donner quelques explications ? Si vous y consentiez, cela m'intéresserait beaucoup.

— J'ai envie de boire un verre, dit Kane, un bon vieux whisky-soda.

Guelvada alla au buffet.

— Excellente idée, dit-il. Moi aussi, bien que je n'aime pas le whisky. Mais mon cerveau fonctionne toujours mieux lorsque j'en ai bu quelques gouttelettes.

— *Votre cerveau ?* dit Kane d'un ton sarcastique. Très joli ! Votre cerveau ne fonctionne jamais. Vous n'êtes qu'un gangster automatique. On presse sur un bouton, et vous descendez quelqu'un.

Guelvada se mit à verser le whisky.

— Je vous ai parlé du message de Fenton, continua Kane. Vous savez que ce morceau a été joué trois fois ce soir ; vous savez que Griselda s'est volatilisée. Mais vous ne savez pas pourquoi... et vous parlez de votre cerveau !

Guelvada soupira. Il s'approcha de Kane, un whisky-soda dans la main droite.

— Mon vieux, dit-il, le « cerveau » de l'organisation, ce n'est pas moi, c'est vous. Moi, j'ai un autre rayon. Je me contente d'être un personnage à l'esprit pratique qui aime faire des choses pratiques d'une façon artistique. Mais je ne comprends toujours pas.

— Eh bien ! dit Kane, occupez votre esprit pratique avec ceci. Gallat aurait dû être ici hier. Il aurait dû arriver par l'avion de l'après-midi. Eh bien ! il n'est pas ici, n'est-ce pas ? Mais nous savons qu'il était dans l'avion de l'après-midi. Donc, quelque chose lui est arrivé, n'est-ce pas ? Vous savez bien, bon Dieu ! que si Gallat avait pu venir il l'aurait fait. Il travaille évidemment pour Fenton, et les gens qui travaillent pour Fenton font ce qu'on leur dit, à moins que quelque chose de particulièrement brutal ne les en empêche. Vous comprenez cela ?

— Très bien, dit Guelvada. Donc... Gallat est arrivé ici, et les autres l'ont descendu. Les gens du contre-espionnage allemand l'ont descendu.

— Exactement, dit Kane. Et tout est pour le mieux à la condition que Gallat n'ait pas sur lui des instructions écrites ; mais il est sûr comme nous sommes ici qu'il en a. Si Gallat était venu directement d'Angleterre, ce n'est pas lui que Fenton aurait utilisé pour nous envoyer des instructions ; il a d'autres moyens, plus rapides et plus sûrs, comme vous le savez. Selon toute probabilité, donc, Gallat vient d'autre part, et selon toute probabilité également il est porteur d'un document écrit, parce qu'il n'y avait pas moyen de faire autrement : une liste de noms, ou un document de ce genre, quelque chose enfin que l'on ne peut pas se rappeler aisément. Quelque chose que Fenton ne pouvait pas me transmettre directement parce que cela *devait* venir d'autre part.

— Je comprends, dit Guelvada en hochant la tête. Gallat est Américain. Il arrivait sans doute d'Amérique. C'est probablement un des hommes de Fenton à Washington.

— Probablement, dit Kane. Donc, s'ils ont Gallat, ils ont aussi tout ce qu'il a sur lui. Mais ce n'est pas là ce qui me tracasse tellement.

— Qu'est ce qui vous tracasse, Michael ?

— *Dulce Conga,* dit Kane. Réfléchissez... La première fois qu'ils ont joué ce morceau, ce soir, c'était quand nous étions ici en train de parler. Je me figure que ce devait être à peu près au moment où Mrs. Lahn et Griselda sont entrées dans le restaurant. Peut-être était-ce le signe de reconnaissance. Quelqu'un devait reconnaître Mrs. Lahn et Griselda par le fait que l'on jouait ce morceau quand elles sont entrées dans la salle.

— Très bien, dit Guelvada. Pourquoi voulaient-ils reconnaître Mrs. Lahn et Griselda ou l'une des deux ?

— Parce que, pauvre idiot, dit Kane, Mrs. Lahn et Griselda sont les deux seules personnes avec qui nous ayons un peu parlé depuis que nous sommes ici.

— Bon Dieu !... dit Guelvada.

Il se mit à sourire.

— Alors ils croient que Mrs. Lahn et Griselda...

— Exactement, dit Kane. Ils croient que Mrs. Lahn et Griselda travaillent avec nous. Après avoir établi leur identité pour quelqu'un qui se trouve dans le restaurant en jouant *Dulce Conga* au moment où elles entrent, ils le jouent de nouveau au moment où *nous* entrons. Cela fixe notre identité. Nous sommes tous là, Mrs. Lahn, Griselda, vous et moi. Quelqu'un dans cette pièce voulait nous identifier. Eh bien ! c'est fait. Ils savent qui nous sommes. Le morceau était le signal.

— Très joli, dit Guelvada. Cela tient parfaitement debout. Je comprends parfaitement. Mais pourquoi Griselda disparaît-elle ?

Kane alluma une autre cigarette.

— Ecoutez, crâne de piaf... A supposer qu'ils tiennent Gallat... S'ils le tiennent, ils ont aussi la liste ou les instructions, ou n'importe quoi, qu'il avait sur lui. Bien. La chose qu'ils voudraient surtout savoir maintenant, c'est ce que nous aurions fait une fois en possession de ces instructions. Quoi qu'ils nous réservent ensuite, il leur serait utile de savoir ce que nous devions faire. Bien. En conséquence ils veulent faire parler quelqu'un, n'est-ce pas ? Et de nous quatre, qui peut être le plus bavard ?

Guelvada siffla.

— Ils vont la faire parler, dit-il.

— Exactement.

— Mauvais pour Griselda, reprit Guelvada. D'autant plus qu'elle ne sait rien et, en conséquence, ne peut pas parler. Mauvais !... Bon Dieu ! Ça m'ennuie beaucoup pour elle.

Il prit son étui à cigarettes.

— Vous vous rappelez ce qu'ils ont fait à cette femme, à Soissons, Michael ?

Il tapa le bout de sa cigarette sur l'étui.

— J'aime mieux ne pas me le rappeler, dit Kane.

Guelvada hocha la tête.

— C'est ce qu'il y a de dommage avec vous, dit-il. Vous avez le chic pour oublier les choses déplaisantes. Mais, moi, je me les rappelle toujours... toutes les petites choses et toutes les méchantes choses qu'ils ont faites... je fais une belle addition dans ma tête et puis...

— Je sais, dit Kane. Et puis, quand vous avez fait votre addition, toutes les fois que vous avez votre chance, vous rétablissez l'équilibre à votre manière.

— Tout juste, dit Guelvada en finissant son whisky. Maintenant, je comprends, continua-t-il, maintenant je vois pourquoi vous avez rassuré Mrs. Lahn. Pourquoi vous avez prétendu que nous savions où était Griselda. Vous vouliez l'empêcher...

— Je voulais l'empêcher de révolutionner la ville, d'ameuter la police et les hôpitaux, dit Kane. Cela ne nous aiderait pas, comme vous le savez. S'ils ont Griselda, ce n'est pas d'appeler la police qui la sauvera. Tout au plus pourrait-on aller à la morgue.

Il étendit ses longues jambes et croisa ses mains derrière sa tête.

Guelvada se versa un autre whisky-soda et, appuyé contre le buffet, se mit à le boire. Chaque fois qu'il avalait une gorgée, il faisait une grimace comme de dégoût.

— Qu'allez-vous faire, Michael ? demanda-t-il.

— Cela m'ennuie beaucoup pour Griselda, beaucoup, dit Kane. Mais je dois m'occuper de Gallat. Pour nous, c'est de Gallat qu'il s'agit. Pas de Griselda. Elle, elle a seulement de la malchance.

— D'accord, approuva Guelvada. Mais il est tout de même fâcheux que parce qu'une jeune personne et sa mère sont gentilles avec nous et ont du plaisir à nous parler, quelqu'un se croit obligé de faire des ennuis à ladite jeune personne.

Il soupira.

— Ils vont sans doute être *très* désagréables, ajouta-t-il.

Kane alluma une autre cigarette.

— En tout cas, dit-il, nous avons un point de départ.

Guelvada haussa les sourcils.

— Vraiment ? demanda-t-il.

— Idiot, dit Kane. Ecoutez... L'orchestre a joué trois fois *Dulce Conga* ce soir. Nous savons que *Dulce Conga* est un signal. Bon. Eh bien ! quelqu'un a dû dire à quelqu'un de le jouer trois fois. Non ?

— Bon Dieu ! dit Guelvada. Vous pensez au chef d'orchestre ?

— Exactement. Je pense au chef d'orchestre. Vous allez descendre et faire un peu d'espionnage. Découvrir où habite le chef d'orchestre. Vous avez compris ?

— Parfaitement.

— Pendant que vous serez en bas, vous pourriez aussi jeter un coup d'œil sur le portier de nuit. Si c'est le même qu'hier soir, il a l'air intelligent ; il pourrait même entendre raison. Dites-moi ce que vous pensez de lui. Parlez-lui, si besoin est.

— Je vais lui parler, dit Guelvada, et, quand je lui aurai parlé pendant quelques instants, je saurai tout sur lui. Il me suffit de parler à quelqu'un pour savoir tout sur lui. Je suis très bon juge...

Kane eut un sourire cynique.

— Ah ! oui, vous êtes ça aussi ! dit-il, et il alluma une autre cigarette.

Guelvada s'en alla.

Kane, la jambe par-dessus le bras du fauteuil, regardait pensivement le plafond en faisant des ronds de fumée. Il était un peu ennuyé, aussi ennuyé qu'il se permettait jamais de l'être, car les gens qui font le métier de Kane se rendent vite compte que cela ne mène à rien de se tracasser. Cela ne vous aide pas. Cela ne fait que vous brouiller les idées.

Kane était néanmoins un peu préoccupé par la situation. Il se demandait comment il allait exactement jouer cette partie.

Il se leva, alla au buffet, se versa un autre whisky. En dépit du mélange de boissons qu'il avait ingurgité pendant la soirée, il avait le cerveau clair et actif. Il décida que, d'une manière ou d'une autre, il fallait trouver Gallat. C'était absolument nécessaire.

Un quart d'heure plus tard, Guelvada était de retour.

— J'ai les renseignements concernant le chef d'orchestre, dit-il. C'est un Espagnol, un gentil garçon. Tout le monde l'aime bien. Il s'appelle Juan Roccas. J'ai son adresse. Il habite près de la Rua Augusta. Je crois que ce ne serait pas une mauvaise idée si j'allais le voir. Je m'entends très bien avec les Espagnols.

Kane leva les sourcils.

— Y a-t-il quelqu'un avec qui vous ne vous entendez pas ? demanda-t-il.

Guelvada prit un air grave.

— Franchement, dit-il, entre vous et moi, je n'ai encore rencontré personne, sauf peut-être la femme dont je vous ai parlé, celle que j'ai connue ici.

Il sourit soudain.

— Et même alors, continua-t-il, les choses auraient pu très bien tourner si j'avais agi avec un peu plus d'adresse. Pour tout dire, je crois qu'en dépit du fait qu'elle voulait me tuer à la fin elle était très, très amoureuse de moi.

— Je vois, dit Kane. Elles vous aiment tellement qu'elles veulent vous tuer.

Guelvada eut l'air surpris.

— Pourquoi pas ? dit-il. Il devrait être évident pour tout le monde que l'amour et la haine sont si près l'un de l'autre que, souvent, il est impossible de les séparer.

Il y eut quelques instants de silence, puis Kane demanda :

— Comment est le portier ?

— Juste ce qu'il faut, dit Guelvada. Je ne sais pas ce que vous attendez de lui, mais il n'en est pas moins juste ce qu'il faut. On peut lui demander n'importe quoi. Enfin, vous voyez le genre.

— Quel genre ? demanda Kane.

— Eh bien ! dit Guelvada. Il n'est pas mal de sa personne. Ses vêtements lui vont bien ; il est propre et soigné. Il a les yeux fatigués par le manque de sommeil. Il a l'air plein d'expérience, ce qui est naturel, car, pour être portier de nuit dans un endroit comme celui-ci, il faut de l'expérience, beaucoup d'expérience. En fait, conclut-il, c'est le genre d'homme qui, je le crois, est prêt à faire tout ce qu'on peut lui demander à condition qu'on lui donne un peu d'argent.

— Très bien, dit Kane. J'ai une idée. Elle peut ne mener nulle part, mais je vais quand même l'essayer. En attendant, je voudrais que vous alliez chez ce Roccas. Trouvez-le, il est peut-être rentré chez lui.

— Et peut-être pas, dit Guelvada. Vous savez, ces chefs d'orchestre, quand ils ont fini de travailler, ils vont autre part. Ils voient des amis. Pour eux, la nuit c'est le moment où ils vivent. Ils dorment pendant le jour.

— Peu importe, dit Kane. Dénichez Roccas. Et, quand vous l'aurez déniché, trouvez pourquoi il a joué trois fois *Dulce Conga* ce soir. Mais, surtout, pas de fantaisies.

— C'est-à-dire ? demanda Guelvada.

— Pour une fois, dit Kane, j'aimerais que vous agissiez avec tact. Je ne veux pas que vous le menaciez ou que vous vous lanciez dans une de vos improvisations « artistiques ». Dans le cas présent elle serait sans doute inutile et risquerait, en tout cas, d'avoir des répercussions fâcheuses. Contentez-vous d'être calme et paisible. Imaginez une histoire qui ait l'air plausible. Si quelqu'un lui a demandé de jouer ce morceau, découvrez qui c'était. Si vous pensez qu'il travaille pour les autres, vous vous en apercevrez sans doute en lui parlant.

— Sans doute, dit Guelvada. Et à supposer que ce soit le cas, dois-je encore me montrer plein de tact ?

— Pourquoi pas ? dit Kane. Commençons par essayer du tact. Rappelez-vous que je veux sortir d'ici avec ma peau entière, si possible.

— Moi aussi ! approuva Guelvada.

Kane regarda sa montre.

— Il est quatre heures, dit-il. Tâchez d'être de retour vers cinq heures. Et tâchez aussi de ne pas vous embarquer dans une sale histoire, Ernie.

— Je ne m'embarquerai dans aucune histoire, dit Guelvada. Vous pouvez vous fier implicitement à moi.

Il alla prendre son chapeau dans la chambre à coucher et fit un clin d'œil à Kane en traversant le salon. Kane se dit que Guelvada avait l'air heureux et se demanda ce qu'il avait exactement dans l'esprit.

Cinq minutes après le départ de Guelvada, Kane se leva. Il alla dans sa chambre, ouvrit une boîte de cigares, en choisit un et l'alluma. Le cigare lui donnait une apparence de bien-être, d'aisance, presque de complaisance. Il savait cela. Il prit son chapeau et, une fois descendu dans le hall, il regarda autour de lui. Dans le coin le plus éloigné, tout près de la porte d'entrée de l'hôtel, se trouvait le bureau vitré du portier.

Kane s'avança négligemment. Il jeta un coup d'œil sur le portier de nuit. Celui-ci, assis à son bureau, traçait des chiffres dans un carnet. Il leva les yeux sur Kane, et ce dernier fut tout de suite d'accord avec Guelvada : le portier de nuit avait l'air nettement « possible ».

— Je suis un peu en difficulté, dit Kane en français. Je crois que vous pourriez m'aider.

Le portier de nuit se leva. Il était de taille moyenne, mince, vraiment bien de sa personne, et il avait effectivement les yeux rougis par le manque de sommeil.

— Je suis à votre disposition, dit-il d'une voix aimable. Tout ce que je pourrai faire pour vous aider...

— La situation est la suivante, dit Kane. J'ai des raisons de croire qu'un ami à moi est arrivé hier en avion à l'aéroport. Il aurait dû venir me voir ici. Il n'a pas donné signe de vie. Je me demande ce qui lui est arrivé. En même temps, je n'ai pas envie de me livrer à une enquête qui risquerait d'être ridicule. C'est ainsi que je ne veux ni aller trouver la police, ni faire quelque chose de ce genre.

— Je comprends, dit le portier de nuit.

— En fait, continua Kane, il se pourrait que mon ami, avant de venir ici, ait décidé de rendre visite à quelqu'un ; sans doute a-t-il des amitiés féminines ici, je ne sais pas. Je me suis dit que vous connaissiez peut-être quelqu'un de la police, quelqu'un de jeune, un homme intelligent et compréhensif, qui pourrait être disposé à m'aider un peu... officieusement, bien entendu.

Le portier s'assit. Il ferma brusquement son petit carnet et croisa les mains. Puis il regarda Kane et sourit.

— Je vois, fit-il que vous vous rendez compte qu'une enquête comme celle-ci est parfois un peu difficile, surtout en ce moment...

Il hauşsa les épaules.

— Lisbonne est une ville difficile...

Kane aspira la fumée de son cigare et la rejeta lentement par les narines.

— Pourquoi ? demanda-t-il aimablement.

— Réfléchissez, dit le portier, il y a tout le temps des gens qui essaient de découvrir des choses. Parfois, ce sont des gens dont les intérêts penchent du côté allemand, parfois, c'en sont d'autres dont l'intérêt penche du côté anglais ou français. On est donc toujours dans une position difficile, parce que, comme vous le comprenez, il serait fâcheux que je vous mette en relation avec la personne qu'il ne faut pas.

— Très juste, approuva Kane. Disons que la personne que j'aimerais voir est quelqu'un dont l'intérêt pourrait pencher du côté anglais.

Le portier sourit.

— Je suis heureux de vous l'entendre dire, dit-il, parce que je suis personnellement pour les Anglais. Je déteste les Allemands. Mon ami aussi.

Il prit un morceau de papier et écrivit dessus.

— Voici son adresse, dit-il. Son adresse privée. Il doit être chez lui maintenant. Il s'appelle Serilla. C'est un jeune inspecteur, en civil. Il s'occupe du service des étrangers à Lisbonne. Il aime beaucoup les Anglais et, conclut-il, avec un petit sourire, il est toujours prêt à entendre raison.

— Excellent, dit Kane, et, sortant son portefeuille, il y prit quatre ou cinq billets, les plia et les tendit au portier de nuit. Je vous remercie infiniment, dit-il.

— Et moi de même, monsieur, dit le portier de nuit. Je suis maintenant et toujours à votre service.

Kane mit le morceau de papier dans sa poche et sortit de l'*Hôtel Estrada*.

4

Guelvada était assis dans le coin du taxi. Il fumait une cigarette. Il était très content. Une brève discussion avec le chauffeur lui avait appris qu'il y avait deux Rua Augusta : celle qu'il connaissait dans le Praca do Comercio et une autre dans le Bairro Alto, presque au bout de l'Alcantara. Guelvada avait dit au chauffeur d'aller à la deuxième Rua Augusta parce qu'il lui semblait beaucoup plus probable que le chef d'un orchestre aussi fameux que celui qui jouait à l'*Estrada* habitât dans le Bairro Alto.

Guelvada se demandait si le chef d'orchestre serait chez lui et, dans ce cas, s'il parlerait. Il se demandait ce qu'il ferait si le chef d'orchestre n'était pas disposé à parler. Il se mit à sourire légèrement. Le taxi s'arrêta.

— Je ne peux pas aller plus loin, dit en se retournant le chauffeur. La rue est de l'autre côté de ces jardins. Vous en avez pour une minute avant d'y arriver.

Guelvada descendit du taxi, paya et se mit en marche à travers les jardins. La nuit était belle. Il faisait chaud. Un agréable parfum de fleurs et de verdure flottait dans l'air. Une nuit délicieuse, pensa-t-il, et un coin non moins délicieux.

Au bout des jardins, il y avait une porte de bronze. Il la franchit et se trouva dans une rue étroite et sinueuse, qui grimpait le long de la colline. Le clair de lune brillant sur les maisons blanches, sur les jardins, les bosquets, les palmiers, donnait à l'endroit l'aspect d'un pays de rêve. Guelvada se dit qu'il serait merveilleux d'habiter dans un tel endroit, à condition, bien entendu, de ne pas avoir de soucis et d'être entouré de jolies femmes...

Il marchait au milieu de la chaussée. La rue devenait plus étroite au fur et à mesure qu'il avançait, et vers son extrémité, presque au sommet de la colline, il semblait que les balcons des maisons situées de chaque côté se touchassent presque.

Guelvada regarda le numéro d'une ou deux maisons, calcula approximativement l'emplacement de celle qu'il cherchait, accéléra le pas. C'était l'avant-dernière maison avant d'arriver en haut de la colline. Devant elle il y avait un charmant jardin, et un petit escalier de pierre, bordé de balustrades également de pierre, conduisait à un petit porche entouré de colonnes. Guelvada s'arrêta pour observer la maison, se disant que l'architecte qui l'avait construite avait le sens de la beauté. L'endroit avait un aspect romanesque, mystérieux. Guelvada se dit que c'était le genre de maison que le chef d'un orchestre réputé pouvait avoir envie de posséder.

Il monta rapidement les degrés. Il y avait une sonnette à droite de la porte. Il tira le cordon. De l'intérieur de la maison lui parvint le tintement musical d'une cloche. Guelvada jeta son mégot et attendit. Deux ou trois minutes se passèrent, mais personne ne vint. Il se dit que ce serait ennuyeux si le chef d'orchestre n'était pas rentré, s'il ne devait pas rentrer. Il se rendit compte qu'il n'y avait pas de temps à perdre, qu'à moins de retrouver rapidement Gallat on risquait de ne pas le retrouver du tout.

Une autre minute s'écoula. Guelvada alluma une nouvelle cigarette et commença à descendre les degrés. Il en avait descendu quatre ou cinq quand, avec un haussement d'épaules, il revint sur ses pas et tira une dernière fois la sonnette, risquant sa chance. Il s'appuya contre la colonne, à gauche de la porte. Devant lui, à travers l'espace libre laissé entre deux maisons de l'autre côté de l'étroite rue, il pouvait voir un panorama de jardins descendant en escalier et, quelque part au fond, une petite maison blanche au toit plat, apparaissant comme une île dans un océan de verdure.

Surpris, Guelvada retira la cigarette de sa bouche et la lança adroitement dans la rue. Il se rappelait cette maison.

Pendant un instant, il oublia Kane, Gallat et le chef d'orchestre. Sa pensée faisait un retour en arrière, au temps où il était « courrier » à Lisbonne et où il avait pour habitude d'aller dans cette maison une douzaine de fois par semaine. Il sourit en pensant à la femme qui y habitait alors.

De l'intérieur de la maison à laquelle il tournait le dos lui parvint le bruit de pas lents. Guelvada s'arracha à ses rêveries et se retourna vers la porte. Au bout d'un moment, celle-ci s'ouvrit. Une femme, modestement vêtue de noir, ayant l'air d'une gouvernante, se tenait dans l'embrasure. Elle avait sur le visage une expression qui était un mélange de curiosité et d'ennui. Elle tenait une lampe à la main.

Guelvada retira son chapeau. Il dit, en excellent portugais, qu'il était très fâché d'avoir dû la déranger à cette heure de la nuit, mais que c'était pour une question de la plus extrême urgence. Et il demanda si le Senhor Roccas était chez lui, parce qu'il était de la plus grande importance que lui, Guelvada, le vît. La femme eut un haussement d'épaules.

— Le Senhor Roccas n'est pas chez lui, dit-elle. Il rentre rarement avant le milieu du jour. Il dort l'après-midi.

— Merci, Senhora, dit Guelvada. Et il la regarda en souriant, d'un air entendu.

Sous l'influence de son regard, les traits plutôt durs de la femme s'adoucirent un peu.

— Peut-être pourriez-vous m'apprendre, continua Guelvada, où il est ? Je vous ai dit qu'il était des plus urgents que je le voie.

Il y eut un silence, puis elle demanda avec méfiance :

— Etes-vous de la police, Senhor ?

Guelvada réfléchit très rapidement, puis il dit sans hésitation :

— J'ai le regret de vous informer que oui, Senhora.

Elle haussa les épaules, un peu tristement, pensa-t-il.

— Je m'en doutais, Senhor, fit-elle. Je lui ai dit qu'il aurait mieux fait d'aller tout de suite au commissariat pour expliquer comment l'accident s'était produit. Je lui ai dit que, si l'homme mourait, j'étais sûre qu'il aurait des ennuis.

Guelvada approuva gravement. Sans doute Roccas avait-il renversé quelqu'un et avait-il négligé d'en avertir la police. Excellent !

— Je suis peiné de vous dire, Senhora, déclara-t-il, que vos craintes étaient justifiées. Le malheureux est mort. Vous comprendrez tout de suite combien il est nécessaire que je puisse voir rapidement le Senhor Roccas, dans son propre intérêt.

— Voulez-vous vous donner la peine d'entrer, dit-elle. Peut-être accepterez-vous un verre de vin, Senhor ?

Guelvada, murmurant les paroles appropriées, la suivit. Il se disait que cette femme était dans un sale pétrin, partagée entre le désir de sauver son patron et la crainte d'en dire trop. Guelvada la suivit dans le corridor. Au bout de celui-ci, elle ouvrit une porte, alluma l'électricité, et Guelvada pénétra à sa suite dans une pièce confortable et bien meublée. Elle alla à un buffet et revint au bout d'un instant porteuse d'une bouteille et d'un verre sur un plateau d'argent. Guelvada s'assit dans un fauteuil et sirota le vin, qui était très bon.

— Je crois, dit-il, qu'il vaudrait autant que vous soyez tout à fait franche avec moi. Vous vous rendez compte que cela ne servira pas les intérêts du Senhor Roccas de faire attendre plus longtemps la police à propos de cette histoire. Il me serait désagréable d'être forcé de dire à mes supérieurs que je n'ai pas pu le trouver.

Elle était assise devant lui, les mains croisées.

— Senhor, dit-elle, je suis dans une position difficile. Je sais où se trouve le Senhor Roccas, mais je suis en train de me demander s'il aimera mieux que je vous le dise ou que je le garde secret, même pour vous.

— J'ai l'impression qu'il doit s'agir d'une femme, Senhora, dit Guelvada. S'il en est ainsi, que votre esprit soit en repos. La police ne s'intéresse pas aux affaires privées du Senhor Roccas. La seule chose qu'elle demande, c'est qu'il fasse sans tarder une déclaration sur ce malheureux accident. Quoi que vous puissiez me dire, je serai de la plus grande discrétion.

— Très bien, Senhor, dit-elle. Quand vous aurez terminé votre verre de vin, si vous voulez bien me suivre, je vous montrerai.

Quelques minutes plus tard, Guelvada la suivit sur le porche de la maison. Elle tendit le doigt dans la direction de l'espace libre laissé entre les maisons.

— Senhor, dit-elle, voyez-vous cette maison au toit plat, celle qui est à mi-chemin en bas de la colline, celle qui est entourée de pins et de bosquets ?

Guelvada acquiesça. Il se disait : « Mon Dieu ! Ça c'est drôle… Ainsi, c'est là qu'est Roccas... ! Eh bien !... Eh bien ! Et il y en a qui prétendent que la vie n'est pas amusante ! »

— Le Senhor Roccas est là, continua-t-elle. En quittant l'*Estrada*, il va parfois souper. Mais toujours ensuite il va voir une... un ami à lui.

— Oui, dit Guelvada, et je suppose qu'il rentre seulement pour déjeuner et dort l'après-midi. Est-ce juste ?

Il la regarda malicieusement. Il se rappelait que, lorsque lui-même allait dans cette maison, il avait coutume d'y déjeuner et de rentrer dormir chez lui l'après-midi. Il soupira. C'était le bon temps.

— C'est juste, Senhor, dit-elle.

Guelvada remit son chapeau et alluma une cigarette.

— Ne craignez rien, Senhora, dit-il, je vais mener cette affaire avec la plus grande délicatesse, le plus grand tact. Soyez assurée que le Senhor Roccas sera plus que satisfait que vous m'ayez divulgué où il se trouvait. Dieu vous bénisse, Senhora...

Guelvada dégringola joyeusement les degrés et gagna la rue. La gouvernante demeura sur le seuil de la porte, sombre silhouette noire, à l'observer, se disant qu'il y avait quelque chose d'étrangement séduisant chez ce policier qui faisait ses visites à des heures aussi incongrues que quatre heures trente du matin. Elle se demanda pourquoi la police s'intéressait tellement à l'accident de Roccas au point d'enquêter à cette heure plus que matinale. Elle haussa les épaules et, rentrant dans la maison, ferma la porte derrière elle.

Guelvada tourna à mi-chemin de la rue escarpée et par un étroit passage pavé se dirigea vers la colline où se dressait la maison blanche. Il se disait que la vie était vraiment très amusante. Il se disait qu'elle serait plus amusante encore si la personne qui habitait la maison blanche était celle qu'il avait connue. En tout cas, il ne voyait aucun danger à y aller.

Il jeta le bout de sa cigarette, en alluma une autre, se mit à marcher lentement. Il marchait lentement parce qu'il était nécessaire pour lui de former un plan de campagne. Guelvada aimait les plans de campagne. C'était une habitude chez lui que de décider à l'avance tout ce qu'il allait faire, et puis, le moment venu, de faire quelque chose de tout à fait différent. On pouvait dire qu'il prenait presque plaisir à se tromper lui-même.

Mais ce plan de campagne était nécessaire, des plus nécessaires.

Guelvada en combina toutes les ramifications possibles ; puis, un sourire aux lèvres, le chapeau de côté, il hâta le pas.

Kane parcourait le Praca do Comercio. Il pensait à Serilla, le policier. Il se demandait comment il serait. Peu lui importait du reste. Kane avait l'habitude de se lancer les yeux fermés dans n'importe quelle aventure et de laisser celle-ci se développer jusqu'à ce que quelque chose de tangible se passe, quelque chose dont on pouvait se servir. De toute manière, quelque chose arriverait avec Serilla.

Si le portier de nuit de l'hôtel avait dit la vérité en laissant entendre que le policier et lui-même étaient pro-Anglais, alors tout allait bien, Serilla aiderait Kane. Si ses sympathies étaient vraiment avec les Anglais, il serait désireux de le faire. Il serait désireux de le faire surtout si un peu d'argent venait réveiller ces sympathies. Mais, à supposer que celles-ci ne soient pas avec les Anglais, à supposer que le portier de nuit ait raconté des blagues et qu'en ce moment même il soit en train de téléphoner à Serilla pour l'avertir que le mystérieux Mr. Kenneth Michaels était en route pour le voir ? Eh bien ! qu'est-ce que cela faisait ? Serilla allait ou bien aider Kane, ou bien faire de l'obstruction. S'il aidait Kane, tout était pour le mieux. S'il essayait de faire de l'obstruction, la suite était évidente, et Kane aurait à trouver quelque chose d'autre. En tout cas, il devait faire quelque chose. Il devait tenter de retrouver Gallat d'une façon ou d'une autre. Par le chef d'orchestre Roccas, par ce policier Serilla, par quelqu'un, il fallait retrouver Gallat.

Kane se mit à penser à Guelvada. Il espérait qu'Ernie n'allait pas faire l'idiot. Il espérait qu'Ernie jouerait la partie comme on lui avait dit de le faire, si une telle façon de procéder était possible. Kane se mit à sourire. Un type, cet Ernie, se disait-il, et quel type ! Un homme qui n'avait qu'un seul but dans la vie, même s'il semblait parfois le perdre de vue, mettant en avant ce caractère fantasque, qui n'était au reste pas aussi superficiel qu'il le paraissait. Tout ce que faisait Ernie était en effet continuellement modifié par ce désir qu'il avait d'agir en artiste, sans parler de divers épisodes dans lesquels des femmes avaient joué un rôle important.

Pourtant Kane savait parfaitement bien que, de tous les agents qu'il avait rencontrés dans les différentes parties du monde depuis qu'il exerçait son présent métier, il n'y en avait pas un seul qu'il eût préféré à Ernie. Guelvada était difficile, mais unique.

Il tourna dans l'une des étroites rues qui se trouvent à l'extrémité du Praca do Comercio. La lune, projetant des ombres grotesques sur le sol blanc, faisait paraître la rue plus longue qu'elle n'était. Kane se dit que la vie était un peu comme cette rue : une suite de taches de clair de lune et d'ombre, surtout d'ombre.

A mi-rue, il trouva la maison meublée où habitait Serilla. Il entra et, prenant l'ascenseur, monta au troisième étage. Arrivé devant la porte de l'appartement, il frappa discrètement. La porte fut tout de suite ouverte par un individu suave, au visage maigre, vêtu d'une robe de chambre de velours violet, une écharpe frangée d'or au cou.

— Senhor Michaels ? demanda-t-il en français, avec un sourire. Mon nom est Serilla !

— Enchanté de vous connaître, dit Kane. Je pense que le portier de nuit de l'*Estrada* vous a téléphoné ?

— Oui, dit Serilla. Par ici, s'il vous plaît.

Kane pendit son chapeau à une patère dans l'antichambre et suivit le policier dans le salon. Il s'assit dans le fauteuil que lui indiqua Serilla et offrit une cigarette à celui-ci.

— Vous êtes très aimable, Senhor Serilla, dit Kane. Le portier de l'*Estrada* vous a-t-il dit un mot de mon affaire ?

— Non, il ne m'en a rien dit, mais il m'a laissé entendre que c'était une question qui aurait probablement ma sympathie.

— Vous êtes vraiment très aimable, répéta Kane.

Ils échangèrent de bons sourires.

— Senhor, dit Serilla, vous êtes, je pense, anglais ? Aujourd'hui, comme vous le savez, Lisbonne est presque entièrement partagée en deux camps. Ici, on est ou pro-Allemand, ou pro-Allié. Il n'y a pas de neutralité réelle, et la plupart des choses qui se passent dans cette ville ont un rapport quelconque avec l'un ou l'autre des belligérants. Si cela peut vous mettre à votre aise, je tiens à vous dire que mes sympathies vont entièrement à votre pays et que, s'il est possible pour moi de vous aider, je serai heureux de le faire.

— Excellent, dit Kane.

Il prit son portefeuille dans la poche intérieure de son veston, en sortit un paquet de billets, les plia négligemment, les replaça dans le portefeuille et remit celui-ci dans sa poche. Puis il regarda Serilla, qui était debout devant la cheminée, souriant placidement.

— Mon histoire est très simple, dit Kane. Hier, un ami à moi, un Américain du nom de Gallat, est arrivé à Lisbonne pour me rencontrer au sujet d'une affaire confidentielle. Il est arrivé à l'aéroport, mais depuis lors il ne m'a pas donné signe de vie. Il est absolument essentiel que je sache où il est. Si vous pouvez m'assister, je vous serai plus que reconnaissant.

— Je serai très heureux de le faire, dit Serilla. Par chance, je crois que je peux vous aider. Voyez-vous, mon métier, pour le moment, consiste à surveiller d'un œil paternel les gens de différentes nations qui arrivent par air à Lisbonne ; à savoir plus ou moins quelque chose sur eux ; à voir qu'ils ne se livrent pas à des activités qui pourraient avoir des répercussions fâcheuses sur ce que l'on nomme la « neutralité » portugaise. Il est peut-être heureux pour vous que je m'occupe de la police secrète à l'aéroport, parce que, par exemple, mon collègue qui s'occupe des gares est résolument pro-nazi.

Serilla sourit à Kane, comme si c'était là une bonne plaisanterie.

Kane sourit lui aussi.

— J'ai de la chance, dit-il.

— Bien entendu, continua Serilla, aujourd'hui, beaucoup de choses étranges se passent à Lisbonne. Il y a des disparitions ; il y a même des meurtres. Mais comment pourrait-il en être autrement ? En temps normal, notre ville est un endroit paisible, mais avec tous les étrangers qui sont ici et qui essaient de découvrir des choses, de faire des choses...

Il haussa les épaules.

— Les Allemands louent pratiquement tous les magasins vides de la ville, dit-il, même s'ils doivent seulement en garnir les devantures avec des revues et des journaux allemands. Ils pensent que, de la sorte, ils aident leur pays à gagner la guerre. Parfois, c'est presque amusant... presque...

— Ne pensez-vous pas qu'il y ait une forte chance que quelqu'un ait tué Gallat ? demanda Kane.

— Je ne sais pas, répondit Serilla, mais je pourrais faire quelques hypothèses. Mais, auparavant, j'aimerais vous poser quelques questions. D'abord, quelle était la profession de votre ami, le Senhor Gallat ? Etait-ce un homme d'affaires ?

Il y eut un silence. Kane réfléchit rapidement. Le temps était la base de l'affaire. Il fallait se dépêcher, et on devait parfois risquer sa chance. Pourquoi pas maintenant ? En tout cas, quelque chose se produirait.

— Senhor Serilla, dit-il tranquillement, je vais vous montrer que j'ai confiance en vous. Je vais me mettre entre vos mains.

— Je vous assure, déclara le policier, que vous ne le regretterez pas.

— Avant tout, dit Kane, parce que je ne vois pas pourquoi vous devriez être dérangé à cette heure impossible et parce que je ne vois pas pourquoi je devrais abuser de votre amabilité, je voudrais vous demander d'accepter ce petit cadeau en témoignage de mon estime.

Il prit dans son portefeuille quatre gros billets, les plia et les tendit à Serilla. Celui-ci fit un charmant salut et, étendant une main longue et mince, prit l'argent.

— Je ne sais comment vous remercier, Senhor. Je suis à votre disposition, à votre entière disposition.

— Les raisons qui m'ont amené à Lisbonne, dit Kane, sont d'ordre confidentiel. Mon ami Gallat a fait beaucoup de chemin pour avoir une conférence avec moi. Mes mouvements dans le proche avenir dépendent entièrement de cette conférence.

— Pensez-vous que quelqu'un — que des amis des Nazis, par exemple, pourraient être intéressés par l'affaire que vous devez traiter avec votre ami, Senhor Michaels ? demanda Serilla. C'est possible, n'est-ce pas ?

— Oui, dit Kane. Je le crois.

Le policier réfléchit pendant un moment, puis :

— Je vais émettre une hypothèse, dit-il. Je ne crois pas probable que quelque chose de *très* grave soit arrivé au Senhor Gallat, mais il ne devrait pas être difficile pour moi de le découvrir. Il est maintenant quatre heures et demie. Je vais m'habiller et aller au bureau faire une petite enquête.

Il sourit à Kane.

— Voyez-vous, continua-t-il, nous avons une liste de tous les agents nazis qui pourraient avoir tendance à sortir de la légalité. Il n'est pas difficile de découvrir ce qu'ils ont fait au cours des dernières quarante-huit heures. Je vais vous demander, Senhor, de me téléphoner dans une heure, au numéro que je vais vous donner ; disons entre cinq heures et demie et six heures moins un quart. J'espère être à même alors de vous donner quelques renseignements.

— Je vous suis plus que reconnaissant, dit Kane en se levant.

Ils se serrèrent la main. Serilla accompagna Kane jusqu'à la porte de l'appartement. Il prit un bloc-notes sur la table de l'antichambre, écrivit quelques mots dessus, arracha la feuille et la tendit à Kane.

— Voici le numéro où vous pourrez m'appeler, dit-il. Ne vous inquiétez pas, Senhor, je suis certain que tout ira bien. Mes amis considèrent que je suis très habile.

— J'espère le penser aussi, dit Kane.

— Vous le penserez, affirma Serilla avec conviction. Téléphonez-moi dans une heure. J'ai l'impression que j'aurai du nouveau pour vous. Au revoir, Senhor...

En retournant à l'*Estrada,* Kane pensait à Serilla.

Le policier s'était montré sûr de lui. Trop sûr, peut-être, se disait Kane. Lisbonne était une grande ville, et une heure était un court délai pour découvrir ce qu'était devenu un homme qui avait trouvé le moyen de disparaître pendant plus de vingt-quatre heures.

Le fait que Serilla fût si certain de pouvoir découvrir par ses contacts avec les agents nazis si quelqu'un s'était employé à faire disparaître Gallat ne rassurait pas Kane. Tout d'abord, si quelqu'un avait descendu Gallat, ce devaient être les gens du contre-espionnage allemand, et il était peu probable que leur présence fût entourée d'une grande publicité. Serilla, avec la meilleure volonté du monde, pouvait connaître les agents nazis les plus marqués d'une manière ou de l'autre, en activité à Lisbonne, mais il ne devait certainement pas connaître les gens du contre-espionnage. Les gens du contre-espionnage travaillaient discrètement, aussi discrètement que Kane et Guelvada. Le fait même que leur présence et leur travail fussent connus d'un policier du rang de Serilla aurait provoqué automatiquement leur déplacement vers un endroit où ils n'étaient pas connus.

D'autre part, il se pouvait que le portier de nuit de l'*Estrada* jouât l'autre carte. Il se pouvait qu'il fût à la solde des Allemands — c'était le cas pour des douzaines d'employés d'hôtel de Lisbonne — et il se pouvait également qu'il eût envoyé Kane à Serilla parce que ce dernier travaillait aussi pour les Nazis...

Pourquoi pas ? Dans l'obscurité, Kane sourit cyniquement. Eh bien ! s'il en était ainsi, Serilla allait agir en conséquence. Il aurait établi que Kane était la personne que devait rencontrer Gallat à Lisbonne, et les gens qui le payaient laisseraient les choses aller leur cours. Ils voudraient en savoir davantage sur Kane, avant de se débarrasser de lui comme ils l'avaient fait de Gallat... Il n'y avait pas de doute à cela. Kane n'avait pas d'illusion sur le caractère résolu des gens du contre-espionnage nazi. Il en avait déjà fait l'expérience. Il savait aussi que tout Nazi qui pourrait prouver qu'il avait liquidé Kane ou Guelvada, ou les deux, serait en bonne place pour avoir la Croix de Fer, ou, en tout cas, un ordre de deuxième classe de l'Aigle allemande. Kane se rendait compte qu'il était peut-être tombé dans un piège, un piège qu'il s'était lui-même soigneusement tendu.

Mais même cela s'était déjà produit. Plus d'une fois, pendant les deux années écoulées, Kane s'était jeté de propos délibéré dans un piège — et il en était sorti. Et jamais les mains vides. Bien entendu, on pouvait faire cela une fois de trop..., mais il fallait bien essayer les choses. Si celles-ci réussissaient, les résultats étaient amusants. Si elles ne réussissaient pas, les résultats pouvaient être plus amusants encore. Trop amusants...

Il tourna dans l'Avenida. Elle était déserte. Un taxi, parcourant parfois à toute vitesse la large chaussée, en accentuait encore le côté spacieux, rendait plus évident encore le calme de la nuit.

Il regarda sa montre-bracelet. Il était cinq heures moins cinq. Il se mit à penser à Guelvada. Il se demandait ce que faisait Ernie, s'il avait eu de la chance. Dans ce dernier cas, il aurait probablement téléphoné à l'hôtel, et ça l'aurait ennuyé de ne pas trouver Kane.

Il espérait qu'Ernie n'entreprendrait pas quelque chose de sérieux. Mais avec lui on ne savait jamais. Il lui arrivait de se laisser aller à son tempérament aux moments les plus incongrus et de faire les choses les plus étranges, les plus risquées. Pourtant, parfois, celles-ci semblaient se terminer bien... parfois...

Il pénétra dans l'*Estrada*. En traversant le hall, il jeta un coup d'œil dans le bureau du portier de nuit. Par la porte vitrée, Kane put voir celui-ci assis en train d'écrire. Il entra. Le portier sourit.

— J'espère que cela s'est bien passé, Senhor, dit-il.

— Je le pense, dit Kane. J'apprécie votre aide. Je crois que votre ami Serilla va pouvoir me rendre service.

L'homme sourit. Kane vit qu'il avait de très belles dents. Elles étaient si blanches qu'elles brillaient presque dans la demi-lumière de la lampe de bureau.

— Il y a eu un coup de téléphone pour vous, Senhor, dit le portier de nuit. Mais on n'a pas laissé de message. J'ai dit que vous étiez sorti et que vous rentreriez sans doute sous peu.

Kane le remercia et se dirigea vers l'ascenseur. Ainsi, il y avait eu un coup de téléphone. Ce devait être Guelvada. Il avait appelé parce qu'il avait une piste. Kane et lui avaient pour règle de ne jamais téléphoner pour dire que les choses ne s'arrangeaient pas, mais seulement quand il y avait du nouveau.

Ainsi Ernie avait une piste. Peut-être Roccas, le chef d'orchestre, savait-il quelque chose. Peut-être avait-il pu parler.

Kane arrêta l'ascenseur à son étage, en sortit, et se dirigea vers son appartement. En entrant dans le salon, il alluma la lumière, jeta un rapide coup d'œil autour de lui, puis, allant au buffet, se versa à boire. Le verre à la main, il alla dans sa chambre et dans celle de Guelvada, regardant autour de lui, sifflant doucement pour lui-même.

Il ferma les portes des chambres donnant sur le couloir, puis il retourna dans le salon. Il alla à la porte, l'ouvrit, jeta un coup d'œil dans le couloir, ferma la porte à clef. Il s'assit sur le gros divan et prit son revolver dans l'étui de cuir souple qu'il portait sous son bras gauche. Il enleva le cran d'arrêt, fit manœuvrer l'éjecteur pour faire venir une cartouche dans le barillet, mit le cran d'arrêt, replaça le pistolet dans son étui. Puis, s'étendant sur le divan, il ferma les yeux. Il se répéta qu'il voulait se réveiller à cinq heures trente exactement et s'endormit.

5

Guelvada poussa la porte de fer forgé espagnol qui défendait l'entrée de l'étroite allée bordée de pins menant à la maison blanche au toit plat.

Ouvrir ainsi la porte, la refermer doucement derrière soi et s'avancer rapidement vers la maison rappelait des tas de choses à Guelvada. Oui, des tas de choses. Et en particulier le délicieux souvenir de Marandal.

Il regarda la maison. Il était tout juste cinq heures ; Guelvada soupira. Un soupir qui venait du cœur. Combien de fois, à peu près à cette même heure, le cœur battant peut-être un peu vite, combien de fois avait-il monté cette même allée en lacets, sachant que tout près, derrière la porte fermée,

Marandal attendait, vêtue de ce délicieux déshabillé de dentelles noires qui était si discrètement révélateur.

Exquise Marandal ! Il y avait au monde bien peu de femmes comme elle. Et maintenant il n'était plus question de Marandal. Guelvada venait dans ce délicieux endroit, entouré de jolies fleurs et de plantes verdoyantes, dans le seul but d'essayer d'arracher des renseignements à un chef d'orchestre.

Il était bien évident que Marandal ne serait pas là. Parce qu'il était bien évident que Marandal n'était pas femme à s'abaisser à avoir une liaison avec un chef d'orchestre de restaurant. Cela semblait tout à fait certain à Guelvada. Qu'elle eût consenti à avoir une aventure avec lui, lorsqu'il n'était qu'un simple « courrier », ne démentait pas ce fait. Guelvada *courrier* était, bien entendu, toujours Guelvada. Rien d'autre ne pouvait avoir d'importance pour aucune femme.

Mais ce serait étrange — et délicieux aussi — si elle était là. Déjà Guelvada était en train de se demander comment il allait s'y prendre pour découvrir si Marandal habitait encore la maison. Mais un soudain sentiment de prudence le mit en garde. Kane serait sans merci si Guelvada, à la poursuite d'un vieil amour, cédant à la tentation de retrouver quelque chose de délicieux qu'il croyait jusqu'alors à jamais fini, se lançait dans une aventure. Guelvada savait bien que, trop souvent déjà, quand il travaillait avec Kane, il avait fait l'école buissonnière et que Kane ne plaisantait pas.

Il se mit à penser à Marandal, Marandal l'unique. Cette Marandal au corps splendide, au doux sourire affectueux, aux ravissants cheveux d'un blond incongru pour quelqu'un dont le père était portugais et la mère andalouse, cette Marandal au tempérament inégalé dans les deux hémisphères et qui n'avait pas sa pareille dans la série des victimes de Guelvada.

Elle avait dit que, si elle le revoyait, elle le tuerait. Elle avait dit à un ami commun — sachant que, tôt ou tard, ses paroles seraient rapportées à Guelvada — elle avait dit que n'importe quand elle verrait celui-ci, dans quelque circonstance que ce fût, elle le tuerait. Guelvada admit pour lui-même qu'elle avait de bonnes raisons. Car Marandal, même se donnant toute, avait conservé une fierté farouche d'Andalouse, qui avait été cruellement blessée par l'infamie que lui avait infligée Guelvada : l'infamie d'avoir deux autres maîtresses au moment où elle le croyait entièrement à elle.

Après avoir bien pesé le pour et le contre, Guelvada avait conclu que Marandal tiendrait parole. Sans le moindre doute, elle essaierait de le tuer. Il s'arrêta pour allumer une cigarette et se dit en souriant que mourir des mains de Marandal pourrait être plutôt doux, étant donné qu'on pouvait être parfaitement sûr qu'au moment où elle frapperait, son cœur suivrait le coup et qu'elle se jetterait sur le corps étendu, couvrant de baisers les lèvres presque froides.

Un tableau délicieux... Guelvada sourit joyeusement.

L'allée tourna brusquement, et devant lui, avec le même sentiment de surprise qu'autrefois, il vit la porte blanche avec son noir marteau en forme de stylet espagnol, un marteau qu'il avait lui-même acheté et dont il avait fait cadeau à la maîtresse de maison.

Guelvada soupira et, avec ce soupir, s'enfuirent les délicieuses images du passé, et les questions du moment, plus prosaïques, prirent leur place. Il saisit le marteau et frappa une série de coups, qui troubla le calme du petit matin.

Puis, la cigarette au coin de la bouche, le corps détendu, il attendit.

Bientôt il y eut un bruit de pas. Guelvada put entendre la chaîne que l'on enlevait, tinter derrière la porte. Celle-ci s'ouvrit, et dans son embrasure, encadré par la lumière discrète qui venait de l'antichambre, Roccas, le chef d'orchestre, apparut.

Il fumait une cigarette. Il portait un smoking bien coupé, et un diamant étincelait au petit doigt de sa main gauche. Sa chemise de soie souple était d'un blanc immaculé et sa cravate noire était de soie moirée. Un homme élégant et bien découplé, avec des mains et des pieds qui étaient presque trop petits.

Il sourit aimablement à Guelvada, comme s'il eût été tout naturel que des gens frappassent à la porte d'une façon aussi péremptoire à cinq heures du matin.

— Que puis-je faire pour vous, Senhor ? demanda-t-il en portugais.

— Senhor Roccas, dit brusquement Guelvada, je regrette de vous déranger à cette heure. Je viens de chez vous, et c'est votre bonne qui m'envoie ici. J'aimerais vous parler un petit moment.

Roccas jeta un coup d'œil derrière lui. Puis :

— Vous me pardonnez, dit-il, de ne pas vous demander d'entrer. La nuit est douce. Peut-être pourrions-nous faire quelques pas dans le jardin. Je serai heureux de vous rendre service, dans la mesure de ce qui m'est possible.

— Parfait, dit Guelvada, en s'effaçant, tandis que Roccas tirait la porte, mais sans la fermer tout à fait.

Ils quittèrent le petit porche et, contournant le côté droit de la maison, s'avancèrent sur une pelouse bien entretenue. Du coin de l'œil, Guelvada pouvait voir qu'un rai de lumière passait entre les rideaux du salon.

— Je suis à votre service, dit Roccas.

Ils se mirent à avancer le long de l'allée pavée qui traversait la pelouse et contournèrent l'extrémité de la maison. Ils marchaient lentement, comme goûtant la beauté du clair de lune.

— Senhor Roccas, dit Guelvada, ce que je vais vous demander va vous sembler très fou, mais, pour moi, c'est important. Ce soir, je dansais à l'*Estrada*. J'étais avec quelques amis, et nous avons fait un pari. Je ne vous en dirai pas les termes exacts, mais il s'agit pour moi d'une grosse somme. Ce pari concernait une conga jouée par votre orchestre. Le titre en est *Dulce Conga*. Je crois ne pas me tromper en disant que vous avez joué ce morceau trois fois en une demi-heure. Je vous serais reconnaissant de vouloir bien me dire pourquoi votre orchestre a joué ce morceau aussi souvent dans un si court délai. J'ai risqué une hypothèse quant à la raison, et, si j'ai deviné juste, je gagne mon pari. Si je me suis trompé, je le perds. La somme d'argent est considérable.

Roccas sourit aimablement.

— Très amusant, fit-il.

Il y eut un petit silence, puis :

— Dites-moi, demanda-t-il, est-ce que vous êtes de la police ?

Guelvada réfléchit rapidement. Evidemment, la bonne de Roccas avait téléphoné à celui-ci. Evidemment elle lui avait annoncé la visite d'un policier.

— Et vous voulez seulement me voir au sujet de cette conga ? continua Roccas. N'y a-t-il rien d'autre ?

Guelvada se rendit compte qu'il fallait risquer.

— Vous avez raison, Senhor, dit-il. Je suis de la police. J'avais aussi l'intention de vous parler d'autre chose. Une fois que vous aurez satisfait ma curiosité au sujet de la conga.

Roccas prit dans sa poche un étui à cigarettes en or très plat. Les initiales étaient incrustées à l'intérieur, en perles minuscules. Il le tendit à Guelvada. Ils prirent des cigarettes, et Roccas les alluma avec un briquet d'or également.

— Verriez-vous un inconvénient à parler de l'autre question avant d'en venir à *Dulce Conga ?* demanda-t-il.

Guelvada réfléchit rapidement. Cette question lui déplaisait.

— Mais pas du tout, répondit-il, presque sur-le-champ. Si vous y tenez. Il est indispensable, comme vous le savez, que vous fassiez aussitôt que possible une déclaration au sujet de l'accident. Normalement j'aurais dû attendre jusqu'à demain matin avant de venir vous voir à ce sujet, mais, comme il était nécessaire de régler ce pari au sujet de la conga avant dix heures du matin, je me suis dit que je viendrais vous voir tout de suite.

— Oui, fit Roccas en souriant aimablement. Que désirez-vous savoir ? Au sujet de l'accident, veux-je dire ?

Guelvada haussa les épaules.

— Les choses habituelles, répondit-il. Quand on a un accident d'auto, on fait une déclaration, n'est-il pas vrai ?

— Je vois, dit Roccas. Simplement la déclaration que l'on fait d'ordinaire à la police ? Je comprends. Eh bien ! Senhor, ne vous inquiétez pas pour cela. Plus tard, après avoir pris un peu de repos, j'irai au commissariat faire la déclaration que vous demandez. Cela vous va-t-il ?

— Parfaitement, dit Guelvada. Il tira sur sa cigarette. Il aurait bien voulu ne pas se sentir si mal à l'aise. Il commençait à avoir chaud. Ce Roccas lui déplaisait. L'aisance avec laquelle le chef d'orchestre se débarrassait de cette affaire d'accident lui déplaisait. Guelvada eut soudain l'impression que Roccas se moquait de lui, et cette idée lui déplut.

Ils avaient maintenant fait le tour de la maison et étaient sur la pelouse, de l'autre côté de celle-ci. Guelvada trouvait le silence oppressant. Il finit rapidement sa cigarette et en jeta le bout dans un massif de rhododendrons.

— Quelle ravissante maison, vous ne trouvez pas, Senhor ? dit Roccas. Et, à cette heure de l'aube, aux derniers rayons du clair de lune, tout est vraiment superbe. Je ne sais pas si en venant vous avez remarqué le petit pavillon ?

— Non, dit Guelvada. Je ne l'ai pas remarqué.

— Nous allons y aller, déclara Roccas. J'aimerais vous le montrer. Le propriétaire de la maison a le sens de la beauté et quoique l'extérieur du pavillon soit semblable à celui de n'importe quel pavillon de n'importe quel jardin, l'intérieur en est entièrement décoré et meublé avec des antiquités chinoises. J'ose penser, ajouta Roccas avec un regard de coin à Guelvada, que, malgré votre profession un peu prosaïque, ce qui est beau ne vous laisse pas indifférent.

Guelvada sourit.

— Senhor, dit-il, vous êtes bon juge. Je m'intéresse beaucoup aux arts.

Il commençait à se sentir mieux. Il n'avait plus peur de Roccas, car il le considérait maintenant comme un ennemi. Il était bien évident que le chef d'orchestre se moquait de lui, bien évident qu'il voulait gagner du temps. Très bien...

Ils descendirent l'allée sinueuse. Une trentaine de mètres plus bas, Roccas indiqua une petite ouverture dans l'épaisse verdure. Ils s'y engagèrent et, pendant une minute, suivirent un étroit sentier. Puis ils arrivèrent dans une petite clairière, au milieu de laquelle se dressait le pavillon.

— Quel endroit délicieux ! s'exclama Guelvada. J'aimerais beaucoup en posséder un semblable. Il pensait aux centaines de fois où il était venu dans ce pavillon avec Marandal, aux centaines de fois où il en avait admiré l'intérieur chinois.

Roccas, le précédant, ouvrit la porte et entra. Il alluma la lumière et attendit Guelvada. Celui-ci entra à son tour. Arrivé au milieu de la pièce, debout sur l'épais tapis chinois, il poussa une exclamation de plaisir.

— Cet endroit est vraiment ravissant, dit-il.

Roccas ferma la porte.

Guelvada retira son chapeau avec la main droite. Il avait maintenant les deux mains derrière le dos et regardait autour de lui, les yeux agrandis par l'intérêt.

Mais ses doigts étaient actifs. A l'intérieur de la doublure de son chapeau mou, il y avait le manche plat d'un couteau suédois — un de ces couteaux dont on fait apparaître la lame longue de dix centimètres dissimulée dans le manche en pressant sur un bouton situé à l'une des extrémités de celui-ci. Guelvada éprouva une impression de réconfort en sentant sortir la lame.

— Senhor, dit Roccas, votre question au sujet de la conga m'intéresse beaucoup. Je crois qu'il va m'être agréable d'y répondre dans ce plaisant décor où nous avons peu de chances d'être observés. Il retira sa main droite de la poche de son smoking. Elle tenait un très petit pistolet automatique.

— Il paraît, dit Guelvada, que votre réponse est d'une nature très prosaïque.

Roccas sourit.

— Précisément, dit-il. Voyez-vous, vous n'avez pas eu de chance au sujet de l'accident, parce que, de toute manière, il sera inutile pour moi de faire une déclaration à son sujet. C'est cela, mon ami, qui a été votre grande erreur.

Guelvada hocha la tête d'un air lugubre.

— C'est ce que je craignais, dit-il.

— Je regrette, bien entendu, continua Roccas, qu'il soit indispensable que je vous tue, mais vous devez vous rendre compte maintenant que votre mort est une nécessité.

Il était debout à deux mètres environ de Guelvada, le pistolet dans la main droite. Il souriait aimablement.

— Senhor, dit Guelvada, je reconnais, croyez-moi, la nécessité où vous

vous trouvez, mais avant que cette petite tuerie ne commence, me serait-il permis de vous faire remarquer quelque chose ? Cela ne demandera qu'un instant.

— Certainement, dit Roccas, mais tâchez d'être bref.

— Je le serai, dit Guelvada. Voici...

D'un geste mélodramatique, il étendit le bras gauche. En même temps, il laissa tomber le chapeau, fit apparaître sa main droite et, avec la rapidité de l'éclair, lança le couteau. La pointe de celui-ci atteignit Roccas juste au-dessus de la pomme d'Adam, et les dix centimètres de lame disparurent à sa suite.

— J'ai toujours su me servir adroitement d'un couteau, dit Guelvada. C'est dans votre pays que j'ai appris cet art, Senhor.

Roccas était tombé à genoux sur le tapis, et il avait lâché le pistolet. Courbé en deux, il soutenait son corps en s'appuyant des mains sur le sol. Puis il s'écroula de côté en essayant d'arracher la poignée du couteau. Pendant quelques secondes, il se tordit, puis resta immobile. Ce n'était pas un joli spectacle.

Guelvada ramassa son chapeau, puis, debout au centre de la pièce, il regarda le chef d'orchestre. Il resta là deux ou trois minutes. Ensuite, il s'avança, ramassa le couteau, en essuya la lame à la doublure du smoking de Roccas, la fit disparaître dans le manche et remit celui-ci dans son chapeau... Puis il sortit du pavillon, en ferma tranquillement la porte derrière lui, et s'éloigna avec lenteur.

Kane s'éveilla une seconde avant que la pendule de la cheminée eût sonné la demie. Il s'assit et resta un instant à se passer les doigts dans les cheveux. Il se sentait fatigué, il avait la bouche très sèche d'avoir trop fumé. Il prit le morceau de papier que lui avait donné Serilla, alla au téléphone, appela le numéro. Quelques secondes plus tard, il entendait la voix de Serilla.

— Senhor, dit le policier, je vous ai dit que j'étais actif. Vous avez de la chance. Votre ami Gallat va très bien. Inutile de vous inquiéter pour lui. Il a eu quelques petits ennuis, pas graves, au sujet de son passeport. A son départ de l'aéroport, sans doute lorsqu'il était en route vers votre hôtel, une des patrouilles de police l'a arrêté. Je puis vous dire néanmoins que tout est maintenant arrangé.

— Merci infiniment, dit Kane. Pourriez-vous me dire où je puis atteindre Gallat ?

— Mais certainement, répondit Serilla. D'après ce que l'on m'a dit, il est en ce moment en train de digérer un petit peu trop d'alcool. Il paraît que le Senhor Gallat, comme beaucoup de ses compatriotes, aime fort le whisky. Toujours est-il qu'il se trouve au numéro quarante-six Rua Ambrosio. C'est une rue qui est au bout de l'Avenida, Senhor, du côté opposé à votre hôtel. Il vous faudra trois minutes en taxi, si vous pouvez en trouver un, ou un quart d'heure à pied.

— Merci, dit Kane, j'irai à pied. J'y serai dans un quart d'heure. J'espère vous voir demain, Senhor. Je pense que vous avez été plus qu'aimable...

— Je serai à mon bureau au commissariat, demain toute la journée. Je serai toujours heureux de vous voir, si vous me faites le plaisir d'y passer. Au revoir, Senhor.

Kane raccrocha. Il alla dans la chambre à coucher, prit un bloc dans le tiroir de sa table et écrivit un mot pour Guelvada :

Cher Ernie,

Depuis votre départ, je suis entré en contact avec quelqu'un grâce au portier de nuit — un policier du nom de Serilla. Il me dit qu'il sait où se trouve Gallat et que tout va bien. Je pars maintenant voir celui-ci au numéro 46, Rua Ambrosio — au bout de l'Avenida.

Ceci est peut-être vrai, mais ce peut aussi être faux. Peut-être Serilla m'a-t-il préparé une « surprise » ? Mais dans ce dernier cas, et si je ne reparais pas, cela voudra dire qu'il sait quels sont les gens qui ont supprimé Gallat et qu'il est de mèche avec eux. Cela voudra aussi dire que le portier de nuit d'ici est également de leur côté. De toute manière, ce sera là une situation dont vous pourrez vous rendre maître, même si vous devez pour cela vous montrer très mauvais avec Serilla. (Dans le cas, du reste, où je ne reparaîtrais pas, j'espère que vous vous montrerez très mauvais vraiment. Vous pourrez même vous montrer aussi artiste que vous voudrez.)

Au revoir, Ernie !

Kane plia le mot et le mit dans une enveloppe. Puis, allant dans la chambre de Guelvada, il défit le lit, enleva les oreillers et le traversin, glissa l'enveloppe sous le drap de dessous au milieu du lit. Ayant ensuite replacé les oreillers et le traversin, il retourna dans le salon, se versa un petit whisky et soda, le but, mit son chapeau, alluma une cigarette et partit.

6

Guelvada poussa la porte blanche. Il était très content que Roccas ne l'eût pas fermée complètement. Bien entendu, si la porte avait été fermée, il aurait pu faire usage de l'artistique marteau. Mais cette manière de procéder n'aurait pas été aussi agréable.

Guelvada était dans le hall faiblement éclairé. Il ferma la porte derrière lui. Il pensait à toutes les fois où il était entré ainsi. Et il était légèrement ému. Aussi ému qu'il pouvait l'être. Il avait un peu l'impression d'être un petit enfant en train d'ouvrir la porte d'une sombre cave et qui s'attend à voir quelqu'un bondir d'un coin.

Il était, bien entendu, tout à fait impossible que Marandal habitât encore la maison. Pourquoi y serait-elle encore ? Marandal était un oiseau de passage. Il y avait peu de chances que, depuis tout ce temps, elle n'eût pas quitté Lisbonne. Mais aussi, n'était-il pas possible qu'elle y fût revenue à cause de la guerre ? Lisbonne était exactement l'endroit où elle reviendrait. C'était autant sa patrie que n'importe quel autre endroit pouvait l'être pour une personne du tempérament de Marandal.

Si donc elle était rentrée à Lisbonne, il n'était pas impossible qu'elle fût là. Et à supposer qu'elle fût là, alors que faisait là-dedans Roccas ?

Guelvada ne pouvait pas s'imaginer Marandal avec Roccas. Il ne pouvait croire qu'elle pût s'intéresser à Roccas. Marandal avait le choix entre tant d'hommes : qu'aurait-elle pu trouver en Roccas ? A moins !...

Guelvada se mit à sourire. Les choses commençaient à se préciser dans son esprit. Il passa sa langue sur ses lèvres — une habitude qu'il avait lorsqu'il était content. Il avait une idée, une idée vraiment des plus artistiques.

Cette idée supposait avant tout que son hypothèse au sujet de Marandal et de Roccas était juste, qu'il devinait juste. Mais, même s'il se trompait, cela n'avait pas d'importance. Il pouvait tout de même réussir. Et cela pouvait être amusant.

Il avança doucement le long du couloir qui conduisait du hall à l'arrière de la maison. A mi-chemin, il y avait une porte. C'était celle de la pièce par les rideaux de laquelle il avait vu passer un rai de lumière lorsqu'il marchait avec Roccas — feu Roccas — sur la pelouse qui bordait la maison. C'était la pièce où Marandal avait toujours eu l'habitude de se réfugier.

Guelvada ouvrit la porte. Il pénétra dans la pièce et ferma silencieusement la porte derrière lui. Le dos à la porte, il regarda Marandal.

Il se mit à sourire. S'éloignant de la porte, il fit deux ou trois pas vers le centre de la pièce. Puis il s'arrêta et, toujours souriant, l'air de goûter calmement la scène, se mit à contempler Marandal.

Elle était, bien entendu, absolument magnifique. Elle était plus belle que jamais, pensa-t-il. Ravissante était une épithète plus juste que belle, parce qu'en plus de la beauté elle possédait un charme extraordinaire.

Assise devant un guéridon en bois de rose, elle faisait une réussite. Guelvada se dit que c'était tout à fait Marandal d'être en train de faire une réussite sur un guéridon en bois de rose à cinq heures et demie du matin. Pourtant, puisque c'était elle qui le faisait, cela semblait tout naturel.

Tout en elle était absolument parfait. Elle présentait son profil à Guelvada, et la lumière du lampadaire à abat-jour rose placé derrière la table l'avantageait encore. La courbe de son dos, le galbe de la jambe et de la cheville, les mouvements souples et aisés de sa main, de son poignet et de ses doigts tenant les cartes n'étaient pas perdus pour lui. Il cherchait activement un mot dans toutes les langues qu'il connaissait pour décrire convenablement l'étrange séduction de Marandal.

Elle portait un négligé de dentelle rose doublé de crêpe georgette également rose, dont le devant était garni tout au long de minuscules boutons de velours bleu. Une large ceinture de velours, bleue elle aussi, soulignait la finesse de la taille, et le tout petit pied qui pointait sous les plis du négligé de dentelle était chaussé d'une sandale de velours bleu bordé d'un mince liséré d'or.

Marandal avait un grand peigne espagnol dans ses blonds cheveux, et derrière celui-ci, retombant sur ses épaules, descendait une mantille de dentelle rose. Les larges manches transparentes du négligé attachées aux poignet par des rubans de velours bleu laissaient voir les bras ronds et blancs.

Tout ceci avait pris quelques secondes et, dans ce court délai, Marandal avait vu Guelvada et posé la carte sur la table. Elle ne lâcha pas celle-ci. Le mouvement qu'elle eut pour la poser n'était ni de peur ni d'émotion. Elle la posa d'un geste tout à fait naturel.

Elle regarda Guelvada, debout au centre de la pièce, bien à l'aise et souriant, exactement comme elle eût regardé le diable s'il lui était soudain apparu, avec la même intense curiosité.

Puis, aussi rapidement que l'éclair, elle bougea. Elle renversa la table, qui alla heurter un écran peint avant de tomber dans la cheminée. Un bibelot posé dangereusement au bord d'un secrétaire bascula et se brisa en mille morceaux sur le sol.

Marandal était debout. En même temps qu'elle se dressait, comme mue par un ressort de la chaise sur laquelle elle était assise, elle étendit vivement la main, saisit un vieux vase de Chine, équipé en lampe électrique, et le lança avec précision.

Le projectile atteignit Guelvada en plein visage, un peu au-dessous de la pommette, puis il rebondit et alla se briser contre la porte. Un mince filet de sang commença de couler le long de la joue de Guelvada, le long de son cou et sur son col mou blanc.

Guelvada ne bougea pas. Il ne bougea pas non plus quand Marandal s'élança à la suite du vase. Elle fut sur lui presque d'un bond. Une main chargée de bagues le gifla, lui déchirant le coin de la lèvre ; les doigts de l'autre, agrippant le devant de son col et la cravate noire du smoking, les arrachèrent de sa chemise. Puis ce fut le tour du devant de la chemise qui fut pareillement arraché. Guelvada, debout comme une statue souriante, dépeigné, saignant, mais sans le moindre trouble, se permit d'observer que Marandal avait encore le poignet solide.

La main qui lui avait frappé le visage se leva de nouveau. Cette fois-ci, elle s'abattit de l'autre côté. La bague qui avait déjà coupé la lèvre de Guelvada vint compléter l'œuvre du vase. Les doigts qui s'étaient occupés de son devant de chemise s'ouvrirent et l'index, au long ongle bien soigné, peint d'un rose de perle, fut pointé vers l'œil de Guelvada dans l'intention bien définie de lui arracher ce précieux organe. Comme Marandal, avec un sifflement point désagréable, projetait en avant son long index, Guelvada déplaça légèrement la tête. Pas trop néanmoins, afin de ne pas gâter l'immobilité artistique avec laquelle il avait supporté l'attaque, mais suffisamment pour que le doigt n'atteignît pas son œil. Ce fut le haut du nez qui reçut la pointe de l'ongle et un petit ruisseau de sang se mit alors à couler le long de l'appendice nasal de Guelvada et rejoignit les autres petits ruisseaux issus des autres blessures.

Marandal se mit à parler. Les mots sortaient en sifflant de sa bouche. La fureur dont était possédée Marandal ne faisait rien perdre à sa voix de ce qu'elle avait d'un peu rauque — et de tellement séduisant, se dit Guelvada.

Marandal laissa tomber ses mains le long de son corps, tourna la tête en quête de l'arme la plus proche avec laquelle continuer le combat.

— Doux Jésus ! siffla-t-elle entre ses dents. Bien-aimés saints du ciel, aidez-moi ! Elle dit ensuite aux saints en question, et sans la moindre hésitation, ce qu'elle désirait faire à Guelvada. Elle parlait en espagnol et Guelvada observa que les sonorités de cette langue convenaient parfaitement aux souhaits rigoureusement impossibles à reproduire noir sur blanc qu'elle formulait avec tant de volubilité.

L'œil de Marandal tomba sur un sabre marocain qui était accroché au mur au-dessus de la cheminée. Celui de Guelvada en fit autant. Mais, avant qu'elle eût pu faire un pas dans cette direction, il avait étendu les mains et l'avait saisie par les poignets.

Marandal se mit à se tordre. Ses fins poignets étaient solidement tenus par les doigts d'acier de Guelvada. Il l'avait déjà tenue ainsi autrefois, en des occasions où ils avaient décidé de ne pas être d'accord sur quelque chose, et elle savait qu'il était impossible d'échapper à son étreinte. Elle fit donc la seule chose qui lui restait à faire.

Abandonnant ses poignets, elle prit de l'élan avec son pied droit et frappa durement Guelvada sur le tibia, oubliant, ce faisant, que sa sandale de velours n'avait pas de bout. Le tibia de Guelvada était plus dur que les doigts de pied de Marandal, et celle-ci se trouva plutôt mal de cet effort. Alors, elle essaya de frapper avec le talon de sa sandale, mais cet essai n'eut pas plus de succès, car Guelvada, avançant adroitement le pied, lui fit un croc-en-jambe et, glissant, elle resta suspendue par ses poignets, que Guelvada maintenait à la hauteur de sa poitrine.

Il commença de parler. Il parlait rapidement et doucement en espagnol. Il voulait que sa voix fût séduisante, et elle l'était. Elle contenait une note de profonde tristesse, presque d'angoisse.

— Mon petit poulet, disait Guelvada, ne te débats plus, tu risquerais de te faire mal. Je comprends ce que tu éprouves. Crois-moi lorsque je te dis, cœur de mon cœur, que, si ce n'était pour ton propre bien, je te permettrais de me faire les choses les plus innommables... Souffrir de ta main est plus qu'un plaisir. Et je n'ai pas à te supplier pour que tu croies que ceci est la vérité vraie. Tu dois bien te rendre compte que je savais parfaitement qu'en revenant ici je signais mon propre arrêt de mort. Je sais fort bien que ton plus cher désir est de me tuer par les méthodes les plus lentes et les plus douloureuses, et je me rends compte que je mérite un tel sort. Mais ta propre raison te dira que, si je suis revenu, c'est ou bien parce que je préfère la mort de tes mains à la vie sans toi, ou bien pour une raison qui doit, nécessairement, être si importante que ça vaudrait la peine, même pour toi, de l'entendre.

Guelvada considéra que ce discours était des plus réussis. D'abord, il était flatteur et, ensuite, il avait pour but d'éveiller la curiosité de Marandal.

Ce but fut atteint. Marandal, se laissant peser de tout son poids sur les poignets de Guelvada, regarda celui-ci, avec des yeux violets, qui, bien qu'étincelants encore de colère, brillaient également d'intérêt. Guelvada soupira. Il se disait qu'elle seule pouvait rester séduisante en étant ainsi suspendue.

— Lâche-moi ! criait-elle.

— Mais certainement, dit Guelvada. Et il desserra brusquement son étreinte.

— Ecume des ruisseaux belges ! s'exclama Marandal en tombant avec fracas sur le sol. Ce n'est pas ce que je voulais dire.

— Je regrette, dit Guelvada. Tu m'as demandé de te lâcher et je t'ai obéi.
Il l'aida à se relever.

Ils étaient debout au centre de la pièce, face à face.

— Je vais te dire ce que tu es, annonça Marandal.

Elle le lui dit effectivement. Sa description comprenait les circonstances physiques et atmosphériques entourant la naissance de Guelvada, toutes plutôt particulières et fort peu biologiques. Elle s'étendit tout au long, exprimant les plus extraordinaires désirs à propos de l'avenir des enfants que Guelvada pourrait avoir et de toute femme assez idiote pour s'associer avec lui. Guelvada écouta aimablement. Il ne l'interrompit pas. Il avait le don d'être patient.

Au bout d'un certain temps, Marandal se tut, plus par manque de souffle que pour toute autre raison... Les mains pendant le long du corps, la poitrine soulevée par l'indignation, elle était l'image même de la féminité outragée...

— Marandal, dit Guelvada, je te demande de m'écouter pendant quelques instants. Je te promets que, lorsque j'aurai fini de te parler, tu me seras au moins reconnaissante d'avoir risqué ta juste colère en revenant ici te mettre en garde.

— Ainsi, tu es venu me mettre en garde ? dit Marandal. Est-ce tout ? Contre quoi peux-tu me mettre en garde ?

Guelvada haussa les épaules. Il regarda le sol. Il avait sur le visage cette particulière expression de contrition et d'humilité qu'il pouvait adopter à volonté. L'effet était, si possible, augmenté par les dommages que son visage avait subis.

— Depuis que j'ai quitté Lisbonne et toi, dit-il, j'ai été malheureux. Toutes les autres femmes qui sont passées dans ma vie n'ont servi qu'à des comparaisons en ta faveur. Pendant des années, je me suis rendu compte que, pour moi, il n'y avait qu'une seule femme au monde — toi — une femme que j'ai eu la sottise de perdre. Mais maintenant, il fallait que je te voies. C'était nécessaire — non pour moi, mais pour toi.

Elle alla au canapé près de la cheminée et s'assit.

— Ernest, dit-elle, tu as toujours été quelqu'un de tout à fait impossible. En ce moment, tu es affreux à voir. Quoi que tu aies à me dire, il faut que cela attende jusqu'à ce que tu te sois débarbouillé. La salle de bain est au même endroit.

Guelvada s'inclina en silence et quitta lentement la pièce. Une fois qu'il eut tourné le dos à Marandal, il laissa paraître un lent sourire sur ses lèvres. En tout cas, il avait gagné le premier round.

Il alluma la lumière dans la salle de bain, ferma doucement la porte derrière lui, se débarbouilla soigneusement et puis, prenant son temps, il alluma une cigarette. Maintenant, il était sûr que son idée était juste. Feu Juan Roccas travaillait pour les Nazis, et Marandal l'aidait. Cela expliquait leur association. Tout ce que le métier avait de dramatique et d'excitant avait séduit Marandal. C'était l'évidence même.

Donc elle le croirait s'il suggérait que, connaissant ce fait, il était venu la mettre en garde et qu'il avait tué Roccas parce que c'était nécessaire pour sa sécurité à elle. Elle le croirait. Il fallait qu'elle le crût. Les événements devaient lui avoir prouvé la vérité des mensonges soigneusement combinés de Guelvada. Il sourit : la vie était comme ça. Les événements qui étaient des faits et qui auraient dû prouver la vérité le faisaient rarement. Il se sentit tout à fait content de la situation, mais se rendit compte qu'il devait agir avec précaution.

Quand il revint dans le salon, Marandal était installée sur le sofa. Elle s'était arrangée pour que son corps fût bien mis en valeur et pour laisser voir comme il fallait un pied et une cheville charmants.

Cette mise en scène n'échappa pas à Guelvada. Marandal, se dit-il, s'intéressait encore à l'effet qu'elle pouvait avoir sur lui. Sans doute était-elle suffisamment effrayée pour être prête à oublier et à pardonner. Il décida de tout risquer en un seul coup.

Prenant une chaise, il s'assit près de Marandal. Il regarda celle-ci avec des yeux brillants d'admiration. Pendant un court moment. Puis son visage revêtit une expression très grave. Guelvada prit son étui à cigarette, le tendit à Marandal, alluma leurs cigarettes et commença de parler.

— Je suis ici, dit-il gravement, parce que je t'adore toujours, Marandal, je te demande de croire cela avant de t'en dire davantage. Me crois-tu ?

Elle aspira la fumée et lui sourit.

— Ernest, dit-elle, je sais que tu es le meilleur menteur d'Europe. Je veux entendre ce que tu as à dire avant de rien croire.

— Très bien, acquiesça Guelvada. Eh bien ! avant tout, j'aimerais te dire qu'il n'y a pas très longtemps j'ai tué Roccas — dans le pavillon. Je crains que le tapis ne soit un peu abîmé. Mais il n'y avait pas moyen de faire autrement.

— Mon Dieu... ! Marandal était presque émue. Elle regarda Guelvada avec intérêt. Ainsi, tu as tué Roccas... Pourquoi ?

— Je l'ai tué pour toi, dit Guelvada. C'était nécessaire pour ta sécurité.

— Pourquoi ? demanda Marandal.

Elle se dressa et s'assit.

Guelvada avançait avec prudence. Il haussa les épaules.

— Tu sais ce que faisait Roccas ? dit-il. Tu sais pour qui il travaillait ?... Eh bien ?

Il haussa de nouveau les épaules.

Marandal était visiblement intéressée. Elle tira sur sa cigarette et regarda le plafond. Guelvada pensa qu'elle gagnait du temps, cherchant à découvrir ce qu'il savait exactement.

— A supposer que je le sache, dit-elle enfin, je ne comprends toujours pas, Ernest, pourquoi il pouvait être nécessaire de le tuer afin de me protéger. Peut-être seras-tu assez bon pour me l'expliquer.

Guelvada sourit.

— Tu es adorable, mon petit cœur, dit-il doucement, mais je suppose qu'il ne t'est jamais venu à l'esprit qu'il pouvait être dangereux d'être associée, de quelque manière que ce fût, avec quelqu'un d'aussi ordinaire que Roccas, chef d'orchestre. Je suppose que ta nature confiante n'a jamais été effleurée par l'idée que ce monsieur pouvait jouer sur deux tableaux à la fois ; qu'il pouvait faire semblant de travailler pour certaines personnes et, en même temps, les vendre à l'ennemi ?

Marandal jeta le bout de sa cigarette dans le foyer de la cheminée. Elle le regarda achever de se consumer.

— Quel ennemi, par exemple ? demanda-t-elle.

Guelvada sourit.

— Par exemple, moi-même et d'autres...

Marandal hocha la tête. Elle comprenait.

— Ainsi, dit-elle, tu travailles pour les Anglais... C'est bien ça ?

Guelvada secoua la tête.

— Je travaillais pour eux, dit-il. Mais maintenant il semble que je travaille pour toi. Je vais avoir des ennuis avec les Anglais pour avoir tué Roccas. Maintenant, ils ne vont plus vouloir entendre parler de moi. Mais il fallait bien que je le tue, pour toi. Roccas travaillait pour les Nazis — tu le savais, tu l'aidais. Mais ce que tu ne savais pas, c'est qu'en même temps il te « donnait » aux Anglais. Jouer sur les deux tableaux. C'est du Roccas tout craché.

Il se renversa en arrière sur sa chaise et regarda Marandal avec un sourire, enchanté de ce dernier mensonge, qui faisait si bien dans le tableau.

Marandal se dressa brusquement sur le sofa.

— Santa Maria... dit-elle doucement. Elle croisa les mains derrière sa nuque et s'étendit de nouveau. Guelvada se dit qu'elle était particulièrement charmante ainsi.

— Le porc... mais en es-tu sûr ?

— Si je ne l'avais pas été, pourquoi l'aurais-je tué ? demanda Guelvada. Je suis venu tout spécialement à Lisbonne pour régler le compte du Senhor Roccas et pour te donner des preuves péremptoires de son double jeu.

Guelvada cessa de parler pour se donner le temps de réfléchir une seconde. Ayant réfléchi, il décida de se risquer davantage.

— Je suis venu ici avec l'ordre d'effrayer seulement Roccas, continua-t-il. Et *cela* n'a pas été difficile. Il avait facilement les foies. Ensuite, il a un peu parlé et je me suis rapidement rendu compte que tu étais avec lui dans cette histoire. Ton visage s'est présenté devant mes yeux. Ton corps délicieux m'est apparu dans un doux nuage d'amoureux souvenirs, et j'ai su que je devais tuer Roccas pour toi.

Guelvada haussa les épaules.

— Je l'ai fait sur-le-champ, sans plus réfléchir, dit-il. Naturellement... puisque c'était pour toi.

Marandal avait l'air grave.

— Tu ferais mieux de tout me dire, Ernest, dit-elle. Je crois qu'il vaut mieux que nous soyons très francs l'un avec l'autre. Nous nous en trouverons bien, tous les deux.

— C'est aussi ce que je pense, approuva Guelvada. Il lui sourit affectueusement. Je vais te faire une proposition, toi que j'ai tant aimée et que j'aime toujours. Je te propose de tout te dire et, en retour, tu seras très franche avec moi. Après quoi, je te dirai comment je compte te dérober à un sort très peu enviable.

Marandal approuva et soupira profondément. Guelvada se demandait jusqu'à quel point elle était dans le bain avec Roccas et ses complices — quels qu'ils pussent être. Sans doute jusqu'au cou, pensa-t-il. Elle n'était pas quelqu'un à se contenter de demi-mesures et ça lui ressemblait tout à fait de s'être engagée à fond dans n'importe quelle histoire, pourvu que celle-ci lui promît un certain nombre d'émotions et des possibilités de drames — à condition de ne pas être mêlée de trop près à ceux-ci.

— J'ai sans doute été un peu imprudente, dit-elle. Mais parle-moi de Roccas. Est-ce que tu ne cours pas de grands dangers pour l'avoir tué ? Comment feras-tu pour expliquer sa mort ? Comment l'as-tu tué ?

— D'un coup de couteau, dit joyeusement Guelvada. Tu te souviens de celui que j'ai tué ainsi ?

— Oui, murmura-t-elle. Le petit couteau. Tu sais bien t'en servir. Mais continue...

— J'ai tué Roccas en légitime défense, dit Guelvada. Je l'ai accusé d'avoir reçu de l'argent des Anglais, d'avoir travaillé pour les Anglais et d'avoir en même temps reçu de l'argent des Nazis et travaillé pour ceux-ci. Je lui ai dit que tout cela était très bien en ce qui le concernait, mais que t'entraîner, toi, dans une aussi sale affaire était dégoûtant et impardonnable. Je lui ai dit que j'allais le confronter avec toi et que je lui dirais devant toi comment il était presque parvenu à te perdre complètement. Ceci, je crois, a été trop pour lui. Il a tiré un pistolet, mais j'étais prêt...

Guelvada tira profondément sur sa cigarette.

— Sa mort, continua-t-il, n'aura pas beaucoup d'importance. En partant, je vais emporter son cadavre et je le cacherai dans les jardins qui sont derrière sa maison. Je m'arrangerai pour que les Nazis d'ici — les gens qui le payaient — apprennent qu'il travaillait pour les Anglais. Ainsi, ce n'est pas eux qui s'inquiéteront pour lui. Quant aux Anglais, ils ne s'occuperont plus de lui puisqu'il est mort. Mais ils s'occuperont de toi. Tu travaillais avec lui. Ils vont vouloir te faire quelque chose de désagréable, quelque chose qui pourrait peut-être mettre un terme à toutes tes activités.

— Cela me semble raisonnable, Ernest, approuva-t-elle de nouveau. C'est plausible également. Continue...

Guelvada éteignit le bout de sa cigarette sur la semelle de sa chaussure et posa soigneusement le mégot dans un cendrier. Il décida maintenant d'y aller à fond. Marandal était prête à tout croire, à avoir aussi peur qu'il lui était possible d'avoir peur. Très bien.

— Depuis quelque temps, Roccas était suspect aux Anglais, reprit-il avec aisance. Il y avait un an qu'il touchait leur argent. Il était censé leur faire des rapports sur l'activité des gens du contre-espionnage nazi ici. Il était censé servir de boîte aux lettres. En fait, il était censé faire toutes sortes de choses.

» Mais c'était un maladroit. Un ou deux agents anglais ont disparu après leur arrivée à Lisbonne. Plusieurs renseignements importants confiés à Roccas ont transpiré. Une information inventée spécialement pour le bénéfice de Roccas a été communiquée à celui-ci et, quelques jours plus tard, cette information avait fait le tour de Lisbonne. Ç'a été le coup fatal. On lui avait tendu un piège.

Marandal s'assit. Elle croisa ses belles mains autour de ses genoux et regarda Guelvada avec intérêt.

— L'un des plus habiles — peut-être le plus habile agent anglais, moi-même — a été choisi pour liquider cette situation délicate, dit modestement Guelvada. Je suis arrivé à Lisbonne — à l'*Estrada* — avec un collègue, un certain Kenneth Michaels. Nous étions censés rencontrer ici un Américain nommé Gallat. On a laissé transpirer quelque chose de cela. Le renseignement a sans doute atteint Roccas — ou quelqu'un d'associé avec lui — ainsi que c'était prévu. Quel a été le résultat ? Bien que Gallat soit arrivé à l'aéroport il y a quelque trente-six heures, il a disparu. Je soupçonne Roccas.

Guelvada se pencha en avant, l'air grave, l'œil fixé sur Marandal.

— Mais ce n'est pas encore le pire, continua-t-il. On a appris qu'il existait une relation quelconque entre Roccas et toi. On a appris que certains policiers d'ici travaillaient pour les Nazis. Même les journaux anglais parlent de la collusion entre les Nazis et la police de Lisbonne. Tout le monde est au courant. Roccas est Espagnol. Toi aussi. L'Espagne est censée être neutre. Le Portugal aussi. Très bien. Le gouvernement américain va réclamer toute la vérité au sujet de Gallat. Les Américains et les Anglais vont faire beaucoup d'histoires avec ceci. Ils vont demander l'arrestation de Roccas, la tienne et celle d'une douzaine d'autres gens. Ils vont demander qu'on leur rende sur-le-champ Gallat. Ensuite, ils vont démontrer que Roccas a essayé de vendre des renseignements à tous ceux qui voulaient bien les lui acheter. Après cela, tu peux t'en remettre aux Nazis pour régler la situation. Tu les auras sur le dos, mon petit poulet. Ils te couperont la gorge sans plus de réflexion. Tu me suis ? Imagine-toi comme j'ai eu peur pour toi. Tout le monde va te détester. Les Anglais te soupçonneront. Les Nazis te soupçonneront. La police d'ici, qui essaie de jouer le jeu de tout le monde, te soupçonnera. Mais, de toute façon, tu peux être sûre que les Nazis te couperont la gorge. C'est toujours ce qu'ils font dans un cas pareil.

Marandal hocha la tête d'un air malheureux.

— Je te crois, Ernest, dit-elle. Maintenant je sais que tu dis la vérité. Ce que tu m'as dit concorde avec ce que je sais. Il semble que j'ai besoin de ton aide. Je n'aimerais pas avoir des ennemis, et il me déplairait beaucoup d'avoir la gorge coupée par les Nazis. Ce serait ennuyeux.

Guelvada hocha la tête.

— Dis-moi tout, déclara-t-il, et tu peux compter sur moi pour te tirer de là. Dans des occasions comme celle-ci, je suis extrêmement brillant.

— Quand tu m'as parlé de l'Américain Gallat, dit Marandal, j'ai vu que tu disais la vérité et que tu étais au courant de tout.

— Oui ! fit Guelvada, en allumant une autre cigarette. Après tout, se disait-il, tout était parfaitement simple si l'on mentait assez dur. Il pensait que l'histoire qu'il avait racontée à Marandal, inventée sur le moment au sujet de Roccas, était bonne. Apparemment elle était tellement bonne qu'elle était assez proche de la vérité pour effrayer Marandal. Guelvada pensa que sa technique était bonne. Il espérait qu'elle continuerait de l'être car, s'il échouait, l'idée de se trouver en face de Kane, essayant d'expliquer ceci et cela, était des plus déplaisantes. Kane pouvait être *très* mauvais.

— Je suis ennuyée, dit Marandal. J'ai besoin de ton aide, Ernest. Je te crois lorsque tu dis que tu est revenu ici pour m'aider. Il semble que Roccas ait vraiment travaillé pour les deux camps et que je risque fort d'en supporter les conséquences. Ou bien les Anglais vont me faire des tas d'ennuis, ou bien les Nazis vont me couper la gorge. De toute manière, cela peut être très désagréable.

— Je suis à même de redresser n'importe quelle situation, dit négligemment Guelvada, pourvu que tu me dises exactement ce qui s'est passé. Mais il faut que tu te dépêches. Il n'y a pas de temps à perdre.

— On savait que Gallat devait arriver à l'aéroport, dit Marandal. Serilla, un policier qui s'occupe de l'aéroport, le savait. Sous un prétexte quelconque, Gallat a été retenu à la douane jusqu'à ce qu'il fasse nuit. Alors seulement on l'a laissé partir. Un taxi a été mis à sa disposition. A quelque distance de l'aéroport, le chauffeur a arrêté la voiture et dit qu'il y avait quelque chose qui ne marchait pas dans le moteur. Il est descendu. Presque immédiatement, Roccas, qui attendait dans une rue latérale, a lancé sa voiture contre celle de Gallat. L'Américain a été grièvement blessé.

Marandal haussa les épaules.

— Roccas est descendu de sa voiture. Sans aucun doute avec l'intention d'achever Gallat et de s'enfuir ensuite, mais à ce moment une voiture conduite par un jeune homme est apparue. Il paraît que ce jeune homme était un étudiant en médecine de l'hôpital Santa Anna. Il a fait ce qu'il a pu pour le blessé et a appelé une ambulance. Ainsi les projets de Roccas ont été déjoués. Il n'a rien pu faire. Il n'a même pas pu fouiller le malheureux Gallat.

— Ravissant, dit Guelvada. Du joli travail d'amateur. Continue, mon cœur.

— Roccas est parti prévenir Serilla qui lui a dit qu'il fallait déménager Gallat aussi vite que possible. Ils ne voulaient pas lui laisser la possibilité de parler. Et les dispositions ont été prises en conséquence. L'Américain a été transporté dans une clinique privée dirigée par un ami pro-nazi de Serilla.

Guelvada l'interrompit.

— Et où est cette clinique ? demanda-t-il.

— Numéro 46, Rua Ambrosio, dit Marandal. Enfin... Gallat a été transporté là et ils se sont aperçus qu'ils n'avaient pas à s'inquiéter car, depuis l'accident, il était dans le coma et se mourait.

— Je vois, dit Guelvada.

Il sourit un peu. La raison pour laquelle Roccas avait décidé de le liquider aussitôt que le sujet de l'accident avait été mentionné était maintenant évidente. Roccas savait que personne de la police ne s'intéresserait officiellement à cet accident.

— Un plan délicieux, ma bien-aimée, encore qu'un peu grossier. Continue, je te prie, je suis plus qu'intéressé.

— Cependant, reprit Marandal, quelque chose d'autre s'est produit. Il paraît que ton associé, Michaels, s'intéressait aussi à ce qu'était devenu Gallat. Il a parlé au portier de nuit de l'*Hôtel Estrada*. Le portier de nuit est un ami de Serilla, le policier.

Guelvada se mit de nouveau à rire.

— Ho ! Ho ! dit-il. Ainsi le portier de nuit de l'*Estrada* est un ami du Senhor Serilla ? Ton histoire devient plus intéressante à chaque instant, mon doux cœur.

— Le portier de nuit, continua Marandal, a envoyé le Senhor Michaels à Serilla. Serilla a gagné du temps. Il a demandé au Senhor Michaels de lui téléphoner à cinq heures trente, heure à laquelle il pensait avoir des renseignements sur le disparu. Serilla doit lui dire, quand il téléphonera, où se trouve Gallat.

— Je vois, dit Guelvada. Et comment sais-tu ceci ?

— Serilla a téléphoné ici, répondit Marandal, immédiatement après la visite de Michaels.

— Je vois, dit Guelvada. Et comment feu Roccas a-t-il accueilli cette nouvelle ?

Marandal s'étira. Elle bâilla un peu.

— Il était plutôt satisfait, dit-elle. Vois-tu, Serilla avait tout arrangé. Quand Michaels arriverait à la clinique, il découvrirait que Gallat était mort, car j'ai le regret de te dire qu'il est mort il y a deux heures. Après quoi, Serilla se proposait d'arrêter Michaels.

Guelvada se mit à rire.

— En l'accusant du meurtre de Gallat. Merveilleux ! C'est ce que Serilla voulait faire, n'est-ce pas ?

— Oui, dit Marandal. Michaels devait être accusé du meurtre de Gallat. Vois-tu, continua-t-elle, il était tout à fait évident que les amis de Gallat ne pourraient pas se montrer trop curieux au sujet de sa mort. Quant à Michaels, Serilla et Roccas considéraient tous deux que personne ne s'intéresserait à son sort. Comment aurait-il pu en être autrement ? Gallat et Michaels se livraient à des activités qui, *officiellement,* ne regardaient personne.

— Juste, approuva Guelvada. Donc Michaels est arrêté ! Cela règle la question de la mort de Gallat. Et puis Michaels est condamné et disparaît, ou sans doute meurt en prison avant le procès... Je sais... Ces choses sont déjà arrivées.

Il regarda sa montre. Il était six heures vingt. Marandal bâilla de nouveau avec grâce.

— Cela me déplairait beaucoup, dit-elle, d'être mêlée à toutes ces histoires. Cela me dérange.

— Je comprends très bien cela, dit Guelvada. Mais ne t'inquiète pas, mon poulet. Je vais maintenant m'occuper de te tirer de là. Ecoute-moi...

Il se pencha en avant.

— Tu as commis une grande erreur, ma chérie, dit-il gravement. L'erreur d'essayer d'être des deux côtés à la fois. C'est un jeu dangereux parce que cela signifie que, le moment venu, on n'a pas un seul ami. Je me propose de changer cela.

— Comment ? demanda Marandal.

— Officiellement dans le but de te faire sortir de Lisbonne qui, je crois, va être un endroit malsain pour toi, tu vas passer de notre côté. Tu vas écrire une déclaration complète disant tout ce que tu sais sur le complot contre Gallat et Michaels. Tu me la donneras. Cette déclaration me permettra de prouver à nos gens que tu es franche avec nous, que tu fais tout ce que tu peux pour nous aider, et grâce à cela, dit Guelvada, je t'obtiendrai un visa américain, qui te permettra de partir tranquillement.

» En fait, continua-t-il, je ne vois pas de raison pour que tu ne partes pas demain matin pour l'Amérique. C'est là, je crois, que tu seras le plus en sécurité.

— Je le crois aussi, dit Marandal. Mais es-tu certain que si j'écris cette déclaration tu pourras tout arranger ?

— J'en suis plus que certain, dit Guelvada. Je te le promets. Ecris cette déclaration, ma douce.

— Très bien, acquiesça Marandal. Mais il faut que tu me dises ce que je dois écrire. Je ne suis pas très bonne en composition. Aussi, si je dois aller en Amérique, je crois que j'aimerais que tu viennes aussi. J'éprouve soudain un renouveau d'amour pour toi, Ernest. Tu as tué Juan pour moi. Oui, je crois qu'il se pourrait bien que je recommence à t'adorer.

— Bien-aimée..., murmura Guelvada, bien entendu, je t'accompagnerai en Amérique. C'était mon idée. De toute manière, c'est là qu'on est le mieux en ce moment. Ceci dit, es-tu prête ?

Il commença de dicter la déclaration.

L'horloge d'une église sonnait la demie de sept heures quand Guelvada pressa sur le bouton de sonnette de l'appartement du Senhor Serilla. Il attendit patiemment, une cigarette au coin de la bouche. Il ne fut même pas troublé quand on ne répondit pas tout de suite. Il imaginait que Serilla devait être au lit en train de dormir après son activité nocturne.

Guelvada fit passer sa cigarette de l'autre côté de sa bouche. Il considérait que le destin était parfois très bon. En tout cas, il avait été très bon pour lui. Il était engagé dans cet ordre de pensées quand la porte s'ouvrit. Le policier, en pyjama et robe de chambre, son écharpe à frange d'or autour du cou, regardait Guelvada d'un air inquisiteur.

— Senhor Serilla, dit Guelvada, je regrette infiniment d'avoir à vous déranger à cette heure, mais j'aimerais vous parler pendant quelques minutes.

— Ce serait avec plaisir, dit courtoisement Serilla. Mais êtes-vous sûr que votre affaire ne puisse pas attendre jusqu'à ce que j'aille à mon bureau, dans quelques heures d'ici ?

— Non, dit Guelvada. Mon affaire est très urgente.

Serilla baissa les yeux. Il vit que Guelvada avait la main dans la poche droite et que dans cette poche un objet dur était pointé vers son estomac. Il soupira.

— Je suis à votre service, Senhor, dit-il. Il se tourna et montra le chemin du salon.

Guelvada le suivit, fermant la porte de l'appartement doucement derrière lui. Serilla alla à la cheminée et resta adossé contre elle, les mains derrière le dos, regardant Guelvada.

— Senhor Serilla, dit Guelvada, tous autant que nous sommes, avec les meilleures intentions du monde, nous commettons parfois de graves erreurs.

— C'est fort possible, Senhor, approuva Serilla. On a vu se tromper même les hommes les plus intelligents.

— Précisément, dit Guelvada. Et je crois, Senhor, que vous êtes un homme intelligent et que vous vous êtes trompé. Sa voix devint métallique : Ecoutez, déclara-t-il, Gallat est mort. On ne peut pas le ressusciter. Il n'y a pas à sortir de là. Mais, néanmoins, cela me dérange. Vous m'avez également dérangé d'autre façon, Senhor. Vous vous êtes grandement trompé. Il faut réparer vos erreurs. Autrement, continua Guelvada en sortant le pistolet automatique de sa poche droite, je me propose de vous tuer sans plus discuter. Et si je vous tue, Senhor, je vous tirerai dans le ventre, ce qui, m'a-t-on dit, est très douloureux.

Il sourit à Serilla.

— A votre entière disposition, Senhor, dit le policier.

— Il faut que je sois tout à fait franc avec vous, reprit Guelvada. J'ai obtenu une déclaration écrite de la Senhora Marandal d'Alvarez. Elle y dit tout ce qu'il y a à dire. Elle m'a donné cette déclaration afin que je puisse lui obtenir un visa pour passer en Amérique, où elle pense qu'elle sera en sécurité. J'imagine, ajouta négligemment Guelvada, qu'elle tâchera de prendre l'avion de demain matin.

— Oui, dit Serilla.

— Le point qui m'intéresse plus qu'aucune autre chose est le suivant, continua Guelvada en souriant. Un ami à moi, le Senhor Michaels, a été arrêté sur la fausse accusation d'avoir tué Gallat. Vous allez tâcher de faire quelque chose à ce sujet, Senhor. Vous allez téléphoner à la police, vous allez donner les ordres nécessaires pour que le Senhor Michaels soit relâché sur-le-champ. Que dites-vous, Senhor ?

Serilla sourit aimablement et dit :

— Il n'y a pas de doute, Senhor... je n'ai pas l'honneur de connaître votre nom... la justice a commis une grave erreur. Je me hâte de la réparer.

Il alla au téléphone.

— Senhor, dit Guelvada quand Serilla eut terminé, je pense maintenant que nous pouvons fumer une cigarette. Nous allons trouver, je n'en ai aucun doute, d'agréables sujets de conversation. Nous allons causer ainsi jusqu'au moment où le Senhor Michaels téléphonera ici comme vous l'avez combiné, pour me dire qu'il est de retour sain et sauf à l'*Estrada* — après quoi, avec les plus grands regrets et mes remerciements pour votre hospitalité, je prendrai congé.

— Senhor, dit Serilla, je suis à votre service.

— Mais j'aimerais que vous sachiez, continua Guelvada, que si le Senhor Michaels ou moi-même avons le moindre ennui pendant notre séjour à Lisbonne, le pli scellé que j'ai déposé ce matin au Consulat Général d'Angleterre, et qui contient la déclaration de la Senhora d'Alvarez, sera ouvert. Ce qui pourrait vous causer, à vous, un tas d'ennuis, Senhor...

Serilla haussa les épaules.

— Croyez-moi, dit-il, je suis votre ami. J'en ferai mon affaire de voir qu'il ne vous arrive rien de déplaisant, à vous-même ou au Senhor Michaels.

— Excellent, dit Guelvada.

Il prit son étui à cigarettes, le tendit à Serilla. Ils s'assirent de chaque côté de la cheminée et fumèrent.

A huit heures moins le quart, le téléphone sonna. Serilla répondit. Il regarda Guelvada par-dessus l'épaule.

— Senhor, dit-il, c'est votre ami.

Guelvada se versa du café. Il avait bien mangé. Il était content de son petit déjeuner. Il alluma une cigarette et se carra dans son fauteuil.

— Celui, quel qu'il fût, dit Kane, qui a tamponné Gallat avait pour intention de le supprimer, mais cela n'a pas réussi à cause de l'arrivée de l'étudiant en médecine. Cet étudiant fit transporter Gallat à l'hôpital. Quelque temps après, la police arriva et fouilla les vêtements et les bagages de Gallat, mais sans pouvoir rien trouver. Toutefois, ils espéraient que, lorsqu'ils l'auraient fait transporter à la clinique de la Rua Ambrosio, ils pourraient le faire parler.

— Naturellement, approuva Guelvada.

— Après leur départ, continua Kane, Gallat reprit connaissance, pendant quelques minutes. Il était trop malin pour mentionner mon nom, mais il demanda à l'étudiant en médecine d'aller chercher le premier citoyen américain qu'il pourrait trouver rapidement. L'étudiant en médecine, qui était un brave garçon, vint à l'*Estrada*. Il savait que là il trouverait plus d'Américains que nulle part ailleurs. Et qui croyez-vous qu'il ait trouvé ?

— Je peux le deviner, dit Guelvada. Il a trouvé Griselda.

— Juste, dit Kane. C'est là l'explication du mystérieux jeune homme qui avait enlevé Griselda. Elle vit Gallat et celui-ci donna les instructions qu'il avait pour nous. Elles étaient photographiées en miniature et cachées dans ses cheveux. Ces sacrés idiots n'ont jamais pensé à regarder là quand ils cherchaient.

— Vous voyez, Michaels, dit Guelvada, parfois les femmes peuvent être utiles...

— Oui, accorda Kane. Parfois... Il regarda sa montre. Il faut que nous fassions nos valises, dit-il. Il faut que nous partions d'ici. Je vous parlerai de ça en allant à l'aéroport.

Guelvada se mit à sourire.

— Ainsi, nous allons à l'aéroport, murmura-t-il. Cela pourrait être amusant !

Il se leva, alla dans sa chambre, commença à faire ses bagages. Il jeta sa cigarette, puis se mit à chanter une chanson d'amour portugaise.

Marandal entra dans le bureau de la douane de l'aéroport. Elle était ravissante. Elle portait un tailleur noir et un chapeau de velours très élégant. Un porteur la suivait avec ses bagages.

— Michaels, dit Guelvada à Kane, excusez-moi pendant un instant. Il s'avança vers Marandal.

— Me voici, Ernest, dit celle-ci. J'ai décidé de te faire confiance une fois encore.

— Cœur de mon cœur, dit Guelvada, quoi qu'il puisse ou ne puisse pas arriver, tu peux toujours être assurée de mon entière dévotion. Je t'aime d'une façon tout à fait étonnante.

Du coin de l'œil, il vit Serilla et deux autres hommes qui traversaient la large salle.

— Excuse-moi, dit-il, mon amour, je vais chercher des cigarettes. Et il s'éloigna.

Serilla et les deux hommes emmenèrent Marandal dans le petit bureau.

Ils lui mirent les menottes. Puis ils la firent monter dans la voiture qui attendait dehors.

Guelvada revint vers Kane.

— Qui était cette femme que Serilla vient d'embarquer ? demanda Kane. Il regarda Guelvada d'un air soupçonneux. Vous n'avez pas fait des bêtises avec cette femme, Ernie ? demanda-t-il.

Guelvada secoua la tête.

— Rien d'important, dit-il. Rien du tout. Un jour, je vous raconterai cela. Je crois qu'elle s'est mis la police à dos. Ils vont la garder pendant quelques jours et puis ils la relâcheront. Ce qui n'est pas une chose déplaisante...

— Pourquoi ? demanda Kane en se mettant en marche vers la sortie.

Guelvada haussa les épaules.

— Pour rien, dit-il négligemment. Cette femme ne m'aime pas... pas beaucoup... Il fit la grimace. Et cela est ennuyeux. Parce que je suis épris de cette femme. Elle a un grand charme. Et, si elle en a l'occasion, elle me tuera certainement un jour.

Kane sourit.

— Il y a des tas de femmes qui veulent vous tuer, Ernie, dit-il. Mais, à propos, comment avez-vous appris ce que Serilla avait l'intention de faire la nuit dernière ?

Guelvada eut une grimace.

— En vous quittant, j'ai rencontré un type que je connaissais autrefois, dit-il négligemment. Il m'a dit que Serilla était un salaud. J'ai fait le guet jusqu'au moment où je les ai vus vous emmener de la clinique et alors je suis allé chez lui et je l'ai persuadé...

— Oui ? dit Kane. C'était donc ça. Il regarda Guelvada de côté. Qu'avez-vous fait tout le reste du temps ? demanda-t-il.

Guelvada haussa les épaules.

— J'ai eu une petite conversation avec cette femme dont je vous ai parlé, dit-il. Cette femme que j'ai connue il y a des années. Celle qui voulait me tuer.

— Je vois, dit Kane. Et maintenant sans doute elle ne veut plus vous tuer.

Guelvada sourit :

— Avec les femmes, on ne sait jamais.

Ils se dirigèrent vers l'avion.

1

Le talon d'Achille

Seitzen regardait par la fenêtre. Au-dehors, la pluie tombait par rafales. La maigre pelouse qui s'étendait entre le cottage et les bois ruisselait d'eau ; les arbustes, leurs branches cassées par le vent, étaient couverts de boue. Le sifflement d'un train roulant vers Dublin vint encore ajouter à ce que ce crépuscule avait de sinistre.

— Sale pays, quand il pleut, murmura Seitzen.

Il quitta la fenêtre. Il était petit, trapu, lourd. L'imperméable qu'il portait paraissait trop grand pour lui. Les manches lui recouvraient à demi les mains. Il avait le visage rond ; ses joues pendaient presque au-dessus de son col. Il portait des lunettes d'écaille. Il avait l'air cultivé et déplaisant.

— C'est un sale pays, même quand il ne pleut pas, dit Hiltsch, qui était assis à la table, en train d'écrire. Mais, ajouta-t-il avec un sourire amer, ici ou autre part, aujourd'hui ce serait la même chose. Et ce sera pire encore dans quelques minutes...

— Oui ? demanda Seitzen en levant les sourcils. Pourquoi ? De quoi avez-vous peur ?

— De la même chose que vous, ricana Hiltsch. D'Hildebrand !

— Je ne comprends pas que l'on ait ainsi peur d'Hildebrand, dit Seitzen avec impatience.

— Vraiment ? fit Hiltsch.

Il haussa les épaules, posa son porte-plume, puis, faisant basculer sa chaise en arrière, mit les pieds sur la table. La tête penchée de côté, il regardait le bout de ses souliers.

Seitzen retourna à la fenêtre. Il était ennuyé. On ne pouvait pas parler avec Hiltsch. Et, si on lui parlait, cela ne donnait rien de bon. Il fouilla dans sa poche, à la recherche d'une cigarette.

Hiltsch se mit à siffler doucement. A sa manière, il était plutôt beau. En jeune, il ressemblait à un boulevardier des environs de 1850 — sauf qu'il était imberbe. Il était grand, mince et bien habillé. Ses cheveux châtains ondulaient légèrement, et il avait la peau claire. Autrefois, il avait été chef de groupe dans les S.A., avec de sérieux espoirs d'avoir une bonne place dans les S.S. C'était il y a longtemps.

L'ennui avec Seitzen, pensait Hiltsch, c'est qu'il était couard. A un point incroyable. C'était gai de travailler avec un type pareil — surtout dans un métier comme celui-ci. Pourquoi, si l'on voulait que vous fassiez des choses pas commodes, pourquoi ne vous donnait-on pas des bons éléments avec qui travailler ?

Il se mit à parler rapidement et d'une voix sourde, en allemand.

— Seitzen, dit-il, vous êtes ou un menteur, ou un sacré idiot. Je n'ai encore jamais rencontré quelqu'un qui n'ait pas peur d'Hildebrand. Avez-vous jamais entendu parler de Columbia Haus ?

— Oui, fit Seitzen. Eh bien ?

— Hildebrand dirigeait Columbia Haus, dit Hiltsch. C'était au moment où il commandait le 12e Groupe de Berlin. Ils avaient l'habitude d'amener les suspects à Columbia Haus pour les interroger. Certains d'entre eux étaient des durs, mais ils finissaient toujours par parler. Hildebrand sait plus de façons de faire parler les gens que n'importe qui que je connaisse.

Il alluma une cigarette.

— Un soir, reprit-il, je l'ai vu s'occuper d'un vieux juif, avec un tisonnier... Vous ne pouvez pas vous imaginer le temps qu'il a fallu au vieux pour mourir. Hildebrand a certainement de l'imagination.

— Possible, dit Seitzen. Mais je ne vois toujours pas pourquoi *nous* devrions avoir peur d'Hildebrand — en Irlande.

— Oui, fit Hiltsch, d'un ton légèrement sarcastique, cela fait une sacrée différence — le fait que ce soit à Berlin, en Irlande ou ailleurs. Avez-vous jamais vu un membre du Parti — un vrai membre du Parti — changer de méthode parce qu'il était dans un pays étranger ? Il prend simplement un peu plus de précautions, un point c'est tout.

Seitzen s'assit. Les pans de son imperméable, qui s'était ouvert, flottaient de chaque côté de lui. Quand il était assis, son ventre pendait presque au-dessus de ses cuisses. Derrière les lunettes bordées d'écaille, ses cruels petits yeux de cochon brillèrent.

— Eh bien ! déclara-t-il, moi, je n'ai pas peur. J'ai toujours fait mon travail du mieux que je pouvais.

— Vous avez peur tout de même, dit Hiltsch. Moi aussi. N'importe qui aurait peur. Il se leva, s'avança vers la fenêtre et se mit à regarder dehors. Hildebrand, continua-t-il, ne vient pas ici pour nous demander comment nous allons ou pour nous apporter les amitiés du Führer. Où qu'il aille, cela signifie des ennuis pour quelqu'un. Sa visite ici signifie des ennuis pour nous.

Il soupira profondément.

— Autrefois, c'était le bon temps, reprit-il. Lorsque Adolf Hitler ne se croyait pas encore Dieu Tout-Puissant et qu'il trouvait même le temps de parler aux chefs de groupes de S.A. Je me rappelle, un soir, il est venu à moi et m'a donné une tape amicale dans le dos. C'était quelques jours après l'affaire de Brême, où j'avais commandé la 24e *Standarte* et fait passer un sale quart d'heure à ces salauds de communistes. C'était le bon temps. Et, pourtant, je n'étais pas content. Je voulais de l'avancement. J'ai tout risqué pour en avoir. Bon Dieu ! J'ai même cambriolé l'Ambassade d'Angleterre — et je m'en suis bien tiré — et tout ça parce que je voulais de l'avancement. Eh bien !... je l'ai eu, et... je suis ici... Dieu me protège !...

Il se mit à rire comme s'il en avait dit une bien bonne.

— Je me demande à quel sujet Hildebrand veut nous voir, dit Seitzen.

De l'autre côté de la maison, à l'endroit où la route bifurquait en direction des bois, arriva le bruit d'une auto qui s'arrêtait.

— Nous allons bientôt le savoir, ricana Hiltsch.

Il quitta la pièce et passa dans l'antichambre. Au bout d'une minute il revenait, accompagné d'Hildebrand. Celui-ci était très grand, très mince, très élégant, le teint clair. Il était imberbe. Il avait l'air d'un homme très aimable. Il s'arrêta juste en deçà de la porte, tenant son feutre brun dans ses doigts longs et sensibles.

— *Heil Hitler !* dit-il très doucement. Ensuite, il eut un demi-sourire qui découvrit ses dents blanches.

Seitzen se leva, Hiltsch et lui répétèrent : « *Heil Hitler !* »

Hildebrand s'avança dans la pièce. Il s'assit près de la table. Il mit la main dans sa poche et en tira un grand étui à cigarettes en or. Il l'ouvrit, le posa, le montra du doigt. Son attitude était pleine d'aisance, d'amabilité.

— Asseyez-vous, dit-il, et fumez.

Les deux hommes s'assirent à la table. Hiltsch en face d'Hildebrand.

Seitzen à la droite de celui-ci. Hildebrand les regarda — d'abord Hiltsch, puis Seitzen.

— Je suis venu, dit-il, parce que je pense que vous avez un peu besoin de vous réorganiser. Ce n'est pas votre avis ?

Sa voix était incisive, métallique, mais pas déplaisante. Son regard seul était déplaisant. Il était très dur.

— Il faudrait que vous sachiez qu'il devient très difficile de travailler dans le coin, dit Hiltsch. Ces salauds d'Anglais sont chaque jour plus soupçonneux ; quant aux Irlandais, ils deviennent impossibles. Absolument impossibles. Durant ces trois derniers mois, il a été terriblement difficile de faire sortir quelqu'un.

Hildebrand acquiesça du chef.

— Qu'en pensez-vous ? demanda-t-il à Seitzen.

— Non, ce n'est pas facile, répondit celui-ci. Je suis d'accord avec Hiltsch, mais, ceci dit, je trouve que nous n'avons pas trop mal travaillé. Pas vous ?

Hildebrand le regarda en souriant.

— Vous le pensez vraiment ? demanda-t-il.

— Ecoutez, dit Hiltsch après un silence, pourquoi ne pas y aller carrément ? Il y a quelque chose qui ne va pas, n'est ce pas ?

— Oh ! oui, dit avec emphase Hildebrand. Il y a quelque chose qui ne va pas. Et cela ira encore moins dans un instant. Cela va aller mal pour vous.

Hiltsch regarda la table. Il trouvait difficile de regarder Hildebrand. La main droite de Seitzen jouait avec un fil qui dépassait de sa jambe de pantalon.

— Je supporte bien des choses, continua Hildebrand, mais je n'aime pas que l'on se fiche de moi. Il y a deux autres personnes qui n'aiment pas non plus qu'on se fiche d'elles. L'une s'appelle Heydrich et l'autre Himmler. J'ai reçu un savon sérieux. Maintenant, c'est votre tour. Et comprenez-moi bien : je ne veux pas de discours... je ne veux pas d'excuses, je veux des actes.

Hiltsch étendit la main, prit une cigarette dans l'étui d'or et l'alluma.

— Qu'est-ce qui ne va pas ? demanda-t-il.

— Kane, dit simplement Hildebrand.

— Je le pensais, fit Hiltsch. Kane et Guelvada ?

Hildebrand haussa les épaules.

— Guelvada ne compte pas, dit-il. Guelvada n'est qu'un opportuniste qui a un sens du théâtral un peu trop développé. Supprimez Kane, et avant six semaines, Guelvada vous aura donné lui-même les moyens de lui couper la gorge. Guelvada, tout seul, ne vaut rien. C'est Kane qui est embêtant.

— Je m'en suis aperçu, dit Hiltsch, mais en quoi, exactement ? Qu'a donc fait Kane ?

Hildebrand haussa les sourcils.

— Ce qu'il a fait ? interrogea-t-il. Vous me le demandez ? Bon Dieu, pour quoi faire êtes-vous ici, vous et Seitzen ? Vous voulez dire : qu'est-ce qu'il n'a pas fait ?

Il se pencha au-dessus de la table.

— Pour votre information, messieurs, continua-t-il, durant les neuf mois qui viennent de s'écouler, pas moins de vingt-sept de nos agents les plus importants, dans différentes parties du monde, ont été supprimés. Seize d'entre eux, y compris Helda Marquès, faisaient partie de votre groupe. La plupart d'entre eux ont été liquidés après avoir été placés dans une situation où il était *possible* de le faire. A part cela, il y a un tas d'autres choses, trop nombreuses pour être rapportées. Toujours est-il que c'est vous qui êtes le plus près de ces deux types. Vous avez toutes les occasions qu'il vous faut pour les atteindre. Nous pensons qu'il est temps que vous vous en occupiez.

— Karl, dit Hiltsch, je ne crois pas que vous vous rendiez compte combien notre position est difficile. Nous sommes dans le noir. Je vous concède que la plupart des gens à nous qui ont été liquidés venaient de notre groupe. Eh bien !... que réclamez-vous ? Comme vous le dites, c'est nous qui sommes le plus près et, ainsi, c'est nous qui pouvons le plus. Mais le fait que nos gens aient été tués ne nous facilite pas la besogne. Et croyez-moi, presque tous — y compris Helda Marquès — ont été assassinés. Pas un seul d'entre eux n'a été arrêté et exécuté officiellement par les Anglais. Après l'assassinat de Helda, quand nous avons su comment cela avait été fait, et par qui, j'ai envoyé en Angleterre deux de nos hommes les plus adroits, avec l'ordre de ne s'occuper que de ces maudits personnages. Ils ont été arrêtés et fusillés. Depuis lors, nous sommes sans nouvelles. Et je ne peux pas travailler si je n'ai pas de renseignements.

— C'est votre métier d'en avoir, dit Hildebrand. C'est votre métier de garder toujours le contact...

— Bon Dieu ! gronda Hiltsch. Garder le contact... J'aime cela. Mais, bon sang, Karl, vous figurez-vous que ces salauds d'Anglais sont des idiots ? Vous le pensez peut-être. Pas moi. L'Angleterre est sans doute le pays du monde où il est le plus facile d'entrer pour un agent secret. Mais c'est aussi celui dont il est le plus difficile de sortir. On pourrait presque croire qu'ils encouragent les gens à venir se faire pincer et fusiller. Et voyez ce que font les gens de la Wehrmacht. Des choses insensées. Ils envoient des types de leur service secret, des types à peine entraînés, qui savent parler un peu d'anglais, avec de petits postes de radio, des serviettes de cuir et des liasses de bank-notes. Bon Dieu ! le dernier s'est fait ramasser dans une gare, alors qu'il essayait de déchiffrer l'indicateur. Il était porteur de quatre cents livres en billets, d'un poste de radio, d'un pistolet et d'une saucisse ! J'ai passé des nuits blanches à essayer de deviner pourquoi il était muni de cette saucisse. Sans doute était-ce au cas où il aurait faim la nuit... Mais savez-vous quel genre de saucisse c'était ? C'était une saucisse comme on en fabrique seulement à Leipzig... Si cet idiot avait réussi à aller quelque part et que les Anglais, regardant dans sa serviette, aient vu cette saucisse, il était cuit. Même un Anglais aurait su, à l'odeur, que la saucisse venait d'Allemagne... Est-ce que vous ne pouvez pas voir comme ce travail d'amateur des gens de la Wehrmacht rend les choses difficiles pour nous ?

— C'est votre métier de surmonter les difficultés, dit Hildebrand. Il faut essayer autre chose.

— Ecoutez, Karl, répondit Hiltsch, c'est très commode de parler ainsi. Nous avons tout essayé.

— Nous avons quelqu'un de très bien qui s'occupe de cette affaire en ce moment, s'interposa Seitzen : Hillmer, l'un de nos meilleurs agents.

— Ah ! oui ? lança Hildebrand avec un sourire cynique. Vous avez quelqu'un de très bien qui s'occupe de cette affaire. Hillmer ! Parlez-moi un peu de lui.

— Kane est à Londres, dit Seitzen. Nous avons appris cela. J'ai envoyé Hillmer, là-bas, il y a trois semaines. Il ne reviendra ici qu'après avoir fait ce pour quoi il est parti.

Il posa ses mains à plat devant lui, sur la table. Une certaine satisfaction luisait dans ses petits yeux.

— Vraiment ! répéta Hildebrand. Nous devons nous en remettre à Hillmer ? Je me demande, messieurs, si cela peut vous intéresser de savoir qu'il y a cinq jours le pauvre Hillmer a été victime d'un accident ? Peut-être vous rappelez-vous qu'il y avait beaucoup de brouillard ce soir-là. Hillmer s'est arrangé pour buter contre des rails, dans le brouillard, près d'Euston. Un train l'a écrasé...

Il se tut un instant.

— Cela fait vingt-huit, reprit-il. *Exit* Hillmer.

Il se leva, alla à la fenêtre, donnant rageusement un coup de pied dans sa chaise.

— Je peux m'imaginer ce maudit Guelvada — car je parie que c'était lui — debout sur le remblai, attendant que le train passe sur votre fameux Hillmer. J'en ai soupé du genre Hillmer...

Hiltsch se pencha en arrière sur sa chaise. Ses yeux étaient fixés sur le milieu du dos d'Hildebrand. Il avait le regard mauvais, pensa Seitzen, qui se demanda si Hiltsch haïssait Hildebrand autant qu'il le faisait lui-même.

— Ecoutez, Karl, dit Hiltsch. Je sais que vous n'êtes pas content. Nous ne le sommes pas non plus. Eh bien ! je vais vous poser une question... A notre place, que feriez-vous ?

Hildebrand se tourna brusquement et se mit à rire. Quand il riait, ses lèvres se retroussaient sur ses dents, et il avait un peu l'air d'un chien montrant les crocs.

— Je vais vous dire ce que vous allez faire, déclara-t-il. Je pense qu'il est temps que vous vous remuiez un peu, tous les deux. C'est un ordre que je vous donne. Vous allez partir d'ici. Partir pour l'Angleterre et régler le compte de Kane. Si vous n'y parvenez pas, je vous rappelle tous les deux.

Il prit une cigarette sur la table.

— Vous savez ce que cela veut dire ? demanda-t-il.

— Compris, dit Hiltsch. Mais vous n'avez toujours pas répondu à ma question. Je me demande si vous vous rendez compte des difficultés qu'il y a à atteindre des types comme Kane et Guelvada.

— Pourquoi cela ? demanda Hildebrand. Pourquoi Kane et Guelvada seraient-ils plus difficiles à avoir que n'importe qui d'autre ?

Hiltsch se leva. Les mains dans ses poches, il se mit à arpenter la pièce. Seitzen observait alternativement Hiltsch et Hildebrand, ses yeux allant de l'un à l'autre.

— Ils ont une drôle de façon de travailler, dit Hiltsch au bout d'un moment. Ils ne font rien comme tout le monde. Ils n'utilisent aucune des vieilles méthodes.

— Bon Dieu ! s'exclama Hildebrand. Voulez-vous me faire croire que les Anglais se mettent à avoir de l'imagination ?

— Karl, dit Hiltsch, je n'ai jamais eu d'illusion sur le compte des Anglais. Une fois qu'ils ont retiré leurs gants, qu'ils ont oublié le cricket et le golf, qu'ils ont oublié qu'ils sont des gentlemen, ce sont les types les plus coriaces que l'on puisse rencontrer.

Il soupira.

— L'ennui, avec Kane, c'est qu'il ne joue même pas au cricket, ajouta-t-il.

— Ce n'en est que plus facile, dit Hildebrand.

Il tira sur sa cigarette.

— Sans doute, continua-t-il, avez-vous entendu parler d'Achille ? Il avait un point faible. Eh bien ! ce Kane doit en avoir un. Aucun homme n'est parfait. Il y a toujours un côté par lequel on peut atteindre quelqu'un. En général, le point faible d'un homme, c'est une femme.

— Exactement, remarqua Seitzen. Telle a toujours été ma théorie : mais dans le cas présent, elle n'est bonne à rien. Dans le cas de Kane, il n'y a pas de femme.

Hildebrand se tourna vers Seitzen. Le regard qu'il lui lança était presque meurtrier.

— Seitzen, dit-il, vous n'êtes qu'un idiot. Vous êtes un de ces idiots qui se trompent toujours. Je crois que, si les Anglais devaient vous couper la gorge ou vous jeter sous un train, dans le brouillard, ou vous faire n'importe quoi d'autre, je serais positivement soulagé. En tout cas, ajouta-t-il, s'ils ne le font pas, je le ferai, moi, tôt ou tard.

— Vous venez de laisser entendre quelque chose, dit Hiltsch. Vous venez de laisser entendre que...

— Qu'il y avait une femme, dit Hildebrand. Il y en a une. C'est une actrice de Londres. Kane la voit souvent. Il est amoureux d'elle. Je n'en sais pas très long sur elle. J'ignore si elle travaille pour lui ou si elle est seulement sa maîtresse. Je l'ignore... Mais c'est tout de même quelque chose.

Hiltsch cessa de marcher.

— Oui, Karl, dit-il, c'est quelque chose. Je vous l'ai dit : un homme comme Kane est très difficile à avoir s'il est tout seul ; mais, s'il est amoureux de cette femme, peut-être pourrons-nous l'atteindre à travers elle.

Il se tourna vers Seitzen.

— Vous vous rappelez ce que nous avons fait dans cette autre affaire... en nous servant de cette fille blonde ?

— Allons-nous discuter des choses évidentes ? interrompit Hildebrand. Ne parlons que de cette affaire... Cette femme s'appelle Valetta Fallon.

Il retourna à la table et s'assit.

— Je reviens ici dans trois semaines, continua-t-il. Je veux que vous puissiez me dire alors que cette affaire est réglée. S'il en est autrement, il vaudrait mieux que je ne revoie aucun de vous deux. Il vaudrait mieux pour vous être pris par les Anglais. Car, si je vous revois, je vous rappelle, et, bon Dieu ! ça ira mal pour vous, en Allemagne. Compris ?

— Parfaitement, dit Hiltsch.

Hildebrand fit claquer l'étui à cigarettes en le fermant.

— Très bien, dit-il. J'espère vous voir dans trois semaines et que vous aurez de bonnes nouvelles à m'apprendre. Au revoir, messieurs.

Il quitta la pièce. Ils entendirent s'éloigner la voiture.

— Je me demande pourquoi nous supportons ce genre de choses, grogna Seitzen.

Hiltsch se mit à rire.

— Elle est bien bonne, fit-il. Dites-moi donc ce que nous pourrions faire. Nous sommes comme des gens qui, après avoir poussé une charrette en haut d'une côte, auraient sauté dedans au moment où elle commence à rouler vers le bas. Nous l'avons mise en marche, mais nous ne pouvons pas l'arrêter ; nous sommes entraînés dans la descente. Notre seul espoir, c'est que la charrette arrive un jour en bas de la colline et s'arrête d'elle-même, nous permettant ainsi d'en sortir.

Seitzen soupira de nouveau.

— Cette mission ne va pas être commode, dit-il.

Hiltsch haussa les épaules.

— Je ne sais pas, fit-il. Vous avez eu de la veine ; moi aussi ; j'ai été dans une douzaine d'histoires dont je n'aurais jamais cru sortir, mais j'en suis sorti. Ce Kane a eu de la veine, lui aussi. Mais tout a une fin.

— Peut-être allons-nous être *sa fin*, dit Seitzen.

— Il le faut, déclara Hiltsch. Hildebrand n'a pas mâché ses mots, n'est-ce pas ? Si Heydrich s'intéresse à cette affaire, vous pouvez parier tout ce que vous voudrez que c'est ou Kane ou nous ; et j'espère que ce ne sera pas nous.

Il prit une cigarette et l'alluma.

— Si seulement cette sacrée pluie voulait s'arrêter, dit Seitzen. Ce bruit continuel me rendra fou.

Hiltsch le regarda avec un mauvais sourire.

— Pour quelqu'un qui est censé être un agent d'une classe exceptionnelle et qui a travaillé dans la Gestapo, remarqua-t-il, vous avez de drôles de nerfs. Faites attention que ceux de là-bas ne vous laissent pas tomber.

— Je ne suis pas sûr qu'ils ne soient pas déjà en train de me laisser tomber, dit Seitzen. Et vous, du reste ? Vous ne vous sentez pas aussi fier qu'il y a dix-huit mois, n'est-ce pas ? Ça allait mieux quand vous commandiez votre *Standarte*, à Brême. Ça, c'était très bien. C'était vraiment de la besogne agréable. Il est rudement facile de couper la gorge aux gens quand on est le plus fort, mais ici, les choses sont différentes. Je vous dis tout à fait franchement que l'idée de partir maintenant pour l'Angleterre, au moment précis où ces maudits Anglais se mettent à devenir mauvais, ne me séduit pas particulièrement. Et vous ?

Hiltsch haussa les épaules.

— Franchement non ! dit-il. Mais que faire ? Nous sommes pris entre le marteau et l'enclume. L'enclume, ce sont les Anglais, et le marteau, Hildebrand. Si nous sommes rappelés, nous sommes bons. On nous enverra sans doute sur le front russe. Le froid vous débarrassera un peu de votre graisse, Seitzen.

Il poussa un soupir à demi ironique.

— J'ai peur qu'il n'y ait pas moyen de nous en sortir, reprit-il. Nous sommes forcés de marcher, à moins que...

— A moins que quoi ? demanda Seitzen, d'une voix sourde.

Hiltsch tira sur sa cigarette. Il ouvrit la bouche et rejeta un nuage de fumée.

— Il y a une porte de sortie, dit-il. Mais nous sommes de bons membres du Parti, vous et moi. Ce n'est même pas la peine d'en parler.

— De quoi s'agit-il néanmoins ? demanda Seitzen.

Hiltsch tira de nouveau sur sa cigarette.

— Si nous allions en Angleterre, dit-il, après un temps, et si nous passions aux Anglais, nous serions sauvés.

Il rit.

— Bon Dieu ! ce que nous pourrions leur donner comme renseignements !

— Oui, articula lentement Seitzen, et après cela, ils nous fusilleraient sans doute.

— Non, dit Hiltsch, certainement pas. Ils nous garderaient en réserve : pour pouvoir faire appel à nous à propos de toutes sortes de choses. Ils nous colleraient dans une prison quelconque jusqu'à la fin de la guerre et nous utiliseraient de temps en temps comme fiches de renseignements. A la fin de la guerre, à supposer que nous nous soyons bien conduits et que nous leur ayons dit ce qu'ils voulaient, ils nous relâcheraient. Ils font des choses comme ça.

— C'est une solution..., dit Seitzen. Mais une telle idée ne vous viendrait pas, n'est-ce pas ?

— Je ne sais pas, dit Hiltsch. Pourquoi pas ? Si nous continuons comme maintenant, nous sommes bons de toute manière. Cette affaire Kane ne me plaît pas. Quelqu'un va nous avoir, les Anglais ou, si nous ratons notre coup, Hildebrand. En tout cas, nous n'en avons plus pour longtemps. De cette façon, au moins, nous serions certains de rester en vie... Ceci, si vous avez envie de rester en vie...

— Bien entendu, j'aime la vie, dit Seitzen.

Il regarda longuement Hiltsch, puis :

— Parlez-vous sérieusement, Hiltsch ? demanda-t-il.

— Oui, si vous faites de même. Il s'agit de se décider rapidement. Le faisons-nous ?

— Bon Dieu ! s'exclama Seitzen, abattons nos cartes. J'en ai assez d'être traité comme un chien par ce...

— Moi aussi, dit Hiltsch. Eh bien ! comme ça nous serons quittes avec lui.

Seitzen sourit un peu tristement.

— Enfin, si nous le faisons, dit-il, j'espère que les Anglais gagneront. Ce serait drôle si le Führer prenait Londres et nous avec, n'est-ce pas ?

— Ne vous en faites pas. Les Anglais gagneront, dit Hiltsch. Ils gagnent toujours. C'est une habitude. Nous avons déjà commencé à perdre. Voyez ce qui se passe sur le front russe...

— Hiltsch, demanda Seitzen, donnez-moi une cigarette.

Ses doigts tremblaient un peu en la prenant.

— Comment allons-nous procéder ?

— C'est facile, dit Hiltsch. Nous allons faire semblant de travailler de la manière habituelle. C'est ce qu'Hildebrand attend de nous. Dans deux ou trois jours, vous allez passer en Angleterre. Nous nous y prendrons comme toujours. Cela au cas où Karl serait encore aux environs pour voir si nous nous dépêchons de nous mettre à la besogne. Vous irez à l'endroit habituel à Liverpool. Je vous rejoindrai deux ou trois jours après, par l'autre route. Le reste est facile. Nous allons à Londres. Nous nous rendons à Scotland Yard, nous disons : « Bonjour, messieurs, nous sommes deux agents du service secret allemand. Nous avons dirigé un groupe d'Irlande pendant les neuf derniers mois. Nous voulons nous rendre. »

Il jeta le bout de sa cigarette dans la cheminée.

— Naturellement, continua-t-il, ils ne voudront d'abord pas nous croire. Ils vont nous prendre pour des fous. Mais nous pourrons prouver ce que nous disons. Une fois qu'ils auront exactement vu ce que nous savons et de quelle utilité nous pouvons être, nous serons en sécurité.

Il rit.

— Je ne leur demanderai qu'une seule faveur. Une fois que je serai sain et sauf en prison, je leur demanderai la permission d'envoyer un télégramme d'injures à Karl, par la Suède. Il sera très ennuyé.

— Si nous parlons, dit gravement Seitzen, il sera fou de rage. Toute l'organisation qu'il a montée, ici, en France, en Hollande et en Angleterre va être jetée à bas. S'il nous met jamais la main dessus, il nous fera mourir à petit feu.

Hiltsch secoua la tête.

— Ne vous en faites pas, dit-il. Il ne nous attrapera jamais.

Seitzen se leva de sa chaise.

— Alors, dit-il, c'est d'accord.

Il tendit la main. Hiltsch la prit.

— D'accord, Seitzen, dit-il. Vous et moi avons toujours travaillé ensemble. Quoi que nous ayons pu faire, nous ne nous sommes jamais laissé tomber l'un l'autre. Nous irons ensemble au bout de cette chose. *Nous,* nous continuerons à vivre...

— Cela me va, dit Seitzen. Bon... je vais me coucher.

— Moi, dit Hiltsch, je vais faire un tour, pluie ou pas pluie. J'ai besoin d'exercice et je voudrais réfléchir un peu. Vous partirez d'ici, disons après-demain, et je vous rejoindrai trois ou quatre jours après. Tenez-vous prêt.

— Très bien, dit Seitzen. Bonsoir.

Il quitta la pièce. Hiltsch l'entendit qui montait l'escalier.

Au bout de quelques instants, Hiltsch passa dans l'antichambre. Il mit un imperméable et un chapeau mou. Il ouvrit la porte et regarda dehors. Il pleuvait. L'air sentait la pluie.

Hiltsch pensait à Seitzen et aux dispositions qu'ils venaient de prendre. La vie était rudement drôle, se disait Hiltsch.

Il gagna la route, marchant péniblement dans l'allée trempée de pluie. La boue s'agglutinait sous ses souliers bien cirés. Il se dit, avec regret, qu'il aurait dû en changer avant de sortir.

Il suivit la route qui menait au village. Tout en avançant, il se mit à penser au vieux temps de Munich et de Brême. Au bon vieux temps où le National-Socialisme voulait dire quelque chose et où être membre du Parti avait une signification. Hiltsch se demanda si ce temps reviendrait jamais. Il se dit que non. Rien ne recommençait jamais. On vivait une expérience et c'était fini. La vie était semblable à une aventure amoureuse. Tant que les choses allaient bien, elle était belle, mais il était inutile d'essayer de rien ressusciter. On ne pouvait y parvenir — même si on en avait envie. Surtout l'amitié avec les hommes et les aventures féminines : quand c'était fini, c'était fini, une fois pour toutes.

Il s'arrêta pour allumer une cigarette, abritant la flamme de son briquet avec sa main repliée. Une main forte, bien dessinée — une main réaliste. Mais aussi Hiltsch était quelqu'un de réaliste — résolument. Si l'on voulait travailler pour Karl Hildebrand et réussir, il fallait être réaliste, et une douzaine d'autres choses aussi...

Il quitta la route et prit le sentier qui traversait le petit bois situé derrière la maison. Il éprouvait un certain plaisir à se frayer un chemin entre les branches ruisselantes d'eau, à sentir tomber sur son visage les grosses gouttes de pluie.

Maintenant, il était tout près derrière la maison. Il avançait calmement, marchant avec précaution. Quand il arriva au coin de la maison, il leva les yeux vers la fenêtre de Seitzen, constata qu'on ne voyait passer aucune lumière à l'endroit où le rideau était déchiré. Il jeta le bout de sa cigarette et se dirigea vers le garage — un appentis à droite de la maison. Dans l'obscurité, il ouvrit silencieusement la porte, monta dans la voiture, la mit en marche et sortit lentement à reculons. Au moment où il s'engageait sur la route, il regarda de nouveau la fenêtre de Seitzen. Il haussa les épaules. Seitzen était certainement endormi. Nerveux ou pas, le gros Wurtembergeois dormait comme un porc dès le moment où sa tête était sur l'oreiller.

Hiltsch roula lentement jusqu'au croisement. Il tourna à droite, alluma ses feux de position et se dirigea vers Dublin, appuyant à fond sur l'accélérateur.

Il se mit à siffler en sourdine — une chanson de marche nazie — l'une des chansons qu'ils chantaient au bon temps de la 24e Standarte, à Brême.

Hildebrand leva la tête et sourit quand Hiltsch entra dans la pièce. Il était vêtu d'une robe de chambre de velours noir. Il avait l'air distingué. La pièce meublée avec goût, les rayons couverts de livres formaient un décor qui lui allait bien.

— Je ne m'attendais pas à te voir si tôt, Ruprecht, dit-il. Le voyage jusqu'à Dublin a dû être pénible.

Hiltsch prit une cigarette dans la boîte d'argent qui était sur la table et l'alluma avec satisfaction. Son visage qu'éclairait le briquet était calme et tranquille.

— J'aime parfois un peu d'inconfort, dit-il. Cela permet d'apprécier mieux le confort que l'on a ensuite. Je suis un sensuel. J'étudie mes sensations.

— Tu es un sacré Nazi, Ruprecht, dit en riant Hildebrand. Mais je t'aime bien.

Il se leva et se plaça devant le feu.

— Alors, continua-t-il, pourquoi es-tu ici ? Il est arrivé quelque chose ? Quelque chose de bon ? Tu as presque l'air content de toi.

— Hiltsch se laissa tomber dans le gros fauteuil de cuir brun.

— Il en est comme je pensais, dit-il. Seitzen est une ordure. Il en a assez. Il est prêt à nous vendre. Il a envie de rester en vie. Il a été d'accord avec moi pour dire que nous n'avions pas beaucoup de chances de rester en vie si nous continuions à faire ce métier, pour dire que nous étions entre le marteau et l'enclume — c'est-à-dire entre toi et les Anglais.

Il rit.

— Vraiment... ! fit Hildebrand. En tout cas, tu as toujours été d'avis que Seitzen ne tiendrait pas le coup. Néanmoins tu avoueras que je t'ai bien tendu la perche, ce soir.

— J'ai bien eu l'impression que tu me montrais ta volonté de mettre Seitzen à l'épreuve, dit Hiltsch. Je me suis attaqué à lui, tout de suite après ton départ ; il a donné dans le panneau.

Le visage d'Hildebrand était grave.

— Tu sais, Ruprecht, dit-il, il y a trop de nos dirigeants qui se dégonflent. J'ai déjà eu plusieurs cas. Parfois c'étaient de bons Nazis, mais ils ont été incapables de supporter la tension. Ils se sont brûlé la cervelle ou se sont noyés, mais personne, à ma connaissance du moins, aucun vrai membre du Parti n'a jamais pensé à vendre son pays à l'ennemi, aucun, sauf Seitzen.

— Ce n'est pas lui qui y a pensé, ricana Hiltsch, c'est moi.

L'autre haussa les épaules.

— L'idée lui a plu, dit-il, c'est la même chose.

Il alluma une cigarette.

— Et maintenant... ? interrogea-t-il.

— Je vais m'occuper tout seul de Kane. Je partirai après-demain. J'irai à Liverpool et je travaillerai de là-bas. Je crois que tu as un *contact* pour moi à Londres ?

— Oui, sourit Hildebrand. Et comment as-tu fait pour deviner cela ? C'est malin de ta part.

— Mais non, dit Hiltsch. Il fallait bien que tu prennes quelque part ce que tu sais sur l'existence de l'amie de Kane. Ce n'est pas facile de se procurer ce genre de renseignements.

— Tu as raison. Ce n'est pas facile. Oui, Ruprecht, j'ai deux *contacts* pour toi. Deux types très bien. Tout ce qu'il y a de mieux. Je t'assure que ce ne sont pas des Seitzen. Et puis, je vais te donner quelqu'un à emmener avec toi...

— Je ne veux personne, grogna Hiltsch. Je ne veux pas qu'on me flanque sur le dos, pour lui apprendre le métier, un de vos sacrés novices. Je ne suis pas professeur d'espionnage. De plus, ils sont toujours absolument stupides. Ils font gaffe sur gaffe.

Hildebrand leva la main.

— Pas celui-ci, dit-il. Je le garantis. Celui-ci est bon, très bon. Il a été élevé à bonne école. D'abord les *Hitler Jugend.* Puis un an au Front du Travail — dans les camps et dans l'administration — puis un an avec le Parti. Puis un peu de durcissement. Tu sais... six mois au camp de concentration de

Haltz à s'occuper gentiment des Juifs, et six autres mois, sous mes ordres, à Columbia Haus — Service des Interrogatoires... Il est étonnant.

Il tira sur sa cigarette avec satisfaction.

— Après cela, continua-t-il, une période de cours de diplomatie et de langues vivantes. Il en parle cinq. Il parle les langues étrangères aussi bien que toi et moi. Et il est calme. Je lui ai vu tuer un homme avec un casse-tête en caoutchouc aussi simplement qu'on tue une mouche. Aussi... et ceci est important... les femmes l'adorent. Le type parfait de l'homme à femmes... quoique ce ne soit pas le cas.

Hiltsch leva la tête.

— Ah oui ! fit-il. Quoique ce ne soit pas le cas ?

— Oui... dit Hildebrand. Il n'aime pas les femmes — pas beaucoup. Je pense que c'est une bonne chose.

— Bon Dieu ! grogna Hiltsch. Il doit être merveilleux. Il vaudrait mieux ne pas le laisser voir au Führer : il pourrait être jaloux. Quand puis-je contempler cette merveille ?

— Maintenant, dit Hildebrand.

Il passa de l'autre côté de la cheminée et appuya sur un bouton. Puis il s'installa devant le feu, les yeux tournés vers la porte.

Au moment où celle-ci s'ouvrit, Hiltsch fit pivoter son fauteuil. Un jeune homme entra dans la pièce. Un étonnant jeune homme. Il avait un mètre soixante-quinze et se déplaçait avec une grâce étudiée, qui indiquait un parfait entraînement. Il était mince. Il marchait en posant ses pieds sur le sol comme un chat.

Son visage était long et ovale. Son teint parfait. Il avait une peau de femme. Pourtant il n'y avait rien d'efféminé dans son apparence. Il avait des cheveux blonds et naturellement ondulés qui donnaient au haut de son visage l'aspect de celui d'une star de cinéma.

Ses yeux étaient bleus — plutôt clairs. En voyant ses yeux, Hilstch sut que le jeune homme était un tueur.

Il chercha son étui à cigarettes dans ses poches.

— Ruprecht, dit Hildebrand, je te présente Kurt Nielek. Il va travailler avec toi. Kurt... je te présente Ruprecht Hiltsch, ancien chef de la 24e *Standarte* de Brême — l'un de nos hommes les plus sûrs.

Nielek leva son bras droit.

— *Heil Hitler !* dit-il.

— *Heil Hitler !* répondit Hiltsch.

Ils se serrèrent la main, Hildebrand les observait.

— Vous allez faire du bon travail tous les deux, dit-il. Ton enthousiasme et ton énergie, Kurt, tempérés par l'expérience, la prudence et le savoir de Ruprecht...

Il s'avança vers le buffet de chêne, l'ouvrit et y prit une bouteille et trois coupes.

— Ce champagne vient de Soissons, dit-il. J'en avais soixante caisses. Leur propriétaire n'avait plus rien à en faire — quand nous en avons eu terminé avec lui. Buvons.

Le champagne moussa dans les coupes.

Hiltsch et Nielek se firent face. Ils dirent : « *Sieg Heil !* » Ils burent.

Il pleuvait ferme. La pluie battait sur le toit de la voiture, et les pneus faisaient en roulant un bruit continu d'éclaboussement. Au fur et à mesure qu'ils avançaient, la route devenait plus mauvaise. L'automobile faisait des embardées, et les ressorts gémissaient. Une ou deux fois, en passant sur des trous particulièrement mauvais, Hiltsch, qui était un excellent conducteur, eut de la difficulté à rester maître de sa direction.

— Ce Seitzen, dit doucement Nielek, c'est, je le suppose, le type habituel, le type qui se démolit rapidement, qui se fatigue ?

Dans l'obscurité Hiltsch haussa les épaules. Il se disait que pendant tout le temps qu'avait duré le voyage de retour Nielek n'avait jamais bougé. Il était resté absolument immobile à côté de Hiltsch, les mains croisées devant lui, les jambes étendues, bien à l'aise. Excellent contrôle des réflexes, pensait Hiltsch, le résultat d'un bon entraînement physique et d'un parfait fonctionnement du système nerveux. Il se demanda si l'esprit de Nielek était aussi souple et solide que son corps.

— L'état de Seitzen est le résultat des circonstances, dit-il. Les circonstances et les femmes — le genre de femmes qu'il ne faut pas — et la bière, surtout la bière. Il est presque impossible de boire de grandes quantités de bière — comme il le fait — et de garder l'esprit alerte. Il a le cerveau noyé dans la Pilsen. De plus, les femmes qui lui plaisent sont plutôt grosses et molles — ce qui est énervant. En outre, c'est un sadique. Mais le fait qu'il ait un cerveau qui se plaît à certaines complications et qui, en conséquence, peut à l'occasion être excité, ne compense pas ses autres faiblesses.

Il retira sa cigarette de sa bouche et scruta l'obscurité devant lui. Ils avaient quitté la grand'route.

— Il a adhéré au Parti une fois que celui-ci a été solidement établi, continua Hiltsch. Alors, il était beaucoup plus mince que maintenant. Il était enthousiaste aussi. Il est devenu très amoureux d'une femme qui était serveuse dans une *Bierstube*. Malheureusement, le chef de groupe de Seitzen l'appréciait aussi. La femme préféra Seitzen, ce qui ennuya le chef de groupe qui la fit arrêter comme suspecte et l'envoya à Columbia Haus. Il se chargea personnellement de l'interroger, et je crois qu'elle passa un sale quart d'heure. Ensuite elle fut expédiée dans un camp de concentration et y mourut. Tout ceci ne plut pas beaucoup à Seitzen. Il devint taciturne et se mit à boire. Mais il n'avait pas encore perdu toute sa finesse.

— Ce genre d'histoire devrait être rigoureusement prohibé, dit Nielek. Que des membres du Parti en désaccord à propos d'une femme se servent de l'organisation pour leurs propres besoins — comme l'a fait le chef de groupe de Seitzen — ce n'est pas bon. Si je commandais, je ne permettrais pas ce genre de choses.

— Vous auriez de sacrées difficultés à empêcher que les gens se servent de l'organisation pour leurs propres besoins, ricana Hiltsch. Surtout quand il s'agit de femmes. Cela ne fait pas de mal de donner parfois aux gens les têtes qu'ils demandent. Après tout, le pouvoir est le pouvoir, et si une femme refuse d'entendre raison de la manière ordinaire et qu'un homme soit suffisamment important pour être à même de la faire arrêter et de la forcer à entendre raison, cet homme ne serait pas humain s'il n'essayait pas de le faire — vous ne trouvez pas ?

Il jeta un regard de coin à son compagnon.

— Les femmes ne m'intéressent pas particulièrement, dit Nielek.

— Non, dit Hiltsch, je ne le pensais pas.

— Parlez-moi encore de Seitzen, s'il vous plaît, demanda Nielek.

— Il est entré dans l'administration, dit Hiltsch, et c'est ça qui l'a achevé. Tant qu'il était forcé de se remuer et de se servir de ses muscles, il y avait de l'espoir pour lui, mais, une fois qu'il eut été nommé dans l'administration des *Jugend,* où il n'avait rien à faire que de rester assis derrière son bureau à signer des papiers, il a engraissé et s'est abruti. Parfois j'allais le voir. Tous les soirs, c'était la même chose pour lui, et, le matin, quand il arrivait au bureau, il n'était pas beau à voir. Mais il faisait son travail. Il eut de l'avancement. Il passa à l'Etat-Major du Front du Travail. Il y resta un an ; il s'occupait des questions financières. Puis, comme vous le savez probablement, il y a eu un bouleversement général dans le Parti, et tous les gens de Berlin qui s'étaient endormis dans leurs bureaux durent se remettre à des travaux plus actifs. Seitzen demanda à passer dans les services de renseignements. Il le demanda parce qu'il pensait qu'il pourrait être versé dans l'un des services de la Wehrmacht. Il avait suivi des cours dans ce but. Mais ça ne prit pas. On l'envoya dans l'une des sous-sections de la Gestapo et, pendant six ou sept mois, il eut la vie dure, toujours par monts et par vaux, à faire la liaison entre la police et les services secrets du Parti. Il avait horreur de ça. Il fut alors volontaire pour les emplois spéciaux, parce qu'il pensait que tout valait mieux que ce qu'il faisait. Il obtint son changement. Il fut nommé dans la section spéciale d'Hildebrand et, depuis lors, il n'en a plus bougé.

— Hildebrand ne l'aime pas ? demanda Nielek.

— Hildebrand n'aime ni ne déteste personne, grogna Hiltsch. Hildebrand veut des résultats, un point c'est tout. Il a fait du bon travail, du sacré bon travail. Naturellement, il veut que les gens qui travaillent sous ses ordres soient actifs. Il veut de l'enthousiasme. Il sait que si les gens n'ont pas une quelconque sorte d'enthousiasme pour le genre de travail que nous faisons ils ne sont bons à rien.

— Il pense beaucoup de bien de vous, dit Nielek. Il dit les choses les plus aimables sur votre compte.

— Pourquoi en serait-il autrement ? demanda Hiltsch. Depuis que je travaille avec lui, j'ai couru de sacrés risques, et il le sait.

— Vous aimez courir des risques, n'est-ce pas ? demanda Nielek.

— Non, pas spécialement.

Hiltsch jeta le bout de sa cigarette par la fenêtre entrouverte.

— Mais, reprit-il, ce genre de travail est fascinant. Il ressemble au jeu. On se demande tout le temps si la chance va durer. D'autre part, d'une certaine manière, ce métier a ses avantages. On court de grands risques, bien entendu, mais il en est de même pour les types qui sont dans l'armée. Pensez par exemple à la vie des soldats sur le front russe. Mais quand nous aurons gagné cette guerre — ce que nous ferons cette année — ceux d'entre nous qui s'en seront tirés seront bien placés pour avoir des emplois importants. Nous serons bien tranquilles dans les pays occupés. Nous serons les maîtres.

La route devenait plus étroite. Hiltsch ralentit. Il conduisait avec précaution. Ils arrivèrent au croisement.

— Le cottage est à une centaine de mètres, dit-il. Nous allons garer la voiture. Seitzen dort. Il dort comme un porc. Nous allons boire un verre — j'ai du bon vin du Rhin — et je vais changer de souliers. Les miens sont un peu mouillés. Après cela, nous irons parler à Seitzen.

Hiltsch préparait le feu. Il entassait les morceaux de charbon adroitement et sans bruit. Il avait retiré ses souliers et portait des pantoufles de feutre fourrées. Une femme de Potsdam les avait faites pour lui. Toutes les fois que Hiltsch les mettait, il se rappelait cette femme. C'était une grande blonde aux yeux très bleus. Elle aimait manger et boire, et elle aimait Hiltsch plus que tout. Elle l'aimait tant qu'il lui avait demandé pourquoi, et elle avait vainement essayé de l'expliquer. Elle lui avait dit qu'il était capable de lui donner plus qu'aucun des hommes qu'elle avait jamais rencontrés auparavant. Hiltsch ne savait pas très bien ce qu'elle entendait par là. Il en avait une vague idée, mais il n'était pas sûr. En général, le soir, quand il retirait ses pantoufles avant de se coucher, il décidait de lui demander de s'expliquer plus clairement quand il la reverrait — s'il la revoyait jamais.

Le feu se mit à brûler allégrement. Hiltsch alla au buffet, prit une longue bouteille de vin du Rhin et deux verres. Il versa le vin doré et tendit un verre à Nielek.

Celui-ci était debout d'un côté du feu. Il prit le verre dans sa main droite. Ils dirent : « *Sieg Heil !* » et burent.

— Ce vin est bon, dit Nielek. Il n'y a pas de vin comparable au vin du Rhin. Je bois rarement mais, quand je bois, c'est toujours du vin du Rhin. Il a un goût franc.

— Tous nos vins allemands sont bons, dit Hiltsch en remplissant à nouveau les verres. Et de même, notre nourriture et tout le reste. Les Anglais sont les seuls avec nous qui mangent et boivent vraiment bien. Le reste du monde mange de la saleté et boit du vin qui a goût de vinaigre.

Il posa son verre vide sur la table.

— Etes-vous prêt à vous occuper de notre ami ? demanda-t-il à Nielek.

— Tout à fait, dit Nielek.

Hiltsch remarqua que le jeune homme était entièrement détendu. Il avait les lèvres, les épaules et le corps détendus. Ses yeux seuls n'avaient pas changé : ils étaient bleu clair et durs. Leur couleur semblait métallique.

Hiltsch le précéda hors de la pièce et traversa l'antichambre. Il monta l'escalier et arriva au couloir qui était au sommet de celui-ci. Il s'arrêta à la deuxième porte, l'ouvrit et alluma l'électricité. Il s'effaça pour permettre à Nielek d'entrer. Le lit se trouvait en face de la porte. Seitzen était endormi. Sous les draps, il avait l'air plus gros encore. Hiltsch se dit de nouveau que Seitzen dormait comme un porc wurtembergeois — ce qu'il était.

Nielek resta juste en deçà de la porte qu'il venait de fermer derrière lui. Il avait les mains pendantes. Il regardait Seitzen avec, sur le visage, une expression de léger dégoût.

— Réveillez-vous, Seitzen, commanda brutalement Hiltsch. Je veux vous parler.

Il s'approcha du lit et secoua Seitzen en le prenant par l'épaule.

Seitzen se réveilla. Il ouvrit les yeux et jeta un regard ahuri autour de lui. Puis il passa sa langue sur ses lèvres. Au bout d'un instant, son regard s'arrêta sur Nielek. Il fronça les sourcils, puis, se frottant les yeux, il s'assit lentement dans son lit. Il s'assit les mains jointes devant lui sur la couverture, regardant d'abord Hiltsch, puis Nielek...

— Hiltsch, demanda-t-il, qu'est-ce que ça veut dire ? Qu'est-il arrivé ?

Il bâilla.

— Rien d'important, dit Hiltsch. Réveillez-vous et écoutez.

Sa voix était dure.

Seitzen le regarda pendant un moment. Puis :

— Eh bien !... j'écoute. Que se passe-t-il ? Et qui est celui-ci ?

Il montra Nielek.

— Je vous présente Kurt Nielek, chef de groupe de S.S., dit Hiltsch. En vertu des pouvoirs qui nous sont conférés par le Herr Reichsführer Himmler par l'intermédiaire du Directeur de la Section Spéciale Karl Hildebrand, nous constituons, Nielek et moi, une cour martiale extraordinaire.

— Au nom du ciel... commença Seitzen.

— Vous êtes accusé et convaincu du crime de trahison envers le Führer et le Reich. De plus, vous êtes coupable de trahison envers le Parti. Vous êtes coupable de trahison envers vos camarades S.A. Vous êtes coupable de trahison envers la Section Spéciale. En vertu des pouvoirs qui me sont conférés par le Directeur de la Section Spéciale Karl Hildebrand, je vous condamne à mort.

Seitzen regardait Hiltsch avec des yeux écarquillés. Hiltsch prit son étui à cigarettes et choisit une cigarette. Nielek mit la main à l'intérieur de son veston croisé.

— C'est une plaisanterie, dit Seitzen d'une voix étranglée. Vous ne feriez pas une chose par...

— Levez-vous ! ordonna Nielek d'une voix presque indifférente.

Nielek avait un pistolet à la main. C'était un petit automatique Mauser, dont la crosse de bois contenait un chargeur de huit cartouches — l'arme spéciale, à laquelle était adapté un silencieux de cinq centimètres, solide et ultrarapide conçue par Heydrich et dont étaient munis tous les principaux agents du Service Secret.

Seitzen ne bougea pas.

— Il vaudrait mieux faire ça autre part, dit Nielek d'une voix douce. Ici, on risquerait de faire des saletés.

— Très juste, dit Hiltsch. La salle de bain est à côté. Levez-vous, Seitzen.

Seitzen se mit à se balancer d'avant en arrière. On ne savait pas s'il gémissait ou s'il grognait.

— Voulez-vous tenir ceci ? demanda Nielek à Hiltsch, en lui tendant le pistolet.

Hiltsch prit le pistolet que lui tendait l'autre.

Nielek s'avança calmement vers le lit. Il se pencha vers Seitzen et, étendant la main gauche, il l'empoigna par l'épaule, tandis que, de la main droite, il lui appuyait sur le poignet.

Seitzen hurla. Des gouttes de sueur apparurent sur son front.

— C'est du *jiu-jitsu,* Seitzen, dit froidement Nielek. Cela peut faire encore plus mal. Obéissez donc, je ne veux pas être trop désagréable.

Seitzen se laissa tomber lourdement en bas du lit. Le tenant toujours par l'épaule et le poignet, Nielek le poussa hors de la chambre. Hiltsch ouvrit la porte de la salle de bain. Seitzen, titubant, alla buter contre le mur. Puis il se tourna et leur fit face.

Il avait un air absurde et ahuri. Son pyjama à rayures blanches et bleues pendait autour de son gros ventre. Il passa sa langue sur ses lèvres. Il essaya de parler.

Nielek étendit la main. Il prit l'automatique à Hiltsch, qui était appuyé au mur à côté de la porte, fumant tranquillement.

— Seitzen, mettez-vous dans la baignoire, commanda Nielek. Je vous prie de faire ce que je vous dis. Si vous obéissez, ce ne sera que mieux pour vous.

Seitzen ouvrit la bouche. Ses yeux étaient rivés sur Nielek. Ils étaient écarquillés et fixes. Quelques sons inintelligibles sortirent de sa gorge.

— Très bien... dit Nielek. C'est vous qui me forcez à être désagréable. Donc...

Il lui tira une balle dans le ventre.

Seitzen haleta. Son visage se tordit. Il s'écroula de côté, se tenant l'abdomen. Il se mit à geindre.

Hiltsch fumait. Ses yeux ne quittaient pas Nielek.

Nielek fit de nouveau feu. La balle précipita Seitzen, qui était au-dessus de la baignoire, dans celle-ci. Elle traversa la poitrine de Seitzen et alla s'écraser contre la paroi interne de la baignoire de métal.

Nielek fit de nouveau feu, visant cette fois la tête.

Hiltsch éteignit le bout de sa cigarette contre la paroi de la baignoire. Nielek, penché vers le sol, ramassait les douilles éjectées. Ceci fait, il mit celles-ci dans sa poche.

— Il va être nécessaire, dit-il à Hiltsch, de prendre quelques dispositions au sujet de feu Seitzen.

— Oui, acquiesça Hiltsch. Vous pouvez creuser un trou derrière le garage. La terre est très meuble, ça ne demandera pas longtemps. Et permettez-moi de vous donner un conseil. Il est inutile de gaspiller trois balles pour un seul homme. Il est beaucoup plus commode de les abattre par-derrière, d'un coup dans la nuque. Vous auriez dû descendre Seitzen au moment où il entrait dans la salle de bain ; de la sorte, il serait tombé dans la baignoire au premier coup de feu.

— Merci, dit poliment Nielek. J'y ai pensé aussi, mais je voulais qu'il se tienne debout dans la baignoire. Quand il n'a pas obéi, cela m'a rendu un peu furieux. J'ai préféré lui tirer d'abord dans le ventre.

Il sourit à Hiltsch.

— Il était tellement gros, ajouta-t-il, comme donnant une explication.

Hiltsch haussa les épaules.

— Cela n'a pas d'importance, dit-il. Vous trouverez une pelle et une pioche dans le garage. Je vais vous donner la clef. Il est préférable que le trou ait dans les un mètre cinquante de profondeur. Quand ce sera fait, avertissez-moi et je vous aiderai à le transporter. Il vaudrait mieux l'envelopper dans son imperméable. Vous me trouverez en bas dans le bureau.

— Compris, dit Nielek et il descendit.

Hiltsch éteignit la lumière et ferma doucement la porte.

2

Valetta Fallon regardait Standen, tandis que celui-ci emplissait les verres. Elle admirait la sûreté avec laquelle ses longs doigts maniaient les verres, les mouvements souples de son bras. De l'endroit où elle était assise sur le divan, elle pouvait voir la lumière atténuée du lampadaire se réfléchir sur ses cheveux blonds. Elle aimait la manière dont il était vêtu. Son costume était de belle étoffe, suffisamment vieux, bien coupé. Et il était aussi bien en uniforme — mais d'une manière différente. Elle l'avait vu une seule fois en tenue de campagne et, cette fois-là, son air viril l'avait séduite. Aujourd'hui, en civil, il paraissait presque élégant. Décidément, Standen lui plaisait.

Il se tourna et vint à elle, un verre dans chaque main. Il posa les verres sur la table qui était à côté d'elle.

— Vous savez, dit-il, la guerre a quelque chose de très séduisant.

Elle haussa les sourcils.

— Vous trouvez ? demanda-t-elle. Quoi donc ?

Il s'assit.

— Je ne veux pas dire que ce soit la guerre elle même qui a quelque chose de séduisant, commença-t-il, mais il y a quelque chose de terriblement séduisant dans l'atmosphère de guerre. Je ne peux pas décrire avec précision ce que je veux dire. Je me demande si vous comprenez ?

— Peut-être voulez-vous dire que la guerre change les gens ? demanda Valetta. Je pense parfois qu'elle les rend plus humains, en dépit de la misère qu'elle inflige à certains.

Il lui sourit. Un sourire délicieusement jeune, pensa-t-elle.

— Elle les rend plus qu'humains, dit-il. Très souvent elle les rend tout à fait délicieux. Regardez-*nous*.

Valetta rit. Elle se sentait heureuse. L'idée lui vint qu'elle était toujours contente lorsqu'elle était avec Standen. Il possédait le pouvoir de lui faire oublier les soucis et les ennuis de la vie quotidienne. C'était, pensait-elle, parce que la vie était une aventure pour lui, une aventure amusante, excitante.

— C'est la quatrième fois que vous dites cela : « Regardez-nous ! » remarqua-t-elle.

— Vraiment ? dit Standen. Eh bien ! c'est ce que je pense. Regardez-nous. Je vous ai rencontrée il y a exactement huit jours. J'ai l'impression de vous connaître depuis des années. En temps normal, nous n'aurions eu, vous et moi, que peu de sujets de conversation ; sans doute même rien en commun. Le genre d'homme que j'étais avant cette guerre ne vous aurait certainement pas intéressée.

— Quel genre d'homme étiez-vous ? demanda Valetta.

— Oh ! rien de très bien — se fichant à peu près de tout — plutôt lâche.

— Je ne vous crois pas, protesta Valetta. Les gens lâches ne font pas ce que vous faites. Ils ne pourraient pas.

— Oh ça ! dit-il. C'est plutôt drôle. Si quelqu'un m'avait dit, il y a deux ans, que je ferais partie d'un *commando*, j'aurais eu un coup de sang. Je serais probablement mort de frayeur.

— Je ne crois pas cela, dit-elle. L'enfant est toujours le père de l'homme.

— Mais non. En tout cas, l'enfant que j'étais n'a rien à voir avec l'homme que je suis devenu. Vous ne diriez pas cela si vous m'aviez connu alors. Mais c'est drôle — cette histoire de *commando*, veux-je dire. Quand la guerre a commencé, je me suis engagé, dans l'armée. Je me suis engagé tout de suite parce que je me figurais que j'étais amoureux. J'avais envie qu'« elle » pense beaucoup de bien de moi, mais au bout de trois mois dans l'armée je me suis rendu compte que je n'étais pas vraiment amoureux de cette personne. Mais je n'en étais pas moins dans l'armée.

— Ainsi, vous n'étiez plus amoureux de cette jeune fille... mais vous l'êtes toujours de l'armée ? sourit Valetta. Dites-moi comment elle était, Edward ? Quelqu'un de bien ?

— Qu'entendez-vous exactement par quelqu'un de bien ? demanda-t-il en riant. Oh ! je suppose que c'était effectivement quelqu'un de bien, et j'imagine que j'étais attiré par elle parce que je n'avais pas une grande expérience des femmes. Je n'avais pas d'éléments de comparaison. Comment aurais-je pu en avoir ? Je ne vous connaissais pas...

— Seigneur ! s'exclama Valetta. Etes-vous en train d'essayer de me dire que je suis maintenant le modèle auquel vous comparez les femmes que vous rencontrez ? Je ne sais pas si j'apprécie cela.

— Vous le devriez, dit Standen.

Elle changea de sujet.

— Vous aimez l'armée, n'est-ce pas, Edward — et vous aimez plus encore votre *commando* ? Ce genre de combat convient à votre tempérament.

Elle prit une cigarette dans la boîte qui était à côté d'elle, l'alluma et le regarda à travers la fumée.

— Oui, dit-il. Je l'aime beaucoup. Je suppose que cette vie me plaît parce qu'elle me change tellement de tout ce que j'ai connu auparavant. C'est très distrayant. Vous savez, Valetta, vous ne me croiriez peut-être pas, mais même les fois où j'ai eu très peur, cela me plaisait beaucoup.

— Quand repartez-vous ? demanda Valetta.

— Ma permission se termine dans quatre jours, dit Standen. On va m'envoyer quelque part, et mes aventures recommenceront. J'en suis tout ému. Je n'ai jamais pu me débarrasser de l'émotion de ne pas savoir à quoi je vais être employé la fois suivante.

Les yeux de Valetta brillèrent un peu.

— Je vous trouve plutôt gentil, Edward, dit-elle. Vous correspondez exactement à l'idée que je me faisais d'un capitaine de *commando*. Je pense même que vous avez la tête de l'emploi.

— Je vous remercie, dit Standen. Mais j'allais dire que, si émouvantes que doivent être les choses, la plus émouvante, ç'aura été vous. Je pense que vous êtes l'être le plus merveilleux... Vraiment... Et j'espère que vous ne m'en voulez pas de me montrer si enthousiaste à propos de vous.

— Cela me plaît, dit Valetta. Quelle femme ne serait pas comme moi ? Mais je ne me savais pas tellement remarquable.

— Valetta, vous êtes la femme la plus bouleversante que j'aie jamais rencontrée — magnifiquement bouleversante. Tout en vous est parfait. J'aime vous regarder. J'aime vous écouter. Les deux ou trois fois que je vous ai vue ont fait de cette permission le plus beau moment de ma vie.

— Vous me remplissez de confusion, dit Valetta. Vous n'allez pas me demander ma main, j'espère ?

Elle rit doucement.

— Ce qui est drôle, c'est que... si, dit Standen. Cela vous surprend-il ?

— Mon Dieu, oui. Franchement, j'avais un peu peur de cela, mais j'espérais me tromper. Je le souhaitais.

— Pourquoi cela ? demanda Standen avec un sourire un peu forcé.

— Vous me plaisez, Edward, dit Valetta. Le type d'homme que vous êtes me plaît. Tout à l'heure, tandis que vous serviez à boire, je vous regardais et je me disais que vous étiez vraiment quelqu'un de charmant. Mais aussi, je suis assez vieux jeu pour croire qu'il est encore possible — même en ces jours de fièvre — pour une femme d'avoir des amis masculins. Je commençais presque à vous considérer comme un ami. J'avais envie que cela dure. Je ne voulais pas que cette amitié fût gâchée.

— Oui, dit Standen, toujours souriant. Et vous ne me voyez pas en soupirant éconduit ? Pour vous, je ne suis pas le genre d'homme qui pourrait être un ami après avoir été refusé comme mari ?

— Non, dit Valetta. Je ne pense pas non plus que vous soyez le genre d'homme qui voudrait s'attarder après qu'une femme lui a dit non.

— Ainsi, je n'ai aucune chance ? demanda Standen. Vous savez, ces quatre derniers jours, j'ai beaucoup pensé à vous. Je crois que nous ferions un joli couple. Naturellement, je peux être tué dans cette guerre — c'est un risque que tout le monde court — mais, même dans ce cas, cela aurait valu la peine. De plus, si j'étais tué, vous seriez très à l'aise. Croyez-le ou non, je ne suis pas du tout un homme pauvre — à aucun point de vue. Valetta, pourquoi ne voulez-vous pas m'épouser ?

— Je ne sais pas. Je ne veux pas me marier du tout. Mais je crois, Edward, que, si je voulais épouser quelqu'un, ce serait un homme comme vous.

— Valetta, dit gravement Standen, il n'est pas vrai que vous ne vouliez pas vous marier. Vous êtes manifestement une femme qui devrait être mariée. Vous êtes manifestement une femme qui a envie de l'être. Ne me dites pas que vous n'en avez pas assez d'aller tous les soirs au théâtre et de mener le genre de vie qu'une actrice comme vous mène en temps de guerre... Oh ! je ne doute pas que vous fassiez beaucoup de bon travail, en apportant beaucoup de distraction et de gaieté aux combattants, et tout ça... Mais, votre vrai métier, c'est d'être mariée. Incidemment, continua-t-il, je crois que je ferais un bon mari. Je n'en suis pas sûr, mais je le crois.

Elle posa sa main sur la mienne.

— Je le crois aussi, Edward. Mais rien à faire ! Ma réponse est définitivement non.

— Très bien, dit Standen, la réponse est non. Je pense que cela réclame un autre verre. Puis-je en avoir un ?

Elle fit oui de la tête. Il se versa un whisky-soda. Il revint vers le divan et resta debout à la regarder.

— Tout ceci me dit que vous êtes amoureuse, commença-t-il. Quand une femme se dérobe aussi vite que vous, qu'elle dit non avec une telle assurance, il n'y a qu'une explication. Elle est amoureuse de quelqu'un d'autre. Cela m'intéresse. Parlez-moi de lui. Je veux savoir quelque chose de mon rival. Je vous promets que je ne serai même pas jaloux.

— Je crois que je l'aime, dit Valetta, mais je n'en suis pas sûre, et cela me tracasse. Il serait tellement plus facile d'être amoureuse de quelqu'un comme vous, Edward, dit-elle avec un soupir. A votre manière, vous êtes quelqu'un de solide, mon capitaine de *commando*.

Il haussa les épaules.

— Ainsi, c'est comme ça, n'est-ce pas, Valetta ? Vous êtes très amoureuse de lui et vous n'êtes pas sûre qu'il vous aime, hein ? Cela n'est pas normal...

Valetta sourit.

— Vous en savez plutôt long sur les femmes et l'amour, malgré ce manque d'expérience dont vous me parliez. Vous avez très vite compris — très vite. Vraiment, Edward, je crois que vous avez beaucoup d'expérience.

— Il ne faut pas beaucoup d'expérience pour voir que vous êtes à la fois incertaine et malheureuse. Il est bien évident qu'une femme qui croit seulement qu'elle est amoureuse est aux prises avec une situation qui n'est pas claire, et que, très probablement, c'est de l'autre qu'elle n'est pas sûre. Je pense que mon hypothèse n'est pas mauvaise. Vous êtes très amoureuse de lui et vous n'êtes pas sûre qu'il vous aime. Eh bien ! cela m'apprend pas mal de choses sur lui.

— Vraiment ? demanda Valetta. Dites-moi quoi, Edward. Elle continua à lui sourire.

— Cela m'apprend, reprit Standen, que c'est ou bien un sacré idiot ou bien un salaud. L'un ou l'autre est impardonnable quand il s'agit d'une femme comme vous. Et il doit être l'un des deux. Ou bien il ne s'est pas rendu compte que vous étiez amoureuse de lui, et s'il est aussi stupide que cela, il ne mérite pas de considération, ou bien il s'en est aperçu et se contente d'en profiter. Cela lui suffit. Dans ce cas, c'est un salaud. Ce qui me rend furieux chez les femmes, c'est qu'elles supportent de telles situations. Eh bien !... suis-je un peu près de la vérité ?

— C'est à peu près ce qui se passe, Edward, dit-elle. Je suppose que vous devez penser que je ne devrais pas le supporter. Malheureusement, on ne peut pas marchander en amour.

— Mais vous n'êtes pas sûre de lui, n'est-ce pas ? Vous n'êtes pas certaine d'être amoureuse, mais vous croyez l'être tout de même, n'est-ce pas ?

— Je ne suis pas très sûre de savoir ce qu'est l'amour, mais, si c'est s'inquiéter continuellement pour quelqu'un, être malheureuse à son sujet, souhaiter que les choses soient différentes, vouloir être avec lui, souffrir parce qu'on sait si peu de chose sur lui, alors je suis amoureuse.

— Cela en a certainement l'air, dit Standen. Quel salaud ce doit être pour vous traiter ainsi !

— Je ne pense pas que ce soit un salaud, Edward. Il peut l'être, bien entendu — je ne sais pas. Je ne sais pas grand'chose sur lui, sauf que j'ai le sentiment très net que, parfois, il a besoin de moi.

— Trop aimable à lui ! ricana Standen. Il m'a l'air d'un joli monsieur. Qu'est-ce qu'il fait ? Est-ce un de ces piliers de bar qui passent leur temps à attendre une chance d'obtenir quelque chose pour rien ?

— Non. Ce n'est pas un pilier de bar — certainement pas. Il est très dur. Edward... très, très dur. Mais il y a aussi en lui des choses terriblement bien.

— Je trouve dommage que vous n'en sachiez pas plus long sur lui, dit-il un peu brusquement. Je suppose que vous ne connaissez même pas son nom ? Ou bien a-t-il été assez généreux pour vous l'apprendre ?

— Ne dites pas de bêtises, Edward.

— Je vous demande pardon, Valetta, dit Standen d'un ton contrit. Cette remarque était particulièrement stupide. Mais c'est que je suis jaloux. Et vous devez admettre que j'ai le droit de l'être.

— Jaloux ? demanda Valetta. Pourquoi ?

— Je suis prêt à vous consacrer tout le reste de ma vie. Je suis prêt à vous donner tout ce que j'ai. Je veux que vous soyez ma femme. Je ne peux pas vous faire un plus grand compliment, n'est-ce pas ? Très bien... Toutes ces choses comptent pour rien parce que vous vous figurez être amoureuse d'un homme dont vous ne savez rien. Un homme qui, manifestement, n'a même pas assez confiance en vous pour vous parler de lui-même, un homme qui est peut-être — vu le peu de chose que vous savez de lui — un escroc ou quelque chose d'aussi bas.

Il alla se placer devant la cheminée.

— Après tout, Valetta, continua-t-il, je vous aime. Je ferais n'importe quoi pour vous. Je m'éclipserais le plus gracieusement du monde devant un rival qui vaille la peine, mais il est plutôt dur pour un homme qui vous aime comme je vous aime d'entendre que vous dépendez de ce trop mystérieux personnage. Peut-être ne connaissez-vous pas du tout ce type ; peut-être croyez-vous seulement connaître quelque chose de lui.

— A certains points de vue, j'en sais pas mal sur lui, dit Valetta.

Il y eut un petit silence, puis il demanda :

— Est-ce que je connais cette merveille ? Je l'ai peut-être rencontré quelque part — dans un club ou ailleurs. Qui est-il ?

— Il s'appelle Kane — Michael Kane. Est-ce que cela vous dit quelque chose ?

— Rien du tout. Mais cela pourrait me dire quelque chose. Je pourrais me renseigner.

— Si j'étais vous, Edward, je ne me donnerais pas cette peine. Je pense qu'il vaut toujours mieux laisser les choses comme elles sont.

— Je ne suis pas d'accord, dit-il. Je pense que parfois il faut aller jusqu'au bout des choses. J'aimerais tout savoir sur ce Michael Kane. Je ne vois pas pourquoi vous achèteriez chat en poche.

— L'idée de Michael sous les aspects d'un chat en poche, dit-elle en riant, est carrément amusante.

Il s'approcha d'elle. Elle put voir qu'il était irrité.

— Je pense que c'est une chose terrible, dit-il, que vous toutes, les femmes vraiment bien, vous vous arrangiez toujours à aimer de sacrés salauds... Oh ! je ne parle pas de ce Kane — je parle en général.

— Je sais, dit-elle. Vous parliez en général, mais vous pensiez à lui. Ce n'est pas un sacré salaud, Edward.

— Peut-être pas. Mais vous admettez qu'il a l'air d'en être un.

— Non, dit-elle. Ce n'est certainement pas un salaud, à aucun point de vue. Je suis absolument sûre de cela.

— Je pense que vous êtes illogique. Voici un homme dont vous ne savez rien et pourtant vous êtes absolument sûre de lui. Comment pouvez-vous savoir n'importe quoi sur lui ?

— Mon cher Edward, dit Valetta, une femme est forcée de se fier beaucoup à son instinct. Je suis parfaitement certaine, continua-t-elle en le regardant, que j'en sais très long sur Michael. Si je n'avais pas senti quelque chose de bon en lui, je n'aurais jamais laissé se produire les choses qui se sont produites.

Standen fit claquer ses dents.

— Je vois, dit-il ; et il finit son verre. Il a de la chance, n'est-ce pas ?

Sa voix était amère.

— Si je vous ai fait de la peine, je le regrette, Edward. Je ne le voulais pas.

Il resta silencieux pendant un moment, puis soudain :

— Pardonnez-moi, Valetta, dit-il, je suis un salaud. Je suis pire même que votre ami Michael. Adieu, chère Valetta, ajouta-t-il, en lui tendant la main. De toute manière, ce fut merveilleux de vous connaître. Je penserai énormément à vous.

— Edward, demanda-t-elle, est-ce que je ne vous reverrai plus ?

— Je n'en suis pas sûr, dit-il. Cela dépend de vous. Peut-être un de ces jours découvrirez-vous que Michael est indigne de vous. Je ne veux pas sembler déloyal, mais il m'a l'air d'appartenir à ce genre de personnage. Si, donc, vous vous en apercevez, écrivez-moi aux bons soins du *War Office*. Je recevrai votre lettre — et aussitôt que j'en aurai l'occasion je viendrai vous voir.

Il sourit enfantinement.

— Je ne désespère jamais ! ajouta-t-il.

— Edward, je suis désolée...

Il haussa les épaules. Pendant un instant, son visage devint grave, puis, souriant de nouveau :

— Mais non, il ne faut pas ! dit-il. Au revoir, chère Valetta.

Il quitta la pièce.

Après avoir entendu se fermer la porte d'entrée, Valetta s'assit sur le divan, et soudain, sans savoir pourquoi, elle se mit à pleurer.

3

Valetta était debout près de la porte de sa loge, se demandant pourquoi elle n'éteignait pas la lumière. Elle avait l'impression d'avoir oublié quelque chose.

Elle regarda son image dans le miroir qui était en face d'elle. Elle portait un élégant tailleur noir et un petit feutre, noir également. Elle se rappela que Standen avait dit qu'elle était belle. Il avait aussi dit qu'elle avait tout ce que pouvait désirer une femme attirante et séduisante. Elle sourit un peu cyniquement : même si cela était vrai — si elle était ainsi — cela ne semblait pas la mener très loin...

Elle s'aperçut qu'au cours de ces derniers jours elle avait beaucoup pensé à Standen. Pas tellement à lui peut-être qu'aux choses qu'il avait dites. Elle ne pouvait pas formuler avec précision l'effet qu'avait eu sur elle ce qu'il avait dit. En fait, elle avait commencé à douter d'elle-même et, ce qui était plus grave, de Kane. Et cela lui déplaisait.

Standen avait été logique. Le fait qu'il y ait eu une certaine jalousie derrière son attitude ne diminuait pas la vérité de ce qu'il avait dit. Après tout, un homme qui veut épouser une femme, qui veut lui donner tout ce qu'il peut, qui veut faire sa vie avec elle, a le droit de juger sévèrement quelqu'un d'aussi fuyant que Kane.

Kane était-il fuyant ? Valetta s'aperçut qu'elle ne savait pas quelle réponse donner à cette question. Comment aurait-elle pu la connaître ? Pour savoir si Kane se dérobait vraiment, il eût fallu tout savoir de lui. Son milieu, son métier, tout. Et elle ne savait rien. Et, jusqu'à présent, elle avait accepté de ne rien savoir.

Son manteau de fourrure était sur la chaise qui était près de la table à maquillage. Elle avait oublié de le mettre, et la nuit était froide. Elle se demanda à quoi pensait une femme qui pouvait oublier ainsi de mettre son manteau de fourrure un soir où il faisait aussi froid. Elle sourit avec un peu d'amertume. Peut-être était-elle dans la lune, à moins que ce ne fussent Standen et les choses qu'il avait dites qui la troublaient.

Elle traversa la loge, saisit le manteau de fourrure et l'endossa. Comme elle se retournait vers la porte, elle sursauta, puis s'assit brusquement sur la chaise placée devant sa table à maquillage : Kane se tenait dans l'embrasure de la porte.

— En voilà une surprise ! murmura Valetta.

— J'espère que ce n'est pas une surprise désagréable, dit Kane en pénétrant dans la pièce.

Il ferma doucement la porte derrière lui et resta debout, appuyé contre celle-ci, regardant Valetta.

— Le vieux cerbère de l'entrée des artistes s'est absenté pendant un moment, continua-t-il. Je me suis faufilé jusqu'ici en évitant tous les obstacles. Es-tu contente de me voir ?

— Bien sûr, Michael. Je suis ravie, tu le sais bien. D'où arrives-tu ?

A peine la question eut-elle dépassé ses lèvres que Valetta se rendit compte qu'elle venait de faire quelque chose d'extraordinaire — quelque chose qu'elle n'avait jamais fait sérieusement auparavant : elle avait posé une question à Kane — une question à laquelle il était possible qu'il ne voulût pas répondre. Elle se demanda pourquoi elle avait fait cela. De nouveau, l'image de Standen lui traversa l'esprit comme un éclair.

— Oh ! dit Kane, je me suis un peu baladé. Maintenant, je suis de retour pour quelque temps.

— C'est ce que je vois, remarqua Valetta. Il y a longtemps que tu es à Londres ?

Kane secoua la tête.

— Non, fit-il, je suis arrivé il y a une heure. Je n'ai pas perdu beaucoup de temps, n'est-ce pas ?

Elle saisit la boîte à cigarettes sur la table à maquillage, alluma deux cigarettes, lui en lança une. Il l'attrapa adroitement.

— Non, Michael, tu n'as pas perdu beaucoup de temps. Cela indique que, dès que tu as pu le faire, tu es venu me voir : ce qui doit signifier, je suppose, que j'ai de l'importance pour toi. Correct ?

Kane aspira la fumée de sa cigarette. Il l'avala puis la rejeta lentement entre ses lèvres pincées. L'opération prit un certain temps.

— Absolument et entièrement correct, dit-il enfin. Je te considère comme quelqu'un de très important pour moi. Maintenant, Valetta, ceci étant posé, irons-nous plus loin ? Ou bien est-ce que nous nous en tenons là ?

— Je ne crois pas que je veuille m'en tenir là, Michael, car, maintenant que nous avons déterminé que j'étais importante pour toi, est-ce qu'il n'y a pas d'autres choses que nous devrions déterminer également ?

Kane haussa un sourcil.

— Quoi, par exemple ? demanda-t-il.

— Par exemple, notre importance relative vis-à-vis l'un de l'autre. Tu sais, Michael, ce n'est pas drôle pour une femme d'être importante seulement aux moments où un homme décide qu'elle doit l'être. Les femmes sont terriblement égoïstes. Elles aiment être importantes tout le temps.

— Très juste, dit Kane. Je pense aussi que tu es importante *tout* le temps. Tu es satisfaite ?

— Non, dit Valetta d'un ton un peu acide. Je ne le suis pas.

Elle se tourna sur sa chaise, regarda Kane bien en face.

— Crois-tu qu'il soit bon de regarder les choses en face, Michael ? demanda-t-elle brusquement.

Il hocha la tête.

— S'il est possible de regarder quelque chose en face, dit-il, je crois que le plus facile est de la regarder en face et d'aller jusqu'au bout, si désagréable que cela puisse parfois être. A propos, à quoi tout cela mène-t-il ?

Il la regarda un peu malicieusement. Elle se dit qu'elle aimait la manière dont un coin de sa bouche se pinçait. Au fond de son cœur, elle avait envie de lui mettre les bras autour du cou et de l'embrasser. Mais elle ne le fit pas. Un accès de mauvaise humeur semblait s'être emparé d'elle.

— Cela mène à ceci, dit-elle. J'ai pensé à toi. J'ai pensé que je devais en savoir davantage sur toi ; que, si tu as vraiment de l'affection pour moi, et je crois que tu en as, et si tu sais que j'ai de l'affection pour toi, et tu dois le savoir, tu devrais avoir envie de m'en dire davantage sur toi. Après tout...

Kane l'interrompit. Il souriait toujours.

— Ce que tu veux dire, en réalité, Valetta, c'est que, si une femme couche avec un homme, elle a le droit de savoir tout sur lui. Je ne suis pas d'accord. Moi, je ne pense pas cela.

— Tu dois être la seule personne au monde à ne pas le penser, dit Valetta.

— Mon enfant chérie, vas-tu me dire que tu couches avec moi simplement parce que tu veux être renseignée sur mon compte... ou pour quelque autre raison ? Ne te trompe pas. Les gens couchent ensemble pour une excellente raison, et qui est aussi vieille que le monde... parce qu'ils ont envie de coucher ensemble. Ce fait n'entraîne pas — ou ne devrait pas entraîner — d'obligation.

— C'est une question d'opinion, dit-elle.

Kane tira sur sa cigarette. Elle s'aperçut qu'elle était en train de se dire qu'il avait un excellent contrôle de lui-même. Depuis le moment où il était entré dans la pièce, où il avait fermé la porte et s'était appuyé contre celle-ci, il n'avait pas bougé. Seuls, son visage et le bras et la main qui tenaient la cigarette avaient bougé.

— C'est mon opinion, dit Kane.

— Parce que c'est ton opinion à toi, cela ne veut pas dire qu'elle soit absolument sans recours, n'est-ce pas ? demanda Valetta. Il me semble, Michael, que je devrais avoir le droit d'avoir mon propre point de vue.

— Pourquoi pas ? Bien entendu, tu as le droit d'avoir ton opinion. Kane sourit. Tu ne m'intéresserais pas beaucoup, Valetta, si tu étais une personne qui n'a pas d'opinions à elle. Mais à quoi mène tout ceci ? Pourquoi ne me dis-tu pas ce que tu as dans la tête ?

Il quitta la porte et s'assit sur une chaise près de la table à maquillage. Valetta le regarda. Elle trouva qu'il avait l'air amical et gentil.

— Je ne crois pas que cela mène à rien, Michael. Mais je suppose que tu admettras qu'il est très naturel pour moi de penser parfois à nous, de penser à nous sérieusement, et puis de penser à moi-même par rapport à nous. Je suppose, ajouta-t-elle, que parfois tu penses à toi-même par rapport à nous, n'est-ce pas... Ou bien n'y penses-tu jamais ?

— Jamais, sourit Kane, mais je suppose que tu vas me dire maintenant que je devrais le faire.

— Je ne vais pas te dire ce que tu devrais ou ne devrais pas faire, dit Valetta. Mais il m'est venu à l'idée que quelquefois peut-être tu aurais pu te demander ce qui allait nous arriver. Tu pourrais même avoir eu envie que quelque chose arrive.

Kane souriait toujours. Il retira sa cigarette de sa bouche, la tint entre ses doigts et en regarda pendant un moment l'extrémité allumée. Puis il dit :

— Si j'étais d'un naturel soupçonneux, Valetta, je pourrais même penser que tu es en train de me forcer à te faire une demande en mariage.

Elle rougit.

— C'est ridicule, dit-elle. Je ne t'ai jamais entendu faire une remarque aussi stupide, Michael.

— Un instant, dit Kane. Examinons ceci. Tout d'un coup, pour des raisons qui te sont strictement personnelles, tu te demandes si j'ai pensé à nous, si j'ai pensé à notre avenir. Eh bien ! il me semble que, de ton point de vue, cela ne peut signifier qu'une seule chose : le mariage. Il est tout à fait évident que tu es mécontente de moi parce que je n'ai pas pensé à notre avenir. Pourquoi devrais-je y penser ?

— Je crois qu'en ce moment tu essaies seulement d'avoir l'air très affranchi, remarqua calmement Valetta. Dis-moi donc quelque chose... Pourquoi ne devrais-je pas y penser ?

— Je réponds à cela par... pourquoi devrais-je y penser ? Et honnêtement, Valetta, pourquoi le devrais-je ? Voici une femme délicieuse et charmante, la femme la plus délicieuse et la plus charmante que j'aie jamais rencontrée. Pour une raison ou pour une autre, cette femme délicieuse est très gentille avec moi toutes les fois où je fais mon apparition. Eh bien ! dis-moi donc pourquoi je devrais en demander davantage ?

— Cela peut être très bien de ton point de vue, déclara Valetta, et je dois dire que cela semble signifier que tu m'apprécies. Elle lui sourit soudain. Mais t'est-il venu à l'idée que cela pouvait ne pas être tout ce que, moi, je demande ?

— Je m'en aperçois maintenant, dit Kane. Il est très évident que ce n'est pas tout ce que tu demandes ; donc il doit y avoir quelque chose qui ne va pas dans notre situation, et c'est que tu penses que nous devrions nous marier.

— Tu dis des bêtises, Michael ! Tu passes ton temps à me placer dans une position fausse. Tu t'arranges pour que j'aie l'air de vouloir que tu me demandes ma main. Je ne fais rien de ce genre.

Il sourit. Elle pensa que lui seul pouvait avoir l'air aussi gentiment malicieux.

— Très bien, dit-il. Alors il est admis que tu n'essaies pas de me forcer à te demander ta main. Il est admis que tu ne veux pas que je te demande ta main. En d'autres termes, tu me dis qu'en aucune circonstance tu n'envisagerais de te marier avec un homme comme moi.

— Ce n'est rien de ce genre que j'essaie de te dire, déclara Valetta.

Elle se rendait compte que discuter avec Kane était sans espoir. Qu'il se tirerait de n'importe quelle impasse verbale.

— Qu'essaies-tu exactement de me dire ? demanda-t-il.

Valetta éprouvait un sentiment double, d'abord un sentiment d'agacement, parce que Kane la plaçait dans une position fausse, et ensuite d'irritation, parce qu'il se montrait tout à fait logique et qu'elle se rendait ridicule. Après tout, personne ne pouvait la forcer à faire quelque chose qu'elle ne voulait pas faire. Elle se rendait compte que, jusqu'à l'entrée en scène de Standen, elle n'avait rien trouvé à redire à la situation. Elle haussa les épaules.

— Tu es quelqu'un avec qui il est vraiment difficile de parler, n'est-ce pas, Michael ?

— Je crois, Valetta, que tu viens seulement de découvrir cela. Je crois aussi que je sais ce qui ne va pas.

— Oh ! vraiment, tu le sais aussi ? Peut-être me diras-tu ce que c'est ? J'aimerais le savoir.

— Comme si tu l'ignorais, dit-il. Ce qui ne va pas, c'est ceci : pour une raison quelconque, ta curiosité à mon sujet a grandi. Tu penses, très justement, que tu as été très bonne pour moi et que, en conséquence, tu devrais tout savoir sur mon compte. Quand une femme est amoureuse d'un homme, elle pense toujours qu'elle devrait tout savoir sur son compte.

Valetta haussa les sourcils.

— Ainsi tu sais que je suis amoureuse de toi ? demanda-t-elle, d'un ton un peu rageur.

Kane rit doucement. Ses yeux brillèrent malicieusement.

— Naturellement, tu es amoureuse de moi, dit-il. Très amoureuse. Il le faut.

— Pourquoi cela ?

Kane tira sur sa cigarette. Il la regardait, les yeux à demi fermés.

— Ma chère enfant, dit-il, tu n'es pas le genre de femme qui couche avec un homme si elle ne l'aime pas vraiment. Ou bien, es-tu en train d'essayer de me dire que tu l'es ?

— Je pense que tu es un être impossible.

— Moi aussi, dit Kane. Très souvent, je me trouve impossible. Mais je suis sacrément logique. Et, après tout, continua-t-il, si un homme sait qu'il est impossible, son seul espoir est d'être logique. Car alors le fait qu'il est impossible n'a pas autant d'importance.

Il alluma une cigarette.

— Maintenant, est-ce que je peux te poser une question ? demanda-t-il.

— Bien sûr que oui. Mais si tu me poses une question, moi, j'essaierai d'y répondre.

— C'est gentil de ta part. Eh bien !... veux-tu me dire pourquoi ta curiosité a soudain grandi ? Que se passe-t-il ?

— Rien, dit Valetta, et il n'y a aucune raison particulière qui me rende soudain plus curieuse.

— Oh, si ! je pourrais même faire quelques hypothèses.

Valetta haussa les sourcils.

— Vraiment ? dit-elle. Eh bien ! je t'écoute...

— Valetta, quand une femme aussi intelligente que toi consent à avoir une liaison durable avec quelqu'un d'aussi bizarre et indigne d'elle que moi, sans poser de questions, c'est qu'elle est disposée à se fier à son instinct et qu'elle croit pouvoir juger ce quelqu'un sur les apparences. Lorsque, soudainement, cet état de choses cesse de la satisfaire, c'est qu'un doute s'est élevé dans son esprit. Eh bien ! comme le doute ne s'y trouvait pas auparavant, tu conviendras qu'il est raisonnable pour moi de penser que quelqu'un l'y a mis. Et je crois plus que probable que le quelqu'un en question doit être un homme.

Kane aspira profondément la fumée de sa cigarette, puis il continua :

— Et pourquoi pas ? Je me suis souvent demandé pourquoi tu ne te décidais pas à épouser quelqu'un, quelqu'un de vraiment bien. Tu le feras un jour.

— Michael, je pense que tu es un monstre. Il y a des moments où je te hais.

Kane sourit.

— Je suis très heureux qu'il y ait d'autres moments où tu ne me hais pas. Mais pourquoi me hais-tu ?... Parce que je suis logique ?

— Je ne te hais pas parce que tu es logique, dit Valetta. Je suis folle de rage contre toi parce que tu as la faculté de te placer en quelque sorte à l'écart et de nous observer, toi et moi, avec un détachement total. Ce soir, lorsque je t'ai demandé si tu avais jamais pensé à toi-même par rapport à nous, je savais d'avance quelle serait ta réponse. Tu ne l'as jamais fait. Il y a en toi quelqu'un que je ne connaîtrai jamais, tout à fait à part du Michael que je connais. C'est juste, n'est-ce pas ?

— Je ne sais pas, dit Kane ; mais, comme conséquence de cette grave conversation, il y a une question terriblement importante que je veux te poser, Valetta. Beaucoup de choses en dépendent. Aussi, surveille bien ta réponse. Il se pencha vers elle. Il avait l'air dramatique à souhait.

Elle se demandait ce qui allait venir.

— Eh bien ! quelle est cette question ? interrogea-t-elle.

— La question est la suivante, dit Kane. Veux-tu souper avec moi ?

Elle se leva.

— Tu es désespérant, Michael. Ma réponse est... je te déteste... oui !

4

Hiltsch descendait rapidement la rue. Il portait un pardessus gris foncé, un chapeau melon, des gants de laine et tenait à la main un parapluie roulé. Il avait l'air de n'importe quel Anglais de la classe moyenne. Quand il arriva à Thistle Street — une étroite rue transversale — il tourna et se mit à marcher avec lenteur. Il s'arrêta sous un réverbère, dont la lampe était passée au bleu, et alluma une cigarette, abritant la flamme de son briquet dans ses mains, de telle sorte que, pendant un court instant, celle-ci éclaira son visage.

Nielek émergea de l'ombre de la porte cochère sous laquelle il se tenait.

— Mais, dit-il, c'est Alleyn... Comment vas-tu mon vieux ?

— Pas trop mal, répondit Hiltsch. On travaille dur et on ne s'amuse pas beaucoup ; mais c'est la même chose pour tout le monde.

Ils se mirent à suivre Thistle Street.

— Comment procédons-nous ? demanda Nielek, au bout d'un instant.

— Voici comment je procède toujours, dit Hiltsch. Souvenez-vous-en. Le café est au milieu de la prochaine rue à gauche, mais vous allez me quitter avant que nous arrivions au coin. Moi, je pénétrerai dans le café. Vous, vous allez retourner à l'arrêt du bus et vous entrerez dans la cabine téléphonique qui est à côté. Dans six minutes environ, appelez le café et demandez-moi. Voici le numéro, continua-t-il en lui donnant un morceau de papier.

Si je vous dis de venir, venez. Mais si l'on vous dit que je ne suis pas là ou que je suis là et que je les ai priés de vous demander de venir, allez-vous-en en vitesse. Cela voudra dire que j'ai été pincé.

— Très bien, dit Nielek.

Ils marchèrent pendant quelques minutes, puis Hiltsch dit :

— Alors, bonsoir, Thomson. J'ai été content de te voir.

Il tourna à gauche. Nielek traversa la rue et se dirigea vers l'arrêt du bus. Hiltsch pénétra dans le café. C'était l'habituel café de style Tudor, avec des lambris en imitation chêne, que l'on trouve dans n'importe quelle grande ville de province. En y entrant, Hiltsch jeta un rapide regard circulaire. Un regard qui avait l'air machinal, mais qui ne laissait rien échapper.

Au fond du café, il y avait un homme jeune, vêtu de bleu. Il fumait une cigarette, et, quand Hiltsch entra, il se mit à fumer d'une façon qui pouvait sembler bizarre si on y faisait attention. Il portait la cigarette à sa bouche avec la main droite, en aspirant la fumée, puis, l'ayant retirée de sa bouche avec la main gauche, il la remettait ensuite avec la droite.

Hiltsch eut un sourire et se dirigea vers le fond du café.

— Hello, Standen ! s'exclama-t-il. Comment allez-vous ?

Standen leva la tête.

— Pas mal, Alleyn, dit-il. Asseyez-vous. Il y a plusieurs choses dont je veux vous parler.

Hiltsch s'assit.

— Alors, comment cela se présente-t-il ? demanda-t-il calmement.

— Très bien, je n'ai pas de raison de croire qu'il y ait quelque chose qui ne marche pas.

— Vous avez l'air assez bien, remarqua Hiltsch. Hildebrand m'a dit que vous étiez ici depuis huit mois. Avez-vous eu du flair ou de la veine ?

Standen haussa les épaules. Il sourit et tendit son étui à cigarettes à Hiltsch. Pour n'importe qui, ils avaient l'air de parler amicalement.

— Peut-être un petit peu de chaque, dit Standen. Mais rappelez-vous que j'ai été élevé dans ce pays. Je le connais plutôt bien. Je connais les gens. Cela rend les choses beaucoup plus faciles.

— Oui, certainement. Moi, il y a plusieurs mois que j'y suis venu et, cette fois-là, je n'ai pas fait un long séjour.

— Je ne veux pas rester plus de vingt minutes ici. J'ai du travail à faire ce soir. Où est l'autre ?

— Il va appeler dans sept ou huit minutes, dit Hiltsch. Pour savoir si la voie est libre.

— Comment est-il ?

— Jeune, mais sérieux. Il a été bien dressé. Il s'appelle Nielek, mais, pour l'affaire présente, son nom est Edward Thomson.

— Bien, dit Standen. Edward Thomson... J'ai tous les autres détails vous concernant. Je les reverrai ce soir.

La serveuse s'approcha. Hiltsch commanda du thé et échangea quelques plaisanteries avec la jeune fille, qui s'éloigna en pensant que c'était agréable d'avoir affaire de temps en temps à un client de bonne humeur. Quelques minutes plus tard, elle était de retour.

— Etes-vous monsieur Alleyn ? demanda-t-elle. Il y a un M. Thomson qui vous demande au téléphone.

— Merci beaucoup, dit Hiltsch.

Il se dirigea vers la cabine téléphonique, qui était située près de la caisse. Quand il revint, il dit à Standen :

— C'était Thomson. Il sera là dans quelques minutes. Ce n'est pas tout à fait comme autrefois, n'est-ce pas ? ajouta-t-il avec un soupir.

Standen haussa les épaules.

— J'aime mieux maintenant, dit-il en riant. J'aime les émotions, et l'on en a sa part en cherchant à éviter ces maudits Anglais. Deux fois de suite, ils ont failli m'avoir. Ils savent que je suis ici, mais ils ne savent ni qui je suis, ni où je suis. Ainsi, pour le moment, les chances sont de mon côté.

Il alluma une cigarette.

— Eh bien ! moi, je préférais autrefois, déclara Hiltsch, mais le présent me plaît aussi.

— Moi, au fond, dit Standen, cela m'est égal.

Nielek entra. Il vint droit à la table. Hiltsch demanda à la serveuse d'apporter une autre tasse. Quand le thé fut servi, Standen dit calmement :

— Messieurs, il y a deux choses que nous devons essayer de faire. Elles sont importantes toutes les deux, mais l'une l'est plus que l'autre. Voici : la première chose que nous devons faire à tout prix, et quels que soient les risques pour nous, c'est de découvrir où se trouve l'état-major de l'organisation pour laquelle travaille Kane. Cet état-major est remarquablement bien outillé. Il est reconnu qu'une grande part du succès de Kane est due aux renseignements que lui fournit cette organisation. Il faut que nous essayions de découvrir qui en est la clef de voûte. Si nous pouvons apprendre cela à Hildebrand, nous aurons fait du bon travail.

» La deuxième partie de notre travail est la suppression de Kane. Peut-être les deux choses marcheront-elles ensemble.

— Avez-vous un plan arrêté, Standen ? demanda Hiltsch. Hildebrand a vaguement parlé d'une femme, à qui Kane s'intéressait, une femme nommée Fallon.

— Je sais tout sur elle, sourit Standen. Je lui ai demandé sa main il y a trois ou quatre jours. Elle m'a éconduit.

Ils rirent tous les trois.

— J'ai une idée, dit Standen. Elle est plutôt risquée, mais je crois que nous pourrons en tirer quelque chose. A nous quatre.

Hiltsch haussa les sourcils.

— Nous quatre ?

— Oui, dit Standen. Nous quatre. Il y a un autre agent qui travaille avec nous, l'un de nos meilleurs hommes. Il est ici depuis deux ans sous l'aspect d'un serveur suisse. Il était « extra » à cette soirée à Hampstead, le soir où Kane et Guelvada ont descendu Helda. J'ai eu la chance de pouvoir lui trouver une nouvelle situation. Une situation grâce à laquelle il peut nous être de la plus grande utilité. Oui, en ce moment, il est portier de la maison où habite l'amie de Kane. Etant données les circonstances, il est aussi portier de nuit. Il travaille très dur. Il passe pour un retraité âgé de cinquante-sept ans — Thomas Lang.

Il regarda sa montre.

— Ce que j'ai à vous dire maintenant, messieurs, continua-t-il, va prendre cinq minutes, et comme nous nous séparerons quand j'aurai fini et que nous n'aurons peut-être pas une autre occasion de parler sérieusement, je vous demande d'écouter très attentivement... Il ne faut pas qu'il y ait d'erreurs commises...

5

Hiltsch et Standen, debout au bord du trottoir, regardaient l'immeuble du coin de l'autre côté de la rue. Il faisait très sombre. Le vent sifflait à travers les rues presques désertes.

— Quand on pense à ce qu'était Londres avant la guerre ! murmura Standen.

— Oui, Londres en ce moment est plutôt sinistre, dit Hiltsch, mais, à ce que l'on m'a raconté, Berlin est pire encore.

— Un de ces jours, peut-être, nous pourrons nous en rendre compte par nous-mêmes... un de ces jours.

De l'autre côté de la rue, le rideau de défense passive, qui masquait l'entrée de l'immeuble, remua très légèrement pendant une seconde ou deux. Un rai de lumière passa.

— C'est pour vous, mon cher, dit Standen. Bonne chance !

— Merci, répondit Hiltsch, avec un peu d'humeur. Je crois que nous en aurons.

— Bien sûr... Là-dessus, au revoir !

Standen disparut dans l'obscurité.

Hiltsch attendit une minute. Puis il traversa la rue. Il entra dans l'immeuble par la porte principale. La loge du portier était tout de suite à droite. Hiltsch s'avança vers elle, regarda l'homme qui y était assis.

— Hello ! Lang, dit-il. Il fait froid, n'est-ce pas ?

Le portier hocha la tête. Il jeta un coup d'œil autour de lui, puis dit avec un petit sourire :

— Je vous attendais.

— Elle est chez elle ? demanda Hiltsch.

— Oui. Et notre autre ami aussi.

Hiltsch baissa la voix :

— On s'est occupé du téléphone ? demanda-t-il.

— Oui, j'ai dit à la dame que, cet après-midi, il était en dérangement. Nielek est dans l'appartement voisin. Il a coupé le fil et l'a branché sur sa propre ligne. Tout va bien. Elle ne se sert pas du téléphone. Elle pense qu'on ne l'a pas encore remis en état, mais toutes les communications qu'elle peut demander maintenant aboutiront à Nielek.

— Y a-t-il un téléphone intérieur ? demanda Hiltsch.

— Oui.

— Alors, appelez-la par le téléphone intérieur et annoncez-lui que l'autre est réparé, dit Hiltsch. Immédiatement après mon départ, téléphonez-lui que la ligne extérieure est de nouveau en dérangement. Puis faites-la rebrancher par Nielek comme elle était avant. Vous comprenez ?

— Parfaitement.

Il saisit le téléphone intérieur.

— Allô ! miss Fallon ? demanda-t-il au bout d'un instant. Ici, Lang, le portier. Votre téléphone sera réparé dans quelques minutes. Vous pourrez vous en servir.

Il raccrocha.

— Attendez une ou deux minutes, dit Hiltsch, puis appelez-la et dites-lui que je suis ici.

Il portait un imperméable brun, un chapeau melon, des gants de chevreau marron. Il avait l'air d'un policier, ce qui n'était pas étonnant, car Hiltsch était capable, quand il le voulait, d'avoir cette apparence. Il attendait patiemment, appuyé contre l'entrée de la loge.

— Voilà. Maintenant, allez-y, dit-il, au bout d'une ou deux minutes.

Le portier saisit de nouveau le téléphone intérieur.

— Miss Fallon, dit-il. Il y a quelqu'un qui demande à vous voir. Un inspecteur de Scotland Yard. Faut-il lui dire de monter ?... Très bien, miss. Il raccrocha. Elle vous attend. Bonne chance.

— Merci, dit Hiltsch, et il se dirigea vers l'ascenseur. Il y entra, appuya sur le bouton du premier étage. Pendant les quelques secondes de montée, Hiltsch pensa à cette nouvelle aventure. Il se demanda quelle en serait la fin. Il haussa les épaules. Au début d'une nouvelle mission, il se demandait toujours quelle en serait la fin. Mais la fin avait toujours été bonne, toujours plus ou moins heureuse. Pourquoi en serait-il autrement cette fois-ci ? Valetta Fallon ouvrit la porte de son appartement. Elle avait l'air légèrement surpris.

— Etes-vous sûr que c'est moi que vous voulez voir ? demanda-t-elle.

— Je crains que oui, miss Fallon. Je serais heureux de pouvoir vous parler pendant quelques minutes.

— Entrez, je vous prie, dit-elle.

Hiltsch pénétra dans l'appartement. Il retira son chapeau, attendit qu'elle l'eût précédé dans le salon. C'était une pièce chaude et confortable. Il soupira en lui-même. Un de ces jours, pensait-il, quand cette maudite guerre serait finie et qu'il serait *Gauleiter* ou quelque chose de ce genre, il aurait un appartement chaud et confortable et des tas de femmes — peut-être celle-ci... pourquoi pas ? Il la regarda rapidement. Une rudement belle fille, se dit Hiltsch. Il n'y a pas de doute, Kane s'y connaissait. Hiltsch s'assit sur la chaise qu'elle lui indiquait.

— J'ai un peu peur, dit-elle en souriant. Je suis en train de me demander si j'ai fait quelque chose... quelque chose qui mérite l'attention de la police.

Hiltsch eut un sourire rassurant.

— Je ne crois pas que vous deviez vous inquiéter, miss Fallon, bien que l'affaire au sujet de laquelle je suis venu vous voir soit assez importante. Quand je vous aurai dit de quoi il s'agit, je sais que vous ferez tout votre possible pour nous aider.

— Cela m'a l'air très dramatique, plaisanta Valetta.

— Je ne sais pas, dit-il. Peut-être, bien que j'espère que ce ne sera pas le cas.

— Voulez-vous une cigarette ? demanda-t-elle.

— Non. Merci, miss Fallon. Je voudrais vous parler de cette affaire sans plus tarder. Voici la chose : il y a deux jours un monsieur, je crois que vous le connaissez — un certain capitaine Standen — nous a téléphoné. En tout cas, il nous a dit être un ami à vous. Il désirait nous parler d'un autre ami à vous, un monsieur nommé Kane.

— Ah oui ? dit Valetta, l'air surpris.

— Il semble, continua Hiltsch, que ce capitaine Standen, qui, soit dit en passant, est un officier très bien noté, a eu, pour des raisons qui lui sont personnelles, quelques soupçons au sujet de ce monsieur Kane. Apparemment, le capitaine Standen a essayé de savoir qui était exactement ce Kane et ce qu'il faisait, et, en procédant à cette petite enquête, il a découvert un ou deux faits qui l'ont amené à penser que son devoir était de nous soumettre la question.

— Oui, dit Valetta, d'une voix très grave. Continuez, je vous prie.

— Nous avons procédé à quelques rapides vérifications et, pour vous parler franchement, ce que nous avons appris ne nous a pas beaucoup plu. C'est pourquoi nous aimerions avoir votre collaboration.

— Je ne comprends pas très bien ce que vous voulez dire, déclara Valetta. Vous semblez soupçonner M. Kane de quelque chose. Pourquoi ? Qu'est-ce qui ne va pas ?

Hiltsch haussa les épaules.

— Miss Fallon, les renseignements que nous avons tendent à indiquer assez péremptoirement que Michael Kane est un agent allemand qui a réussi à passer au travers pendant un temps considérable.

Valetta était livide.

— Mon Dieu ! dit-elle, presque pour elle-même.

— Je pense, miss Fallon, continua Hiltsch, que ce doit être un coup pour vous, car nous savons, d'après ce que nous a dit le capitaine Standen, que ce Kane était plutôt un de vos amis, ce qui n'est pas surprenant, car il a l'air de quelqu'un de très habile.

— C'est un coup terrible, avoua Valetta. Bien entendu, vous êtes tout à fait sûr ? Cela ne semble pas possible.

— J'ai peur qu'il n'y ait pas l'ombre d'un doute, dit-il.

— Qu'allez-vous faire ? demanda Valetta. Allez-vous l'arrêter ?

— Non. Ce n'est pas ce que nous voulons faire. Voyez-vous, la situation semble se présenter à peu près ainsi : Kane opère ici. Il sort d'Angleterre et y rentre à intervalles réguliers ; nous ne savons pas tout à fait comment il s'y prend, mais, ce que nous savons, c'est qu'il a des complices ici, et nous voulons découvrir qui sont ceux-ci. Il a l'air d'appartenir à une organisation très bien conçue. Si nous arrêtons Kane sur-le-champ, nous l'aurons lui, mais ce sera presque tout.

— Que voulez-vous que je fasse ? demanda Valetta.

— Ce que je vais vous demander de faire n'est pas très difficile, dit Hiltsch, mais c'est important. D'abord, il ne faut pas que Kane se doute que vous essayez de découvrir quelque chose sur lui. Et, même si vous croyez pouvoir découvrir des choses, je ne veux pas que vous essayiez. Les gens comme lui ont tendance à être très méchants. Il remarquerait sans aucun doute le moindre changement dans votre attitude. Mais, ce que je désire, c'est que vous nous avertissiez quand il viendra vous voir ici, de sorte que nous puissions le filer lorsqu'il s'en ira, voir où il va, et, si possible, découvrir qui sont les autres. Croyez-vous pouvoir faire cela ?

— Oui, dit Valetta, je le crois. Il n'y a pas de raison que je ne puisse pas le faire. Vous voulez dire que, s'il vient me voir ici, vous désirez que je vous téléphone ?

— Non, ce n'est pas cela que je vous demande. Nous désirons que vous téléphoniez le moins possible à Scotland Yard. Votre portier est quelqu'un de très sûr. C'est un retraité du nom de Lang. Si, lorsque Kane vient vous voir, vous pouviez appeler Lang par le téléphone intérieur et lui faire un signal convenu, comme de demander si l'on a apporté un paquet ou quelque chose de la sorte, Lang se mettrait sur-le-champ en rapport avec nous, ce qui nous permettrait d'être à notre poste au moment du départ de Kane.

— Très bien, dit Valetta, c'est ce que je ferai.

— Je crains, miss Fallon, que ce que je vous ai dit ne vous ait un peu bouleversée. Je le regrette vivement et vous avez toute ma sympathie. C'est assez dur d'apprendre que quelqu'un que l'on considère comme un ami travaille pour l'ennemi. Mais ce genre de chose arrive malheureusement.

— Sans doute. Mais le coup n'en est pas moins dur pour moi.

— Miss Fallon, il y a une autre chose que j'aimerais que vous fassiez. Ainsi que je viens de vous le dire, nous ne voulons pas de relations trop voyantes entre ici et Scotland Yard.

Il se leva et prit son portefeuille.

— Voici ma carte d'inspecteur, dit-il, en la lui tendant. Je vous serais reconnaissant de téléphoner maintenant à Scotland Yard, pour vous permettre de vérifier qui je suis. Vous voulez bien ?

— Entendu, dit Valetta. Le numéro est Whitehall 1212, n'est-ce pas ?

— Oui, comment le connaissez-vous ?

Elle eut un triste sourire.

— Je l'ai lu dans tellement de romans policiers, dit-elle, mais sans jamais penser que j'aurais à m'en servir dans un tel but.

Elle forma le numéro.

Dans l'appartement voisin, Nielek décrocha le récepteur. Il entendit la voix de Valetta.

— Merci beaucoup, miss Fallon..., dit-il au bout d'un instant, d'une voix brusque, ici le service des Renseignements de Scotland Yard. Si vous voulez bien ne pas quitter, je vais vous mettre en communication avec le service compétent.

Il appuya deux ou trois fois sur le support du récepteur, puis d'une voix plus grave :

— Allô ? demanda-t-il. C'est miss Fallon ?... Oh ! miss Fallon, merci d'avoir appelé. Je vous confirme que l'inspecteur qui est chez vous — l'inspecteur Arthurs — est chargé de l'affaire dont il vous a entretenue. J'espère beaucoup que vous pourrez lui fournir toute l'aide qu'il vous demande. C'est assez important.

— Je le comprends, dit Valetta. Je ferai bien entendu tout ce que je pourrai.

Elle raccrocha, et le bruit qu'elle fit en posant le récepteur lui parut presque l'arrêt de mort de Kane. Elle regarda le feu. Elle se sentait très malheureuse.

— Il faut que je m'en aille, dit Hiltsch. Du courage, miss Fallon, et ne vous tracassez pas. Tout ira bien. Contentez-vous de prévenir le portier quand Kane sera ici, et, si vous avez de la peine, rappelez-vous que vous travaillez pour votre pays. Ne vous dérangez pas...

Elle s'assit sur le divan. Elle entendit vaguement la porte d'entrée qui se fermait derrière Hiltsch. Elle comprit, pour la première fois de sa vie, ce que signifiait « être malheureuse ».

En bas, Hiltsch passait devant la loge du portier.

— Je l'ai vue, dit-il à Lang, tout va bien. Elle vous préviendra dès que notre ami viendra ici.

— Bravo ! fit Lang. Je suis heureux que cela ait si bien marché.

Hiltsch s'engouffra dans l'obscurité.

6

La journée était froide. Il soufflait un aigre vent d'est. Kane frissonna en dépit de son gros manteau et regretta de n'avoir pas relevé la capote de la voiture. Il quitta Pall Mall et entra dans Saint James' Street. Il ne dépassait pas le trente à l'heure. Ce ne fut qu'au moment où il tournait dans Piccadilly, en direction de Hyde Park, qu'il s'aperçut qu'il roulait sans but dans le West End, parce qu'il était ennuyé, parce qu'il était en train d'essayer de penser et qu'il savait qu'il y avait une question à laquelle il devait répondre. Kane, qui avait toujours eu pour règle de regarder les choses en face, commençait à se rendre compte qu'en ce moment il tentait d'éviter de regarder quelque chose en face.

Il prit à gauche, arrêta la voiture tout de suite après l'entrée principale de Saint James' Park. Il alluma une cigarette et resta assis au volant, fumant et regardant droit devant lui, mais sans rien voir vraiment. Il pensait à Valetta.

C'était assez bizarre, mais, depuis qu'il avait fait sa connaissance, elle était devenue de plus en plus une habitude pour lui et, au cours des six ou sept derniers mois, une habitude très chère. Valetta était un point d'attache, un havre vers lequel on pouvait revenir pour un temps bref après un voyage dangereux. Il se rendit compte qu'il s'était habitué à considérer Valetta comme un havre.

Et, pourtant, les femmes étaient dangereuses pour les hommes qui font le métier de Kane. Si charmante, sincère, honnête, patriote que fût une femme, elle n'en pouvait pas moins être dangereuse, même malgré elle. Il se rappela les nombreuses occasions, depuis le début de la guerre, où des femmes, en toute innocence et sans se douter de ce qui se passait, avaient été la cause de *quelque chose*. En se servant d'une femme, on pouvait toujours obtenir des résultats. Et, ce qui était plus grave, on pouvait toujours atteindre un homme à travers une femme, d'une façon ou d'une autre ; et si une femme était amoureuse, cela n'était que plus facile, parce que les femmes amoureuses prennent parfois facilement peur.

Kane était troublé. L'attitude de Valetta le troublait. Sa curiosité soudaine le troublait. « Soudaine », oui, c'était bien le mot qui convenait. Parce qu'elle était amoureuse de lui, elle s'était contentée longtemps de la situation, sans poser de questions, sans rien chercher à savoir de lui ou de ce qu'il faisait. Et puis, soudain, sa curiosité s'était éveillée. Pourquoi ? Kane se rappelait qu'à leur dernière rencontre, tandis qu'ils soupaient ensemble, cette curiosité s'était aussi soudainement éteinte.

Comme si Valetta, n'ayant pas réussi à apprendre ce qu'elle voulait savoir, s'était dit qu'il ne fallait pas éveiller ses soupçons en continuant d'être curieuse. Aussi soudainement qu'elle s'était montrée curieuse, aussi soudainement elle avait cessé de l'être. Kane n'aimait pas cela.

Il retira sa cigarette de sa bouche et en regarda l'extrémité allumée, contemplant le petit filet de fumée que le vent dissipait rapidement. Kane se rendit compte qu'il fallait faire quelque chose au sujet de Valetta, et là encore la situation n'était pas facile à dénouer. Il avait le choix entre satisfaire la curiosité de la jeune femme, ce qui était impossible, et rompre avec elle. A première vue, la seconde solution était la chose à faire de toute évidence, et Kane, qui était assez endurci pour être dur avec lui-même, aurait rompu avec Valetta s'il avait pensé que c'était ce qu'il y avait vraiment de mieux à faire, mais il ne croyait pas que cette façon de procéder atteindrait son but. Il se rendait compte que sa disparition soudaine augmenterait encore la curiosité de Valetta, et que ce qui avait été simplement de la curiosité ferait place au désir de découvrir *tout* ce qu'elle pourrait.

Au fond de lui-même, tout le temps, une petite voix lui disait que cela ne ressemblait pas à Valetta d'être curieuse. Cette opinion en supposait une autre sur le caractère de Valetta. Kane se rappela que, si Valetta savait peu de chose de lui, lui, de son côté, en savait également fort peu sur elle. Il était bien évident qu'elle avait des amis. C'était une femme très séduisante, et, un jour ou l'autre, un homme voudrait l'épouser. Que ferait-elle alors ? A ce moment-là, certainement, elle envisagerait et pèserait les possibilités de mariage avec Kane. A ce moment-là aussi, elle voudrait en savoir plus long sur celui-ci.

Il jeta le bout de sa cigarette, en alluma une nouvelle. Cette situation lui déplaisait. Il fallait qu'il fît quelque chose. Il donna l'allumage, embraya et démarra. Il dépassa les lumières de Hyde Park, tourna dans Knightsbridge. C'était une grise journée de janvier. Le genre de journée que Kane aimait, au temps où il s'intéressait à l'aspect des journées.

Il fallait faire quelque chose. Il était irrité. Comme quelqu'un qui avait pour habitude de regarder les choses en face, il savait que les solutions de facilité sont, à la fin, inévitablement les moins bonnes. Il répugnait à considérer la situation dans la mesure où Valetta y était mêlée. Pourtant, il savait qu'il devait le faire. Craignait-il de découvrir quelque chose ? Il sourit cyniquement. Il pensait aux douzaines de situations qu'il avait créées de toutes pièces au cours des deux dernières années : des situations ? des pièges qu'il avait tendus pour y faire tomber toutes sortes de gens. Le fait que la plupart de ces gens étaient des ennemis de son pays, des ennemis de la cause pour laquelle Kane combattait avec autant d'ardeur et aussi dangereusement que n'importe quel soldat, avait rendu l'opération simple et facile. Mais ceci le touchait de plus près encore. Pour la première fois, Kane se rendait compte exactement à quel point cela le touchait.

Il était maintenant au bout de la route de Brompton. Il tourna près de la gare de South Kensington et prit la vieille route de Brompton, puis, en arrivant à Drayton Gardens, il se lança sur la route de Fulham. Maintenant, il pensait à lui-même. L'ennui avec lui, se disait-il, c'était qu'il possédait un sentiment hypertrophié du devoir, mais il se rendait compte en même temps qu'un sentiment hypertrophié du devoir était plus que nécessaire aux gens qui faisaient son métier, un métier qui ne permettait pas de dévier en rien d'une route strictement définie. En tout cas, sentiment du devoir ou pas, il fallait faire quelque chose.

Il se mit à souhaiter que son tempérament fût différent, à souhaiter avoir une conception différente de la vie et des choses en général, spécialement des femmes. Le cours de ses pensées continuait dans ce sens, quand, avec un sursaut, il se reprit, car il venait de s'apercevoir qu'il traversait le pont de Putney, et ce n'était certes pas là l'endroit le plus choisi pour conduire distraitement. Le danger passé, il recommença à penser à lui-même et aux femmes. Peut-être, se dit-il, n'y avait-il pas assez de femmes dans sa vie : la sécurité résidait peut-être dans le nombre. Des tas de gens le pensaient. Les femmes émaillaient la carrière météorique de Guelvada comme les étoiles un ciel d'été. Guelvada était le premier à l'admettre : la sécurité était dans le nombre. Kane se demanda comment Ernie, avec son sens particulier du théâtral, sa vitesse de compréhension, son intuition et son extraordinaire connaissance des femmes, se tirerait de la situation avec laquelle lui était aux prises. Ses pensées suivaient ce nouveau cours. Il se demandait ce que ferait Guelvada.

Le crépuscule tombait et, en cette saison, Kane s'en aperçut, l'obscurité venait vite. Il s'aperçut aussi qu'il était à l'entrée de la route de Kingston et il fut frappé de quelque chose : après tout, il n'avait pas roulé tellement au hasard. Le chemin qu'il avait suivi répondait au cours de ses réflexions, et, s'il n'avait pensé consciemment à Guelvada que tout à fait en dernier, eh bien ! qu'est-ce que cela faisait ?

Maintenant, en effet, Kane se rendait compte que, tout le temps qu'il avait passé à essayer de résoudre son problème, il se dirigeait vers Tyrrell's Wood.

Guelvada habitait Tyrrell's Wood. C'était donc ça ! Dans son subconscient, Kane avait tout le temps su que la réponse à son problème devait venir d'Ernie, de ce joyeux mortel, qui n'avait encore jamais su ce que c'était qu'être pris de court par une femme.

Kane se rappela une conversation. Un après-midi torride en Espagne... ils s'étaient arrêtés pour remplir le radiateur de la voiture. Il se rappela la conversation que Guelvada avait eue avec la servante de l'auberge. Une conversation des plus intimes. Il se rappela avoir dit à Ernie, au moment où ils repartaient : « Un de ces jours, vous aurez des ennuis à cause d'une femme ! » et celui-ci, le regardant de coin, avait répondu : « Quoi ? Moi ? Oh ! non, Michael. Pas moi. Pourquoi devrais-je avoir peur des femmes ? » « Parfois, elles deviennent mauvaises », avait dit Kane. Guelvada avait haussé les épaules. « Et après ? avait-il dit. Si une femme devient mauvaise, on peut toujours se tirer. »

Le soir descendait artistiquement sur la *Grain Tavern* à Tyrrell's Wood. La taverne, comme vous le savez probablement, se trouve un peu à l'écart sur une petite route communale. A sa droite, le terrain de golf, et, à sa gauche, s'incurvant derrière elle, les bois qui donnent leur nom à la localité. L'endroit semble peut-être désolé, mais il est résolument romantique. Beaucoup de choses, historiques encore que sans grande importance, se sont passées à la *Grain Tavern*. Elles y ont laissé leur empreinte, créant l'atmosphère qui, sans aucun doute, était responsable de la présence d'Ernie Guelvada en cet endroit.

Ernie étais assis à une table dans le coin de la petite salle du bar. Un feu vif pétillait dans la cheminée, et Mrs. Soames, la propriétaire, pour les formes aimables et bien remplies de qui Ernie avait la plus grande admiration, était en train de mettre les rideaux de défense passive.

— Mrs. Soames, dit-il, quand elle eut terminé, je crois que je boirais volontiers un whisky-soda bien tassé.

— Tout de suite, monsieur Guelvada, répondit-elle, en se dirigeant avec empressement vers le bar. Vous savez, monsieur Guelvada, déclara-t-elle, en versant le whisky, vous nous avez beaucoup manqué pendant votre absence.

Il prit son étui à cigarettes dans sa poche et choisit lentement une cigarette. En l'allumant, il regarda Mrs. Soames à travers la flamme de son briquet.

— Et puis-je vous demander, Mrs. Soames, qui vous entendez par « nous » ? interrogea-t-il.

— Oh ! monsieur Guelvada, dit-elle, en lui apportant son verre, tout le monde, je crois. Vous avez manqué à tout le monde.

— Entendez-vous par là que des gens sont venus vous trouver pour vous dire que je leur manquais ? demanda-t-il d'une voix douce, en lui souriant.

— Non, je ne veux pas dire exactement cela, mais...

— Voulez-vous donc dire, Mrs. Soames, que c'est à *vous* que j'ai manqué ? C'est ce que je souhaite. J'aime que l'on s'aperçoive de mon absence. Dites-moi, Mrs. Soames, est-ce que vous avez beaucoup pensé à moi ?

Elle rougit.

— Oh ! monsieur Guelvada, il n'y a que vous pour dire des choses pareilles ! Vous n'avez peur de rien.

— Voulez-vous dire, Mrs. Soames, qu'il n'y a rien de sacré pour moi ?

— Je veux dire que vous dites toujours ce que vous pensez.

— N'est-ce pas là une bonne chose ? demanda Guelvada en lui souriant de nouveau. Je suis sûr que vous approuvez cette façon de procéder.

— Oui, je le crois, acquiesça Mrs. Soames. Ça change agréablement quand les gens disent ce qu'ils pensent. D'habitude, ils font le contraire.

Guelvada tira sur sa cigarette.

— Vous savez, Mrs. Soames, un de ces jours, ou plutôt un de ces soirs, je vais vous dire tout ce que je pense. J'espère que vous trouverez que cela vous change agréablement.

Mrs. Soames ne répondit rien. Elle retourna au bar. Quand elle arriva à la porte, elle jeta un rapide coup d'œil à Guelvada, par-dessus l'épaule. Il souriait toujours. Debout derrière le comptoir, Mrs. Soames remit en place une mèche folle. Elle se regarda dans la glace. Elle se dit qu'elle était plutôt bien. Elle se mit à penser à Guelvada.

Guelvada releva la tête quand Kane entra dans la petite salle. Il sourit. Bien que cette soudaine apparition de Kane, qui n'était jamais venu à Tyrrell's Wood, signifiât que quelque chose d'important était en train, Guelvada ne montra aucune surprise. Les surprises étaient pour lui des attributs normaux de la vie.

— Vous buvez quelque chose, Michael ? demanda-t-il.

— Merci, Ernie, un whisky-soda, bien tassé.

Guelvada alla commander la boisson en question et la rapporta.

— Vous vous rappelez le cocktail, que j'ai fabriqué à Lisbonne, la nuit où nous cherchions Gallat ? Ça, c'était quelque chose... Vous savez, Michael, j'ai finalement décidé que je n'aimais pas l'hiver.

— Ce que vous voulez dire, repartit Kane, c'est que vous aimez Lisbonne.

Guelvada haussa les épaules.

— Je n'en suis pas tellement sûr, dit-il. J'aimais beaucoup Lisbonne, mais maintenant... Il pensait à Marandal... Je crois que j'y trouverais trop d'atmosphère.

Kane posa son verre.

— Ernie, dit-il, j'ai un travail pour vous. C'est une chose qui m'est assez personnelle. Cela peut être important et cela peut ne pas l'être.

Guelvada acquiesça du chef. Il s'agit d'une femme, se disait-il. Il pensait que Kane s'était probablement embarqué dans une histoire dont il pouvait difficilement sortir. Il se mit à se demander quel genre de femme pouvait plaire à Kane.

— La situation est la suivante, continuait Kane. Il y a quelque temps, j'ai rencontré une femme — quelqu'un de plutôt bien. Elle s'appelle Valetta Fallon. Nous sommes assez bons amis.

— Oui, Michael, je comprends.

— Nous nous sommes vus pas mal de fois... toutes les fois que je l'ai pu.

Kane se tut et alluma une cigarette.

— Je n'ai pas à vous dire, reprit-il, que dans notre métier l'amitié est une chose plutôt rare — rare parce que si l'on en vient à connaître trop bien les gens, ceux-ci ont tendance à vouloir savoir quelque chose sur votre compte. Mais dans le cas présent, il sembla qu'il en était autrement. On ne posa pas de questions. On accepta tout sans discuter. C'était une situation plutôt agréable.

— Et maintenant, enchaîna Guelvada, on s'est mis à poser des questions, n'est-ce pas ?

Kane sourit.

— Tout juste, dit-il, on s'est mis à poser des questions.

— Vous savez, Michael, déclara Guelvada, c'est assez normal. Vous ne trouvez pas ? Vous ne pouvez pas demander à une femme de montrer de l'amitié, de l'affection à quelqu'un... Il sourit soudain... D'aimer quelqu'un, si vous voulez, sans en venir un jour à poser des questions. Se priver de le faire ne serait pas normal, n'est-ce pas ?

— Pour cette femme, Ernie, c'était normal. Voyez-vous, elle est assez exceptionnelle. Elle a cette qualité suprême, que possèdent si peu de femmes, de s'occuper uniquement de ce qui la regarde.

— Michael, dit un peu sarcastiquement Guelvada, je vous félicite. Elle doit être unique. Toute ma vie j'ai espéré rencontrer une femme qui s'occuperait seulement de ce qui la regarde. Inutile de vous dire que je n'en ai encore jamais trouvé une seule.

— Avec le temps, Ernie, vous en trouverez peut-être une.

Guelvada sourit.

— Je vais continuer mes recherches, dit-il. En attendant, cela m'intrigue que vous ayez trouvé une telle femme.

— Le fait qu'elle soit ainsi, reprit Kane, a rendu plus remarquable sa soudaine curiosité ; je me suis mis à me poser des questions.

— Précisément, dit Guelvada. La même chose est arrivée mainte et mainte fois. La vie est comme cela, surtout quand il s'agit des femmes. Vous faites la connaissance d'une femme. Elle est délicieuse, vous lui plaisez, elle est contente d'elle-même. Tout le monde est heureux ; et puis, tôt ou tard, le serpent entre dans le jardin d'Eden. En général, c'est un autre homme.

— Oui, dit Kane, c'est en général un autre homme qui fait naître la curiosité d'une femme. C'est ce à quoi je pensais...

— Je vois. C'est donc ainsi. Vous croyez... ?

— Je serais idiot de ne pas le croire, dit Kane avec brusquerie. Réfléchissez seulement un instant au nombre de fois où nous nous sommes servis d'une femme pour atteindre quelqu'un ou pour découvrir quelque chose que nous voulions savoir ? Neuf fois sur dix, la femme ne s'est pas rendu compte de ce que nous faisions. Elle l'ignorait complètement. Pourtant nous nous sommes servis d'elle avec succès, parce que nous devions nous servir d'elle, parce que c'était la seule façon que nous avions de pouvoir travailler.

— Oui, approuva Guelvada, mais nous, Michael, nous sommes uniques.

— Vraiment ? Je ne me fierais pas trop à cela. Vous savez, moi, je ne compte jamais sur la chance — jamais — si peu que ce soit. C'est déjà bien assez lorsque nous sommes forcés de nous en remettre à elle.

— Compris, dit Guelvada. Et ainsi vous êtes prêt à admettre que le pire s'est produit. Vous êtes prêt à croire que...

— Je suis prêt à croire que quelqu'un essaie de m'atteindre à travers miss Fallon, dit Kane, je suis prêt à croire cela parce que c'est le plus sûr. Peut-être ai-je tort. Peut-être me suis-je trompé sur son caractère, mais j'ai l'impression que quelqu'un a essayé de se mettre bien avec elle, probablement de lui faire la cour, probablement de lui demander sa main. Alors, quand on s'est heurté à un mur, quand on a vu qu'il n'y avait rien à faire, on a découvert mon existence. Après tout, il est très facile d'éveiller la curiosité d'une femme, vous savez. Plus spécialement si l'opération n'est qu'une partie d'un plan bien concerté.

Guelvada approuva de nouveau de la tête.

— Michael, demanda-t-il, qu'allez-vous faire ?

— J'ai l'intention de jouer cette partie de telle sorte que, si je me trompe, cela n'ait pas d'importance, mais que, si j'ai raison, cela nous mène quelque part. Ce soir, je verrai Fenton. Il va falloir qu'il nous donne carte blanche pour ceci.

— Si vous croyez que la chose est sérieuse, dit Guelvada, je pense que vous avez raison. Il serait absurde de se casser le nez pour avoir négligé de prendre quelques précautions. Et moi, Michael, que dois-je faire ?

— A supposer que quelqu'un essaie de m'atteindre à travers miss Fallon, dit Kane, on doit vouloir se servir d'elle pour savoir des choses sur moi. Mais il n'est pas possible de faire cela trop ouvertement. Il faut que ce quelqu'un soit prudent — très adroit. Il n'est pas possible de demander carrément à Valetta de découvrir des choses à mon sujet. Cela éveillerait ses soupçons. Mais, ce qu'il est possible de faire, c'est de se servir d'elle comme d'un prétexte, comme d'un moyen de surveiller mes mouvements.

— Juste. On doit attendre que vous alliez la voir. Pour pouvoir vous suivre.

— Exactement. Et c'est ainsi que nous allons être à même de savoir si j'ai tort ou raison. En partant d'ici, je vais aller trouver Fenton. Je vais arranger quelque chose avec lui. Demain, c'est dimanche. Valetta ne joue pas. Je l'appellerai dans l'après-midi pour lui dire que j'irai la voir vers sept heures. Il vaudrait mieux que vous soyez dans les parages ; vous pourriez voir comment les choses se présentent et ce qui se passera lorsque je m'en irai. Voyez si quelqu'un essaie de me filer. En tout cas, je ferai comme d'habitude pour les semer. Mais peut-être pourrez-vous découvrir où ils vont, leurs intentions et, peut-être, qui ils sont. Cela peut être du dérangement pour rien, mais cela vaut la peine.

— Bien sûr, dit Guelvada. Et, si vous avez tort, qu'est-ce que cela fait !

— Miss Fallon, reprit Kane, habite à Knightsbridge. L'immeuble Vallance. Je pense que vous savez l'immeuble que je veux dire ? L'entrée est à un coin de rue et l'endroit est très facile à surveiller. Tâchez donc d'être dans les parages vers sept heures moins cinq, demain soir. Voyez ce qui se passe, téléphonez-moi ensuite.

— Très bien, dit Guelvada. Ce sera fait. Ce serait amusant si nous tombions par hasard sur quelque chose. Je trouve la vie un peu rasante ici.

— Cela veut dire qu'il n'y a pas de jolies femmes dans les parages, sourit Kane.

— Au contraire, dit Guelvada en soupirant. Cela m'ennuie d'avoir à l'avouer, mais je crois que je commence à trouver que même les jolies femmes peuvent être rasantes.

Kane termina son verre.

— Je m'en vais, dit-il. J'ai beaucoup à faire ce soir. Vous me donnez signe de vie demain, d'une façon ou d'une autre, Ernie ?

Guelvada acquiesça de la tête. Kane prit son chapeau et s'en alla.

Guelvada fouilla dans sa poche. Il en sortit un jeu de cartes minuscules, les étala sur la table et se mit à faire une réussite, trichant à l'occasion.

Il resta assis à sa table, dans le coin de la petite salle du bar, pendant une heure. Deux fois, durant ce laps de temps, Mrs. Soames remplit son verre et fit les commentaires appropriés sur sa force aux cartes. Guelvada répondait en souriant, mais son attention n'était tournée ni vers Mrs. Soames ni vers la réussite qu'il faisait. Il pensait à d'autres choses.

Cette histoire de Kane et de son amie était drôle, se disait Guelvada. Rudement drôle. Il était plus qu'intéressé. Il était intrigué. Il se mit à se parler à lui-même, à voix basse, en français, comme il avait l'habitude de le faire quand un sujet le passionnait. Il plaçait les cartes devant lui d'un geste automatique.

« Examine, mon cher Ernie, se dit-il à lui-même, cette histoire qui arrive à Michael. Elle est des plus extraordinaires et difficilement acceptable pour ton intelligence. Pour employer une expression vulgaire, elle sent mauvais, parce que, bien que classique, elle n'est pas logique...

» Représente-toi bien, continua-t-il, que la curiosité de l'amie de Michael s'éveille soudainement. Il est à présumer que quelqu'un, quelqu'un qui s'intéresse à Michael, désire obtenir des renseignements à travers elle. Il est, naturellement, bien entendu que la personne qui désire des renseignements travaille pour les Boches...

» Très bien... S'il en est ainsi, l'affaire devient encore plus illogique. Plus illogique parce que l'individu désirant des renseignements sur Michael et ceux pour qui il travaille est à présumer intelligent. Etant intelligent, cet individu doit sûrement s'attendre à ce que Michael soit intrigué par la curiosité soudaine de cette dame. Cette dame qui, précédemment, ne s'est pas montrée curieuse ou du moins pas suffisamment pour que cela importe. Etant intelligent, l'individu qui désire des renseignements doit sûrement se douter que Michael est une personne à l'esprit extrêmement aigu, à l'instinct des plus raffinés, d'une intuition de la plus grande sûreté. Si l'individu désirant des renseignements sait la moindre des choses sur Michael ou sur le travail qu'il a fait, sur les coups magnifiques qu'il a réussis, il doit forcément se douter de cela. N'est-ce pas, mon cher Ernest ? »

Il plaça une autre carte.

« S'il en est ainsi, continua-t-il, et il en est ainsi, il est plus qu'évident que l'individu désirant des renseignements était sûr que Michael serait intéressé et intrigué par cette soudaine curiosité, et ainsi il est plus qu'évident également qu'il a une quelconque arrière-pensée. Il ne s'attend pas à ce que la dame obtienne des renseignements de Michael, mais il s'attend à ce que, comme résultat de sa curiosité, quelque chose arrive, à moins qu'il ne pense être à même de réussir lui-même quelque chose. »

Il bâilla.

« En tout cas, reprit-il, qu'est-ce que cela fait ? Ce qui doit arriver arrivera, c'est bien évident, et deviendra à la longue tout à fait logique. De ça, tu peux en être sûr. »

Il rassembla les cartes, les battit, se mit à les disposer de nouveau. Il pensait à des femmes — à des femmes qui, pour une raison ou une autre, avaient été mêlées aux « affaires » de Kane et de lui-même ; qui avaient servi à l'accomplissement de plans nécessaires ou désirables à ce moment-là.

Il y avait la femme de Soissons — la blonde qui avait une démarche si suggestive, qui était si belle qu'il était presque impossible pour un homme, un homme normal, de ne pas être amoureux d'elle. Elle s'appelait Yvonne et était arrivée à Soissons après l'occupation allemande. Elle habitait une petite maison de la rue Lafarges et menait apparemment une vie retirée. Elle passait pour une bonne Française et professait pour les Allemands la haine la plus complète.

Mais ce fut Fenton qui dénicha le pot aux roses. Ce fut l'un des esprits familiers de Fenton qui découvrit que la séduisante et sérieuse Yvonne était l'une des « spéciales » du S.S. Reichsführer Himmler, une de ces charmantes et aimables dames dont le rôle était, entre autres, de surveiller discrètement les allées et venues, les faits et gestes, les discours des officiers supérieurs allemands en territoire occupé...

Et alors Kane et Guelvada étaient descendus sur Soissons. Descendu était le mot exact, car ils avaient été parachutés juste avant l'aube par un avion anglais et s'étaient évanouis dans l'atmosphère pour reparaître trois heures plus tard, sous l'aspect d'habitants de Soissons, munis des papiers d'identité nécessaires et riches d'un passé adéquat grâce à l'organisation de Fenton. Guelvada se demanda si les oreilles d'Yvonne avaient sifflé, ce matin-là.

Quatre jours de travail discret avaient permis à Kane de découvrir que le commandant de la ville était un certain capitaine von Fiersch, un Prussien entre deux âges, à l'œil conquérant et dont la femme, par chance, avait eu la permision de venir passer trois semaines avec lui. Il était heureux, ou naturel, se dit Guelvada, que Frau von Fiersch fût jalouse de son mari et de l'œil conquérant de celui-ci.

Ils avaient travaillé vite, adroitement et impitoyablement. Guelvada se rappela l'après-midi de l'entrevue secrète de Kane avec Frau von Fiersch, où Kane, se faisant passer pour un employé de la Mairie de la ville, avait supplié la bonne Frau, presque les larmes aux yeux, de mettre le holà aux agissements de son mari qui jetait des regards incendiaires sur Mlle Yvonne (avec qui, lui, Kane, était fiancé) et qui, ce qui était plus grave encore, écrivait à celle-ci des lettres qui étaient plus directes que pleines de tact.

Guelvada se sourit gentiment à lui-même. A partir de là, la situation s'était magnifiquement développée. Du premier soupçon de Frau von Fiersch à sa jalousie grandissante et à la surveillance qu'elle et Kane avaient exercée sur l'appartement de Mlle Yvonne ; puis, à la fabrication de fausses clefs pour pénétrer dans ledit appartement ; puis, au pillage des papiers personnels de Mlle Yvonne, tandis que Frau von Fiersch montait la garde à la porte de la rue, pour se terminer, à l'insu de la bonne Frau, par le dépôt de quelques-uns desdits papiers, choisis parmi les moins importants, dans la chambre du capitaine. Tout cela avait été très joliment fait. Une semaine plus tard, Kane et Guelvada étaient de retour à Londres, rapportant comme butin les instructions secrètes d'Himmler aux agents locaux de la Gestapo à travers Mlle Yvonne.

Et une semaine après cela, un petit oiseau avait dit à Fenton que la lettre anonyme qui avait été expédiée à Yvonne avait porté ses fruits, que l'on avait fouillé l'appartement de von Fiersch, qu'on y avait trouvé les documents compromettants et que le capitaine avait été fusillé aussi promptement qu'il était de coutume quand les services du S.S. Reichsführer Himmler s'en mêlaient.

Guelvada soupira. Jamais, se dit-il, jamais la brave Frau von Fiersch ne soupçonnerait le rôle qu'elle avait joué dans cette petite comédie, ne saurait qu'elle avait aidé si adroitement à la liquidation de son mari, et au cambriolage du plan complet de l'organisation d'Himmler pour la France occupée ou non.

Guelvada prit une cigarette dans son étui et l'alluma. Il avala la fumée avec satisfaction, la garda pendant quelques secondes, et puis la rejeta lentement. Il suivit des yeux le nuage de fumée qui disparaissait dans la chaude atmosphère de la petite salle. Il lui sembla qu'il pouvait y distinguer vaguement le contour du charmant visage de *Fräulein* Marta Szelginger — la délicieuse Marta — héroïne inconsciente de l'affaire de Bürgerbräu Keller, où Hitler avait échappé de douze minutes à la mort.

Si Marta n'était pas née demi-juive, si pour cette raison elle n'avait pas été traitée si cavalièrement par un chef de groupe de S.A. qui, quand la « tache » de naissance avait été connue de tous, l'avait honteusement jetée à la rue, elle ne se serait jamais trouvée dans l'état d'esprit convenable pour pouvoir écouter l'ardent plaidoyer de Sigrid Wirt, cette blonde et belle Norvégienne qui, travaillant avec Kane — lequel était dans la brasserie même quand l'explosion avait eu lieu —, avait suborné le garçon de salle, creusé les briques du principal pilier de l'estrade et préparé la voie pour l'insertion de la bombe à retardement de Kane. Guelvada sourit. Il lui semblait que le Führer avait autant à redouter de la jalousie des femmes que des balles de l'ennemi.

C'était bien dommage, pensa Guelvada, pour les femmes ; et la croix qu'elles devaient porter à cause de leur sexe, de leur beauté, de leur charme, était plus que lourde. Pendant la plus grande partie de leur vie, pensa-t-il, elles étaient, consciemment ou inconsciemment, le jouet de quelqu'un.

Une femme était comme une harpe. On pouvait toujours jouer d'elle si l'on savait s'y prendre. Car, pour la plupart des femmes, la vie pouvait invariablement se réduire en termes d'amour ; elles se prêtaient aux opérations et aux desseins de toutes sortes d'hommes. Car une femme — surtout lorsqu'elle aime profondément — est incapable de penser logiquement, quoi que puissent dire les féministes. Guelvada, pour sa part, pensait que c'était là une bonne chose. Il se mit à considérer quelques aspects de cette pensée. Par exemple, comme ce serait ennuyeux si une femme très amoureuse était capable de penser avec logique, quels mauvais moments passeraient alors de nombreux hommes.

La beauté, considérait-il, était rudement exigeante. Plus une femme était belle, plus elle attirait les hommes. Etre admirée, aimée, désirée par de nombreux hommes, n'était bon pour la logique d'aucune femme. Il était évident qu'après quelques mois d'un tel traitement elle devait penser seulement à l'amour, à l'admiration masculine, au mariage et à l'accomplissement de ses propres désirs.

Et c'était le moment de frapper. Car, lorsqu'une femme était l'objet de l'admiration masculine, son cerveau cessait de la servir. Guelvada pouvait se rappeler une douzaine de femmes (des femmes qui avaient été bien dressées, qui avaient été pliées aux méthodes de Himmler, aux méthodes italiennes, ou même à celles de ce service aussi démodé qu'amusant que le Gouvernement de Vichy se plaisait à nommer « secret », et dont les opérations étaient si apparentes qu'elles étaient invariablement risibles), une douzaine de femmes, donc, qui, toutes, avaient mal fini parce qu'elles avaient eu le malheur de tomber amoureuse de l'homme qu'il fallait au moment qu'il ne fallait pas.

Guelvada se renversa en arrière sur sa chaise et alluma une cigarette. Ses yeux étaient sur les cartes, mais son esprit était autre part. Il pensait à cette petite brune, Gala Zieck, qui avait gâché une carrière de six ans dans l'une des Sections Spéciales de Karl Hildebrand en tombant amoureuse d'un dirigeant des chemins de fer, et avait essayé, en conséquence, d'empêcher celui-ci de voyager par un train que l'on devait faire dérailler. Hildebrand avait été dur pour Gala. On disait même qu'elle était devenue folle. Et Guelvada, qui savait quelque chose d'Hildebrand, pouvait le croire aisément.

Et il y avait Zoe Garine, et Stehren Muller et Sabine Hertzwein et Helda Marquès... Oui, il y avait certainement eu Helda Marquès, Helda qui avait décidé qu'il était sans danger de s'amuser rien que pour une petite nuit avec le curieusement séduisant Pierre Hellard et qui avait jeté son astuce, son intuition, sa logique et sa vie sur l'instable autel du désir.

L'amour, pensait Guelvada, était une chose bizarre. L'amour, assisté par Michael Kane et Guelvada, était parfois une chose dangereuse. Dangereuse au moins pour ces dames dont le chemin s'écartait de la sphère prosaïque de la vie quotidienne pour s'engager dans le labyrinthe où demeurent les Fenton de ce monde.

C'était la curiosité qui avait perdu Eve... Guelvada se mit à penser à Valetta Fallon qui avait décidé — pour des raisons qui apparaîtraient à un moment quelconque — d'être soudain curieuse. Elle ne s'était pas rendu compte, pensait-il, quel pavé elle avait jeté dans la mare en étant curieuse. Elle ne s'était pas rendu compte quels cercles dans l'eau, quels tourbillons bougeaient encore maintenant comme résultat de son geste. Peut-être serait-elle prise dans le tourbillon provoqué par elle-même, peut-être y échapperait-elle.

Si Kane était très intéressé par elle, elle devait être belle. Et elle devait aussi être belle moralement. Guelvada — qui s'y connaissait en femmes — savait que les femmes qui plaisaient à Kane étaient de premier ordre. Il fallait qu'elles le fussent. Kane était un connaisseur. Et pourquoi pas ? Quand chaque femme que l'on rencontrait pouvait tout aussi bien être la dernière, on avait toute raison d'être exigeant.

Guelvada soupira. Il se leva de la table et, rassemblant les cartes, il les rangea. Puis il alla au comptoir et fit un signe à Mrs. Soames qui était occupée dans la grande salle. Elle le vit. Il lui sourit. Un sourire aimable et enfantin.

— Que puis-je faire pour vous, monsieur Guelvada ? demanda-t-elle.

— Premièrement, dit-il, je pense que vous devriez m'appeler Ernest : c'est mon prénom et j'aime qu'en fassent usage les femmes aussi délicieuses que vous. Et deuxièmement, si je vous disais ce que vous pouvez faire pour moi, vous me feriez probablement jeter dehors...

— Que vous êtes drôle, monsieur Guelvada, s'exclama-t-elle en riant. Je voulais dire : que désirez-vous ?

Guelvada soupira.

— Il faudrait me poser cette question en privé, dit-il. Je pourrais alors vous répondre convenablement. Cependant, un whisky-soda de vos mains me satisferait pour le moment.

Elle lui servit la boisson demandée. Guelvada y trempa ses lèvres, puis, le verre à la main, il quitta le bar et monta se coucher.

7

Guelvada arrêta son taxi juste après le coin et, en descendant, il se mit à taper du pied sur la chaussée couverte de neige et à se battre les flancs de ses mains gantées de laine, à la manière des chauffeurs de taxi. Le drapeau de son compteur était baissé, et il était évident qu'il attendait le retour d'un client.

Il portait deux manteaux, une écharpe de laine qui lui entourait à demi la figure, et un vieux feutre. Sa plaque de licence avec le numéro pendait à la traditionnelle boutonnière, en haut de son manteau. Il avait omis de se raser, et son visage était rouge de froid. Il regarda sa montre. Il était sept heures douze. Puis il reprit place au volant et, courbé sur celui-ci, dans la meilleure tradition des chauffeurs de taxi par un jour de froid, il attendit.

D'où il était assis, il pouvait tout juste discerner dans l'obscurité du black-out l'entrée principale de l'immeuble Vallance. Guelvada bâilla et regarda son souffle se transformer en vapeur dans l'air froid ; puis il fouilla dans l'une de ses poches et y trouva une vieille boîte d'étain dans laquelle il prit une cigarette qu'il alluma et fuma silencieusement.

Deux minutes s'écoulèrent. Puis le rideau de défense passive qui masquait la porte de l'immeuble Valance fut un instant écarté et un homme sortit. Il s'avança dans la direction de la voiture de Guelvada, la dépassa, poursuivit son chemin. C'était Nielek. Guelvada arrêta rapidement son moteur et écouta intensément. Au bout d'un instant, les pas de l'individu qui était sorti de l'immeuble s'arrêtèrent soudain. Une minute plus tard, Guelvada entendit mettre en marche un moteur.

Guelvada écouta. Le ronronnement du moteur dans la rue continua. Quelqu'un l'avait mis en marche et attendait.

Le rideau de défense passive de la porte d'entrée remua de nouveau. Quelqu'un parut et se tint devant la porte. C'était le portier. Il regardait à droite et à gauche dans la rue.

Guelvada embraya et tourna lentement autour du coin avec son taxi. Quand il apparut, le portier cria : « Taxi ! » Guelvada s'arrêta au bord du trottoir, près de l'entrée.

Kane apparut.

— Conduisez-moi Philmore Street, dit-il à Guelvada. C'est près de la gare de Notting Hill Gate.

Et il monta dans le taxi.

Guelvada démarra. Après avoir à peine roulé pendant quelques mètres, il ouvrit la vitre derrière lui et tourna la tête.

— Michael, dit-il, juste avant que vous paraissiez, un homme est sorti de l'immeuble. Il m'a dépassé et a mis en marche le moteur d'une voiture qui était tout près dans la rue derrière moi. Il se peut qu'il ait attendu pour vous filer quand vous sortiriez. Y a-t-il quelque chose derrière ?

— Oui... dit Kane, il y a une voiture qui nous suit. Elle est forcée de coller assez près à cause du black-out. Continuez de rouler et je verrai si elle nous lâche.

Il s'installa dans le coin du taxi et alluma une cigarette. Guelvada accéléra. Ils roulaient maintenant à un bon cinquante — une grande vitesse étant donné la neige et le verglas.

— Votre type est toujours derrière nous, dit Kane, quand ils furent dans Church Street. C'est bien une filature.

— Faut-il que je le sème ? demanda Guelvada. Ce serait très facile.

— Non, répondit Kane. Continuez. A propos, croyez-vous qu'il ait pris votre numéro en vous dépassant tandis que vous attendiez ? Croyez-vous qu'il ait le moins du monde fait attention à vous ?

— Non, dit Guelvada, il est passé sans s'arrêter. Il faisait trop noir pour qu'il ait pu voir le numéro sans s'arrêter pour regarder. Il ne s'est pas arrêté.

— Très bien, dit Kane. Au bout de cette rue, à droite, il y a une rue à sens unique. Nous ne sommes pas dans le bon sens. Risquez le coup et tournez à droite, arrêtez-vous et je descendrai. Puis reprenez l'artère principale, tournez à gauche et, avec de la veine, vous le rattraperez au moment où il arrivera à Notting Hill Gate. Il croira nous avoir perdus. Suivez-le un peu pour voir ce qu'il fait et puis revenez à l'immeuble Vallance aussi vite que vous le pourrez. Rangez la voiture quelque part et surveillez l'endroit. S'il revient là et range sa voiture, voyez s'il utilise le garage de l'immeuble. Si oui, il est évident qu'il habite l'immeuble. Cela nous donnera tout ce qu'il nous faut pour travailler. Téléphonez-moi après et dites-moi ce qui se passe.

— O.K. dit Guelvada.

Il appuya sur l'accélérateur. En arrivant à la rue à sens unique, il fut momentanément hors de vue pour la voiture qui était derrière. Il tourna vivement autour de l'angle, du mauvais côté de la rue, et ralentit. Kane sauta sur le trottoir, tandis que le taxi roulait toujours, et plongea sous une porte cochère. Guelvada accéléra, prit le tournant à toute vitesse et disparut. Quelques secondes après, de sa porte, Kane vit la voiture qui le filait apparaître et continuer tout droit sa route.

Guelvada arriva à Notting Hill Gate avec un soupir de soulagement. Il roula lentement pendant quelques minutes, mais sans apercevoir la moindre voiture roulant lentement ou arrêtée. Il s'arrêta au bord du trottoir, alluma une cigarette, refusa un client en alléguant qu'il n'avait plus d'essence, fit demi-tour et retourna rapidement à l'immeuble Vallance en passant par Park Lane.

Il s'arrêta dans la rue derrière l'immeuble, gara le taxi dans une sorte de cul-de-sac, le drapeau baissé, fit rapidement le tour du pâté de maisons et s'immobilisa à quelques mètres de la porte d'entrée. Il éteignit sa cigarette et s'appuya dans l'obscurité.

Il attendit dix minutes, puis une auto parut. Elle dépassa la porte d'entrée, tourna au coin, descendit la rue latérale. Guelvada s'avança rapidement à sa suite, marchant sans bruit. La voiture s'arrêta cinquante mètres plus loin dans la rue et, comme Guelvada arrivait, il la vit qui tournait et descendait la rampe conduisant au garage de l'immeuble Vallance.

Guelvada sourit. Il alluma une cigarette et retourna lentement à l'endroit où il avait laissé son taxi. Il le mit en marche, sortit en marche arrière du cul-de-sac et rentra lentement au garage, près de Jermyn Street. Ces gens étaient très bêtes, se disait-il. Cette vieille idée de poster quelqu'un quelque part afin d'être sur place pour filer quelqu'un d'autre était trop vieux jeu. Pourtant qu'auraient-ils pu faire d'autre ? Il était bien évident qu'*eux* ne pouvaient guère savoir quand Kane se montrerait. Il leur était donc nécessaire d'être sur place afin de voir quand il sortirait et de pouvoir le suivre sur-le-champ.

Ceci expliquait la voiture dans la rue, la voiture que l'on avait mise en marche juste avant que Kane arrivât au rez-de-chaussée, et ceci supposait en outre que celui, quel qu'il fût, qui les avait filés avait su, avant que Kane arrivât au rez-de-chaussée, que celui-ci quittait l'appartement de son amie.

Très « amateur », pensa Guelvada, mais que pouvaient-ils faire d'autre, *eux* ? Ce n'était pas commode de travailler dans de telles conditions, mais, aussi, les Boches n'étaient pas très bons pour l'organisation de dernière minute.

C'était leur point faible. Au cours de la dernière guerre, ils étaient aux portes de Paris, et puis, au dernier moment, ils avaient perdu la tête, avaient décidé de battre en retraite. De même, dans cette guerre, ils avaient été incapables de profiter assez vite de leur succès initial contre les Français. Les Anglais s'étaient échappés à Dunkerque, et puis les Boches avaient gaspillé cinquante-cinq jours avant de tourner leur attention vers l'Angleterre. Tandis que s'ils avaient frappé tout de suite...

Guelvada lâcha le volant pendant un instant et frappa ses mains l'une contre l'autre. C'était le point faible des Boches. Il leur fallait une organisation parfaite, du tout cuit, quoi ! Même dans leur service secret, et dans le fonctionnement de leur cinquième colonne, ils se conformaient à un plan établi. Tant que le plan marchait, tout allait bien, mais, si la moindre chose se détraquait, c'était fini.

Dans le cas présent, ils se croyaient tranquilles. Ou bien, ils se figuraient que Valetta Fallon n'éveillerait pas les soupçons de Kane par son soudain changement d'attitude ou bien ils avaient pensé que, même si celui-ci soupçonnait quelque chose, il n'y attacherait pas trop d'importance, qu'il considérait que c'était là le caprice d'une femme amoureuse. Et, même si Kane soupçonnait que quelque chose était en train, ils devaient croire qu'il ne ferait rien tout de suite, qu'il attendrait probablement pour voir quelle serait la prochaine manifestation de curiosité de Valetta, espérant pouvoir découvrir par les nouvelles questions que celle-ci poserait ce qu'elle essayait de savoir exactement. Si de nouvelles questions n'étaient pas posées, ils supposaient que ses soupçons seraient vite endormis.

De tels gens, pensait Guelvada, n'étaient pas des adversaires dignes de quelqu'un comme Kane. Ils ne le valaient pas. Il y avait quelque chose d'enfantin dans leurs ruses et dans leurs plans. Et ils étaient incapables de savoir se retourner à la dernière minute.

Guelvada s'engagea dans l'allée qui conduisait au garage et actionna son klaxon. A la faible lueur de ses phares, il vit s'ouvrir la porte du garage. Il entra avec son taxi. Searle sortit en boitant du bureau. Cette boiterie était le souvenir de six mois au camp de concentration de Haltz ; et puis, après l'avoir gardé six mois, les sacrés idiots l'avaient relâché — sans même découvrir qui il était et ce qu'il était.

— Hello, Ernie ! dit-il. Tout va bien ?

Guelvada dit que oui et, entrant dans le bureau, il enleva ses manteaux, son écharpe et son vieux chapeau, puis endossa ses propres vêtements.

— Searle, dit-il, soyez gentil de mettre ma voiture en marche. Le moteur est froid et l'exercice est bon pour vous !

Searle sourit et quitta le bureau. Guelvada saisit le téléphone et forma le numéro de Kane, à Queen Anne Street.

— Ecoutez, Michael, dit Guelvada quand il eut celui-ci au bout du fil. Je suis retourné au Vallance et, dix minutes après, une auto est rentrée au garage. Je pense que c'était la même. Le moteur faisait le même bruit.

— Très bien... fit Kane. En tout cas, nous admettons que c'était la même. Cela veut dire qu'ils ont installé quelqu'un dans l'immeuble et que quelqu'un devait guetter mon départ afin d'être en bas avant moi et d'avoir le temps de mettre la voiture en marche. Cela veut dire qu'ils sont dans un appartement assez près de celui de miss Fallon pour m'avoir vu m'en aller et pouvoir arriver avant moi dans la rue.

— C'est aussi ce que je pensais, dit Guelvada...

— Dites à Searle, reprit Kane, de se mettre en rapport avec qui de droit pour que l'on inspecte l'immeuble. Il faut que nous sachions qui sont les locataires. Il faut que nous sachions s'il y en a de nouveaux. Il faut que nous sachions tout ce qui concerne le personnel, qui sont les gens qui le composent et d'où ils viennent. Dites à Searle de demander tout cela à la Section Spéciale et de me faire téléphoner les résultats avant dix heures ce soir.

— Compris, dit Guelvada.

— Vous, continua Kane, retournez à Tyrrell's Wood et faites d'autres réussites. Je vous préviendrai quand j'aurai besoin de vous.

— Très bien, dit Guelvada. A propos, j'ai réfléchi à cette histoire. Je me demande si ce ne serait pas Hildebrand ?

— C'est certainement lui. Ça sent Hildebrand. De plus, je pense qu'il est le seul qui ait pu les faire passer ici. Je vous parie tout ce que vous voudrez que ce groupe arrive d'Irlande. S'il en est ainsi, c'est donc bien Hildebrand. Je viens tout juste d'apprendre qu'il est arrivé là-bas il y a trois semaines.

— Hildebrand est parfois très fort, dit Guelvada, mais pas souvent. Vous vous rappelez l'affaire de Heyst ?

— Oui, dit en riant Kane. C'est peut-être cette fois que nous réglerons ce compte. A bientôt, Ernie.

Guelvada raccrocha et, passant dans le garage, il parla à Searle. Puis, montant dans sa voiture, il dit bonsoir à Searle et sortit du garage en marche arrière.

Il se dirigea lentement dans le black-out vers le pont de Putney. Il pensait à Hildebrand.

Carson, un jeune détective emprunté à la Section Spéciale de Scotland Yard, bâilla, fit passer sa cigarette d'un coin de sa bouche à l'autre et traça ses initiales sur le carreau de la fenêtre avec un index trapu.

Il était installé au premier étage de la maison qui faisait face à l'immeuble Vallance et, de cette position avantageuse, il pouvait surveiller à la fois l'entrée principale et les entrées latérales de l'immeuble.

Carson, qui était encore assez jeune pour être romanesque, se demandait de quoi il pouvait bien s'agir et souhaitait que, lorsqu'on vous donnait une mission à remplir, on vous en dise un peu plus long sur elle. Il fit revenir sa cigarette à sa position initiale. Puis il aperçut Valetta qui sortait par la porte principale.

« C'est elle... », se dit Carson. Il étendit la main, saisit le téléphone et appela un numéro ayant priorité, sans quitter Valetta des yeux.

Une sacrée belle fille, pensait Carson. Quel morceau ! Il se demandait si, un de ces jours, il aurait les moyens de s'offrir une femme comme ça. Carson s'y connaissait un peu en femmes ; il apprécia la façon dont Valetta se mouvait. Une belle fille, et gracieuse, pensait-il. Un régal pour les yeux.

Valetta était sur le trottoir couvert de neige, juste en dehors de la porte. Elle portait un manteau d'astrakan de coupe militaire et une élégante toque de la même fourrure. Une main gantée de chevreau blanc disparaissait dans un petit manchon. Elle avait un petit bouquet de violettes épinglé au haut col de son manteau. Des bottes à la russe soulignaient la grâce de ses pieds.

Une voix brusque à l'autre bout de la ligne demanda brièvement : « Et alors ? »

— Elle vient de sortir par l'entrée principale, dit Carson. Elle est debout au coin, l'air indécis. L'air de ne pas savoir si elle va attendre un taxi ou marcher... Attendez un instant... Elle s'est décidée pour la marche. Elle s'éloigne... direction Hyde Park. Elle traverse et prend le trottoir de gauche...

— Comment est-elle habillée ? demanda la voix.

— Manteau d'astrakan noir et toque assortie, dit Carson. Elle a un bouquet de violettes au col. Elle porte de hautes bottes à la russe et elle a un petit manchon d'astrakan sur une main, et un gant de chevreau blanc sur l'autre. Elle a un sac noir assez grand sous un bras, et si cela peut vous servir à quelque chose, moi, je la trouve épatante...

— Je m'en fous, dit la voix. Vous êtes sûr que vous ne vous trompez pas de femme ?

— A moins qu'elle n'ait un double, c'est la photographie que l'on m'a montrée tout craché, dit Carson. Et, en tout cas, il ne pourrait pas y avoir deux femmes aussi bien fichues que celle-là.

— Très bien, dit la voix. Vous pouvez disposer, Carson.

— Pas la peine de me remercier, murmura Carson en raccrochant.

Une voiture était arrêtée à cinquante mètres de l'immeuble Vallance.

C'était une conduite intérieure Morris 12. Deux policiers en civil y étaient assis et fumaient. Ils écoutèrent attentivement les instructions qui leur parvenaient par la radio :

« Une femme vient de quitter l'immeuble Vallance à Knightsbridge, disait la radio. C'est une brune, taille 1,70 m. Jolie silhouette. Bien faite. Elle porte un manteau d'astrakan noir avec un bouquet de violettes au col, une toque d'astrakan et des bottes à la russe. Elle a un manchon d'astrakan et un sac noir. Elle se dirige vers Hyde Park en marchant sur le trottoir de gauche. Suivez-la et ne la perdez pas de vue. Si elle prend un taxi, suivez-le, soyez prudents. Il se peut que d'autres personnes essaient de la surveiller. Filez-la jusqu'à ce qu'elle entre dans un magasin ou qu'elle prenne une petite rue ; alors arrêtez-la, vérifiez son identité et amenez-la ici. Faites bien attention de ne pas être observés. C'est tout. »

Le conducteur embraya. L'auto se mit lentement en route vers Hyde Park.

Valetta ne savait pas très bien où elle allait, ni ce qu'elle ferait quand elle y arriverait. Elle avait vaguement l'impression qu'elle allait faire quelques courses. Cette impression s'affirma parce que, comme la plupart des femmes, elle croyait que l'opération qui consiste à choisir et à acheter quelque chose pourrait peut-être détourner son esprit d'un sujet auquel elle essayait, plutôt vainement, d'échapper. Ce sujet, c'était Kane.

Le petit univers assez agréable — elle se rendait compte maintenant qu'il avait même été très agréable — dans lequel elle avait vécu pendant les derniers mois s'était écroulé, et cet écroulement était pour elle aussi complet qu'horrible...

Michael était un espion. Michael était un ennemi de sa patrie à elle. C'était quelqu'un qu'il fallait prendre au piège et supprimer, quelqu'un dont les complices devaient être découverts et éliminés. Et elle avait aimé cet homme !

Elle avait essayé de se persuader qu'il n'était pas nécessaire de faire une montagne d'une taupinière, que cela ne servait à rien, que de telles choses étaient déjà arrivées et arriveraient encore, que tout ce qu'elle avait à faire était d'effacer l'image de Kane de son esprit, d'aider autant que possible les autorités et, une fois son devoir accompli, d'oublier un homme qui était capable de dissimuler une épouvantable traîtrise sous l'apparence d'un homme normal et parfois amusant.

Pourquoi cela devait-il lui arriver à elle ? La question persistait en dépit du fait qu'il n'y avait pas de réponse. De telles choses se produisaient, et leur raison d'être signifiait peu de chose à côté des images qui venaient malgré elle à son esprit.

Ils prendraient Michael au piège. Ils le prendraient au piège et ils le jugeraient. Le procès serait secret ; les preuves seraient présentées et ils le condamneraient à mort. Il serait fusillé. C'était un traître. Et elle avait été amoureuse d'un traître — elle l'avait aimé. Un traître ! Un homme qui travaillait pour l'ennemi. Un homme dont les agissements avaient pour résultats que ses propres compatriotes pouvaient être pris au piège et torpillés et des soldats anglais surpris à l'improviste. Tel était l'homme qu'elle avait aimé. Valetta pensait qu'il semblait un peu ridicule que de telles choses pussent vraiment arriver. Qu'elles pussent être vraies. Surtout qu'elles pussent lui arriver à elle. C'était le genre de choses qu'on voyait sans y croire au cinéma. Mais c'était vrai. C'était arrivé — et à elle.

Elle descendit Piccadilly. Les trottoirs étaient couverts de neige. De l'autre côté de la rue, Saint James' Park avait l'air d'une ancienne carte de Noël. En temps normal, cette étendue de neige égale et blanche, où des enfants se jetaient des boules de neige, aurait été amusante à regarder...

Et elle avait vu Michael la veille au soir. Il avait téléphoné et était venu la voir. Il lui avait apporté une boîte de chocolats, soulignant que, dans les jours présents, ceux-ci étaient plus précieux que des diamants. Il avait parlé pendant quelque temps, gaiement, et puis il avait dit, tout à fait soudainement, qu'il avait quelque chose à faire, qu'il devait s'en aller.

Valetta se sentait littéralement engourdie. Non seulement son corps, mais aussi son esprit. Ceci aussi était tout à fait ridicule. Ceci devait cesser. Après tout, une personne logique (elle se rappela Kane et ses plaisanteries amusantes et cyniques sur les gens « logiques ») ne devrait pas éprouver de difficulté à s'adapter à une situation donnée. Les faits étaient des choses qu'il fallait regarder en face. Les solutions de paresse étaient toujours, finalement, les plus difficiles.

Elle sourit amèrement. Même les choses qu'elle pensait étaient les choses qu'il lui avait dites. Non seulement ce traître avait possédé son corps, mais, même maintenant, une partie de son esprit lui appartenait.

Il y avait foule à l'arrêt de l'autobus en face du *Ritz*. La plupart des gens avaient l'air gai. Valetta pensa combien volontiers elle changerait de place avec n'importe lequel d'entre eux — même le plus pauvre. Au moins ils étaient normaux et heureux. Leur mécontentement — s'il existait — concernait seulement de petites choses. Aucune de ces femmes ne pouvait même deviner la misère qui la possédait.

Elle tourna dans Bond Street. Elle fit quelques pas et puis s'arrêta, jetant un regard distrait sur la vitrine d'un chemisier pour hommes. Au bout d'un instant, elle entra dans le magasin et demanda à voir des mouchoirs... Elle faisait cela non parce qu'elle voulait des mouchoirs, mais parce que son esprit avait besoin d'une occupation — peu importait que celle-ci fût frivole — afin de pouvoir échapper au misérable trantran de ses pensées.

Lorsqu'elle sortit du magasin, un homme était debout près de la porte de celui-ci. C'était un homme petit et dodu, vêtu d'un pardessus gris et d'un chapeau melon.

— Excusez-moi, miss Fallon, lui dit-il discrètement, je suis de la police. J'espère que vous pourrez disposer de quelques minutes pour venir à Scotland Yard. C'est plutôt urgent. J'ai une voiture tout près d'ici.

Discrètement, il lui montra sa carte de police.

— Oui, murmura Valetta, si c'est nécessaire. Elle se disait : « Encore d'autres questions au sujet de Michael et de sa trahison... ! » L'inspecteur qui était venu la voir — Arthurs — voulait probablement lui parler. Sans doute avaient-ils découvert d'autres choses sur Michael...

Elle monta dans l'auto qui tourna et, dépassant rapidement le croisement de Piccadilly, s'engagea dans Saint James' Street. Valetta était assise sur la banquette arrière, les mains dans son manchon. Elle se demandait ce qui allait se passer maintenant. Quel nouveau malheur se préparait ?

Fenton était assis devant un bureau dans le coin de la pièce. Il leva la tête quand Valetta fut introduite.

Comme d'habitude, il avait l'air rébarbatif, mais, quand il regarda Valetta, son visage s'éclaira légèrement, et il eut un petit sourire froid. Fenton était en train de penser que les femmes étaient un sacré fléau. Il était en train de penser que Valetta était belle, mais qu'elle avait l'air intelligent, et il se demandait si elle allait se montrer raisonnable.

Pendant un moment, Fenton pensa à sa propre femme. Il lui avait fallu dix ans pour donner à celle-ci ce qu'il considérait être une tournure d'esprit « raisonnable », ce mot signifiant pour lui une façon de penser grâce à laquelle une femme était disposée à accepter tout ce qui arrivait, quel qu'en fût le caractère dramatique ou cruel, comme normal — une façon de penser grâce à laquelle *rien* ne pourrait la surprendre.

Si l'on avait dit à Fenton qu'une telle attitude était absurde, il eût probablement été d'accord. Mais il eût répondu aussi que le métier que lui, Kane, et les autres faisaient était lui aussi absurde, mais que, à moins d'être convenablement contrôlés, les tempéraments féminins ajoutés à un tel métier y pouvaient rendre la vie encore plus absurde — sinon impossible.

Il se leva de sa chaise et fit le tour du bureau. Le policeman qui avait introduit Valetta dans la pièce s'en alla, fermant discrètement la porte derrière lui. Fenton approcha un fauteuil du feu.

— Miss Fallon, dit-il, asseyez-vous et fumez une cigarette. Il lui tendit un étui à cigarettes : Vous avez le choix entre des turques et des Virginie, ajouta-t-il.

Elle choisit une cigarette. Il la lui alluma. Puis il retourna à sa chaise derrière le bureau.

— Je pense, miss Fallon, que vous êtes curieuse au sujet d'un tas de choses. Je regrette peut-être d'être obligé de satisfaire dans une certaine mesure votre curiosité. Je le fais parce que je ne peux pas faire autrement. Je vais m'exprimer aussi clairement que les circonstances le permettent.

» Avant tout, vous vous demandez pourquoi je vous ai fait amener *ici*. Et pourquoi j'ai employé la méthode un peu particulière de vous faire « cueillir » par une voiture de police d'une façon aussi bizarre au lieu de vous téléphoner. Eh bien ! je vous ai fait amener ici, à Scotland Yard, afin que vous puissiez me voir entouré par les attributs de la loi.

Fenton eut son froid sourire.

— Afin que vous puissiez savoir exactement qui sont vos amis et qui sont vos ennemis et les nôtres. J'ai dû employer cette bizarre méthode pour vous faire amener ici parce que je crois plus que possible que la ligne téléphonique de votre appartement soit surveillée. Je voulais aussi vous donner l'opportunité d'apprendre que, lorsque je dis « nous » en parlant de moi-même et de l'organisation pour laquelle je travaille, une organisation qui est d'une grande importance pour la poursuite heureuse de la guerre contre l'ennemi, j'inclus dans ce *nous* notre ami commun, Michael Kane, qui est, j'aimerais que vous le sachiez, l'un des agents les plus courageux, les plus astucieux et désintéressés, travaillant — en général au risque de sa vie — contre l'ennemi...

— Mais..., dit Valetta d'une voix étranglée.

Fenton continua de parler. Il semblait à Valetta que sa voix calme et monotone venait de très loin. Elle se sentit soudain très faible.

— Miss Fallon, disait Fenton, j'ai l'impression très nette que quelqu'un a essayé de vous « avoir »... c'est l'expression consacrée. Hier soir, Kane est allé vous voir. Lorsqu'il a quitté l'immeuble Vallance, on a tenté de le suivre. Il était venu dans le but de découvrir si une telle tentative serait faite. Nous croyons qu'il y a quelque relation entre cette tentative de filature et vous. Je me demande si vous pourriez nous aider ?

Valetta sourit. Une chaude vague de bonheur envahit son corps. Elle se sentait presque folle de joie. Ses yeux s'emplirent de larmes et elle n'en eut pas honte. Elle dit, presque pour elle-même :

— Ainsi, c'est pour cela qu'il ne voulait jamais dire ce qu'il faisait. C'est pour cela que je ne savais jamais ce qu'il faisait. Où il allait, quand il revenait.

— Précisément, dit Fenton. Maintenant, voulez-vous me dire tout ce qui vous est arrivé ces jours derniers, tout ce que vous pouvez considérer bizarre ou étrange.

— Il s'est passé beaucoup de choses, dit Valetta. Je vais vous raconter depuis le début...

Elle lui raconta ce qui s'était passé. Elle lui raconta la visite de l'« inspecteur Arthurs » — l'arrangement avec Lang, le portier, tout. Fenton écoutait attentivement.

— Miss Fallon, dit-il quand elle eut fini, il me semble que vous êtes dans une position très désagréable. Vous en savez un peu, mais pas beaucoup. D'après ce que vous m'avez dit et d'après ce que je vous ai dit, vous devez vous rendre compte que quelque chose est en train, probablement une tentative contre la vie de Kane et de quelques-uns des gens qui collaborent avec lui. Il eut un sourire sarcastique. Il faut que vous sachiez, miss Fallon, qu'il y a beaucoup de gens, à la solde de l'ennemi, qui donneraient énormément pour que Michael Kane soit mort.

— Ainsi, il est aussi important que cela ? demanda Valetta en souriant.

Fenton remarqua le sourire et il en fut content. C'était là, se dit-il, une femme « raisonnable ».

— Oui, dit-il, Kane est important. Il se leva, alla à la fenêtre et resta un moment à regarder au-dehors. Je crois que Kane et une ou deux autres personnes ont été une sérieuse gêne pour les Allemands pendant ces deux dernières années, continua-t-il. Il n'y a pas beaucoup d'hommes qui possèdent l'inflexibilité, le courage et les qualités de Kane. C'est pour cela qu'il a une grande valeur. C'est pourquoi il me déplairait que quelque chose lui arrive.

— Et vous croyez que quelque chose va lui arriver ? demanda Valetta.

Fenton sourit.

— C'est de toute évidence, dit-il. Quelqu'un, en la personne de l'inspecteur Arthurs, est en train d'essayer de faire arriver quelque chose. Et vous devez vous rendre compte également, miss Fallon, que cet homme et les gens qui travaillent avec lui ne sont pas des idiots. La méthode qu'ils ont utilisée avec vous, encore qu'elle ne soit pas très originale, était la meilleure qu'ils pussent utiliser dans les circonstances présentes, placés comme ils le sont.

» Un certain nombre de renseignements concernant les gens résidant et employés dans votre immeuble me sont parvenus ce matin. Il n'y a pas de doute qu'il y ait deux personnes travaillant pour votre ami, le pseudo-inspecteur, dans l'immeuble même. Il est évident que quelqu'un, dont l'appartement se trouve soit au-dessous, soit au-dessus, ou d'un côté ou de l'autre de votre propre appartement, a branché son téléphone sur le vôtre pour vous permettre de croire que vous parliez à Scotland Yard, confirmant ainsi l'autorité et la mission de votre ami l'inspecteur Arthurs. Il y en a qui travaillent au-dehors. La question, maintenant, est de savoir si vous êtes disposée à nous aider.

— Je ferai tout ce que je pourrai, dit Valetta. Quel que soit le danger, peu importe. J'aimerais même que ce soit dangereux. Je veux me punir d'avoir pu penser un seul instant que Michael pouvait être un traître.

— Je suis heureux que vous pensiez ainsi, dit Fenton. Je vais avoir beaucoup à vous demander. Voyez-vous, maintenant que nous savons en gros quelle est la situation, nous pouvons prendre des mesures en conséquence. Maintenant que Kane sait ce qu'il a devant lui, je crois qu'il s'arrangera à trouver une solution lui-même. Il sourit. Je l'espère. En conséquence, j'aimerais que vous fassiez ce que lui — ou tout agent à lui — pourrait vous demander de faire.

Il prit un carnet dans sa poche, l'ouvrit et en retira une photographie. Il la lui tendit. Elle la prit et la regarda.

— Cette photo, dit-il, est celle d'un monsieur dont vous allez faire la connaissance. Son nom est Ernest Guelvada. Il travaille en étroite collaboration avec M. Kane. Je crois probable qu'il vous rende visite sous peu. En attendant, conduisez-vous d'une façon tout à fait normale. Faites les choses que vous feriez d'ordinaire, mais ne vous servez pas de votre téléphone. Et merci pour votre obligeance.

Valetta se leva.

— C'est moi qui vous remercie, dit-elle. J'étais tellement désespérée. Maintenant, je suis si heureuse que plus rien n'a d'importance.

— Je suis content que vous soyez heureuse, dit Fenton. Ça n'arrive pas si souvent, de nos jours. Il lui tendit la main. Au revoir, Miss Fallon, et merci pour ce que vous avez fait.

» On va vous faire sortir d'ici par la porte du quai, continua-t-il. Il y aura un taxi pour vous attendre. Je ne suppose pas que quelqu'un vous ait vue entrer ici, mais il vaut mieux sortir par une porte différente. Au revoir et bonne chance.

Quand elle fut partie, Fenton retourna à son bureau. Il prit dans sa poche une pipe et une vieille blague à tabac. Il se mit à bourrer la pipe. Les femmes, pensait-il, étaient un sacré fléau…

8

Valetta, assise sur le tabouret de soie rembourrée, les mains croisées sur ses genoux, se regardait dans le miroir de sa coiffeuse. Elle n'était pas mécontente de l'image que lui offrait celui-ci. Elle excusa ce petit accès de vanité en se disant que ce n'était pas pour elle-même qu'elle était contente de ne pas être laide ou mal faite, ou sans grâce.

Elle se demandait si Kane viendrait. S'il essaierait de lui donner signe de vie. Sans doute, pensait-elle, ce M. Fenton, qui avait l'air si las, devait l'avoir vu et lui avoir parlé de l'entrevue du matin. Elle avait envie de voir Kane, pour lui demander pardon de ses doutes — même si ceux-ci avaient été le résultat du plan soigneusement étudié dans lequel elle n'avait été qu'un pion, et Kane, la proie éventuelle.

Elle se rappela ce qu'avait dit Fenton. Il y avait beaucoup de gens à la solde de l'ennemi qui donneraient énormément pour supprimer Michael Kane. Il les gênait considérablement. Sa tête était mise à prix. La tête de cet homme calme, souvent fantasque, qui éprouvait une telle joie à être avec elle, de ce personnage bizarre et dur qui trouvait du bonheur auprès d'elle et un peu d'oubli.

Et il devait y avoir beaucoup de choses qu'il désirait oublier. La plupart du temps, se dit Valetta, ses nerfs devaient être tendus au diapason des situations dans lesquelles lui et ses collaborateurs risquaient leur vie. Quand il lui avait déclaré qu'elle avait de l'importance pour lui, c'était cela qu'il avait voulu dire. Elle était importante pour lui. Elle était son seul lien avec la paix et le contentement.

Sur la cheminée, la pendule d'ivoire sonna neuf heures. Elle se sourit à elle-même en se rappelant que ce soir, pour la première fois, elle ne jouait pas. Mais, ce soir, le théâtre ne lui manquait pas.

Elle avait voulu en rester éloignée pour penser, pour essayer de penser à un mode d'existence. Un nouveau mode d'existence qui, pour le meilleur et pour le pire, plairait à Kane.

Elle avait envoyé en temps voulu un mot au théâtre, se rappelant que Fenton lui avait recommandé de ne pas se servir du téléphone... et maintenant, en ce moment même, sa doublure, enchantée de la chance qui lui était donnée, devait être en scène. Elle s'était dit que, ce soir, Kane aurait peut-être envie de lui parler. En tout cas, l'excuse était assez bonne pour elle, et elle voulait profiter de l'occasion pour penser et faire des projets, même s'il y avait peu de choses à quoi penser et si faire des projets était impossible.

Il y eut un cliquetis soudain. Elle tourna la tête. Derrière elle, la fenêtre donnant sur le balcon venait de s'ouvrir légèrement. Une main apparut. La fenêtre continua de s'ouvrir. Valetta s'appuya contre la coiffeuse, le cœur battant. Puis elle se mit à sourire.

Le visage joyeux de Guelvada apparaissait dans l'entrebâillement de la fenêtre, suivi bientôt par le reste de son corps. Il se glissa dans la pièce, ferma vivement la fenêtre derrière lui, remettant en place les rideaux de velours de défense passive.

— Miss Fallon, dit-il, je suis désolé d'être forcé d'avoir recours à des moyens aussi peu protocolaires pour m'introduire chez vous. N'ayez pas peur, je vous prie. Je m'appelle Guelvada.

Elle se leva.

— Monsieur Guelvada, dit-elle, je n'ai pas peur. Et je suis très heureuse de faire votre connaissance. Si vous voulez venir dans le salon, je vous donnerai à boire. Vous pouvez poser votre imperméable dans l'antichambre.

Elle le précéda dans le salon. Au bout d'un moment, Guelvada parut. Il s'était dépouillé de son vieil imperméable et de son non moins vieux chapeau. Le costume qu'il portait était élégant, comme toujours, et son air d'amabilité souriante était celui d'un vieil ami.

— Miss Fallon, dit-il, considérez la difficulté de ma situation. Il fallait que je vous parle et je devais le faire sans vous téléphoner et sans passer par la porte d'entrée en bas, de crainte que mon ami le portier — qui n'est pas vraiment un ami — me reconnaisse. Il n'y avait rien d'autre à faire. Je suis venu par le toit de l'immeuble voisin et par le balcon. Et me voici — j'ai de la chance — entièrement et absolument à votre service.

Valetta lui sourit. M. Guelvada avait quelque chose de très plaisant, pensait-elle, quelque chose de très heureux et de très communicatif. Et c'était un ami de Michael : donc ce devait être un ami à elle.

— Je peux vous offrir un cocktail, dit-elle, ou un whisky-soda. Que préférez-vous ? Et asseyez-vous donc près du feu.

— Si vous le permettez, dit Guelvada, je choisirai le whisky-soda.

— Pourquoi êtes-vous venu ? demanda-t-elle en riant. Je vous trouve plutôt délicieux, monsieur Guelvada. Vous pénétrez dans mon appartement par la fenêtre de ma chambre après avoir escaladé tous les toits du voisinage, comme si c'était la chose la plus ordinaire du monde et comme si vous l'aviez fait simplement dans le but de me dire que vous avez de la chance. Ou y avait-il autre chose ?

— Oh ! oui, dit Guelvada. Il y avait autre chose, mais cela attendra.

Valetta déposa sur le guéridon, à côté de lui, le whisky-soda et une boîte de cigarettes. Elle en prit elle-même une que Guelvada alluma en même temps que la sienne. Il la regarda vivement, avec un sourire, comme elle s'asseyait en face de lui.

— Avant tout, commença-t-il, je voudrais vous dire pourquoi je pense que j'ai de la chance. Il faut que vous sachiez que, toute ma vie, j'ai été un admirateur de la beauté féminine. Depuis les temps les plus reculés, la vue d'une jolie femme m'a enchanté. Eh bien !... il faut regarder les choses en face, et, quand j'ai appris de la bouche de Michael que vous étiez une amie à lui — une amie importante —, j'ai été grandement inquiet. Vous allez vouloir savoir pourquoi j'étais inquiet. Je vais donc satisfaire sur-le-champ votre curiosité.

Guelvada but une gorgée de whisky-soda et replaça le verre sur le guéridon, sans cesser de regarder Valetta avec le même charmant sourire.

— Il faut que vous sachiez, continua-t-il, que Michael est un ami très cher pour moi. Lui et moi avons été dans toutes sortes de choses ensemble.

Nous nous entendons très bien. Vous imaginez donc quelle a été ma curiosité quand il m'a parlé de cette femme mystérieuse qui avait beaucoup d'importance pour lui et qui s'employait si activement à créer des problèmes urgents et avec lesquels il fallait compter. Je me demandais comme elle allait être. J'*espérais* qu'elle serait belle. Et, maintenant, je la vois, et je découvre qu'elle est absolument ravissante.

— Monsieur Guelvada, dit Valetta, vous êtes un habile flatteur. A vous entendre, on croirait presque que vous dites la vérité.

— Mais c'est la vérité, repartit Guelvada. Vous savez, toute la vie durant on a un idéal dans la tête. L'image de la femme parfaite. Cette image s'est souvent présentée à mon esprit. Celle d'une femme aux formes exquises, vêtue, comme vous l'êtes, d'une robe d'intérieur de velours noir toute simple, chaussée de petites mules garnies de boucles de diamants, une femme à la voix délicieusement basse et douce — comme une flûte rauque — semblable à celle dont on parle dans les livres, mais que l'on ne rencontre jamais. Et voici que cette image est devant moi, vivante ! Je suis éperdu de joie. Moi, Guelvada, je suis heureux !

Il acheva son verre avec satisfaction.

— Je crois, monsieur Guelvada, dit en riant Valetta, que vous êtes quelqu'un de très habile. Pourquoi voulez-vous me mettre dans une aussi agréable disposition d'esprit ? Cela fait-il partie de quelque sombre machination ? Ou bien est-ce pour me préparer à quelque chose de sérieux ?

Guelvada haussa les épaules.

— Ne croyez pas, dit-il, que la vie soit vraiment jamais sérieuse. Parfois elle est un peu dramatique. Parfois simplement assommante. Mais rarement sérieuse.

— Ces derniers jours, elle a été sérieuse pour moi... dramatique, et sérieuse, et horrible... Elle frissonna à cette pensée.

Guelvada haussa les épaules.

— Ce n'était qu'un seul acte de la comédie, dit-il. Maintenant, nous pouvons passer aux deuxième et troisième actes. Il se pencha en avant. Vous avez un rôle — un rôle des plus importants — à jouer au deuxième acte. Important parce que, si vous le jouez bien, je ne doute pas que Michael ne puisse terminer le troisième — et peut-être le dernier acte avec succès et célérité.

— Monsieur Guelvada, dit Valetta, je jouerai de mon mieux n'importe quel rôle.

— Très bien, fit-il. Je vous assure que Michael est un très bon metteur en scène. Vous ne pourriez en avoir de meilleur.

Il éteignit sa cigarette, en alluma une autre.

— Maintenant, continua-t-il, il est bon que vous soyez mise au courant de ce qui s'est passé, nous le croyons, et de ce que nous avons l'intention de voir se passer. Comme ce que je vais vous dire est important, vous voudrez bien écouter avec beaucoup d'attention, car il est nécessaire qu'il n'y ait pas d'erreur commise.

— Je vous écoute, dit Valetta.

Guelvada tira sur sa cigarette.

— J'ai parlé avec Michael, commença-t-il, et M. Fenton, que vous avez vu ce matin, a aussi parlé avec lui, et ainsi il semble que la position soit la suivante : les Boches ont été malins, aussi malins qu'ils pouvaient l'être, mais pas assez. Voici comment ils voulaient jouer leur partie :

» Considérez la situation : Standen arrive à Londres. Il réussit à faire votre connaissance. Il cherche à vous connaître parce qu'on lui a dit que vous étiez une amie intime de Michael. Il s'efforce d'être séduisant, et je n'ai pas de doute qu'il l'ait été. Je l'imagine sous les traits d'un homme agréable et charmant. On doit l'avoir choisi pour ces qualités. Très bien. Quand il s'est assuré votre intérêt, il vous parle de mariage. Il sait parfaitement bien que vous refuserez, mais le fait de vous avoir demandé de l'épouser lui donne le droit de vous demander la raison de votre refus. Il espère que vous parlerez de Michael. Tout naturellement, c'est ce que vous faites. Vous lui dites aussi que vous ne savez rien de Michael, et c'est ce qu'il veut que vous lui disiez ; mais, avant de vous quitter, il laisse entendre qu'il pourrait être bon pour vous qu'il sache quelque chose sur le mystérieux M. Kane.

» De la sorte, le terrain est préparé — bien préparé. Et vous n'êtes pas surprise quand le deuxième acteur entre en scène — le pseudo-inspecteur Arthurs. Celui-ci vous apprend que Michael est un espion. Vous êtes prête à le croire, parce qu'il peut vous dire que c'est Standen qui lui a mis la puce à l'oreille, parce qu'il vous donne des preuves de sa qualité d'inspecteur et parce qu'il vous fait téléphoner à Scotland Yard afin que ces preuves soient confirmées.

Guelvada tira de nouveau sur sa cigarette.

— Tout ceci était très bien tant que nos soupçons n'étaient pas éveillés, reprit-il, mais, du moment où ils le furent, ce ne l'était plus, parce que cela nous montrait qu'il y avait quelqu'un d'autre dans cet immeuble — quelqu'un qui avait pu débrancher votre fil téléphonique, quelqu'un qui s'était fait passer pour votre interlocuteur de Scotland Yard.

» Hier soir, on a essayé de suivre Michael. Il est venu vous voir pour leur donner l'occasion de le faire. Leur tentative a échoué. Donc ils essaieront de nouveau. Mais, la prochaine fois, il faut que nous nous arrangions pour que leur tentative de filature soit faite de telle façon qu'elle tourne à notre avantage.

— Je comprends, dit Valetta. Mais comment allons-nous pouvoir arriver à cela ?

— Voici comment nous allons procéder, reprit Guelvada. D'abord, le portier Lang est Allemand. Il travaille en liaison avec quelqu'un d'autre qui habite cet immeuble — un nommé Thomson, qui occupe l'appartement n° 17, à gauche du vôtre. Il est certain que votre ligne téléphonique est surveillée, de sorte que le seul usage que nous en puissions faire est pour leur mettre des idées dans la tête. Ensuite, ces deux types qui sont dans la place doivent certainement avoir des complices à l'extérieur. Ceux-ci sont probablement le pseudo-inspecteur Arthurs et Standen, mais il est raisonnable de supposer qu'Arthurs, ayant déjà paru sous l'aspect d'un policier, ne se montrera plus avant que la fin de cette petite comédie soit en vue.

» Ainsi, continua Guelvada avec un aimable sourire, nous proposons-nous de la terminer rapidement — de baisser rapidement le rideau, dans l'espoir que, quand il sera tombé, ces messieurs puissent faire leur dernier salut à l'assistance.

Il éteignit soigneusement sa cigarette.

— Maintenant, miss Fallon, dit-il, écoutez avec attention... Demain, il ne faut pas que vous alliez au théâtre. Il faut que vous soyez souffrante. Au début de la soirée, Michael vous téléphonera ici. Il vous demandera s'il peut venir vous voir. Vous répondrez que oui.

» Alors il vous dira que, plus tard dans la soirée, il a un rendez-vous important avec son patron. Il vous demandera la permission de laisser chez vous, pendant son absence, une serviette contenant des documents importants. Vous direz que oui. Il soulignera pour vous l'importance de ces documents, et vous, à votre tour, soulignerez pour lui le fait qu'ils seront tout à fait en sécurité chez vous.

» Immédiatement après qu'il aura raccroché, vous appellerez Lang par le téléphone intérieur et, comme vous l'avez arrangé avec votre ami l'inspecteur Arthurs, vous l'avertirez que Kane vient à sept heures trente. Vous lui rapporterez également que Kane a dit qu'il laisserait chez vous des documents importants. Ceci, je crois, va ravir notre ami Lang.

» Bon. Là-dessus, Michael arrivera porteur d'une serviette fermée à clé. Il restera quelque temps avec vous et s'en ira juste avant huit heures. Notre ami qui l'a suivi la dernière fois va le suivre de nouveau. Mais, cette fois-ci, avec succès. Michael prendra bien soin d'être convenablement filé et que sa destination soit connue.

Guelvada sourit cyniquement.

— Maintenant, c'est ici que vous faites votre entrée... Examinons la situation. Michael est parti. Thomson l'a suivi, et vous restez seule dans votre appartement avec la serviette contenant des documents qu'ils auront tout lieu de croire importants. Quelle est, de toute évidence, la chose à faire pour eux ? Sans aucun doute, Lang le portier entrera en contact avec votre ami l'inspecteur Arthurs. Celui-ci viendra chez vous, dans le but de vous prendre les documents. Il est aussi bien évident qu'avant de venir chez vous il communiquera avec le quatrième membre du groupe — Standen — pour lui dire ce qu'il se propose de faire. S'ils considèrent les document comme suffisamment importants, ils déguerpiront sur-le-champ. Ou, du moins, espéreront-ils le faire...

— Je comprends, déclara-t-elle. Il semble que mon rôle ne soit pas très difficile.

— Néanmoins, dit Guelvada avec un sourire, vous devez savoir, étant actrice, que les petits rôles sont souvent très importants. Aussi, avec votre permission, allons-nous faire une répétition. D'abord, votre conversation téléphonique avec Michael et, ensuite, la scène qui aura lieu, nous l'espérons, quand notre ami « l'inspecteur Arthurs » viendra vous rendre une visite impromptue pour s'emparer des documents. Voulez-vous que nous fassions cela ?

— Je vous en prie, dit Valetta ; j'aimerais savoir mon rôle sur le bout du doigt.

La répétition commença.

9

Lang, le portier, était assis dans sa loge, à droite de la porte d'entrée. Il était en train de lire l'*Evening News*. La situation en Libye l'intéressait.

Lang, dont le vrai nom était Adolf Hierchel, était bavarois et, depuis huit ans, il n'avait pas quitté l'Angleterre. C'était un spécialiste des accents, qui pouvait parler à volonté l'anglais avec l'accent écossais, irlandais, gallois ou cockney. Il avait été envoyé en Angleterre dès les débuts du Nazisme par Herr Docteur Goebbels qui — déjà à ce moment-là — se rendait compte de l'importance de la propagande pour l'avenir de la lutte nazie en Allemagne. Plus tard, il avait été affecté à l'une des Sections Spéciales du Service de Renseignements ; Lang avait opéré dans toute l'Angleterre, en Irlande, en Ecosse. C'était un agent de premier ordre, décidé et intelligent. Au cours des deux dernières années, il avait travaillé sous les ordres de Hildebrand.

Le téléphone sonna ; Lang saisit le récepteur et répondit. Kane était à l'autre bout du fil.

— Allô ! disait Kane. Est-ce l'immeuble Vallance ? Voulez-vous me passer miss Fallon, je vous prie. J'ai vainement essayé de l'appeler sur sa propre ligne.

— Ne quittez pas, monsieur, je vous la passe, dit Lang. La ligne de miss Fallon est en dérangement depuis un ou deux jours...

Il transmit la communication, mais sans déconnecter sa propre ligne, et écouta avec attention.

— Allô ! Valetta, dit Kane quand celle-ci eut répondu. Je n'ai pas pu te téléphoner plus tôt. J'ai été très pris. Comment vas-tu ?

— Très bien, dit Valetta. Elle savait parfaitement son rôle. Ses intonations, après une dizaine de « répétitions » avec Ernie Guelvada, étaient aisées et sûres. Quand est-ce que je te vois, Michael ?

— Tu as envie de me voir ? demanda Kane.

— Bien sûr, répondit Valetta. Tu le sais bien. Peux-tu t'arranger ?

— Eh bien !... Oui... dit Kane avec hésitation. Il se tut un moment. Le fait est, reprit-il, que j'ai une pleine serviette de papiers des plus importants, que je désire garer quelque part. Ces papiers sont tellement importants que je n'aime pas promener cette serviette dans le black-out. Vois-tu, j'ai un rendez-vous urgent qui me prendra environ une heure. J'aimerais venir tout droit chez toi maintenant et te laisser la serviette — je sais que chez toi elle sera en sécurité — et puis aller à mon rendez-vous. Ensuite, je pourrais revenir. Cela te va-t-il ?

— Très bien, dit Valetta. Mais quel dommage que tu aies ce rendez-vous. Il fait un temps tellement effroyable — froid et neigeux. Est-ce qu'il ne te serait pas possible de te dégager ?

— Non. Impossible ! Vois-tu, j'ai rendez-vous avec mon patron. Et il ne plaisante pas. Il faut que j'y aille. Mais je n'en aurai pas pour plus d'une heure et je reviendrai tout de suite après.

— Très bien, dit gaiement Valetta. Alors, dépêche-toi de venir ici ; laisses-y tes papiers ou ce que tu voudras, fais ce que tu as à faire et reviens vivement ensuite.

— Entendu, je suis chez toi dans dix minutes, dit Kane.

Lang attendit que tous deux eussent raccroché ; puis il brancha sa ligne sur l'appartement de Nielek. Ce dernier répondit rapidement.

— Il sera ici dans dix minutes, dit Lang. Il va laisser des papiers chez elle, et puis il ira voir quelqu'un qu'il appelle son « patron ». Vous feriez bien de le suivre. Je m'occuperai du reste.

— Bien, dit Nielek. Je vais sortir la voiture du garage et la ranger de l'autre côté de la rue. Cette fois-ci, je ne veux pas le perdre.

— C'est ça. Mais ne vous éloignez pas trop. Il fait nuit dehors, et il ne pourra pas voir votre voiture. S'il la voyait, du reste, ce serait sans importance : il est tout à fait normal que quelqu'un laisse sa voiture devant l'immeuble.

Nielek raccrocha. Lang en fit autant. Une minute plus tard, la sonnerie du téléphone intérieur retentissait. Lang décrocha. C'était Valetta.

— Allô ! c'est vous, Lang ? Oui. Eh bien ! Lang, M. Kane vient de me téléphoner. Il sera ici dans dix minutes. Il doit déposer des papiers chez moi et aller à un rendez-vous qui lui prendra environ une heure. Ensuite, il revient ici. J'ai pensé que l'inspecteur Arthurs aimerait être informé de cela.

— Merci, miss. Je vais téléphoner à M. Arthurs pour le prévenir.

Lang raccrocha avec un léger sourire. Hiltsch, se disait-il, avait vraiment magnifiquement joué son rôle. Elle était tombée dans le panneau et faisait de son mieux pour les aider.

Il appela un numéro de Primrose. Hiltsch répondit.

— Allô ! dit rapidement Lang, ici Lang. Kane sera là dans quelques minutes. Il va laisser des papiers chez la petite. Des papiers importants. Ensuite, il s'en va pour une heure.

— Ceci est-il absolument sûr ? demanda Hiltsch.

— Oui. J'ai écouté la conversation entre Kane et la petite. Ensuite, celle-ci m'a appelé pour me mettre au courant. Elle pensait que cela pourrait intéresser M. Arthurs.

— Très bien, dit Hiltsch. Je viens. Je vais laisser vingt minutes à Kane pour arriver et partir. Je la verrai et je m'emparerai de ces papiers. Standen sera à proximité de l'immeuble. Il faut que nous en finissions avec cette affaire et que nous déguerpissions. Elle a déjà trop duré.

— Entendu, dit Lang. Je vous parlerai lorsque vous viendrez.

Il raccrocha. Il quitta la loge, fit quelques pas dans le corridor et se posta dans l'ombre. Quelques minutes plus tard, Kane arrivait, porteur d'une grosse serviette. Il alla droit à l'ascenseur et monta. Deux minutes plus tard, Nielek descendait par l'escalier de service.

— Hiltsch vient chercher les papiers, lui dit Lang quand il passa devant lui. Standen sera là. Nous allons en finir ce soir et déguerpir.

— Cela me va très bien, dit Nielek.

Lang trouva que le jeune homme était plutôt pâle et qu'il avait les traits tirés. Il sourit cyniquement. Peut-être la tension commençait-elle à se faire sentir, pensa-t-il. Ces jeunes Nazis supérieurement dressés étaient tous très bien tant qu'ils travaillaient en Allemagne, mais quand il s'agissait de missions comme celle-ci, ils lâchaient trop facilement. Pourquoi diable n'employait-on pas davantage de vieux routiers comme lui-même, des gens aux nerfs solides ?

Il s'avança vers la porte de service. Une voiture était rangée devant celle-ci. Sans doute la voiture de Kane, se dit-il. De l'autre côté de la rue, dans l'obscurité, il pouvait tout juste discerner un feu arrière. Ce devait être celui de l'auto de Nielek.

Lang revint à sa place dans le corridor. Une bonne chose d'en finir. En tout cas, lui en avait assez. Huit ans loin du *Vaterland,* c'était long !

Il entendit l'ascenseur qui descendait. Kane passa à l'extrémité du corridor et sortit par la porte principale. Lang revint dans la loge. Il écarta légèrement le rideau de défense passive et jeta un coup d'œil dehors. Il vit le feu arrière de Kane tourner le coin et la voiture de Nielek s'élancer à sa suite. « Beau travail », pensa Lang. Belle organisation. Ces Anglais étaient vraiment de sacrés idiots. Ils étaient devenus mous, faciles, négligents. On pouvait faire ce que l'on voulait dans leur maudit pays !

Lang remit en place le rideau de défense passive, s'assit et alluma une cigarette. Il l'avait fumée à moitié seulement quand Hiltsch arriva.

— Appelez-la, ordonna sur-le-champ ce dernier, et dites-lui que l'inspecteur Arthurs est là. Je vais monter voir ces papiers. S'ils sont importants, nous déguerpissons ce soir. Standen est dans la voiture, au coin de la première rue à gauche. Quand je serai là-haut, je jetterai un rapide coup d'œil sur les papiers. S'ils sont ce que nous souhaitons, j'attendrai le retour de Kane pour lui régler son compte. Aussitôt que je serai là-haut, allez rejoindre Standen. Dites-lui que tout va bien. Il voudra sans doute mettre un mot à la poste. Puis attendez le retour de Nielek. Quand Kane reviendra, je serai là pour le recevoir. Ainsi, empêchez Nielek de monter, emmenez-le à la voiture, et attendez-moi tous.

— Et la petite ? demanda Lang.

— Je vais les supprimer tous les deux, dit Hiltsch. Elle ne ferait que pousser des hurlements. Vous avez compris ce que vous avez à faire ?

— Parfaitement, dit Lang. Il saisit le téléphone intérieur.

— Miss Fallon, dit-il au bout d'un instant, l'inspecteur Arthurs est ici. Puis-je le faire monter ?... Très bien, miss.

Il raccrocha et regarda Hiltsch.

— Elle vous attend.

Hiltsch se dirigea vers l'ascenseur.

Lang ferma la loge à clé. Il prit le couloir de droite, alla jusqu'au bout de celui-ci, puis se mit à descendre l'escalier qui conduisait au sous-sol où se trouvait sa chambre. Il se disait qu'il serait content d'en avoir fini avec ce métier de portier. C'était assommant, et les heures étaient longues. Il s'était beaucoup plus amusé quand il était l'« extra » Veteria.

Il longea le corridor du sous-sol, ouvrit la porte de sa chambre, entra et alluma la lumière.

Ernie Guelvada était assis dans le coin de la pièce, fumant une cigarette. Il avait la main droite dans la poche.

— Haut les mains, commanda-t-il brièvement en allemand, et ne bougez pas ! Comme ça, vous vivrez une ou deux semaines de plus...

Lang réfléchit rapidement. Bon Dieu ! Ainsi, ils n'étaient pas tellement idiots... Il commença à lever les mains. D'une façon quelconque, pensait-il, il fallait essayer d'avertir les autres. Et pour cela, oui, il fallait forcer ce sacré type à tirer. Il y avait juste une chance — une toute petite chance — qu'Hiltsch pût entendre le coup de feu. L'immeuble était calme. Oui, il y avait une toute petite chance qu'il pût l'entendre.

Il baissa vivement les mains. Guelvada fit feu à travers sa poche. Il n'y eut aucun bruit. La balle atteignit Lang un peu au-dessous de la taille. Il tomba contre le mur. Guelvada se leva et s'approcha de lui. Il regardait le blessé en souriant aimablement.

— Je suppose, dit-il, que vous pensiez que je ferais du bruit et que vos amis l'entendraient. Vous êtes vraiment des gens stupides. Il retira la main de sa poche et Lang put voir le silencieux qui était adapté au canon.

Il essayait de se lever. Il tentait de parler.

— *Heil... Heil...* balbutia-t-il.

— Exactement, dit Guelvada. *Heil Hitler !* Permettez-moi de le dire pour vous.

Il plaça deux autres balles dans Lang, le regarda pendant un moment, éteignit la lumière, ferma la porte à clé et monta l'escalier en fredonnant doucement.

Hiltsch était assis devant le guéridon dans le salon de Valetta. Il avait ouvert la serviette avec un passe-partout et en examinait le contenu. L'expression de son visage était presque d'indifférence, mais il avait le cœur battant. Il l'admit pour lui-même : son cœur — ce cœur que plus rien n'émouvait, blasé par trop d'aventures — son cœur battait. Bon Dieu ! se disait Hiltsch, quel butin ! Dans ces papiers, il y avait pratiquement tout ce que pouvait désirer Hildebrand. Pratiquement tout... Il remit les documents dans la serviette, ferma celle-ci à clé.

— Monsieur Arthurs, demanda Valetta, est-ce ce que vous pensiez ? Ces documents... ?

— Sont la preuve absolue de la trahison de Kane, Miss Fallon. Je vais l'attendre et l'arrêter quand il reviendra ici.

Il se leva et resta debout au centre de la pièce, regardant Valetta. Une rudement belle fille, pensait Hiltsch. Plutôt dommage d'avoir à la supprimer, elle aussi... mais le devoir était le devoir. En tout cas, il la supprimerait rapidement.

— Mon Dieu ! dit Valetta. C'est terrible !

Elle était livide et se tordait les mains d'angoisse. Valetta « mise en scène » par Ernie Guelvada donnait une excellente représentation.

Hiltsch s'assit de façon à faire face à la porte.

— Miss Fallon, dit-il, je regrette beaucoup que vous ayez eu de l'affection pour Kane. Ce qui arrive est quelque chose de terrible pour une femme. Je ne peux rien imaginer de pire. Il va falloir que vous tâchiez d'oublier cet homme. C'est un vilain monsieur. Un sale monsieur. Un homme qui vend ainsi son pays...

Il glissa discrètement sa main droite dans la poche de son pardessus. Ses doigts se fermèrent sur la crosse de l'automatique. Maintenant, se disait-il, Lang devait être parti. Il devait être avec Standen dans la voiture dont le moteur était déjà en marche. Quand Kane reviendrait, il monterait directement. Nielek rejoindrait les deux autres. Puis Kane frapperait à la porte de l'appartement. Valetta lui ouvrirait, et ils entreraient ensemble dans la pièce.

Le reste ne prendrait pas plus de dix secondes. Personne n'entendrait rien. Une minute plus tard, lui, Hiltsch serait parti. Et demain, selon l'horaire parfaitement combiné de Standen, ils seraient en France occupée...

— Vous savez, miss Fallon... commença Hiltsch.

Il se tut brusquement. La porte venait de s'ouvrir et Kane était dans la pièce. L'automatique que celui-ci tenait à la main cracha avec un bruit qui ressemblait à celui d'une bouteille de champagne que l'on débouche.

Hiltsch regarda son bras droit. L'os était brisé. Il pouvait sentir le sang couler dans la poche.

— Valetta, ordonna calmement Kane, va dans ta chambre.

— Oui, Michael, dit celle-ci, et elle s'en alla rapidement.

— Alors ? demanda Kane en allemand, maintenant ou plus tard ?

Hiltsch se mit à jurer. En dépit de la douleur, il essaya de mettre sa main gauche dans sa poche droite. Kane le regardait.

— Ne faites donc pas l'idiot, dit-il calmement. Vous n'y arriverez pas. Vous feriez mieux d'en prendre votre parti.

Hiltsch jurait toujours. « Bon Dieu ! pensait-il, j'y arriverai. Je suis Hiltsch... ancien commandant de la 24e *Standarte* des S.A. de Brême. J'y arriverai ! Il y a encore une chance... »

D'un effort surhumain, il introduisit sa main gauche dans la poche. Ses doigts repoussèrent son avant-bras inerte, et il réussit à saisir le pistolet. Le visage tordu par la douleur, il tira le pistolet de sa poche... *Sieg Heil !*

Kane haussa les épaules et fit de nouveau feu.

Hiltsch s'écroula sur le tapis. Son corps eut une dernière convulsion, puis demeura immobile.

La porte s'ouvrit derrière Kane. Guelvada entra. Il regarda Hiltsch.

— Les autres ? demanda Kane.

— Ils étaient deux, dit Guelvada. Celui qui vous a suivi et un autre. Ils attendaient dans une voiture de l'autre côté de la rue. Je crois que l'un d'eux est le capitaine de *commando*. L'autre, un de ces jeunes Nazis impitoyables, est en train de pleurnicher. Je pense que Searle a dû lui dire que nous étions assez vieux jeu en Angleterre pour fusiller les espions. Peut-être qu'il ne s'en doutait pas. On aurait vraiment dû le lui dire, conclut-il avec un soupir.

— Et Lang ? demanda Kane.

Guelvada haussa les épaules.

— Il a essayé de faire le Jacques, dit-il. Il est en bas, dans sa chambre.

— Descendez dans la loge et appelez Fenton, commanda Kane. Demandez-lui d'envoyer un fourgon mortuaire et de faire débarrasser les lieux en vitesse, avant que les locataires soient ameutés. Dites à Searle et à Minneys d'emmener les deux autres à Cannon Row. Demandez aussi à Fenton de déposer tout de suite une plainte en règle.

— Très bien, dit Guelvada. Ah ! à propos, Michael, notre ami le capitaine avait une lettre dans sa poche. Ecrite en anglais — d'apparence tout à fait inoffensive — adressée à un monsieur, en Irlande. Je l'ai prise pour vous. Je me demande...

— Hildebrand, fit Kane.

— C'est ce que je me disais aussi, sourit Guelvada. Ils pensaient réussir leur coup. Ils avaient probablement combiné de s'en aller par mer. On serait venu les chercher en un point quelconque de la côte. Le temps est brumeux à souhait. Probablement, ils espéraient passer en France. Dans ce cas, ils ne pouvaient manquer de prévenir auparavant Hildebrand. En lui écrivant une lettre ordinaire contenant une phrase convenue, une lettre qui aurait aisément reçu le visa de la censure. On ne sait jamais.

Il tendit l'enveloppe à Kane, qui la prit et la mit dans sa poche.

— Ernie, dit-il, débinez-vous.

Guelvada s'en alla.

Kane enjamba le cadavre de Hiltsch et se dirigea vers la chambre à coucher. Il ouvrit la porte. Valetta était assise sur le lit.

— Oh ! Michael... Oh ! Michael, cria-t-elle d'une drôle de voix.

Kane lui sourit.

— Ne t'en fais pas, dit-il. Tout va bien. Il ne faut pas se frapper, chérie...

Il la saisit dans ses bras au moment où elle s'évanouissait.

Dernier acte

La maison était solitaire. Elle était située dans la boucle d'une petite rivière. Une allée prenant sur la route menait à travers le verger et la pelouse à la porte d'entrée. Un filet de fumée sortait de la cheminée de briques. Tout autour, la campagne était paisible. La neige faisait comme un épais tapis de velours blanc. C'était la pleine lune.

Guelvada, à l'ombre d'un arbre, à quelques pas de la route, fumait une cigarette et se disait qu'il faisait presque aussi clair qu'en plein jour. Il regarda sa montre. Il était neuf heures.

Il haussa les épaules. Peut-être était-ce trop demander. Ce serait trop de chance si cela réussissait. Mais il fallait toujours essayer les choses. Quoi qu'il arrivât, il fallait toujours essayer les choses — si petites qu'apparussent les chances de réussite.

Vingt minutes s'écoulèrent, Guelvada entendit l'auto au moment où elle tournait le coin. C'était une petite auto. Elle roulait lentement. Sans doute, pensa Guelvada, le conducteur essayait-il de trouver la maison.

La voiture s'arrêta. Son occupant ouvrit la portière et regarda au-dehors. Puis, fermant la portière, il alla garer la voiture un peu plus loin le long de la route, à l'abri de quelques buissons couverts de neige. Il descendit, mit une couverture sur le capot. Là-dessus, traversant la route, il ouvrit la porte et se mit à marcher à travers le verger dans la direction de la maison.

Guelvada sourit. Sa lèvre supérieure se retroussa sur ses dents, comme celle d'un loup. Il jeta sa cigarette dans la neige, attendit quelques minutes, puis, à son tour, il se dirigea lentement vers la maison.

Hildebrand traversait la pelouse couverte de neige et avançait vers la maison. Ses mains gantées pendant le long de son corps, il marchait d'un pas souple. Lorsqu'il arriva au petit porche qui précédait la porte, il heurta ses souliers contre le décrottoir d'acier et regarda la neige qui en tombait. Il mit la main sur la porte, poussa celle-ci et entra.

Il se trouvait dans une grande antichambre qu'éclairait faiblement une lampe suspendue au plafond. D'un côté de l'antichambre, il y avait une porte ouverte. Hildebrand s'avança sur l'épais tapis, jeta un coup d'œil dans la pièce et y pénétra.

Un feu brûlait dans le foyer. Kane était debout devant celui-ci, les mains derrière le dos, souriant.

— *Hello !* Hildebrand, dit Kane. Je regrette de ne pas être Hiltsch. C'est fini pour vous...

Pendant un instant très bref, le visage d'Hildebrand se tendit. Puis il sourit. Son sourire n'était pas déplaisant. Il haussa les épaules.

— Ce sont des choses qui arrivent, dit-il. Mes félicitations... Kane, sans doute ?

— Lui-même. J'avais sur vous l'avantage de vous connaître déjà. J'ai eu entre les mains une photo de vous. Son sourire s'élargit. Vous voir une fois suffit pour ne plus jamais vous oublier — en dépit du fait que, sur cette photo, vous étiez en uniforme de S.S. Impossible de ne pas vous reconnaître !

— Je pense que vous avez été adroit, déclara Hildebrand avec amabilité. Quand j'ai lu la lettre, j'aurais pu jurer qu'elle venait de Hiltsch — que c'était lui qui l'avait écrite. Et puis aussi il s'était déjà servi de cette maison. Cela rendait la lettre plus plausible encore.

— Tout juste, acquiesça Kane. Nous avons eu la veine de connaître l'existence de cette maison. Quand nous avons pincé Hiltsch et les trois autres, celui qui s'appelait Standen avait une lettre dans sa poche adressée à un monsieur en Irlande. Il semblait, bien que le texte fût d'apparence innocente, que cette lettre devait avoir pour but de faire savoir que le travail avait été fait et qu'ils s'en allaient — une anticipation malheureuse. Cette lettre m'a donné beaucoup à réfléchir, continua Kane, et finalement une idée m'est venue. J'en ai fait écrire une autre. L'homme qui a écrit celle-ci est un ancien faussaire des plus renommés. Il a très habilement imité l'écriture de Hiltsch. En tout cas, il a atteint son but.

— On le dirait, fit Hildebrand.

— Vous devriez vous asseoir, dit Kane. J'imagine que vous êtes désarmé. Il sourit. Autrement vous auriez déjà essayé quelque chose.

— Votre hypothèse est correcte, acquiesça Hildebrand. Je suis entré avec un passeport volé, mais j'ai eu assez de bon sens pour me rendre compte que, si les gens de la douane trouvaient une arme sur moi, cela pourrait éveiller leurs soupçons. Malheureusement, acheva-t-il avec un sourire un peu ironique, je n'ai pas eu depuis l'occasion de m'en procurer une !

Il s'assit sur une chaise à haut dossier près de la table.

— Hiltsch et Lang, le portier, qui fut aussi l'« extra » Veteria, dit Kane, sont morts. Standen et Nielek ont été condamnés à mort hier. Ils seront fusillés dans quelques jours.

Kane prit une cigarette dans son étui à cigarettes.

— Nielek s'est terriblement dégonflé, continua-t-il négligemment. Il a beaucoup parlé. Il croyait pouvoir ainsi sauver sa peau.

— Oui, remarqua Hildebrand, avec ces tout jeunes gens, on court toujours un risque. Et pourtant, vous savez, il a été bien dressé... Cela me surprend de Nielek.

Au son de sa voix, on aurait pu croire qu'Hildebrand parlait d'un écolier fautif.

— Guelvada vous a vu arriver, dit Kane. Il doit être en train de téléphoner. Sous peu, nous allons vous ramener à Londres.

— Les formalités sont vraiment assez ridicules. Vous ne trouvez pas ? demanda Hildebrand.

— En un sens... oui... répondit Kane. Mais, ici, nous aimons à faire les choses d'une manière régulière lorsque nous le pouvons. Nous sommes encore assez vieux jeu, vous savez. Et d'après nos lois, vous avez le droit d'être jugé équitablement. Cela vous donnera, en tout cas, une chance de plus d'étudier nos méthodes...

— Non ! dit une voix venue de la porte, une voix un peu tremblante.

Hildebrand tourna la tête. Ernie Guelvada se tenait sur le seuil, les mains dans les poches de son pardessus, les épaules tombantes, le visage contracté. Kane se dit que jamais auparavant il n'avait vu cet air à Ernie.

Guelvada parla, d'un ton particulièrement monotone.

— Non, Michael, dit-il, il ne sera pas jugé. Ce n'est pas nécessaire. Celui-ci, je le veux pour moi... Vous comprenez ?

— Je crains que non, Ernie, déclara placidement Kane. Que se passe-t-il ?

— Voici qui est des plus intéressants, remarqua Hildebrand. Je suppose que c'est là le fameux M. Guelvada ? Il sourit plaisamment. Je me demande pourquoi il ne paraît pas satisfait à l'idée des dispositions très normales que vous voulez prendre dans le cas présent...

— Ecoutez, Hildebrand, dit Guelvada. Peut-être vous rappelez-vous que, lorsque le premier escadron de Panzer S.S. est arrivé à Nicolas, en Belgique, vous étiez à sa tête. Et vous étiez content de vous, n'est-ce pas, Hildebrand ? Tout allait bien pour vous et pour l'Allemagne...

» Vous étiez plein d'ardeur et d'enthousiasme, Hildebrand. Rien ne vous empêchait de faire votre métier — rien... Pas même cette malheureuse femme qui vous a tenu tête. Je pense que vous ne vous souvenez pas d'elle. Je suppose qu'il y en a eu tant comme elle que le nom de Mariette Defors ne signifie rien pour vous...

Hildebrand sourit.

— Au contraire, dit-il, je me la rappelle très bien. Il continua de sourire.

— Tant mieux, jeta Guelvada. Vous avez été très désagréable avec Mariette, n'est-ce pas, Hildebrand ? Vous étiez furieux contre elle parce qu'elle refusait de parler. Vous pensiez qu'elle en savait très long. Peut-être était-ce le cas. En particulier, vous vouliez découvrir où se trouvaient certains de ses compatriotes, et elle refusait de vous le dire. Vous lui avez fait toutes sortes de choses, n'est-ce pas, Hildebrand ?... mais elle ne voulait toujours pas parler. Alors, vous l'avez tuée, après lui avoir coupé les seins... Guelvada soupira. Malheureusement pour Mariette, continua-t-il, elle n'avait pas le revolver — le petit automatique dont je lui avait fait cadeau. Elle aurait pu s'en servir contre elle-même et s'éviter ainsi beaucoup de souffrances, beaucoup d'indignités.

Guelvada mit la main dans la poche de son pardessus. Quand il l'en retira, il y avait dans sa paume un petit revolver à crosse d'ivoire.

— Il y avait trois balles dedans quand je l'ai trouvé, dit-il. Il était à l'endroit où elle le cachait toujours. Ces trois balles, je les ai gardées pour vous, Hildebrand. Chaque mois, chaque semaine, chaque jour, je me suis dit qu'un jour je pourrais m'en servir contre vous. Je me suis promis cette petite fête. Le moment est venu...

Hildebrand haussa les épaules.

— Très intéressant, dit-il. Mais vous voudrez bien m'excuser : cela ne m'amuse pas. J'éprouve pourtant une certaine satisfaction à l'idée d'avoir pu vous ennuyer.

Guelvada regarda Kane.

— Alors, Michael ? demanda-t-il.

Kane haussa les épaules, prit son chapeau sur la cheminée, le mit et se dirigea vers la porte.

— Ernie, interrogea-t-il, vous n'avez pas téléphoné pour la voiture ?

— Non.

— Alors, vous n'aurez qu'à prendre celle d'Hildebrand. Vous avez pour instructions de ramener celui-ci à Londres et de le remettre entre les mains des autorités compétentes. Au cas où il résisterait ou tenterait de s'enfuir, agissez comme d'habitude...

Kane prit le raccourci pour traverser le verger. Il enleva les couvertures qui recouvraient le capot de la voiture. Il soufflait un fort vent d'est. Kane releva le col de son manteau. Puis il monta dans sa voiture, mit le moteur en marche et démarra lentement. Venant de la direction de la maison, le bruit de trois coups de feu arriva jusqu'à lui.

Kane sourit et mit le cap sur Londres.

HÉROS DE L'OMBRE

Titre original :
Dark Hero

Traduit par S. Denis

PROLOGUE

KRAMEN. — *Allemagne, avril 1945.*

Berg gisait, étendu sur le sol. Il ne bougeait pas, le menton dans la poussière, les paumes des mains à plat sur la terre brûlante. De temps à autre, il ouvrait les yeux, puis les refermait, ébloui par la lumière éclatante du soleil, fatigué par la régularité monotone de ses pensées qui gravitaient sans cesse autour du plan qu'il échafaudait depuis des mois.

Il offrait un spectacle extraordinaire. Ses chevilles nues, sortant du pantalon à rayures grises et blanches, crasseux et trop court, étaient si maigres qu'on pouvait y distinguer la forme des os, aussi bien que dans un squelette. Son visage semblait exagérément allongé. Les deux os saillants de la mâchoire et le menton formaient un étrange et sinistre triangle. Quand il ouvrait les yeux, on remarquait qu'ils étaient bordés de rouge, avec des cernes profonds, et absolument sans éclat.

Toute force physique l'avait abandonné. Chaque effort, si minime fût-il, pour remuer un doigt, ou le pied, venait du cerveau, et son cerveau semblait avoir atteint le degré le plus bas de l'épuisement ; il ne désirait plus que l'oubli, les ténèbres, et la paix pour échapper à la misère de l'existence.

A présent, il rampait très lentement, presque imperceptiblement, vers la clôture de barbelés ; mais chaque effort lui coûtait une lutte mentale prolongée.

C'était l'après-midi. Le soleil tapait dur le sol aride du camp. De temps à autre, une faible brise soulevait la poussière sèche. Berg ouvrait la bouche, dans un désir stupide d'absorber tout l'air possible dans ses poumons desséchés, et la poussière se déposait sur ses lèvres et sur sa langue. Ses mains osseuses agrippaient le sol, comme les serres d'un oiseau de proie. Il avançait très lentement, décimètre par décimètre, vers la clôture de barbelés.

Toute réflexion lui était pénible, bien que la série de pensées qui lui traversaient l'esprit fût devenue une règle de sa vie et l'obsédât, depuis des semaines, jour et nuit. Pendant un temps qui lui semblait une éternité, la même suite de pensées — le plan — avait occupé son esprit affaibli et ébranlé par la faim et les coups.

Il s'interrompit dans sa lutte pour s'approcher de la clôture, reposa son menton sur son avant-bras et réfléchit encore une fois à son plan. Il avait du mal à se concentrer : sans cesse un kaléidoscope d'images venait disperser l'attention de son esprit faible et indiscipliné. Quand il ouvrait les yeux, les ombres que faisait le soleil sur le sol prenaient les formes les plus extraordinaires et les plus grotesques, et il lui semblait qu'elles se transformaient et reproduisaient les traits de certains personnages qui jouaient un rôle dans son plan. Une heure s'écoula. Berg était maintenant à un mètre environ de la clôture de barbelés. En levant les yeux, il put voir le nœud coulant du fil téléphonique qui se balançait à un poteau. C'est lui qui l'avait fixé là, il y a six semaines, quand le plan lui avait semblé pratiquement réalisable. A ce moment-là, il n'était pas encore aussi affaibli que maintenant. Il se rappela qu'il s'était appuyé au poteau et qu'il avait fixé le nœud coulant au sommet, tout en priant qu'il soit assez solide pour supporter son poids. Il s'était dit, avec un humour cynique, qu'il était étrange, pour un homme qui n'avait pas vraiment envie de mourir, d'être en train de préparer sa propre exécution. La mort par pendaison ne lui paraissait pas devoir être particulièrement agréable ; mais rien ne pouvait être moins agréable que les souffrances qu'il endurait invariablement chaque jour.

Il restait là, étendu, la tête sur ses bras, les yeux mi-clos, regardant vers la porte du camp. Depuis un mois, on constatait un certain relâchement dans le camp, où s'était introduite une atmosphère particulière. Ceux qui avaient encore la force de parler se chuchotaient entre eux des choses étranges. Il y avait une atmosphère de laisser faire. La discipline était minée lentement, mais sûrement, par une force invisible venue d'un endroit inconnu.

Berg observait la sentinelle. Les ombres, sur le sol, s'allongeaient. A cette heure-ci, en fin d'après-midi, les mêmes hommes étaient toujours de garde et les mêmes choses se produisaient toujours. Une jeune fille montait la colline, parfois en chantant, parfois l'air sérieux. Quand le soldat de faction l'apercevait, il lui faisait signe en agitant le bras. Elle s'approchait et il allait à sa rencontre. Neuf fois sur dix, il laissait son fusil contre le dernier poteau de la clôture de barbelés. Il prenait la jeune fille dans ses bras, ils échangeaient des baisers et bavardaient ensemble. Il était arrivé, une ou deux fois, qu'il gardât son fusil à côté de lui ; mais c'était rare. D'habitude, sachant qu'il n'y avait rien à craindre des misérables épaves humaines qui peuplaient le camp, et que le sous-officier qui inspectait la garde ne rentrerait pas avant deux heures, il posait son fusil contre le poteau et s'occupait de la jeune fille.

Tous deux étaient habitués à voir Berg, couché là, dans la poussière, le visage contre terre. Une ou deux fois, la sentinelle avait hoché la tête dans sa direction et il avait dit à la jeune fille quelques paroles qui l'avaient fait rire. Une autre fois, le spectacle du corps décharné de Berg, appuyant sa tête d'un air las contre un poteau de la clôture, avait fait naître une idée amusante dans l'esprit de la jeune fille. En le montrant du doigt, elle avait entamé avec la sentinelle une longue discussion animée.

Mais d'habitude, à cette heure de l'après-midi, les mêmes choses se produisaient avec une régularité presque mécanique.

A vingt mètres de là, de l'autre côté de la cour du camp, il y avait le bureau du commandant en second, Kramen. La fenêtre du bureau était située obliquement par rapport à la clôture, de sorte que la sentinelle ne pouvait pas la voir, mais qu'en revanche elle ne pouvait être vue du bureau. Mais Berg avait soigneusement déterminé un endroit d'où il pouvait voir à la fois la sentinelle et une assez grande partie de la fenêtre du bureau. A cette heure de l'après-midi, il apercevait généralement Kramen, assis sur un siège élevé près de la fenêtre et lui tournant le dos. Berg était resté là, étendu dans la poussière, pendant de nombreux après-midi. Il avait observé, de dos, le commandant en second qui gesticulait en parlant à une personne invisible dans le bureau. Berg savait que cette personne invisible était ordinairement une femme, une des prisonnières privilégiées, avec qui Kramen s'amusait à badiner quand il avait fini son travail administratif de la journée. Berg se demandait si tout allait maintenant se passer comme il l'avait calculé, si la jeune fille allait venir, si la sentinelle poserait son fusil contre le poteau, si Kramen se trouverait à son bureau à l'heure habituelle, pour rencontrer la malheureuse désignée ce jour-là, et s'il s'assiérait, comme d'habitude, près de la fenêtre. Berg se disait que, si toutes ses prévisions se réalisaient, tout dépendrait de lui. Serait-il capable de rassembler, pendant une minute ou deux, assez de force pour mettre son plan à exécution ?

Il ferma les yeux. Il était très fatigué. Il éprouvait la plus grande difficulté à rester en état d'alerte, à se préparer à une action quelconque. Il tombait de sommeil. Il voulut essayer de compter jusqu'à cinquante. Quand il aurait compté cinquante, pas avant, il rouvrirait les yeux, pour voir si la jeune fille montait le sentier qui passait devant l'entrée du camp. Mais il n'en eut pas la force. L'effort qu'il devait faire pour compter, même mentalement, était trop grand. A dix-sept, il ouvrit les yeux. L'espace d'une seconde, Berg sentit ses forces lui revenir. Il venait d'apercevoir la jeune fille. Non seulement elle venait au rendez-vous habituel, à l'heure habituelle, mais elle portait au bras un panier d'osier. Souvent elle apportait ainsi des gourmandises au soldat qui était son amant. « Cette fois, se dit Berg, la sentinelle sera obligée de poser son fusil. » Il attendit en tremblant.

Et tout se passa comme il l'avait prévu. La sentinelle, un gros soldat d'un régiment de Landsturm, fit signe à la jeune fille en agitant le bras, posa son fusil contre le poteau, alla à sa rencontre. Berg ferma les yeux. Lui qui n'avait pas souvent fait de prières dans sa vie, il se surprit soudain en train de prier quelqu'un — il ne savait pas exactement qui — lui demandant de permettre que le reste du plan s'accomplît.

Il ouvrit les yeux, regarda par-dessus son épaule. Kramen était assis à sa place habituelle, près de la fenêtre ; il allumait une cigarette.

Berg réfléchit au fusil de la sentinelle. Si le cran de sûreté était au repos, il devrait peut-être faire un effort assez rude pour armer le fusil. Il espéra que le cran de sûreté ne serait pas trop dur. Il espéra aussi qu'il y aurait une cartouche dans le magasin du fusil. Mais cela ne faisait presque aucun doute. Quelques jours auparavant, les sentinelles s'étaient amusées à tirer sur les malheureux qui étaient parvenus en rampant jusqu'à l'entrepôt central de pommes de terre où il n'y avait, d'ailleurs, pas de pommes de terre, mais seulement un grand tas d'épluchures. Il était donc à peu près certain qu'il y aurait une cartouche dans le fusil.

La jeune fille était dans les bras de la sentinelle ; ils s'étreignaient avec ardeur. Berg se dit qu'il avait de la chance : une telle étreinte pouvait durer assez longtemps.

Il tenta la grande expérience. Il posa ses mains à plat sur la terre brûlante, souleva son corps avec ses mains et ses genoux et réussit à se mettre à quatre pattes, laissant pendre sa tête en avant, comme un chien. Puis il tourna la tête. En regardant par-dessus son épaule, il put voir Kramen, assis près de la fenêtre et gesticulant. Dans un suprême effort, rassemblant le peu de force qui habitait encore son corps épuisé, il se dressa sur ses pieds. Il avança en titubant et s'affala contre le dernier poteau, attrapant dans sa chute le fusil de la sentinelle.

Au prix d'un autre effort, il appuya le canon du fusil contre le petit poteau qui maintenait l'un des supports de la clôture de barbelés. Il s'assura que la sentinelle était toujours occupée avec la jeune fille. Le fusil n'était pas armé. Berg poussa le cran de sûreté avec son pouce. Il était bien huilé et glissa sans difficulté.

Bien qu'il eût une grande expérience des armes à feu et qu'il fût un excellent tireur, Berg éprouva la plus grande difficulté à prendre le point de mire. Il lui sembla qu'il restait des siècles à viser le guidon par l'échancrure de la hausse. Mais il savait que, s'il mettait en joue trop longtemps, sa vue se brouillerait et il perdrait son objectif. Il fallait agir.

Il pressa la détente, lâcha le fusil en même temps et tomba contre le poteau qui soutenait le fusil, le serrant étroitement dans ses bras. Le menton appuyé sur le sommet du poteau, il observa avidement, et une faible lueur venait de s'allumer dans ses yeux, au fond de leurs orbites. Le carreau vola en éclats et le verre, en se brisant, fit un curieux cliquetis. Berg vit Kramen tomber la tête en avant. Ses lèvres esquissèrent un sourire macabre : Kramen allait mourir. La façon dont il était assis signifiait que la balle avait dû lui entrer par le dos, dans le foie ou dans le ventre, ou, encore mieux, s'était logée dans la colonne vertébrale.

Toutes ces choses se passèrent en un clin d'œil. Berg put voir, du coin de l'œil, la sentinelle relâcher la jeune fille. Il se dirigea vers la clôture, parcourut en trébuchant les quelques mètres qui le séparaient du haut poteau où pendait le nœud coulant du fil téléphonique. Car il comprenait qu'il lui fallait mourir très vite, avant qu'on puisse l'attraper. Il atteignit le nœud coulant. Il posa sa main gauche au sommet du poteau. Il s'était toujours proposé de mettre un pied sur la rangée inférieure de fils de fer barbelés, de se hisser jusqu'à la deuxième rangée, qui était environ à un mètre au-dessus du sol, de passer son cou dans le nœud coulant et de sauter dans le vide.

Telle avait été son intention. Mais ses forces l'avaient abandonné. Il restait là, se cramponnant faiblement de la main gauche au poteau, tandis que sa main droite fauchait l'air en un geste inutile. Il comprit qu'il ne pourrait pas mettre à exécution la fin du plan.

Il se tourna et s'appuya contre le poteau. Par la clôture, il put voir la garde accourir vers lui, conduite par un gros sous-officier, baïonnette au canon. Le gros sous-officier criait ; sa bouche s'ouvrait et se fermait comme un clapet, tandis qu'il lançait des obscénités à la tête de la sentinelle, de la jeune fille et de Berg. Berg l'entendit plus qu'il ne le vit déverrouiller son fusil pour y introduire une cartouche. Il espéra, tout en se disant que c'était un souhait ridicule, qu'on allait le tuer rapidement. Il s'attendait à la mort.

Soudain, on entendit un bruit fracassant, un curieux bruit saccadé qui semblait venir de très loin. Berg se demanda vaguement ce que c'était. Pas pour longtemps, car il tomba presque aussitôt par terre, la tête en avant, heurta violemment la terre sèche et poussiéreuse et perdit connaissance.

Quand il rouvrit les yeux, c'était le crépuscule. Il resta longtemps sans pouvoir se souvenir de rien. Mais il avait conscience de certaines choses étranges. Il éprouvait une curieuse sensation de confort. Il abaissa sa main droite sur le côté : il sentit quelque chose de dur, un barreau de la civière sur laquelle il était couché. Berg ouvrit les yeux. Penché sur lui, il aperçut un visage, un visage qui ne ressemblait pas à ces têtes hideuses auxquelles il avait fini par s'habituer. C'était le visage d'un homme brun, sérieux, mais bienveillant. Il avait une petite moustache coupée court ; il était coiffé d'un béret vert et Berg remarqua que son uniforme était couleur kaki.

Le visage sourit et dit doucement :

— Ce n'est pas trop mal. Vous nous avez devancés. Vous avez descendu Kramen avant que nous ayons pu lui mettre la main dessus. N'ayez pas peur... nous sommes là, maintenant, les troupes anglaises vous ont délivré.

Berg était incapable de prononcer une parole. Il essaya de sourire.

La voix reprit :

— J'ai vu que vous vous étiez préparé un nœud coulant. Je suppose que vous aviez l'intention d'en finir avec la vie avant qu'on ne vous attrape.

Berg aimait le son de cette voix. Il ne pouvait pas encore se rendre tout à fait compte que c'était la première fois depuis des mois qu'il entendait une voix proférer autre chose que des injures, des menaces, des obscénités ou des rodomontades. Il regarda encore ce visage qu'éclairait un large sourire, distingua, sous la moustache tondue, les dents blanches bien alignées. Il essaya encore une fois de sourire, lui aussi. Et, cette fois, il y réussit presque.

CHAPITRE I

LAUREN. — *Londres, août 1945.*

Berg, dans sa baignoire, regardait le plafond. La vapeur du bain se condensait, formant de minuscules ruisselets qui coulaient le long des murs sales, disparaissaient parfois, ou bien se rejoignaient pour former d'autres petits cours d'eau. Au fond de la salle de bains, la petite fenêtre, pas très propre, n'avait pas de rideaux. Berg voyait et entendait crépiter la pluie contre les vitres. Il restait allongé dans son bain, décontracté, spécimen d'humanité robuste et coriace.

Il avait des cheveux noirs, bouclés, toujours un peu en broussailles, des pommettes hautes et saillantes. Bien qu'il se fût rétabli des privations endurées au camp, sa figure était toujours allongée et ovale. Son menton était énergique et l'os de la mâchoire, de l'oreille jusqu'à la pointe du menton, apparaissait nettement. Ses dents étaient blanches et régulièrement plantées ; les deux dents de la mâchoire inférieure que Kramen lui avait cassées d'un coup de pied, un jour qu'il était d'humeur folâtre, avaient été remplacées par deux fausses dents, parfaitement imitées. Ses yeux, d'un bleu particulier et légèrement bridés, avaient un regard intelligent. Sa bouche était bien dessinée, la lèvre inférieure assez courte.

Bref, son visage était celui d'un homme intelligent, vigoureux et rusé, endurci par l'expérience, mais aussi dépourvu de douceur que de philosophie. Berg était un homme qui regardait une seule chose à la fois et qui se concentrait sur cette chose. Il croyait fermement qu'il était bon d'aller au fond de chaque chose particulière qui l'intéressait, afin d'en tirer une conclusion logique. Ses membres étaient bien faits ; il avait de petits pieds. Au mollet gauche, il avait une cicatrice à l'endroit où Kramen l'avait brûlé au fer rouge, un jour, histoire de rigoler un brin.

En se rappelant quelques-unes des choses qui lui étaient arrivées au camp, Berg éprouva une certaine gratitude envers le destin et se dit qu'il avait eu de la chance que la plupart des tortures qui lui avaient été infligées aient été des tortures mentales. Berg avait un esprit souple et résistant, qui s'était remis très vite — plus vite peut-être que n'aurait pu le faire son corps, s'il avait enduré de grandes souffrances physiques.

Il sortit du bain, s'essuya, enfila un peignoir et alla dans la chambre à coucher. C'était une pièce assez confortable, mais Berg comprenait que le moment était venu de changer de domicile. Il aimait le confort quand il pouvait se le procurer. Il avait appris, dans le temps jadis, à Chicago, à apprécier le confort, d'autant plus qu'aux périodes de bien-être et de facilité, succédaient souvent des époques difficiles et délicates. Quand on avait l'occasion de se coucher dans un bon lit, on aurait eu tort de ne pas en profiter.

Il commença de s'habiller. Ses habits étaient de bonne coupe et en bon tissu. Il les avait achetés avec les bons spéciaux que Ransome s'était arrangé pour lui procurer. Berg se mit à penser à Ransome. Quel type c'était, celui-là ! Mais où le trouver, à présent ? Berg se dit que cette question risquait fort de rester sans réponse. Ransome avait toujours été aussi trompeur et insaisissable qu'un feu follet. Il vous voyait quand il le désirait, mais, s'il n'avait pas envie de vous voir, il était impossible de le rencontrer. Berg se demanda s'il reverrait jamais Ransome. Puis, pendant un moment, il pensa à Ingrid. Dans son esprit, il associait toujours ces deux personnages. Mais il chassa bien vite cette idée de sa tête. Il conclut qu'il n'avait aucun droit de penser à cette femme. Et, quand on n'avait pas le droit de faire quelque chose, il ne fallait pas le faire. Berg possédait son propre code particulier de morale — physique et mentale.

Il avait fini de s'habiller. Il se coiffa d'un chapeau mou noir et glissa dans sa poche un gros portefeuille bourré de billets de cinq livres et d'une livre et un carnet de chèques — tout cela venait encore de Ransome. Il prit dans un tiroir un mouchoir propre. Puis lentement, comme si une idée lui était venue, il ouvrit, avec un peu d'hésitation, un petit tiroir et regarda à l'intérieur. Il y avait dans ce tiroir un automatique Colt de calibre 22, un joujou, une de ces armes pour rire, avec lesquelles il faut atteindre l'adversaire à un endroit vital pour le tuer, sinon la petite balle cause seulement une petite blessure insignifiante. Berg regarda le revolver avec un sourire triste. Il se disait qu'il n'en avait pas besoin.

Il ferma le tiroir et, pendant un long moment, il pensa aux revolvers, qui avaient été pour lui longtemps des outils — les outils de son commerce. Il se demanda ce qu'était devenue la paire d'automatiques de calibre 45, ces deux armes magnifiques, à crosses d'ivoire et aux cylindres éjecteurs faits spécialement et graissés de sorte qu'ils ne s'enrayaient jamais. Il se demanda où ils pouvaient bien être.

Il se détourna lentement et regarda le mur devant lui. Il concentrait maintenant ses pensées sur les deux automatiques. En supposant, à tout hasard, que quelqu'un les ait trouvés là-bas, où il les avait cachés, en supposant que quelqu'un ait été assez intelligent pour regarder dans sa camisole de parachutiste dont il avait dû se défaire, et y ait trouvé les automatiques, qui pouvait les avoir à l'heure actuelle ? Une seule réponse possible : Shakkey. Shakkey, dont il avait donné le nom à Ransome, et qui était actuellement second-maître mécanicien sur un destroyer américain.

Berg sourit à nouveau ; sa lèvre supérieure découvrant ses dents lui donnait un peu l'air d'un loup pas méchant. L'idée que Shakkey était second-maître mécanicien dans la marine américaine lui semblait du plus haut comique. Quelle histoire Shakkey avait-il bien pu raconter aux autorités de la marine américaine quand il avait sollicité son engagement ? Le sourire de Berg s'épanouit tout à fait — si l'on avait su quel métier faisait Shakkey, dans le temps jadis !...

Berg conclut que, de toute façon, Shakkey était de taille à tenir tête aux gens de la marine américaine. Il leur avait sans doute débité une petite histoire toute prête, un genre d'histoire qu'on pouvait vérifier. Et comme c'était un gars malin et un dur à cuire, on avait été content de lui. Maintenant il était second-maître mécanicien, c'était un personnage important avec de lourdes responsabilités, un bon citoyen des Etats-Unis, un marin qui méritait bien de la patrie. Vraiment, se disait Berg, il y a de quoi mourir de rire !

Il se retourna et se regarda dans le petit miroir. Il inclina son chapeau un peu plus sur le côté, remonta son mouchoir blanc dans la poche supérieure de son veston croisé. Berg avait toujours été coquet. Il aimait être propre et bien fringué.

Il jeta un regard circulaire dans la chambre. Dans son regard, il y avait comme un adieu définitif. Quand on ne savait pas exactement ce qu'on devait faire, il fallait, pensait-il, s'en remettre au destin. C'était rare, mais ça pouvait arriver qu'on ne sache pas, comme lui en ce moment, comment résoudre un problème. Dans ces cas-là, il fallait laisser faire le hasard.

Il pensa encore à Shakkey et à la paire d'automatiques de 45. « Supposons, se dit-il, que quelqu'un ait trouvé les revolvers... » Il y avait mille à parier contre un qu'on ne les avait pas retrouvés. C'était extrêmement improbable qu'aucun des agents qui travaillaient pour Ransome les ait découverts. Mais il y avait quand même une petite chance. Ransome lui-même pouvait être tombé dessus, par hasard. Dans ce cas-là, Berg était certain que les armes avaient été remises à Shakkey, parce qu'il avait demandé qu'au cas où il lui arriverait quelque chose tout ce qui lui appartenait soit expédié au second-maître mécanicien Shakkey. Et si Shakkey les avait eues, qu'en avait-il fait ?

Une chose était certaine : c'est qu'il n'en avait pas eu besoin. Il ne devait pas avoir beaucoup d'occasions de se servir de ces petites armes à présent. D'autre part, Shakkey était un type extraordinaire. Il avait toujours dit, en parlant de Berg : « Ce gars-là, il reviendra toujours à la surface. Il n'y a personne qui soit jamais capable de le descendre. On pourrait le coller dans un trou, au fin fond de l'enfer, avec un poids d'une tonne sur le crâne, il trouverait encore moyen de s'échapper. C'est moi qui vous le dis et je sais ce que je dis ! »

Berg sourit à nouveau. Il entendait en imagination la voix stridente et nasillarde de Shakkey prononçant ces paroles qu'il avait déjà eu plusieurs fois l'occasion d'entendre dans sa vie. Si Shakkey croyait que Berg réapparaîtrait un jour ou l'autre, il n'y avait qu'un seul endroit où il ait pu déposer les revolvers. « Ce serait tordant, se dit Berg, si les revolvers étaient là où je pense. Ce serait absolument crevant. On pourrait considérer ça comme un signe de la volonté divine. Je pourrais alors tranquillement entreprendre le petit boulot qui me trotte derrière la tête. »

Il se rappelait vaguement une petite salle de classe, à l'école du dimanche dans les monts Ozark, où il faisait très chaud, et où il chantait avec d'autres enfants des hymnes religieuses, le dimanche après-midi. Il se rappela que le maître d'école leur avait parlé des signes du ciel. Il avait semblé alors à Berg qu'à l'époque biblique la vie était continuellement guidée par des signes du ciel qui vous indiquaient ce qu'on devait et ce qu'on ne devait pas faire. Eh bien ! si les revolvers étaient là, il interpréterait ça comme un assez bon signe pour lui.

Il sortit de la maison et descendit vers South Kensington. La pluie avait cessé. La soirée était fraîche, mais agréable. Un taxi passa. Berg lança un coup de sifflet strident. Le taxi s'arrêta. Les taxis s'arrêtaient toujours pour Berg.

Le chauffeur dit :

— Il fait bon, ce soir, monsieur. J'espère que vous n'allez pas trop loin. Je n'ai pas beaucoup d'essence.

— Je ne vais pas loin, dit Berg.

Et il indiqua au chauffeur où il désirait être conduit.

Il s'adossa confortablement dans le coin du taxi, sortit de sa poche un étui à cigarettes plat, choisit une cigarette et l'alluma. Il regarda l'étui : un bel étui noir émaillé, avec ses initiales en or dans le coin. Il se dit qu'il avait eu de la chance que la boutique où il avait acheté l'étui ait eu aussi quelques initiales dépareillées. Le « R.B. » — il s'appelait René de son petit nom — donnait du cachet à l'étui. Ça faisait distingué.

Il remit l'étui dans sa poche. Par une association d'idées inconsciente, le fait d'ouvrir l'étui et de prendre une cigarette l'avait fait se souvenir de chez Carlazzi, à Chicago.

Personne, dans son milieu, n'appelait alors Chicago autrement que Chi, la ville des gangsters, des mecs à la redresse, des gars qui savaient toujours remettre quelqu'un proprement à sa place.

Si Berg avait été doué d'une mémoire surnaturelle, il aurait su que l'étui à cigarettes l'avait fait penser à Carlazzi à cause de la première visite qu'il avait faite à cet établissement. Travis, tout en lui parlant, avait sorti de sa poche un étui de ce genre-là, et avait pris une cigarette. A ce moment, la pensée lui avait traversé l'esprit qu'il aimerait posséder un étui pareil. Mais, pour le moment, Berg ne se rappelait pas ce détail. Il revoyait seulement en pensée Travis appuyé au fond du fauteuil recouvert de satin, près de la fenêtre, et, assise à côté de lui, Lauren, dans son tailleur d'une coupe exquise, promenant lentement ses beaux yeux au regard malicieux dans la petite salle du restaurant fréquenté par tous les gangsters rupins de Chicago.

Le taxi s'arrêta avec une brusque secousse. Le chauffeur se retourna et dit, par la vitre ouverte :

— Vous êtes arrivé, monseigneur. Nous y sommes. Je parie que vous êtes un Américain ?

Berg descendit, paya sa course et donna deux shillings de pourboire au chauffeur.

— Qu'est-ce qui vous fait croire que je suis américain ? demanda-t-il.

— Vous n'avez pas beaucoup d'accent, dit le chauffeur, mais vous avez le type américain. On les reconnaît tout de suite. Vous me faites l'effet d'être dans l'aviation. Vous êtes un pilote, pas vrai ?

— Non, je ne suis pas un pilote, dit Berg en souriant. Mais peut-être qu'un de ces jours j'apprendrai tout de même à voler.

— Oui, ça doit être chic de voler ! dit le chauffeur. Il embraya et le taxi repartit.

Berg fit quelques mètres, traversa l'allée près de Down Street, leva les yeux et vit le drapeau américain flotter au-dessus de l'entrée de l'American Club. Il y avait diablement longtemps qu'il n'avait vu le drapeau et il s'en était passé des choses depuis ce temps-là ! Il entra, suivit le couloir, et franchit la porte au bout, à droite. Devant lui, il y avait le vestiaire et le bureau du courrier. Berg ôta son chapeau quand une pimpante jeune fille, en uniforme gris-bleu de la Croix-Rouge américaine, s'avança vers lui.

Ses petites mains brunes appuyées sur le comptoir, elle lui demanda :

— Qu'est-ce qu'il y a pour votre service, militaire ?

Berg fut flatté. L'idée que la jeune fille l'avait pris pour un soldat américain qui s'était mis en civil pour une raison quelconque lui fit plaisir. Il répondit :

— Un de mes amis a peut-être déposé ici un paquet pour moi. Mais ce n'est pas certain. Peut-être qu'il n'a rien laissé du tout. Ce serait un hasard... Je m'appelle René Berg.

La jeune fille demanda :

— Quel est le nom de la personne qui aurait laissé un paquet pour vous ?

— Shakkey, Cyram Shakkey, de la marine américaine. Si on a laissé un paquet pour moi, c'est sûrement lui.

— Je vais voir, dit la jeune fille.

Mais elle resta encore un court instant à regarder Berg, sans savoir exactement pourquoi. Elle se disait qu'il avait un visage intéressant. Il la regardait avec franchise et ses yeux souriaient. Elle s'éloigna lentement. Elle se surprit à penser que ce René Berg, qui venait chercher un paquet, devait être un assez chic type, dont elle aimerait faire la connaissance, bien qu'il ne fût pas particulièrement joli garçon. Elle haussa les épaules et se demanda pourquoi elle pensait à Berg. Elle ignorait qu'un tas de femmes s'étaient déjà posé la même question. Comment aurait-elle pu le savoir ?

Cinq minutes s'écoulèrent. Berg s'appuya contre le comptoir, fumant lentement sa cigarette, aspirant profondément la fumée dans ses poumons, et la gardant le plus longtemps possible, avant de la rejeter. La jeune fille revint enfin. Elle portait un paquet recouvert d'un papier d'emballage marron, très solide et ficelé avec une grosse corde de marine. Elle dit :

— Eh bien ! vous avez de la chance, monsieur Berg. On a laissé ce paquet pour vous, il y a quelque temps. Votre ami a dit qu'il pensait que vous viendriez le chercher un de ces jours.

— Merci beaucoup, mademoiselle, dit Berg en souriant.

Il prit le paquet qu'elle lui tendait. Au poids, il devina ce que c'était. C'était la paire d'automatiques de 45. C'était le signe qu'il attendait.

Il remit son chapeau et sortit par le couloir. La jeune fille le regarda s'éloigner, puis s'en alla à son tour.

Arrivé à Piccadilly, Berg se dirigea vers le Cirque. Le poids du paquet, sous son bras, lui donnait une sensation particulière de confort mental. Il était décontracté. Il considérait que maintenant le destin s'était prononcé. Il y avait donc d'autres choses à faire. Il y avait des plans à établir. Il fallait être constructif.

Une idée lui vint. Puisque Shakkey avait eu assez de jugeote pour laisser les armes au bon endroit, il avait peut-être pensé aussi à renseigner Berg sur une ou deux choses dont il savait qu'elles l'intéressaient. Par exemple, où se trouvaient certaines personnes qu'ils avaient connues.

Cinquante mètres après Bond Street, Berg tourna à gauche. Il se rappelait une boîte qu'il avait longtemps fréquentée. Il se dit que ce serait peut-être une bonne idée de boire un peu de whisky, de réfléchir un peu, d'essayer de découvrir jusqu'à quel point Shakkey avait fait preuve d'intelligence. Il s'engagea dans Sackville Street, obliqua à nouveau, gagna le trottoir opposé et monta un escalier.

La femme aux cheveux teints était toujours derrière le bar. Berg se rappelait ses cheveux couleur rouge brique, ses paupières peintes, sa taille épaisse, ses chaussures à talons hauts de dix centimètres. Pour comble de malheur, elle avait les jambes en cerceaux. Il valait mieux qu'elle travaillât derrière un bar, car la partie supérieure de sa personne était de loin la plus séduisante.

Elle reconnut Berg aussitôt.

— Par exemple ! s'écria-t-elle. Je ne me trompe pas. C'est monsieur Berg ! Il y a si longtemps qu'on ne vous avait pas vu ! Je croyais qu'il vous était peut-être arrivé quelque chose ?

Berg haussa les sourcils, feignant l'étonnement.

— Et pourquoi voulez-vous qu'il m'arrive quelque chose ? demanda-t-il.

Elle se redressa fièrement :

— Eh bien ! ça vous étonne peut-être, mais il y a bien des gens à qui il est arrivé quelque chose, ces dernières années, vous savez.

Il commanda un grand whisky à l'eau. Il fit un signe de tête, quand la femme l'interrogea du regard, en tenant un morceau de glace au-dessus de son verre. Elle laissa tomber la glace dans le verre. Berg but son whisky d'un trait, posa son verre et fit un autre signe de tête pour en commander un second.

— Je me demande, dit-il, si vous avez jamais rencontré un de mes copains, un gars qui s'appelle Cyram Shakkey ? Est-ce qu'il est déjà venu ici ? Vous rappelez-vous ce nom-là ?

— Non, dit-elle, je ne me rappelle pas avoir vu personne de ce nom-là. J'ai pourtant une excellente mémoire des noms. Je connais tous les gens qui viennent ici. Et je n'oublie jamais rien.

— Sans blague ? dit Berg.

Il regardait sa bouche, ses lèvres minces, son air pincé, malgré le sourire artificiel qu'elle arborait parfois. Il se dit en lui-même : « Je parie que tu n'oublies jamais rien. » Il dit tout haut :

— Faites attention qu'on ne me fauche pas mon verre, hein ? Je reviens tout de suite.

Il sortit du bar, monta l'escalier. Sur un côté du palier, il y avait un lavabo. Il entra, ferma la porte au verrou, fit de la lumière. Il ouvrit le paquet que Shakkey avait laissé pour lui.

Il enleva le papier d'emballage, ouvrit le carton ondulé et vit qu'il y avait un paquet plus petit à l'intérieur. Ce paquet consistait en quelque chose qui ressemblait à deux torchons, attachés avec une ficelle blanche. Berg dénoua la ficelle. Il jeta de côté les chiffons et découvrit les deux automatiques de 45. Il resta un moment à considérer les armes, posées sur le couvercle du siège des water-closets. La vue de ces revolvers lui remettait en mémoire bien des choses ; il revoyait, comme en songe, une douzaine de scènes particulièrement animées, une douzaine de situations pas commodes dont il s'était sorti. Il croyait entendre le crépitement saccadé des coups de revolver. Il resta encore un moment à regarder les deux morceaux de métal, inanimés — se demandant quel rôle ils joueraient dorénavant dans sa vie —, de quelle importance ils lui seraient désormais. Après un moment, il haussa les épaules comme s'il n'avait pu aboutir à une conclusion définitive, comme si un doute subsistait. Il leva les yeux et vit au-dessus de lui la cuvette des waters. Puis il regarda à nouveau les revolvers. Il en prit un dans chaque main et les soupesa. Après un moment, il choisit celui qui lui plaisait le mieux. Il le glissa dans la poche taillée spécialement sous le bras gauche de son veston croisé — une poche qui avait beaucoup intrigué son tailleur anglais quand Berg la lui avait commandée. A cette époque, il n'était pas absolument certain qu'il aurait encore besoin de cette poche ; mais, comme il en avait toujours eu une, il s'était dit qu'il pouvait aussi bien continuer. Et il avait eu raison.

Il enveloppa l'autre revolver dans le papier marron, ficela le paquet, monta sur le siège des waters et mit le paquet derrière la cuvette. Là, personne ne pourrait le voir. Il avait laissé sur le siège les torchons qui avaient servi à envelopper les automatiques. Puis il se dit qu'il pourrait en avoir besoin pour nettoyer le revolver qu'il avait conservé. Il prit les deux torchons, les plia soigneusement. Il allait les mettre dans la poche de son veston quand il remarqua quelque chose d'imprimé à la lisière de l'un d'eux. Il le tint sous la faible lueur que dispensait l'ampoule électrique. Il put lire très distinctement : Club du *Trèfle à quatre feuilles.* Berg poussa un soupir. Ainsi Shakkey avait enveloppé les deux automatiques dans deux chiffons à reluire qu'il avait chipés au club du *Trèfle à quatre feuilles.* Berg se représentait très bien le second-maître mécanicien — un peu rond peut-être — cachant les revolvers dans quelque endroit de sa personne, projetant de les laisser à l'American Club pour Berg et se demandant ce qu'il pourrait bien utiliser comme emballage adéquat. En fin de compte il s'était décidé à barboter les chiffons à reluire.

Soudain Berg se raidit. Etait-ce vraiment aussi simple que ça ? N'y avait-il pas autre chose ? Est-ce que ce n'était pas un autre signe que lui faisait Shakkey ? Une sorte de message ? Berg se sourit à lui-même. Shakkey avait toujours été un type bizarre, énigmatique, aimant le mystère. Shakkey n'était pas le genre d'homme qui aurait pris tout bonnement un crayon et un morceau de papier pour écrire son message et qui l'aurait laissé dans le paquet. Il avait sans doute préféré l'avertir par cette voie détournée. Le club du *Trèfle à quatre feuilles* ? Berg se dit que c'était encore le destin qui, par l'intermédiaire de Shakkey, lui faisait signe d'aller à cet endroit. Eh bien ! pourquoi n'irait-il pas ?

Il mit les torchons dans sa poche, jeta un dernier regard en haut vers la cuvette. Il était fâché de laisser là ce revolver. Toujours, il s'était servi des deux ensemble. Maintenant, il n'en avait plus qu'un. Mais il se dit qu'un jour il reviendrait récupérer l'autre. Il éteignit la lumière, descendit l'escalier, entra dans le bar et revint au comptoir.

Son verre était à la même place. Mais il y avait un nouveau client dans le bar : une jeune fille, assise à sa droite sur un haut tabouret. Elle était brune, elle avait le teint clair, des yeux gentils, la taille fine et un tailleur qui lui allait à ravir. Berg porta le verre à ses lèvres.

— Dites donc, le marin, vous ne payez pas un verre ? demanda-t-elle.

Berg la regarda en souriant et dit :

— Bien sûr que je paye un verre. Mais je ne suis pas un marin.

Elle se mit à rire.

— Qu'est-ce que ça fait ! D'habitude, ce sont des soldats qui viennent ici ; ils sont dans la marine, dans l'infanterie ou dans l'aviation, mais ça n'a pas d'importance.

— Je ne crois pas, en effet, dit Berg. Qu'est-ce que vous voulez boire ?

Pour une raison inconnue, il éprouvait en ce moment le sentiment d'une étrange supériorité ; il se sentait presque semblable à Dieu. Il se disait qu'il était peut-être un messager du destin, exécutant une série d'actes créant une succession d'événements qui avaient été décidés par quelque puissance supérieure. Cette fille, avec ses yeux avides, qui espérait quelque chose de plus qu'un coup à boire, était pour lui seulement un pion dans ce jeu, un pion qui disparaîtrait après avoir accompli sa mission.

— Je voudrais du whisky, répondit-elle. Ils ont du bon whisky, ici. J'adore le whisky.

Berg commanda un grand whisky à l'eau. La femme, derrière le bar, le servit avec arrogance comme si elle s'indignait de l'intrusion de cette cliente. Berg poussa le verre vers la jeune fille. Elle le prit et le but goulûment.

— Vous aviez soif, dit Berg.

— Oui, répondit-elle. Ça faisait un bout de temps qu'on ne m'avait pas payé à boire. Les apéritifs sont chers ici, vous savez. Ils vous comptent six shillings six pence pour un grand whisky. Où voulez-vous que je les prenne ?

Berg dit qu'en effet il ne voyait pas. Il commanda deux autres whiskies à l'eau, bien tassés. Remarquant le regard désapprobateur de la barmaid, il en commanda un troisième.

— Il y en a un pour vous, ma mignonne, dit-il.

La barmaid servit les consommations. Tous les trois, appuyés au bar, tantôt regardaient les verres en face d'eux, tantôt se regardaient l'un l'autre. Ils étaient comme de vagues personnalités indécises qui se sont rencontrées par hasard, qui ne savent pas pourquoi et qui attendent une réponse à cette question.

Berg rompit le silence.

— A votre santé ! dit-il.

Et il vida son verre.

Deux ou trois personnes entrèrent dans le bar. Elles vinrent au comptoir et commandèrent des whiskies. Un gros homme ventru au nez épaté se mit à raconter des histoires assez sales. Berg éprouva le même étrange sentiment de déplaisir qui le saisissait toujours quand des hommes racontaient des histoires graveleuses dans un bar.

Il dit à la fille assise à côté de lui :

— Prends ton verre et va t'asseoir dans le coin. On parlera un peu.

Il se commanda un autre whisky, prit le verre posé devant lui et rejoignit la jeune fille à une petite table dans le coin de la salle. Maintenant elle regardait Berg avec des yeux brillants. Elle le considérait comme un client possible. Elle se disait que ses actions allaient peut-être remonter.

Il s'assit et dit :

— Ecoute, belle gosse, as-tu déjà entendu parler d'une boîte qui s'appelle *Le Trèfle à quatre feuilles* ?

Elle le regarda un moment, puis elle dit :

— Tu es un drôle de type, tu sais.

— Ah ? Tu trouves ? dit Berg en souriant. Pourquoi ?

— Je ne sais pas. Mais tu n'es pas comme les autres. Tu ne fais pas comme tout le monde. Tu as un genre à part. Qu'est-ce que tu vas chercher au club du *Trèfle à quatre feuilles* ? C'est tout ce que tu avais à me demander ? C'est pour ça que tu m'as dit de venir m'asseoir ici ?

— Tu avais cru que c'était pour autre chose ?

— Oui. Pourquoi pas ?

Berg haussa les épaules. Puis il sourit avec beaucoup de charme et dit d'une voix caressante :

— Vois-tu, ma chérie, il y a d'autres choses au monde en dehors de ça. On ne te l'a peut-être pas encore dit ? Bois ton verre et dis-moi ce que tu sais du club du *Trèfle à quatre feuilles.*

Elle eut un bref haussement d'épaules, comme pour chasser une idée séduisante, mais sans valeur, qui lui était venue à l'esprit à propos de Berg.

— Tout le monde connaît cette boîte-là, dit-elle. Ça s'est d'abord appelé *La Grenade en fleur.* Puis il y a eu un changement de propriétaire et c'est devenu *Le Tricorne.* Jusqu'au jour où les flics y ont fait une descente. Maintenant, c'est une boîte comme il faut, bien fréquentée, *Le Trèfle à quatre feuilles.* C'est tout près de Duke Street. Tu tournes à gauche et tu prends la ruelle.

— Merci mille fois. Je voulais savoir où ça perchait, dit Berg.

— Eh bien ! maintenant, tu le sais, dit-elle d'un ton bref.

— Oui. Je vais me mettre en route.

Il plongea la main dans sa poche, en sortit son portefeuille gonflé. Il y prit cinq billets d'une livre. La jeune fille l'observait d'un air dur.

Berg dit doucement :

— Tu n'as pas besoin de te fâcher pour ça. La vie est difficile, parfois. Voilà de quoi te payer à boire, en pensant à moi. Si ça te fait plaisir ! se hâta-t-il d'ajouter.

Il plia les billets entre ses doigts et les poussa vers elle, sur la table.

— Je le disais bien que tu étais un drôle de type. Mais tu as quelque chose qui me plaît.

Berg se leva. Il souriait, d'un sourire bizarre qui illuminait son visage.

— Oui, je sais, dit-il. J'ai déjà entendu dire toutes sortes de choses sur mon compte. Je suis terrible ! Au revoir ! A un de ces jours !

Il sortit du bar et descendit l'étroit escalier obscur. Mais il s'arrêta à mi-chemin. Il venait de penser à quelque chose. Il mit sa main dans son veston, en tira l'automatique de dessous son aisselle gauche.

Il sortit le chargeur, l'examina, retira les balles, une à une. Le chargeur était plein. Berg tenait dix cartouches de 45 dans la paume de sa main. Il les enfonça l'une après l'autre dans le chargeur, replaça le chargeur dans le revolver et remit celui-ci dans sa poche. Puis il remonta doucement l'escalier, passa sans faire de bruit devant la porte du bar et gravit la portion d'étage menant au lavabo sur le palier. Il essaya la porte : elle s'ouvrit.

Il entra, monta sur le siège, descendit le paquet qu'il avait laissé derrière la cuvette, l'ouvrit. Il prit le revolver, sortit le chargeur, l'examina, constata qu'il était chargé et le glissa dans la poche gauche de son veston. Puis il enveloppa de nouveau l'automatique dans le papier d'emballage et le remit à sa place. Il descendit tranquillement l'escalier et sortit dans la rue.

Il se disait qu'il était un fichu imbécile d'avoir cru que Shakkey laisserait les revolvers sans munitions. Il aurait dû mieux le connaître. Le jour commençait à baisser. Berg descendit la rue et revint à Piccadilly. Ensuite il tourna vers l'ouest et descendit Duke Street : il se dirigeait vers *Le Trèfle à quatre feuilles.* C'était une boîte qu'il ne connaissait pas encore ; il n'y était jamais allé. Pourtant, pendant le temps qu'il avait passé à Londres, il croyait bien avoir fait alors le tour de tous les bars de la capitale. Mais *Le Trèfle à quatre feuilles* lui avait échappé. Peut-être s'appelait-il alors autrement, ou, tout simplement, il était passé à côté sans le remarquer.

Il tourna à gauche et s'engagea dans la ruelle. Au bout du cul-de-sac, il y avait une enseigne lumineuse avec un écran protecteur. L'électricité bleue, serpentant dans les lettres, permettait de lire : *Le Trèfle à quatre feuilles.* Berg trouva que cette enseigne faisait très chic. Il franchit la porte, s'engagea dans un couloir étroit. Il y avait, sur la droite, une petite pièce dont la porte était ouverte. A l'entrée, derrière un bureau, un homme d'une cinquantaine d'années, le visage sévère, tenait devant lui un carnet répertoire, avec les noms des membres du club. Il regarda Berg d'un œil indifférent, mais inquisiteur.

— Alors ! dit-il.

Ce pouvait être aussi bien une question qu'une mise en demeure. Berg abaissa ses regards sur l'homme assis au bureau et esquissa un sourire.

— Je m'appelle Berg. Je suis à la recherche d'un second-maître mécanicien dans la marine américaine, un nommé Shakkey. Vous le connaissez peut-être ?

— Je n'ai jamais entendu parler de lui, répondit l'autre. Si vous n'êtes pas membre du club, je ne peux pas vous laisser entrer. Et allez essayer vos petites plaisanteries ailleurs, hein ! parce qu'ici c'est bien fréquenté. Nous ne recevons pas les gens que nous ne connaissons pas.

— Ça va, ça va, dit Berg. Dites donc, quel est le propriétaire de l'établissement ? Est-ce que le propriétaire est là ? Ou le directeur ?

— Qu'est-ce que ça peut bien vous faire ? répondit l'homme.

Berg cessa de sourire. Soudain son visage prit une expression très dure et contractée. Derrière ses paupières plissées, il lança à l'individu récalcitrant un regard que celui-ci sembla éprouver quelque peine à affronter.

Berg dit, très calmement :

— Je vous ai simplement posé une question, mon ami. Il n'y a aucune loi qui me l'interdise, n'est-ce pas ? Je vous ai demandé qui était le propriétaire ou le directeur de l'établissement. Rien ne vous empêche de répondre à cette question, hein ?

Il grimaça.

— Parce que, si vous ne voulez pas répondre, je vous fous mon poing sur la gueule et ça ne sera pas long.

La menace avait été exprimée si froidement, et d'un ton si détaché, qu'elle n'en fit que plus d'effet.

— C'est Mme Hahn, la propriétaire, répondit l'homme. M. Hahn est le directeur.

Un large sourire illumina la figure de Berg.

— Ça par exemple ! s'écria-t-il. Travis et Lauren Hahn ! C'est bien cela ?

L'homme derrière le bureau dit, en maugréant :

— Oui, c'est ça.

— Est-ce que l'un ou l'autre est là ?

— Mme Hahn est là.

Berg s'appuya contre le mur. Sa colère était tombée. Il se sentait étrangement, inconcevablement, heureux.

— Ecoutez, mon bonhomme, dit-il, vous allez prévenir Lauren Hahn que René Berg est ici. Et que ça saute, hein ? Grouillez-vous.

L'homme se leva aussitôt.

— J'y vais, dit-il.

Et il disparut.

Berg se dit que l'endroit était calme. Il alluma une cigarette. Il ne doutait plus maintenant que le destin jouât décidément un rôle ; il avait trouvé les armes et cela l'avait conduit au *Trèfle à quatre feuilles,* où maintenant il retrouvait Lauren ! Il attendit, fumant tranquillement sa cigarette, regardant d'un air absent le mur en face de lui, perdu dans ses pensées.

Au bout d'un moment, l'homme revint.

— Par ici, dit-il d'un ton bref.

Il conduisit Berg au bout du couloir, lui fit franchir une porte, suivit un autre couloir, écarta deux épaisses tentures, traversa une pièce qui devait servir de salle de danse, prit à gauche un autre couloir, au bout duquel il ouvrit enfin une porte. Berg entra. Lauren était assise derrière un petit bureau en acajou, dans le coin de la pièce.

— Mon Dieu !... René !... s'écria-t-elle.

Elle se leva. Berg ferma derrière lui, resta le dos appuyé contre la porte. Il regardait Lauren en souriant, très maître de lui.

— Eh bien ! qu'est-ce que tu en dis, Lauren ?

Elle le regardait. Elle était toujours aussi belle. Berg calcula qu'elle devait avoir quarante-quatre ou quarante-cinq ans, au moins. Mais elle était toujours la junonesque Lauren du temps jadis, grande, forte, les seins bas, les hanches larges, mais la taille encore bien prise. Elle avait toujours su s'habiller avec chic. Son tailleur était d'étoffe unie, noire, les poches et les manches bordées de fourrure. Au-dessus d'un jabot de dentelle rose, son cou se dressait comme une colonne. Sa mâchoire n'était pas empâtée, sa bouche charnue était pleine de promesses, que confirmaient ses yeux brun foncé. Ses cheveux, d'un noir terne, superbement coiffés, encadraient au mieux son visage.

— La vie est vraiment drôle, tu ne trouves pas, Lauren ? dit Berg. Hein ! c'est plutôt marrant de se revoir ici, avoue-le.

— Oui, c'est tout à fait comique, dit-elle doucement. Elle fit le tour du bureau. Berg put remarquer que ses jambes et ses pieds étaient toujours aussi parfaits. Elle était chaussée de ces petits souliers vernis à hauts talons qu'elle affectionnait déjà, dans le temps jadis. Elle avait toujours la même façon saccadée de poser le pied par terre, la même démarche onduleuse, le même balancement des hanches. Berg se dit, en ricanant intérieurement, que Lauren n'avait pas changé, pour ainsi dire.

Elle vint tout près de lui et lui dit :

— Mon gros loup ! Je savais bien que tu reviendrais un de ces jours.

Elle lui passa les bras autour du cou et pressa ses lèvres contre les siennes. Berg resta tout à fait calme, les bras ballants. Le baiser ne lui avait fait aucun effet. Elle relâcha son étreinte et s'écarta de lui, vexée.

— Toujours le même fils de garce, toujours aussi froid, comme de la glace, dit-elle. Je ne sais pas où tu as été, mais on ne t'a pas appris grand-chose.

— Tu te trompes, Lauren. Là d'où je reviens, on n'a rien, fichtrement rien négligé pour mon éducation.

Elle retourna au bureau, pressa un bouton. Une minute après, un larbin en jaquette blanche entra.

— Qu'est-ce que tu bois, René ? demanda Lauren.

— Un grand whisky à l'eau.

Elle leva les sourcils.

— Tu aimes ce truc-là ? C'est une boisson anglaise.

— Oui, j'aime ça, dit-il.

Elle rit soudain, découvrant une belle rangée de dents blanches.

— Parfait. Moi aussi. Deux whiskies à l'eau, bien tassés, dit-elle.

Le larbin disparut. Lauren s'assit derrière le bureau. Elle ouvrit le tiroir, sortit une boîte de cigarettes, en mit deux dans sa bouche, les alluma avec un briquet d'argent, revint vers Berg et lui mit une cigarette dans la bouche. Il y avait au bout la couleur cerise de son rouge à lèvres.

— Merci, Lauren, dit-il.

Elle retourna à son fauteuil. Il y eut un silence. Berg se disait que ce bureau était richement meublé, que le tapis était très doux sous ses pieds, que Lauren était bien habillée. Elle devait faire de bonnes affaires. Le silence se prolongea. Au bout d'un moment, le larbin en jaquette blanche revint avec les consommations. Il tendit un verre à Berg, posa l'autre sur le bureau, en face de Lauren, et sortit.

Lauren leva son verre.

— Alors, à ta santé, René, dit-elle. Et au temps jadis, ajouta-t-elle avec un sourire.

Berg but lentement. Lauren vida son verre d'un trait et le posa sur le bureau.

— Eh bien ! qu'est-ce que tu as, René ? dit-elle. Tu n'as pas l'air très gentil avec moi. Tu as eu peut-être des moments difficiles ? As-tu besoin d'un petit secours ?

Sa figure s'adoucit.

— Tu sais, René, si tu as besoin d'un secours, tu as frappé à la bonne porte.

Berg la regarda en ricanant.

— Bien sûr... bien sûr, dit-il, si j'avais eu besoin qu'on me tire d'embarras, je serais certainement venu te trouver. Merci bien. Mais je n'ai pas besoin d'argent. Où est Travis ?

Elle poussa un soupir, un petit soupir bizarre qui semblait indiquer que l'introduction du nom de son mari dans la conversation lui portait sur les nerfs.

— Je ne sais pas où est Travis, dit-elle. Il est quelque part dans les environs. Il reviendra tout à l'heure. On n'a pas besoin de s'en faire pour lui.

— Je ne m'en fais pas pour lui, répondit Berg. Mais j'aimerais savoir où il est.

Elle répondit sèchement :

— Je t'ai dit qu'il était quelque part dans les environs. Pourquoi t'occuper de lui ? Assieds-toi plutôt gentiment et causons un peu. Tu n'as rien à craindre, je ne suis pas du poison.

— Tu en es sûre ? dit Berg.

Ils se dévisagèrent. Après un silence, Lauren dit :

— Qu'est-ce que tu veux dire par là ? Est-ce que c'est une plaisanterie ?

— Non, dit-il en secouant la tête. Le goût des plaisanteries m'a passé depuis longtemps. Je te pose seulement une question. Je veux voir Travis. Où est-il ? Tu le sais !

— Je t'ai dit qu'il se promenait dans les environs. Mais je suis ici chez moi et je n'aime pas que tu me parles sur ce ton-là. Tu as toujours été un insolent, un fils de garce... tu as toujours eu l'habitude...

Berg traversa lentement la pièce, fit le tour du bureau et se pencha sur Lauren.

— Pourquoi tu ne te tiens pas tranquille ? Pourquoi tu ne me dis pas ce que je veux savoir ? Où est Travis ? Inutile de vouloir gagner du temps. Avec une bonne paire de gifles, je te forcerai bien à parler.

Elle posa ses mains sur le bureau en face d'elle. Berg put voir les bagues de diamants qui scintillaient à ses doigts. Elle abaissa ses épaules dans une attitude résignée.

— Il ne doit pas être loin, dit-elle. Il devrait déjà être rentré. Tu le trouveras peut-être dans l'autre bureau, en train de vérifier les comptes d'hier. C'est la dernière porte au fond du couloir à droite.

— Merci, Lauren, dit Berg.

Il tourna les talons et sortit du bureau. Elle le suivit des yeux, lui lança un regard froid et hostile.

Berg alla frapper à la dernière porte dans le couloir. Il n'obtint pas de réponse. Il ouvrit la porte, fit de la lumière. La pièce, très luxueusement meublée, était plus petite que celle de Lauren. Mais c'était davantage un cabinet de travail qu'un bureau de réception. Il y avait contre le mur quelques classeurs en acier. Le téléphone, le buvard, les porte-stylo — tout cela avait dû coûter très cher — étaient proprement rangés sur le grand bureau en noyer. Berg admira les meubles et conclut que Travis était plus que jamais ami du luxe et de l'ordre. Travis avait toujours aimé le luxe et l'ordre. Il aimait que chaque chose fût à sa place, excepté... les lèvres de Berg se tordirent en une grimace.

C'était un organisateur, Travis. Oui, il avait un grand talent d'organisateur. C'était un type qui voyait loin, qui savait prévoir, qui alliait à la prudence convenable toute l'audace nécessaire, le cas échéant. C'est-à-dire qu'il était très partisan des méthodes prudentes quand il s'agissait de sa propre personne. Mais, dès qu'il s'agissait des autres, il concevait des plans qui ne manquaient pas d'audace. Il avait été tout spécialement audacieux en ce qui concernait Berg. Et probablement il croyait, même encore aujourd'hui, que Berg ne s'en était pas aperçu. Ce qui faisait que la situation était plutôt comique.

Mais Travis n'était pas un imbécile. Apparemment, il avait maintenant une situation excellente, ses affaires étaient prospères. Cette boîte, bien gérée et bien fréquentée, devait avoir été une vraie mine d'or en temps de guerre. Après avoir soigneusement camouflé son métier et ses relations du temps jadis, Travis devait avoir été très populaire auprès des services américains en Angleterre. Il avait réussi une bonne petite combinaison, une bonne petite affaire, sans risques.

Berg regardait les objets autour de lui. Il se demandait où Travis avait pu se procurer un aussi beau bureau en noyer, en temps de guerre. Mais est-ce que Travis ne se débrouillait pas toujours pour obtenir ce qu'il désirait ? Berg éteignit la lumière, ferma la porte et revint au bureau de Lauren. Il ouvrit la porte, avança d'un pas et resta là, regardant Lauren, qui, assise dans le fauteuil, considérait ses mains, aux doigts blancs, légèrement gonflés, étendues devant elle sur le bureau. Berg ricana intérieurement. Il se rappelait Lauren, dans le temps, quand elle regardait ses mains jointes sur ses genoux. On savait aussitôt qu'elle était en train de préparer un plan. Elle qui savait si bien feindre, elle n'avait jamais pu se corriger de cette habitude qui la trahissait.

Le silence semblait vouloir se prolonger. Puis Berg dit :

— Travis n'est pas là. Je vais l'attendre ici.

Elle fit un signe de tête, sans parler. Puis, après un silence, elle sembla avoir pris une décision et dit d'une voix douce et très claire :

— Il y a si longtemps qu'on ne t'avait pas vu, René ! Où étais-tu donc ? La dernière fois qu'on m'a parlé de toi, on m'a dit que tu avais eu toutes sortes d'aventures, que tu t'étais battu pendant une révolution au Gran Chaco. Est-ce que c'était amusant ? Et, depuis, qu'est-ce que tu es devenu ? Tu as toujours été un type extraordinaire, René. Tu as toujours su te tirer de tous les mauvais pas.

Maintenant, elle le regardait en souriant.

Berg se dit en lui-même : « Tu tournes autour du pot, sale garce. Tu voudrais bien me tirer les vers du nez. Tu voudrais bien savoir si j'ai deviné le tour de cochon que tu m'as joué, dans le temps jadis. »

Il haussa imperceptiblement les épaules et répondit d'une voix neutre :

— Oui, j'ai pas mal voyagé en Amérique du Sud, mais ça ne m'a pas rapporté grand-chose.

— Vraiment ? dit-elle, en haussant un sourcil, selon une habitude charmante qu'elle avait dans les conversations familières. Comment ça se fait ? Tu as pourtant tout ce qu'il faut pour réussir, René. Nous avons tous pensé que tu allais faire fortune en un rien de temps.

Ainsi, ils s'étaient donné la peine de savoir ce qu'il avait fait au Gran Chaco. Ils avaient appris qu'il avait combattu en Amérique du Sud — si l'on pouvait appeler combattre son genre de travail très particulier. Il se demanda qui les avait renseignés et ce qu'ils savaient au juste. Ils avaient dû entendre parler de lui, par hasard, et maintenant elle essayait d'en savoir davantage.

Il haussa les épaules une deuxième fois.

— Je n'ai jamais été très bon pour le côté financier du travail, Lauren. Tu devrais le savoir. Peut-être que je ne suis pas ce qu'on appelle un homme d'affaires.

Lauren rit doucement.

— Ah ? Tu n'es pas un homme d'affaires ? Alors, dis-moi ce que tu es, René ?

Il la regarda en ricanant.

— Tu devrais le savoir, Lauren. Tu le sais mieux que moi. Parce que, si on me demandait de faire mon portrait, je dirais simplement que je suis un héros manqué.

Elle haussa les sourcils. Puis elle prit un crayon et se mit à tambouriner nerveusement avec le gros bout sur le bureau. Berg remarqua son impatience.

— Tu as peut-être raison, René, dit-elle. C'est vrai que tu as toujours eu du goût pour l'héroïsme — même dans le temps jadis. Je me rappelle que tu as toujours voulu être un héros. Eh bien ! il y a eu la guerre... Pourquoi diable n'as-tu pas sauté sur l'occasion ?... Tu avais peut-être mieux à faire ?

— Tu voudrais savoir si j'ai été soldat, hein ? répondit Berg.

Il haussa les épaules :

— L'oncle Sam ne savait pas quoi faire d'un bon à rien comme moi. Peut-être que, si je n'avais pas été un pourri, j'aurais essayé de me rendre utile.

Il riait intérieurement. Ça l'amusait follement de se payer la tête de Lauren. Il se demandait ce qu'elle penserait si elle savait...

Elle posa son crayon.

— Ce n'est pas vrai, tu n'es pas un pourri, dit-elle. Tu n'as pas froid aux yeux et tu ne t'es jamais dégonflé. Mais, je ne sais pas, on dirait que tu as reçu des coups de pied au cul.

Elle ajouta en souriant :

— S'il est possible que quelqu'un se soit permis de botter les fesses à René Berg.

Il l'observa un moment et répondit :

— Tu pourrais bien avoir raison, Lauren. La vie se charge parfois de vous distribuer des coups de pied au cul.

Lauren se pencha un peu en avant :

— Ecoute, René, dit-elle, qu'est-ce qui ne va pas ? Tu ne te laisses pourtant pas abattre facilement. Bon sang, je n'ai jamais connu un gars comme toi. Tu étais bien le type le plus adroit et le plus coriace que j'aie jamais rencontré de ma vie, quand...

Berg la regarda en ricanant.

— Oui... je sais ce que tu allais dire. Je n'étais pas si adroit et pas si coriace avant, n'est-ce pas ? Avant le moment auquel tu fais allusion... Tu te rappelles, Lauren ?

— Tu ne vas pas devenir amer en évoquant je ne sais quels souvenirs, n'est-ce pas, René ? Mais qu'est-ce diable que tu peux bien avoir ? Tu as une idée qui te trotte dans la tête ? Tu ferais mieux de boire un coup.

— Excellente idée ! dit Berg. Buvons un coup, Lauren. Je sens que ça me remontera.

Elle pressa le bouton sur son bureau. Le larbin à jaquette blanche réapparut. Mais cette fois, il n'avait pas besoin d'attendre les ordres. Il avait apporté une bouteille, un siphon, deux verres et un petit seau de glace. Il les posa sur le bureau et s'éloigna.

Berg avait remarqué sa jaquette de toile, bien coupée et d'une blancheur immaculée. Il se dit, avec une certaine admiration, que Lauren savait s'entourer de domestiques impeccables. Travis aussi aimait l'ordre et la propreté.

Elle versa deux whiskies bien tassés, et mit quelques morceaux de glace dans les verres. Elle se leva, apporta un verre à Berg. Quand elle fut tout près de lui, l'odeur subtile de son parfum lui chatouilla les narines. Il reconnut le parfum qu'elle affectionnait déjà dans le temps jadis. Il lui sembla alors qu'aucune femme — à l'exception d'une seule peut-être — n'avait jamais été plus pleinement femme que Lauren. Tous ses gestes étaient une incessante provocation. Elle ne pouvait pas faire trois pas dans une pièce sans vous faire penser aux choses défendues. Mais, étaient-elles vraiment défendues ?

Berg leva son verre.

— Eh bien ! à ta santé ! dit-il.

Et il but son whisky.

Elle prit son verre à son tour et regarda Berg par-dessus le bord. Ses yeux, mi-clos, avaient un regard très doux.

— A ta santé, grand gosse ! dit-elle. Quel drôle de type tu fais, tout de même !

Il y avait un léger accent de colère dans sa voix.

Berg, d'un mouvement de main giratoire, fit tinter les petits morceaux de glace contre le bord de son verre.

— Ah ! pourquoi ? dit-il.

— Tu es toujours le même, vieux René que j'ai connu, dit Lauren. Mais tu as une autre allure. Tu te rappelles comment tu parlais dans le temps jadis ? Quand tu nous es venu de la campagne, des monts Ozark, je crois bien, tu avais un accent à couper au couteau. Je n'avais jamais rien entendu d'aussi marrant. Maintenant, tu parles moitié anglais, moitié américain. Qu'est-ce que tu as fait, tout ce temps-là ?

Berg écarta les bras, d'un geste vague.

— Je me suis baladé. J'ai vu du pays, dit-il.

Il prit le parti de mentir.

— Après l'affaire du Gran Chaco, je suis rentré aux Etats-Unis. Et puis la guerre a éclaté. Je ne savais pas très bien quoi faire.

Il réfléchit qu'il devait faire attention aux mensonges qu'il racontait. Lauren avait le chic pour vérifier les histoires et, si elle était vraiment curieuse, elle essayerait de découvrir la vérité. Il valait mieux ne rien préciser.

— Et puis... quoi... tu peux t'imaginer tout ce qui peut arriver à un gars comme moi, reprit-il. Un boulot par-ci, un boulot par-là. Un jour plein aux as, le lendemain sans un rond. Tu sais comment c'est.

Il ajouta avec un sourire :

— C'est peut-être parce que je n'ai jamais appris d'autre métier que celui que tu sais.

— Oui, je sais. Mais, dans ce métier-là, tu étais un as.

— Je crois que oui. C'est peut-être la seule chose que j'aie jamais su faire de ma vie.

Lauren remplit à nouveau leurs verres, avec beaucoup de whisky et très peu d'eau de Seltz.

— Ah ! ah ! dit Berg. Tu veux que je me cuite. Tu essayes de me délier la langue, hein ?

Il éclata de rire et vint prendre son verre.

— Pas du tout, René. Je sais bien que tu ne parleras pas si tu n'as pas envie de parler. Et puis, si tu ne parles pas, c'est peut-être que tu n'as pas grand-chose à raconter. Je sais comment c'est. La vie n'a pas été rose pour tout le monde, ces dernières années. Pour ceux qui étaient dans les services ou qui avaient un bon emploi, c'était parfait. Mais pour celui qui était sur la brèche, comme toi, peut-être, ce n'était pas toujours drôle.

— En tout cas, je constate que vos affaires à vous n'ont pas trop mal marché. C'est coquet ici. Quel est le propriétaire ? Toi ou Travis ? Et comment vous arrangez-vous ? Est-ce que les Anglais voient d'un bon œil que des Américains s'installent ici pour faire ce truc-là ?

Elle lui fit de l'œil d'un air délicieusement troublard.

— C'est moi la propriétaire. Mais tu oublies quelque chose. Travis est canadien. Du moins, il s'est fait passer pour canadien. Et, moi, je suis sa femme.

Elle cligna de l'œil encore une fois.

— Ça fait des années que nous sommes mariés maintenant. Comme ça, notre situation ici est parfaitement en règle et je crois même que nous allons nous établir ici définitivement.

— Pourquoi pas ? dit Berg. C'est une bonne affaire.

— Oui. C'est une bonne affaire. Il y a seulement une chose qui me dérange.

Berg la regarda d'un air incrédule, en souriant d'un petit sourire un peu crispé.

— Oui, c'est Travis qui me dérange, dit-elle. Je n'ai jamais encaissé ce type-là.

— Sans blague ! dit Berg. Alors, pourquoi l'as-tu épousé ?

Elle écarta les mains.

— Tu pourrais poser la même question à des milliers de femmes mariées, répondit-elle. Je crois que nous avons tous besoin d'une leçon.

Il y eut un silence. Puis elle reprit :

— C'est pour ça que ça m'étonnait.

— Qu'est-ce qui t'étonnait ?

Elle haussa légèrement une épaule. Puis elle examina le bracelet à son poignet droit. C'était un bracelet en platine, où se balançaient une centaine de petits ornements qui s'entrechoquaient en tintinnabulant quand elle remuait le poignet. Berg aimait assez ce bruit.

Elle dit, d'une voix douce :

— Tu as toujours été un bon gars, René, toujours franc comme l'or. Pendant un moment, on a beaucoup parlé de toi, mais tout le monde rendait hommage à ta loyauté. Tu es un client pas commode, mais il y a en toi quelque chose de foncièrement bon.

Berg dit, d'un air las :

— Pourquoi ne pas avoir mis ça en musique ? On aurait pu en faire un disque. Alors, je suis un type épatant ; je suis franc et loyal, et puis quoi encore ? Merci pour la pommade.

— C'est bon. Je ne continue pas sur ce ton-là, puisque tu n'aimes pas ça. Mais je voulais te dire qu'il y a du travail pour toi, ici, René.

Elle se pencha en avant.

— Nous avons besoin d'un homme comme toi. Ce club va devenir une grande affaire. J'espère bien en ouvrir d'autres dans diverses régions. Tu sais, il y a une foule d'Américains qui vont venir ici. Il y a de l'argent à gagner, plein les poches. Pourquoi tu ne t'associerais pas avec moi ?

Elle s'arrêta, un peu essoufflée. Berg observait ses seins qui montaient et descendaient. Il se disait : « Tu es en train d'inventer tout ça au fur et à mesure, mais c'est une histoire charmante. »

— Et qu'est-ce que dirait Travis ? demanda-t-il.

Elle poussa une exclamation, puis elle haussa les épaules et fit la moue.

— Eh bien ! quoi ? Qu'est-ce qu'il a à dire, Travis ? Si ça ne lui plaît pas, il peut toujours ficher le camp.

— Il doit être enchanté de savoir ça. Tu lui as déjà dit ?

— S'il ne le sait pas encore, qu'il le devine !

Berg prit son verre, but la moitié du whisky, le trouva excellent.

— Je me demande s'il va bientôt rentrer, cet animal. Je voudrais lui parler, dit-il.

— Pourquoi ? Je peux peut-être te rendre service à sa place, dit Lauren qui semblait avoir déjà oublié l'offre pressante qu'elle lui faisait il y a deux minutes.

Berg demanda, avec une indifférence affectée :

— Est-ce que vous auriez, par hasard, rencontré Shakkey ? Ça me ferait plaisir de revoir Shakkey.

Elle le regarda en écarquillant les yeux.

— Ça, c'est formidable ! s'écria-t-elle. Qui a jamais entendu parler de Shakkey ? Qu'est-ce qu'il fiche, ce bon à rien ? Comment peut-on avoir l'idée de rencontrer ce crétin-là ?

— Je ne sais pas. Mais je ne crois pas que ce soit un mauvais type, vois-tu. Il n'était pas si mal que ça. Je crois qu'il s'est bien débrouillé pendant cette guerre. J'ai entendu dire qu'il était second-maître mécanicien sur un contre-torpilleur américain. J'ai pensé qu'il avait dû venir à Londres et qu'il vous avait peut-être fait une visite.

Elle secoua la tête négativement.

— Non, nous n'avons jamais revu ce type-là. Et je ne crois pas que nous ayons envie de le revoir.

Elle éclata de rire.

— Shakkey dans la marine ! Ça alors ! Il y a de quoi se tordre ! Je donnerais bien cinq cents dollars pour le voir en uniforme. Shakkey marin ! C'est à mourir de rire.

— Et tu ne sais pas où il est ?

— Non, René, affirma-t-elle.

Elle le regarda. Il y eut un silence.

— Mais j'arriverai peut-être à le savoir.

Elle se leva et vint tout contre lui. Il sentit à nouveau son parfum.

— J'arriverai peut-être à le savoir, répéta-t-elle. Reste dans les parages et, si ça t'intéresse vraiment, je te préviendrai. Qu'est-ce que je ne ferais pas pour toi, imbécile de mon cœur !

— Oui... oui... c'est bien ce que je pensais, dit Berg.

Il entendit un petit bruit dehors.

— C'est peut-être Travis, dit-il. Je reviens dans un moment.

Il jeta lentement un coup d'œil circulaire dans toute la pièce, remarqua le téléphone sur le bureau.

— A tout à l'heure, dit-il en sortant.

Il ferma la porte derrière lui et prit le petit couloir. La porte du bureau de Travis était entrouverte et la lumière allumée. Travis était assis à son bureau. Les yeux lui sortirent presque de la tête quand il aperçut Berg.

— Mon Dieu !... René !... Ça, par exemple ! Je te croyais mort ! On m'avait dit que tu avais été tué, je ne sais plus où, au Gran Chaco ou quelque part par là. Mais je ne me suis jamais laissé prendre à ce boniment-là, qu'on t'avait descendu. Ça, c'est formidable !

Berg dit en souriant :

— Eh ! oui, me voilà. Et je ne suis pas encore un macchabée.

Il regarda Travis. Celui-ci était, comme d'habitude, habillé avec beaucoup de chic. L'étoffe de son veston était de première qualité, la coupe parfaite, un peu exagérée peut-être. Il y avait un peu trop d'épaules, la taille était un peu trop serrée. Les souliers aussi étaient peut-être un peu trop pointus. Mais la chemise était en soie, et la cravate était de celles qui coûtaient cinq dollars, dans le temps jadis. Où Travis avait-il pu se procurer tout ça, en temps de guerre ?

— Ecoute, René, dit Travis, une rencontre pareille, ça doit s'arroser, et comme il faut, encore ! Lauren va être aux cent coups de te revoir. Elle va être dans tous ses états. Nom d'un chien, ça nous rappelle le bon vieux temps.

Berg jugea excessive la cordialité de cet accueil. Il dit :

— J'ai déjà bavardé avec Lauren. Elle n'en revenait pas de me revoir. Nous avons déjà bu quelques verres de whisky. Mais j'avais un mot à te dire, Travis, juste un mot entre quatre yeux, pour ainsi dire.

Travis s'assit à son bureau.

— Bien sûr, bien sûr..., dit-il, tout ce que je peux faire pour toi... tu sais...

Sa voix tremblait un peu ; il avait l'air légèrement mal à l'aise.

— Tu me croiras si tu veux, dit Berg, mais Shakkey a trouvé une place dans la marine. Il est second-maître mécanicien. Je crois qu'il est venu à Londres un de ces jours. Et je n'ai pas l'impression qu'il soit parti. J'ai comme une idée qu'il est toujours ici. Je veux le retrouver.

Travis écarta les mains.

— Mais, grand Dieu, René, où veux-tu commencer à chercher un gars comme Shakkey ? Je te demande un peu ! Comment diable veux-tu le dénicher ?

— Je n'en sais rien. Mais j'ai besoin de le revoir. Et je suis même assez pressé.

L'espace d'une seconde, les yeux de Travis se dirigèrent vers le téléphone. Puis il haussa de nouveau les épaules.

— Ecoute, dit-il, je peux peut-être m'arranger pour retrouver sa trace, c'est-à-dire s'il est venu à Londres. Laisse-moi une semaine et je pourrai déjà te donner des indications. Reviens me voir dans quelques jours, René. J'aurai peut-être du nouveau pour toi.

Berg avança jusqu'au bureau. Travis leva les yeux et son regard rencontra celui de Berg, froid et résolu.

— Voyons, Travis, dit Berg. Je crois que ça pourrait durer moins longtemps. Je suis assez pressé de retrouver Shakkey, je te l'ai dit. Tu ne pourrais pas faire un peu plus vite ?

Berg parlait d'un ton presque suppliant, comme s'il priait Travis de lui rendre ce service.

Du coup, Travis retrouva toute sa sérénité. Il répondit, du ton le plus cordial :

— Que veux-tu, René, il n'y a pas la moindre chance que je mette la main sur ce gars-là avant huit à dix jours. Et encore il ne faudra pas que je perde mon temps si je veux le dénicher. Sois raisonnable. Tu as toujours été un garçon raisonnable, n'est-ce pas ?

— Oui, dit Berg.

Il se pencha en avant, agrippa de la main gauche le col de la chemise de soie de Travis, leva son poing droit et l'abattit comme un marteau sur la bouche de Travis.

Celui-ci fit entendre une sorte de bredouillement et retomba au fond de sa chaise, les lèvres fendues et saignantes, une dent cassée sur le devant de la bouche. Alors Berg dit d'une voix douce, mais où perçait une terrible menace — et Travis se rappela quand il avait déjà entendu cette voix :

— Ecoute, mon salaud, je vais aller boire un verre de whisky avec Lauren, peut-être deux, peut-être trois. Ça nous prendra un quart d'heure. Dans un quart d'heure, je veux que tu me dises où est Shakkey. Sinon, sais-tu ce que je ferai ?

Berg glissa vivement sa main à l'intérieur de sa poche, sous son bras gauche. Il en sortit l'automatique de 45, à crosse d'ivoire.

— Tu te rappelles ceci, Travis ? dit-il. Hein ? tu te rappelles ?

Il remit le revolver dans sa poche.

— Je vais boire un coup avec Lauren, répéta-t-il. Dans vingt minutes tu viens nous rejoindre et tu me dis où est Shakkey. Autrement, je te flanque une balle dans la peau et, avant, je t'administre une bonne raclée.

Berg fit demi-tour et se dirigea vers la porte. Il l'ouvrit, se retourna pour regarder Travis par-dessus son épaule et dit encore en souriant :

— Ne fais pas le méchant et grouille-toi.

Lauren était debout, appuyée à son bureau, et regardait la porte. Elle tenait à la main gauche une cigarette fumée jusqu'à la moitié. Sa main droite, sur le bureau, serrait un verre.

— Tu as vu Travis, René ? demanda-t-elle.

— Oui, dit-il en hochant la tête. Il a été très content de me revoir. Nous avons un peu bavardé ensemble.

Elle s'éloigna du bureau d'une poussée, se retourna, versa un autre whisky. Elle regarda Berg par-dessus son épaule et lui demanda :

— Encore un verre ?

— Merci, Lauren, répondit-il. Je n'ai pas eu souvent l'occasion de boire du whisky. J'aime bien ça, le whisky.

— Oui, moi aussi. Où est Travis ? Qu'est-ce qu'il fait ?

— Il doit être en train de chercher l'adresse de Shakkey, dit Berg avec un sourire. Je lui ai donné un quart d'heure pour la trouver et j'ai pensé que nous pouvions boire un verre tous les deux, en attendant.

Elle versa le whisky et lui tendit lentement son verre.

— Tu es tout de même un drôle de type, René. Je t'avais dit que je pouvais savoir où est Shakkey.

— Bien sûr, mais je voulais que ce soit Travis qui me le dise.

Elle haussa les épaules.

— Je me demande bien comment il va faire pour la trouver, cette adresse.

— Je ne sais pas, dit Berg. Mais il doit se dire que ça pourrait être une bonne idée de se dépêcher de la trouver. En tout cas, d'abord, je crois que ça ne lui plaisait pas beaucoup et qu'il a changé d'avis.

Lauren eut un sourire malicieux.

— Je vois ça. Tu lui as parlé le langage qu'il fallait, n'est-ce pas ?

Sa respiration s'accéléra.

— Qu'est-ce que tu lui as fait, dis ?

— Pas grand-chose. Je ne lui ai pas trop abîmé le portrait. J'ai seulement fait saigner un peu sa mignonne petite bouche.

Puis, comme après mûre réflexion, il déclara :

— J'en ai assez de Travis. En ce qui me concerne, j'en ai tout à fait marre de lui, comme d'une vieille robe de chambre usée.

Il but un peu de whisky.

— Tu dois penser à peu près la même chose de moi, dit Lauren.

Berg la regarda en souriant.

— Peut-être bien, dit-il. — Il se mit à rire. — Sauf que personne ne pourrait prétendre que tu aies l'air d'une vieille robe de chambre usée. Tu es splendide, Lauren.

Elle retourna à son fauteuil derrière le bureau. Elle prit deux cigarettes dans la boîte à cigarettes, lui en jeta une. Il l'attrapa au vol, l'alluma. Il se pencha sur le bureau, alluma la cigarette de Lauren avec son briquet. Elle lui souffla un peu de fumée à la figure, le regardant à travers le petit nuage.

— Je voudrais bien savoir ce que tu avais contre moi, tout à l'heure, dit-elle. Qu'est-ce que je t'ai fait, bon sang ? On croirait vraiment qu'on ne s'est pas occupés de toi, dans le temps jadis. Tu prends tout de suite la mouche...

Berg articula lentement :

— On dirait que ça ne te plaît pas tant que ça, que je sois revenu, Lauren. Tu n'étais peut-être pas très contente de me voir entrer ici. Tu sais peut-être quelque chose.

— Je ne sais rien du tout, dit-elle sèchement. Je ne sais pas de quoi tu parles. Tout ce que je sais, c'est que tu viens ici, que je t'accueille tendrement et voilà comment tu me traites. — Elle rit. — J'ai peut-être eu tout de même plus de veine que Travis. — Ses yeux étincelèrent un moment. — J'ai peut-être eu de la chance de ne pas recevoir ton poing sur la figure, moi aussi.

— Peut-être bien, dit Berg en ricanant.

La porte s'ouvrit. Travis apparut sur le seuil. Il avait la lèvre supérieure enflée et un peu de sang coagulé sur la lèvre inférieure. Lauren le regarda et ses yeux trahirent sa gaieté.

— Oh ! mon chéri, qu'est-ce qu'il t'est arrivé ? Tu t'es cogné contre un bec de gaz ou quoi ?

— Oh ! toi... la ferme ! dit Travis.

Il tenait une feuille de papier à la main. Il la tendit à Berg.

— Tiens, voici l'adresse, dit-il. J'ai fait vite, n'est-ce pas ?

Il regardait droit devant lui.

Berg sortit la main de sa poche et prit la feuille de papier. Il la lut, la mit dans la poche intérieure de son veston. Il prit son verre sur le bureau et but le reste du whisky.

— Eh bien ! vous avez été très gentils, tous les deux, dit-il. Je suis content de vous avoir vus. Ça m'a rappelé le bon vieux temps. Mais, maintenant, il faut que je m'en aille.

— Si tu es pressé, on ne veut pas te retenir, dit Lauren ; mais, tu sais, quand tu passeras par ici, monte nous voir, tu seras bien reçu. Ça me fait toujours plaisir de te voir et à Travis aussi.

Elle regarda son mari avec un sourire ironique.

— N'est-ce pas, Travis ?

— Bien sûr... bien sûr. Je suis toujours très heureux de voir René.

Berg prit son chapeau.

— Au revoir, Lauren, dit-il. Au revoir, Travis.

Il sortit du bureau, ferma la porte derrière lui. Dans le couloir, ses regards se posèrent sur la boiserie. Il se baissa, prit un canif dans la poche de son pantalon, sortit la grande lame, s'agenouilla par terre et travailla un moment contre la boiserie. Puis il se releva, rangea son couteau, alla au bout du couloir, traversa la salle de danse, passa devant le cerbère attablé près de la porte et se trouva dans la rue.

Il siffla doucement un air pour lui-même.

Dans le bureau, Lauren regarda Travis et demanda :

— Tu lui as donné la bonne adresse ?

Il haussa les épaules.

— Je lui ai donné celle que j'avais. C'est peut-être la bonne, c'est peut-être la mauvaise ; je n'en sais rien. Mais ne t'en fais pas. Tu connais Berg, s'il s'est mis dans la tête de retrouver Shakkey, tu peux être sûre qu'il le trouvera. Rien ne l'arrêtera. Alors, à quoi bon ?

Elle approuva d'un signe de tête. Elle dit :

— Tu sais ce qu'il va faire, n'est-ce pas ?

Il la regarda, puis il dit lentement :

— Non ? Tu crois ?

Elle répondit :

— Oui... c'est exactement cela qu'il va faire. Eh bien ! moi, je ne vais pas laisser ça se passer comme ça.

— Tu vas lui mettre des bâtons dans les roues, hein ? dit Travis en ricanant. Tu vas essayer de l'embêter. Pourquoi ? Qu'est-ce qu'il t'a fait ? Il t'a envoyée promener ? Je parierais qu'il n'a pas voulu de toi ! Tu as toujours eu un sérieux béguin pour René.

Elle répondit d'une voix sifflante :

— Ferme ta sale gueule ! Ça se peut que j'en aie pincé pour René. Et peut-être que j'en pince encore pour lui. Qu'est-ce que ça te fait ? En tout cas, je vais lui mettre des bâtons dans les roues.

Elle décrocha le récepteur du téléphone.

— Passez-moi Trunks, dit-elle.

— A quoi ça t'avance de prévenir ce gars-là ? Je te croyais moins gourde, dit Travis.

Elle actionnait sans arrêt la fourche de l'appareil.

— Qu'est-ce qui se passe avec ce sacré téléphone ? Impossible d'avoir la communication.

Travis se leva. Il marcha le long du fil téléphonique, ouvrit la porte, sortit dans le couloir. Il revint l'instant d'après, souriant.

— A ta place, je ne m'énerverais pas. Il a coupé le fil dans le couloir. C'est un malin, René. Il a toujours su se débrouiller.

Elle dit âprement :

— Il n'y a rien de malin là-dedans. Je vais me servir d'un autre appareil, voilà tout.

Travis, sur le pas de la porte, lui barra le chemin.

— Calme-toi, Lauren, dit-il. Crois-tu qu'il ne savait pas que tu pouvais te servir d'un autre appareil ? Crois-tu qu'il ne sait pas qu'il y a plus d'une ligne téléphonique à Londres ? Ce n'est pas pour ça qu'il a coupé le fil dans le couloir.

— Ah ? C'est pour quoi, alors ? J'attends que tu me le dises.

— C'est un petit avertissement, à toi et à moi, ma chérie, rien qu'un petit avertissement, pour te dire de te mêler de ce qui te regarde et de ne pas mettre ton nez dans ses affaires. T'as pigé ?

— J'ai pigé.

— Alors, il ne faut pas téléphoner. Il ne faut rien faire du tout. Ça sera plus sain.

Lauren retourna s'asseoir à son bureau et dit, d'un air las :

— Tu as peut-être raison, Travis. Tu as peut-être raison.

Berg descendit Piccadilly en direction du Cirque. Il pensait avec amertume à Travis et à Lauren. Ils étaient très forts, ces deux-là. C'étaient de vrais durs. Ils savaient s'y prendre, dans la vie. Ou du moins ils croyaient. Ils avaient aussi un esprit d'une souplesse étonnante. Il suffisait qu'ils ne veuillent pas penser à une chose toute récente pour qu'ils l'ignorent totalement. Ils ne daignaient s'apercevoir que des choses qu'ils désiraient se rappeler. Le reste, ils l'oubliaient, avec la plus grande facilité. Trop facilement, se dit Berg.

Et ils ne s'en faisaient pas à cause de lui. Ils n'en voyaient pas la raison. Ils se disaient qu'ils n'avaient pas à s'en faire. Pour eux, il était complètement lessivé. Ils croyaient qu'il était maintenant presque en aussi mauvaise posture que la première fois qu'il s'était présenté à eux, il y a des années. Lauren, bien entendu, avait toujours un faible pour lui. Elle lui trouvait quelque chose d'attirant. Elle était prête à lui offrir un boulot et du fric, rien que pour l'avoir autour d'elle, rien que pour faire enrager Travis.

Berg se disait que la vie était vraiment bizarre. On était jeté dans la vie comme dans un courant et elle vous trimballait de côté et d'autre. Des choses vous arrivaient — qui vous faisaient penser à d'autres choses et vous faisaient faire d'autres choses. Le résultat des choses à quoi on avait pensé ou qu'on avait faites, c'était une nouvelle série de choses qui vous arrivaient et ainsi de suite, pendant des années et des années, des choses vous arrivaient à cause de quelque chose que vous aviez fait, sans discontinuer.

Il se demanda vaguement qui était responsable de la première chose qui était à l'origine de cette succession d'événements. Mais il ne poursuivit pas plus loin ces recherches. Ce genre de réflexions l'assommait. Et puis ça ne menait nulle part.

Maintenant, il traversait le Cirque. Il s'engagea dans Shaftesbury Avenue, puis obliqua dans une rue dont il se souvenait et trouva cent mètres plus loin l'escalier qui menait au club. Il connaissait bien, pour l'avoir souvent fréquentée jadis, cette boîte inoffensive, où les consommations n'étaient pas mauvaises et les femmes assez quelconques. Il descendit les marches.

A l'entrée, un homme, dans le classique petit bureau, muni du classique petit carnet, lui demanda s'il était membre du club. Berg répondit affirmativement et entra. La salle était longue et étroite. Il y avait un bar derrière lequel se tenaient deux femmes. Au bout du bar, une porte conduisait à d'autres salles où l'on pouvait manger. Berg commanda un grand whisky à l'eau.

Il se rendit compte qu'il avait bu une quantité considérable de whisky. Mais c'était agréable de boire du whisky. La vie vous semblait plus facile et toute sorte de choses apparaissaient possibles. Il regarda les bulles qui montaient encore du fond de son verre.

En se retournant, il heurta du coude une femme qui était venue s'asseoir à côté de lui. Pas moyen d'aller dans un club sans trouver une femme. Il se dit qu'il devait y avoir une foule de femmes qui attendaient, dans les clubs, des gens comme lui.

— Alors, mignonne ? dit-il.

Elle le regarda de côté. Elle était très jeune, elle avait l'air éveillé, un petit nez en trompette, et elle avait mal choisi la couleur de son rouge à lèvres.

— Alors, tu payes un verre ? dit-elle.

— Pourquoi pas ? Du whisky ?

Elle approuva d'un signe de tête. Il commanda un grand whisky à l'eau.

— Tu es américain, n'est-ce pas ?

Berg fit un signe de tête affirmatif.

— Tu les aimes, les Américains ? demanda-t-il.

— Tout le monde les aime, répondit la môme. On en a vu des tas, ici, tu sais. On est bien forcé de les trouver gentils, même quand ils ne le sont pas ; mais la plupart sont de braves types. Et puis ils ont du fric.

Berg hocha la tête.

— C'est ce que tu réponds toujours à la question, hein ! ma gosse ?

— C'est une bonne réponse. Qu'est-ce que tu es, toi ? troupier, marin ou pilote ? Ou simplement un homme d'affaires fatigué ?

Il la regarda en riant :

— Ça t'en bouche un coin : mais je ne suis rien de tout ça. Je ne suis même pas fatigué.

Elle but son verre.

Dehors il faisait nuit. Personne ne vit arriver le car de police. Le fond du car s'ouvrit, et une vingtaine de policemen sautèrent sur le trottoir, conduits par un sous-officier, ils descendirent les marches et, en un clin d'œil, se trouvèrent dans le vestibule du club.

La jeune fille poussa Berg du coude.

— Eh ! une descente de police ! Nom d'un chien ! Ce n'est pourtant pas l'heure interdite. Et c'est bien fréquenté, ici. Qu'est-ce qu'ils viennent y faire ?

Berg dit qu'il n'en savait absolument rien. Il réfléchit rapidement.

Quand la police visitait un bar, on vous demandait toujours votre nom et votre adresse. Ceux qui n'étaient pas citoyens anglais devaient montrer leurs papiers. Il poussa un soupir de soulagement. Heureusement, il était en règle. Ransome avait pensé à tout.

— Ne te frappe pas, ma gosse. Demain, il fera jour. Et puis, ici, les flics ont l'air assez gentils. Ils sont beaucoup moins vaches que là d'où je viens.

— Ah ? Ça me fait plaisir de t'entendre dire ça.

Les policemen entrèrent dans le bar. Personne ne bougea. Apparemment, les clients avaient l'habitude de ces descentes de police.

Le sous-inspecteur dit :

— Gardez votre sang-froid, je vous prie. Et veuillez nous donner vos noms et vos adresses. Inutile de s'énerver.

Derrière lui, quatre solides policemen casqués regardaient les occupants du bar à peu près comme du bétail qu'ils auraient capturé.

La jeune fille se glissa en bas de son siège et alla trouver l'inspecteur.

— Qu'est-ce que ça veut dire ? C'est encore l'heure permise. On ne fait rien de mal. Qu'est-ce qui se passe ?

L'inspecteur répondit très poliment :

— Si je le savais, je serais probablement préfet de police. Moi, je ne fais qu'exécuter les ordres.

La jeune fille disparut dans la salle du restaurant. Berg finit son verre et se dirigea vers la sortie.

— Etes-vous membre du club ? lui demanda le policeman.

— Je pense que oui. J'avais l'habitude de venir ici, il y a pas mal de temps, dit Berg.

Le policeman lui demanda son nom et son adresse.

Berg obtempéra.

— René Berg, 126, Redwood Avenue, Earl's Court.

Le sous-inspecteur s'approcha. Il demanda par-dessus l'épaule du policeman :

— Vous êtes anglais ?

— Non, je suis américain.

— Avez-vous des papiers.

— Oui, dit Berg.

Il tira de sa poche son portefeuille de cuir et tendit les pièces d'identité que Ransome avait laissées pour lui. L'inspecteur les regarda et haussa les sourcils. Un des documents attestait que René Berg appartenait au Service spécial de liaison anglo-américaine de l'Intelligence Service. L'inspecteur lui rendit ses papiers. Il dit au policeman :

— C'est bon. Avez-vous pris l'adresse ?

Le policeman fit signe que oui.

— Vous pouvez partir si vous le désirez, monsieur Berg, dit l'inspecteur. Nous savons qui vous êtes.

— Merci, dit Berg.

Il monta l'escalier et sortit dans la rue. Il se dirigea vers l'ouest en passant par Piccadilly. Il se disait qu'en Angleterre les descentes de police étaient bizarres : on se contentait de prendre votre nom et votre adresse. Ce n'était pas, à beaucoup près, aussi animé qu'à Chicago, par exemple, où l'on vous embarquait dans les cars de police au milieu du tumulte. Ici, tout se passait tranquillement. Mais il fallait donner son adresse. Et Berg n'aimait pas ça.

Dans Duke Street, il attendit sur le trottoir et, apercevant un taxi, il siffla. Comme par l'effet d'un miracle, le taxi s'arrêta. Berg dit au chauffeur de le conduire à Redwood Avenue. Il monta, s'assit dans le coin et alluma une cigarette. Il réfléchit qu'il était temps de changer de quartier. Il n'aimait pas cette histoire d'adresses qu'il fallait donner à la police. Ça ne voulait peut-être pas dire grand-chose, mais on ne savait jamais. Il se cala confortablement au fond du taxi et tira lentement quelques bouffées de sa cigarette.

Il était plus de minuit quand il eut fini de faire ses valises, ou plutôt sa valise, car une seule valise suffisait à contenir tout ce qu'il possédait : un deuxième costume, du linge de corps, et une ou deux bricoles qu'un homme aime avoir avec soi.

Sa logeuse, Mme Frane, âgée de cinquante ans, se tenait sur le seuil de sa chambre, la poitrine tombante et l'air maternel. Berg lui donna une petite liasse de billets de banque.

— Voici pour vous, madame Frane, dit-il. Vous avez toujours été très chic avec moi. Merci beaucoup. Je dois m'en aller.

— Je regrette que vous soyez obligé de partir si subitement, monsieur Berg, dit-elle. J'ai été très contente de vous avoir chez moi. Vous étiez un bon locataire.

— Que voulez-vous ? répondit Berg en souriant. Tout a une fin, même les bonnes choses.

— Où allez-vous, monsieur Berg ? demanda-t-elle.

Pour une raison qu'elle ne s'expliquait pas, elle s'intéressait à lui.

— Je dois faire un petit voyage, répondit Berg. Tenez, il faut justement que je trouve une auto.

— Ah ? fit-elle, au comble de l'étonnement.

Jamais aucun de ses locataires n'avait eu besoin d'une auto. Elle commençait à trouver que Berg était un homme pas ordinaire.

— Vous ne savez pas où je pourrais en trouver une ? demanda-t-il.

Elle secoua la tête.

— Il y a des maisons qui en louent, dit-elle.

Mais, soudain, une idée lui vint.

— J'ai un ami qui habite juste au coin de Claremont Grove. Il a une voiture. Il est dans le commerce. Il a aussi un peu d'essence. Il acceptera peut-être de vous la prêter.

Berg nota l'adresse.

— Merci, madame Frane. Je vais aller le voir.

Elle s'effaça pour le laisser passer, et, après une hésitation, lui tendit la main. Berg lui serra la main et dit en souriant, presque timidement :

— Merci beaucoup, madame Frane. Vous avez été très chic.

Il descendit l'escalier.

La chaloupe fendait les eaux sombres, dans le port de Dartmouth. L'homme debout à la proue scrutait le brouillard devant lui en direction de l'endroit où la masse gris sombre du destroyer émergeait de l'eau. Le sous-officier, à l'arrière, donna deux coups de sifflet. Le canot ralentit et vint se ranger contre le destroyer.

Ransome monta l'échelle de dunette, salua l'officier de jour en portant la main à son képi et descendit dans sa cabine. Il jeta son képi dans un coin, alluma une cigarette. Puis il s'assit à son bureau, agita la sonnette. Le messager de nuit — un matelot qui avait deux ans de service — apparut à la porte, sa casquette à la main.

— Bonsoir, Curtin, dit Ransome. Envoyez-moi l'officier de jour, s'il vous plaît.

— Oui, capitaine, dit Curtin. — Et il disparut.

L'instant d'après, l'officier de jour, un jeune sous-lieutenant aux cheveux roux, entra dans la cabine, le visage souriant.

— Bonsoir, Johns. Avez-vous reçu des messages ? demanda Ransome.

— Oui, capitaine... il paraît que c'est important... ils viennent du Service Secret de l'Amirauté.

Il tendit la bande de papier à Ransome, qui lut ceci :

« Cette nuit, à 21 heures, un individu prétendant être René Berg s'est présenté à l'American Club de Piccadilly. Il a réclamé un paquet qui aurait été déposé à son compte par Cyram Shakkey, second-maître mécanicien dans la marine américaine. Le paquet lui a été remis et il l'a emporté. »

Ransome posa le papier sur le bureau et lut le second message :

« Le bureau de liaison du Service de contre-espionnage nous informe cette nuit, à minuit, qu'une descente de police a été effectuée au club du *Pierrot Bleu,* 124, Stanhope Street, Shaftesbury Avenue, conformément aux instructions. Un homme en possession d'une carte d'identité de la liaison spéciale de l'I.S., au nom de René Berg, s'y trouvait. Il a donné son adresse, 126, Redwood Avenue, Earl's Court. Il a été autorisé à quitter les lieux, conformément aux instructions. »

Ransome posa le second message sur le premier.

— C'est bien, Johns. Je vous remercie.

L'officier de jour s'éloigna.

Ransome prit le téléphone sur son bureau. Il décrocha et appela le bureau central téléphonique.

— Ici, le capitaine du *Whelp,* navire de Sa Majesté. Donnez-moi par priorité, pour raisons de service, Whitehall 1212.

Trois minutes après il obtint la communication. Il demanda un numéro intérieur. Une voix se fit entendre à l'autre bout du fil.

Ransome dit :

— Ici capitaine Ransome, du *Whelp,* Dartmouth. Veuillez envoyer quelqu'un chez René Berg, au 126, Redwood Avenue, Earl's Court. Qu'on lui dise de se rendre immédiatement en voiture à Dartmouth et de venir me trouver. Il comprendra ce que ça veut dire. Répétez, je vous prie.

Le message fut répété. Ransome raccrocha. Il alluma une cigarette, s'enfonça dans son fauteuil, laissant échapper lentement la fumée entre ses lèvres, l'air songeur.

Il aurait voulu être rentré à bord plus tôt. Les messages lui étaient parvenus un peu tard. Berg aurait eu le temps d'agir. La descente de police l'avait peut-être effarouché, bien qu'il faille autre chose qu'une descente de police pour effaroucher un type comme René Berg. Mais ça l'aurait fait réfléchir et il aurait peut-être pris une décision quelconque. Ransome espéra qu'on l'atteindrait avant qu'il ait eu le temps de changer d'adresse.

Il haussa les épaules et, tirant quelques paisibles bouffées, s'en remit philosophiquement au destin.

Berg se disait qu'avec une voiture de dix chevaux on ne pouvait pas faire beaucoup de vitesse, mais qu'on arrivait malgré tout au bout. Il était une heure. Il n'y avait aucune circulation sur la route. Il espéra qu'il y aurait assez d'essence dans le réservoir pour aller jusqu'au bout. Bien entendu, le type n'avait pas voulu louer sa bagnole, mais, en y mettant le prix, se disait Berg, on obtient toujours ce qu'on veut.

Au volant, regardant droit devant lui sur la route, il pensait à Travis, à Lauren, à toutes sortes de choses, mais surtout à la descente de police au club du *Pierrot Bleu.* Quand les flics venaient prendre votre nom et votre adresse, c'était le moment de filer. Il fallait prendre ses précautions.

Mais il était tard. Trop tard peut-être pour faire quoi que ce fût à Dartmouth. Ce serait peut-être une bonne idée de s'arrêter, en cours de route, dans une auberge, ou de s'écarter de la route et de dormir dans la voiture. Le sommeil était une chose nécessaire. On ne pouvait pas s'en passer, surtout si l'on voulait conserver la tête claire et les idées nettes. Il ralentit en traversant un village, en quête d'un endroit où il pourrait s'arrêter.

« Demain, se disait-il, peut-être qu'avec un peu de chance je trouverai Shakkey. »

Le jour faiblissait déjà quand Berg, après avoir rangé sa voiture, déboucha d'une petite rue sur le quai de Dartmouth. Il sortit de sa poche le bout de papier que Travis lui avait donné et relut les quelques mots écrits au crayon. « Shakkey, torpilleur américain *Dayton.* » Dartmouth, South Devon. Berg chiffonna le papier, en fit une boulette qu'il jeta dans l'eau par-dessus le parapet.

Il passa devant le *Castle Hotel* et, longeant le quai, se dirigea vers la petite rue étroite où se trouvait le *Raleigh Hotel.* Une longue suite de bateaux de débarquement étaient amarrés sur le côté opposé, interrompus, çà et là, par quelques torpilleurs anglais ou américains à l'ancre. Berg se dit que la plupart des bateaux anglais devaient licencier leurs équipages. La guerre était finie et une atmosphère un peu morne pesait sur les eaux calmes, qui avaient connu une telle animation et avaient vu tant de choses pendant les années de guerre.

Berg resta un moment en haut des marches qui descendaient jusqu'à l'eau, presque en face de l'entrée du *Raleigh Hotel.* Il alluma une cigarette, attendant patiemment que quelque chose ou quelqu'un vînt le mener plus loin dans la recherche que le destin lui avait assignée.

Quelques minutes plus tard, il vit un homme qui remontait le courant dans un petit canot. C'était un pêcheur, à en juger pas sa casquette à visière et son grossier maillot de jersey.

Berg lui cria :

— Hé !... l'ami... Vous ne connaissez pas le destroyer *Dayton,* par hasard ?... c'est un navire américain.

L'homme cessa de ramer. Il répondit à Berg d'une voix forte :

— Si, je le connais... il est de l'autre côté. Si vous voulez, je vous y mène pour une demi-couronne.

— D'accord ! cria Berg.

Et il descendit les marches. Il se disait que ce serait marrant de revoir

Shakkey après tant d'années et encore plus marrant de l'entendre raconter ce qu'il savait sur telle ou telle chose.

Le canot traversait les eaux calmes. Juste devant eux ils distinguaient la longue silhouette gris-bleu d'un destroyer britannique. Derrière eux un bref coup de sifflet retentit, quand le maître d'équipage de service sur une chaloupe fit signe au machiniste de réduire la vitesse. La chaloupe passa à deux mètres du petit canot, qui fut pris dans le remous et dansa sur les vagues comme une coque de noix.

Berg tourna la tête. Il reconnut le visage mince et basané de l'homme assis à l'avant de la chaloupe, l'angle que faisait son képi, incliné sur l'oreille droite..., c'était Ransome. Berg fit légèrement claquer sa langue. Il se dit doucement, à lui-même : « Sacré nom d'un chien... voilà quelqu'un que tu connais ! » La chaloupe se rangea le long du destroyer et stoppa après les deux coups de sifflet. Berg dissimula son visage derrière sa main et regarda Ransome monter l'échelle de commandement. Il demanda au batelier :

— Hé ! vous connaissez le nom de ce destroyer ?

L'homme fit un signe de tête affirmatif.

— Oui, c'est le *Whelp,* dit-il. Un des plus gros navires qui soient dans le port, un beau bateau. Tenez, c'est justement le capitaine qui rentre à bord, le capitaine Ransome.

— Ah ! dit Berg. Et le *Dayton,* où est-il ? Vous ne pourriez pas activer un peu ?

L'homme répliqua que le *Dayton* était de l'autre côté et qu'il ne pouvait pas aller plus vite.

— Qui cherchez-vous ? demanda-t-il. Un officier ? Je les connais presque tous de vue.

— Non. Je cherche un second-maître mécanicien, un nommé Shakkey. Est-ce que vous le connaissez ?

L'homme secoua la tête.

Berg jeta son mégot dans l'eau et s'assit, décontracté, à l'avant de la barque, regardant les ombres sur l'autre rive. Trois ou quatre minutes plus tard, le batelier fit décrire une courbe à la barque et annonça :

— Nous y sommes.

Ils avaient accosté contre l'échelle de commandement du destroyer américain. Berg se leva et cria à un homme qui montrait sa tête en haut de l'échelle :

— Hé !... Vous êtes bien le *Dayton ?* Est-ce qu'il y a à bord un gars nommé Cyram Shakkey ?

Une voix répondit que c'était bien le *Dayton,* mais que Shakkey n'était pas à bord.

— Il est parti en permission depuis trois jours et personne ne l'a revu depuis. Vous aviez quelque chose d'urgent à lui dire ?

— Ce n'est pas si pressé, dit Berg. Je voulais le revoir, voilà tout. C'est un vieux copain à moi.

— Eh bien ! reprit la voix, nous, nous sommes pressés de le revoir. Il n'y coupera pas, quand il reviendra à bord. Si vous le rencontrez à terre, dites-lui que nous avons un compte à régler, tous les deux. Il saura bien qui c'est.

— Je n'y manquerai pas, dit Berg. Si je le vois, je lui ferai la commission. Au revoir.

Il dit au batelier :

— Maintenant, il n'y a plus qu'à retourner.

Arrivé devant l'escalier, il donna à l'homme un billet de dix shillings, monta lentement les marches de pierre, humides et glissantes. Il resta quelques instants à se demander ce qu'il devait faire. En face, la porte du *Raleigh* semblait l'inviter à entrer. Il traversa la rue, pénétra dans le bar, commanda un whisky à l'eau. Il s'appuya au comptoir. La salle était pleine de marins anglais et américains de tous grades. Dans un coin, quatre ou cinq jeunes sous-lieutenants de la marine britannique absorbaient de la bière en quantité impressionnante. A l'autre bout, trois grands flandrins de matelots américains mâchonnaient leurs cigarettes et se racontaient des souvenirs de guerre.

Berg se pencha au-dessus du comptoir et dit à la barmaid :

— Pardon, mademoiselle, avez-vous déjà vu ici un nommé Cyram Shakkey, un type avec une figure en lame de couteau. Je crois qu'il a dû fréquenter l'établissement parce que c'est le bar le plus proche de son bateau. Et, d'habitude, il n'aime pas faire des kilomètres avant de boire un verre.

Après un instant de réflexion, la barmaid répondit :

— Ce nom-là me dit quelque chose, mais je ne me rappelle pas exactement... Shakkey... Shakkey, répéta-t-elle, en jetant dans le bar un regard circulaire, comme pour demander si ce nom évoquait des souvenirs plus précis dans la mémoire de quelqu'un.

Berg était très désappointé. Il se disait tristement : « Ce n'est vraiment pas de chance. Tout avait si bien commencé, pourtant. Je trouve les armes... je me fais donner l'adresse de Shakkey... j'arrive ici et... pas de Shakkey ! » Il vida son verre et se disposa à sortir. Il allait ouvrir la porte, quand une femme assise sur une chaise contre le mur, un verre à la main, l'interpella :

— Attendez un peu. C'est bien Cyram Shakkey que vous cherchez ?

Berg s'arrêta. Il jeta un regard sur celle qui venait de parler et sourit. « Bon sang ! se dit-il, c'est le genre de femmes pour lequel Shakkey a toujours eu un faible. Lui qui est blond et maigre, il aime par contraste les femmes brunes, potelées, un peu rondouillardes, mais avec de jolies jambes. Ce doit être une poule qu'il a laissée tomber, comme il avait l'habitude, dans le temps jadis, de les plaquer à tour de rôle. » Il répondit, avec beaucoup de courtoisie :

— Oui, madame. Je cherche Cyram Shakkey. Je serais même très content de le retrouver.

— Moi aussi. Et je crois qu'il y a encore une demi-douzaine de femmes qui sont à sa recherche.

— Vous n'avez aucune idée où il pourrait être ?

— Si, je m'en doute un peu. Je vais vous dire où il doit être. Mais, si vous le voyez, faites-lui une commission de ma part. Je m'appelle Mme Hynes, Carlotta Hynes. Dites-lui que, si jamais il passe un jour à portée de ma main, je lui tordrai le cou, à ce petit saligaud d'Américain.

Dans l'espoir que la douceur de sa voix endiguerait le flot de colère qui semblait devoir submerger Mme Hynes, Berg dit, avec une politesse exquise :

— Soyez assurée que je lui ferai votre commission avec plaisir, madame. Je vois ce que vous voulez dire. C'est un sale type, ce Shakkey.

Il riait intérieurement et se disait que ce sacré Shakkey n'en faisait jamais d'autres.

— Ecoutez, reprit Mme Hynes, vous connaissez peut-être, à trente kilomètres de Sharpam, sur les bords du Dart, une sorte d'hôtel, très chic, qui a un nom français : le *Château de la Tour,* ça s'appelle. Eh bien ! chaque fois que cette rosse de Shakkey a une perme, c'est dans ce coin-là qu'il va se balader. On m'a dit qu'il cherchait quelque chose. Vous qui connaissez Shakkey, vous devinez tout de suite ce qu'il cherche ; ça ne peut être qu'une femme. Il y a une femme là-bas qui l'attire.

Elle ajouta d'un air sombre :

— J'aimerais bien la poisser aussi, celle-là, un de ces jours.

— Je vous remercie mille fois, madame, dit Berg. J'irai peut-être bientôt de ce côté-là. Si je le rencontre, je n'oublierai pas de lui faire votre commission.

Il sortit du *Raleigh.* Maintenant, il faisait presque noir. La pluie commençait à tomber ; de grosses gouttes fouettaient le trottoir. Berg longea le quai d'un pas rapide et revint au petit square où il avait rangé sa voiture. Il s'installa au volant et prit la rue qui passait devant l'école navale. Il s'arrêta pour demander son chemin à un policeman, puis se remit en route. Il se demandait qui était la femme à laquelle Shakkey s'intéressait si vivement. Elle ne devait pas être mal tournée, car Mme Hynes ne manquait pas de charmes et si Shakkey l'avait laissée tomber, c'est qu'il avait trouvé mieux. Il avait aussi probablement essayé de lui soutirer du fric, selon sa vieille habitude.

A la sortie de Dartmouth, Berg appuya sur l'accélérateur et fonça sur la route sinueuse et déserte, en direction de Totnes.

Il était onze heures moins le quart quand il stoppa et rangea sa voiture sur le bord de la route, à l'ombre d'une haie. Il se dirigea vers la petite porte blanche, en bois, qui donnait sur la grande pelouse, derrière le *Château de la Tour.* La pluie avait cessé. La lune sortait des nuages et il sembla à Berg que cette vieille maison de campagne, récemment transformée en un hôtel luxueux, prenait un air de mystère très particulier. Bâtie sans plan déterminé, ayant vaguement la forme d'un L, ses murs blancs tranchaient sur le décor de verdure alentour et la faisaient ressembler à un fantôme.

Alors Berg se sentit étrangement déprimé. Il ne pouvait pas du tout se représenter Shakkey dans ce décor. Il ne le voyait pas, même enhardi par le prestige de son uniforme, s'arrêtant au *Château de la Tour* pour se faire annoncer à la dame dont il était si fortement épris.

Berg ricana et se dit que, très probablement, c'était à la boniche que Shakkey s'intéressait. Il avait toujours eu un faible pour les boniches. Berg se rappela la femme de chambre, dans le temps jadis, celle qui était au service de Mme Scansi.

Il traversa la pelouse qui était bien entretenue et douce comme du velours. En foulant aux pieds l'herbe coupée court, alourdie par la pluie, il avait la sensation de marcher sur un tapis épais. Il allait d'un pas rapide et silencieux. Sans savoir pourquoi, il avait l'impression qu'il ne devait pas faire de bruit.

Sa démarche était souple, presque féline. Quand il fut à cinquante mètres de l'entrée de derrière du château, il vit, sur un côté de la maison, une serre à toit de verre. Les stores étaient tirés et quelqu'un bougeait à l'intérieur. Il se tenait dans une allée sablée au bout de laquelle, à quinze mètres de la porte d'entrée, il y avait un magnolia, un arbre énorme, tout dégouttant encore de pluie. Berg pénétra dans l'ombre protectrice de l'arbre, s'appuya contre le tronc, sortit son étui à cigarettes et prit une cigarette. Il se disait qu'il était nécessaire d'établir un plan de campagne. Il fallait trouver un moyen infaillible de découvrir Shakkey. Il sortit son briquet, alluma sa cigarette.

Il entendit une voix s'écrier :

— Oh !... ça, par exemple !... René !

Il se retourna. C'était Shakkey qui, lui aussi, s'était réfugié sous l'arbre. Ils se regardèrent, chacun s'efforçant de distinguer plus nettement le visage de l'autre dans l'obscurité.

— C'est tout de même marrant, la vie, hein, Shakkey ? Je parie que tu ne t'attendais pas à me revoir. Qu'est-ce que tu dis de ça ?

Berg entendit le curieux rire de Shakkey, cette espèce de gloussement qu'il connaissait si bien. Il se représenta les lèvres minces, grimaçant un sourire, les yeux pétillants de malice dans le long visage maigre.

— Sacré mille tonnerres !... Tu sais, René, je ne suis pas un type qui s'épate facilement, surtout quand il s'agit de toi. Je ne te vois pas très bien dans le noir, tu n'as pas changé. Non, mon vieux. Tu es toujours aussi coriace et pas commode, hein ? Dis-moi, qu'est-ce que tu fais ici ?

— Je te cherchais, Shakkey. J'étais à Londres, hier. J'ai été à l'American Club et j'ai trouvé les revolvers que tu avais laissés pour moi. C'était très malin de les avoir enveloppés dans les chiffons à reluire que tu avais chipés au club du *Trèfle à quatre feuilles*. J'ai tout de suite compris ce que ça voulait dire. J'ai été au club. Tu devines qui j'y ai trouvé.

— Qu'est-ce que tu me racontes là ? Je ne comprends pas un traître mot, dit Shakkey.

Berg sembla ne pas l'avoir entendu.

— Je me suis trouvé en face de Lauren et de Travis. Eux non plus, ils n'ont pas beaucoup changé. C'est par Travis que j'ai eu ton adresse. Il m'a dit que tu étais à bord du *Dayton,* à Dartmouth. J'y suis allé.

— Je devrais déjà être rentré sur ce sacré bateau depuis trois jours. J'ai l'impression que je vais me faire drôlement recevoir, à mon retour. Je crois que le capitaine ne m'a pas à la bonne.

— Il n'est pas le seul. J'ai rencontré une dame au *Raleigh Hotel,* une certaine Mme Hynes. Elle aussi, elle a un compte à régler avec toi.

— Oh ! celle-là, qu'elle aille au diable ! s'écria Shakkey. Je l'ai laissée tomber. Ça se peut que ça ne lui fasse pas plaisir.

— Elle m'a dit qu'elle croyait que tu étais ici. Elle avait l'idée que tu pourchassais une belle môme. Il me semble qu'elle était un peu jalouse.

— Oui. C'est bien ça le plus marrant.

— Qu'est-ce que tu vois là de si marrant ?

— Le plus marrant, c'est que tu te ramènes ici juste maintenant. Mais, attends un peu, dis-moi d'abord ce que c'est que cette histoire de revolvers que j'aurais laissés pour toi à l'American Club ? Je n'y ai jamais laissé le moindre revolver. C'est comme pour les chiffons à reluire du club du *Trèfle à quatre feuilles*. Je ne sais pas du tout de quoi tu parles. Je n'ai jamais mis les pieds dans cette boîte. Et ça fait des années que je n'ai pas revu Travis et Lauren. Qu'est-ce que ça veut dire tout ça ? Tu me fais marcher, René ?

Berg répondit, sans élever la voix :

— Tu prétends que tu ne m'as jamais laissé les revolvers ? Et tu ne m'as pas fait signe non plus d'aller au *Trèfle à quatre feuilles* ? C'est bien vrai que tu n'as pas revu Travis et Lauren depuis des années ?

— Pardi... Pourquoi veux-tu que je te racontes des mensonges ? dit Shakkey, que cette conversation commençait à assommer.

Berg se dit que c'était donc quelqu'un d'autre qui avait déposé les revolvers. Il regarda la pelouse, que la lune inondait de sa lumière argentée, et les ombres noires que faisaient les arbres de l'autre côté.

— Ah çà ! c'est un peu fort, tu ne trouves pas ? Je m'imaginais que c'était la main du destin qui m'avait guidé. Je me suis sans doute trompé.

— Peut-être pas tant que ça, dit Shakkey.

Berg aspira une bouffée.

— Qu'est-ce que tu veux dire par là ?

— Ecoute, c'est crevant. A propos de la môme que Carlotta croit que je pourchasse. Je ne cours pas après une poule ici, vois-tu. Je suis seulement curieux. Il y a deux ou trois semaines, je suis venu me promener par ici, pendant une perme, tout à fait par hasard. Un soir, je traversais la pelouse, avec une Jeanneton que j'avais rencontrée au village, quand j'aperçois une môme à une fenêtre de l'hôtel. Je ne pouvais pas en croire mes yeux. Pour être sûr que je ne m'étais pas trompé, je me suis renseigné un peu. Mais j'avais bien vu. Parfait. Quand j'ai eu ma dernière perme, j'étais plutôt dans le pétrin. J'ai des affaires sur les bras avec une demi-douzaine de dames — tu ne connais que Mme Hynes, mais il y en a d'autres et qui ne sont même pas aussi gentilles qu'elle. Elles m'en veulent un peu.

Berg dit :

— Oui, je sais, elles t'en veulent à mort. Après, continue, Shakkey.

— Alors, j'ai eu une bonne idée. Je me suis dit que j'allais venir ici voir la môme. Peut-être que ça ne lui déplairait pas de me refiler un peu de fric, rien qu'en souvenir du bon vieux temps.

Le cœur de Berg se mit à battre très vite. Ses doigts, qui tenaient la cigarette, tremblaient presque.

— Allons, Shakkey, ne me fais pas languir, dit-il. Qui est cette dame qui habite l'hôtel et à qui tu venais demander du fric ?

— Tu ne le devinerais jamais ! dit Shakkey, en baissant la voix. C'est Clovis !... Oui, mon vieux, elle est ici.

Berg fit entendre un petit sifflement. Presque instinctivement, il glissa la main dans son veston, sous son aisselle gauche. Shakkey remarqua le geste.

— Cré nom ! A quoi penses-tu, René ? Qu'est-ce que tu as ? demanda-t-il, d'un ton inquiet.

— Ecoute, Shakkey, moi aussi j'ai deux mots à dire à Clovis. Ça fait longtemps que j'attends l'occasion de lui parler.

— Oui, mais, dis donc, tu n'as pas de mauvaises intentions ? Tu ne vas pas lui faire une sale blague, hein, René ?

— Non, répondit Berg, d'une voix douce. Je ne lui ferai pas la moindre blague. Tu sais bien, Shakkey, que je suis incapable de faire une chose pareille.

Il retira sa main de son veston, la plongea dans la poche de son pantalon, sortit une poignée de billets de banque. Il en prit une douzaine et les tendit à Shakkey.

— Tiens, voilà du pognon, dit-il. Et, maintenant, pars d'ici.

La main de Shakkey se referma sur les billets. Il sentit qu'il y en avait plusieurs de cinq livres. Ses yeux brillèrent dans l'obscurité.

— Ça colle, René. Tu es le patron. Tu sais ce que tu as à faire. Ecoute, laisse-la tranquille, hein ? Je pense...

Berg l'interrompit rudement :

— Mais, bon sang, qui est-ce qui te demande de penser ! Ferme ta gueule et fous-moi le camp. Allez, ouste, déguerpis !

— Bon, bon, dit Shakkey. Je m'en vais. A bientôt, René. Où loges-tu pour l'instant ?

— A Dartmouth. J'y serai sans doute demain. J'irai au *Raleigh*. Je serai au bar demain soir à neuf heures.

— J'aimerais mieux un autre endroit. C'est à cause de Carlotta. Si elle me retrouve, elle est capable de m'étriper.

— Alors, au *Castle,* si tu préfères.

— D'accord. Si je peux descendre à terre, j'irai te rejoindre là, demain soir, à neuf heures.

Il posa la main sur le bras de Berg et ajouta :

— Ne fais rien dont le souvenir puisse t'être désagréable un jour, n'est-ce pas ?

Berg dit avec lassitude :

— Est-ce que tu ne vas pas bientôt te débiner ?

Il s'appuya contre l'arbre. Il entendit les pas de Shakkey s'éloigner sur la pelouse humide.

Les minutes qui suivirent semblèrent à Berg une éternité. Appuyé contre le magnolia, dont les lourdes branches formaient au-dessus de lui comme une immense ombrelle, il se reporta en pensée plusieurs années en arrière. Toute une suite d'images défila devant ses yeux ; très peu étaient douces et heureuses, et même celles-là ne pouvaient atténuer l'étrange dureté qui pesait sur lui lourdement.

Il se disait que, dans la vie, ce qui vous arrivait dépendait de la façon dont les choses avaient commencé, du moment où l'on s'était mis à penser pour la première fois. Tout ce qui lui était arrivé depuis son retour en Angleterre, les choses bizarres qui l'avaient conduit, par hasard, semblait-il, jusqu'à Shakkey, n'étaient pas des choses qu'il avait suscitées, mais les actes d'un destin particulier qui, en ce moment, le dominait tout entier.

S'il avait été capable d'analyser ses propres émotions, il aurait su que tout ce qu'il pensait était faux, qu'en fait il exécutait une série d'actes déterminés, des choses qui étaient depuis longtemps dans son esprit, des pensées qui dépassaient sa propre personnalité.

Mais, en ce moment, il se sentait à un tel point dominé par quelque puissance supérieure qu'il était content d'être appuyé contre l'arbre, pour permettre à l'acte ultime de se produire au moment choisi par le destin. Plusieurs minutes s'écoulèrent encore. Aspirant quelques bouffées de la cigarette qu'il venait d'allumer, Berg se rappela beaucoup de scènes analogues, dans sa vie de Chicago, une surtout qui s'était imprégnée dans sa mémoire et ne le quittait plus.

Une ombre passa derrière le léger rideau de la serre, à droite de l'entrée de derrière de l'hôtel, se dirigeant vers la porte. La porte s'ouvrit. L'ombre prit l'allée sablée et marcha à pas rapides vers le tournant du sentier où se tenait Berg. Celui-ci ferma les yeux, adossé à l'arbre, les mains posées à plat contre le tronc mouillé. Puis il rouvrit les yeux pour regarder encore.

C'était Clovis.

Elle venait vers lui, descendait le sentier de sa même démarche gracieuse, presque mécanique. Sa silhouette était svelte, elle avait de belles jambes et les chevilles fines. Elle était vêtue d'une robe de couleur foncée qui mettait en valeur les lignes de son corps toujours aussi adorable. Berg se rappelait. Il se disait qu'elle avait vingt et un ou vingt-deux ans quand il l'avait vue pour la première fois. Elle en avait donc maintenant trente-cinq ou trente-six. Un magnifique clair de lune illuminait sa chevelure fauve. Berg put constater que son visage n'avait rien perdu de sa beauté, il vit la bouche écarlate, les beaux yeux profonds.

Quand elle eut dépassé l'arbre, il appela :

— Hello, Clovis ! Comment ça va ?

Elle se retourna d'un mouvement vif et décidé et lui fit face au moment où il sortait de l'ombre et s'avançait vers elle. En le reconnaissant, elle fut saisie de frayeur, mais comme il s'y attendait, son intelligence l'aida à supporter le choc. Son visage s'éclaira du sourire charmeur qu'il connaissait bien.

— René !... Mon Dieu !... Que je suis heureuse de te revoir !

A un mètre l'un de l'autre, ils se regardaient fixement.

— Vraiment ! Ça te fait plaisir de me revoir, Clovis ? Tu es charmée, hein ? Quelle bonne surprise !

Il y eut un silence. Elle répondit, avec un léger tremblement dans la voix :

— Mais, bien sûr, René. Comment peux-tu en douter ? Après ce qui s'est passé entre nous ? Tu sais ce qu'il y aura toujours entre toi et moi. Comment peux-tu me parler comme ça ?

Berg ne répondit pas. Cette insolence extraordinaire le renversait. Il n'y avait que Clovis qui fût capable d'une insolence pareille. Elle savait aussi bien maquiller ses sentiments que sa figure.

— En somme, tu m'attendais. Tu brûlais du désir de me revoir, dit-il.

Il y eut encore un silence. Puis elle dit doucement :

— René, qu'est-ce que tu crois ? Quelle idée te fais-tu de moi ? Je sais, il y a eu des malentendus entre nous, mais n'avons-nous pas été tout l'un pour l'autre, toi et moi ?

— Oui, dit Berg en détournant les yeux.

Il vit, par-delà la pelouse, la sombre rangée d'arbres dont les ombres l'attirèrent. Il sentait, sous son bras gauche, le poids du revolver.

— Marchons un peu, Clovis, dit-il. J'ai à te parler.

Ils descendirent le sentier, puis marchèrent sur le gazon mouillé.

— Je savais que je te reverrais un jour, René, dit Clovis. Je savais que je n'avais qu'à attendre et que tu reviendrais vers moi.

Berg ricana amèrement dans l'obscurité :

— Ah ! tu savais ça ? Est-ce que tu sais aussi où j'ai été ?

Il rit et, sans attendre sa réponse, il poursuivit :

— Tu ne sais pas où j'ai été, hein ? Tu ne sais pas ce qui m'est arrivé ? Tu ne sais pas la façon dont j'ai été traité ? Tu dis que tu m'attendais ? Tu as un fameux culot. Si tu attendais quelque chose, c'est que je vienne te régler ton compte, hein, sale môme !

— Je ne sais pas ce que tu veux dire, René, dit-elle. Tu as toujours été un être bizarre, fantasque..., mais tu avais aussi tes bons côtés.

Elle pressa son bras contre le sien et dit, d'une voix très douce :

— Tu te rappelles, René, la première fois que je t'ai demandé de m'aider ? Tu te rappelles tout ce que tu as fait pour moi ?

— Oui, je me rappelle. J'ai toujours passé pour un idiot, hein ? Peut-être bien que je vais continuer de me conduire comme un idiot.

Elle retint son souffle. Berg se dit que ses paroles avaient produit l'effet voulu.

— Bien sûr, René, tu seras toujours loyal et fidèle, jusqu'à ton dernier souffle.

— Fidèle à quoi ? dit Berg. J'ai appris ce que ça veut dire, la fidélité, tu sais. J'ai été fidèle, oui. Fidèle à une cause qui en valait la peine.

Ils traversèrent un sentier, entrèrent dans l'ombre des arbres. Leur chemin n'était plus qu'une piste, couverte de mousse, qui passait entre les gros arbres et le bosquet en bordure du *Château de la Tour.*

— Ecoute-moi, Clovis, dit Berg, le moment est venu de régler les comptes. Tu n'as peut-être jamais entendu parler d'un type appelé Kramen ? Un charmant garçon, avec un visage maigre, le crâne un peu déplumé, et des yeux en amande ?

— Non, René, je n'ai jamais entendu parler de lui, je te le jure.

— Tu dis peut-être la vérité. Pourtant, ce Kramen était le bon copain d'un autre gars que tu connais certainement, celui-là. Tu le voyais à Londres, la dernière fois que je t'ai rencontrée. Il s'appelait Maston, ou quelque chose comme ça ; mais son vrai nom était Schlengel. Tu ne vas pas dire que tu ne le connais pas, celui-là, hein ? Et tu ne savais pas non plus que Schlengel était un bon copain de Kramen ? Qu'ils étaient tous les deux des Allemands qui travaillaient pour les nazis ?

Berg aspira l'air entre ses dents serrées, ce qui produisit un petit sifflement. Il reprit :

— La nuit que je t'ai rencontrée, comme tu allais chez Shakkey, tu as essayé de le faire jaser sur mon compte. Il t'avait dit qu'il m'avait vu à Londres et tu voulais savoir ce que je faisais. Il t'a répété ce que je lui avais dit, que je travaillais pour Ransome et le Service Secret anglais — et que ça me plaisait. Il a dû te dire aussi que je devais aller en Norvège, chercher une jeune fille et la ramener ici. J'ai été un crétin de lui faire des confidences et lui, il a été tout aussi idiot de ne pas se méfier de toi. Après l'avoir bien fait parler, tu n'as rien eu de plus pressé que d'aller prévenir Schlengel. Lui et ses copains savaient où j'avais été en Norvège, en 1940, ils connaissaient l'endroit où je devais être parachuté et je les ai trouvés qui m'attendaient. C'est toi qui as tout raconté. Kramen me l'a dit, un matin qu'il était fatigué de me donner des coups de pied et parce qu'il croyait que je ne sortirais jamais vivant du camp.

Il y eut un long silence. Clovis dit enfin :

— René, je ne sais pas de quoi tu parles. Je ne sais pas ce que tu veux dire. Je ne comprends rien.

Elle était décidément extraordinaire, absolument dépourvue de scrupules. Elle ignorait le remords et n'avait peur de rien. L'espace d'une seconde, Berg éprouva pour elle presque de l'admiration.

— Parfait. Tu ignores tout. Tu n'es au courant de rien. Sacrée sale menteuse ! dit-il d'une voix sifflante, qui sembla se répercuter en écho contre les feuilles des arbres encore dégouttants de pluie. Déjà, il y a des années, tu as voulu m'envoyer sur la chaise électrique. Toujours et partout tu m'as fait marcher. Tant pis pour moi, tu profitais de ma bêtise. Jusqu'au jour où, finalement, tu m'as vendu. Tu m'as vendu de la façon la plus ignoble. Et maintenant je te présente ma note.

— Je te connais, René, dit-elle de sa voix la plus suave. Tu peux être dur et brutal. C'est ton éducation et la vie qui t'ont rendu comme ça. Mais tu ne pourras jamais être dur et brutal avec moi, parce que tu sais qu'au fond de mon cœur je t'ai toujours aimé, et que tu as toujours été le seul homme pour moi.

— Oh, là, là ! Cette bonne blague, dit Berg. Ça ne prend plus, tes boniments.

Ils étaient arrivés à une petite clairière, éclairée par la pleine lune. Il la prit par les épaules, la pressa contre un arbre et posa ses lèvres sur les siennes. Elle lui rendit son baiser, dans un abandon total de son être.

Alors, Berg recula d'un pas.

— Ecoute, quand j'étais gosse, dans les monts Ozark, j'allais à l'école du dimanche. On nous a raconté l'histoire d'un type appelé Judas Iscariote qui, avant de trahir Jésus, lui avait donné un baiser. A ce moment-là, ça ne m'avait pas beaucoup frappé. Mais, aujourd'hui, tu viens de m'en faire une démonstration de premier ordre.

Adossée à l'arbre, elle ne répondit rien. Berg lut pour la première fois de la peur dans ses yeux.

— Je pense encore à la nuit où j'ai tué Calsimo. Tu sais pourquoi je l'ai tué. Quand je suis venu te voir, cette nuit-là, à ton appartement, tu avais décidé qu'il fallait que je le descende. Tu m'as donné quelques verres de gnôle et après... — tu sais ce qui s'est passé — parce que tu savais que j'allais descendre Calsimo. Tu avais tout combiné, et moi j'étais le couillon qui fait le boulot.

Elle protesta faiblement :

— Non, René, non... ce n'est pas vrai. Laisse-moi t'expliquer. Je peux tout t'expliquer...

Il l'interrompit brutalement :

— Ferme-la, sale menteuse !

Le vent agita les feuilles. On aurait dit le bruit des vagues au bord de la mer. Berg mit la main dans la poche de son veston.

— Tu te rappelles, Clovis, dit-il sans amertume, j'avais toujours rêvé d'être un héros. Vous autres, vous m'avez appris comment il fallait s'y prendre, et je vous ai écoutés. Le résultat n'a pas été brillant. A présent, je vais faire une chose qui me semble juste. On dit qu'ils ne plaisantent pas dans ce pays-ci, je serai sûrement pendu ; ici, les tueurs ne s'en tirent pas à si bon compte qu'à Chicago. Je m'en fous. Je veux bien. Je n'attends plus rien de la vie. Mais, nom de Dieu, toi non plus, tu n'as plus rien à en attendre. Tu vas enfin recevoir le châtiment que tu mérites et le voici.

Il sortit le revolver. Elle le regarda, les yeux dilatés de terreur, les lèvres entrouvertes. Berg pressa la détente de l'automatique 45. La première balle se logea dans le cœur, la seconde en dessous, la troisième au-dessus. Clovis fit entendre un bizarre toussotement et s'écroula, masse inerte, au pied de l'arbre.

Berg remit le revolver dans sa poche et regarda le cadavre que la pleine lune inondait de sa lueur blafarde. Puis il se dit tranquillement à lui-même : « Voilà, c'est comme ça, la vie, mon vieux, oui, c'est comme ça que ça se passe. »

Il sortit de l'ombre et marcha le long de la pelouse vers la porte où il avait rangé sa voiture.

CHAPITRE II

1

CLOVIS. — *Chicago, juin 1932.*

Chez Carlazzi, à minuit, Travis Hahn promenait un regard satisfait dans la salle du restaurant. Il éprouvait un sentiment de bien-être, nuancé d'un vague regret que tout n'allât pas exactement comme il l'aurait voulu. Assis à son coin favori, devant une table recouverte d'une nappe blanche comme neige, où étincelaient les verres de cristal et les couverts d'argent, il se renversa dans sa chaise, à dossier de satin, et regarda les autres clients de cette élégante boîte de nuit avec un demi-sourire qui avait peut-être une signification particulière. Certes, il n'y avait rien à dire contre Chicago, pensait Travis. La « Cité Merveilleuse » se montrait à la hauteur de sa réputation. Elle était largement ouverte aux types débrouillards. La prohibition avait donné naissance à une douzaine de professions, de trafics, de « rackets » où le premier venu pouvait réussir, à condition de savoir y faire.

Lui, Travis, il était dans le plus florissant de ces trafics et les affaires ne cessaient de prospérer. A moins que...

De l'autre côté de la salle, deux jeunes hommes, bien habillés, les cheveux noirs calamistrés, buvaient du champagne. C'étaient Rudy et Willie Trazzi, les deux nouvelles recrues de la bande à Calsimo. Ils regardèrent Travis et lui rendirent son sourire, d'un air aigre-doux.

Travis se dit qu'un de ces jours il y aurait une explication entre Scansi et Calsimo. C'était inévitable. Pendant les derniers dix-huit mois, les énormes bénéfices du trafic clandestin de l'alcool pour le quartier Nord avaient été empochés par Scansi ; mais les bruits qui circulaient dans divers endroits de la ville et que ses gens lui avaient fidèlement rapportés inquiétaient sérieusement Travis.

Chicago était grande ouverte, certes, peut-être même un peu trop. Le trafic de l'alcool avait pris une telle extension que les « barons » de la liqueur allaient se déclarer la guerre avant longtemps. Travis voyait ce moment venir avec appréhension.

Il avait vingt-quatre ans. Il était beau garçon, d'une élégance peut-être un peu voyante, et très intelligent. D'ailleurs, pour être le bras droit de Scansi, il fallait être très intelligent. Scansi estimait que Travis avait toutes les qualités requises pour être un bon lieutenant. C'était un bon organisateur. Il savait parler aux gens. Il s'arrangeait à merveille avec la police. Il savait graisser la patte au bon moment et menacer si c'était nécessaire. Et quand ni les menaces ni les pots de vin ne servaient à rien, il savait employer les arguments les plus décisifs.

Mais la plus grande qualité de Travis, c'est qu'il savait toujours se tenir en dehors de toutes les affaires embêtantes. Ça pouvait tourner mal pour n'importe quel autre membre de la bande, il s'arrangeait pour n'être jamais compromis. C'était un garçon réfléchi et qui connaissait la musique.

Ecartant le lourd rideau de velours, Lauren fit son entrée dans le restaurant. Chacun se retourna pour la regarder. Elle en valait la peine. Agée à peine de plus de trente ans, elle était de ces femmes dont la beauté ne s'épanouit pleinement qu'à cet âge. Elle était grande, bien faite et promettait pour un avenir prochain une exquise maturité.

Elle était vêtue avec énormément de chic. Son corps splendide lui permettait de porter des toilettes excentriques sans jamais paraître ridicule. Elle portait ce soir-là un tailleur violet, très collant, sur une blouse de chiffon d'une teinte plus claire. Elle était coiffée d'un chapeau à bords relevés, d'une couleur assortie, et orné d'une grande plume d'autruche. Des souliers bas, en cuir couleur bronze, à talons exagérément hauts, emprisonnaient ses pieds adorables, et ses bas de soie étaient d'une finesse extraordinaire. L'énorme broche de diamants que Travis lui avait donnée, après son dernier grand coup, étincelait à sa gorge. Lauren était vraiment une femme qui faisait impression et dont on gardait le souvenir.

Elle s'avança entre les petites tables serrées, le long de l'espace réservé à la danse, traversa l'intervalle qui séparait les tables du milieu de celles de la périphérie, toutes occupées par les gros trafiquants qui avaient à se dire des choses que le commun des mortels n'avait pas besoin d'entendre.

Travis se leva au moment où Lauren arrivait à sa table. Il posait pour la galerie et se montrait toujours respectueux de ce qu'il appelait « les bonnes manières », même envers sa « femme » en titre, délicatesse rare chez les barons de l'alcool de la grande époque. Il se disait en la regardant : « Tu es toujours aussi désirable, belle garce. Je me demande où tu as passé l'après-midi. Je parie que, si je voulais contrôler ton emploi du temps, tu aurais dix alibis tout prêts. Tu auras été chez le coiffeur, ou chez la couturière, essayer de nouvelles robes. Mais je voudrais bien savoir où tu as été, en définitive. »

— Hello, Lauren ! dit-il. Enchanté de te voir. Tout va bien, j'espère ? Te plairait-il de boire un verre avec ton meilleur ami ?

— C'est toi, mon meilleur ami ? demanda-t-elle, en haussant comiquement un sourcil.

— Oui, c'est moi, dit Travis. — Tous deux éclatèrent de rire. — Tu sais, reprit-il, je ne sais pas si on t'a jamais dit que tu es ravissante, mais c'est la pure vérité. Tu as un charme extraordinaire. Chaque fois que je te vois, ça me donne un choc.

— Oh, chéri ! dit Lauren. Tu ne me feras pas croire qu'après trois ans tu es encore aussi amoureux qu'au premier jour !

Elle s'assit en face de lui et se refit une beauté.

— Mais si. Plus ça va, pire c'est, répondit Travis.

Il se disait intérieurement : « Je voudrais bien savoir avec qui tu me trompes, maintenant. » Il demanda, avec une feinte indifférence :

— Tu as passé une bonne journée, chérie ? Où as-tu été ?

Lauren bâilla. Il y eut un petit silence. Travis se dit : « Elle est en train d'inventer une histoire. Ce sera une excellente histoire, comme toujours. » Il la regarda de côté. « Le plus cocasse, se disait-il amèrement, c'est qu'elle s'en fiche complètement, que je la croie ou non. Elle ne manque pas de culot. Qu'elle aille au diable ! » Il admirait d'autant plus son aplomb qu'il savait, au fond de lui-même, qu'il ne brillait pas précisément par la hardiesse. Une ou deux fois, quand son commerce l'avait placé dans des situations un peu délicates, il s'était éclipsé au plus vite, sans demander son reste. Il n'avait pas son pareil pour disparaître par une porte de derrière quand les choses se gâtaient. Il laissait à un autre le soin de terminer la discussion.

Et puis, après tout, c'était dans l'ordre. Les hommes de Scansi, ceux qui surveillaient les livraisons de boisson, ou qui étaient chargés du chantage, des menaces, des mesures de coercition brutales, des attaques à main armée et des razzias, ceux-là, il fallait qu'ils aient du courage, quand même ce n'était que la forme la plus basse du courage physique. C'était nécessaire. Mais pour les gens comme lui, qui occupaient un rang supérieur, les bagarres n'étaient pas recommandées et il valait mieux qu'il les évitât.

Le garçon s'approcha de leur table.

— Je ne t'ai pas attendue, chérie. J'ai déjà dîné, dit Travis.

— Ah ? Qu'est-ce que tu as pris ?

— J'ai eu des hors-d'œuvre, du canard, une tarte aux pommes avec du fromage. Et un café. Je n'ai encore rien bu. Je t'attendais.

Lauren dit au garçon :

— Pour moi, ce sera la même chose. Et apportez-nous une bouteille de whisky.

Travis dit avec un sourire affecté :

— Oui... et une bouteille de « White Rock ». Pas une cochonnerie, hein ! Faites-y attention.

Le garçon fit un signe de la main :

— Pour vous, monsieur Hahn, je sais qu'il vous faut ce que nous avons de meilleur. Mais, soyez sans crainte, nous avons votre marchandise, la livraison spéciale. On la réserve pour vous et deux ou trois autres bons clients.

— C'est bon. Allez me chercher ça, dit Travis.

Le garçon s'en alla.

— J'ai essayé un nouveau tailleur, dit Lauren. Après, j'ai été chez le coiffeur et j'ai regardé un peu les étalages. Quand je suis rentrée à l'appartement, tu n'étais pas là. Tu étais déjà parti. — Elle lui sourit et se mit à rire. — Et toi, tu as été sage ? Tu as bien travaillé, aujourd'hui ? Tu ne m'as pas trompée avec une blonde, au moins ?

Travis fut saisi d'une sorte de rage impuissante. « Sacrée garce ! se dit-il. Tu es fameusement roublarde. Tu as deviné ce que je pensais et tu te paies ma tête. »

Il répondit :

— Je n'ai pas fait grand-chose. Il y a plusieurs choses qui me tracassent.

Il disait cela sans cesser de sourire, car, même si on avait des ennuis, il ne fallait pas le laisser paraître. Surtout pas chez Carlazzi. Il y avait trop de gens qui vous épiaient.

La salle était presque pleine, à présent. Des hommes bien mis, des femmes élégantes remontaient des bars du sous-sol, où l'on servait toutes sortes de boissons, malgré la loi. Ils s'asseyaient, commandaient leurs repas, tandis qu'un orchestre de jazz, sur une estrade dorée, commençait à jouer des airs de swing.

Toujours souriante, Lauren demanda :

— Qu'est-ce qui ne va pas, mon chéri ?

Travis sortit un étui à cigarettes de sa poche, un étui plat émaillé avec ses initiales en or dans le coin. Il prit une cigarette, l'alluma et dit :

— Il va bientôt y avoir du chambard.

— Ah ? D'où ça viendrait ? Je croyais que tu avais pris toutes tes précautions, et que tout était arrangé. Tu ne veux pas dire qu'un type va fourrer son nez dans nos affaires ?

— Ecoute-moi bien, dit Travis. On ne reste jamais immobile. On recule ou bien on avance. Et, quand on veut cesser de reculer, il faut avancer. Tu piges ?

— Non, je ne pige pas. Qu'est-ce que ça veut dire ?

— Je vais t'expliquer. Tu vois ces deux mecs, là-bas, Rudy et Willie Trazzi ?

Lauren regarda négligemment autour d'elle dans la salle. L'espace d'une seconde ses regards se posèrent sur les deux frères aux cheveux noirs calamistrés.

— Oui, je les ai vus.

— Ce sont les deux nouvelles recrues de Calsimo. Ils viennent de New York. Il paraît que ce sont des types pas commodes. Voilà une première chose. La seconde, c'est que j'ai appris cet après-midi diverses nouvelles qui ne m'ont pas beaucoup plu. Je crois qu'il va y avoir du remue-ménage dans le quartier Nord. J'en suis même tout à fait sûr. Calsimo prend trop d'importance. J'ai idée qu'il s'imagine assez fort pour venir nous prendre notre affaire ou, tout au moins, une bonne partie.

Lauren répondit sans manifester la moindre émotion :

— Ça n'a rien d'extraordinaire. Ça ne serait pas la première fois, hein ! Travis. Scansi a l'habitude de ces trucs-là. Tu lui en as parlé ?

Il secoua la tête.

— C'est à moi à m'occuper de ça. C'est mon boulot. Je suis payé pour ça.

— Très bien. Alors qu'est-ce que tu attends pour agir ? — Elle baissa la voix. — Il faut tout de suite frapper à la tête. Tu as occis des types qui étaient aussi forts que Calsimo, n'est-ce pas ? Ou, plutôt, excuse-moi, tu les as fait occire, dit-elle avec un petit sourire sarcastique.

Cette remarque ne fut pas du goût de Travis. Lui, qui avait mis en scène une bonne douzaine d'assassinats, il n'avait pris part à aucun. Jamais il n'avait porté un revolver. C'était toujours un autre type qui se chargeait de ça.

— Voyons, réfléchis un peu, répliqua-t-il. Calsimo a jeté l'argent à poignées autour de lui, dans la ville. Il s'est mis bien avec les types qu'il fallait et je connais pas mal de clients qui commencent à se découvrir beaucoup de sympathie pour Calsimo. Ça ne me plaît pas. Je trouve même ça tout à fait fâcheux.

— Ah, bah ! dit-elle. Tu n'as pas besoin de t'en faire, Travis. Il suffit que tu trouves un type à qui tu feras faire le travail. Et le tour sera joué.

— Je voudrais bien que tu aies raison, dit Travis. Mais justement ce serait le signal de la grande bagarre. Si Calsimo est descendu, on devinera tout de suite que c'est un homme de chez nous qui a fait le coup. C'est forcé. Nous sommes les seuls qui aient intérêt à ce qu'il ne réussisse pas à mettre sur pied une organisation qui ravitaillerait en gnôle le quartier Nord. D'un autre côté, les flics vont être forcés d'intervenir. Pendant dix-huit mois, nous nous sommes tirés d'embarras toutes les fois que nous l'avons voulu. Mais tu as lu les journaux, ces derniers temps ? Ils n'ont pas l'air contents, hein ? Je crois que cette fois il va falloir y aller avec prudence et être assez malin, sinon...

— Eh bien ! s'il suffit d'être malin, on peut compter sur toi, n'est-ce pas, Travis ? dit-elle. Tu peux t'arranger, par exemple, pour que ç'ait l'air d'un accident.

— Je t'en fiche. Si tu crois que Calsimo est assez stupide pour nous donner une occasion de faire croire qu'il a eu un accident ! Il vient justement de faire venir de New York des types qui n'ont pas froid aux yeux. — Il soupira. — Il va falloir que je trouve quelque chose !

— Tu trouveras, mon chéri..., tu trouveras..., dit Lauren en souriant.

Le garçon apporta le dîner et versa le whisky. La bouteille portait l'étiquette « White Rock ».

Ils burent et se regardèrent par-dessus leurs verres.

Après un silence, Lauren dit :

— Toi, tu as une idée qui te germe derrière la tête. Je le vois. Tu viens d'avoir une idée. Je te connais.

— Mais non, je n'ai pas d'idée. Je suis diablement embêté. Pas seulement à cause de Calsimo, d'ailleurs.

— Ah ? Qu'est-ce qui te tracasse encore ?

— C'est le patron, Scansi, qui m'inquiète.

Elle se renversa dans sa chaise et le regarda, stupéfaite.

— Ça, c'est un peu fort ! Mais Scansi est en pleine forme ! Jamais il n'a autant dominé la situation. Bon sang ! C'est lui le maître de la ville. Pourquoi t'en fais-tu pour lui ?

— C'est cette Clovis qui m'énerve.

— La nouvelle Mme Scansi ?

— Oui, la nouvelle Mme Scansi. Par tous les diables ! je me demande quel jeu elle joue.

— A quoi veux-tu qu'elle joue ? Elle a tout ce qu'elle désire. Elle est comme un coq en pâte. Qu'est-ce qu'elle a fait ?

— Je ne sais pas, dit Travis. Je n'arrive pas à le découvrir. Mais il y a quelque chose qui se prépare. Quelque chose de passablement embrouillé, et je n'aime pas ça.

Elle lui remplit son verre.

— Veux-tu que je te dise ce que tu as ? D'abord, tu as besoin de boire un bon coup. Et, si Calsimo te trotte dans la cervelle, le mieux à faire c'est de se débarrasser de lui. Arrange-toi pour qu'on croie que c'est quelqu'un d'autre qui l'a descendu. Voilà tout. Si tu crois que les flics vont se mettre à lorgner de notre côté et soupçonner les types de chez nous, il faut t'arranger pour mettre ça sur le dos d'un autre.

— Ah oui ! Et tu crois que c'est facile, hein ? C'est vraiment commode. Il faudrait que je m'adresse à des gens que je ne connais pas et que je les mette au courant de toute notre organisation. Pour me débarrasser de ce grand singe de Calsimo, tu t'imagines que je vais me trahir et courir un risque pareil ? Pour qui tu me prends ?

— Allons, ne t'en fais pas, mon mignon, dit Lauren en riant de le voir si énervé. Jusqu'ici, tu as toujours trouvé un moyen de t'en sortir. Tu trouveras bien encore cette fois-ci.

Shakkey écarta les rideaux de velours et entra dans la salle. Travis haussa les sourcils, avec une mimique expressive : il se demandait ce qui était arrivé. Shakkey était le chef du garage souterrain où les voitures rapides de Scansi étaient remisées, et où toutes sortes de choses se passaient sur lesquelles on ne posait pas de questions.

Shakkey avait la responsabilité du dépôt d'où partaient les camions de livraison ; c'est lui qui recrutait et payait les bouilleurs italiens. Pour que Shakkey vienne montrer son nez chez Carlazzi, il fallait qu'il y eût une bonne raison.

Shakkey était habillé sans goût d'un complet en tissu anglais, trop serré à la taille, et d'une chemise de soie bleu marine. Il portait une cravate jaune et des souliers à bouts pointus. Il était maigre et anguleux, avec des pommettes saillantes, des cheveux blonds taillés en brosse et des yeux malicieux et rieurs. Shakkey vous aurait coupé la gorge sans cesser de rire pour cela. Il inspecta la salle d'un coup d'œil et son regard s'arrêta un court instant sur les deux frères Trazzi qui réglaient leur addition. Puis il aperçut Travis et vint à lui.

— Bonsoir, Travis. Bonsoir, madame Hahn. Comment ça va ?

— Alors, dit Travis, qu'est-ce qui ne colle pas ? Il s'est passé quelque chose ? Vide ton sac !

Shakkey regarda Lauren.

— Ne t'occupe pas, dit Travis. Tu peux parler. Je n'ai pas de secrets pour Mme Hahn.

— Tu sais, Travis, dit Lauren, si tu veux parler à Shakkey et si tu penses que je suis de trop, je vais aller faire un tour. Je reviendrai tout à l'heure.

— Mais non, reste ici, dit Travis. Prends une chaise, Shakkey. Et bois un coup.

Shakkey s'empara d'une chaise dorée à la table voisine et s'assit, tournant le dos à la salle. Lauren lui versa un verre de whisky qu'il avala d'un trait.

— Je n'étais jamais venu ici, dit-il. Ou peut-être seulement une ou deux fois. Quelle chic boîte ! Si je devais prendre mes repas ici, je crois bien que j'en oublierais de manger, à force de regarder les décorations.

Il parlait d'une voix aiguë et nasillarde.

— Bon, bon, dit Travis. Ça ne nous intéresse pas. Raconte-moi ce qui s'est passé.

— Il y a eu du chambard, cette fois, dit Shakkey. Vous savez qu'on devait faire une livraison importante chez O'Hagan, à Bolt Alley ?

— Oui, six camions, si je me rappelle bien.

— C'est ça. Six camions, dit Shakkey en hochant la tête. Eh bien ! on nous a tout fauché. On a retrouvé les camions retournés à Rose Court, au bout de l'allée.

— Où sont passés les chauffeurs, et les gardes ?

Shakkey écarta les bras :

— Deux chauffeurs ont été tués, Mills et Florian, dit-il. On ne sait pas ce que sont devenus les quatre autres. Un garde a été blessé ; on l'a transporté au garage. Le docteur essaye d'extraire la balle. Les autres, on les cherche encore. A moins que...

— Allez, parle !

Après un silence, Shakkey reprit :

— Je me fais peut-être des idées ; mais je me demande s'il n'y aurait pas des types de chez nous qui prennent la poudre d'escampette. — Il écarta encore les bras. — Jamais je n'aurais osé penser chose pareille, si je n'avais pas entendu raconter certaines choses, dernièrement.

— Calsimo ? dit Travis.

— Oui, répondit Shakkey. On dit qu'il veut mettre son nez dans nos affaires. Il a fait venir du renfort de New York, à ce qu'on m'a dit. Tenez, en voilà justement deux qui s'en vont, là-bas, les deux Trazzi. Vous savez, patron, ça ne peut pas durer comme ça, il va falloir faire quelque chose.

— Hein ! qu'est-ce que je disais ? dit Travis en se tournant vers Lauren.

Puis, s'adressant à Shakkey :

— Ecoute, je vais en toucher un mot à M. Scansi. Je crois que nous allons passer à l'action.

— A mon avis, il n'y a qu'une chose à faire, Travis, il faut que quelqu'un règle son compte à ce salopard de Calsimo. Si on peut se débarrasser de cette verrue avant que la pourriture ne s'y mette, tout ira bien. Sinon, j'en connais qui auront la bedaine trouée comme une écumoire. Voyez-vous, ça fait déjà assez longtemps que nous dominons la situation. Pour y arriver, il a fallu pas mal d'intrigues et des bagarres terribles. Et, pour s'y maintenir, c'est la même chose, il ne faut pas avoir peur de la bagarre.

Il ajouta avec un peu d'hésitation :

— On s'est peut-être un peu laissé aller, chez nous. Il y en a qui se sont relâchés.

Travis comprit l'allusion.

— Occupe-toi de tes affaires, Shakkey, dit-il, et laisse-moi m'occuper des miennes. C'est bon. Je vais agir en conséquence.

— C'est ce que je voulais vous entendre dire. Moi, je suis seulement le type qui ramène les caisses vides, et qui fait encore un ou deux autres boulots. Mais je suis partisan de l'action et je crois que c'est le bon moment. Sinon...

Il écarta les bras.

Travis grommela quelque chose d'indistinct.

Shakkey vida son verre de whisky et s'en versa un autre.

— A votre santé, madame Hahn, dit-il. Vous êtes superbe. Travis ne sait pas la chance qu'il a. A sa place, moi, avec une dame comme vous, je m'arrangerais pour devenir président des Etats-Unis.

Il but la moitié de son verre, le reposa sur la table et dit :

— Tenez, je vais vous raconter quelque chose de marrant. Ça nous changera de la monotonie de notre conversation. Savez-vous ce qui m'est arrivé, aujourd'hui ? Je vais vous le dire. Les derniers camions venaient juste de partir, tout était en ordre et prêt pour le soir. Les deux gardiens de nuit s'amènent et l'idée me vient de sortir du garage par la porte de derrière. Je sors donc par Barrel Street. Je tire la petite porte et j'allais la fermer à clef quand j'aperçois quelque chose. Ou plutôt quelqu'un. C'était un type drôlement accoutré, avec une veste et un pantalon de treillis comme vous n'en avez pas idée. Il était maigre, brun, avec beaucoup de cheveux et deux yeux comme des phares d'auto. Tout d'un coup, le voilà qui tombe par terre comme un sac.

— Il était saoul, dit Lauren, avec indifférence.

— Non, il n'était pas saoul. Il tournait de l'œil. Il n'avait pas mangé depuis trois jours. Il buvait seulement de l'eau. Croyez-vous ça ?

— Et alors ? demanda Lauren.

— Alors je me penche sur le gars, je lui bats l'air un peu sous les narines jusqu'à ce qu'il rouvre les yeux. « Ça va mieux, mon gars ? » que je lui dis. Je m'attendais à ce qu'il se mette à me raconter toute une histoire, en se plaignant de la malchance, etc. Eh bien ! pas du tout. Il me dit : « Monsieur, vous ne connaissez pas un endroit où je pourrais trouver du travail ? » Il ne m'a même pas demandé si je pouvais lui donner un bout de pain.

— D'où venait-il, ce gars-là ? demanda Travis.

— Voilà le plus drôle ! dit Shakkey. C'est presque incroyable. Il est venu à pied des monts Ozark. Oui, c'est un de ces sacrés types des collines. On lui a dit que les rues de Chicago étaient pavées d'or et je crois qu'il voulait juste chercher deux ou trois pavés.

— Si c'est toute ton histoire, je ne vois pas ce qu'il y a de marrant là-dedans, dit Lauren.

Shakkey reprit :

— Je l'ai amené dans le garage. Je lui ai donné une goutte à boire, un peu de calvados. Ça l'a assommé. Alors j'ai réfléchi un peu. Vous savez, Travis, que tous les gardiens de nuit du garage sont des types rusés et passablement filous. Il y a longtemps qu'ils travaillent avec nous. On les paye deux cent cinquante à trois cents dollars la semaine. Mais qu'est-ce qu'on sait d'eux au juste ?

— Oui, c'est vrai, dit Travis. Ils sont grassement payés. Où tu veux en venir ?

— Ecoutez, reprit Shakkey, j'ai l'impression que les types qui nous ont fauché notre marchandise cette nuit avaient été prévenus, par des gars de chez nous, de l'heure à laquelle les camions partaient. Vous savez que ni les conducteurs ni les gardes ne savent jamais à quel moment les camions de livraison doivent sortir. Je les avertis juste dix minutes avant. Et, pourtant, ils se sont fait pincer au bon endroit, juste au bout de Barrel Street, où il y a deux virages successifs et où c'est facile de se débiner.

— Tu crois que des gars trahissent ? Qu'ils se sont fait acheter par Calsimo ? demanda Travis.

— Je ne veux rien affirmer. C'est seulement une supposition. Mais voilà ce que j'ai pensé : ce type qui arrive des monts Ozark, avec sa tignasse noire, il est encore vierge, pour ainsi dire. Jamais de sa vie il n'a encore mis les pieds dans une grande ville. Je suis sûr que si je lui paye deux ou trois bons repas, si je l'embauche, il me sera éternellement reconnaissant. Il se fera tuer pour moi. C'est un type comme ça.

— Tu as peut-être bien raison, dit Travis.

— Sûrement qu'il a raison, dit Lauren.

— L'embêtant dans une organisation comme la nôtre, c'est que nos gars sont beaucoup trop dégourdis. Ils n'y vont pas de main morte. Et certains mangent à deux râteliers. Quand on leur donne trois cents dollars par mois, ils en veulent cinq cents. Quand on leur en donne cinq cents, ils en veulent mille. Tu parles si je les connais. Ils sont presque aussi exigeants que des dames.

— Où est-il, ton bonhomme, Shakkey ? demanda Travis. Comment s'appelle-t-il ?

— Il est au garage. Il s'appelle René Berg. Il a vingt ans. Il a été élevé dans les monts Ozark par des parents nourriciers. Il ne sait pas qui sont ses vrais parents : il ne les a jamais vus. Venez seulement jeter un coup d'œil sur l'individu ; vous verrez que ce n'est pas un menteur.

— Alors, qu'est-ce que tu proposes ? dit Travis.

— Eh bien ! voilà : donnez-lui à manger, embauchez-le, faites-le travailler au garage avec l'équipe de nuit. Au bureau, il ne parlera à personne. Il y a une baie vitrée des deux côtés du bureau. Il pourra surveiller tout le monde et la sortie des camions. Vous comprenez ? Il pourra voir si les types parlent entre eux et entendre la sonnerie du téléphone. Il faut seulement qu'il ne soit en contact avec aucun de ceux qui s'occupent du ravitaillement, ni avec aucun chauffeur.

— Je comprends, dit Travis. — Vaguement, au fond de son esprit, une idée commençait à prendre forme. — Voici ce que tu vas faire, dit-il à Shakkey. Je voudrais voir ce gars-là moi-même. Sors-le d'ici, donne-lui à manger, achète-lui quelques vêtements. Avance-lui quelques dollars et trouve-lui une chambre pour la nuit. Qu'il vienne me voir demain après-midi à trois heures. Je voudrais lui parler.

— Entendu, dit Shakkey. Au revoir, Travis. A bientôt.

Il vida son verre et partit.

— Quelle est ton intention, chéri ? demanda Lauren. Tu ne me feras pas croire que ça t'intéresse que Shakkey engage un nouveau type au garage pour quelques dollars la semaine. Pourquoi veux-tu lui parler ?

— Oh ! pour rien, dit Travis en souriant. Mais ça se peut bien que j'aie une idée.

« Et comment que tu as une idée ! se disait Lauren. Et surtout tu as eu la frousse, une fameuse frousse. C'est Calsimo qui te fait peur. Tu cherches un moyen de te tirer de là. Et, pour ça, tu n'hésiterais pas à sacrifier ta mère, s'il le fallait. »

Mais elle dit, d'une voix suave :

— C'est vrai que tu es le cerveau de la bande. C'est toi qui diriges tout, au fond. Sans toi, Scansi serait dans de beaux draps.

— Oh !... tu es en train de me passer de la pommade, dit Travis.

— Moi ? Pas du tout. Tu sais bien que je pense toujours tout ce que je dis.

Elle éclata de rire et lui serra la main très fort.

2

Il était sept heures. O'Finnigan, le lieutenant de détectives du district, dépassa Mulbery Street, longea deux pâtés de maisons et tourna à droite. Il marchait lentement, méditant sur les ennuis de la vie en général et plus particulièrement sur ceux d'un lieutenant de détectives dans un district pas commode de la « Cité Merveilleuse ».

« Un de ces quatre matins, se disait-il, je vais plonger la main dans le sac, pendant que ça en vaut la peine ; quand le coup de filet me rapportera quelques milliers de dollars de plus. »

Mais il ne fallait pas trop tarder. La vie d'un flic à Chicago n'était pas une vie. Avec la contrebande de la boisson plus florissante que jamais, l'insolence des gangsters qui se faisaient ouvertement la guerre, tout ce qu'un garçon intelligent pouvait faire, c'était de ne pas prendre de gants et d'essayer de joindre les deux bouts, en mettant un peu d'argent de côté.

O'Finnigan longea encore un pâté de maisons et descendit l'escalier qui menait chez Florian. C'était un débit clandestin, dont les murs et la décoration étaient censés de style Stuart. L'atmosphère y était reposante et la boisson acceptable, de temps en temps. Il fallait courir le risque. On pouvait tomber sur de la très bonne gnôle, et, la fois suivante, le gin avait été préparé dans la salle de bains. On ne savait pas au juste ce qu'on allait vous servir. A moins d'être un grand ponte. A ceux-là on servait de l'alcool de premier choix, qui n'avait même pas été coupé et qui ne donnait pas mal aux cheveux le lendemain matin.

Il n'y avait pas beaucoup de monde. Les habitués de l'après-midi prenaient leurs pardessus. La foule du soir n'était pas encore arrivée. O'Finnigan s'assit à une table dans le coin le plus éloigné. Il alluma une cigarette. Le garçon du bar vint lui apporter un verre et dit :

— Ne vous en faites pas pour ce whisky, lieutenant, il est très bon. C'est celui que je bois moi-même.

O'Finnigan approuva d'un signe de tête. Il goûta au whisky, reposa le verre sur la table, regarda droit devant lui. Cinq minutes s'écoulèrent. Travis Hahn descendit les marches, regarda le garçon du bar, puis O'Finnigan, fit un salut de la main, vint le rejoindre et s'assit à la même table.

— Hello, Pat ! dit-il.

— Bonjour, dit O'Finnigan laconiquement.

Le barman apporta un verre à whisky, une bouteille de « White Rock » et une bouteille de whisky non entamée, dont on venait de tirer le bouchon. Il posa le tout sur la table et retourna au bar. Il n'y avait plus personne dans la salle, à l'exception de Travis et d'O'Finnigan.

Il y eut un silence. O'Finnigan le rompit le premier.

— Alors ? demanda-t-il.

— Ecoutez, Pat, dit Travis. J'ai quelques ennuis. Vous me comprenez ?

— Oui, je peux comprendre ça. C'est Calsimo qui commence à prendre un peu trop d'importance, hein ?

— Peut-être. Il va falloir faire quelque chose au sujet de ce type-là.

Le lieutenant de détectives finit son whisky, ôta le bouchon de la bouteille, se versa un autre verre, ajouta du « White Rock ».

— Oui, dit-il, mais vous savez, Travis, faites attention où vous mettez le pied. Calsimo a des relations. Il a mis dans sa manche un ou deux personnages influents.

— Bien sûr. Je sais ce que vous voulez dire, Pat. Mais nous allons faire du travail soigné...

— Ah ? Qu'est-ce que vous voulez dire par là ?

— Voyez-vous, nous nous comprenons très bien, entre nous, dans cette ville. Il n'y a pas à dire, Chi est un charmant petit village à tous points de vue. Mais je crois que tout le monde est d'accord pour dire que nous n'aimons pas que des étrangers viennent se mêler de nos affaires.

— Eh ! qui est-ce qui se mêle de vos affaires ? Qu'est-ce qui se passe ?

— Calsimo a engagé deux nouveaux tueurs, Rudy et Willie Trazzi. Il les a fait venir de New York. On me dit que ce sont des gars dangereux. Il va falloir s'occuper d'eux, hein ?

— Oui. Et qu'est-ce que vous comptez faire ?

Travis se versa un autre verre de whisky, alluma une cigarette.

— Vous savez, Pat, j'ai acheté un paquet d'actions, l'autre jour, des valeurs exceptionnelles à ce qu'on m'a dit, « Incorporated Steel ». On s'attend à enregistrer une hausse sérieuse d'ici peu. Je crois qu'il y a bien vingt dollars à gagner sur chaque action d'ici une quinzaine de jours.

— Vous devez le savoir, dit O'Finnigan, toujours aussi laconique.

— Je vous ai dit que j'avais acheté un paquet pour moi, mais, naturellement, je ne vous ai pas oublié. Vous aurez votre part.

— Merci, Travis. Vous avez toujours été un brave type.

— Je suis toujours gentil avec un copain.

Il y eut un silence. Le lieutenant de détectives dit négligemment :

— Vous me parliez des frères Trazzi.

— Oui. Ça ne me plaît pas que ces gars-là se baladent ici et je crois qu'il est temps que Calsimo reçoive une leçon, qu'on lui apprenne qu'il y a des limites qu'il ne doit pas dépasser. Ce ne serait peut-être pas une mauvaise idée de liquider les deux Trazzi.

— Vous savez ce que vous avez à faire, mais je crois qu'il est bon que vous sachiez qu'on a beaucoup parlé dernièrement de votre patron, Scansi, et de Calsimo. Le gouvernement fédéral s'intéresse à ce qui se passe ici. Ce n'est pas tant les flics de l'Etat que ceux du gouvernement fédéral qui sont à craindre. Si vous faites quelque chose, arrangez-vous pour que ça se passe proprement et sans scandale.

— Bien sûr ; je l'avais déjà compris. Vous voulez dire que, s'il arrivait malheur aux Trazzi, il faudrait qu'on ne puisse pas en accuser la bande à Scansi, qu'il n'y ait aucune trace d'une relation quelconque entre les deux.

— Oui. C'est ce que je voulais dire.

— Ecoutez, j'ai une idée.

Il se pencha par-dessus la table.

— Vous savez, Pat, j'ai toujours eu beaucoup de sympathie pour vous. Je vous ai toujours parlé beaucoup plus franchement qu'à n'importe qui.

— Et pour cause ! Qu'est-ce que vous auriez fait sans moi ?

— Je sais... je sais... eh bien ! écoutez, vous avez peut-être l'impression que Calsimo est en pleine ascension, est-ce vrai ?

O'Finnigan baissa les épaules.

— Je ne sais rien de précis. Mais, en effet, je trouve que ce gars-là a du cran. Et vous savez qu'on répète dans toute la ville que Scansi se relâche un peu, qu'il ne fait plus autant attention à son boulot. Il y a peut-être d'autres choses qui l'intéressent, maintenant. Peut-être sa nouvelle femme. Quel âge a-t-elle ? Vingt ans ?

Il ricana.

— Vous devez savoir ça mieux que moi.

— Oui, vous avez peut-être raison, dit Travis. Scansi a eu quarante-huit ans avant-hier. Et, depuis qu'il a épousé cette gosse, il n'y a rien d'autre qui compte pour lui. Ce serait assez marrant, si Calsimo parvenait à le supplanter, vous ne trouvez pas ? Ce serait marrant s'il enlevait le morceau.

O'Finnigan le regarda de ses yeux durs et froids.

— Est-ce que vous faites une supposition, ou exprimez-vous un désir ? demanda-t-il.

— Je ne saurais dire, Pat, dit Travis avec un sourire. Je crois que, s'il arrivait malheur aux Trazzi, Calsimo serait furieux. Et il essayerait de se rebiffer, vous ne croyez pas ?

— C'est probable. Vous voulez dire qu'il essayerait de se venger sur Scansi ?

— Sait-on jamais ce qui peut arriver ? dit Travis en écartant les mains.

Il y eut encore un silence. Puis le lieutenant de détectives dit :

— Alors, quoi ?

Travis remplit à nouveau leurs deux verres.

— Ecoutez, l'autre jour nous avons engagé un nouveau bonhomme. Personne ici ne le connaît. C'est un paysan qui vient des monts Ozark. Il a encore de la paille dans ses sabots. Il s'appelle Berg, René Berg. Je l'ai logé dans un petit hôtel bon marché dont il ne sort pas et je lui donne cent dollars par semaine. Il croit qu'il va travailler dans un garage, un de nos entrepôts, vous comprenez ?

— Je vois, dit O'Finnigan.

— Comme je viens de vous le dire, il n'a aucune expérience, il ignore tout. Il ne sait pas ce que c'est que les femmes, le whisky, la grande ville, bref il ne sait rien. C'est un de ces idiots qui s'imaginent qu'il suffit de descendre à Chicago pour y faire fortune. Vous avez peut-être déjà entendu parler de ces gars-là.

— Oui, j'en connais plusieurs.

— Quant aux frères Trazzi, ils sont très portés sur les femmes, hein ? Je connais justement deux belles mômes qui sont prêtes à tomber amoureuses d'eux, ou du moins à faire semblant. Supposons qu'elles leur donnent rendez-vous chez *Rose Dean,* une boîte où l'on danse, en bordure de la grand-route, vous connaissez ?

— J'ai déjà entendu raconter une histoire du même genre à propos de quelqu'un d'autre. J'ai compris. Nous disons donc que les Trazzi rencontrent les donzelles chez *Rose Dean.* Et après ?

— Deux types de chez nous partent en voiture, ils emmènent avec eux le gars Berg. Ils le font boire un peu en cours de route jusqu'à ce qu'il ne sache plus très bien ce qu'il fait. Alors on estourbit les Trazzi, on les descend, quoi, vous comprenez ?

— Oui. Mais, s'ils sont morts, il nous faut quelqu'un. Je vous ai dit que Calsimo s'était assuré le concours de quelques types influents dans les environs. Si on assassine des gens qui travaillent pour lui, ça va faire du chambard. Il faut absolument que nous ayons quelqu'un.

— Bien sûr..., bien sûr..., dit Travis. Vous aurez quelqu'un. Vous aurez Berg.

— Je ne comprends pas. Expliquez-moi ça.

— Quand nos hommes arrivent chez *Rose Dean,* Berg a une cuite, il est plein comme un œuf. Il ne sait donc pas où on le mène. Bon. On fait leur affaire aux deux Trazzi et, quand les flics rappliquent, ils trouvent Berg dans la bagnole avec, dans sa poche, le revolver qui a servi au crime. Et vous n'avez qu'à le cueillir, voilà tout.

— Comme ça, ça colle. Vous savez ce que vous avez à faire. Du moment que nous avons quelqu'un, c'est parfait. Mais je vous préviens que désormais, pour chaque type qui sera descendu, il nous faudra un responsable. Les journaux commencent à nous embêter. Mais, si nous attrapons Berg, ça ira. Seulement, il n'y coupe pas de la chaise électrique.

— Bien entendu... Est-ce que nous sommes d'accord ?

— Pour moi, je ne vois rien à redire.

Ils burent encore un verre. Puis O'Finnigan dit :

— Eh bien ! au revoir, Travis. A bientôt.

— Merci, Pat. Vous avez toujours été un bon gars. Demain les courtiers vous parleront du paquet d'actions que j'ai déposé à votre nom.

— Merci, Travis. Au revoir. Mon bon souvenir à Lauren.

Il se leva, traversa la salle du bar, dont le plancher était recouvert d'un tapis, et monta l'escalier en colimaçon. Travis le regarda disparaître.

A huit heures, Travis alla chez Scansi, dans sa villa située dans le quartier Nord, élégant, et pourvue de tout le confort.

Il sonna. Un sommelier japonais vint lui ouvrir. Travis entra. Comme il pénétrait dans le vestibule, Clovis Scansi sortit d'une petite pièce sur la droite. Elle regarda longuement Travis, de ses grands yeux violets. Puis elle dit d'une voix douce :

— Hello ! Travis. Vous venez voir Paul ?

— Oui, j'ai des choses importantes à lui dire. Comment allez-vous, Clovis ?

— Magnifiquement... Je trouve la vie merveilleuse. Je crois que j'ai beaucoup de chance.

— Oui, moi aussi, si j'avais votre beauté, je croirais que j'ai de la chance, dit Travis.

Il se disait qu'elle était la créature la plus parfaite qu'il ait jamais vue de sa vie. Elle avait vingt et un ans, un corps splendide, un beau visage ovale qu'encadrait une chevelure fauve, une bouche bien faite, des petites dents comme des perles, tout ce qu'il faut pour charmer. Il réfléchissait : « J'ai une idée derrière la tête que vous et moi nous sommes faits pour nous entendre, se disait-il. Seulement, il faut que je devine à quel sujet. »

— Est-ce que Paul est là ? demanda-t-il.

— Oui, il est dans sa chambre. Entrez.

— Alors, à tout à l'heure, Clovis.

Elle se retourna soudain. Elle était tout près de lui, maintenant. Elle étendit la main et prit la sienne. Ce n'était peut-être qu'un geste d'amitié, peut-être davantage. On ne pouvait pas savoir.

— Revenez me voir, Travis, dit-elle. Je suis souvent bien seule. Téléphonez-moi et venez bavarder avec moi. J'aime beaucoup parler avec vous.

Il lui sourit.

— Entendu, dit-il, je viendrai vous voir. Au revoir, chérie.

Il traversa le vestibule et ouvrit la porte au fond du couloir.

Scansi était assis à son bureau. C'était un gros homme massif. Il avait une figure porcine, avec de tout petits yeux. Un bourrelet de graisse débordait au-dessus de son col de soie trop étroit. Il fumait un cigare et souriait. Travis remarqua ses yeux cernés : il avait l'air fatigué.

— Alors, Travis, comment ça va ? dit Scansi. Quoi de neuf ? Tout marche comme sur des roulettes ?

— Non, tout ne va pas comme sur des roulettes, dit Travis d'un ton bref. Et ce n'est pas le moment de se croiser les bras. Il faut faire quelque chose, vous entendez, il le faut.

— Bougre ! Qu'est-ce qué vous mé dites là ? répondit Scansi en passant sa main épaisse sur ses cheveux noirs, luisants.

Ses gros doigts étaient ornés de deux bagues de diamants.

Travis s'assit, alluma une cigarette. Scansi se leva, ouvrit un placard et en sortit une bouteille de whisky, une bouteille de « White Rock » et deux verres. Il remplit les deux verres.

— Hé... hé... Travis, dit-il, qu'est-ce qu'il y a donc ? Qu'est-ce qui se passe ? On dirait que vous avez des ennouis.

— Oui, je me fais de la bile, patron... Avant-hier, on nous a fauché des camions. C'était un coup de Calsimo. Et dans toute la ville le bruit circule qu'il est en pleine ascension et que nous sommes sur le toboggan. Vous savez ce que ça veut dire ?

Scansi écarta les bras.

— Ça veut dire qué nous allons avoir oune pétite bagarre, voilà tout. Cé n'est pas la première fois, mon cher Travis. Il faut préparer ça. Occupez-vous-en.

— Ce n'est pas si facile. Ecoutez, Paul, Calsimo a distribué des pots de vin à l'Hôtel de Ville et ailleurs. Il est en train de se mettre bien avec les types importants. Il ne cherche pas à s'esquiver, au contraire, il recherche la bagarre. Et les flics vont commencer à se fâcher. On a trop fait joujou avec les revolvers, par ici. Les journaux mènent des campagnes contre nous et le public réclame des têtes à cor et à cri. Bientôt, à chaque coup, il leur faudra un responsable.

— Oui, j'ai déjà entendou parler de tout ça, dit Scansi. Mais jé vous paye, jé crois ? C'est votre boulot. Qu'allez-vous faire ?

— Ecoutez, patron, les gars trouvent que vous vous tenez un peu éloigné tous ces temps-ci.

Il étendit les mains, haussa les épaules.

— C'est naturel, je le sais bien. Vous venez de vous marier et vous voulez profiter de votre lune de miel. Mais j'ai l'impression que le moment est peut-être mal choisi.

— Alors, qu'est-ce qué je fais ? dit Scansi.

Il se leva, alluma un cigare. Il regarda Travis à travers le nuage de fumée.

— Vous avez bien oune idée, Travis, reprit-il. Allons, parlez ; dites-moi ce que vous pensez.

Travis dit :

— Voilà, Calsimo a fait venir ici deux types de New York qui savent se servir d'un revolver : Rudy et Willie Trazzi. Bon. Nous allons les descendre, rien que pour lui montrer qu'il ne peut pas commencer à faire le mariole ici.

— Très bien. Mais où est la difficulté ? Jé né vois pas.

— Les flics veulent pincer quelqu'un. Un type qui ne fasse pas trop de rouspétance. J'en ai trouvé un.

— Ah ! Racontez-moi ça, Travis, dit Scansi.

— Shakkey a rencontré par hasard un pauvre type qui vient des monts Ozark, un nommé Berg. Il était à demi mort de faim et il cherchait du travail. Je me suis un peu occupé de lui et il est très reconnaissant. Il n'a jamais rencontré personne de notre bande et il reste tout le temps dans un petit hôtel bon marché. Il est venu me voir hier et c'est vraiment un cadeau qui nous tombe du ciel. C'est lui qui zigouillera les frères Trazzi.

— Comment ça ? Jé né comprends pas, dit Scansi.

— Charlie et Lefty sortiront avec la bagnole, dit Travis. Ils emmèneront le pauvre type avec eux. Maintenant qu'il a mangé, qu'il a trouvé du travail, il est tout heureux. Alors on lui flanque une bonne cuite. J'ai arrangé que les Trazzi se trouvent chez *Rose Dean*. Nos hommes y arrivent et les descendent. La police trouve l'arme du crime sur Berg complètement saoul. Elle l'arrête. Et tout le monde est content.

— Bon. Mais jé né vois toujours pas la difficulté ?

— C'est seulement un début. Ecoutez, à quoi bon tourner autour du pot ? C'est Calsimo qu'il s'agit de liquider en fin de compte. Tant qu'il vivra, vous ne dormirez jamais tranquille et beaucoup de gars de chez nous non plus. Il faut qu'il y en ait un des deux qui disparaisse : vous ou lui.

— Jé vous ai toujours pris pour oune type très malin, Travis, dit Scansi. Vous avez oune autre idée derrière la tête. Dites-la-moi.

— Voilà : quand Calsimo apprendra que les Trazzi ont été descendus, il comprendra que c'est un avertissement. Peut-être il se dégonflera, peut-être il voudra faire le malin. Ça n'a pas d'importance. Les flics sont tout contents d'avoir capturé Berg et ils le jettent en tôle. Mais nous ne le laisserons pas moisir là.

Il se pencha en avant.

— Ecoutez, patron, j'ai étudié ce gars-là, c'est un parfait abruti, une vraie tête d'âne, un présent du ciel. Je crois que, si nous faisons quelque chose pour ce gars-là, il nous en sera éternellement reconnaissant ; il sera prêt à faire n'importe quoi pour nous. C'est un type comme ça. Maintenant, voici mon idée.

— Allez-y. J'écoute, dit Scansi.

Travis lui exposa son plan.

3

Berg était assis sur son lit, la tête dans ses mains, les coudes sur les genoux Il regardait mélancoliquement le mur de la cellule en face de lui. Il essayait de penser, mais la tête lui faisait encore mal de l'alcool que ses deux copains lui avaient versé si généreusement. Il ignorait qu'il avait bu pour finir un Micky Finn. Mais, quand même il l'aurait su, ça ne l'aurait pas avancé.

Il se demandait combien de temps il fallait pour mourir sur la chaise électrique. On appelait ça la « poêle à frire ». Ce mot-là ne présageait rien de bon. Il cessa de penser à la mort, réfléchit à autre chose. C'était donc ça la fin de la grande aventure que Chicago lui avait promise : une cellule et la chaise électrique. Dans l'esprit de Berg, il ne faisait aucun doute qu'il était bon pour la poêle à frire. On le lui avait dit. Il avait une joue enflée et douloureuse : un de ses interrogateurs avait employé des arguments convaincants, sous forme de matraque en caoutchouc. Pendant des heures il avait transpiré sous la lumière électrique ; il avait éprouvé toutes les joies du « troisième degré ». Et, s'il avait gardé le silence, c'est parce qu'il n'avait rien à dire.

Il n'avait pas eu de chance pour son premier boulot, d'écouter Charlie et Lefty, les deux mécaniciens qui l'avaient emmené faire sa première balade. Ils s'étaient arrêtés dans plusieurs bistrots sur la route et ils avaient bu copieusement. Berg, qui n'aimait pas l'alcool, avait essayé de se dérober. Mais ils avaient insisté, et il ne voulait pas les offenser. Le dernier coup qu'il avait bu sur la route, dans le camion, à la gourde que Lefty lui avait tendue, lui avait donné le coup de grâce. Après ça, il était tombé dans les pommes. Il ne savait plus rien, jusqu'au moment où le car de police était venu le ramasser, où on lui avait dit qu'il avait descendu deux hommes. Les flics lui avaient signifié de les suivre sans faire de rouspétance. Mais, comme il avait été un peu récalcitrant, ils avaient employé les moyens de persuasion qui étaient alors à la mode. Il se disait que c'était plutôt moche. Mais sa tristesse ne se nuançait d'aucun apitoiement sur lui-même. Bien qu'âgé seulement de vingt et un ans, Berg avait déjà appris que ça n'avançait à rien de se lamenter sur son sort. Il avait appris ça dans les monts Ozark ; ses parents nourriciers, brutaux, ivrognes et vicieux, lui avaient inculqué les leçons nécessaires. Il se disait qu'il n'avait pas beaucoup de chance, qu'il était bon pour la poêle à frire. Les flics lui avaient dit qu'il n'y couperait pas. Eh bien ! c'était comme ça. Ça éviterait tout un tas d'ennuis et d'incommodités. Mais ce n'était pas évidemment l'aventure qu'il avait rêvée en s'échappant de la ferme, en faisant à pied ou derrière une charrette le long trajet vers Chicago. Chicago ! La ville de ses rêves ! Il ricana tristement.

A l'étage au-dessus, l'horloge du bureau du district marquait trois heures. Le sergent préposé aux écritures sommeillait à demi sur son bureau, attendant la relève. Il leva la tête quand les portes à double battant s'ouvrirent, livrant passage à Travis Hahn et à un autre personnage que le sergent identifia aussitôt. C'était Linney, le porte-parole de Scansi, le plus rusé et le plus retors des avocats de Chicago. « Je me doute de ce qu'ils viennent faire ici, se dit le sergent. Ils vont nous jouer un bon tour. »

Il dit aimablement :

— Bonsoir, monsieur Hahn.

— Bonsoir sergent, répondit Travis. Voici M. Linney, l'avocat de M. Scansi. C'est simplement pour une petite question d'*habeas corpus*. Vous détenez ici, à l'étage en dessous, un type du nom de René Berg. Nous voudrions le voir.

— Mais, monsieur Hahn, dit le sergent, vous savez aussi bien que moi que ce type-là a été arrêté pour meurtre. Il a tué deux hommes, la nuit dernière, et on l'a pris pour ainsi dire sur le fait.

— Oui, c'est ce que vous croyez, vous. Mais nous sommes d'un autre avis, répondit Travis.

Il fit un pas de côté et Linney prit la parole.

— Je ne crois pas que nous ayons à discuter de cette affaire ici, sergent, n'est-ce pas ? Je veux voir votre prisonnier. J'ai acquis la preuve indiscutable qu'il se trouvait au moins à vingt-cinq kilomètres de l'endroit du crime au moment où il a été commis la nuit dernière. Le fait qu'on l'ait trouvé dans une voiture sur les lieux du crime et qu'il ait été en possession de l'arme du meurtre ne pèse vraiment pas lourd contre un tel alibi. Il est manifeste qu'on l'a transporté là. Il était ivre quand on l'a trouvé. Je veux simplement exercer mon droit de voir mon client.

Le sergent se leva.

— C'est bon, dit-il. Allez voir votre client.

Il aboya un nom et se laissa retomber lourdement sur sa chaise. Il regardait Travis en ricanant, d'un air très peu aimable.

Travis souriait toujours, très poliment. Il sortit son étui à cigarettes en émail et alluma une cigarette.

Un officier entra.

Le sergent dit :

— M. Hahn et M. Linney désirent voir René Berg.

Il regarda l'officier en ricanant.

— Bien. Par ici, s'il vous plaît, dit l'officier.

Il s'en alla, suivi de Travis et de Linney.

Quand on n'entendit plus les bruits de pas, le sergent prit le téléphone devant lui, forma un numéro. Après un moment, il dit :

— C'est vous, lieutenant ? M. O'Finnigan ?

— Oui, c'est moi.

— Dites donc, j'ai l'idée que Hahn veut vous jouer un tour. Il est venu ici avec Linney, l'avocat de Scansi. Linney va défendre Berg. Ils ont trouvé un alibi. Puisque Linney l'affirme, c'est que c'est vrai. Oui... Bon, vous y allez. Au revoir, lieutenant.

Il raccrocha.

En bas, dans la cellule, Travis s'assit sur le lit en face de Berg.

— Eh bien ! mon p'tit gars, te voilà dans de beaux draps, hein ? Tu sais ce qui te pend au nez ?

Berg dit lentement :

— Oui... ils me l'ont dit... la poêle à frire. Je n'y couperai pas.

— Vraiment, ça me fait de la peine. Ils ont dû te brutaliser un peu, hein ! quand ils t'ont interrogé ?

— Oui, ils m'ont pas mal asticoté.

— Et qu'est-ce que tu leur as dit ?

Berg haussa les épaules. Il sourit d'un sourire las et désabusé.

— Qu'est-ce que vous voulez que je leur dise ? Je leur ai dit que j'étais saoul et que je ne savais pas ce que je faisais. C'est tout.

— Oui, tu ne pouvais pas dire grand-chose de plus, n'est-ce pas ? Et pourquoi diable t'es-tu saoulé ? Qu'est-ce qui t'a pris, bougre d'andouille ? Je me charge de toi, je te retape un peu, je te laisse du pognon, je te trouve un bon travail et, la première fois que tu vas au boulot, voilà ce qui arrive ! Il faut que tu assassines les gens !

Il regarda Linney, qui sourit aigrement.

Travis reprit :

— Allons, raconte-moi ce qui s'est passé, mon p'tit gars. Rassemble tes souvenirs.

— Je ne me rappelle pas grand-chose. Je suis descendu au garage. J'avais rendez-vous avec Charlie et Lefty. Ils ont sorti le camion. J'ai cru qu'ils voulaient m'apprendre à conduire et je trouvais que c'était une bonne idée. Mais ils ont dit que ça pouvait attendre. Ils m'ont proposé de faire une balade. Alors on est parti. On s'est arrêté deux ou trois fois, en cours de route, dans des bistrots ; on a bu des trucs assez forts. Moi, je n'ai pas l'habitude de l'alcool.

— Alors, pourquoi as-tu bu ! Ça te plaisait tout de même ?

— Ça me remontait. Je me sentais bien après. Et puis c'est eux qui payaient la tournée et ils voulaient absolument que je boive un coup avec eux. C'est des chics types.

— Oui. Ce sont des garçons très gentils. Alors, que s'est-il passé ensuite ?

— On est remonté dans le camion. Et on a fait de la vitesse. Et puis Lefty — à moins que ce ne soit Charlie — a sorti un flacon de sa poche. Il m'a dit que c'était quelque chose de spécial, de tout à fait épatant. Il m'en a fait boire une grande gorgée. A partir de là, je ne me rappelle plus rien. J'ai vaguement entendu des coups de feu ; je me rappelle seulement que j'étais étendu par terre dans le jardin, derrière le *Rose Dean.* J'avais un revolver dans la poche de mon veston et les flics se sont amenés.

— Ah ? Et d'où venait-il ce revolver ? Par tous les diables, où l'avais-tu pêché ? Hein ! mon p'tit gars ? Qu'est-ce que tu voulais faire avec ?

Berg haussa les épaules.

— Je n'ai jamais eu de revolver. Je n'ai jamais tiré de ma vie qu'avec un fusil de chasse ou une carabine. Je suis même un assez bon tireur. Mais, du moment qu'ils ont trouvé l'arme sur moi, il faut bien que je l'aie prise quelque part. Je ne me rappelle plus.

Travis demanda :

— Ecoute, crois-tu que tu as tiré sur ces deux types quand tu étais saoul ? Est-ce que tu t'es déjà saoulé ? Est-ce que tu deviens méchant, quand tu as bu un coup de trop ?

— Je n'avais jamais été vraiment saoul, avant ; mais, quand j'ai un petit verre dans le nez, c'est vrai que je ne suis pas commode, des fois. Peut-être bien que la tête de ces deux types ne m'est pas revenue. Je n'en sais rien.

— Ecoute, je vais peut-être arranger ça.

— Vrai ? dit Berg.

Il regarda successivement Travis et Linney et dans ses yeux brillait une lueur d'espoir.

— Voici M. Linney, reprit Travis. C'est un avoué ; le conseiller de M. Scansi. Tu as peut-être entendu parler de Scansi ?

— Non, je n'ai jamais entendu ce nom-là.

— Eh bien ! c'est l'homme qui a le plus grand commerce de boissons dans tout Chicago. Et c'est un de mes amis. Je lui ai parlé de toi. Il te trouvera peut-être une place dans son organisation. Mais il faudra faire ce qu'on te dira, tu sais. Sinon, eh ! on ne sait jamais ce qui peut arriver dans cette ville, ils seraient bien capables de t'inculper une deuxième fois. On ne sait jamais.

— Si vous me sortez de là, monsieur Hahn, dit Berg, je m'en souviendrai, vous pouvez en être sûr. Je ne tiens pas tant que ça à mourir, vous savez.

— Je te crois. Personne n'y tient..., répondit Travis.

Il se tourna vers Linney.

— Vas-y, Jake. Il est à toi.

Linney se mit à parler, d'une voix aiguë, d'un ton légèrement pédant.

— Il faut que vous compreniez bien ceci, Berg... Il semble que vous ayez été victime de la rivalité de deux importantes bandes de bootleggers... celle de M. Scansi et celle de Calsimo.

— Comment ça... moi ? dit Berg en ouvrant de grands yeux.

— Oui, vous, dit Linney. C'est un accident qui arrive comme ça, en passant. Je crois que vous avez été fabriqué.

Il regarda Berg.

Berg se gratta la tête.

— Ecoutez, monsieur Linney, dit-il, je ne comprends pas. Vous pouvez peut-être m'expliquer ça un peu plus clairement. Alors, comme ça, j'ai été fabriqué ? Mais comment ?

— Nous avons vérifié votre emploi du temps d'hier soir, Berg. Ce que vous avez dit est rigoureusement exact. Vous êtes sorti en voiture avec Charlie et Lefty. Vous avez bu quelques verres. Lefty vous a donné un coup à boire de sa gourde, et vous avez tourné de l'œil. Mais le camion n'a jamais été jusque chez *Rose Dean*. Charlie, qui était au volant, a fait demi-tour et vous a ramené à Chicago.

— Attendez un peu... ils m'ont dit qu'ils allaient chez *Rose Dean*... Ils...

Travis l'interrompit posément :

— Ferme ta gueule. C'est nous qui allons te dire ce qui s'est passé. Toi, tu ne sais rien..., tu étais évanoui. T'as pigé ?

— Oui, j'ai pigé, dit Berg.

— Je disais donc, reprit Linney, que le camion a fait demi-tour et est revenu à Chicago. En rentrant au garage, ils ont constaté que vous étiez complètement évanoui. Ils vous ont sorti du camion et vous ont transporté au jeu de quilles, chez Metzler. Ils vous ont étendu sur une banquette dans la salle du jeu de quilles.

— Ah ? C'est vrai, ça ?

Linney regarda Travis en ricanant :

— Oui... c'est comme ça que ça s'est passé. Il y avait là au moins vingt types qui buvaient un coup et jouaient aux quilles ; ils sont tous prêts à en témoigner sous la foi du serment. Ils ne pouvaient pas se tromper ; vous êtes un type facile à reconnaître.

— Alors, je n'ai jamais tué personne ? demanda Berg en souriant.

Travis porta la main à son menton et dit calmement :

— Je n'irais pas jusqu'à le prétendre, mon p'tit gars. Mais nous sommes tes amis, tu vois. Tu nous plais. Nous allons te sortir d'ici. M. Linney t'a trouvé un alibi épatant et il n'y a personne qui puisse prouver le contraire. Ne t'en fais pas. Nous allons nous charger de ça.

— Merci beaucoup, monsieur Hahn, dit Berg. Vous êtes vraiment chic avec moi.

Travis se leva.

— Bon. Je dois aller faire une course, dit-il. Je te laisse avec M. Linney, il a encore à te parler. Ne te frappe pas. Tu sortiras d'ici aujourd'hui ou, au plus tard, demain. Viens me voir : j'ai du travail pour toi.

— Vous pouvez être sûr que je n'y manquerai pas, monsieur Hahn, vous êtes vraiment chic.

— Oui, c'est ce que je me disais, dit Travis.

Il regarda Linney et lui dit :

— Alors, au revoir, Jake. Fais-lui bien entrer l'histoire dans le crâne, avec tous les détails que tu voudras pour l'enjoliver. A bientôt.

Il cogna à la porte de la cellule pour qu'on le laissât sortir.

Une fois dehors, il alluma une cigarette et monta lentement les marches de l'escalier d'acier, en réfléchissant. Il dit bonne nuit au sergent, ouvrit la porte à double battant. O'Finnigan montait justement l'escalier extérieur. Il s'arrêta quelques marches en dessous de Travis.

— Sacré salopard que vous êtes ! bougonna-t-il. Je me demande ce que vous allez me raconter pour essayer d'expliquer ça. Qu'est-ce qui vous prend, Travis ? Qu'est-ce que vous mijotez ?

Travis dit, en baissant la voix :

— Ecoutez, Pat... restez tranquille une minute, voulez-vous ? C'est sérieux. Je peux très bien vous expliquer l'affaire. Je vais vous dire quelque chose. J'en suis moi-même si bouleversé que je ne sais pas quoi faire. Vous ne pensez pas que je sois assez salaud pour vous jouer un tour comme ça, n'est-ce pas ?

O'Finnigan le regarda :

— Vous voulez dire que c'est quelqu'un d'autre qui fait le malin ?

— C'est exactement ce que je veux dire, répliqua Travis. Venez boire un verre au coin.

Ils descendirent dans le débit clandestin le plus proche, s'assirent à une table. Après qu'on eut apporté les consommations, Travis dit :

— Ecoutez, Pat, j'ai fait un petit arrangement avec vous, et, quand je fais un arrangement, je m'y tiens jusqu'au bout, vous le savez. Bon. Eh bien ! voici ce qui s'est passé. Quand Scansi a appris que ces sacrés frères Trazzi avaient été descendus, sans rien me dire, pas le moindre mot, il envoie chercher Linney. Celui-ci accourt et ils arrangent ensemble cet alibi pour Berg.

O'Finnigan dit :

— Bon. Mais comment expliquez-vous ça ? Pourquoi diable Scansi s'occupe-t-il de ce crétin de Berg ?

— Je n'en sais rien. Mais je fais plusieurs suppositions. Voyez-vous, je crois que Scansi a pensé qu'il pourrait se servir de Berg. Vous comprenez ?

— J'ai compris, et ça ne me plaît pas.

Il prit la cigarette que Travis lui offrait et l'alluma.

— Vous savez, reprit-il, je crois parfois que Paul Scansi recherche la bagarre. Un de ces jours il l'aura. Calsimo va être absolument furieux. Et nous allons voir encore du chambard, des coups de feu dans tous les coins. Il va encore y avoir des types assassinés, sans qu'on puisse mettre la main sur personne, tout ça à cause des idées géniales de Scansi.

Travis dit très calmement :

— Vous savez, Pat, en un sens ce n'est peut-être pas une mauvaise chose.

— En quel sens ? Vous trouvez que ça va être une bonne chose pour moi, hein ?

Travis reprit :

— Les deux gars qui ont été descendus n'étaient pas d'ici. Ils venaient de New York. Et je crois que, si quelqu'un pouvait parler carrément à Calsimo et lui dire de laisser tomber, nous pourrions peut-être arranger quelque chose à ce sujet.

O'Finnigan le regarda longuement.

— Quelle idée avez-vous derrière la tête, Travis ?

— Je suis d'accord avec vous : Scansi est en baisse et Calsimo n'est pas un imbécile. C'est peut-être un plus grand chef de bande que Scansi. Peut-être...

O'Finnigan siffla.

— Je comprends, dit-il. Ah ! c'est comme ça. Vous croyez que quelqu'un va débarquer Scansi ?

— Non, je ne crois rien de pareil, pour le moment. Mais je crois qu'on a beaucoup parlé de lui ces derniers temps. On a dit qu'il glissait sur la pente et toutes sortes de choses. Vous l'avez entendu dire vous-même.

O'Finnigan ricana.

— Oui, je l'ai entendu dire... et vous ne savez naturellement pas qui est à l'origine de ces bruits !

Son sourire s'élargit. Il se leva.

— Bon, je vois que vous avez essayé de profiter de tout ça. Vous seriez bien bête de ne pas le faire. Mais je crois que, pour le moment, Scansi ne peut pas se payer le luxe de se mettre mal avec personne.

Il eut un sourire sarcastique et ajouta :

— Pas même avec les flics, par ici. A bientôt. Il va falloir relâcher Berg demain, je suppose ?

— Ça en a l'air. Linney a trouvé un alibi excellent et il n'y a aucune preuve contre Berg, excepté ce revolver trouvé sur lui.

— Eh ! mais c'est une preuve très forte, vous savez, dit O'Finnigan. Un revolver est un revolver et c'était celui qui a tué les Trazzi.

Alors Travis joua sa carte maîtresse.

— Oui, mais savez-vous ce qui me dérange dans tout ça ? Je ne le savais pas, c'est Linney qui me l'a appris cet après-midi. Savez-vous à qui appartient le revolver ? A un type de la bande Calsimo. C'est plutôt fâcheux, ça, hein ?

— Bon sang ! s'écria O'Finnigan ; quelqu'un a barboté son revolver à un gars à Calsimo et s'en est servi contre les Trazzi ! C'est à s'arracher les cheveux ! Peut-être bien que Scansi, ou un autre, est tout de même plus malin que je le pensais.

— Que voulez-vous... la vie est pleine de difficultés, dit Travis. Alors, au revoir, Pat. Vous aurez de mes nouvelles demain matin.

— Je l'espère, dit O'Finnigan. Je ne veux pas sortir bredouille de tout ça. Au revoir.

Il s'en alla.

Travis finit son verre. Il monta lentement les escaliers, contourna quelques pâtés de maisons en se dirigeant vers le centre de la ville. Il entra dans une cabine téléphonique et appela un numéro.

— Allô ! c'est vous, madame Scansi ? Mais oui, avec plaisir, je veux bien vous appeler Clovis, c'est un nom charmant. Paul est là ? Non ? Faites-lui une commission de ma part, voulez-vous ? Dites-lui que l'affaire du type en question est réglée. Il va être relâché.

— Est-ce tout ? demanda Clovis d'une voix douce.

— Oui, Clovis, c'est tout... pour le moment.

Il raccrocha et sortit de la cabine téléphonique.

4

Il pleuvait. Berg entra vivement chez Carlazzi, adressa un sourire à la demoiselle du vestiaire, ôta son lourd pardessus, se débarrassa de son écharpe de soie, de son feutre noir, et les posa sur le comptoir.

— Bonsoir, monsieur Berg, lui dit la jeune fille, l'air éveillée et gentille. Ça fait plaisir de vous revoir.

— Ah... oui... moi aussi, je suis très heureux, dit Berg.

Au milieu du hall, il regarda autour de lui. Il avait depuis longtemps l'habitude de venir chez Carlazzi. A présent, il était René Berg, un des grands patrons de l'organisation Scansi. Il allait avoir vingt-trois ans. Maigre, svelte, bien proportionné, il était vêtu avec élégance. Son complet en tissu anglais venait du meilleur tailleur de Chicago. Sa chemise et son col étaient en soie ; sa cravate avait coûté cinq dollars.

Il traversa le hall, franchit la porte au bout du foyer et resta derrière les tables du restaurant, attendant que la chanteuse, éclairée à la lueur des torches, eût fini son numéro. Quand la salle fut de nouveau éclairée, les gens regardèrent autour d'eux. Certains, tournant la tête, virent Berg et chuchotèrent quelque chose à l'oreille de leurs voisins. Berg savait ce qu'ils disaient. Voilà Berg, l'as des tueurs de la bande à Scansi, celui qui a descendu dix hommes à Calsimo l'année dernière. Un gars qui fait du travail rapide et soigné. Depuis son aventure malheureuse à ses débuts, il n'a plus jamais fait la moindre gaffe, on n'a jamais même pu le suspecter. Beaucoup de femmes se retournèrent encore une fois vers lui.

Il avait la figure ovale, allongée, la mâchoire dure. Son épaisse chevelure noire, toujours soigneusement peignée en arrière, dominait un front intelligent. Pourtant, ses yeux riaient de temps à autre et il avait un peu l'air narquois. Il était vraiment bien de sa personne, René Berg.

Il s'assit à une table et Carlazzi accourut aussitôt vers lui.

— Bonsoir, monsieur Berg. Enchanté de vous voir dans mon établissement. J'espère que tout va selon vos désirs ?

— Oui, ça ne va pas trop mal, répondit Berg.

Il parlait lentement, et il avait un timbre de voix agréable.

Carlazzi, penché sur lui, un sourire obséquieux aux lèvres, se disait qu'il était vraiment curieux qu'un homme, aussi jeune, d'aussi bonne mine, ne fût autre chose qu'un tueur.

Berg commanda le menu. Quand il fut servi, il mangea lentement, en réfléchissant à toutes sortes de choses. Il était assis un peu sur le côté, de façon à pouvoir surveiller la porte du coin de l'œil. Il avait appris que c'était une sage précaution. Et puis il sentait moins le poids du lourd revolver sous son aisselle gauche.

On éteignit à nouveau les lumières pour la seconde attraction ; mais, dans l'obscurité, Berg ne cessa pas un instant d'observer intensément les lourdes portières de velours. Il se disait qu'un de ces jours un type de la bande Calsimo essayerait de le descendre. Tôt ou tard, ça devait arriver. Et alors ? Il haussa légèrement les épaules. Eh bien ! il arriverait ce qui arriverait. Ce serait lui ou l'autre. On ne savait pas à l'avance. La vie était comme ça.

Berg avait appris beaucoup de choses concernant la vie durant les dix-huit derniers mois. Il avait appris aussi certaines choses concernant la mort, et la façon de la donner. C'était un tireur excellent, il avait les gestes rapides et souples, l'intelligence et l'intuition du chasseur-né. Après quatre mois d'apprentissage avec Bugsy Trellin, l'as de la bande Scansi, il était devenu un as à son tour. Même Travis Hahn s'était montré surpris. Travis pariait maintenant que Berg pouvait se mettre en action, se lever de sa chaise, tirer son revolver et abattre son adversaire avant que l'autre ait eu seulement le temps de penser à se défendre. Travis prétendait que Berg était une force de la nature. Et, d'habitude, Travis ne se trompait pas.

Berg mangeait lentement. Il pensait à Travis.

Lauren, appuyée contre la cheminée, une cigarette au coin de la bouche, observait Travis, qui marchait de long en large, dans le grand salon, les mains derrière le dos, l'air préoccupé.

« Je sais à quoi tu penses, mon vieux, se disait Lauren. Tu vas me dire ça dans une minute ; j'en suis sûre. » A l'autre bout de la pièce, Travis s'arrêta devant le buffet, se versa un grand whisky à l'eau. C'était le quatrième depuis qu'il était rentré.

— Tu sais, mon chéri, tu bois beaucoup, ces temps-ci, dit Lauren. Qu'est-ce que tu as ? Ce n'est pas bon pour toi d'absorber tant d'alcool, même si le whisky est de première qualité.

Travis posa son verre.

— Oui, je sais... tu as raison, comme toujours, dit-il. Mais que diable veux-tu que j'y fasse ? J'ai de sérieux ennuis.

Lauren bâilla ostensiblement.

— Tu as des ennuis, Travis ? Mais tu ne cesses pas d'en avoir. C'est toujours la même rengaine. Qu'est-ce qui ne va pas ? Je peux peut-être deviner.

Elle bâilla encore, mais avec la délicatesse d'une bonne actrice.

— C'est peut-être à cause de moi que tu te tracasses, mon chéri ? dit-elle en souriant.

Son sourire devint sarcastique et elle ajouta :

— Tu crois peut-être que je te trompe avec un type ? Je connais trois choses qui peuvent t'ennuyer vraiment.

Travis reprit son verre, but lentement le reste du whisky en la regardant.

— Qu'est-ce que tu racontes ? Tu veux faire la fine mouche, par hasard ? dit-il avec mauvaise humeur.

Lauren s'étendit voluptueusement.

— Penses-tu ! Tu sais bien que, de nous deux, c'est toi qui es le gros malin.

— Je voudrais bien que tu me dises quelles sont ces trois choses qui, selon toi, peuvent m'ennuyer vraiment ?

Elle répondit froidement :

— D'abord il y a Calsimo. Ce type-là t'énerve, pas vrai ? Ses affaires sont trop prospères. Et puis peut-être que Scansi aussi t'ennuie un peu.

— En voilà une idée ! Pourquoi diable veux-tu que Scansi m'ennuie ?

— Pas pour grand-chose. Seulement parce qu'il s'imagine stupidement que Clovis est encore amoureuse de lui.

— Mais qu'est-ce que Clovis vient faire là-dedans ? demanda Travis d'un air sombre.

Lauren bâilla de nouveau.

— Je n'en sais rien, dit-elle. Mais prends bien garde à toi si tu essayes de tomber cette môme.

— Ma parole, tu es cinglée, dit Travis avec aigreur.

— On ne me la fait pas, à moi, mon vieux. Comme si je ne savais pas que tu ne peux t'empêcher de tomber toutes les jolies filles qui te plaisent ; et tu trouves Clovis à ton goût, je crois. Avec ses grands yeux bleus et son air de collégienne ingénue, elle est diablement maligne. A chaque fois qu'un type la regarde et qu'elle lui répond par un regard de ses yeux bleus, le type se demande si ce n'est pas le moment d'aller lui apprendre certaines vérités élémentaires, parce que sûrement elle ignore encore tout de la vie. Voilà le genre de poule qu'elle est.

Elle prit une cigarette dans la boîte sur la cheminée, l'alluma avec son briquet en argent.

— D'ailleurs, elle me plaît, reprit-elle. Je lui trouve un certain charme. C'est mon amie. Nous sommes même de bonnes copines, toutes les deux. Mais je vais te donner un bon conseil, Travis. Ne t'avise pas d'y toucher. Si tu essayes de coucher avec, dis-toi bien que tu te lances dans une aventure dont tu ne verras pas la fin.

— Tu m'emmerdes, dit Travis.

Et il se remit à marcher de long en large.

— Ecoute, mon vieux, pourquoi ne me dis-tu pas ce que tu as sur le cœur ? demanda Lauren. D'ailleurs, tu brûles du désir de te confier. Je te connais. On ne vit pas avec un homme pendant cinq ans sans apprendre à le connaître.

— Pourquoi me rappelles-tu toujours qu'il y a cinq ans que tu es avec moi ? Tu n'as pas eu à te plaindre, je pense. Tu as eu assez de fric pour mener la belle vie et faire des économies. Il ne manque pas de femmes qui voudraient être à ta place.

— Je le sais, Travis. Seulement, pour toi, je suis comme un vieux livre. Tu m'as déjà lu. Tu veux en choisir un autre dans la bibliothèque. Pourtant, à ta place, j'y renoncerais.

Il tourna la tête et demanda, par-dessus son épaule :

— Pourquoi ça ? Qu'est-ce que tu ferais ?

Lauren sourit lentement, d'un sourire qui ne présageait rien de bon.

— Eh bien ! essaye de faire quoi que ce soit qui se sache. Au premier type qui me regarde curieusement à cause de toi, je te troue la panse comme une écumoire, mon bonhomme. Tiens-le-toi pour dit. Quand même ça me vaudrait la chaise électrique !

Travis haussa les épaules, un peu mal à l'aise.

— Ah, bah !... Je parie que tu en serais capable !

— Oui, j'en serais capable et je le ferais avec plaisir, dit Lauren.

Quand il fut en face d'elle, il s'arrêta et la regarda :

— Tu es une belle gosse, Lauren. Mais tu as un drôle de caractère. Tu es soupçonneuse. Tu t'imagines un tas de choses qui n'existent pas et n'existeront jamais.

— Mon œil ! Je connais les hommes et je te connais. Mais parlons un peu d'autre chose, mon chéri. Dis-moi plutôt ce qui ne gaze pas.

— Que veux-tu que ce soit ? C'est Calsimo. Ce gars-là prend trop d'importance ; il devient dangereux.

— C'est toujours la même histoire. Pourquoi te faire de la bile ? Chicago est grand. Si Calsimo fait de bonnes affaires, Scansi en fait de meilleures. C'est lui le grand manitou, surtout depuis que ton petit copain René travaille avec nous. Il vous a bien rapporté un million de dollars, à toi et à Scansi.

— Oui, il fait du bon boulot. Mais ça ne suffit pas à arranger les choses. Sous peu, il va y avoir du remue-ménage.

— Pourquoi ? Je croyais que tout le monde savait se conduire. Calsimo reste sur son territoire et ne vient pas fourrer son nez dans nos affaires. Il me semblait que tout était en ordre.

— Oui, mais la police fédérale va se mettre en mouvement dans notre coin. Ils viennent de faire passer ces sacrés nouveaux actes fédéraux. Ça ne me plaît guère. Et ça ne plaît à personne, pas même aux flics. Je causais avec un sacré cochon de flic, avant-hier. Sais-tu ce qu'il me disait ?

— Non. Raconte.

— Il m'a dit qu'ils en avaient assez de se faire casser la gueule et qu'ils avaient trouvé quelque chose de bien mieux. En laissant la bride sur le cou à Scansi et Calsimo, les deux bandes s'extermineraient réciproquement. Les flics n'avaient qu'à se tenir à l'écart et les regarder faire. Et, ma foi, il avait raison. C'est justement ce qui se passe maintenant.

Lauren réfléchit une minute et dit :

— Tu n'as peut-être pas tort.

— Tu te rappelles, reprit Travis, c'est nous qui avons commencé quand nous avons abattu les frères Trazzi chez *Rose Dean*. Il y a presque deux ans de ça. Depuis, nous avons perdu vingt-trois ou vingt-quatre hommes.

— Oui, mais ils en ont perdu bien plus. René, à lui seul, en a bien descendu seize.

Travis eut un sourire sarcastique et dit :

— On dirait que tu as enregistré soigneusement tous ses succès. Il te plaît, ce gars-là, ne dis pas non.

— Est-ce que tu connais une seule femme, dans notre bande, à qui il ne plaise pas ?

— Il a bien de la veine.

Lauren alla nonchalamment vers le buffet. Elle se versa un grand verre de whisky et revint à la cheminée.

— Comme si tu ne le savais pas, dit-elle. Il est jeune, il a du cran, il ne boit pas beaucoup. Et il est brave. Je te défie d'en trouver un plus brave que lui.

— Oh... objecta Travis, il fait simplement ce qu'on lui dit.

— Oui. Et comment ! Le boulot le plus difficile, dont les autres ne veulent pas, c'est toujours pour lui. Seulement, lui, il ne se dégonfle pas. C'est un type !

Elle but un peu de whisky.

— Il aurait pu devenir quelqu'un de très grand, si vous ne l'aviez pas embarqué dans votre sacré racket.

— On ne l'a pas forcé... Chacun fait ce qu'il lui plaît.

— Oui, mais il n'avait pas beaucoup de choix. C'était ça ou la chaise électrique. En tout cas, c'est un chic type et il me plaît.

— Bon, entendu, il te plaît et les autres poules sont folles de lui. Mais je ne vois pas à quoi ça m'avance.

— Je pourrais peut-être te l'apprendre, si tu voulais faire fonctionner ta petite cervelle, dit-elle insolemment.

Travis s'aperçut qu'elle portait une nouvelle broche de diamants sous son jabot.

— Oh, oh ! dit-il. Voilà un beau caillou. D'où vient-il ? C'est ton nouvel ami qui t'a donné ça ?

— Non, c'est une femme. Ça vient de Clovis.

— Mâtin ! Elle t'a donné cette broche ? Mais elle vaut bien dix à quinze mille dollars !

— Je sais. Mais je t'ai déjà dit que nous étions de bonnes copines, toutes les deux. Elle aussi, elle a des ennuis.

Travis s'arrêta de nouveau près du buffet. Il se retourna, s'appuya contre le meuble et dit :

— Qu'est-ce que vous manigancez, toutes les deux ? Qu'est-ce que vous avez encore comploté ?

— Nous réfléchissons un peu à ce qui se passe, vois-tu. Ça se pourrait que nous ayons aussi réfléchi à Calsimo. Nous n'avons pas envie que la bande soit fichue, parce que, si Scansi est bazardé, nous le serons avec lui. Alors nous sommes deux gentilles petites femmes qui défendent carrément les intérêts de leurs maris.

— Et alors ? demanda Travis.

— Alors, écoute bien, répondit Lauren d'un ton sérieux. Tu avais raison, tout à l'heure, de dire que Scansi et Calsimo étaient devenus trop puissants pour que les flics aient autre chose à faire qu'à se tenir à l'écart, en attendant que les deux bandes s'entretuent. Donc, il faut faire quelque chose, quelque chose de vraiment sérieux.

— Par exemple ?

— Par exemple, descendre un des grands manitous. Que ça soit Calsimo ou Scansi, ça n'a pas d'importance. La bande qui sera privée de son chef sera liquidée ou passera au service de l'autre.

— Mais personne ne pourra jamais descendre Calsimo. Il a sa garde personnelle ; trois ou quatre types veillent jour et nuit devant sa porte. Impossible de l'avoir. Et même en supposant qu'un type arrive à le descendre, combien de temps aurait-il à vivre ? Ils le rattraperaient en moins de vingt-quatre heures.

— Ça dépend qui ferait le coup.

— A qui penses-tu ? Tu as une idée derrière la tête.

— Oui. C'est à René Berg que je pensais.

— Ne sois pas folle. René a du cran, d'accord. Mais jamais il ne voudra courir un tel risque. Ce serait trop dangereux.

— Il le fera s'il a le sentiment que c'est son devoir.

— Son devoir... qu'est-ce que tu me chantes là ?

— Ecoute, chéri. René n'a encore que vingt-deux ou vingt-trois ans, n'est-ce pas ? Connais-tu quelqu'un qui ait vu Clovis sans tomber amoureux d'elle ? Quelqu'un qui ne se sente pas fléchir sur ses jambes quand elle le regarde de ses grands yeux bleus ? Tout le monde n'est pas obligé de savoir que c'est une poule comme les autres, qui ne songe qu'à se faire un petit nid douillet. Elle est jeune, belle, désirable...

— Je comprends, je comprends, dit Travis. Vous avez parlé de ça toutes les deux ? demanda-t-il soudain.

— Pourquoi pas ? Il faut bien que quelqu'un réfléchisse un peu, ici, pas vrai ? Sinon nous allons tous nous faire rosser. Tu as dit juste : c'est Scansi ou Calsimo. Eh bien ! il faut se décider.

— Alors, que proposes-tu ?

— Voici : tu envoies René me voir, un jour. Il rencontrera Clovis par hasard, et elle aura peut-être une histoire très intéressante à lui raconter. Tu sais, René est un garçon qui a énormément de reconnaissance. C'est par reconnaissance pour vous qu'il a fait tout votre sale boulot, au début. Eh bien ! je crois que, si Clovis lui donnait l'occasion de lui être reconnaissant, il oserait s'attaquer même à Calsimo.

— Merveilleux. Je trouve ton idée excellente.

— Tu parles.

— Mais, et Scansi ? demanda soudain Travis.

— Scansi, vois-tu, il est lessivé. Il est gras et imbibé d'alcool comme une éponge. Il ne sait même pas s'il est vivant. Il se contente d'encaisser le fric, et vous autres, vous le laissez là où il est. Eh bien ! une fois Calsimo hors de combat, on ne sait jamais, il pourrait y avoir un accident... et, si tu sais bien te débrouiller, c'est toi qui seras le grand manitou.

Travis saisit la carafe de whisky.

— Bon sang, Lauren, dit-il, tu es une femme formidable. Mais c'est diablement risqué. Si ça tourne mal, nous sommes tous foutus.

— Tu seras foutu la même chose si tu restes les bras croisés.

Travis prit rapidement une décision.

— C'est entendu, dit-il. Nous allons essayer d'abord la première chose. Que veux-tu que je fasse ?

— Dis à René qu'il te téléphone ici demain soir, vers neuf heures. Tu ne seras pas là, c'est moi qui le recevrai. Laisse-moi me débrouiller, je saurai bien lui parler.

— D'accord, dit Travis en lançant à Lauren un regard admiratif.

Il se disait : « Tu es vraiment une maîtresse femme, sacrée garce. Si je ne savais pas que tu me trompes, j'aurais sérieusement le béguin. Et si je n'étais pas parfois si fou de toi, tes audaces me répugneraient. »

— A quoi penses-tu, mon chéri ? demanda-t-elle en souriant.

— A rien du tout, dit Travis.

— Tu parles ! Je sais bien à quoi tu pensais, mon chéri. Tiens, bois encore un coup. Ça te remettra.

5

Berg sortit de chez Carlazzi, resta sur le bord du trottoir, les mains dans les poches de son pardessus, le menton dans les plis de son foulard de soie, son chapeau noir incliné sur le côté. Il avait l'air d'un sombre personnage romantique dans le décor de neige.

De l'autre côté de la rue, il aperçut quelqu'un se glisser sous un porche. Il ricana. Il savait qui c'était. C'était Jimmy Rizzi, un petit tueur de la bande Calsimo, un garçon de vingt-sept ans, dont le cerveau et les nerfs étaient usés par l'alcool et les drogues. On se servait de lui maintenant pour les filatures.

Berg traversa lentement la rue.

— Hello ! Jimmy, s'écria-t-il. Tu n'as vraiment rien de mieux à faire que de te geler sous un porche, ou est-ce que tu aimes ça ?

— Moi ? Pas du tout. J'attends une femme. Je suis souvent ici, sous le porche, à attendre cette dame.

— Allons donc, gros malin, tu me files depuis sept heures ce soir. Tu n'as pas envie que je te fiche mon poing sur la gueule, tout de même ?

Les yeux de Rizzi se rétrécirent et il dit d'un air mauvais :

— Faut pas me parler sur ce ton-là, Berg. Je suis dangereux, tu sais, quand je m'y mets.

— Oui, dit Berg en riant. Tu l'as été, peut-être. Quand je suis venu à Chicago, il y a deux ans, on disait que tu étais le tueur numéro un. Maintenant, tu me fais plutôt l'effet d'un ballon crevé.

— Ecoute, Berg... fais gaffe...

— Allons, décampe, Rizzi, dit Berg gentiment. Ne reste pas comme ça sur mes talons, sinon je pourrais me fâcher. Et tu sais ce que je te ferai si je me fâche, hein ?

Rizzi eut l'air effrayé. Son visage perdit toute expression belliqueuse et il dit en souriant :

— Oh ! c'était seulement pour rire... mais, je ne te raconte pas des blagues, j'attends une femme, je n'étais pas sur tes talons.

— Enchanté de l'apprendre. Bonne nuit, pourri.

Berg s'en alla. Quand il eut disparu au bout de la rue blanche, Rizzi se dit qu'il aurait bien aimé lui flanquer une balle entre les deux épaules. Il y a deux ans, il n'aurait certainement pas hésité à le faire. Mais maintenant... Berg avait peut-être raison : il était complètement lessivé. Le vent était glacial. Ce n'était pas bon pour ses poumons. Il releva le col de son manteau, sortit du porche et disparut dans les ombres.

Berg entra dans une cabine téléphonique. Il forma le numéro de Travis. En attendant, il prit un mégot dans sa poche, l'alluma avec son nouveau briquet à rayures alternées d'or et de platine. Il avala la fumée.

La voix de Lauren se fit entendre à l'autre bout du fil.

— Allô ! madame Hahn, dit-il. Ici, René Berg. Travis m'a dit de lui téléphoner.

— Oui, je sais, il m'a mise au courant. Mais il n'est pas là. Il a dû sortir, il y a un quart d'heure. Ecoutez, René, que faites-vous ce soir ?

— Pas grand-chose. Je n'ai rien prévu. Je pensais que Travis pouvait avoir besoin de quelque chose.

— Alors, venez donc me voir ici. J'ai à vous parler. Prenez un taxi et venez tout de suite.

— Vous avez peut-être un message de Travis pour moi ? demanda-t-il.

Au fond de lui-même, il avait toujours eu un peu peur de Lauren. Lui qui pouvait être si brutal, si impitoyable, il éprouvait une sorte de gêne quand il s'agissait des femmes.

Elle rit, et il aima la douceur de son rire.

— Vous n'avez pas peur que je vous mange, des fois ? Peut-être bien que j'ai un message de Travis, mais c'est confidentiel et je ne peux pas le crier au téléphone.

— Alors, je viens. Je prends un taxi et j'accours.

Il raccrocha.

Assis au fond du taxi, avalant la fumée de sa cigarette, Berg songeait à Lauren Hahn et aux femmes en général. Pendant sa période d'apprentissage, il y a dix-huit mois, quand il se promenait dans Chicago en portant les armes de Charlie et de Harry dans une boîte à violon, il avait remarqué que chaque gangster avait une femme belle et séduisante. Au moins une. C'était, semblait-il, un des avantages de travailler dans une organisation comme celle de Scansi que de pouvoir s'offrir de belles femmes ; mais il ne s'était encore jamais occupé sérieusement de la question. Bien des fois telle « dame » de ses confrères lui avait lancé une œillade assassine, mais il n'avait pas réagi. Il trouvait que les femmes compliquaient la vie. Mais d'autres fois elles lui apparaissaient nécessaires et très désirables. Il se mit à penser à Clovis Scansi. Comment diable, se demanda-t-il, un type comme Scansi, qui avait atteint la cinquantaine, avait-il pêché une belle gosse comme Clovis ? Elle devait avoir vingt-deux ou vingt-trois ans, le même âge que lui. Comment diable Scansi avait-il réussi à l'avoir ? Avec les femmes, on ne savait jamais. Elle l'aimait peut-être. Il y avait peut-être dans la curieuse personnalité de Scansi un côté aimable qui lui avait plu. Berg eut un sourire crispé.

Mais Clovis n'était pas la vulgaire poule de gangster. Elle avait du style, de la fraîcheur et quelque chose qu'aucune autre femme ne possédait. Elle semblait vaguement inaccessible. Berg ne l'avait rencontrée que deux fois. Mais il avait éprouvé à chaque fois un plaisir particulier à se trouver en sa compagnie, à pouvoir la regarder. La deuxième fois, elle l'avait longuement regardé, et dans le regard de ses grands yeux bleus, Berg avait eu l'idée, l'espace d'une seconde, qu'il y avait comme une supplication muette.

Il savait que c'était une idée ridicule. Clovis Scansi ne manquait de rien. Tous ses désirs étaient comblés. Elle avait deux automobiles, des bijoux, tout, absolument tout ce qui peut rendre une femme heureuse. Mais Berg s'étonnait encore qu'un gros type bedonnant comme Scansi eût pu faire la conquête d'une dame comme Clovis. Il trouvait ça drôle.

Il ne connaissait pas bien Scansi, mais ce qu'il en connaissait lui déplaisait. Berg recevait presque toutes ses instructions de Travis. Il n'avait pas eu souvent l'occasion d'étudier et d'analyser Scansi, mais il éprouvait une sorte de répulsion instinctive pour cet homme. Il y avait en lui quelque chose de vague et d'indéfinissable que Berg n'aimait pas. Il jeta son mégot par la fenêtre et cessa de penser à tous ces gens. Il s'appuya en arrière, sentit le poids de son revolver, sous son bras gauche.

C'était ça, au fond, l'essentiel : avoir un bon revolver et savoir s'en servir. A condition d'avoir derrière soi une organisation comme la bande Scansi, avec ses avocats et ses hommes de loi tortueux pour vous couvrir et vous fournir des alibis. Alors on était un monsieur, on pouvait agir à sa guise. On avait droit de vie et de mort sur autrui. Berg se disait que bien que l'aventure de Chicago n'eût pas pris tout à fait la tournure qu'il avait rêvée, en descendant des monts Ozark, elle avait été pourtant riche en émotions. Et son métier, même si ce n'était pas celui qu'il aurait choisi, était un chic métier. Pourtant, il avait encore derrière la tête ces idées qui avaient germé en lui, il y a longtemps, pendant les été torrides de sa jeunesse, l'idée de devenir un jour quelqu'un de vraiment grand. Les personnages héroïques de l'histoire lui revenaient en mémoire, et, bien qu'il doutât parfois que son métier fût particulièrement héroïque, il se trouvait toujours quelqu'un pour lui dire, quand il venait de terminer un sale boulot, qu'il était un type formidable.

Quand il entra chez Travis, Lauren, vêtue d'une robe d'intérieur en velours bleu, était appuyée contre la cheminée et fumait une cigarette. Berg entra dans le salon, s'arrêta au milieu, laissant pendre gauchement ses longs bras le long de son corps.

— Bonsoir, madame Hahn. Quoi de neuf ? dit-il.

Lauren alla au buffet, emplit deux verres. Quand elle ajouta de la glace, il remarqua la blancheur de ses doigts, le scintillement de ses bagues.

— Tout d'abord, Berg, buvons ensemble un peu de whisky. Et puis pourquoi m'appelez-vous Mme Hahn ? Je m'appelle Lauren. Beaucoup de gens trouvent ce prénom très joli.

— Oh ! oui, moi aussi, je trouve, dit Berg, en prenant le verre qu'on lui tendait. A votre santé, Lauren.

Il avala le whisky de la même façon rapide et décidée qu'il avait de faire toute chose. Il alla poser son verre sur le buffet.

— Quel message Travis a-t-il laissé pour moi ? demanda-t-il.

Lauren était revenue à la cheminée. Elle le regarda par-dessus son épaule.

— Ecoutez, René, je ne vous connais pas très bien, mais j'ai confiance en vous. Travis n'a laissé aucun message pour vous. Je voulais seulement vous parler. J'ai peur.

Berg haussa les épaules.

— Vous avez peur ? Peur de quoi ?

— Je sais que Travis a des soucis. Il se fait de la bile à propos de l'organisation. Calsimo devient dangereux.

Berg répondit calmement :

— Qu'est-ce qu'il peut faire ? Notre organisation est la seule qui compte vraiment à Chicago. Nous payons le prix qu'il faut. Nous les avons tous dans notre poche. Ceux qu'on ne peut pas acheter, on peut les intimider. Alors de quoi avez-vous peur ?

Elle haussa les épaules.

— Je parle peut-être à tort et à travers. Je ne devrais pas vous dire ces choses-là, René, mais j'ai besoin de me confier à quelqu'un.

Lauren, qui était une bonne actrice, prit un air grave et préoccupé.

— Il y a longtemps qu'on aurait dû se débarrasser de Calsimo ; même Travis le reconnaît aujourd'hui. Il y a deux ans, ç'aurait été encore facile. Maintenant, il est devenu presque aussi fort que nous.

— Vous n'allez tout de même pas me dire que Scansi a peur de Calsimo ?

Elle haussa les épaules et reprit d'une voix douce :

— Scansi... vous ne savez pas ce qui se passe avec lui. Naturellement, vous ne le voyez jamais, pour ainsi dire. Il y a quelque chose qui cloche avec cet homme-là. Il ne s'occupe plus de rien. Il laisse Travis tout faire. Travis est surchargé de travail, il doit faire attention à tout. Pour le moment, ce sont les flics qui l'inquiètent.

Berg haussa les sourcils.

— Les flics, qu'est-ce qu'ils veulent ?

— Le gouvernement fédéral vient de sortir toutes sortes de nouvelles lois. C'est plutôt embêtant. Vous savez, ces gars-là, il n'y a pas moyen de les acheter et ils n'ont peur de rien. Et puis les flics ont eu une bonne idée. Ils se sont dit que, si la rivalité augmentait entre Scansi et Calsimo, leurs bandes s'anéantiraient mutuellement. Eux, pendant ce temps-là, ils resteraient tranquillement les mains dans les poches, à fumer des cigarettes en les regardant faire.

— Oui, ils ont peut-être raison, dit Berg. Vous savez, Lauren, il y a eu pas mal de types abattus ces derniers temps.

— Oui, on me l'a dit. Et vous êtes bien placé pour le savoir... dit-elle doucement.

Il sourit :

— Vous voulez dire que j'y suis pour une grande part, hein ? Peut-être bien que les flics ont pigé le truc et qu'il va y avoir de la bagarre dans une minute. J'ai entendu dire l'autre jour que Calsimo avait fait entrer des mitrailleuses dans la ville.

Ses yeux brillèrent un peu.

— Il va peut-être y avoir une bataille rangée un de ces jours.

— Peut-être, dit Lauren.

Elle alla au buffet, emplit les verres à nouveau. Elle lui tendit son verre et revint à la cheminée, regardant Berg qui se tenait toujours au milieu de la pièce. Elle se disait qu'il avait un calme extraordinaire ; il n'y avait pas en lui cette surexcitation habituelle chez les autres gangsters. Elle pensa qu'il aurait pu exercer n'importe quel autre métier honnête. C'était un homme étrange, plutôt sympathique. Elle trouva que ce serait peut-être très intéressant de coucher avec lui.

Il but une gorgée de whisky et dit :

— Tout ça c'est peut-être vrai, mais vous m'avez fait venir pour me dire autre chose, n'est-ce pas ? De quoi s'agit-il ?

— Ecoutez, René. Clovis Scansi et moi, nous sommes deux bonnes copines. Nous devons nous tenir les coudes, nous, les femmes, vous savez. Eh bien ! il a dû lui arriver quelque chose. Je ne sais pas ce que c'est. Mais elle a une peur bleue. Ça a certainement quelque chose à voir avec Scansi ou Calsimo. J'ai essayé de la faire parler, mais elle n'a rien voulu dire. Juste avant votre coup de téléphone, ce soir, elle est venue me voir. Elle avait mauvaise mine. Je n'ai jamais vu de ma vie quelqu'un avoir aussi peur. Et vous savez, elle est gentille, Clovis. Elle ne devrait pas être dans ce racket ; elle est beaucoup trop bien pour ça. Je suis son aînée et je peux bien le dire. Et puis c'est une honte qu'elle soit accrochée à un type comme Scansi. Je sais bien que c'est le grand manitou, mais je trouve que c'est quand même une honte qu'elle n'ait pas pu trouver quelqu'un de mieux.

— Pourquoi a-t-elle épousé Scansi ? demanda Berg.

— Je ne saurais pas vous le dire, répondit Lauren en haussant les épaules.

» Scansi a toujours eu une façon à lui d'arriver à ses fins. Ce qu'il n'obtenait pas d'une manière, il l'avait de l'autre. Il est très obstiné quand il s'agit de quelque chose d'important.

— Ça veut dire ?

— Je vous ai dit que je n'en savais rien. Et puis qu'est-ce que ça fait ? L'important c'est que cette gosse a une peur bleue. Quand elle est venue me voir ce soir, j'ai essayé de la faire parler, mais je n'en ai rien tiré. Et puis, juste au moment de s'en aller, elle était là, tout près de la porte, elle s'est retournée et elle m'a dit quelque chose de très drôle.

» — J'ai rencontré deux fois René Berg, me dit-elle, il me fait l'effet d'un brave garçon. Crois-tu qu'il donnerait un coup de main à une femme qui serait dans l'embarras ?

» Je lui ai demandé ce qu'elle voulait dire par là, mais elle n'a pas voulu me répondre. Je lui ai dit qu'à mon avis vous étiez un très chic type.

Lauren s'avança tout près de lui. Elle lui mit la main sur le bras.

— Voyez-vous, René, je voudrais que vous me rendiez un service. Essayez de savoir ce qui se passe. Allez voir Clovis. J'ai idée que ce qui l'effraye est une chose qui nous concerne tous. C'est si grave qu'elle n'ose pas en parler. Mais je crois qu'à vous elle se confiera peut-être.

— Pourquoi voulez-vous qu'elle se confie à moi plus qu'à un autre ? demanda Berg.

— Ce n'est pas difficile à comprendre. Voilà deux ans que vous êtes avec nous. Quand vous êtes arrivé, vous étiez un gamin. Mais, en deux ans, vous en avez fait plus que n'importe qui. Vous avez beau être un tueur, vous êtes gentil et vous avez de beaux yeux. Et puis, ajouta-t-elle en baissant la voix, vous avez toujours été correct avec les femmes, toujours poli. Clovis a dû entendre parler de vous et elle croit que vous êtes le genre de type qui pourrait la tirer d'embarras.

Elle sourit.

— Elle veut peut-être faire de vous une sorte de héros. Pourquoi pas ? Allez, René, allez voir Clovis et essayez de deviner.

— Je veux bien. Mais, si c'est moi qu'elle veut voir, je suis sûr que c'est à cause de Calsimo. Sinon, pourquoi voudrait-elle me voir ?

— Je ne sais pas, dit Lauren en haussant les épaules. Mais qu'est-ce que Calsimo a à voir avec elle ? Pour elle, ce n'est qu'un nom.

— Oui, c'est vrai.

— Vous voyez ! Allez la voir. Scansi part demain. Il sera absent deux ou trois jours. Allez boire un verre avec elle demain soir. Je lui téléphonerai que vous viendrez la voir à huit heures. Voulez-vous faire ça, René ? Voulez-vous faire ça pour moi ?

Elle était maintenant tout contre lui et le regardait. Il respirait son parfum. Il lui sourit.

— Pourquoi pas ? Je vais essayer. Si je peux être utile, elle peut compter sur moi. Dites-lui que je passerai la voir demain soir à huit heures.

— Vous êtes un brave type, René, dit-elle.

Elle lui prit la figure dans ses mains et l'embrassa sur la bouche.

— Il y a longtemps que j'avais envie de vous embrasser. Je vous trouve épatant.

— Ah !... pourquoi ? dit Berg, interloqué.

— C'est ça le plus drôle : je ne sais pas pourquoi. Mais une femme ne sait jamais pourquoi quand elle tombe amoureuse d'un homme.

Après un court silence, elle reprit :

— Je vous reconduis, René. Un de ces soirs, quand vous n'aurez rien à faire, téléphonez-moi. Venez boire un verre avec moi. J'aimerais vous parler de mes ennuis personnels. Mais, pour le moment, réfléchissez à cette affaire avec Clovis. Autre chose : pas un mot de tout ceci à Travis. Clovis veut qu'il ne soit au courant de rien, que personne ne sache rien. Filez. Si vous voulez venir me voir quand vous lui aurez parlé... d'accord.

Berg finit son whisky.

— Entendu, Lauren. A bientôt, alors, dit-il.

Il sortit de l'appartement. Une minute après elle entendit la porte d'entrée se fermer. Elle sortit dans le vestibule, écouta le bruit de l'ascenseur qui descendait. Elle rentra au salon, alla vivement au téléphone, forma un numéro.

— Allô ! Clovis, c'est toi ? Tout va bien, ma chérie. L'imbécile a mordu à l'hameçon. A toi de bien jouer ton rôle, maintenant.

6

Dans sa chambre d'hôtel, Berg se regardait dans le miroir. Il se disait que la vie venait peut-être de mettre un roman sur sa route. Il pensait à Clovis, Clovis, si belle, si magnifique, une femme parée des qualités les plus rares ! Celle qu'il regardait comme une personne à part du reste du monde, malgré ses rapports, dus, pensait-il, au hasard des circonstances, avec Scansi, c'est sur lui qu'elle comptait pour la défendre ? Cette pensée le rendait absolument héroïque. Environnée de tous côtés de types aussi puissants que Scansi, Travis et les autres, quand elle était dans l'embarras, quand elle avait besoin d'aide, c'était lui, Berg, qu'elle appelait au secours.

Berg avait conscience de ne pas se flatter. Il ne se faisait pas d'illusion sur sa position dans la bande à Scansi. Il était un tueur, rien de plus. Mais, comme il n'avait pas appris d'autre métier, il inclinait à prendre sa profession comme elle était, sans beaucoup y réfléchir. Pour lui, tuer était une chose comme une autre.

S'il avait réfléchi un moment, il aurait compris que Clovis ne pouvait vouloir de lui qu'une chose : la mort de quelqu'un. Mais, comme presque tous les hommes, Berg aimait se glorifier à ses propres yeux et il préféra penser que si Clovis s'intéressait à lui, s'il avait quelque valeur à ses yeux, ce n'était pas parce qu'il savait donner la mort rapidement, adroitement, sans effort. Il préféra penser que c'était pour une autre raison, bien qu'il se fût déjà justement demandé laquelle.

Le miroir lui renvoya l'image d'un homme jeune, assez grand, svelte, bien bâti, au visage sympathique, aux traits réguliers, avec des plis rieurs au coin des yeux et une bouche mobile, séduisante.

Il alluma une cigarette, sortit de l'hôtel. Il décida de ne pas prendre de taxi et d'aller à pied. Il voulait réfléchir. Dehors, il faisait froid. La nuit était claire et il aimait sentir la caresse du vent sur son visage. Il se mit à penser à son héroïsme. Il se rappela ce que Lauren avait dit. Il trouvait que c'était assez facile d'être un héros à Chicago. On n'avait qu'à faire comme lui : tuer des gens. D'abord, quand on faisait encore son apprentissage, on sortait de la ville en camion, et, quand il faisait assez sombre et que les environs étaient déserts, on attendait qu'arrivent les camions de la bande rivale et on déchargeait dessus son revolver. Ou bien la technique était légèrement différente : on se servait d'une pomme de pin, une pomme de pin avec une longue mèche, et on la laissait dans le camion. Quand le camion était arrivé au bout de la route, on entendait l'explosion. Plus tard, quand on n'était plus un amateur, on avait sa voiture personnelle, on allait faire des visites à diverses personnes, on allait les voir chez elles et c'est là qu'on les abattait. Enfin, quand on était devenu, comme lui, un expert, on faisait soi-même ses plans. On savait à qui on devait régler son compte et on s'arrangeait pour lui faire son affaire le plus proprement possible. On utilisait des techniques diverses, on élaborait toutes sortes de plans et d'intrigues, mais ça se terminait toujours de la même façon : par la mort de quelqu'un.

Et Lauren avait insinué qu'il y avait quelque chose d'héroïque, de romantique, dans cette façon d'agir. Elle n'était pas la seule de cet avis. Toutes les femmes, pas seulement les femmes de gangsters, mais quelques-unes des citoyennes les plus respectables de Chicago, trouvaient que les tueurs étaient des personnages héroïques. Berg avait même entendu dire que le prestige dont jouissaient les gangsters aux yeux des personnes respectables était une des choses qui ennuyaient le plus Edgar J. Hoover, le chef de la police fédérale.

Il haussa les épaules dans l'obscurité. Bah ! ce n'était pas difficile d'être romantique, d'être un héros, quand on était sûr de l'impunité, qu'on avait un alibi tout préparé, que l'avocat Linney s'occupait de vous. Si on avait tué quelqu'un dans un coin de la ville et si les flics s'en apercevaient, Linney avait cinq, dix, vingt personnes toutes prêtes à jurer solennellement que vous vous trouviez à un autre endroit au moment du crime.

Berg ricana. Il se dit que des types comme Linney rendaient la vie dure aux flics. Et le plus drôle c'était que presque tous ses témoins, dans ces cas-là, étaient de bons citoyens, de respectables bourgeois. Berg se demandait comment Linney les faisait marcher. Il avait vaguement conscience du réseau d'intrigues que l'avocat devait contrôler, il entrevit fugitivement la formidable organisation de chantage et de corruption qui devait exister dans le bureau de cet homme d'affaires.

Mais, si le destin avait décidé qu'il serait un tueur, si les femmes qui le rencontraient le tenaient pour un héros, pour un personnage romantique, il n'avait aucune raison de s'en montrer fâché.

Il pensa à Clovis. Quelque chose qui était demeuré honnête en lui lui disait qu'avec une telle femme il aurait pu réussir dans toute autre profession où la vie était plus difficile, où l'existence ordinaire d'un comptable, d'un clerc de notaire ou quelque chose comme ça, ne présentait pas toutes les commodités de la vie d'un gangster.

Disons, à la louange de Berg, qu'il comptait pour rien les dangers qu'il courait tous les jours. A n'importe quelle heure du jour et de la nuit, un homme à Calsimo pouvait se mettre en embuscade et l'abattre. Il avait déjà échappé une douzaine de fois à la mort de très peu. Mais il n'en tenait pas compte : c'étaient les risques du métier, voilà tout.

En entrant dans l'immeuble, il remarqua que les deux gorilles qui d'habitude gardaient l'entrée, postés devant l'ascenseur, n'étaient pas là. Il se demanda pourquoi. Mais il se rappela que Scansi était parti le matin et, puisqu'il était absent, toute protection devenait superflue. Sa garde du corps devait avoir congé. Il sonna à la porte de l'appartement. Une jeune Norvégienne, Truda, vint lui ouvrir.

— Entrez, monsieur Berg, dit-elle, en souriant. Mme Scansi vous attend.

Elle prit son chapeau, son pardessus, lui indiqua la porte de l'autre côté du vestibule. Berg traversa le hall, entra dans le grand salon.

Clovis était debout devant le canapé. En l'apercevant, Berg se dit qu'il n'avait jamais rien vu de plus beau de sa vie. Elle était habillée d'une robe bleue, couleur de bleuet, simple, mais élégante. Elle le regardait de ses yeux bleus et son regard était presque suppliant. Elle vint au-devant de lui.

— Je suis contente que vous soyez venu, René, dit-elle. Ne m'en veuillez pas si je vous appelle René, c'est seulement une marque de l'amitié que j'ai pour vous.

Sa voix était douce et mélodieuse, elle avait une bonne diction.

— Il ne faudra pas rester trop longtemps, reprit-elle. Mon mari est parti, et je ne voudrais pas que les gens s'imaginent…

Elle haussa les épaules.

— Asseyez-vous, je vais vous apporter à boire.

Elle remplit un verre et l'apporta à Berg avec une boîte de cigarettes.

Il prit une cigarette et elle la lui alluma. Il s'assit, la cigarette dans une main, le verre dans l'autre, et la regarda.

— Vous savez, René, dit-elle, vous me faites de la peine. Je vous plains de tout mon cœur...

Berg eut l'air surpris.

— Et pourquoi, madame Scansi ? Qu'est-ce que j'ai donc fait, pour que vous me trouviez à plaindre ?

— Ne m'appelez pas Mme Scansi ; je m'appelle Clovis. Nous sommes des amis, tous les deux, il faut que nous devenions des amis ; alors nous pouvons nous appeler par nos petits noms. Si je vous plains, René, c'est parce que vous êtes une victime, comme moi.

— Ah, ah ? dit Berg, vaguement amusé. Et je suis la victime de qui ?

Clovis alla se placer devant le feu électrique et reposa son bras sur la cheminée.

— Oh ! je ne parle pas de maintenant, mais quand vous êtes venu à Chicago. Je suis sûre que vous auriez très bien réussi dans n'importe quel métier, mais vous avez été embarqué de force dans celui-ci. C'est Travis qui vous a forcé de travailler pour lui, pour mon mari.

— C'est possible, dit Berg. Mais je ne m'en suis pas trop mal tiré.

Il se sentait vaguement mal à l'aise. Il sentait qu'on essayait de trouver des excuses à sa profession.

— Oh ! oui, vous vous en êtes très bien tiré, dit-elle. Moi aussi. Regardez.

Elle indiqua d'un geste l'appartement.

— Et j'ai de belles robes, des manteaux de fourrure, deux autos et une foule de bijoux. J'ai tout, sauf le respect de moi-même.

— Qu'est-ce que c'est, le respect de soi-même ? Je n'ai encore jamais eu l'occasion de le savoir, dit Berg, en buvant un peu de whisky.

— Bien sûr, René, vous n'en avez pas eu l'occasion... Vous étiez trop jeune. Mais moi, je le savais, avant d'être embarquée dans ce...

Elle haussa les épaules.

Berg se demandait de quoi, diable, il pouvait bien retourner.

— Ecoutez, Clovis, dit-il, j'ai parlé à Lauren. Elle m'a dit que vous étiez effrayée, que quelque chose vous faisait peur, et que vous vouliez me voir. Je ne suis pas un ingrat, vous savez. Scansi a été chic avec moi, d'une façon ou d'une autre. C'est Travis qui me transmet les instructions, mais je sais bien que c'est Scansi le patron. Et, pour moi, cela signifie pas mal de fric, toutes les choses que je désire et un alibi quand c'est nécessaire. Aussi, quand j'ai entendu dire que vous aviez peur de quelque chose, je me suis dit qu'il fallait y trouver un remède. Alors, qu'est-ce qui ne va pas ?

Elle le regarda longuement, puis elle dit :

— Vous n'y allez pas par quatre chemins. Vous dites les choses carrément, n'est-ce pas, René ? Je trouve ça gentil. Vous avez raison de dire que mon mari vous paye bien. Mais je me demande ce qu'il deviendrait s'il n'avait pas des hommes comme vous.

— Je ne sais pas, dit Berg.

Il éprouvait, à nouveau, un malaise ; il croyait deviner que Clovis n'aimait pas Scansi et essayait de le lui faire comprendre. Il aurait voulu qu'elle parlât d'autre chose.

— Asseyons-nous et racontez-moi vos ennuis, reprit-il. Qu'est-ce qui se passe ? Pourquoi avez-vous peur ?

— Je vais vous le dire, René, répondit Clovis. Mais je ne veux pas que vous me regardiez. Venez vous asseoir à côté de moi sur ce canapé. J'essayerai de tout vous dire.

Berg trouva que les femmes étaient d'étranges créatures, mais il obéit et vint s'asseoir à côté d'elle, sur le canapé. Elle regardait le feu.

— Nous sommes à peu près du même âge, René. J'ai rencontré Paul Scansi il y a quelques années, et je l'ai épousé parce que... elle haussa les épaules, parce que je ne pouvais pas faire autrement. Je n'avais pas le choix. Vous savez, Paul a — ou plutôt il avait — une façon à lui d'obtenir tout ce qu'il désirait. Ce qu'il n'obtenait pas d'une manière, il l'avait de l'autre. Mais, à la longue, il arrivait toujours à ses fins. Il a toujours été un type dur et cruel.

— Plus maintenant, tout de même, objecta Berg.

Elle lui lança un regard de côté.

— Oh, maintenant ! ce n'est plus la même chose.

Elle regarda le feu à nouveau.

— Personne n'a remarqué le changement qui s'est opéré en lui, reprit-elle. Depuis quatre ou cinq mois, il ne cesse pas de boire. Il ne fait rien d'autre. Pas une seule fois il ne s'est occupé des affaires. Heureusement pour la bande, pour les gens comme vous, René — elle posa soudain ses mains blanches et douces sur la sienne —, qu'il y a des hommes intelligents et pleins de ressources comme Linney et Travis. Si vous deviez compter sur Paul...

Elle haussa les épaules.

— Mais pourquoi je vous raconte tout cela ? Ça n'a pas d'importance. Ce n'est pas pour vous apitoyer que je vous ai demandé de venir me voir ce soir.

— C'est vrai ce que vous dites de Scansi ? C'est vrai qu'il se laisse aller à ce point-là ? demanda Berg, inquiet.

Elle fit un signe de tête affirmatif.

— Il est tombé bien bas. Vous allez voir dans une minute jusqu'où... René.

Berg était de plus en plus intrigué. Il se demandait ce qu'elle allait lui révéler.

— On a beaucoup jasé, en ville, sur le compte de Scansi, reprit-elle. On raconte qu'il est sur le toboggan et que Calsimo prendra sa place. C'est peut-être vrai, bien que je ne me sois personnellement aperçue de rien. Mais il est vrai que je ne vois pas tout, moi, hein ?

» Je ne veux pas vous faire perdre votre temps, René. Je vais vous dire exactement ce qui se passe. Depuis longtemps, déjà, j'ai l'impression que je suis suivie dès que je mets le pied dehors. On me surveille. Même ici, il y a constamment quelqu'un qui a l'œil sur moi. Et quelqu'un d'assez méchant, j'en suis sûre. Je viens de recevoir quatre lettres en trois semaines, des lettres d'injures et de menaces. Je sais ce que ça veut dire.

— De quoi vous menace-t-on ? demanda Berg.

— Calsimo veut m'enlever. C'est comme ça qu'il entend prendre sa revanche sur Scansi.

Berg siffla entre ses dents.

— Sacré mâtin ! dit-il, c'est une bonne idée.

Il distingua aussitôt la force de l'argument de Calsimo. S'il réussissait à enlever Clovis, ce serait la fin de Scansi. D'abord, Calsimo pourrait exiger une rançon, et puis, même s'il la relâchait et la renvoyait à son mari sans lui avoir fait de mal, Scansi serait la fable et la risée de toute la ville.

— C'est une excellente idée, je vous le dis ! s'écria-t-il. Ce Calsimo n'est pas fou. De son point de vue, l'idée vaut de l'or. De notre point de vue, bien sûr, c'est plutôt embêtant.

Elle le regarda, déçue.

— C'est tout l'effet que ça vous fait ?

Berg secoua la tête.

— Ça ne me fait aucun effet pour une excellente raison. Maintenant que vous m'avez mis au courant, vous n'avez plus rien à craindre.

Il se tourna vers elle et leurs regards se rencontrèrent. Clovis mit un message dans ses yeux ; elle voulut le forcer à penser ce qu'elle voulait qu'il pensât.

— Ne vous faites plus de bile, maintenant, affirma-t-il encore.

A nouveau elle posa sa main sur la sienne.

— Pourquoi ? demanda-t-elle.

Berg avait de la peine à trouver ses mots. Il était ému d'être assis si près de Clovis, de sentir son parfum, le contact de ses doigts.

— Tout ira bien, Clovis, vous verrez. Maintenant que je suis prévenu, vous pouvez dormir tranquille.

— Vraiment ? Vous me l'assurez ? Du moment que c'est vous qui me le dites, René, je vous crois. Parce que je me dis — sa voix se brisa —, je me dis que de tous mes amis, de tous les gens que je connais, il n'y en a qu'un sur qui je puisse vraiment compter… et c'est vous… René.

Berg finit son whisky. Il se leva, posa son verre sur la cheminée. Il prit son mégot entre le pouce et l'index et le jeta dans le feu. Il se sentait un peu ivre, bien qu'il n'eût bu que deux verres de whisky dans toute la soirée. Son cerveau était un peu obnubilé et il devint bavard.

— Ecoutez, Clovis, je vais vous dire quelque chose. Il y a un proverbe anglais qui dit qu'un chat peut regarder un roi. Eh bien ! c'est moi le chat et je vous regarde. Je ne vous ai vue que deux fois, mais vous m'avez toujours semblé ce qu'il y a de plus beau et de plus grand sur terre. Je vous trouve merveilleuse. Vous avez toutes les perfections qu'une femme puisse avoir.

Il s'interrompit, étonné de cette brusque explosion de sentiments. Clovis se leva, vint lentement à lui. Elle s'arrêta juste en face de lui. Il respira à nouveau son parfum enivrant.

— Oh ! René, continuez, continuez, dit-elle.

— Si c'est vrai qu'un chat peut regarder un roi, moi je vous ai regardée ce soir. Vous avez été bonne pour moi. Je vous aime. Et j'empêcherai bien Calsimo d'essayer de vous faire du mal. Je vous dis que maintenant vous n'avez plus rien à craindre, de Calsimo ni de personne.

— Puisque vous le dites, René, je vous crois. Mais pourquoi n'ai-je plus rien à craindre ?

Elle prit le verre qu'il avait posé sur la cheminée, le remplit à nouveau et le lui apporta. Arrivée devant lui, elle tint le verre dans ses deux mains et en toucha le bord de ses lèvres adorables. Elle lui donna le verre.

— Buvez, René. A ma santé, dit-elle.

Berg avala le breuvage fortement alcoolisé, qui lui racla le gosier. A nouveau, il éprouva un sentiment de malaise. Il aurait voulu respirer l'air pur.

— Alors, me direz-vous pourquoi je n'ai plus rien à craindre ? répéta-t-elle.

Elle lui prit le verre des mains, le posa derrière elle, sur la cheminée.

— Je vais m'occuper de Calsimo, ne vous en faites pas. C'est possible que Scansi soit tombé bien bas, mais, moi, je suis toujours là. Si Scansi n'est pas capable de vous protéger, il n'est plus bon à rien. Sacré nom d'un chien ! Si Calsimo vous avait enlevée, nous aurions été la fable de tout Chicago. Tout le monde se serait tenu les côtes de rire. Même si on vous avait délivrée.

— Oui... et alors ? demanda-t-elle encore.

— Alors, je crois qu'il faut que je m'occupe moi-même de ce salaud-là. Ne vous en faites pas, je vais me charger de lui.

Elle lui mit la main sur l'épaule.

— Merci, René. Je savais que je pouvais me confier à vous, que je pouvais compter sur vous.

— Merci de m'avoir appelé, Clovis, dit Berg en s'éloignant de la cheminée. Merci, de m'avoir dit tout ça. Ne vous en faites pas. Je lui ferai son affaire à ce grand dégoûtant.

Il se dirigeait vers la porte, mais Clovis le rappela.

— Vous vous en allez sans me dire bonne nuit, René ?

Il revint sur ses pas, presque timidement. Il se disait : « C'est drôle, on dirait que je suis saoul, pourtant je n'ai bu que trois verres de whisky. Je me demande ce que j'ai. »

Il lui tendit la main :

— Alors, bonne nuit, Clovis. Et merci encore...

Elle mit sa main dans la sienne, mais ne la serra pas. Elle l'attira vers elle et, soudain, lui passa un bras autour du cou. Il sentit ses lèvres sur les siennes.

Comme par miracle, la lumière s'éteignit.

7

Dehors, dans la petite rue tranquille, Berg se dit que c'était le moment d'agir, de frapper un grand coup. Il se rappela d'autres moments de sa vie où il avait déjà ressenti ce désir, ce pressant besoin d'agir brutalement. Il pensait à Clovis, à tout ce qui venait de se passer. Le plan qu'il se proposait de mettre à exécution lui semblait une de ces choses ordonnées par la destinée, par une volonté supérieure. Il n'avait nullement conscience que c'était, en réalité, le résultat du don que Clovis venait de lui faire de son corps et de plusieurs whiskies à l'eau. Dans son esprit plutôt simple, l'appel du destin apparaissait évident.

Il arrêta au passage un taxi jaune, monta dedans. Il dit au chauffeur où il voulait être conduit. Dans le taxi, il se détendit et essaya de raisonner logiquement. Mais il se sentit incapable de penser, en raison de l'état d'exaltation où il se trouvait, dû probablement à ce qui venait de se passer entre lui et Clovis. C'est seulement quand le taxi s'arrêta devant la maison de pierre à trois étages qu'il revint à la réalité.

Il paya le chauffeur, attendit que le taxi eût disparu. Puis il monta le petit escalier, frappa trois coups, puis deux à la porte d'entrée. Après un moment, la porte s'ouvrit et Berg entra. Il suivit le garçon qui avait ouvert la porte dans la pièce au fond de la maison. On aurait dit un petit arsenal. L'établi, à droite, était jonché de pistolets, de revolvers, d'armes à feu de toutes sortes.

Berg enleva son chapeau, alluma une cigarette. Le garçon s'éclipsa. Après quelques minutes, un homme entra dans la pièce. Il était petit, trapu, grisonnant, et sa bouche était déformée par un rictus permanent.

— Hello ! René, tu as besoin de quelque chose ? demanda-t-il.

— Oui, Charlie, dit Berg. Tu avais d'habitude un gentil revolver de calibre 38, un Police Positive, avec un silencieux. Tu l'as toujours ?

— Oui, il est là, dit Charlie.

— Parfait. Donne-le-moi.

Charlie le regarda un instant. Puis il alla ouvrir une armoire, de l'autre côté de la pièce. Elle était pleine de pistolets de toutes sortes, accrochés à des clous par le pontet. Il décrocha un revolver : c'était le Police Positive, de calibre 38, avec le canon raccourci de cinq centimètres, et muni d'un silencieux.

— C'est un bon outil. Il a déjà fait du beau travail. Combien de balles veux-tu ?

— Remplis-le, dit Berg.

Il attendit que Charlie, ayant ouvert un tiroir, eût mis sept cartouches de 38 dans le revolver. Puis il prit l'engin que lui tendait Charlie et le mit dans sa poche.

— Parfait, Charlie. Je te remercie, mon vieux.

— Tu travailles ? demanda Charlie.

— Oui, je travaille. A bientôt.

Il sortit.

Dehors, le vent était glacial. Berg se dirigea vers l'ouest, traversa deux ou trois rues et entra dans une cabine téléphonique. Il sortit un petit carnet de sa poche, regarda un numéro, mit une pièce de monnaie dans l'appareil et attendit. Après un moment il dit :

— Je voudrais parler à M. Calsimo. Ici, René Berg. C'est bien entendu, personne d'autre que M. Calsimo.

Il attendit, prit une cigarette dans sa poche, l'alluma. Puis une voix se fit entendre à l'autre bout de la ligne.

— Ah ! c'est vous, Calsimo ? Ici, René Berg. Vous êtes surpris de m'avoir au téléphone, hein ? J'ai à vous parler. C'est très important.

Il y eut un silence, puis Berg reprit :

— Vous n'avez rien à craindre. Je viendrai chez vous et je n'aurai même pas un revolver. Oui, c'est comme ça. Peut-être bien que je ne suis pas aussi idiot qu'on le croit. Je vois comment tournent les choses et je tiens à être avec le vainqueur, vous savez... Entendu. Dans une demi-heure. A tout à l'heure.

Il raccrocha, sortit de la cabine et resta immobile, dans l'air frais de la nuit, absorbé dans ses méditations. Il fit quelques centaines de mètres à pied, prit un taxi et se fit reconduire à son hôtel.

Une fois monté dans sa chambre, il enleva son chapeau, son manteau, sa veste. Il se lava. En se regardant dans la glace, il se dit : « Ce soir, il va falloir être à la hauteur. J'espère que tu réussiras. » Tout le temps il ne cessait de penser à Clovis, à ses yeux bleus ou violets, il ne savait pas au juste, à son regard suppliant. Il se disait : « Du moment que tu as "eu" Clovis, c'est que tu es un type de grande classe, et tu vas en faire la preuve. »

Il ouvrit un tiroir, en sortit un rouleau de sparadrap, large de cinq centimètres, et une paire de ciseaux. Il posa le tout sur la coiffeuse, devant lui. Puis il alla dans la salle de bains, retroussa la jambe gauche de son pantalon, prit un rasoir mécanique, mouilla sa jambe et la rasa. Il revint dans la chambre, mit le canon du revolver dans le haut de sa chaussette et maintint solidement l'arme au moyen d'un morceau de sparadrap. Puis il en colla un deuxième morceau par-dessus le cylindre, et un troisième par-dessus la crosse. Il abaissa la jambe du pantalon, secoua la jambe : le revolver, fixé contre son mollet, ne bougea pas. Il remit son veston, son manteau, son chapeau, prit une bouteille dans le buffet et avala une grande gorgée. Puis il sortit.

Il marcha jusqu'à ce qu'il eût trouvé un taxi et se fit conduire à un coin de rues, à cent mètres à l'est des immeubles de Riverside.

Quand le taxi s'arrêta, Berg descendit, paya le chauffeur et se mit à marcher. Il se disait que Calsimo croirait certainement la petite histoire qu'il avait l'intention de lui raconter. Si Travis avait peur, Calsimo, de son côté, ne devait pas non plus être très rassuré.

Cinq minutes après, il entra dans un immeuble somptueux de Riverside. Il suivit le long couloir recouvert de tapis luxueux. Au bout, devant l'ascenseur, deux gorilles de six pieds de haut, les gardes du corps de Calsimo, montaient la garde, l'un appuyé contre le mur, l'autre allongé sur une chaise dorée à siège de velours.

— Hello ! les gars. Il fait plutôt froid, ce soir, hein ? dit Berg.

L'homme assis sur la chaise se leva d'un bond.

— Heu... tu ne viens pas ici faire le malin, n'est-ce pas ? grogna-t-il.

Berg ouvrit son manteau, plongea la main dans une poche intérieure et en ressortit... son étui à cigarettes. Il ricana en les voyant mettre la main à leurs poches de derrière.

— Ne vous énervez pas, les gars, je voulais prendre une cigarette, c'est tout. Est-ce que par hasard je vous aurais fait peur ?

— Ecoute, René, répondit l'autre, on nous a prévenus que tu viendrais. Qu'est-ce que tu as l'intention de faire, maintenant ?

— Ça te regarde, idiot ? Tu t'imagines que je parle à des pourris comme toi ? C'est avec M. Calsimo que j'ai rendez-vous.

Le premier répondit :

— Quel charmant garçon tu fais ! Tu n'aurais pas un revolver sur toi, des fois ?

— En venant ici, je m'attendais à être fouillé. Vérifie toi-même.

Comme Berg l'avait prévu, l'homme tâta vivement ses poches de chaque côté, par-derrière et le long des cuisses.

— Ça colle, René, tu es en règle, dit-il. Monte au deuxième, le patron t'attend.

— Merci, dit Berg.

Il entra dans la cage de l'ascenseur, ferma la grille, appuya sur le bouton. L'ascenseur le conduisit rapidement au deuxième étage. A la sortie, un autre garde du corps attendait Berg, un Italien massif, à la figure blafarde, qui ricana aigrement en l'apercevant.

— Hello ! Berg. Je ne m'attendais pas à te voir te balader un jour par ici.

— Bah ! on ne sait jamais ce qui peut arriver. Les malins savent toujours se mettre du bon côté.

— Tu as compris ça ? dit l'Italien. Alors tu es un malin, c'est vrai. Par ici.

Il conduisit Berg dans le couloir, s'arrêta devant une porte et frappa. Une voix dit d'entrer. L'Italien ouvrit la porte et dit à Berg :

— Vas-y.

Berg entra. Calsimo était assis à une table sur la droite. C'était un homme maigre, très brun, les cheveux noirs, avec de petits yeux, une petite moustache noire et un profil anguleux.

— Bonsoir, René, dit-il. C'est une bonne surprise de te voir ici.

Il parlait anglais correctement, presque sans accent.

— Quel bon vent t'amène ?

— Tu as peut-être entendu parler de moi, dit Berg.

Calsimo hocha la tête et sourit.

— Je n'ai que trop entendu parler de toi, Berg, beaucoup trop. Je suis impatient de savoir ce que tu as à me dire.

— Ce n'est pas difficile à deviner.

Calsimo haussa les épaules.

— Si un homme de Scansi vient à un rendez-vous sans revolver, c'est qu'il veut parler affaires. Un peu de whisky ?

— Pourquoi pas ?

Calsimo remplit deux verres de whisky, en tendit un à Berg et dit :

— Allons, dis-moi ce qui se passe ? Tu marches avec nous ?

— Pourquoi pas ? Je ne suis pas fou ; je sais comment les choses vont tourner.

— C'est sûr. Tu serais un idiot si tu restais avec Scansi. Je vais bientôt être le maître de la ville. — Il rit et reprit : — Je vais te dire quelque chose : le seul point noir, le seul souci que j'avais, c'était toi. Tu n'as pas froid aux yeux et tu es adroit. Ça me plaît que tu viennes avec nous. Je crois que nous ferons du bon travail ensemble.

— C'est aussi ce que je me suis dit, répliqua Berg.

Il but un peu de whisky.

— Assieds-toi et raconte moi tout ce que tu as à me dire.

Berg prit une chaise, s'assit à un bout de la table, obliquement par rapport à Calsimo. Il croisa les jambes, la jambe gauche sur la droite.

— Eh bien ! voilà... j'ai compris où étaient mes intérêts. A mon avis, Scansi est fichu. Il a su bagarrer dans le temps jadis, il a eu son heure de prospérité. Mais c'est fini. J'ai l'impression qu'il est au bout de son rouleau.

— Ah, ah ? dit Calsimo.

Il regardait Berg en haussant les sourcils. Il souriait, mais son visage exprimait une interrogation polie.

— Voilà, reprit Berg, je te parle franchement. Scansi est foutu. Il est sur la pente savonnée. Il boit trop, ou bien il a peut-être d'autres intérêts.

— Oui, ça se peut bien, dit Calsimo, sa femme, si jeune, si belle, il doit s'intéresser à elle, peut-être un peu trop.

Berg se dit : « Ah ! mon salaud, je vois clair dans ton jeu. Clovis m'a prévenu. » Mais il se contint.

— Tu as raison, Calsimo. Mais nous n'avons pas à nous occuper de ces petits détails. Si je viens avec vous, combien ça me rapporte ?

— Combien Scansi te donne-t-il ?

— Tout ce que je veux. Mille dollars la semaine, en principe. Mais la somme est majorée chaque fois que je réussis un beau coup. Il n'est pas radin.

— Je serai encore plus généreux. Si tu passes à mon service, je te fais cadeau de dix mille dollars à titre amical.

Il regarda Berg et l'expression de son visage changea. Ses petits yeux étincelèrent :

— Mais si tu viens avec nous, il faudra travailler. Bientôt, il n'y aura plus qu'un seul grand patron dans Chicago, ce sera moi. D'ici là, je te donne une prime de dix mille dollars et quinze cents dollars par semaine. Après, on en reparlera.

— Et les flics ? demanda Berg.

Calsimo éclata de rire.

— Je les connais bien. Ils ne mettent jamais leur nez dans mes affaires. Tu devrais savoir ça, toi, Berg. Tu n'as pas à t'en faire pour eux.

— D'accord. Je marche, dit Berg. — Il prit son verre. — A notre bonne entente. Je suis ton homme.

Calsimo finit son whisky et dit :

— Je vais te dire quelque chose. Je suis content de la décision que tu viens de prendre. Avec toi, nous allons faire la conquête de la ville en trois semaines.

— Pourquoi trois semaines ? Trois jours suffiront.

— Tu crois ? Mais il y a encore une petite chose, juste une petite garantie...

— Laquelle ?

— Tu ne devines pas ? Il me faut Scansi. J'ai besoin d'une garantie, vois-tu. Alors tu dois m'aider à capturer Scansi.

— D'accord. Ça colle.

Calsimo se versa un autre whisky.

— Combien de temps te faudra-t-il pour ça ?

— Il est parti ce matin. Tu le sais ? dit Berg.

Calsimo fit un signe de tête affirmatif.

— Tu parles ! Tu as choisi le bon moment pour venir me voir. Quand rentre-t-il ?

— Dans deux ou trois jours. Laisse-moi une semaine à partir du jour où il rentrera et je te l'amène.

Berg se disait en lui-même que ces grands manitous étaient tous les mêmes. Ils s'imaginaient que tout était à vendre. Il répéta :

— Laisse-moi une semaine et je te l'amène. Ça va ?

— D'accord ! dit Calsimo. — Il leva son verre. — Buvons à la réussite de ce beau coup, mon gars. — Ils burent.

Calsimo ouvrit un tiroir.

— Voilà ta prime, René.

Il sortit une liasse de billets et les posa au bout de la table devant Berg.

— Voilà comme je suis, moi. C'est ma façon de sceller notre accord.

— Merci, dit Berg.

Il prit le paquet de billets, les garda à la main et dit :

— Je voulais te demander encore quelque chose. Je suis venu ici directement cette nuit, sans prendre la peine de me cacher. Je suis entré par la grande porte. Les gars en bas m'attendaient, ils étaient au courant. C'est parfait. Mais on ne sait jamais. Scansi a été un peu drôle avec moi, ces derniers temps. Il se doute peut-être de quelque chose. Il a pu dire à Travis Hahn ou à un autre de m'avoir à l'œil. En partant d'ici, je voudrais sortir par une porte de derrière.

Calsimo se mit à rire.

— Tu as raison de te méfier, mon garçon. Au temps où je portais un revolver, j'étais prudent comme toi. Eh bien ! prends le couloir en sens inverse, en sortant d'ici. Au bout, tu trouveras l'ascenseur de service qui sert d'habitude pour monter les bagages. Tu descends, et la sortie est gardée par un type qui est au courant de ta visite.

— Merci, dit Berg. Allons, encore un dernier coup à boire, pour la route. Je suis très content de cette entrevue, Calsimo.

— Moi aussi. Tu as eu du flair, tu sais. Du train où vont les choses... Tu as eu raison de venir avec moi.

Il versa encore deux whiskies.

Berg fit sauter la bande de papier qui entourait le paquet de billets. Il sépara la liasse en deux moitiés, prit une moitié, releva la jambe droite de son pantalon, défit le fixe-chaussettes, glissa les billets dans sa chaussette. Calsimo le regardait faire.

— Tu prends tes précautions, hein ? Tu colles le fric dans tes chaussettes ?

— Oui, c'est une vieille habitude que j'ai. C'est peut-être idiot, mais c'est comme ça que j'opère.

Il prit la seconde moitié des billets dans la main gauche et remonta lentement la jambe gauche de son pantalon. Il posa la main sur la crosse du revolver et, d'une secousse, arracha le sparadrap. Sans sourciller, malgré la douleur, il resta tranquillement assis sur sa chaise, le revolver au poing.

— Alors, Calsimo, tu croyais déjà que c'était arrivé, hein ! Tu t'imaginais pouvoir enlever Clovis Scansi ? C'était une grave erreur, mon gars. Tu es foutu.

Calsimo le regardait, les yeux dilatés par l'angoisse. La sueur lui perlait au front. Il posa les mains à plat sur la table et dit d'un ton suppliant :

— Ecoute, René... écoute...

Berg tira quatre fois. Le revolver fit un petit bruit comme un bouchon de champagne qui saute. Les quatre balles atteignirent Calsimo au ventre et au-dessus. Il s'écroula sur le bureau. Un moment, la tête appuyée sur la table, il serra convulsivement son ventre dans ses mains. Le sang commençait à couler sur le tapis.

Berg se leva. Il se disait qu'il avait été stupide de tirer quatre fois. Il ne lui restait plus que trois cartouches pour le type de la porte de derrière. Il mit la seconde liasse de billets dans la poche gauche de son pardessus.

— Alors, au revoir, Calsimo, dit-il tout haut.

Il sortit de la pièce, ferma doucement la porte derrière lui.

En bas, à la sortie de l'ascenseur, il aperçut un rouquin, de dimensions respectables, qui flânait. Quand la porte de l'ascenseur s'ouvrit, il s'éloigna, d'une secousse, du mur où il était adossé.

— Hello ! Berg. Ça fait plaisir de vous voir par ici. Ça s'est bien passé ?

— Oui. J'ai joué franc jeu et nous nous sommes mis d'accord. A partir de maintenant, je suis des vôtres.

— Ça c'est chic. C'est une bonne nouvelle. Tu es un type épatant, René. On admire beaucoup ta méthode, ici.

— Je peux sortir ? Il n'y a plus personne dans le couloir, hein ?

— Il faut prendre ses précautions, tu sais. Toi, tu es en règle, ça colle. Attends ici que le patron donne le signal, d'en haut, et tu pourras sortir. C'est seulement une formalité, tu sais. C'est notre système : contrôle à l'entrée et signal à la sortie.

Berg réfléchit rapidement et dit :

— Tu n'as pas un peu de gnôle ? Il fait froid dehors et je vais à pied. Je ne prends pas de taxi.

— Je comprends. Les chauffeurs ont trop bonne mémoire et ils sont bavards. Entre ici. Je vais te donner un coup à boire.

Ils descendirent dans une petite pièce, remplirent deux verres et burent. L'autre dit :

— Quand on a appris que tu venais ici, cette nuit, on a cru qu'il allait y avoir du chambard, jusqu'au moment où on a su que tu n'avais pas de revolver sur toi. Alors on a deviné pourquoi tu venais. On s'est dit que tu te mettais avec nous.

— Bien sûr. Une cigarette ? dit Berg.

Il mit la main dans la poche de son pardessus et en sortit le revolver.

— Ma parole, vous rêvez tout éveillés, bougres d'idiots, dit-il. Votre éducation est à refaire.

Il tira une fois. Le verre fit un curieux tintement en se brisant sur le ciment. Berg regarda l'homme écroulé par terre comme un sac. On lisait encore une expression de surprise sur sa figure.

Berg toucha son chapeau négligemment d'un doigt.

— Et voilà le travail, mon garçon, dit-il.

Il sortit de la pièce, monta l'escalier, suivit le couloir et se trouva dans la rue.

Etendu sur son lit, Berg fumait une cigarette en regardant le plafond. Il riait intérieurement. Il se disait que le lendemain l'affaire Calsimo allait faire du bruit. On allait avoir un fameux sujet de discussion. Il se demandait comment réagirait Margolez, le lieutenant de Calsimo, qui serait le nouveau chef de bande. Maintenant que le patron était mort, peut-être qu'il prendrait la chose du bon côté. Il laisserait peut-être courir... C'était probable. Sinon...

Sinon, il devrait faire attention à lui et ouvrir l'œil. Il regarda sa montre. Il était un peu plus de trois heures. Il se dit : « Bon sang, je n'ai pas perdu de temps, cette nuit. » Il se rappela Clovis. La pensée des deux heures passées auprès d'elle lui procura un tel plaisir qu'il s'en étonna. Il balança ses jambes hors du lit, alla au buffet et sortit du tiroir une petite bouteille. Il but une longue gorgée de whisky, trouva qu'il avait très bon goût. Il revint s'asseoir sur le lit, la bouteille dans une main, une cigarette dans l'autre. Il se disait qu'il devrait se tenir sur ses gardes ; soudain, la sonnerie du téléphone retentit. Berg posa la bouteille sur le lit, décrocha le récepteur. C'était Travis.

— Pour l'amour de Dieu, tu en fais de belles !... Toute la ville en parle déjà. Tu vas voir les journaux demain matin ! On dit qu'ils sont en train d'imprimer des éditions spéciales. Bon sang, qu'est-ce qui t'a pris ? Pourquoi as-tu fait un coup pareil ?

— Ecoute, Travis, dit Berg, faut-il que je te donne des explications au téléphone ? Que diable ! Et puis, qu'est-ce que ça fait ? Je pensais que tu serais content. Qu'est-ce qui ne te plaît pas ?

— Oh ! moi, je suis très content. Je suis d'accord. Mais je me demande ce que Scansi va dire de tout ça.

— Tu veux dire qu'il poussera les hauts cris ? Pas du tout, je suis certain que ça lui fera plaisir, au contraire. Il doit être content d'être débarrassé de son rival. Il est le seul maître de Chicago maintenant.

— Peut-être. Mais pour combien de temps ? Tu t'imagines que la bande à Calsimo ne va pas réagir ? Tu crois que Margolez va rester à se tourner les pouces en fumant des cigarettes ? Il va faire un foin du diable. Et Scansi ne pourra plus se déplacer qu'en auto blindée.

Berg étendit la main, saisit la bouteille de whisky et but une gorgée.

— Tu crois que Margolez va la ramener ?

— Pourquoi pas ?

— Eh bien ! s'il veut faire le méchant, on le descendra lui aussi.

— Tu n'as tout de même pas l'intention d'organiser une bataille de Waterloo par ici ? N'oublie pas que le boulot, c'est de vendre de la gnôle.

— Je sais. Mais il y a peut-être une ou deux choses que tu ignores. Quand tu seras au courant, tu reconnaîtras que j'ai eu raison d'agir comme j'ai fait. En tout cas, je suis content d'avoir occis Calsimo. Je n'avais jamais pu l'encaisser, ce type-là.

— Ecoute, René, je reconnais que tu n'as pas froid aux yeux. Mais fais attention tout de même. Ils vont essayer de t'avoir. Tiens-toi sur tes gardes.

Après un silence, Travis reprit :

— C'est la première fois que tu te mêles d'estourbir un type sans attendre mes instructions. Tu viens de dire qu'il y avait des choses que j'ignorais. J'espère que tu me donneras des éclaircissements.

— Tu n'as qu'à t'adresser à Lauren. C'est elle qui m'a mis la puce à l'oreille. Elle m'a demandé de faire quelque chose. Eh bien ! j'ai obéi. Je ne te dirai pas avec qui j'étais, ni de quoi nous avons parlé. Je te raconterai cela la prochaine fois que nous nous verrons. J'y réfléchirai. En tout cas tu peux être sûr que j'ai eu raison de descendre Calsimo. Sinon, il nous aurait joué un sale tour. Nous aurions été foutus.

— Ah ? dit Travis, d'un ton sceptique. Enfin, ce qui est fait est fait. Nous verrons ce qui arrivera. Mais je ne me sens pas très à mon aise. A chaque fois que je sors, maintenant, je voudrais avoir une armure sous mon veston.

— Bah ! ça ne sert à rien d'avoir peur. C'est toujours quand on a peur d'être descendu qu'on se fait descendre. Pour moi, je me dis que si un type tire son revolver plus vite que moi, je n'y couperai pas, voilà tout.

Travis dit cyniquement :

— Ça te plaît peut-être de mourir, René ?

— Non, absolument pas. Pas maintenant.

— Ah, ah ! Qu'est-ce qui s'est passé que tu tiennes tellement à la vie, tout d'un coup ?

— Ça n'a pas d'importance, Travis. C'est une petite chose comme ça, en passant.

Il but encore une gorgée à la bouteille.

— A ta place, dit Travis, je ne bougerais pas de l'hôtel pendant un jour ou deux. Ça va faire un fameux chambard. Reste chez toi jusqu'à ce que je vienne te voir. Tu as compris ? Je vais essayer d'arranger ça. J'ai l'idée que Margolez va m'appeler au téléphone ce matin.

— Pour quoi faire ?

— C'est normal, tu ne trouves pas ? Il aura pris une décision et il est bien capable de m'informer de ce qu'il a l'intention de faire.

— Bon, je ferai comme tu dis, Travis. Je t'attends ici. Au revoir.

Il raccrocha.

Il lui semblait, maintenant, qu'après tout Travis n'était pas un bien grand monsieur. Il commençait à se considérer lui-même comme un personnage de premier plan. Le whisky lui procurait une sensation d'euphorie et d'exaltation. Margolez et la bande Calsimo ne l'effrayaient pas le moins du monde. Il alla fermer à clef la porte de sa chambre, se déshabilla, prit une douche dans la salle de bains et revint se coucher. Il mit un revolver de calibre 45 sous son oreiller, la crosse en bas, pour pouvoir le saisir facilement si c'était nécessaire.

Lauren, vêtue d'un peignoir de soie ouaté, ses petits pieds chaussés de pantoufles de velours, apporta la bouteille de whisky et un verre à Travis, assis auprès du feu.

— Eh bien ! tu vois ? Il ne s'est pas dégonflé. Je te l'avais bien dit, dit-elle.

— Oui. Il s'en est bien tiré. Il s'agit maintenant de savoir comment Scansi va prendre la chose.

— Paul prendra ça très mal. Il va être furieux. Encore plus que tu ne t'imagines.

— Pourquoi ? Ce n'est pas une si mauvaise affaire.

Il se pencha en avant, se versa du whisky, avala une grande gorgée.

— Ecoute, dit-il, les flics ne seront pas fâchés d'être débarrassés de Calsimo. Margolez, son successeur, est un gars tranquille. Il n'aime pas la bagarre. J'ai l'impression que je pourrai m'entendre avec lui. Ça s'arrangera probablement mieux qu'avant. En tout cas, pour nous, ça facilitera sûrement les choses.

— Je te dis que Scansi va être absolument furieux, quand il va savoir ce qui s'est passé, répéta Lauren.

Travis la regarda, intrigué.

— Toi, tu sais quelque chose que tu ne veux pas me dire.

Elle vint vers lui et lui dit, en se penchant un peu sur lui, tandis que les coins de sa bouche dessinaient un léger sourire :

— Tête sans cervelle, sais-tu où est Scansi à l'heure qu'il est ? Il est parti pour trois jours, n'est-ce pas ? Où est-il allé ? D'habitude, il te tient au courant. Mais, cette fois, il ne t'a rien dit. Personne ne savait où il est allé.

— C'est vrai, dit Travis. Il n'a emmené qu'un seul homme avec lui. Il a dit qu'il reviendrait dans trois jours et il a disparu. Du moins c'est ce que Clovis m'a dit.

Lauren approuva d'un signe de tête.

— Et tu sais de quoi il s'agissait ? Tu ne le sais peut-être pas, mais Calsimo voulait s'absenter, lui aussi. Il devait partir demain matin, en excursion. Il est vrai que maintenant il n'a plus besoin de s'en faire.

— Pourquoi diable ne me dis-tu pas les choses carrément ? Je ne comprends absolument rien à tes histoires.

— Eh bien ! écoute : Calsimo et Scansi devaient se rencontrer. Ils s'étaient donné rendez-vous. Ils voulaient se mettre d'accord et se partager la ville. Qu'est-ce que tu dis de ça ?

— Ça c'est trop fort ! Et Scansi qui ne prévient personne ! Au fond, il avait peut-être raison.

Travis se leva, assez agité. Il posa la bouteille et le verre sur la cheminée.

— De qui tiens-tu ce renseignement ? demanda-t-il.

— De Clovis. Scansi n'a voulu se confier à personne, mais il y a un moment où il a parlé malgré lui. Il a rêvé tout haut.

— Ça, par exemple ! Et tu crois qu'il va être furieux ?

— Furieux ? dit Lauren en riant. Il va entrer dans une rage épouvantable. Attends un peu qu'il apprenne ce qui s'est passé. Actuellement, il doit être dans une auberge à Long Island ou ailleurs, en attendant Calsimo. Il s'imagine que tout va marcher comme sur des roulettes. Mais, quand on lui annoncera la nouvelle...

Elle rit encore.

— Tu crois qu'il sera content que Berg ait descendu Calsimo au mauvais moment ? Tu ne trouves pas ça crevant ?

— Ça ne sera peut-être pas si drôle pour Berg.

Lauren haussa les sourcils :

— Ah ? Tu crois que René aura peur ?

Travis secoua la tête.

— Lui ? Rien ne peut lui faire peur.

— Ecoute, Travis, reprit Lauren, quand Paul reviendra, il ne sera pas très content de Berg. Supposons, par exemple, simple supposition...

Elle s'interrompit.

— Allez, parle. Qu'est-ce qu'il y a encore ?

Lauren dit doucement :

— Scansi sera furieux contre Berg. Supposons que quelqu'un lui dise que René est resté trois heures cette nuit avec Clovis, dans son appartement, juste avant d'aller descendre Calsimo ?...

— Oui ? Et qui aura le culot de dire ça en face à Scansi ? Moi, peut-être ? dit Travis.

Lauren secoua la tête.

— Non, dit-elle. Truda, la femme de chambre.

Travis siffla entre ses dents !

— Pardi ! C'est une excellente idée !

— Bien. Donc, Scansi aura une explication plutôt orageuse avec Berg, hein ? Il va être grossier avec lui. Il va lui dire des choses à propos de Clovis. Il est capable de vouloir gifler ce galopin de Berg. Tu vois d'ici ce que ça va donner.

— Dis toujours.

— René déteste Scansi, surtout depuis...

Elle sourit lentement.

— ... les trois heures qu'il a passées avec Clovis. Il n'a pas un caractère commode, tu sais. Je sais ce qu'il fera.

— Tu veux dire qu'il va descendre Paul ?

— Je veux bien être pendue s'il ne lui crève pas la panse. En tout cas, ça vaut la peine d'essayer. Si ça ne fait pas de bien, ça ne peut pas faire de mal.

— Mais réfléchis un peu ! objecta Travis. Si on décide la boniche à tout révéler à Scansi, ça pourrait barder pour Clovis.

— Ne t'en fais pas pour elle. Elle est assez grande pour se défendre toute seule. D'ailleurs, c'est elle qui m'a donné cette idée-là.

— Ça, c'est inouï. Vous êtes pires que n'importe quel tueur de Chicago, vous, les femmes, constata Travis.

Lauren remit une mèche de cheveux en place.

— Il faut bien que nous nous occupions des affaires. Vous, vous êtes trop nouilles. Ecoute, mon chéri, en supposant que ça réussisse, que René liquide Paul... tu te mets d'accord avec Margolez et vous vous partagez tranquillement le travail, en bonne harmonie.

— Et qu'est-ce que devient René, dans l'affaire ?

Elle haussa les épaules.

— Les flics voudront mettre la main sur quelqu'un, n'est-ce pas ?

Travis la regarda en fronçant les sourcils.

— Tu bats tous les records, tu sais. Ton âme est aussi noire que l'enfer. Je crois que tu te débarrasserais de moi avec la même facilité, si tu le jugeais nécessaire.

Elle lui remplit son verre de whisky et le lui tendit.

— Pourquoi pas ? répondit-elle en souriant. N'es-tu pas prêt à chaque instant à me balancer, si l'occasion se présente ? Ce n'est pas la peine de nous en faire accroire mutuellement, Travis. Chacun de nous sait bien à quoi s'en tenir.

Ils burent tous deux au même verre.

8

Huit jours s'étaient écoulés depuis l'assassinat de Calsimo. Tard dans la nuit, Berg frappa à la porte de derrière du garage de Barrel Street. C'était une petite porte en bois encastrée dans le rideau de fer qui s'élevait ou s'abaissait électriquement. Berg tapa avec impatience à la porte pour la troisième fois. Adossé au rideau de fer, sa main droite dans la poche de son pardessus, il épiait la rue dans les deux sens.

Il pleuvait un peu et il faisait du vent. Une soudaine rafale lui envoya de grosses gouttes de pluie sur la figure. Il trouva ça rafraîchissant. Enfin, la porte s'ouvrit.

Shakkey, un revolver dans une main, une lampe électrique dans l'autre, passa la tête dehors.

— Hello ! c'est toi, Berg ? Quoi de neuf ? Il y a un type qui te file ?

— Pas que je sache. J'ai envie de boire un coup.

— Entre. On vient justement de recevoir de la gnôle.

Berg, d'une enjambée, entra dans le garage. Shakkey referma la porte, mit le verrou et fit descendre le rideau de fer supplémentaire par-derrière. Le garage ressemblait pratiquement à une forteresse. Shakkey alluma sa lampe électrique. Berg le suivit entre les camions soigneusement rangés et entra dans le petit bureau, au coin du garage. Il s'assit.

Shakkey alla chercher une bouteille et deux verres, versa le whisky.

— Tu sais, René, dit-il, c'est vraiment drôle. De te voir dans ce bureau, ça me rappelle la première fois que je t'ai vu, la nuit que je t'ai trouvé dehors presque mort de faim. J'avais suggéré à Travis de te confier un boulot ici, dans le bureau : tu aurais surveillé les chauffeurs et les gardes. C'est peut-être dommage que ça ne se soit pas arrangé comme ça... bien que ça t'aurait certainement rapporté moins de pognon.

— Tu as peut-être raison, Shakkey, dit Berg en buvant son whisky.

Shakkey en versa une autre rasade.

— Tu as réussi un fameux coup en descendant Calsimo. Mais je crois que l'air sera plutôt malsain pour toi ici, tant que l'affaire ne se sera pas apaisée.

— En tout cas, ça n'est pas près de s'apaiser. Au contraire...

— Je ne dis pas comme toi. Margolez n'aime pas la bagarre. Il préférera se raccommoder avec Scansi, je crois. Tout le monde en a marre de ces tueries continuelles, à Chicago.

— Margolez ne se raccommodera pas avec Scansi, je te le garantis.

— Ah ? Pourquoi ? demanda Shakkey, interloqué.

— Parce que je viens de crever Scansi, il y a une demi-heure, chez lui.

— Sacré nom d'un chien ! Tu plaisantes ou c'est sérieux ?

— Je ne plaisante pas. Je suis allé le voir cette nuit. Il voulait me parler à propos de Calsimo. Il était furieux. Tu sais pourquoi il était tellement en colère ?

— Je pourrais peut-être le deviner, dit Shakkey.

— Il était parti pour rencontrer Calsimo, hors de la ville. Ils voulaient se réconcilier et mener l'affaire ensemble. Il n'y aurait plus eu qu'une seule organisation pour ravitailler toute la ville en alcool. Calsimo devait partir rejoindre Scansi le lendemain matin du jour où je l'ai descendu. Tu parles que Scansi était plutôt mauvais quand il a appris la nouvelle.

— Je comprends ça. Et c'est pour ça que tu l'as tué ?

— Non, ce n'est pas pour ça. Ecoute, Shakkey, j'ai descendu Calsimo parce qu'on m'avait prévenu qu'il allait essayer d'enlever Clovis Scansi. C'est pour ça que je lui ai fait son affaire.

Shakkey éclata de rire.

— Tu n'es pas un peu cinglé ! Calsimo enlever Clovis juste au moment où il donnait rendez-vous à Scansi pour se réconcilier avec lui ? Ça ne tient pas debout. Qui t'a raconté cette ânerie ?

— C'est Clovis elle-même. Pourquoi veux-tu qu'elle ait menti ? C'est une femme comme il faut. Elle avait une peur bleue. Elle voulait que je la tire de là.

— C'est à mourir de rire ! dit Shakkey.

Il remplit à nouveau les verres, leva le sien, regarda le breuvage ambré. Il réfléchit un instant et dit :

— Tu sais, René, aujourd'hui je voudrais que tu aies accepté le petit boulot que je t'ai offert quand tu es venu ici, la première fois. Tu n'es pas un mauvais gars. Ça t'aurait épargné bien des ennuis. Mais Travis t'a possédé avec l'affaire de *Rose Dean,* et alors tu es devenu un tueur. Eh bien ! cette fois, j'ai l'impression que tu t'es encore fait posséder.

— Comment ça ?

— A mon avis, voici ce qui s'est passé. Il y a quelqu'un à qui ça ne plaisait pas que Scansi et Calsimo se mettent d'accord. Et ce quelqu'un, c'est Clovis Scansi. Alors, elle t'a raconté une histoire, elle a essayé de t'apitoyer sur son sort, elle a prétendu que Calsimo voulait l'enlever. Et toi, tu as marché et tu as buté Calsimo. Je ne sais pas ce qui s'est passé entre toi et Clovis, mais c'est une fameuse roublarde, celle-là. Je la connais. Elle est bien capable de l'avoir raconté à Paul, d'une façon ou d'une autre, quand il est rentré. Et c'est peut-être pour ça qu'il t'a tellement engueulé ce soir. Il t'a dit des choses blessantes ?...

— Oui. Il m'a dit qu'on m'avait fait marcher...

Shakkey approuva d'un signe de tête.

— Alors, tu t'es fâché et tu l'as crevé. Ça fait bien l'affaire de quelqu'un que je connais.

— De qui ?

— De Clovis, pardi, et du type pour qui elle a le béguin.

— Et qui c'est, ce type-là ?

Shakkey le regarda en ricanant.

— Tu ne devines pas, idiot ? C'est Travis Hahn, bien sûr. Maintenant, l'affaire est dans le sac pour Travis. Margolez et lui vont se mettre d'accord, et ils seront les grands manitous.

— Et qu'est-ce que je deviens, moi, là-dedans ? dit Berg.

Pour la première fois, il y avait une certaine amertume dans sa voix.

— On en a marre de toi, tu comprends ? Tout le monde en a plein le dos, ici, de cette tuerie. La police fédérale va s'en mêler et va faire place nette. Il faut que quelqu'un paye les pots cassés. Tu peux te douter qui ce sera.

— J'ai bien peur que ce soit moi, dit Berg, en soupirant.

— Et cette fois, ne t'imagine pas que M. Linney te fera sortir de prison, reprit Shakkey. Cette fois-ci, ils te laisseront aller jusqu'à la poêle à frire, mon garçon, tu peux m'en croire.

— Non, sans blague ? dit Berg, d'une voix étouffée. Je m'en vais aller dire deux mots à Travis.

Shakkey secoua la tête.

— Tu ne veux donc pas comprendre, tête de mule. Tu veux aller parler à Travis ! Mais tu ne sais parler qu'avec un revolver. Et, ces temps-ci, tu as été un peu trop bavard avec cet instrument-là.

Il ajouta, avec un sourire bon enfant qui illumina son visage maigre de comédien :

— Ecoute, mon vieux, un bon conseil : tire-toi. Fiche le camp avant que ça s'ébruite. Jusqu'ici, personne ne sait rien.

— Non, personne ne sait rien encore, dit Berg. Mais on ne va pas tarder à s'en apercevoir.

Shakkey alla à son bureau, ouvrit le tiroir avec une clef, revint à la table et jeta une grosse liasse de billets, attachés avec une ficelle, devant Berg.

— Tiens, c'est la première fois que je prends de l'argent à la bande. C'est l'encaisse d'aujourd'hui pour la gnôle vendue au quartier est. Dans le garage, il y a une bagnole avec ses plaques nouvellement numérotées. Elle marche bien. Tu n'as qu'à la prendre et filer droit devant toi. Pourquoi rester ici, puisqu'ils te conduiraient à la chaise électrique ? On m'a dit que ça manquait diablement de confort, leur poêle à frire.

Berg regarda les billets sur la table.

— C'est chic, ce que tu fais là, Shakkey, dit-il. Mais pourquoi veux-tu que je décampe ? Ils me trouveront peut-être un autre boulot.

— A ta place, je n'y compterais pas. Et puis les flics ne seront peut-être pas si fâchés de ce qui arrive. Ils feront du zèle pour la forme, mais maintenant que les deux grands méchants loups ont été liquidés en moins de deux semaines, l'un après l'autre, ils auront plutôt le sourire. Plus de

Scansi et plus de Calsimo ; ils vont pouvoir rétablir l'ordre. Et Travis est un garçon paisible, tout comme Margolez, d'ailleurs. Personne ne peut leur reprocher d'être trop braves, à ces deux-là : ils tiennent à leur peau. Alors, si tu files assez vite, peut-être qu'ils ne se donneront pas trop de mal pour te rattraper. Et tu t'en tireras. Ça vaut la peine d'essayer.

Berg demeurait perplexe, sans répondre.

— Qu'est-ce que tu y perds ? reprit Shakkey. Tu t'es fait avoir par Travis et par Clovis Scansi. D'une façon ou d'une autre, tu auras rendu service à tout le monde, dans cette foutue bande. Tu es bien le plus grand idiot que j'aie jamais vu. Tu n'as pas encore vingt-cinq ans, tu as toute la vie devant toi. Pourquoi ne pas aller tenter ta chance ailleurs ?

Il remplit à nouveau les verres.

— Allons, mon gars, pour une fois, fais-moi plaisir. Tire-toi ; c'est un bon conseil.

Berg prit son verre et le vida lentement. Puis il se leva, prit les billets, les mit dans sa poche.

— Merci, Shakkey, dit-il, tu es un brave type.

— Allons, viens. Tu n'as pas de temps à perdre.

Ils allèrent dans le garage. La voiture, fraîchement repeinte, resplendissait à la lumière électrique.

— L'endroit qui conviendrait le mieux à un gars comme toi, dit Shakkey, c'est l'Amérique du Sud. Si tu aimes la bagarre, tu seras servi. Il y a toujours une guerre civile quelque part et personne ne s'occupera de savoir combien de types tu as tués. Je crois que tu seras à ton affaire.

Berg monta dans l'auto.

— Je viens de faire le plein d'essence et il y a encore quatre-vingts litres dans le grand réservoir à l'arrière. File, et ne t'arrête pas. Je vais t'indiquer la route à suivre et les garages où tu pourras te ravitailler sans danger, chez des types qui ne sont pas bavards.

Il tira de sa poche-revolver un carnet de factures, en arracha une feuille et prit un bout de crayon derrière son oreille. Il se mit à écrire. Quand il eut fini, il tendit le papier à Berg.

— Voilà, mon vieux. Tu as la bagnole, de l'essence et du fric. Il ne te manque rien. Maintenant, file et sauve ta peau.

Il alla jusqu'au mur, renversa le levier : le rideau de fer du garage s'éleva lentement. Il s'arrêta à la hauteur de deux mètres.

— Au revoir, gamin.

— Au revoir, Shakkey. Et merci.

L'auto avança lentement dans la rue. Shakkey renversa à nouveau le levier et le rideau de fer redescendit. Il éteignit les lumières, retourna à son petit bureau, se versa à boire.

Il se disait à lui-même en haussant les épaules :

— Quel crétin, tout de même. A-t-on jamais vu un idiot pareil ?

CHAPITRE III

HILDE. — *Norvège, septembre 1940.*

Venant de Skaalund, Ingrid avançait d'un pas lent, presque hésitant, vers la bifurcation de la route. Elle prit à gauche. A cent mètres, elle put voir un filet de lumière filtrant d'une fenêtre de côté de l'auberge.

Elle pressa un peu le pas. Arrivée devant la porte de l'auberge, elle regarda vivement à gauche et à droite sur la route. Puis elle entrouvrit la porte et se glissa à l'intérieur de la salle. Elle ferma la porte derrière elle et y resta adossée, y appuyant les paumes de ses mains. Elle regarda autour d'elle. La salle du bar était longue, basse de plafond ; les murs étaient formés de bûches. A une extrémité, un feu brûlait. Il y avait quelques tables grossières en bois et, à droite, un comptoir. Deux ou trois hommes y étaient accoudés ; deux autres étaient attablés en face. Personne ne parlait. Le silence pesait lourdement.

Ingrid alla au comptoir. L'aubergiste, un homme corpulent et rougeaud, la regarda d'un air compatissant. Il remplit un pot d'étain de bière brune et le poussa devant elle. Ils échangèrent un regard. Puis elle prit le pot de bière et alla s'asseoir à une table, auprès du feu. Elle regardait fixement la mousse de la bière et en même temps se mordait les lèvres pour se retenir d'éclater en sanglots. Jamais elle ne s'était sentie aussi malheureuse.

Elle restait là, les mains sur ses genoux, hagarde. Ses doigts tremblaient et elle ne put réprimer ce tremblement nerveux qu'en joignant les mains. Un des hommes, au comptoir, se mit à parler à l'aubergiste à voix basse. Il n'était pas du pays ; il venait de Bardu.

— Qu'est-ce qui se passe ? demanda-t-il. Qu'est-ce qu'ils ont encore fait, ces salauds ?

— Calme-toi, Sven, répondit l'aubergiste. Ça ne vaut rien de parler. Il est plus prudent de se tenir tranquille et de ne rien dire.

L'homme appelé Sven répondit :

— Je n'aurais jamais cru qu'on ne serait plus libre un jour de dire ce qu'on pense, en Norvège.

L'aubergiste haussa les épaules.

— A quoi bon, Sven ? Tout ce que tu peux dire, on le sait déjà.

Il remplit un autre pot de bière et le but. En même temps, il jeta un regard vers Ingrid, qui regardait tristement les flammes, les mains jointes.

Berg sortit de la maison qui servait de quartier général à la Feldgendarmerie, en compagnie de Nielenberg. Ils s'arrêtèrent en haut des marches. Berg remonta le col de son manteau. Nielenberg s'étira et se frappa la poitrine de ses grandes mains. C'était un bel homme, haut de six pieds, sanglé dans son uniforme de feldwebel. Il espérait bien séduire les femmes par sa belle prestance, et le fait qu'il n'ait pas encore eu beaucoup de succès sous ce rapport, depuis son arrivée dans le district de Skaalund, ne l'affectait pas outre mesure. Il se disait qu'il avait le temps, qu'il se passerait encore bien des choses en Norvège et que les femmes devraient finalement entendre raison.

Il passait une grande partie de son temps à penser aux Norvégiennes. C'était un produit de l'armée et de l'école d'entraînement de la police S.S., un homme grand, fort, intelligent, peut-être légèrement surentraîné.

Il s'exprimait correctement en anglais.

— Mon ami, disait-il à Berg, vous pouvez être sûr que ce que je vous dis est vrai. Nous avons pris un départ foudroyant. Les Anglais savent à merveille se servir d'expédients, mais il est impossible qu'ils puissent jamais rivaliser avec notre production de guerre, ni à plus forte raison la rattraper. Regardez la pauvreté de leurs forces, ici : quelques régiments d'infanterie, une artillerie pour ainsi dire inexistante et un soutien aérien tout à fait insuffisant.

Ils descendirent la rue.

— Sans doute, reprit le feldwebel, les Anglais sont courageux. Ils savent se battre, mais ils manquent de matériel et de chefs. Avant qu'ils aient pu utiliser toutes les ressources de leur Empire pour la guerre, la guerre sera finie... Cette expédition en Norvège n'est qu'un petit épisode. Le Führer a établi un horaire rigoureux de toutes nos opérations. Vous allez voir.

— Ah ? dit Berg.

Il se disait que l'Allemand pouvait avoir raison.

— Il y a une autre chose, poursuivit Nielenberg. Une chose importante. Votre pays. On dit que les Américains aident les Anglais, qu'ils entreront même en guerre aux côtés de l'Angleterre. — Il haussa les épaules. — Mais je crois qu'il y aura bien des remous en Amérique avant que ça se produise. Vos compatriotes ne se rendent peut-être pas compte de la force de nos organisations d'espionnage, de nos ligues secrètes en Amérique. Et même en supposant que l'Amérique se décide à intervenir, ce serait trop tard.

— C'est bien possible, dit Berg, en regardant le feldwebel de côté. Et le mieux, pour moi, serait donc de m'engager dans l'armée allemande, n'est-ce pas ?

— Pourquoi pas ? dit Nielenberg. — Il se mit à rire. — Nous avons des renseignements sur vous, mon ami, comme sur tous les étrangers qui vivent dans ce pays. Et puis, vous m'avez déjà fait aussi certaines confidences. Vous êtes un lutteur expérimenté. Vous avez déjà tué des hommes. Vous êtes jeune, intelligent, fort. Maintenant, vous avez une belle chance qui s'offre à vous : devenez allemand, prenez la nationalité allemande et suivez les cours d'une de nos écoles d'entraînement. L'armée s'occupera de vous et, sous peu, vous aurez une belle épaulette comme la mienne.

Berg ricana :

— Ce serait assez drôle de me balader sous ce déguisement, dit-il. L'uniforme ne m'irait peut-être pas si mal.

— Il vous irait très bien, au contraire, affirma le feldwebel.

— Ce que je demande, c'est de pouvoir partir d'ici. Qu'est-ce que diable je suis venu faire dans ce sacré pays ! Je suis arrivé au mauvais moment.

— Vous auriez mieux aimé rester en Amérique du Sud ? demanda Nielenberg.

— Oui, je me plaisais là-bas. C'était le bon temps. Mais j'avais gagné pas mal d'argent et j'ai eu envie de voyager un peu et de voir le monde. On ne m'avait jamais dit qu'il allait y avoir la guerre. En tout cas, je n'aurais jamais cru qu'elle s'étendrait jusqu'en Norvège. J'aurais mieux fait de rester en Amérique du Sud.

Le feldwebel secoua la tête. Ils marchaient du même pas et le bruit des lourdes bottes de l'Allemand résonnait dans la rue silencieuse.

— Non, mon ami, dit-il. Ç'aurait été exactement la même chose. Cette année la Norvège, l'année prochaine ce sera le tour de l'Amérique du Sud. La plupart des républiques, là-bas, vont devenir national-socialistes ou fascistes en moins d'un an. C'est inévitable. D'abord, parce que notre influence est considérable. Et puis parce qu'elles ne tarderont pas à comprendre qui va gagner la guerre. Et les gens intelligents voudront se mettre du côté de l'Allemagne.

— Vous avez peut-être raison, dit Berg. A propos, et ce whisky dont vous me parliez ?

Le feldwebel regarda la montre à son poignet.

— Nous n'avons plus beaucoup de temps, dit-il. Parce que, cette nuit, j'ai un peu de travail, un travail très intéressant.

— Ah ! Quel genre de travail ? demanda Berg.

— C'est tout à fait par hasard. Normalement, ce n'est pas moi qui m'occupe de ces choses. Mais le lieutenant est parti pour Narvik et je le remplace.

Il se tourna vers Berg en souriant.

— Si vous voulez venir à mon quartier général, dans une heure environ, je vous montrerai quelque chose qui vous amusera beaucoup, j'en suis sûr.

— Entendu. Mais je veux d'abord faire une petite promenade.

— Naturellement, dit Nielenberg d'un ton protecteur. Vous le pouvez, puisque je vous ai donné un permis de circuler. Même à cette heure de la nuit, vous êtes en règle. Pour le moment, vous êtes un neutre, mon ami.

— Et quand pensez-vous que mes papiers vont arriver ? Quand vais-je pouvoir partir d'ici ?

Le feldwebel écarta les bras.

— D'un moment à l'autre ; le courrier motocycliste peut les appporter demain. Dès que je les aurai, vous pourrez descendre au port. Mais vous avez un long voyage avant de rentrer chez vous et — il regarda Berg de côté en souriant — j'espère que vous y arriverez. Voyez-vous, nos sous-marins ne sont pas aussi scrupuleux, cette fois, que pendant la dernière guerre. Ce serait bien fâcheux que votre bateau soit torpillé en cours de route, mon ami. Si vous êtes un garçon intelligent, vous y réfléchirez. Vous avez la perspective d'être admis dans l'armée allemande, de devenir un Allemand. Tous ceux qui en manifestent le désir peuvent se joindre à nous. Je vous recommanderai chaudement et, avec l'expérience que vous avez déjà, votre avancement sera rapide.

Il regarda encore Berg de côté.

— Supposez, reprit-il, que vous retourniez en Amérique et que la police ait conservé votre dossier. On pourrait vous poser des questions embarrassantes sur certaines choses qui ont eu lieu il y a déjà longtemps. Vous voyez ce que je veux dire.

— Je vois, dit Berg, mais c'est un risque que je veux quand même courir. J'ai envie de revoir les Etats-Unis. Et puis, ils m'ont peut-être oublié, depuis le temps.

Ils s'arrêtèrent devant la maison où logeait le feldwebel.

— C'est bien, nous en reparlerons, dit Nielenberg. Nous n'avons plus que dix minutes pour boire un coup. Après, quand vous aurez fini votre promenade, vous pourrez venir à mon quartier général, si vous voulez, dans une heure environ. Le service fini, nous aurons peut-être encore le loisir de bavarder, en vidant un verre.

Ils entrèrent dans la maison.

Quand le jeune garçon se glissa dans le bar par la porte entrebâillée, Ingrid était toujours assise devant le feu, les mains jointes sur ses genoux, le regard morne. Elle n'avait pas touché au pot de bière, sur la table, devant elle. Le garçon pouvait avoir quatorze ans. Il était grand, maigre, nerveux. Il jeta un rapide coup d'œil circulaire dans la salle. Son regard s'arrêta sur Sven, l'étranger qui venait de Bardu. Derrière lui, il le désigna du doigt, en interrogeant du regard l'aubergiste. Celui-ci fit un signe pour le rassurer.

Alors il vint à la table d'Ingrid.

— Comment ça va, Ingrid ? demanda-t-il, en se penchant sur elle, d'un air triste.

— Ça va très mal, Gunnar, dit-elle.

Et ses yeux s'emplirent de larmes.

— Du courage, Ingrid, dit le garçon. Nous devons faire notre devoir. Il y a peut-être quelque chose à tenter. Je pourrais peut-être parler à...

— Non, il n'y a plus rien à faire, maintenant. Il n'y a plus qu'à attendre.

— Attendre quoi ?

— Ils ont été pris cette nuit, il y a deux heures. Ils avaient été parachutés dans le petit bois de pins. Ils ont été pris par hasard. Le secret avait été bien gardé. Personne ne savait qu'ils devaient venir cette nuit. C'est une patrouille qui les a aperçus avant qu'ils aient pu faire quoi que ce soit.

— Et où sont-ils ?

— On les a mis dans un cachot de l'ancienne prison. Ils y sont encore. Cette nuit, on va les interroger.

— Je comprends, dit le garçon, en regardant les mains de la jeune fille, ses doigts blancs qui se serraient convulsivement. J'ai beaucoup de chagrin, Ingrid.

— Tu sais ce qu'ils font à ceux qu'ils interrogent. Ce n'est pas tellement l'homme qu'ils feront souffrir. Ils préfèrent s'attaquer aux femmes. C'est plus facile de les faire parler.

— Tu as peur pour Hilde ? Tu as peur qu'ils lui fassent du mal ?

— Oui, j'ai peur, Gunnar. Et si jamais ses nerfs la trahissent, si elle est à bout de forces, et qu'elle parle..., alors qu'allons-nous devenir, tous ?

— Il ne faut pas avoir peur, Ingrid, dit le garçon en souriant. Jamais Hilde ne parlera. Si c'est trop dur, je sais ce qu'elle fera.

Ingrid approuva d'un signe de tête.

— Oui, moi aussi. Elle se tuera, si elle peut. Mais ce n'est pas toujours facile.

Elle poussa un soupir.

— Tu dois avoir soif, Gunnar. La route a été longue. Veux-tu boire ?

Elle indiqua d'un geste le pot de bière sur la table.

— Merci, dit le garçon.

Il saisit le pot et but un peu de bière.

— Je bois à Hilde et à la Norvège, dit-il.

Il lui tendit le pot ; elle le regarda en souriant et but à son tour.

— Tu es entré par la ville ? Tu as vu quelque chose ? demanda-t-elle.

Il secoua la tête.

— J'ai dû me faufiler dans des ruelles. Tu sais qu'on n'a pas le droit d'être dehors la nuit. J'ai vu le feldwebel Nielenberg avec l'autre homme. Ils sont entrés dans la maison. J'ai attendu, parce que je devais passer devant ses fenêtres pour gagner une autre ruelle. Après un moment, l'autre homme est sorti ; il a descendu la route, en marchant lentement, les mains dans les poches. Je ne savais pas que c'était un ami de Nielenberg.

— Je ne crois pas qu'il soit son ami, dit Ingrid. Il n'a pas d'amis. Il attend de pouvoir partir d'ici. C'est un Américain.

— Il a le droit de se déplacer la nuit. Ils ne lui font pas de difficultés. On ne sait jamais..., il pourrait peut-être nous aider.

Elle leva les yeux sur lui.

— C'est trop risqué, dit-elle.

— Tu le sais mieux que moi, Ingrid. Tu lui as parlé. Tu es restée avec lui...

— C'est un homme étrange, Gunnar. Mais il me plaît, je le trouve très sympathique, dit-elle en regardant le feu.

Elle réfléchit longuement.

— Il faut que je parte, Ingrid, dit le jeune garçon. Je te reverrai demain matin, si je peux rentrer en ville. Sinon, je t'attendrai jusqu'à la tombée de la nuit à l'endroit habituel. Au revoir.

Il sortit doucement de l'auberge, se glissa dans les ombres, le long de la route, et disparut, sans bruit, dans la nuit.

Ingrid se demandait ce qu'allait devenir sa sœur Hilde. Elle se disait qu'elles n'avaient pas eu de chance et qu'elles n'étaient pas au bout de leurs peines. Mais que faire ? On ne pouvait pas tenter grand-chose. En songeant aux heures heureuses de leur enfance, quand elles jouaient dans les bois, à la sortie de la ville, elle se mit presque à sangloter.

La porte s'ouvrit et, en levant la tête, elle aperçut Berg. Il n'entrait pas furtivement comme les Norvégiens. Il ouvrait la porte toute grande. Il avait l'assurance d'un homme qui possède un permis de circuler en règle. Il ferma la porte et vint à la table d'Ingrid.

— Alors, belle enfant, comment ça va ?

— Pas bien du tout. Ça va même très mal.

Berg haussa les sourcils.

— Ah ? dit-il étonné. Ça me fait drôle de penser que quelque chose ne va pas dans ce trou perdu où tout semble mort.

— Un peu de bière ? demanda-t-elle.

Berg fit un signe de tête affirmatif. Il prit une chaise, s'assit près du feu. Elle alla au comptoir, se fit servir de la bière. Sven et les deux autres hommes chuchotaient à l'autre bout du comptoir.

— Qu'est-ce que tu vas faire, Ingrid ? demanda l'aubergiste à voix basse.

— C'est la seule chance qui nous reste, dit-elle doucement en regardant Berg qui lui tournait le dos. Il connaît Nielenberg. On ne sait jamais.

— Sois prudente. On dit qu'il est l'ami de Nielenberg.

— Non, je le connais. Ce n'est pas son genre. Il méprise Nielenberg et tous les Allemands en général.

— Tu le sais mieux que nous, Ingrid.

Elle prit le pot de bière, revint s'asseoir à la table. Berg tourna sa chaise pour lui faire face.

— Vous ne buvez pas ? demanda-t-il.

— Non, je n'ai pas soif, René, dit-elle.

Elle parlait anglais avec un léger accent guttural.

— Est-ce que vous m'avez trouvée gentille ? demanda-t-elle.

— Oui, bien sûr, dit-il, un peu surpris. Vous êtes une fille charmante, Ingrid.

— Vous vous êtes demandé pourquoi j'ai été si gentille avec vous ? Croyez-vous que je couche avec n'importe qui ?

— Pourquoi pas ? Je ne me suis jamais posé de questions pareilles.

Elle dit d'une voix neutre :

— Si j'ai été gentille avec vous, c'est que nous avons besoin de renseignements sur les étrangers qui vivent ici.

— Ah, pourquoi ?

Elle eut un petit sourire ironique.

— Vous ne devinez pas ? Vous croyez peut-être que nous tenons à avoir ces cochons éternellement ici ?

— En tout cas, ils sont là, et ils n'ont pas l'air de vouloir démarrer.

— Ils ne resteront pas toujours. Les Anglais reviendront. Je le crois. Nous devons le croire.

— Naturellement, si c'est votre sentiment, il vaut mieux continuer de le croire.

— Il y a autre chose. Certains d'entre nous, qui aiment beaucoup leur patrie, pensent que nous devrions aider les Anglais à revenir.

Berg but un peu de bière.

— Je ne vois pas très bien ce que vous pouvez faire, dit-il.

Elle demanda, soudain :

— Quel genre d'homme êtes-vous, René ? Etes-vous un brave homme ?

— Non, dit-il en ricanant. Je ne suis certainement pas ce que vous appelez un brave homme. De votre point de vue, je serais plutôt un vaurien. Vous savez, je n'ai jamais été bon à grand-chose, excepté deux ou trois petites choses particulières qui ne peuvent pas vous intéresser.

— Vraiment ? J'ai entendu parler de vous en ville. On dit que vous avez été un homme célèbre en Amérique, il y a plusieurs années, que vous travailliez dans une bande de bootleggers et que vous étiez très habile.

— Pas si habile que ça. J'ai travaillé pour un type qui s'appelait Scansi. C'était le roi de l'alcool, à l'époque.

— Vous deviez avoir toutes sortes de choses difficiles à faire dans ce métier-là.

— Vous parlez ! Mais le plus dur c'était surtout de ne pas se faire prendre.

— Ecoutez, René, je vais vous raconter une histoire. Je mets ma vie et la vie de mes amis entre vos mains. Il le faut, parce que c'est la dernière chance qui nous reste.

— Qu'est-ce que ça veut dire ? Tout a l'air bien dramatique, ici, ce soir.

Il se retourna vers les autres hommes au bar. Ceux-ci le regardaient les bras ballants. Berg trouva que leurs regards manquaient d'aménité.

— Nous sommes tous très déprimés, cette nuit, reprit Ingrid. Je vais vous dire pourquoi. Au début de la soirée, un agent du Service Secret britannique que nous connaissons et une femme norvégienne ont été parachutés près de la ville. Mais ils n'ont pas eu de chance. L'homme s'est grièvement blessé à la tête en atterrissant. Il a perdu connaissance. Et, avant que la femme ait pu faire quoi que ce soit pour lui venir en aide, ils ont été découverts par une patrouille d'infanterie qui les a remis à la Feldgendarmerie.

— Ah, c'est donc ça ! Nielenberg me disait qu'il se passait quelque chose dans les parages.

Il alluma une cigarette.

— Mais quel rapport cela a-t-il avec vous ? Même si ces deux-là étaient morts, qu'est-ce que ça peut vous faire ?

— J'aurais beaucoup de peine, René. La femme est ma sœur Hilde.

Berg siffla entre ses dents.

— C'est diablement embêtant, ça !

— C'est terrible. Vous savez — ou plutôt vous ignorez sans doute — que la police allemande, et surtout la Feldgendarmerie, a des méthodes très désagréables pour faire parler ses prisonniers.

Berg aspira une bouffée.

— Je comprends, dit-il. Vous avez peur que Nielenberg et ses hommes brutalisent votre sœur et cet homme ?

Elle approuva d'un signe de tête.

— C'est embêtant.

Il la regarda vivement.

— Et vous avez encore une autre idée. Vous avez peur que votre sœur ait une défaillance et qu'elle donne les noms d'autres personnes qui travaillent avec elle.

Elle hocha la tête à nouveau.

— C'est ça, dit-elle.

— Vous êtes nombreux dans ce truc-là ? C'est une sorte d'organisation clandestine, hein ?

— Oui, une organisation clandestine. Nous en faisons tous partie. A l'exception d'une poignée de lâches.

— Très bien... très bien. Ça me fait de la peine pour vous. Vous n'êtes pas une méchante fille. J'espère que personne ne parlera.

Il finit sa bière, jeta son mégot dans le feu, alluma une autre cigarette.

Elle alla au comptoir faire remplir le pot de bière et le reposa à côté du coude de Berg. Il la regarda vivement de côté et lui sourit.

Elle posa une main sur la table. Il remarqua la maigreur et la blancheur de ses doigts. Puis il regarda le feu. Il avalait la fumée et la rejetait lentement, en fronçant les lèvres.

Après quelques minutes il dit :

— Alors, ce n'est pas parce que vous m'avez trouvé beau garçon que vous avez couché avec moi ? J'avais cru que vous aviez été attirée par quelque chose en moi qui vous plaisait. Mais pas du tout. Vous vouliez seulement savoir coûte que coûte qui j'étais et ce que je faisais.

— C'est seulement la moitié de la vérité, protesta Ingrid. C'est vrai aussi que vous êtes un homme étrange et séduisant. Vous m'avez tout de suite plu, René. Vous m'auriez plu de toute façon, mais, pour être franche, je ne crois pas que j'aurais été si familière avec vous sans la nécessité de découvrir qui vous étiez. Nous n'aimons pas les étrangers, ici. Trop souvent ils font partie de la Gestapo.

— Eh bien ! pas moi, dit Berg en ricanant. Je suis citoyen américain.

Sans savoir exactement pourquoi, il en éprouvait une certaine fierté.

— L'Amérique est le seul pays libre qui ne soit pas encore en guerre. Ce doit être agréable d'être américain.

Elle leva le pot de bière et, avant de le porter à ses lèvres, elle dit :

— A votre santé, René.

Berg jeta sa cigarette dans le feu, regarda sa montre.

— Je vais aller voir ce que devient votre sœur, dit-il. Le feldwebel m'a demandé de lui faire une visite à son quartier général.

— Vous le regretterez. Ce ne doit pas être très plaisant pour un homme de voir brutaliser une femme.

— Bah ! J'ai vu pire que cela. Au revoir, belle enfant. A bientôt.

Il sortit et fit claquer la porte derrière lui.

L'aubergiste dit d'un ton soucieux :

— S'il parle, nous sommes tous fichus. Tu as pris un grand risque, Ingrid.

— C'est possible, répondit-elle tristement. Je ne sais pas. Je me suis fiée à une intuition.

Elle revint s'asseoir près du feu et regarda la braise.

Berg descendit la route d'un pas rapide en direction de Skaalund.

A la sortie du bois, il fut arrêté au croisement par une patrouille de la Feldgendarmerie. Après avoir contrôlé son permis, on le laissa poursuivre sa route, Berg se sentait vaguement mal à l'aise. Il avait envie de rendre, comme s'il avait bu un verre de très mauvaise eau-de-vie. Il se demandait ce qu'il avait. En réalité, et parce qu'il y avait en lui une certaine fierté, il était mécontent de lui-même, à cause d'Ingrid, bien qu'il se refusât de l'admettre.

« Elles sont drôles, ces Norvégiennes ! se disait-il. Une belle gosse comme Ingrid, elle couche avec un type, pas du tout parce qu'il lui plaît, mais seulement parce qu'elle veut savoir qui il est. » Cette pensée lui déplaisait, parce qu'il était, à sa manière, très épris d'Ingrid.

Il se rappela ce qu'elle lui avait dit : ils faisaient tous partie d'une organisation clandestine. C'était un moyen bien chétif pour essayer de combattre la puissante armée allemande. Tous en faisaient partie, à l'exception d'une poignée de lâches. En pensant aux gens qu'il connaissait à Skaalund, Berg se demanda quels étaient ceux qui constituaient cette petite minorité de lâches. Et puis il haussa les épaules. Comment le deviner !

De toute façon, les Norvégiens avaient perdu la guerre. Quand on avait perdu, on ne pouvait rien y faire. Ils se berçaient d'illusions, s'imaginaient que les Anglais reviendraient un jour. Berg, qui ne savait presque rien des Anglais, estimait que c'était une chose à peu près impossible. Il avait entendu parler des troupes d'invasion britanniques en Norvège, une poignée d'hommes, mal entraînés, mal soutenus par l'artillerie, sans aviation, et qui avaient dû se rembarquer précipitamment devant la force organisée de l'armée allemande. Il réfléchit que les Anglais étaient de drôles de types, un peu comme les Norvégiens. Ils reviendraient peut-être, après tout. Berg se rappela qu'on lui avait dit que les Anglais perdaient toutes les batailles, sauf la dernière. Mais il lui semblait justement que la dernière bataille venait d'être livrée. Les Allemands étaient en pleine ascension. Quant à sa patrie, l'Amérique, elle était assez sage pour se tenir à l'écart. Il avait bien entendu dire que Roosevelt envoyait des vivres et des bateaux. Mais c'était un geste amical d'un pays à un autre. Ça ne voulait pas dire grand-chose.

Il quitta la route principale et obliqua sur la gauche. Au fond de la rue, à droite, il aperçut les fenêtres du quartier général de la Feldgendarmerie. Devant la maison, un courrier motocycliste, assis sur sa moto, allumait une cigarette. En haut de l'escalier de pierre, Berg vit la silhouette de la sentinelle, tenant légèrement à la main son fusil, baïonnette au canon, deux grenades à main dans la ceinture, au côté gauche. L'homme riait et parlait au motocycliste.

Berg se dit que ces gars-là avaient beaucoup d'assurance, qu'ils savaient ce qu'ils faisaient, qu'ils avaient de l'organisation. Il pensa à Scansi, qui avait aussi une bonne organisation. Et soudain l'idée lui vint que cette organisation avait flanché un peu. Il haussa les épaules. Peut-être que l'organisation des Allemands flancherait elle aussi, un jour. C'était possible. Mais, pour sa part, il n'y croyait pas.

Il approcha de la maison. La sentinelle se raidit, leva son fusil et Berg entendit le déclic du cran de sûreté. En même temps, il perçut, venant d'une fenêtre entrouverte, derrière laquelle le rideau de défense passive était baissé, des plaintes et des gémissements. C'était la voix d'une femme. « Ce doit être Hilde, la sœur d'Ingrid, se dit-il. Nielenberg doit être en train de s'occuper d'elle. » Il s'arrêta et alluma une cigarette. Puis il sortit de sa poche son permis de circuler et se dirigea vers l'escalier de pierre. Le motocycliste le regarda d'un air interrogateur, quand il passa devant la moto, au phare réglementairement camouflé.

Berg tendit son permis à la sentinelle et dit : « Herr Feldwebel Nielenberg ? » La sentinelle le regarda, puis lui fit signe d'entrer.

Berg suivit un couloir de pierre et frappa à la porte à l'extrémité. Comme elle était entrouverte, il la poussa et passa la tête à l'intérieur de la pièce. C'était le bureau du lieutenant où Nielenberg s'était installé en l'absence de son supérieur. Il y avait trois personnes dans la pièce : Nielenberg, dans une tenue débraillée, assis au bureau, faisait face aux deux autres. L'homme et la femme étaient assis sur des chaises à dossier droit. Leurs bras, rejetés en arrière par-dessus le dossier, étaient attachés à la barre transversale. Ils étaient également attachés par les chevilles aux pieds de la chaise.

Berg les regarda. L'homme avait l'air abasourdi, il était blessé et laissait pendre la tête en avant. Berg lui trouva une figure énergique, maigre, le menton en saillie. Il avait les yeux mi-clos, mais Berg n'aurait pas su dire si c'était de fatigue, ou si l'homme faisait semblant d'avoir presque perdu connaissance. Hilde était assise sur l'autre chaise, plus près de lui. Elle était belle, sa magnifique chevelure blonde, dénouée, pendait sur ses épaules. Elle avait un visage ovale et très pâle. Un mince filet de sang coulait d'un coin de sa bouche le long du menton, tachant la veste de ratine qu'elle portait. Sa joue était barrée d'une longue balafre rouge. Nielenberg aperçut la tête de Berg dans l'entrebâillement de la porte.

— Entrez, mon ami, dit-il. Voici quelque chose qui va peut-être vous intéresser. Fermez la porte derrière vous. Vous trouverez de la bière dans le buffet.

Berg entra. Il remarqua que Nielenberg tenait à la main droite une cravache. Manifestement, il venait d'en cingler le visage de la jeune fille. Berg la regarda de nouveau. Ses yeux étaient pleins de larmes. Elle se mordait les lèvres pour s'empêcher de pleurer.

— Tous les mêmes, ces damnés Norvégiens ! dit Nielenberg. Ils se croient très forts. Ils s'imaginent qu'aucun d'eux ne parlera. Mais nous trouverons bien un moyen de leur desserrer les dents. L'embêtant de l'affaire, c'est que ça dure parfois longtemps et que, cette fois-ci, je suis un peu pressé.

Il regarda Berg en ricanant.

— Vous pouvez me donner aussi un pot de bière.

Berg ouvrit le buffet, sortit deux gobelets et la grande cruche de bière. Il emplit les deux gobelets et en apporta un à Nielenberg.

Celui-ci alla se planter devant l'homme attaché sur la chaise. Il tenait sa cravache d'une main, son gobelet de bière de l'autre.

— Vous avez plutôt triste mine, mon ami anglais, dit-il. Vous avez fait un très mauvais atterrissage. On dirait que vous êtes descendu la tête la première. Voilà qui va peut-être vous aider à reprendre vos esprits.

En même temps il lui lança le contenu du gobelet à la figure et, prenant sa cravache dans la main gauche, assena à l'homme un coup de poing entre les deux yeux avec une telle violence que la chaise bascula sur le côté et tomba par terre.

L'homme n'émit aucun son. Il resta là, étendu par terre, sur le côté, ficelé sur la chaise, dans une position grotesque. Nielenberg se baissa, saisit le dossier de la chaise et la remit sur pied d'une secousse. Il revint au bureau.

Berg prit le gobelet.

— Je croyais que vous aviez soif. Je vous verse un peu de bière.

Il remplit le gobelet, s'assit au bureau en face du feldwebel et alluma une cigarette.

— Je veux faire parler ces deux-là avant le retour du lieutenant, dit l'Allemand. J'aimerais bien que mon rapport soit terminé quand il arrivera.

— Ah ! votre patron doit revenir bientôt ? Il va peut-être me donner mes papiers pour partir d'ici ? demanda Berg.

— Peut-être...., mais, si je réussis à faire parler ces deux cochons, il aura des choses plus importantes à faire.

Il but de la bière et Berg remplit à nouveau les deux gobelets.

— Qu'est-ce qui se passe donc, ici ? demanda-t-il. A quoi sert cet interrogatoire ?

Nielenberg se mit à rire.

— Ces gens-là s'imaginent qu'ils vont pouvoir reprendre du poil de la bête, comme on dit. Celui-là, c'est un Anglais. Nous avons entendu parler de lui. Il a déjà été parachuté une douzaine de fois. Il essaye d'organiser des mouvements de résistance clandestins, des petites organisations ridicules qui n'obtiennent jamais le moindre résultat. La femme, c'est une Norvégienne. Elle aussi, elle s'imagine qu'elle a beaucoup de courage. Nous allons voir ça tout de suite.

— A quelle heure votre patron revient-il ? demanda Berg.

Le feldwebel réfléchit un peu et dit :

— Si le courrier ne s'est pas trompé, il sera là à dix heures moins le quart.

Il regarda la montre à son poignet.

— J'ai encore vingt-cinq minutes. Cinq minutes pour faire parler cette femme. Trois minutes pour dicter mon rapport, dix minutes pour qu'il soit tapé à la machine, et je le présente au lieutenant à sa descente d'avion.

— Oui, dit Berg, mais à condition que la femme parle.

Nielenberg alla se placer devant Hilde. Berg remarqua qu'elle avait de belles jambes, des chevilles fines. Elle ressemblait à sa sœur. Il en voulait encore à Ingrid de n'avoir couché avec lui que pour l'espionner. Et puis, soudain, il se dit qu'après tout elle ne pouvait peut-être pas faire autrement.

— Qui deviez-vous rencontrer ? demanda Nielenberg. Où vous réunissez-vous ? Qu'est-ce que vous prépariez ?

Elle répondit en allemand. Elle ne dit qu'un seul mot :

— Lâche...

Berg savait ce que voulait dire ce mot. Ingrid s'en était servi. Elle avait dit que tous les Norvégiens étaient dans le groupement clandestin, à l'exception de quelques lâches. Tous ceux qui ne participaient pas à la résistance étaient des lâches et les Allemands étaient des lâches. Berg trouva que ces Norvégiens avaient du cran.

Nielenberg frappa brutalement la jeune fille au visage, du revers de la main. Quand il eut reculé d'un pas, Berg put voir que les lèvres de la jeune fille étaient fendues et saignaient.

— Vous avez encore beaucoup à apprendre, feldwebel, dit-il négligemment. Dans le temps jadis, on ne frappait jamais comme ça à la figure les gens qu'on voulait faire parler.

— Ah ? dit Nielenberg en se retournant. Et qu'est-ce que vous faisiez, mon ami ?

— J'ai toujours trouvé que la flamme d'un briquet, promenée entre les doigts, était une excellente entrée en matière.

— Oui, j'ai déjà essayé, dit Nielenberg. Une épingle sous l'ongle n'est pas mal non plus. Je vais peut-être avoir recours à ces méthodes dans une minute.

Berg ricana.

— Il faut vous dépêcher, si vous voulez qu'elle parle avant le retour du lieutenant.

— Qu'est-ce que vous diriez de quelques épingles piquées sous vos ongles ? dit Nielenberg à la jeune fille. Je suis sûr qu'à la deuxième, déjà, vous seriez obligée de parler. Alors, pourquoi ne pas le faire tout de suite ?

— Essayez ce que vous voudrez, lâche. Vous ne me ferez jamais parler, dit Hilde farouchement.

Nielenberg la frappa de nouveau. Elle saignait maintenant de la bouche et des dents : le sang dégouttait sur sa jaquette. Berg trouva que les méthodes de Nielenberg étaient totalement dépourvues de sens artistique. Il aspira une bouffée et dit :

— Ecoutez, je peux vous faciliter les choses.

Nielenberg haussa les sourcils.

— Que voulez-vous dire ?

— Venez voir, j'ai quelque chose à vous dire.

Nielenberg, l'air intrigué, vint vers Berg.

— Cette nuit, en me promenant, j'ai entendu pas mal de choses, dit Berg.

Il poursuivit en baissant la voix :

— J'ai parlé avec plusieurs personnes, et, en voyant vos deux prisonniers, tout à l'heure, j'ai tout de suite saisi le rapport. Je sais qui ils devaient rencontrer et le lieu de leur rendez-vous.

— Sans blague ? Vous parlez sérieusement ? dit Nielenberg.

— Très sérieusement. Ce n'est pas si difficile que ça, vous savez. Alors, je vous propose un marché.

— Quel marché ? demanda Nielenberg, l'air soupçonneux.

— Je veux partir d'ici, vous le savez. Eh bien ! donnez-moi mon sauf-conduit pour que je puisse m'embarquer à Narvik, et je vends la mèche. Mais je ne parlerai pas avant que le lieutenant ne m'ait promis de me donner mon sauf-conduit.

— S'il voulait faire vite, je crois que vous pourriez l'avoir en vingt-quatre heures, dit le feldwebel.

— Parfait. Dans combien de temps sera-t-il là ?

Nielenberg regarda sa montre :

— Dans un quart d'heure.

— Eh bien ! bouclez ces deux-là ici et allons ensemble au-devant du lieutenant au terrain d'aviation. Vous avez une auto ?

— Oui, je prendrai une voiture.

— Très bien. Nous le ramenons ici et après, vous et moi, nous irons chercher ensemble les autres types que j'ai découverts... Je vous montrerai où ils sont. On les amènera ici. Votre patron n'aura pas besoin de se casser la tête sur cette affaire et moi j'aurai mon sauf-conduit. D'accord ?

— Je suis certain que le lieutenant acceptera. Il sera très content qu'un neutre rende service aux Allemands. Il trouvera que c'est une excellente propagande.

Il regarda sa montre.

— Il faut partir, dit-il. J'enferme ces deux-là dans le bureau. Il n'y a rien à craindre, ils sont comme des oisons bridés. Le lieutenant sera satisfait du travail fait en son absence. Allons au-devant de lui ; venez, mon ami.

Le feldwebel sortit le premier. Berg le suivit, après avoir vidé son gobelet. En passant devant Hilde, il la regarda. Elle leva les yeux et il put y voir briller une lueur de haine.

La longue route toute droite qui menait au terrain d'aviation était bordée de chaque côté par de grands sapins. Le reflet de la lune sur la surface blanche de la route lui donnait l'aspect d'une rivière coulant entre deux rives escarpées.

Berg, assis à côté du feldwebel qui conduisait la voiture découverte, pensait à Ingrid. Pour une raison qu'il ne pouvait s'expliquer, cette femme l'obsédait. C'était certainement parce qu'il était blessé dans son orgueil. Il avait cru faire une conquête à Skaalund ; il s'était imaginé qu'Ingrid était tombée amoureuse de lui. Maintenant, il savait qu'il n'en était rien, qu'elle n'avait pas pensé à lui, mais seulement à sa sœur Hilde, à l'homme qui était avec elle, au mouvement de résistance, à tout, sauf à René Berg. Cette pensée lui était très désagréable.

Cinq minutes plus tard, ils étaient à l'entrée du terrain d'aviation. La sentinelle reconnut l'auto de la Feldgendarmerie et se mit sur le côté. Ils franchirent les portes de bois. Nielenberg arrêta la voiture à ving mètres du terrain d'atterrissage. Ils entendirent au-dessus d'eux le bruit d'un avion. Le feldwebel regarda sa montre et dit :

— C'est le lieutenant. Il est exact, à la minute. Il va être content.

Puis, soudain, il demanda :

— Pourquoi ne m'avez-vous pas dit tout de suite ce que vous saviez ? Pourquoi avez-vous attendu que j'essaye de faire parler cette fille ?

Berg le regarda de côté en ricanant :

— J'avais envie de voir comment vous alliez vous y prendre. On m'avait dit que vous aviez des moyens infaillibles, mais vous m'avez déçu. Je crois que vous n'auriez jamais réussi à faire parler cette femme, ni l'homme non plus. Je connais ces types-là. On ne peut rien en tirer, quoi qu'on fasse.

Nielenberg haussa les épaules.

— En tout cas, dit-il avec satisfaction, maintenant nous réussirons bien à en faire parler un, d'une façon ou d'une autre.

L'avion, de petit modèle, pour transport de passagers, n'était plus qu'à quelques mètres du sol. Le pilote exécuta un atterrissage parfait. Peu après, trois hommes descendirent de l'appareil. Le pilote, suivi d'un autre homme, se dirigea vers la tour de contrôle. Le troisième, un officier, marcha droit vers l'auto de la Feldgendarmerie.

— C'est le lieutenant, dit Nielenberg.

Il s'avança à la rencontre de son supérieur. Il salua en claquant des talons. Les deux hommes parlèrent quelques instants, puis avancèrent lentement vers Berg. L'officier, un jeune homme de vingt-sept ans environ, aux cheveux blonds, fit un signe de tête à Berg en passant devant lui.

— Le lieutenant est très content, dit Nielenberg. Il connaissait l'existence d'une sorte de mouvement de résistance dans la région. Il dit que maintenant ce sera facile de l'étouffer complètement. Je lui ai parlé de vous. Je lui ai dit que vous étiez bien disposé à l'égard de l'Allemagne, que vous désiriez partir d'ici le plus vite possible. En raison des services que vous allez nous rendre, il s'arrangera pour obtenir rapidement votre sauf-conduit. Mais il m'a chargé de vous dire — et vous savez que c'est aussi mon avis — que si vous restiez ici, après avoir subi un stage préparatoire et prêté serment de fidélité au Führer, il n'y a pas de raison pour que vous n'adoptiez pas la nationalité allemande. Il y aurait une place pour vous à la Feldgendarmerie.

Nielenberg ajouta, en regardant Berg avec un rictus cynique :

— Je lui ai dit que vous aviez été un tueur dans le temps.

— Je vous prie de remercier l'officier de ma part. Mais j'ai toujours l'intention de partir. Alors, si ça ne vous fait rien, j'aimerais avoir mon sauf-conduit le plus tôt possible. Et, maintenant, qu'est-ce que nous allons faire ? Comment comptez-vous procéder ?

Le feldwebel se retourna vers le lieutenant et ils parlèrent longtemps à mi-voix. Enfin, Nielenberg dit :

— Le lieutenant est d'avis que nous prenions deux camions de police et que nous descendions à l'endroit que vous indiquerez. On arrêtera tout le monde et on fera le triage à la gendarmerie.

— Un moment, dit Berg. Croyez-vous que ce soit une bonne idée ? Ils ont posté des éclaireurs autour de l'endroit en question. J'ai vu deux types rôder le long de la route, près de la forêt. Moi, j'ai une autre idée.

Le feldwebel traduisit. Quand l'officier eut répondu, il se retourna vers Berg.

— Le lieutenant veut bien écouter votre suggestion. Il vous trouve intelligent.

— Très flatté. A mon avis, donc, le mieux serait de capturer d'abord la jeune fille qui m'a parlé de toute l'affaire ; mais il ne faut pas qu'elle devine tout de suite de quoi il s'agit.

— Ah ! c'est une jeune fille ? Vous n'avez pas perdu de temps à Skaalund, mon ami, dit Nielenberg.

— Non, je ne perds jamais mon temps. En tout cas, elle a assez confiance en moi pour me suivre si je lui demande de venir se promener avec moi. Je remonterai la route avec elle en direction de la forêt. Et puis nous la faisons monter dans l'auto et nous lui disons de quoi il retourne. Comme ça, personne ne sera averti. Nous la forcerons à nous donner les noms des gens qui font partie de ce mouvement de résistance, comme ils disent. Libre à vous d'envoyer ensuite deux camions cueillir les autres dans la taverne où ils se réunissent. Mais, d'abord, il faut s'assurer de la jeune fille.

Nielenberg traduisit. Après un moment, il dit à Berg :

— Le lieutenant est d'accord. Il trouve que c'est une bonne idée. Nous allons rentrer au quartier général après quoi nous irons ensemble chercher cette jeune fille. Nous la ramenons ici pour la questionner et, si elle donne des noms, nous procédons à des arrestations individuelles. Sinon nous arrêtons tout le monde à l'auberge.

L'auto fila rapidement vers le quartier général de la Feldgendarmerie.

Nielenberg dit tranquillement :

— Tout va très bien. L'affaire prend bonne tournure. La seule chose qui me chagrine, mon ami Berg, c'est que vous nous quittiez. Un homme comme vous nous aurait été précieux.

— Oui, répondit Berg au hasard.

Il n'avait pas entendu ce qu'avait dit le feldwebel. Il regardait droit devant lui la surface brillante de la route. Une idée lui était venue brusquement. Il venait de comprendre subitement que tout ce qu'il avait fait et projeté pendant l'heure qui venait de s'écouler était le résultat d'un sentiment qu'il ne pouvait tout à fait analyser, mais qui ressemblait à de la haine envers Ingrid. Elle s'était moquée de lui. Sous prétexte qu'elle le trouvait séduisant, elle s'était servie de lui. Elle voulait seulement découvrir les intentions de la police allemande, pas autre chose. Berg ressentit la même colère que la nuit où Shakkey lui avait fait comprendre que Clovis et Lauren s'étaient moquées de lui. Il savait se débrouiller avec les hommes — et même les tuer si besoin était — mais il n'était pas aussi fort avec les femmes. Elles se donnaient à lui, mais uniquement pour assurer la réussite de leurs projets, et en se moquant de sa naïveté.

Pourtant, malgré cette pensée qui l'obsédait, Berg éprouva un sentiment de pitié pour Ingrid ; il la plaignait, elle et les fous qui s'imaginaient pouvoir se mesurer avec leurs faibles moyens à l'imposante organisation militaire allemande.

L'auto s'arrêta devant la Feldgendarmerie. D'un bond, Nielenberg descendit et alla ouvrir la porte au lieutenant. Ils parlèrent ensemble quelques minutes et l'officier entra dans la maison.

Nielenberg revint dans la voiture. Il allait démarrer quand Berg lui dit :

— Ecoutez, mon vieux, je vais changer de place. Je vais me mettre à l'arrière. Si ces gars-là nous voient ensemble, ils ouvriront peut-être l'œil, ils se méfieront.

— Vous pensez à tout, mon ami Berg, dit Nielenberg en souriant.

Berg descendit et remonta par la porte arrière. Il s'accroupit par terre. l'auto démarra. Nielenberg demanda à voix juste assez haute pour être entendu de Berg :

— Alors, quel est le plan exactement ?

— Voilà. Avant d'arriver à la taverne, à quatre cents mètres environ, il y a un petit bois. C'est un endroit sombre et désert, où la patrouille de police ne descend jamais. Nous arrêtons la voiture dans le bois, tout près de la route. Je descends, je vais à l'auberge, je parle à la gosse que j'ai rencontrée cette nuit. Je lui raconte que j'ai parlé en ville à un type de leur organisation qui pourrait leur rendre de grands services ; qu'il l'attend au coin du bois. Naturellement, elle viendra...

— C'est sûr. Excellente idée, mon ami.

— De toute façon, nous la tenons. C'est elle la plus importante. Les autres ne s'attendront pas à ce qu'elle revienne tout de suite. Nous aurons le temps de la cuisiner un peu. Et puis, qu'elle parle ou non, vous envoyez vos hommes faire une rafle à l'auberge. En les prenant un par un, on arrivera facilement à les faire parler en leur disant qu'elle a vendu la mèche. S'ils sont persuadés que le coup a raté, ils se mettront à table.

— Vous avez raison, mon ami. En tout cas, ça vaut la peine d'essayer.

Dix minutes plus tard, Nielenberg fit obliquer la voiture dans un petit sentier transversal qui menait dans l'épaisse forêt de sapins. Il stoppa à vingt-cinq mètres de la route.

Berg se leva et s'assit sur le siège arrière.

— Vous me surprenez, Nielenberg, dit-il soudain.

Le feldwebel se retourna.

— Je vous surprends ? Pourquoi ?

— C'est la première fois que je vois de la boue sur votre casque. Tenez... donnez-le-moi.

Il saisit le casque d'acier de l'Allemand et le souleva au-dessus de sa tête.

— Regardez, dit-il.

Et, quand le feldwebel se retourna, Berg lui assena un coup formidable sur le sommet du crâne avec le lourd casque d'acier. Nielenberg s'abattit en avant, sur le volant.

Berg descendit, jeta le casque au fond de la voiture. Puis il redressa l'Allemand évanoui, l'adossa au siège et lui saisit le cou dans sa main droite. Il se mit à serrer et ne lâcha pas prise avant trois ou quatre minutes. Puis il déboutonna le haut de la tunique de Nielenberg, glissa sa main à l'intérieur. Le cœur avait cessé de battre. Nielenberg était mort.

Berg grogna de contentement. Il déboutonna complètement la tunique, en dévêtit le cadavre qui retomba en avant, la jeta dans le fond de la voiture, à côté du casque. Il sortit de son étui le revolver de Nielenberg, le mit dans sa poche avec deux chargeurs de réserve. Il ouvrit la porte, chargea le cadavre sur ses épaules et le porta à vingt mètres plus loin dans le bois. Il le jeta au milieu d'un taillis épais. Puis il revint à la voiture. Il se dit qu'il était improbable qu'on l'eût observé. Il éteignit les feux de position, alluma une cigarette, remonta le sentier jusqu'à la route et se dirigea vers l'auberge.

Quand il arriva devant la porte, il se demanda si la jeune fille serait encore là. Il espéra qu'elle n'était pas partie, qu'elle était restée assise devant le feu. Il ouvrit la porte et entra.

Ingrid était toujours assise sur sa chaise, regardant le feu, les mains jointes sur ses genoux. A l'autre bout de la salle l'aubergiste était en grande conversation avec les trois hommes qui se trouvaient déjà là tout à l'heure et deux nouveaux arrivants. Tous levèrent la tête quand Berg entra.

Il traversa la salle et vint s'asseoir sur la chaise en face de la jeune fille. Elle leva les yeux et dit tristement :

— Alors, René ? Quelles nouvelles apportez-vous ?

— Il y a pas mal de nouveau. J'ai vu votre sœur Hilde et l'homme qui était avec elle. Nielenberg était en train de les questionner, mais, malgré ses brutalités, ils n'ont absolument rien dit. Il aurait peut-être continué à les maltraiter s'il n'avait pas reçu un message de l'aérodrome lui annonçant l'arrivée du lieutenant.

— Hilde est-elle blessée ? demanda Ingrid.

— Quelques égratignures seulement. Ça ne vaut pas la peine d'en parler, dit Berg.

Il reprit :

— Alors, j'ai eu une idée.

Ingrid le regarda en ouvrant de grands yeux et Berg se dit qu'en d'autres circonstances, et mieux nourrie, Ingrid devait être très belle.

— Quelle idée avez-vous eue ? demanda-t-elle d'un ton incrédule.

Berg sentait dans son dos six paires d'yeux qui l'épiaient.

— Eh bien ! j'ai dit à Nielenberg d'interrompre son interrogatoire et de me suivre ici. J'étais obligé d'employer cette méthode pour lui inspirer une confiance absolue. Vous comprenez ?

— Je comprends, dit-elle.

— Il a marché dans la combine et nous sommes allés en auto chercher le lieutenant à l'aérodrome. Après l'avoir ramené à son quartier général, je suis revenu ici, avec Nielenberg, en passant par la forêt. Je lui avais dit que je vous emmènerais avec moi et qu'après vous avoir fait parler on viendrait faire une rafle générale.

— Oui... et alors ?

— Alors, j'ai assommé Nielenberg, tout simplement, dit Berg en riant. Il est mort. J'ai jeté son corps dans un taillis. Et, maintenant, il y a une petite chance de se tirer de là. Nous pouvons essayer tout de suite.

— Mais qu'est-ce qui me prouve que vous me dites la vérité ? Comment savoir si je peux vous croire ? demanda Ingrid.

Berg se sentit gagné par la colère.

— Ça, par exemple, c'est un peu fort ! dit-il. Est-ce que vous vous fichez de moi ? Vous essayez d'abord de savoir si je suis de la Gestapo. Après, quand votre sœur se fait prendre, vous me demandez de vous aider. Et, quand je prends à cause de vous des risques sérieux, vous me demandez si vous pouvez avoir confiance en moi ? J'en ai assez de vos fantaisies.

— C'est possible que vous en ayez assez. Mais je n'oublie pas que la vie de beaucoup de gens est entre mes mains. Il faut que je sache si je peux me fier à vous.

— Très bien, dit Berg. Mais nous n'avons pas beaucoup de temps à perdre. Venez avec moi voir le macchabée.

— Comment l'avez-vous tué ?

— Je l'ai assommé avec son casque d'acier. Il s'est évanoui sur le coup et alors je l'ai étranglé.

— Je voudrais bien le voir.

— Entendu, je vais vous conduire. Suivez-moi, ma mignonne.

Ils se levèrent et se dirigèrent vers la porte. Soudain, Berg s'arrêta et la regarda en ricanant.

— Je pourrais vous avoir raconté un bobard, dit-il.

» ...C'est peut-être une histoire que j'ai inventée pour que vous sortiez avec moi. Y avez-vous pensé ?

— Oui, René. J'y avais pensé. Mais, parfois, il faut savoir risquer.

Ils remontèrent la route en silence, en se dissimulant dans les ombres des sapins. Berg la conduisit jusqu'au petit sentier. Ils passèrent devant la voiture et atteignirent le taillis. Elle regarda avidement le cadavre du feldwebel, la tête reposant curieusement sur un bras. Puis elle se retourna vers Berg, posa sa main sur son bras et dit :

— Merci beaucoup. Vous êtes un homme brave. Je ne regrette pas d'avoir été gentille avec vous.

— Merci, dit Berg en riant. Mais il s'agit maintenant de sortir d'ici. J'ai une idée. Ça réussira peut-être.

— Qu'est-ce que c'est ?

— Ecoutez bien. Vous monterez à l'arrière de la voiture et vous vous accroupirez par terre. Je retournerai au quartier général de la Feldgendarmerie. Le soldat de garde trouvera normal que je conduise la voiture : il sait que j'ai un sauf-conduit et croit que je travaille avec Nielenberg. Maintenant, dites-moi quelque chose : l'Anglais qui est avec Hilde parle-t-il allemand ?

— Bien sûr. Il s'appelle Ransome. C'est un officier de marine, un des meilleurs agents du Service Secret. Il parle plusieurs langues.

— Très bien. Une fois arrivé à la Feldgendarmerie, j'entre dans le bureau et je verrai ce que j'ai à faire, suivant la façon dont la situation se présente. Je ne crois pas que le lieutenant ait eu le temps de faire grand-chose. Il ne sera pas surpris de me voir, il croira que Nielenberg est en train de rassembler ses hommes pour la rafle. Alors je risque le tout pour le tout. Je marche droit sur lui et je le descends. J'ai pris le revolver de Nielenberg.

Ingrid approuva de la tête.

— Et après ? demanda-t-elle.

— Après, il faudra filer en vitesse. Ransome me donnera un coup de main. En tout cas, il va y avoir du sport.

Il lui sourit dans l'obscurité.

— Quand j'étais dans le bureau, la dernière fois, j'ai ouvert le buffet pour prendre de la bière. Le lieutenant a la mauvaise habitude de ranger sa bière sur la planche supérieure du buffet où sont les armes. J'ai vu trois mitraillettes avec, pour chacune, deux chargeurs supplémentaires. Même s'ils nous rattrapent, nous leur donnerons pas mal de fil à retordre, au début.

Elle dit doucement :

— On dirait que vous aimez ça, la bagarre.

— Je m'ennuyais de rester ici, inactif. J'aime bien la vie mouvementée.

Il reprit :

— Il vaut peut-être mieux que vous ne veniez pas jusqu'au quartier général de la Feldgendarmerie. Je vous laisserai plutôt dans une ruelle latérale, un peu avant d'y arriver. Vous vous cacherez dans l'ombre. D'ailleurs il n'y aura pas de patrouille avant une heure ou une heure et demie. La salle de garde est à cent mètres de la gendarmerie. Il n'y a qu'un homme de faction ; il ne sera relevé qu'à trois heures. Si nous pouvons le supprimer, nous filons avec l'auto jusqu'au terrain d'aviation. L'avion avec lequel le lieutenant est arrivé doit être encore là... on a peut-être refait le plein d'essence. On doit tenir l'appareil prêt à partir au cas où le lieutenant devrait se rendre subitement quelque part. Est-ce que votre ami Ransome sait piloter un avion ?

Elle fit un signe de tête affirmatif.

— Oui, dit-elle, c'est encore un de ses talents.

— C'est une chance ! Alors, écoutez-moi : vous ne quittez pas des yeux la porte de la Feldgendarmerie. Quand je vous aurai déposée dans la ruelle obscure, je regagnerai la route en faisant un détour. Surveillez la sentinelle. Si vous la voyez entrer dans la maison et ne pas ressortir, et si je monte dans la voiture, traversez vivement la rue et montez avec nous. Vous avez pigé ?

— Parfaitement, dit-elle.

— Si l'affaire tourne mal, vous vous en apercevrez bien. Vous entendrez les coups de feu. Dans ce cas-là, déguerpissez. Personne ne sait rien sur vous. Il n'y avait que Nielenberg qui fût au courant de quelque chose ; mais je lui ai cloué le bec pour toujours. Et maintenant allons-y.

Il voulut rejoindre la voiture, mais elle le retint.

— Un moment, René, s'il vous plaît. J'ai quelque chose à vous dire.

— Ah ? dit Berg en se retournant vers elle.

La lumière de la lune filtrait à travers les branches. Ingrid leva vers lui son mince visage pâle et dit :

— Je voudrais que vous m'embrassiez, René. Je voudrais vous dire que je suis heureuse de vous aimer.

Un quart d'heure plus tard, Berg arrêta l'auto devant le quartier général de la Feldgendarmerie. Le soldat de garde était en haut de l'escalier de pierre dans une attitude nonchalante. Il bâillait quand Berg descendit de la voiture. Berg monta lentement les marches, lui sourit aimablement et suivit le couloir. Son cœur battait un peu vite. Sa main droite, dans la poche de son pardessus, serrait le lourd Mauser de Nielenberg par le canon. Berg ouvrit la porte et fit un pas dans la pièce. Il s'entendit presque pousser un soupir de soulagement. Ransome et Hilde étaient toujours assis sur leurs chaises, attachés, à la même place que tout à l'heure. Hilde avait les traits tirés et semblait épuisée. Ransome penchait la tête de côté, mais ses yeux brillaient. Il n'était pas évanoui.

Avant de refermer la porte, Berg s'arrêta et sourit par-dessus son épaule, comme si Nielenberg était derrière lui, dans le couloir. Le lieutenant, qui écrivait à son bureau, leva la tête et le vit. Il lui fit un signe de tête.

Alors Berg avança à rapides enjambées et, sortant son revolver avec la rapidité de l'éclair, en assena un coup formidable, avec la crosse, sur le crâne de l'officier. Celui-ci tomba en avant sur le bureau.

Berg bondit jusqu'à la porte et la referma. Il remit le revolver dans sa poche, prit un canif et se mit à couper les liens de Ransome.

— Pas un mot, dit-il. Il n'y a pas de temps à perdre. Voici ce que vous allez faire. Avez-vous entendu parler ce type-là ?

Il désigna du doigt le lieutenant, écroulé sur le bureau.

— Oui, dit Ransome.

— Bon. Allez à la porte. Entrouvrez-la un peu et appelez la sentinelle en allemand en essayant d'imiter le mieux possible la voix de l'officier. Je l'attends.

Ransome se leva, s'étira un peu et alla à la porte d'un pas raide. Il l'entrebâilla et dit quelques mots en allemand.

Berg attendit. Son cœur bondit de joie quand il entendit le bruit des lourdes bottes de la sentinelle dans le couloir. Il ouvrit la porte, se retourna et salua le personnage affalé sur le bureau. Puis il sortit de la pièce. La sentinelle s'effaça pour le laisser passer. Berg fit encore deux pas, puis, comme le soldat avait atteint le seuil de la porte, il se retourna brusquement, fit un bond en avant, souleva de la main gauche le casque de l'Allemand et lui porta un coup violent sur la nuque avec la crosse de son revolver.

L'homme s'abattit dans la pièce. Berg ferma la porte. Ransome s'était déjà emparé du canif de Berg et avait coupé les liens de Hilde.

— Bon. Tout va bien, dit Berg. L'auto de la Feldgendarmerie est dehors. Ingrid est postée de l'autre côté de la rue. Sortez tous les deux et montez dans la voiture. Mais, d'abord, emportez ça.

Il ouvrit le buffet derrière le bureau. Il y avait en bas une douzaine de mitraillettes avec des chargeurs de rechange. Berg en donna une à Ransome, il en glissa deux autres avec trois chargeurs sous son manteau.

— Maintenant, sortez, tous les deux, dit-il. La route est déserte. Montez à l'arrière et accroupissez-vous.

Ils sortirent vivement. Berg regarda tour à tour la sentinelle, étalée sur le sol, face contre terre, et le lieutenant toujours affalé sur son bureau. Il se dit qu'avec un peu de chance son plan allait peut-être réussir.

Les rues étaient désertes. Tout le monde devait être rentré après huit heures du soir. Les patrouilles allemandes ne faisaient des rondes que toutes les deux heures. Il se demanda ce qu'il adviendrait des deux hommes évanouis. Puis il haussa les épaules. Avant qu'ils aient repris leurs esprits, il serait déjà fixé sur la réussite ou l'échec de sa tentative.

Il prit les clefs, ferma la porte du bureau à clef, de l'extérieur, sortit en courant et s'engouffra dans l'auto, où Ransome et Hilde avaient déjà pris place.

Il démarra, fit décrire un demi-tour à la voiture et stoppa dans l'ombre au coin de la rue transversale où il avait laissé Ingrid.

— Venez, Ingrid, dit-il.

Il attendit. Puis, impatient, il descendit et alla jusqu'au porche où elle devait se cacher. Elle était partie.

— C'est ennuyeux, dit-il en remontant dans l'auto, Ingrid est partie. Je voulais l'emmener avec nous. Il y a un avion à l'aérodrome, celui du lieutenant.

— Elle ne voudra pas revenir avec nous. Elle a un travail à faire ici. Quelqu'un peut-il la trahir ?

— Non. J'ai tué le seul type qui savait quelque chose, c'était Nielenberg.

— C'est pour ça qu'elle est partie. C'est une brave fille.

— Puisqu'elle préfère rester ici, c'est comme elle voudra, dit Berg, maussade.

Il en voulait à la jeune fille de l'avoir laissé tomber.

En suivant la longue route droite qui menait au terrain d'aviation, il dit par-dessus son épaule à Ransome :

— Vous trouverez un casque allemand et une tunique de la Feldgendarmerie au fond de la voiture. Mettez-les et venez vous asseoir à l'avant, à côté de moi. La sentinelle de l'aérodrome vous prendra pour Nielenberg. Il l'a déjà vu avec moi tout à l'heure. Le lieutenant est arrivé il y a environ une heure. L'avion est certainement encore là et j'espère qu'ils ont fait le plein d'essence. En tout cas, aussitôt arrivés, vous grimpez dans l'avion, Hilde et vous.

— C'est très bien, dit Ransome posément. Mais vous-même, que faites-vous pendant ce temps ?

— Je vous protégerai avec ces mitraillettes. J'ai un faible pour les mitraillettes et j'ai assez l'habitude de m'en servir. Si quelqu'un s'avise de sortir de la tour de contrôle, je peux le tenir en respect jusqu'à ce que vous ayez mis le moteur en marche. Quand vous serez sur le point de décoller, je courrai vous rejoindre. Ça vous va ?

Ransome fit un hochement de tête significatif. Il avait déjà enfilé la tunique de Nielenberg, trop grande pour lui, et coiffé le casque, certain de tromper la sentinelle sous cet accoutrement. Il enjamba le siège de la voiture ouverte et vint s'asseoir à côté de Berg. Déjà ils apercevaient au loin la porte du terrain d'aviation.

— Vous êtes un client qui n'a pas froid aux yeux, à ce que je vois, dit Ransome. Qui êtes-vous ?

— Je m'appelle Berg, René Berg. Je suis citoyen américain. Je voulais quitter ce pays et j'avais des difficultés pour obtenir mon sauf-conduit. Alors, une chose en amenant une autre, j'ai pensé que je pourrais aussi bien m'en aller de cette façon.

Ransome le regarda d'un air moqueur.

— Vraiment, vous avez fait tout ce travail uniquement pour pouvoir vous enfuir de cette façon ?

— Euh... oui... ça se peut bien..., grogna Berg, un peu gêné.

La porte de l'aérodrome n'était plus qu'à cinquante mètres. Le soldat de faction, qui appartenait au personnel rampant de la Luftwaffe, regarda la voiture, vit le casque et la tunique de Ransome et reconnut Berg quand il ralentit. Berg lui fit un signe amical de la main et l'auto franchit la porte. En se retournant, Berg vit que la sentinelle s'appuyait nonchalamment contre le poteau. Il obliqua à angle droit vers la droite. L'avion était toujours à l'endroit où il avait atterri. Berg appuya sur l'accélérateur et arrêta la voiture presque à côté de la queue de l'appareil. Il sauta lestement à terre.

— Maintenant, pour l'amour du ciel, faites vite ! dit-il.

Il s'agenouilla sur le marchepied derrière la voiture, posa une mitraillette à sa droite. Il tenait déjà l'autre chargée, dans ses mains, le chargeur de réserve à côté de lui, prêt à faire feu.

Il se sentait à son aise. Ça lui rappelait le bon temps, à Chicago. Il éprouvait le même plaisir. Une minute s'écoula. Puis l'hélice de l'avion mugit et se mit à tourner.

Berg ricana. Le tour était joué. Tout à coup, il entendit le bruit d'une balle et un coup de sifflet. « On aura découvert les deux types évanouis au quartier général de la Feldgendarmerie et on aura donné l'alarme par téléphone, se dit-il. C'est maintenant que ça va devenir drôle. »

Il vit la porte de la tour de contrôle s'ouvrir et une ombre sortir. Il se leva et aspergea la tour de balles avec sa mitraillette. Il entendit le bruit des vitres cassées ; puis les lumières s'éteignirent. A présent deux ou trois silhouettes couraient, en sortant de l'ombre de la tour. C'était la garde qui s'échappait. Berg concentra son tir sur le côté gauche de la tour de contrôle. Il tirait par saccades, pour économiser ses munitions. Il regarda par-dessus son épaule et vit Hilde qui, penchée hors de la cabine, lui faisait de grands signes avec la main. Berg jeta son arme vide, saisit la seconde mitraillette et courut à l'avion. Quand il fut debout sur une aile, la jeune fille le saisit sous son col et le poussa à l'intérieur de la cabine, par la porte qu'elle venait d'ouvrir.

— C'est du bon travail, Berg, dit Ransome.

L'avion se mit à rouler. On entendit soudain le bruit d'une mitrailleuse, venant de l'aérodrome.

— J'espère que nous allons nous en tirer, dit Hilde.

— Je crois que nous allons réussir, dit Ransome.

L'avion avait déjà décollé. On entendait des coups de feu et des coups de sifflet et, par intervalles, le crépitement de la mitrailleuse.

Berg se renversa sur son siège et regarda Hilde, souriant :

— Eh voilà ! dit-il. Qu'est-ce que vous en dites ?

— Vous n'êtes pas blessé ? demanda-t-elle.

— Je ne crois pas, juste un petit éclat dans le bras, mais ça n'a aucune importance. C'est un petit accident banal.

Ransome regarda par-dessus son épaule.

— J'espère que nous aurons assez d'essence pour faire la traversée, dit-il. Il ne restera plus qu'à trouver un endroit propice pour atterrir, en faisant attention de ne pas se faire abattre par notre propre D.C.A. Nous ne sommes pas encore tirés d'affaire.

— Oui, mais le plus dur est fait. Je me demande comment on nous aurait traités, si on avait pu nous rattraper, dit Berg.

— J'ai l'impression que ç'aurait été assez désagréable, dit Ransome.

Berg sourit. Il sortit son étui à cigarettes, en donna une à Hilde, en prit une pour lui-même. Ransome refusa de fumer. Berg écoutait le ronflement du moteur et se sentait gagné par la tristesse. Il était triste qu'Ingrid ne les eût pas accompagnés.

Il y eut un long silence. Berg reposait son bras blessé sur le côté du siège et fumait. Hilde dit quelque chose en norvégien à Ransome. Il lui répondit et tous deux se regardèrent en souriant.

— De quoi parlez-vous ? demanda Berg. Ne gardez pas vos plaisanteries pour vous.

— Ce n'était pas une plaisanterie, dit la jeune fille. Nous avons beaucoup de contes merveilleux en Norvège, vous savez. Il y a une légende appelée *le Héros noir*. Quand les choses vont très mal, et qu'on se trouve dans une situation désespérée, on dit que le Héros noir arrive soudain pour tout remettre en ordre. Je disais justement que je croyais que c'était vous le Héros noir.

Berg sourit. Il pensa à Ingrid.

CHAPITRE IV

SHAKKEY. — *Londres, décembre 1944.*

Berg sortit de la salle de bains, revint dans sa chambre et commença de s'habiller, en sifflant. Il alla à la fenêtre, écarta le rideau de défense passive, jeta un regard dehors. Il faisait nuit noire.

Quand il fut habillé, il prit une bouteille de whisky dans une armoire, s'en versa une grande rasade dans son verre à dents, ajouta un peu d'eau et but le tout. Il se sentait vaguement heureux.

En réalité, sans le savoir, Berg était heureux parce qu'il était devenu un autre homme. Depuis bientôt quatre ans qu'il travaillait avec Ransome, il avait acquis un certain sens de la discipline. Il avait rendu à Ransome des services inestimables. On lui faisait confiance et il aimait ça. Bien qu'il préférât passer à ses propres yeux pour un cynique, surtout quand il s'agissait des femmes, il commençait à trouver que l'estime de soi-même rapportait des dividendes. La vie avait commencé à l'intéresser.

Il descendit l'escalier. Dehors, à Knightsbridge, il faisait beaucoup de vent, mais Berg aimait marcher le visage fouetté par la brise. Il alla vers Piccadilly, prit Bond Street, tourna à droite et descendit Sackville Street. Il aperçut l'enseigne faiblement éclairée du Club et entra.

Il riait toujours en voyant la jeune fille aux cheveux teints, derrière le bar. Il la trouvait tordante. Ses yeux peints, son corps épanoui, ses souliers à talons exagérément hauts, si bien qu'on se demandait parfois comment elle conservait son équilibre, faisaient d'elle un personnage un peu comique. Berg commanda une consommation, prit son verre et alla s'asseoir à une table dans un coin.

Il alluma une cigarette. La porte s'ouvrit et un homme entra. Il portait l'uniforme d'un chef mécanicien en second de la marine américaine. Il alla au bar, s'assit sur un haut tabouret et commanda à boire. Il se tourna vers Berg. C'était Shakkey. Ils se reconnurent tous deux en même temps.

Shakkey se laissa glisser en bas de son siège et vint trouver Berg dans son coin.

— René ! Ah ça, par exemple ! C'est formidable ! La vie est drôle tout de même. Tu as bonne mine, ça a l'air de marcher, hein ?

— Tu n'as pas l'air mal en point non plus, Shakkey, dit Berg. Te voilà dans la marine, maintenant ?

— Oui. Tu sais, dans le temps, quand on travaillait pour Scansi, quand ça bardait un peu, je me disais souvent, dans mon petit bureau, que sur la mer on devait mener une existence paisible et tranquille. Alors, quand la guerre a éclaté, je me suis engagé dans la marine. Mais, ajouta-t-il en ricanant, ça n'a pas été du tout si paisible et tranquille que je croyais.

— Va chercher à boire, Shakkey, dit Berg.

Shakkey alla au comptoir, revint avec son verre et s'assit en face de Berg.

— Je dois encore te dire merci. Tu as été chic de m'aider à quitter Chicago dans le temps, dit Berg. Je crois bien que si j'étais resté là j'aurais été bon pour la poêle à frire, hein ?

— Tu peux en être sûr. Tu as eu raison de filer. Et puis, heureusement que les flics étaient contents d'être débarrassés de Scansi et de Calsimo. Alors, ils ont laissé courir.

— Qu'est-ce que sont devenus Travis et Lauren ?

Shakkey haussa les épaules.

— Ils sont partis ailleurs, peu de temps après, dit-il. La police fédérale a commencé à faire un sérieux nettoyage à Chicago. Ç'a chauffé. Mais je ne sais pas où Travis et Lauren sont allés, ni ce qu'ils font.

Il but un peu de whisky et demanda :

— Et toi, qu'as-tu fait depuis le temps ?

— J'ai été en Amérique du Sud, comme tu me l'avais conseillé. C'était la belle vie. J'ai gagné pas mal de fric. Et puis je suis parti pour un petit tour du monde. Je voulais voir du pays. Quand la guerre a éclaté, j'étais en Norvège.

— Et maintenant, qu'est-ce que tu fais ?

— Oh ! rien de spécial... Je me promène comme ça...

— Tout de même, on peut dire que le monde est petit ! On reste des années et des années sans rencontrer personne. Et puis, tout d'un coup, on revoit tous les amis en même temps.

— Ah ! Qui as-tu revu encore ?

— J'allais te le dire. Imagine-toi que, l'autre jour, déjà, j'avais cru te reconnaître. J'étais sur la plate-forme d'un autobus, en descendant Piccadilly, quand j'aperçois quelqu'un et je me dis : « Ma parole... on dirait René Berg. » Je me suis retourné, mais le gars avait déjà disparu. C'était peut-être toi ?

— Oui. Ça se peut bien, dit Berg.

Shakkey prit les deux verres vides, les fit remplir au comptoir, et revint s'asseoir.

— Cet après-midi, je descendais Sloane Street et je me trouve tout à coup nez à nez avec... devine qui ?... Plus belle et plus élégante que jamais, dans une sorte d'uniforme... Clovis !

— Non ? Clovis est ici, à Londres ?

Shakkey roulait des yeux éperdus d'admiration.

— Mon vieux, quelle femme ! Tu sais, elle était déjà belle dans le temps, mais je voudrais que tu la voies maintenant. Quel corps ! Moi, je n'ai jamais eu la moindre chance avec elle. Mais ça me ferait un plaisir fou de la serrer dans mes bras. Tu ne peux pas t'imaginer. Elle est splendide...

— A qui le dis-tu ! Et alors, elle t'a parlé ?

— Oui. Nous avons causé du temps jadis. Ton nom est venu par hasard dans la conversation et je lui ai dit que je croyais t'avoir aperçu le matin à Piccadilly — ou quelqu'un qui te ressemblait énormément. Elle a dit une foule de choses gentilles sur toi, qu'elle avait toujours été amoureuse de toi, que tu étais un chic type.

— Tu parles qu'elle était amoureuse de moi ! Et Lauren donc ! Encore une qui en pinçait pour moi. C'est pour ça qu'elle m'a trahi et vendu. Si c'est comme ça qu'elle traite les types qui lui plaisent, je me demande ce qu'elle fait à ceux qu'elle n'aime pas.

— Tu sais, les femmes, on n'y comprend jamais rien. Et puis, en tout cas, elle est trop belle pour qu'on puisse lui reprocher quoi que ce soit. On dirait qu'elle a trouvé aussi un bon boulot.

— Ah ! Qu'est-ce qu'elle fait ?

— Je ne sais pas au juste. On voit tellement d'uniformes actuellement, que je ne sais pas dans quel service elle travaille. Mais elle avait envie de te revoir.

— Ah ! Pourquoi ?

— Elle avait entendu parler de toi, dit Shakkey gaiement. Elle savait que tu travaillais avec un mouvement de résistance en Norvège, ou quelque chose comme ça, que tu faisais de l'action clandestine. On lui a raconté ça quelque part. Elle m'a demandé ce que je savais. Elle avait l'air de tenir beaucoup à te rencontrer.

— Elle me dégoûte. Je ne tiens pas du tout à la revoir.

— Avec le temps, les gens changent, tu sais. Elle n'est peut-être plus la même.

Berg se mit à penser au temps jadis, à Clovis. Il alla au bar, renouvela les consommations.

Quand il revint, Shakkey lui dit :

— Sais-tu ce que j'ai pensé, René ? C'est que nous sommes des veinards, tous les deux. On aurait pu être collés l'un et l'autre à Alcatraz, s'ils nous avaient agrafés. Et maintenant te voilà grand patron dans je ne sais pas quelle affaire, tu es bien nippé, tu as bonne mine ; et moi je suis chef mécanicien en second sur un torpilleur de la marine américaine. Qu'est-ce que tu dis de ça ? Est-ce que ce n'est pas drôle ? On devrait fêter ça cette nuit.

— Pourquoi pas ? dit Berg.

Il était tout nostalgique d'avoir rencontré Shakkey. Les souvenirs des meilleurs moments de sa vie, à Chicago, lui revenaient en foule.

— D'accord, reprit-il. Mais je dois aller d'abord à un rendez-vous, Shakkey.

Il regarda la montre à son poignet.

— Il est huit heures. Je te reverrai à neuf heures et demie. On boira quelques verres ensemble. On parlera du bon vieux temps.

— Ça colle, dit Shakkey. Viens me retrouver ici. On y restera jusqu'à ce qu'on nous jette dehors. Après, tu viendras chez moi. J'ai un petit appartement pas loin de Sloane Street. On y terminera la soirée.

— Entendu. Alors, à neuf heures et demie, Shakkey. A tout à l'heure.

Berg se leva, sortit du bar, descendit l'escalier. Au bout de Sackville Street, il eut la chance de trouver un taxi. Il se fit conduire près de Birdcage Walk. Il descendit devant une maison à laquelle on accédait par un petit chemin, après avoir ouvert une grille de fer. Berg sonna. Un homme en uniforme de la marine royale ouvrit la porte.

— Bonsoir, monsieur Berg, dit-il.

— Bonsoir. Le capitaine est là ?

— Oui. Il vous attend. Il est en train de téléphoner, mais je ne crois pas qu'il en ait pour longtemps. Vous pouvez entrer.

Berg entra dans la pièce au bout du couloir. C'était un grand bureau de travail bien meublé. Sur une table, à côté du bureau, il y avait une bouteille de whisky, de l'eau de Seltz, des verres et une boîte de cigarettes. Berg ouvrit la boîte, prit une cigarette et l'alluma. Il se mit à marcher dans la pièce, regardant les tableaux. Puis il regarda le bureau et aperçut un dossier — un dossier rouge, avec une étiquette sur laquelle il lut : « Service Secret militaire américain. Rapport René Berg. Chicago, 1932. »

Berg fit entendre un petit sifflement et ouvrit le dossier. Il contenait une douzaine de feuilles de papier d'écolier tapées à la machine. Berg en commença la lecture. C'était la relation détaillée de son activité et de celle des principaux membres de l'organisation Scansi. Il referma le dossier et se retourna vers la grande porte, quand Ransome entra.

Ransome était en uniforme. Il avait très belle allure.

— Alors, capitaine, comment ça va ? demanda Berg.

— Pas trop mal, René. Vous avez vu ça ? demanda-t-il, en désignant du doigt le dossier sur la table.

— Oui. J'étais justement en train de le regarder. Il faut toujours que vous cherchiez à tout savoir, hein ?

— Quelquefois c'est nécessaire. Les choses ne sont pas toujours ce qu'elles paraissent. Je n'ai jamais pensé que vous ayez été un ange avec des ailes dans le dos, autrefois, à Chicago. J'ai toujours eu mes idées personnelles là-dessus. Mais j'ai tendance à juger les gens sur ce qu'ils sont et non sur ce qu'ils ont été. Vous avez fait de l'excellent travail avec moi. Depuis quatre ans, vous avez accompli une foule de dangereuses missions.

Il prit une cigarette, versa deux whiskies à l'eau.

— Les choses ne sont pas toujours ce qu'elles paraissent. Si ce dossier est sur mon bureau, ce n'est pas parce que je voulais fouiller dans votre passé, mais parce que j'avais besoin de certains renseignements à propos de certaines activités qui peuvent devenir imminentes. Mais, pour l'instant, ça peut encore attendre. Quand nous aurons fait le travail que je suis en train de préparer, nous passerons à un autre genre d'exercice.

Il désigna le dossier, l'index tendu.

— Vous pourrez m'être d'un grand secours. C'est un travail qui vous plaira, j'en suis sûr.

— Parfait. J'écoute, dit Berg.

— Asseyez-vous, René, dit Ransome en poussant un verre vers lui. Parlons d'abord de la première affaire. Le moment est venu de rappeler de Norvège trois ou quatre de nos agents — dans le district de Skaalund, justement. Les Allemands savent trop de choses sur eux, et je crois que la guerre ne durera maintenant pas plus d'une année. Le moment est donc venu de les mettre à l'abri. Je crois que c'est possible et que ça pourrait vous intéresser.

— Ah ! Pourquoi ? demanda Berg, en aspirant une bouffée.

— Parce que l'un des agents dont il s'agit est Ingrid. Vous vous souvenez d'Ingrid ?

— Oui. Je me souviens, dit Berg, à voix basse.

En effet, le souvenir de la jeune fille ne l'avait pas quitté. Souvent il avait vu en pensée son visage blême, il avait pensé bien des fois à elle, s'était demandé ce qu'elle devenait.

— Combien de fois vous a-t-on déjà parachuté en Norvège, depuis le jour où nous avons si bien échappé à la Feldgendarmerie ? demanda Ransome.

— Sept à huit fois, je crois. Mais jamais du côté de Skaalund. Toujours à d'autres endroits, où on avait besoin d'un dur qui sache se servir d'une mitraillette.

— Je sais. Mais, cette fois, ce sera plus difficile. Les Allemands savent qu'il existe dans le district le quartier général d'un fort mouvement de résistance. Ils le surveillent de très près. Il faudra agir avec une extrême prudence.

— Depuis que je vous connais, vous n'avez jamais agi à la légère. Vous préparez toujours tout méticuleusement, pour réduire les risques le plus possible.

— Nous avons, là-bas, un homme de liaison qui a déjà contacté Ingrid et les deux autres chefs résistants que nous avons l'intention de ramener ici. Ils n'osent pas quitter le district, et il faut que nous sachions s'ils peuvent sortir de leurs cachettes pour prendre l'avion qu'on leur enverra. Nous ne pouvons pas nous permettre la moindre erreur. Ces hommes-là sont très importants pour nous.

— Je m'en doute, dit Berg. Alors, que faut-il faire ?

— Des bombardiers iront pilonner la région, en faisant beaucoup de vacarme pour retenir l'attention des Allemands. A l'intérieur du barrage de bombes, vous serez parachuté au bord de la forêt, juste à la sortie de Skaalund. Il y a un bon terrain d'atterrissage.

Il ajouta en souriant :

— Ce n'est pas loin de l'aérodrome d'où nous nous sommes envolés un jour, vous vous rappelez ?

— Je me rappelle très bien.

— Je vous donnerai les autres instructions plus tard. Quand vous aurez rencontré Ingrid et les trois autres, si tout va bien, vous donnerez un signal convenu. Un avion viendra vous chercher. Mais il faudra faire vite et surtout ne pas commettre la moindre erreur.

Il se leva, prit une autre cigarette et dit :

— Vous avez déjà couru bien des risques avec moi, Berg. Vous avez fait du bon travail. Je pourrais envoyer quelqu'un d'autre à Skaalund... mais j'ai pensé que ça vous ferait plaisir d'y aller.

Il le regardait en souriant.

— Pourquoi ?

— Je ne sais pas... Hilde et moi, nous nous étions imaginé que vous étiez un peu amoureux d'Ingrid...

Berg baissa la tête, gêné.

— Peut-être que oui, peut-être que non, dit-il. En tout cas, j'irai volontiers à Skaalund.

— Très bien. Revenez me voir jeudi. Vous partez à la fin de la semaine prochaine. D'ici là, j'aurai réglé tous les détails de l'opération.

— Entendu. Au revoir, capitaine. Et merci d'avoir pensé à moi.

— Avez-vous assez d'argent ?

— Oui. J'ai tout ce qu'il me faut. Vous n'êtes pas regardant.

— C'est tout naturel. Bonne nuit, René.

Berg sortit. Il traversa le parc en direction de Piccadilly. Il se sentait dans un étrange état d'exaltation. Devant lui, dans les ténèbres, il voyait le pâle visage d'Ingrid.

Il était une heure du matin quand Berg ouvrit la porte de l'appartement de Shakkey, dans une petite rue près de Sloane Street. Il descendit les escaliers en titubant. Il était ivre. Il se demandait ce qui lui arrivait et comment diable il avait attrapé une cuite pareille. Il n'y comprenait rien.

Au milieu de l'escalier, il revint sur ses pas, toujours vacillant sur ses jambes, ouvrit la porte de l'appartement, traversa le salon et entra dans la chambre à coucher.

Shakkey était étendu en travers du lit, évanoui. « Lui aussi, il a l'air d'être ivre mort, se dit Berg. Je tiens mieux le coup que lui. » Il ferma la porte, redescendit l'escalier. Quand il ouvrit la porte donnant sur la rue, l'air froid le fit chanceler encore un peu plus. Il traversa la rue, s'appuya un instant contre le mur. La tête lui tournait. La base du crâne lui faisait mal. Il mit la main à son front et remarqua qu'il était baigné de sueur.

Appuyé contre le mur, il se sentait aussi malade que si on lui avait fait boire un Micky Finn. Mais ces procédés étaient inconnus en Angleterre ; et puis pourquoi Shakkey lui aurait-il joué ce tour-là ? Il était encore plus mal en point que lui. Il fouilla dans sa poche pour trouver son étui à cigarettes. Peu à peu, sa tête s'éclaircissait. Il alluma une cigarette, resta appuyé contre un porche et fuma paisiblement. Il essayait de rassembler ses idées, mais il remarqua qu'il ne se rappelait presque rien de cette soirée passée avec Shakkey. Ils avaient parlé d'une foule de choses, mais il n'avait pas l'esprit aussi clair que d'habitude et il lui fut impossible de se rappeler aucun sujet précis de conversation. La cigarette avait un goût âcre et amer ; il la jeta dans la rigole.

Soudain, il entendit un bruit de chaussures à talons hauts sur le pavé. Une femme venait dans sa direction, d'un pas bref et saccadé. Elle s'arrêta de l'autre côté de la rue, en face de lui, mit une clef dans la serrure, ouvrit la porte de l'immeuble où logeait Shakkey. Il y avait de la lumière dans le vestibule et Berg put reconnaître distinctement... Clovis !

Il se passa la langue sur ses lèvres sèches et appela :

— Hé... Clovis !

La femme, qui était sur le point de fermer la porte derrière elle, s'arrêta, regarda dans l'obscurité. Berg traversa la rue, s'appuya contre la porte et la regarda.

— Eh bien ! dit-il, Shakkey n'avait pas tort de dire que tu avais embelli. Cet uniforme te va à ravir.

Elle le regarda, interdite, un moment. Puis elle lui posa la main sur le bras.

— Tu ne peux pas savoir comme je suis contente de te revoir, René. Justement, je parlais de toi à Shakkey, l'autre jour. Il me disait qu'il t'avait vu quelque part. J'espérais bien que nous aurions l'occasion de nous rencontrer.

— Ah ? Eh bien ! tu m'as rencontré maintenant. Et ça t'enchante de me revoir, n'est-ce pas ?

Elle fit la moue. Berg remarqua que ses lèvres étaient toujours aussi désirables, ses dents d'une blancheur éclatante. Elle le regarda, de ses grands yeux bleus.

— Pourquoi es-tu si amer, René ? demanda-t-elle.

Berg éclata de rire.

— As-tu fini de te payer ma tête ? Tu n'as peut-être pas très bonne mémoire ; tu as peut-être oublié ce qui s'est passé à Chicago, les sales tours que vous m'avez joués, toi, Lauren et Travis. C'est à cause de vous que j'ai tué Calsimo et Scansi, hein ? Vous aviez bien combiné votre petite affaire. Si les flics m'avaient agrafé, après ces coups-là, ils me passaient à la poêle à frire, et comment ! Car vous n'auriez pas bougé le petit doigt ; vous les auriez laissés faire, bien tranquillement, n'est-ce pas, ma mignonne ? Et tu as le culot de me dire que je suis un peu amer ? Mais sais-tu que j'ai envie de te flanquer une raclée, tellement tu me dégoûtes ?

Il y eut un silence. Puis elle dit :

— René, je crains que tu ne comprennes pas. Nous pouvons tous nous tromper. Il arrive à tout le monde de faire des choses qu'on regrette ensuite. Dans ce temps-là, j'étais un peu comme un écureuil qui tourne en cage, pour essayer de s'échapper.

— Un écureuil ? Un fameux écureuil ! Avec des manteaux de chinchilla et tout le luxe souhaitable. Tu n'étais pas un écureuil, mais plutôt un sacré serpent à sonnettes.

Clovis poussa un soupir et détourna la tête. Berg put admirer la beauté de son profil, la ligne de son cou et de sa poitrine.

— Je comprends que tu me parles durement, René, dit-elle. Tu ne sais pas combien je regrette tout ce qui s'est passé jadis. Un jour, tu sauras que ce n'était pas ma faute. Et je voulais te dire encore que, si je t'ai donné quelque chose, autrefois, c'est parce que je t'aimais. Et si je te disais que, maintenant encore, je n'ai pas cessé de t'aimer ?

— Sacré garce ! s'écria Berg. Tu mens comme tu as toujours menti !

Une idée le frappa soudain et il demanda :

— Mais, dis donc, qu'est-ce que tu viens faire ici ? Tu en pinces pour Shakkey, maintenant ? Pourtant, tu te fichais pas mal de lui dans le temps jadis. Tu n'allais pas courir après un vulgaire garagiste. Et maintenant, c'est parce qu'il est chef mécanicien en second dans la marine américaine qu'il t'a séduite ? Ça suffit pour que tu viennes lui faire visite chez lui à deux heures du matin ? Tu dois être aussi amoureuse de lui que tu l'étais de moi, sale garce !

Un éclair passa dans les yeux de Clovis.

— Il y a des moments où je pourrais être très fâchée contre toi, René, dit-elle. Mais, tu peux dire ce que tu voudras, j'ai décidé de ne pas me mettre en colère.

— Ça ne prend pas avec moi, tes airs de vertu offensée, dit Berg. Je te connais. Tu n'es qu'une roulure.

Elle le gifla, du revers de la main. Berg ne sourcilla point.

— Hein ! la vérité t'a blessée, ma jolie ? Je t'ai dit au moins ce que je pensais de toi. Tu peux saluer Shakkey de ma part, s'il a repris ses esprits. Mais ça ne te dérangerait pas beaucoup qu'il soit encore ivre, j'en suis sûr.

Il sortit dans la rue et claqua la porte. Il resta quelque temps sur le trottoir, essayant de résoudre ce jeu de patience : Clovis... Shakkey... lui-même. Mais il ne vit pas exactement le rapport ; les morceaux ne collaient pas ensemble. Vaguement, sans pouvoir s'expliquer pourquoi, il se rappela le dossier sur le bureau de Ransome, le rapport du Service Secret américain le concernant, et le travail dont Ransome lui avait parlé.

Il haussa les épaules. Un jour, il tirerait tout cela au clair, il en était sûr. En attendant, ça ne servait à rien de se casser la tête. Il leva les yeux et regarda la fenêtre de l'appartement de Shakkey. Le rideau de défense passive avait bougé. Un rayon de lumière filtrait sur le côté. Berg s'éloigna lentement. Il se disait que Clovis descendait dans l'échelle sociale. Scansi, Travis, lui-même, Shakkey maintenant... et qui encore ? Il se demandait ce qu'elle cherchait auprès de Shakkey et ce qu'un type comme ça pouvait bien lui donner.

Clovis ouvrit la porte de la chambre à coucher et regarda Shakkey, étendu en travers du lit, débraillé, la bouche ouverte. Il exhalait une odeur infecte, marmottait et se tortillait dans tous les sens.

Elle alla dans la cuisine, ouvrit le buffet, trouva une bouteille de café concentré, fit bouillir de l'eau. Quelques minutes plus tard, elle revint dans la chambre à coucher, tenant d'une main une tasse de café noir, de l'autre une serviette.

Elle posa le café, plongea le bout de la serviette dans la cruche d'eau froide, sur la table de toilette. Elle versa un peu d'eau froide sur la figure et les mains de Shakkey et se mit à lui frapper doucement les joues avec la serviette mouillée. Enfin, il ouvrit les yeux et la regarda d'un air stupide.

— Bois ça, Cyram, dit Clovis. Ça te remettra d'aplomb.

Elle lui souleva la tête, s'assit sur le lit à côté de lui et lui fit avaler du café à la petite cuiller. Au bout d'un moment Shakkey fut sur pied. Il la regarda, puis, poussant un grognement, sortit de la chambre en titubant et se dirigea vers la salle de bains. Quand il revint, elle lui avait préparé une autre grande tasse de café bouillant.

Shakkey, assis sur son lit, but le café. Puis il dit :

— C'est chic d'être venue. Je ne croyais pas que vous viendriez. Je me disais que vous ne parliez pas sérieusement.

— Je tiens toujours mes promesses, dit Clovis, ou presque toujours, du moins !

Elle lui sourit d'un étrange sourire.

Shakkey alla à la table de toilette, se plongea la tête dans l'eau froide. Quand il eut fini, il dit :

— Ça ne fait rien, c'était un drôle de whisky que vous m'avez envoyé là. Bon sang, je n'ai jamais bu une saleté pareille. On aurait dit que ç'avait été préparé dans une baignoire. Un Micky Finn est du sirop de groseille à côté.

— Je savais qu'il ne parlerait pas à moins d'être saoul, dit-elle. Et l'alcool habituel ne suffit pas à le rendre bavard, même s'il en absorbe un litre.

— Vous n'aimez pas René, hein ? dit Shakkey.

— Non, je ne l'aime pas.

Après un silence, elle reprit :

— Alors, qu'est-ce qu'il a dit ? Qu'est-ce qu'il va faire ? Où doit-il aller ?

Shakkey la regarda et se passa la langue sur les lèvres. Il but encore un peu de café. Puis il demanda :

— Qu'est-ce que vous complotez, Clovis ? Pourquoi voulez-vous savoir ce que fait René et où il va ? Ça devrait vous être bien égal.

Elle haussa les épaules.

— J'ai toujours aimé savoir ce qu'il faisait. Je ne peux pas me détacher de lui entièrement. Parfois, je pense que je l'aime encore et d'autres fois que je le déteste. Pour le moment, je ne peux pas le souffrir. Mais je suis tout de même curieuse de ce qu'il devient. Je suis comme un enfant qui met son doigt dans le feu encore une fois, pour voir si ça fait toujours mal. Pouvez-vous comprendre ça ?

Shakkey approuva d'un signe de tête.

— Oui, dit-il, les femmes sont toutes comme ça.

Il la regarda en souriant.

— C'est chic d'être venue, reprit-il. Que vous êtes belle, Clovis ! Quelle chouette fille vous êtes !

Il regardait ses chevilles.

Elle dit d'une voix sans timbre :

— Quand vous m'avez téléphoné que vous l'aviez revu et que vous deviez le rencontrer à nouveau ce soir, je vous ai envoyé le whisky. Naturellement, il était trafiqué, et comment ! Mais je ne pouvais pas vous prévenir, parce que si vous aviez refusé d'en boire, il se serait méfié. Il aurait trouvé ça suspect. Il est très malin, vous savez.

Il y eut encore un silence, puis elle reprit :

— Alors, qu'est-ce qu'il a dit ? A vous, il a dû faire des confidences, il s'imagine que vous êtes son seul copain. Il a confiance en vous.

Shakkey mouilla ses lèvres, à nouveau, et dit d'une voix un peu rauque :

— Vous savez ce que vous m'avez promis...

— Oui, je sais. Dites-moi ce qu'il vous a raconté et je tiendrai ma promesse.

Elle se leva et se mit à marcher dans la pièce ; ses mouvements étaient gracieux ; elle savait que Shakkey l'observait avidement.

— Eh bien ! dit-il, après le quatrième verre il a commencé à se laisser aller un peu. Moi, je n'en avais bu qu'un, comme vous me l'aviez conseillé. Il était assis sur cette chaise-là, et il marmottait tout haut. J'écoutais. Il a parlé d'un patelin en Norvège, qui s'appelle Skaalund ou quelque chose comme ça, et d'une femme, Ingrid, et qu'il allait y faire un saut... Après, quand on avait un peu cessé de boire et qu'il y voyait plus clair, je lui ai proposé un rendez-vous pour la semaine prochaine. Mais il a refusé, il a dit que c'était impossible, qu'il serait déjà parti...

Les yeux de Clovis brillaient.

— Je vois, je vois, dit-elle. Je dois partir maintenant, mais je reviens tout de suite.

Shakkey se leva et vint se placer devant la porte pour lui barrer le passage.

— Hé là ! dit-il. Pas de blagues. Vous n'allez pas me laisser tomber ? J'ai tout fait comme vous me l'aviez dit et vous m'avez promis...

Elle vint à lui et dit en ricanant :

— Je reviendrai. Je tiendrai parole. Mais j'ai quelque chose d'urgent à faire. Je suis de retour dans quelques minutes. Laissez-moi passer.

Shakkey s'écarta et la laissa sortir. Quand elle fut dehors, il revint s'asseoir sur le lit et grogna machinalement :

— Bon sang de bon sang... bon sang de bon sang...

Clovis suivit la petite rue jusqu'à la rue principale du croisement, où il y avait une cabine téléphonique. Elle y entra, forma un numéro, attendit. Puis quelqu'un répondit.

— C'est Clovis, dit-elle. Est-ce à M. Maston que je parle ? Bon. Ecoutez.

C'est bien ce que je pensais : Skaalund, en Norvège. Rendez-vous avec une certaine Ingrid. Et ce sera probablement la semaine prochaine.

— Excellent ! dit la voix. Merci mille fois. Bonne nuit.

Elle raccrocha, sortit de la cabine et resta un moment immobile, dans la rue noire, indécise. Puis elle haussa les épaules et revint sur ses pas. Elle monta à l'appartement de Shakkey.

Berg était assis derrière le pilote, un jeune homme de vingt-trois ans, un as d'une escadrille de Mosquitos, qui souriait toujours et s'était laissé pousser une longue moustache, comme ce fut un moment la mode dans la R.A.F. De temps à autre, il se retournait vers Berg en souriant.

Berg était assis très raide sur son siège. De chaque côté de sa tenue de parachutiste, il avait dans un étui un automatique de calibre 45, une des mitraillettes allemandes qu'il avait prises à la Feldgendarmerie, il y avait quatre ans, et qu'il affectionnait particulièrement, trois chargeurs de rechange et un couteau à ressort pour couper les cordes de son parachute. Le pilote réduisit les gaz et commença à planer. Il dit à Berg, par les écouteurs :

— Les copains vont commencer dans une minute. Vous avez choisi une bonne nuit.

Son sourire s'élargit et il ajouta :

— J'espère que vous ne tomberez pas dans un fossé.

— J'espère aussi, dit Berg.

Il sourit à son tour. Après un silence, le pilote dit soudain :

— Ça y est. Les gars ont commencé.

Il ouvrit les robinets. Le bruit du bombardement parvint aux oreilles de Berg. Ils volaient à basse altitude et l'éclatement des bombes faisait un vacarme assourdissant. A trois kilomètres, sur la droite, un dépôt de munitions, ou quelque chose d'analogue, venait de sauter. La D.C.A. allemande entra en action, avec un bruit effrayant.

Berg regarda la boucle de sa ceinture de sûreté. Le pilote lui cria :

— De quelle hauteur voulez-vous vous jeter ? De huit cents mètres ou plus bas ? C'est comme vous voudrez. J'essaye toujours de faire plaisir aux clients.

— La dernière fois, dit Berg, j'ai sauté de huit cents mètres et ça a bien marché.

— Je ne crois pas que ce soit prudent cette nuit et avec ce « zinc »-là. Sautez de cinq cents mètres, ça vaudra mieux.

— Très bien, dit Berg.

Il ouvrit la boucle de sa ceinture de sûreté. Le pilote s'approchait du point désigné. Berg sentit le vent après un virage incliné. Le pilote abaissa ses volets et ses roues d'atterrissage pour offrir plus de résistance au vent. Il prévint Berg, qui s'agenouilla derrière la trappe, légèrement sur le côté.

— Nous y voici, mon vieux, dit le pilote. Bonne chasse !

La trappe s'ouvrit en face de Berg.

— Adieu. Merci pour la balade, dit-il.

Et il s'élança dans le vide, la tête la première.

Il se laissa tomber pendant vingt-cinq mètres environ. Puis il tira sur la corde et, après une secousse, il descendit lentement. Il pouvait voir au loin, à gauche et à droite, le feu des batteries antiaériennes allemandes. Les bombardiers anglais étaient encore à l'œuvre. Berg trouvait ça très bien organisé. Il espéra qu'il ne tomberait pas sur un arbre, au-dessus de la forêt.

Il heurta le sol, se recroquevilla sur lui-même, tomba sur le dos, rassembla les cordes du parachute et les coupa avec son couteau. Puis il tira à lui le parachute, s'assit sur un coin et commença à le plier. Tout près, il y avait un trou d'obus. C'est là qu'il l'enfouit, en le recouvrant de terre. On le trouverait certainement un jour, mais il y avait une foule de parachutes dans la région. Un de plus ou de moins, ça ne voulait pas dire grand-chose.

Berg se leva et avança droit devant lui. Il reconnut bientôt où il était. Il n'était éloigné que de cent cinquante mètres environ du bord de la forêt de sapins, contiguë au terrain d'aviation d'où il s'était envolé dans des circonstances dramatiques, il y avait quatre ans, avec Ransome et Hilde. L'agent de liaison qu'il devait rencontrer lui avait donné rendez-vous à trois heures, au coin nord-est du bois. Si tout allait bien, Ransome leur enverrait un avion qui viendrait les prendre à côté d'un petit hameau tout proche, où il y avait un bon terrain d'atterrissage, à cinq heures moins dix.

Le bruit du bombardement allait en décroissant. La D.C.A. cessait peu à peu le tir. Berg avança lentement vers la lisière du bois. Un faible clair de lune lui permettait de distinguer le sommet des sapins se découpant dans le ciel. Il sortit de sa poche droite une fiole de whisky et but une grande gorgée. L'alcool le réchauffa. Il se sentit mieux.

Il avait fait une vingtaine de mètres quand il s'arrêta tout à coup et se laissa tomber sur un genou. Il avait entendu une voix, quelque part, près de lui. Il prêta l'oreille et entendit d'autres voix. Il rampa à quatre pattes jusqu'à un petit buisson d'ajoncs, sur la droite. Puis il se leva, abrité par l'arbuste, et observa.

La paume de ses mains se mouilla de sueur et sa gorge se sécha quand il aperçut, à quelques centaines de mètres, venant du coin du bois, une section de soldats allemands, marchant en ligne, à deux mètres les uns des autres. Sur la gauche, plus loin, il y avait un autre groupe de soldats ennemis. Ils devaient avoir eu vent de quelque chose. Ils peignaient systématiquement les parages. D'un moment à l'autre ils allaient l'attraper. Il entendit au-dessus de lui, à haute altitude, le bruit d'un moteur. C'était le pilote de combat qui l'avait parachuté ; il décrivait des cercles, attendant le signal convenu que tout allait bien.

Berg réfléchit rapidement. Si le pilote ne recevait pas le signal, il resterait encore un moment, pensant que Berg avait fait un mauvais atterrissage. Il attendrait un peu et serait peut-être en retard pour rentrer. S'il s'absentait trop longtemps, l'avion qui devait venir chercher Ingrid et les autres partirait sans plus attendre. Il fallait empêcher cela ; car, même si Berg n'était pas là pour donner à l'avion le signal d'atterrir, si Ransome était dedans, il descendrait, pour savoir ce qui était arrivé à Berg, pour se rendre compte de la situation.

Manifestement les Allemands savaient quelque chose ; ils s'étaient attendus à quelque chose, ça ne faisait aucun doute. Il regarda encore les soldats qui continuaient d'avancer : leurs baïonnettes luisaient au clair de lune, ils battaient tous les buissons, jusqu'au moindre arbrisseau rabougri.

Berg pensa à Ingrid. L'agent de liaison qui devait le rencontrer au coin nord-est du bois était peut-être déjà en route. Il fallait le prévenir d'une façon ou d'une autre. Car les Allemands arrêtaient quiconque était dehors après le couvre-feu et il était certain de se faire repérer, avec un pareil déploiement de forces ennemies dans la région. Berg ouvrit la courroie qui maintenait la mitraillette et les deux chargeurs. Les deux automatiques de calibre 45, attachés par une courroie de chaque côté de sa camisole, étaient trop lourds. Il enleva sa camisole, sortit les revolvers de leurs étuis. Il les regarda un moment : il s'en séparait à regret, c'étaient de bons amis. Il les enveloppa dans sa camisole de parachutiste et les enfouit dans le taillis. Peut-être qu'un collègue, parachuté pour un travail identique, les trouverait et devinerait ce qui lui était arrivé. Il mit le chargeur dans la mitraillette et se plaça au bord du fourré.

Maintenant les soldats ennemis n'étaient plus qu'à quinze ou vingt mètres. Berg épaula, pressa sur la détente. L'arme fit un bruit saccadé et les cinq soldats allemands, en face de Berg, tombèrent à terre. Il lâcha une autre rafale à sa gauche, puis, courbé en deux, s'apprêta à gagner le bois de sapins en courant. A mi-chemin, il s'arrêta pour tirer encore une rafale. A ce moment, des coups de feu lui répondirent ; les balles sifflèrent à ses oreilles. C'est ce qu'il avait voulu. Ainsi l'agent de liaison, en route vers le lieu de rendez-vous, entendrait le bruit de la fusillade et devinerait ce qui se passait. Il reviendrait sur ses pas et se mettrait en lieu sûr.

Berg courut à toute vitesse. Il avait presque atteint la lisière du bois. Il se disait qu'il avait encore une chance de s'en tirer. S'il gagnait le bois et si on ne le trouvait pas jusqu'au matin, il pourrait peut-être en sortir et se cacher quelque part, aidé par un membre de l'organisation de résistance. Mais cette espérance fut vaine. Au même moment, Berg fut frappé en pleine poitrine et tomba à plat, incapable, malgré ses efforts, de se relever. Ses yeux s'enténébrèrent ; il perdit connaissance.

Quand il revint à lui, il était appuyé contre un arbre, à l'intérieur du bois. Des gens étaient autour de lui. Quelqu'un alluma les phares d'une ambulance et il put distinguer les visages de ceux qui l'entouraient et le regardaient curieusement.

« Ça y est ! Je suis fait ! » se dit Berg.

Deux hommes se tenaient un peu à l'écart des autres et l'observaient. L'un d'eux était le lieutenant de la Feldgendarmerie qu'il avait laissé évanoui dans son bureau, après l'avoir assommé, il y avait quatre ans. Il s'entretenait en allemand avec son voisin.

Celui-ci se tourna vers Berg et dit :

— Le lieutenant vous reconnaît. C'est vous qui êtes déjà venu ici, il y a quatre ans. Vous avez eu l'idée de revenir ? C'était une bien mauvaise idée, mon ami. Ce n'est pas très malin.

Il ricana :

— Sans doute, vous ne manquez pas de courage. Mais ça ne vous servira à rien.

Berg ne répondit pas. L'Allemand reprit :

— Je me présente : commandant Kramen, de la Gestapo. Nous vous attendions, mon ami. Nous sommes extrêmement heureux de vous voir. Vous avez, j'en suis sûr, un tas de choses intéressantes à nous dire.

— Je n'ai pas eu de chance, dit Berg. Ça peut arriver.

L'Allemand approuva d'un signe de tête.

— Je suis de votre avis. Ça peut arriver, dit-il. Mais cette fois vous n'aviez vraiment aucune chance. Nous savions que vous alliez descendre du ciel.

— Je ne vous crois pas, dit Berg en toussant un peu.

— Croyez-vous que nous soyons tellement stupides ? Nous avons des gens, à Londres, qui travaillent pour nous. Et ils ne sont pas fous non plus. Ils nous avaient prévenus.

Berg regarda l'avenue sombre, de l'autre côté des phares, entre les sapins. Maintenant il comprenait tout, la visite de Clovis à Shakkey, le whisky frelaté, etc. Dans son ivresse, il avait trop parlé et Shakkey avait tout répété. C'est comme ça que Clovis s'était vengée de lui. Il haussa les épaules.

— Nous allons vous envoyer dans un hôpital, dit l'Allemand. Nous prendrons soin de vous. Vous êtes un personnage beaucoup trop précieux pour que nous vous laissions mourir. Quand vous irez mieux, nous vous ferons parler, mon ami. Mais vous vous épargneriez déjà bien des ennuis si vous nous disiez tout de suite quel est l'agent que vous deviez contacter ici. Vous aviez rendez-vous avec quelqu'un, n'est-ce pas ? Qui est-ce ?

Il s'avança vers Berg et s'agenouilla en face de lui.

— Allons, dites-moi le nom de l'homme ou de la femme avec qui vous aviez rendez-vous cette nuit.

Berg se souleva sur la main gauche et dit :

— Je vais vous le dire.

En même temps, il leva le coude droit et en frappa violemment l'Allemand à la figure.

Kramen tomba sur le côté. Un soldat allemand déverrouilla son fusil. Mais Kramen se releva, saignant de la bouche et du nez, et cria un ordre en allemand. Il essuya son pantalon, et, regardant Berg, lui donna soudain un coup de pied en pleine figure.

— Nous avons entendu parler de vous, mon ami, dit-il. Il y a toujours eu des fusillades et des morts à la suite du parachutage d'un agent ennemi en Norvège. Ce pourrait bien être vous. Vous êtes peut-être celui qu'ils appellent ici le Héros noir ?

Berg mit la main à sa bouche et la retira rouge de sang. Il avait deux dents cassées. Il leva les yeux sur Kramen et dit sourdement :

— Toute ma vie, j'ai essayé d'être un héros. Eh bien ! par Dieu, il va falloir que j'en sois un maintenant, je crois.

— C'est entièrement mon avis. Nous avons, en Allemagne, un charmant camp de concentration pour les gens comme vous, dit Kramen. Vous y mourrez à petit feu. Je quitte précisément ce maudit pays pour aller diriger ce camp. Je vous aurai à l'œil, tout particulièrement. Vous serez mon souffre-douleur, ma tête de Turc. Je vous en ferai voir de toutes les couleurs, mon ami.

Berg ne répondit pas. Il se rappelait que c'était Hilde qui l'avait appelé le

Héros noir pour la première fois, quand ils s'étaient échappés en avion avec Ransome.

Et, chose étrange, il ne se sentit pas malheureux.

ÉPILOGUE

INGRID. — *Dartmouth, août 1945.*

Quand Berg vit la petite auto à l'ombre de la haie, près de la porte blanche, il s'arrêta. Il se retourna et regarda à l'endroit où le cadavre de Clovis gisait au pied de l'arbre.

Il n'éprouvait aucun remords. Et, pourtant, il était vaguement déçu. Il haussa les épaules. Il était incapable de comprendre exactement ce qui lui causait cette sensation. Mais il se dit qu'il n'avait jamais été très fort pour voir clair en lui-même, pour analyser exactement les causes de sa joie et de sa tristesse.

Il monta dans l'auto, mit le moteur en marche, et revint lentement à Dartmouth. Il conduisait lentement parce qu'il réfléchissait et parce qu'il savait que le dernier acte du drame qu'avait été sa vie était en train de se jouer. Il grimaça. En tout cas, c'était un acte sensationnel. Il se demanda ce que Ransome en dirait. Berg savait exactement ce qui allait se passer. Il était depuis assez longtemps en Angleterre pour connaître la stricte impartialité de la loi anglaise. Quand on avait tué quelqu'un, on était pendu. On subissait la pendaison par le cou jusqu'à ce que mort s'ensuive. On pouvait avoir les meilleurs avocats, si on avait tué quelqu'un, et si on était prêt à le reconnaître, comme c'était le cas de Berg, on était condamné à la pendaison. Le juge se coiffait d'une sorte de bonnet noir triangulaire et exprimait le vœu que Dieu ait pitié de votre âme. Berg avait entendu parler de tout cela. On vous donnait même une dernière chance et on pouvait faire appel. Mais l'appel serait rejeté et, dans les trois semaines qui suivraient le jugement, on viendrait le tirer de prison et le pendre, gentiment, tranquillement, proprement.

C'est ce qui allait lui arriver.

Il n'y avait plus qu'une chose à faire. Il y avait une personne qui devait en savoir plus long sur l'affaire qu'il n'en révélerait lui-même à ses juges. Il n'avait pas l'intention de se défendre avec acharnement. Il en avait peut-être assez de toute cette histoire. Mais il voulait que Ransome, au moins, fût au courant.

Il était une heure un quart quand il arrêta l'auto sur le quai de Dartmouth. Le clair de lune était plus brillant à présent et il put distinguer le destroyer *Whelp,* au milieu de la rivière. Il alluma une cigarette, suivit le quai jusqu'aux marches de débarquement en face de l'hôtel *Raleigh.* La rivière était calme. Rien ne bougeait. Berg alla jusqu'à l'escalier suivant, à trente ou quarante mètres. En bas, il aperçut deux petits canots amarrés. Il monta dans un et se dirigea vers le destroyer, à force de rames. Il peinait, car la marée lui était défavorable. Il fut heureux quand il eut atteint son but.

L'officier de quart, apercevant le canot, vint en haut de l'échelle de commandement.

— Qu'est-ce que c'est ? demanda-t-il.

— Je veux voir le capitaine Ransome, dit Berg. Dites-lui que je m'appelle René Berg. Je crois qu'il sera content de me voir.

— Je pense bien, dit l'enseigne de vaisseau. Il a essayé de vous joindre depuis vingt-quatre heures.

Berg attacha son canot et gravit l'échelle.

— Attendez une minute, dit l'officier de quart. Je reviens.

Deux ou trois minutes plus tard, il était de retour.

— Suivez-moi, dit-il à Berg. Le capitaine veut vous voir tout de suite.

Quand Berg entra dans la cabine de Ransome, celui-ci lui tournait le dos et écrivait, assis à son bureau. Il se tourna sur son fauteuil et dit, en souriant :

— Heureux de vous voir, Berg. Je désespérais de vous atteindre. Quand j'ai appris que vous aviez été chercher le carnet de chèques et l'argent que j'avais laissés pour vous à l'endroit habituel, que vous étiez passé à l'American Club chercher les revolvers, je me suis dit qu'il était temps que nous ayons ensemble un petit entretien.

— Eh bien ! nous en avons un, n'est-ce pas, capitaine ? dit Berg.

— Oui. Je trouve que vous n'êtes pas en trop mauvais état. Vous avez dû pourtant beaucoup souffrir dans cet abominable camp de concentration.

— Oui. Je n'étais pas à la noce. Il y a déjà trois mois que je suis rentré. Mais, à vrai dire, je n'étais pas très pressé de venir vous voir. J'ai été chercher les revolvers parce que j'en avais besoin. Je croyais que Shakkey les avait déposés là.

— Qu'est-ce qui vous faisait croire ça ?

— Je croyais qu'un de vos agents avait pu les trouver dans le buisson où je les avais cachés, près de Skaalund. Et comme je vous avais dit que, s'il m'arrivait quelque chose, on envoie à Shakkey tout ce qui m'appartenait, je pensais que Shakkey en avait peut-être hérité, et que, de son côté, il les avait laissés en dépôt pour moi à l'American Club.

— Eh bien ! vous vous trompiez. C'est moi qui les ai laissés là.

Il reprit en souriant :

— Mais quelle importance cela pouvait-il avoir, René ?

— Une très grande importance. Je voulais retrouver Shakkey, et j'ai eu la chance de le retrouver, ici, cette nuit. Il est chef mécanicien en second sur un des destroyers américains ici. Mais il s'était absenté sans permission régulière. Au *Raleigh* une dame m'a donné quelques indications qui m'ont permis de le découvrir dans une auberge appelée le *Château de la Tour*. Vous connaissez l'endroit ?

— Oui, je connais. Mais pourquoi teniez-vous tant à retrouver Shakkey ?

— Parce que j'avais ainsi des chances de retrouver, du même coup, une femme que je cherchais, une certaine Clovis Scansi. Et je ne m'étais pas trompé. Elle était précisément à ce *Château*. J'ai fait déguerpir Shakkey, et, après, j'ai eu une conversation avec cette femme. Ça s'est mal terminé.

Je lui ai fichu trois coups de revolver. Son cadavre est au pied d'un arbre, dans un petit bois, derrière la grande pelouse du *Château*.

— Ah ! dit Ransome avec flegme.

Il prit une boîte à cigarettes sur son bureau, en offrit une à Berg, en prit une lui-même. Il alluma les cigarettes avec son briquet et dit :

— Et qu'est-ce qui vous a forcé à exécuter cette personne ?

— C'est une longue histoire, vous savez. J'avais rencontré cette Clovis Scansi, il y a longtemps, à Chicago. Elle a profité de ce que j'avais le béguin pour elle pour me faire descendre quelques types qui lui déplaisaient. J'ai dû m'éclipser pour échapper à la chaise électrique. Je l'ai revue à Londres, le soir où je sortais de chez vous, à Birdcage Walk. Elle s'est arrangée pour me faire parler en envoyant du whisky trafiqué à Shakkey, avec qui j'ai passé la soirée. J'aurais dû m'en douter. Shakkey était amoureux fou d'elle. C'est un idiot avec les femmes. Elle lui a tiré les vers du nez, pour pouvoir se venger de moi. Je lui avais dit un peu brutalement ma façon de penser, et elle m'en avait gardé rancune. Alors elle a transmis les informations qu'elle avait pu recueillir à un certain Maston, qui travaillait pour les Boches ici. Il s'appelait Schlengel, de son vrai nom. Et la nuit où j'ai été parachuté, il n'y avait pas loin de trois compagnies d'infanterie qui peignaient la région pour me mettre la main dessus. Je n'avais pas la moindre chance de leur échapper.

Ransome alla chercher une bouteille de whisky, un siphon d'eau de Seltz et deux verres dans une armoire. Il versa à boire.

— Continuez, dit-il. Ça m'intéresse beaucoup.

— Tout le temps que j'ai passé dans ce maudit camp de concentration, j'ai toujours désiré faire deux choses avant de mourir : d'abord tuer Kramen, une brute qui commandait le camp ; et puis — ça me semblait presque un rêve — si jamais je revenais ici, retrouver Clovis Scansi et lui régler son compte.

Il haussa les épaules.

— Maintenant, mes deux souhaits se sont réalisés. Je ne me fais aucune illusion sur le sort qui m'attend. Quand on tue quelqu'un, on est pendu. Je le sais. Eh bien ! je suis d'accord. Tout ce que je voulais, c'était vous voir avant. Vous avez été le seul ami que j'aie jamais eu dans ma vie. Je voulais vous dire ce qui s'était passé. Maintenant, tout ce qui me reste à faire, c'est de retourner à terre et de prévenir les flics.

Il vida son verre de whisky.

— Non, pas du tout, dit Ransome. Vous rappelez-vous, René, cette nuit, lorsque vous êtes venu me voir, vous avez trouvé un dossier sur mon bureau. Vous avez jeté un coup d'œil dedans et vous avez vu que c'était un rapport sur vous, du Service Secret américain. Vous vous rappelez ?

— Oui, dit Berg.

— Vous vous souvenez que je vous ai dit qu'à votre retour de Norvège j'avais un autre travail pour vous, pour lequel vous étiez particulièrement qualifié, et où vous pourriez m'être d'un grand secours ?

— Oui, je m'en souviens, dit Berg.

— C'est extraordinaire. Si vous aviez tourné quelques pages de plus dans le dossier, vous auriez vu qu'il ne vous concernait pas exclusivement, mais encore plus cette Clovis Scansi, dont nous savions qu'elle travaillait pour les Allemands depuis un an avant la guerre. Nous savions qu'elle était en Angleterre. Et je voulais vous charger de la retrouver. C'est plutôt drôle, vous ne trouvez pas ?

Ransome sourit.

— On dirait que c'est elle qui vous a trouvé la première.

— Ah, ça, c'est formidable ! dit Berg. Par conséquent, en ce qui me concerne, il ne s'agit pas d'un meurtre.

— Vous travaillez toujours pour moi, Berg. Vous êtes toujours un agent de mon service. En tuant Clovis Scansi, cette nuit, vous avez seulement anticipé un peu sur son exécution. Nous allions nous charger d'elle. Nous aurions pu le faire plus tôt. Mais elle nous a permis de découvrir la trace d'autres personnages intéressants, Schlengel et une demi-douzaine d'autres. Si jamais une femme a bien mérité d'être exécutée, c'est celle-là. De toute façon, elle n'y coupait pas.

Berg regarda Ransome, ébahi.

— Alors, dit-il, c'est vrai, on ne va pas me pendre ?

— Il n'en est pas question. Il y a longtemps que vous travaillez pour moi, Berg. Je vous connais. Je connais toute votre histoire. J'ai trouvé en vous les qualités qui font un homme : le courage et la loyauté. Vous avez eu un dur moment à passer dans ce camp de concentration. Mais, maintenant, je pense que c'est fini et que la guigne ne vous poursuivra plus.

— Alors, que faut-il faire, capitaine ?

— Je vais m'occuper de ça. Je ferai enlever le cadavre cette nuit. Je puis vous assurer que personne ne regrettera beaucoup Mme Scansi. Je puis vous assurer également que nos propres services seront enchantés d'apprendre qu'elle est hors de combat. Vous raconterez, naturellement, que, selon mes instructions, vous êtes allé la voir cette nuit pour l'identifier et la ramener ici. Alors, chose qui semblera toute naturelle, elle vous a menacé de son revolver, et chose non moins naturelle, vous l'avez tuée.

— Merci beaucoup, capitaine.

Ransome se leva.

— Maintenant, vous feriez bien de retourner à terre. Je vais vous donner un papier pour que vous puissiez coucher à l'American Club. Venez me voir demain. Et il y a encore quelque chose que vous pouvez faire. Je vous trouverai peut-être un autre boulot, pour moi, cette nuit, en revenant à terre. Allez au *Ferris Hotel* et réveillez le portier de nuit. Il vous fera attendre un peu, parce qu'il est vieux et un peu dur d'oreille. Quand il vous aura ouvert, remettez un message de ma part à l'occupant de la chambre 29, au premier étage. Remettez ce message personnellement. C'est compris ?

— J'ai compris, dit Berg. Chambre 29, au *Ferris Hotel.* Et je viens vous voir demain matin à onze heures. C'est bien ça ?

— Très bien. Maintenant, je vais vous donner le message.

Il s'assit à son bureau, écrivit une lettre, la mit dans une enveloppe qu'il cacheta. Il la tendit à Berg et dit :

— Vous avez été malchanceux pendant la plus grande partie de votre vie. Mais la chance tourne. Cette nuit, vous avez eu certainement de la chance.

— Vous parlez ! dit Berg en riant.

Ransome lui tendit la main. Ils se serrèrent la main. Berg s'en alla.

Berg frappa à la porte du *Ferris Hotel* pendant dix bonnes minutes, avant que le portier de nuit, un vieillard rhumatisant, aux cheveux gris, vînt lui ouvrir. Il regarda Berg d'un air soupçonneux.

— Je dois remettre une lettre à la chambre 29, de la part du capitaine Ransome. Je dois la remettre moi-même.

— C'est bien, dit le portier de nuit. Je connais le capitaine. Montez au premier, c'est la troisième porte à gauche. Fermez la porte après vous, quand vous sortirez, et vérifiez si elle est bien fermée.

— Entendu, dit Berg.

Il monta lentement l'escalier. Il était un peu ébahi. Il se disait que la vie était vraiment drôle. Juste au moment où l'on pensait être fichu et au bout de son rouleau, elle vous relevait et vous faisait repartir, avec plus de force que jamais. Il haussa les épaules.

Le premier étage était faiblement éclairé. Berg trouva la chambre 29 et frappa. Il entendit du bruit à l'intérieur de la pièce, une lumière s'alluma et la porte s'ouvrit.

Berg tendit la lettre et dit :

— C'est de la part du capitaine Ransome.

Il leva les yeux. Debout, sur le pas de la porte, et lui souriant, il aperçut Ingrid ! Il ouvrit de grands yeux et s'écria, stupéfait :

— Par exemple !... Ingrid !

— Oui, René. C'est moi, dit-elle.

Berg la regardait stupidement. Il se disait : « Je sais maintenant ce que c'est que d'être vraiment amoureux. Je ne m'étais pas douté que j'aimais cette gosse à ce point-là.»

— Savez-vous ce qu'il y a dans le message que vous m'apportez, René ? demanda-t-elle.

— Non.

— Alors, lisez-le.

Elle lui tendit la lettre. Il la prit, se mit de côté, pour que la faible lueur du couloir éclairât le papier, et lut ceci :

Chère Ingrid,

Je vous envoie, une fois de plus, le Héros noir. Vous avez toujours dit qu'il reviendrait et que vous l'attendriez. Eh bien ! le voici.

Bonne chance à tous les deux. Vous l'avez bien méritée.

Cordialement vôtre,

C.T.-R. Ransome.

Berg regarda la feuille de papier, abasourdi. Pour une raison qu'il ne s'expliquait pas, il vit que ses doigts tremblaient.

— Entrez, René, dit Ingrid. Nous avons un tas de choses à nous dire, tous les deux.

LES ÉTOILES SE CACHENT

Titre original :
The Stars are Dark

Traduit par A.G. Cerisier-Duvernoy

Des fantômes blancs marchent doucement
quand les étoiles se cachent.

1

Un rendez-vous avec les fantômes

I

Un metteur en scène de cinéma, à la recherche d'un tableau de revenants pour un film macabre, se serait enthousiasmé en voyant l'auberge connue sous le nom de Rose des Vents.

Elle se dressait à une soixantaine de mètres en retrait du croisement de routes désertes. Un des chemins se perdait aux confins de la crête boisée du coteau, et, devenu simple piste, disparaissait au milieu des broussailles du sommet ; un autre traversait la lande ; un autre encore tournait autour de l'auberge et allait en s'élargissant à mesure qu'il se rapprochait de la ville. On n'était nulle part à l'abri du vent. La bâtisse délabrée était plantée sur un plateau dénudé entouré de fourrés épais. Les falaises descendaient à pic de l'autre côté des bois et se fondaient avec les dunes de sable qui s'étendaient en pente inclinée jusqu'à la plage allongée de la baie.

Il faisait une nuit d'orage. Le vent de la mer mugissait à travers le feuillage, descendant en trombe jusqu'à la croisée des chemins et battant de toute sa furie la Rose des Vents. La tourmente secouait les vieux volets, faisait claquer les portes aux gonds branlants, arrachait de sinistres craquements aux cadres des fenêtres et aux charnières, balançait en tous sens l'enseigne de la taverne, et le glapissement aigu de l'ouragan alternait avec la plainte funèbre qui s'élevait de ces ferrures rouillées.

Le camion qui filait à soixante à l'heure venait de la direction de la ville.

En apercevant l'auberge, Greeley, assis à côté du chauffeur, lui dit :

— Dis donc ! Suis la route jusqu'à ce que tu arrives à la bordure du bois. Tu verras une clairière où tu pourras tourner pour garer ton camion.

— C'est bon, répondit le chauffeur d'une voix d'homme bien élevé.

Ses mains appuyées sur le volant étaient blanches, les mains d'un homme qui n'a pas l'habitude des travaux manuels.

Greeley le regarda en pensant : Ma parole ! on nous envoie de vrais gandins ces temps-ci. Je me demande où ils ont déniché cet oiseau-là ? Il mit la main dans la poche de côté de sa vareuse de cuir, en sortit une cigarette froissée et l'alluma ; puis il l'inséra élégamment dans le pli de sa lèvre inférieure. Greeley était un de ces hommes qui ont toujours des cigarettes collées à la lèvre inférieure. Il défit deux ou trois boutonnières de sa vareuse de cuir et introduisit la main dans les plis. Sous son bras gauche, dans une gaine souple, il avait un revolver automatique Webley-Scott 45. Il tira cette gaine pour l'avancer un peu, de sorte que sa main droite pût étreindre plus facilement la crosse, et reboutonnant sa vareuse, il resta, les mains aux genoux, à regarder à travers le pare-brise.

Il se mit à penser à cette fille de Kingstown... Saperlotte ! Ça, c'était une luronne ! En fait de cran — et il savait ce que parler veut dire — elle en avait à revendre ! Et elle avait une de ces figures pâles et pensives, de fins cheveux blonds et un corps à vous faire courir des fourmis dans le bout des doigts !

Elle avait un air de faiblesse et d'impuissance ; elle vous fixait de ses grands yeux bleus, comme si on l'avait emmenée de force faire quelque rude cavalcade ; on ne pouvait s'empêcher de la plaindre.

Faible et sans défense !... Greeley dont les yeux perçants regardaient le pare-brise en face de lui, et qui n'y voyaient que ce visage pensif, se mit à ricaner... Faible et sans défense !... Que le diable emporte la donzelle ! Il se souvenait de l'affaire de la cave des Six Sœurs à Meath Road, et du moment où elle avait descendu Vietzlin quand il passait par la fenêtre... un superbe coup, au jugé... avec un calibre 45 qu'elle avait arraché de la poche du veston de Villiers, en tirant rapidement avec cette arme qui pesait près de deux livres ! Greeley se demandait qui elle pouvait être et s'il la reverrait jamais ! Où ce démon de Quayle avait-il pu trouver ce numéro ? Quayle avait le chic pour les dégoter... Il avait certainement quelque méthode bien à lui. Il ne se trompait jamais quand il jetait son dévolu sur quelqu'un !

Greeley s'avoua que Quayle savait ce qu'il faisait. C'était un type de sang-froid, à la tête dure, ce Quayle ! Il pouvait se montrer inflexible à l'occasion et aussi faire l'aimable, paraître doux et conciliant. Il faisait semblant d'avoir bon cœur et il vous embobinait complètement avec ses paroles... mais parler n'était pas sa seule supériorité... Il avait plus d'un autre tour dans son sac !

Greeley tâchait d'imaginer ce que ça lui rapportait... A peu près autant qu'aux autres, pensa-t-il, presque rien, un rien tout neuf, rien de rien, fichtre ! sauf peut-être la sensation. Peut-être que Quayle y trouvait quelque sensation ?

Massanay, le chauffeur, remarqua :

— Je me sens tout chose. Je me demande ce qui va arriver ?

Greeley grimaça :

— Pourquoi diable se faire de la bile ! Crois-moi, ne pense jamais à l'avance à ce qui va t'arriver dans ce métier-là. Tu me comprends ? Ça ne sert à rien, mon vieux, et ça n'avance à rien ! Il faut prendre les choses comme elles viennent ! Et puis il faut te souvenir de ceci : l'avenir n'est jamais aussi noir qu'on se l'imagine !

Massanay déclara :

— Tu devrais en savoir quelque chose !

— Ça, tu peux en être sûr ! dit Greeley. Quand tu auras autant d'expérience que moi dans ce boulot-là, rien ne te semblera étrange, rien ne te surprendra ! Si deux diables incandescents nous tombaient dessus de l'enfer dans un éclair de flamme bleue... ça ne te ferait même pas cligner de l'œil !

Il y eut un silence et Greeley demanda :

— Tu connais tes consignes ?

— Oui, répondit Massanay, en continuant du ton d'un enfant qui répète sa leçon : Je vais garer le camion dans une clairière du bois. J'attendrai dix minutes ; ensuite j'irai au bar de la Rose des Vents, je boirai un coup. Il y aura trois hommes là, toi-même et deux autres. Je sais comment seront les deux autres ; ça va. Quand j'aurai fini de boire, les gens devraient commencer à s'en aller, le grand d'abord, puis l'homme de taille moyenne, aux épaules très larges. Deux minutes plus tard environ, ce sera mon tour de partir.

Greeley dit :

— Ça va ! Et où iras-tu après ?

— Je suivrai le sentier du haut de la falaise, répondit Massanay. Sur l'autre versant, à une centaine de mètres avant d'arriver en bas, il y a une ouverture dans la falaise, une crevasse qui va jusqu'à la plage. Il faudra que je descende dans cette crevasse, et je vous y trouverai dans quelque coin.

— C'est bien ça, fit Greeley en ricanant. Tu n'as qu'une chose à faire si tu portes une ceinture, c'est de la serrer d'un cran. Ça fera rester tes boyaux en place. Et ensuite arrête-toi de claquer des dents ; toutes les fois que le vent se calme, tu fais autant de boucan qu'une sacrée machine à écrire !

Il lui lança une bourrade dans les côtes en ajoutant :

— Ne t'en fais pas, mon petit ! J'étais tout à fait comme toi la première fois... Attends... Je descends ici.

Massanay ralentit, Greeley ouvrit la porte du camion en disant :

— Quand tu gareras ton camion, rabaisse la bâche à l'arrière ; y pourrait y avoir quelque mouchard aux environs, un cycliste, un agent ou un garde civil. Ils voudraient peut-être savoir ce que tu fabriques avec quatre caisses de six pieds de long dans ta bagnole !

Massanay répliqua :

— Qu'est-ce que ça peut bien leur fiche ?

Greeley répondit :

— Ce que ça leur fiche ? C'est qu'on dirait des cercueils. — Il ricana de nouveau. — C'est pour ça que personne ne croira que ce sont des caisses à fruits... Et ce qu'il y a de rigolo, c'est que ce sont vraiment des caisses à fruits, et que ça devrait être des cercueils... A tout à l'heure, vieux !

II

Fells finissait de boire son whisky à l'eau de Seltz quand Greeley entra dans le bar de la Rose des Vents. Greeley lança un coup d'œil indifférent, sans montrer le moins du monde, en apercevant Fells et Villiers, qu'il les connaissait.

Villiers, assis à la petite table à gauche du feu, buvait une Guinness. Il portait un melon assez bizarrement perché sur le haut de sa tête en boule ; il avait l'air d'un agent d'assurances ou de quelque chose de ce genre, l'allure d'un individu qui passe inaperçu.

Fells, appuyé contre le bar, alluma une cigarette. Il pensait à Greeley. Il se disait qu'il avait une certaine valeur. C'était un drôle de type, un type assez étrange, ce Greeley, mais qui avait un flair particulier et indéfinissable. On pouvait avoir toute confiance en lui.

Fells avait une longue figure mince. La première fois qu'on le voyait, on se disait que c'était une très triste figure. Le pli profond et amer de la bouche, les mâchoires osseuses et les yeux caves lui donnaient une bizarre apparence d'ascétisme. Mais en l'examinant de plus près on remarquait une masse de petites lignes rieuses en bordure des paupières. Quand il souriait —

ce qui n'arrivait pas souvent — ses prunelles s'éclairaient. Alors, il semblait que, l'espace d'un instant, il avait oublié quelque chose, quelque chose qu'il voulait oublier à tout prix, comme s'il avait obtenu quelques secondes de répit d'un fantôme qui le hantait. Il était grand et maigre avec de fortes épaules, de grandes jambes et la taille mince, et sous une apparente indolence, on sentait qu'il possédait beaucoup d'énergie.

Fells aurait pu réussir dans n'importe quel métier, en premier lieu il aurait fait un bon acteur. Il avait ce don de savoir se fondre dans l'arrière-plan, et dans ce débit de la Rose des Vents, il paraissait faire corps avec le milieu.

Villiers, le melon sur la tête, sirotait sa Guinness à une table du fond. Greeley, qui avait commandé sa consommation et qui s'appuyait contre le comptoir du bar, en admirant de l'œil la plantureuse barmaid, s'harmonisait autant que Fells, et d'une étrange façon, avec l'ambiance de la Rose des Vents. Il le faisait par un procédé curieux, mais qui est à la portée de tous ceux dont le système nerveux est au diapason des phénomènes atmosphériques.

Massanay entra. La barmaid le fixa un instant. Elle se demandait pourquoi il y avait tant de clients à servir ; elle trouva que Massanay avait l'air gentil, puis ses regards se portèrent sur Fells qu'elle jugea avec l'intuition rapide qui caractérise les serveuses de bar. Il lui sembla quelque peu étrange et mélancolique, comme un homme que la vie a malmené et qui reste quelque peu indécis.

Fells réfléchissait qu'il aurait voulu aller au Palladium voir Tommy Trinder. Il avait vu dans la matinée une affiche où le visage de M. Trinder le regardait d'un air d'invite en disant : « Vous êtes des veinards ! » Par association d'idées, Fells se mettait dans l'esprit cette idée qu'en allant au Palladium et en voyant Tommy Trinder, la chance pourrait lui sourire aussi. En tout cas il s'en paierait une bosse ! Il fallait aller voir Tommy Trinder ! Puis il se dit que, si possible, il en dirait un mot à Greeley... D'abord, Greeley y était allé, bien sûr ! Greeley allait partout ! Il savait parfaitement comment s'amuser ! Il n'y avait que Greeley pour trouver du plaisir à des choses comme... Après tout, il n'y en avait pas deux comme Greeley !

Il commanda un deuxième whisky à l'eau de Seltz. Il se mit à penser à Tanger. Ça lui procurait de la joie. Il ne se donnait pas toujours le luxe de penser à Tanger, mais seulement de temps en temps, quand les choses allaient mal, qu'il se sentait quelque peu surexcité, ou encore que l'avenir immédiat apparaissait gros de menaces... Alors Fells pensait à Tanger.

Son image se présentait à lui. Il contemplait l'ovale de sa ravissante figure, tout encadrée de cheveux châtains aux boucles soyeuses, il songeait à ses traits et aux lignes molles de sa bouche. En pensant à elle, il éprouvait une sensation de paix et de fièvre dont il avait justement besoin à ce moment-là !

La barmaid lui apporta sa consommation qu'il sirota avec lenteur. Puis il retourna son poignet et regarda sa montre-bracelet. Il était dix heures. Il portait cette montre au revers de son poignet parce qu'elle avait un cadran lumineux, et s'il l'avait portée sur le poignet, elle aurait brillé dans l'obscurité. Fells, Greeley, Villiers et les autres pensaient toujours à des petits détails de ce genre. Ils se rendaient compte qu'ils ont de l'importance, une très grande importance ! Des questions d'intérêt primordial, comme la vie par exemple — à supposer que la vie ait de l'intérêt — dépendaient parfois de petits détails comme ceux-là !

Il mit le mégot de sa cigarette dans le cendrier, souhaita le bonsoir à la barmaid, enfonça les mains dans les poches de son vieil imperméable bleu marine et quitta le bar.

Greeley commanda une autre demi-pinte de bitter. Quand on posa le pot devant lui, il le regarda avec l'air de quelqu'un qui s'attend à voir quelque chose apparaître à la surface de la bière brunâtre.

Il calculait qu'il n'avait qu'à donner deux minutes à Fells, ça serait assez. Il tourna légèrement la tête comme Villiers s'approchait du bar et lança :

— Dix Player's, s'il vous plaît, mademoiselle.

La jeune fille lui apporta des cigarettes. Villiers posa un shilling sur le comptoir et s'éloigna. En tournant, il toucha du pied Greeley sans le faire exprès.

Greeley voulut faire le malin ; il dit :

— Hé ! Là ! Prenez garde ! C'est mon sacré pied !

— Pardon, dit Villiers.

Greeley poursuivit :

— Tout ça, c'est très bien ! Mais j'ai un cor à ce pied-là. J'ai essayé tout ce qu'il est possible d'imaginer pour le faire sauter... des emplâtres... et Dieu sait quoi d'autre — mais il est toujours là ! C'est tout de même rigolo qu'une nuit comme ça, quand il fait plutôt frisquet, les cors commencent à vous lancer comme des diables ! A la moindre chose, ça me fait un mal de chien partout ! Mais ça a son utilité !... Je sais toujours, à l'avance, quel temps il va faire !

Villiers répliqua :

— Non ! Vrai !... C'est un grand avantage !

— Vous n'essayez pas de vous payer ma fiole ? Non ? dit Greeley.

Villiers hocha la tête :

— Je ne voudrais pas me payer la fiole de quelqu'un qui a un cor aux pieds !... Regardez-moi. Est-ce que j'ai l'air d'un homme qui a envie de rire d'une chose comme ça ?

— Eh bien, je ne peux vous répondre ni oui ni non ! grogna Greeley.

— Bon, alors, ça va bien ! conclut Villiers.

— Si vous êtes satisfait comme ça, moi aussi, dit Greeley en vidant son pot de bière.

Villiers ouvrit son paquet de cigarettes et en prit une. Il l'alluma en regardant un instant le bout qui rougeoyait et dit d'un air insouciant :

— Bonne nuit ! puis il sortit de la salle.

Massanay, qui avait commandé un vermouth-cassis, remit son verre vide sur la cheminée et se dirigea vers la porte. En écartant le rideau noir qui camouflait la lumière, il dit à la barmaid :

— C'est bien le croisement de gauche qu'il faut prendre pour Haliday ?

Elle fit oui de la tête.

— A droite du bouquet d'arbres. Et faites attention de ne pas tomber dans la fosse de vidange !

Massanay fit un signe de tête. Greeley entendit la porte qui se refermait.

Au bout d'une minute il dit :

— Je suppose que la fermeture est à dix heures ?

— Oui, répondit la barmaid, ces jours-ci il n'y a pas beaucoup de clients !

— Ça ne m'étonne pas, déclara Greeley, c'est un drôle d'endroit pour un débit... C'est assez solitaire, hein ?

Elle répondit :

— Ça n'a pas toujours été comme ça. Avant la guerre, il y avait beaucoup de circulation sur cette route. La plupart des chauffeurs de camion trouvaient que c'était plus facile de passer par ici. Nous servions à déjeuner. — Elle soupira. — Je me demande si on reverra jamais ce temps-là !

— Je me le demande ! enchaîna Greeley comme un écho. Il faut que je m'en aille.

Elle l'avertit tout à coup :

— Prenez garde si vous empruntez le chemin de la falaise ! Il y a beaucoup de vent cette nuit ! Il y a deux ans, l'ouragan a emporté un homme au-dessus de la falaise.

— Ah ! dit Greeley. Mais je ne prends pas le chemin de la falaise.

— Alors, vous en avez pour un bon bout avant d'arriver à la ville, fit-elle.

— Je sais, répliqua-t-il. La marche ne me fait pas peur.

Il pensait : « Au diable cette femme ! Maintenant il va falloir que je suive la route de la ville au cas où il lui prendrait fantaisie de regarder par la fenêtre. Il fait très clair, et il faudra que je marche un bon moment. »

— Alors ! Bonne nuit ! dit-il.

Le vent gémissait lugubrement contre l'arête de la falaise.

Sur la crête, au milieu des broussailles où s'ouvrait la crevasse, une petite avalanche de pierrailles et de branches mortes descendit et roula jusqu'au bas de la ravine. Au milieu de l'entaille, là où les murs de la falaise avaient vingt pieds de haut, et où l'on était abrité du vent, Greeley, Villiers et Massanay étaient assis, adossés à l'arête rocheuse.

Massanay dit :

— Ça serait drôle, s'il ne venaient pas !

Greeley lui lança un regard de côté et ricana avec bonne humeur :

— C'est peut-être ce que tu voudrais, hein ? Mais à ta place je n'allumerais pas de cigarette, au cas où ils viendraient.

— Ils sont sûrs de venir, remarqua Villiers. Ce sont des salauds pleins de persévérance !

— Oui, dit Greeley. Ils sont persévérants ! On peut les accuser de tout, sauf de manquer de persévérance. Ils décident de faire quelque chose, et ils vont jusqu'au bout. Ils ne sont pas foutus d'avoir l'intelligence de s'arrêter, même s'ils sont zigouillés !

Villiers dit :

— Voilà, ceux qui les commandent ne savent pas qu'ils sont zigouillés ; tu comprends, c'est seulement longtemps après qu'ils l'apprennent !

— Ça se peut... Ça n'empêche pas qu'ils continuent à venir ! murmura Greeley.

Il se leva et se mit à descendre la crevasse vers la plage. Il marchait comme un homme très sûr de lui, malgré l'obscurité, sans faire le moindre bruit. Fells était debout derrière une saillie de la falaise, presque au bout de la crevasse. Il observait la mer avec des jumelles.

Greeley lui dit :

— Tu ne verras pas grand-chose. La brume monte.

Fells répondit d'une voix douce, presque incolore :

— Tant mieux ! Il faudra qu'ils arrivent près du bord pour faire leurs signaux.

Greeley ajouta :

— Et ils doivent être rudement forts s'ils sont fichus de trouver l'endroit par une nuit pareille !

Fells remit ses jumelles dans l'étui qu'il avait gardé pendu à son cou en disant :

— S'ils viennent, ils le trouveront. En admettant qu'ils arrivent jusqu'ici !

Greeley se lécha les lèvres et dit :

— J'espère qu'ils viendront.

Il y eut quelques instants de silence, puis Greeley demanda :

— Comment allons-nous organiser l'affaire ?

— Je ne sais pas si les gens qui vont venir connaissent ceux qui doivent les attendre, et dont nous avons pris la place. Nous aurons à réfléchir et à agir vite. S'ils ne connaissent pas cet Apfel, l'homme qui assure la liaison avec eux ici, ça ira tout seul ! répondit Fells.

Greeley dit :

— Je vois ça ; tu vas les rencontrer et leur donner le mot de passe ?

Fells fit oui de la tête.

— Je connais assez d'allemand pour ça, dit-il.

Greeley dit :

— Bon ! Ça va bien ! Et suppose qu'ils connaissent ce type, cet Apfel, et qu'en te voyant ils sachent tout de suite que tu n'es pas Apfel... qu'est-ce qui arrivera ?

Fells sourit ; il fixa Greeley et déclara :

— Alors, mon vieux, tu n'auras pas un instant à perdre !

Greeley répondit d'un ton calme :

— C'est bon ; descends vers la plage, mais pas trop loin. Je reste caché ici dans l'ombre. Villiers n'a qu'à rester derrière moi, de l'autre côté de la crevasse. Il faut savoir l'emplacement exact de chacun de nous. Tu saisis la manœuvre ?

— C'est parfait, dit Fells, et Massanay ? Qu'est-ce que tu en fais ?

— Qu'il ne s'en mêle pas ! fit Greeley. Qu'il reste dans le haut de la crevasse à surveiller la crête de la falaise. Entre nous, je crois qu'il a un peu les foies. Non, tu me comprends mal ; il est franc comme l'or, mais nous ne pouvons nous permettre de courir aucun risque !

— Assurément, répondit Fells.

Greeley s'appuyait au mur de la falaise. Il avait l'air calme, indifférent, posé. Fells pensait : « Greeley se fiche de tout comme de l'an quarante ! » Il l'apréciait autant qu'un homme peut en apprécier un autre.

— A quoi penses-tu ? lui dit Greeley. Tu penses à quelque chose.

Fells esquissa un large sourire.

— Oui, c'est bizarre. J'ai vu une des affiches du Palladium qui représente Tommy Trinder, et c'est étrange comme son expression « Vous êtes des veinards ! » me trotte dans la cervelle. Quand j'aurai un moment, il faudra que j'aille voir cette revue !

— Ça, dit Greeley, c'en est une bonne ! — Il cracha discrètement par terre. — Vous êtes des veinards ! — Il haussa les épaules en riant tout bas. — Nous en avons une de veine, de nous trouver à un sacré pique-nique de ce genre-ci !

— Ça t'embête ? demanda doucement Fells.

— Moi ! Tonnerre ! Je m'en fous complètement !

Il y eut un silence. Tout à coup, de la brume qui formait un écran en arrière des vagues qui venaient mollement se briser sur la plage en demi-cercle s'éleva à trois intervalles distincts le cri rouillé d'une mouette.

Greeley grommela entre ses dents :

— Au nom du ciel ! Les voilà qui viennent !

— Alors, en avant ! dit Fells.

Il fit quelques pas vers la plage, sortit une lampe électrique de sa poche et commença à envoyer des signaux en direction de la mer.

Greeley recula un peu, arrondit son épaule contre un rocher qui surplombait, glissa la main dans la gaine du revolver qu'il avait sous le bras gauche, et sortit l'arme ; il poussa le cran d'arrêt et resta debout, le bras droit pendant à son côté en sifflotant tout doucement.

Villiers descendit vers lui.

— Ils sont arrivés, dit-il.

Greeley répondit :

— Oui, mon vieux... Ecoute, le chef reste sur la droite, afin d'être du côté droit sur la crevasse, au point où elle aboutit à la plage. C'est là qu'on échangera les mots convenus. Moi, mon poste est ici sur la gauche. Toi, mets-toi un peu plus haut de l'autre côté. Comme ça, pas de danger de se tirer dessus ! Tu saisis ?

Villiers dit :

— Je vois ; dis donc, s'ils se méfient, tu ne rateras pas, hein ? Autrement Fells serait dans les choux !

Greeley répliqua :

— Va dire à ta garce de mère de te presser le nez pour en faire sortir du lait ! Est-ce que j'ai jamais raté mon coup ?

Villiers ricana :

— Non... Mais il faut bien un commencement à tout !

Et il remonta la pente de la crevasse.

L'avant du bateau grinça sur les galets qui bordaient le sable. Deux hommes sautèrent sur le bord et montèrent sur la plage en pataugeant dans les flaques d'eau. Fells s'avança vers eux. Il s'arrêta, dissimulé encore par l'ombre de la falaise ; il attendit, la lampe électrique dans sa main gauche. Le premier des hommes qui avait sauté de l'embarcation se trouvait maintenant à quelques pieds de distance seulement de Fells, il écarquillait les yeux pour percer l'obscurité.

Fells dit tranquillement :

— Guten Abend. Ich hoffe Sie eine gute Uberfahrt hätten.

— Ja es war nicht zu schlecht, répondit l'étranger.

Tout à coup, en voyant le visage de Fells, il poussa un cri.

Il eut juste le temps de dire trois mots, et Greeley fit feu.

La balle l'atteignit au ventre. Il râlait, horriblement recroquevillé, sur le sable, et tâchait d'atteindre la poche de son veston. Fells avait laissé tomber sa lampe électrique, et il fit feu de la poche droite de son imperméable, abattant le second homme. On tira à trois reprises de la direction du bateau. Aussitôt, Greeley, suivi de Villiers, tous deux baissant la tête, dévalèrent la plage vers l'embarcation. Greeley fit feu trois fois et Villiers deux.

Un silence soudain se fit.

Fells sortit la main de sa poche, se courba vers le sol et ramassa sa lampe qu'il remit dans la poche droite de son imperméable. L'homme qui était devant lui ne faisait pas un mouvement. Il était mort. Fells se mit à descendre la plage ; il entendit la voix de Greeley :

— Tout va bien. Il y en a trois ici. Ils sont tous touchés.

Fells demanda :

— Y a-t-il des blessés ?

— Non, dit Greeley. Tous les trois ont leur compte.

Fells répondit :

— Ça va ! Sors-les du bateau, tourne l'avant vers le large et mets le moteur en marche... qu'il aille s'échouer ailleurs... Nous n'en avons que faire ici !

— Compris ! dit Greeley.

Villiers, qui se tenait à côté de Fells, dit :

— Eh bien ! Jusqu'ici on n'a pas eu trop de mal. Mais, à présent, il y a un boulot à faire qui ne m'enchante pas. Massanay peut nous donner un petit coup de main. Je vais le chercher.

Fells l'approuva d'un signe de tête et se dirigea vers l'embarcation. Greeley était déjà en train de faire basculer les cadavres par-dessus bord dans l'eau peu profonde. Fells les traîna le long de la plage jusqu'aux taches d'ombre formées par le profil de la falaise.

Greeley, qui jurait et sacrait dans l'obscurité, dans l'eau jusqu'aux cuisses, fit virer le canot, monta dedans par la poupe, et mit le moteur en marche ; soudain, en sautant dans l'eau, il trouva que c'était plus profond qu'il avait cru, et il atteignit la plage en pestant sourdement.

Fells se tenait dans l'ouverture de la crevasse.

Greeley dit :

— Bien sûr ! Il a fallu que je barbote jusqu'au cou dans cette sacrée flotte ! Un de ces jours j'attraperai une pneumonie ! — Il alluma une cigarette. — Et où est-ce qu'on va les enterrer ?... Ici ?

— Non, pas ici, dans le sable ! répondit Fells. La marée peut monter et les mettre à découvert. Au milieu de la crevasse, ça sera mieux.

— C'est bon, dit Greeley. Je vais dire à Massanay de chercher la chaux vive.

Il se retourna et vit Villiers qui venait vers eux. Il avait l'air bizarre. Il dit :

— Ne regardez pas maintenant. Savez-vous ce qui est arrivé ? dit-il.

— Quoi ? demanda Greeley.

— Un des coups tirés par ces trois salauds a touché Massanay. Il a son compte, dit Villiers, la balle a dû faire ricochet. Il est descendu dans la crevasse. Tu comprends, il voulait voir ce qui se passait.

— Bon Dieu ! soupira Greeley. Ça, c'est de la déveine !

— Oui, dit Fells doucement. Quel guignon !

— Pour sûr ! A quoi ça sert de parler ? Il n'y a qu'à faire de la place pour un autre !

— Ecoute ! On a plus de macchabées qu'on pensait. Si on veut les faire disparaître, on a un tas de boulot et y a pas de temps à perdre. Va chercher le camion et amène-le en haut de la falaise.

— C'est un risque à courir, répondit Villiers. Et si quelqu'un passe par là ?

Fells dit :

— Personne ne viendra par ici par une nuit pareille ! C'est ce qu'il y a de mieux à faire, Villiers !

Villiers répliqua :

— C'est bon ! Quelle belle vie ! Tous les autres s'amusent. Mais moi je transporte les bêches et des sacs de chaux vive !

Il s'éloigna.

— Pourquoi diable rouspètes-tu ? lui lança Greeley. Il aurait pu t'arriver bien pire. Tu aurais pu être à la place de Massanay !

Villiers répliqua en ricanant :

— T'as raison, ma foi ! J'ai jamais pensé à ça !

...Quayle dormait d'un œil. Il était étendu sur le lit, sous l'édredon. Il portait des pyjamas de soie cramoisie et avait les mains croisées derrière la nuque. Il était presque complètement chauve, mais conservait encore une bordure de cheveux qui lui donnait l'air d'un moine tonsuré.

Il se sentait mal à l'aise et il commença à s'agiter en entendant la pendule sonner trois heures du matin ; il se rendait vaguement compte qu'il ne dormait pas, et en même temps qu'il n'avait jamais vraiment le sommeil qu'il lui faudrait et que presque toujours il reposait à la façon des chats, un œil à moitié ouvert et une oreille dressée.

La chambre à coucher était grande et confortable. Le feu électrique était allumé et il y avait sur la petite lampe un abat-jour rose incliné de côté, de sorte que, même si Quayle avait sommeil, la lumière crue, en irritant ses yeux, le forçait à rester éveillé.

En dehors de la chambre, il y avait un corridor qui aboutissait aux cinq autres pièces qui constituaient son appartement. La cuisine se trouvait au bout du corridor qui menait à un petit lavoir de cuisine. Contre le mur du fond du lavoir, il y avait une armoire qui, une fois ouverte, communiquait avec l'appartement voisin — supposé inoccupé, mais qui en réalité était le bureau de Quayle.

Le téléphone près de son lit se mit à sonner avec un bruit rauque et discordant. Quayle, d'un coup, se trouva debout. Il souleva le récepteur.

Quayle était très grand et ses mouvements étaient souples et rapides. Il avait un visage arrondi et intelligent, et, à son choix, pouvait avoir l'air faible ou énergique. C'était un véritable caractère. Il avait fait tous les métiers, joué tous les rôles. On avait une fois dit de lui que, comme George Moore, il n'avait pas d'ennemis, mais que ses amis ne l'aimaient guère ! C'était fort possible parce que Quayle avait trop à faire pour passer son temps à être aimable ; il se trouvait toujours forcé de faire des choses qu'il ne voulait pas faire, d'assumer des rôles qu'il ne voulait pas jouer.

Pourtant, si on lui avait demandé de changer, de mener une vie de routine quotidienne dans un milieu tranquille en coulant des jours heureux, il aurait refusé. La toile au centre de laquelle il se tenait le fascinait. Il se passionnait de voir arriver les événements qu'il anticipait et de regarder tourner la roue du Destin.

— M. Quayle est à l'appareil, dit-il.

L'opérateur répondit :

— C'est une communication de priorité. Voulez-vous la prendre sur cette ligne, monsieur ?

— Non, dit Quayle, je la prendrai sur ma ligne privée. Attendez une minute.

Il raccrocha, sortit de la chambre, suivit le corridor, traversa la cuisine, le lavoir, et pénétra par l'armoire dans l'appartement contigu. Il tourna dans la première pièce donnant sur le couloir ; elle était sévèrement meublée comme une maison d'affaires, avec un grand bureau, une petite table de dactylo et une rangée de fichiers d'acier. Sur le bureau il y avait trois téléphones munis de microphones d'un modèle spécial. Quayle en souleva un :

— Allô ! dit-il.

Il entendit la voix de Fells à l'autre bout, une voix douce, lasse. Quayle trouvait qu'il avait toujours la même intonation, le même timbre, quoi qu'il arrive, la même tonalité ennuyée. Il se demandait parfois s'il y avait une limite à l'ennui de Fells !

Fells dit :

— J'ai pensé que vous seriez content d'apprendre que tout a bien marché.

— Alors, vous avez rencontré vos amis ?

— Oui, répondit Fells. Nous les avons rencontrés.

— Et ils ont été contents de vous voir ?

— Pas plus que ça, dit Fells. Ils s'attendaient probablement à trouver quelqu'un d'autre au rendez-vous !

Quayle ricana.

Il y eut un moment de silence, puis Quayle demanda :

— Et... c'est tout ?

— Non, dit Fells, Massanay a écopé...

— Grave ?

— Très grave, j'en ai peur, dit Fells.

— Je comprends. Je le regrette vivement.

— Moi aussi, dit Fells. Rien d'autre pour le moment ?

— C'est tout pour le moment. Mais je crois qu'il y aura bientôt autre chose à faire. Oh ! rien d'intéressant ou d'important, mais il faudra tout de même l'entreprendre. Je me mettrai en rapport avec vous. Bonne nuit !

— Bonne nuit, répondit Fells.

Quayle entendit le récepteur claquer à l'autre bout. Il raccrocha.

Il alla jusqu'à l'un des fichiers et l'ouvrit en faisant jouer un ressort qui se trouvait placé sur le côté. A l'intérieur, il y avait une demi-douzaine de dossiers étiquetés du nom de différentes maisons de commerce. Quayle en prit un. L'étiquette du dossier portait « Coopérative des Anthracites ». Il emporta la chemise jusqu'à son bureau, l'ouvrit ; il y avait une douzaine de cartes agrafées à la liasse de papiers à l'intérieur, semblable aux fiches rangées par ordre alphabétique, et chacune portait le nom d'un homme ou d'une femme.

Quayle retira la dernière carte. En haut, s'étalait le nom dactylographié : MASSANAY, Charles, Ferdinand, Eric ; puis venaient les détails de la carrière de Massanay. Quayle remarqua vaguement qu'il avait servi comme officier pilote et officier aviateur, puis comme chef de groupe pendant dix-huit mois dans la Royal Air Force. Il avait abattu onze appareils ennemis avant d'être réformé. Quayle mit la carte dans la poche de la veste de son pyjama cramoisi. Il remit le dossier dans le fichier et le referma. Il revint dans le couloir, retraversa le lavoir de cuisine, et retourna à sa chambre à coucher. Il alla jusqu'à la cheminée et resta debout un instant à fixer le radiateur qui imitait un feu de charbon.

Il ouvrit une boîte sur la cheminée, en sortit une cigarette qu'il alluma. Avec cette même allumette, il mit le feu à un coin de la carte de Massanay, puis il la regarda se consumer lentement et la tint entre ses doigts jusqu'à ce que la flamme commençât à le brûler.

Il écrasa sa cigarette et se mit au lit. Il allongea la main et éteignit la lampe à abat-jour rouge. Il se sentait heureux à l'idée de pouvoir dormir.

Sa dernière pensée fut pour Massanay. Il n'avait vraiment pas eu de chance !

2

Fells

Fells était assis au douzième rang des fauteuils d'orchestre au Palladium. Il avait les yeux fixés sur la scène et se rendait compte de la présence de M. Tommy Trinder ; mais s'il ne sentait que très vaguement qu'il se trouvait là, c'est parce qu'il y avait des ombres, qui ne faisaient pas partie de la distribution, et qui planaient sur la scène, des ombres, des silhouettes et des tableaux qui n'avaient d'existence véritable que pour Fells.

Il comprenait maintenant que l'expérience qu'il avait tentée en venant au Palladium était un échec. La question d'avoir du plaisir ne se posait pas, du moins pour lui ! En entendant les rires qui éclataient de toutes parts aux saillies de M. Trinder, Fells se dit qu'il devait avoir quelque chose d'anormal ; il commença à penser qu'il ne pouvait prendre d'intérêt qu'aux choses pratiques et absorbantes — à celles qui réclament un tel effort du système nerveux que le cerveau doit se concentrer sur elles et oublier les ombres qui l'obsèdent et qui persistent à planer sur la scène du Palladium.

Il avait pris la décision de s'amuser ! Il avait essayé de suivre uniquement les péripéties du spectacle ; il s'était mêlé automatiquement à l'hilarité du public. Et maintenant, pénétré de la réalisation de son échec total, il restait assis, regardant fixement devant lui, les mains enfoncées dans les poches de son vieil imperméable bleu marine, le menton en avant et les yeux assombris par un froncement de sourcils persistant. Il fixait la rampe tout éclatante de lumières et discernait, comme à travers un voile, la silhouette de M. Trinder au centre du plateau.

Fells, qui avait abandonné le conflit qui existait entre sa poursuite du bonheur (Vous êtes des veinards !) et le poison que distillait presque sans arrêt son cerveau, vit soudain s'effacer la rampe du Palladium, et s'évanouir la personnalité de M. Trinder. A leur place se dressa devant ses yeux la scène qu'il avait si souvent à l'esprit, au point d'en connaître par cœur les moindres aspects, chaque ombre dessinée par les barreaux des persiennes, chaque reflet du soleil sur les objets de cuivre du bureau, chaque petit détail...

Il se pencha un peu plus en avant, arrondit les épaules, regarda, et reconnut sa propre image.

Fells se reporta neuf années en arrière, en 1933.

Il était tard dans l'après-midi, mais le soleil brûlant pénétrait à travers les persiennes à jour et dessinait des ombres noires sur le plancher. Au centre de la chambre, juste à gauche de la chaise qui faisait face au bureau, se tenait Fells, mais ce n'était pas le Fells d'aujourd'hui, c'était quelqu'un d'autre, c'était le commandant Hubert Eric... Un Tel — son identité importe peu — qui portait un uniforme sans casque colonial et sans ceinturon, parce qu'il était aux arrêts de rigueur et qu'on les lui avait enlevés. Le commandant Hubert Eric Un Tel regarda de l'autre côté du bureau et se sentit plein de sympathie pour l'homme qui y était assis. Le fait que cet homme était son chef augmentait encore la sympathie qu'il ressentait pour lui.

Fells, assis au douzième rang des fauteuils d'orchestre au Palladium, se sentit glacé par le long silence qu'il y avait eu dans cette pièce, silence qui n'avait vraiment duré que quelques secondes, mais qui avait paru interminable aux deux hommes. Il fut rompu tout à coup, et l'officier supérieur du commandant Un Tel dit sur un ton aussi tendre que possible :

— Au nom du ciel, pourquoi avez-vous fait cela ?

Le commandant, en tenue d'instruction, de l'autre côté du bureau, se mit à sourire et dit :

— Je ne sais pas, mon colonel ! Ce n'est pas la peine de me le demander. C'est tout simplement ce qu'on appelle communément : « Un de ces cas »...

L'autre répondit :

— Vous en êtes sûr ?

Fells continua :

— Oui, mon colonel. Ce n'est pas très facile à expliquer. En toute sincérité, je ne peux trouver aucune raison qui justifie ma conduite... sauf évidemment que j'ai fait la noce ! Vous vous rappelez, mon colonel, que j'avais gagné quelque argent à la Loterie. C'est sans doute la raison.

J'ai été surexcité à l'idée d'avoir gagné cette somme, alors, comme ça, automatiquement, j'ai fait la fête... Quant au reste, si vous me comprenez, c'est arrivé presque automatiquement après.

Le colonel dit :

— Non ! Je ne comprends pas. On peut faire la noce sans...

Fells contempla son image qui disait :

— Vous avez raison, mon colonel. Peut-être ai-je fait la noce d'une façon quelque peu exceptionnelle. Vous comprenez, je n'ai pas beaucoup l'habitude des femmes. j'ai trouvé que celle-là avait beaucoup de charme, mon colonel. Dans mon état d'esprit, il m'a semblé juste de faire ce que j'ai fait. Evidemment, quand j'y pense, tout cela me paraît un peu étrange... Je ne comprends pas très bien moi-même...

L'officier supérieur répondit :

— Ce n'est pas de comprendre qui va nous être d'aucun secours ! Vous vous rendez compte de ce que cette bêtise va vous coûter ?

Fells répondit :

— J'y ai pensé tellement, mon colonel, pendant les quatre derniers jours que j'ai passés aux arrêts, que je me suis un peu troublé ; c'est-à-dire je ne comprends pas clairement. J'ai une vague notion de ce qui m'attend.

Le colonel ouvrit un tiroir. Il en sortit une boîte de cigarettes. Il la passa au commandant Un Tel, assis en face de lui, et il en prit une. Fells se pencha sur le bureau et alluma la cigarette du colonel, puis la sienne, et il se rassit.

Le colonel dit :

— Evidemment, c'est le conseil de guerre. Vous serez cassé ! C'est terrible de penser qu'un homme comme vous, avec de si bons états de service, sera cassé ! Mais ça ne fait pas l'ombre d'un doute ! Nous ne pouvons pas laisser des choses comme ça arriver dans les Indes, pas en ce moment. Vous servirez d'exemple... Ce n'est pas que vous ne méritiez pas qu'on fasse de vous un exemple !

— C'est juste, dit Fells.

— C'est déjà suffisamment grave, dit le colonel, mais il y a autre chose !

Il regarda fixement Fells. Il avait les traits tirés. Fells fut ennuyé de voir que son colonel était si malheureux. Il fit un effort pour lui venir en aide ; il remarqua :

— Eh bien, mon colonel ! J'ai fait une faute et je l'expie. Pourquoi ne pas me dire tout ?

— Le pire, dit le colonel, c'est le chèque ! Comme si ce n'était pas assez d'avoir tiré un chèque sans provision. On pourrait mettre cela sur le compte de l'insouciance. Vous avez fait un faux ! Et nom de D... ! Vous avez choisi un fameux nom, celui d'un homme qui ne cause que des ennuis au gouvernement britannique dans les Indes, celui de l'individu entre tous qui serait enchanté de donner de la publicité à cette affaire... et qui ne peut manquer d'en profiter ! Vous pensez bien qu'il ne sera pas satisfait de vous voir en conseil de guerre !

Fells répondit :

— Non, je ne le pense pas, mon colonel !

Le colonel poursuivit :

— Il va insister pour obtenir une vengeance complète. Œil pour œil, dent pour dent ! Vous passerez en conseil de guerre pour l'accusation militaire, mais il tient à vous traîner en justice criminelle pour l'autre motif. Faux et usage de faux ! Vous n'y couperez pas de deux ans de prison !

— Je vois, dit Fells.

Il y eut un autre silence ; alors le colonel conclut assez rapidement, comme pour s'éviter de dire autre chose qu'il aurait voulu dire, mais qu'il préférait taire :

— Voilà le pire avec des gens comme vous. Vous n'êtes pas normal. Vous ne buvez pas, vous ne fumez pas, et vous ne faites pas l'amour quand vous êtes jeune, comme tous les autres soldats. Vous êtes un idéaliste ! Vous avez l'image de quelque femme gravée dans l'esprit et vous croyez qu'elle va faire de votre vie un rêve de beauté et de bonheur. Vous souffrez d'hallucinations ! Vous croyez que cette merveille va vraiment paraître... et vous l'attendez ! Et que faites-vous ? Au bout de plusieurs années de cette fantasmagorie... vous vous enivrez ! Vous perdez la tête et vous faites un scandale du diable dans une ville comme celle-ci, en compagnie d'une femme qui est de connivence étroite avec des gens qui sont prêts à verser tout l'or du monde et à tout tenter pour nous chasser des Indes ! Et ce n'est pas encore assez, Grand Dieu ! Il faut que vous deveniez vous-même un faussaire. Est-ce assez idiot ! Est-ce assez bête ! Ce qui est lamentable, c'est que nous autres, qui vous connaissons, nous sommes les seuls à comprendre que ça mérite une simple fessée ! Au lieu que... !

— Il n'y a rien à faire et rien à dire. Vous avez été très bon pour moi, mon colonel. Tout le monde a été très bon pour moi ! — Il fit la grimace. — Il n'y a rien d'autre à faire !

— Non ! dit le colonel, en se levant de son siège.

Il alla jusqu'à la persienne et regarda par la fente des barreaux. Fells se pencha en avant, écrasa le bout de sa cigarette dans le cendrier du bureau. Puis il se leva et demanda :

— Est-ce tout, mon colonel ?

— C'est tout, répondit son chef.

Fells s'approcha de la porte. Il avait la main sur le loquet et se préparait à sortir quand le colonel lui dit :

— Il y a un individu qui veut vous voir. C'est sans doute contraire au règlement, mais j'ai dit que ça ne faisait rien. Il viendra vous voir demain, j'oublie à quelle heure. C'est tout ce que je sais. J'ignore le motif de sa visite.

Fells dit :

— Est-il nécessaire que je le voie, mon colonel ?

Ce dernier répondit :

— Pourquoi pas ? Vous êtes dans un tel pétrin que rien de ce qui peut arriver ne fera empirer votre sort !

Fells sortit. De l'autre côté de la porte, l'officier qui lui servait de garde du corps l'attendait.

Ils sortirent du grand bâtiment blanc et traversèrent le square brûlant pour arriver au logement des officiers.

En route, Fells pensait à cette femme et à lui-même. Il se disait que le colonel avait probablement raison. Sans doute il avait agi stupidement avec les femmes. Ils les avait idéalisées et encensées. Celle-là, aussi, il l'avait idéalisée.

Il se mit à ricaner, bizarrement. L'officier qui l'escortait le regardait du coin de l'œil, l'air gêné.

Fells pensait aux « yeux verts du dieu jaune »... et à la chanson « Il y a une femme au cœur brisé au nord de... »

En somme, tout ça c'était assez drôle et assez stupide. Du moins ça le serait si ce n'était pas tout à fait aussi sinistre ! Oui, en y pensant, on était forcé de reconnaître que c'était assez sinistre.

Elle avait l'air d'être une si charmante créature ! Mais toutes les femmes lui paraissaient charmantes. Il partait de ce point de vue que toutes les femmes sont aimables. Elle avait une figure pâle, très pâle, et une voix d'un timbre délicieux, avec un rien d'étrange dans la façon dont elle prononçait l'anglais. Il s'était senti à l'aise et si en sûreté auprès d'elle !

Enfin, il s'était trompé, voilà tout ! c'est la vie ! On commet une faute et il faut expier son péché. Son péché du début était de trop aimer boire, de s'enivrer... Mais s'était-il vraiment enivré ? Peut-être que cette pâle enchanteresse avait versé un soporifique dans son verre ? On ne sait jamais avec les femmes... surtout si l'on est, comme lui, enclin à les idéaliser...

Si on ne les idéalise pas... que faire ! sacrebleu ! Il se dit qu'il fallait penser à elles d'une façon différente. Il semble que si on les juge charmantes, elles sont traîtresses ; peut-être que si on les juge traîtresses, elles seront charmantes !

L'officier qui l'escortait pensait que Fells était un être étrange et se trouvait diantrement heureux de l'avoir ramené sans ennui à son logement, et de pouvoir, la conscience tranquille, aller boire un verre quelque part. Ça ne l'empêchait pas de plaindre Fells de tout son cœur.

L'étranger arriva dans l'après-midi. Fells, debout près de la fenêtre, le vit traverser la cour. Il portait un complet de coutil blanc et un casque colonial planté un peu de travers. Il était grand et fort, et marchait avec une allure pleine d'aisance.

Fells jeta un coup d'œil vers la porte qui menait à son logement et vit que la sentinelle était partie. Il se demanda pourquoi. Il s'éloigna de la fenêtre et s'assit sur la chaise placée près de la table, en fixant, les yeux vagues, le cendrier presque rempli de mégots de cigarettes à moitié fumées.

Quayle entra sans frapper, la casquette à la main. Fells s'aperçut qu'il était chauve, mais que la forme harmonieuse de sa tête rendait sa calvitie presque acceptable. Il oublia un moment ses propres ennuis parce qu'il sentait que cet homme l'intéressait. De la haute silhouette de l'étranger au visage posé, presque souriant, émanait une énergie faite de confiance et de gaieté. Fells se demanda s'il se trouvait en présence de quelque habile homme de loi procuré par le colonel et qui serait capable d'arranger un peu les choses ; il dit : « Bonjour... » puis s'arrêta court, parce qu'il ne trouvait rien d'autre à dire.

Quayle dit :

— Je ne vous ferai pas perdre beaucoup de temps — non que le temps ait quelque valeur pour vous en ce moment ! Le fait est que je ne dispose pas moi-même de beaucoup de temps, et que je désire être très clair avec vous. En d'autres termes, je désire qu'il n'y ait aucun malentendu entre nous. Vous me comprenez ?

Fells le fixa, l'air surpris. Son visiteur avait des allures extrêmement terre à terre. Il lui dit d'un ton assez froid :

— Très intéressant ! Et puis-je savoir qui vous êtes ?

— Je m'appelle Quayle, dit l'autre.

Il sortit un étui à cigarettes de sa poche, alluma une cigarette.

Fells s'était levé. Il regardait Quayle, se demandant de quoi il s'agissait. Quayle lui tendit son étui en disant :

— Prenez une cigarette. Asseyez-vous et écoutez-moi.

Fells en prit une, l'alluma et s'assit sur la chaise. Quayle se dirigea vers la fenêtre. Il écarta la persienne et regarda dehors, puis il la laissa retomber et se tint debout, appuyé au mur et ne quittant pas Fells des yeux ; il dit :

— Je sais tout ce qui vous concerne. C'est mon métier d'être bien informé. Vous êtes dans une mauvaise passe. Le conseil de guerre vous attend, et vous aurez ensuite à faire face à un procès en justice civile. Il est à peu près sûr que vous ne vous en tirerez pas à moins de deux ans de prison.

Fells se sentit plein d'une joie amère. Etre cassé, ça n'avait aucune importance parce que d'autres officiers étaient cassés... et faire deux ans de prison, ça n'en avait pas non plus, parce que ça arrivait à beaucoup d'autres. Il ne fallait pas s'inquiéter de cela, mais M. Quayle, le gros monsieur au crâne chauve et à la tête ronde et souriante, se proposait de s'occuper de l'essentiel !

Il dit d'un ton légèrement sarcastique :

— Occupons-nous de l'essentiel ! Je suis très curieux d'apprendre ce que vous entendez par « l'essentiel ! »

Quayle continua :

— Je vous préviens que vous aurez beaucoup de mal à discuter avec moi. J'ai surtout beaucoup de logique. Ne croyez pas que j'essaie d'être grossier et de faire de l'esprit en disant que les choses que j'ai mentionnées ne sont pas essentielles. Elles disparaîtront avec le temps. Mais d'autres ne disparaîtront pas. C'est de celles-là que je veux parler.

— Très bien, dit Fells... Parlons-en.

Quayle poursuivit :

— Voici ce qui est essentiel. Des gens comme vous, des soldats de profession, qui n'ont pas beaucoup d'argent à eux, vivent la plupart de leur existence dans des compartiments étanches...

» Ils ont leurs propres règles et leurs propres standards. En général, ce sont de bonnes règles et de bons standards. Pour un homme comme vous, tout marche bien tant qu'il ne fait pas de taches sur son dossier. S'il tache son dossier comme vous avez taché le vôtre, l'enfer même ne voudrait pas de lui ! Il perd toute sa réputation !

» Quand vous sortirez de prison après ce scandale, vous n'aurez pas d'amis... non parce qu'ils vous fuiront, mais parce que c'est vous qui les fuirez ! Vous comprenez parfaitement que ce ne serait pas la chose à faire pour un officier cassé qui a fait deux ans de prison de tâcher de renouer d'anciennes connaissances ou d'entrer à son club et de commander un whisky bien tassé à l'eau de Seltz !

Quayle se mit à rire tout à coup.

— En d'autres termes, dit-il, vous êtes fini et vous le savez !

Fells murmura amèrement :

— C'est fichtrement bon à vous de me dire tout ça ! Vous croyez peut-être que je l'ignorais ?

Quayle fixa l'extrémité de sa cigarette. Il poursuivit au bout d'un instant :

— Je vous ai dit que j'étais logique, et pour moi, être logique n'a pas d'autre sens. Quand la plupart des gens parlent d'être logiques, c'est-à-dire de penser et de dire l'exacte vérité, ils se fourrent le doigt dans l'œil ! Ils omettent l'essentiel, parce que ça leur faisait mal ! Moi, je n'agis jamais ainsi. Si je le faisais, mon travail ne vaudrait rien ! Etre logique veut toujours dire pour moi : être inflexible, parce que, dans toute situation vraiment logique, il y a quelqu'un qui doit souffrir. Dans le cas qui nous occupe, ce quelqu'un, c'est vous !

» Malheureusement — ou heureusement... simple question de point de vue — mon devoir est de vous mettre en présence des faits, et je ne me soucie pas le moins du monde de savoir si ce procédé est désagréable ! Vous voyez ?

— Je vois, dit Fells.

Quayle ricana et poursuivit :

— Eh bien, j'ai exposé les faits assez clairement, n'est-ce pas ? J'ai noirci les choses tant que j'ai pu, non parce que j'essaie de chanter victoire à vos dépens, mais parce que nous devons tous deux comprendre que nous en avons fini avec le sentiment — moi pour certaines raisons et vous pour d'autres.

— Vous avez une idée de derrière la tête. Vous voulez quelque chose !

— Et comment ! dit Quayle. Revenons à l'essentiel. Quand vous sortirez de prison, vous vous rendrez compte que vous n'avez pas d'amis. Alors ? Que ferez-vous ? Il y en a qui se mettraient à boire. D'autres iraient s'enterrer dans quelque coin aussi retiré du monde que possible, et vieilliraient en soignant leur maladie de foie et leur goutte. C'est une attitude purement passive.

Fells répondit :

— Il se peut que ce soit une attitude, mais elle est logique. Quand un homme sort de prison, il faut bien qu'il fasse quelque chose !

— Voilà la question, justement, dit Quayle. J'ai une proposition à vous faire, et je crois qu'elle vous plaira.

» Je crois que vous admettrez avec moi que ce qui importe le plus en ce qui nous concerne est ce que nous pensons. Ce sont les pensées d'un homme qui donnent une empreinte à sa vie. Eh bien, si nous admettons cela, vous allez en voir de dures quand vous sortirez de prison.

» Vous passerez le reste de votre existence à vous demander pourquoi cette femme — que normalement un homme comme vous ne voudrait pas toucher avec des pincettes — vous a fait faire l'imbécile à ce point-là ! Vous emploierez beaucoup de temps à vous demander comment diable elle vous a poussé à tirer un faux chèque !... parce qu'elle vous a poussé à le faire ! Je le sais ! On lui a dit de le faire. Pourquoi ? La raison importe peu, mais c'est un fait.

Fells dit :

— Je vois. Elle faisait le jeu de quelqu'un.

— Tout juste, fit Quayle. Elle faisait le jeu de quelqu'un. Mais ne vous emballez pas... Ça ne sert à rien. Ecoutez-moi. Je peux vous proposer une alternative à toute cette misère, alternative qui n'a rien de très agréable, mais qui pourrait vous sourire davantage, parce qu'elle vous donnera des préoccupations beaucoup plus intéressantes.

— J'écoute. Je trouve que vous êtes très récréatif.

Quayle ricana et dit tout à coup :

— Vous ne croyez pas si bien dire ! Voici ce que j'ai à vous proposer. Il y a des gens qui pensent que nous sommes à la veille d'une autre guerre, la guerre la plus formidable et la plus horrible que le monde ait jamais vue. Ont-ils tort ou raison ? Ce n'est pas mon affaire : je me tiens prêt aux événements. J'en suis le cours jusqu'à leur conclusion logique. Je cherche un ou deux hommes de confiance — des gens comme vous, qui sont doués d'intelligence et d'imagination, qui ont du cran et de la discipline. En réalité vous êtes le cas idéal !

— Je suis heureux de savoir que je suis un idéal de quelque sorte ! dit Fells, mais, je vous en prie, parlez-moi de cette seconde alternative !

— La voici, aussi brièvement que possible. Voici comment se présente la situation ; vous allez passer en conseil de guerre, et vous serez accusé des délits militaires habituels. Puis vous comparaîtrez devant le tribunal civil. Vous serez convaincu de faux et usage de faux, ce n'est pas très beau ! Je suggère que vous passiez en conseil de guerre et en justice civile pour quelque chose de plus grave... Mais au fond, le tribunal civil n'aura rien à y voir. Il ne s'agira que du conseil de guerre.

Fells remarqua :

— Tiens ! Cela devient tout à fait intéressant !

Quayle dit :

— Voici ce que je vous offre. En considération de certains services que vous me rendrez sans doute à une date ultérieure, il sera possible de modifier complètement la teneur de l'acte d'accusation du conseil de guerre et d'arranger l'autre affaire. Vous comparaîtrez devant le conseil de guerre pour un motif plus sensationnel et dramatique.

— Pour lequel ? dit Fells.

— Pour vol de documents militaires intéressant la défense nationale dans le but de les vendre à une puissance étrangère, dit Quayle aimablement. Vous serez reconnu coupable. Vous serez cassé et condamné à cinq ans de prison. Vous purgerez la sentence en Angleterre, et on vous relâchera au bout de trois ou quatre semaines. Si vous me comprenez, vous sortirez par la porte de derrière, et, ajouta Quayle avec un rire sardonique, je serai là à vous attendre. Vous y êtes ?

— J'y suis, dit Fells... et qu'arrivera-t-il ensuite ?

Quayle tira lentement une bouffée de sa cigarette.

— Vous aurez un très dur entraînement à subir. Il faudra vous arranger pour passer complètement inaperçu, mais je vous procurerai quelque occupation tranquille. N'oubliez pas qu'officiellement vous serez encore en prison. Nous sommes en 1933. Régulièrement vous seriez libéré en 1938. Oui, je crois que c'est assez exact.

— Pourquoi assez exact ? demanda Fells.

Quayle alluma une autre cigarette.

— La guerre éclatera avant 1940, dit-il. L'Allemagne s'y prépare nuit et jour. Une guerre impitoyable. Si elle n'a pas lieu, ça ne change rien. Si elle a lieu, vous et moi nous aurons les mains pleines, croyez-moi. Ça ne sera pas précisément du travail agréable, mais ça sera très urgent et très nécessaire. Vous saisissez ?

Fells l'approuva de la tête.

Quayle poursuivit :

— Et c'est alors que vous intervenez.

» Raisonnons un peu. Dès que la nouvelle de votre comparution en conseil de guerre et de votre condamnation paraîtra dans la presse, le service d'espionnage allemand se jettera sur vous comme un chat sur une souris. Je me trompe fort si, dès que vous sortirez de prison (officiellement, je veux dire), ce service n'essayait pas de se mettre en rapport avec vous. Eh bien, vous serez prêt à recevoir ses agents. Vous incarnerez l'ex-officier désespéré, débauché, qui ne veut qu'une seule chose, de l'argent ! Vous y êtes ?

— J'y suis, dit Fells.

— C'est bon, dit Quayle, ça pourra m'être très utile. Vous vous rendez compte, n'est-ce pas, que cette alternative est sûre. Vous aurez encore perdu toute votre bonne réputation, vous serez sans amis. Mais vous saurez que vous avez fait quelque chose de propre au lieu de bourlinguer le reste de votre vie aux quatre coins du monde à faire toutes les besognes parce que vous n'avez pas le sou, en ne cessant de vous maudire et de vous demander pourquoi vous avez jamais cédé à cette femme et tiré un faux chèque. Vous aurez la satisfaction de pouvoir vous dire que vous avez même empiré votre cas, que vous vous êtes laissé traîner devant un conseil de guerre et accuser du crime le plus vil qui puisse être imputé à un officier... mais que vous vous êtes sacrifié pour votre pays !

Quayle sortit un mouchoir de soie de la poche de son veston de toile et s'épongea le front.

— Mon Dieu !... fit-il, ces péroraisons dramatiques me surexcitent trop ! Eh bien ? ajouta-t-il au bout d'un instant.

Fells dit :

— Parlez-vous sérieusement ? Comment saurais-je que vous dites la vérité ?

Quayle remit la cigarette dans sa bouche :

— Espèce d'idiot ! dit-il. Comment croyez-vous que j'ai pu arriver jusqu'ici ? Vous êtes aux arrêts de rigueur et n'avez la permission de voir personne. Pourquoi croyez-vous qu'on a fait partir la sentinelle de votre porte en bas ? Voyons ! Répondez !

— Je vois, dit Fells.

Il y eut un silence.

— Dites-moi, reprit-il. Mon chef m'a dit qu'il n'y avait rien à faire avec cet Hindou qui insiste pour qu'on m'accuse de faux et d'usage de faux. De toute façon, il se vengera sur moi ; œil pour œil, dent pour dent. Il n'aime pas les Anglais. Mais vous me dites que si j'accepte vos propositions, il abandonnera l'accusation devant le tribunal civil. Pourquoi ?

Quayle sourit :

— Votre question est juste, remarqua-t-il. Mais il est évident que vous ne connaissez pas ma méthode.

Fells dit :

— Je ne connais pas votre méthode. J'aimerais bien savoir comment vous pourrez empêcher notre Hindou de continuer ses démarches lorsque apparemment tout le monde, à commencer par le colonel, a vainement tenté de l'arrêter.

Quayle poussa un soupir et dit :

— Ce n'est pas mon habitude de donner des explications à des gens comme vous, mais au fond je ne révèle pas grand-chose en le faisant, parce que même si vous en parlez à quelqu'un on ne vous croira pas ! Le colonel et les autres n'ont à leur disposition que les procédés ordinaires et légaux de faire pression sur lui ; c'est-à-dire que, s'il insiste et compte sur la justice pour lui permettre de savourer sa vengeance, il n'y a pas moyen de la lui enlever. Mais... dit-il en souriant de nouveau, si cependant j'utilise ma méthode... croyez-moi, il n'insistera plus.

Fells dit :

— C'est justement ça que je veux connaître... votre méthode.

Quayle eut un petit ricanement :

— Votre famille est originaire d'Irlande et appartenait à un clan très exclusif. J'ai un jeune Irlandais que j'emploie. Il se pourrait qu'il soit votre parent éloigné ! Il se pourrait que l'honneur de la famille soit en question. Rien ne l'empêche de dire que si notre Hindou insiste pour vous accuser de ces crimes... il pourrait bien lui arriver quelque chose de fâcheux... par une nuit très sombre. — Quayle sourit encore. — Je ne crois pas que le courage de cet Hindou soit sa vertu dominante...

— Je vois ; vous avez des moyens de persuasion tout à fait exceptionnels, n'est-ce pas ?

— Vous n'avez pas idée !

Fells réfléchit un instant.

— Supposons que j'accepte tout cela ; supposons que je permette qu'on m'accuse de cet autre crime. C'est bon ; vous dites que je ne resterai que deux ou trois semaines en prison. Et quand je sortirai, que faudra-t-il que je fasse ?

Quayle dit :

— C'est mon affaire. C'est à prendre ou à laisser. Je vous fais une offre très généreuse, vous savez.

Fells répondit :

— En êtes-vous sûr ? Pensez-vous que je me soucie beaucoup de ne pas faire ces deux ans de prison ?

— Non, je ne le pense pas, c'est ainsi. Mais je vous connais ; je sais le genre d'homme que vous êtes. Vous accepterez mon offre, parce qu'en le faisant vous pourrez encore avoir quelque respect pour vous-même ; si vous la rejetez, vous savez bien que ce sera impossible.

Fells approuva d'un signe de tête :

— Ce qu'il y a de pire, dit-il, c'est que je crois que vous avez raison.

Il se leva et haussa les épaules.

Quayle déclara :

— Qu'avez-vous à perdre ?

— Vous avez raison, dit Fells, je n'ai rien à perdre... J'accepte.

Quayle sourit d'un air satisfait. Il prit son casque colonial et s'en coiffa en couvrant un peu un œil et dit :

— Je ne vous reverrai qu'à votre sortie de prison ! A l'issue du conseil de guerre, on vous enverra en Angleterre. Vous irez à Maidstone. Je vous ferai libérer au bout de deux ou trois semaines. Quand vous sortirez, il faudra que nous vous trouvions un autre nom. Puis cinq ans plus tard (parce qu'il faudra qu'officiellement vous purgiez la totalité de votre sentence) nous vous ferons incarcérer de nouveau pour que vous soyez libéré suivant les règles. C'est à ce moment que nous ferons en sorte que nos amis allemands sachent où vous trouver... !

Fells dit :

— Vous pensez vraiment qu'ils tenteront de se mettre en rapport avec moi ? Vous croyez qu'ils essaieront de me rencontrer et de me persuader de travailler pour eux ?

Quayle fit oui de la tête.

— C'est tout simplement une partie de leur système, dit-il. Ils sont prêts à tout essayer une fois.

Il se dirigea vers la porte.

— Nous allons nous payer beaucoup de bon temps, tous les deux !

Fells entendit la porte se refermer.

Il s'étira. Il se sentait un peu mieux. Il se mit à penser à Quayle. Il commençait à avoir une certaine admiration pour lui. Quayle avait une personnalité. C'était quelqu'un ! Il avait relégué au second plan et presque effacé une action aussi répréhensible, et l'avait contraint à se reconnaître coupable d'un crime qu'il n'avait pas commis et qui était beaucoup plus grave. Il savait bien que, des deux maux, Fells choisirait le moindre. C'est un habile homme que ce Quayle, pensa Fells.

Fells se rendit compte tout à coup que l'auditoire du Palladium se levait, que l'orchestre jouait le God Save the King ; la troupe, avec M. Tommy Trinder au centre, était rassemblée sur le plateau construit sur le devant de la scène et au-dessus de l'orchestre, et chantait une chanson qui proclamait « Nous sommes en 1942 ». Le public reprenait en chœur le refrain.

Il suivit la foule qui se dirigeait vers la sortie. M. Trinder, debout sur la scène, envoyait encore quelques saillies à l'adresse de ses admirateurs qui quittaient la salle. Fells, en arrivant dans le couloir, l'entendit lancer une dernière fois son slogan : « Vous êtes des veinards ! »...

3

Foden

I

Foden émergea des broussailles et resta debout sur la piste qui descendait la colline et qui s'élargissait à mesure pour tourner et ne faire qu'une avec la route poussiéreuse qui mène à Suera. Au bout d'un instant, il se remit en marche. Il boitait et n'avançait pas vite. Soudain, il s'arrêta et se mit à jurer.

Bien que l'humidité de la soirée ait fait place à la fraîcheur de la nuit marocaine, Foden était couvert de sueur. Ses pantalons de coutil étaient déchirés et très sales. Sa chemise lui collait au corps. Il avait le visage et les bras si recuits de soleil qu'ils en étaient presque noirs. Ses cheveux blonds embroussaillés se dressaient sur sa tête. La sueur, en ruisselant de son front dans ses yeux et le long de ses joues, avait formé des lignes dans la poussière qui lui couvrait la face.

Il enleva le soulier qui le blessait, trouva un petit morceau de cuir qui avait formé une ampoule sous le talon, et l'arracha avec les dents. Il se rechaussa, se leva et se mit à marcher en direction de Suera.

Quel sale pays ! Quel pays de pouilleux ! pensait Foden. Tout cela était plus sale et plus répugnant qu'il ne l'avait jamais connu ; les gens, les femmes, le climat, la boisson, tout le dégoûtait... surtout le climat et les femmes ! Il essuya de la main les gouttes de sueur qui perlaient à son front, fouilla dans la poche de son pantalon et en sortit un bout de cigarette qu'il alluma.

A la bordure des contreforts qui se trouvent à six ou sept kilomètres de Suera, ou de Mogador, si vous aimez mieux lui donner ce nom, trois palmiers s'élèvent. Foden les aperçut et se mit à marcher dans cette direction.

Foden était très résistant. Il avait cinq pieds onze pouces de hauteur, de larges épaules et des bras musclés. Les paumes de ses mains étaient larges et ses doigts trapus ; c'étaient les mains d'un homme pratique et très fort. Malgré l'ampoule qui lui brûlait le talon, il posait le pied sur le sol avec méthode et avec prudence. Il avait un visage mince, aux mâchoires saillantes, des yeux bleus à l'expression pleine de gravité. Foden donnait beaucoup de fil à retordre, comme beaucoup de personnes de la côte marocaine en avaient fait l'expérience à leurs dépens.

Il n'avait rien mangé depuis quelque temps et la cigarette lui donnait un goût amer sur la langue. Il aurait voulu cracher, mais il avait la bouche trop sèche et la salive ne venait pas. Il regardait, de temps en temps, les palmiers comme par hasard. La plupart des gens auraient jeté des regards pleins d'espoir dans cette direction, mais les choses fortuites comme l'espoir, la chance et les circonstances n'entraient pas dans les calculs de Foden et ne le préoccupaient pas, qu'ils se montrent favorables, contraires, ou simplement indifférents. Il avait surtout confiance en lui, Foden. Si quelque élément heureux intervenait, tant mieux ! mais dans le cas contraire, il fallait prendre la vie différemment, c'est tout.

Les femmes aimaient Foden, très souvent malgré elles. Il y avait de la cruauté et même du sadisme dans son attitude. Et pourtant il pouvait être très aimable à ses heures. Il pouvait se montrer très vulgaire aussi ou par contraste très raffiné. Il avait toute sa tête à lui. S'il n'avait pas obtenu ce qu'il voulait, ce n'était pas sa faute, et il ne se plaignait pas... mais cette fois-ci...

Une silhouette se détacha des trois palmiers, s'avança sur la route poudreuse et se tint le visage tourné vers Foden.

Ce dernier, en arrivant au groupe de palmiers, aperçut l'homme. Il était appuyé languissamment contre un des arbres ; une cigarette turque, dont le parfum arrivait jusqu'à Foden, pendait au coin de sa bouche. Il portait un fez, et Foden trouva que sa figure rappelait la tête d'un caméléon. A part cela, il était dans un état de saleté repoussante.

Foden dit :

— Je m'appelle Foden. Je suppose que vous êtes Aked ?

L'homme répondit :

— Ah !... Oui. Je suis Aked.

Il avait une voix assez haute, étrangement sifflante, et Foden se demanda si c'était un eunuque.

Foden s'assit au bord de la route et demanda :

— Avez-vous des cigarettes ?

L'individu en sortit une boîte de ses vêtements ; il enleva le couvercle avec un certain brio. Foden eut la vision rapide du guide qui fait faire la tournée des bazars aux touristes ou qui leur vend des cartes pornographiques. Il prit une cigarette et l'alluma. Elles étaient de qualité supérieure.

Aked dit :

— Je suis très heureux de vous voir. Je vous attendais hier. J'étais fâché de ne pas vous voir arriver. Votre absence m'a bien dérangé !

Foden aspira la fumée de sa cigarette dans ses poumons.

— Allez au diable ! s'écria-t-il. Ainsi ça vous a dérangé ! Je suppose que ça vous dérangerait encore bien davantage si je vous empoignais pour vous aplatir contre ce tronc d'arbre et vous écraser la face jusqu'à en faire de la gelée ! Fils de putain !

Aked ricana et dit :

— Je regrette de vous avoir offensé !

— Ne vous inquiétez pas de m'offenser, dit Foden.

Chaque fois que j'aurai envie de vous arrêter, je le ferai. Vous avez trop de culot ! Je déteste ça.

— C'est peut-être malheureux, répliqua Aked.

— Ça ne fait rien, dit Foden. Mettez-vous cette idée dans votre satanée caboche que j'ai fait plus de deux cents kilomètres en sept jours, depuis Marrakech, et la plupart du temps à pied encore ! Vous entendez, la plupart du trajet à pied dans ce patelin de malheur !

Aked dit :

— J'ai presque peine à le croire, avec tous les camions militaires qu'on rencontre, français, américains, britanniques ; il semble que vous auriez pu en trouver un pour y monter !

— Peut-être ! Mais je ne suis pas tout à fait sûr de savoir encore à qui appartient ce patelin de vendus ! J'ignore s'il est à Vichy, aux Français, aux Allemands, aux Américains ou aux Anglais. J'ai couru assez de risques comme ça ! Eh bien ?

Aked dit :

— Je vous en prie ! Ça ne sert à rien d'être grossier ! On peut se payer le luxe d'être grossier quand on n'a besoin de rien. Mais vous avez besoin de quelque chose. Alors il vaudrait mieux être poli !

Foden éclata :

— Bravo ! Il vaux mieux être poli ! C'est bon ; je serai poli. Et qu'avez-vous à me dire, espèce de bâtard ! Est-ce assez poli pour vous, ce nom-là ?

— On m'a prévenu que vous aviez de l'argent pour moi. Je suis un bon homme d'affaires. Il me faut d'abord de l'argent.

— Ne vous inquiétez pas de la question d'argent ! Je n'ai rien voulu laisser au hasard en arrivant ici. Mon sac est là-haut sur la colline, caché dans la broussaille ; l'argent est dedans. Vous savez foutre bien que je l'ai ! Je n'ai pas eu l'occasion de taper dedans, hein ?

— Non, dit Aked. Je ne crois pas.

Il regarda Foden et remarqua qu'il avait les lèvres toutes parcheminées. Il sourit tout à coup :

— Je parie que vous aimeriez avoir quelque chose à boire. Vous n'avez sans doute rien bu depuis longtemps. J'ai ce qu'il vous faut !

— Vous êtes fichtrement aimable, dit Foden. Qu'est-ce que ça va me coûter ?

— Rien, dit Aked. Je vous le donne.

Il plongea la main dans l'ouverture de sa chemise crasseuse et en sortit une bouteille qu'il tendit à Foden. Celui-ci fit sauter le bouchon avec ses dents. Il la flaira. C'était de l'eau-de-vie. Il mit le goulot de la bouteille dans sa bouche et la vida d'un trait. Il attendit un instant ; il commença à sentir une douce chaleur l'envahir et le fortifier. L'eau-de-vie agissait rapidement sur son estomac vide.

— Je crois que vous aimez n'importe quoi ! dit Aked. Je me fie à vous, parce que je me fie toujours à tout le monde !

— Sacrebleu ! répondit Foden, c'est comme ça que vous avez eu tant de succès dans la vie, hein ? Vous avez confiance en moi ; c'est touchant ! Très bien, dégoisez votre petite histoire !

— Voici ce que vous allez faire. Suera est dans un drôle d'état en ce moment. Personne n'y comprend goutte. Vous savez que les Américains ont débarqué il y a dix jours. Personne ne sait s'il vaut mieux faire la risette à Vichy, aux Allemands ou aux Américains !

Foden fronça les sourcils ;

— Des Allemands, dit-il. Vous ne voulez pas dire qu'il y a des Allemands à Suera avec l'armée d'Eisenhower installée là ?

Aked se mit à rire :

— Mon cher ami, dit-il, croyez-en Aked. Il y a des Allemands partout. Bien sûr, ils ne disent pas toujours qu'ils sont allemands. Ils se font passer pour n'importe quoi d'autre. Ils deviennent norvégiens et polonais, anglais et américains ; ils se transforment en Maures, en Ethiopiens et en Juifs... mais ce sont toujours des Allemands.

— N'ont-ils pas de passeport ? Même les habitants de Suera doivent avoir un passeport, n'est-ce pas ?

Aked sourit avec patience :

— Il se fait un admirable trafic de faux papiers et de faux passeports à Suera, dit-il. J'ai gagné pas mal d'argent. Un de mes amis a fait fortune... son commerce était tout à fait méprisable : c'était un pickpocket. Il a gagné une belle somme à voler des passeports qu'il vendait ensuite à d'autres personnes. Il était tout à fait heureux, mais, le pauvre, on l'a assassiné !

Foden remarqua :

— En quoi est-ce que tout ça me concerne ?

Aked répondit :

— Ecoutez, mon ami. Je vais vous donner un très bon conseil. Suera en ce moment n'est pas un endroit très recommandable pour les Angliches ! Il se passe des choses assez mystérieuses. Il y a des gens qui disparaissent. Partout on assiste à des faits étranges. Il y a des espions allemands et des agents du service secret. Je vous dis que Suera n'est pas sain pour les Angliches !

— C'est bon ; j'ai entendu, dit Foden. Croyez-vous par hasard que j'ai envie de prendre racine dans ce sacré trou ? Tout ce que je veux, c'est en sortir. A propos ! Je croyais que c'était justement ce que vous étiez chargé d'arranger ?

— Quand un marché est conclu, je remplis toujours fidèlement ma part. D'abord, combien me donnez-vous ?

— Ce qu'on vous a promis, dit Foden, et pas un centime de plus. Vous toucherez mille dollars américains. Et c'est pas la peine de faire du raffût ! J'ai trois mille dollars dans mon sac qui est caché dans les broussailles. Vous en aurez mille, mais pas un sou de plus !

Aked dit :

— C'est bon. Ça me va très bien.

Il lança d'un geste élégant son bout de cigarette au loin.

— Suivez la route de Suera. Vous verrez une rue appelée la rue des Deux-Poissons. Prenez la deuxième rue après le consulat britannique, et quand vous y arriverez et que vous la verrez devenir une impasse, tournez dans l'allée sur votre gauche. C'est la rue des Deux-Poissons. Au bout il y a une boîte de nuit. — Il soupira. La pensée d'une boîte de nuit semblait le toucher infiniment. Il poursuivit : — Cet établissement appartient à une femme, Mme Ferry, elle passe pour être américaine, mais ce n'est pas vrai, elle est anglaise... soit dit entre vous et moi, dit Aked, en ricanant. Je ne crois pas que Mme Ferry ait laissé une bonne réputation dans tous les pays où elle a été, sauf au Maroc. A Suera, on ne dit trop rien contre elle, parce qu'il y a tant de sacrées crapules que ça la fait paraître honnête ! Vous comprenez ?

— Je comprends, dit Foden.

— Eh bien, continua Aked, Mme Ferry est anglaise. Sa maison s'appelle le Club Persimmon, et on n'y boit que de la cochonnerie. Mais probablement que Mme Ferry vous donnera quelque boisson de choix. La cochonnerie, c'est seulement pour les clients ! Dites-lui qui vous êtes. Dites-lui que vous m'avez vu. Elle vous soignera bien ; vous ne manquerez de rien !

— Qu'a-t-elle arrangé ? Est-ce que tout est préparé ?

Aked répondit :

— Je n'en sais rien. Ça ne me regarde pas. Quand le messager est venu me dire que vous alliez arriver, il m'a demandé de vous rencontrer. On me donne mille dollars pour vous mettre en rapport avec Mme Ferry. C'est ce que je fais. Après ça, je ne fais rien et je ne sais rien... Et mon argent ?

— C'est bon, répliqua Folden... Allons le chercher. — Il se leva. — Voulez-vous me donner une autre cigarette ?

Aked lui présenta la boîte. Foden se mit à remonter la route qui menait aux broussailles de la côte. Il aspirait à pleins poumons la fumée du tabac. Il se sentait revivre. Il se dandinait en marchant et était tout pénétré de la joie d'exister. Il pensait que c'est à l'alcool qu'il devait cette sensation, mais dans son for intérieur il savait qu'il éprouvait ce réconfort parce qu'il voyait la voie clairement tracée devant lui. Bien sûr, il y aurait quelques petits détails à régler, mais sapristi ! après ça, ça irait comme sur des roulettes ! Sur ses talons, le petit Aked courait presque, tant il avait peine à suivre les grandes enjambées de Foden. Ils arrivèrent aux fourrés. Au bout d'un instant, Foden s'arrêta dans une petite clairière. Le sable était mou ; la lune qui brillait le faisait étinceler comme des paillettes d'argent.

— Je ne vois pas de sac... Vous ne m'avez pas menti ?

— Je ne voudrais pour rien au monde vous dire un mensonge, assura Foden.

Il allongea la main gauche ; ses doigts se refermèrent autour de la gorge d'Aked, avant que le petit homme eût le temps de laisser échapper un seul cri entre ses dents carriées. Foden serrait si fort de la main gauche que les muscles de son bras saillaient comme des cordes. Aked égratignait des ongles le poignet et le bras qui lui barraient le visage, et donnait des coups de pied au hasard. Foden ne bronchait pas. Il n'eut pas même besoin de se servir de sa main droite. Au bout d'un moment il relâcha l'étau de ses doigts. Aked s'abattit d'un bloc sur le sable. Foden retourna le cadavre du pied. Il se courba sur lui et s'empara de la boîte de cigrarettes, puis il sortit des fourrés et descendit la côte en direction de Suera.

II

...Tout le monde reconnaissait généralement que Mme Ferry était un numéro et une fine mouche. Il y avait d'autres faits concernant cette dame qui n'étaient pas acceptés si unanimement, surtout parce qu'il y aurait eu quelque danger à le faire. Personne ne savait d'où elle venait, et il était improbable que personne se donnât la peine de le découvrir, parce que Mme Ferry était une de ces femmes sur lesquelles on ne pose pas de questions. On disait qu'un ou deux esprits curieux avaient fait quelques vagues tentatives pour obtenir des renseignements sur elle, mais qu'ils avaient décidé d'en suspendre le cours pour sauver leur peau !

Mme Ferry avait dû autrefois avoir du charme. En la suivant, on trouvait encore qu'elle avait des proportions harmonieuses, mais elle était bien plus avantagée de dos que de face. Elle avait une poitrine monumentale, hors de proportion avec le reste du corps, et semblait beaucoup trop lourde du haut, particularité qui, tout en flattant le goût oriental, ne laissait pas de troubler ceux qui préfèrent un type courant et plus normal de beauté occidentale. Elle avait une face mafflue et abondamment maquillée. Son teint assez terne se rehaussait d'une poudre de ton trop clair, et le rouge de ses lèvres était d'une teinte trop foncée ; ses yeux avivés d'un trait de mascara larmoyaient continuellement, et tout cela concourait à lui donner une allure fort étrange.

Elle ne prêtait pourtant pas du tout à rire. Elle avait quelque chose de vaguement sinistre, bien qu'aux moments assez nombreux où elle aimait à se distraire, elle fût encore capable de danser avec grâce et légèreté, et d'agiter ses deux jambes bien faites en évoluant sur de petits pieds invariablement chaussés de la paire la plus extravagante de bottines qu'elle pût acheter.

Mme Ferry incarnait le Club Persimmon. Cet établissement où l'on pouvait boire et s'amuser, situé au bout d'une impasse qui s'ouvrait dans la rue des Deux-Poissons, formait un cul-de-sac naturel ! On s'y engageait, et il était impossible d'en sortir ! On arrivait au Club Persimmon, et on avait de la chance d'en réchapper avec ses bretelles ! Ce qui caractérisait cette boîte de nuit, c'était une certaine gaîté insouciante accentuée encore par la musique. Cette musique ne cessait jamais, et l'odeur qui caractérisait les salles du rez-de-chaussée était tout à fait impossible à décrire. Il y avait un sous-sol auquel on parvenait en descendant un escalier en colimaçon de marches en bois, qui était caché par un casier à bouteilles derrière le bar.

L'allée où se trouvait le Club, et qui était connue sous le nom de place du Séraphin, était remarquable par de pittoresques maisons mauresques et deux maisons closes, dont Mme Ferry avait la direction. De temps en temps les pensionnaires de ces deux établissements poussaient des cris et des hurlements auxquels les voisins ne prêtaient pas la moindre attention. On faisait courir le bruit qu'une fois, une escouade de police indigène était entrée une nuit dans la place du Séraphin, sous le commandement d'un sous-officier français. Mais ces braves avaient battu en retraite à toute vitesse et en plein désarroi, poursuivis par Mme Ferry qui leur avait donné la chasse, armée d'un fusil.

Il n'arrivait rien d'important à Suera sans qu'Angelica Ferry y eût quelque part. C'était, comme nous l'avons noté, une femme qui était douée du génie de l'organisation. Elle saisissait tout avec une intensité étrange. Elle était formidable dans bien des sens et avait une surprenante intuition pour prévoir les événements. Assise à son bureau, une bouteille d'eau-de-vie à moitié vide à portée, elle servait ses clients avec une tranquille assurance que le tumulte des guerres, des victoires et des désastres était impuissant à ébranler.

Mme Ferry avait vu bien des gens arriver à Suera et quitter la ville. Elle avait vu des générations de commissaires de police s'y installer, tenter d'y exercer leur autorité et s'en aller. Tous apprenaient à la connaître et à la respecter. Même un commissaire de police est assez fin pour reconnaître à qui la chance sourit, et il faut avouer que Mme Ferry n'y allait pas avec le dos de la cuiller quand elle s'assurait l'avantage ; elle faisait toujours généreusement les choses.

Les clients occasionnels du Club Persimmon tâchaient parfois de percer à jour le vrai caractère de Mme Ferry, dont les regards erraient à la ronde, en évaluant moralement chaque homme qui entrait dans l'établissement. Mais nul ne répondait à leurs questions. Le tenancier du bar, un individu mince et brun aux moustaches noires, et qui se nommait Balbo, n'était pas enclin à satisfaire leur curiosité. Si un visiteur s'informait, il répondait :

— Mme Ferry est une femme remarquable. Je vous le dis, parce que je le sais !

Balbo couchait sur les lieux, travaillait au Club tous les jours et sortait rarement, sauf pour rendre visite à sa sœur qui était une des pensionnaires de la maison de tolérance la plus proche, située juste de l'autre côté de la ruelle.

Il était près de minuit quand Foden, écartant le rideau épais et taché tendu en travers de la porte intérieure du Club Persimmon, s'appuya contre le chambranle pour s'habituer un peu à l'atmosphère du lieu. En face de lui, Balbo s'affairait au bar, et sur la gauche d'une plate-forme surélevée, trois métis jouaient une étrange mélodie qui, à leur sens, était sans doute de la musique de choix ! Il y avait dans la salle une quarantaine de personnes qui buvaient et causaient, assis, à fumer et à attendre... car, pour la plupart, ils attendaient quelque chose ou quelqu'un...

Foden se mit à regarder la fille qui, le verre en main, était accoudée au bar et causait avec Balbo. Elle portait une robe de linon presque propre et des souliers à hauts talons. Elle avait les cheveux bruns et avait dû être autrefois très jolie. Foden remarqua qu'elle était encore bien faite.

Elle tourna la tête au bout d'un instant et l'aperçut. Elle s'éloigna du bar et fit lentement le tour du parquet plein de monde. Foden l'examinait en remarquant la souplesse gracieuse de son allure. Elle lui dit :

— Vous êtes le bienvenu dans l'établissement, m'sieur... Je ne crois pas vous avoir vu encore. Nous sommes à votre service.

Foden se mit à ricaner et dit :

— A mon service ! Et comment !

Elle sourit.

— Vous m'offrez quelque chose à boire ?

— Pourquoi pas ? fit Foden

La fille retourna au bar et il la suivit. Elle commanda les consommations. Il fouilla dans sa chemise et en sortit un billet de cinquante dollars qu'il posa sur le comptoir en disant à Balbo :

— Donnez-moi de la monnaie en argent américain.

— Bien, dit Balbo en servant les rafraîchissements demandés.

Foden but le sien rapidement, et en commanda un second. Il demanda à la fille :

— Où est-ce que je peux trouver Mme Ferry ?

Elle lui répliqua avec un clignement d'yeux impertinent :

— Peut-être que vous ne la trouverez pas. Peut-être ne désire-t-elle pas vous voir. Elle ne tient pas à faire connaissance avec n'importe qui !

— Non, vraiment, dit Foden... Eh bien, moi, elle me verra. Allez lui dire que je suis ici. Je m'appelle Foden !

La fille l'observa du coin de l'œil et dit :

— C'est bien.

Elle s'éloigna.

Foden prit son verre sur le comptoir, et, adossé à la porte, se mit à dévisager les habitués du Club Persimmon. Ses yeux erraient d'une table à l'autre, regardant les faces pressées l'une contre l'autre des gens qui causaient doucement au-dessus des nappes couvertes de taches.

« Quelle boîte infernale », pensa-t-il.

Mme Ferry se leva, en repoussant sa chaise derrière le bureau ; elle traversa la pièce, ferma la porte et retourna s'asseoir. Foden la regarda furtivement au passage.

Il se renversa en arrière sur sa chaise. Il se sentait reposé, bien en forme. Il portait un costume assez propre de toile blanche, une chemise blanche ouverte sur le cou qu'il avait trop fort pour pouvoir boutonner le col, et une paire d'espadrilles blanches. Il avait récemment fait toilette, et les boucles de ses cheveux blonds brillaient chaque fois que la lumière de la lampe tombait dessus.

Mme Ferry trouvait qu'il faisait bonne impression. Elle saisit la bouteille et versa deux consommations. Elle poussa l'un des verres vers Foden en lui disant :

— Et vous croyez que ça va se passer comme ça !

Foden fit :

— Dites-moi donc ce qui va m'arrêter ?

Elle haussa les épaules.

— Je ne sais rien qui puisse vous arrêter... dit-elle d'une voix basse, presque caressante. Vous m'avez l'air d'un type qui obtient ce qu'il veut ! Je crois que si vous avez envie d'avoir quelque chose, vous finissez par l'avoir !

Elle sourit. Foden pensa que son rouge à lèvres était d'une teinte affreuse mais qu'elle avait les dents blanches et bien plantées.

Il remarqua :

— Au fond, je n'ai pas si bien réussi, n'est-ce pas ? pour un homme qu'on suppose doué de la faculté d'obtenir ce qu'il veut... pas pendant les derniers neuf mois, en tout cas !

Elle dit :

— Ce n'est pas votre faute, après tout ! Vous venez d'avoir une mauvaise passe ! Mais je suppose qu'avant ces derniers neuf mois, ça a assez bien marché ?

— Non ! Mais c'est ma propre faute. J'ai eu des masses d'occasions mais je les ai laissées passer. J'étais heureux, d'un bonheur étrange, mais réel.

— Oh ! dit Mme Ferry... Et que faisiez-vous donc ?

— Mon petit commerce à moi. J'étais officier en second sur un caboteur. C'est la bonne vie, une sacrée bonne vie, si l'on s'y connaît, une vie pleine d'intérêt...

Elle l'approuvait de la tête.

— Un caboteur ! Tiens, dit-elle, et lequel ?

— La ligne Two Stars du nord du Maroc, dit Foden.

Elle se mit à rire. Ses énormes seins posés sur le rebord du bureau furent agités de tremblements convulsifs.

— Dieu de Dieu ! fit-elle... Ces machins-là ! Vous appelez ça une ligne, ces deux baquets poussifs !

— Ils étaient peut-être poussifs, mais on faisait de bonnes affaires !

— Et comment ! dit-elle... Vous me prenez pour une gourde. Des affaires ! vous voulez dire des affaires louches ! La sorte de trafic auquel se livraient ces deux sacrés gros pontons autour de Sfax et de Sousse, villes de légionnaires !

Foden fit remarquer :

— Et qu'est-ce qu'il y a de mal à ça, nom de D... ! Des villes de légionnaires ! J'aime les légionnaires. Ce sont des brutes, mais on sait à quoi s'en tenir avec eux !

— Fichtre oui ! On le sait... Surtout en temps de paix ! De fameuses affaires que vous deviez faire ! — Elle le regarda l'œil pétillant de malice. — Je parie que je pourrais deviner assez vite quelle sorte de cargaison vous aviez sur vos bateaux. A bord duquel étiez-vous ? *Le Cristal* ou *l'Etoile du soir ?*

— J'ai voyagé sur les deux. Et quant à la cargaison, ça ne regarde personne, sauf les armateurs !

Elle fit oui de la tête.

— C'est à moi que vous dites ça ! dit-elle. Je connaissais l'un d'eux comme ma poche, avant cette nuit à Sfax où il a salement trinqué ! Vous savez ce qu'on lui a fait, hein ?

Foden dit d'un ton un peu ennuyé :

— Oui, je le sais.

Mme Ferry se renversa en arrière sur sa chaise. Elle croisa les mains derrière sa nuque aux cheveux teints au henné et fixa Foden en disant :

— Servez-vous. Prenez un autre verre.

— Merci, dit-il.

Il se versa une autre tournée et se mit à siroter son eau-de-vie à petites gorgées, tout en l'examinant par-dessus le niveau du verre. Au bout d'un instant, il se décida à avaler l'alcool d'un trait, puis il se versa un deuxième verre. Elle lui dit :

— Je devine que vous êtes un dur-à-cuire, un fameux lapin !

— Et puis après ? dit Foden. Il ne suffit pas d'être un dur-à-cuire pour arriver à quelque chose. Il faut de la cervelle !

— Tiens ! dit Mme Ferry, vous en avez aussi ?

— Oui, répliqua Foden. J'en ai acquis ces deux derniers mois.

— Je vois, dit Mme Ferry. Aussi, maintenant, vous êtes un de ces types à poigne et qui ont en même temps de la jugeote ! Eh bien, si c'est une offre que vous attendez, j'en ai une à vous faire !

Foden ne dit rien. Mme Ferry continua :

— Je crois que Suera vous irait très bien. Il y a quelque chose à faire ici pour un homme comme vous. Et vous pourriez vous faire de jolis petits revenus !

— Tiens ! Tiens ! dit Foden... Et pour le compte de qui travaillerais-je ?

— Vous travailleriez pour moi. On peut très bien s'arranger avec moi pourvu que j'arrive à ce que je veux !

Foden remarqua :

— Je n'aime pas travailler pour les femmes !

— Vous êtes un idiot ! dit Mme Ferry. Vous pourriez jouir de la vie ici. Vous y trouveriez tous les plaisirs et sans restrictions. A Suera, on n'a jamais d'histoires, si on sait s'y prendre, et surtout si on me compte au nombre de ses amis...

— Ça, c'est votre avis... Et il se peut qu'en ce moment vous disiez vrai. Mais dans quelque temps il se peut que ça change. Croyez-moi, il va y avoir un fameux nettoyage sur cette côte !

Mme Ferry eut un sourire ambigu et répliqua :

— Vous avez peut-être raison ; mais je n'aimerais pas être la personne chargée de le faire, et je plains de tout cœur quiconque aura cette tâche ! Prenez Suera, par exemple ! Il y en a beaucoup qui ont essayé de réformer la ville... Qu'est-ce qui leur est arrivé ? On les a retrouvés sur l'un des tas d'ordures du bout de la ville, on les a même quelquefois repêchés dans la rivière ! Et... personne ne s'en soucie ! La vie continue ici et il n'y a qu'un crétin pour tenter d'arrêter tous les rouages de la machine avec une clé à levier !

Foden ne fit aucune remarque. Il avait l'air de s'ennuyer à cent sous de l'heure. Elle continua :

— Vous êtes décidé à arriver à vos fins ! Vous croyez qu'ils vous paieront le prix que vous demandez ?

Foden répondit :

— Ça ne fait pas l'ombre d'un doute. Je possède les renseignements qu'ils veulent ! C'est bon. Ils auraient pu les avoir pour rien et ils n'ont pas voulu. Maintenant il faudra payer et ça va leur coûter très cher ! Ce que je sais fera l'effet d'une charge de dynamite quand ce sera connu !

— Vous devez savoir ce que vous faites... Mais, quant à moi, je n'aime pas la dynamite. C'est dangereux, même pour ceux qui s'en servent !

— C'est un risque à courir. Ce que je veux savoir, c'est ce que vous allez faire. Allez-vous faire ce que je veux, oui ou non ? C'est tout ce que je veux savoir.

Mme Ferry demanda :

— Supposons que je dise non, qu'est-ce que vous ferez ? Allez-vous repartir à Marrakech à pied ?

— Que le diable m'emporte ! dit Foden. Si vous voulez jouer au plus fin avec moi, je m'installe ici jusqu'à ce que je trouve le moyen d'en sortir. C'est décidé, je poursuis cette affaire jusqu'au bout !

Elle demanda :

— Eh bien ! Si je décide de vous aider, combien me donnerez-vous ?

— Mille dollars, dit Foden ; c'est tout, mille dollars.

— Ça me va, dit Mme Ferry. — Elle se leva. — Il se fait tard, dit-elle. Je suis fatiguée. Nous en recauserons demain. Allons jeter un coup d'œil en bas.

Elle s'avança vers la porte. Foden la suivit. Elle dit, en descendant les marches :

— Faites comme chez vous. Tout ce que vous consommerez est à mes frais. Quand vous aurez envie de vous reposer, Balbo vous montrera votre chambre.

— Vous êtes très généreuse, dit Foden.

— Et comment !

Au milieu de l'escalier, elle s'arrêta, et se retourna vers lui, la main à la rampe en lui lançant :

— Oubliez la question des mille dollars !

— Quoi ! dit Foden. Que voulez-vous dire ?

Elle lui dit :

— Je suis avec vous. Vous avez un je ne sais quoi qui me plaît. En tout cas, je peux vous installer ici, et qu'il ne soit plus question d'argent entre nous !

Elle lui fit un sourire qui voulait être malin.

— Ça me va ! dit Foden en ricanant.

En bas, au rez-de-chaussée, Mme Ferry examina tout de l'œil du maître. L'établissement commençait juste à faire de bonnes affaires. Un policier indigène montra la tête au coin de la porte d'entrée, vit Mme Ferry, lui fit un large sourire qui découvrit ses longues dents brillantes et s'éclipsa.

Elle dit à Foden :

— Allez à cette table du coin. Je crois qu'il faut célébrer cet accord. Je ne sais pas pourquoi au juste, mais nous allons tout de même le célébrer !

Foden lui fit signe que oui, et s'avança vers la table indiquée. Mme Ferry alla au bar. Balbo s'arrêta de servir un client et vint vers elle.

Elle lui dit :

— Envoie-nous une bouteille de vieille fine et des cigarettes. Après la fermeture, va voir qui tu sais. Dis-lui que j'aurai quelque chose pour lui, sans doute demain matin de bonne heure.

— Compris, madame, dit Balbo.

Mme Ferry, disant quelques mots à la ronde aux membres les plus sélects de sa clientèle, s'avança vers la table où Foden l'attendait.

La vieille horloge de la place des Fleurs sonna quatre heures. Mme Ferry, debout sur le seuil de la chambre, une lampe à la main, regardait Foden. Il était étendu de tout son long sur l'édredon à damiers qui couvrait le lit. Sa jambe droite pendait sur le parquet ; son bras gauche inerte était allongé sur le lit comme celui d'un homme ivre ; en travers de l'oreiller il avait le bras droit étendu et les doigts effleurant le parquet ; il avait la bouche ouverte, mais ne ronflait pas.

« Quel diable d'homme ! » se dit Mme Ferry. Elle referma la porte et s'avança doucement sur le parquet du couloir jusqu'à son bureau. Une fois entrée, elle mit la lampe de bureau, revint à la porte et la ferma à clef. Elle revint à son bureau, s'assit et alluma une cigarette.

Elle se courba, en gémissant sourdement, ouvrit un des tiroirs du bureau, prit du papier écolier et se mit à écrire. Elle mit d'abord la date et traça en lettres majuscules imprimées :

« *FODEN (GEORGE HERBERT)*, âgé d'environ 35 ans ; a été employé d'abord sur la côte du Maroc par la compagnie Two Stars du nord du Maroc (paquebots *Cristal* et *Etoile du Soir*) faisant surtout la traite des blanches pour Sfax et pour Sousse ; voici ce qu'il dit... »

Mme Ferry laissa courir sa plume sur le papier. Elle avait une calligraphie fine, précise et superbe. C'était une de ces anomalies qu'on pouvait remarquer chez elle, si ses autres qualités secondaires n'avaient pas été assez connues. Elle écrivit pendant une demi-heure. Quand elle eut fini, elle mit les feuillets dans une enveloppe, lécha la gomme d'une langue pointue encore rouge, malgré l'âcreté des cigarettes et de l'eau-de-vie, et la colla avec soin. Elle descendit doucement l'escalier et arriva dans la grande salle déserte du Club. Elle allait, sans trébucher, dans une obscurité complète. Derrière le bar, elle poussa un peu la porte et resta sur le palier en appelant à voix basse :

— Hé ! Balbo !

Balbo monta les marches et dit :

— Oui, Madame.

Elle lui confia une enveloppe.

— Fais vite, dit-elle. — Elle consulta sa montre-bracelet qui avait appartenu jadis à une touriste française qui n'en avait plus eu besoin. — Dis-lui qu'il a tout juste le temps de la transcrire en code et de la câbler. Dis-lui que c'est un message de priorité... Tu saisis... de priorité. Il te comprendra.

— Entendu, Madame, dit Balbo.

Balbo, dont les pieds nus ne faisaient aucun bruit sur le plancher, traversa la salle et ouvrit la porte, puis la referma.

Mme Ferry resta debout un instant, puis monta jusqu'à sa chambre. Arrivée là, elle lança un coup d'œil vers la porte qui se trouvait au bout du passage où dormait Foden.

Elle murmura doucement :

— Eh bien, chéri ! Tu t'en tireras peut-être... Qui sait !

Elle poussa un soupir et alla se coucher.

4

Greeley

I

La pendule du corridor de l'appartement de Quayle sonna minuit. Quayle l'entendit par la porte ouverte de la chambre à coucher. Il était étendu sur le lit. Il portait une robe de chambre de foulard à pois blancs sur des pyjamas écarlates. Il fixait le plafond sans sourciller comme s'il voyait s'y profiler des images. A côté de lui, sur le lit, se trouvait, tapé sur des doubles de papier jaune in-quarto, le rapport chiffré que Mme Ferry s'était donné tant de mal à obtenir.

Quayle l'avait lu et relu une douzaine de fois. Maintenant, il se soumettait à un procédé qu'il employait à l'occasion. Il se forçait à en voir les diverses péripéties. Il commençait à pleuvoir. Presque inconsciemment, Quayle entendait les gouttes de pluie battre contre la vitre. Leur crépitement ne le dérangeait pas. Foden avait une emprise complète sur son cerveau.

Il concentrait son esprit sur les griefs de Foden. Il tentait de se mettre à sa place, de penser avec la mentalité d'un homme qui a passé beaucoup d'années à sillonner la côte du Maroc, à rencontrer des types étranges et à faire des choses bizarres que peut faire un officier en second sur un bâtiment qui se livre à un commerce louche. Quayle pensa enfin s'être imaginé le tableau sous ses véritables couleurs.

D'après le rapport de Mme Ferry, Foden avait un beau côté : son patriotisme. D'après Mme Ferry, en premier lieu, Foden n'avait pas tenté d'abord de vendre les renseignements qu'il possédait au service consulaire de Casablanca, puis à l'agent consulaire de Marrakech, et de nouveau à Casablanca. Il voulait les donner gratuitement. Foden avait dit à Mme Ferry qu'on avait pris bonne note de ce fait, et qu'on pouvait prouver ce qu'il affirmait être vrai.

Quayle savait que c'était vrai. Il savait que de 1936 à 1938 — à quatre reprises différentes — Foden avait tenté de fournir aux autorités britanniques des renseignements dont il disposait, et qui avaient trait aux activités de l'espionnage allemand et des organisations de contre-espionnage qui fonctionnaient sur la côte marocaine en préparation à des événements qui sautaient aux yeux.

Personne ne l'avait cru, ce qui avait paru causer beaucoup d'ennui à Foden. Il avait donc des griefs pleinement justifiés. Le fait que ses renseignements étaient exacts et qu'on l'avait prouvé ne diminuait pas ces griefs. A présent, il disposait d'informations complémentaires, et plus importantes, mais cette fois il voulait de l'argent, la forte somme... Quayle se rendit compte qu'il avait enfin une image exacte du personnage ! Il pouvait se représenter en imagination Mme Ferry, la cigarette au coin des lèvres, l'inévitable bouteille d'eau-de-vie sur le rebord du bureau jonché de papiers, écrivant de son écriture impeccable l'original de son rapport. Quayle fit une grimace sardonique. Il se demandait si elle se maquillait toujours aussi hideusement. Pendant quelques instants, il laissa sa pensée vagabonder et lui représenter les principaux traits de Mme Angelica Ferry ; puis il lut :

« Foden dit qu'il y a longtemps que les Allemands font des préparatifs au Maroc. Il affirme qu'ils se rendent pleinement compte du fait que, même si la conquête de la France, facilitée par une puissante cinquième colonne, promet d'être aussi facile que le croit le haut commandement allemand, l'Afrique du Nord française est le point douteux de ses calculs. Ce haut commandement n'est pas si sûr de l'attitude éventuelle de l'armée française. Les Allemands pensent, dit Foden, que c'est dans l'armée marocaine qu'on trouve le meilleur type d'officier français. Il croit que, même si les Allemands sont victorieux en France, ils auront des difficultés. Les événements semblent leur donner raison. Foden affirme que chaque ville côtière fourmille d'agents allemands et qu'un service secret parfaitement organisé fonctionne depuis 1932.

« Il dit qu'il y a deux ans environ, il s'est disputé avec l'armateur des paquebots *Cristal* et *Etoile du soir*. Ils ont eu, d'après lui, une querelle pour une question d'argent. Je ne crois pas (dit Mme Ferry) car Estalza, armateur des deux bâtiments, a été tué dans une boîte de nuit de Casablanca il y a tout juste un an. Ce n'est pas l'argent qui a été la cause de cette affaire, mais une femme, et je soupçonne que c'est Foden qui a fait le coup. Je ne dis pas qu'il a tué lui-même Estalza, mais, comme vous le savez, il est facile de se débarrasser de quelqu'un ici si l'on dispose d'un peu d'argent.

« Foden dit que, par suite de sa querelle avec Estalza, et de la mort de ce dernier, arrivée peu après, les Allemands se lancèrent sur sa piste. Il croit qu'Estalza était au service d'un des sous-ordres allemands qui travaillaient sur la côte, et que ses navires amenaient subrepticement des agents dans l'intérieur. Foden ajoute qu'il est très vraisemblable qu'Estalza a été mis au courant de ses visites aux autorités britanniques et des tentatives qu'il a faites pour les éclairer sur la véritable situation. C'est peut-être vrai. Les Allemands ont causé bien des difficultés ici pendant très longtemps. Ils se sont cramponnés au pays. Ils savent tout, et ils emploient tant d'agents de toute nationalité, qu'il passera bien de l'eau sous le pont avant qu'on puisse nettoyer le territoire et l'arracher à leur influence.

« En réalité... continuait Mme Ferry, je crois que les conditions sont pires que jamais dans ce pays, parce que les gens de Vichy, et vous pouvez me croire, il y en a des masses, travaillent à présent non pas pour l'Allemagne, mais pour eux-mêmes. Ils savent bien qu'ils ne s'en tireront pas avec la vie sauve et qu'il y a une bonne potence prête pour eux quelque part. Il y a bien des endroits dans ce pays où un partisan de De Gaulle a aussi peu de chances de survivre qu'une ablette dans la gueule d'un brochet !

« Vous voyez donc que l'attitude de Foden est très claire et très compréhensible. Par suite de toute cette affaire, il dit que les Allemands sont tombés sur lui il y a une dizaine de mois. On l'a convaincu de quelque ridicule accusation et expédié dans un des camps pénitentiaires de l'intérieur. Il dit que c'était un dépôt dont la bande à la solde de l'Allemagne et de Vichy se servait comme d'une espèce de camp de concentration, et qu'une quantité de malheureux qui y furent internés n'en sont jamais ressortis.

« Ce Foden est un individu résolu. Il affirme que les renseignements qu'il possède feront l'effet d'une explosion de dynamite quand on les connaîtra... Le plus drôle est que c'est peut-être vrai ! On se rend compte de l'organisation compliquée et des plans mis en œuvre sur une grande échelle. Il n'y a pas moyen de les entraver. A la période dont il parle, ce devait être bien pire. Il est très possible qu'il possède quelque renseignement de valeur.

« L'ennui est qu'il ne parlera que contre argent comptant, et il a de fortes prétentions ! Il dit que les autorités anglaises l'ont persécuté à deux reprises, qu'il leur doit d'avoir passé dix mois en prison et d'avoir eu une existence infernale, et qu'il ne se laissera plus rouler. Il réclame l'argent d'abord... il parlera après.

« Entre autres choses, il a déclaré... »

Quayle continua sa lecture. Les mots tapés en noir sur le papier mince le fascinaient ; ils étaient pour lui pleins de sens caché. Ces feuilles pelure d'oignon et les messages qu'elles contenaient signalaient toujours le commencement d'une foule d'événements dont quelques-uns étaient passables, d'autres plutôt désagréables et d'autres encore vraiment tragiques. Il se demandait quel serait le résultat de ce dossier.

Il termina la lecture du rapport, puis il porta les feuilles de papier pelure sur le feu et les brûla. Il traversa la cuisine et passa par la porte intérieure dans l'appartement contigu. Dans son bureau, une jeune femme aux boucles blondes, moulée dans un tailleur très chic, s'appliquait à taper à la machine.

— Où est Greeley ? demanda Quayle.

Elle s'arrêta de taper, réfléchit un instant et dit :

— Greeley ? Il ne fait rien en ce moment. Il est chez lui à Swansea.

Quayle dit :

— Je vois... Depuis combien de temps ?

— Depuis trois semaines, répondit-elle sans hésitation.

— C'est bien assez long pour lui comme vacances. Appelez-le. Dites-lui de me rencontrer demain soir comme d'habitude, grogna Quayle.

— Très bien, monsieur Quayle.

Quayle retourna à la chambre et s'étendit sur le lit. Il ferma les yeux, mais son esprit n'était qu'à demi assoupi ; il attendait, comme d'habitude, la sonnerie du téléphone.

II

Greeley, assis à la table de bois, but une seconde tasse de thé et regarda une demi-douzaine de chauffeurs de camion avaler un rapide souper et repartir.

Quelle chienne de vie que de conduire un camion en temps de guerre, pensait-il. Ce sont de braves types. Ce n'est pas si mal, par une nuit de lune, mais par une nuit aussi obscure que celle-ci, il faut être tout le temps sur le qui-vive. Un sale boulot, qui ne lui plairait pas. Il alluma une cigarette, et eut un petit rire en dessous, en se demandant ce que n'importe lequel de ces chauffeurs de camion dirait, si on lui offrait de faire le travail qu'il faisait. Greeley songeait avec philosophie que c'est toujours le travail d'autrui qui vous semble rebutant. Personnellement il n'avait aucune objection à le faire ; il est vrai que tout lui était égal. Il se demanda dans quelle nouvelle aventure il allait être jeté. Il aspira profondément la fumée de sa cigarette et pensa à la petite maison coquette de Swansea, et à sa femme qui le croyait membre d'une escouade de représentants d'usines de munitions. Cela valait mieux ainsi. Ce qu'on ignore ne peut pas vous faire de la peine et la pauvre avait assez de soucis comme ça !

Le vent hurlait tristement au-dehors du baraquement. Greeley ne comprenait fichtre pas pourquoi Quayle devait donner des rendez-vous dans un trou perdu pareil, à des kilomètres de distance de n'importe où ! Puis il se dit que Quayle savait parfaitement ce qu'il faisait. Greeley, comme la plupart des gens employés par l'étrange service de Quayle, en savait juste assez pour faire sa besogne et pas plus !

Quayle connaissait sans aucun doute sa besogne. Greeley se rappela un ou deux épisodes où il avait été mêlé, au cours des dix-huit derniers mois. On avait parfois joué gros jeu et manqué de près la catastrophe mais on s'en était toujours sorti, grâce au génie d'organisation et au flair de Quayle qui pressentait toujours le danger.

Drôle de corps, ce Quayle, pensait Greeley. Un mélange de cran et de prudence. Mais il veillait bien sur son monde. Il faisait tout son possible pour ses auxiliaires et s'il en perdait un ou deux de temps en temps, Greeley était persuadé qu'il en souffrait.

Ce n'est pas une vie, se disait Greeley. Il n'aurait pas voulu faire la besogne de Quayle. Il aimait mieux être lui-même. Il se demandait pourquoi Quayle faisait ce métier-là. Peut-être au fond que ça lui plaisait ! Peut-être que cela l'attirait tout comme son travail à lui l'attirait ! Il y a des hommes qui semblent avoir un besoin physique de la tension nerveuse que produisent les situations dangereuses, peut-être un peu comme cet individu qui avait l'habitude de se donner des coups de marteau sur la tête, simplement parce que ça lui faisait tant de bien, par contraste, quand il cessait de le faire.

Quand Quayle entra, il écrasa son bout de cigarette. Quayle s'avança vers le comptoir. Il portait un vieil imperméable brique tout taché et des pantalons de flanelle. Il était chaussé de vieux souliers et arborait un chapeau graisseux enfoncé de côté sur la tête. Il avait l'air d'un espèce de vagabond d'élite, non seulement à cause de ses habits, mais aussi de son visage. Quayle possédait le génie d'arriver à ressembler à n'importe quel type qu'il voulait incarner.

Il commanda une tasse de thé et un sandwich au fromage. En s'écartant du comptoir, il aperçut Greeley et dit d'un air surpris :

— Tiens ! Comment ça va, Horace ?

— Hé ! répondit Greeley, c'est drôle de te voir !

Quayle s'approcha de la table de Greeley et dit en s'asseyant :

— Comment va la bourgeoise ?

— Elle va bien, merci, fit Greeley.

La salle s'était presque vidée.

Quayle dit :

— Voici ce que c'est. Il y a un nommé Foden qui arrive du Maroc. On l'attend dans un jour ou deux. On te dira demain où le bateau doit accoster. Ce soir, en partant d'ici, rentre chez toi. Demain après-midi, je te ferai téléphoner vers deux heures. Alors, tu te rendras au port.

— C'est compris, dit Greeley.

— Quand ce Foden débarquera, continua Quayle, je veux que tu lui mettes le grappin dessus en douce. Foden a bourlingué au Maroc un bon moment. Il croit qu'il apporte des renseignements importants à vendre. Il pense qu'ils ont beaucoup de valeur. Il veut les vendre un bon prix.

— C'est l'idée qu'ils se font tous, remarqua Greeley.

— Je sais. Il y a néanmoins ceci de vrai qu'il a quelque chose à dire et si ce quelque chose a autant d'importance qu'il y attache, nous le lui achèterons peut-être. Mais il faudra traiter cette affaire avec le plus grand soin. En débarquant, il va te rencontrer comme par hasard, et il faut t'arranger pour ne pas le lâcher... Tu vois ça ?

— Je vois, dit Greeley, en approuvant d'un geste de la tête.

Quayle poursuivit :

— Tu te souviens d'une fille qui t'a rendu service une fois à Kingstown ? Une blonde, une jolie fille ?

Greeley dit :

— Sûr ! Je m'en souviens. Ça, c'était une perle ! J'ai souvent pensé à elle. Je me suis demandé...

Quayle dit doucement :

— N'importe... Elle s'appelle Zilla Stevenson. Elle va travailler avec toi : voici comment ça se manigance. Voilà trois semaines qu'elle est au port ; elle est en termes excellents avec l'inspecteur des docks. Il a de fréquents entretiens avec elle.

Greeley ricana :

— Des propos dangereux... hein ?... dit-il. J'en mettrais ma main au feu !

Son ton était devenu un peu amer.

Quayle poursuivit :

— Il faudra que Foden le voie en arrivant, et Zilla Stevenson devra apprendre de l'inspecteur des docks l'heure exacte de l'arrivée du bateau et à quel moment Foden doit débarquer. Quand tu iras là-bas, donne-toi quelques heures pour t'habituer à l'endroit et prendre les mesures nécessaires. Et va voir Zilla Stevenson. Tâche de savoir où en sont les choses. Elle te préviendra de l'arrivée de Foden. Après, ça sera à toi de te débrouiller.

Greeley dit :

— J'ai compris ! Et à qui est-ce que je le passe ensuite ?

— Ça dépend, dit Quayle. D'abord, laisse-le parler, et si tu crois qu'il n'y a pas de danger, raconte-lui une petite histoire concernant une femme de ta connaissance qui a reçu cinq cents livres pour avoir communiqué des renseignements qui ne valent pas deux sous. Il se peut que ça lui joue le tour ! Si ça marche et s'il commence à jaser, nous le passerons à Zilla Stevenson qui se chargera de lui. Pas besoin de te recommander la prudence !

Greeley demanda :

— Ce type, Foden, c'est un gros ou c'est un des petits ?

— C'est la question qui se pose ! — Il fit un sourire aimable à Greeley. — Nous ne savons pas. Nous voulons le savoir. Si Foden possède les renseignements que nous espérons qu'il détient, il pourra nous être très utile, mais non pas dans son état d'esprit actuel.

Il sortit de sa poche une boîte de Player's, en prit une et l'alluma.

— Voilà l'ennui, continua-t-il... Ce Foden, qui paraît être un type d'Anglais respectable, a déjà essayé de confier quelque renseignement à nos services du Maroc ; mais ils ont fait la sourde oreille ! Ça ne lui a pas plu, et maintenant il veut vendre ses informations le plus cher possible.

— J'y suis, dit Greeley. Il veut la forte somme, c'est du chantage pur et simple ! Sacré diable d'Anglais !

Quayle haussa les épaules.

— C'est un marin, dit-il. Il était officier en second sur un caboteur marocain. Ce sont des durs-à-cuire, tu sais, ces loups de mer ! Mais je crois que vous vous entendrez bien tous les deux. Vous parlez la même langue, ajouta-t-il avec un sourire à l'adresse de Greeley.

Greeley dit :

— C'est bon ; je parlerai la langue qu'il faudra, ne t'en fais pas !... C'est tout ?

— C'est tout, dit Quayle. Quand seras-tu chez toi ?

— Je devrais être rentré demain vers midi, fit Greeley.

— Ma secrétaire habituelle te téléphonera demain après-midi entre une heure et trois heures, et te donnera tous les renseignements nécessaires. Tu devrais être au port demain soir, mais une fois là, il faudra faire vite.

— Et qui serai-je supposé être, cette fois-ci ? Demanda Greeley.

Quayle sortit de sa poche une grosse enveloppe qu'il poussa sur la table vers lui.

— Tout est dedans, dit-il. Tu es un ouvrier d'une usine d'armement qui est venu faire un rapport sur un travail spécial à faire à l'usine principale du port. Tu trouveras ton nom, ton coupe-file spécial, ta carte d'identité, enfin tout ce qu'il te faut, dans l'enveloppe.

Greeley demanda :

— Est-ce que j'ai un intermédiaire ?

— Oui, dit Quayle. Mais seulement s'il y a quelque chose qui cloche. Si tu loupes quelque chose, et si tu sens que tu es en train de perdre la trace de Foden, va voir un homme en ville. Tu trouveras son adresse et son nom dans l'enveloppe. Il a une boutique de librairie.

— Ça va, dit Greeley.

Quayle se leva. Deux ou trois chauffeurs de camion entrèrent. L'un d'eux dit :

— Quelle garce de nuit ! V'la qu'il commence à tomber de la flotte à présent !

— Alors, bonne nuit, Horace ! Mes bons souvenirs à ta bourgeoise ! fit Quayle.

Greeley lui répondit :

— A bientôt, ma vieille branche ! On se reverra !

Quayle sortit de la salle.

III

Le débit était au bout d'une des longues rues étroites qui partent du quartier des docks.

L'intérieur était typique. Greeley trouva qu'il possédait un genre tout à fait à lui. On avait installé le bar en abattant une cloison et en réunissant deux pièces d'une maison convertie en auberge. Le bar était long, en forme de demi-lune. Un plancher saupoudré de sciure de bois, quelques petits barils de navire alignés le long du mur qui faisait face au bar, avec une ancre et d'autres attributs nautiques, donnaient à l'endroit un air maritime du bon vieux temps.

On respirait aussi une odeur indéfinie, aigre, la senteur de la bière et la fumée du tabac, du fait que le débit était bas de plafond et que l'on ouvrait rarement les petites fenêtres.

Greeley était assis tranquillement au bout du bar, occupé à examiner la barmaid. Il admirait la virtuosité avec laquelle ses doigts agiles saisissaient les bouteilles et les verres, tiraient des chopes de bière, et exécutaient en général les ordres d'un cerveau évidemment très alerte. Elle souriait agréablement et donnait la réplique du tac au tac aux habitués qui lui lançaient des plaisanteries de temps en temps. La plupart des clients du bar étaient des matelots. Des durs-à-cuire, pensait Greeley. Il en examina un ou deux d'un air admiratif. Ils avaient un métier infernal, un dur métier. Un instant, lui, qui ne se prenait jamais au sérieux, souhaita leur faire comprendre que son métier à lui était parfois peut-être aussi dangereux et aussi dur que le leur.

Greeley portait une veste et des pantalons bleus avec un chandail marron à col roulé. Ce col montait jusqu'au menton et accentuait encore la maigreur de sa mâchoire. Une casquette à carreaux couvrait légèrement ses yeux. Il avait l'air de ce qu'il voulait paraître, un cockney malin, l'un de ses nombreux hommes qui sont membres d'équipes d'ouvriers spécialistes de l'armement, et qui parcourent le pays, d'usine en usine. D'après la carte d'identité et le coupe-file du ministère de la Défense nationale, qu'il avait dans sa poche, il s'appelait Horace Stevenson, natif de Bow, dans l'est de Londres ; il était employé temporairement aux usines McCulloch.

Il commanda une chope de bière et se mit à réfléchir aux instructions qu'il avait reçues ce matin-là avec un résumé de l'histoire de Foden. Il tenta de se faire une image de cet homme, et de comprendre, à la lumière des faits dont il pouvait disposer, la mentalité de l'individu. Il ne faudrait pas croire que si Greeley n'avait pas une éducation hors ligne, il fût incapable de penser. Il pouvait réfléchir, et il le savait. Il savait aussi que Quayle ne lui aurait jamais confié cette mission s'il n'avait pas eu une entière confiance en lui, car, pour une raison qu'il était en ce moment incapable de spécifier, il se rendait compte qu'il s'agissait d'une importante mission.

Greeley avait été mêlé à quelques-unes des opérations les plus dangereuses et les plus habiles entreprises par Quayle, opérations que nécessitaient les dures règles de la guerre, et au cours desquelles ceux qui y participaient s'en tiraient ou y restaient ! Dans le premier cas, tout allait bien, jusqu'à la prochaine fois. S'ils y restaient, nul ne pouvait venir à leur secours. Ça ne servait à rien de crier. On vous ignorait, ou on se débarrassait de vous !

Et c'est cela qui était le pire ! C'est alors qu'il fallait montrer qu'on était capable de tout endurer et d'être satisfait. Greeley ricana tout bas. La moitié du monde ignorait le genre de vie que menait l'autre moitié, et en Angleterre, les trois quarts des gens n'avaient nulle idée des mesures extrêmes que prendraient les Allemands pour gagner la guerre, ou de celles qu'adopteraient des gens comme Quayle et ses chefs pour empêcher que cette catastrophe se produisît.

Il y a des gens qui s'imaginent qu'on fait et qu'on gagne la guerre sur les champs de bataille, sur mer ou dans les airs ! C'est juste, mais on fait la guerre ailleurs aussi, et elle est faite par toutes sortes de gens bizarres, qui ne portent pas d'uniformes et qui ne gagnent pas de médailles, des gens qui se battent dans bien des lieux étranges, et qui sont prêts à recevoir une bonne raclée ou rien du tout !

Après tout ! Il faut que cela arrive ! Greeley supposait que pas un seul d'entre eux n'avait été obligé de le faire. Il se demandait comment Quayle s'y était pris pour enrôler quelques-uns de ses agents, ceux qui avaient l'air d'appartenir au dessus du panier comme Fells et Zilla Stevenson, des gens vraiment supérieurs. On aurait supposé, pensait Greeley, qu'un type du genre de Fells occuperait dans l'armée un poste important. Il avait cette allure d'officier supérieur. Il avait l'air d'un soldat !

Pourtant c'était un jeu amusant pour ceux qui l'aimaient, et si on ne faisait pas de gaffes ! Mais si on gaffait, tant pis pour vous ! Chacun pour soi ! Inutile de manger le morceau ! Personne n'était là pour vous croire. Il n'y avait qu'à subir les conséquences, et c'était tout !

Greeley se souvenait que c'était arrivé. Il avait connu un homme qui était allé en prison pour avoir fait quelque chose qui, à première vue, avait paru au juge un crime impardonnable. Et Greeley, en son âme et conscience, savait que ce même juge, s'il avait connu la vérité, toute la vérité, et rien que la vérité, aurait probablement demandé que le prisonnier fût décoré ! Greeley était là, au tribunal, quand Serven avait été condamné. Il s'était demandé pendant tout le procès si Serven allait s'effondrer, s'il allait essayer de tout avouer et de tâcher de s'en sortir. Greeley, assis dans la galerie bondée, avait observé Serven. Et ses regards, errant le long de ces rangées de visages, s'étaient posés sur Quayle. Ce dernier, qui avait l'apparence de quelque homme d'affaires cossu, était assis au bout de la tribune du public, et souriait doucement.

Quand la sentence fut prononcée contre Serven, il jeta un regard rapide sur la galerie et remarqua que le sourire de Quayle s'était quelque peu assombri. Greeley fit la grimace en dessous en se disant : « Tu as fait du bon boulot... mon vieux ! Trois ans et demi de tôle pour s'être montré un surhomme anglais ! Tu ne l'emporteras pas au paradis ! » Il avait fait le geste de cracher de dégoût, en sortant du tribunal.

Greeley était-il un cynique ? Ce n'était pas certain ! Il se peut que sous cette apparence de cynisme, il cachât le caractère et l'amour des aventures qui caractérisent un vrai garçon ! Greeley n'était peut-être qu'un homme à peine mûri, et si les missions qu'il remplissait étaient vraiment des tâches d'homme fait, il était capable d'y apporter la mentalité et les idées d'une jeunesse aventureuse. En réalité, son cynisme n'était qu'une cuirasse qu'il revêtait pour se défendre quelque temps contre les propres doutes qui l'assaillaient. Il pouvait à volonté la mettre ou l'enlever.

La porte placée au bout du bar s'ouvrit et une femme entra. Greeley poussa un petit sifflement entre ses dents. Oui, c'était bien la même. C'était la fille de Kingstown. Dieu ! Quelle belle créature ! Ainsi c'était là Zilla Stevenson !

Greeley leva sa chope de bière jusqu'à ses lèvres et but sans la quitter des yeux. Il y avait dix-huit mois qu'il avait accompli cette mission à Kingstown. Elle était plus belle que jamais, cette fille-là ! Il se servit de ce mot parce qu'il lui était difficile de dire qu'elle était splendide, mais c'est ce mot-là qu'il voulait dire ! Elle n'était pas blonde ; elle avait les cheveux d'un rouge bronzé Titien, et Greeley se rendit compte que c'était leur couleur naturelle. Pour l'affaire de Kingstown, elle se les était teints à l'eau oxygénée. Greeley se disait que c'était le moindre de ses soucis de savoir la couleur de ses cheveux, mais elle avait certainement du chien ! Il pensait que de toute sa vie il n'avait vu une femme comme Zilla. Son visage, ses formes et toute sa personne étaient la perfection même, et les vêtements assez chics, mais bon marché, qu'elle portait ne pouvaient dissimuler la grâce de ses moindres mouvements. Elle alla s'appuyer au bar, commanda un Dubonnet genièvre, en ayant l'air de ne pas remarquer que tous les hommes de l'établissement avaient les yeux rivés sur sa personne. Elle emporta sa consommation jusqu'à l'une des tables qui se trouvaient au fond du bar. Quand elle s'assit, ses yeux parcoururent toute la longueur de l'établissement et s'arrêtèrent sur Greeley. Il détourna ses regards, mais il comprit qu'elle le fixait. Il déposa sa chope sur le comptoir, fouilla dans sa poche, en sortit une cigarette tordue qu'il redressa et alluma. Il se retourna comme par hasard et la regarda, puis il acheva de boire sa bière. Il attendit que la barmaid fît un mouvement vers lui, et il commanda un autre bock.

Il fuma sa cigarette en aspirant la fumée dans ses poumons. Il se demandait pourquoi diable ce salaud de Quayle mêlait une fille comme Zilla Stevenson à un sale boulot comme celui-là, pourquoi il l'avait fait venir dans ce coin infâme, simplement pour s'aboucher avec un inspecteur des docks, pour savoir l'heure et le jour d'entrée d'un certain navire, et à quel moment tel homme en débarquerait ! Mille tonnerres ! Il ne fallait pas se servir d'une fille comme celle-là pour un tel travail ! Par exemple, cette fille qui l'avait aidé dans l'affaire de Surrey, elle aurait pu le faire, comme n'importe quelle fille ordinaire. Mais cette petite Stevenson avait de la race ! Elle s'en tirait à merveille. Elle vivait son rôle. Pourquoi se servir d'une beauté comme elle pour cette vilaine affaire ? parce qu'au fond ça pouvait tourner très mal. Il fallait qu'elle obtînt les renseignements voulus, et il faut faire toutes sortes de choses pour obtenir ces renseignements. Greeley se demandait de quoi l'inspecteur des docks avait l'air ; puis il se posa soudain cette question : Pourquoi est-ce que je m'inquiète de tout ça ? En quoi cette femme me concerne-t-elle, après tout ?... En dehors du fait qu'elle est de connivence dans cette affaire Foden, jusqu'au moment où elle aura l'information nécessaire à faire passer à Greeley ; après ça, elle s'éclipsera... Mais s'éclipsera-t-elle ? Quayle a peut-être d'autres plans pour elle... C'est l'ennui avec Quayle. On ne sait jamais ce qu'il fait. Personne ne lui pose jamais de questions ! Greeley eut un petit ricanement... L'idée même que quelqu'un pouvait poser une vraie question à Quayle l'amusait. Les agents de Quayle ne sont pour lui que des moyens d'arriver à ses fins et lui seul sait quelles sont ces fins-là ! Greeley se dit qu'au fond c'était peut-être aussi bien. Autrement ses employés des deux sexes qui ont les nerfs sensibles ne dormiraient pas la nuit d'un sommeil si profond.

Il se mit à penser à sa femme à laquelle il était très attaché. En l'épousant, juste avant la guerre, Greeley avait prévu qu'ils auraient une longue et sincère association. Il fit la grimace. La guerre vous bouleverse joliment l'existence. Il se rappela l'angoisse de la séparation, quand il s'était engagé dans l'armée, quand il était revenu avec le poumon perforé, et il lui sembla qu'il avait appris beaucoup plus de choses qu'elle. Puis il avait eu l'occasion de rencontrer Quayle ; après cela, il avait rempli sa part de son mieux. Ma femme, se disait Greeley, est une aimable compagne pleine de confiance, une de ces créatures qui n'ont pas beaucoup de curiosité féminine dans leur nature, qui acceptent comme vérités les histoires qu'on leur raconte, ce qui, au fond, est peut-être tout aussi bien ! Quoi qu'il en soit, elle touchait son salaire toutes les semaines, quel que fût le travail de Greeley et le lieu où il se trouvait. Mme Greeley recevait régulièrement l'argent qu'il gagnait, dans une enveloppe portant toujours le vrai cachet postal de l'endroit d'où elle devait venir.

Quayle était sans contredit un homme d'affaires. Il avait toujours tout rangé et classé, et prêt pour vous quand vous en aviez besoin.

Il avait des agents qui se chargeaient de toutes les besognes. On était sûr d'être satisfait et à l'abri des gaffes... sauf quand il n'y avait pas moyen de faire autrement, ce qui était rare. On vous donnait vos ordres et on les exécutait sans poser de questions. C'était un bon système, cela, parce que, si on se faisait pincer, impossible de rien dire, puisqu'on n'en savait pas assez pour parler !

Greeley avait deviné pourquoi Quayle utilisait les services de plusieurs agents pour un certain travail, quand il semblait que deux pouvaient suffire. Plus on employait de gens, moins chacun d'eux avait besoin de savoir. Ils faisaient leur petite tâche, racontaient leur petite histoire et s'éclipsaient.

Parfois, avec un peu de chance, on savait un peu plus de choses que la plupart. Greeley comprenait qu'il en savait un peu plus long que la plupart ; c'est parce que Quayle avait confiance en lui, parce que lui, Greeley, avait suivi la filière et qu'il s'était toujours sorti des mauvais pas, parce qu'il prenait rapidement une décision, et parce que, si une affaire tournait mal, tant pis ! ça lui était égal...

Mais même lui, Greeley, savait peu de chose ; il pensa à tous ceux avec qui il avait travaillé l'année passée. Soixante au moins, et il n'en reverrait jamais la plupart ! De temps en temps seulement, l'un d'eux apparaissait comme par enchantement, comme cette Zilla Stevenson... Mais c'était l'exception !

Il commanda une autre chope de bière, l'avala et continua à se demander comment cette fille Stevenson avait été entraînée dans cette affaire...

IV

Greeley sortit de la petite maison qui se trouvait dans une rue pleine de maisons semblables ; il se mit à marcher dans la direction des docks. Au bout de dix minutes, il arriva à Marsh Street. Il commença à descendre la rue. Il vit que les numéros impairs se trouvaient sur le côté gauche, et il faisait si obscur qu'il fut obligé de monter les marches noircies qui conduisaient aux portes d'entrée et d'examiner de près les numéros. Enfin, il arriva au numéro 17, et sonna. Une forte femme ouvrit la porte, et dit, en fixant Greeley d'un air assez avenant :

— Vous désirez ?

Greeley lui répondit d'une voix enjouée :

— Bonsoir la mère ! Je suis Horace Stevenson. — Il lui fit un sourire agréable. — Je crois que ma sœur habite ici.

La large face de la femme s'épanouit.

— Ainsi, vous êtes son frère ! Tiens ! Tiens ! Je n'aurais jamais pensé cela... Entrez donc !

— N'insistez pas là-dessus, dit Greeley d'un ton plaisant en entrant dans le corridor. On fait toujours des plaisanteries parce que ma sœur est tellement mieux que moi... Si elle avait vu tout ce que j'ai vu, elle serait dix fois plus laide que moi !

— Pourquoi vous faire de la bile là-dessus ? dit la femme. Elle m'a dit que vous viendriez ce soir quand vous pourriez. Je suppose qu'il vous tarde de faire la connaissance de son prétendu !

Greeley pensa : « C'est ainsi qu'elle combine son affaire ! Son prétendu, ça doit être l'inspecteur des docks ! »

Il dit :

— Oui, c'est ça tout juste... Comment est-il, cet homme-là ?

— Il est très aimable, fit la femme. Il me plaît bien. Et il a une bonne position, là-bas, aux docks, vous savez !

— Oui, je sais, dit Greeley.

Elle ajouta :

— Excusez-moi. Il faut que je continue mon ouvrage. Sa chambre est la première à droite sur le premier palier. — Elle sourit. — Je parie qu'elle sera heureuse de vous voir, dit-elle. La vie n'a pas beaucoup d'agrément pour une jeune fille, de nos jours, dans une ville comme celle-ci où il fait si sombre qu'on n'y voit pas plus loin que le bout de son nez.

Elle disparut dans le corridor.

Greeley monta l'escalier. Sur le premier palier, il frappa à la porte, et, la refermant derrière lui, il se tint, la cigarette vissée au coin des lèvres, la casquette à carreaux couvrant un de ses yeux.

Il fut surpris de voir une grande pièce, assez bien meublée. Dans le coin près de la fenêtre, Zilla Stevenson était assise sur le lit. Elle fumait une cigarette. Greeley s'extasia sur sa superbe paire de jambes et sur ses chevilles admirables. Il eut cette idée, rapide comme l'éclair, qu'il tomberait bien amoureux de jambes comme celles-là.

Il enleva sa casquette et dit d'une voix gaie qui n'allait pas avec son ricanement cynique.

— Et comment va la petite sœur ?

— Pas trop mal, dit Zilla Stevenson.

Elle avait une voix très basse, très douce, une voix cultivée. Greeley comprit qu'elle ne jouait plus son rôle... Elle redevenait elle-même.

Elle ajouta :

— Je ne pense pas que nous ayons beaucoup de temps à nous... j'attends mon ami.

— Non ! Sans blague ! Y en a qui ont toutes les veines ! Et vous avez eu beaucoup de mal à lever ce type des docks ?

— Oh ! non ! dit-elle, ça n'a pas été dur. J'ai veillé à cela. C'est l'enfance de l'art avec lui. Il croit qu'il va m'épouser !

— Pauvre idiot ! fit Greeley. A-t-il causé, au moins ?

— Non, dit-elle... Il ne parle pas beaucoup, d'habitude ; mais il me parle à moi. Vous comprenez, il a confiance en moi !

— Je vois... Eh bien, ce sont des paroles en l'air pour une bonne cause, même s'il l'ignore !... Qu'est-ce que ça fait ?

Il s'appuya contre la porte :

— Vous vous souvenez de la dernière fois où nous avons opéré ensemble ? C'était à Kingstown. Vous vous rappelez l'affaire ?

Elle répondit d'une voix blanche :

— Je pourrais si je le voulais, mais j'ai toujours trouvé qu'il valait mieux oublier les choses... Ne pensez-vous pas ?

Il fit un signe de tête approbateur.

— J'ai toujours pu oublier les choses auparavant, dit-il. Je ne veux pas vous faire de flatteries, mais ce n'est pas facile d'oublier quelqu'un comme vous !

— Merci, dit-elle en souriant.

— Et puis, fit Greeley, je devrais vous remercier. Si vous n'aviez pas descendu ce salaud juste au moment où il filait par la fenêtre, c'était fini n-i-ni pour moi ! Je pense que vous vous en rendez compte ?

Elle fit un signe de tête.

— Vous avez un cran qui n'est pas ordinaire ! dit Greeley.

— Vous aussi. J'ai entendu parler de vous !

Greeley ricana :

— Vous ne voulez pas dire que le chef m'a décerné des félicitations derrière mon dos ?

Elle répliqua :

— Je n'en sais rien. Mais il a une très haute opinion de vous, autrement il ne vous aurait pas confié cette mission-ci.

— C'est ce que je pensais. Ça a l'air d'être une affaire importante. Je ne sais pas pourquoi, mais ça en a l'air.

— Oui, je crois que vous avez raison, conclut-elle.

Greeley la trouvait mystérieuse. Il aimait la contempler. Elle avait du piquant... C'est le mot, du piquant ! Et sapristi ! quelle splendide créature ! Quayle avait agi sagement en lui confiant ce travail. C'était un jeu d'enfant pour elle que d'obtenir des renseignements de l'inspecteur des docks. Cette fille aurait pu faire saigner des pierres. Greeley soupira. La vie était bête. Il aurait aimé parler à cette femme, et il ne le pouvait pas. Et ils n'auraient sans doute jamais la chance d'échanger quelques idées.

— Eh bien, comment l'affaire se manigance-t-elle ? questionna-t-il curieusement.

— Comme ceci. Le bateau est arrivé. Il a accosté ce matin à cinq heures. Foden devait voir l'officier du port au sujet du débarquement, de ses papiers et de son lieu d'embarquement, c'est-à-dire répondre au questionnaire habituel des passagers. Ça lui a donné à faire la plus grande partie de l'après-midi. Il habite Vazeley Street, au numéro 22. C'est mon ami qui lui a indiqué cette adresse. Il a payé une semaine de loyer d'avance.

— Je vois, dit Greeley... Et comment est-ce que je m'y prends pour le relancer ?

Elle répondit :

— En face de Vazeley Street, il y a un débit qui est assez bien et très populaire. On l'appelle le Cor de Chasse. Le soir, impossible d'aller nulle part, et il faut bien que Foden aille quelque part. Je devine que c'est là qu'il ira.

— Est-ce qu'il y a des cinémas ici ? demanda Greeley.

— D'après ce que je sais de Foden, il n'est pas probable qu'il aille au cinéma. — Elle sourit et Greeley remarqua ses dents de nacre. — Un homme ayant la réputation de Foden n'a pas envie d'aller voir des films, dit-elle... Il les a tous vécus !

Greeley l'approuva :

— Oui, je pense que c'est au Cor de Chasse que je le trouverai.

— Je pense que votre plan est déjà fait ?

— Oui, dit Greeley. S'il mord à l'hameçon que je vais lui tendre, il voudra aller à Londres pour vous y rencontrer. Mais je vais jouer cet atout avec beaucoup de soin... et je pense que ça marchera... S'il se laisse prendre, je vous donne le mot et vous filez en vitesse.

— Oui... et vous, qu'est-ce que vous faites ?

— Dès que je saurai qu'il vous suit à Londres, j'y filerai aussi, dit Greeley. Voilà... L'usine m'envoie à Londres pour quelque travail qui demande un ouvrier technicien. Je crois que le chef veut que je sois près de vous pendant que vous vous occupez du type dans la capitale !

— Peut-être bien que je serai heureuse de vous savoir là ! — Elle ajouta en souriant : — Il se peut que M. Foden ne soit pas si commode que ça à aguicher pour une fille comme moi !

— Ça ne m'étonnerait pas ! dit Greeley. Quayle a tendu ses filets pour que ce coco-là s'y prenne... et il est évident qu'il ne pense pas que ce soit facile !

— Non, dit-elle, je ne crois pas que ce sera facile. Je crois que ça sera bien plus dur que vous le croyez vous-même !

— C'est possible. Peut-être en savez-vous plus long que moi là-dessus ?

Elle le regarda. Il lui trouva les yeux d'un bleu intense.

Elle dit enfin :

— Peut-être bien !

On entendit un bruit de pas sur le palier au-dehors. Greeley s'écarta de la porte qui s'ouvrit. Un homme de forte taille qui portait une casquette à visière rigide et un veston croisé bleu marine entra dans la pièce. Il avait la figure bronzée et son menton s'ombrait d'une barbe d'un jour. Greeley pensa : « C'est l'inspecteur des docks ! Ça se complique ! »

Le nouveau venu ferma la porte derrière lui et ses yeux allèrent de Zilla Stevenson à Greeley. Il avait l'air mauvais, le regard brillant. Greeley eut l'idée qu'il le fixait d'un air presque menaçant. Il pensa : « En voilà un qui a été marin, c'est un dur-à-cuire, soupçonneux et jaloux. » Sans pouvoir en expliquer la raison, il se sentit soudain très belliqueux. Il s'adossa au mur en fumant sa cigarette, de l'air suprêmement insolent qu'il affectait quand il le voulait.

Le visiteur dit à Zilla :

— Que diable se passe-t-il ici ? Qui est ce type-là ?

Elle caressa ses cheveux de la main et dit d'un ton indifférent :

— Qu'est-ce qui te tracasse ? Je n'aime pas du tout la façon dont tu me parles !

Il dit :

— Tant pis si ça ne te plaît pas ! Je te demande simplement qui est ce type-là ? Qu'est-ce que tu fricotes ici, nom d'un chien ! Tu ne m'attendais pas si tôt, hein ?... Je me demande...

Elle allongea les jambes sur le lit et se coucha sur le dos. Greeley trouvait que son visage silhouetté contre l'oreiller faisait un délicieux tableau. Elle dit, comme par hasard :

— Tu te demandes si j'ai un autre ami qui me fait la cour derrière ton dos ? Est-ce ça ? Si c'est l'idée que tu te fais d'une fille, tu ne devrais pas lui parler de mariage. Ça veut dire que tu n'as aucune confiance en elle. Tu comprends ?

Greeley fit la grimace en dedans en pensant qu'elle faisait marcher l'inspecteur. Maintenant qu'elle avait obtenu de lui ce qu'elle voulait, elle n'allait pas se laisser monter le cou comme cela ! Elle aurait pu arranger les choses immédiatement en lui disant qui Greeley était supposé être. Mais elle refusait de le faire. Elle laissait le champ libre à Greeley, pour voir comment il allait s'en sortir. Il aimait cela. Cela établissait une sorte de lien équivoque et amusant entre lui et elle !

Il apostropha le marin d'un ton assez insultant :

— Ainsi vous vous imaginez que vous allez l'épouser, hein ? Pourquoi ne tâchez-vous pas de vous conduire un peu plus poliment, au lieu de faire tout ce raffût avec votre grande gueule !

L'inspecteur regarda Zilla :

— Dis donc ! En voilà assez !

Elle mit les mains à la nuque et s'étira. Greeley la trouvait très excitante dans cette pose.

Il lança :

— Eh bien, qu'allez-vous faire, grande gueule ?

Le visage de l'inspecteur devint rouge brique. Il fit rapidement volte-face devant Greeley et dit, par-dessus l'épaule, à Zilla :

— Je vais te parler dans une minute. Je vais d'abord fermer le bec à ce salaud pour lui apprendre une leçon. Tu ne me crois pas assez idiot, bien sûr, pour tolérer qu'il y ait un tas de types pour te faire la cour. Je vais commencer par faire un exemple de ce cochon-là !

Il s'avança rapidement vers Greeley en brandissant un énorme poing. Greeley ne fit même pas mine de retirer la cigarette de sa bouche. Il s'ébranla avec la rapidité de l'éclair. Il encaissa le coup sur sa main gauche, mais ne le rendit pas. Il abattit sa main droite tendue et porta deux rapides coups de massue, d'abord sur l'avant-bras de l'inspecteur, puis sur son biceps. Greeley avait le rebord de la main dur comme de l'acier. Ces deux coups, portés au moment voulu et avec précision, exactement au point où un expert en jiu-jitsu les aurait placés, paralysèrent presque le bras musclé de son adversaire. Presque aussitôt, Greeley se rua sous sa garde et abattit la main gauche d'un coup sec contre le plexus solaire couvert par l'uniforme bleu marine. L'ami de Zilla, presque étouffé, s'écroula sur le parquet. Il était complètement à bout de souffle !

Greeley décolla le mégot de la cigarette de sa lèvre et il le jeta dans le feu.

Zilla, d'un brusque mouvement de jambes, se redressa sur le lit. Elle resta assise quelques secondes, laissant errer ses regards de son ami à Greeley et de Greeley à son ami. Greeley trouvait qu'elle avait une expression amusée. Elle se leva, alla au lavabo, imbiba d'eau une éponge et s'approcha de l'inspecteur qui respirait maintenant avec un bruit comme un soufflet de forge. Elle s'agenouilla près de lui et se mit à lui tamponner le front avec l'éponge mouillée.

Elle leva les yeux et regarda Greeley. Elle souriait. Elle cligna de l'œil une seconde, pour lui faire comprendre, et, se penchant sur la tête qui reposait sur ses genoux, elle dit :

— Willie, mon ami ! Comme tu es bête ! Tu tires toujours des conclusions fausses de tout ! Horace, que voici, est mon frère. Seulement il est comme toi, il est quelquefois un peu vif ; c'est malheureux d'avoir un sale caractère ! Il s'est mis en rogne, tu comprends. Tu devrais réfléchir un peu avant de parler, n'est-ce pas, Willie, mon ami.

Le cher Willie fit la grimace en fixant Horace et articula d'une voix encore tout essoufflée :

— Sacré nom d'un chien ! Pourquoi est-ce qu'on ne m'a rien dit !

Greeley souriait avec bonhomie. Il remarqua d'un ton cynique :

— C'est toujours la même histoire avec les types qui ont le béguin pour ma sœur. Ils soupçonnent toujours tout le monde. — Il fit un geste de la main et ajouta : — N'importe ! Willie, moi je comprends ça ! Si j'avais le béguin pour une femme, je serais soupçonneux moi-même ! Il y a bien peu de filles aussi jolies qu'elle. Elle a un je-ne-sais-quoi, elle a du chien, enfin !

— Vous aussi, vous avez un je-ne-sais-quoi ! dit Willie. Je voudrais bien savoir où vous avez appris ce coup-là que vous m'avez fait ! Ça n'est pas du jeu, vous savez !

— Non ! Vraiment ! Vous avez peut-être raison. C'est un coup de jiu-jitsu, quelque chose de japonais. Je suppose que si vous aviez pu m'atteindre une seule fois, vous m'auriez fait passer à travers le mur !

Zilla Stevenson dit d'une voix consolante :

— Maintenant, vous devriez vous serrer la main tous les deux et être amis quand même. Après tout, vous allez être beaux-frères !

— Oui, dit Greeley. Et puis on peut toujours être de bons amis, après s'être battus. Je viendrai vous voir aux docks, peut-être demain. Nous boirons quelque chose ensemble. Je voudrais vous parler de Zilla.

Il fixa l'inspecteur d'un air sévère.

— Je m'intéresse toujours aux types qui veulent épouser ma sœur, dit-il. Peut-être qu'un beau jour il s'en trouvera un qui réussira !

Willie remarqua d'un air attristé :

— Ainsi je ne suis pas le premier dans ce cas, hein ?

Greeley ouvrit la porte.

— Vous voulez rire, dit-il. Il y en a eu sept avant vous, à ma connaissance. Mais ça n'a pas collé avec chacun d'eux. Ma sœur est un genre à part, vous savez. Mais il est probable que vous l'avez déjà remarqué. C'est sans doute pour ça que vous avez un si sale caractère ! Bonne nuit, Zilla.

Il descendit les marches, ouvrit la porte d'entrée, et s'éloigna dans la nuit obscure en sifflotant doucement un petit air.

5

Zilla

I

Il faisait sombre. Zilla se tenait à l'angle de deux petites rues. Le manteau brun qu'elle portait se fondait avec l'arrière-plan du mur derrière elle. On ne voyait que son visage et ses bas de soie beige. Il bruinait, et le vent balayait la pluie par rafales. Son manteau de drap était trempé ; elle ne portait pas de gants, et ses mains étaient toutes mouillées.

Au bout d'un instant, elle jeta sa cigarette dans le ruisseau, mit les mains dans les poches de côté de son manteau et s'appuya contre le mur. Elle se sentait l'esprit détendu. Elle avait une attitude si indifférente qu'on aurait pu croire qu'elle avait l'habitude de se tenir debout au coin d'une rue dans une averse, et qu'elle y trouvait un certain plaisir !

Sa figure, empreinte maintenant de cette expression de tristesse pensive qui avait tant séduit Greeley au moment de l'affaire de Kingstown, était tournée vers le coin en face d'elle.

Ses yeux d'un bleu limpide fixaient avec attention l'obscurité qui s'étendait au-delà du cercle de lueur bleuâtre projetée par la lampe qui éclairait la rue.

Greeley, venant à sa rencontre, traversa la rue. Il souriait. Il se tint en face d'elle, la regarda avec une sincère admiration et dit :

— Bonjour ! ma splendeur... Je suis enchanté de vous voir l'air si heureuse. Quand j'ai reçu votre télégramme, je me suis demandé ce qui avait bien pu arriver. Qu'est-ce qu'il y a de cassé ?

Elle sourit et secoua la tête en disant :

— Non ! Il n'y a rien de cassé !

— Non ? dit Greeley... ça n'est pas ordinaire ! Vous ne voulez pas dire que vous m'avez donné rendez-vous sous la pluie, simplement pour contempler ma belle figure !

Elle fit signe que non :

— Vous devinez juste, dit-elle... Ce n'est pas pour ça, mais aucune raison n'aurait pu m'empêcher de le faire, n'est-ce pas ? Pourquoi est-ce que ça ne me ferait pas plaisir de vous parler ?

Greeley demanda d'un ton qui montrait jusqu'à quel point il était intrigué :

— Qu'avez-vous donc à me dire ?

— Vous êtes un être étrange, n'est-ce pas, Greeley ? répondit-elle. Vous avez l'idée qu'il n'y a aucune raison valable pour qu'on montre de l'intérêt pour un homme comme vous !

Greeley fit d'une voix blanche :

— S'il y en a une, je serais diablement curieux de la connaître. Qu'est-ce que je peux avoir qui ait le don de vous intéresser ?

Elle parut réfléchir à quelque chose, puis elle dit :

— Je suppose que vous pensez, parce que vous n'êtes pas beau, que vous n'avez pas l'air d'une étoile de cinéma et que vous ne parlez pas avec l'accent du speaker de la B.B.C., qu'une femme ne peut pas s'intéresser à vous. Vous êtes bizarre ! Toutes les choses importantes qui vous concernent, pour vous, ce sont des bagatelles ! Vous êtes un homme infiniment supérieur, doué d'un curieux sentiment d'infériorité. Vous devriez vous en débarrasser. Croyez-moi si vous voulez... Mais vous êtes un individu extrêmement intéressant !

Greeley se mit à ricaner :

— Vous allez me faire rougir dans une minute, dit-il... Mais même si ce que vous dites est vrai, il vaudrait bien mieux que j'aie l'air d'une étoile de cinéma, et que je parle avec un sacré accent à couper au couteau !

— Pourquoi ? demanda-t-elle en l'interrompant.

— Regardez autour de vous, dit Greeley. Nous voici à la troisième année de cette foutue guerre, et voyez-vous la vertu récompensée ? Il y a un tas de ces types qui ont l'air de premiers rôles de cinéma et qui parlent avec un joli accent, qui se défilent en douce de l'armée, qui s'embusquent d'une manière ou d'une autre ! Il y en a des flopées dans le West End, mais ça n'a pas l'air d'inquiéter personne ! On est supposé avoir trié sur le volet tous les embusqués de ce pays... Eh bien, on met toujours le grappin sur le pauvre bougre qui parle le langage populo... C'est pas lui qui aura aucune chance d'y couper... Mais c'est le type qui fait chic et qui parle bien, qui se pavane dans un bel uniforme et qui continue bien gentiment à faire le même métier qu'il faisait avant la guerre, et qui s'imagine qu'il sert son pays... du moins c'est ce qu'il essaie de persuader à ses copains !

Elle lui répondit :

— Ces gens-là ne comptent pas ! Vous le savez aussi bien que moi. Ils le savent bien eux-mêmes et avant d'en avoir fini, ils trinqueront d'une manière ou d'une autre. En tout cas ça ne change rien au fait que je pense que vous êtes très intéressant !

— C'est bon, dit Greeley ; mais j'ai une sacrée goutte de pluie qui dégouline le long de mon nez et je suis à moitié noyé ! Tout de même, je suis prêt à rester debout contre cette sacrée muraille, et à vous entendre me dire pourquoi je suis intéressant... Voilà !... Dites-moi pourquoi ?

Elle répondit :

— Une nuit, M. Quayle se sentait en veine de confidences. Il m'a beaucoup parlé de vous ! Vous avez fait des choses étonnantes, n'est-ce pas ?

— Quelle bonne blague ! Je n'ai rien fait de plus que les autres. Mais je me suis arrangé pour durer, c'est tout, fit Greeley.

— C'est justement ça, dit-elle... Vous avez duré... Dieu sait comment, avec tous les risques que vous avez courus !

— Eh bien, et après ! Ça peut arriver de rouler sous un autobus, hein ? Ça arrive même à des tas de gens. J'ai eu de la veine, voilà tout, je n'ai pas encore roulé sous un autobus... Ça sera peut-être bien mon tour un de ces jours !

Elle répondit :

— Je crois que vous êtes fataliste !

— Fataliste rien du tout ! dit Greeley. Je prends les choses comme elles viennent. Je suis philosophe. Si c'est écrit, vous trinquez... si ça l'est pas, il n'y a rien de fait !

— Etes-vous marié ? demanda-t-elle.

Greeley fit un signe de la tête :

— Oui, dit-il, je suis marié. J'ai une gentille petite femme. Elle a confiance en moi. Elle croit que je suis ce qu'on appelle d'habitude un bon mari. Elle pense que je travaille avec un groupe d'ouvriers pour l'armement. C'est une bonne fille, Nellie... Elle n'a rien qui me passionne... mais c'est une bonne fille !

— Voilà l'ennui ? Elle n'a rien qui vous passionne, et il vous faut quelque chose qui vous passionne, n'est-ce pas ?

— Pourquoi pas ? dit Greeley... Il y a des gens qui aiment le cinéma !

Elle fit signe que oui, sourit doucement et ajouta :

— Oui, il y en a qui aiment le cinéma... Et vous, vous préférez cette vie-ci, n'est-ce pas ?

— Ecoutez. Où voulez-vous en venir avec tout cela ? demanda Greeley.

Il sortit de sa poche une boîte de Player's, lui en donna une et fit marcher son briquet. Son visage était tout près du sien quand il alluma sa cigarette. Il remit le briquet dans sa poche et aspira profondément la fumée du tabac.

Il répéta :

— Où voulez-vous en venir ? Vous arriverez à me faire croire que vous commencez à avoir un penchant pour moi !

Elle répondit :

— Ce qu'il y a de drôle, Greeley, c'est que je commence à le croire moi-même !

— Vous souffrez d'une maladie qu'on appelle « aliénation temporaire ». Une femme aussi belle que vous, possédant votre personnalité et vos connaissances, peut tourner n'importe quel homme autour de son petit doigt.

— Vous croyez ? Eh bien j'ai connu un homme comme cela, une fois, un homme que je voulais épouser. Il est mort maintenant. Depuis lors, je me suis occupée plutôt des sentiments que je peux inspirer aux hommes que de ceux qu'ils peuvent m'inspirer !

— J'y suis, dit Greeley d'un ton sarcastique. C'est à mon tour de pouvoir vous tourner autour de mon petit doigt, n'est-ce pas ?

— Ce qu'il y a d'ennuyeux chez vous, Greeley, c'est votre cynisme ; mais bien sûr, c'est un cynisme d'emprunt. Vous vous en servez comme d'une sorte de sauvegarde, répliqua Zilla.

— Chaque fois que j'aurai à me défendre contre vous, j'avalerai du poison... ! Je m'attends au pire, mon chéri ! Mais faut-il que nous restions debout sous cette sacrée flotte ! Je suis déjà à moitié noyé !

— Je ne me soucie jamais de la pluie, dit-elle.

— Non ! fit Greeley. C'est bon pour le teint, n'est-ce pas ? Mais, croyez-moi, le vôtre se passe aisément de soins de beauté...

Il y eut un silence, puis il continua :

— Voyons ! personne ne m'accusera de pécher par excès de curiosité, mais pourquoi diable Quayle a-t-il besoin de vous employer pour un travail de ce genre-là ! Qu'est-ce qu'il a donc ? Il y a une demi-douzaine de femmes qui travaillent pour lui et qui auraient pu le faire. Pourquoi doit-il utiliser les services d'une fille de votre valeur. Est-ce qu'il ne peut vraiment pas vous trouver quelque chose d'intelligent à faire ?

Elle l'arrêta :

— Hé ! Pas si vite, Greeley ! Ce que je fais demande assez d'intelligence. Vous n'avez pas besoin de me plaindre !

— Bon, dit-il. Mais ce qu'on vous a fait faire jusqu'ici n'est pas bien malin, entre nous !

Elle fit un mouvement et se tourna légèrement vers lui en disant :

— Je n'ai pas encore commencé. Je commencerai vraiment quand vous me confierez Foden !

Greeley eut un petit rire en dessous et dit :

— Je voudrais bien être dans la peau de Foden. Il faut qu'il ait une certaine importance.

— Je crois qu'il en a... répliqua-t-elle, peut-être plus qu'il ne le sait lui-même !

— Je vois, dit Greeley, je commence à y voir un peu plus clair ! Il se peut qu'il en sache bien plus long qu'il se l'imagine. Peut-être que c'est lui la pièce manquante d'un de ces casse-tête chinois sur lesquels Quayle ne cesse de s'acharner ! J'ai compris. Mais je ne saisis toujours pas pourquoi il faut absolument qu'il se serve de vous !

— Il a de très bonnes raisons. Foden vient du Maroc. Je connais parfaitement le Maroc. Quand Foden parlera, s'il se décide à parler... non seulement j'entendrai ce qu'il me dira, mais je pourrai voir les endroits qu'il me décrit. C'est de toute première importance.

— Ainsi, vous connaissez le Maroc ! dit Greeley. Vous y avez été ? C'est un pays que j'ai toujours désiré visiter.

— C'est un coin amusant, dit Zilla Stevenson. Mon mari y a longtemps habité... et c'est là qu'il est mort.

— Ah ! dit Greeley, c'est donc pour ça que vous le connaissez si bien !

— Oui, c'est pour ça, dit-elle. Il le connaissait même mieux que moi. — Elle se mit à rire doucement. — Il avait les meilleures raisons du monde pour le connaître, dit-elle.

— Qu'est-ce qu'il faisait donc ? dit Greeley.

— Il était ingénieur... quelquefois ! Le reste du temps il faisait exactement la même besogne que nous faisons, vous et moi...

— Sans blague ! dit Greeley. Eh bien, ça prouve comme le monde est petit, n'est-ce pas ?

Elle coupa :

— Je vous ai envoyé ce télégramme, parce que j'ai voulu que vous sachiez au sujet de Foden ! Il a déménagé. Il a pris une chambre à l'auberge du Cor de Chasse. Ça va vous faciliter rudement la tâche !

— Et comment ! dit Greeley. Ça veut dire que je pourrai le voir quand je voudrai !

— Oui, mais à votre place je ne perdrais pas de temps. J'ai l'idée que vous ferez bien de vous presser !

Greeley l'approuva de la tête :

— Vous voulez dire : faut agir avant que Foden s'impatiente et se mette à crier très fort sur les toits en essayant de toucher la forte somme sur laquelle il compte !

— Tout juste, dit-elle.

Elle sortit une main de sa poche et regarda sa montre-bracelet.

— Il est neuf heures moins vingt, dit-elle, et le meilleur moment, c'est maintenant !

— Je comprends, fit Greeley. Tout bonheur doit avoir une fin. Je me lance sur ses traces. Bonsoir, ma beauté !

— Bonsoir, dit-elle. Un de ces jours, nous aurons une vraie conversation tous les deux, dans quelque endroit où il ne pleut pas.

Greeley, sans répondre un mot, s'enfonça dans les ténèbres.

II

Foden et Greeley étaient assis à une petite table éloignée du comptoir du bar de l'auberge du Cor de Chasse.

Dehors, la pluie crépitait lugubrement sur les trottoirs, et chaque fois que quelqu'un entrait dans le débit, en écartant les rideaux qui camouflaient les lumières, un courant d'air froid soufflait à travers la pièce.

Greeley dit :

— Ce temps-là ne vous fera pas grand bien, je veux dire, si vous avez l'habitude d'un climat chaud. A moi, il ne réussit guère non plus... J'attrape des rhumatismes en pagaille !

Foden ne répondit pas. Il tira une bouffée de sa cigarette.

Greeley le regardait de côté. Il pouvait voir le profil anguleux et bronzé, la bouche mobile et les yeux résolus qui, de temps en temps, faisaient le tour du bar. Un sacré gaillard, ce Foden ! se disait Greeley, un type aussi rusé qu'un fox-terrier et un vrai dur-à-cuire ! Avec un numéro comme ça, si on fait la moindre gaffe, on n'aura jamais l'occasion d'en faire une seconde !

Greeley poursuivit :

— Tout de même... je trouve que c'est idiot de votre part de revenir ici : ça n'a rien de rigolo de vivre dans ce patelin en ce moment... avec le camouflage des lumières partout. Il faut bosser comme des nègres et quand on a gagné un peu de pèze, c'est macache pour le dépenser ! — Il soupira. — Moi, j'aimerais bien être au Maroc. Parlez-moi d'une vie d'amour et d'aventures !...

Foden le regarda en disant :

— N'en croyez rien, Stevenson ! Le Maroc est juste comme n'importe quel autre endroit ! On n'y est pas mal si on sait se débrouiller. — Il ricana. — Je savais pourtant me débrouiller, moi ! dit-il en aspirant la fumée de sa cigarette. Vous avez peut-être raison au sujet de l'Angleterre. C'est un patelin assez sombre et assez triste. Mais, après tout, je ne me tirerai peut-être pas trop mal d'affaire ici !

— Vous réussirez parfaitement, dit Greeley... Vous me faites l'effet d'être un type qui réussit très bien n'importe où ! Buvons encore un verre !

Il prit les verres, les porta au bar, commanda d'autres consommations, les rapporta et dit :

— Ça va tout seul, si vous savez manœuvrer. Ça va comme sur des roulettes si vous tombez sur le vrai type de gens ! Mais il faut toujours compter sur la chance, vous comprenez ! Moi je n'en ai jamais eu ! Je fais toujours le même boulot, à voyager et à me spécialiser dans le travail des usines d'armement... Chaque foutu endroit où je vais est à peu près pareil, et ça continue comme ça jusqu'à la saint Glin-Glin ! — Il ricana tristement. — Quand j'étais gosse, dit-il, je ne pensais qu'aux aventures... et qu'est-ce qui m'arrive ? Ce métier-ci ! Tandis que ma sœur qui n'a jamais rien su faire que taper sur une machine à écrire dans un bureau... Non ! Quelle veine !...

Greeley s'arrêta un instant...

— Et pourtant, continua-t-il... dans son cas, peut-être que ce n'était pas seulement une question de chance, peut-être qu'elle a réussi parce que c'est une belle fille !

Foden demanda d'un air indifférent :

— Que lui est-il arrivé ?

Il se disait qu'après tout la sœur de Greeley ne l'intéressait pas particulièrement.

Greeley dit :

— Vous voulez dire... qu'est-ce qui ne lui est pas arrivé ? Ça vous montre justement comme la vie est bizarre. Elle a eu une semaine de vacances au bureau où elle travaille, vous comprenez... Bon... Elle se décide à partir à la campagne, et dans le train, elle entame la conversation avec un vieux type... Il faut reconnaître que Zilla est une fine mouche !... Il y avait dans le même compartiment un matelot, qui faisait un peu son malin, et le vieux bonhomme n'arrêtait pas de lui poser toutes sortes de questions. Zilla n'aimait pas trop ça ! mais elle ne disait rien. En arrivant à destination, le vieux type descend du train, et Zilla, assez curieuse, je suppose, le suit et prend note du numéro de la maison où il entre. Puis elle file au poste de police raconter toute l'affaire.

— Vrai ? dit Foden... et après ?

— Oh ! Je ne sais pas ce qui s'est passé ! dit Greeley.

Mais elle s'est bien débrouillée. On l'a fait venir de Londres et on lui a posé des tas de questions sur ce que le vieux avait dit et sur les renseignements qu'il essayait d'obtenir du marin ! Ce qui est épatant avec Zilla, c'est qu'elle a une prodigieuse mémoire ! Si elle le voulait, elle se rappellerait par le menu un tas de choses arrivées en juillet dernier... C'est une de ces jolies filles qui, assez bizarrement, sont douées en plus de beaucoup de jugeote... Vous ne le croirez pas, mais ces gros bonnets qui l'ont fait appeler se sont empressés de lui donner un emploi... Vous vous rendez compte ! Le vieux était un espion ou quelque chose d'approchant, un Boche qui essayait de se renseigner, quel culot, hein ! Elle a touché cinq cents livres et elle a trouvé un emploi !

— Ainsi on lui a procuré un bon poste ? demanda Foden.

— Tout juste ! dit Greeley. Je ne sais pas combien elle gagne... Vous parlez d'un poste ! Elle est toujours bien fringuée à la dernière mode et elle a toujours de l'argent... Mais elle est serrée avec ses sous ! Alors ! — Il se mit à rire doucement... — Vous ne le croirez pas, dit-il... Hier, je lui ai télégraphié. Je lui ai dit que je n'avais plus un rotin, et que si je ne trouvais pas vingt-cinq livres on me foutrait probablement en tôle... Et je vous parie deux contre un qu'elle m'allongera peau de balle et ballet de crin !... Comme sœur, elle se pose là !

Foden demanda :

— C'est vrai ce que vous me dites là ? Vous irez en tôle si vous n'avez pas vingt-cinq livres ?

— Non ! dit Greeley... Je lui ai monté le coup. Je dois vingt-cinq livres à un bookmaker et il me tient la dragée haute... En tout cas, ça me rendrait toujours un fameux service de les avoir !

— Eh bien, elle vous les prêtera peut-être. Je suppose que c'est à Londres qu'elle travaille ?

— Oui, dit Greeley. Vous comprenez, elle circule un peu partout. Je l'ai rencontrée à deux ou trois endroits dans la campagne, quand j'ai voyagé, mais elle n'a jamais de temps à perdre avec moi. Elle a l'air de pouvoir se rendre libre aussi souvent que ça lui plaît !

Il y eut un silence, puis Foden prit les verres vides, alla jusqu'au bar pour les faire remplir de nouveau... Il dit en revenant :

— Je pourrais peut-être vous faire avoir ces vingt-cinq livres !

— Non ! Sans blague ! dit Greeley... Et pourquoi ?

— Ecoutez. Je pense que vous pouvez garder un secret ?

— ...Une tombe ! dit Greeley. Qu'est-ce qu'il y a ?

— Il n'y a rien de mal, dit Foden ; mais j'ai besoin de quelques conseils, vous comprenez. Et je crois que votre sœur pourrait m'en donner...

Greeley fronça les sourcils.

— Hé ! Quoi ! Je n'y suis pas, dit-il... Vous voulez me faire marcher !

— Non, je ne veux pas vous faire marcher, dit Foden. Est-ce que vous ne venez pas de me dire que votre sœur a touché cinq cents livres pour avoir fourni des renseignements... quelque chose qu'elle avait entendu dire par un agent allemand dans un train, et qu'en plus, ça lui a valu une position ?

— Oui, c'est exact, dit Greeley... Mais qu'est-ce que ça a à faire, nom d'une pipe ! avec vingt-cinq livres qui serviraient à me fermer le bec ?

— Oh ! Supposez simplement, histoire de discuter, que je possède quelque information, seulement, quelque chose de fichtrement plus important que tout ce que votre sœur a jamais pu apprendre... Eh bien, je me trouverai dans un sale pétrin, hein ?...

— Pourquoi... Pourquoi seriez-vous dans le pétrin ? questionna Greeley.

— Ecoutez-moi. Je suis un marin, n'est-ce pas ? Je ne suis pas mal au courant de tous les trucs des marins d'ici. Si j'allais trouver quelqu'un, la casquette à la main, pour lui dire ce que je sais, il serait aussi avancé que moi, vous comprenez... Mais si, sans lui dire tout, je lui faisais savoir que j'ai d'importantes révélations à lui faire, si je lui donne juste une idée de ce dont il s'agit, je peux entamer quelques négociations... vous y êtes ?

— J'y suis, dit Greeley. Vous pensez que vous avez des renseignements de premier ordre et vous voulez être sûr qu'on vous les paiera un bon prix ?

Foden sourit :

— C'est à peu près ça, dit-il.

Greeley réfléchit un instant.

— Eh bien, Zilla pourrait peut-être vous donner un tuyau, mais j'en doute ! Il faut qu'elle travaille pour quelque gros bonnet qui recherche des renseignements de ce genre. Je ne sais pas exactement ce qu'elle fait, et je ne crois pas que ce soit très important ; je suppose que ses chefs trouvent qu'elle s'est bien tirée de ce premier incident. Elle est sans doute secrétaire ou dactylo d'une de ces grosses légumes ! Mais ma sœur est un type à part ! Elle n'est pas commode ! — Il s'interrompit pour regarder Foden en ricanant... — A moins que...

— A moins que quoi ?... demanda Foden.

Il prit son verre et le vida d'un trait. C'était sa cinquième double rasade de whisky.

Greeley se dit : « Voilà un citoyen qui boira jusqu'à perpète, sans qu'il lui arrive jamais rien... ! »

— A moins que Zilla ait le béguin pour un type comme vous, dit-il. Elle a toujours eu un penchant pour les vrais lurons de votre espèce. Elle serait fichue de vous donner quelques tuyaux, rien que pour rigoler ! Bien que j'aie parié deux contre un, elle voudra de la galette !... Je la connais ! Elle en voudra sûrement...

Il vida son verre, et ajouta :

— Mais, sapristi ! ça n'ira pas comme sur des roulettes ! Ça sera probablement difficile de mettre le grappin dessus ! Je vous ai dit comment elle est !

— Vous m'avez dit qu'elle est à Londres. Connaissez-vous son adresse ?

Greeley secoua la tête.

— Non, dit-il... J'ai envoyé un télégramme à quelque club dont elle est membre, avec l'espoir qu'on aurait son adresse et qu'on lui ferait parvenir la dépêche. Je n'ai jamais cru vraiment qu'elle y ferait grande attention... c'était seulement une chance à courir, vous savez.

Foden dit :

— Je sais. On prend un autre verre ?

— Pourquoi pas ?

Greeley fit le geste de se lever, mais Foden lui fit signe de se rasseoir.

— Ne bougez pas... Stevenson, dit-il. C'est moi qui paie les tournées !

Il alla au bar. Quand il fut de retour, Greeley lui dit :

— Avez-vous vu aucun des programmes de cinéma, autour d'ici ? Il n'y a rien d'autre à faire dans ce patelin de malheur ! Je me suis dit que peut-être j'irais voir un film !

— Non ! Je n'ai pas beaucoup d'intérêt pour le cinéma, dit Foden.

Greeley se mit à boire son whisky. Il était très fort. Il se dit que Foden avait dû tripler la dose. Peut-être qu'il commençait à mordre à l'hameçon ? Greeley commença à parler d'endroits qu'il avait vus, qu'il avait visités en Angleterre. Il jacassait à bâtons rompus, comme quelqu'un qui aime à parler... Foden écoutait tant bien que mal. Au bout d'un moment il dit :

— Ecoutez... Si vous pouvez faire des arrangements pour que je voie votre sœur, et que j'aie un entretien avec elle... je vous donnerai les vingt-cinq livres qu'il vous faut... Ça vous va ?

Greeley dit :

— Ça me va à merveille ! Je ferai de mon mieux. Mais quant à vous promettre que la proposition lui plaira ! C'est une autre paire de manches !

— Faites de votre mieux. C'est tout ce que je vous demande ! Essayez d'arranger ça pour moi !

Greeley répondit :

— Voilà ce que je vais faire. Faites-moi une avance de dix livres sur les vingt-cinq, je prendrai un jour de congé et je filerai à Londres voir si je peux mettre l'affaire en train... Que dites-vous de mon idée ?

— Non. — Foden fit une grimace de côté en fixant Greeley... — Votre idée est trop bonne ! mais je vous donnerai un billet de cinq livres, et le reste quand vous aurez arrangé le rendez-vous !

— Entendu ! dit Greeley. De toute façon, je voudrais bien voir Zilla ! — Il vida son verre... — On en prend encore un pour nous donner du cœur au ventre, et je rentrerai. Si je suis de service de nuit ce soir, je pourrai sans doute avoir la journée libre demain. Il faut battre le fer pendant qu'il est chaud.

Il alla au bar et revint avec d'autres consommations. Il dit :

— La vie est drôle, tout de même ! Me voici en train de chercher à avoir vingt-cinq livres. Je tombe sur ce bar ce soir, je vous y rencontre et avec un peu de veine, je vais les avoir. C'est fantastique comme les choses arrivent !

Foden dit en souriant :

— Ça c'est vrai. Tous les événements importants arrivent par hasard !

— Rien de plus vrai, fit Greeley. La vie elle-même est une sorte de hasard, n'est-ce pas ? On ne sait vraiment jamais ce qui vous attend au tournant ! Mais la chance n'est pas bien partagée ! Il y a des gens qui ont beaucoup de plaisir, et d'autres qui ont une déveine noire, et nul ne sait pourquoi. Un type comme vous a des aventures, au moins ! Vous avez été au Maroc, vous avez vu des choses intéressantes !... — Il soupira. — C'est moi qui aurais voulu rapporter des souvenirs qui en vaudraient la peine !

Foden l'approuva d'un signe de tête.

— Vous avez raison. Le Maroc est un pays où il arrive bien des choses. — Il tâta la poche intérieure de son veston. — Je vais vous montrer quelque chose, Stevenson, dit-il. Regardez... J'ai confiance en vous. Ceci vous fera comprendre de quels renseignements je dispose.

Il sortit une photo sur une carte postale de sa poche et la tendit à Greeley.

Greeley la prit ; elle montrait un petit groupe de cinq hommes en culotte courte et chemise, assis sous des palmiers. Tous les cinq avaient l'air d'avoir beaucoup souffert de privations. L'un d'eux était Foden.

— Cette photo a été faite dans un camp de concentration où je me trouvais, dit Foden. Un de ces endroits infects que la bande de Vichy dirige pour le compte des Allemands. On m'y a enfermé, parce que les Fritz savaient que j'avais essayé de communiquer des renseignements aux Anglais. J'aurais honte de vous dire toutes les horreurs que j'ai subies dans cet enfer ! Ce que je sais, c'est que j'ai eu une sacrée chance de pouvoir en sortir ! La plupart des internés disparaissaient tout simplement ! Ils s'en allaient, et personne ne savait jamais ce qu'ils devenaient !

Greeley fit un signe de tête.

— Je suppose qu'on les zigouillait ! dit-il... Ils en savaient trop long... hein ?

— Tout juste, dit Foden. Mais je me suis évadé... Je suis de retour ici, et j'en sais plus long que toute la sainte séquelle ! — Il reprit la photo à Greeley, et la remit dans sa poche... — Et si tout s'arrange, dit-il, si je peux me débrouiller, grâce à votre sœur, et obtenir ce que je veux, c'est pas la peine de vous inquiéter... Vous ne manquerez de rien, je vous en réponds !

Greeley leva son verre et dit :

— Eh bien à la vôtre ! J'espère que vous réussirez...

Ils remirent les deux verres vides sur la table.

Foden remarqua :

— Vous êtes encore d'attaque ! Vous supporterez bien encore un verre, n'est-ce pas ?

— Et comment ! dit Greeley... Je n'ai jamais eu assez de whisky de ma vie !

— Bon ! fit Foden. Encore une tournée pour nous donner du cœur !

Ils se dirigèrent vers le bar.

Greeley regarda Foden de dos en se disant : « Tu es pincé ! mon bonhomme... Tu es pincé ! »

III

Le garçon apporta le café et le mit sur la table. Zilla vit qu'il avait les mains très blanches, qu'elles tremblaient et qu'il avait les veines saillantes. Elle se dit que ça ne devait pas être passionnant d'être garçon de café, à moins qu'on ne prenne intérêt aux gens qu'on sert... Il était évident que ce garçon-là ne s'intéressait nullement à ses clients. Il était vieux et très fatigué. Elle se demanda quel avenir il pouvait avoir.

Le garçon s'éloigna. Quayle offrit une cigarette à Zilla. Elle remarqua que l'intérieur de l'étui à cigarettes en or était gravé. Elle pensa que quelqu'un avait dû l'offrir à Quayle. Cet étui avait dû coûter très cher, mais sans doute ce quelqu'un avait voulu témoigner sa gratitude. Elle examinait Quayle du coin de l'œil en allumant sa cigarette. Il avait des doigts très agiles ; il éteignait et rallumait la flamme de son briquet avec des gestes précis. Elle se disait : « C'est ainsi qu'il pense. Tout chez lui est arrangé en compartiments étanches. Tout est classé par ordre alphabétique, rangé et numéroté comme dans un casier à fiches. Il n'a qu'à presser un bouton dans son cerveau et il a ce qu'il désire. »

— C'est agréable d'être de retour à Londres, dit-elle. Le dernier endroit était affreux. Resterai-je longtemps ici ?

— Pourquoi pas ? dit Quayle.

Elle pensa : « Je me demande pourquoi il ne répond jamais directement à une question. Je suppose que c'est qu'il ne veut pas le faire. » Elle se sentait légèrement irritée contre Quayle, autant qu'il était possible de l'être !

Il ajouta :

— Eh bien, Zilla. Vous aimeriez sans doute savoir ce que j'attends de vous maintenant, n'est-ce pas ?

— Oui. Je suppose que c'est pour ça que vous m'avez demandé de venir ?

— Vous n'êtes pas fâchée contre moi, j'espère. Je suis à peu près dans la même position que vous. Il faut que j'agisse, même si le travail que j'ai à faire ne me plaît pas. — Il sourit avec un peu de gravité, à ce qu'il lui sembla... — Ce qui revient à dire, dit-il, que vous autres, vous devez prendre la vie comme elle vient, en vous consolant avec l'idée que, si nous sommes en guerre, la guerre ne durera pas toujours !

— Je sais, c'est justement ça ! dit-elle. Je crois que ce sera pire après la guerre !

Quayle l'approuva d'un signe de tête et dit :

— Vous pensez que les choses seront encore plus ennuyeuses, alors ?

— Oui, c'est ce que je pense !

Quayle secoua d'un geste sec la cendre de sa cigarette. Elle se mit à verser le café. Il lui dit :

— Foden est pris au piège. Greeley m'a téléphoné hier soir. Le moment est parfaitement choisi pour votre arrivée sur la scène. Foden viendra sans doute demain à Londres. Il croit pouvoir vous utiliser comme une sorte d'intermédiaire entre lui-même et ceux qu'il croit susceptibles de lui verser la forte somme. Greeley lui a donné cette idée que vous êtes une entôleuse et que, parce que vous avez une fois donné preuve de votre finesse en faisant arrêter un espion allemand que vous aviez rencontré dans un train, vous avez obtenu un emploi de secrétaire et que vous travaillez pour quelqu'un qui a des rapports avec le service de contre-espionnage... C'est ce que croit Foden.

— Je vois... Et moi, qu'est-ce qu'il faut que je me mette dans l'idée ?

Quayle dit :

— Mettez-vous ceci dans l'idée. Vous êtes une jeune femme qui n'a pas froid aux yeux, bien sûr, et qui concentre son esprit sur le principal, une jeune femme bien mise, et qui a juste assez de chic... L'important, c'est que Foden ait une certaine attraction pour vous... Vous comprenez ? Malgré vous, malgré le fait que vous, une belle fille qui n'a pas froid aux yeux et qui est avant tout pratique, vous vous sentez attirée par lui... Cela est très vraisemblable. Ce sont toujours les femmes de ce genre, celles qui ont du sang d'entôleuses dans les veines, qui, malgré elles, s'éprennent d'un homme comme Foden... Foden est intelligent. C'est un dur-à-cuire. Il a voyagé partout. Dans son genre, c'est une espèce de héros... Vous me comprenez ?

Elle fit un signe de tête affirmatif :

— J'ai compris, dit-elle. Donc, malgré moi, je me sens attirée vers lui. J'espère que vous n'allez pas me demander de coucher avec ce phénomène ?

Quayle répondit sans perdre son sérieux :

— Non, je n'irai pas jusque-là. — Il sourit. — Ça ne m'est pas arrivé encore de vous le demander, dit-il. Mais vous savez parfaitement que je vous le demanderais si c'était nécessaire !

Elle fit remarquer avec une certaine amertume :

— Dans un cas de nécessité, vous seriez capable de demander n'importe quoi à n'importe qui, n'est-ce pas ? Vous n'avez qu'une seule excuse !

— Oui, et laquelle ? demanda Quayle sans témoigner apparemment aucun intérêt.

— Cette seule excuse, continua Zilla, est que vous vous traitez vous-même avec plus de dureté encore que vous nous traitez tous !

— Ce n'est pas la peine de vous remercier pour avoir dit ça ! Il me semble que vous avez un peu les nerfs à bout, ces temps-ci ! Quand vous aurez liquidé cette affaire-ci, il faudra prendre des vacances...

— C'est très aimable à vous, dit-elle... Oui, quand cette affaire sera liquidée, j'aimerais me reposer un peu... Comme cela je pourrai être de nouveau en forme et toute souriante pour entreprendre une autre tâche, n'est-ce pas ?

Quayle fit oui de la tête...

— C'est cela ma chère, dit-il. — Il continua : — Il est évident que Foden voudra vous utiliser comme intermédiaire pour se mettre en rapport avec quelque personnage officiel à qui il pourra vendre ses informations. Vous voyez, voilà quelles sont les difficultés. Il croit que ce qu'il sait a une très grosse valeur, et il se peut qu'il ait raison. Mais il se trouve dans une situation épineuse, parce que ses renseignements sont de telle nature qu'il ne peut en divulguer aucune partie sans divulguer le tout. C'est pourquoi il veut s'assurer d'abord qu'on lui donnera une somme d'argent raisonnable avant d'ouvrir la bouche. Cela ne rend pas sa tâche facile, n'est-ce pas ?

— Non, pas particulièrement, dit Zilla. Mais s'il croit que je suis amoureuse de lui ?

— Justement, dit Quayle. S'il croit qu'il exerce une attraction sur vous, il commencera à vous considérer comme une confidente possible, surtout si c'est vous-même qui lui proposez de toucher votre part de bénéfices. Foden pourrait facilement vous traiter en associée... C'est conforme au bon sens, n'est-ce pas ?

Elle dit :

— Oui, c'est du bon sens ; vous avez raison. — Il y eut une petite pause, puis elle ajouta : — Il y a quelque chose que je ne saisis pas dans cette affaire !

— Qu'est-ce que c'est ? demanda Quayle, d'une voix très sympathique.

Elle dit :

— Si Foden possède des renseignements, et s'ils ont de la valeur, si nous voulons les avoir, et s'ils sont vraiment essentiels à la conduite de la guerre, pourquoi ne pas lui donner l'argent et les obtenir tout de suite, sans avoir toutes ces complications...

Elle poussa tout à coup un petit éclat de rire...

Quayle demanda :

— Qu'est-ce qui vous fait rire ?

— Je me fais l'effet d'une petite écervelée à un anniversaire qui n'arrête pas de poser des questions personnelles et qui répète chaque fois : « J'espère que ma question n'est pas indiscrète ? »

— Cela m'est toujours égal qu'on me pose des questions, indiscrètes ou non, fit Quayle.

— Je vois, dit Zilla d'un ton un peu sec... parce que vous n'y répondez que si vous le voulez bien !

— C'est vrai, dit Quayle. Mais je n'ai aucune objection à répondre à moitié à la vôtre. Considérez la situation. Supposez simplement, pour discuter, que je sois prêt à lui payer mille livres pour ses renseignements, sans savoir exactement ce qu'ils sont... vous voyez les difficultés qui surgiraient ?

— Non... je ne vois pas très bien !

— Non ? C'est parce que vous n'avez pas eu autant d'expérience que moi dans le commerce des renseignements... L'expérience m'a appris que c'est très peu sûr d'acheter des informations ! Prenons ce cas-ci, par exemple. Supposez que j'offre à Foden mille livres pour me livrer ce qu'il sait. Il voudra d'abord son argent, n'est-ce pas ? Quand il l'aura, il se rendra compte que tout a marché trop facilement et qu'il aurait pu avoir deux et même trois mille livres s'il les avait demandées. S'il se rend compte de cela, il touchera ses mille livres, il nous révélera le moins de renseignements possible, et deux ou trois semaines plus tard, il se rappellera, tout à coup, quelques faits très importants qu'il aura oubliés et suggérera que nous versions mille livres de plus ! Cela, dit Quayle en souriant, c'est la nature humaine, n'est-ce pas ?... Surtout, continua-t-il, quand vous réfléchirez que, d'après ce qu'on sait, Foden, à deux reprises, a essayé de fournir gratuitement des informations à nos autorités du Maroc... Vous saisissez ?

Zilla fit signe que oui et dit :

— Oui, je saisis. J'ai été sotte de vous poser cette question. Je devais savoir que, dans votre service, vous envisagez toutes les possibilités.

— J'espère que oui. C'est mon métier, fit Quayle. Comprenez-vous mieux le vôtre cette fois-ci ?

— Oui, je comprends. Pour résumer, je vais me sentir un peu attirée par Foden. Je vais faire de mon mieux pour lui donner l'idée qu'il peut avoir confiance en moi. Je vais lui proposer, à condition que j'en tire quelque bénéfice, de m'arranger pour que ses plans réussissent. Je crois, poursuivit-elle, que ce serait une bonne idée de lui faire comprendre que j'en ai plein le dos de mon emploi actuel, que je voudrais partir quelque part en Afrique du Sud par exemple, que je pourrais le faire, et prendre un poste tout préparé pour moi, mais il me faut d'abord de l'argent !

— Je crois que ce serait une excellente façon d'amorcer l'affaire. Et maintenant, quelques détails ! Comme je vous l'ai dit, Foden viendra sans doute en ville demain. Greeley lui a donné votre adresse. Il vous téléphonera probablement en vous disant qu'il est un ami de Greeley ; il essaiera de vous donner un rendez-vous. Tant mieux. Vous aurez à lui montrer que vous êtes très désireuse de savoir pourquoi votre frère, Greeley, veut avoir ces vingt-cinq livres... Vous ferez un peu d'espionnage. Vous allez rencontrer Foden, il essaiera sans doute de vous impressionner en vous disant qu'il va donner ces vingt-cinq livres à Greeley. Il croira que ça fera de l'effet sur vous. Vous trouverez ça très bien. Ça sera une entrée en matière... Après ça, c'est à vous de vous débrouiller...

Zilla approuva de la tête et répéta :

— Après ça, c'est à moi à me débrouiller...

Elle sourit d'un air un peu triste.

Quayle finit son café et dit :

— Je n'ai pas besoin de dire, Zilla, que vous vous acquittez toujours bien de vos missions. Vous le savez. Je ne sais pas ce que je ferais sans vous !

— Vous trouveriez quelqu'un d'autre certainement, dit-elle. Je suppose que vous en avez des masses, des femmes de toutes sortes, de toutes les formes, de toutes les couleurs, de tout âge et de tout type... alignées en rang... Vous n'avez qu'à appuyer sur un bouton ; elles s'avancent, et font trois petits tours comme les marionnettes... Je me demande ce que vous feriez si l'une d'elles vous jouait un sale tour !

— Je sais parfaitement ce que je ferais, dit Quayle.

— Oui, je le sais aussi, fit Zilla.

Il lui sourit :

— Je me demande si vous le savez.

— Je peux fichtrement bien me l'imaginer.

Elle prit son sac et Quayle dit :

— Il est temps que vous partiez. Quand Foden commencera à mordre à l'hameçon, téléphonez-moi !

— C'est entendu. Mais si l'affaire se complique trop pour moi, je compte sur vous pour me tirer d'embarras.

— Vous avez déjà été dans le pétrin ! Est-ce qu'il m'est jamais arrivé de ne pas vous sauver la mise ? lui demanda Quayle.

— Non ! Il faut vous rendre cette justice... jamais !

Elle hésita et, tout à coup :

— Vous êtes bizarre ! Vous devez avoir une vie d'enfer. Je ne crois pas que vous profitiez le moins du monde de l'existence. Est-ce qu'il n'y a rien qui vous passionne ?

Quayle dit d'un ton à demi enjoué :

— Je suis un de ces fieffés crétins qui ont encore foi en leur pays ! Ça a l'air d'une rengaine empruntée à une pièce de théâtre... n'est-ce pas ? Mais c'est vrai ! Vous et moi, Zilla, nous faisons un métier qu'on doit faire volontiers à contrecœur. Le fait que c'est un travail assez rebutant ne devrait pas compter. En ce qui me concerne, en tout cas, c'est le moindre de mes soucis !

— Je le sais, dit-elle. Je suis folle, n'est-ce pas ? Je crois que j'ai besoin de ce congé ! C'est entendu, dès que j'aurai fait mordre votre grosse pièce à l'hameçon, je viendrai vous demander des vacances !

— Vous les aurez certainement. Vous êtes une bonne fille, Zilla... A bientôt !

Elle se leva, longea le balcon du restaurant, descendit l'escalier. Quayle la suivit des yeux. Une fille capable, cette Zilla, pensait-il, posée, pleine de sang-froid et vraiment sûre. C'est une auxiliaire de première classe ! Il réfléchit un instant et s'arrêta en se rendant compte qu'il devenait quelque peu sentimental. Il ne pouvait pas se permettre d'être sentimental !

6

Tanger

I

...Fells se versa une deuxième tasse de thé, mit le *Bystander* sur la table à côté du service à thé, alla jusqu'à la fenêtre et regarda dehors.

Il était quatre heures et demie, il ferait bientôt sombre ; le vent soufflait. Fells pensa que la nuit serait sans doute orageuse. Il camoufla les lumières, alluma les radiateurs électriques, et retourna s'asseoir, prit un journal illustré, commença à feuilleter les pages et à lire les légendes des gravures. Ces gravures étaient frappantes. Elles montraient le débarquement des Américains en Tunisie ; c'étaient des photos de la 8e et de la 1re armée. Fells alluma une cigarette. Chaque fois qu'il regardait des illustrations montrant des troupes au combat, il avait le cœur qui lui battait un peu plus vite et il éprouvait de cuisants regrets. Il aurait dû se trouver là, pensait-il. Il se vit avec sa batterie, prenant part à ces opérations, jouant le rôle qu'il avait toujours ambitionné, celui de soldat dont les années d'entraînement doivent avoir leur couronnement sur le champ de bataille... et, au lieu de cela... ! Eh bien, après tout, Quayle avait déclaré : « On ne peut faire de taches sur son dossier qu'une seule fois, une fois seulement, et après cela on continue toute sa vie à payer les pots cassés ! » Il se mit à réfléchir. Ses pensées remontèrent le cours des années jusqu'à sa première rencontre avec Quayle, lorsqu'il lui avait offert l'alternative qu'il avait été heureux d'accepter. Fells savait maintenant qu'il avait bien fait d'agir ainsi. En tout cas, il n'avait pas perdu toutes ces années. Il pensait au travail qu'il avait fait avec Quayle, aux premières années d'entraînement préparatoire pendant le temps qu'on le supposait en prison, puis à son élargissement officiel. Il se rappelait cette rencontre avec un charmant homme qui se disait suisse, mais qui n'était autre qu'allemand... C'était même un Allemand très important. Fells sourit en y songeant. Quayle avait eu raison une fois de plus. Il avait prédit que les Allemands trouveraient sa trace, qu'ils se lanceraient sur la piste de n'importe quel officier britannique cassé, et condamné à la prison. C'était vrai, c'est ce qu'ils avaient fait, et Fells, ayant reçu des instructions détaillées de Quayle, avait fait semblant de tomber dans le piège. Il était allé en France, en Allemagne, en Autriche, et avait fait toutes sortes de choses pour ses maîtres allemands, tout en étant toujours grassement payé, mais il avait tout régulièrement rapporté à Quayle.

Il songeait que peut-être il avait eu de la chance d'être en Angleterre quand la guerre avait éclaté ; il se demandait si Schlieken et les autres agents du service d'espionnage allemand qui l'avaient employé étaient ennuyés ou satisfaits de ce fait. Peut-être auraient-ils voulu qu'il fût resté en Angleterre. Peut-être que Schlieken désirait mener à bien une autre opération.

Le téléphone sonna. Fells regarda l'appareil posé sur un petit secrétaire dans le coin de la pièce. Il se demanda qui pouvait l'appeler... Quayle, probablement. Quayle avait une mission à lui confier. Voilà des semaines qu'il n'avait rien fait. Il essaya de s'imaginer quelle tâche il aurait à accomplir. Il traversa la pièce et décrocha l'appareil.

C'était Tanger.

Fells sourit. Il se rendait compte du plaisir qu'il ressentait toujours à entendre la voix de Tanger à l'appareil. Il pouvait la voir à l'autre bout du fil ; il voyait ses yeux, son sourire, et la bonté qui se dégageait de tout son être et formait une partie d'elle-même.

Elle dit doucement :

— C'est vous ?

— Oui, c'est moi... Comment allez-vous, Tanger ?

Elle répondit :

— Je vais très bien. Vous me devez une explication. Il y a des semaines que vous n'êtes pas venu me voir. Vous ne m'avez pas téléphoné ! Pourquoi agissez-vous ainsi ?

— Eh bien, quand j'aime les gens, quand je les aime autant que vous, je ne veux pas les importuner. Je serais désolé si vous vous fatiguiez de moi ! dit Fells.

Elle rit.

— Comment puis-je me fatiguer de vous ! Je vous ai vu environ trois fois au cours de ces cinq derniers mois ! Et puis, si on a des amis, c'est pour leur parler, n'est-ce pas ?

— J'aime vous parler, même au téléphone. C'est une vraie joie de causer avec vous, fit Fells avec sincérité.

— Comme vous dites de gentilles choses !... Mais je trouve que vous êtes un homme charmant !

Fells eut un petit rire étouffé. Il ressemblait à un écolier qui reçoit un prix et qui reste debout nerveusement à bafouiller, sans pouvoir trouver les mots qu'il faudrait pour exprimer ses remerciements... Il ne répondit rien.

Elle questionna :

— Que faites-vous en ce moment ?

— Je viens de prendre le thé et de regarder les journaux illustrés, dit-il.

— Je sais ; vous avez regardé des photos de soldats, n'est-ce pas ?

Fells dit, d'une voix qui exprimait quelque surprise :

— Oui... c'est juste... Comment le savez-vous ?

— Les rares fois où vous êtes venu me voir, j'ai remarqué que vous vous jetiez tout droit sur toutes les revues illustrées que je possède. Vous aimez regarder les photos de soldats, avouez-le ?

— Eh bien, à supposer que ce soit vrai ? répondit Fells.

— Pourquoi ne venez-vous pas me voir ? Nous regarderons les photos de soldats ensemble. Venez boire un cocktail, et bavarder avec moi... Ou est-ce que vous n'y tenez pas ? dit Tanger.

— Ça me ferait un très grand plaisir ! Quand puis-je venir ?

Tanger répondit :

— Venez maintenant. je veux vous parler.

Fells souriait toujours. Il continuait à sourire, puis il se souvint. Alors le sourire s'effaça sur ses lèvres. Quelque part, dans ses souvenirs, il entendit un gramophone miniature jouer un disque de la voix de Quayle, et les paroles lui arrivaient nettement : « Quand vous sortirez de prison, après ce scandale, vous aurez perdu votre réputation, et un homme sans réputation n'a pas d'amis... Comment le pourrait-il ? La question n'est pas qu'ils vous fuiront, mais c'est vous qui les fuirez, en ayant peur qu'ils arrivent à tout savoir ! »

Fells poussa un soupir. Il alla dans le corridor sombre mettre son pardessus et son chapeau. Il songeait qu'il ne fallait pas qu'il vît Tanger trop souvent. Elle était capable de découvrir la vérité, et alors elle le considérerait comme un homme taré. De gentilles femmes comme Tanger ne désirent pas faire la connaissance d'officiers cassés qui ont servi une sentence en prison. Aucune femme vraiment supérieure n'y tient ! Peut-être, pensa-t-il, il allait la voir pour la dernière fois. Il fallait en profiter le plus possible.

En suivant la rue, il prit une décision. Il fallait que ce soit sa dernière entrevue avec Tanger. Il devait décider cela une fois pour toutes... non seulement parce qu'il la fréquentait par des moyens frauduleux, mais aussi à cause de Quayle.

Quayle aurait quelque chose à dire sur Tanger, s'il la connaissait. Il avait des idées arrêtées sur les liaisons de ses employés avec les femmes. Les femmes sont trop curieuses. Si elles se lient avec un homme, elles veulent se renseigner sur lui, sur tout ce qu'il fait, sur sa personnalité.

Fells possédait la loyauté instinctive de son espèce. Il travaillait sous les ordres de Quayle et devait en conséquence tout sacrifier à son emploi. De plus, il était reconnaissant envers Quayle. Quayle avait eu confiance en lui. En était-il bien sûr ?

Il commenca à se poser une foule de questions sur Quayle. Il se demanda si vraiment il avait confiance en lui ou en n'importe qui. On ne savait jamais ce qu'il pensait ou ce qu'il projetait. Il voyait les choses de très haut. Il employait les gens plutôt comme les gages d'un jeu d'échecs, petits pions de bois sculpté qu'on manœuvre sur la table et qui quelquefois sont tout bonnement supprimés !... Supprimés ! C'est l'expression dont se servait Greeley !... Un ou deux au moins des pions avaient été supprimés ! Greeley avait dit une fois que si la guerre durait longtemps encore, ils seraient tous supprimés, zigouillés... mais ça n'avait pas d'importance... Il y aurait quelqu'un d'autre qui s'avancerait et prendrait la place des pions manquants sur le jeu d'échecs ! Greeley était dans le vrai. La grande chose était de ne pas penser. La pensée, disait Greeley, ne vous avance à rien... Ce qu'il faut, c'est prendre la vie comme elle vient !

II

Greeley était assis dans un fauteuil à deux shillings, au cinéma. Il suivait avec assez d'intérêt les épisodes qui se déroulaient devant lui sur l'écran. Greeley aimait le cinéma. Comme il disait, le cinéma vous arrache à vous-même. Il aimait aussi les aventures. Le fait que sa propre existence était bien plus aventureuse que tout ce qu'il pouvait voir dans un film ne lui était jamais venu à l'esprit. Il faisait un métier, mais l'étoile de cinéma vivait une aventure. Il aimait beaucoup Greer Garson. Il admirait ses mouvements et son élocution. Il aimait le petit tremblement de sa bouche quand elle s'apprêtait à donner ses lèvres à quelqu'un. Il pensait qu'il y avait une ressemblance très frappante entre Greer Garson et Zilla. Toutes deux avaient la même démarche gracieuse. Toutes deux possédaient le même type de séduction... Oui, c'est bien le mot... de séduction. Greeley se mit à penser à cette séduction et à toutes les femmes qu'il avait rencontrées dans sa vie et qui en étaient douées. La séduction, pensait-il, était de posséder ce je-ne-sais-quoi qui attire passionnément les hommes. C'était quelque chose d'autre que la beauté des traits et du corps, bien que les femmes qui l'exerçaient fussent en général belles et bien faites... Mais c'était quelque chose à part. Il en conclut que les femmes qui possèdent cette séduction sont habituellement difficiles à avoir.

On penserait, se redisait sans cesse Greeley, que Zilla aurait trouvé bon et aisé de faire un mariage parfait, de trouver un richard pour s'occuper d'elle et pour lui donner tout ce qu'il lui faut... Au lieu de cela, elle passe le temps à bourlinguer dans la bande de Quayle... Peut-être bien qu'elle aime ça ! Des goûts et des couleurs !...

Il se mit à songer à Quayle. Il ne pouvait pas comprendre que Quayle employât une femme aussi capable que Zilla Stevenson dans cette affaire Foden. Ce n'était pas digne d'elle. Cela rendait Greeley furieux. Il était sûr que Quayle l'utilisait pour ce travail parce qu'elle avait du charme et de la séduction. Cette femme, pensait Greeley, avait assez de charme pour réveiller un mort ! Mais il pouvait percer à jour le dessein de Quayle. Zilla allait, par son charme même, obliger Foden à lui donner les renseignements voulus. C'est ainsi que Quayle allait les obtenir sans avoir à les payer.

Il retira le bout de cigarette qui était inséré comme d'habitude dans le coin gauche de sa lèvre. Il le laissa tomber sur le tapis, et alluma une autre cigarette. Bien sûr, pensait-il, je peux voir le point de vue de Quayle, sans erreur possible. Foden sait quelque chose et veut toucher la forte somme... Au cours de son expérience en tant qu'agent de l'organisation Quayle, Greeley avait déjà rencontré des gens qui avaient des renseignements à vendre. Tous croyaient que ces informations avaient beaucoup de valeur, et ils avaient d'habitude une autre idée bizarre. Ils se figuraient que les gouvernements ont des centaines de milliers de livres à verser à des masses de gens étranges qui s'imaginent qu'ils possèdent quelque important secret, et qu'ils savent au sujet de l'ennemi quelque chose de tout simplement colossal.

D'ordinaire, ils font tout à fait fausse route, et ce qu'ils savent n'a rien d'impressionnant ! Mais pourtant, Greeley croyait que ce n'était pas le cas de Foden. Foden possédait un secret, Greeley en était sûr, mais Foden était un numéro peu ordinaire. Il jouerait ses cartes avec finesse. Il avait quelque chose à vendre et il avait l'intention de le faire payer un bon prix. Il était habile, sans aucun doute, et il le savait. Greeley ricana doucement. Quayle aussi était habile : il l'était même bougrement plus que Foden !

C'était une fine mouche que Quayle, et Greeley comprenait exactement comment il allait manœuvrer. Zilla Stevenson allait être chargée d'entreprendre Foden, et il tomberait tout d'un bloc dans le piège qu'on lui tendait.

Zilla le tromperait, en brodant sur le thème que Greeley avait entamé avec Foden dans le cabaret du port en lui mettant dans la tête l'idée qu'elle travaillait pour quelqu'un qui était en rapport avec l'un des services du contre-espionnage. Foden voudrait sans doute savoir la somme exacte qu'il pourrait toucher en paiement des informations qu'il avait à vendre, et c'est de Zilla qu'il espérait l'apprendre. Au cours de l'entrevue, Zilla le ferait sans doute parler suffisamment pour pouvoir donner à Quayle une idée de ce qu'il savait.

Donc, voilà ce qu'il en était ! Sapristi ! Greeley commença à se demander pourquoi il pensait autant à Zilla et pourquoi il s'inquiétait tant de ce qu'elle faisait ou ne faisait pas, concernant Foden. Tout à coup, il se rendit compte qu'il était amoureux d'elle.

Cette pensée non seulement le surprit, mais l'amusa. Il resta assis, souriant dans l'obscurité, réfléchissant à tout ce qui découlait du fait qu'il aimait quelqu'un, qu'il était en train de s'attacher profondément à une femme... Ainsi, il était amoureux ! C'était trop drôle !

L'amour est une étrange affaire qui vous bouleverse si l'on est assez fou pour s'y abandonner... C'est presque comme une sorte d'ivresse ! On perd tout sens des proportions, et ce qui est pire, on commence à faire des confidences. L'amour inspire aux hommes un sentiment qui les rend jeunes. Ils se redressent sur leurs ergots comme de jeunes coqs de combat. Quand un homme est visiblement amoureux d'une femme, c'est un triomphe pour la stratégie féminine... Elle peut se jouer de lui... L'amour est une complication que les hommes sages évitent s'ils le peuvent !

Au bout d'un instant, il sortit de sa poche un vieux briquet et ralluma sa cigarette. Il songeait que la vie est diablement étrange, et qu'on ne peut rien y changer...Des événements se produisent... Ou bien on se joue de la vie ou elle se joue de vous. Mais il ne vaut rien de s'insurger contre elle... Ce n'est qu'une partie du train-train journalier. Et puis tout à coup une femme comme Zilla entre subitement dans votre existence... et l'on est pincé !

Il se rappela leur première entrevue à Kingstown, dans la brume vaporeuse de la côte irlandaise. Il se souvenait de l'étrange petite auberge et de ce fantastique coup de revolver de Zilla qui lui avait sauvé la vie. Puis elle avait disparu ! Au bout de quelques années, elle reparaissait pour cette affaire Foden. Il se demanda ce qu'elle avait fait dans l'intervalle, et sur combien d'hommes elle avait exercé ses charmes pour obtenir des renseignements. Il se posa beaucoup d'autres questions.

Puis il pensa à Mme Greeley. Cet ordre d'idées le troublait. Il soupira, alluma une autre cigarette et tâcha de concentrer ses pensées sur Miss Garson. C'est là qu'était l'amour sans danger ! On peut s'amouracher d'une actrice sur un écran, venir la voir en payant ses deux shillings au cinéma de quartier, chaque fois qu'un film où elle joue doit passer. On peut la regarder et penser à elle. Si on veut, on peut lui écrire une lettre, et pourvu qu'on y joigne des timbres pour la réponse, il se peut qu'elle vous envoie sa photographie autographiée. On peut faire un effort d'imagination et supposer qu'on a une liaison sentimentale avec elle ; tout ce qu'il faut, c'est avoir de l'imagination et deux shillings, et même moins si on se contente d'une place à bon marché !

Au moins cet amour-là est sans danger ! En s'y livrant de cette façon, on sait au juste où on en est, et si on se fatigue de contempler son idole, rien ne vous empêche de vous lever et de sortir.

Tout ce qui peut vous arriver de pire, c'est que quelqu'un écrase vos orteils dans l'obscurité !

Non loin du cinéma, la circulation bourdonnait dans Leicester Square. Foden, assis sur un haut tabouret dans le bar, mangeait un sandwich et buvait un whisky à l'eau de Seltz. A côté de lui, deux soldats américains parlaient du Maroc. Il alluma une cigarette et les écouta. Leur conversation l'amusait.

Il se mit à songer à Zilla Stevenson. Il se demandait de quoi elle aurait l'air. D'après son frère Horace, elle était jolie et intelligente. Foden aimait les belles filles, surtout quand elles étaient intelligentes.

L'expérience qu'il avait des femmes lui avait montré qu'une femme qui possède un certain degré d'intelligence est plus facile à entreprendre qu'une femme stupide. Avec une sotte, la facilité de parole et la technique n'ont aucun effet. Mais si on a affaire à une femme intelligente, on peut se tenir sur ses gardes et voir comment les choses se présentent.

Jusqu'ici, tout avait marché comme sur des roulettes. Il avait eu de la chance de s'aboucher avec Mme Ferry, par l'entremise du malheureux Aked (Foden esquissa un sourire en songeant à Mme Ferry). Il pensa à Aked et conclut qu'il avait agi sagement en écartant cet individu de sa route.

Il avait eu de la chance également de rencontrer cet idiot d'Horace Stevenson. C'était justement un de ces événements fortuits qui se produisent à point nommé et au bon moment, car même si cette fille Stevenson ne se montrait pas aussi utile qu'elle pouvait l'être, il arriverait peut-être, par elle, à atteindre quelqu'un d'autre, et à se rapprocher du but qu'il poursuivait.

Foden, à qui les dockers du port avaient donné des tickets d'habillement, avait un air fort présentable. Il portait un complet bleu marine à petites rayures, une chemise bleu clair, un faux col et une cravate bleu marine. Il avait un chapeau de feutre gris ardoise, planté de côté sur la tête, qui faisait ressortir sa face mince et ses mâchoires anguleuses. Il avait l'air d'un colonial habitué à la dure ou d'un poilu éprouvé habillé en civil.

Il regarda sa montre-bracelet. Il était six heures et demie. C'était, pensa-t-il, le meilleur moment pour téléphoner à cette fille Stevenson. Il réfléchit à ce qu'il allait lui dire. Son meilleur plan était de lui confier qu'il était l'ami de son frère Horace et que ce dernier avait suggéré qu'elle pourrait s'intéresser à son affaire à lui, Foden. Foden songeait qu'il mentionnerait tout à fait par hasard à Zilla que Horace était dans une situation difficile. Cela l'intriguerait sûrement. Elle voudrait savoir ce que c'était, mais il ne lui dirait rien avant qu'elle promît de le rencontrer. Elle le rencontrerait sans aucun doute, et alors... Oh ! bien... ce serait à lui de se débrouiller !

Il remit la cigarette à ses lèvres, se leva et sortit du bar. Il y avait une station de métro de l'autre côté de la rue. Foden y entra et chercha une cabine téléphonique.

III

...Zilla Stevenson était assise devant sa table de toilette dans son appartement, au premier étage d'une maison située dans une petite rue qui donnait sur Lower Regent Street. Elle se regarda dans la glace à trois faces, et conclut qu'elle avait tout ce qu'il fallait pour plaire. Elle avait un chic irrésistible et s'était ingéniée à imaginer toute seule le type de femme qui plairait à Foden. Foden était un dur-à-cuire, un marin, il était intelligent. Il lui fallait donc une femme intelligente, bien mise et jolie.

Elle fit une petite moue. Quel dommage qu'il faille se donner tant de mal, et arriver à tant de chic pour séduire un homme comme Foden, un homme qui n'intéressait personne, un de ces types sur lesquels il faut produire une certaine impression afin de les faire penser et agir d'après un plan préparé d'avance.

Elle se leva et se regarda en pied dans la glace. Elle portait un manteau et une jupe noirs, de coupe très réussie. La jupe était peut-être un peu serrée aux hanches, et la forme du manteau accentuait les courbes de son superbe corps.

Elle avait beaucoup de costumes tailleurs dans sa garde-robe, et un grand choix de robes qu'elle avait achetées avec les sommes généreuses que Quayle lui versait pour ses dépenses. Elle eut un petit sourire forcé. Même si Quayle ne payait pas trop cher ses agents, il se donnait certainement beaucoup de peine pour s'assurer qu'ils fussent abondamment pourvus de nécessaire de maquillage et d'un trousseau complet pour les missions dont il les chargeait. Elle réfléchit que sa garde-robe personnelle avait dû coûter au moins cinq ou six cents livres ! Mais elle trouvait dommage de gaspiller de si belles toilettes en ne les employant qu'une fois comme des accessoires de théâtre, et que ce serait très agréable de s'habiller bien et avec beaucoup de recherche pour rencontrer quelqu'un qui lui plût vraiment ! Elle aspira la fumée de sa cigarette, et contempla son image en s'analysant dans la glace, d'un air décidément approbateur.

Elle portait des chaussures de chevreau verni à talons assez hauts pour faire valoir à la perfection son cou-de-pied bien cambré et ses chevilles, et des bas de soie beige très fins. Sous son manteau de coupe ultra-chic, elle avait un corsage de crêpe Georgette d'une teinte bleu sarcelle très tendre, avec un col plissé qui mettait en valeur la ravissante couleur de sa peau. Elle était coiffée d'un petit modèle de chapeau dont un côté s'ornait d'une mignonne plume d'autruche bouclée, du même ton que le corsage. Sous le chapeau, ses cheveux bronze Titien encadraient adorablement son visage. Elle comptait faire sur Foden une très forte impression.

Elle pensa : « Zilla, ma chère ! Tu es une fort belle fille. Tu es bien faite, tu es encore jeune, tu as du charme, tu sais t'habiller ! Les hommes te font de l'œil. Tu t'es donné beaucoup de mal... Pourquoi ? Pour quelque sacré pitre de matelot... un type qui croit qu'il a des renseignements à vendre, un homme qui veut tenir à tous la dragée haute, et c'est à toi, ma belle, d'utiliser les appâts que tu possèdes et les dons que tu as, pour lui en faire rabattre ! » Elle se mit à rire. Quel gaspillage que tout cela.

Elle songea à Greeley, en se demandant pourquoi. Qu'avait donc cet individu étrange, assez vulgaire, pour que son image s'imposât à son esprit ? Elle ne put trouver de réponse satisfaisante à cette question. C'était d'autant plus extraordinaire que, depuis la mort de son mari, elle ne s'était sentie attirée vers aucun homme dans sa vie. Peut-être, se dit-elle, y avait-il entre Greeley et son mari qu'elle avait adoré si totalement... quelque point commun ?

Ils n'avaient certainement rien de comparable ni dans leur éducation ni dans leurs opinions, mais tous deux possédaient une sorte de courage fortuit, de je-m'enfichisme, de mépris de la peur. Elle aimait Greeley, et parce qu'elle n'avait aimé aucun homme depuis la mort de son mari, elle avait même le sentiment qu'elle en était amoureuse.

C'est juste à cause de cela qu'elle admirait Greeley. Une ou deux fois, Quayle s'était plu à jeter un jour soudain sur quelques détails de la vie de Greeley, mais il en avait dit assez pour lui montrer quelle sorte d'homme c'était.

Il n'y avait rien qui fût capable d'inspirer de la peur à Greeley. Elle se dit : « C'est pour cela. C'est parce que Greeley possède la même qualité qu'avait mon mari, que je pense à lui. » C'est pour cela qu'elle évoquait en ce moment sa curieuse figure, ses traits assez spirituels. C'est pour cela qu'elle se sentait tout près de lui. Elle sourit en se disant : « Allons ! voilà que tu te permets de t'analyser, ma chère ! voilà que tu fais de l'introspection ! C'est un signe certain que tu possèdes un complexe d'infériorité ! »

Elle mit son visage dans ses mains et s'examina dans la glace. Elle se disait : « Je suppose que si je continue à faire cela assez longtemps, je pourrai arriver à m'hypnotiser ! » Ce serait admirable de pouvoir s'hypnotiser, s'évader de cette vie et trouver dans les recoins de son cerveau quelque délicieux endroit où l'on pourrait se reposer !

Elle remonta le cours des années, elle se revit en jeune mariée. Elle se rappela sa lune de miel à Paris et les années qui avaient suivi. Elle se souvint du jour où elle avait découvert que derrière le métier d'emprunt d'ingénieur qu'il assumait, son mari faisait autre chose et était en réalité un agent de Quayle. Elle se rappelait les voyages qu'ils faisaient, les navires à bord desquels ils partaient. Elle se souvenait du Maroc. Tout à coup elle se mit à pleurer et se couvrit le visage des mains.

Le téléphone se mit à sonner. Zilla se leva et s'avança vers l'appareil. Deux grosses larmes coulaient sur ses joues. Elle s'assit un moment devant l'appareil, reprenant sa maîtrise de soi, puis elle prit le récepteur. Elle dit d'un ton détaché :

— Oui... Qui est là ?

Une voix lui parvint, une voix forte, gaie et agréable, qui lui apprit que celui qui l'appelait n'était autre que Foden.

IV

Quand Fells entra, Tanger était assise à son secrétaire au fond de la pièce. Elle le regarda sans tourner les épaules. Elle sourit, et Fells éprouva tout à coup cette sensation particulière de bonheur et de bien-être qu'il ressentait invariablement quand il la voyait. Elle portait une robe de laine corail et des souliers à boucles de cuir de même teinte.

Fells se dit qu'il n'y avait personne d'autre au monde comparable à Tanger, personne qui dégageât la même espèce de joie, d'équilibre tranquille. Elle représentait à ses yeux l'idéal qu'il avait poursuivi la plus grande partie de sa vie ; c'était une femme d'expérience qui combinait la beauté avec la bonté.

Elle se leva et s'avança vers lui la main tendue.

— Comment allez-vous, Hubert ? Asseyez-vous et prenez une cigarette. Croyez-moi si vous voulez, dit-elle, je puis même vous offrir un whisky à l'eau de Seltz, et je crois que c'est ce dont un homme a le plus besoin à cette heure de la soirée.

— Merci, dit Fells.

Il n'avait pas envie de parler. Il était tout prêt à s'asseoir et à jouir de son bonheur, et en même temps il comprenait qu'il lui était impossible de le faire. Il fallait prendre une décision au sujet de Tanger, et au cours de sa vie, Fells avait trouvé qu'il était presque toujours désagréable de prendre une décision. Ce serait délicieux, songeait-il, rien qu'une fois, s'il fallait se résoudre à prendre une décision agréable !

Elle vint vers lui le verre en main et lui dit :

— Vous me devez une explication ! Il y a longtemps que vous n'êtes venu me voir. Vous n'avez même pas essayé de me téléphoner. Pourquoi ?

Il lui prit le verre et répondit :

— Eh bien, j'ai eu beaucoup à faire. Ce n'est pas parce que je n'ai pas désiré vous rencontrer !

Elle s'assit sur le bras du fauteuil voisin et lui dit :

— Ainsi, vous avez voulu me voir, Hubert, mais vous n'avez pas essayé. Je crois que l'on arrive toujours à faire ce que l'on désire. Ce n'est pas une explication suffisante. Vous êtes venu à Londres, n'est-ce pas ?... Bon, quand vous venez à Londres, il faut venir me voir. Si j'ai des amis, c'est pour les voir.

Fells but un peu de whisky, puis il dit :

— Vous savez, Tanger, il faut que je vous parle. J'ai l'impression que je ne vous traite pas avec toute l'honnêteté que je devrais avoir !

— Je me demande ce que vous voulez insinuer, et je ne comprends pas tout ce mystère. Avez-vous l'idée que vous n'êtes pas assez intime avec moi pour me parler franchement ? demanda Tanger.

— Non ! Ce n'est pas la raison. J'ai l'impression que nous sommes de vieilles connaissances.

— Tout juste, dit Tanger avec calme. Nous sommes de vieilles connaissances. Je suppose que nous nous sommes rencontrés environ une demi-douzaine de fois en tout. Et pourtant nous avons le sentiment que nous nous connaissons très bien tous les deux. C'est parce que nous sommes des amis sincères. Mais vous n'êtes pas satisfait de cet état de choses ? Vous avez l'idée que vous avez quelque chose à me dire ; cela veut dire que vous m'avez déjà beaucoup dit !

— Vraiment ! Et que vous ai-je dit ? fit Fells.

Elle répondit :

— Vous croyez qu'il y a quelque chose que je n'aimerais pas savoir, n'est-ce pas ? Mais vous êtes bien trop honnête pour continuer à me fréquenter sans me le dire. Si tel est le cas, vous feriez mieux de vous confesser à moi, parce que, de toute façon, cela n'aura pas d'importance !

— J'aimerais pouvoir le croire, dit Fells. Vous rappelez-vous notre première rencontre ? Vous rappelez-vous quand je vous ai vue pour la première fois ? Moi, je ne m'en souviens pas !

— Nous nous sommes rencontrés à une soirée. Je vous ai vu et je me suis mis dans la tête que je désirais vous connaître. J'ai donc demandé à notre hôte de nous présenter l'un à l'autre. Nous avons causé et nous nous sommes plus ! C'est tout !

— Oui, dit Fells.

Il y eut un silence, puis elle dit d'une voix calme :

— Hubert ? Qu'est-ce que vous avez ?

Fells lui répondit :

— Eh bien ! Voilà ! C'est la fin de mes espérances. Quand vous m'avez téléphoné cet après-midi, j'étais très heureux. J'étais joyeux d'entendre votre voix. Quand je vous vois et que je vous entends, il me semble presque que j'atteins au bonheur parfait. C'est tout ce que je demande, ajouta-t-il, mais cela même m'est refusé. Je n'ai pas le droit de l'avoir !

— Quelle folie ! Hubert... Sûrement, vous ne pensez pas ce que vous dites, murmura Tanger.

— Non, dit-il, c'est la vérité. Vous voyez ; vous ne savez pas grand-chose à mon sujet ! Et si vous saviez, vous ne voudriez sans doute plus me connaître !

Elle sourit d'un air mystérieux et déclara :

— Hubert ! Comment savez-vous ce que je sais ou ce que j'ignore à votre sujet ? En réalité, je suis très bien informée... Il n'y a qu'à vous regarder pour avoir tous les renseignements qui comptent sur votre cas ! Vous êtes un homme extrêmement sympathique !

— Je suis heureux que ce soit votre impression, mais vous avez tort. Supposez que je vous avoue...

Elle se mit à rire très doucement, sur une note délicieusement musicale qui réussit mieux qu'aucune parole à l'interrompre...

— Supposez que vous me disiez que vous avez eu une période très pénible dans votre vie, dit Tanger... qu'une mauvaise femme ou que quelqu'un d'autre vous a placé dans une impasse dont il vous a été difficile de sortir, et que par suite de cette histoire vous avez été cassé, renvoyé de l'armée et condamné à la prison... Eh bien ?...

— Mon Dieu ! dit Fells. Comment le savez-vous ?

— Il y a quelque temps déjà que je le sais, dit Tanger. Quelqu'un qui vous a vu à cette soirée vous a évidemment reconnu. On m'a parlé de vous. Ma curiosité a été en éveil. J'ai cherché dans les dossiers des journaux. En réfléchissant un peu, j'ai compris qu'il s'agissait bien de vous !

— Je vois... et vous étiez prête à continuer à me voir !

— Bien plus, dit Tanger, j'étais prête à continuer à vous aimer. — Elle poursuivit : — Vous savez, quoi qu'on dise ou quoi qu'on pense, je sais que vous n'êtes pas du tout ce type d'homme là... Il y a une explication à tous vos actes... mais elle importe peu... pour moi, du moins !

— Certes, c'est merveilleux, c'est trop beau de penser que vous êtes au courant de ma faute et que cela ne vous fait rien, mais cela n'avance pas les choses !

— Vraiment ! fit Tanger.

Elle mit les mains derrière la nuque et se renversa en arrière sur sa chaise en le regardant d'un air provocant.

Fells pensait : « La vie est étrange. On ne sait jamais ce qui va vous arriver ! »

Il dit :

— Ça n'arrange pas les choses. Le monde, malheureusement, ne se compose pas seulement de vous et de moi, Tanger. Il y a des quantités d'autres personnes à considérer. Il se peut que ces gens-là ne soient pas la moitié aussi oublieux et aussi indulgents que vous !

Elle répliqua :

— Franchement, Hubert, le reste du monde ne compte pas. La vie va trop vite aujourd'hui pour que les gens s'inquiètent du passé des autres, et je ne crois pas qu'un homme sur dix mille se souvienne de l'air que vous aviez à cette époque. Quoi qu'il en soit, cela m'est parfaitement égal et il doit en être de même pour vous !

Il protesta :

— Cela fait une grande différence pour moi. Je ne veux pas profiter de votre générosité. J'ai fait une boulette et je paierai les pots cassés !

— Sincèrement, Hubert, répondit-elle, je ne crois pas que vous ayez jamais fait de boulette dans votre vie, et en tout cas, pour ce qui me regarde, je ne vous permettrai pas de vous sacrifier pour quelque idée bizarre que vous avez ! Il y a des gens qui ont l'impression qu'ils doivent payer à jamais les fautes qu'ils ont commises. Vous êtes ainsi vous-même, mais je n'en vois pas la raison, et même si c'est une idée à vous, je ne vois pas pourquoi vous me forceriez, moi, à le faire !

— Je ne saisis pas très bien ce que vous voulez dire. Je ne vois pas ce que ma vie a à faire avec la vôtre. En tout cas, je ne me permettrai pas de les confondre !

— Il ne s'agit pas de ce que vous ou moi allons permettre. Il s'agit de réalités, Hubert... Vous m'aimez, n'est-ce pas ? questionna Tanger.

Il réfléchit un instant et dit :

— Je ne sais pas comment vous l'avez deviné, mais c'est la simple vérité. Je vous ai toujours aimée et je vous aimerai toujours !

— Précisément, dit Tanger, d'un ton calculé... maintenant c'est à mon tour de vous dire quelque chose ; je vous aime profondément ; je vous aime depuis la première fois que je vous ai vu ; si vous vous sentez enclin à vous sacrifier sur l'autel de votre conscience, je ne vois pas pourquoi il me faudrait consentir au même sacrifice.

— Vous êtes vraiment étonnante ! dit Fells. Vous rendez-vous compte de la raison pour laquelle j'ai été cassé ? Savez-vous pour quel motif j'ai été condamné à la prison ?

Tanger se mit impudemment à bâiller et dit :

— Mon cher ami, je sais parfaitement tout ce qui s'est passé, et je n'y attache aucune importance. En tout cas, j'ai pris cette décision que cela n'interviendrait pas avec mes plans. En d'autres termes, je vais vous poursuivre et vous harceler sans répit jusqu'à ce que j'obtienne ce que je veux !

Fells se mit à rire. Il s'aperçut pour la première fois qu'il n'avait pas ri depuis des années. Il se sentait extraordinairement heureux et très surexcité. Il demanda :

— Tanger, dites-moi jusqu'où vous allez me poursuivre ? Qu'est-ce que vous cachez comme complot dans cette jolie tête là ?

— Mon cher Hubert, répondit-elle, j'emploierai tous les moyens, honnêtes ou malhonnêtes, mais je vous épouserai, du moins je l'espère... Je crois que c'est une excellente chose pour nous deux. De plus, ajouta-t-elle, j'ai trente-quatre ans et il se peut que ce soit la dernière chance que j'aie de décrocher un mari ! — Elle rit, vint se mettre tout près de lui et lui dit doucement : — Est-ce que vous allez m'éconduire, Hubert ?

Fells se sentit brusquement rappelé aux réalités ; il dit tristement :

— Ce n'est pas aussi facile que vous le pensez, Tanger. Même si tout ce que vous dites est vrai, ça ne sera pas aisé... En tout cas, pas pendant cette guerre !

— Je n'en suis pas si sûre ! Tout est possible à ceux qui ont pris de solides décisions. — Elle s'écarta de lui, prit son verre et dit : — Je vais vous donner un autre whisky. Puis vous pourriez m'emmener au cinéma et nous reviendrions dîner ici. N'en parlons plus aujourd'hui. Nous ne ferions que garder tout cela dans notre esprit et nous en souffririons. C'est à nous de trouver un moyen d'arriver à ce que je veux. Et je le ferai ! Ça ne servira à rien que vous mettiez des obstacles sur ma route. N'en parlons plus pour le moment. Les conversations ne servent pas toujours à arranger les choses, vous comprenez ?

— Je comprends, dit Fells.

Elle mélangea le whisky et l'eau de Seltz, et lui rapporta le verre.

— Eh bien, est-ce que vous vous sentez plus heureux ?

— Oui. Mais je me sens toujours heureux quand je suis auprès de vous, répondit-il.

Elle fit une petite moue et dit :

— Ce n'est encore rien. Patientez un peu ! La vie va être amusante, et sans doute plus tôt que vous ne le supposez... Vous voyez ?

— Oui, dit Fells, je vois...

Il resta debout à la regarder.

7

Le bâton dans les roues

I

Foden se renversa en arrière sur sa chaise. Il se sentait vaguement amusé et assez heureux. Il était certain que ses affaires prospéraient et qu'il allait voir tout se passer comme il le désirait. Pour une raison qu'il ne comprenait pas très clairement, il avait une curieuse sensation de puissance. L'ambiance du club où Zilla Stevenson l'avait amené était agréable. Ce n'était pas, en tant que club, un endroit aristocratique ni plaisant à l'œil, mais il y avait au moins une atmosphère bien caractéristique. La musique que jouait le petit orchestre était douce et assez mélodieuse. Foden réfléchissait que la vie pourrait être encore bien pire.

Il demanda :

— Je suppose que vous connaissez des masses d'endroits comme celui-ci ?

Elle fit un signe affirmatif et dit :

— Oui, en effet. Il n'y a pas grand-chose à faire le soir et je sors beaucoup avec des amis.

Foden annonça :

— J'ai eu ce matin des nouvelles d'Horace. Il devait venir à Londres aujourd'hui. Il m'a donné une adresse et le numéro de téléphone. Je le verrai demain. — Puis il continua : — Vous savez, il est difficile de croire que vous êtes sa sœur !

Zilla releva la tête.

— C'est ce que beaucoup de personnes me disent, dit-elle, et parfois je n'ai pas du tout l'impression que c'est mon frère. Horace a été stupide toute sa vie ! Il est satisfait de faire la même besogne jour après jour, semaine après semaine ! Il n'a jamais tenté d'améliorer son sort. Il est dépourvu d'ambition. Il est toujours en train de faire des choses bizarres, des choses mystérieuses...

— Comme, par exemple ? dit Foden.

— Cette affaire de vingt-cinq livres ! fit Zilla. Il m'a envoyé un télégramme pour tâcher de me donner le trac, en me disant que c'était une affaire de vie ou de mort... Quelle blague ! C'est probablement une note de bookmaker !

Foden ricana. Il fit un signe au garçon à allure de vieillard, et commanda d'autres consommations.

— Vous ne savez pas... Vous avez mis le doigt dessus... C'est une note de bookmaker !

— Oh ! Je connais bien Horace, dit Zilla. Le malheur est qu'il ne me connaît pas ! Il se figure seulement me connaître. Comprenez-moi bien ! Je suis sa sœur et ça m'attriste de le voir coincé quelque part, bien qu'en général, ce soit sa propre faute !

— Vous savez, Zilla, il y a des gens qui se fourrent dans une impasse, et d'autres qui se tirent d'affaire, ou qui même une fois pincés, s'arrangent pour se tirer d'embarras. Nous appartenons tous les deux à la deuxième catégorie ! Des gens comme nous retombent toujours sur leurs pieds mais ce n'est pas le cas d'Horace ! C'est ce qu'on appelle familièrement un ballot ! — Il ajouta avec chaleur : — En tout cas je ne m'inquiète pas de l'histoire d'Horace et je vais lui donner ces vingt-cinq livres pour régler la note du bookmaker, parce que, malgré l'opinion que vous avez de lui, il m'a rendu un fier service !

— Bon, dit-elle. Je suis heureuse qu'il ait pu rendre service à quelqu'un ! Vous me trouveriez sans doute curieuse si je vous demandais ce que c'est !

— Eh bien, c'est grâce à lui que je vous ai rencontrée, n'est-ce pas ?

— Oui, c'est vrai, dit Zilla. — Elle lui sourit tout à coup et ajouta : — C'est étrange que vous soyez l'ami d'un homme comme Horace ! Vous n'êtes pas du même genre, il me semble !

— Non, peut-être bien que c'est pour cette raison qu'il me plaît ! Sans doute qu'il me fait un peu pitié !

Zilla se dit : « Ça ne me surprend pas le moins du monde ! » Elle regarda Foden du coin de l'œil. Elle trouvait que c'était un homme qui avait beaucoup de prestance, un fameux lapin, doué d'un grand charme et d'une certaine personnalité, et intelligent ; un homme qui savait ce qu'il voulait et qui arriverait à l'avoir le plus rapidement possible, un homme enfin qui serait dangereux pour une femme !

Elle dit plaisamment :

— Je trouve que vous êtes un vrai numéro ! Je vous trouve sympathique, mais j'avoue que toute cette affaire est un peu mystérieuse… votre désir de me voir et l'intérêt qu'Horace semble porter à notre rencontre, jusqu'à prendre soin de vous donner mon numéro de téléphone ! Je pense qu'il y a quelque chose là-dessous qui le concerne !

Elle écrasa son bout de cigarette :

— Je suppose que c'est pour cela que vous lui allongez vingt-cinq livres ? demanda-t-elle.

— C'est exact, dit Foden… Ecoutez, Zilla… Ça ne vous fait rien que je vous appelle Zilla, hein ? parce que je crois que nous allons être bons amis !

Elle fit brusquement :

— C'est étrange que vous disiez cela, parce que, aussitôt que je vous ai vu, vous m'avez produit une curieuse impression. Il m'a semblé que je vous connaissais depuis longtemps. Je sentais que nous allions être amis, et c'est étrange, parce qu'en général je ne suis pas attirée par les hommes, du moins par ceux que je rencontre par hasard.

— Bien sûr ! dit Foden. Une femme aussi belle et aussi chic que vous n'a pas à s'inquiéter d'aucun type d'homme ! Vous êtes une finaude, Zilla. Votre charme enchanteur cache un esprit tranchant comme l'acier. Mais vous avez de la cervelle ! Horace me l'avait bien dit !

Elle dit avec une certaine pétulance :

— Ah ! Ah ! Je vois… Ainsi Horace vous a parlé de moi… hein ?

— Ne vous inquiétez pas de ce vieil Horace ! Il m'a parlé de vous parce que je le lui ai demandé. Je voulais savoir quel genre de femme vous étiez !

— Vraiment, dit Zilla... en le regardant d'un air mutin. Et... puis-je vous demander pourquoi ?

— Ecoutez. Au cours de ma conversation avec Horace, il m'a dit que vous aviez fait preuve de beaucoup de sang-froid et de sagacité, lorsque vous avez fait coffrer un agent allemand... Il paraît que ça vous a rapporté cinq cents livres !

Elle l'interrompit sèchement :

— C'est vraiment délicat de la part d'Horace de vous entretenir de ces affaires privées !

— Ne vous emballez pas, Zilla, demanda Foden, et écoutez ce que j'ai à vous dire !

— C'est bon, je vous écoute...

Elle prit son verre de crème de menthe. Elle détestait cette liqueur sirupeuse. Mais elle en buvait parce que c'était le type de boisson que la Zilla qu'elle incarnait en ce moment devait boire !

Foden dit :

— Cela m'a fort intéressé ! parce que, moi, j'ai des tuyaux vraiment sensationnels. Je veux trouver acheteur, mais je n'ai pas du tout l'intention de me faire rouler... Vous comprenez, j'ai eu de l'expérience, à tâcher de donner mes renseignements aux autorités, et ça n'a amené aucun résultat. Les informations que je leur offrais, à l'œil, sans débourser un radis... ils n'ont même pas voulu les entendre ! Alors, cette fois, elles sont à vendre, mais c'est bibi qui fixe les conditions du marché !

— Bravo ! Voilà ce que j'appelle parler ! Ça doit être vraiment important ce que vous avez à vendre !

— C'est de toute première importance... dit Foden. J'ai bourlingué au Maroc pendant des années. J'ai passé neuf mois dans un camp de concentration de Vichy... Ce que je sais vous surprendrait, mais je veux vendre ces tuyaux-là... et, dit-il en lui souriant... je compte sur vous pour m'aider !

— C'est très bien tout ça ! répondit-elle. Mais je ne vois pas en quoi je puis vous être utile !

— Ecoutez, dit Foden... Horace m'a dit que quand vous avez fourni ces renseignements sur cet agent ennemi que vous avez vu dans le train, on vous a fait demander et on a eu un entretien avec vous ; puis on vous a donné cinq cents livres... Horace m'a fait comprendre que vous étiez employée maintenant par ce service-là, le contre-espionnage ou quelque chose de semblable, et même que vous étiez probablement secrétaire privée de quelque gros bonnet !

Elle dit, avec un peu d'hésitation :

— Eh bien, c'est vrai, du moins en partie. Je suis secrétaire particulière d'un homme que, sans doute, on peut considérer comme un important personnage. Mais je ne suis que sa secrétaire. J'ignore tout de ses affaires. Il n'adresse jamais la parole au personnel féminin des bureaux, ajouta-t-elle.

— Ça n'a pas d'importance, dit Foden. Vous pourriez vous renseigner si vous le vouliez. Rien ne vous empêche de lui parler, et de lui dire que vous avez rencontré quelqu'un qui détient des informations de tout premier ordre. Vous pourriez toujours voir quel effet ça fait sur lui, n'est-ce pas ?

— Tout cela est bel et bon, mais il commencera par me demander : qu'est-ce que c'est ? Vous pouvez m'en croire. On ne donne pas d'argent pour rien dans ce pays. Et il y a une chose dont je suis sûre, il y a une quantité de gens qui n'ont pas plus de cervelle que des lapins et qui braillent à qui veut les entendre qu'ils ont des informations sur l'Allemagne. Ça, je le sais...

— Sans doute, dit Foden. Mais ce que je sais, moi, est de premier ordre... Seulement, pour que je consente à m'en défaire, il faut la forte somme !

— Ah bien... Vous, au moins, vous avez un fier toupet ! Avez-vous une cigarette ?

— Bien sûr, dit Foden...

Il les prit, lui en tendit une, et lui donna du feu. Elle remarqua que sa main qui tenait le briquet était brune, forte et musclée. Elle le fixa dans le blanc des yeux, à travers la petite flamme de la mèche, en lui souriant...

— Vous êtes un vrai numéro, dit-elle. Ce n'est pas seulement du culot que vous avez, mais vous avez quelque chose d'autre. Je devrais vous dire d'aller vous faire pendre ailleurs, mais c'est malheureux... vous me plaisez !

Foden ricana :

— C'est bizarre, mais en général je plais aux femmes. Elles m'aiment parce qu'elles me comprennent, parce que je n'essaie pas de les rouler ; les femmes sont bien plus fines que les hommes ne le pensent !

— Je parie que vous avez beaucoup d'expérience des femmes, dit-elle. Je suis sûre que vous en avez connu des quantités et qu'elles ont été bougrement plus aimables avec vous qu'elles ne l'auraient dû ! Vous êtes le genre d'homme qui prend ce qu'il veut et qui file quand il est sûr de ne pas se faire pincer... !

Foden lui sourit. Il pensait : « C'est une fine mouche, cette Zilla, elle a beaucoup de jugeote. Au fond, elle est comme toutes ses sœurs, mais elle m'amuse follement ! »

— Vous avez dit que ce serait votre devoir de m'envoyer me faire pendre ailleurs !

— C'est ce que je devrais faire... dit Zilla.

— Mais vous n'allez pas le faire !...

— Non. Je ferai tout pour vous venir en aide, pour deux raisons ; d'abord parce que vous m'êtes sympathique, et ensuite parce que — elle le regarda d'un air sérieux — il y aurait peut-être quelque chose pour moi ?

Elle sourit d'un petit sourire ambigu, enchanteur... Foden posa sa grosse patte brune sur la petite main blanche de Zilla.

— Ecoutez, Zilla, ne vous inquiétez pas de ça ! Vous en retirerez quelque avantage, une somme rondelette. Je vous le promets... Avez-vous besoin d'argent ?

— J'ai besoin d'argent et il m'en faut pas mal, dit-elle. J'en ai par-dessus le dos de ce pays ! Je veux aller en Afrique du Sud, mais il me faut de la galette pour ça. Quand je fais les choses, j'aime bien que ce soit avec largesse !

— Je sais, il n'y a qu'à voir comment vous êtes habillée pour le savoir, vous pouvez m'en croire ! Si nous réussissons dans cette affaire, vous aurez bien assez d'argent pour aller en Afrique du Sud et même partout où il vous plaira d'aller !

— Vous croyez ça ! Mais vous ne savez pas comme ces gens-là sont malins. Il faut qu'ils le soient. Ils arrivent toujours à leurs fins avec vous.

— Vraiment, dit Foden... comment cela ?

Zilla se mit à rire.

— Raisonnons un peu, fit-elle. Vous arrivez avec vos renseignements, mais il faudra leur faire comprendre en quoi ils consistent avant qu'ils consentent à vous faire aucune offre. Et quand ils le sauront, ils pourront poser leurs propres conditions, n'est-ce pas ? Si ça ne vous plaît pas, vous savez ce qui vous reste à faire... Mais il y a encore un autre truc qu'ils connaissent pour vous attraper !

— Vous en êtes sûre ! dit Foden... Et lequel ?

Il songeait en ce moment que Zilla lui était vraiment fort utile !

— Ils peuvent toujours vous pincer en appliquant un des règlements de la défense nationale, dit Zilla, en vous accusant de garder pour vous des informations essentielles à la sécurité du Royaume. Vous seriez surpris de savoir à votre tour ce qu'ils ont le droit de faire !

— Je vois... Voulez-vous dire par là qu'il n'y a pas d'espoir de réussir ?

— Je veux simplement vous faire comprendre que ce sera très dur !

— Mais non ! Vous vous faites des idées ! Vous venez de dire qu'il faudrait d'abord que je leur fournisse des renseignements. Eh bien, il n'y a rien de fait ! Je vais vous dire pourquoi. Les renseignements que j'ai sont assez spéciaux. Ils sont divisés en quatre catégories. Si vous me comprenez, chacune d'elles est intimement liée à la catégorie précédente. Tout ce que j'ai à faire, c'est de leur dévoiler le premier groupe. Cela laisse à entendre que je connais le deuxième, le troisième et le quatrième groupe, et qu'eux n'en savent rien ! C'est bon, mais s'ils veulent connaître le tout, il faudra passer à la caisse !

— Je vois. C'est donc ainsi que ça se combine ! murmura-t-elle.

— Oui, dit Foden... C'est ainsi, et de plus, continua-t-il, ce n'est pas la peine qu'ils essaient de me bluffer avec des menaces ! Vous devez vous rendre compte, Zilla, que, deux fois déjà, il y a des années, je suis allé trouver les autorités britanniques du Maroc pour leur fournir gratis des renseignements. Ces gens-là m'ont dit : « Merci beaucoup » et m'ont flanqué à la porte ! Ils n'ont rien fait ! Ces deux fois-là, j'ai compris que j'avais parfaitement raison d'agir comme je le fais, et il faudra bien qu'ils m'écoutent. C'est une question de vie ou de mort pour eux !

Elle remarqua :

— Je vois... Vous êtes bien sûr de vous, à ce qu'il me semble !

— Tout à fait. Tout ce que je veux, c'est m'aboucher avec quelque gros personnage. Je connais ces petits fonctionnaires. Si on leur raconte toute l'affaire et si elle leur paraît sérieuse, ils vous feront perdre votre temps, tout en essayant de profiter de vous... et si vous ne leur dites que peu de chose, ils vous éconduiront ! Qu'on me donne un entretien d'un quart d'heure avec quelqu'un d'assez haut placé pour comprendre de quoi je parle, et on me paiera le prix que je demande, et sans élever aucune objection, encore !

— Ah ! si c'est comme ça ! murmura Zilla.

— Alors, vous avez une idée ?

Elle répondit :

— Oui, mon patron a beaucoup d'influence à sa façon, mais il n'est pas commode, et c'est un malin ! Il faudra que vous arriviez à le convaincre !

Foden dit :

— Je n'en aurai pas pour longtemps !

Il y eut un silence. Zilla semblait réfléchir profondément. Au bout d'un moment, elle demanda :

— Que croyez-vous qu'on vous paiera pour ces informations ?

— Je ne crois rien. Je sais. Je veux cinq mille livres. Je veux commencer une affaire au Maroc. Et avec cinq mille livres je pourrai la lancer... Et je les aurai !

— Je vois, dit Zilla... Et moi ? Qu'est-ce que vous me donnerez ?

— Mettez-moi en rapport avec l'homme qu'il me faut et je vous donnerai cinq cents livres !

Elle réfléchit un moment :

— Très bien ! Marché conclu... Mais il n'y a qu'un seul moyen de réussir ! Ce qu'il faut faire, c'est me confier assez d'informations sur cette affaire pour prouver à mon chef que vous possédez d'importants renseignements. Il faudra me dire la première catégorie dont vous avez parlé... Entendu ?... Alors je saisirai une occasion de lui parler et je lui dirai qu'Horace m'a présentée à un homme qui m'a dit ceci et cela. Et ça devrait lui mettre la puce à l'oreille, hein ?

Foden dit :

— Ne vous inquiétez pas ! Ça l'intéressera ! Dès que vous lui direz la petite histoire que je vous confierai, il se mettra à crier « Au feu », tant il sera surexcité !

— Très bien, fit Zilla. Ensuite, il voudra vous voir, n'est-ce pas ? Il voudra vous poser toutes sortes de questions... sur vous-même ! Il voudra savoir ce que vous êtes, d'où vous venez et qui vous êtes !

— Ne vous tracassez pas là-dessus, dit Foden. Il pourra me questionner tant qu'il voudra, mais avant de me faire parler, il faudra casquer.

— Oui ! dit Zilla.

Elle le regarda, ses lèvres rouges s'entrouvrant en un sourire qui montrait des dents de nacre bien plantées.

— Ce qu'il y a de drôle, c'est que je crois fermement que vous allez réussir à toucher cet argent ! — Elle se mit à rire : — Non ! Je commence à croire sérieusement qu'après tout je ferai mon voyage en Afrique du Sud !

— J'en suis sûr. Mais il se peut que vous changiez d'avis au sujet de l'Afrique du Sud !

— Que voulez-vous insinuer ? dit-elle.

Il répondit :

— On ne sait jamais ! Il vous prendra peut-être la fantaisie de vouloir aller au Maroc.

Il se moquait d'elle.

— Vous avez un fier culot ! grogna Zilla. Vous n'avez pas honte ! — Son sourire disparut. Elle ajouta : — Il faudra en recauser. Il faut réfléchir sérieusement. Quand est-ce que vous allez me confier le début de vos informations, les choses que je dois dire à mon chef ?

Foden dit :

— Je vous rencontrerai quand vous voudrez. Je suis à vos ordres.

— Bon. Je verrai demain comment les choses se présentent. J'ai idée que mon chef passera deux ou trois jours en ville... Téléphonez-moi demain soir, vers neuf heures... S'il est en ville, le lendemain, vous feriez mieux de me dire de quels renseignements il s'agit, et je lui parlerai.

— Très bien, répondit Foden. Mais je n'aime pas parler de cela au téléphone. Je ferai mieux de venir vous voir.

— C'est entendu, dit-elle. Venez me voir demain soir à neuf heures !

— J'y serai. — Il la regarda dans les yeux et dit froidement : — J'aimerais bien vous voir sans témoins, vous me plaisez beaucoup, Zilla !

— Ecoutez, nous parlons affaires... Et je n'aime pas beaucoup mélanger les affaires avec le plaisir ! répliqua-t-elle.

— Vraiment ! — Il lui étreignit la main... — Mais c'est ce que vous ferez, croyez-moi, ma chère, avant d'en avoir fini avec tout ça !

Zilla ne répondit pas, mais elle ne fit aucun effort pour dégager sa main. Foden commanda d'autres consommations.

— Il faut que je parte bientôt, dit-elle brusquement. Je dois être au bureau de bonne heure demain matin !

— Très bien, répondit Foden. Nous nous en irons quand nous aurons fini de boire... Pourquoi attendre jusqu'à demain ? Pourquoi perdre du temps !

Elle le fixa en disant :

— Je n'y suis pas !

Foden lui sourit. Elle sentait la pression de ses doigts sur sa main.

Il dit :

— Il vaut mieux que je vous parle ce soir. Je vous reconduirai chez vous et vous révélerai ce que vous devez savoir. Alors demain, vous verrez votre chef et lui raconterez l'affaire. Je n'aime pas perdre du temps !

Elle dit :

— Ça m'en a tout l'air !

Elle songeait : « Ça se complique. Avec ce type-là, il va falloir manœuvrer avec finesse. »

Foden lui étreignit encore la main.

— C'est une excellente idée, hein ? dit-il.

— Vous n'avez aucune idée de derrière la tête ? lui demanda Zilla, en le rgardant en coulisse. Vous ne vous imaginez pas que vous allez m'avoir aussi facilement que ça ! Mais peut-être n'êtes-vous pas aussi intelligent que je le pensais !

Foden se mit à rire et lui dit :

— Vous avez un peu la frousse du gros méchant loup !

— Il en faudrait d'autres que vous pour me faire peur, dit Zilla... Mais si c'est ce que vous décidez de faire, nous le ferons. Venez prendre une tasse de café chez moi, et confiez-moi ce que vous avez à me dire... Alors demain je me mettrai à l'ouvrage. Je verrai mon chef et je lui parlerai... Après ce sera votre affaire ! Mais ne vous mettez pas dans la tête que vous allez me monter le coup dans mon appartement... J'ai gagné des médailles de jiu-jitsu ! dit-elle.

— Soyez sans crainte, ma chérie... je sais me tenir, répliqua Foden.

Zilla se mit à rire.

— Les hommes promettent tous cela ! dit-elle doucement en se rapprochant un peu de lui.

II

Foden était debout à l'encoignure de Regent Street, face à Pall Mall.

Il traversa la rue au bout d'un instant et se dirigea vers Jermyn Street. Quarante mètres plus loin, après avoir tourné dans Jermyn Street, à la recherche d'une cabine téléphonique, il trouva dans la cour qui mène à Piccadilly ce qu'il voulait. Il entra dans la cabine et chercha deux pennies dans sa poche. Sur son front perlaient deux ou trois grosses gouttes de sueur. Il prit un calepin dans sa poche, chercha un numéro, plaça les pennies dans la boîte. A ce moment le disque lumineux de sa montre-bracelet lui montra qu'il était dix heures trente.

Il attendit que l'appareil sonnât à l'autre bout... puis après quelques secondes il entendit la voix de Greeley dire :

— Allô !

Foden dit :

— C'est vous Horace ? C'est Foden à l'appareil.

Sa voix lui semblait incolore, d'un timbre bizarre.

— Bon ! Eh bien, comment ça va ? Qu'est-ce qu'il y a ? demanda Greeley.

— Ça va mal, Horace ! Vous allez avoir une vilaine secousse !

Greeley répondit :

— Bien ! Je suis prêt... qu'est-il arrivé ?

— Zilla s'est suicidée !

— Nom de D... ! gronda l'autre. Que voulez-vous dire ?

Foden dit impatiemment :

— Vous ne m'entendez donc pas, sapristi ! J'avais rendez-vous avec elle ce soir, à son appartement, et elle s'est tuée... Dieu sait pourquoi ! Moi, je l'ignore !

Greeley dit :

— Je vois... — Il y eut un silence, puis il poursuivit : — Je vois. Ainsi Zilla s'est tuée. Où est-elle ? A son appartement ?

— Oui, dit Foden. J'en sors. Je suis allé à la cabine la plus proche pour vous téléphoner... Je ne sais fichtre que faire !

— Allons ! Dites-moi tout... Du calme. Ne vous emballez pas ! Est-ce que vous l'avez trouvée comme ça quand vous êtes arrivé dans l'appartement ?

Foden s'était ressaisi. Sa voix était maintenant tout à fait normale. Il répondit :

— Je ne m'emballe pas ! J'essaie simplement de vous dire ce qui est arrivé. J'avais rendez-vous ce soir avec Zilla pour causer de nos affaires. Tout était arrangé. Nous nous sommes rencontrés au lieu convenu par téléphone et nous avons dîné ensemble. Puis elle m'a emmené à un club où nous avons bu quelques consommations. Elle était très bien, tout à fait en forme. Alors nous avons commencé à parler affaires et elle a promis de dire un mot de la chose à son chef le lendemain. Ensuite nous sommes revenus à son appartement pour que je lui fasse savoir les grandes lignes de mes informations... Je tenais à lui montrer que je n'avais rien promis en l'air ! Vu ?

— Vu, dit Greeley.

— C'est bon, continua Foden... Donc nous avons quitté le club et nous sommes allés à l'appartement. En arrivant, je lui ai demandé une cigarette et elle s'est aperçue qu'elle n'en avait pas non plus. Je lui dis que j'allais lui en chercher si elle savait où j'en trouverais. Elle m'indiqua un petit salon de thé près de Panton Street, qui est ouvert jusqu'à minuit. Elle me pria de laisser la porte entrebâillée pour ne pas avoir à sonner quand je reviendrais... Vous m'avez bien compris ?

— Oui, dit Greeley.

— Je suis allé chercher les cigarettes, poursuivit Foden, et je suis revenu. J'ai dû m'absenter environ douze minutes... Je suis rentré... Eh bien, comme vous le savez sans doute, il y a une antichambre dans l'appartement et le salon est de l'autre côté... En entrant, je vis Zilla étendue sur la carpette devant la cheminée en face du radiateur électrique. Elle était morte. Elle tenait à la main un revolver automatique. Son sang avait giclé partout... Dieu sait ce qui est arrivé ! C'est un mystère... Je n'ai jamais eu un tel coup de ma vie !

Greeley dit :

— Je comprends !... Mais ça ne sert à rien d'avoir peur ! Quand vous êtes sorti, avez-vous fermé la porte ? Avez-vous mis le loquet ?

— Oui, dit Foden, comme je sortais de l'appartement, j'ai tiré le cran d'arrêt pour que la porte se referme. Je pensais que ce serait mieux ainsi. Je voulais me donner le temps de réfléchir, d'en parler à quelqu'un... C'est un sale coup !...

Greeley dit d'une voix calme :

— A qui le dites-vous !

— Qu'est-ce qui a pu la pousser à commettre un acte semblable ? hasarda Foden.

Freeley fit remarquer :

— A quoi ça sert-il de me le demander ? Peut-être ne s'est-elle pas suicidée ? Quelqu'un a dû vous voir parler ce soir à Zilla au club. Quelqu'un a pu apprendre que vous deux aviez à discuter une importante affaire... quelqu'un qui a voulu vous mettre des bâtons dans les roues, et qui a commencé par se débarrasser d'elle !

— Je vois, dit Foden... Vous voulez dire que maintenant qu'ils l'ont supprimée ils pourraient bien en faire autant avec moi ! Vous croyez qu'il y a des gens qui trouvent que j'en sais trop long !

— Pourquoi pas ? fit Greeley... Ces choses-là arrivent, n'est-ce pas ? Après tout, on est en guerre.

Foden reprenait son assurance. Il demanda :

— Eh bien ? Qu'est-ce que je vais faire maintenant ? Où est-ce que je peux vous voir ? Faut-il aller à la police ou quoi ?

— Non ! Il ne faut pas faire ça ! C'est justement le genre d'affaire que la police désire étouffer. Ecoutez, si vous voulez un conseil, restez à couvert. Il se peut que quelqu'un ait trouvé que ça valait la peine de supprimer Zilla, parce qu'elle est en rapport avec vous ! On ne se rend jamais compte de sa chance ! On pourrait bien s'en prendre à vous ! La meilleure chose à faire dans votre cas, c'est de rentrer chez vous et de rester coi. Je me mettrai en rapport avec vous. Est-ce que vous restez à l'adresse que vous m'avez donnée ?

— Oui, dit Foden... A Victoria...

— C'est bon... Rentrez chez vous et grillez des cigarettes. A votre place je ne mettrais pas le nez dehors. J'irai probablement vous voir demain. Je ferai mieux de m'occuper de cette affaire de près.

Foden lui demanda :

— Qu'allez-vous faire ?

— Tout ce que je peux faire, dit Greeley, c'est d'aller voir le patron de Zilla. Je sais où est son bureau. Il faudra que je m'arrange pour me mettre en rapport avec lui et que je lui en parle. C'est à lui que je vais passer le blâme !

— C'est de la déveine, hein ? Ça gâte tout ! Ce qui est triste, c'est que Zilla et moi nous avions presque tout arrangé ! Elle allait parler à son chef et je devais avoir une entrevue avec lui après !

— Tout ça est bel et bon, dit Greeley, mais c'est fini ! C'est à l'avenir qu'il faut penser maintenant !... Tout de même ! — Il soupira. — Pauvre petite Zilla ! Elle se moquait toujours de moi ! Elle me prenait pour une espèce de ballot ! En tout cas, le ballot est toujours en vie, et elle ne peut pas en dire autant !

Foden dit :

— Allons ! Ne pensez-vous pas que vous êtes en train de vous lancer sur une fausse piste ?

— Comment ? dit Greeley.

— Vous avez l'idée que Zilla a été tuée par quelqu'un. Moi je vous dis qu'elle s'est suicidée ! Elle était allongée, un revolver à la main. Ça saute aux yeux qu'elle s'est suicidée. Je suis bien capable de voir si c'est un crime ou un suicide, tout de même !

— Comment était-elle au cours de la soirée. Quel air avait-elle ? questionna Greeley.

— Elle était en pleine forme. Nous avons passé une bonne soirée. Elle m'a emmené à un club. Nous avons bu quelque chose. Nous nous entendions à merveille. Nous avons causé encore de cette affaire. Elle m'a dit qu'elle voulait que ça rapporte, parce qu'elle avait l'intention de partir en Afrique du Sud... Je vous dis qu'elle était aussi enthousiaste que moi !

— C'est étrange, dit Greeley... c'est très étrange ! Après tout, ça ne sert à rien d'en parler. Faites ce que je vous dis. Ne bougez pas jusqu'à ce que je vous voie demain ! Alors je vous dirai ce qu'il faut faire !

— Bon, Horace. Je ferai ce que vous dites. Vous êtes un frère ! Je ne peux pas vous dire la peine que ça me fait !

— Voilà ! dit Greeley. J'ai toujours cru que ça ne sert à rien de se lamenter... Ce qui est fait est fait ! Zilla était ma sœur, bien sûr, mais nous n'avons jamais été copains ! Quand j'y pense, j'ai toujours l'impression qu'elle avait quelque chose d'étrange et d'un peu mystérieux. J'ai toujours cru qu'elle jouait un jeu dangereux avec quelques types pas ordinaires !... bien que... pourquoi fichtre s'est-elle fait sauter la tête ? Ça alors... Je me le demande. Il se peut qu'elle ait eu une bonne raison pour le faire... Quelque chose a bien pu se passer ce soir pendant que vous étiez parti chercher des cigarettes ! On ne sait jamais !

— Non, c'est assez vrai ! dit Foden.

Greeley ajouta :

— Eh bien, bonne nuit ! Ne vous éloignez pas... Je vous verrai demain, mon vieux !

Foden répondit :

— C'est entendu !

Il sortit de la cabine téléphonique dans Jermyn Street, puis se dirigea vers Victoria par St. James Street.

Greeley raccrocha l'appareil et se tint quelques instants à le regarder, puis il chercha une cigarette dans sa poche et l'alluma. Il resta debout en face du feu, les mains dans les poches de son pantalon, la cigarette collée au coin gauche de la bouche, fixant le tapis. Il resta là longtemps, tandis qu'une douzaine d'idées différentes se présentaient à son esprit, une douzaine de possibilités...

— Ça, c'est un coup de Trafalgar ! dit-il.

Il sentait sa curiosité éveillée, intensément. Il était plus curieux que troublé. Il s'était senti attiré vers Zilla. Si elle avait vécu, un jour peut-être, dans des circonstances plus heureuses, il aurait sans doute essayé de le lui avouer. Mais c'était fini. Elle était morte. C'était la fin de cet épisode !

Greeley, qui raisonnait froidement et sans émotion, se rendit compte que cela ne servait à rien de penser à Zilla comme à une créature en chair et en os ! Il fallait s'occuper d'autres choses bien plus importantes qui la concernaient et qu'il fallait régler. Il se mit à songer à Foden. Dans un certain sens, il le plaignait, car il comprenait qu'il lui avait dit la vérité. C'est tout de même de la déveine, pensait Greeley, d'avoir un rendez-vous avec une fille comme Zilla, d'amorcer une conversation d'affaires et un petit flirt en même temps, de sortir un instant et de trouver cette belle fille morte en rentrant ! Si vraiment c'est cela qui est arrivé, il avait de la sympathie pour Foden !

Et si ce n'était pas cela. S'il y avait quelque autre explication à cette tragédie ? Il haussa les épaules, puis il alla au téléphone et composa un numéro sur le cadran automatique.

Au bout d'un instant, la secrétaire de Quayle dit :

— Allô !

Greeley répondit :

— Allô !... C'est Greeley à l'appareil... M. Quayle est-il là ?

— Oui. Voulez-vous que je vous le passe sur cette ligne ou voulez-vous la ligne privée ? Il est dans l'appartement.

— Donnez-moi la ligne privée, dit Greeley, et coupez la communication.

— Très bien, monsieur Greeley, dit-elle.

Greeley attendit. Quelques secondes plus tard la voix de Quayle résonna.

— Oui, dit-il. Qu'est-ce qu'il y a ?

— Les nouvelles sont mauvaises, j'en ai peur !

— Vraiment ? dit Quayle. Qu'est-ce qu'il y a ?

— Zilla Stevenson ! Foden m'a téléphoné d'une cabine téléphonique. Il devait rencontrer Zilla ce soir à son appartement. Il est sorti chercher des cigarettes. Il dit qu'il est resté absent une quinzaine de minutes, et qu'en revenant il a trouvé que tout allait mal !

— Je vois ! dit Quayle.

— Il dit que ça ne pouvait pas être pire, continua Greeley. Il croit qu'elle s'est suicidée !

Quayle demanda d'un ton qui ne semblait témoigner aucun intérêt :

— Qu'est-il arrivé à Foden ?

— Je lui ai dit de rester planqué. Il est rentré chez lui. Je lui ai fait remarquer que le mieux que j'avais à faire était de me mettre en rapport avec le patron de Zilla. Je lui ai dit que je savais où se trouve son bureau et que je pourrais peut-être prendre contact avec lui.

— Foden n'a-t-il fait aucune suggestion ?

— Une seule, dit Greeley. Il s'est mis dans la tête qu'il ferait bien d'aller prévenir la police. Je lui ai dit : « Jamais de la vie ! » J'ai ajouté que peut-être quelqu'un avait fait son affaire à Zilla et qu'il valait mieux en ce moment ne pas manœuvrer ouvertement. Il m'a cru.

— Je vois, dit Quayle.

Greeley continuait :

— Je suppose qu'il y a un fourbi du diable dans son appartement. Il y aura un beau nettoyage à faire !

— Oui. Est-ce que Foden a fermé la porte à clef en sortant ?

— Il le dit, fit Greeley.

Il y eut un arrêt et Quayle dit :

— Ecoute. Va à l'appartement. Quand tu arriveras, arrange-toi pour fermer la porte à clef… Je crois qu'il y a une épidémie dans ces appartements-là… Tu piges ?

— Je pige, dit Greeley… Tu veux dire le même coup que nous avons monté à Lee ?

— C'est ça. Tu y es, dit Quayle… Le même. Il y aura une ambulance avec une infirmière là-bas dans une demi-heure environ. Ça devrait te donner le temps de faire ce que tu as à faire… hein ?

— Oui, à peu près, dit Greeley.

— C'est bon, dit Quayle… Il est onze heures moins dix. L'ambulance sera là-bas à onze heures quinze. Pas la peine d'en faire mystère. Ce n'est qu'un cas grave d'épidémie. L'infirmière saura de quoi il s'agit. Il se peut qu'un docteur vienne avec elle.

— C'est bon, dit Greeley. J'ai bien compris !

Il alla à la vieille garde-robe et prit son veston. Il resta debout devant la petite glace, mit le veston et rabattit les manches de sa chemise. Il se dit : « Sapristi ! la vie est une foutue énigme ! » Il se sourit tristement dans la glace, puis il décrocha sa casquette et sortit.

III

A onze heures, la blonde qui travaillait dans le bureau de Quayle vint voir Fells. Quand la propriétaire la fit entrer, elle demanda à lui parler et attendit dans l'antichambre. Quand Fells descendit l'escalier elle lui dit :

— Bonsoir. J'ai un message pour vous.

Elle lui tendit une enveloppe d'un rose éclatant. Fells comprit tout de suite. Chaque fois que Quayle envoyait un message dans une enveloppe rose, cela voulait dire que, pour des raisons connues de lui seul, il ne pouvait pas téléphoner et que la situation était très grave.

Fells prit l'enveloppe en demandant :

— Il n'y a pas de réponse ?

Il remarqua vaguement que la blonde était très jolie.

— Non, il n'y a pas de réponse. Bonne nuit, dit-elle en partant.

Fells alla dans sa chambre. Il ouvrit l'enveloppe. Le message était écrit en langage chiffré. Même si cette blonde l'avait perdu dans la rue, ou si quelque accident était arrivé, le contenu de l'enveloppe rose n'aurait eu aucun sens pour la personne qui l'aurait trouvée. Fells mit la feuille de papier in-quarto sous la lampe et déchiffra le message, en écrivant cette transcription dans l'espace qui restait sous les caractères tapés à la machine :

« Une femme qui travaille pour nous, Z..., a eu un accident. Elle habite 3 Thurles Court. Il n'y a pas de concierge dans son appartement qui est au premier étage. Au reçu de cette note, allez au garage Ferrins, Great Smith Street, et demandez Vane. Il sait qui vous êtes. Il aura une ambulance, une infirmière et un uniforme d'infirmier à votre disposition. Vane conduira la voiture. Lui et l'infirmière sont à mes ordres. Si par hasard on posait des questions, vous vous appelez Green et vous amenez une ambulance pour chercher un malade à mettre en observation au Middlesex Hospital. Après avoir transporté le malade de l'appartement, revenez au garage avec l'ambulance. Vane et l'infirmière s'occuperont du reste. Restez chez vous, et attendez un coup de téléphone de moi à n'importe quel moment dans les deux ou trois jours qui suivront. »

Fells lut ces instructions deux fois, puis il brûla la feuille de papier et l'enveloppe.

Il se demandait qui était l'agent Z..., et ce qui lui était arrivé. Il pouvait le deviner. Ce n'était pas la première fois, depuis trois ans qu'il travaillait pour Quayle, que Fells avait trouvé une voiture d'ambulance qui l'attendait à un point fixé d'avance, qu'il avait endossé l'uniforme d'infirmier et pris la garde d'un « malade ». Cela lui était déjà arrivé à trois reprises, et d'habitude l'histoire se répétait. Quelqu'un avait fait son affaire à un agent... C'était tout. Fells ignorait ce que l'on faisait des cadavres. Cela n'avait jamais aiguisé sa curiosité ! Il lui suffisait de se poser cette question : Un de ces jours ou une de ces nuits, est-ce que ce sera mon tour d'être ramassé quelque part par une ambulance dirigée par quelqu'un d'autre ?

Il mit son chapeau et sortit. Il descendit rapidement Victoria Street vers Great Smith Street. Le garage était à un tournant étroit donnant dans la rue principale. Fells trouva le bouton de sonnette et appuya dessus. Un homme d'âge moyen, aux cheveux grisonnants, ouvrit la porte et dit :

— Bonsoir ! Vous êtes Fells ?

Fells fit un signe affirmatif.

— Je suis Vane... Entrez ! dit l'homme.

Fells entra dans le garage qui était très vaste. Au milieu, il y avait une ambulance du conseil municipal dont le moteur était en marche. Fells remarqua que Vane portait un uniforme de chauffeur.

— Il y a un uniforme et une casquette pour vous dans la voiture. Vous feriez mieux de les mettre et de vous asseoir à côté de moi sur le siège de devant, dit Vane.

Fells retourna à l'arrière de la voiture et ouvrit la porte. L'intérieur était éclairé et une jeune femme d'une quarantaine d'années, à l'air agréable, était assise sur un côté du porte-brancards. Elle était vêtue en infirmière.

— Bonsoir, dit-elle.

— Bonsoir, lui répondit Fells.

Greeley, lançant un rapide coup d'œil tout le long de la rue, tourna dans Thurles Court. Il se glissa à travers les rideaux noirs et resta, l'oreille tendue, dans l'antichambre obscure. N'entendant rien, il monta le sombre escalier en spirale. Arrivé en haut de quelques marches, il appuya sur sa lampe électrique de poche. Le corridor, sur le palier, s'enfonçait à droite et à gauche, mais il ne pouvait pas voir de porte dans la section de droite. Il s'avança. Il tâta pour trouver la porte. Elle était fermée à clef. Il mit la main dans la poche de son pantalon et en sortit un petit trousseau de clefs. Au bout d'un instant, il réussit à ouvrir la porte, s'avança dans l'entrée, trouva le bouton électrique et mit le contact. Il ferma la porte d'entrée derrière lui, en pensant que c'était bizarre d'avoir trouvé l'appartement dans l'obscurité. Il se demanda pourquoi Foden s'était donné la peine d'éteindre la lumière avant de partir.

Greeley mit sa lampe dans la poche de son veston. De l'autre côté du vestibule, il y avait une porte entrouverte. Il traversa le vestibule, tâta de la main le contour de la porte, alluma l'électricité. Il était dans le salon. La pièce était meublée avec goût. Il y avait de jolis rideaux de cretonne couvrant l'étoffe noire qui camouflait la lumière. Une jolie chambre, pensa Greeley... tout à fait le genre que devait aimer Zilla.

Il la regarda. Elle était étendue sur l'épaisse carpette de foyer, devant le radiateur électrique dont une rampe brûlait encore. Comme l'avait dit Foden, c'était un affreux spectacle. Greeley, debout, l'esprit moins tendu, la casquette couvrant un œil, les bras ballants aux côtés, regardait la dépouille de Zilla. Elle avait une jambe relevée et Greeley remarqua la courbe parfaite du mollet et de la cheville et le chic de la chaussure. Elle était couchée sur le côté droit, le bras et la main gauche repliés dans une attitude presque grotesque, derrière le dos, la paume de la main et les doigts étalés dans un geste de supplication. Les manchettes de dentelle du corsage dépassaient la manche de son tailleur et retombaient en plis gracieux sur les longs doigts d'ivoire aux ongles rougis.

Elle avait le haut du bras droit replié derrière le dos, mais l'avant-bras se dressait vers le feu, et la main étreignait un revolver automatique. Greeley jugea que ça devait être un calibre 35 ou 38. Il regarda la main qui serrait l'arme avec soin. Sa position et la façon dont elle étreignait la crosse, l'index entourant encore la gâchette, étaient parfaitement naturelles.

Il se dit que personne n'avait placé le revolver entre ses mains. Elle le tenait en position. Foden avait dit la vérité. Elle s'était suicidée !

Il se demanda pourquoi diable elle avait fait ça ! Et presque au même instant il songea : pourquoi n'aurait-elle pas voulu le faire ? Que savait-il d'elle ? Il pouvait y avoir dans la vie de Zilla Stevenson toutes sortes de circonstances, de tragédies, de drames dont tous ceux qui, comme lui, la connaissaient superficiellement ne savaient rien !

Greeley pensa que c'était sans aucun doute un suicide !

Il était évident qu'elle avait appuyé le canon du revolver contre sa tête. C'est pourquoi il ne restait que peu de chose de son charmant visage et de sa belle tête ! Greeley, qui avait vu toutes sortes de scènes d'horreur, songea qu'il y avait quelque chose de doublement affreux dans un cas de mort violente quand il s'agissait d'une femme. Une femme, pensait-il, est un être de beauté. Ce n'est pas juste que la mort vienne la frapper soudainement et brutalement comme cela !

Il regarda sa montre-bracelet. L'ambulance ne tardera pas à arriver, se dit-il. Il y a fort à faire. Il enleva son veston et sa casquette. Il pensa à la conversation qu'il avait eue cette nuit-là avec Zilla au coin d'une rue du port. Il s'était senti heureux. Il lui semblait que pour lui l'avenir contenait une promesse. Greeley, qui était enclin à prendre la vie comme elle venait, au petit bonheur, avait presque cru, après cet entretien, qu'il allait avoir quelque aventure amoureuse. Tout était fini.

Il aurait tout de même bien voulu savoir comment cette catastrophe était arrivée ! Il aurait bien voulu connaître le fin mot de la chose !

De l'autre côté du foyer, presque dans le coin de la pièce, il y avait une porte. Greeley fit le tour du cadavre, ouvrit cette porte et regarda. C'était une chambre à coucher. La lumière électrique était allumée et Quayle se tenait en face de la table de toilette basse avec son miroir à trois faces. Il regardait quelque chose. Il avait son feutre mou sur la tête. Il portait des gants de caoutchouc et paraissait très intéressé.

Il dit à Greeley :

— Viens ici... Ceci ne te dit rien ?

Greeley prit une photo que Quayle lui tendait.

C'était celle que Foden lui avait montrée au port, celle du groupe où Foden se trouvait sous les palmiers au Maroc. Il dit :

— J'ai déjà vu ça ! Foden me l'a montrée. Il est sur la photo. Elle a été prise quand il a été interné dans un camp de concentration de Vichy au Maroc. Je me demande comment cette photo a échoué ici !

Quayle haussa les épaules et remarqua :

— Je l'ai trouvée derrière la table de toilette.

— Ça alors, c'est rudement drôle... Y comprends-tu quelque chose ? demanda Greeley.

Quayle ne répondit pas. Il tendit la main, prit la photo et la mit dans la poche intérieure de son veston en disant :

— On ferait mieux de se mettre à la besogne.

Il se tourna vers le lit. Greeley vit que sur l'édredon rose, il y avait une grosse valise ouverte. A l'intérieur on voyait de larges pansements de crêpe, de la ouate, des tampons.

— Prends une paire de couvertures du lit, dit Quayle. Il faut que ça ait l'air d'être un cas de maladie. Fells va arriver dans quelques minutes avec une voiture d'ambulance. Ils amèneront le brancard ici. Il faut en mettre un coup !

— Oui.

Il pensait à Zilla allongée sur la carpette dans l'autre pièce.

Il ajouta :

— Ça va être un sale boulot, hein ?

Quayle répliqua :

— Justement. Plus vite on en aura fini, moins on y pensera !

Il prit la valise et ils allèrent dans le salon.

8

Entretiens d'amour

I

Tanger finissait d'écrire une lettre. Elle se leva. Elle alla au téléphone à l'autre bout de la chambre, et décrocha l'appareil ; elle hésita un instant et le remit en place. Elle se mit à marcher de long en large dans la pièce, en se disant qu'elle était une sotte, qu'il y a des moments où toutes les règles doivent être violées, et qu'il faut obéir à certaines lois naturelles, que la plus importante loi naturelle est l'amour. Dieu, pensait-elle, a ordonné à l'origine que les hommes et les femmes doivent s'aimer les uns les autres, et rien ne doit arrêter l'exécution de cette loi.

Elle revint près de l'appareil, mais cette fois elle n'hésita point. Elle composa un numéro sur le cadran automatique et attendit. Elle entendit la voix de la secrétaire blonde qui lui répondait du bureau de Quayle.

Tanger dit :

— Allô ! M. Quayle est-il là ? Je voudrais lui parler. Dites-lui que c'est Miss Lawless !

— Allô, Miss Lawless. Je suis heureuse d'entendre, de nouveau, votre voix. Il y a un an au moins que je ne vous ai pas parlé. Veuillez ne pas quitter. Je vais vous passer M. Quayle.

Il y eut un arrêt, et la voix de Quayle dit :

— Allô, Tanger ! Quel bon vent vous amène ? Vous ne m'appelez pas pour me dire que vous voulez travailler encore pour moi, hein ?

Sa voix avait un ton agréable.

— Non, ce n'est pas la raison. Mais dites-moi, Pierre, si je voulais le faire, auriez-vous une mission à me confier ?

Quayle répondit :

— Non, je regrette, mais vous êtes justement la personne qui ne va pas travailler pour moi. Que voulez-vous, Tanger ?

— Etes-vous terriblement occupé ?

— Oui, j'ai beaucoup à faire. Mais je ne suis pas trop occupé pour vous parler.

— Eh bien, pouvez-vous m'inviter à déjeuner, Pierre ? Je veux vous parler, et pas plus tard qu'aujourd'hui.

Il répondit :

— Je vois. Ça a l'air sérieux.

Sa voix avait une pointe de sarcasme.

Elle dit :

— C'est sérieux pour moi !

— Si c'est sérieux pour vous, dit Quayle, alors il faut arranger mon emploi du temps en conséquence ! Pouvez-vous me rencontrer au Ritz à une heure ?

— Ce serait délicieux ! dit Tanger.

Quayle remit l'appareil en place. Il se mit à arpenter la chambre de long en large.

Au bout d'un instant, il traversa la cuisine de son appartement et passa dans son bureau, de l'autre côté. Il dit à la blonde :

— Je serai absent d'une heure à deux heures et demie. Cet après-midi, je veux parler à Greeley. Trouvez-le-moi. Il fera bien de venir me voir au bureau de Lyle Street à quatre heures. Je veux le voir demain, le soir, vers sept heures. Qu'il vienne ici, ça vaudra mieux. Vous avez saisi ?

Elle répondit :

— Oui, j'ai saisi, monsieur Quayle.

Il s'arrêta sur le seuil de la porte, et dit sans se retourner :

— Vous ne vous tromperez pas, n'est-ce pas ?

Elle répliqua sèchement :

— Est-ce que je me suis jamais trompée, monsieur Quayle ?

Il lui fit la grimace et dit :

— Non, c'est vrai ; mais c'est l'espoir qui fait vivre.

Quayle attendait dans le foyer du Ritz, quand Tanger entra. Il trouva qu'elle avait l'air tout à fait charmante et que son chic allait de pair avec son esprit cultivé. Elle portait une robe de laine bleu marine angora et pardessus un manteau trois-quarts d'agneau bouclé doublé de même étoffe que la robe, elle avait des bas de soie beige, des chaussures de chevreau glacé bleu marine et un feutre bleu marine. Comme elle se dirigeait vers lui, Quayle pensa qu'elle était sous l'empire de quelque inquiétude.

Il se demanda ce que cela pouvait être. Tanger n'était pas une personne à se donner du tracas inutilement. Elle avait l'esprit trop bien équilibré. Elle faisait face aux circonstances les plus désagréables avec une grande présence d'esprit et arrivait à tout arranger de sa manière tranquille, décisive et presque placide, avant que les choses eussent empiré, à moins, bien entendu, que le cas fût un de ceux qu'il est impossible de régler en suivant les méthodes habituelles, ou que la situation ait été créée par quelqu'un d'autre et qu'elle ne puisse la prendre elle-même en main !

Il lui serra la main et dit :

— Vous êtes délicieuse, Tanger. Mais c'est votre habitude, juste comme si vous sortiez d'un catalogue de mode ! Vous apportez au représentant du sexe laid un souffle embaumé et très précieux d'absolue féminité.

Tanger se mit à rire et dit :

— Vraiment ! Eh bien, c'est charmant... Je remarque en passant que vous ne m'avez encore jamais dit quelque chose d'aussi agréable !

— Je dispose de beaucoup de temps pour dire des choses aimables aux femmes, n'est-ce pas ? demanda Quayle sarcastiquement. Mais un de ces jours, quand cette guerre sera finie, quand je pourrai souffler un peu, je songerai à toutes sortes de jolies choses à vous dire. Si je vous avouais que je vous aime beaucoup, Tanger, que j'ai le sentiment que je vous ai toujours beaucoup aimée, mais que je n'ai jamais trouvé le temps de vous le dire... et même si j'avais eu le temps, ça n'aurait servi à rien de vous le dire en ce moment-ci !

Elle dit, à brûle-pourpoint :

— Vous n'êtes pas par hasard en train de me faire la cour, Pierre ?

— Je l'ignore. Quand je vous ai vue entrer tout à l'heure je me suis senti tout drôle... presque, l'espace d'un instant... !

— Ça me fait plaisir ! dit-elle en riant.

Ils allèrent au restaurant. Quand ils eurent fini de déjeuner et quand le garçon eût apporté le café, Quayle demanda :

— Pourquoi avez-vous dit, avant déjeuner, que cela vous faisait plaisir que je me sente humain ?

Tanger le regarda. Elle avait de grands yeux très bleus, des yeux tendres et sincères, pensa-t-il.

— J'aimerais tant que vous vous montriez humain aujourd'hui, Pierre ! Ce n'est pas que je croie que vous ne l'êtes pas. Vous l'êtes foncièrement. Mais je ne crois pas que vous avez beaucoup l'occasion de le montrer, avec le métier que vous faites !

Quayle remarqua :

— Que savez-vous de mon métier ?

— Pas grand-chose, dit Tanger, mais je peux deviner !

Quayle sourit :

— Eh bien, en tout cas, ce n'est pas pour nous entretenir de mon métier que nous sommes venus ici, mais pour jouir de notre mutuelle compagnie pendant quelque temps, j'espère.

— Pierre, il vaut mieux que je commence dès le début par être franche avec vous. Je suis venue ici pour vous parler de votre travail, voilà... pour vous parler de quelque chose qui fait partie de votre travail.

Les traits du visage de Quayle changèrent d'expression, comme si tout à coup sa face s'était durcie quelque peu.

— Continuez, Tanger ? dit-il.

— Je vous ai téléphoné aujourd'hui, parce que je veux vous parler d'Hubert Fells.

— Je vois... Que voulez-vous dire qui le concerne ? fit Quayle.

— Ceci seulement, dit-elle... Lui et moi nous nous aimons.

— Mon Dieu ! dit Quayle violemment. Ça ne va pas !... Ah ! non ! Ça ne va pas du tout !

— Pourquoi pas ? demanda-t-elle... Qu'y a-t-il de mal à ça ?

— Rien du tout, dit Quayle... pourvu que quelque chose puisse résulter de votre amour l'un pour l'autre... mais ce sont des contingences qui pour le moment semblent assez éloignées !

— Qu'est-ce que cela fait, cela ne change rien à l'affaire ! fit-elle avec étonnement.

— Non... Cela ne change rien à l'affaire... Dites-moi, Tanger... Avez-vous vu Fells souvent ?

— Très peu, dit-elle. Vous vous souvenez qu'il y a longtemps vous m'aviez demandé d'aller à une cocktail-party ? Vous vouliez que je le voie, que je le surveille. Vous vous souvenez que vous aviez l'impression qu'il avait beaucoup d'ennuis. Il remplissait une mission importante. Vous désiriez avoir une opinion sur lui pour savoir si on pouvait lui confier un travail encore plus délicat.

— C'est exact, dit Quayle. Je voulais savoir s'il buvait, s'il se conduisait bien, quels amis il fréquentait... Je voulais apprendre tout ce qui le concernait...

Tanger l'approuva de la tête :

— Vous étiez en train de vous livrer à l'un de vos contrôles périodiques, dit-elle. — Elle lui sourit. — Cela doit être terrible d'être à votre place, Pierre ! et d'être obligé de tenir de temps en temps un contrôle de vos agents, simplement pour vous assurer qu'ils ne trébuchent pas, simplement pour constater qu'ils gardent tout leur cran !

Quayle dit en haussant les épaules :

— Je ne contrôle que certains de mes agents. Pour la plupart d'entre eux, c'est superflu ! Mais Fells était un cas spécial. En tout cas, je n'ai rien à lui reprocher. J'ai toute confiance en lui. Je sais maintenant qu'il est entièrement sûr. J'étais un peu inquiet, parce qu'il est bizarre et solitaire.

— Je sais. Il n'a aucun idéal pour le guider, vous comprenez, Pierre !

— Vous êtes tout à fait dans l'erreur, dit Quayle gaiement ! Il a son travail, le travail qu'il fait pour moi. Et c'est important ! Fells est soldat au même titre que s'il combattait en première ligne dans le désert occidental. — Il se pencha un peu sur elle. — Avez-vous jamais pensé, continua-t-il, à quelques-uns de mes autres auxiliaires, ceux qui n'ont pas la chance de travailler de ce côté-ci de la Manche, ceux qui opèrent en France, et même en Allemagne ! Pensez à eux ! Ils ont une vie d'enfer, hein ?... Un simple petit faux pas et...

Il fixa la nappe.

— Vous êtes-vous jamais demandé ce qui arrive à ceux de mes agents sur qui l'ennemi met la main à l'étranger ?

— Non ! Et je ne pense pas que je tienne à me le demander ! dit Tanger.

Quayle ajouta :

— Vous avez joliment raison ! Fells a eu de la chance jusqu'ici ! En fait, il a eu plus que de la chance !

— Je sais. C'est vrai. Mais comme vous l'avez dit, cette guerre ne va pas durer toujours !... Pierre ! un jour viendra où Hubert sera libre de vivre sa vie !

Quayle prit son étui à cigarettes dans sa poche. Il en donna une à Tanger, en prit lui-même une et les alluma toutes les deux. Il avait des mouvements très précis.

— Je prévois que vous allez me dire quelque chose de désagréable dans une minute ! murmura Tanger.

Quayle sourit et lui demanda :

— Pourquoi me dites-vous cela ?

— Chaque fois que vos gestes sont lents et calculés comme maintenant, quand vous me donnez une cigarette, dit Tanger, je sais que c'est pour vous donner le temps de réfléchir.

— Eh bien, ma chère, dit Quayle, je n'ai pas besoin de beaucoup de temps pour réfléchir à ce que je vais vous dire maintenant, et parce que c'est assez sérieux, écoutez-moi avec soin. J'ai toujours eu confiance en vous, plus qu'en aucune autre femme de ma connaissance. Vous savez plus sur moi et sur mon travail que personne d'autre. Vous avez rempli des missions pour moi, à surveiller mes agents d'une façon générale et à voir comment ils se comportent, et c'est dans ce rôle que vous avez rencontré Fells. Eh bien, je vais être très franc avec vous à mon tour ! Je suis jaloux de Fells ! Je suis jaloux de lui parce que vous l'aimez !

— Quoi ! s'exclama-t-elle. Je n'aurais jamais supposé !

— C'est cela, dit Quayle... Vous n'auriez jamais supposé ! Vous n'auriez jamais cru que j'éprouvais moi-même un sentiment pour vous ! Tant pis ! J'ai l'idée que je ne disposerai jamais de beaucoup de temps pour m'abandonner aux joies de l'existence. J'ai l'idée que j'aurai la corde au cou et le boulet au pied, jusqu'à ce que je dégringole pour de bon ! Mais plût à Dieu que vous vous soyez attachée à quelqu'un d'autre qu'à Fells !

Tanger ouvrit les yeux tout grands.

— Et pourquoi ? Qu'y a-t-il d'étrange à ce que je sois amoureuse d'un homme comme Hubert Fells ? Il a beaucoup de charme. C'est une nature d'élite. Il a fait une stupide boulette une fois, une boulette que, parce que vous poursuivez votre propre but, vous avez transformée en quelque chose apparemment beaucoup plus grave que la réalité ! — Elle posa sa main sur la sienne. — Ne me comprenez pas mal, Pierre, dit-elle. Vous avez agi avec beaucoup de bonté envers Hubert. En opérant comme vous l'avez fait, vous avez accompli une bonne action ! C'était la seule solution, et comme vous le dites, cela lui a finalement procuré un emploi. Il a gardé son estime de soi. Même s'il n'a pu poursuivre sa carrière de soldat, il a pu combattre l'ennemi d'une autre manière et courir beaucoup de risques en le faisant. L'idée que vous lui avez donné une chance de se réhabiliter me rendra à tout jamais heureuse. Mais après la fin de la guerre, il n'y a aucune raison pour qu'il ne vive pas la vie d'un homme ordinaire !

Quayle aspira une bouffée de sa cigarette :

— L'ennui avec vous autres femmes est que vous ignorez tout des hommes tout en croyant les connaître. Je suppose que vous avez dit à Fells que vous l'aimiez ?

Tanger fit un signe affirmatif :

— Oui, dit-elle, je le lui ai avoué !

— C'est bon, dit Quayle. Ce coup l'a probablement tout étourdi. Il a été sans doute enchanté, comme un écolier précoce qui se rend compte subitement que quelque chose qu'il croyait hors de sa portée n'est pas, après tout, si inaccessible ! Tout ça c'est très bien, mais il n'a pas encore eu la chance de réfléchir !

— Et qu'arrivera-t-il quand il aura la chance de réfléchir ? demanda-t-elle agressivement.

— Fells est un homme intelligent et sensé. Il va se rendre compte qu'il y a encore de par le monde une quantité de gens qui le connaissent, et en tout cas, même s'il n'y en avait qu'un ou deux qui le connaissent et savent son histoire, il réfléchira que, s'il vous épousait, il vous jouerait un assez vilain tour. Il sait qu'on jaserait, que tous ces scandales viendraient à vos oreilles. Il est capable d'en deviner les suites. Ça n'a pas d'importance pour Fells d'avoir perdu sa bonne réputation et ses amis, mais même lui doit comprendre que la vie serait impossible pour sa femme. Vous verrez qu'il se défilera ! De toute façon, dit Quayle, sombrement, il faut qu'il se défile !

— Je n'aime pas beaucoup le ton dont vous dites cela, Pierre. Pourquoi faut-il qu'il se défile ? dit Tanger.

— Vous paraissez oublier, Tanger, que Fells travaille pour moi !

— Je ne l'oublie pas, Pierre. Je ne cesse d'y penser ! Vous ne croyez pas que je m'interposerais entre Fells et son travail, n'est-ce pas ?

— Non, dit Quayle, je ne le crois pas. Vous ne le feriez pas sciemment, mais une femme amoureuse fait toutes sortes de bêtises et réfléchit quand il est trop tard !

— Vous savez, Pierre, vous n'avez pas le pouvoir de diriger notre vie comme vous l'entendez !

— Vous croyez ça ! dit Quayle en lui souriant... Ne vous fâchez pas contre moi, Tanger, dit-il. Vous savez bien ce que je veux dire. Vous savez que vous êtes une trop bonne Anglaise pour ruiner jamais mes plans, et il arrive que Fells joue un rôle de premier ordre dans mes plans !... Vous ne voudriez pas tout bouleverser !

Elle lui répondit :

— Bien sûr, je ne voudrais pas le faire, Pierre ! Personne n'a l'intention de ruiner vos plans. Est-ce que je ne vous ai pas toujours servi loyalement moi-même quand vous m'avez employée ? et j'aurais continué à travailler pour vous si vous ne vous étiez pas débarrassé de moi... soit dit en passant, je me suis souvent demandé la raison de ce renvoi !

— Vous pouvez m'en croire, dit Quayle, je m'impose à moi-même les mêmes règles que j'impose aux autres. Je me suis débarrassé de vous quand je me suis rendu compte que je m'attachais trop à vous... mais est-ce que vraiment toute cette conversation n'est pas sans objet ?

— Jamais de la vie ! Elle n'est pas le moins du monde sans objet ! Nous ne parlons pas pour ne rien dire, nous arrivons à un résultat !

— Je vois, dit Quayle, et de quoi s'agit-il ?

— Voici. Je suis résolue à épouser Hubert Fells dès la fin de la guerre, et dès qu'il cessera d'être officiellement votre employé. Qu'y a-t-il de mal à cela ?

— Non... il n'y a pas grand mal à cela... sauf que je doute que cela réussisse ! dit Quayle.

Tanger murmura :

— Je vous cause beaucoup d'ennuis, n'est-ce pas ? avec toutes les idées que j'ai sur l'amour et le mariage et toutes les anomalies de ce genre, en choisissant ce moment pour vous les lancer à la tête, quand vous êtes probablement harcelé et tracassé en songeant à tout ce que vous avez à faire, et je vous aime beaucoup, Pierre. Je m'en voudrais d'être la personne qui vous met un bâton dans les roues !

Quayle se mit à rire et dit :

— Charmant ! Vous ne me mettez pas vraiment de bâton dans les roues, Tanger ! C'est une plume tout au plus que vous y jetez ! Le plus gros bâton qu'on m'ait jeté dans les roues, c'est hier soir que je l'ai reçu !

Sa voix était sombre. Tanger demanda :

— Quelque chose de grave ?

— Quelque chose de vraiment grave... dit Quayle... une catastrophe !

— Je suis désolée, Pierre, murmura Tanger, je suis vraiment désolée !

Quayle appela le garçon. Il commanda un autre café et demanda :

— Tanger, j'ai toujours été très franc avec vous, n'est-ce pas ?

— Vous avez toujours été la franchise même avec moi, Pierre !

— Très bien, dit Quayle... Je vais vous parler à cœur ouvert. Si vous étiez venue me voir il y a deux jours et si vous m'aviez dit tout cela... c'est étrange, cela m'aurait probablement fait un certain plaisir. En ce qui me concerne, je n'aurais pas été très heureux, bien entendu... — Il esquissa un sourire forcé. — Je n'aurais pas été heureux de constater que je n'étais pas la personne qui importe le plus dans votre vie, mais j'aurais été heureux pour vous et pour Fells, car je l'estime beaucoup. A sa façon, c'est vraiment un homme remarquable. En tout cas, j'aurais été le premier, à la fin de cette guerre, quand Fells aurait eu la chance de pouvoir se refaire une vie, à dire : « Soyez heureux, mes enfants... mais maintenant, c'est impossible ! »

Tanger dit d'une voix faible :

— Je vois, parce qu'il s'est passé quelque chose de grave !

— Tout juste, dit Quayle, parce qu'il s'est passé quelque chose de grave ! L'avenir de Fells est très aléatoire pour qu'il puisse penser à l'amour et au mariage à n'importe quel moment... je veux dire s'il est capable de réfléchir, après la guerre !

Tanger demanda :

— Que voulez-vous dire ?

— Je n'en suis pas très sûr, dit Quayle, mais je vous préviens, Tanger, que je ne crois pas que Fells reste bien longtemps avec nous. J'ai une mission à lui confier, et personne d'autre ne peut la remplir ! Il faut qu'il la mène à bien !

— Et vous vous attendez sans doute à ce que je dise que j'accepte, Pierre, que je consens à l'oublier !

— Il n'y a aucune raison pour que vous l'oubliiez, dit Quayle. Mais vous devez accepter cela parce que je le dis. Je parle sérieusement et c'est un fait !

Tanger ne répondit rien. Elle lança un regard dans la direction du restaurant. Elle avait les yeux embués de larmes. Elle demanda d'une voix morne :

— Que va-t-il lui arriver, Pierre ?

— Je ne sais pas, dit Quayle, mais je sais ce que vous allez faire, si vous l'aimez. Je sais ce que vous ferez si vous êtes amoureuse de lui. Je sais exactement ce que vous allez faire si vous désirez épouser Fells... — Sa voix s'adoucit ; il dit : — Vous savez, Tanger, que je ne vous ai encore jamais donné de mauvais conseils, n'est-ce pas ?

— Non, jamais ! Et vous n'avez encore jamais fait une seule erreur, n'est-ce pas ?

— Et je n'en fais pas davantage maintenant, dit Quayle. Il faut que vous cessiez de voir Fells. Il faut quitter Londres. Si vous restez ici, il pensera trop à vous. Son cerveau ne fonctionnera plus normalement. En d'autres termes, vous lui jouerez un très mauvais tour en restant ici !

— Très bien, Pierre. Si vous dites que c'est ce que je dois faire, je le ferai. Je quitterai Londres ce soir même, dit-elle tout bas.

— Voilà qui est parler en fille sensée, fit Quayle... Et ne lui écrivez aucune lettre pathétique. Si vous devez lui dire quelque chose, envoyez-lui deux mots pour lui faire savoir que vous vous absentez, que vous espérez le rencontrer bientôt et que, quand cela arrivera, vous espérez qu'il aura accompli sa mission. Quand il aura votre message, dit Quayle sombrement, il devinera probablement ce que vous voulez dire !

— Vous savez, Pierre, dit Tanger, il ne sait pas que je vous connais. Il ignore que j'ai travaillé pour vous. Il ignore qu'au début vous m'avez chargé de le surveiller !

— Ne vous inquiétez pas. J'expliquerai tout cela. J'arrangerai tout du mieux que je pourrai !

Tanger commençait à mettre ses gants ; elle demanda :

— Croyez-vous qu'il ait une chance de s'en tirer ?... qu'il ait cinquante chances sur cent de s'en tirer ?

— Tout le monde a une chance, dit Quayle. Mais s'il se tire de la mission que je vais lui confier, ce sera l'homme le plus chançard que j'aie jamais rencontré.

Tanger fit un signe de tête :

— Je vois, dit-elle. C'est aussi grave que cela ! Il va courir de très gros dangers, Pierre ?

— Justement, dit Quayle... de très gros dangers ! Et tout ce que vous avez à faire, c'est d'être courageuse et de sourire... pour une femme de votre valeur, c'est l'enfance de l'art !

— Eh bien, nous avons au moins une qualité en commun, Pierre !

Il fit la grimace. Un instant il eut une expression étrangement jeune, puis il dit :

— Je ne me savais pas le possesseur d'aucune qualité !

— Vous avez beaucoup de qualités, dit Tanger, mais une en particulier... Vous n'abandonnez jamais la partie... Moi non plus. Je crois toujours à la possibilité de réaliser mon rêve.

— Continuez à le croire ! Ça ne fait de mal à personne ! En écrivant votre message d'adieu à Fells, dites-lui qu'il continue à le croire aussi ! Ça ne lui fera pas de mal ! — Il se mit à rire. — Je vous promets, lui dit-il... sans savoir trop ce qui arrivera, bien que je m'en fasse une assez bonne idée, que si Fells s'en tire indemne, je vous le passerai sur un plat ! parce qu'il l'aura joliment mérité !

II

Il était quatre heures moins cinq quand Greeley tourna dans Lyle Street. Il suivit lentement le côté droit de la rue, examinant les fenêtres du premier étage des maisons d'en face. Il aperçut bientôt ce qu'il cherchait. Il y avait une enseigne peinte sur les fenêtres, libellée ainsi :

USTENSILES DE MÉNAGE
SOCIÉTÉ DE BIRMINGHAM ET DE LA RÉGION

Greeley sourit sous cape en traversant la rue. Il se demandait combien Quayle utilisait de bureaux de ce genre, et sous quelles étranges appellations ils fonctionnaient. Il entra dans le bâtiment. C'était une maison vieux genre aménagée en bureaux. Il monta l'escalier de bois en colimaçon jusqu'au premier, frappa à une porte qui montrait cette indication :

RENSEIGNEMENTS

Il entra. A l'intérieur il y avait un comptoir et de l'autre côté un bureau. Assis à ce bureau, se trouvait un homme d'âge moyen très occupé à inscrire des chiffres dans un grand livre. Greeley dit :

— Je m'appelle Horace Greeley. J'ai rendez-vous ici à quatre heures.

L'homme d'âge moyen fit un signe de tête affirmatif et répondit :

— M. Quayle vous attend dans son bureau. Allez le voir directement, voulez-vous ?

Greeley souleva le dessus du comptoir, traversa la pièce, ouvrit la porte qui se trouvait de l'autre côté. La pièce où il entra était petite, mais bien meublée, et un feu brûlait dans la cheminée. Quayle était assis derrière le bureau à l'autre bout et fumait une cigarette. Il dit :

— Bonjour, Greeley... Entrez donc !

— Bonjour ! Quel beau temps il a fait aujourd'hui, n'est-ce pas ?

— Oui, très beau... Un peu froid, c'est tout, dit Quayle.

Il décrocha le téléphone qui communiquait avec le bureau de réception où se trouvait son employé, prévint :

— Qu'on ne me dérange pas !

Puis il raccrocha l'appareil, se tourna vers Greeley et dit :

— Nous voilà dans un sale pétrin... hein ?

— Je suppose que vous voulez parler de Zilla Stevenson ? demanda Greeley.

Quayle fit un signe de tête affirmatif et ajouta :

— Prenez une cigarette et asseyez-vous.

Greeley s'assit sur le fauteuil de cuir qui se trouvait près du feu. Il était assez content de lui. Il se sentait pénétré de sa propre importance. C'était la première fois qu'il se trouvait seul dans un bureau avec Quayle.

Quayle fuma silencieusement pendant quelques instants, puis il dit :

— Avez-vous aucun tuyau sur cette affaire ?

Greeley haussa les épaules :

— Je ne sais que ce que je vous ai dit ; à dire la vérité, c'est plus compliqué que ça en a l'air, mais ça a toute l'apparence d'un suicide, n'est-ce pas ?

— J'ai mes doutes là-dessus !... C'est une vilaine histoire que celle de Zilla Stevenson. Nous ne sommes pas dans de beaux draps !

Greeley l'approuva de la tête.

— Je sais, dit-il... Quelqu'un a jeté un bâton dans les roues !

— Vous tapez en plein dans le mille, répondit Quayle.

Il trouvait assez étrange que Greeley employât la même expression dont Tanger s'était servie plus tôt le même jour. Il eut un sourire ironique :

— La seule différence est dans la dimension du bâton !... Vous êtes un numéro, Greeley, mais j'ai toute confiance en vous. Vous avez du cran et vous ne m'avez jamais laissé en plan !... — Il sourit. — J'ai quelquefois l'idée que ça vous plaît de travailler pour moi !

Greeley fit une grimace et remarqua :

— Voilà ! J'ai toujours eu un faible pour les aventures !

Quayle fronça les sourcils :

— En ce qui me concerne, j'aimerais mieux une vie plus calme !

— Attendez seulement qu'on voie le bout de cette sacrée guerre, monsieur Quayle. Ça sera le calme plat, au point que la plupart d'entre nous ne sauront plus ce qu'ils font... On ne comprendra plus où on en est !

— Vous avez probablement raison, dit Quayle. C'est vrai, tout au moins en ce qui concerne ceux qui survivront !

— Ça, c'est sûr ! Je ne pensais pas à ça ! Les morts ne s'en soucieront pas beaucoup !

— Ce qu'il y a d'important à présent, c'est de se montrer opportunistes ! Je ne veux pas dire qu'il n'y a plus moyen de travailler sur un plan établi, comme nous avons fait auparavant ; la mort de Zilla Stevenson a bouleversé bien des arrangements. Sans doute, à présent, il va falloir courir certains risques. C'est de Foden qu'il faut s'occuper tout d'abord. Il ne faut pas qu'il se sente exagérément alarmé ou inquiet de la disparition de Zilla. Sans doute, il va de soi que cela le tracasse beaucoup. Il a peut-être l'impression d'être compromis dans cette affaire. Vous avez eu un trait de génie en suggérant que le chef de Zilla voulait probablement qu'on étouffât l'affaire, et qu'il trouvait préférable de garder le secret sur tout cela pour des raisons spéciales... C'est une excellente idée que vous avez eue là !

— Ça m'a paru tout bonnement tomber sous le sens. Je sais que ce Foden a de l'importance pour vous. Je n'ai pas vu la nécessité de lui donner l'alarme. Je sais que vous voulez lui arracher des renseignements de la plus haute valeur !

— C'est parfait, dit Quayle... Donc la chose la plus pressée est de le rassurer. Vous ferez bien d'aller le voir ce soir quand vous pourrez. Persuadez-le que tout le monde jusqu'ici ignore la mort de Zilla Stevenson, que le cadavre est toujours enfermé à clef dans l'appartement, qu'elle n'avait pas de femme de chambre, et que de toute façon nous nous arrangerons pour que l'affaire soit réglée. Dites-lui, de plus, que vous avez pu voir son chef et que vous avez estimé que ce qu'il y avait de mieux à faire était de lui raconter toute l'histoire telle que vous la connaissez... quelle histoire ? dites-moi un peu, pour voir !

— Ça, c'est un jeu d'enfant ! Je lui dirai que j'ai vu Foden au port, que nous avons lié connaissance, que j'ai causé avec lui et que j'ai pensé qu'il y aurait probablement quelque argent pour moi dans cette transaction. J'ajouterai qu'il m'a généreusement donné cinq livres en acompte sur les vingt-cinq livres qu'il a promis de me prêter.

— Très bien, dit Quayle.

— Tout s'enchaîne ainsi, continua Greeley. Je l'ai présenté ensuite à Zilla, parce que je savais qu'elle avait eu cinq cents livres pour avoir fourni des renseignements auparavant et que je me suis mis dans l'idée qu'elle avait obtenu un emploi avec quelques gros bonnets en rapport avec le service de contre-espionnage... Très bien !... J'avais tout arrangé pour qu'il la rencontre, et voilà que cette catastrophe est arrivée ! Je lui avouerai que je ne sais quel parti prendre, mais que je pense que le mieux est de rester coi jusqu'à ce que j'aie vu son chef !

— Bon, dit Quayle... Eh bien, vous avez vu son chef ! Vous me comprenez ? Vous êtes allé au bureau où elle travaillait, un bureau dans Pall Mall. Je vous donnerai l'adresse avant que vous partiez. Son chef est un homme qui travaille pour l'un des services secrets de l'armée. Il s'appelle Quayle.

— Je vois, dit Greeley... Vous ?

— Oui, dit Quayle, moi. Vous avez vu ce Quayle, et il a trouvé que vous aviez manœuvré avec beaucoup de finesse dans cette affaire. Ce qui a surtout plu à Quayle, c'est la façon dont vous avez laissé la police dans l'ignorance la plus complète. Il vous a dit que ni vous ni Foden n'aviez à vous inquiéter de l'épisode concernant Zilla Stevenson, qu'il avait une idée de derrière la tête à ce sujet et que quelqu'un suivait depuis quelque temps la piste de Zilla... Qu'enfin ce quelqu'un l'avait pincée ! Quayle se chargera de disposer du cadavre... Personne ne fera aucune enquête sur la disparition de votre sœur. Mais Quayle tient beaucoup à rencontrer Foden. C'est à vous de faire comprendre qu'il vient du Maroc et qu'il y a séjourné quelque temps... Vous comprenez ?

— Je comprends, dit Greeley.

Quayle continua :

— Il faut prendre garde de jouer cet atout-là avec grand soin, et de donner l'impression à Foden que vous croyez que ce qu'il sait représente une belle somme, et que, parce que vous lui avez donné un bon coup de main, jusqu'au bout, vous comptez sur votre part de bénéfices, en d'autres termes, que vous désirez faire avec lui quelque spéculation. Ne lui dites pas où il va rencontrer ce Quayle avant qu'il ait consenti à vous verser quelque chose. Manœuvrez en tant qu'Horace Stevenson, ouvrier voyageant pour le compte des usines d'armement, qui en pince beaucoup pour miser sur les chevaux de course... Mettez-vous bien dans la peau du personnage... Comprenez-moi bien ! C'est d'une importance capitale... Il faut jouer un jeu très serré... C'est très sérieux, cette manœuvre-là !

— Je serai prudent, dit Greeley. N'ayez aucune inquiétude à mon sujet, monsieur Quayle !

— Je n'en ai pas, Greeley, dit Quayle en souriant... Donnez l'adresse de Quayle à Foden. — Il passa derrière le bureau, prit une feuille de papier, écrivit l'adresse et l'apporta à Greeley. — La voici, dit-il... Prenez un rendez-vous pour qu'il vienne au bureau de Pall Mall me voir demain après-midi, à trois heures, mais ayez grand soin de lui fixer un autre rendez-vous plus tard, dans la soirée du même jour, après qu'il m'aura vu, pour savoir ce qui est arrivé avec l'argent. Vous voulez être sûr d'avoir ce qui vous revient. Savez-vous si Foden a de l'argent ?

— Je ne sais pas, dit Greeley. Je crois qu'il est porteur d'une certaine somme...

— Vous avez peut-être raison, dit Quayle. Il en a sans doute assez, mais pas trop. De toute façon, il en a probablement besoin. C'est bon ! Je m'arrangerai pour lui verser un acompte. Quand j'en aurai fini avec lui, il aura l'impression de m'avoir roulé. Il m'aura donné quelque idée des renseignements qu'il a à vendre. Il se rendra compte que ça m'intéresse. Quand il vous verra plus tard dans la soirée, vous ferez bien de suggérer une petite fête pour célébrer l'événement. Il faudra le convaincre. Et, comme il ne connaît personne à Londres, il acceptera, c'est sûr. Amenez-le vers neuf heures dans un petit club au premier étage d'une maison près d'Albemarle Street. Ça s'appelle la Botte d'Argent. Il y aura au bar une très belle fille du nom de Mayola Green. Elle vous reconnaîtra. Elle viendra vous parler et vous rappellera que vous l'avez rencontrée une fois avec votre sœur, et qu'elle était une amie de Zilla. Elle vous demandera de ses nouvelles, et vous lui direz qu'elle est en congé de convalescence... Vous comprenez ?

— Je comprends, dit Greeley.

— Il est très vraisemblable, reprit Quayle, que Foden montre un intérêt tout particulier pour cette femme. — Il sourit. — Elle a beaucoup de charme, dit-il. C'est probablement le type qui plaira à Foden. Si possible, elle vous emmènera tous les deux dans son appartement situé dans le voisinage. Quand vous y serez, elle trouvera sans doute l'occasion d'administrer un narcotique à Foden. Vous filerez de suite jusqu'à son logement de Victoria pour faire des recherches dans sa chambre. Fouillez bien partout dans tous les coins et recoins... Bien entendu, vous commencerez par le fouiller lui-même complètement.

Greeley remarqua :

— Bien ! Ça m'a l'air fort bien combiné. Mais que pensera Foden en reprenant connaissance, après avoir avalé la pilule ! Ça va le rendre diablement soupçonneux... ne pensez-vous pas ?

Quayle se mit à rire...

— Je ne crois pas, dit-il, pas de la façon dont Mayola s'y prendra... Mayola s'arrange pour qu'on ne la soupçonne jamais !

— Très bien, dit Greeley... Et quand j'irai inspecter sa chambre, qu'est-ce que je suis supposé trouver ?

— Cherchez n'importe quoi, susceptible de prouver la fausseté de l'histoire que Foden vous a racontée... n'importe quelle preuve !

— C'est un peu mince comme indication, dit Greeley, mais je suppose que si vous aviez l'idée de me dire autre chose, vous l'auriez déjà fait. Vous n'aimeriez sans doute pas beaucoup que je vous pose une question, monsieur Quayle ?

— Rien ne vous empêche de me poser une question, Greeley... Je ne suis pas forcé d'y répondre !

— Non, je sais, mais j'aimerais vous demander ceci : est-ce qu'il y a quelque chose de suspect au sujet de ce type Foden ? demanda Greeley.

— Ne vous tracassez pas à ce sujet !

— Je ne me tracasse pas. Mais je pense que si j'étais un peu mieux renseigné sur son compte, ça m'aiderait, parce que apparemment vous en savez plus long que moi !

Quayle remarqua :

— Vous vous trompez, Greeley. Faites tout simplement ce que je vous dis de faire... Si vous êtes bien informé, cela faussera votre point de vue. Vous commencerez aussitôt à vous inquiéter d'un tas de choses auxquelles il vaut mieux ne pas songer. Croyez-moi. Je vous ai dit tout ce qu'il faut que vous sachiez !

— C'est bon, dit Greeley. Et après ça, que dois-je faire ?

— Ne restez pas trop longtemps chez Foden, pas plus d'une heure. Vous pourrez m'envoyer un message téléphonique tard demain, dans la nuit. Laissez-moi savoir ce qui est arrivé ! Alors il se peut que j'aie de nouvelles instructions à vous donner.

— Entendu, dit Greeley... Est-ce tout, monsieur Quayle ?

Il se leva. Quayle alla à la fenêtre et resta quelques instants à regarder dehors, puis il se retourna en disant :

— A propos, Greeley ? Vous avez beaucoup travaillé avec M. Fells, de côté et d'autre, n'est-ce pas ?

Greeley grimaça un sourire :

— J'ai rempli des masses de missions avec M. Fells, dit-il... Et s'il y a quelque chose que nous n'avons pas fait ensemble, ça ne regarde personne !

— Justement, dit Quayle. Vous vous entendez fort bien avec lui, n'est-ce pas ?

— J'aime beaucoup M. Fells. C'est un véritable homme du monde. Il a beaucoup de sang-froid et il est brave comme un lion.

— Je sais, dit Quayle. Eh bien, puisque c'est comme ça, je suis sûr que vous allez mener cette opération avec beaucoup de précaution, car, par suite de ce bâton qu'on nous a jeté dans les roues, je crains que M. Fells ne se trouve dans une très dangereuse position !

— Je vois, dit Greeley. C'est aussi grave que ça ?

Quayle fit un signe de tête :

— Oui, dit-il. Il n'a pas beaucoup de chances de s'en sortir, mais il en a peut-être une, très problématique. Alors il faut faire l'impossible pour lui laisser au moins une chance d'en réchapper !

— C'est entendu, monsieur Quayle. Je m'en souviendrai !

— Très bien, dit Quayle... Au revoir !

Greeley se dirigea vers la porte.

— Au revoir, monsieur Quayle !

Quayle dit encore une fois :

— A bientôt ! Greeley...

Greeley ferma doucement la porte derrière lui, descendit les marches de bois. En bas, il s'arrêta pour allumer une cigarette. Il se demandait quel était le secret de la mort de Zilla Stevenson !

9

Le marché conclu

I

Il soufflait un vent d'est. Foden, dont le sang, appauvri par les années passées dans les pays chauds, ne s'était pas adapté au climat anglais, eut un léger frisson et releva le col du pardessus qu'il avait récemment acheté.

Il descendit Pall Mall d'un pas assuré, le chapeau enfoncé de côté sur la tête comme d'habitude, tandis que plus d'une femme lorgnait d'un œil approbateur son visage aminci et agréable et son air gaillard.

Il entra par la porte monumentale d'un gros pâté de bureaux. Un employé en uniforme assis à une table dans l'entrée le regarda d'un air interrogateur.

— Je m'appelle Foden. J'ai un rendez-vous avec M. Quayle, dit Foden.

L'employé consulta un agenda qu'il avait sur le bureau.

— Ah ! Oui... Monsieur. Voulez-vous avoir l'obligeance de remplir ce coupe-file. Vous en aurez besoin à la sortie du bâtiment.

Foden fit ce qu'on lui demandait. L'employé sonna et un messager parut.

Ils montèrent deux étages, puis suivirent un couloir. Le messager frappa à une porte ; il l'ouvrit et dit :

— Monsieur Quayle vous attend, monsieur.

Foden entra. La pièce était grande, luxueusement meublée. Quayle se leva, la main tendue, le sourire aux lèvres. Il donna à Foden l'impression d'être un homme sage, bienveillant et à l'esprit large, le type d'homme qui arrive à se créer une position importante dans une administration qui s'occupe d'affaires réclamant avant tout un grand tact et une grande connaissance de la nature humaine de la part de son chef. Les deux hommes se serrèrent la main.

Foden se dit : « Tout va bien. Je crois que je n'aurai pas de difficultés. Il se montrera arrangeant pour commencer. Il va essayer d'être aimable. Si tout va comme il l'entend, tant mieux, mais s'il voulait, il pourrait se montrer difficile et même intraitable, sous ce vernis de bon naturel qu'il fait paraître. »

Quayle dit :

— Enlevez votre pardessus, monsieur Foden, et asseyez-vous près du feu. Il fait froid aujourd'hui, et je suppose que vous souffrez de la rigueur de notre climat anglais.

— Je crains que vous n'ayez raison, dit Foden. Je n'y suis pas encore habitué. En tout cas je ne l'aime pas, votre climat !... J'aime la chaleur...

— Vous voulez dire que vous aimez le Maroc ! repartit Quayle.

Foden sourit d'un air sardonique :

— C'est cela, dit-il... J'aime le Maroc. Ce pays, poursuivit-il, en indiquant la fenêtre du doigt, est un sale trou en temps de guerre... Si je devais y rester longtemps, je mourrais d'ennui !

Quayle posa une boîte de cigarettes sur le bureau. Foden en prit une. Quayle alluma son briquet et dit :

— Franchement, monsieur Foden, je ne crois pas que vous soyez un type d'homme désireux de passer de longues années en Angleterre, pendant la guerre ! Nous autres Anglais, nous sommes des girouettes : nous changeons de point de vue avec le vent. Nous sommes parfois enclins à une certaine lourdeur d'esprit !

Foden sourit d'un air sarcastique et protesta :

— Il me semble que vous allez un peu loin !

Quayle retourna à son bureau. Il s'assit sur le grand fauteuil, et d'un air bienveillant, presque jovial, il dit :

— Vous êtes trop poli pour le dire vous-même, bien sûr, mais je crois que vous le pensez, et je ne me sens pas le courage de vous blâmer, quand je pense à la façon cavalière dont nos services du Maroc vous ont traité !

— Ainsi, vous êtes au courant de tout cela ?

— Oui, dit Quayle. C'est Horace Stevenson qui me l'a appris. C'est un garçon intelligent et avisé, un cockney caractéristique qui possède toute la finesse du type. Chaque fois que je pense à lui, je remercie le Ciel qu'il ait eu assez de sens commun pour vous empêcher d'alerter la police et de mentionner le pénible cas de suicide de sa sœur. Mais je tenais à vous faire savoir que je trouve que nos agents du Maroc ont agi stupidement en vous traitant d'une façon aussi cavalière !

— Vous avez peut-être raison, répondit Foden, mais c'est de l'histoire ancienne. Je suis toujours d'avis qu'il vaut mieux oublier le passé.

— Ça se peut, dit Quayle. Mais ça ne change rien au fait que cela a dû vous causer du désagrément.

Il se leva, fit le tour du bureau, poussa un fauteuil de cuir de l'autre côté de la cheminée, s'assit en face de Foden et reprit :

— Je veux vous dire ma véritable pensée, monsieur Foden, afin que nous nous comprenions parfaitement tous les deux. Je ne crois pas que nos agents du Maroc aient agi très honnêtement avec vous ! Après tout, le personnel des consulats et des ambassades devrait faire preuve d'intelligence ! Vous êtes allé les trouver en bon patriote, pour leur donner des renseignements qui, nous le savons à présent, sont très importants. Ils ne vous ont pas pris au sérieux. Je crois même que l'un d'eux s'est montré assez grossier avec vous ?

Foden haussa les épaules.

— Eh bien, poursuivit Quayle, je voudrais que vous oubliiez complètement tout cela. Je voudrais que vous vous rendiez compte que je suis très curieux d'apprendre tout ce que vous avez à me dire, et que je ne suis pas enclin à faire la moindre chose susceptible de vous causer aucun désagrément. Vous me comprenez ?

— Je vous comprends parfaitement, dit Foden, et cela m'enlève un grand poids de penser que Stevenson a bien fait de me conseiller de m'abstenir d'informer la police du suicide de cette malheureuse fille ! Cette triste affaire m'a causé beaucoup d'inquiétude !

— Naturellement, dit Quayle. Mais je ne veux pas que cela vous tracasse trop. Entre nous, sa mort ne me surprend pas outre mesure !

Foden fronça les sourcils et dit :

— Non... Vraiment ?

— Non, dit Quayle. Vous voyez, Miss Stevenson a accompli une ou deux missions pour moi, en dehors des fonctions qu'elle remplissait en qualité de secrétaire particulière. Ces missions l'intéressaient. Je crois qu'elle s'est passionnée pour ces aventures en s'imaginant qu'elle était quelque agent du service secret. Quayle sourit tristement.

— En réalité, je soupçonne qu'elle a eu la langue trop longue, et il y a beaucoup de gens dans ce pays qui ont sans doute eu des raisons de se dire : « Il vaut mieux s'en débarrasser ! » Heureusement, continua-t-il, que son frère Horace Stevenson a eu assez de finesse pour se donner la peine de savoir où j'étais et pour se mettre en rapport avec moi, sans faire trop de tapage et sans informer la police !

— Oui, c'est vraiment de la chance ! C'est ce que la majorité des hommes auraient fait ! remarqua Foden.

— Je sais, dit Quayle. Mais il y a une chose que nous désirons éviter dans cette administration. C'est d'attirer sur nous-mêmes trop d'attention. Quant à l'affaire Zilla Stevenson, vous pouvez la chasser définitivement de votre esprit. Officiellement, on avait donné à Zilla un mois de congé pour aller en Ecosse. Elle y est tombée malade et elle y est morte. En ce qui vous concerne, n'ayez aucune inquiétude. Parlons donc de sujets plus intéressants !

— Je suis à votre service, monsieur Quayle, dit Foden.

Quayle se leva. Il marcha jusqu'au mur qui faisait face à son bureau, tira une corde et alluma une lampe à réflecteur. Foden vit qu'il avait déroulé, comme on fait tomber un store, une carte à grande échelle du Maroc. La lampe en éclairait à merveille les moindres détails.

Quayle revint vers le feu. Il se tint debout, lui tournant le dos, et fixant Foden, il dit :

— Stevenson m'a informé que sa sœur croyait que vous possédiez de très importants renseignements à nous communiquer ; il a ajouté que vous n'étiez pas satisfait de la façon dont les autorités britanniques vous avaient traité... que vous vouliez toucher une forte somme pour livrer ces renseignements ; nous avons l'argent ; mais nous voulons d'abord nous assurer que vous possédez bien les informations qu'il nous faut !

Foden dit :

— C'est assez juste, monsieur Quayle ; mais vous avez déjà entendu le proverbe : « Qui s'y frotte s'y pique. » Je vais vous dire ce que j'ai l'intention de faire. Je vais vous donner juste assez d'indications sur ce que je sais pour vous montrer que je suis au courant de ce que j'affirme. Ensuite nous pourrons fixer le prix de mes informations, si vous êtes d'accord. Alors je vous dirai tout ce que je sais. Cela vous va-t-il ?

Quayle dit :

— Ça me va ! Commencez donc !

Foden dit :

— J'ai travaillé quelque temps avec la compagnie Two Stars du nord du

Maroc, à bord du *Cristal* et de *l'Etoile du soir,* qui appartenait à un armateur nommé Estalza. J'ai l'idée que c'est Estalza qui est responsable de mon internement !

Quayle fronça les sourcils.

— Vraiment, dit-il... qu'est-il arrivé ?

— Pas grand-chose, répondit Foden avec un rire sardonique, mais je me figure que, lors de la deuxième visite que je fis aux autorités britanniques pour leur communiquer mes renseignements, Estalza comprit le rôle que je jouais. — Foden tira une bouffée de sa cigarette... — Je crois qu'Estalza était un agent allemand, dit-il. Je crois qu'il travaillait pour l'Allemagne depuis des années. Mais je n'en savais rien à ce moment-là ! Je l'ai deviné, il y a un an, quand ils m'ont chassé, et enfermé dans un ignoble camp de concentration de Vichy... — Il soupira. — Un véritable enfer, monsieur Quayle ! Vous pouvez m'en croire !

— Je peux bien vous croire, dit Quayle. Continuez, c'est très intéressant.

Foden sourit et répondit :

— Et comment !... Vous n'avez pas idée ! Le fait est, poursuivit-il, qu'on avait fait des plans pour que je ne sorte jamais vivant de ce camp-là. On devait me zigouiller purement et simplement ! Par bonheur, j'ai eu un peu de chance. J'ai pu m'arranger pour m'échapper. Eh bien, si vous tenez compte de tout ce que j'ai appris avant d'être interné et de tout ce que j'ai appris pendant que j'étais au camp, j'ai une masse de renseignements du plus haut intérêt, je vous assure !

Quayle l'approuva de la tête et dit :

— Vous faites-vous quelque idée générale de ce que les Allemands avaient l'intention de faire là-bas ?

Foden sourit d'un air sardonique :

— Détrompez-vous, monsieur Quayle ! Quand vous dites « avaient l'intention » comme si tout était fini, vous êtes dans l'erreur ! Tout simplement parce que vous avez réussi à débarquer en Tunisie et que les troupes américaines et britanniques y sont, vous pensez que tout est fini ! Ne vous leurrez pas d'un faux espoir, en vous imaginant que vous en avez fini avec les Allemands dans cette partie du monde. Il ne s'agit pas de ce qu'ils ont eu l'intention de faire, mais de ce que les gens qu'ils ont laissés derrière eux ont l'intention de faire maintenant !

Quayle dit :

— Je vois. — Il avait l'air grave. — Ainsi il existe encore là-bas quelques sortes d'organisation.

— Il y a des masses d'organisations en Afrique du Nord, fit Foden. Pendant quatre ou cinq ans avant cette guerre, les Allemands organisaient des sections de contre-espionnage qui opéraient à partir de cachettes répandues dans tout le pays. Je parierais que quelques-unes des forces alliées sont tombées en plein sur elles sans le savoir. Ces gens-là sont de grosses légumes, et sont prêts à faire le plus de mal possible et le feront sans aucun doute !

Quayle dit :

— Je vois. Ils emploient sans doute les moyens usuels, le sabotage, l'espionnage, le meurtre, l'assassinat ?

— Tout, dit Foden. Leur organisation est assez puissante pour causer des difficultés à n'importe quel moment, et quand je parle de difficultés, je ne veux pas dire celles que l'armée peut supprimer, je parle de résistance clandestine. C'est bien plus dangereux. Les Anglais avaient un agent au Maroc, un nommé Gervase Herbert. Il a eu un accident l'an dernier, n'est-ce pas ?

— Oui, c'est exact, dit Quayle.

— Bon, dit Foden... Eh bien, ce n'était pas un accident. Il a tout simplement découvert quelque chose que je savais déjà ; il a découvert l'emplacement de trois ou quatre groupes organisés d'espionnage allemand. Deux d'entre eux étaient situés dans les contreforts montagneux à une vingtaine de kilomètres de Casablanca, dans des cachettes bien dissimulées avec des casemates munies de portes automatiques. Herbert entra dans une de ces casemates par hasard ! On mit le grappin dessus et on l'exécuta... C'est bien cela, n'est-ce pas ?

— C'est bien cela, dit Quayle. Savez-vous par hasard l'emplacement de ces groupes organisés, monsieur Foden, l'emplacement précis ?

— Venez ici et je vous les montrerai, dit Foden. — Il s'approcha de la carte et indiqua deux points. Il regarda Quayle en souriant. — Eh bien, est-ce là, oui ou non ?

Quayle dit :

— C'est juste, c'est bien là, monsieur Foden. Il est évident que vous savez de quoi vous parlez. — Il revint lentement à la cheminée... — Dites-moi, reprit-il, pourriez-vous me donner en quelques mots une idée de l'étendue de vos informations ?

— Je pourrais le faire très facilement, dit Foden. Mes informations couvrent à peu près la totalité de l'organisation allemande au Maroc, et quand je dis organisation, je veux dire non seulement ce qui existait il y a un an ou dix-huit mois, mais ce que les Allemands avaient monté et dont ils étaient prêts à laisser les bases derrière eux au cas où les Alliés réussiraient à débarquer en un point quelconque de la côte !

Il sourit :

— Je pourrais parler pendant des heures, dit-il, soyez sûr, monsieur Quayle, que je ne suis pas un imbécile ! Il y a des années que je réfléchis à cette affaire. J'ai passé des années à voir tout cela arriver sous mes yeux ! Vous comprenez. Je suis marin, et personne ne s'occupe beaucoup d'un marin ; il a toujours du vent dans les voiles quand il est sur le plancher des vaches !

— Je vous prends très au sérieux, monsieur Foden. Que cela ne vous inquiète pas. Dites-moi, si je vous demandais de me donner un résumé des renseignements que vous possédez, de tout ce que vous pouvez savoir, avec tous les plans et toutes les cartes à l'appui que vous pourriez dessiner, tous les détails que vous pourriez nous fournir, si je vous faisais promettre de nous procurer assez de renseignements pour nous permettre de détruire toute cette organisation ennemie, croyez-vous que vous pourriez le faire ?

— Je ne le crois pas, j'en suis sûr. Ecoutez. Quand j'étais dans ce camp, on m'a rendu la vie très dure, mais mon sort s'est amélioré quelque peu, quand on s'est aperçu que je m'entendais fort bien à préparer les cocktails. Je devins une sorte de barman au mess des officiers du camp. En allant du bar à la salle où l'on gardait la réserve des spiritueux, il me fallait passer devant la chambre du commandant... Bon ! Pendant la journée, il faisait un cours à trois ou quatre jeunes gens qui travaillaient au camp. En réalité, c'étaient des officiers allemands d'une division blindée, et ils se servaient d'une carte. Elle était collée sur le mur. C'était une carte d'un secteur de ce système...

Foden sourit sardoniquement.

— Il m'arrivait de passer devant cette chambre peut-être une douzaine de fois chaque après-midi, dit-il ; juste à gauche de la porte, le mur de torchis était délabré. Il y avait un trou qui me permettait de voir à l'intérieur de la pièce. Chaque fois que je regardais, mes yeux tombaient juste sur cette carte... Je peux encore en voir les détails les yeux fermés !

Quayle fit un signe de tête approbateur :

— Cependant, dit-il, il ne s'agit là que d'un secteur ?

Foden eut un sourire moqueur.

— Vous vous fourrez le doigt dans l'œil... dit-il. Vous savez comment sont les Allemands. Ils adorent répéter les choses. Le système entier n'est qu'une copie de ce secteur-là, suivant la situation géographique du pays et la nature physique du terrain... Vous connaissez les Allemands.

— Je vois, dit Quayle. En d'autres termes, ayant appris par cœur l'organisation de ce secteur, vous êtes à peu près sûr de pouvoir la reproduire fidèlement en ce qui concerne n'importe quel autre secteur que nous aimerions placer sous vos yeux.

— Je n'en suis pas à peu près sûr, dit Foden, j'en ai la certitude absolue, et je vais vous le prouver ! Je suppose que vous êtes au courant des combats livrés en Tunisie ? Bon... Vous savez que chaque fois que les Alliés se heurtent à une forte résistance, quand finalement ils vont de l'avant, ils découvrent invariablement un poste de signalisation détruit, contenant les appareils habituels, postes à ondes courtes, héliographe, et autres matériels de campagne allemands de signalisation. Il y en a toujours un autre, un double, qui est intact, et chaque fois, quelqu'un se trouve là par hasard, pour en révéler l'existence aux Anglais ou aux Américains, contre argent comptant...

Quayle fit oui de la tête.

— Toutes les fois que cela se produit, continua Foden, cette mise en scène fait partie du plan ennemi. Naturellement, quand les autorités découvrent le second emplacement, le poste secret qui leur est livré, elles se montrent tout à fait satisfaites... — Il sourit avec malice. — Eh bien, il y en a toujours un autre encore, dit-il. Il se peut que vous l'ayez découvert dans un ou deux endroits !

— Monsieur Foden, je commence à croire que vous avez vraiment les informations les plus détaillées sur ce dont vous parlez, dit Quayle.

Foden répondit :

— Je ne vous tromperai pas, monsieur Quayle. Je ne sais pas ce qui s'est produit depuis deux mois, mais vous le savez. Vous savez ou non si je vous ai dit la vérité. Vous savez ce qui est arrivé. Je sais ce qu'on avait projeté de faire. Ainsi, vous pouvez vérifier chaque fois la véracité de ce que j'avance.

Quayle dit :

— Monsieur Foden, je n'ai aucune raison de mettre en doute ce que vous dites. Répondez-moi. Si vous placez la totalité de vos renseignements à notre disposition, quelle somme vous attendez-vous à recevoir en retour ?

Foden dit :

— Je pense que cela vaut cinq mille livres !

Quayle pinça les lèvres.

— C'est une grosse somme, dit-il.

Foden grimaça un sourire.

— C'est une masse de renseignements. Je ne crois pas que cinq mille livres soient trop pour une affaire de cette importance, mais je désire partir d'ici, monsieur Quayle. J'ai fait de dures expériences l'année dernière. Je veux quitter ce pays.

— Je comprends. Je suppose que vous avez déjà fait vos plans ? demanda Quayle.

— J'en ai fait beaucoup, dit Foden... rien de très impressionnant. Mais croyez-le si bon vous semble, je veux en finir avec cette vie qui me fait bourlinguer d'un endroit à un autre. Je veux laisser quelque chose de solide derrière moi. Je crois que j'ai beaucoup d'avenir au Maroc. Je désire y retourner le plus tôt possible et me lancer dans une affaire bien à moi !

Quayle remarqua en souriant :

— Un marin revient toujours à ses premières amours !

— Ce métier-là peut bien aller au diable ! dit Foden. Je veux m'installer sur la côte et faire travailler quelqu'un d'autre, pour changer ! Avec cinq mille livres, je peux devenir armateur de deux ou trois caboteurs de faible tonnage et être comme un coq en pâte pour le restant de mes jours... Vous voyez, je connais la combine !

— Je comprends, et je vous le dis en passant, monsieur Foden : si vous retourniez au Maroc, vous pourriez être fort utile à nos agents qui sont là-bas et ils seront peut-être enclins à se montrer plus aimables à votre égard !

— Ça se peut, dit Foden.

Quayle ajouta :

— Monsieur Foden, je vous propose une avance immédiate de mille livres. Je vous demande de rencontrer demain soir un de mes agents, un homme très au courant de ce qui se passe au Maroc. Je désire que vous ayez un entretien avec lui et que vous lui fournissiez tous les renseignements dont vous disposez. Je sais que vous le ferez. Ne vous inquiétez pas du reliquat de la somme que vous avez fixée. Mon agent vous la remettra demain soir. Vous pourrez l'empocher avant de rien dire !

— C'est parfait !

Quayle alla à son bureau. Il écrivit quelque chose sur un morceau de papier, le mit dans une enveloppe qu'il cacheta ; il ouvrit un tiroir, y prit quelques billets de banque, les mit dans une autre enveloppe et les remit à Foden en disant :

— Voici vos mille livres. Dans cette enveloppe vous trouverez le nom et l'adresse de la personne avec laquelle j'aimerais que vous ayez un entretien. Vous ferez mieux d'aller voir mon émissaire chez lui. C'est agréable et tranquille et très isolé. — Il sourit. — Nous ne voulons pas que personne se doute de ce que vous faites, monsieur Foden. Nous serions désolés s'il vous arrivait malheur !

Foden se leva en souriant :

— Je suis sûr que vous le seriez, si la chose arrivait avant que j'aie pu vous fournir les informations en question... Mais après, vous vous ficheriez de moi comme de l'an quarante !

Quayle sourit agréablement et dit :

— Eh bien, ainsi va la vie, n'est-ce pas ?... Nous désirons tous quelque chose. Nous sommes prêts à tout sacrifier pour l'obtenir... Et quand nous l'avons obtenu !...

Il haussa les épaules.

— Ne vous tracassez pas, monsieur Quayle... Je peux veiller sur moi-même ! assura Foden.

— Prenez une autre cigarette, dit Quayle. Quand vous aurez vu mon collègue, quand vous aurez causé avec lui et qu'il vous aura délesté de toutes les parcelles d'information que vous possédez, alors nous pourrons nous rencontrer de nouveau tous les deux. Je crois que nous aurons fait du bon travail !

Il lui tendit la main... Foden la serra et dit :

— Vous me plaisez, monsieur Quayle. Je m'entends bien avec vous. Nous nous comprenons.

Quayle alla à la porte et l'ouvrit :

— Eh bien, au revoir, monsieur Foden. Le messager va vous accompagner. Donnez-lui votre coupe-file à la sortie, et bonne chance !

— A bientôt, dit Foden.

Il suivit le corridor sur les talons du messager, le visage épanoui. La chance commençait à lui sourire !

II

A six heures trente, Greeley monta l'escalier qui était couvert d'un épais tapis, frappa à une porte sur le palier du premier étage, l'ouvrit et entra. Foden était debout de l'autre côté de la pièce, le dos à la cheminée, les mains dans les poches. Il souriait.

Greeley pensa : « Tu es beau garçon, et tu le sais ! Tu as une bonne opinion de toi ! Tu me dégoûtes profondément ! »

Il sourit et demanda :

— Eh bien, quelles nouvelles, mon vieux ?... Avez-vous réussi ?

— Et comment ! Bien sûr que j'ai réussi ! dit Foden, gouailleur.

— Vous ne voulez pas dire que vous êtes déjà passé à la caisse ? Il ne vous a jamais allongé toute cette sacrée galette !

— J'ai touché mille livres, dit Foden. Demain j'aurai le reste. J'ai prouvé à Quayle que je connaissais mon affaire !

Il prit quelques billets de banque dans la poche intérieure de son veston et regarda Greeley sans cesser de sourire.

— Vous en voulez sans doute un peu ?

Greeley sourit d'un air ironique :

— Je n'ai jamais craché sur la galette de ma vie ! Ça tombe du ciel.

Toutes les fois que je pense à la pauvre vieille Zilla, il me semble que c'est de ma faute si elle a eu une si triste fin !

Foden secoua la tête :

— Ce n'est pas votre faute, Horace. Ce n'est la faute de personne. Vous pensiez que vous lui rendiez service. — Il tendit deux billets de cinquante livres à Greeley. — Voilà les cent livres promises, dit-il. Quand je toucherai le reste, je vous en donnerai un peu plus !

Greeley jeta sa casquette sur le sofa. Il resta debout à froisser les billets et à les faire craquer entre ses doigts. Il dit :

— Savez-vous que je n'ai jamais eu de billet de cinquante livres en ma possession auparavant ? Maintenant j'en ai deux. Le temps des miracles n'est pas fini !

Il prit une boîte de cigarettes Player's et en lança une à Foden qui la cueillit adroitement au vol.

— Quelle sorte de type est-ce, ce chef de Zilla ? demanda Greeley.

— Juste le genre qu'on s'imaginerait... un homme énergique, un dur-à-cuire ! un type qui connaît son affaire... A propos, tout va bien au sujet de Zilla. Il m'a dit que nous n'avons pas à nous inquiéter... Et j'ai eu l'impression que sa fin tragique n'a pas été une trop grosse surprise pour lui !

Greeley branla la tête et dit :

— Elle avait toujours la rage de courir des risques !

Il s'assit sur un fauteuil.

— Je suppose que vous avez tout arrangé, maintenant ?

— J'ai une entrevue avec quelqu'un demain. J'ai son nom et son adresse dans ma poche. Il me donnera demain soir le reliquat de la somme convenue, et je lui dirai tout ce que je sais.

Il sortit de sa poche l'enveloppe que Quayle lui avait donnée, l'ouvrit et en retira la feuille de papier qu'elle contenait. Greeley l'examinait. L'expression de Foden n'avait pas changé, mais il regardait attentivement le morceau de papier qu'il avait sous les yeux.

Il dit, en se parlant à lui-même :

— Fells ! Est-ce que Zilla vous a jamais parlé de quelqu'un de ce nom ?

Greeley secoua la tête :

— Elle n'a jamais mentionné aucun nom, dit-il. Elle bavardait parfois à tort et à travers, mais elle était trop fine pour avoir beaucoup de confiance en personne. En tout cas, continua-t-il avec tristesse, je ne crois pas qu'elle avait une haute opinion de mon intelligence. Je pense que j'étais la dernière personne à qui Zilla se fût confiée !

Foden remit l'enveloppe dans sa poche.

— Allons ne vous en faites pas, Horace !

Greeley sourit :

— Vous avez mis le doigt dessus, dit-il. Ce n'est pas la peine de s'en faire pour Zilla. On doit toujours finir par y passer... et il y a des masses de gens qui sont déjà morts dans cette sacrée guerre !

— Savez-vous ce que nous devrions faire, Horace ?

— Nous devrions célébrer cette occasion, dit Greeley. Moi, je boirais bien quelque chose ! — Il sourit sardoniquement. — J'ai tant de galette. Je pourrais presque m'offrir deux bouteilles d'eau-de-vie !

— Eh bien, pourquoi pas ? J'ai l'idée qu'après-demain je n'aurai guère le temps pour célébrer !

Greeley tira une bouffée de sa cigarette et dit :

— Pourquoi pensez-vous cela ?

— Je crois que Quayle veut tirer de moi tout ce qu'il peut... Eh bien, ça me va !

— Quels sont les plans ? demanda Greeley. Peut-être que ça va vous rapporter encore plus que vous demandez ?

— Qui sait ? Demain j'aurai un entretien avec ce Fells. Il se peut que ce soit la fin de l'histoire en ce qui me concerne, mais j'ai l'intuition de me tromper. Quayle m'a demandé pourquoi je voulais cet argent, et je lui ai dit que j'en avais besoin pour retourner au Maroc : cela a éveillé son intérêt. Je crois qu'il y aura encore beaucoup de difficultés au Maroc, dit Foden... C'est un étrange pays ! Quayle pense peut-être que, si j'y étais, je pourrais lui être utile !

— On ne sait jamais quelle danse on aura ! dit Greeley. Il me semble que vous avez trouvé un très bon filon. C'est bizarre tout de même de m'avoir rencontré dans ce débit la première nuit où vous êtes arrivé ici ! C'est comme s'il y avait une sorte de hasard, hein ?... Il y en a qui ont de la veine et d'autres qui ont du guignon.

— Dites donc, dit Folden, vous n'avez pas à vous plaindre, Horace. En tout cas, vous avez maintenant en poche deux billets de cinquante livres !

— Oui ! Ça me donne presque envie d'envoyer promener ce sacré boulot d'équipe que je fais dans cette usine d'armement. — Il se leva. — Allons boire quelque chose, dit-il. Je connais une boîte pépère où je suis allé une nuit avec Zilla. Elle connaissait tous les établissements rupins de Londres !

— Où est-ce ? demanda Foden.

— C'est un endroit appelé la Botte d'Argent, et la maison donne dans Albemarle Street.

— Très bien, dit Foden.

Il alla jusqu'à l'armoire, en sortit son pardessus et commença à le mettre. Greeley l'observait en silence.

Il remarqua :

— C'est un chouette pardessus ! Vous l'avez acheté tout fait ?

— J'ai eu de la chance, dit Foden. J'en ai trouvé tout de suite un qui m'allait, et l'étoffe est bonne.

Il se tint debout devant le feu, s'emplissant les poumons de fumée de tabac et souriant à Greeley. Il finit par dire :

— Ne faites pas de blagues avec cet argent, Horace. Si vous êtes sage, vous le mettrez à la Caisse d'épargne pour les mauvais jours !

— A quoi bon songer à l'avenir, dit Greeley. Autant que je peux en juger, ça ne fait de bien à personne de s'inquiéter de ce qui va arriver demain ou la semaine prochaine... Et en tout cas ça ne vous va pas de me faire la leçon... ! C'est rigolo comme nous sommes devenus copains tous les deux ! Mais je suppose que, quand vous aurez touché la forte somme, vous ne tiendrez pas à avoir grand-chose à faire avec moi !

— Pourquoi pas ? dit Foden... Croyez-moi, je vais prendre de grandes précautions avec cet argent ! C'est mon capital pour l'avenir. Et vous n'avez pas fini de me voir ! Je m'attends à rester quelque temps à Londres. Vous verra-t-on demain soir, tard ?

— Oui, dit Greeley... Pourquoi ?

— Je pense venir vous dire un mot quand j'aurai vu cet agent de Quayle, pour vous faire savoir ce qui s'est passé. Il sera sans doute très tard !

— Qu'est-ce que ça fait ? dit Greeley. J'aimerais le savoir. Venez me voir quand vous en aurez fini avec lui. Je serai content d'apprendre ce qui est arrivé !

— Très bien, dit Foden en s'étirant. Allons faire un tour à la Botte d'Argent. Il y a belle lurette que je n'ai pas bu un bon coup !

Il alla jusqu'à la porte et Greeley le suivit, en pensant : « Mon chameau, tu vas boire quelque chose qui va te flanquer une fichue secousse ! » Il se mit à penser à Mayola Green, à se demander quelle sorte de fille c'était. En suivant Foden jusqu'en bas, il songeait aux différentes femmes qu'il avait rencontrées depuis deux ans, des agents de Quayle. Quayle s'entendait à les choisir. Greeley eut un sourire sardonique et Foden le remarqua.

— Qu'est-ce qui vous amuse ? demanda-t-il dans l'entrée.

— Pas grand-chose, dit Greeley. Je pensais à une fille que j'ai rencontrée jadis à Huddersfield... Une fine mouche, dit-il, et il raconta à Foden une histoire de sa fabrication, tout en arpentant la rue.

III

...Quayle était assis dans un fauteuil en face du radiateur électrique, dans sa chambre. Il fumait une vieille pipe de bruyère et songeait à Fells.

Lui qui avait passé une grande partie de sa vie à s'efforcer d'évaluer et d'analyser le caractère et la personnalité des hommes se trouvait dans l'incapacité de se faire une idée très nette de Fells. Quayle avait une confiance absolue en Fells, mais il n'était pas tout à fait sûr de Fells et de Tanger. Fells, qui avait concentré toute sa pensée sur son travail, qui n'avait presque jamais eu d'autre préoccupation, surtout parce qu'il n'avait aucun autre sujet d'intérêt, pourrait bien à présent se sentir enclin à dérailler, maintenant que l'amour, ce phénomène extraordinaire, était venu bouleverser sa vie !

Quayle se représentait Fells et Tanger comme une entité. Ils seraient très bons l'un pour l'autre. Ils auraient l'un sur l'autre une excellente influence... mais il ne fallait pas que cela se produisît en ce moment ! décidément non... pas en ce moment !

Si Quayle avait été le type d'homme capable d'éprouver de la sympathie pour autrui, il aurait reconnu qu'il en éprouvait pour Fells. Fells avait une dangereuse mission à remplir. D'un côté comme de l'autre, il y avait de terribles risques à courir et Quayle ne voyait pas ce qu'il pouvait y changer. Fells était seul capable de mener cette mission à bien.

Quayle étouffa un juron. Tout avait marché comme sur des roulettes, jusqu'à ce que Zilla eût été supprimée ! Elle avait eu une sacrée déveine, lui aussi, et Fells encore davantage !

Maintenant que Zilla était morte, il n'y avait plus qu'une seule carte à jouer, et ce n'était même pas un atout. Il fallait courir de très gros risques et sans être sûr de réussir ! Et si l'affaire était manquée, tant pis pour Fells et voilà tout.

La pendule de la cheminée sonna sept heures. On frappa à la porte.

La secrétaire blonde entra.

— M. Fells est ici, dit-elle.

— C'est bon. Faites-le entrer au salon.

— Très bien, monsieur Quayle.

Comme elle se retirait, il lui demanda tout à coup :

— Depuis combien de temps n'avez-vous pas eu de vacances ?

Elle le regarda en souriant. Quayle se rendit compte pour la première fois qu'elle était très jolie. Elle demanda :

— Vous ne voulez pas dire que vous vous tracassez à mon sujet, monsieur Quayle ?

— Non, je ne me tracasse pas plus que cela pour vous, fit Quayle.

— J'ai eu une semaine de vacances il y a un peu plus de deux ans, dit la jeune fille.

— C'est bien assez, sourit Quayle. Mais je crois que vous feriez mieux de prendre une semaine bientôt.

— Ce serait vraiment très agréable, monsieur Quayle.

Elle s'éloigna. Quayle sortit de la chambre à coucher et passa dans le corridor et le salon.

Fells était assis dans un fauteuil, feuilletant une revue.

— Salut ! Fells... Comment vas-tu ? dit Quayle.

— Je vais très bien ; en réalité, je me sens tout à fait en forme.

Quayle prit une chaise et dit :

— Ecoute. Je vais te parler franchement, d'abord sur tout ce qui concerne Tanger Lawless...

— Vraiment ! fit Fells.

Il leva les sourcils, puis se mit à rire et ajouta :

— Tu es au courant de tout, n'est-ce pas, Quayle ?

— Je ne veux pas que tu t'imagines que je désire m'occuper de tes affaires privées, mais il faut que je te parle de Tanger et il vaut mieux que tu saches la vérité sur elle !

— J'ai toute confiance en toi. Je sais que tu as de bons motifs pour agir comme tu le fais, murmura Fells.

— Merci. Voici de quoi il s'agit. Tu crois que tu as rencontré Tanger par hasard. C'est une de mes vieilles amies. Eh bien, ce n'est pas vrai ! Il vaut mieux que tu saches que j'ai eu l'habitude de faire surveiller les agents les plus importants par quelqu'un qui me renseigne sur leurs faits et gestes... qui me dit s'ils ont du cran, ou au contraire s'ils perdent confiance. Tanger était chargée de cela. C'est ainsi qu'elle t'a rencontré. En réalité, continua-t-il, c'est la dernière mission dont je l'ai chargée. Cela ne m'enthousiasmait pas plus que ça de la voir faire ce genre de travail... parce que j'avais l'idée que je m'attachais un peu trop à elle !

Fells fit un signe de tête et dit :

— Je comprends.

Quayle poursuivit :

— Elle est venue me voir. Elle m'a parlé de vous deux. Franchement, dans un sens, j'ai été heureux d'apprendre que vous vous aimiez. Je crois que c'est une excellente chose. Vous avez tous deux tout ce qu'il faut pour être heureux ensemble... Mais pas en ce moment !

Fells dit en pesant sur les mots :

— Je vois. Tu ne crois pas que le moment soit bien choisi ?

— Non, fit Quayle. Cela ne fait pas l'ombre d'un doute ! Et pour une raison que tu comprendras tout de suite. La mission que tu as à remplir est extrêmement délicate, et je sais que tu ne désires pas voir Tanger mêlée en quoi que ce soit à cette aventure ! Alors il est essentiel que tu remplisses d'abord ta mission... Tu saisis ?

— C'est entendu. Elle m'a écrit un mot. Elle va s'absenter pour quelque temps. C'est peut-être aussi bien comme cela !

Quayle fit un signe d'approbation :

— C'est moi qui le lui ai conseillé, dit-il... Crois-moi, Fells, c'était le meilleur parti à prendre.

— C'est bon, dit Fells. La question est réglée !

Quayle commença à arpenter la chambre, il se disait : « Si seulement je pouvais lui dire toute la vérité, mais je n'ose pas ! Si je lui disais la vérité, ça pourrait changer son point de vue... Il pourrait flancher. Il pourrait perdre son cran... Je ne le crois pas, mais le risque est trop gros à courir. »

Il dit :

— Je veux que tu concentres toute ton énergie, toute ton intelligence sur cette mission, Fells... Voici de quoi il s'agit. Il y a quelque temps, pas longtemps, un nommé Foden est arrivé du Maroc en Angleterre. Nous avons lié connaissance avec lui. Nous avons établi une liaison étroite avec lui. Il prétend détenir des renseignements importants et très complets sur l'espionnage ennemi au Maroc. Il semble avoir une idée très claire de son activité et de son organisation clandestine dans ce pays. Je lui ai déjà versé de l'argent. J'ai arrangé un rendez-vous avec toi demain soir dans ton appartement. Il va s'entretenir avec toi. Il va sans doute te dessiner des plans. Il est à peu près sûr que toute une masse de renseignements qu'il te donnera sera correcte. Tu y es ?

— J'y suis. C'est assez clair. Mais comment saurai-je si ce qu'il me dit est exact ou non ?

— Cela n'a aucune importance, dit Quayle. Quand il arrivera chez toi, avant de faire rien d'autre, donne-lui quatre mille livres. Je te donnerai les billets avant ton départ.

Fells leva les sourcils :

— C'est une belle somme, simplement pour des renseignements, remarqua-t-il.

— Cela ne fait rien. Ce ne sont pas les renseignements qui m'intéressent vraiment ! Foden est peut-être un agent allemand. Je l'ai pisté dès le début !

— Je vois... Voilà le pot aux roses ! dit Fells. Ils sont fichtrement persévérants, hein ?

— Sans aucun doute. Mais voici la question. Tu te souviens de Schlieken, ton chef allemand pour lequel tu as travaillé avec tant de zèle !... — Quayle eut un sourire sarcastique. — Eh bien, cela t'a probablement paru très étrange, à toi comme à moi, que depuis le commencement de la guerre Schlieken n'ait pas une seule fois tenté de communiquer avec toi. Et pourtant, nous savons que Schlieken a confiance en toi. Nous en avons eu de multiples preuves. Tu me suis ?

— Je te suis, dit Fells.

Quayle poursuivit :

— Il se peut que ce Foden soit un des émissaires de Schlieken. Il se peut que Foden choisisse ce moment extrêmement opportun pour entrer en rapport avec toi. Il se peut enfin que Foden ait été envoyé ici en mission spéciale dans ce but, tu comprends ?

Fells approuva de la tête.

— Je saisis, dit-il. Tu n'as pas de certitude à son sujet, et tu n'as aucun moyen de prouver que tes soupçons sont fondés !

— C'est cela, dit Quayle. Donc, tu vois où en sont les choses. Ce n'est point une mission aisée que je te confie. Si Foden était sincère, il pourrait nous être extrêmement utile de bien des manières. Mais nous n'en savons rien. Si c'est un agent de Schlieken, il nous devancerait dans toutes nos combinaisons, il connaîtrait nos plans avant leur exécution !

— Cela causerait de sacrés ennuis, n'est-ce pas ?

— Ça pourrait dégénérer en catastrophe, dit Quayle. Il faut d'abord que tu sois perspicace et très adroit au moment même où tu rencontreras Foden. Il se peut qu'il ne te connaisse pas, qu'il ne sache pas qui tu es ; il se peut qu'il soit simplement un de ces émissaires traditionnels que le Deuxième Bureau allemand détache pour obtenir tel renseignement et le communiquer au haut commandement. Mais d'autre part, dit Quayle, il se peut tout aussi bien qu'il soit un des espions nazis supérieurement entraînés à avoir l'œil sur toi. Souviens-toi que tu as eu beaucoup d'occasions de voir toutes sortes de choses en Angleterre... Comme informateur, tu leur seras très précieux à présent !

— C'est bien, dit Fells, je suis entre les mains de Foden, en somme. Ou il parlera ou je n'obtiendrai rien de lui !

— Justement, dit Quayle, voilà le hic ! Il va peut-être continuer à utiliser le camouflage qu'il a affecté jusqu'ici... Il va encore personnifier Foden et te donner ces tuyaux sur le Maroc, sans savoir que tu étais l'agent de Schlieken... Mais d'un autre côté il sait peut-être toute la vérité à ton sujet... Tiens-toi prêt à tout !

Fells réfléchit un instant et dit :

— Je trouve que la situation est assez simple. S'il continue à se faire passer pour Foden, s'il croit que je travaille pour toi, que tu m'as délégué pour recueillir ses renseignements sur le Maroc, il me les fournira. Il empochera la somme promise et disparaîtra ! En revanche, si c'est un agent de Schlieken, s'il me reconnaît, il est probable qu'il mangera le morceau. Tu sais que les agents de Schlieken donnent beaucoup de fil à retordre... Ce n'est pas la peine de te le rappeler !

— Non, je les connais, dit Quayle. Et ce Foden est un des problèmes les plus ardus que j'aie jamais rencontrés. Il sait ce qu'il fait ! Il n'a de considération pour personne et il est très habile !

— S'il continue à jouer le rôle de Foden, s'il me donne les renseignements qu'il possède sur le Maroc, il me restera à en prendre note et à te les transmettre ; donne-moi son argent. Je suppose que tu le feras prendre en filature quand il me quittera ? demanda Fells.

Quayle fit un signe d'assentiment :

— Ne t'inquiète pas de cela. J'y veillerai, dit-il.

— Mais, dit Fells, que dois-je faire s'il joue franc jeu ? Que dois-je faire s'il avoue qui il est, s'il me reconnaît et s'il me charge d'exécuter un plan qu'il a préparé depuis longtemps ?

— C'est alors que le problème deviendra un peu ardu. Je crains qu'il te faille jouer au plus fin avec lui. Il faudra que tu recommences à travailler pour le compte des Allemands, il faudra que tu retournes en Allemagne. — Il eut un sourire forcé. — Et dans ce cas, tu devras être prudent, dit-il, et ne pas tenter d'entrer en rapport avec moi ou n'importe qui d'autre !

— Quelles preuves pourrai-je lui donner qui justifieront le rôle que je joue en recevant les renseignements qu'il doit donner ? demanda Fells.

— C'est très simple. Il est évident qu'un homme comme toi, qui as travaillé pour Schlieken, a tenté de se mettre en rapport avec l'un de nos services pendant la guerre. Même si nous n'avions pas eu grande confiance en toi, nous pouvions néanmoins t'utiliser. En revanche, si tu es resté loyal envers Schlieken, et il est de toute première importance que tu convainques Foden, s'il est au courant de ce que tu fais, de ta loyauté envers Schlieken, alors ça sera un gros atout dans ton jeu d'avoir réussi à obtenir un poste à mes côtés, un poste de toute confiance et si confidentiel que je t'ai choisi pour recevoir ces renseignements secrets sur le Maroc... Ça tombe sous le sens.

— C'est vrai, je comprends, murmura Fells.

Quayle poursuivit :

— L'idéal serait que Foden te reconnaisse, qu'il te révèle qui il est, qu'il ait confiance en toi et te dise franchement quelle mission il remplit en Angleterre. Ça serait trop beau. Fais-le marcher ! Fais n'importe quoi pour lui prouver que tu es encore loyal envers Schlieken. Considère bien la situation sous toutes ses faces. S'il le faut, avoue-lui que nous l'avons soupçonné dès le début. Utilise cet argument en dernier ressort, parce qu'alors il sera obligé de te croire. Ça le convaincra au point qu'il sera disposé à croire n'importe quoi ! Si tu manœuvres ainsi, abandonne l'espoir de rester en rapport avec moi. Agis seul, et je te ferai signe d'une façon quelconque, dès que je pourrai.

— Je comprends parfaitement. Il y a une autre question. Supposons, rien que pour discuter, que Foden, après voir réussi à rentrer en Angleterre, soit bien un émissaire de Schlieken et qu'il ait un moyen tout préparé de rentrer en Allemagne... Qu'arrivera-t-il alors ?

Quayle dit en appuyant bien sur les mots :

— Eh bien, s'il file et qu'il veuille t'emmener avec lui, il faudra bien que tu l'accompagnes, c'est certain. Ce serait le rêve si Foden te faisait quitter l'Angleterre, s'il t'emmenait en France ou en Allemagne, et si Schlieken te confiait d'autres missions... Ça serait trop beau ! Songes-y donc ! S'il te reprenait vraiment dans son emploi, comme auparavant !

Fells l'approuva de la tête : il avait l'air très grave ; il dit :

— Oui, ça serait le rêve ! Tu pourrais alors manœuvrer, en tenant les deux bouts du fil, contre le centre !

— Tu y es ! dit Quayle.

Au bout d'un moment, Fells dit :

— Je comprends maintenant ce que tu m'as dit sur Tanger. Je vois pourquoi tu voulais faire échouer nos plans — tout au moins pour le moment !

— Je suis heureux que tu me comprennes, Fells. Tu sais que cela me navre, mais il faut que je remplisse ma tâche, et toi, tu as la tienne à remplir !

Fells se leva.

— Dans ce cas, c'est tout ce que nous avons à nous dire, n'est-ce pas ? J'attendrai que Foden arrive demain soir et je saurai alors ce que je dois faire. S'il me reconnaît, je ferai de mon mieux.

— Bravo ! dit Quayle. Et même s'il faut que tu quittes l'Angleterre, je m'arrangerai pour rester en contact avec toi. Je mettrai quelqu'un sur ta piste, dès que je pourrai !

Il alla à son bureau, prit les billets de banque...

— C'est un joli magot ! fit remarquer Fells en souriant. Cette fois-ci, tu cours après un gibier d'importance, hein, Quayle ?

Quayle fit oui de la tête :

— C'est Schlieken que je veux prendre, dit-il. Si seulement nous pouvions savoir où le dénicher. Si je savais où il est, en France ou en Allemagne, ou si je pouvais mettre la main dessus d'une façon ou d'une autre !... Si je l'attrapais, je disloquerais en six mois tout son système d'espionnage en Angleterre !

— Je vois. Si Foden est l'agent de Schlieken, s'il a un plan d'évasion, il m'emmènera avec lui. Alors vous vous reposerez sur l'un de vos émissaires en Europe qui se mettra en rapport avec moi, et alors...

— C'est à peu près ça ! dit Quayle. Bonne chance, mon vieux Fells !

— Merci ! dit Fells qui prit son chapeau et marcha vers la porte. — Il eut un instant d'hésitation, se retourna. Il dit : — Tu sais, Quayle... C'est une besogne vraiment passionnante ! Je tiens à te dire que je te serai toujours très reconnaissant de me l'avoir procurée !

Il sortit.

Quayle resta en face de la cheminée à regarder le feu. Il enleva la cigarette de sa bouche et la jeta dans la grille en grommelant :

— Reconnaissant ! Nom de D... !

10

Le narcotique

Le club de la Botte d'Argent est une boîte de nuit de luxe, située au premier étage d'un immeuble près d'Albemarle Street. Les pièces ont un mobilier gris pâle et noir avec du chrome à profusion, et la jeune serveuse du bar, dont les hauts talons à la française constituent un danger permanent pour son équilibre, a un air bohème presque aristocratique ; un charme infini se dégage de toute sa personne ; elle affecte une hauteur d'emprunt et est tout imprégnée du suave parfum « Toujours à toi ».

Foden et Greeley étaient assis à l'extrémité du bar la plus éloignée de la porte.

— Parlez-moi de ça ! C'est rupin ! Ça vaut mieux que de bourlinguer dans les débits des Midlands ! C'est chic ! dit Greeley.

Foden ne répondit pas, il examinait la barmaid. Greeley allait parler quand la porte s'ouvrit et une jeune fille entra.

Elle était éblouissante. Bien que vêtue d'un tailleur noir point tapageur et de bonne coupe, d'une blouse de soie et d'un modèle de chapeau, son apparence avait quelque chose de si intense que l'effet de sa seule présence vous accablait. Elle avait une chevelure d'un noir de jais, de grands yeux noisette et le visage très pâle. La bouche très bien dessinée était accentuée encore par le rouge à lèvres carmin d'une teinte parfaite. Elle avait de rapides mouvements et chacun de ses pas décelait une trépidante vitalité. Quand elle ouvrait la bouche, toute son énergie la transfigurait. Quand elle souriait, ses lèvres entrouvertes découvraient des dents de nacre.

Elle alla droit à Greeley et s'écria :

— Que le diable m'emporte... mais c'est Horace !

Greeley pivota lentement sur son tabouret et dit :

— Tiens !... Mayola !

Mayola fit entendre un éclat de rire gamin qui sonna dans la pièce. Foden eut l'impression que cette rencontre soudaine avec Greeley lui communiquait une vie nouvelle.

— Non ! Vrai ! Quelle chance ! Et comment va Zilla ? Il y a des semaines que je ne l'ai vue, dit-elle.

Greeley remarqua au bout d'un moment :

— Moi aussi. Elle ne s'est pas sentie bien ou quelque chose de ce genre. Elle est partie à la campagne. Vous savez comment elle est !

— Ne m'en parlez pas, dit Mayola. Toujours la même mystérieuse Zilla ! Ça, c'est fantastique !

Elle se retourna et dévisagea Foden d'un air scrutateur. Son regard remonta de ses souliers jusqu'à ses cheveux blonds, en le détaillant lentement, d'un air franchement admiratif ; elle dit doucement :

— Ma parole ! Quel homme superbe ! Qui est-il, Horace ?... Je suis sur des charbons ardents !

— C'est M. Foden, un de mes copains... Miss Mayola Green, une amie de Zilla. Je la rencontrais autrefois avec Zilla.

Foden dit :

— Je suis très heureux de faire votre connaissance, Miss Green.

— Et moi, très heureuse de vous rencontrer. Il y a belle lurette que je n'ai vu un aussi bel homme que vous ! dit Mayola.

Foden leva les sourcils.

— Vous essayez de me flatter, dit-il !

— Moi ! Jamais de la vie, dit Mayola joyeusement. Je ne flatte jamais les hommes. — Elle se balança sur un tabouret, et Foden, qui suivait des yeux ses gracieux mouvements, eut l'occasion d'apprécier la souplesse de son corps parfait. — Est-ce que l'un de vous va m'offrir quelque chose à boire ou est-ce que je vais être forcée de payer moi-même ma consommation ? demanda-t-elle.

— J'aimerais bien vous l'offrir. Que désirez-vous ?

— La plus généreuse et la plus chère de l'établissement, dit Mayola... du cognac, je crois... Il me semble que je pourrais boire une quantité de cognac !

Foden donna la commande à la barmaid aux hauts talons qui se tenait derrière le comptoir. Elle répondit avec dignité :

— Je ne peux vous servir qu'un double cognac ! Nous sommes à court !

Foden sourit à Mayola :

— Je suis désolé qu'on ne vous permette d'en avoir qu'un !

— Un vaut mieux que rien, dit Mayola. Et si j'en veux un autre, je sais bien où je pourrai l'avoir. Ils ont toujours été rats avec leurs alcools dans cette boîte... Ils les gardent pour les amis !

— Je proteste ! dit la barmaid. Nous sommes rationnés. Vous devriez le savoir.

Mayola lui lança :

— Ne vous en faites pas, mon chou, et ne faites pas la tête, autrement vous allez prendre un billet de parterre... Il faut demander à votre ami d'enlever un étage à vos talons !

La barmaid toute suffoquée poussa un petit soupir. Elle mit le double cognac devant Mayola, fit demi-tour et revint très dignement se placer à l'autre extrémité du bar.

Mayola prit son verre, le vida tranquillement d'un trait et le reposa sur le comptoir.

— Je me sens mieux. Mais qu'est-ce que vous êtes en train de manigancer ici ? Qu'est-ce que c'est que cette combine ?

— Il n'y a aucune combine, répondit Greeley. Nous avons simplement bu quelques verres pour célébrer !

— Célébrer ! Tiens ! dit Mayola... Et qu'avez-vous célébré ? Est-ce que l'un de vous a misé sur le gagnant ?

— Non. On a tout juste fait des affaires, dit Greeley. Vous savez ce que c'est en ce moment ! Pas moyen de faire de bénéfices, et si on en a, c'est parce qu'on est particulièrement veinard !

— C'est juste, dit Mayola. — Elle s'adressa à la barmaid : — Je suppose que vous avez dit la vérité en nous informant que vous n'aviez plus de cognac ?

— La vérité vraie, repartit la barmaid. Croyez-moi si vous voulez, c'est vrai en ce qui vous concerne, en tout cas !

— Pas la peine de faire la mal élevée avec moi, dit Mayola. Vous devriez penser à la chance que vous avez d'être serveuse dans un bar. Il est probable que la plupart des clients s'étonnent que vous ne soyez pas en uniforme ! Mais je suppose qu'ils n'en sont pas encore arrivés à mobiliser les femmes de votre âge !

Elle se leva :

— Mes enfants ! dit-elle, j'en ai marre de cette boîte. Chaque fois que j'y mets les pieds, on me ferme le bec !

Greeley sourit :

— Quel numéro ! dit-il, cette Mayola... Elle ne changera jamais !

Elle lui lança un coup d'œil impertinent.

— Croyez-vous que vous m'aimeriez davantage si je changeais ? demanda-t-elle.

— Je ne pense pas, dit Foden. — Il la regarda du coin de l'œil. — Je vous aime juste comme vous êtes !

Mayola eut un sourire satisfait :

— C'est parfait ! Filons d'ici... Venez chez moi : croyez-moi si vous voulez, mais j'ai encore à la maison deux ou trois bouteilles de vrai cognac et autre chose aussi !... Ça vous va ?

Greeley répondit :

— Ça me va !

— Moi, je veux bien n'importe quoi ! dit Foden.

— Ça va ! dit Mayola ! Filons et descendons essayer d'avoir un taxi. C'est une des choses presque incroyables qui arrivent quelquefois.

Greeley avait mal à la tête. Il était appuyé contre l'angle douillet de la chaise longue. Du coin de l'œil il pouvait voir à l'autre bout de la pièce Foden qui finissait de boire son cognac à l'eau de Seltz. Greeley songea... « Ce phénomène-là a l'estomac blindé ! Je croyais pouvoir tenir le coup ! Mais il boit mieux que moi ! Il est bien plus fort ! »

Sur la cheminée, un coucou se mit à chanter. Une petite porte s'ouvrit sur le côté de la pendule et l'oiseau sortit. Mayola, penchée dangereusement sur le tabouret de piano, se courba pour enlever son soulier à haut talon. Dans cette position, la robe de chambre en velours qu'elle avait mise en arrivant dans l'appartement s'ouvrit en révélant une cuisse et une jambe gainées de soie. Foden s'en aperçut et il sourit à Greeley avec un clignement d'yeux.

Le coucou chantait toujours. Mayola avait fini de délacer son soulier. Elle le lança vers la pendule, et bien qu'elle l'eût fait sans viser, elle réussit à l'atteindre. La pendule rebondit sur le tapis et continua à sonner, le cadran en l'air !

Mayola dit :

— Pour une pendule ! C'en est une fameuse ! Ce que je déteste cette foutue pendule ! Toutes les nuits, juste au moment où je vais m'endormir, elle me réveille... Et quand je veux m'éveiller, je ne l'entends jamais !

Greeley dit :

— Pourquoi se faire de la bile !

Il fut surpris de voir qu'il avait la voix un peu épaisse. Il se demanda combien de cognacs à l'eau de Seltz il avait absorbés. Il regarda Foden, qui était allongé en arrière sur sa chaise. Foden se sentait insouciant et heureux. Il avait l'air tout à fait normal, mais ses yeux étaient assez brillants.

Mayola déclara :

— Je ne sais pas comment vous vous sentez, vous autres, mais je commence à être un peu pompette. Je ne dis pas ivre... mais simplement un peu pompette !

Elle pivota sur le tabouret de piano et se mit à jouer. « Ah ! prends-moi, prends-moi toute... toi qui sus me charmer ! » puis elle commença à chanter. Elle avait une voix très agréable et chantait avec un abandon délicieux. Elle faisait outrageusement de l'œil à Foden.

Quand elle eut fini, Greeley dit :

— Et les voisins... Que diront-ils ? Une de ces belles nuits, l'un d'eux viendra vous assassiner !

— Je n'ai pas de voisins, dit Mayola. Sous l'appartement, il y a une boutique, et les pièces du dessus sont vides. Je règne ici en souveraine absolue !

Elle entama une autre chanson. Greeley la trouva sentimentale, mélancolique et passionnée. Il songeait : « Cette fille pourrait faire fortune sur la scène. »

Foden se leva, marcha jusqu'au piano et dit :

— Quelqu'un vous a-t-il jamais dit, Mayola, que vous êtes très belle ?

Elle cligna de l'œil et dit :

— Vous aimeriez bien le savoir, hein ? Mais je ne crois pas ce que me disent la plupart des hommes ! — Elle ajouta d'un air mi-sérieux mi-amusé : — Vous ne savez pas, Fodie-Wodie... Chaque fois qu'un homme me dit que je suis belle, j'attends toujours pour voir ce qu'il va me demander !

Foden dit :

— Vous avez deux devinettes à faire ! — Il continua : — Vous avez de très jolies jambes, Mayola.

— Vraiment ! Vous trouvez ! Il me semble que j'ai déjà entendu ça aussi ! Buvons quelque chose !

Elle se leva et s'avança en zigzaguant un peu vers l'armoire.

« Ou bien elle a un coup dans le nez, ou c'est une fichtrement bonne comédienne ! » songea Greeley. Il alluma une cigarette.

Mayola s'agenouilla et ouvrit les portes de l'armoire. Elle mit le nez à l'intérieur. Au bout d'un instant, elle se mit à jurer. Elle jura sans aucune ambiguité et dit :

— Ça c'est trop fort ! Il n'y a pas de cognac ! — Elle retira une bouteille vide... — Vraiment, c'est violent ! Regardez-moi ça. Elle est complètement vide !

Foden remarqua d'un ton détaché :

— Vous devriez tout fermer à clef !

— Et comment ! dit Mayola. Cette saloperie qui vient faire les nettoyages ! Je suppose qu'elle s'est enfilé mon eau-de-vie. La peste emporte cette femme !

— Eh bien, pourquoi ne lui donnez-vous pas ses huit jours ? demanda Foden.

— Ne faites pas l'idiot, dit Mayola. On a assez de veine d'avoir quelqu'un qui consente à venir s'occuper de vous en ce moment-ci ! Personne ne vous a dit apparemment que nous sommes en guerre ?

Foden répliqua :

— Si, en effet... Il me semble bien avoir entendu parler de ça !

Mayola se mit à examiner l'intérieur de l'armoire. Elle remarqua :

— Vous savez, les amis, c'est une sale histoire !

— Laquelle ? demanda Greeley.

— Cette histoire des alcools, dit Mayola. Je ne crois pas avoir rien d'autre de buvable ! Hé ! Attendez un instant. Qu'est-ce que c'est que cela ?...

Elle sortit une bouteille.

Elle se leva, resta debout à examiner l'étiquette, la tête de côté. Au bout d'un instant, elle dit d'un ton dramatique :

— Non ! Non !... tout mais pas ça !

— Qu'est-ce que cette bouteille a de mal ? demanda Greeley.

Il pensait : « Elle se prépare à frapper un grand coup ! Je me demande comment elle va s'y prendre. »

— Ce qu'elle a de mal ? dit Mayola. Ecoutez, Horace, j'aimerais mieux avaler du poison !

Foden s'avança vers elle et lui prit la bouteille des mains. Il se mit à rire.

— Mais c'est très bon, dit-il.

— Très bon ! Savez-vous ce que c'est ?

— Je devrais le savoir ! J'en ai bu des quantités ! C'est de l'arak ! dit Foden.

— N'en croyez rien. C'est du vitriol tout pur ! J'en avais une autre bouteille et j'en avais bu deux petits verres il y a environ six mois. Il a fallu plus d'une semaine pour me remettre !

Foden rit et glissa son bras droit autour de la taille de Mayola. Il resta à la regarder, en serrant toujours la bouteille dans sa main gauche.

— J'en ai bu des litres et des litres. On peut s'en procurer des quantités dans le pays d'où je viens, même si on ne le garde pas dans de jolies bouteilles comme celle-ci ! Ça m'est parfois monté un peu à la tête... C'est tout ! Ça ne vous fera aucun mal !

— Ça se peut, dit Mayola... Mais ça me joue de vilains tours !

— Vous n'avez pas fini tous les deux de vous disputer pour de l'alcool ! Moi, je peux boire n'importe quoi, pourvu que ça sorte d'une bouteille ! déclara Greeley.

Mayola se dégagea de l'étreinte de Foden et s'avança vers Greeley :

— Voyons, Horace ! Vous pensez que vous avez la dalle en pente !

— Je n'en sais rien, mais je peux tenir le coup avec n'importe qui !

— Bon, dit Mayola... et combien de verres pouvez-vous boire sans être soûl !

— Je n'en sais rien... J'ai perdu le souvenir de la dernière fois que j'étais soûl !

Mayola jouait avec la grosse bague à camée qu'elle portait à l'annulaire de la main gauche. Elle la fit glisser de sorte que le camée fût en dessous.

Foden, qui s'appuyait à l'armoire, la bouteille dans la main droite, dit :

— Vous ne voulez pas dire, Horace, que vous ne pouvez pas vous soûler ?

— Ça, je n'en sais rien, mais je ne peux pas me rappeler ma dernière séance de soûlographie !

Mayola cligna de l'œil en regardant Foden et dit à Greeley :

— Ecoutez, gros malin, je sais ce qu'on va faire ! Buvez un bon coup de ma bouteille, et si vous avez toute votre tête dix minutes après, je vous promets un merle blanc !

Foden prit le soulier de Mayola sur le tapis de foyer et le lui apporta. Elle mit le bras autour de son cou pour se soutenir pendant qu'elle se chaussait.

— Qu'est-ce que c'est que ça ! Je crois que vous êtes tous les deux en train de me jouer un tour ! Vous voulez me faire perdre la boussole !... Bon ! Ça va ! Je suis prêt à boire tout ce que vous boirez, n'importe quoi, vous entendez... Je m'en bats l'œil ! grogna Greeley.

— Ne vous tracassez pas, Horace ! Ce machin-là ne peut pas vous faire de mal ! Entre nous, ça n'est pas du sirop pour les petites filles. C'est une boisson pour les costauds !

Il enlaça Mayola.

— Bon ! Buvez ça ! Moi je ne joue plus, dit-elle.

Foden dit :

— Allons, Mayola ! Vous n'allez pas caler, hein ? Vous ferez mieux d'en prendre une petite goutte... à peu près le quart de ce que nous boirons !

Il cligna de l'œil en regardant Greeley.

Mayola remarqua :

— Mon vieux Fodie-Wodie... je crois que vous avez des vues sur moi, et j'ai l'idée que vous vous figurez qu'après avoir bu un petit coup à cette bouteille la poulette sera tout à fait à point pour vous... C'est bien là votre petit plan... hein ?

Foden lui sourit :

— Non... Jamais je ne voudrais faire ça

— Vous vous gêneriez ! dit Mayola. Vous êtes tout à fait le type d'homme à m'inspirer confiance dans n'importe quelle circonstance ! Innocent comme l'enfant qui vient de naître ! quoi !

Elle lui prit la bouteille, revint à l'armoire, ouvrit un tiroir, en retira un tire-bouchon, et plaçant la bouteille entre ses genoux, elle la déboucha.

Foden dit :

— Entre nous, Horace, Mayola a deux genoux adorables !

— Ça, ça n'est pas du chiqué, dit Greeley.

Le bouchon sauta avec un claquement sec. Mayola plongea dans l'armoire et en sortit trois verres. Elle versa deux bonnes rasades et une troisième plus petite en disant :

— Ça n'est pas raisonnable, mais tant pis !

Elle porta le verre à ses lèvres. Tous les trois burent quelques gorgées. L'eau-de-vie leur brûlait la langue et enflammait la gorge de Greeley. Il lui trouva un goût de vodka. Il reposa son verre sur la table.

— Ce n'est pas mauvais, dit-il... En tout cas, c'est mieux que rien !

— Je l'aime autant que de l'eau-de-vie, dit Foden, sinon mieux. C'est peut-être parce que j'en ai l'habitude !

— Bon, dit Mayola, repiquez au truc ! Moi, je vous le dis. Je ne me sens plus d'aplomb. Ce vitriol-là me détraque !

Elle remplit de nouveau les verres des deux hommes.

— A la vôtre ! cria Greeley.

Il avala le sien d'un trait. Foden le regardait en souriant d'un air sardonique ; il dit :

— Vous savez, Horace, vous êtes un phénomène. Je n'ai jamais connu personne capable de boire autant que vous ! Qu'est-ce que vous aviez bu aujourd'hui avant de me rencontrer ?

— Oh ! Pas grand-chose, dit Greeley... quelques bocks !

Foden avala son tord-boyaux, puis il commença à marcher vers l'armoire. Il posa son verre et se tourna ; et tout à coup, il s'affala d'un bloc sur la carpette. Il y resta effondré comme une souche.

Mayola dit :

— Voilà la fin des haricots !

Greeley se leva, s'approcha de Foden, se pencha sur lui et dit :

— Le voilà parti au pays des rêves, y a pas de doute !... Comment vous y êtes-vous prise ?

Mayola leva la main gauche, la paume tournée vers Greeley. Il s'aperçut que la grosse bague au camée était défaite et qu'il restait encore dans l'intérieur quelques grains de poudre blanche.

— Combien de temps va-t-il rester dans les pommes ? demanda-t-il.

— Ça dépend de sa force de résistance, dit-elle, mais c'est un gaillard solide comme un cheval. Dans une heure il reprendra connaissance. Mais que cela ne vous tracasse pas ! Je peux prolonger son état aussi longtemps que vous voudrez.

Greeley sortit une boîte de Player's de sa poche, en donna une à Mayola. Ils restèrent à fumer en contemplant Foden. Greeley dit :

— Ça m'ennuie qu'il ait fallu arriver par ce moyen. C'est un rusé matois ! Il ne va pas être commode quand il reviendra à lui. Ça va le rendre diablement soupçonneux.

Elle dit :

— Je ne crois pas, si nous manœuvrons prudemment.

— Que voulez-vous dire ? demanda Greeley.

— Faites ce que vous avez à faire et revenez vite ici. Alors je vous administrerai une faible dose de la même médecine. Vous reprendrez connaissance en même temps... J'en avalerai peut-être un brin moi-même ! — Elle soupira. — Quand je pense à tout ce que je fais pour l'Angleterre.

Greeley lui lança un sourire sardonique :

— Quel numéro vous faites, Mayola ! Ma parole, c'est à croire que ce métier vous plaît !

— Et comment ! répondit-elle... C'est un passe-temps pour moi ! Qu'en pensez-vous ?

Greeley se courba sur Foden, l'allongea sur le plancher, et se mit à fouiller les poches. Il trouva dans la poche gauche de son pantalon un trousseau avec deux clefs. Il se releva :

— Voilà ce qu'il me faut, dit-il. C'est la clef de la porte d'entrée et celle de la chambre de son logement. Je m'en vais y jeter un coup d'œil.

— Bon ! Je vous souhaite bonne chance. Et ne faites pas de bruit ou on vous assommera en vous prenant pour un cambrioleur !

Greeley répondit :

— Allez dire à votre mère de vous presser le nez pour en faire sortir du lait, Mayola !

— C'est entendu ! Et qu'est-ce que je vais faire de ce beau numéro quand vous serez parti ? Est-ce que je vais le laisser là ?

— Jamais de la vie, dit Greeley. Occupez-vous de lui. Examinez tout, les marques de blanchissage, celles de ses sous-vêtements et tout le reste, et sans perdre de temps ! Ce serait de la déveine s'il revenait à lui pendant que vous le turlupinez !

Mayola se mit à rire :

— Comme si je ne savais pas ça ! Ça lui donnerait des idées fausses !

Greeley sortit dans le corridor. Elle le suivit, et demanda :

— N'avez-vous pas de pardessus ?

— Je n'en porte jamais... Eh bien, à bientôt, Mayola !

Elle lui demanda :

— Quand reviendrez-vous ? N'oubliez pas qu'il faut terminer cette petite mise en scène dans les règles !

— Je sais, dit Greeley, si j'ai de la veine, je reviendrai dans une heure. Et n'oubliez pas. — Il fit un signe vers le salon. — Soumettez le camarade à une fouille complète... On se reverra !

Il ouvrit la porte d'entrée et sortit dans la rue.

La secrétaire blonde de Quayle appuya sa tête dans ses mains et regarda dans le vide. Elle se sentait très lasse. En faisant tourner son poignet et en mettant la tête de côté, elle pouvait regarder sa montre-bracelet avec un minimum d'efforts ; elle vit qu'elle marquait deux heures.

Quelle heure ridicule pour travailler ! songea-t-elle. Mais de toute façon il n'y avait aucune raison pour qu'elle se sentît si lasse ! Elle avait eu six heures de congé l'après-midi et le soir. C'était de sa faute si elle ne s'était pas reposée ! Elle se demanda ce que faisait Quayle. Elle écouta. Aucun son ne venait de l'appartement contigu. Mais en tout cas Quayle ne faisait jamais aucun bruit en marchant. Elle se demanda s'il se couchait jamais et s'il dormait convenablement. Elle se promettait de jouir joliment de son congé si elle l'obtenait. Elle irait dans un endroit tranquille et ne penserait à rien. Elle essaierait d'oublier Quayle, et la longue liste de noms et de numéros de téléphone qu'elle avait toujours présents à l'esprit. Elle ne penserait qu'à elle et à Eustace. Elle se mit à penser à Eustace et se demanda où il pouvait être, sur un torpilleur, quelque part en mer... Eustace qui voulait devenir architecte et qui était dans la marine, et à qui l'uniforme allait si bien ! C'était même un très bon marin, car il faisait très bien tout ce qu'il entreprenait !

Quayle lui donnerait sûrement cette semaine de congé, à moins que quelque chose d'inattendu se produisît, et on ne savait jamais ce qui pouvait arriver ! La blonde ne savait pas grand-chose de l'organisation de Quayle, mais elle était douée d'assez d'intelligence pour deviner ce qui se passait.

Elle songea que Quayle devait en avoir par-dessus la tête de cette vie ! Toujours à courir de côté et d'autre pour rencontrer des gens, à compléter, à élaborer des plans, à entreprendre de nouvelles opérations, à toujours avoir l'avantage sur l'adversaire, à essayer de rattraper tout le temps perdu et dont les services d'espionnage allemand du dedans et du dehors avaient profité pendant la période qui s'était écoulée entre les deux guerres, mais pendant laquelle l'ennemi, lui, avait travaillé dur, sans relâche, nuit et jour !

Elle bâilla. Elle se mit à songer aux gens avec qui Quayle était en rapport, ceux qui avaient l'habitude de téléphoner au bureau et qui, pour une raison ou pour une autre, avaient cessé de le faire.

Elle pensa à Massanay, cet homme agréable, à la petite brune Dufours, et à une femme grisonnante qui se nommait Swethen. La blonde savait à quoi s'en tenir sur celle-là ! On l'avait trouvée dans un fossé près de St. Albans dans un affreux état. Elle avait été terriblement mutilée. La police en avait déduit qu'elle avait été écrasée par une auto qui avait traîné le cadavre sur la route. Il y avait une photo du cadavre dans l'un des casiers à fiches. Elle l'avait vue. On aurait dit que quelqu'un, par pur sadisme, s'était amusé à passer et à repasser plusieurs fois sur le corps de la malheureuse.

Quayle, exaspéré par cet horrible accident, n'avait pas cessé de sacrer tout une journée !

Elle se demanda ce que dirait Eustace en apprenant en quoi consistait vraiment son emploi. « La première fois que je le rencontrerai, pensa-t-elle, je mettrai mon uniforme. Ça lui en bouchera un coin. Mais il faudra que je trouve une explication à lui donner. » Il était difficile de lui dire qu'elle avait rang d'officier dans le corps féminin de l'aviation, tout simplement, comme disait Quayle, pour lui apprendre la discipline et l'obliger à se taire de gré ou de force !

Donc, elle s'était tue. Il fallait se taire si l'on travaillait pour Quayle. Il pouvait se montrer aimable, mais il savait aussi être diablement cruel quand il le voulait. Quelques incidents significatifs ne lui avaient pas échappé. Elle avait procédé de déduction en déduction !

Et, à présent, c'est Fells qui était sur le tapis. La blonde avait un faible pour Fells. Il était gentil. On l'aimait instinctivement. Elle sentait qu'il piquait sa curiosité. Il y avait quelque anguille sous roche ! Quand on venait au bureau pour une entrevue avec Quayle, comme Fells l'avait fait, cela voulait dire qu'il se passait quelque chose de grave !

Elle avait également remarqué autre chose. Très souvent, les gens qui avaient un entretien spécial avec Quayle disparaissaient ensuite et ne téléphonaient plus jamais. Il se peut, pensait-elle, que Quayle les expédiât ailleurs. Elle espérait qu'ils revenaient sains et saufs !

Elle se demanda où Quayle avait envoyé Fells. Elle savait que Quayle avait beaucoup d'agents en France. Peut-être allait-il y envoyer Fells ?

Tout à coup le téléphone se mit à sonner. La blonde décrocha l'appareil ; c'était Greeley.

— Allô ! M. Quayle est-il là ? demanda-t-il.

— C'est monsieur Greeley à l'appareil ?... Ne quittez pas. Je vous le passe.

Elle sonna dans la chambre à coucher de Quayle et annonça :

— Monsieur Quayle. C'est M. Greeley à l'appareil.

— Passez-le-moi !

Elle brancha la ligne.

Quayle dit :

— Eh bien, Greeley ? Qu'est-ce qu'il y a ? Ça va ?

— Pas trop bien, dit Greeley. Nous sommes allés à la Botte d'Argent. Nous avons rencontré Mayola. Ensuite nous sommes allés chez elle. Tout ça a bien marché. Je viens de quitter le logement de Foden... J'ai fureté partout.

Quayle demanda :

— Vous avez pu entrer chez lui assez facilement ?

— Facile ! dit Greeley... J'ai employé ses clefs !

— Avez-vous rien trouvé ? demanda Quayle.

— Rien, rien de rien ! Peut-être Mayola a-t-elle eu plus de chance en le fouillant... Je retourne là-bas !

— Elle ne trouvera rien sur lui, prophétisa Quayle. Tous ses vêtements sont neufs ; il les a achetés en Angleterre. Ce sera un fiasco de ce côté-là aussi !

Greeley remarqua :

— J'ai peur que vous ayez raison, monsieur Quayle !

— Avez-vous quelque chose d'autre à me dire ?

Greeley dit :

— Eh bien, j'ai eu ce soir un entretien avec Foden chez lui, avant de rencontrer Mayola. Il m'a dit qu'il devait voir Fells demain soir. Il m'a demandé si Zilla avait jamais mentionné son nom. Je lui ai dit que non, parce qu'elle n'avait pas assez confiance en moi. Il m'a appris que Fells allait lui verser le reste de la somme convenue quand il le verrait. Il m'a donné cent livres et m'a promis de m'en verser davantage plus tard. Il viendra me voir demain soir, tard sans doute. Il est possible qu'il le fasse, bien sûr !

Quayle dit :

— Oui, il y a des chances pour et contre. Je me demande à peu près à quelle heure il sera chez vous !

Greeley réfléchit un instant :

— Eh bien, si son entretien avec Fells se prolonge, ils en auront pour environ deux heures et s'arrangeront pour le reprendre le lendemain, comme vous dites. — Puis il ajouta : — Avez-vous d'autres instructions, monsieur Quayle ?

— Pas beaucoup. Vous feriez mieux de retourner chez Mayola pour y reprendre le fil. Et n'oubliez pas ceci. Si, à dix heures trente demain soir, Foden n'a pas paru chez vous, téléphonez-moi ici.

— Entendu, dit Greeley. — Il y eut un arrêt, puis il dit : — Excusez-moi, monsieur Quayle. Ne serait-ce pas une bonne idée de filer Foden demain ? On saurait ce qu'il manigance ! On comprendrait quel jeu il cache !

— Il se peut que je sois renseigné sur cela ! Merci de votre suggestion, Greeley, mais je n'ose pas le faire filer. Foden est très fort. S'il avait la moindre idée d'être suivi, ça n'irait plus du tout, ça ferait encore empirer les choses !

— Je vois. Eh bien, au revoir, monsieur Quayle !

— Bonne nuit ! Greeley.

Mayola ouvrit la porte ; elle fumait une cigarette.

— Entrez, Horace. Il est encore dans les pommes… Avez-vous trouvé ce que vous cherchiez ?

— Non, répondit Greeley… Pas la moindre veine !

Elle retira sa cigarette de ses lèvres et dit :

— Pourquoi tous ces efforts, toute cette surexcitation ?

— Il y a longtemps que vous travaillez pour Quayle ? demanda Greeley.

— Environ trois ans, pourquoi ?

— Assez longtemps pour avoir appris à ne pas poser de questions ? dit-il sèchement.

— Ça va ! Ça va ! dit Mayola… Ne faites pas l'important… Vous vous croyez très supérieur, hein ?… Moi, je suis une femme, vous savez, et par conséquent curieuse…

— C'est la curiosité qui a perdu Eve, dit Greeley.

Ils allèrent dans le salon. Foden était allongé sur la chaise longue.

— Eh bien ! sacré nom d'un chien ! Vous êtes une solide gaillarde ! Comment avez-vous pu transporter ce gros type-là sur le sofa ?

Elle se mit à rire :

— Ça vous épate ! dit-elle. Vous ne me connaissez pas ! J'en ai soulevé de plus lourds que lui ! — Elle alla jusqu'à l'armoire et resta debout à regarder Foden. — Il a les nerfs bien accrochés, ce type-là. Croiriez-vous qu'il a commencé à reprendre connaissance il y a une demi-heure. Il doit avoir un coffre comme la coque d'un cuirassé !

— Et qu'avez-vous fait ? demanda Greeley.

— C'est tout simple, dit-elle. Je sais toujours me débrouiller. Je l'ai soumis à ma volonté. J'ai une drogue dans une bouteille !

— Du beau travail ! dit Greeley… Qu'est-ce que c'est ?

Elle haussa les épaules :

— Je n'en ai aucune idée… C'est Quayle qui me l'a donnée !

— Ainsi ce n'est pas la première fois que ça vous arrive de faire ça ! J'ai trouvé que vous aviez l'air d'avoir beaucoup d'expérience !

— Ça, c'est mon affaire ! C'est vous qui devenez curieux, maintenant ! dit-elle ironiquement.

Greeley sourit :

— C'est bon, dit-il… parlons seulement affaires… Vous avez fouillé le camarade ?

Elle fit oui de la tête.

— Il ne cache rien. Tout ce qu'il porte est neuf. Il a de l'argent dans son portefeuille et la carte d'identité qu'on lui a donnée au port d'arrivée. Qu'est-ce que vous vous attendiez à trouver sur lui, les joyaux de la couronne ?

Mayola alla vers la table ; elle prit son verre et celui de Greeley et annonça :

— Voilà les complications qui commencent ! Il faut faire ça artistement !

Greeley dit :

— Vous voulez dire qu'il faut que je boive cet infâme mélange plein de poudre soporifique, hein ? afin que ça lui paraisse tout à fait naturel ?

— Ce n'est pas de vous que je m'inquiète, mon ami, mais il faudra que j'en fasse autant, n'est-ce pas, autrement il aurait des soupçons… Il m'a vue boire ce tord-boyaux.

— C'est entendu... Mayola, vous êtes une héroïne, un de ces jours on vous donnera une médaille !

— Vous charriez ! dit-elle. Je connais cette sacrée drogue. Demain j'aurai le teint tout jaune et les yeux comme des boules de feu... Mais n'en parlons plus !

Elle versa un peu du contenu de la bouteille dans deux verres et alla dans sa chambre. Elle revint avec une petite boîte de carton dans la main et mit quelques grains de poudre blanche dans chaque verre.

— Je ne vous en donne qu'une petite dose, mais ça fera son effet !

— Quel effet ça a-t-il sur vous ? demanda Greeley.

Elle haussa les épaules :

— On se sent très malade et on a un vertige affreux, dit-elle, puis on tourne de l'œil.

Greeley prit son verre :

— Allons ! dit-il... à la vôtre, Mayola !

— A la vôtre, répondit-elle.

Ils vidèrent leurs verres. Greeley s'assit sur une chaise. Mayola s'allongea avec assez d'élégance sur la carpette en s'appuyant le dos à l'armoire. Greeley la regardait et la trouvait fort jolie. Elle était presque aussi jolie que Zilla. La vie est une tragédie ! pensait-il. Zilla Stevenson avait paru dans son existence et s'était évanouie ! En voici une autre qui paraissait, une autre belle fille, et Greeley s'attendait à ne jamais la revoir après cette nuit. Il trouvait ça lamentable. Il trouvait que toutes les femmes qui travaillaient pour Quayle avaient du charme, et à les connaître, on les appréciait sans doute davantage !

Malheureusement, on ne lui donnait jamais le temps de faire connaissance avec elles. Tout à coup, il se sentit très fatigué. La pièce commença à s'obscurcir.

11

Entre amis

I

Sept heures venaient de sonner. Fells était assis à son bureau dans le coin du salon. Il commença à écrire une lettre :

« Chère Tanger,

« Je vous remercie beaucoup de votre lettre. Evidemment vous avez tout à fait raison. Hier j'ai causé avec Q. Il m'a tout dit à votre sujet. Il m'a clairement fait comprendre pourquoi il vous conseillait de quitter Londres.

« Il a raison de croire qu'en ce moment il vaudrait mieux que nous nous abstenions de nous voir. Il pense que mon esprit, qui est concentré sur la mission qu'il m'a confiée, serait faussé du fait que je vous aime... Mais il se trompe. J'ai passé tant d'années à faire ce travail, j'en ai tellement l'habitude et je me rends si bien compte que le succès de Q. a une importance primordiale que je ne peux rien laisser contrecarrer ses plans.

« Mais Q. ne laisse jamais rien au hasard. Il est très sage et bien plus courageux que n'importe lequel d'entre nous, parce que, bien qu'il coure de nombreux risques lui-même, il passe la plupart de son temps à penser à ceux qui travaillent pour lui et à se tracasser pour eux. Je n'en dis pas plus long maintenant. J'espère pouvoir remplir cette mission selon le désir de Q. Si je réussis, nous aurons sans doute une chance de réaliser nos plans ! »

Fells sortit glisser la lettre dans la boîte qui se trouvait au coin de la rue.

Quand il revint, sa propriétaire se tenait dans le corridor.

— Ce monsieur que vous attendiez est là, monsieur Fells. Je lui ai dit de monter.

— Merci, dit Fells, et il monta l'escalier.

Foden était debout devant la cheminée. Il avait posé son chapeau sur une chaise et déboutonné son pardessus. Il avait la main droite dans une poche du pardessus. Il tenait une cigarette dans la main gauche. Fells ferma doucement la porte derrière lui, puis il resta à regarder Foden en souriant.

— Salut ! Fells, je suis heureux de vous voir.

— Enlevez donc votre pardessus, dit Fells.

— Merci, dit Foden.

Il l'enleva et le mit sur la chaise où était son chapeau. Il revint à la cheminée et dit avec calme :

— Dites donc, supprimons toutes les formalités inutiles, voulez-vous ? Je suppose que vous savez qui je suis ?

— Non ! Mais je crois que je pourrais facilement le deviner !

Foden fit un signe de tête.

— Vous devineriez juste, dit-il. Je suis Emil Reinek, à votre service. Je crois pouvoir me qualifier d'auxiliaire personnel de Herr Schlieken.

Il tendit la main à Fells.

Fells traversa la pièce en souriant et lui serra la main :

— Ça facilite les choses, mais il vaut mieux sans doute que je continue à vous appeler Foden ?

— Pourquoi pas ? C'est un nom amusant et qui m'a certainement rendu un fier service ! Donc, avant de secouer la poussière anglaise de mes souliers, je continue à être Foden.

— Vous parlez l'anglais à la perfection. J'ai toujours admiré la façon dont Schlieken dresse son personnel ! dit Fells.

Foden fit un mouvement :

— Je devrais le parler parfaitement. J'ai passé environ dix ans dans ce pays. Vous savez, dit-il avec fierté, je peux même employer l'accent de Manchester, si je veux !

— Vous avez encore une qualité, dit Fells, vous paraissez avoir le sens de l'humour. La plupart des agents de Schlieken ne peuvent pas en dire autant !

— Entre nous, à parler franchement, quelques agents du groupe Schlieken se prennent beaucoup trop au sérieux ! Pour faire un travail comme le mien avec succès, il faut être prêt à tout, et si on est prêt à tout, il est absolument essentiel d'avoir de l'esprit. La situation, par exemple, est très amusante, poursuivit-il, ne pensez-vous pas ?

— Elle est follement amusante, dit Fells avec chaleur. C'est justement la sorte de choses qui paraît tout à fait invraisemblable.

— Justement, dit Foden. Et pourtant, c'est si simple !... Asseyons-nous donc. Je voudrais vous expliquer certaines choses. Je vous dois au moins cela.

Ils s'assirent chacun au coin du feu.

— En résumé, voici la position. Vous allez l'apprécier. Vous savez, la guerre est arrivée assez subitement pour nous. Nous ne pensions pas que les Anglais se décideraient à pousser les choses à fond avant deux ou trois mois. Quand la guerre fut déclarée, j'étais à Berlin avec Schlieken. Nous avons fait un relevé de nos agents du service. Beaucoup de membres de l'espionnage extérieur et des sections de service secret n'ont pas eu le temps de regagner l'Allemagne. Il y en avait dans le monde entier. A la place de Schlieken, la plupart des gens auraient tenté l'impossible pour les rapatrier. En faisant cela il en aurait perdu la moitié. Il en aurait fait revenir cinquante pour cent, et à quoi cela lui aurait-il servi ? — Il tira complaisamment une bouffée de fumée de sa cigarette et poursuivit : — C'est en cela que Schlieken a montré son génie. Nous étions assis tous deux dans son bureau de la Friedrikstrasse à boire un verre de cognac. Il me dit tout à coup : « Emil, j'ai une idée. Nous allons laisser tous les agents que nous avons à l'étranger dans tous les pays, juste à l'endroit où ils se trouvent. Nous y laisserons tous ceux que nous connaissons et en qui nous avons pleine confiance. Nous ne tenterons même pas de nous mettre en rapport avec eux ! » C'était incontestablement une brillante idée.

— Et comment ? demanda Fells. Je crois connaître les méthodes de Schlieken aussi bien qu'un autre. En quoi était-ce si habile ?

Foden fit monter un cercle de fumée bleue dans l'air.

— C'était une idée brillante, reprit-il. La voici exposée en peu de mots. Nous laissons un émissaire en pays étranger. Bien sûr, il adopte une autre personnalité. Bon ! Le voilà sur place. Il lui est impossible de retourner en Allemagne et on n'envoie aucun intermédiaire pour entrer en contact avec lui... Que fait-il ? Il ne reçoit aucun argent pour le défrayer de ses dépenses. Ses lignes de communication sont coupées et de toute façon, même si ce n'était pas le cas, ce serait fou de sa part d'essayer de s'en servir ! — Il haussa les épaules. — Un ou deux idiots d'ici ont essayé de le faire, dit-il, et en fin de compte les Anglais les ont pincés ! Schlieken s'attendait à cela. Ceux qui sont assez stupides pour jouer des tours pareils méritent ce qui leur arrive !

Fells l'approuva de la tête :

— Et les autres ? demanda-t-il.

— Vous pouvez vous représenter ce qui leur est arrivé. Schlieken suivait ce raisonnement que les autres prendraient un parti ou l'autre. Les médiocres tenteraient de s'identifier au pays où ils se trouveraient. Ils obtiendraient quelque emploi. Ils s'arrangeraient pour vivre en gardant cette idée qu'un jour ils pourraient retourner en Allemagne. Mais les plus habiles, que pouvaient-ils faire ? La plupart d'entre eux avaient une identité bien établie ! On les croyait anglais ou français. Eh bien, s'ils étaient vraiment intelligents, s'ils avaient vraiment profité de leur apprentissage du début, ils étaient sûrs de se mettre en rapport avec l'un des services secrets de Grande-Bretagne. Ils inventeraient quelque histoire, ils se fraieraient un chemin quelque part en sachant que s'ils avaient la chance de retourner dans le Reich, ils posséderaient quelques précieuses informations !

Fells fit un signe de tête approbateur :

— Je vois, dit-il.

— Quand nous sommes arrivés à votre nom sur la liste, continua Foden, Schlieken a dit : « Je sais ce que Fells va faire. Il déteste les Anglais. Ils l'ont traité avec beaucoup d'injustice. Ils l'ont chassé de l'armée. Ils l'ont mis en prison. Ils ont déshonoré son nom. Toute l'énergie et la loyauté qu'il a employées à faire son devoir de soldat se sont changées en haine, et cette haine sert nos intérêts. Fells fera preuve de beaucoup d'habileté ! » — Foden tira sur sa cigarette, s'emplissant la gorge de fumée qu'il rejeta lentement. Il poursuivit : — Schlieken était d'avis que quelque rouage du service secret anglais trouverait à utiliser les services de Fells et penserait que Fells serait heureux d'avoir une chance de faire une besogne louche. Ces gens-là ne sauraient pas, bien entendu, que vous aviez été l'agent de Schlieken !Vous comprenez ?

— Schlieken a du génie, dit Fells. Non seulement il comprend son travail, mais il comprend la mentalité des gens !

— Justement, dit Foden. Vous vous rendez compte jusqu'à quel point il vous a compris ! Je me souviens parfaitement de cette conversation. Il était assis à me regarder de l'autre côté de son grand bureau à dessus de verre, les yeux brillants derrière son pince-nez. Vous vous souvenez de ces petits yeux perçants, de ce nez pointu, en lame de rasoir ! Je le vois encore qui me fixait en souriant et qui disait : « Il n'y a qu'une chose à faire ! C'est de laisser Fells là-bas un an, deux ans... lui donner une chance de se faire agréer et alors ! alors, mon cher Emil, quand le temps sera venu, je crois que nous vous enverrons retrouver notre bon ami Fells ! »

— C'est très habile ! C'est du beau travail, Foden !

— Incontestablement, acquiesça Foden. J'ai quitté le Maroc pour venir ici. J'ai joué la comédie aux Anglais pendant des années ! Je suis allé voir les autorités pour leur offrir à deux reprises des renseignements sur l'Allemagne, des renseignements de valeur. Ils le savaient quand j'ai été les trouver, c'est ce qui leur montrait que ça en valait la peine ! Après, quand j'ai fait semblant de savoir quelque chose de vraiment sensationnel, je savais qu'ils seraient trop contents de faire venir en Angleterre le marin Foden, officier en second, qui avait servi pendant des années, sur des caboteurs, le long des côtes marocaines !

— Mais, continua Foden, si nous pensions que Schlieken avait du génie, nous n'avions pas encore compris jusqu'à quel point il en avait... écoutez !

Il se pencha en avant. Il avait les yeux brillants. Fells comprit que cet homme-là adorait son métier, que la surexcitation et le danger agissaient sur lui comme un tonique !

— J'ai dit à Schlieken : « Supposez que vous vous trompiez. Supposez que Fells ait tourné casaque. Dans un ou deux ans, quand vous déciderez de m'envoyer le trouver, il se peut que je tombe dans le piège ! » Savez-vous ce qu'il m'a répondu ? demanda Foden... Pouvez-vous imaginer ce qu'il m'a répondu.

Fells fit un signe de tête négatif :

— Non, je ne peux pas, dit-il, mais je parie que c'était une vraie trouvaille !

— C'était une trouvaille, dit Foden, voici ce qu'il m'a répondu : « Supposons, histoire de causer, que Fells ait tourné casaque. Supposons que, par excès de patriotisme dévoyé, par besoin d'argent, ou pour toute autre cause, Fells décide de redevenir anglais et de servir son pays, de travailler pour cette race de démons ! Supposons qu'il leur dise tout ce qu'il sait de nos secrets... Très bien... Que se passera-t-il ? N'importe lequel de mes agents, qui se fait fort de posséder les renseignements les plus précis sur les Anglais, comme vous Emil, un tel homme sera certain de se rencontrer avec Fells, parce que les renseignements dont il sera porteur auront justement trait à toutes ces choses que Fells a apprises pendant qu'il était à notre service. Fort bien ! nous imaginerons donc que vous rencontrez Fells et que Fells nous trahit. Vous continuerez à ne pas être inquiété, ni Fells non plus. Parce que, réfléchissez, si Fells travaille pour eux, ils penseront qu'il leur est possible d'entrer en rapport avec lui. Ils croiront que nous travaillons pour eux. C'est nous qui ferons partir Fells d'Angleterre et le ferons entrer en Allemagne. Ils penseront que l'un de leurs nombreux agents qui opèrent en Allemagne pourra entrer en contact avec lui. » Eh bien, est-ce génial, oui ou non ? demanda Foden... Et ce qui est beaucoup plus important, ajouta-t-il en souriant à Fells, est-ce exact ?

Fells ne répondit rien. Il songeait : « Mon vieux Fells, quoi que tu fasses, quoi que tu dises, tu es pris au piège. Quelles que soient leurs pensées secrètes, c'est la fin pour toi ! Schlieken est d'une habileté infernale. Ils vont se servir de toi comme d'une sorte d'otage. De toute façon tu es perdu !... »

Il dit :

— Herr Schlieken ne me flatte guère, n'est-ce pas ? Je croyais bien le connaître. Je croyais qu'il me connaissait à fond. Comment peut-il croire que je voudrais rien faire pour les Anglais après le traitement qu'ils m'ont fait subir !

Foden l'approuva d'un signe de tête :

— Précisément, dit-il. C'est exactement ce que j'ai dit. Et il le sait bien. En même temps, je crois que vous serez obligé de reconnaître que sa théorie montre que nous ne laissons pas grand-chose au hasard !

— Je serai heureux de filer d'ici, dit Fells. J'en ai plein le dos de ce pays. Schlieken sait bien ce que j'en pense, de tout le patelin, de chacun de ces sacrés habitants !

Foden sourit aimablement :

— Mon ami, votre vœu sera exaucé ! — Il se leva et s'étira. — Franchement, c'est une merveilleuse situation, dit-il.

Il alla dans la chambre à coucher, mit son pardessus et son chapeau.

Foden l'attendait dans le salon.

— C'est malheureux de laisser toutes ces cigarettes. Emportons-les, hein ?

proposa-t-il en souriant très aimablement à Fells, et il se mit à emplir son porte-cigarettes en puisant dans la boîte qui se trouvait sur la table.

— Vous avez parfaitement raison. Vous pensez à tout, Foden, dit Fells tout en songeant : « Ainsi nous allons nous tenir à couvert jusqu'au moment où nous quitterons l'Angleterre. Nous allons disparaître. Nous ne pourrons même pas entrer chez un marchand de tabac chercher des cigarettes. C'est pourquoi il emporte celles-ci ! »

Ils descendirent l'escalier. Quand ils arrivèrent dans l'entrée de la maison, la propriétaire de Fells monta leur parler, du sous-sol. Elle dit :

— Rentrerez-vous tard, monsieur Fells, et attendez-vous quelque message téléphonique ?

— Je ne rentrerai pas très tard, ce soir, et je ne crois pas qu'il y ait de message pour moi. S'il y en a, veuillez dire que je pense rentrer avant onze heures.

Elle redescendit au sous-sol. Foden ouvrit la porte d'entrée. Il se rangea de côté, et dit plaisamment à Fells :

— Après vous, mon cher Fells !

— Merci, dit Fells.

Il souriait.

En sortant, il tourna la tête vers le haut des marches. Il avait eu beaucoup de confort dans cet appartement. Il pensa qu'il ne le reverrait jamais plus !

II

Greeley était assis près du feu dans la pièce qui lui servait de chambre à coucher et de salon tout ensemble. Il lisait l'*Evening News*. Il songeait que les soldats du désert devaient avoir une vie très rude. Greeley pensait qu'il aimerait bien y être. Ça devait être passionnant, plein de couleur... Il regarda sa montre-bracelet. Il était dix heures trente-deux. Il pensa... Eh bien, encore une affaire de faite ! Il alla au téléphone et appela un numéro. La secrétaire blonde de Quayle répondit :

— C'est vous, monsieur Greeley ?

— Oui, dit Greeley, c'est bien moi !

— Avez-vous quelque message ?

Greeley dit :

— Non, je n'ai rien à vous dire.

La blonde répondit :

— Très bien. Je vais parler à M. Quayle dans une minute. Il va aller vous voir d'ici peu. Peut-être aimeriez-vous lui ouvrir la porte vous-même ?

— C'est bon, je l'attendrai, dit Greeley.

Il alluma sa cigarette, puis il descendit, tira le verrou de la porte, et resta debout dans le couloir sombre. Cinq minutes plus tard, Quayle arriva. Greeley lui montra le chemin pour monter à sa chambre. Quand ils y furent entrés, il lança un furtif regard vers Quayle. Il trouva qu'il avait l'air préoccupé. Quayle dit :

— Ainsi, aucune trace de Foden ? Rien, absolument rien !

Greeley fit un signe de tête négatif.

— Eh bien, ça veut dire qu'ils sont en train de décamper !

Sa voix avait pris un ton péremptoire.

Greeley s'assit sur une chaise près du feu. Il songeait : « Je me demande, sacré nom d'un chien ! ce qui va arriver maintenant... Quayle n'a pas l'air d'avoir aucun tour de reste dans son sac ! On dirait que quelqu'un lui a joué tous les as ! » Greeley se sentit vaguement malheureux.

— Dites-moi exactement ce qui s'est passé hier soir, demanda Quayle.

Greeley le lui dit par le menu. Quand il eut terminé, Quayle dit :

— Eh bien, nous ne sommes guère plus avancés, hein ? Mais je ne me suis jamais attendu à rien trouver chez Foden. Je ne me suis jamais attendu à rien trouver sur lui. Il est bien trop habile pour ça !

— Cet oiseau-là a l'air assez malin, dit Greeley.

— Oui, il est assez malin... il devrait l'être !

— Pourquoi ? demanda Greeley.

Quayle sourit légèrement. Il se mit à arpenter la pièce ; il dit :

— Foden est un des meilleurs agents du service secret de l'Allemagne. C'est un nazi cent pour cent. C'est un homme de la plus grande valeur. — Il regarda Greeley. — Pensez à la façon dont il parle l'anglais, dit-il. En outre, il parle trois autres langues modernes. Je me demande s'il lui arrive jamais de penser dans sa langue maternelle !

Greeley s'exclama :

— Tonnerre ! Vrai... C'est un Boche ?

— Oui, dit Quayle. C'est un Boche, ça ne fait aucun doute. Tout a très bien marché pendant tout le temps, et il a l'impression d'avoir bien réussi ! C'est un rusé matois que Foden !

Greeley ne dit rien. Il voulait poser des questions, mais Quayle continua à parler :

— Il n'y a aucune raison qui vous empêche d'être au courant, maintenant, Greeley. Je ne vous ai pas dit grand-chose jusqu'ici, parce que vous savez que c'est mon principe de ne dire à mes agents que juste ce qu'ils doivent savoir !

— Je sais cela, monsieur Quayle. Je ne crois pas que votre main gauche sache jamais ce que fait votre main droite... Vous avez peut-être raison !

— Dans notre profession en particulier, j'ai incontestablement raison, dit Quayle. Mais cette fois-ci il y a lieu de faire une exception. Foden a montré beaucoup de finesse dans cette affaire. C'est Schlieken, le plus important personnage du service secret allemand dans les pays étrangers, qui l'a désigné pour opérer au Maroc. Foden a autrefois appartenu à la marine de guerre allemande. Il lui était facile de trouver un poste d'officier en second sur quelque caboteur ! Mais ce qu'il ignorait, c'est qu'Estalza, l'armateur de ces navires, était un de mes agents.

Greeley sifflota entre ses dents.

— Ainsi vous saviez à quoi vous en tenir dès le début ? dit-il.

Il y eut un éclair admiratif dans son regard.

— Oh oui, dit Quayle... Je savais parfaitement à quoi m'en tenir dès le début... J'ai suivi chaque jeu de Foden... Je l'ai vu pousser tous ses pions dans cette aventure !

— Vous savez, monsieur Quayle, murmura Greeley, je crois quelquefois que nous ne sommes pas la moitié aussi sots que les gens veulent bien le penser !

Quayle sourit :

— C'est une question de comparaison... Nous le saurons avant la fin de cette guerre. Donc Estalza était au courant de l'identité de Foden. Même à ce moment-là, Foden se préparait à tenter la grande aventure, à venir en Angleterre. Il alla deux fois trouver nos autorités au Maroc en leur offrant de leur fournir des renseignements sur les Allemands. Evidemment, les renseignements étaient exacts, mais sans intérêt. Il s'est fâché contre nos représentants qui n'ont pas voulu l'écouter.

» Ils n'ont pas voulu l'écouter parce qu'ils l'ont percé à jour ! Estalza a pris grand soin de la chose. C'est pourquoi Foden commença à avoir quelques soupçons sur Estalza, et peu de temps après, Estalza a été tué ! Foden songea que quelqu'un pourvu d'un peu de jugeote s'imaginerait avec beaucoup de vraisemblance qu'il avait trempé dans ce forfait. C'est pourquoi il s'arrangea pour être expédié au camp de concentration de Vichy. Il était encore en train de se faire passer pour un autre, mais malheureusement il est arrivé dans ce camp quelque chose qui a contrecarré ses plans ! — Quayle s'arrêta de marcher, tira une bouffée de fumée de sa cigarette et regarda Greeley. — Vous vous souvenez de cette photo qu'il vous a montrée, continua-t-il, celle du groupe du camp de concentration ?

— Je me souviens, dit Greeley. Il me l'a montrée quand je l'ai vu au port, et vous l'avez retrouvée derrière la coiffeuse dans l'appartement de Zilla Stevenson !

— C'est cela, dit Quayle. Il est assez malheureux pour Foden qu'il ait ignoré que je possédais une autre épreuve de cette photo ! Quand cet instantané a été pris au Maroc, un de mes agents en a acheté une épreuve. Il voulait me l'envoyer. Il me l'a envoyée. Au verso, il avait marqué le nom des gens qui étaient dessus et il me disait très clairement qui était Foden et quelles étaient ses activités.

— Ça, c'est un comble ! dit Greeley en poussant un soupir.

— C'est pourquoi Foden a été forcé de tuer Zilla Stevenson, continua Quayle. Quand il est allé à son appartement, il lui a raconté son histoire du Maroc. Il a pris cette photo dans sa poche et la lui a montrée. Je peux me rendre compte de ce qui est arrivé alors ! Elle a reconnu la photo, parce que celui qui l'a envoyée était son mari. Elle l'aimait beaucoup, et tout à coup, elle a appris qui était réellement Foden... C'est lui qui a trahi son identité à ses yeux !

Quayle soupira :

— Pauvre Zilla ! dit-il. Vous pouvez deviner ce qui est arrivé, n'est-ce pas, Greeley ? Il lui a donné la photo. Elle l'a regardée. Il était probablement debout devant le feu, elle, plus près de la porte de sa chambre à coucher. Quelle haine elle a dû éprouver pour Foden... l'homme responsable de la mort de son mari ! — Il haussa les épaules. — Elle a probablement pensé que Foden triomphait après avoir roulé tout le monde. Elle s'est dit que je ne savais pas qui il était en réalité. Elle a perdu la tête, elle est allée dans sa chambre et elle est revenue, la photo dans une main, le revolver automatique dans l'autre. Elle voulait tenir Foden en respect, me téléphoner et le faire pincer... Pauvre Zilla !

— J'y suis, dit Greeley... Il a sauté dessus, a saisi la main qui le menaçait du revolver, et a retourné l'arme contre elle.

— Oui, dit Quayle... C'était fini ! Il pensait qu'il avait supprimé l'obstacle dressé devant lui. Je suppose qu'au cours de la lutte Zilla a jeté la photo dans la chambre à coucher. Elle est allée tomber derrière la coiffeuse. Foden ne s'en est pas inquiété, parce qu'elle n'avait aucune valeur pour lui. Il a sans doute cru que Zilla était une fille ambitieuse travaillant pour un de nos services secrets, qu'elle le soupçonnait et qu'elle allait le livrer à la police... Donc il ne s'est pas soucié de cette photo !

— Il a dû avoir la frousse. Il a dû se rendre compte qu'il risquait gros ! qu'il courait à un vrai casse-cou ! dit pensivement Greeley.

Quayle haussa les épaules :

— Foden est habitué aux casse-cou. Je crois qu'il aime courir des risques. En tout cas, il ne se tracassait pas au sujet de Zilla. Il savait que nous ne ferions aucune démarche dans ce sens !

Greeley l'approuva d'un signe de tête. Il commençait à comprendre.

— Donc, poursuivit Quayle, pour en revenir au Maroc, après s'être évadé du camp de concentration, Foden laissa passer un peu de temps, puis il se mit en rapport avec l'un de nos agents à Marrakech. Il pensa qu'il était grand temps de décamper. Il avait des instructions pour rentrer en Angleterre, et il pensait que la chance lui souriait. Il fabriqua une petite histoire assez plausible, d'après laquelle on avait à deux reprises rejeté ses offres de renseignements. Cette fois-ci, il avait des informations sensationnelles et il voulait retirer du marché conclu une forte somme ! Nos agents de Marrakech firent semblant de mordre à l'appât et d'avaler le tout avec l'hameçon... Ils le mirent en contact avec quelqu'un de Suera, et ce quelqu'un le mit en rapport avec Mme Ferry. — Quayle sourit en pensant à elle. — Mme Ferry est une femme très fine. Il y a des années qu'elle travaille pour moi. C'est grâce à elle que Foden a pu arriver en Angleterre, et quand il est arrivé, vous étiez là à l'attendre !

— Ça, c'est du beau travail ! Vous êtes un malin, monsieur Quayle, admira Greeley.

— Ça, c'est encore à voir... je n'en sais rien. Foden continuait à penser qu'il tenait la bonne combine, poursuivit-il. Il savait que tôt ou tard il s'aboucherait avec quelque gros personnage. Sa petite histoire était trop bien emmanchée pour ne pas réussir. Ou on allait le croire, ou on l'éconduirait... En réalité, cela n'avait guère d'importance parce qu'il savait ceci : à supposer que nous le soupçonnions vraiment, ce que nous devrions faire évidemment était de le laisser filer pour voir comment il s'y prendrait... Il raisonnait ainsi. Nous devions savoir que, s'il avait un moyen de pénétrer en Angleterre, il devait également en avoir un pour en sortir. Il se disait que, si nous le soupçonnions, nous devions savoir qu'il était un agent de Schlieken, et si nous faisions cette déduction, nous arriverions fatalement à le mettre en rapport avec Fells. Si nous le faisions, qu'allait-il faire lui-même ? dit Quayle. La voie à suivre la plus naturelle pour lui était de dire la vérité à Fells, de faire des plans pour emmener Fells avec lui en Allemagne, de s'arranger pour utiliser Fells. Il croit que nous allons les laisser tous les deux jouer la fille de l'air, parce que, par cette fuite, Fells se remet en rapport avec Schlieken !

— J'y suis, dit Greeley.

— Mais ce que vous ignorez, continua Quayle, c'est que Fells travaillait déjà pour Schlieken avant la guerre. C'est moi qui ai tout fait pour cela. Il a travaillé longtemps, et très dur pour les Allemands, dit Quayle en souriant. Ils trouveront un emploi pour Fells, même s'ils n'ont pas en lui une confiance aveugle. Il y a encore des quantités d'informations qu'il possède et qui peuvent leur servir.

— Je comprends. Foden a compté que, si Fells est bien votre agent, vous le laisserez l'emmener pour tenter la chance de le mettre en rapport avec ce Schlieken en Allemagne. Il s'est dit que si, par contre, Fells ne travaille pas pour vous, s'il est encore prêt à faire le jeu de Schlieken, il pourra fournir des renseignements de haute valeur aux services secrets du Reich !

Quayle acquiesça.

— C'est bien ça, dit-il. Et, en tout cas, vous vous rendez compte qu'ils disposent toujours de moyens et de trucs à eux pour faire parler les gens les plus rébarbatifs !

— Je sais, dit Greeley. J'en ai entendu parler !... Je ne voudrais pas être dans les souliers de Fells !

Il y eut quelques instants de silence et Quayle remarqua :

— C'est un jeu rudement compliqué que ce jeu là !

— Et comment ! dit Quayle avec un sourire sardonique.

— Bon, fit Greeley... je suppose que c'est la fin de l'histoire. Vous êtes bien aimable de me l'avoir racontée. Ça rend les choses très intéressantes. Je peux me figurer l'ensemble du tableau maintenant, ce qui ne m'est jamais arrivé pendant tout le temps que j'ai travaillé pour vous, monsieur Quayle !

Quayle sourit :

— Eh bien, voilà... Greeley. J'ai pensé qu'il était grand temps que vous ayez quelques renseignements précis... bien que ça ne vous profite guère !

— Non, admit Greeley... Je ne pense pas que ça me servira à grand-chose !

Quayle prit son chapeau.

Greeley dit :

— Si vous avez besoin de moi, vous me préviendrez, sans doute, monsieur Quayle ? — Quayle fit un signe d'assentiment et Greeley se leva. — Ce n'est pas de chance pour M. Fells. Je réfléchissais...

Quayle l'arrêta :

— Et à quoi réfléchissiez-vous, Greeley ?

— Je pensais que ça aurait pu m'arriver à moi, dit Greeley.

— Oui, dit Quayle ; ça aurait bien pu vous arriver. Si vous aviez été Fells, si vous aviez parlé allemand aussi bien que lui, si vous aviez couru les risques qu'il a courus, si vous aviez fait tout ce qu'il a fait, vous auriez pu avoir cette suprême récompense de...

Son visage prit un air sombre. Il haussa les épaules...

— Bonne nuit, Greeley, dit-il.

Il descendit les marches de l'escalier.

III

...Mayola Green ouvrit la porte de son appartement, la referma doucement, traversa le sombre corridor, alluma la lumière dans le salon. Elle était fatiguée. Elle se regarda dans la glace qui était contre le mur, et pensa : « Quelle chienne d'existence ! Comme ce sera agréable quand cette guerre sera terminée ! Tu ne te reconnaîtras plus, Mayola ! Je me demande ce que tu feras... Tu aurais pu être une assez bonne actrice ! » Elle soupira, elle avait la migraine. Sapristi ! elle avait trop bu la nuit précédente ! Elle alluma une cigarette et entra dans la chambre à coucher. L'idée d'avoir un bain chaud lui plut. Elle alluma l'électricité dans la salle de bains, et ouvrit les robinets. Soudain, la sonnette de la porte d'entrée retentit. Mayola ne réfléchit qu'une minute ; elle ferma les robinets, poussa rapidement la porte de la salle de bains, éteignit la lumière dans la chambre à coucher, ferma la porte derrière elle, et alla ouvrir la porte d'entrée : elle ne fit que l'entrebâiller.

Quayle était debout sur le seuil. Il dit :

— Bonsoir Mayola.

— Les miracles continuent ! s'exclama Mayola. Une visite du chef en chair et en os ! Mon Dieu ! Il faut que ce soit urgent... Voulez-vous quelque chose à boire ?

— Non, merci, mais, si vous me le permettez, je fumerai une cigarette. Que pensez-vous de ce qui s'est passé la nuit dernière, Mayola ?

— Franchement, dit-elle, je ne trouve pas que ça a été bien fameux ! Nous avons manœuvré en amateurs. Je ne sais rien de votre ami Foden, mais c'est un fameux crétin ! Il ne soupçonne rien, c'était comme une scène dans un film !

— Il est certain qu'il va avoir des soupçons... Mais qu'est-ce que cela fait ? dit Quayle.

Mayola demanda :

— Vous attendiez-vous vraiment à rien trouver sur lui ?

Quayle fit un signe de dénégation :

— Non, Mayola... Dites-moi ce qui s'est passé... Lui avez-vous administré la dose habituelle ?

— Je lui ai donné celle que vous m'avez conseillée, une petite dose. Elle était trop petite pour lui. Cet homme-là est solide comme un cheval. Il a repris connaissance au bout d'une demi-heure !

Quayle l'approuva d'un geste :

— Et alors ? dit-il.

— J'ai fait ce que vous m'avez dit, dit Mayola. Je lui ai fait respirer la bouteille que vous m'avez donnée.

— Je vois, dit Quayle, et alors que s'est-il passé ?

— Il a perdu connaissance de nouveau, dit Mayola... Il grognait, il marmottait et se tordait sur le parquet... Ça se pose là comme anesthésique, cette drogue que vous m'avez donnée !

— Je suppose que vous vous êtes donné la peine d'écouter ce qu'il a dit ? questionna Quayle.

Elle se mit à rire :

— J'ai essayé, dit-elle. Il a raconté des tas de choses... Vous savez comme ils peuvent jaser, mais ça n'a jamais aucun sens !

— Je sais, approuva Quayle.

— C'est facile d'être marin, continua Mayola... Il parlait des marées et bavardait sur la longitude et la latitude... Tout ça, c'était de l'hébreu pour moi... puis il a parlé d'une sacrée blague ! Il a prononcé un nom étranger.

— Etait-ce Schlieken ?

— C'est ça, dit Mayola... Schlieken !

— Qu'a-t-il dit d'autre ? demanda Quayle.

Mayola répondit :

— Il est évident qu'il pensait à des navires... Il a parlé de « savoir la Rose des Vents »... Dites, comment sait-on la Rose des Vents ? Qu'est-ce que ça veut dire ?

Quayle sourit :

— Ça serait bien trop long à vous expliquer, Mayola... Il faut que je parte !

— C'est un grand honneur pour moi d'avoir eu votre visite. Il y a bien longtemps que vous n'êtes venu me voir ! Qu'est-ce qui va m'arriver à présent ? Voulez-vous que je reste par ici et que je me contente d'attendre que le téléphone veuille bien sonner ? demanda-t-elle.

— Non, vous pouvez prendre deux semaines de congé, Mayola, je crois que nous allons avoir un moment de calme !

— Très bien, dit-elle. Je vais prendre la poudre d'escampette. Demain je filerai dans un joli petit trou de campagne où personne ne songe à prendre des cocktails et où ce qu'il y a de plus sensationnel à faire est de regarder une vache dans un champ !

— Je vous envie, dit Quayle. C'est trop beau pour être vrai ! Bonne nuit, Mayola, à bientôt !

— Bonne chance, dit-elle.

Elle le suivit dans l'entrée, ferma doucement la porte derrière lui, et revint au salon en se disant : « Mayola, ma chère ! Tu as deux semaines de vacances, et tu peux verser des litres d'eau de Cologne dans ta baignoire... Tu l'as bien mérité ! »

12

Départ

I

Il faisait pleine lune. Fells songea qu'il devait être environ trois heures. La nuit était superbe et paisible.

En face d'eux, la route s'allongeait sur la colline, entre les bois, sur la crête, comme un long ruban en zigzag. La brise toute chargée de la senteur âcre de la mer soufflait par la fenêtre ouverte de l'auto. Fells se demanda où ils étaient.

Foden était assis à côté de lui, enfoncé dans un des coins de la voiture. Le bout de la cigarette qu'il fumait étincelait par instants comme un tison, chaque fois qu'il en aspirait la fumée. Il aspirait paisiblement, sans hâte aucune. Fells se disait qu'il faudrait quelque chose d'exceptionnellement sensationnel pour troubler la tranquillité d'esprit de Foden.

Devant lui, il pouvait voir le dos mince de la jeune fille qui conduisait l'auto. Fells pensait : « C'est le comble qu'ils aient des femmes qui travaillent pour eux en Angleterre. Je suppose que c'est une Allemande. Elle connaît son affaire, en tout cas, et elle conduit bien. »

Il se disait que, de toute évidence, il y avait en Angleterre une organisation supérieure d'espionnage allemand ; cette auto, par exemple, une grosse voiture de tourisme, pourvue d'un numéro de taxi... Ils s'arrangeaient, malgré tous les règlements et toutes les restrictions imposées quant à la circulation et à la consommation d'essence, pour utiliser une voiture comme celle-ci et les services d'une chauffeuse de ce genre ! C'est du travail soigné, pensait Fells, mais ce qui le rassurait, c'est l'idée que très probablement Quayle avait un service semblable qui fonctionnait quelque part en Allemagne... Pourquoi pas ?

Cette fille était certainement à la page ! Au cours de la demi-heure qui venait de s'écouler, elle avait fait circuler et virer l'auto sur les routes de campagne. Fells n'avait pas la moindre idée de l'endroit où ils se trouvaient.

Foden dit tout à coup :

— A quoi pensez-vous donc, mon ami ?

Fells eut un rire ironique :

— Pas à grand-chose, dit-il. Je me disais que cette fille conduit rudement bien. Mais le diable m'emporte si je sais où nous sommes !

Foden demanda :

— Est-ce que ça vous tracasse ? — Puis il poursuivit : — C'est une jeune fille de toute confiance. Schlieken a mis la main dessus il y a environ six ans. Elle était bonne dans une famille de Berlin. Je ne sais pas comment il l'a rencontrée. Il l'a préparée à son travail pendant trois ans. Regardez-la maintenant ! Elle parle trois langues et, dit-il, en riant sous cape, elle est ici depuis dix-huit mois. Elle est employée par une société d'automobiles de louage. C'est un agent de toute première force !

Fells demanda :

— Est-ce qu'elle réussit à faire parvenir ses informations en Allemagne ?

Foden secoua la tête :

— Non, dit-il. C'était la vieille méthode. Elle est surfaite. Elle attend ici que nous lui envoyions quelque émissaire pour les recueillir. Nous avons perdu trop de bons agents qui utilisaient le vieux système de la poste pour nous faire parvenir leurs informations. C'est démodé. Nous ne pouvons plus le faire !

Fells demanda d'un air détaché :

— Et les Anglais, le font-ils ?

Foden lui lança un regard de côté :

— Bien sûr, dit-il lentement, vous n'en savez rien ? Vous avez sans doute perdu contact avec tout cela pendant quelque temps. Franchement, nous ne savons pas tout à fait comment les Anglais s'y prennent. — Il lança son mégot par la portière. — Vous savez, fit-il en appuyant sur les mots... Les Anglais ne sont pas des idiots. On a toujours eu dans l'idée que les services secrets britanniques étaient mauvais... Cette idée ridicule du colonel Blimp ! En réalité, il y a beaucoup de ces colonels Blimp anglais qui sont plus habiles que ne le soupçonnent leurs détracteurs. En tout cas, les Anglais ont beaucoup de choses à nous apprendre... — Il sourit. — Nous les avons étudiés avec soin...

— Cela me surprend de savoir que Schlieken a quelque chose à apprendre des Anglais ! dit doucement Fells.

— Mon cher Fells, vous faites une erreur grossière. Schlieken a quelque chose à apprendre de n'importe qui. C'est sa plus grande qualité ! Schlieken a deux grandes vertus fondamentales. Vous en connaissez sans doute une, c'est sa bravoure et sa ruse ; de plus il a toujours l'esprit très ouvert. Il s'efforce sans cesse de perfectionner ses méthodes !

Fells l'approuva d'un signe de tête.

— Je sais, Schlieken est un homme qui ménage toujours de grosses surprises !

— Comme vous avez raison ! dit Foden... Et je vous garantis, mon cher Fells, qu'il va vous causer une surprise plus grosse encore que toutes celles qu'il vous a causées jusqu'ici !

— Tiens ! Comme c'est intéressant, dit Fells. Et quand est-ce que je vais l'avoir, cette surprise ?

Foden regarda sa montre-bracelet et répondit :

— Ça ne sera pas long, maintenant !

L'auto montait la côte, puis elle enfila la route qui passait entre deux boqueteaux. Comme ils dévalaient la pente, de l'autre côté, le vent souffla plus fort à travers les portières de la voiture. Fells comprit qu'on approchait de la mer.

Il y avait un épais rideau d'arbres de chaque côté de la route. La jeune chauffeuse tourna la tête, abattit le pare-brise et dit avec un léger sourire :

— Je crois que nous y sommes, monsieur Foden.

Foden dit :

— Oui, c'est ici... Nous descendons, enjoignit-il à Fells.

Il sortit de l'auto, Fells le suivit. Ils restèrent sur la bordure gazonnée de la route. Tout était calme ; on n'entendait que le bruissement de la brise nocturne dans les branchages et le frissonnement des feuilles mortes. Tout près d'eux, Fells entendit le craquement d'une branche pourrie. Il se retourna dans la direction d'où venait le bruit.

Un homme émergea de l'ombre. Il s'avança vers eux. Ce ne fut qu'au bout d'un instant que Fells put distinguer son visage.

— Voici la grosse surprise, Fells, dit Foden. C'est une vraie rencontre de vieux amis.

L'inconnu était maintenant tout près d'eux. Il souriait. Fells pouvait voir de petits yeux perçants derrière le pince-nez. Il dit en retenant sa respiration :

— Grand Dieu... Schlieken !

Foden l'entendit.

— Je pensais bien que vous auriez une surprise ! dit-il en souriant.

— Mes félicitations, mon cher Foden, vous avez admirablement manœuvré ! dit le nouveau venu. — Il allongea la main et caressa l'épaule de Fells. — Quel plaisir de vous retrouver, mon cher Fells, dit-il. C'est vraiment une heureuse rencontre ! Excusez-moi un instant.

Il s'avança vers l'auto et dit très doucement à la jeune chauffeuse :

— On m'a fait un excellent rapport sur vous, Karla. Vous faites du très bon travail. Un jour, quand vous reviendrez dans votre patrie, vous y trouverez une décoration qui vous sera décernée en récompense de vos services.

La jeune fille, le visage rayonnant, répondit :

— Merci, Herr Direktor !

Schlieken revint vers les deux hommes et Fells lui déclara :

— Vous êtes l'homme le plus étonnant que j'aie jamais rencontré ! Je ne crois pas qu'il y en ait d'autres comme vous !

Schlieken haussa les épaules et dit :

— Vous vous trompez, mon cher Fells, vous qui vous trompez si rarement. Je n'ai rien du tout d'étonnant. Je fais les choses naturelles et simples. Réfléchissez, dit-il, il est tout à fait naturel que notre délicieux, notre très brillant ami Quayle croie que je suis assis quelque part dans mon bureau de la Friedrikstrasse à diriger nos différents services. — Il eut un petit rire étouffé. — Je me demande ce que dirait cet estimable Quayle, continua-t-il, s'il savait que depuis neuf mois j'habite une charmante petite maison de campagne à environ vingt-cinq kilomètres de Londres, et que j'y dirige mon service limité, mais très complet, de renseignements dans ce pays ! — Il s'arrêta de parler puis dit brusquement à Foden : — Quelle heure est-il. Combien de temps avons-nous à attendre ?

Foden répondit :

— Environ dix minutes... Alors nous pouvons partir.

— Les deux autres sont-ils ici ? demanda Schlieken.

Foden fit signe que oui...

— Ils nous retrouveront un peu plus loin, dit-il. Ils nous attendent sans doute déjà au rendez-vous !

— Bien, dit Schlieken. — Il se tourna vers Fells. — Mon cher camarade du Parti, ici présent, a dû vous dire mon idée que nous avons mise à exécution il y a trois ans. Six mois avant la guerre, les Anglais ont commencé à donner des signes de panique. Ils ont pris toutes sortes de précautions, c'est pourquoi j'ai eu l'idée de laisser tous mes agents en Angleterre, en les isolant de leur quartier général et en les laissant mijoter dans leur propre jus, comme vous dites, vous autres Anglais. Je savais pouvoir avoir toute confiance dans un ou deux d'entre eux. Je savais où pouvoir les retrouver. Quant aux autres, je les ai laissés filer. Les Anglais en ont pincé quelques-uns. Quayle en a pris douze au moins, et je ne crois pas qu'il ait eu lieu de s'en féliciter. Il ne pouvait pas comprendre comment il se faisait que ces hommes, bien entraînés, et, pensait-il, bien organisés, avaient été simplement abandonnés en Angleterre, sans pouvoir utiliser aucun moyen d'information et de communication... Je crois que cela lui a causé beaucoup d'ennuis !

— En effet, dit Fells. Ça a dû lui causer de gros ennuis !

Schlieken continua :

— Mais je savais que dans ce nombre il y en avait une quinzaine à peu près qui étaient bien trop habiles pour se tracasser de ne pouvoir communiquer avec leur pays. Je m'abouchai avec eux les dix-huit premiers mois en leur envoyant des émissaires que je rappelais ensuite en Allemagne. Nous nous sommes servis d'un petit plan préparé à l'origine par Foden lui-même. Ce plan a admirablement réussi. Je ne crois pas que, sauf dans un ou deux cas, les Anglais aient jamais compris notre manœuvre ! Alors, poursuivit Schlieken, quand le temps fut venu, j'infligeai à notre ami M. Quayle une suprême insulte. Je décidai de venir moi-même en Angleterre. — Schlieken se mit à rire. — Vraiment, dit-il, j'aimerais savoir ce qu'il dirait, s'il savait qu'en ce moment je suis ici avec vous et Foden en train de discuter si aimablement cette affaire !

— Vous courez de gros risques, Schlieken, dit Fells.

Schlieken fit un signe de tête négatif :

— Non, dit-il. Vous dirai-je pourquoi je ne cours aucun risque ! Ecoutez, mon ami. J'ai toujours été homme à aimer me ménager une voie de secours pour m'échapper. Je cherche toujours une porte de derrière au cas où il faudrait filer en vitesse. Vous comprenez. L'idée me vint, avant de venir en Angleterre, que peut-être notre bon Quayle et ses collègues avaient un peu plus d'intelligence qu'ils n'en montrent d'habitude. Il m'a fallu élaborer quelque plan secret qui pût garantir ma fuite d'Angleterre... J'en ai trouvé un... J'ai trouvé l'homme qu'il me fallait ! — Il saisit le revers du veston de Fells. — Vous, dit-il.

— C'est très habile, s'extasia Fells.

— C'est intelligent, dit Schlieken. Je considérais la chose du point de vue suivant : quand je voulais quitter l'Angleterre, j'y faisais venir Foden. Vous savez comment nous avons réussi à l'amener ici ! Il vous l'a dit sans doute... Son passé, ses habitudes, tout était parfait ; son service au Maroc était parfait. Il était allé trouver les autorités anglaises il y a longtemps ; il leur avait promis des renseignements qu'elles ne voulaient pas, parce qu'elles les possédaient déjà ; mais ce fait leur a donné confiance en lui. Puis il a été interné dans un camp de Vichy. Il s'est débrouillé pour venir en Angleterre parce qu'il avait d'importantes informations à communiquer aux Anglais, de vraies informations, dit Schlieken, mais des informations que nous n'avions aucune objection à leur fournir. Nous savions que Foden réussirait à arriver en Angleterre. La question était de l'en faire sortir. Alors, dit Schlieken, j'ai pensé à vous ! Il m'a paru évident que si Foden pouvait se mettre en rapport avec Quayle, s'il pouvait arriver à obtenir une position qui forçât toute la direction des services secrets britanniques à établir le contact avec lui, il était certain qu'il aboutirait à Quayle... Et que ferait Quayle ? Il le mettrait sûrement en rapport avec Fells, son expert sur les questions marocaines !

Fells ne dit rien ; Schlieken avait un charmant sourire. Il continua :

— Comment savions-nous tout cela ? Nous le savions parce que Fells travaillait pour Quayle. — Il prit encore Fells par le revers de son veston. — Ne me comprenez pas mal, mon cher ami... Ne croyez pas que je vous accuse d'avoir en rien manqué de loyauté envers moi. Je vous ai laissé à vous-même ici au début des hostilités, vous qui, quelque temps avant la guerre, aviez travaillé si loyalement et si fidèlement pour moi. Il était tout à fait évident qu'en tant que bon serviteur du Reich, et de moi-même, vous vous efforceriez naturellement d'entrer dans l'emploi des services secrets britanniques, afin qu'en temps voulu, nous puissions profiter de votre savoir et de votre expérience. N'est-ce pas le cas ?

— Vous avez toujours raison, Schlieken, dit Fells.

Il pensait : « Que Dieu te vienne en aide, Fells... Ils t'ont percé à jour... C'est la fin ! »

— Très bien, dit Schlieken. J'ai donc conclu que Quayle présenterait Foden à Fells, que Quayle penserait que la principale préoccupation de Foden serait de faire quitter l'Angleterre à Fells et de le faire rentrer en Allemagne auprès de Schlieken, de telle sorte que Quayle sache qu'il avait près de lui à Berlin, près du centre des services secrets du Reich à l'étranger, un homme en qui il est assez stupide pour se fier. Il penserait qu'au moins un de ces Anglais très braves et très habiles qui opèrent pour son compte dans le Reich, et malheureusement nous ne les avons pas encore pincés tous ! pourrait établir avec nous un contact direct. En d'autres termes, il a eu cette illusion de pouvoir vraiment établir un service de renseignements de mon bureau central à son bureau de Londres. — Schlieken soupira. — C'est le comble de l'impertinence !

— Excusez-moi, mais l'heure s'avance. Je crois qu'il faudrait partir ! interrompit Foden.

— Très bien, fit Schlieken. C'est à vous de prendre la direction de notre groupe !

Foden dit doucement à la jeune fille :

— Au revoir, Karla ! Bon courage. Travaillez dur et avec énergie pour votre Führer. Quand l'heure viendra, nous vous ferons rentrer en Allemagne !

Elle fit un brusque mouvement de la main et dit très bas :

— Heil Hitler !

La voiture vira. Au bout d'une minute, le feu arrière avait disparu derrière la crête de la colline.

— Herr Direktor ! Je regrette, mais il faudra faire une petite trotte à pied, dit Foden.

— Pourquoi pas ! Vous me dites toujours que je n'ai pas assez d'exercice... Allons-y, Foden !

Ils se mirent à descendre la pente. Les arbres se faisaient plus rares. La route devint un sentier. Deux hommes sortirent des ombres d'un petit fourré.

— Les voilà, Valetz et Kuhler... Bonsoir, messieurs !

— Bonsoir ! dirent les hommes.

L'un d'eux portait un costume de golf sans pardessus. L'autre avait l'air d'un homme d'affaires. Il avait un pardessus bleu marine et un melon. Ils suivirent le groupe à quelques pas derrière.

Le sentier avait disparu. On traversait une étendue de fougères. Fells pouvait voir la ligne des falaises s'abaisser sur sa gauche et former une sorte de plateau. Loin, dans la distance, au clair de lune, il y avait une maison solitaire. Ils marchèrent pendant quelques minutes. Ils se trouvaient maintenant à cent mètres de l'arête de la falaise. Foden dit :

— Il faut être très prudents ici. L'entrée de la crevasse est étroite.

Ils pénétrèrent dans une ouverture qui descendait dans la falaise, jusqu'à la plage.

Brusquement, Fells se souvint. La maison solitaire qu'il avait vue au bas de la colline était le débit où il avait rencontré Greeley et les deux autres. La Rose des Vents ! Il sourit amèrement, tandis qu'ils dévalaient la crevasse. En arrivant au fond, les murs de la falaise s'élevaient de chaque côté d'eux. Devant eux, les galets et le sable blancs au clair de lune descendaient en pente douce vers l'eau. C'était la marée haute. Les crêtes blanches des vagues poussées par la bourrasque se ruaient vers eux avec la vitesse d'un cheval au galop !

Fells s'appuya sur la paroi de la crevasse en respirant profondément la brise saline. Il se remémorait bizarrement à cet instant une foule de petits détails de sa vie passée, non pas les événements importants, rien que les détails insignifiants. Il trouvait étrange qu'on se rappelât de telles choses dans un moment pareil ! Puis il se mit à penser à Tanger !

Il était debout à la sortie de la crevasse. Schlieken et Foden devant, et Valetz et Kuhler entre les murailles de la crevasse, encore plus en arrière. Foden s'abritait les yeux de la main et regardait la mer. Il grommelait quelque chose entre ses dents, avec colère, car, bien que la nuit fût belle, il y avait une brume qui s'étendait au-dessus de la mer et qui ne permettait de voir qu'à une centaine de mètres du rivage. Au-delà, il n'était pas possible de rien distinguer.

Schlieken demanda :

— Est-ce l'heure fixée ? Combien de temps avons-nous encore à attendre, mon ami ?

— Ils doivent prendre des précautions. Ils ont à éviter ces sacrés avions des patrouilles côtières, et les patrouilleurs de la marine. Mais, malgré tout, ils devraient s'en tirer. — Il se tourna pour sourire à Schlieken. — Ils utilisent un bateau du type des chasseurs de sous-marins britanniques, dit-il. Ça leur facilitera rudement la tâche.

Schlieken approuva de la tête et, se tournant vers Fells, il dit :

— Notre ami est habile, n'est-ce pas ? Il pense à tout, notre Foden !

— Oh ! Ecoutez ! murmura ce dernier.

Au-delà du rideau de brume, leur parvint le cri d'appel d'une mouette, répété deux ou trois fois.

Foden retourna en courant à l'abri des murs de la crevasse, d'où il rapporta une torche électrique, lança trois fois un signal et dit :

— Bon... Ils sont là !

Schlieken regarda Fells en souriant.

Et le bateau émergea soudain du brouillard. Il fonçait droit sur eux. Il arriva à toute allure, la proue fendant les vagues qu'elle faisait jaillir en écume blanche.

Valetz et Kuhler sortirent de l'ouverture. L'embarcation était à une centaine de mètres du rivage. Alors, comme elle faisait machine arrière en ralentissant brusquement, presque dans l'ombre de la plage incurvée, le rayon livide d'un projecteur jaillit de l'avant, aveuglant les hommes qui guettaient sur le bord.

— Achtung !... cria Foden en poussant une espèce de hurlement !

Schlieken se mit à éructer d'affreux jurons, Fells vit que Foden brandissait un revolver Mauser et il se jeta à plat ventre sur les galets, tandis que Foden tirait.

Une mitraillette commença à cracher, Fells leva le nez et vit dans les rayons latéraux du projecteur Greeley assis à l'avant et décrivant un arc de cercle avec son engin, Greeley qui riait d'un rire satanique ! Il enfonça la tête dans les galets. Schlieken tout près de lui, les deux mains comprimant son ventre, se tordait sur le sol, une bave sanglante à la bouche, poussant des sons inarticulés...

A côté, Foden, allongé, ne bougeait plus.

La mitraillette s'était tue. Fells entendit l'avant du bateau qui raclait les galets. Il regarda.

Quayle était sur la plage, s'avançant dans l'eau en pataugeant. Derrière lui, sa mitraillette sous le bras, venait Greeley, la chemise trempée de sang.

Fells se leva et se mit à courir en dévalant vers la plage. Il sentait ses mains trembler...

— Quayle... Tu as descendu Schlieken !... Tu as descendu Schlieken ! criait-il.

— Je sais. J'en suis diablement heureux : il m'a fallu risquer ta peau pour avoir la sienne... tu comprends ? dit paisiblement Quayle, en souriant. C'est du bon boulot ! Fells, je te suis profondément reconnaissant !

Fells traversa la broussaille avec Quayle en direction de la Rose des Vents. La brise nocturne fraîchissait, Fells aspirait avec délices l'air salin dans ses poumons. Il dit :

— Je crois que le plus beau moment de ma vie a été quand j'ai vu Greeley à la proue du bateau !

— Ainsi, ça t'a surpris ! dit Quayle. Ça n'a pas été aussi dur que j'aurais cru ! Je pense que je connais la plupart des endroits par où ils entrent dans ce pays et par où ils en sortent. C'est mon métier ! Mais je n'étais pas certain qu'ils choisiraient ce point-ci ou un autre, et il fallait de la prudence... Je n'osais pas les faire filer ! ajouta-t-il en riant. Je suis très désappointé que Foden n'ait pas vécu assez longtemps pour que je lui dise que c'est lui qui s'est trahi !

— Comment cela ?

— Horace Greeley et Foden ont passé une soirée avec une jeune fille nommée Mayola Green. Elle a donné un narcotique à Foden, mais assez faible... Avant qu'il ait repris tout à fait connaissance, elle l'a endormi de nouveau avec une petite drogue de ma composition. — Il fit une grimace dans les ténèbres. — Une drogue qu'elle lui a mis sous le nez. Tu sais qu'il n'y a rien comme un anesthésique pour faire parler les gens, et Foden avait dû se taire si longtemps ! Il avait si longtemps joué le rôle de Foden, que j'avais deviné qu'il allait bavarder un peu !...

— Et il a parlé ? demanda Fells.

— Juste assez ! continua Quayle. Il a parlé de Schlieken, de marées, et

Mayola Green a dit qu'il avait parlé de « savoir la Rose des Vents ». Elle a mal compris... Il a dit : « La Rose des Vents. »

— Pauvre vieux Foden ! dit sarcastiquement Fells.

— Alors j'ai compris que c'est là que ça allait se passer, fit Quayle ; avec ce qu'il a dit et les remarques sur les marées. Tu te rends compte qu'il faut connaître l'heure exacte de la marée ici pour qu'un canot à moteur de grande dimension parvienne juste sous les bancs de sable de la plage. La patrouille navale a réglé son compte à leur bateau et nous nous sommes faufilés, un peu tard, jusqu'à la plage !

Ils se trouvaient à mi-chemin dans les broussailles. Sur l'un des sentiers, ils passèrent devant la voiture louée par Foden. La jeune fille était debout à côté de l'auto. Deux hommes se tenaient près d'elle.

Quayle s'arrêta et dit en allemand :

— Pas de chance, Karla ! Le Herr Direktor n'était pas aussi malin qu'il le croyait !

La bouche de la fille se tordit spasmodiquement, et comme Quayle s'éloignait d'elle, elle lui cracha en pleine figure.

Il s'essuya avec son mouchoir.

— Quelle charmante créature, n'est-ce pas ? dit-il.

— Et Greeley ? demanda Fells.

— Ce n'est rien, dit Quayle. La première balle tirée par Foden lui a fait une vilaine éraflure en travers du ventre. Elle lui a enlevé un gentil petit morceau de chair... Il a perdu beaucoup de sang, mais ce n'est pas grave ! Dans une quinzaine, il n'y paraîtra plus ! — Il prit son étui à cigarettes, en offrit une à Fells, et s'arrêta pour les allumer. — C'est Tanger qui va être heureuse, hein ? dit Quayle.

Il regarda Fells de côté en souriant.

II

Fells était assis dans le grand fauteuil près du feu du salon. Il était à demi assoupi. La pendule de la cheminée marquait sept heures, mais il se sentait peu enclin à bouger.

Il se mit à penser à Foden et à Schlieken. On frappa à la porte, et la propriétaire entra en disant :

— Si vous ne sortez pas pour le déjeuner, monsieur Fells, j'ai cru bon de vous apporter du café et des sandwiches, et voici une lettre pour vous.

Elle posa le plateau sur la table et sortit. Fells prit l'enveloppe, une grande enveloppe qui semblait contenir un pli important. Elle contenait une lettre de Quayle et une autre enveloppe marquée O.H.M.S. (service officiel). Fells lut la missive suivante :

« Mon cher Fells,

« Je crois que le temps est venu de nous séparer, parce que tu mérites un peu d'avancement.

« En toute franchise, tu as rempli ta mission, en ce qui me concerne. Bien que nous ayons été débarrassés de nos deux amis F. et S., les autres sont bien trop alertés, après notre dernier exploit, pour me permettre de t'utiliser encore.

« Je me suis arrangé, et j'espère que cela te plaira, pour que tu sois nommé à un poste dans une des sections du service de renseignements de l'armée.

« J'ai parlé à quelques-uns de tes chefs, qui seront enchantés de t'avoir parmi eux sous ton vrai nom, et avec ton ancien grade.

« Va te présenter à eux après avoir pris deux semaines de congé.

« Ainsi, une fois de plus, tu embrasses la carrière militaire. En passant, pour parler des petits ennuis que tu as eus aux Indes il y a plusieurs années — ennuis que je bénis, parce que c'est grâce à eux que tu es d'abord entré en rapport avec moi —, on sait dans la section où tu vas travailler, et partout ailleurs, que quelqu'un avait ourdi un complot pour te perdre, en agissant pour le bénéfice de nos amis allemands, et que ceux-ci ont donné dans le panneau !

« Quand tu commenceras à travailler et que tu crâneras dans un uniforme flambant neuf, téléphone-moi ! Nous déjeunerons ensemble... mais pas avant cinq semaines.

« Toujours à toi,

« W.T.S. QUAYLE.

« P.S. — N'oublie pas de me rappeler au souvenir de Tanger. »

Fells s'assit et regarda la lettre. Ses yeux embués lui permettaient mal de distinguer les lettres des mots.

La secrétaire blonde de Quayle essayait de répondre en même temps à deux appareils téléphoniques. Elle tentait aussi de parler à Quayle par la porte entrebâillée. Elle couvrit un des appareils de la main et dit :

— L'Ecosse vous appelle, monsieur Quayle.

Quayle entra dans la pièce et saisit l'appareil.

— Allô... C'est vous Hewlett... Bon. Ecoutez... Il arrivera demain soir par le bateau. Ses papiers sont en règle, et la police ne l'inquiétera pas. Laissez-le filer, vous y êtes, laissez-le passer. Si je ne me trompe pas, il se dirigera vers le Surrey. Il y avait là une organisation que nous avons réussi à disloquer. Restez sur sa piste, c'est tout. Quand vous aurez quelque chose à me communiquer, téléphonez-moi. Compris ?

Il raccrocha et dit à la blonde :

— Je pars. Je rentrerai sans doute dans quatre ou cinq jours !

— Votre valise est prête, monsieur Quayle. Elle est dans le couloir.

— Merci... Vous prendrez votre congé à mon retour.

— Merci, monsieur Quayle, dit-elle, et bonne chance !

La blonde brancha l'autre ligne et dit :

— Mistress Greeley... Mistress Horace Greeley... Ah ! mistress Greeley. Je suis la secrétaire de M. Edmundsen, directeur de la Société des hauts fourneaux des Midlands... Oui... c'est une usine de munitions... Votre mari, M. Horace Greeley, a été légèrement blessé la semaine dernière, au cours d'un accident qui s'est produit dans un dépôt d'armements... Non... ce n'est rien de grave, mistress Greeley... N'ayez aucune inquiétude ! Ce n'est qu'une légère blessure en séton... Il sera debout dans quelques jours. M. Edmundsen, notre directeur, me charge de vous dire que, si vous désirez aller voir M. Greeley, il est à l'hôpital du Bon-Samaritain, à Finchley. Il lui tarde d'avoir votre visite... Bien entendu, nous prendrons à notre charge tous vos frais d'hôtel et divers pendant votre séjour près de lui...

» ...Oui... Oui, je vous affirme que ce n'est rien de sérieux ! mistress Greeley... rien absolument qui soit de nature à vous inquiéter ! Bonsoir...

La blonde raccrocha l'appareil. Elle bâilla, et reposa son menton dans sa main... Puis elle resta ainsi à attendre la prochaine sonnerie du téléphone !

SINISTRES RENDEZ-VOUS

Titre original :
Sinister Errand

Traduit par Michel Arnaud

1

« *La Touffe de Plumes* »

Des images kaléidoscopiques de la soirée de la veille s'interposaient entre le plafond et moi. Avec la rapidité de l'éclair, deux visages — l'un certainement celui de Sammy, l'autre celui d'une femme plutôt séduisante — me traversèrent la mémoire. Je me sentais un peu barbouillé et je n'avais pas particulièrement envie de penser à ces visages. En fait, j'avais plutôt envie de ne penser à rien.

Vous n'allez pourtant pas vous faire de drôles d'idées sur mon compte. Vous n'allez pourtant pas conclure de ce que je vous raconte là, que je suis un de ces types que la guerre commence à embêter et qui essaient de « sublimer » leur ennui en se noircissant tout le temps. Non, ce n'est pas du tout mon genre. Mais — et j'estime que je devrais souligner cela dès maintenant — quand on fait le métier qui est le mien depuis quelques années (et on peut dire que les dernières comptent double) il n'est pas mauvais de se détendre de temps en temps (et, quand je dis « se détendre », vous me comprenez), ne serait-ce que pour s'empêcher de devenir complètement cinglé.

Etendu dans mon lit, je contemplais le plafond. J'avais l'impression d'avoir la nuque serrée dans un étau d'acier. J'avais des taches devant les yeux, et on eût dit que quelqu'un s'était amusé à me passer la langue au papier de verre. Je me sentais, en somme, dans le trente-sixième dessous. J'entrepris péniblement de me persuader que le moment de passer à la station debout ne pouvait plus tarder davantage.

Finalement, je réussis à me lever et, m'asseyant sur le bord du lit, je jetai un coup d'œil sur le désordre qui régnait dans ma chambre. Il y avait de mes vêtements dans tous les coins et, de préférence, sur le sol. Mon feutre noir coiffait à un angle des plus coquins le petit buste de Napoléon qui se trouvait sur la cheminée. Il n'y avait qu'une seule chose à faire. Je me mis debout et, ayant trouvé mon pantalon, je fouillai dans ma poche-revolver — c'est assez marrant, mais, j'ai beau être noir comme vingt-cinq tunnels, je m'arrange toujours à « récolter » une pinte de whisky. Pas de doute, le flacon était là — et plein ! L'ayant débouché, je bus un bon coup qui me fit frissonner, mais me réveilla.

Retournant m'asseoir sur le lit, je me mis à considérer la situation. J'essayai sans grand succès de me rappeler des détails de la soirée de la veille. J'y étais arrivé avec l'idée que quelque chose d'important aurait lieu. J'étais sûr que Sammy était vraiment sur le point de commencer quelque chose. Au lieu de cela, j'avais trouvé celui-ci tellement noir qu'il n'y avait vraiment rien à faire. Pourquoi était-il noir ? Ça, c'était une autre question. Là-dessus, je m'étais mis à boire un petit peu moi-même.

Et puis il y avait cette femme. Le souvenir que j'en avais était des plus vagues. Je me rappelais l'impression qu'elle m'avait fait, mais j'avais complètement oublié comment elle était. Je lui avais pourtant parlé. Etait-elle avec Sammy ou n'était-elle pas avec lui ? Je ne le savais pas.

Et j'avais une idée bizarre au sujet de Sammy. Sammy n'avait pas semblé avoir envie de me parler. Ça, c'était plutôt extraordinaire. J'avais vaguement l'impression d'avoir essayé une ou deux fois de tirer quelque chose de lui. J'avais aussi le sentiment qu'il s'était montré très peu disposé à me faire des confidences.

Tout ça, c'était bizarre et très extraordinaire. Ma montre était sur la coiffeuse. Je traversai la pièce pour aller la consulter. Il était six heures, une délicieuse fin d'après-midi d'été. Quelque part au-dehors, je pouvais entendre voler un V-I. Sans doute dormais-je encore quand on avait donné l'alerte.

Je me mis à penser au Vieux. Bon Dieu, qu'est-ce qu'il avait dans le crâne ? Hier, tout de suite en débarquant, je lui avais téléphoné. Tout ce que j'avais pu tirer de lui, c'était que je devais voir Sammy aussitôt que possible et puis ne pas m'en faire ; et aussi ne pas chercher à contacter le Vieux. On eût dit que celui-ci voulait être encore plus prudent que d'habitude à cause de quelque chose. Je me demandais ce que cela pouvait bien être.

Je commençai à me sentir un peu mieux. Allant dans la salle de bains, je pris une douche d'abord bouillante et puis froide. Après quoi, je sonnai pour avoir du café, du café bien noir et bien fort. Une fois rasé, je pris dans mes bagages de quoi me changer et je m'habillai. J'apportai un soin particulier à cette dernière opération, car j'avais l'impression qu'après une nuit comme celle que je venais de passer il valait mieux faire quelque chose pour me remonter le moral. En temps de guerre, tout le monde boit beaucoup, mais il me semblait qu'avec ce que j'avais ingurgité il devait y en avoir assez pour mettre à flot deux cuirassés. Je me sentais encore un peu vague.

J'étais presque habillé quand le café arriva. Après l'avoir bu, je me mis en devoir de ramasser les vêtements que, la veille, j'avais semés dans la pièce. Plus par habitude que pour une raison précise, j'inspectai les poches. Parfois, au lendemain de telles soirées, j'y ai trouvé quelque chose — une carte de visite ou n'importe quoi. On ne sait jamais. Dans la poche inférieure gauche de mon gilet, il y avait un morceau de papier sur lequel était écrit : *S-23 Kinnoul Street, S.W.I.*

Je grimaçai un sourire. Ça, c'était un peu mieux. Il semblait que j'avais été malin pour extirper son adresse à Sammy. Je me mis à penser à ce dernier. Apparemment, ce que je pouvais faire de mieux, c'était d'aller sur-le-champ à l'adresse indiquée et de manger un morceau avec Sammy en discutant le coup.

Je pris mon chapeau sur la tête de Napoléon — opération qui augmenta considérablement l'aspect grave de ce personnage — et je sortis. Au moment où je mettais le pied dans la rue, le signal de fin d'alerte retentit. La soirée était belle et fraîche, et, au bout de quelques pas, je commençai à me sentir mieux. Mon sang se remit à circuler à une vitesse à peu près normale et mon cerveau s'éclaircit.

J'allai à pied jusqu'à Kinnoul Street. C'était une rue d'aspect provincial, bordée de chaque côté par des maisons pas laides qui avaient l'air d'être composées d'appartements meublés d'une bonne classe. Le 23 venait tout juste d'être repeint. Je sonnai et puis, rien ne se passant, je frappai à la porte. Je restai là pendant environ cinq minutes, après quoi je donnai une secousse à la porte. Elle n'était pas fermée : j'entrai donc. Quand j'eus fermé la porte derrière moi, je m'arrêtai dans le vestibule pour tousser et faire les bruits habituels. Après quoi, je criai : « Y a-t-il quelqu'un ? » Mais rien ne se passa.

M'avançant jusqu'au haut de l'escalier qui menait au sous-sol, j'ouvris la porte et fis quelques vocalises supplémentaires. Toujours sans plus de résultat. Revenant dans le vestibule, je jetai un coup d'œil dans une sorte de petit salon qui se trouvait à droite de la porte d'entrée. Puis j'entrepris de monter l'escalier dont les marches étaient recouvertes d'un tapis. Il y avait un palier au milieu de l'escalier, de chaque côté duquel donnaient deux pièces. Ouvrant une porte, je regardai à l'intérieur. C'était bien la chambre de Sammy. Je reconnus la cravate qui pendait sur le miroir de la coiffeuse. Quand je la vis, je me rappelai l'avoir admirée la nuit précédente. C'était une belle cravate noir et gris en lourde soie, le genre de chose habillée que Sammy recherche.

L'aspect de la chambre était pire que celui de la mienne à mon réveil. On eût dit que quelqu'un en avait fait le tour avec un tank léger. Il y avait des vêtements et des souliers partout et, sur la coiffeuse, une demi-bouteille de fine, un verre et un siphon à moitié vide. Visiblement, Sammy avait éprouvé le besoin de se désaltérer un peu plus.

Je me mis à penser à Sammy. Je fis le tour de la pièce, enjambant les vêtements qui jonchaient le sol. Puis je revins à la coiffeuse et c'est alors que je vis quelque chose qui me parut un peu bizarre.

Au centre de la table, il y avait une coupe en ébène, le genre de chose que l'on utilise pour y mettre des boutons. Mais dans celle-ci il n'y avait pas de boutons, simplement un petit tas de duvet de cygne. Cela me laissa rêveur. Je m'approchai du lit dans lequel on avait dormi et je pus voir que quelqu'un avait fendu un côté de l'un des oreillers. Par l'ouverture ainsi obtenue, s'échappait d'autre duvet.

J'allumai une cigarette. J'étais en train d'aspirer ma première bouffée de fumée quand la porte s'ouvrit, et une femme entra. Une femme pas mal, d'une quarantaine d'années, le teint clair et les yeux très bleus. Elle avait un chapeau sur la tête et venait manifestement de rentrer à l'instant.

— Eh bien ! dit-elle, il ne vous faut pas longtemps pour vous sentir chez vous ! Est-ce que je peux faire quelque chose pour vous ?

Elle avait une voix distinguée et mangeait la moitié de ses mots avec une grande élégance.

— Merci, répondis-je. Vous le pouvez. Je suis venu voir mon ami.

— Vous voulez dire Mr. Carew ? demanda-t-elle.

— Tout juste, fis-je, je veux dire Mr. Carew. J'ai sonné et fait toutes les choses d'usage ; la porte était ouverte, je suis entré et j'ai hurlé. Rien ne se produisant, je me suis livré à des investigations. Savez-vous où il est ? J'ai besoin de lui d'une façon plutôt urgente.

— Vraiment ? interrogea-t-elle d'une voix placide, mais sans pourtant avoir l'air de vouloir se payer ma tête.

— Voyez-vous, déclarai-je, disant la première chose qui me vint à l'esprit, sa tante a été tuée cet après-midi par un V-I.

— Ah ! oui, dit-elle. J'ignorais qu'il eût une autre tante, mais je suppose que si vous le dites...

— Une autre tante ? demandai-je. Que voulez-vous dire ?

— Eh bien ! fit-elle, il se trouve, voyez-vous, que je suis la tante de Sammy. C'est tout.

Je lui grimaçai un sourire.

— Ça alors, c'est drôle, n'est-ce pas ? m'exclamai-je. L'autre — celle dont il m'avait parlé — ne devait pas être sa tante. Sans doute était-ce une cousine. De toute manière, savez-vous où il est ?

— Non, dit-elle, je ne le sais pas. Tout ce que je sais, c'est qu'il est rentré ce matin de bonne heure, tellement ivre que j'ai cru qu'il allait se trouver mal d'un instant à l'autre. Et, maintenant, je m'attendais à le trouver encore endormi, mais il est bien évident qu'il s'est levé et est sorti. Mais j'ignore où il est allé.

— En conséquence, remarquai-je, vous n'allez pas pouvoir me dire quand il sera de retour ?

Elle opina de la tête.

— Ecoutez, repris-je, y a-t-il un *pub* ou un bistrot quelconque dans les parages qui s'appelle *Les Plumes ?*

— Oui, dit-elle, il y en a un. C'est une idée ! Il se peut qu'il soit allé tuer le ver en en prenant « un ». Il y a un bistrot dans Mulbery Street — juste après avoir dépassé le coin — qui a pour enseigne : *La Touffe de Plumes.*

— Merci infiniment, dis-je. Si je trouve Sammy, je vous le ramènerai en bon état.

Elle s'effaça pour me permettre de gagner la porte.

— Moi, dis-je au moment de sortir, je trouve que Sammy est plutôt verni d'avoir une tante comme vous. Je ne sais pas si vous me comprenez, mais, moi, je trouve que vous avez quelque chose.

— Jeune homme, fit-elle, je n'ai qu'une seule chose à vous dire : vous avez un sacré culot. Ce n'est pas votre avis ?

— Je ne suis pas tellement jeune, dis-je, mais j'espère que mon culot se porte bien. *Bye-bye,* Tantine !

Je descendis l'escalier et gagnai la rue. A la vérité, tout cela ne me plaisait pas. Mais pas du tout.

Mulbery Street était « un de ces » coins. Un de ces coins dont l'atmosphère, pour des raisons inexplicables, vous fait quelque chose. J'espère que vous comprenez ce que je veux dire. Ce genre de rue qui fait vibrer une corde de votre mémoire, bien que vous ne l'ayez jamais vue ou que vous n'en ayez jamais entendu parler auparavant.

C'était une rue en plein centre de Londres, à moins de cinq minutes de Piccadilly et de son trafic. Pourtant, c'était une rue tranquille et qui eût tout aussi bien pu se trouver au cœur de la province. Une rue bizarrement en zigzag avec de petites maisons dont l'une était peinte en bleu. Il y avait quatre *pubs* dans la rue, des petits bistrots à l'ancienne mode avec des enseignes pendant à l'extérieur. Sur la deuxième enseigne en descendant la rue, les mots *La Touffe de Plumes* étaient peints. Je pus les lire sans aucune difficulté.

Je ne me sentais pas particulièrement jovial. La tournure que prenaient les choses m'ennuyait un peu. Le plus important pour moi était de parler avec Sammy, de mettre les choses au point avec lui.

Quatre ou cinq marches de pierre conduisaient dans le bar de *La Touffe de Plumes.* Ce bar s'ouvrait sur un petit passage qui donnait dans la rue. Dans la salle, très petite, il n'y avait qu'une demi-douzaine de clients. Debout, dans un coin, en train de résoudre un problème de mots croisés, se tenait un jeune homme aux cheveux noirs, le visage mince et blanc. J'eus l'impression qu'il devait être maquillé. Ses vêtements étaient voyants et beaucoup trop bien coupés. Une tante sans doute.

Il y avait aussi un manchot en train de boire à petites gorgées une pinte de stout et puis une blonde — plutôt agréable — dont la jupe était trop courte et trop ajustée et qui était assise sur un haut tabouret, exhibant plus de cuisse que la ration normale. Elle était complètement « noire » et paraissait enchantée de l'être. Dans le coin opposé à celui de la tante, il y avait un jeune homme qui avait un insigne de la marine marchande au revers de sa veste de gros tweed. Il y avait également, dans un autre coin, deux types des plus anonymes qui parlaient de courses. Mais pas de Sammy.

Au bout d'un instant, une femme au visage sympathique parut derrière le comptoir. Je commandai un verre de bière et, quand elle me l'apporta, je l'interrogeai.

— Peut-être pouvez-vous me tirer d'embarras ? lui dis-je. J'espérais trouver ici un ami — un nommé Carew. Il est grand, très bien de sa personne, blond, le visage plutôt mince et intéressant. Je me demande si vous l'avez vu. Je pensais que peut-être il vous avait laissé un message pour moi.

Elle secoua la tête.

— Je crois avoir vu quelques fois votre ami, dit-elle. Il me semble le reconnaître à votre description. Mais je ne l'ai pas vu ce soir.

— Merci, dis-je, éprouvant un sentiment de déception particulièrement aigu.

Après avoir fini ma bière, je me dirigeai vers la porte. J'étais sur le point de sortir quand la tante m'interpella d'une voix de fausset.

— Oh ! dit-il, excusez-moi, mais je pourrais peut-être vous renseigner. Votre ami était ici il y a environ une heure.

— Oui, fit la barmaid, c'est possible. A ce moment-là, j'étais en haut. Je n'aurais donc pas pu le voir. A-t-il laissé un message quelconque ? demanda-t-elle au jeune homme pâle.

— Je ne crois pas, répondit celui-ci. Il est parti avec Janine.

Je me dirigeai vers mon jeune ami efféminé et, lui adressant un charmant sourire :

— Vous me rendez un grand service, dis-je. Peut-être saurez-vous où allaient Janine et lui ?

Il eut un sourire cynique.

— En tout cas, dit-il, je pourrais le deviner. J'ai l'impression qu'ils allaient chez Janine.

— Ah ! oui, fis-je. Et savez-vous, par hasard, où habite la nommée Janine ?

Il sourit de nouveau, et son sourire n'était pas particulièrement gentil.

— Je crois bien que tout le monde le sait, dit-il. En tout cas, vous n'avez qu'à aller jusqu'au bout de Mulbery Street, en tournant à droite vous arriverez à une place qui s'appelle Daisy Place. Traversez-la et vous trouverez une petite rue de l'autre côté : Verity Street. C'est une très jolie petite rue, continua-t-il avec une petite moue, très amusante, vieilles maisons et atmosphère pleine de cachet. Janine habite au 16, je crois.

— Merci infiniment, dis-je. Accepteriez-vous de prendre un verre ?

— Vous êtes trop aimable, répondit-il. Seulement, j'ai des goûts un peu dispendieux. Je n'aime que la fine à l'eau.

— Que cela ne vous gêne pas, fis-je. Je vais en prendre une moi-même.

Je commandai donc deux fines à l'eau. Lorsqu'il tendit la main pour prendre son verre, je remarquai qu'il portait au petit doigt de la main gauche une bague dont le chaton était tourné vers l'intérieur, si bien que l'on pouvait seulement voir l'anneau d'or. C'était un anneau plat sur lequel il y avait une marque, comme si quelqu'un avait essayé de le limer.

— Eh bien ! dit-il, *cheerio !* Et merci encore pour ce verre.

Nous bûmes nos fines, et, après lui avoir dit bonsoir, je sortis.

Le soleil semblait avoir disparu. L'atmosphère était plutôt grise et déprimante. Tout en marchant, je me demandais ce qui, bon Dieu ! n'allait pas. J'avais l'impression de me conduire comme une vieille dame nerveuse.

Je me mis à penser à Sammy. Un type à part, Sammy. On ne savait jamais tout à fait sur quel pied danser avec lui. Je ne veux pas dire qu'il était mou ou prétentieux ou quelque chose de ce genre, mais il avait une manière très à lui de prendre le mors aux dents. Il prétendait qu'il y avait de la méthode dans sa folie. Peut-être y en avait-il, mais dans ce cas particulier je trouvais personnellement qu'il m'emmenait plutôt en bateau, et dans quel but ? Il savait bigrement bien ce que le Vieux avait dit, et pourtant voilà mon Sammy qui batifolait avec une nommée Janine et qui s'amusait pendant que, moi, je ne savais même pas de quel côté me tourner. Mais, après tout, Sammy était-il vraiment en train de batifoler ?

J'arrivai au 16 Verity Street. Verity Street était une rue étroite, pas moderne pour un sou, mais propre et nette, dont les maisons avaient au moins soixante ou soixante-dix ans. Il y avait des caisses de fleurs sur l'appui de la fenêtre du rez-de-chaussée. Quand j'eus monté les trois marches de pierre, je m'arrêtai pour examiner les boutons de sonnette à droite de la porte. Il y en avait trois : rez-de-chaussée, premier et deuxième étages, et, sous chacun d'eux, dans le petit cadre de métal fixé au mur, il y avait une carte de visite. La carte du milieu était ainsi rédigée : *Janine, 16 Verity Street*. Seulement cela, rien d'autre.

Je pressai le bouton et j'attendis. Au bout d'une minute, j'entendis un petit bruit sec, et la porte de l'entrée s'ouvrit légèrement. Ce résultat avait été obtenu du premier étage, grâce à l'un de ces ingénieux petits appareils électriques destinés à cet usage. Poussant la porte, j'entrai et je montai l'escalier. Celui-ci tournait vers la droite, et, sur le palier du premier étage, appuyée contre le chambranle de la porte de l'une des deux pièces, il y avait une femme.

Quel morceau ! Un sacré morceau, c'est moi qui vous le dis. Pourtant, elle avait l'air de se ficher éperdument de ce que l'on pouvait penser d'elle. De ma vie, je n'ai jamais vu une femme avoir l'air aussi blasé. Mais celle-ci avait tout ce qu'il faut et elle valait la peine d'être regardée, et plutôt deux fois qu'une. Pas d'erreur, c'était quelqu'un !

Elle avait des yeux violets et des cheveux blond cendré — vraiment blond cendré, pas du chiqué — qui ondulaient naturellement et lui retombaient sur les épaules dans un désordre des plus séduisants. Elle était vêtue d'une robe de chambre en shantung bleu-saphir, qui descendait jusqu'au sol et dont le col, les poignets et la ceinture étaient roses. De la façon dont elle était appuyée contre le chambranle de la porte, la soie légère de son vêtement soulignait généreusement la forme de sa cuisse et permettait de deviner un de ces châssis, je ne vous dis que ça ! Elle avait des mules de velours rose à très hauts talons, et sa robe de chambre discrètement entrebâillée m'apprit en outre que ses bas de soie pain brûlé, extra fins, étaient retenus par des jarretelles vieux rose.

« Eh bien ! eh bien ! me dis-je à moi-même, y a pas, Sammy a le chic pour dénicher les belles filles. Sacré Sammy ! »

Je dis bonsoir à la dame et lui racontai que j'étais à la recherche d'un copain nommé Sammy Carew. Et j'ajoutai que l'on m'avait dit qu'il était ici.

Elle me regarda pendant un petit moment en silence. Elle n'avait pas l'œil particulièrement folâtre. Elle avait l'air de quelqu'un qui vient d'avoir des ennuis.

— Sammy Carew était un ami à vous ? demanda-t-elle.

Je fis oui de la tête.

— Mais, dis-je, pourquoi « était » ?

Elle s'éloigna du chambranle. Elle le fit d'un léger coup d'épaule et, comme elle se tournait, une jambe d'un galbe magnifique apparut dans l'entrebâillement de la robe de chambre. Il m'a été donné dans ma vie de voir ce qui s'appelle de belles jambes, mais celles de Janine battaient tous les records. Le plus simple est de dire que, dans le genre bien roulé, Janine ne craignait personne, et je m'y connais. Toujours est-il que je commençais moi-même à éprouver un certain intérêt pour elle.

— Vous feriez mieux d'entrer, dit-elle.

Elle avait une voix rauque, à la fois basse et très douce, et elle parlait avec une sorte de lassitude qui indiquait qu'il lui était totalement indifférent de dire quelque chose ou d'être écoutée quand elle disait quelque chose.

Elle entra dans la pièce. Traversant le palier, j'y pénétrai à sa suite, mais m'arrêtai sur le seuil de la porte, mon chapeau mou à la main, regardant Janine et la pièce.

C'était une très jolie pièce, grande, très bien entretenue et meublée avec beaucoup d'élégance. Le salon d'une personne de goût. Les murs étaient couleur primevère, il y avait quelques belles gravures et des tas de fleurs. Je me demandai où elle pouvait trouver une telle quantité de fleurs en juillet

1944, mais, après une seconde de réflexion, j'en vins à la conclusion qu'un type quelconque devait jouer les jardiniers. Après tout, si un gars en pince pour une femme, il s'arrange pour trouver des fleurs. Et cette Janine était le genre de femme pour qui quatre-vingt-dix-neuf hommes sur cent pouvaient en pincer dur et ferme. Quant au centième homme, il fallait qu'il fût aveugle ou idiot.

Debout, au milieu de la pièce, elle me regardait. Elle était détendue et tout à fait maîtresse d'elle-même, mais pourtant elle avait l'air légèrement inquiète et terriblement embêtée par tout, moi y compris.

— Si Sammy Carew était un bon ami à vous, dit-elle, ce que vous allez apprendre risque de ne pas vous être très agréable.

Elle parut sur le point de bâiller et mit ses longs doigts devant sa bouche. Elle portait deux diamants qui avaient dû coûter quelques sous. Néanmoins, elle décida de ne pas bâiller.

— Pendant que vous y êtes, reprit-elle, pourquoi ne pas vous asseoir ? Et, si vous voulez une cigarette, il y en a dans la boîte qui est sur le guéridon.

La remerciant, je m'assis près du guéridon. Je pris une cigarette et l'allumai. C'était une bonne cigarette turque, le gros modèle le plus cher.

J'attendis. Elle était tranquillement debout au milieu de la pièce et me regardait.

— Ça ne vous intéresse pas, ou vous n'êtes pas curieux ? demanda-t-elle avec indifférence. Vous n'avez pas du tout l'air pressé d'être renseigné au sujet de Sammy Carew. Mais peut-être ne tenez-vous pas à l'être ?

— Je ne vois pas ce que cela peut bien vous faire, Janine, dis-je en haussant les épaules. J'attends simplement que vous parliez. Je suis un type très patient.

— Je ne vous ai pas dit que vous pouviez m'appeler Janine, remarqua-t-elle négligemment.

— Peu m'importe comment je vous appelle, répondis-je. Mais il y a Janine sur votre carte, en bas de la porte, et si vous ne voulez pas qu'on vous appelle comme ça, c'est votre nom que vous devriez y mettre.

Elle ne répondit rien à cela. Elle se dirigea d'un pas gracieux vers le divan qui était à l'autre bout de la pièce et s'assit. Ce faisant, elle exhiba un supplément de jambe, mais je me rendis compte qu'elle ne le faisait pas exprès. Ça lui était égal de montrer ses jambes. Je me pris à penser que cette Janine perdait son temps au 16 Verity Street. Au cinéma, elle aurait pu gagner des millions.

Elle se leva, vint au guéridon, prit une cigarette, l'alluma avec un briquet qu'elle avait dans la poche de sa robe de chambre, retourna au divan et s'assit de nouveau. Cette fois-là, *voyant* qu'elle montrait pas mal de jambe, elle couvrit celle-ci d'un geste naturel avec la robe de chambre.

— Carew est venu ici ce matin de très bonne heure, dit-elle, vers quatre heures. Je ne suis pas sûre de l'heure. Il est resté environ une heure. Ensuite, il est parti. Il semble qu'un policeman l'ait vu quitter la maison. Carew a remonté la rue, prit Fells Street et puis a commencé de traverser le square. Le policeman qui était à ce moment-là au bout de la rue a pu le voir traverser le square. Juste au moment où il dépassait l'endroit où l'on fait des réparations à la chaussée, une bombe volante est arrivée et est tombée dans le square. Le camion des paveurs a été projeté par l'explosion sur Carew. Votre ami était mort quand le policeman est arrivé sur les lieux. Le policeman est donc revenu ici et m'a appris la chose. Il pensait que j'étais une parente, ou quelque chose d'approchant.

— Alors, dis-je, Samy a été tué parce que le camion a été projeté sur lui ?

— Sait-on jamais ? fit-elle en haussant les épaules. Le policeman m'a dit que Carew devait être mort avant d'être atteint par le camion, que l'explosion avait dû le tuer.

— Merci beaucoup, dis-je en me levant. Je suppose que le corps est à la morgue du quartier ?

— Sans doute, répondit-elle en haussant les épaules.

— Je vous suis reconnaissant de votre grande obligeance, dis-je en saisissant mon chapeau. Je pense que Sammy était un grand ami à vous ?

Elle se leva et demeura immobile à me regarder, les yeux mi-clos.

— Qu'est-ce que vous croyez ? demanda-t-elle.

— Merci pour la cigarette, dis-je en gagnant la porte. J'espère que nous nous reverrons.

Elle était à nouveau debout au milieu de la pièce. Une spirale de fumée montait de la cigarette qu'elle tenait entre les doigts de sa main gauche pendante le long de son côté.

— Oui, dit-elle lentement, si vous le voulez, je suppose que nous nous reverrons.

Je lui souris.

— Vous pensez vraiment cela ? demandai-je.

— A la longue, la plupart des gens arrivent à faire ce qu'ils veulent, dit-elle. J'entends les gens comme vous...

— Qu'entendez-vous par les gens comme moi ? demandai-je.

Elle eut un mouvement de la main, qui rompit la spirale de fumée.

— Est-il nécessaire de se lancer dans de longues discussions ? dit-elle. Je suis très fatiguée. Au revoir.

Je lui souris de nouveau, lui disant au revoir à mon tour et descendis l'escalier. Je fermai soigneusement derrière moi la porte d'entrée et me dirigeai vers Fells Street.

J'avais eu raison de penser que les choses n'allaient pas tellement bien.

En sortant, j'avais consulté ma montre. Il était huit heures et demie. Dès l'instant où je débouchai dans le square, je pus voir l'endroit où était tombée la bombe volante. Il était entouré de fils de fer, et une équipe de cantonniers étaient au travail. M'avançant vers l'un des hommes, je lui demandai où se trouvait le poste de police le plus proche. Il me le dit, et je m'y rendis.

Le sergent chef de poste était aimable et sympathique.

— Un parent à moi, dis-je, un cousin du nom de Carew, a été tué de bonne heure ce matin par un de ces V-I, celui qui est tombé dans le square. Je me suis dit qu'il fallait peut-être que je vienne reconnaître le corps.

M'ayant répondu qu'il allait voir, le sergent disparut. Je m'appuyai contre le bureau et fumai une cigarette.

— C'est juste, dit-il quand il revint. Il semble que quelqu'un, un civil, l'ait vu sortir d'une maison de Verity Street. Il l'a vu ensuite qui traversait le square au moment précis où le V-I est tombé. L'explosion a projeté sur votre cousin un camion qui se trouvait dans le square. Il peut avoir été tué soit par la bombe, soit par le camion. Si vous voulez le voir, il est à la morgue. A propos, pourrais-je avoir votre nom et votre adresse ?

Après que j'eus exhibé une carte d'identité, nous allâmes à la morgue. C'était bien Sammy. Le visage était à peu près intact. Je trouvai que, plus que jamais, Sammy avait l'air beau gosse. Le reste de son corps était masqué par une couverture. Je restai là un instant debout à le regarder en pensant au bon vieux temps. Je me disais que c'était plutôt moche que Sammy qui, tant de fois, avait passé au travers, se soit fait tuer comme ça par l'un des V-I de M. Hitler. Je me demandai ce qu'il avait exactement sur lui quand il était mort, s'il y avait quelque chose qu'il lui eût déplu qu'on trouvât.

— Je pense que vous avez dû mettre ses affaires de côté ? dis-je au sergent.

— Oui, répondit-il.

Et, regardant Sammy :

— C'est lui ?

— Oui, dis-je, c'est Carew. Il n'y a pas d'hésitation possible.

— Etes-vous son plus proche parent, demanda-t-il, ou y a-t-il quelqu'un d'autre ?

— Oui, dis-je, il y a une tante. Je n'ai pas voulu l'inquiéter avant d'être tout à fait sûr. Je vais l'avertir.

— Puisque vous êtes là, dit-il, j'aimerais que vous jetiez un coup d'œil sur quelques-unes des choses que nous avons trouvées sur lui. C'est assez bizarre, mais il avait deux cartes d'identité et toutes les deux ont l'air en règle. L'une est au nom de Carew et l'autre à un nom différent. Sans doute ne pouvez-vous rien me dire là-dessus ?

— Non, dis-je, je n'étais pas au courant.

Il ouvrit un tiroir et y prit une écharpe. Je me souvenais de cette écharpe — un grand carré de soie chinoise assez joli. Sammy l'avait depuis longtemps. Le sergent vint la poser sur le bureau en même temps qu'un portefeuille en assez mauvais état, un peu de monnaie, une épingle de cravate toute tordue et un automatique Colt de calibre 38. J'examinai le tout.

— Je me demande dans quel but il portait un revolver ? dit le sergent.

Je lui déclarai que je n'en savais rien et j'ajoutai que Carew était un type plutôt bizarre, un de ces gars qui aiment avoir une arme sur eux. Saisissant le Colt, je retirai le chargeur et le remis en place après l'avoir examiné.

— Je me demande, dis-je, pourquoi il y a des types qui éprouvent le besoin d'avoir un automatique dans leur poche ; sans doute est-ce, chez eux, une sorte de goût pour le mélo.

Le sergent fit oui de la tête, enveloppa les divers objets dans l'écharpe de soie et remit le tout dans le tiroir.

— Vous avez été très aimable, dis-je. Maintenant je vais aller prévenir sa tante. J'espère qu'elle viendra ici. Ça vous facilitera les choses pour les formalités.

Il déclara qu'il espérait qu'elle pourrait venir.

Après avoir pris congé du sergent, je quittai le poste de police et marchai jusqu'au moment où je rencontrai un bar. J'y entrai et me payai un grand whisky-soda. Je le bus lentement en me demandant ce que j'allais faire au sujet de Sammy et d'une ou deux autres choses. Je me dis que la situation semblait devoir être très difficile. Si je me mettais en rapport avec le Vieux, il allait probablement être sacrément désagréable. Le Vieux est comme ça. Il compte sur les gens pour se tirer d'affaire eux-mêmes, mais, moi, dans cette histoire, j'étais incapable de voir comment me débrouiller.

Après avoir bu un autre whisky-soda, je me baladai un peu. J'entrai dans la première cabine téléphonique que je trouvai sur ma route et j'appelai le Vieux. Au bout du fil, j'entendis sa voix, aigre et sèche comme d'habitude.

— Ecoutez, lui dis-je, ça ne va pas très bien. J'ai besoin de vous parler.

— Bon Dieu ! fit-il, de quoi faut-il que vous me parliez ? Je vous croyais intelligent. En tout cas, vous avez la réputation de l'être. Que se passe-t-il ? Vous n'avez donc pas vu Carew ?

— Non, dis-je, et je crains de ne pas avoir l'occasion de le voir.

— Oui, dit-il après un silence. Très bien, je serai à la *Demi-Lune,* dans Bruton Street, d'ici un quart d'heure, il y a une petite salle privée dans le fond.

— Compris, dis-je, et je raccrochai.

Cela me prit les quinze minutes pour aller à pied jusqu'à Bruton Street ; j'entrai à la *Demi-Lune* et, après avoir traversé la grande salle, j'arrivai dans la petite salle annoncée. Je me commandai un verre et le portai à la table de coin où était assis le Vieux. Il avait un grand verre de porto devant lui. Son visage était plus ridé que jamais, mais ses mains avaient toujours l'air jeunes et fortes. Debout devant lui, je le regardai en me disant que, quand on y réfléchissait, c'était un vieux gars plutôt extraordinaire, il n'avait pas beaucoup vieilli depuis la dernière fois que je l'avais vu, deux ans auparavant.

— Asseyez-vous, dit-il. Qu'est-ce que c'est que cette sacrée histoire au sujet de Carew ?

— Ça ne servira à rien de vous mettre en colère, fis-je. Ça ne servira à rien à personne. Voici ce qui s'est passé. Après vous avoir parlé au téléphone, j'ai appelé Sammy. Je l'ai appelé parce que lui-même ne m'avait pas donné signe de vie. Il était sur le point d'aller à une soirée. Il m'a dit de venir l'y retrouver. Ceci se passait hier soir. Toujours est-il que je suis allé à la soirée en question. C'était une soirée tout à fait réussie. Le genre habituel. Vous savez, quelques très jolies femmes, beaucoup d'alcool...

Il m'interrompit.

— Vous n'avez pas réussi à lui parler ? demanda-t-il.

— Tout juste, dis-je. Je crois qu'il avait quelques verres dans le nez. J'ai essayé une ou deux fois de l'attirer dans un coin, mais il n'a pas voulu parler.

— Sans doute ne voulait-il pas le faire au milieu de tous ces gens, dit le Vieux. Peut-être avait-il peur de quelque chose.

— Je me demande bien ce qui aurait pu faire peur à Sammy, dis-je en haussant les sourcils.

Le Vieux me regarda. J'eus l'impression qu'il y avait de la lassitude dans ses yeux.

— Il avait pourtant peur de quelque chose. Très bien. Que s'est-il passé ensuite ?

— Eh bien ! dis-je, quand j'ai vu qu'il n'y avait pas moyen de parler affaires, je crois que je me suis saoulé, moi aussi. Après quoi, je suis rentré chez moi. Je me suis levé tard cet après-midi. Dans ma poche, j'ai trouvé l'adresse de Sammy écrite sur un bout de papier. J'ai été faire un tour jusque-là. On aurait dit qu'il s'était levé avec précipitation. J'ai jeté un coup d'œil autour de moi, histoire de voir s'il avait laissé un message quelconque, et j'ai trouvé un petit tas de duvet de cygne dans une coupe sur la coiffeuse. Il y avait une femme sur les lieux, une femme à l'air bien. Elle m'a dit que Sammy était peut-être à un *pub* qui s'appelle *La Touffe de Plumes.* J'y suis allé et, de là, je me suis rendu à un autre endroit où il avait été. Avec une femme. Il semble qu'il en soit parti de bonne heure ce matin. Un civil l'a vu sortir de la maison, puis traverser le square. C'est alors qu'une bombe volante est arrivée et qu'un camion a été projeté sur lui par l'explosion et que tout a été fini pour lui.

Le Vieux ne cilla pas une seule fois.

— Vous l'avez vu ? demanda-t-il.

— Oui, dis-je en hochant la tête. Je sors de la morgue. C'était bien Sammy.

Le Vieux soupira.

— C'est plutôt embêtant, dit-il.

Je le regardai.

— Plutôt embêtant ? dis-je. Pourquoi ça ?

— L'ennui, dit-il, c'est que je ne sais pas ce que Sammy avait en train. Il avait été envoyé ici par vous savez qui. Il s'est mis en rapport avec moi avant-hier. Il m'a dit qu'il était sur quelque chose d'assez important. Il a demandé si vous étiez là. Je lui ai dit que nous attendions votre retour par mer d'un moment à l'autre. Il a demandé qu'on vous mette en contact avec lui si vous arriviez. Il vous parlerait de la chose, et vous pourriez à votre tour me mettre au courant. Il a dit qu'il n'y avait pas de temps à perdre et qu'il était forcé de faire attention. Il ne tenait pas particulièrement à me contacter. Maintenant vous en savez autant que moi.

— Eh bien ! dis-je, ça m'a l'air d'une jolie salade. Je ne crois pas... Personne ne sait rien sur rien, sauf Sammy, et il est mort.

Le Vieux acheva son verre de porto. Il prit mon verre vide et le sien et, allant au bar, commanda la même chose et revint avec les verres pleins. Il posa mon whisky devant moi et s'assit.

— Et moi, demandai-je, qu'est-ce que je fais maintenant ?

Le Vieux me regarda et sourit.

— Eh bien ! dit-il, il y a deux choses que nous pouvons faire. Ou bien nous pouvons ne plus nous occuper de Sammy et penser à autre chose, ou bien vous pouvez essayer, d'une manière ou d'une autre, de ramasser les morceaux et de voir ce que vous pouvez en faire. Sammy et vous, vous étiez plutôt bien ensemble, n'est-ce pas ?

— Oui, dis-je, Sammy était plutôt un de mes bons copains.

— Il aurait pu choisir un autre moment pour se faire tuer, murmura le Vieux. Comme vous diriez, c'est plutôt un coup tordu, n'est-ce pas ?

— Oui, fis-je en me levant, c'est plutôt moche. Je vais vous laisser. Je crois, ajoutai-je en lui souriant, que nous allons choisir la deuxième solution.

Je vais voir si je peux recoller quelques-uns des morceaux. En tout cas, ça ne coûte rien d'essayer.

Cela lui fit plaisir. Il m'adressa une de ses grandes grimaces qui lui découvrent toutes les dents.

— Au fond, dit-il, vous n'êtes pas un mauvais gars. Vous êtes bigrement prétentieux, mais il y a pire que vous. Faites ce que vous pourrez. Si vous avez besoin de quelque chose, avertissez-moi.

Je lui dis que je n'y manquerais pas.

— A moins que je ne me trompe sur votre compte, continua-t-il, je crois que cette histoire vous tient à cœur. Il y a quelque chose là-dedans qui ne vous plaît pas, n'est-ce pas ? Sans doute aviez-vous plus d'affection pour Carew que vous ne voulez le laisser paraître.

— Possible, dis-je en allumant une cigarette. Possible que ce soit cela, mais il y a autre chose ! Sammy n'a pas été tué par un V-I. *Quelqu'un* l'a tué.

— Vous croyez ? demanda le Vieux en haussant les sourcils.

— J'en suis sûr. A un de ces jours.

Le laissant en contemplation devant son verre de porto, je quittai la *Demi-Lune.*

Après avoir fait quelques pas, je rebroussai chemin et pris la direction de Verity Street. J'étais assez excité par toute cette affaire. Je pensai que c'était une des situations les plus marrantes dans lesquelles je me fusse jamais trouvé. Ainsi, Sammy était sur quelque chose dont il n'avait parlé à personne, mais il avait l'intention de m'en parler. Et pourtant, la veille au soir, quand il avait eu la possibilité de le faire à la soirée, il n'avait rien dit. C'était sans doute parce qu'il se savait alors un peu parti qu'il n'avait pas voulu parler. En tout cas, il était sûr que maintenant il ne parlerait pas, et ce V-I m'avait mis dans le pétrin, un beau pétrin. Il allait falloir que je joue à l'esbroufe. Le type qui avait dit « Dans le doute, abstiens-toi » n'était vraiment pas très malin. Si l'on est dans le doute et que l'on ne fasse rien, les choses vont de mal en pis. La chose à faire, c'est de suivre son nez. On est sûr d'arriver quelque part un jour ou l'autre.

J'étais maintenant devant la porte d'entrée de Janine et, regardant sa carte gravée sous le bouton de sonnette, je me demandai qui elle était exactement. Au bout d'un instant, j'appuyai sur le bouton avec mon index. La porte s'ouvrit, et je montai l'escalier tournant. Janine était sur le palier, appuyée contre le chambranle de la porte, à peu près dans la même attitude que celle où je l'avais vue précédemment.

— Hello ! Janine, dis-je.

— Alors, dit-elle d'un ton bref, qu'est-ce que vous voulez cette fois-ci ?

Je lui souris.

— Ou bien vous n'avez pas l'air commode, dis-je, ou bien vous voulez me donner l'impression que je suis importun. C'est bien le mot, je crois, importun, n'est-ce pas ?

— Ah ! oui ? fit-elle. Je crois que cela m'est indifférent. Vouliez-vous me dire ou me demander quelque chose ?

— Vous avez tout à fait raison au sujet de Sammy Carew, dis-je. J'ai été jusqu'à la morgue et j'ai jeté un coup d'œil sur lui. Il avait l'air très gentil. Son visage n'a pas été touché.

— Oui ? dit-elle. Et le reste ?

— Le reste, dis-je, c'est moins joli. Sammy a été pas mal chahuté à en juger par le résultat. A propos, je voudrais que vous me disiez quelque chose. Ce policeman qui est venu vous dire que Sammy était mort vous a-t-il dit l'avoir vu *lui-même* quitter la maison ou a-t-il simplement dit que *quelqu'un* avait vu Sammy sortir d'ici ?

Il y eut un temps. Le silence parut presque lourd.

— Pourquoi ? demanda-t-elle.

— Ecoutez, Janine, lui dis-je, c'est moi qui pose des questions. Vous ne serez pas longue à vous en rendre compte, j'en suis sûr. Contentez-vous de me dire ce que je désire savoir. Le policeman a-t-il dit qu'il avait vu Sammy sortir d'ici ?

— Je ne me rappelle pas exactement ce qu'il a dit, déclara-t-elle. Pourquoi me le rappellerais-je ? Vous savez, il n'y avait aucune raison que je m'intéresse particulièrement à votre ami Carew.

— Non ? demandai-je. Qu'était-il pour vous ? Simplement un visiteur de plus ?

Elle rougit un peu.

— Que voulez-vous dire par là ? demanda-t-elle.

— Ce que vous voudrez, répondis-je. Ceci dit, nous avons décidé que vous ne vous intéressiez pas spécialement à Carew. Maintenant, vous allez essayer de rafraîchir vos souvenirs en ce qui concerne le policeman.

— Peut-être, dit-elle d'un ton insolent, cela ne m'intéresse-t-il pas spécialement non plus. Qu'avez-vous l'intention de faire si je n'ai même pas envie de rafraîchir mes souvenirs ?

Je la regardai.

— Vous allez vous rappeler, dis-je.

Une de ses mains qu'elle tenait derrière elle apparut, tenant une cigarette. Elle porta celle-ci à sa bouche et aspira profondément. Elle avait les lèvres couleur framboise, et sa bouche était d'une forme presque parfaite.

— Je ne pense pas que le policeman ait dit avoir vu Sammy sortir de chez moi, dit-elle. Je crois que ce qu'il a dit, c'est qu'un monsieur que l'on avait vu quitter cette maison avait traversé le square et y avait été tué. Le policeman était venu me demander si je savais qui était la victime.

— Merci beaucoup, Janine, dis-je en hochant la tête. Vous avez été d'une grande obligeance.

— Très bien, dit-elle, je vous ai dit quelque chose. A votre tour, maintenant, d'en faire autant. Pourquoi m'avez-vous demandé si Carew était juste un visiteur de plus ? Où... où donc croyez-vous être ?

— Je serais bien incapable de le dire, répondis-je. Mais peut-être serai-je en mesure de répondre à votre question d'ici une minute. Dites-moi donc, connaissez-vous un jeune homme qui se poudre et qui se sert de quelque chose qui ressemble fichtrement à du rouge à lèvres, assez grand, le visage mince et pâle, les cheveux noirs et luisants ? Vous le connaissez ?

— Je ne vois pas, dit-elle. Pourquoi devrais-je le connaître ?

— Il vient de me dire, il n'y a pas très longtemps, qu'il vous avait vue, ce soir, avec Carew dans un *pub* qui s'appelle *La Touffe de Plumes* et que Carew en était parti avec vous. Mais, naturellement, c'est impossible. A ce moment-là, Carew était déjà mort. Vous rappelez-vous ce jeune homme ? L'avez-vous jamais vu à *La Touffe de Plumes ?*

— C'est possible, fit-elle. En tout cas, c'est un sacré menteur. Ce soir, je ne suis pas allée à *La Touffe de Plumes.* Je ne sais pas de quoi il parle.

— Eh bien ! déclarai-je, si vous le dites, c'est que c'est vrai, mais, quand je lui ai demandé votre adresse, il a répondu que tout le monde connaissait l'adresse de Janine. Vous ne voyez pas ce qu'il entendait par là ?

— Non, dit-elle.

— Bon, dis-je. Merci, Janine, et à bientôt.

Elle s'éloigna du chambranle.

— Un instant, dit-elle, sa voix douce devenant un peu dure, que signifie tout ceci ? Qui êtes-vous ? Où voulez-vous en venir ?

— Mon petit chat, dis-je, pour le moment je ne le sais pas très bien. J'ai un peu l'impression d'être le Père Noël déguisé.

Je lui adressai un petit signe de la main.

— Ne faites rien dont il puisse m'être désagréable d'entendre parler, lui recommandai-je.

Je commençai à descendre l'escalier.

— Allez au diable, me lança-t-elle, lorsque j'eus descendu quelques marches, de la même voix lasse et indifférente. Allez au diable, monsieur N'importe qui !

Il y avait dans sa voix quelque chose qui m'intriguait, mais qui me plaisait plutôt. Me demandant si je reverrais Janine, je franchis la porte d'entrée.

De retour chez moi, je bus un whisky-soda et, allant dans ma chambre à coucher qui était un endroit agréable et frais dont l'atmosphère me plaisait, je m'assis sur le lit et me mis à réfléchir un peu calmement. De toute manière, Sammy m'avait fourré dans un sacré pétrin, mais je lui pardonnais, non seulement parce qu'il était mort, mais parce que tout le monde pardonnait toujours à Sammy, quoi qu'il fît. Sammy était ce genre d'homme. Je ne sais pas si vous voyez ce que je veux dire, mais il y avait chez lui quelque chose qui vous attirait en quelque sorte, qui vous « avait ». Il n'y a pas à dire, mais l'histoire de Sammy me faisait quelque chose.

Après avoir bu un autre whisky-soda, je me mis à marcher de long en large dans la pièce. Puis, ouvrant ma malle — celle que je n'avais pas encore déballée, — j'y pris le Mauser automatique. C'était un bel objet, du calibre convenable, avec un silencieux S.S. en forme de bulbe sur son canon spécialement raccourci. Après avoir examiné le chargeur, je mis l'arme dans la poche intérieure de mon veston, celle qui se trouve sous mon bras gauche. Et puis je sortis.

Je me promenai un peu, attendant de voir si une idée descendrait du ciel pour venir me frapper. Rien ne vint. Il commençait à faire noir, et maintenant la nuit n'était même plus fraîche. La chaleur était oppressante. C'était une de ces nuits qui ont tendance à vous déprimer si, bien entendu, on est le genre de personne qu'une chose comme l'atmosphère peut déprimer.

Au bout d'un moment, je me dirigeai vers Mulbery Street. Pénétrant dans le petit passage, je jetai un coup d'œil dans le bar de *La Touffe de Plumes.*

Il y avait beaucoup de monde, et le jeune fantaisiste au visage pâle et aux cheveux noirs était toujours dans son coin, à l'autre bout du comptoir. Il semblait encore en train de résoudre son problème de mots croisés, ou peut-être en avait-il trouvé un autre.

Je consultai ma montre. Il était onze heures moins vingt. Je m'éloignai et fis un tour dans les parages. Au bout et à gauche de Mulbery Street, il y avait une ruelle étroite qui menait vers l'Ouest, où je vis deux ou trois maisons vides avec des pancartes « A louer » au-dessus de leur porte. Cette ruelle était calme et déserte. Je me dirigeai vers la maison vacante la plus éloignée et, prenant mes clefs, je commençai à « travailler » la porte d'entrée. Deux minutes plus tard, elle était ouverte. Je pénétrai à l'intérieur, fermant la porte derrière moi.

C'était une maison assez grande, traversée d'un bout à l'autre par un couloir. Sur la gauche, il y avait un escalier. Ayant allumé mon briquet, je m'avançai le long du couloir et trouvai une porte qui menait au sous-sol. Je descendis. C'était un de ces sous-sols à l'ancienne mode, au bout duquel il y avait une office sans fenêtre.

L'endroit était non meublé et poussiéreux. Dans le coin de l'office, il y avait une vieille caisse délabrée. Revenant au rez-de-chaussée, je regagnai la rue. Je laissai la porte ouverte derrière moi, mais j'en poussai le battant pour qu'elle eût l'air fermée.

Je retournai à Mulbery Street. Il était onze heures moins trois, et les *pubs* commençaient à restituer leurs clients à la rue. Posté dans l'embrasure d'une porte, j'attendis. Juste avant onze heures, le petit ami sortit de *La Touffe de Plumes*. Son journal plié sous le bras, il s'arrêta au milieu de la chaussée, lissant ses cheveux luisants. J'espérais qu'il viendrait de mon côté. Pendant une minute ou deux, il eut l'air de ne pas savoir dans quelle direction il allait diriger ses pas, puis il se tourna et s'avança avec nonchalance vers le bout de la rue où je me trouvais. Cela me fit plaisir. Il marchait très lentement, et, au moment où il parvint à ma hauteur, la rue était à peu près déserte. Il avançait au milieu de la chaussée, et, quand il fut presque en face de moi, je m'avançai à mon tour de façon à être juste derrière lui et à sa gauche.

Tournant la tête, il me reconnut et sourit.

— J'espère que vous avez trouvé Janine, dit-il.

— Oui, fis-je, merci. Avez-vous quelque chose de spécial à faire maintenant ?

Sans s'arrêter, il continua de marcher tranquillement, me regardant pardessus l'épaule. Il avait au visage cette expression à demi insolente qui est le propre des gens de son acabit.

— Eh bien ! dit-il, j'ai un rendez-vous. Est-ce que je puis faire quelque chose pour vous ?

Plongeant ma main à l'intérieur de mon veston, j'y pris mon Mauser et j'en appuyai l'extrémité contre ses côtes, sous son bras gauche.

— Ecoutez, dis-je, vous allez faire une petite promenade avec moi. Je veux vous parler.

Il ne parut ni effrayé, ni très surpris.

— Ah ! très bien, murmura-t-il.

Prenant la ruelle étroite qui était au bout de Mulbery Street, nous gagnâmes ma maison vide. Je le poussai devant moi. Allumant mon briquet, je fis avancer mon compagnon le long du couloir, puis je lui fis descendre l'escalier menant au sous-sol. Je lui montrai la vieille caisse.

— Va t'asseoir là-dessus, ordonnai-je. Je veux te parler. Et, si tu bouges, je t'entendrai.

J'avais éteint mon briquet parce qu'il ne contenait pas beaucoup d'essence et que je savais que j'en aurais de nouveau besoin.

— Quand as-tu vu Sammy Carew pour la dernière fois ? demandai-je.

Je l'entendis qui soupirait.

— Je ne sais pas de quoi vous parlez, dit-il, et vous m'embêtez.

— Salaud, dis-je, tu serais surpris de savoir tous les embêtements qui t'attendent.

— Vraiment, fit-il.

Je pouvais me l'imaginer haussant ses sourcils arqués.

— Alors, dis-je, tu ne vas pas parler ?

Pour toute réponse, il me dit quelque chose de particulièrement grossier.

— Ah ! c'est comme ça ! fis-je. Alors, c'est moi qui vais parler. Tu savais qu'à un moment quelconque, hier matin de bonne heure, Carew était allé chez Janine. Cela t'intéressait énormément. Pourquoi ? Peut-être puis-je le deviner. Tu l'as suivi jusque-là et puis tu as attendu dans les parages. Quand il est sorti, tu as descendu Verity Street avec lui, tu l'as vu qui traversait le square, alors tu as entendu arriver la bombe volante. Tu n'étais pas dans le square. Tu te tenais probablement dans l'embrasure d'une porte. La bombe a tué Carew. Alors tu es allé prévenir le policeman, et celui-ci est allé à son tour prévenir Janine. C'est ça, n'est-ce pas ?

— Oui, dit-il, et c'était presque un sifflement. C'est ça.

Je me mis à dire :

— Sale petit menteur. Carew était mort quand on l'a poussé sous le camion et il avait même largement son compte. Ses assassins savaient que l'on attribuerait sa mort à la bombe volante et qu'ainsi on ne chercherait pas l'origine des balles qu'il avait dans le corps et qu'il se pouvait même qu'on ne les remarquât pas.

Je l'entendis qui respirait profondément.

— Sammy Carew, continuai-je, avait pour règle d'avoir toujours un chargeur plein dans son automatique. Ce soir, lorsque je suis allé faire un tour à la morgue, il manquait deux balles, ce qui veut dire que Sammy s'était bagarré quelque part. Où ? Je le découvrirai.

» Très bien. Après l'avoir tué, vous l'avez transporté à l'endroit du square où l'on faisait des travaux, juste de l'autre côté du jardin. Le lieu était désert. Sans doute aviez-vous l'intention de jeter le cadavre dans l'une des excavations, toi et tes amis. Alors vous avez eu un peu de veine : la bombe est arrivée. Vous vous êtes esquivés, et la bombe a projeté le camion sur Carew. De la sorte, il a été mis en bouillie, exactement comme vous le désiriez. Eh bien ! qu'est-ce que tu dis de ça ?

— Jamais de ma vie je n'ai vu ce Carew, déclara-t-il en riant. Je crois que vous êtes fou.

— Possible, dis-je. Le défaut des gens comme toi, c'est leur vanité, tu sais. Vous vous croyez tellement malins que parfois vous en oubliez d'être prudents.

Il y eut un silence, et puis j'entendis un petit bruit sec, un bruit qu'il m'avait déjà été donné d'entendre auparavant. C'est celui que fait en s'ouvrant la lame d'un long couteau à cran d'arrêt. J'allumai vivement mon briquet. Le petit jeune homme était assis sur la caisse, prêt à lancer le couteau qu'il tenait à plat dans la paume de sa main gauche.

Je lui tirai une balle dans le ventre. Le Mauser fit un bruit semblable à celui d'une bouteille que l'on débouche. Le môme s'écroula à la renverse contre le mur : je lui tirai une autre balle dans le cœur. Cela l'acheva. Je m'approchai et restai un instant à le considérer.

Me penchant sur lui, je saisis sa main gauche, lui enlevai la bague de Sammy — celle que j'avais essayé de lui retirer du doigt en la limant quand il avait été mordu par un serpent en Amérique du Sud — et la mis dans ma poche.

Ensuite je fouillai le petit ami, examinant ses poches et toutes les cachettes « ingénieuses » où les gens malins dissimulent les choses. Il n'avait rien d'autre sur lui que le bout de crayon dont il s'était servi pour résoudre son problème de mots croisés.

Je fourrai le cadavre dans la caisse et poussai celle-ci contre le mur, me disant qu'il se passerait du temps avant que quelqu'un le trouve.

Allumant une cigarette, je m'appuyai contre le mur pour réfléchir. Ç'avait été une soirée intéressante. Il y avait eu Tantine, Janine, le Vieux et le jeune homme pâle de la caisse, et tout cela était très intéressant, très excitant, pour qui aimait les choses intéressantes et excitantes. En ce qui me concerne, je ne les aime pas. J'en ai eu plus que ma dose.

Mais j'avais réussi à rassembler une ou deux idées au cours de la soirée... juste une ou deux.

J'éteignis ma cigarette et remontai au rez-de-chaussée. Après avoir ouvert un tout petit peu la porte d'entrée pour m'assurer qu'il n'y avait personne dans la rue, je me glissai dehors.

Je rentrai chez moi.

2

Mrs. Vaile

A six heures du matin, quand je me réveillai, il faisait très chaud. Je me levai et me mis à me promener dans mon appartement. Quatre choses prédominaient dans mon esprit. La première, c'était le petit tas de duvet de cygne que j'avais trouvé dans la coupe d'ébène sur la coiffeuse de Sammy. La deuxième, c'était le jeune homme à qui j'avais réglé son compte. La troisième, c'était Janine et, la quatrième, Tantine. Je me dis que ces quatre choses me donneraient suffisamment de quoi réfléchir pour le moment.

Et si je désirais quelque chose de plus, il y avait l'absurdité des histoires que m'avaient racontées le môme au visage pâle et Janine. Je me demandais pourquoi il avait pris soin de me dire, lorsque je l'avais rencontré pour la première fois au bar de *La Touffe de Plumes,* que Sammy était parti avec Janine ce soir-là. Pourquoi m'avait-il raconté cela ? Il devait certainement se douter que, puisque je cherchais Sammy, j'irais sur-le-champ chez Janine. Il se rendait certainement compte qu'elle réduirait à néant son histoire. A moins qu'il ait eu, *à ce moment-là,* des raisons de croire qu'elle confirmerait celle-ci ?

En tout cas, elle ne l'avait *pas* confirmée. Au contraire, elle avait dit ce qui semblait à première vue être la vérité. Je haussai moralement les épaules. C'était juste une autre de ces choses : on pouvait y penser tant qu'on voulait, mais cela ne vous menait nulle part.

J'allai d'une pièce à l'autre pendant une heure et demie. La plupart du temps, je me laissais aller à être sentimental. Je pensais au bon vieux temps en Amérique du Sud, et à un ou deux autres endroits. Bien sûr, rétrospectivement, tout semble beau, mais il y avait eu une certaine atmosphère — une couleur — dans ces journées, qui était absente présentement.

Ceci, bien entendu, était une idée particulièrement idiote. Le métier, quel qu'il soit, que l'on fait vous semble toujours prosaïque, et ce qui est excitant pour l'un est simplement assommant pour un autre. Je me rendis compte que je ne trouvais pas ma situation présente assommante, au contraire ; j'étais embêté, mais je n'avais pas tellement envie de l'admettre. Soit dit en passant, bien qu'il nous eût quittés, je n'étais pas tellement content de Sammy. Il avait plutôt mal joué. Il avait abandonné la partie sans laisser le moindre renseignement, ce qui, croyez-le ou non, ne ressemblait pas à Sammy.

Un peu après huit heures, je pris une douche froide, sonnai pour avoir mon petit déjeuner et m'habillai. Maintenant, j'étais parvenu résolument à la conclusion que la seule manière de jouer cette partie était de me comporter comme un buffle dans un magasin de porcelaines : tout simplement aller droit devant moi et foncer dans tout ce qui se trouverait sur ma route. Ce procédé peut être rudement intéressant surtout si quelqu'un fonce sur vous le premier.

A neuf heures, j'appelai le Vieux à son numéro particulier. Quand il vint à l'appareil, il était aussi doux qu'une colombe.

— Alors, jeune homme, qu'y a-t-il maintenant ?

— Je vais vous le dire, répondis-je. Je me suis livré à quelques réflexions et j'ai eu un certain nombre d'idées qui peuvent ou ne peuvent pas marcher. En tout cas, ça ne coûte rien d'essayer. J'ai besoin d'un coup de main.

— Eh bien ! c'est facile, dit-il. Quel genre de coup de main vous faut-il ?

— Je ne le sais pas très bien, dis-je, mais, si vous avez quelqu'un de bien, quelqu'un qui n'ait pas froid aux yeux et qui soit intelligent — mais surtout qui n'ait pas froid aux yeux, — j'aimerais quelqu'un comme ça. Et j'aimerais aussi une femme, pas trop vieille et pas trop jeune. Assez vieille pour être raisonnable même et intelligente, et assez jeune pour avoir du charme, juste pour le cas où elle aurait à s'en servir. Pouvez-vous me fournir cela ?

— Bon, grogna-t-il. Vous pouvez considérer que c'est fait. Je vais vous les envoyer. Où ça ?

— Eh bien ! dis-je après avoir réfléchi pendant un instant, j'ai l'intention de m'accorder une journée de congé. Je compte aller me promener un petit peu sur un terrain de golf. J'ai remarqué que mon cerveau fonctionnait avec plus de facilité sur un terrain de golf. Je serai de retour à Londres cet après-midi. J'aimerais voir l'homme vers six heures. Je le verrai ici même. Quant à la femme, je pourrais la rencontrer à neuf heures au *Gay Sixites Club.*

— Entendu, dit le Vieux. C'est tout ?

— Oui, répondis-je. Merci beaucoup.

Je l'entendis qui raccrochait. Le Vieux n'aime pas les paroles inutiles.

Je fis un petit tour et, à dix heures et demie, j'allai au garage prendre ma voiture pour me rendre dans le Surrey. J'aime la campagne par là. Après avoir traversé Dorking, j'arrêtai la voiture dans un chemin creux près du terrain de golf de Betchworth à environ un mille de la ville.

Abandonnant mon auto, je commençai à errer sur le terrain. J'aime beaucoup ce terrain. L'année de la guerre, j'y avais beaucoup joué avec Sammy, et, en me dirigeant vers le neuvième trou près de l'avenue de tilleuls, je me rappelai quelques-unes des blagues qu'il racontait en ce temps-là. La matinée était délicieuse. Le soleil brillait, et il y avait un peu de brise.

Je m'assis sur la petite butte qui se trouve près du douzième trou. J'allumai une cigarette et, pour une raison quelconque, je me mis à penser à la nuit où Sammy et moi nous étions fourrés dans un sale guêpier à Fourelles, dans le Pas-de-Calais. Je me rappelai Sammy sortant du hangar d'assemblage des fusées, avec le col de sa veste d'Oberleutnant d'artillerie tout déchiré, une balafre à la joue saignant abondamment. Lorsque j'entrai dans le hangar, j'y trouvai un jeune maquisard étendu inanimé dans un coin. Sammy avait été obligé de le mettre knock-out après que l'autre eût essayé d'abord de l'étrangler, puis de le poignarder. Je suppose que ce jeune Français était venu là pour détruire l'installation d'assemblage. Les maquisards aimaient beaucoup se livrer à ce genre de travail.

Je me rappellerai toujours Sammy jurant et sacrant comme un sapeur, appelant de tous les noms possibles et malsonnants le maquis et le Service Secret anglais ; nous avions coutume de nommer ceux-ci la Brigade de Cape et d'Epée du Pas-de-Calais. Finalement, nous mîmes le maquisard dans une charrette sous un amas de fumier — ce qui, prétendait Sammy, lui apprendrait à vivre quand il reviendrait à lui — et nous le transportâmes ainsi en lieu sûr. Oui, me disais-je, ça, c'était le bon temps.

Tournant la tête, je regardai dans la direction du douzième « dé ». Une femme venait d'apparaître et, dépassant le dé, s'avançait au milieu du gazon. Un bijou ! Dans les trente-deux ou trente-trois ans, mince et très bien faite, avec de jolies chevilles et une démarche de déesse. C'était une brune, l'air d'une femme du monde, et elle portait une veste de flanelle grise et une jupe rayée, un petit feutre et d'élégants souliers de marche en daim.

Comme elle s'avançait vers moi — elle marchait maintenant au bord de la pelouse, du côté opposé à ma butte, — j'eus l'une de mes idées les plus drôles. Je suppose que c'était un peu comme si je m'étais accroché à un fétu de paille, mais j'étais dans cette disposition d'esprit. En tout cas, je décidai d'essayer cela. De toute façon, ce serait une expérience intéressante.

Quand elle fut plus près de moi, je me levai et escaladai maladroitement la butte. Je tombai par terre, me relevai et puis, poussant une exclamation aigüe, je restai perché sur une jambe comme une cigogne, une expression d'intense douleur sur le visage.

Elle donna dans le panneau et s'approcha.

— Il y a quelque chose qui ne va pas ? demanda-t-elle. Vous vous êtes fait mal ?

— Je crains que oui, répondis-je en m'asseyant sur le bord de la butte. Je me suis foulé la cheville. J'ai dû poser le pied à faux sur une pierre.

Deux beaux yeux bruns me considérèrent. Son regard était tout à fait direct et pourtant, en quelque sorte, indifférent. J'eus l'impression que cette femme possédait un pouvoir de séduction particulier et que je ne pouvais expliquer.

— Je suis navrée de votre mésaventure, dit-elle avec un sourire. Mais voilà ce qui arrive aux gens qui se promènent en rêvassant sur les terrains de golf. De toute manière, ce terrain est réservé aux membres du club.

— Comment savez-vous que je ne suis pas membre ? demandai-je.

— Oui, dit-elle, il se peut que vous le soyez, mais c'est la première fois que je vous vois.

— Eh bien ! fis-je, je suis membre du club et, soit dit en passant, c'est la première fois aussi que je *vous* vois. Ceci dit, il va falloir que vous fassiez quelque chose pour moi.

Elle s'assit à l'autre bout de la butte. Elle avait de *très* jolies chevilles.

— Que voulez-vous dire exactement par là ? demanda-t-elle.

— Eh bien ! dis-je, je ne crois pas pouvoir me servir de mon pied gauche. Voyez-vous, je me suis tant de fois foulé cette cheville qu'il faut que je fasse attention. D'une manière ou d'une autre, il faut que j'arrive jusqu'à un docteur.

Elle soupira et, prenant un étui à cigarettes, elle me le tendit après s'être servie. J'allumai les cigarettes.

— A vous voir, dit-elle, on ne croirait pas que vous pouvez être une telle source d'ennuis.

Je la regardai.

— Je regrette d'être une source d'ennuis pour vous, dis-je, mais je n'y peux rien. Le problème, c'est qu'il faut que j'arrive jusque chez un docteur. Je crois que je dois m'être déboîté un des petits os de la cheville. Cela m'est déjà arrivé et c'est facile à remettre en place. Il suffit d'arriver jusqu'à un docteur.

Elle sourit. Lorsqu'elle souriait, elle était tout à fait délicieuse.

— Et comment allons-nous nous y prendre pour cela ? demanda-t-elle.

Ainsi, elle entrait dans le jeu !

— C'est facile, dis-je. Si vous voulez bien me prêter votre canne, je m'arrangerai pour retourner clopin-clopant jusqu'à ma voiture. Mais je crains de ne pas pouvoir conduire. Jamais je ne pourrai me servir de mon pied pour appuyer sur l'accélérateur.

Elle me demanda où était ma voiture, et je le lui dis.

— Eh bien ! déclara-t-elle, nous pouvons encore simplifier les choses. En prenant à travers le terrain, vous pouvez gagner la route. Donnez-moi la clé de votre voiture, et je viendrai vous chercher. Et puis nous pourrons aller faire soigner votre pied. Ceci dit, je suis désolée que vous vous le soyez foulé.

— Je suis prêt à me déboîter un os de la cheville autant de fois qu'il le faudra, lui dis-je avec une petite grimace, à la condition qu'il y ait dans le voisinage une personne aussi délicieuse, pour ne pas dire aussi adorable, que vous.

— Eh bien ! eh bien ! fit-elle en haussant les sourcils. Je prends ce discours dans le sens où, je l'espère, il a été conçu. A propos, qui êtes-vous ?

Je lui dis que je m'appelais Kells.

— Je suis Mrs. Vaile, dit-elle.

Elle me tendit sa canne, et je commençai en clopinant la traversée de la pelouse. Elle m'accompagna jusqu'à l'autre côté, de peur que je ne tombe de nouveau. Une fois que je fus dans l'allée, je lui donnai la clef de la voiture, et elle s'éloigna. Je l'observai tandis qu'elle retournait vers le douzième dé. Sa façon de marcher me plaisait.

« C'est là un rudement sale tour à jouer à une femme gentille », me dis-je à moi-même. Mais, bon Dieu ! que pouvais-je faire ? Il fallait commencer d'une manière ou d'une autre.

Je me dirigeai vers la route en clopinant.

Nous fîmes halte devant la maison d'un docteur dans les faubourgs de Dorking. Il ne nous fallut que quelques minutes, aucun de nous ne parla. Une ou deux fois, j'eus l'impression qu'elle me jetait un rapide coup d'œil de coin, le genre de coup d'œil qu'une femme jette sur un homme qui l'intéresse un petit peu, mais peut-être n'était-ce qu'une idée que je me faisais. Elle conduisait bien, elle maniait le volant avec adresse et vivacité. En somme, quand je pensais à mon petit plan, ça me faisait de la peine pour elle.

Le docteur était à la maison, et je pénétrai chez lui à cloche-pied. Je passai une dizaine de minutes à parler avec lui de toutes sortes de choses, faisant tout mon possible pour perdre du temps. Quand je ressortis, mon clochement était encore prononcé, mais j'estimais pouvoir sous peu cesser de jouer à la marelle.

— Alors ? demanda-t-elle.

— C'est beaucoup moins grave que je ne le pensais, dis-je. J'ai une bonne foulure, mais il n'y a rien de cassé. Ma cheville est bandée, et, dans quelques jours, il n'y paraîtra plus, du moins c'est ce que prétend le docteur.

— Je suis enchantée d'apprendre cela, dit-elle. Je commençais à être un peu inquiète pour vous.

Je lui lançai un regard de coin. Elle avait l'œil malicieux.

— Je suis content qu'il en soit ainsi, déclarai-je, parce qu'il faut que je rentre à Londres et je suis incapable de conduire. Qu'allons-nous faire pour résoudre ce nouveau problème ?

— C'est très facile, dit-elle. De toute manière, je comptais moi-même rentrer en ville cet après-midi. Je vais vous ramener.

— Magnifique ! m'exclamai-je. Mais vous êtes bien sûre que je ne vous dérange pas ?

— Tout à fait sûre ! dit-elle allègrement. Je ne fais jamais rien que je n'aie envie de faire.

— S'il en est ainsi, Mrs. Vaile, lui répondis-je avec un sourire, vous êtes une femme très chanceuse.

Tout en parlant, je me demandais ce qu'elle eût pensé si elle avait su ce que j'avais dans la tête.

Sur le chemin du retour, nous échangeâmes les charmants et inoffensifs propos qui sont de mise en de semblables occasions.

— Y a-t-il quelqu'un pour rentrer à votre place votre voiture au garage, ou faut-il que j'y aille moi-même ? demanda-t-elle en arrêtant la voiture devant chez moi.

— Vous n'avez pas à vous inquiéter de cela, dis-je. J'ai l'impression que mon pied va beaucoup mieux et je crois même que, d'ici quelques heures, je pourrai m'en servir d'une façon presque normale. De plus, le portier peut mener la voiture au garage.

— Très bien, dit-elle. Peut-être votre portier peut-il m'avoir un taxi ?

— Ce sera l'affaire d'une minute, dis-je. Mais ceci n'est pas tout à fait satisfaisant, vous ne trouvez pas ?

Elle me regarda en haussant les sourcils.

— Que voulez-vous dire par là ? demanda-t-elle.

Je lui souris.

— Il importe que vous sachiez, dis-je, que c'est à cause de vous que je me suis foulé le pied...

Elle prit un air très étonné.

— Que pouvez-vous bien vouloir dire ? demanda-t-elle.

J'eus un léger haussement d'épaule.

— Vous savez ce que c'est, dis-je, et je la regardai droit dans les yeux en lui adressant un de ces sourires où je mets tout ce dont je suis capable. Chaque homme a sa propre conception de la femme idéale, continuai-je. Vous comprenez ce que je veux dire. Une sorte d'image mentale qu'il promène partout avec lui. Mais il n'espère pas vraiment rencontrer jamais la dame de ses rêves. Eh bien !... moi, je l'ai rencontrée. Quand je vous ai vue et que je me suis rendu compte que vous étiez la femme dont je rêvais depuis des années, ça m'a donné un petit coup et je suis tombé. Il faut donc que vous admettiez que vous me devez quelque chose...

— Quelque chose dans quel genre ? demanda-t-elle négligemment.

— Eh bien ! dis-je, je trouve que vous devriez dîner avec moi ce soir. Je me sens plutôt seul. Que pensez-vous de cette idée ?

— Vous ne manquez pas de toupet, n'est-ce pas ? déclara-t-elle. Mais, pour parler franchement, votre idée me plaît. Où dînerons-nous ?

— Que diriez-vous du *Berkeley ?* demandai-je. A neuf heures et quart. Je vous promets un très bon dîner.

— Je devrais refuser, dit-elle lentement, mais j'accepte. Vous êtes quelqu'un d'intéressant, n'est-ce pas, Mr. Kells ?

— Vous ne me connaissez pas encore, dis-je. Alors, c'est entendu, neuf heures et quart, au *Berkeley ?*

Elle fit oui de la tête.

— J'y serai. A ce soir.

J'appelai le portier et l'envoyai chercher un taxi. Mrs. Vaile s'en alla. Je regardai s'éloigner le taxi dans la rue. C'est rosse, me disais-je, mais il n'y a pas moyen de faire autrement. Pour l'exécution de mon petit plan, Mrs. Vaile ferait aussi bien l'affaire que n'importe qui d'autre.

A six heures, le portier me téléphona qu'un monsieur désirait me voir. Je lui dis de le faire monter. Dès le premier coup d'œil, mon visiteur me plut. C'était un homme mince, assez jeune, et qui commençait à avoir une légère calvitie sur le haut du crâne. Il avait un visage très intelligent et la mâchoire volontaire.

— Bonjour, lui dis-je. Comment vous appelez-vous ?

Il m'apprit que son nom était Charles Freeby et que le Vieux lui avait dit de venir me voir à six heures.

Après lui avoir donné un whisky-soda et l'avoir invité à s'asseoir, je lui demandai quel genre de travail il avait fait jusque-là. Il me le dit. Il semblait avoir un passé des plus mouvementés.

— Eh bien ! dis-je, puisque vous n'avez pas froid aux yeux, vous êtes l'homme qu'il faut pour cette mission. J'estime néanmoins que je dois vous prévenir qu'elle risque de ne pas être de tout repos.

— Je crois que je ne vois pas d'inconvénient à cela, dit-il en souriant.

Je me dis que vraiment il ferait l'affaire. Il devait passer inaperçu, c'était un de ces types que l'on ne remarque pas dans une foule. J'avais, en outre, l'impression qu'il appartenait à ce genre d'hommes qui n'aiment pas perdre de temps. Il devait avoir la trentaine et était probablement beaucoup plus costaud qu'il ne le paraissait, un de ces gars minces et nerveux.

— Qu'est-ce que je dois faire pour commencer ? demanda-t-il quand il eut fini son verre.

Je lui demandai si le Vieux lui avait dit quelque chose à mon sujet.

Il sourit et me répondit que le Vieux lui en avait raconté assez long sur mon compte, mais ne lui avait rien dit sur le travail qu'il allait avoir à faire.

— Il n'aurait pas pu vous le dire, déclarai-je, parce qu'il n'en sait rien. Moi non plus, du reste.

— Ça rend les choses encore plus intéressantes, gouailla-t-il.

Je lui dis que les choses le deviendraient sans doute avant que nous en ayons fini. Je lui donnai une cigarette et en allumai une pour moi-même.

— Ecoutez, dis-je, ce soir à neuf heures et quart, je dîne au *Berkeley* avec une femme. Elle a environ un mètre soixante-dix, svelte, une très jolie silhouette, des chevilles et des pieds parfaits. Elle a les yeux bruns, les cheveux d'un brun roux et une bouche spirituelle très bien dessinée. C'est une nommée Mrs. Vaile. Vu ?

— Vu, répondit-il.

— Après le dîner, elle s'en ira, continuai-je. Je ne sais pas où elle ira ni comment elle compte s'y rendre. Il se peut qu'elle ait sa voiture, il se peut qu'elle fasse appeler un taxi, il se peut aussi qu'elle aille à pied. Mais je veux que vous la suiviez. Ne la lâchez pas. Voyez ce qui se passe. Si rien ne se passe ce soir, tâchez de reprendre la filature demain matin.

— Cette mission m'a l'air de pouvoir durer pas mal, dit-il. Combien de temps dois-je continuer à la filer ?

— Jusqu'à ce qu'il arrive quelque chose, dis-je.

— Et vous pensez que quelque chose arrivera ? demanda-t-il.

Je fis oui de la tête.

— Dans quel genre ? interrogea-t-il.

— Je suis incapable de vous le dire, déclarai-je. Mais il se peut que quelqu'un essaie de faire quelque chose. Il se peut que quelqu'un essaie de chercher des crosses à cette femme. C'est très possible.

— Compris, dit-il. Et vous ne voulez pas qu'on l'abîme ?

— Tout juste. Je regrette que tout cela soit aussi vague, mais c'est comme ça.

Il déclara que ce que je lui avais dit lui suffisait, prit son chapeau et s'en alla. Ce type me plaisait plutôt.

Je lus les journaux en buvant un cocktail. Les nouvelles étaient assez bonnes. On avait l'impression qu'avec un peu de veine la guerre en Europe serait finie d'ici un an. J'espérais qu'il en serait ainsi. Les guerres, j'en ai par-dessus la tête, surtout parce qu'elles empêchent le plein développement de mes caractéristiques particulières, à moins peut-être qu'elles ne les fassent trop se développer. Je suis incapable de dire avec certitude si c'est l'un ou si c'est l'autre.

Quand j'eus fini, je fis un tour jusqu'à Kinnoul Street. Je restai un bon moment immobile devant le n° 23 à me demander pourquoi Sammy avait choisi d'habiter dans cet endroit. Sammy habitait toujours à l'hôtel. Il aimait l'hôtel. Il détestait les appartements meublés.

Je pressai le bouton de sonnette et j'attendis. Il ne se passa rien. Il semblait qu'il n'y eût jamais personne au n° 23. Je donnai une secousse à la porte, et, bien entendu, elle s'ouvrit. Je me dis que Tantine devait être quelqu'un de très confiant.

Après être entré dans le vestibule et avoir fermé la porte derrière moi, je criai : « Tantine ! » Il ne se passa rien. Je montai l'escalier et entrai dans la chambre de Sammy. La pièce avait été rangée et nettoyée. Deux valises que je reconnus pour être celles de Sammy étaient posées sur un tabouret, au pied du lit sur lequel ses vêtements étaient empilés bien en ordre.

J'allumai une cigarette et m'avançai. Je me mis à inspecter les affaires de Sammy. Examinant ses vestons, je remarquai que les doublures avaient été mal cousues. C'était bizarre, quand on savait comme moi le soin méticuleux que Sammy apportait à ses vêtements. Néanmoins, je crus avoir deviné la raison de cela.

Montant à l'étage supérieur, je jetai un coup d'œil dans quelques-unes des autres pièces. Elles étaient gentiment meublées. Sur la cheminée de la pièce la plus grande de l'étage au-dessus de celui de Sammy, il y avait une photo encadrée de Tantine. Je me dis que Tantine était plutôt jolie femme, mais que j'eusse bien aimé pouvoir la trouver chez elle de temps en temps. Je me demandais qui faisait le ménage dans cette maison.

Revenant au premier, je fermai la porte de la chambre de Sammy et descendis errer dans les pièces du rez-de-chaussée. Elles étaient toutes vides. Ensuite de quoi je quittai la maison. Mais je fermai la porte derrière moi.

Je trouvais que Tantine avait tort de se montrer tellement confiante. Soit dit en passant, j'espérais qu'elle avait une clef. Peut-être n'en avait-elle pas ? Peut-être n'habitait-elle pas là ? Je me fis une grimace amicale. Comment pouvais-je le savoir ?

A neuf heures moins cinq, j'étais sur le trottoir en face du *Gay Sixites Club,* observant les gens qui y entraient. Au bout de quelques minutes, une fille bien habillée, qui, me sembla-t-il, devait sans doute être celle que j'attendais, arriva venant de la direction de Berkeley Square et pénétra dans le club. Elle était mince et de taille moyenne et marchait avec assurance.

Traversant la rue, j'entrai à mon tour au club. Elle était au bout du bar, en train de boire un gin-fizz.

— Bonsoir, lui dis-je en m'approchant d'elle. Serait-ce moi par hasard que vous attendez ?

Elle sourit. Elle était jolie, d'une façon discrète, et avait cet air particulièrement sophistiqué qu'acquièrent la plupart des femmes qui font notre métier.

— Je pense que oui, dit-elle. Vous êtes Mr. Kells, n'est-ce pas ?

— Lui-même. Qui vous a envoyée à moi ?

Elle me le dit. Je commandai un whisky-soda pour moi et un autre gin-fizz pour elle.

— J'ai peu de temps pour vous parler, dis-je. Voici la chose. Pas très loin d'ici, il y a une rue qui s'appelle Verity Street. Une nommée Janine habite au n° 16, l'appartement du premier. Je ne sais pas grand'chose sur elle, mais j'aimerais en savoir davantage. Je désire savoir quand elle est arrivée là, ce qu'elle fait pour vivre, tout ce que vous pourrez apprendre. Peut-être pourrez-vous tirer quelque chose de l'un des autres locataires.

Je lui donnai un bout de papier sur lequel il y avait mon adresse et mon numéro de téléphone.

— Apprenez ça par cœur, lui dis-je, et puis jetez ce papier. Quand vous aurez quelque chose à me dire, appelez-moi. A propos, quel est votre nom ?

Elle me dit que son nom était Alison Fredericks, qu'elle comprenait très bien ce que je voulais qu'elle fît. Elle ajouta qu'elle m'appellerait aussitôt qu'elle aurait quelque chose. Elle avait l'air de quelqu'un de capable, mais aussi le Vieux n'utilisait jamais personne qui ne le fût. Elle acheva son verre et se leva.

— Alors, dit-elle, je vais travailler. Je suppose, continua-t-elle, après une brève hésitation, que c'est là une de ces missions où il faut faire attention ?

Je lui souris.

— Si vous saviez combien il faut que vous fassiez attention, dis-je, vous seriez étonnée. Ne vous penchez pas trop à la portière, voulez-vous ?

— Bien, Mr. Kells, fit-elle avec une petite moue, entendu. A propos, j'aimerais que vous sachiez combien je suis contente de pouvoir travailler pour vous. Je trouve que c'est très amusant.

Je ne répondis rien. J'espérais aussi que ce serait très amusant, mais j'avais mes doutes là-dessus.

Après son départ, je bus un autre whisky-soda, puis je gagnai le *Berkeley* à pied. J'y étais depuis deux minutes à peine quand Mrs. Vaile apparut.

Pendant qu'elle traversait le hall, je la regardai longuement. Elle était habillée d'une façon charmante. Elle était délicieuse et donnait une impression de vitalité très séduisante.

Elle s'assit et, après avoir commandé un verre pour elle, je lui offris une cigarette.

— Mr. Kells, dit-elle quand le garçon fut parti, je dois vous avouer que vous m'intriguez. Mais, cela, vous le savez probablement. Vous avez deviné que je dînerais avec vous ce soir dans le but de satisfaire ma curiosité. Je trouve que vous êtes quelqu'un de plutôt étrange.

— Je suis enchanté d'apprendre que je vous intrigue, dis-je. N'importe quel homme serait heureux d'intriguer une femme aussi belle que vous... et aussi intelligente, ajoutai-je avec une petite grimace.

Elle eut un petit claquement de langue.

— Il faut que vous sachiez, continua-t-elle, que je pense que votre histoire de cheville est du pur roman. Dès le début, j'ai eu des doutes. Aussi, ce soir, suis-je descendue de taxi de l'autre côté de la rue, il y a dix bonnes minutes, et ainsi je vous ai vu arriver à pied du *Gay Sixites.* Votre cheville est en très bon état.

Je haussai les épaules.

— J'ai tendance à me rétablir très vite, dis-je. Mais, même si ma cheville est en assez bon état, je commence à souffrir d'une maladie de cœur plutôt particulière et qui ne me plaît pas du tout.

Nous passâmes au restaurant. Nous fîmes un excellent repas, parlant beaucoup de tout et de rien. Au bout de dix minutes, nous nous appelions par nos prénoms. Je dois dire que je trouvai sa conversation très intéressante. Elle avait une manière de s'exprimer bien à elle, l'esprit vif et plein d'humour. Maintenant aussi où j'avais l'occasion de la regarder vraiment de près, je pouvais me rendre compte que c'était une femme extrêmement séduisante. Ses yeux étaient brillants et particulièrement lumineux. Elle avait une voix douce, et toute sa personne possédait un charme bizarre et indéfinissable.

Tandis que nous étions en train de boire notre café, je découvris avec un sursaut que je commençais à penser que j'étais un peu... vous me comprenez, de me servir ainsi de cette femme. Que je risquais fort de la placer dans une situation qui pouvait être très dangereuse. Je souris en moi-même. L'idée que, moi, je faisais attention à quelque chose ou à quelqu'un, en dehors de la mission que j'avais en train, cette idée était des plus amusantes. D'ici une minute, me dis-je, j'allais tomber amoureux ! Je dois avouer que l'idée était cocasse. Je me demandai ce que le Vieux dirait dans ce cas !

Elle s'en alla à dix heures et quart. Je restai sur le trottoir devant le *Berkeley,* un pied sur le marchepied du taxi que le portier avait appelé pour elle, la regardant par la portière ouverte. Nous nous regardâmes ainsi pendant un bon moment.

— Cher Michael, dit-elle brusquement et, me sembla-t-il, d'une voix un peu haletante, vous êtes un peu salaud, n'est-ce pas ? Rien qu'un petit peu ?

Je manifestai de la surprise.

— Je suis très choqué, lui dis-je. Jamais je n'ai entendu un aussi vilain mot dans une aussi jolie bouche. Néanmoins, vous l'avez dit en souriant. Mais pourquoi suis-je un peu salaud ?

Elle fit une petite grimace.

— Vous saviez parfaitement bien, dit-elle, et dès le premier instant que, si je venais dîner avec vous, c'était, en tout cas, parce que vous m'intéressiez un tout petit peu. Et, là-dessus, vous évitez soigneusement de rien me dire sur vous-même. Vous avez éludé, très habilement, toutes les questions que je vous ai posées. Et, maintenant, n'ayant rien fait pour satisfaire ma curiosité, vous vous disposez à me laisser partir sans même me demander si vous pourriez me revoir. Vous me décevez terriblement, Michael. Pour un homme qui a l'air aussi charmant...

— Ecoutez, Bettina, dis-je, j'avais une très bonne raison pour ne pas vous demander si je pourrais vous revoir. En fait, j'étais parfaitement sûr que, si je ne le faisais pas, vous vous en chargeriez.

Et, là-dessus, je lui adressai mon sourire le plus impertinent.

Elle soupira profondément.

— L'insolence de cet homme ! s'exclama-t-elle. Enfin... vous trouverez mon adresse dans l'annuaire du téléphone. Venez prendre un verre un de ces soirs... vers six heures et demie.

— C'est très gentil à vous, Bettina, dis-je.

— Mais non, minauda-t-elle. Je tiens à satisfaire ma curiosité et je la satisferai.

— Vous êtes un amour, Bettina. J'estime qu'il est nécessaire que vous sachiez que vous m'avez fait une grosse impression. En fait, si cette voiture ne bouchait pas complètement l'entrée du *Berkeley,* je vous dirais quelques-unes des choses que je pense à votre sujet. Je vous parlerais de vos yeux, de la façon délicieuse que vous avez de vous exprimer, de... enfin, vous savez ce que je veux dire.

Elle soupira de nouveau.

— Vous êtes non seulement mystérieux, Michael, vous êtes aussi rudement dangereux. Je suis sûre que vous avez dit ces mêmes mots à une centaine de femmes. Oh ! mon Dieu ! Pourquoi faut-il que je sois toujours attirée par les gens comme vous... Enfin... Bonsoir, cher Michael... Venez me voir.

Le taxi s'éloigna dans la direction de Berkeley Square. J'aperçus Freeby dans une petite deux places noire qui s'éloignait du trottoir et s'élançait à la poursuite du taxi. Ainsi la machine fonctionnait bien.

J'allumai une cigarette et je rentrai à pied chez moi par Piccadilly.

Le téléphone sonna vers une heure du matin et me réveilla en sursaut. M'asseyant dans mon lit, je saisis à tâtons le récepteur. C'était Freeby.

— Vous aviez raison au sujet de votre amie, dit-il. Elle est d'abord allée dans une maison de Charles Street. Heureusement, j'ai vu à temps que le taxi ralentissait et j'ai pu m'arrêter à un tournant de rue. J'en suis content, car cela m'a permis de constater qu'un autre taxi la filait. Un homme en est descendu, un homme mince, plutôt grand. Il a réglé la course, a regardé vers l'un et l'autre bout de la rue, puis s'est posté sous un porche, à peu près en face de la maison où avait disparu votre amie. Il est resté là deux ou trois minutes, et puis un autre taxi venant de la direction de Berkeley Square a stoppé tout près de l'endroit où il attendait. Quelqu'un en est sorti et il y est monté. Mais le taxi est resté là. Lorsque votre amie est sortie de la maison, elle est montée dans un taxi que l'on avait probablement appelé par téléphone. Quand il s'est éloigné, le taxi qui était de l'autre côté de la rue l'a suivi.

» Votre amie est allée alors à une soirée plutôt chic, le genre de soirée où l'on boit beaucoup, mais sans tralala. L'homme qui la suivait s'est éloigné dans son taxi, et, environ quinze minutes plus tard — ils avaient évidemment compté qu'elle resterait au moins ce laps de temps chez ses amis, — un petit coupé deux places est arrivé, conduit par une femme entre deux âges, plutôt bien. Lorsque Mrs. Vaile est partie de chez ses amis, environ trois quarts d'heure plus tard, la femme au coupé l'a suivie et s'est éloignée quand elle a vu votre amie rentrer chez elle. C'est tout ce que je sais.

— Très bien, Freeby, dis-je. Reprenez Mrs. Vaile demain matin. Appelez-moi de nouveau quand vous aurez quelque chose.

Il me dit bonsoir et raccrocha. Ayant également raccroché, je m'étendis de nouveau et considérai la situation. Ainsi je ne m'étais pas trompé en supposant que nos amis prendraient Mrs. Vaile en filature. Il était évident pour moi qu'ils témoignaient beaucoup de curiosité aux gens que je connaissais. Il était évident qu'ils savaient qui j'étais, tout comme ils semblaient savoir qui était Sammy. Ils avaient plutôt l'air de vouloir s'intéresser énormément à moi et aux gens qu'ils voyaient avec moi. Il était fort possible qu'ils eussent l'intention de nous témoigner autant d'intérêt qu'ils l'avaient fait pour Sammy, mais j'espérais qu'ils n'obtiendraient pas le même résultat.

Me levant, je m'habillai. Tout cela m'embêtait un peu. En un sens, je le suppose, j'aime les émotions, mais j'aime aussi savoir exactement ce que je fais. Dans cette affaire-ci, j'avais l'impression de naviguer dans le brouillard, et cela me déplaisait.

J'allai lentement à pied jusqu'à Kinnoul Street et, en sonnant, je me demandai si, *cette* fois, quelqu'un allait ouvrir la porte. J'attendis deux ou trois minutes, et puis la porte s'ouvrit. Tantine, très à son avantage dans une robe de chambre de soie noir et gris, était debout dans le vestibule.

— Bonjour, Tantine, dis-je. Comment allez-vous ?

Elle haussa les épaules.

— Ça alors ! fit-elle en me souriant. C'est encore lui ! Qu'est-ce que vous pouvez bien vouloir *maintenant,* et à cette heure de la nuit ? Sans doute êtes-vous toujours à la recherche de Sammy ?

— Non, dis-je, j'ai abandonné. Sammy est mort.

— Bon Dieu ! s'exclama-t-elle en faisant un pas en arrière. Vous feriez mieux d'entrer, ajouta-t-elle.

J'entrai. Elle ouvrit la porte de la pièce qui se trouvait à droite du vestibule. C'était manifestement une salle à manger. Tout aussi manifestement, j'avais interrompu Tantine au milieu de son souper.

— Si vous avez envie de manger quelque chose, dit-elle, ne vous gênez pas. En tout cas, il y a du whisky sur la desserte.

— Merci, fis-je, je vais en prendre un verre.

Elle s'assit à la table.

— Qu'est-ce que c'est que cette histoire que vous me racontez à propos de Sammy ? demanda-t-elle. Ce n'est pas une plaisanterie ?

— Elle serait de mauvais goût, remarquai-je, vous ne trouvez pas ?

— Si, dit-elle, mais on ne sait jamais. Il y a des gens qui ont une assez étrange conception de l'humour. Que s'est-il passé ?

— C'est très simple. Il semble que Sammy soit allé à un *pub* qui s'appelle *La Touffe de Plumes*. Après cela, il est allé autre part, je ne sais où. En tout cas, on l'a vu qui traversait le square près de Mulbery Street. Juste à ce moment, un V-I est tombé, et ça a été la fin de Sammy.

— Vous êtes tout à fait certain de ce que vous me racontez là ?

Je fis oui de la tête.

— Je suis allé à la morgue et je l'ai vu, dis-je. C'était bien Sammy. A propos, on aimerait que vous veniez y faire un tour. J'ai dit au sergent que vous étiez la plus proche parente de Sammy. Si vous le voulez, je vous accompagnerai là-bas dans la matinée.

— Non, dit-elle, inutile de vous déranger. J'irai toute seule.

— Très bien, fis-je. Si vous le préférez.

— C'est assez épouvantable, n'est-ce pas, murmura-t-elle. J'avais beaucoup d'affection pour Sammy.

— Oui, dis-je, je le savais. Enfin, repris-je après avoir vidé mon verre, j'ai été enchanté de faire votre connaissance, Tantine. Je vais vous laisser.

Elle me regarda d'un air morne.

— Ne partez pas, dit-elle. Prenez encore un verre. Je voudrais vous parler.

Je me versai un nouveau whisky-soda.

— Comment vous appelez-vous ? demanda-t-elle brusquement.

Je lui appris que mon nom était Kells.

— Je présume que vous connaissiez plutôt bien Sammy, dit-elle. N'est-ce pas ?

— Oui, fis-je, je connaissais assez bien Sammy. Nous étions plutôt amis, du moins l'étions-nous quand nous n'étions pas à couteaux tirés à propos d'une femme.

Elle hocha la tête.

— Ça ne m'étonne pas de vous deux, dit-elle avec, sur le visage, une expression très triste. Sammy était un garçon bien, beau et intelligent, continua-t-elle, il plaisait aux femmes, et vous, eh bien ! vous, vous avez quelque chose. Vous me faites un peu penser à Georges Raft. En tout cas, je suppose que vous devez aussi plaire aux femmes. Je vous imagine facilement tous les deux passant votre temps à vous disputer à propos de filles qui n'en valaient pas la peine, simplement parce que vous n'aviez rien de mieux à quoi penser.

Je gardai le silence.

— Savez-vous ce que faisait Sammy ? demanda-t-elle au bout d'un instant.

— Oui, dis-je, je sais ce qu'il faisait.

— Quoi donc ? interrogea-t-elle. Ou est-ce un très grand secret ? Je sais que Sammy était un garçon mystérieux. Toujours très occupé, toujours par monts et par vaux, et sans que personne sût jamais pour où, ni quand il partait... Mais peut-être préférez-vous ne pas me le dire. Peut-être est-ce un grand secret, quelque chose qu'il vaut mieux ne pas divulguer. C'est ça, n'est-ce pas ?

Je la regardai et souris.

— Vous devriez le savoir, Tantine, déclarai-je.

— Qu'est-ce que vous voulez dire par là ? demanda-t-elle avec vivacité.

— Oh ! quoi, m'exclamai-je, qu'est-ce que c'est que ces boniments ? Pour quel sombre idiot me prenez-vous ?

Elle se raidit.

— Je ne comprends pas, dit-elle.

— Non ? demandai-je. Ce n'est pas vous qui avez arrangé ce tas de duvet de cygne dans la coupe ? Non ? Bien sûr que si. Vous avez fait ça à mon intention, dans l'espoir que je penserais que c'était Sammy qui l'avait fait et qu'il voulait m'indiquer ainsi un endroit qui avait quelque chose à voir avec des plumes. Vous saviez que je vous questionnerais à ce sujet. Cela vous a permis de m'aiguiller sur *La Touffe de Plumes* de façon tout à fait innocente.

» Là, votre petit copain au visage pâle attendait pour m'aiguiller sur Janine. Mais à ce moment-là quelque chose est allé de travers. Il est bien évident que je n'étais pas censé rencontrer Janine. Sans doute celle-ci était-elle censée s'éclipser avant cela. Mais elle était là. De toute façon, à ce moment déjà, je commençais à avoir sérieusement la puce à l'oreille. Et alors, que croyez-vous que j'ai fait ?

— Je ne sais pas, dit-elle d'une voix un peu cassante. Vous dites n'importe quoi. Eh bien ! qu'avez-vous fait alors ?

— Eh bien ! dis-je, je suis allé jeter un coup d'œil sur Sammy, afin de m'assurer que c'était bien lui. Et j'ai fini par conclure que quelqu'un l'avait plutôt malmené. Peut-être était-ce vous, ce quelqu'un ?

Elle fronça le sourcil.

— Bon Dieu ! que voulez-vous dire par là ? demanda-t-elle d'une voix presque agressive.

— Il se peut très bien que Sammy ait été tué ici même, dis-je. En tout cas, avant de mourir, il a tiré deux coups sur quelqu'un. Je pense ensuite que vous aviez l'intention de le coller dans ce coin du square où l'on répare la chaussée. Les paveurs étaient en train de combler un beau trou de bombe, et c'eût été la chose la plus simple du monde que d'y coller le cadavre et de l'enterrer. Il n'y avait pas de veilleur de nuit, et tous les outils nécessaires se trouvaient là. Il y a de fortes chances qu'on n'aurait plus jamais entendu parler de Sammy. Du très beau travail, de votre point de vue à vous. Mais vous avez eu encore plus de veine. Je présume que, juste au moment où vous veniez de l'amener sur les lieux — vous avez probablement utilisé pour cela la brouette des cantonniers, — vous avez entendu le V-I qui arrivait et vous vous êtes tous débinés, abandonnant derrière vous le cadavre de Sammy. L'explosion a projeté le camion sur lui et l'a tellement aplati que personne ne pouvait plus savoir de quoi il était mort. Son cadavre était à peu près à l'état de galette. Ensuite, vous êtes revenus jeter un coup d'œil — sans doute étiez-vous trois, sinon davantage — et vous avez décidé de le laisser tout bonnement où il était. Les V-I avaient fait une victime de plus. Là-dessus, l'un d'entre vous va dire au premier policeman qu'il rencontre qu'il croit que quelqu'un a été tué dans le square. Du beau travail. Du nanan. Félicitations, Tantine !

Elle rit bruyamment.

— Pauvre idiot ! dit-elle. Il faut que vous soyez piqué. Vous me faites rire. Et comment savez-vous tout ça ? Mais sans doute avez-vous imaginé toute cette histoire en venant ici.

Je me dis que c'était le moment d'y aller à fond.

— Avant que j'en aie fini, Tantine, dis-je, je vous garantis que je vous aurai fait rire et je suis tout disposé à vous aprendre comment je sais tout ça. Après avoir vu Sammy à la morgue, je suis retourné voir votre petit copain au visage pâle. Il avait commis une erreur très grossière. Il avait pris la bague de Sammy. Sans doute lui avait-elle plu. Je l'ai reconnue. Eh bien ! j'ai *fait* parler votre petit copain. Il s'est mis complètement à table. Et, là-dessus, je suis venu faire une petite visite ici. A la vérité, c'est vous que je voulais voir, mais la maison était vide. Je suis monté jeter un coup d'œil sur les affaires de Sammy. Vous vous êtes donné beaucoup de mal pour découdre ses doublures afin de voir s'il y avait quelque chose de dissimulé à l'intérieur, n'est-ce pas ? Et vous les avez très bien recousues ensuite, mais pas assez bien tout de même. Je suppose que vous avez été forcée de vous dépêcher. Alors... Tantine ?

Je rapprochai un peu ma chaise de la sienne.

— La seule chance qui vous reste, dis-je, c'est de parler. Autrement, vous allez passer un très sale quart d'heure. Et, si vous ne parlez pas de bon gré, moi, je vous ferai parler. Je suis plutôt furieux contre vous... vieille menteuse !

Elle haussa les épaules.

— Eh bien ! soupira-t-elle, je suppose que le mieux...

Avec la rapidité de l'éclair, elle saisit le poivrier sur la table, en enleva le couvercle et m'en lança le contenu dans les yeux. Si vous n'avez jamais eu de poivre dans les yeux, vous ne savez pas ce qu'est la vie. Au moment où je fus parvenu à me remettre en état de faire quelque chose, Tantine avait disparu, la lumière était éteinte et j'étais tout seul dans ma splendeur.

Je restai assis un bon moment, les yeux ruisselants, à fumer une cigarette; me parlant lentement et méthodiquement de Tantine. Les qualificatifs que je décernai à ce démon aux yeux bleus et aux doigts agiles ne regardent personne.

Je l'envoyai au diable en quatre langues différentes.

Puis je rentrai chez moi.

3

Janine

Il était onze heures lorsque je me levai. J'allai dans la salle de bains regarder mes yeux. Ils étaient encore rouges et enflammés. Je me les baignai copieusement avec de l'eau boriquée, m'interrompant de temps en temps pour exprimer d'une voix douce mon sentiment sur Tantine.

Elle commençait à m'intéresser sérieusement, cette Tantine. J'étais absolument incapable de « situer » cette dame. Avant tout, je me demandai pourquoi Sammy avait choisi d'habiter dans sa maison à elle — si toutefois *c'était* bien sa maison. Je me demandai si Sammy savait qui était Tantine ou si celle-ci l'avait emmené en bateau. Ignorant ce que Sammy avait dans la tête au moment de sa mort, je ne pus pas répondre à ces questions. Mais j'aurais bien aimé avoir une idée.

Il me parut qu'il ne servait à rien de me ressasser tout cela. Après avoir pris un bain et m'être rasé, j'endossai un pyjama propre et une robe de chambre, sonnai pour avoir du café et me mis à marcher dans mon appartement, essayant de mettre un peu d'ordre dans les données dont je disposais.

Je finis par conclure que la différence entre ce que l'on appelle ordinairement un roman policier et les choses qui arrivent dans la réalité, c'est que, dans le roman, les événements obéissent à une sorte de plan tracé à l'avance et, en conséquence, s'accordent les uns avec les autres. C'est comme un puzzle qui ne peut avoir qu'une seule solution, parce que ses morceaux ne peuvent être joints qu'à des endroits donnés. Mais la vie n'est pas comme ça. Dans la vie, tout peut arriver et tout arrive. Mais tout arrive sans la moindre sorte de cohésion et c'est plus par chance que par habileté que l'on bute sur un fait qui importe.

Allumant ma première cigarette de la journée, je me mis à penser à trois personnes que je commençais à associer dans mon esprit : Tantine, le jeune homme pâle à qui j'avais réglé son compte et Janine. A première vue, il y avait une relation entre ces gens. On pouvait imaginer qu'ils travaillaient ensemble. Après tout, c'est Tantine qui m'avait envoyé sans difficulté à *La Touffe de Plumes* où j'avais rencontré le môme pâle et c'était celui-ci qui m'avait aiguillé sur Janine. Mais il y avait quelque chose de pas clair dans tout ça. D'abord les renseignements que le petit ami m'avait donnés sur Janine et Sammy étaient *délibérément* inexacts. Ensuite, dès le début, il avait essayé de me dresser contre Janine. Il avait pris la peine de me suggérer qu'elle ne valait pas grand'chose. Quelle raison avait-il de faire cela ? Il savait parfaitement bien que, en quittant *La Touffe de Plumes,* j'irais tout droit chez Janine. Il savait que je lui dirais que l'on m'avait appris que Sammy et elle avaient quitté *La Touffe de Plumes* environ une heure auparavant. Il savait qu'elle nierait cela et qu'elle m'apprendrait que Sammy était parti de chez elle le matin de bonne heure et qu'il avait été tué par la bombe volante.

Mais il pensait que je ne la croirais pas. Il pensait que je ne la croirais pas parce qu'il espérait que j'avais déjà classé Janine dans la catégorie des personnes à qui l'on ne peut pas se fier. C'était peut-être le cas, bien sûr, mais pourtant elle avait dit plus ou moins la vérité.

Oui, le plan du petit ami était évident. Il voulait m'amener à penser que Janine mentait, que Sammy était parti avec elle de *La Touffe de Plumes* environ une heure auparavant. En d'autres termes, Sammy ayant disparu, je devais me mettre dans la tête que Janine était la dernière personne qui eût été avec lui. En somme, le jeune homme pâle n'était pas tellement idiot

— encore que ses facultés ne l'eussent finalement mené que dans la caisse où, je l'espérais sincèrement, il reposait toujours en paix.

De penser à cela m'incita à croire que le proverbe qui dit qu'« il n'y a pas d'honneur chez les malfaiteurs » est très véridique. Il me semblait que la première idée que j'avais eue en pensant que Tantine, le personnage pâle et Janine travaillaient ensemble, était vraisemblable, mais il paraissait aussi qu'ils se fussent disputés à propos de quelque chose. La cause la plus évidente de désaccord entre eux, c'était la mort de Sammy. Sans doute, après que Sammy eût été exécuté, quelqu'un avait-il pris peur. Sans doute Tantine et le petit ami s'étaient-ils entendus pour charger Janine dans la mesure du possible. Eh bien ! me dis-je, cela pourrait être drôle de jouer la partie de leur point de vue. Le moment était venu, décidai-je, d'avoir une nouvelle entrevue avec Janine.

J'orientai mes pensées vers celle-ci. Une personne plutôt extraordinaire, me dis-je. Un de ces êtres plutôt indéfinissables, indéfinissable parce qu'elle voulait le paraître. Janine pouvait être tout ce qu'elle voulait. C'était peut-être une grue, comme l'avait laissé entendre le petit ami, et ce n'en était peut-être pas une. Cet aspect de la question ne me tracassait pas spécialement, parce que je comptais sur Alison Fredericks pour éclaircir ces points et j'espérais du reste qu'elle allait le faire sans tarder.

Je rôdai dans l'appartement jusque vers une heure. M'étant alors habillé, je sortis pour déjeuner. Je revins ensuite chez moi, lus un ou deux chapitres d'un bouquin, m'aperçus que ce que je lisais ne m'intéressait pas particulièrement et découvris que, pour une raison que je ne pouvais expliquer, j'étais en train de penser à Bettina Vaile. Quand on y réfléchit, me dis-je, la vie est plutôt extraordinaire. Voici une femme — une femme remarquablement séduisante et charmante — qui, parce qu'elle se promenait par hasard sur un terrain de golf à un moment où je m'y baladais moi-même, allait se trouver mêlée à des événements très déplaisants. J'ai déjà dit que, tandis que nous dînions au *Berkeley,* j'avais eu une petite crise d'auto-accusation à ce sujet. Mais on ne peut pas faire d'omelettes sans casser les œufs. Il fallait bien que quelqu'un écopât.

En même temps, l'idée que Bettina écopât ne me souriait guère. C'était une femme trop bien. Mais il était trop tard maintenant pour que j'y pusse rien faire. Je devais me contenter d'espérer que tout irait bien. A cinq heures, je m'offrais un whisky-soda, quand le téléphone sonna. C'était Alison Fredericks.

— Bonsoir, Mr. Kells, me dit-elle de sa voix fraîche et gaie. Il y a quelques instants, j'ai déposé une enveloppe cachetée chez votre portier. Il m'a dit qu'il allait vous la remettre. Je désirerais savoir si vous l'avez bien reçue.

— Un instant, dis-je. Quelqu'un vient de sonner. Ne quittez pas.

J'allai ouvrir. C'était le portier avec l'enveloppe.

— Je l'ai, dis-je quand je fus revenu au téléphone. Y a-t-il autre chose ?

— Je vous ai dit tout ce que je pouvais, répondit-elle. Je n'ai pas encore terminé, mais j'ai pensé que vous seriez content d'avoir quelque chose pour commencer.

— Bonne petite, dis-je. Je vais lire ceci. Si vous avez autre chose, peu importe que cela vous semble important ou non, appelez-moi.

Elle dit qu'elle le ferait et raccrocha.

Ouvrant l'enveloppe, j'y trouvai un feuillet de format commercial soigneusement tapé et ainsi conçu :

JANINE

Janine est arrivée à Verity Street il y a deux jours seulement. Elle portait un tailleur très chic. Dans le taxi qui l'a amenée, il semble qu'il y ait eu une grosse quantité de bagages, mais elle n'a gardé avec elle que deux valises, laissant partir le reste. Depuis qu'elle est là, deux ou trois hommes lui ont rendu visite. On n'a pu me décrire que l'un d'eux dont on m'a dit qu'il était très beau et plutôt fantasque (c'était certainement Sammy).

Le matin, elle prépare elle-même son café ; hier, elle n'est pas sortie déjeuner, mais, aujourd'hui, si. Elle a dîné dehors tous les soirs. Ses vêtements et son linge semblent tous venir de grandes maisons. Quant aux bijoux, la propriétaire du 16 Verity Street dit que ceux qu'elle a vus sont de prix.

Hier après-midi, une série d'événements, qui, à en juger par les apparences, ont semblé un peu bizarres à celle-ci, ont eu lieu. Il paraît que la propriétaire, rentrant de faire des courses, vit, en approchant de la maison, Janine qui regardait dans la rue de derrière le rideau de la fenêtre de sa chambre. Il était tout à fait évident qu'elle observait une femme d'environ quarante ans — très bien habillée, avec des yeux d'un bleu saisissant — qui marchait dans la rue sur le trottoir d'en face. Cette femme traversa et, s'arrêtant au numéro 16, appuya sur le bouton de sonnette de Janine et, quand la porte s'ouvrit, entra. Deux ou trois minutes plus tard, la propriétaire pénétrait à son tour dans la maison et gagnait ses appartements. Bien naturellement, elle crut que la visiteuse avait trouvé Janine chez elle, mais elle se trompait en cela, car, quelque dix minutes plus tard, la femme aux yeux bleus vint au rez-de-chaussée et demanda où était Janine.

La propriétaire dit que la seule explication était que Janine, désirant éviter sa visiteuse, était allée dans la salle de bains et y était restée tandis que la femme aux yeux bleus attendait. La visiteuse s'en alla alors. Quelque vingt minutes plus tard, Janine arriva en taxi, et la propriétaire se rendit compte qu'elle s'était trompée en pensant que Janine s'était cachée dans la salle de bains, qu'en réalité celle-ci, pour éviter de rencontrer sa visiteuse, était évidemment partie par la porte de derrière.

La propriétaire semble ne pas très bien savoir que penser de Janine. Celle-ci lui plaît. La propriétaire dit qu'elle est charmante et a des manières distinguées, mais elle semble un peu troublée par ce qu'elle appelle « cette drôle d'histoire ».

Il y a une ou deux autres choses que j'ai l'intention de creuser, et j'espère vous donner de nouveaux signes de vie demain. Mon numéro de téléphone est Sloane 77999.

A.F.

Après avoir lu deux fois de suite le rapport d'Alison, je le brûlai. Il ne m'avait pas appris grand'chose. Je me demandais qui étaient les hommes qui avaient rendu visite à Janine. L'un d'eux était manifestement Sammy. Il était aussi manifeste pour moi que la femme aux yeux bleus, d'environ quarante ans, que Janine s'était donné tant de mal pour éviter, était Tantine.

Janine avait vu Tantine qui descendait la rue, s'était esquivée par la porte de derrière et avait attendu trois quarts d'heure que la voie fût libre pour rentrer. Pourquoi ?

Je commençais à penser que j'avais peut-être eu raison en supposant qu'il y avait eu du grabuge entre les membres de ce trio. Le fait que le petit ami eût essayé de me mettre mal avec Janine et que celle-ci eût tâché de son mieux d'éviter Tantine venait corroborer cette hypothèse.

Ce premier rapport d'Alison, si vague fût-il, me donna tout de même un sentiment de soulagement. J'avais l'impression que j'allais progresser d'une manière ou d'une autre. Fort de cette impression, je bus un autre whisky-soda.

Après avoir achevé mon verre, je dressai mes plans pour la soirée. Je me dis que ce ne serait pas une mauvaise idée de vider un pot avec Bettina. Ayant cherché et trouvé son numéro dans l'annuaire, je l'appelai.

Une femme de chambre répondit. Je lui appris qui j'étais. Un instant plus tard, Bettina était au bout du fil.

— Bonjour, Michael, dit-elle. Je suis très contente que vous ayez appelé.

— Pourquoi cela, Bettina ? demandai-je. Est-ce à cause de mon charme fatal ? Ou quoi ?

— Non, dit-elle, en cette circonstance particulière, votre charme fatal n'y est pour rien. Croyez-le ou pas, mon cher, des choses plutôt bizarres se passent par ici.

— Non, vraiment ? Et quel genre de choses ? Et que peuvent-elles bien avoir à faire avec moi ?

— C'est là le problème, déclara-t-elle. Vous savez, plus ça va, plus je me méfie de vous.

— Bettina, ne dites donc pas de bêtises. Vous êtes nerveuse ou quelque chose de ce genre. Quelle raison pourriez-vous bien avoir de vous méfier de moi ?

Elle se mit à rire.

— Quelles raisons ? demanda-t-elle. Je ne sais rien de vous. Je trouve que vous êtes beaucoup trop séduisant, cela doit cacher quelque chose. Vous maniez trop bien la flatterie. Vous êtes trop intelligent. Vous avez une trop grande expérience des femmes. Vous m'avez raconté des tas de sornettes au sujet de votre cheville sur le terrain de golf. Vous...

— Peut-être bien que oui, peut-être bien que non, l'interrompis-je. Mais cela ne semblait pas vous déplaire !

— C'est vrai, dit-elle lentement, cela ne m'a pas déplu. Sans doute suis-je une de ces femmes qui s'ennuient parfois et cherchent l'aventure. Mais je me méfie *énormément* de vous, Michael.

— Ma chère amie, protestai-je, moi qui suis la sincérité en personne...

— Oui ? m'interrompit-elle. Il est possible que vous soyez la sincérité faite homme, mais je commence néanmoins à soupçonner toutes sortes de choses, Michael.

— Quoi donc par exemple ? demandai-je.

— Eh bien ! dit-elle, jusqu'à ce que je vous rencontre sur un terrain de golf, jusqu'à ce que vous fassiez semblant de vous fouler la cheville, je menais une vie très normale, calme et paisible. A partir de ce moment-là, il est arrivé des choses bizarres et qui me surprennent — un peu seulement, *pas* beaucoup. Et puis, hier soir très tard, ou ce matin très tôt, comme vous voudrez, il est arrivé quelque chose de *tout à fait* étrange.

— Vraiment ? dis-je. Je suis très intrigué. Je meurs de curiosité. Racontez-moi ça, Bettina.

— Non, fit-elle lentement, je ne crois pas que je vais vous le raconter — du moins pas au téléphone. Mais si cela vous dit de venir faire un tour ici ce soir après dîner... j'ai quelques amis. Ma petite réunion peut vous amuser, et peut-être pourrons-nous nous isoler dans un ccin pour que je vous raconte mon historiette.

— Je me demande si ceci est réellement vrai ? dis-je. Voyez-vous, je crois que vous avez imaginé cette très dramatique histoire dans le seul but de me faire venir à votre soirée. Vous êtes incapable de me résister, n'est-ce pas, Bettina ?

Elle se mit à rire.

— Vous savez, Michael, dit-elle doucement, je vous ai dit hier soir que vous étiez un peu salaud et je souriais en le disant. Dans un instant, je vais vous dire que vous êtes un grand salaud. Viendrez-vous ?

— Rien ne pourra m'en empêcher, l'assurai-je. J'ai une ou deux choses à faire ce soir, mais, avec un peu de veine, je serai chez vous vers neuf heures et demie. Je serai vraiment très content de vous voir. Merci beaucoup, Bettina. Vous êtes très bonne pour moi.

— Bonne ? Je n'en sais rien, dit-elle. Peut-être vais-je être amenée à modifier l'opinion que j'ai de vous. Peut-être vais-je avoir envie d'apprendre toutes sortes de choses sur votre compte. Je pense que vous êtes quelqu'un de très dangereux.

— Vraiment ? m'exclamai-je. Mais figurez-vous que j'ai l'impression très forte que vous êtes le genre de femmes qui aiment le danger. Le danger est amusant, n'est-ce pas ? Il peut même être très intéressant.

— Oui, dit-elle, pas très convaincue. Mais il n'en faut pas trop. Là-dessus, au revoir, Michael.

Je lui dis au revoir à mon tour et raccrochai, me demandant ce qui avait bien pu lui arriver.

A sept heures, je me changeai, fumai une cigarette, bus un très petit whisky-soda et gagnai Verity Street. Comme j'étais devant la porte, sur le point d'appuyer sur le bouton de sonnerie de Janine, je fus traversé par l'idée que, cette fois-ci, la porte ne s'ouvrirait pas et que j'allais découvrir que mon oiseau s'était envolé.

Je me trompais du tout au tout. La porte s'ouvrit en faisant le petit bruit habituel, et je montai l'escalier. Les deux portes donnant sur le palier de Janine étaient fermées. Je frappai à celle du salon et attendis patiemment, mon chapeau à la main. Je remarquai, de la façon étrange dont on remarque les choses sans importance, qu'attendre pour voir Janine produisait en moi un drôle d'effet. Je ne savais pas pourquoi. C'était quelque chose que je ne pouvais pas comprendre. Comme l'avait très bien souligné Bettina, j'ai raconté mon petit boniment à une centaine de femmes dans ma vie, parfois parce que mon travail m'ordonnait de le faire, parfois aussi parce que..., vous comprenez ce que je veux dire. Néanmoins, je ne pouvais pas très bien comprendre le sentiment d'expectative que j'éprouvais toutes les fois que j'arrivais à Verity Street.

La porte s'ouvrit. Janine était debout dans l'embrasure, tenant la porte grande ouverte de son bras étendu, une main sur la poignée, de sorte que l'entrée dans le salon m'était barrée. Il était évident que Janine était juste sur le point de sortir. Je lui lançai un rapide coup d'œil et me rendis compte que, lorsque Alison Fredericks disait que les vêtements de Janine venaient de grandes maisons, elle disait la stricte vérité. Janine était superbement habillée : un tailleur noir qui avait été coupé par un maître et une blouse gris bleu en crêpe georgette ou d'un tissu analogue de soie très fine, avec un petit jabot plissé. Comme bijou, simplement une paire de clips en diamants qui avaient dû faire une sérieuse brèche dans le compte en banque de quelqu'un. Quant à ses souliers et à ses bas, ils étaient de toute première qualité. Un petit feutre noir complétait le tableau.

— Oh ! mon Dieu ! s'exclama-t-elle de sa voix basse et blasée, c'est encore lui !

Je lui adressai l'un de mes plus charmants sourires.

— Désolé si je vous ennuie, dis-je. Quelles sont vos intentions : me parler ou me faire flanquer dehors ?

Avec un soupir, elle lâcha la poignée de la porte et, l'air détendu, mais prodigieusement ennuyé, elle resta là à me regarder comme si j'avais été quelque chose que le chat venait d'apporter.

— Pourquoi dois-je vous parler ? demanda-t-elle. De quoi pouvons-nous parler ?

— Je veux parler de Sammy, dis-je.

— C'est absurde. Je vous ai dit tout ce que je savais sur lui.

— Merde ! dis-je poliment en haussant les épaules.

— Mon Dieu ! soupira-t-elle. Vous pouvez être grossier, n'est-ce pas ? Très bien, finissons-en. Voulez-vous entrer, monsieur ?

Elle attendait que je lui dise mon nom, mais je gardai le silence et entrai.

— Je ne connais pas votre nom, dit-elle. L'autre fois, quand je vous l'ai demandé, vous m'avez répondu que vous étiez peut-être le Père Noël. Vous avez un sens de l'humour assez particulier, n'est-ce pas ?

— Ecoutez, Janine, dis-je après avoir fermé la porte derrière moi et posé mon chapeau sur une chaise, ne vous méprenez pas sur mon compte. Je suis capable d'être très méchant. D'autre part, je suis un type plutôt agréable quand on me connaît un peu mieux.

Elle prit une cigarette dans une boîte qui était sur la cheminée et l'alluma. Elle avait des mouvements lents et pleins de grâce. Je l'observais avec intérêt.

— C'est possible, dit-elle, mais, voyez-vous, je n'ai pas particulièrement envie de faire votre connaissance.

— Possible, dis-je, mais vous allez tout de même le faire. Je suis comme la pauvreté : on ne se débarrasse pas facilement de moi.

Sa cigarette était mal allumée, elle la ralluma, me regardant à travers la flamme du briquet.

— Monsieur… N'importe qui, dit-elle, comptez sur moi pour ne pas me laisser embêter par vous. Je commence à vous avoir assez vu. Je vais vous dire quelque chose de plus, continua-t-elle avec un lent sourire, moi aussi, je suis capable d'être méchante.

Je fis oui de la tête.

— Janine, dis-je, je crois cela sans difficulté. Une femme aussi belle que vous, qui possède les charmes qui sont les vôtres, qui a votre visage et tout, n'est pas à sa place dans un meublé de deux pièces Verity Street, sauf si quelque chose, quelque part, est allé de travers. Et, quand les choses vont de travers pour de belles dames comme vous, celles-ci ont tendance à faire les méchantes. Parfois, elles frappent aveuglément dans toutes les directions, mais réussissent seulement à se taper dessus. Soyez une bonne fille et ne faites pas la méchante.

— Je me demande, dit-elle, avec, dans la voix, la première trace de colère véritable que j'y aie entendue, je me demande ce qui vous permet de croire que vous pouvez être aussi insolent. Je me demande pourquoi je ne vous fais pas flanquer dehors.

— Je vais vous le dire, fis-je : vous avez peur. Je suis l'inconnu, et, en ce moment, vous avez plutôt peur de l'inconnu.

— Est-ce pour discuter de l'inconnu avec moi que vous êtes venu ici ? demanda-t-elle. Voulez-vous avoir l'amabilité de me dire ce que vous voulez exactement ? J'étais sur le point de sortir. J'ai beaucoup à faire. Etes-vous d'accord pour que nous réduisions cette entrevue au minimum ?

— Certainement, dis-je.

En moi-même, j'avais décidé la ligne que j'allais suivre avec Janine. J'avais décidé de me servir de ce que le pâle petit salaud m'avait fourni, et cela uniquement parce qu'il y avait ainsi une chance de pouvoir provoquer chez elle une réaction quelconque.

— Ecoutez, dis-je. Sammy Carew était un de mes bons amis. Je sais que le dernier endroit où il soit allé avant sa mort, c'est ici. Cela, vous l'avez admis vous-même. Il y a une ou deux choses que je désire savoir au sujet de Sammy. Je ne suis pas satisfait en ce qui le concerne.

— Que voulez-vous dire par là ? demanda-t-elle.

— Ecoutez-moi, Janine, repris-je. Vous m'avez dit que Sammy était parti d'ici ce matin-là de bonne heure. Très bien. Pour quoi faire était-il venu ici ?

Elle remit sa cigarette dans sa bouche et aspira une bouffée.

— Qu'est-ce que vous croyez ? demanda-t-elle.

— Ne vous occupez pas de ce que je crois. Je vous pose une question. Ou bien vous êtes prête à y répondre, ou bien vous ne l'êtes pas. Pourquoi Sammy est-il venu ici ?

— Pourquoi un homme comme Carew vient-il chez une femme au milieu de la nuit ? demanda-t-elle. Qu'en pensez-vous, monsieur Le Gros Malin ? Il est tout à fait évident qu'il est venu ici pour coucher avec moi.

— Eh bien ! dis-je, voilà une réponse franche. Sammy a toujours eu très bon goût en ce qui concerne les femmes. Mais si je vous disais que je ne vous crois pas ?

— Je crois, moi, que je me fiche un peu de ce que vous croyez, répondit-elle. Mais voulez-vous me dire pourquoi vous refusez de croire cela ?

— Je suis venu ici, dis-je, parce que ce jeune personnage pâle, qui avait l'air d'une tante, m'avait dit que Sammy et vous veniez de quitter *La Touffe de Plumes* pas très longtemps avant que j'y arrive moi-même et qu'il vous avait accompagnée ici. Vous, vous m'avez dit que Sammy était parti le matin de bonne heure et qu'il avait été tué par le V-I dans le square près d'ici.

— Il n'était pas très difficile de vérifier cela, n'est-ce pas ? remarqua-t-elle. Vous êtes allé à la morgue d'Elvaston Street et vous l'avez vu.

— Ouais, dis-je, ainsi vous savez où on l'a transporté. Vous y êtes allée vous-même jeter un coup d'œil, n'est-ce pas ? Vous vouliez savoir s'il était vraiment mort. Ou bien vouliez-vous savoir quelque chose d'autre ?

Elle eut une petite moue d'ennui, se rendant compte que, pendant un instant, elle avait cessé de se tenir sur ses gardes et que j'en avais profité.

— Je n'y suis pas allée, dit-elle. Si j'y étais allée, ç'aurait été pour trouver quoi ?

— Sans doute quelque chose que Sammy avait sur lui au moment où il a été tué : quelque chose qui vous intéressait tous les trois.

Elle me regarda.

— Vous êtes vraiment extraordinaire, dit-elle. La moitié du temps, je ne sais pas de quoi vous parlez. Qui sont ces trois ?

— Eh bien ! Janine, dis-je, pour l'instant, mon petit bouquet se compose de trois charmantes personnes. D'abord, une femme plutôt agréable qui a environ quarante ans et des yeux d'un bleu remarquable et que, pour la commodité de la conversation, j'appellerai Tantine — en fait, elle prétendait être la tante de Sammy. La seconde fleur de mon petit bouquet, c'est le pâle petit salaud à la bouche maquillée. La troisième personne, c'est vous-même, ma charmante. Il est très évident qu'il existe une relation très étroite entre vous trois. Mais je suppose que vous allez me dire que vous ne savez rien sur aucun des deux autres.

— Je ne vous répondrai qu'une seule chose, déclara-t-elle, et nous allons voir ce que vous en pensez : je ne sais pas de quoi vous parlez. Je ne connais pas de jeune homme pâle et qui se mette du rouge à lèvres, je ne connais pas de dame de quarante ans qui ait des yeux bleus.

— Chère Janine, dis-je, quelle sale petite menteuse vous faites !

Son regard se durcit.

— Je n'ai pas l'habitude que l'on me parle comme cela, remarqua-t-elle.

— Possible, dis-je. Mais, moi, je parle comme ça. Vous dirai-je pourquoi je suis parfaitement sûr que vous connaissez la dame de quarante ans aux yeux bleus ? Cela vous ferait-il plaisir de le savoir ?

— Vos discours me captivent toujours, dit-elle négligemment. Je ne doute pas d'entendre un de ces jours, à la condition de vous écouter assez longtemps, quelque chose qui vaille vraiment la peine.

— Eh bien ! fis-je, je vais vous dire dès maintenant quelque chose qui vaut la peine. Hier après-midi, vous attendiez une visite de Tantine, mais vous ne vouliez pas la voir. Vous êtes donc allée dans votre chambre et vous avez fait le guet à la fenêtre. Vous avez vu Tantine qui descendait la rue et, quand elle a été près de la maison, vous vous êtes esquivée par la porte de derrière. Peu vous importait qu'elle vînt ici. Vous avez sans doute laissé la porte ouverte, sachant que la seule chose qui l'intéressait ici, c'était vous. Et cela vous a permis de faire ce que vous-même vouliez faire.

— Quel roman ! s'exclama-t-elle. Vous avez beaucoup d'imagination. Et qu'est-ce donc que j'ai fait ?

— Vous vous êtes précipitée à Kinnoul Street, chez Tantine. Vous avez réussi à ouvrir la porte, sans doute aviez-vous une clé. Vous êtes montée dans la chambre où habitait Sammy. Vous avez fureté un peu partout. Les vêtements de Sammy étaient sur le lit, et vous vous êtes aperçue que quelqu'un avait décousu les doublures et les avait plutôt mal recousues. Vous avez donc compris que quelqu'un vous avait devancée, que quelqu'un avait ce que vous cherchiez. Vous étiez venue, espérant trouver la chose, quelle qu'elle soit, que Tantine, vous et le petit ami pâle voulaient. Mais, malheureusement, là, il n'y avait rien.

» Ensuite, vous êtes partie. Vous étiez même plutôt pressée de partir. Sans doute n'aviez-vous pas envie de rencontrer Tantine. Vous étiez tellement pressée que vous n'avez pas fermé complètement la porte. Elle était ouverte quand je suis allé là-bas plus tard.

— Quel fléau vous faites ! dit-elle. Vous semblez passer votre vie à espionner les gens.

Son visage fut soudain illuminé par un charmant sourire. Ses jolies lèvres s'entrouvrirent, et j'aperçus une rangée de dents d'une blancheur éblouissante.

— Dites-moi donc ce que vous cherchez vous-même, me jeta-t-elle avec insolence : je pourrai peut-être vous aider.

— Un de ces jours, fis-je, je vous dirai ce que je cherche. Et je vais même parier avec vous que je le trouverai.

Elle tourna lentement vers elle la face interne de son poignet gauche et consulta une petite montre-bracelet en or.

— Je suis désolée, dit-elle, mais l'audience est terminée. Maintenant, je suis en retard. Du reste, je n'ai plus rien à vous apprendre.

Je la regardai pendant un instant. Il y avait quelque chose d'implacable chez cette femme. Dans un roman que j'ai lu jadis — je suis un grand lecteur de romans, — il était question d'une femme qui était comme une lame d'acier. Il y avait quelque chose chez Janine qui me rappelait cette expression, bien que, sans doute, dans le cas présent, la lame ne fût peut-être pas de très bon acier.

— Enfin, dis-je en haussant les épaules, ç'a été amusant de vous parler, Janine. J'ai l'impression que nous nous reverrons.

— Vous avez une fausse impression, dit-elle sèchement. J'aimerais vous prévenir de quelque chose : la prochaine fois que vous viendrez ici, je vous fais flanquer dehors.

— Il faudra que vous fassiez appel à tous vos amis pour vous aider, dis-je avec un sourire. Je suis quelqu'un qu'il est assez difficile d'expulser d'un endroit où il veut rester.

— Oui, dit-elle, je le crois aisément. Mais écoutez tout de même mon conseil : faites un peu plus attention ou ça risque de ne vous servir à rien d'être un dur. Ayez l'obligeance de fermer la porte derrière vous. Je vous ai assez vu.

Je saisis mon chapeau.

— Au revoir, Janine, dis-je.

Je fermai la porte et descendis l'escalier.

J'arrivai à dix heures moins le quart chez Bettina. Elle habitait au premier étage d'un bel immeuble proche de Berkeley Square. L'appartement, grand, magnifiquement meublé, avait beaucoup de cachet. Il était tout à fait manifeste que Bettina était une personne de goût.

Son salon était une pièce longue, haute de plafond et terminée par une sorte d'alcôve. Sur un meuble, il y avait des boissons de toutes sortes, et les gens qui étaient là semblaient aussi bien choisis que les meubles. Il y avait quatre hommes et une demi-douzaine de femmes — les hommes du genre bien élevé et les femmes, à une seule exception, pas mal, sinon belles. L'exception, une certaine Mrs. Heldon, aurait pu gagner le premier prix à un concours de beauté. Elle m'intrigua. Elle avait un charme très particulier, un charme qui avait un peu l'air d'avoir été fait sur mesure et d'avoir été endossé comme un vêtement. Je me demandai depuis combien de temps exactement Bettina la connaissait.

La femme qui me fut le plus sympathique était une certaine Miss Varney, une fille grande et gracieuse qui avait une peau de blonde et les cheveux assortis. Elle portait une robe simple, mais très bien coupée et, comme bijoux, rien qu'un rang de perles. Je fus traversé de l'idée que cette Miss Varney eût certainement tombé Sammy. Debout près du bar improvisé, un whisky-soda à la main, murmurant de charmants riens à Mrs. Heldon qui souriait poliment et disait périodiquement « oui », mais pensait manifestement à autre chose, je me demandais ce que Sammy eût bien pu penser de l'histoire où je m'étais fourré. J'avais vaguement l'impression qu'il eût été d'accord. Il était toujours d'avis qu'il fallait commencer par faire la chose qui vous passait par la tête et de la faire en grand.

L'un des hommes s'approcha et se joignit à la conversation. Quand il se mit à parler de lui-même, j'en fus ravi, pensant, en effet, que Mrs. Heldon allait pouvoir lui dire oui aussi bien qu'à moi. De l'autre côté de la pièce, Bettina Vaile s'éloigna de l'une des autres femmes et, me regardant par-dessus l'épaule, m'adressa un petit signe discret. Je m'approchai d'elle.

— Ma chambre est à droite, au bout du couloir, me souffla-t-elle. Dès que l'occasion s'en présentera, esquivez-vous et allez-y. Je veux vous parler.

Et, me lançant un sourire, elle s'éloigna.

Après avoir attendu quelques minutes, je quittai le salon. Je parcourus le long corridor et, arrivé dans la pièce du fond, j'en fermai la porte derrière moi.

C'était une chambre à coucher toute blanche, avec, çà et là, une touche de bleu ou de vieil or. Tout y était d'un goût exquis, et dans l'air flottait un soupçon de parfum. Somme toute, un endroit très agréable. Je m'assis dans le grand fauteuil qui était près de la coiffeuse et de son grand miroir. J'avais envie d'allumer une cigarette, mais, à la réflexion, je me ravisai.

La porte s'ouvrit, et Bettina entra. Elle portait une robe rouge. Elle était ravissante. Je me levai. Elle s'approcha de moi.

— Eh bien ! Michael, demanda-t-elle, vous ne m'embrassez pas ? Mais peut-être êtes-vous intimidé parce que nous sommes dans ma chambre à coucher ?

Je fis une petite grimace.

— Moi, dis-je, je suis d'avis qu'il faut tout essayer au moins une fois.

Et, là-dessus, je l'embrassai sur la bouche avec infiniment de plaisir.

Elle s'assit dans le fauteuil que je venais de quitter, ouvrit un tiroir, y prit une cigarette et m'en tendit une.

— Michael, dit-elle, il est largement temps que vous vous mettiez à parler un peu. J'ignore quelles sont les idées que vous avez dans la tête et j'ignore aussi ce que vous cherchez. Mais j'estime que vous devriez me mettre au courant. Sinon, je pourrais peut-être en venir à tirer moi-même, et sans aucune insistance, mes propres conclusions.

— Quelles conclusions ? demandai-je.

Elle contempla l'extrémité de sa cigarette.

— J'ai l'impression, dit-elle lentement après une courte hésitation, que vous êtes un peu en train de vous servir de moi comme appeau. J'ignore pourquoi je pense cela, mais cette impression persiste, et je ne puis m'en débarrasser. Je ne sais rien de vous, et vous me faites un peu peur. Sans doute est-ce parce que je trouve que vous êtes tel que devrait toujours être un homme et que vous parlez et agissez en conséquence. Vous le voyez, je suis très franche avec vous. Je suis plutôt *pour* vous et j'estime que je devrais en savoir beaucoup plus long sur vous, ne serait-ce que pour la paix de mon âme. Alors ?...

J'étais debout devant elle et je la regardais. Au diable cette histoire, me disais-je. Tu as déclenché quelque chose et voici que ce quelque chose se met à fonctionner dans la mauvaise direction. Pourquoi, au nom de tout ce qui est sacré, faut-il qu'arrive ce genre de chose ?

— Eh bien ! dis-je, il n'y a pas grand'chose à savoir sur moi. Je suis un type des plus ordinaires.

Elle secoua la tête.

— Non, mon chéri, dit-elle, vous n'êtes pas quelqu'un d'ordinaire. Vous êtes quelqu'un de rudement dangereux — et je me suis rendu compte de cela dès le début. En fait, je pense que vous êtes un espion ou quelque chose de ce genre. Je crois même que vous vous êtes déjà servi de moi à mon insu. Exact ?

— C'est absurde, Bettina, dis-je. Vous lisez trop de romans policiers. Mais sur quoi basez-vous toutes ces idées ridicules ?

Je pris mon whisky-soda sur la cheminée où je l'avais posé. Tout en buvant, je pouvais voir Bettina qui me regardait de coin avec un petit sourire tout à fait charmant.

Elle se regarda dans le miroir de la coiffeuse et arrangea une mèche rebelle. Puis elle fit tomber la cendre de sa cigarette. J'eus l'impression qu'elle essayait de mettre de l'ordre dans ses idées et qu'elle allait me donner un peu de fil à retordre, un tout petit peu.

— Michael, dit-elle d'une voix douce, depuis que je vous connais, les choses les plus bizarres arrivent. Hier soir, j'ai eu une impression des plus étranges. Celle d'être suivie. Cette impression a persisté à tel point que j'ai fini par croire vraiment que ce n'en était pas une. Puis, finalement, une fois rentrée ici, je me suis persuadée que j'étais idiote et que je me laissais un peu trop entraîner par mon imagination. Là-dessus, je me suis couchée, et il n'y avait pas dix minutes que j'étais au lit que quelqu'un a essayé de me tirer dessus à travers la fenêtre.

Elle pivota sur son siège et me regarda. Elle souriait toujours, mais ses yeux étaient soucieux.

— Bon Dieu ! Bettina, m'exclamai-je. Qu'est-ce que vous racontez là ? Voulez-vous vraiment dire que quelqu'un a essayé de tirer sur vous à travers la fenêtre de votre chambre ? Je ne puis le croire. Ce n'est pas possible !

— Allez regarder la fenêtre, dit-elle. Et puis, ensuite, venez ici. Je vous montrerai la balle. Elle a éraflé le couvre-pied et est allée se ficher dans le mur de l'autre côté de la pièce. Vous pouvez voir la marque. Je l'ai extraite avec mes ciseaux à ongles.

Contournant le grand lit, j'allai examiner la fenêtre. C'était bien le trou fait par une balle. Une balle tirée d'assez près. Ouvrant la fenêtre, je regardai au dehors. Cette fenêtre donnait sur une grande cour au milieu de laquelle il y avait une fontaine. Les appartements d'en face étaient à une distance d'environ cinquante yards.

— Qui habite en face ? demandai-je. Dans les appartements qui sont juste vis-à-vis de votre fenêtre, dans celui qui est au-dessus et dans celui qui est en dessous ?

Il était évident, pour moi, que la balle avait été tirée de l'un de ces appartements.

— Personne, répondit Bettina. Ils sont vacants. Venez ici, Michael, que je vous montre la balle.

Je la lui pris des mains. Ce n'était pas la première fois que je voyais un petit lingot de ce genre, couleur bronze et tout aplati à un bout. C'était le genre de projectile que l'on tire avec un Schmeisser 40 auquel quelqu'un avait manifestement pris la peine d'ajuster un silencieux.

— Eh bien ! Michael, demanda Bettina, que faut-il faire ?

J'allumai une nouvelle cigarette, employant beaucoup de temps à cette opération. Sincèrement, la tournure que prenaient les choses me déplaisait. Bettina était loin d'être idiote. Elle avait des soupçons. Elle était capable de ne pas vouloir que l'affaire en restât là.

Je haussai les épaules.

— Voyez-vous, Michael, dit-elle, il est tout à fait évident pour moi que quelqu'un se figure que je vous touche de près... Quelqu'un qui ne vous aime pas — vous et vos amis — énormément. Et, *moi,* je ne sais que penser. Après tout, ajouta-t-elle avec un léger rire, votre histoire de cheville était très suspecte, n'est-ce pas ?

Je me dis que je pouvais tout aussi bien mettre carrément les pieds dans le plat.

— Il me semble que ce que vous pouvez faire de mieux, c'est d'aller trouver la police. Après tout, on ne peut pas laisser les gens vous canarder dans votre lit comme cela. C'est un procédé des plus désagréables.

Elle fit oui de la tête.

— Très juste, dit-elle de la même voix douce et exquisement caressante, mais, si je préviens la police, il se peut que l'on me pose toutes sortes de questions gênantes, n'est-ce pas, Michael ? Il se peut que l'on veuille savoir exactement qui sont les gens de mon entourage immédiat. Il se peut enfin que l'on me pose des questions sur vous, des questions auxquelles je serais incapable de répondre.

Elle me sourit. Ses yeux étincelaient de malice.

Je ne répondis rien. J'étais trop occupé à me botter moralement le train. Il semblait que, bien loin que je me fusse servi de Bettina, celle-ci fût en train de se délecter à inverser l'opération.

— Je connais une ou deux personnes dans la police, dit-elle, des gens haut placés, j'entends, et je ne doute pas qu'ils fassent le nécessaire s'il arrivait de nouveau un incident du même genre. Mais, voyez-vous, Michael, je suis intimement persuadée que cette affaire a un rapport quelconque avec vous. J'en suis certaine, chéri, le moins que vous puissiez faire, c'est d'être franc avec moi. Mais peut-être ne l'êtes-vous jamais avec personne ?

— Poussez-vous, dis-je.

Je m'assis à côté d'elle et lui pris la main. Elle appuya son visage contre le mien.

— Michael, murmura-t-elle, dites-moi la vérité. Je suis *pour* vous. Je suis prête à jouer le jeu avec vous. Mais je suis sûre que vous avez fait une bêtise quelconque, que vous êtes dans une sorte de pétrin et que vous vous êtes servi de moi je ne sais trop pourquoi. Eh bien ! je ne vous en veux pas. Ou, du moins, je ne vous en voudrai pas si je sais de quoi il s'agit. Mais il faut que je le sache.

Je me dis qu'il n'y avait qu'une seule chose à faire. A ce moment précis, je ne pouvais certes pas me permettre de risquer que Bettina entreprît quelque chose, qu'elle aille trouver la police et donne de la publicité à quelque chose qui n'en avait fichtre pas besoin. Je me dis que le Vieux serait rudement content s'il savait la tournure que prenaient les choses. La moindre publicité, et il me hacherait menu comme chair à pâté.

— Ecoutez, Bettina, dis-je, peut-être y a-t-il quelque chose de vrai dans votre hypothèse, mais, ce soir, je ne veux pas parler de cela. Demain, j'aurai une conversation très franche avec vous. Pour le moment, il faut s'occuper de l'individu qui veut faire un carton sur vous à travers les fenêtres.

— Mon cher Michael, dit-elle, je ferai exactement ce que vous voudrez, mais il est bien évident qu'il faut faire quelque chose.

« A qui le dis-tu ! » remarquai-je en moi-même.

— Ecoutez, Bettina, repris-je, il y a une jeune femme que je connais. C'est une personne assez intelligente et qui est pleine de ressource. Elle n'a pas froid aux yeux. Je pense pouvoir la joindre cette nuit même et je veux lui demander de venir ici. J'estime qu'il vaudrait mieux qu'elle reste avec vous pendant quelques jours, jusqu'à ce que nous ayons vu comment tournent les choses.

— Je savais bien que je ne me trompais pas sur votre compte, déclara Bettina. Je suis sûre que vous êtes quelque chose de très important dans le monde de l'espionnage et que je vais probablement me trouver mêlée aux plus terribles aventures. Mais cela peut être plutôt amusant. Quant à votre jeune femme, qui, je suppose, est l'une de vos « âmes damnées », si vous devez vous sentir plus rassuré en la sachant ici, vous n'avez qu'à l'envoyer. Est-elle gentille ?... Mais, bien entendu, elle doit l'être, n'est-ce pas ? Je ne peux vous imaginer employant quelqu'un qui ne le soit pas. Je suppose que, dans votre assez étrange profession, vous vous arrangez pour mêler le plaisir aux affaires sérieuses. Vraiment, continua-t-elle avec un rire joyeux, je commence à trouver la vie plutôt drôle. Et, maintenant, il faut que nous retournions de l'autre côté, sinon mes invités vont se demander ce qui se passe.

— Je vais vous dire bonsoir ici, Bettina, dis-je. Il faut que je m'occupe de votre garde du corps féminin. A propos, elle s'appelle Alison Fredericks. C'est quelqu'un de très bien. Je vais vous l'envoyer ce soir.

— Très bien, mon chéri, dit Bettina. Je compte sur elle. Je serai très gentille avec elle, bien que, sans doute, vous lui ayez fait la cour à vos moments perdus. Vous n'oublierez pas que vous avez promis de venir me voir demain, n'est-ce pas, pour me raconter des tas de choses ?

— Non, dis-je, je ne l'oublierai pas. Bettina, vous feriez mieux de noter mon numéro de téléphone, pour le cas où vous auriez besoin de m'appeler d'ici là.

Arrachant une feuille de mon carnet, j'y inscrivis mon numéro et la lui tendis.

— A propos, Bettina, dis-je en me levant, qui est Mrs. Heldon ? Elle est vraiment très belle, n'est-ce pas ? Y a-t-il longtemps que vous la connaissez ?

— A la vérité, je ne la connais pas du tout, dit Bettina. Je l'ai rencontrée hier soir chez des gens. Mais je crois bien qu'elle va m'être très sympathique. Elle est vraiment assez séduisante et elle est très spirituelle. Pourquoi me demandez-vous cela ? Vous vous intéressez à elle, Michael ?

— Je ne m'intéresse plus aux femmes, dis-je d'un ton piteux. Voyez plutôt ce qui m'arrive : je m'intéresse à vous, et, sur-le-champ, quelqu'un essaie de vous tirer dessus à travers une fenêtre.

Bettina se mit à rire.

— Seriez-vous en train de suggérer que mon tireur inconnu était une femme ? demanda-t-elle. Sans doute une rivale ? Comme ce serait amusant ! Mais je ne pense pas que ce soit le cas.

Elle me mit les bras autour du cou.

— Vous êtes quelqu'un de très dangereux, Michael, murmura-t-elle. Et c'est sans doute pour cela que vous me plaisez. Bonsoir, mon chéri.

Je finis mon verre, pris mon chapeau dans l'entrée, descendis l'escalier.

J'étais d'une humeur de dogue. Il semblait que mon plan avec Bettina avait trop bien réussi. Et, si je ne faisais pas très attention, elle était capable de compliquer rudement les choses. Oui, il fallait s'occuper de Bettina.

Au rez-de-chaussée, le grand hall était frais et sombre. Au moment où j'arrivai près de la porte, une petite voix venant d'un coin sombre derrière un grand palmier murmura : « Monsieur Kells... »

C'était Alison Fredericks. M'arrêtant, je pris mon étui à cigarettes et me mis en devoir d'allumer une cigarette aussi lentement que possible.

— Oui, dis-je dans un souffle et en regardant droit devant moi, qu'y a-t-il ?

— Janine vous file, répondit-elle. Elle est dans l'embrasure de l'une des portes de l'autre côté de la cour, attendant que vous sortiez. Elle est très habile, cette fille. Ce n'est pas la première fois qu'elle se livre à ce genre de travail.

— Merci pour le tuyau, dis-je. Maintenant, écoutez-moi. Vous allez monter au premier, appartement numéro 15, chez Mrs. Bettina Vaile. Présentez-vous. Elle sait qui vous êtes. Ne la lâchez pas d'une semelle et ouvrez l'œil. Quelqu'un a essayé de la supprimer hier soir. Je vous téléphonerai demain. Mais, au nom du ciel, veillez bien sur elle.

— Très bien, monsieur Kells.

La laissant derrière moi, je franchis la porte et, dès que je fus dans la cour, je m'arrêtai de telle sorte que Janine pût bien me voir et savoir que c'était moi.

Je me dis que le moment était proche où il allait falloir que je fisse quelque chose au sujet de cette Janine. Elle commençait à me courir.

Mais tout commençait à me courir. Dans le passé, il m'a été donné d'exécuter une ou deux missions qui n'étaient pas faciles, mais cette affaire-ci commençait à me porter sur les nerfs. Des choses arrivaient sans que personne sût pourquoi. Quant à moi, j'en savais à peu près autant que lorsque je m'étais mis à m'occuper de cette histoire.

Je me demandais pourquoi diable il avait fallu que Sammy se noircît chez ces gens. Ce soir-là, il était censé devoir me parler. Mais il avait évité de m'adresser la parole. Il m'avait même fui comme la peste, ce qui ne ressemblait pas du tout à Sammy. Pourquoi avait-il fait cela ?

Je restai là devant la porte à penser à cette soirée. Moi-même, bien entendu, j'avais été un peu dans le cirage. En fait, une demi-heure après être arrivé chez ces gens, j'étais résolument dans le cirage. Cela m'avait semblé indiqué. Sammy n'avait pas l'intention de travailler, et il était évident qu'il se donnait une soirée de congé.

Des bribes de cette soirée me revenaient. Je me rappelai un visage ici et là. Je me rappelai la femme, la femme séduisante qui portait une robe bleu barbeau...

Cette femme, c'était Janine ! Maintenant, je m'en souvenais. C'était Janine. Et c'était sans doute à cause d'elle que Sammy n'avait pas voulu parler. Il savait qu'elle était là et il savait pourquoi elle était là. C'était la présence de Janine qui avait incité Sammy à se tenir à l'écart de moi.

Parce que, sachant qu'il avait un ou deux verres dans le nez, il craignait de dire ou de faire quelque chose qui pût être surpris.

C'était donc ça !

Et, maintenant, Janine attendait de l'autre côté de la fontaine. C'est moi qu'elle attendait. Je me demandai jusqu'à quel point elle avait été mêlée à la mort de Sammy, ce qui s'était passé exactement cette nuit-là, après la soirée.

« Très bien, ma petite, pensai-je, pour le moment, tu peux en faire à ta tête. Mais, avant que j'en aie fini, tu te demanderas d'où vient le coup qui t'a frappée ! »

4

Alison

Traversant lentement la cour, je dépassai la fontaine et m'engageai sous la voûte qui menait à la rue. Je marchais très lentement, fumant d'un air nonchalant. Dans l'ombre, quelque part derrière moi, Janine me suivait, je n'en avais aucun doute. Elle n'était pas idiote, et quelqu'un lui avait appris à mettre des rondelles de caoutchouc à ses hauts talons. Derrière moi, dans la rue déserte, je n'entendais aucun bruit.

« Bon Dieu ! me demandais-je, où veut-elle en venir, quelle est son idée ? » Soit dit en passant, je supposais qu'elle était en train de penser la même chose à mon sujet. Nous semblions tous courir en rond l'un derrière l'autre, personne ne sachant grand'chose, chacun essayant, quand il le pouvait, de posséder l'autre. Je me demandai ce que le Vieux eût pensé de cela, mais, pour le moment, je n'avais pas l'intention de lui fournir une occasion de penser quelque chose. Dans la situation présente, son langage risquait d'être un tantinet trop caustique pour mon goût. Je me dis que j'allais attendre que quelque chose de tangible se passât. Si quelque chose devait jamais se passer.

Prenant Charles Street, je me dirigeai vers Berkeley Square, que je traversai. J'entrai dans la cabine téléphonique qui se trouve au bas de Way Hill et j'appelai Freeby. Ecoutant résonner la sonnerie, je me demandais s'il allait être là. Ce fut un soulagement pour moi d'entendre sa voix.

— Allô ! Freeby, ici, Kells. Vous pouvez laisser tomber Mrs. Vaile. J'ai mis quelqu'un d'autre sur elle.

— Très bien, dit-il. C'est tout ?

— Oui. Au moment où je vous parle, je suis filé par une très charmante personne nommée Janine qui habite au 16 Verity Street, S.W. Elle semble avoir des idées sur mon compte. Je propose que vous reportiez sur elle l'attention que vous consacriez à Mrs. Vaile. En attendant, vous pourriez aller faire un tour au 16 Verity Street. Voyez si vous pouvez y entrer sans alerter tous les voisins. Jetez un coup d'œil dans son appartement. Elle a deux pièces au premier : une chambre et un salon. Il y a une porte de derrière, qui me semble être la voie d'accès la plus commode, et une propriétaire au rez-de-chaussée. Si vous pensez qu'il est impossible d'entrer discrètement, laissez tomber jusqu'au moment où une occasion se présentera. Nous avons déjà assez d'embêtements comme cela.

— Très bien, dit-il. Je présume que les choses ne vont pas tellement bien.

— Les choses ne vont pas du tout, dis-je. Bonsoir. Appelez-moi s'il arrive quelque chose. Je vous téléphonerai moi-même bientôt, probablement.

Sortant de la cabine téléphonique, je gravis rapidement Way Hill et tournai dans Dover Street. Dès que j'eus dépassé le coin, je me précipitai sous un porche et je restai là, fumant tranquillement, à attendre Janine. Au bout d'une minute environ, elle passa devant moi. Elle marchait rapidement, très silencieusement et avec une grâce exquise. Elle avait effectivement des rondelles de caoutchouc à ses talons. Janine savait vraiment y faire. Je la laissai dépasser ma porte et puis je lui emboîtai le pas.

— Bonsoir, Janine, dis-je. Comment allez-vous ? Est-ce votre itinéraire habituel ou bien me chercheriez-vous par hasard ?

S'arrêtant, elle fit demi-tour. Elle ne manquait pas de sang-froid, cette Janine, elle n'eut même pas un clignement d'œil.

— Oh ! fit-elle. C'est vous !

Il y avait juste l'inflexion de surprise convenable dans sa voix.

— Oui, dis-je, c'est moi. Vous êtes surprise de me voir, n'est-ce pas ? Vous ne m'avez pas pisté toute la soirée ? Qu'est-ce que vous voulez, chérie ?

— Je ne crois pas vouloir rien de particulier, si ce n'est un verre de quelque chose. Oui, je crois que j'aimerais fumer une cigarette en buvant quelque chose.

Je me dis à moi-même : « Tu ne manques pas de toupet, ma petite. » Je me demandais où elle voulait en venir maintenant.

— Eh bien ! fis-je, il me semble que cela ne doit pas être difficile à arranger. Venez avec moi. Je crois savoir où nous allons pouvoir prendre un verre, même si l'heure de fermeture est un peu dépassée. Délicieuse soirée, n'est-ce pas ?

— Sans doute, dit-elle.

Nous nous mîmes à suivre Dover Street en silence.

— Vous savez, dit-elle au bout d'un bon moment d'une voix douce et légèrement hésitante, il faut de temps en temps que quelqu'un parle un peu. Je me demande lequel de nous deux ça va être.

— Je vais vous le dire, Janine, répliquai-je. Ce quelqu'un, ça va être vous. Moi, je n'ai pas à parler. Moi, je ne parle que si j'ai envie de le faire, mais, vous, vous allez y être forcée dans un instant.

— Oui ? Pourquoi cela ?

— Je vais vous le dire, pourquoi. Vous avez eu quelque chose à faire avec Sammy. Je peux tout aussi bien vous dire dès maintenant que Sammy n'a pas été tué par un V-I. Il a été assassiné. Je pense que quelqu'un l'a tué d'une balle de revolver.

Cette nouvelle ne sembla pas la troubler énormément.

— Ah ! oui ? dit-elle. Alors cela démolit plutôt votre petite histoire comme quoi j'étais la dernière personne à l'avoir vu vivant, n'est-ce pas ?

— Pas du tout, répliquai-je. Même si ce qu'a raconté la petite frappe n'était pas vrai, même si votre version était correcte et que Sammy soit parti de chez vous assez tôt dans la matinée, vous êtes toujours la dernière personne avec qui il ait été vu vivant.

— Vous supposez naturellement, dit-elle, qu'en quittant mon appartement il est allé droit vers le square. Vous supposez qu'il n'est pas allé autre part auparavant.

— Je ne suppose rien, déclarai-je. Seuls les faits m'intéressent, et, croyez-le ou non, Janine, un fait quelconque finira bien par émerger du brouillard, quelque chose que je pourrai me mettre sous la dent.

Elle eut un petit claquement de langue.

— *Dans ce cas,* dit-elle, ça va être follement intéressant, n'est-ce pas ? J'aimerais beaucoup vous voir passer à l'action. C'est bien comme cela que l'on dit, n'est-ce pas ?

Je ne répondis rien. Nous étions maintenant au milieu de Saint-James's Street. J'allai sonner à la porte de Sasha, me demandant si elle serait là. Jadis, elle recevait tous les soirs.

Elle était là. Au bout de quelques instants, la porte s'ouvrit, et Sasha apparut dans le vestibule faiblement éclairé.

— Mais, s'exclama-t-elle, c'est Michael ! D'où arrives-tu ? C'est chic de te revoir.

— C'est chic de te voir, toi, Sasha, dis-je. Je te présente une cousine éloignée à moi, Miss Janine. Penses-tu que nous allons pouvoir avoir un verre de quelque chose ?

— Bien sûr, dit Sasha, c'est pour cela que nous sommes ici.

Après avoir monté l'escalier, nous arrivâmes dans le grand salon. Il n'y avait que peu de monde, rien que l'habituelle bande de militaires et quelques jolies filles.

Après avoir dit quelques mots à Sasha, je menai Janine vers une table située à l'extrémité de la pièce, puis, allant vers le bar, je me fis servir deux whiskies-soda.

— Voici votre verre, femme mystérieuse, dis-je en revenant vers elle. Et voici une cigarette. Et, maintenant, qu'allons-nous faire ?

Tout en allumant sa cigarette, je la regardai attentivement. C'est assez marrant, mais j'ai remarqué que toutes les femmes vraiment « mauvaises » que j'ai rencontrées dans ma vie étaient plutôt belles et que, si elles ne l'étaient pas exactement, elles avaient une sorte de charme étrange (qui, je le suppose, est la raison pour laquelle elles sont mauvaises). Janine avait ce charme et, de plus, elle était rudement bien fichue. Tout en elle était absolument délicieux. La blouse bleue qu'elle portait sous sa veste noire, avec sa petite ruche autour de la gorge, était d'un chic parfait. Ses dents étaient comme de petites perles, ses mains exquisement soignées. Dans ma vie, j'ai rencontré un tas de femmes et de toutes les sortes, de toutes les formes, de toutes les tailles et de toutes les conditions. Certaines d'entre elles m'ont amusé et certaines ennuyé. Mais Janine m'intriguait vraiment beaucoup.

— Alors, fis-je, c'est tout ce que vous dites ?

Il y eut un petit silence. Elle aspira une bouffée de fumée, et je remarquai que ses doigts tremblaient un peu.

— Naturellement, dit-elle, vous pensez que je vous ai suivi ce soir. N'est-ce pas ?

— Je ne le pense pas, répliquai-je. Je le sais. Vous ne m'avez pas suivi ?

— Si, dit-elle après une hésitation, sans doute. Mais non parce que je voulais surveiller ce que vous faisiez. Croyez-le ou pas, je voulais vous parler. Quand je vous ai vu entrer dans cet immeuble près de Berkeley Square, je me suis dit que j'allais attendre que vous ressortiez et qu'alors je m'approcherais de vous et vous parlerais.

— Eh bien ! demandai-je, pourquoi ne l'avez-vous pas fait ?

— Vous êtes parti trop vite, déclara-t-elle froidement. Je n'ai pas réussi à vous rattraper.

— Janine, dis-je, vous êtes très belle, mais vous ne savez absolument pas mentir. Vous avez eu des tas d'occasions de me parler avant que je quitte la cour. De toute manière, assez tourné autour du pot. De quoi s'agit-il ? Mais je dois vous mettre en garde.

— Mon Dieu ! mon Dieu ! soupira-t-elle, vous passez votre temps à me mettre en garde, n'est-ce pas ?

— Possible, dis-je, mais, maintenant, je vous mets vraiment en garde. Voyez-vous, je commence à devenir un petit peu impatient. En ce qui vous concerne, je n'ai fait jusqu'à présent que tourner en rond. Ça commence à m'assommer. Je trouve qu'il est temps que, vous et moi, nous nous mettions un peu à table.

— C'est exactement ce que j'ai l'intention de faire, déclara-t-elle. Mais, auparavant, puis-je vous poser une question ?

Je me mis à rire en moi-même. Il était bien évident qu'elle était en train de faire exactement la même chose que moi : de bluffer et de tâcher d'en apprendre autant qu'elle le pourrait sans rien dire. Je me dis que cette conversation allait peut-être devenir très intéressante.

— A la condition qu'il n'y ait qu'une seule question, dis-je, je pourrai y répondre quand je la connaîtrai.

— Je peux très bien comprendre, dit-elle, que la mort de Sammy Carew vous intéresse. C'était votre ami. Mais vous savez maintenant qu'il est mort, je ne vois donc pas ce qui vous tracasse, à moins qu'il y ait quelque chose d'autre, à moins que vous vous intéressiez à quelque chose d'autre que la mort de Mr. Carew.

— Possible, dis-je. Pourquoi ne serait-ce pas le cas ?

Elle hocha la tête.

— Pourquoi ne me dites-vous pas le véritable objet de votre intérêt ?

Je me dis que j'allais essayer de frapper au hasard : on verrait ce que cela donnerait.

— Croyez-le ou pas, déclarai-je, je m'intéresse exactement à la même chose que vous, Tantine et la petite frappe. Maintenant, nous savons où nous en sommes, pas vrai ?

Elle secoua la tête.

— Non, dit-elle, nous ne savons pas où nous en sommes. Je ne sais même pas de quoi vous parlez. Du reste, il est impossible que vous vous intéressiez à la même chose que moi.

— Bon, fis-je, c'est impossible. Mais j'en ai marre des devinettes. Qu'est-ce que c'est ce à quoi vous vous intéressez ?

Elle haussa les sourcils.

— Vous ne croyez pas, dit-elle, qu'une femme a le droit de s'intéresser à son certificat de mariage ?

Je tombai presque de ma chaise. Je regardai Janine pendant un bon moment.

— Ainsi, dis-je, finalement, c'est un certificat de mariage qui vous intéresse ? Je suppose que vous allez me raconter que Sammy avait le vôtre sur lui lorsqu'il a été tué et que vous voulez le récupérer ?

— Tout juste, dit-elle. Il l'avait, et je le veux.

— Très bien, fis-je. Je suis prêt à croire n'importe quoi une fois de temps en temps. Maintenant dites-moi quelque chose de plus : pourquoi Sammy avait-il votre certificat de mariage ?

Elle ouvrit tout grands les yeux. Je crois avoir déjà dit qu'elle avait des yeux plutôt adorables, innocents, lumineux et tout. Elle me regarda pendant quelques instants.

— Mais, déclara-t-elle enfin, il est tout naturel que Sammy ait eu mon certificat de mariage en sa possession. Voyez-vous, Sammy était mon mari.

Je ne répondis rien. Saisissant mon whisky-soda, je bus une grande gorgée. Puis je regardai Janine avec presque de l'admiration. Puis un petit doute s'introduisit dans mon esprit. On ne savait jamais avec Sammy. Cette histoire me laissait rêveur. Sûrement, ça ne ressemblait pas à Sammy de faire une chose comme celle-là, sûrement Sammy ne se serait pas marié avec une femme sur le compte de qui il ne savait pas grand'chose — en tout cas pas à un moment comme celui-ci, pas à un moment où il avait à remplir une mission comme la sienne, — à moins que...

L'idée n'était pas impossible, naturellement. Sammy était tellement ardent, tellement enthousiaste qu'il était prêt à faire n'importe quoi s'il avait l'impression que ce n'importe quoi était la chose à faire. A supposer qu'il eût épousé cette femme temporairement, parce qu'il y avait un motif quelconque ? Mais je ne pouvais néanmoins pas le comprendre.

— Ainsi, vous êtes Mrs. Carew ? demandai-je à Janine avec un sourire un peu moqueur. Eh bien !... eh bien !... je ne vous crois pas.

— Cela m'est complètement égal, dit-elle. Vous m'avez demandé ce que je voulais de Sammy, et je vous l'ai dit. Vous saviez que j'étais allée à la morgue d'Elvaston Street. Eh bien ! la police m'a dit qui il était. Ils m'ont montré ce qu'ils avaient trouvé sur lui, mais le certificat de mariage avait disparu.

Je commençais à y voir clair.

— Oui, dis-je. Ainsi la seule preuve que vous étiez la femme de Sammy, et qu'en cette qualité vous aviez droit aux objets trouvés en sa possession quand il a été tué, avait disparu. L'idée était tout de même excellente, elle aurait pu marcher. Pas vrai ?

Je bus une autre gorgée.

— La disparition de ce papier ne devrait pas vous tracasser, continuai-je. Après tout, Janine, si vous êtes mariée, ça doit être inscrit quelque part dans un registre. Il y a eu un officier d'état civil ou un pasteur. Il y a eu des témoins. Même si ce très précieux document demeure introuvable, vous pourrez facilement prouver que vous étiez mariée avec Sammy, si vous l'étiez.

— Je crains que non, dit-elle. Ce n'est pas si facile que cela. Voyez-vous, nous ne nous sommes pas mariés en Angleterre.

Elle me regarda et sourit.

J'abandonnai la partie, me rendant compte que, pour une fois dans ma vie, j'avais affaire à quelqu'un de particulièrement coriace. A quelqu'un de particulièrement malin, juste aussi coriace, juste aussi malin que moi-même. Peut-être même plus malin que moi.

— Vous ne buvez pas votre whisky, dis-je.

Elle saisit son verre et but une gorgée, me regardant par-dessus le bord du verre.

— Il va falloir que je m'en aille dans un instant, dit-elle. Ça a été très agréable de vous rencontrer.

— Vous êtes trop aimable, Janine.

— Non, dit-elle lentement. J'aime votre type, vous êtes plutôt direct. Vous êtes capable d'être très grossier. Vous savez que vous êtes un homme très séduisant. Vous savez que vous êtes très habile. Vous savez que vous êtes un dur de dur. Je me méfie assez de vous. Vous m'inquiétez plutôt, et je ne crois vraiment pas avoir grande confiance en vous, mais j'estime que, si nous étions amis, ce serait une très bonne chose, en tout cas pour vous.

— Cette proposition m'a bigrement l'air d'une menace, remarquai-je.

— Prenez cela comme vous le voudrez, dit-elle, mais soyez très gentil et ne m'embêtez plus. Si vous continuez, je vais être très en colère contre vous.

Je donnai à mon visage une expression très grave.

— Et alors, qu'est-ce qui se passera ? demandai-je.

— Vous le verrez, dit-elle. Inutile de vous déranger pour m'accompagner, ajouta-t-elle en se levant. Je trouverai certainement un taxi. Buvez un autre verre et reposez-vous. Bonsoir !

Elle traversa la pièce, sourit à Sasha qui servait des consommations au bar et disparut. Je pris mon verre vide et allai le faire remplir à nouveau. Bon Dieu ! me disais-je, je veux bien être pendu !

Je revins à ma table, m'assis, allumai une nouvelle cigarette et pensai à Janine. Il y avait en tout cas une chose que je savais sur elle : elle avait un culot du tonnerre, et rien ne l'arrêterait. Son attitude avait été délibérément pleine de défi, et, étant donné que Janine n'était pas femme à courir des risques inutiles simplement pour s'amuser, elle avait une idée derrière la tête. Elle savait, d'une manière quelconque, que j'étais forcé d'agir prudemment, que je ne pouvais pas la faire serrer ni la faire disparaître discrètement. C'était seulement si elle pensait dans ce sens qu'elle pouvait se permettre d'être aussi sûre d'elle-même et d'avoir ce sacré culot.

Mais... pourquoi ne pouvait-elle pas être arrêtée ? Il m'était arrivé de faire serrer des femmes aussi malignes que Janine quand la chose avait été nécessaire.

Un peu de parfum que portait Janine semblait s'attarder vaguement autour de la table. Une sacrée poupée, cette Janine. Une de ces femmes qui possèdent ce genre particulier de charme qui est indépendant de la beauté. Et elle avait aussi celle-ci.

Et ce qu'elle était sûre d'elle ! L'impression qui persistait en moi, c'était qu'elle pensait avoir un atout dans sa manche. Je me demandai ce que pouvait bien être celui-ci.

Je me demandai si Janine avait la chose que tout le monde — Tantine, la petite frappe, et Dieu sait qui encore — voulait.

Peut-être l'avait-elle, cette chose. Peut-être aussi était-elle en train de nous promener tous en bateau.

Haussant les épaules, j'achevai mon whisky.

Je rentrai chez moi à pied. Piccadilly était désert. La nuit était silencieuse, et il faisait clair de lune. En parcourant la large rue, je me remémorai la série plutôt extraordinaire d'événements qui avaient eu lieu depuis que je m'occupais de cette affaire.

Je me mis moralement sur la sellette, me demandant ce que je dirais exactement au Vieux s'il me téléphonait pour me demander quelle était la situation. Tout ce que je pourrais lui répondre, c'était que, depuis ma dernière entrevue avec lui, j'avais parlé à Janine, fait la connaissance de Bettina Vaile sur un terrain de golf, bu quelques verres chez elle, appris que quelqu'un avait essayé de lui tirer dessus à travers une fenêtre. Ce n'était pas un rapport très satisfaisant, pensai-je.

Mais maintenant, en tout cas, il y avait une chose dont j'étais sûr. Janine était la femme qui se trouvait à la cocktail-party la nuit qui avait précédé la mort de Sammy. Maintenant je me le rappelais avec précision. C'était elle la femme qui était là. Ceci me donnait à penser. C'était probablement à cause d'elle que Sammy n'avait pas voulu me parler. Et ce fait la désignait comme quelqu'un de très dangereux, quelqu'un à surveiller très attentivement.

En arrivant chez moi, je trouvai un mot du portier, qui m'attendait. Ce mot était bien tourné : *Un monsieur,* disait-il, *prie Mr. Kells de lui téléphoner Grosvenor 77650.* Je jetai mon chapeau dans un coin et me dirigeai vers le téléphone, me demandant qui était ce monsieur. Sans doute était-ce Freeby.

Je me trompais. C'était le Vieux. Et il avait l'air d'une humeur de chien.

— Allô ! Kells, dit-il. Je suis au 71 Great Grosvenor Court. Si vous n'avez rien de *très* important à faire, vous pourriez venir jusqu'ici. J'aimerais vous parler.

Je lui dis que j'arrivais. Le ton du Vieux me déplaisait. On eût dit qu'il venait de recevoir un savon. Et cela signifiait que quelqu'un d'autre allait également en recevoir un, et j'avais l'impression que, ce quelqu'un, ç'allait être moi.

L'endroit était un appartement pas mal, tout près de Grosvenor Street Crescent. Sans doute était-ce *l'un* des gîtes du Vieux. Il en avait des douzaines. C'était très bien meublé, très confortable. Le Vieux était assis dans un grand fauteuil, avec, à côté de lui, un guéridon chargé de cigares, de whisky et de cigarettes. Il portait une robe de chambre couleur prune et avait l'air de Jupiter tonnant.

— Posez votre chapeau, dit-il, servez-vous un whisky-soda et prenez une cigarette. Puis asseyez-vous et écoutez.

J'obéis.

Assis, immobile, il me regarda pendant un bon moment. Puis, portant son cigare à sa bouche, il fuma pendant un instant. Puis, retirant son cigare de sa bouche, il me regarda de nouveau pendant quelque temps.

Je me doutais de quoi il retournait. Il ne s'était encore rien passé, et le Vieux aimait qu'il se passât des choses. Comme je ne lui avais pas donné signe de vie, il en avait déduit que je m'endormais. Tout le monde connaissait la technique du Vieux. Il choisissait un type pour une mission et pariait avec lui-même qu'il avait choisi le type qu'il fallait. En général, c'était le cas. Il se rasseyait alors et attendait les résultats. *Et il fallait qu'il y en eût.* Sinon le Vieux pouvait devenir très hargneux.

En ce qui concerne cette question de résultats, le Vieux était très vieux jeu, et il semblait qu'il fût sur le point de se montrer légèrement vieux jeu avec moi.

— Vous êtes censé être un bigrement bon agent, dit-il finalement. Vous êtes censé être l'un des trois meilleurs types du métier. Ce qui signifie que vous êtes censé être quelqu'un de bigrement bien, intelligent, hardi et plein d'initiative. J'ai dit *censé. Censé* est le mot juste, je crois. Vous comprenez ?

Je ne répondis rien. J'en avais marre. « Très bien, me disais-je, si vous avez envie de m'engueuler, allez-y. Ça ne vous servira à rien et, moi, ça me laisse froid ! »

Il avait du reste raison quand il disait que j'étais un bon agent. Quant à être l'un des trois meilleurs, c'était du boniment. J'étais le *meilleur,* et il le savait — surtout maintenant que Sammy n'était plus en vie. Et le Vieux me courait un petit peu. Bon Dieu ! j'avais plus souvent risqué ma peau pour le Vieux dans une demi-douzaine de pays qu'aucun des autres spécimens de sa ménagerie sélectionnée. Et il le savait. Et il savait que, moi, je le savais. Oh ! la barbe ! me dis-je.

En tout cas, le whisky était très bon. C'était du Vat 69, d'avant guerre, quelque chose d'extra. Je m'en versai un autre verre.

— Sammy Carew et vous, continua-t-il, étiez censés former une sacrément bonne équipe. Et alors ? Et maintenant ? Il semble que Sammy se soit fait descendre avant même d'avoir eu une chance de vous parler. Pourtant, vous l'avez contacté. Vous vous êtes rencontrés tous les deux, et ça n'a rien donné. Ça n'a rien donné parce que vous étiez tous les deux saouls comme des cochons à cette soirée, cette fameuse soirée qui a eu lieu la nuit avant qu'il fût tué. Alors ?

Je continuai à fumer sans mot dire. A ce moment précis, il n'y avait rien à dire.

— Très bien, reprit-il. Là-dessus, on vous a passé la direction des opérations. Et qu'est-ce que vous avez fait ?

Il eut une exclamation curieuse, à mi-chemin entre l'expression de dégoût et le juron.

— Qu'est-ce que vous avez fait ? répéta-t-il. Rien. Moins que rien ! Et regardez ce que je reçois. Regardez le genre de truc que, moi, je dois encaisser, parce que j'emploie des crétins comme vous.

Il me lança une lettre « Très secrète ». Elle émanait de quelqu'un de très haut placé et rappelait au Vieux, très poliment, très diplomatiquement, que le nombre des victimes des bombes volantes dans le sud de l'Angleterre avait tendance à devenir un peu plus important qu'auparavant. Elle suggérait, cette lettre, qu'étant donné les endroits où les dernières bombes étaient tombées les Allemands avaient sans doute une idée quelconque de l'endroit où ils lançaient leurs sacrés projectiles. Cette lettre faisait remarquer un tas de choses. D'une façon polie, elle était extrêmement vache.

Je soupirai et la rendis au Vieux.

— Et alors ? demandai-je négligemment.

Cela mit le comble au drame. Le Vieux devint rouge comme une tomate et m'apprit tout ce qu'il pensait de moi, me donnant tous les noms qu'il put trouver. Il fut très désagréable. Je ne répondis rien parce que personne ne répond jamais rien quand le Vieux se met en colère. Soit dit en passant, j'ai beaucoup d'affection pour lui et je savais que presque tout ça était exagéré. Mais le Vieux est comme ça.

— Sir, lui dis-je quand il eut terminé, écoutez-moi pendant un instant. Je pense qu'en ce qui concerne notre petite soirée vous commettez plutôt une erreur. Je parle bien entendu de la soirée où je me suis saoulé. Rappelez-vous, s'il vous plaît, qu'il y avait quelque temps que Sammy et moi ne nous étions pas rencontrés. La dernière fois que je l'avais contacté, nous étions une paire d'officiers subalternes d'artillerie allemands en train de batifoler sur les bases de lancement des V-I du Pas-de-Calais. Quand on a donné cette mission ici à Carew, il a procédé à sa guise. Moi, je ne savais rien de cette mission, ni ce qu'il faisait, ni pourquoi il le faisait. Mais, quand, en arrivant à cette soirée, j'ai vu que Sammy était noir, j'ai compris que ce que j'avais de mieux à faire moi-même, c'était de me noircir aussi. Je me suis donc noirci. Et voilà.

— Pourquoi était-ce la chose à faire ? demanda le Vieux.

— Il y avait une femme qui était là, répondis-je. Une belle petite nommée Janine. Elle travaille pour l'autre bord. Je pense que Sammy était affranchi sur elle. Il savait bigrement bien qu'elle attendait de voir *qui* il allait contacter. C'est pourquoi il n'a pas voulu me parler. Il essayait de l'empêcher d'être affranchie sur mon compte. C'est pourquoi il s'est noirci. Il savait que si elle le voyait se noircir elle penserait qu'il ne travaillait pas. Parce qu'un type comme Sammy ne se saoule pas quand il travaille. Je me suis saoulé pour la même raison. Et ça ne sert à rien de *faire semblant* d'être saoul. Il faut se saouler vraiment, alors les autres y *croient.* J'ai pu avoir l'adresse de Sammy, un point, c'est tout, et, après cela, il s'est écarté de moi comme si j'avais la peste. Parce qu'il avait peur de cette femme.

Je m'arrêtai un instant pour souffler et boire un petit coup de whisky.

— Tout cela n'a servi à rien, dis-je. A rien pour personne, puisqu'ils ont eu Sammy le lendemain. Mais je connais la femme. Je connais la femme qui était à cette soirée.

— Enfin, ça, c'est tout de même un point d'acquis, grogna le Vieux. Vous feriez mieux de faire quelque chose au sujet de cette femme, ou de lui faire quelque chose, enfin, vous me comprenez. Je ne veux pas recevoir de lettres comme celle-là. Je ne le veux pas. Je n'y suis pas habitué. Au nom du ciel, Michael, remuez-vous. Je sais bien que ces bombes volantes ne sont pas une bonne arme au point de vue militaire. Mais elles ne sont pas non plus une cure de santé. Et peut-être y a-t-il quelque chose de pire qui se prépare. Enfin... prenez un autre verre et partez.

Je me levai, me versai un autre verre et l'avalai d'un trait.

Je me dirigeai vers la porte. Au moment de sortir, je me tournai vers le Vieux et lui adressai un sourire.

— Bonsoir, sir, dis-je.

Il me fit une grimace et puis se mit à sourire.

— Bonsoir, dit-il, ne recommencez pas et rappelez-vous ce que je vous ai dit.

Je fermai la porte derrière moi.

Je me baladai dans les rues pendant un bon bout de temps. Puis je rentrai à la maison. Je pris un bain très chaud, me tassai un grand whisky-soda et me couchai. J'avais fini par conclure que le sommeil était vraiment la seule chose intéressante. Après avoir éteint la lumière, je restai étendu pendant quelque temps, les mains jointes derrière la tête, essayant de tirer quelque chose de précis de tout cet amas d'hypothèses : quelque chose à me mettre sous la dent, quelque chose qui me menât quelque part. Je restai ainsi pendant un temps considérable à réfléchir à Sammy, à Tantine, à Janine, à la petite frappe, ce quatuor qui, pour le moment, formait la base de mes investigations assez peu couronnées de succès.

J'abandonnai. Comme je l'ai dit, il m'a toujours semblé que, dans une affaire comme celle-ci, la seule chose à faire est de suivre son nez. Au moment même où j'avais décidé de m'endormir, le téléphone sonna. Soupirant profondément, je décrochai. C'était Bettina.

— J'espère que je ne vous dérange pas, Michael, demanda-t-elle.

— Pas exactement, dis-je. Je suis au lit. J'étais juste sur le point de m'endormir. Je réfléchissais.

— Je vais, je le crains, dit-elle, vous donner un sujet de réflexion supplémentaire.

— Cela ne me surprend pas, déclarai-je. Qu'y a-t-il qui vous tracasse, Bettina ?

— Eh bien ! dit-elle, je suis inquiète au sujet de votre Alison Fredericks. C'est une gentille fille, n'est-ce pas ? Elle me plaît beaucoup.

— Pourquoi seriez-vous inquiète pour elle ? demandai-je avec un peu d'humeur.

— Vous n'allez pas vous mettre en colère, mon cher. Moi qui fais de mon mieux pour vous aider, lors même que je ne sais encore rien de vous et que je suis presque sur des charbons ardents en attendant d'entendre ce que vous allez me dire demain. Je vous le répète, malgré tout cela, j'essaie de vous aider de mon mieux.

— C'est très gentil à vous, Bettina.

— Vous êtes vraiment terrible, Michael. Vous refusez purement et simplement à une femme le droit d'avoir de l'affection pour vous. Vous êtes tout le temps comme un hérisson, tous piquants dehors.

— Bon, dis-je. Je suis comme un hérisson. Et, maintenant, allez-vous me dire pourquoi vous êtes inquiète au sujet d'Alison Fredericks ?

— Je vais vous le dire. Peu de temps après votre départ, elle est arrivée chez moi et s'est fait connaître. A ce moment-là, ma petite réception était terminée. Tout le monde était parti... c'est-à-dire tout le monde à l'exception de Mrs. Heldon. Alison, Mrs. Heldon et moi avons bu un verre ensemble, puis Mrs. Heldon est partie. Alison et moi, nous nous sommes mises à l'aise et avons parlé à cœur ouvert. Je crains d'avoir surtout parlé.

— Je parie, dis-je en riant, que vous avez essayé de lui tirer les vers du nez à mon sujet. N'est-ce pas, mon amour ?

— Vous pouvez en être sûr, gloussa-t-elle. Qu'auriez-vous fait à ma place ? Lorsqu'une femme aussi bien que moi, aussi riche que moi et aussi stupide que je puis l'être se laisse aller à éprouver un tout petit peu d'affection pour un beau garçon aussi méchant et aussi canaille que vous, elle a le droit d'essayer de veiller sur elle-même, un petit peu, en tout cas. Et si elle le peut, ce dont je doute beaucoup.

— Très bien, dis-je. Ainsi, vous avez essayé de faire parler Alison Fredericks et, avec la plus extrême gentillesse, elle ne vous a absolument rien appris. Juste ?

— Juste. Chaque fois elle s'est contentée de détourner habilement la conversation de vous. Elle est loin d'être bête, n'est-ce pas ? Néanmoins, il était évident qu'elle était au courant de la tentative que l'on a faite pour me tuer. Elle m'en a parlé, ainsi il était évident que vous-même lui en aviez parlé. Très bien. Nous avons décidé que je ne coucherais pas dans ma chambre, que nous irions dans une autre chambre où il y a deux petits lits. Nous avons bu un peu de thé et nous nous sommes couchées. Ce que je vous raconte vous intéresse toujours ?

— Beaucoup, dis-je. Ces détails domestiques me passionnent.

— Eh bien ! j'espère qu'ils vont rester domestiques. Mais, la chose importante, c'est que, vingt minutes environ après que nous étions couchées, le téléphone a sonné. Cela m'a été désagréable, sans doute étais-je un peu nerveuse. Je me demandais qui cela pouvait être. Alison a dit qu'elle allait répondre. Elle s'est donc levée et est allée à l'appareil. Elle a écouté en silence pendant un petit instant et puis elle a dit : « Très bien. Compris. » C'était vous, bien entendu, qui lui parliez.

— Bon Dieu ! Bettina, que voulez-vous dire ? Que me racontez-vous là ? m'exclamai-je. Ce n'était pas moi. Ce soir, je n'ai pas téléphoné chez vous.

— Oh ! mon Dieu ! dit-elle.

— Ecoutez, demandai-je, que vous a-t-elle dit ?

— Elle est revenue dans la chambre et a dit que vous lui aviez demandé d'aller vous retrouver quelque part, que c'était très urgent.

— Quelque part ? Où ça ?

— J'ai l'adresse, répondit-elle avec vivacité. J'ai eu l'intelligence de la lui demander. Elle l'a écrite sur un bout de papier : 27 Namur Street. C'est là qu'elle devait aller vous retrouver.

— Ainsi, dis-je, elle devait aller me retrouver au 27 Namur Street ? Qu'a-t-elle fait ?

— Eh bien ! elle s'est habillée et elle est partie.

Je poussai un soupir. Cette histoire ne me plaisait pas du tout.

— Et ensuite ? demandai-je.

— C'est tout. Je me suis recouchée, mais je n'ai pas pu m'endormir. Je trouvais un peu drôle que vous ayez téléphoné sans rien me dire à moi.

Je l'entendis qui riait doucement.

— Je trouvais, continua-t-elle, que vous auriez au moins pu me dire quelques mots. Ensuite, comme Alison ne revenait pas, j'ai commencé à être vraiment inquiète. Je suis restée très longtemps dans le noir à me faire de la bile pour elle et, en passant, à m'en faire un peu pour vous.

— Mais pourquoi vous faire de la bile pour moi ? demandai-je en riant.

— Bien sûr, dit-elle, vous ne vous en doutez pas ? Vous ne vous doutez pas que j'ai de l'affection pour vous, Michael ? Vous ne vous doutez pas que je trouve que vous êtes plutôt un drôle de personnage et que je me figure que vous êtes, d'une manière ou d'une autre, en train de jouer avec moi. En tout cas, je me sentais très mal à l'aise et, finalement, je me suis décidée à vous appeler pour vous parler. Ainsi, ce n'est pas vous qui avez téléphoné à Alison ?

Je réfléchis rapidement. Très franchement, je ne pensais pas que ce serait une bonne chose de mettre Bettina au courant de tous les incidents de cette affaire. Bettina commençait à en savoir un peu trop long.

— Eh bien ! dis-je, pour vous dire toute la vérité, c'est bien moi qui ai téléphoné et qui ai demandé à Alison de venir me retrouver. J'avais besoin de lui parler.

— Alors, vous l'avez vue ?

— Non, j'ai eu assez à faire, mais je vais la voir maintenant. En attendant, retournez au lit et ne vous inquiétez plus. Vous pouvez me croire quand je vous dis que, cette nuit, il n'arrivera rien. Rien d'anormal, veux-je dire. Demain, vers midi, je viendrai boire un cocktail avec vous, et puis nous déjeunerons ensemble. Cela vous va-t-il ?

— Bien sûr, Michael. Cela me va énormément.

— Parfait. A demain, Bettina.

Il y eut un petit silence, puis elle murmura d'une voix un peu rauque où il y avait un soupçon de larmes :

— Bonsoir, mon chéri.

Je raccrochai.

J'allai dans la salle de bains et je bus un verre d'eau. Je me demandais ce qui, bon Dieu ! se passait maintenant. Je me demandais qui avait téléphoné à Alison et avait si bien imité ma voix ou prétendu avec tant de succès parler de ma part. Tout de suite me vint à l'esprit l'image de Janine, la dame au pied léger qui m'avait filé pendant la plus grande partie de la soirée, qui savait que j'étais allé voir Bettina et qui savait sans doute qu'Alison y était allée, elle aussi. Je me dis que je m'étais peut-être conduit comme un idiot avec Janine. Je me dis que sans doute si j'avais eu le moindre sens commun, si je n'avais pas eu une aussi haute opinion de moi-même, il y a quelque temps déjà que j'aurais fait quelque chose au sujet de Janine et que je ne l'aurais pas laissée batifoler ainsi, à faire tout le mal qu'elle avait envie de faire. Je savais bigrement bien que, si j'avais téléphoné au Vieux pour lui demander de s'occuper d'elle, il se serait arrangé, d'une manière ou d'une autre, à faire le nécessaire. Mais je n'avais pas téléphoné au Vieux. Je ne lui avais pas téléphoné parce que... eh bien ! cela fait partie de la tradition de notre métier plutôt bizarre d'essayer de nous débrouiller du mieux que nous pouvons sans mêler d'autres gens à nos petites histoires. Mais, dans le cas présent, je n'étais pas tout à fait certain que cette attitude fût entièrement justifiée.

Je retournai au salon, allumai une cigarette, bus un petit whisky-soda. Je tentai de trouver un sens quelconque à toute cette histoire. En tout cas, je ne voyais pas où ça pouvait mener quelqu'un d'entrer en rapport avec Alison. La seule chose que je pusse comprendre, c'était que quelqu'un voulait m'atteindre, moi.

Je commençai à endosser quelques vêtements. Je n'étais pas tellement satisfait de la vie. J'avais adopté un plan d'action. Je m'étais dit qu'avec

Alison Fredericks veillant sur Bettina et l'entreprenant Freeby gardant un œil sur Janine, qu'avec moi-même supervisant le tout et agissant, j'allais mettre d'ici quelques jours le doigt sur un indice quelconque, sur quelque chose à partir de quoi je pourrais travailler. Mais il me semblait que la plupart des choses que j'avais faites s'étaient plutôt retournées contre moi.

Bettina, par exemple. J'avais voulu me servir d'elle, mais elle ne s'était pas révélée très docile. Très vite elle avait vu clair dans mon jeu. Quant à Janine, elle avait été beaucoup plus habile que je ne l'attendais de sa part. Et je me demandais ce que Tantine pouvait bien fabriquer. Sans doute allait-elle se montrer d'un instant à l'autre et déclencher quelque chose. Ce fut avec un sentiment de soulagement que je me rappelai avoir supprimé la petite frappe. Si je ne l'avais pas fait, il eût été probablement, lui aussi, en train de manigancer quelque chose.

J'achevai de m'habiller, jetai un coup d'œil autour de moi, mis mon chapeau et sortis. Lorsque je fus dans le corridor, j'eus l'une de ces drôles d'idées. Revenant sur mes pas, j'allais prendre mon automatique Mauser et le fourrai dans la poche sous mon bras gauche. Cela me donna un sentiment de confort. Me demandant où diable se trouvait Namur Street, je sortis dans la rue.

Je me dirigeai du côté de Knightsbridge. A l'intersection de Knightsbridge et de Wilton Place, je rencontrai un policeman. Je lui demandai où était Namur Street. Il me dit que c'était une petite rue qui donnait dans Mulbery Street, à environ douze minutes. Je le remerciai et me mis à marcher lentement dans la direction de Mulbery Street.

Je trouvais cela un petit peu bizarre. Cette affaire avait commencé à Mulbery Street. Oui, elle avait vraiment commencé à *La Touffe de Plumes.* Je me dis que c'était une coïncidence extraordinaire que cette Namur Street donnât dans Mulbery Street. Mais était-ce une coïncidence ? Janine habitait Verity Street, tout près de là. *La Touffe de Plumes* où j'avais rencontré la petite frappe se trouvait dans Mulbery Street. Après tout, gouaillai-je pour moi-même, il n'y a rien de tel que la centralisation. Peut-être ces « coïncidences » économisaient-elles du temps. Mais je me demandais toujours pourquoi quelqu'un pouvait vouloir qu'Alison se rendît à un endroit situé près de Mulbery Street.

Presque inconsciemment, je hâtai un peu le pas. Sincèrement, j'étais un tout petit peu inquiet au sujet d'Alison. C'était une gentille fille, l'une de ces femmes plutôt bien qui travaillent pour des gens comme le Vieux, qui risquent beaucoup et qui ne reçoivent pas beaucoup de remerciements. Des femmes qui refusent toutes sortes de situations uniquement pour pouvoir faire quelque chose d'important, qui ratent l'occasion de rencontrer des hommes qui pourraient faire de bons maris, qui ratent toutes sortes de choses, mais qui continuent néanmoins de faire ce qu'elles estiment devoir faire. Enfin, je suppose qu'elles le font parce que cela leur plaît. Je haussai les épaules. Il me semblait qu'avec l'âge je devenais plutôt sentimental.

M'arrêtant au milieu de la rue, j'allumai une cigarette. Je me demandai pendant combien de temps encore j'allais passer ma vie à me promener la nuit dans les rues à faire des choses bizarres, à jouer à l'esbroufe. Je me demandai comment ce serait lorsque la guerre serait finie, lorsque la paix éclaterait. A ce moment même, comme pour donner un sens à mes rêveries, la sirène retentit. Elle hurla pendant une minute environ, et, deux ou trois minutes plus tard, j'entendis l'explosion d'une bombe volante. Une ou deux minutes ensuite, un autre V-I passa au-dessus de ma tête en rugissant dans la nuit. Je restai à l'observer, faisant quelques commentaires plutôt énergiques sur les Allemands. Cette bombe allait tomber quelque part, et, là où elle allait tomber, ce serait le deuil, la destruction et la mort. Une arme sans intérêt du point de vue militaire, mais une arme très cruelle pour les gens qui se trouvaient dessous lorsqu'elle tombait.

Prenant à gauche, je m'engageai dans Mulbery Street. La rue baignée par le clair de lune ressemblait à une quelconque rue de village. On ne se fût certes pas cru à Londres.

Je m'avançais dans Mulbery Street, regardant à gauche et à droite, essayant de trouver Namur Street, et, lorsque je trouvai finalement cette ruelle, ce fut avec un sentiment de stupéfaction assez remarquable. Namur Street était la ruelle où j'avais mené la petite frappe, et, m'arrêtant au coin, je me demandai...

Je m'engageai dans Namur Street. Tout en marchant, et je marchais assez lentement, je me disais que l'idée que je venais d'avoir était bien entendu absolument impossible, qu'elle ne pouvait être juste, que c'était là une de ces choses qui n'arrivent pas. Eh bien ! si, c'était possible. Je ne m'étais pas trompé, et c'était arrivé.

M'arrêtant devant la porte de la maison où j'avais tué la petite frappe, j'en vis le numéro : c'était le 27. M'approchant, j'appuyai légèrement sur la porte. Elle n'était pas fermée. Je la poussai, et elle s'ouvrit. Prenant le Mauser dans la poche sous mon bras gauche, j'en retirai le cran de sûreté. Je ne me sentais pas particulièrement jovial. Je m'avançai le long du couloir qui menait à l'arrière de la maison, poussai la porte du sous-sol, allumai mon briquet et descendis.

L'endroit était absolument silencieux. Pas le moindre bruit. Tenant le briquet au-dessus de ma tête, mon Mauser dans la main droite, je m'arrêtai au bas de l'escalier, attendant quelque chose. Quoi ? Je ne le savais pas très bien. Je me souris à moi-même un peu sarcastiquement. Je me rappelai toutes les choses que j'avais faites tout seul ou bien avec quelqu'un. Je me dis que ces jours-ci je me mettais plutôt à ressembler à une vieille dame, je me mettais à avoir des nerfs, sinon des vapeurs.

Remettant le Mauser dans ma poche, je me dirigeai vers l'endroit où se trouvait la caisse dans laquelle j'avais laissé la petite frappe. La caisse était toujours là. Je fis le tour du sous-sol, regardant dans tous les coins : il n'y avait rien.

C'est alors que je compris de quoi il retournait. Celui, quel qu'il fût, qui avait téléphoné chez Bettina et parlé à Alison, était quelqu'un qui désirait me faire savoir, directement ou indirectement, qu'il savait que j'avais tué la petite frappe. On m'avait fait revenir dans ce sous-sol. Pourquoi ? Je haussai les épaules.

Retournant au fond de l'office, j'attirai la caisse à moi. Elle était lourde et pas facile à remuer. Je souris avec satisfaction. Ainsi la petite frappe était encore là. Peut-être m'étais-je trompé dans mon hypothèse. En faisant un petit effort, je mis la caisse sur le côté et, élevant mon briquet, je jetai un coup d'œil dedans.

Je ne m'étais pas trompé dans ma supposition : quelqu'un avait pris la peine de retirer la petite frappe de la caisse et de mettre quelqu'un d'autre à la place. Le visage d'Alison, toujours charmant et détendu dans la mort, me regardait ! Au milieu du front, entre les yeux, il y avait un petit trou rond très propre. Les yeux d'Alison étaient grands ouverts et avaient une expression de frayeur. Je repoussai la caisse contre le mur, m'assis dessus, allumai une cigarette et restai ainsi un bon moment dans l'obscurité.

Pour une fois dans ma vie, j'étais très en colère. Je ne savais pas pourquoi. Je ne connaissais pas très bien Alison, mais c'était une brave gosse.

J'ignore combien de temps je restai assis sur la caisse. Le temps ne signifie pas grand'chose lorsque votre esprit travaille aussi rapidement que le faisait le mien à ce moment-là. Finalement, je me levai, éteignis ma cigarette sur la caisse ; je venais de décider de rentrer chez moi.

Cette décision ne fut pas pleinement couronnée de succès. A cet instant précis, le sous-sol fut inondé par la lumière d'une torche électrique qui m'aveugla presque. Ensuite on alluma l'électricité. Une simple ampoule qui baignait les murs blancs du sous-sol d'une lumière particulièrement sinistre.

Dans l'embrasure de la porte, se tenait Bettina Vaile. Elle avait dans sa main droite un Luger dont le canon était braqué significativement sur mon nombril.

Je compris. La vie est pleine de surprises, me dis-je avec un peu d'amertume. Pas moyen de s'ennuyer un seul instant !

Bettina souriait et avait l'air du démon qu'elle était.

— Eh bien ! Michael, dit-elle, mon cher et délicieux Michael. Mon petit Michael bien-aimé. Amour de ma vie. Je crois que la petite conversation prévue pour demain va avoir lieu maintenant. Après quoi, nous verrons s'il y a moyen de trouver encore une petite place pour quelqu'un dans cette caisse. Même si ce quelqu'un est aussi grand que vous, mon chéri !

5

Sammy

Je me livrai à quelques très rapides réflexions, ou, du moins, essayai-je de le faire. En réalité, il n'y avait là aucun sujet de réflexion. La situation était d'une telle simplicité que c'en était presque écœurant. Mais j'évoquai l'image du Vieux, me représentant la tête qu'il eût faite s'il avait pu assister à cette scène plutôt pittoresque. Je me demandai aussi ce qu'il eût exactement trouvé à dire s'il eût été capable de trouver des mots susceptibles d'exprimer de façon adéquate ses sentiments.

Je m'étais laissé emmener en barque. J'avais cru manœuvrer Bettina pour les besoins de mon petit plan, et, très habilement, elle avait retourné la situation à mon détriment. Si elle ne me supprimait pas, elle serait idiote. Mais, bien sûr, elle allait me supprimer. C'était pour cela qu'elle était ici.

— Eh bien ! eh bien ! dis-je, Bettina ! Pour une surprise, c'en est une, et une jolie. Non, croyez-vous !... Ce que vous devez vous marrer, ajoutai-je en lui souriant.

— Bien sûr, dit-elle. Je trouve la situation très amusante.

Je ne répondis rien. Je la regardai. Maintenant, elle semblait tout à fait différente. J'eus l'impression de remarquer pour la première fois ses hautes pommettes, l'éclat singulier de ses yeux. Il y avait quelque chose de presque féroce dans son expression, cette dureté particulière qui résulte de l'entraînement intensif et quelque peu spécial que reçoivent toutes les femmes des services d'espionnage du sieur Himmler.

Je fis avec les mains un geste de désespoir, mais sans cesser de lui sourire.

— *Ich gratuliere Ihnen, Meine Dame,* dis-je. *Sie sind eine sehr gute Schauspielerin. Es würde mir sehr grosse Freude bereiten den Hals durchzuschneiden !*

Elle me gratifia d'un charmant sourire.

— *Was immer der Scherz ist,* dit-elle, *ich werde vielleicht das Vergnügen haben Ihren durchzuschneiden. Wie werde ich mich freuen. Sie sterben zu sehen — Sie Schweinhund !*

Je haussai les épaules.

— Eh bien ! ma délicieuse Bettina, dis-je. Ainsi, c'est comme ça. Nous nous comprenons très bien maintenant, vous et moi, et tout ce qui vous reste à faire, c'est de procéder à l'exécution.

Elle eut un sourire mauvais.

— Cela va m'être très agréable, dit-elle. J'ai déjà eu de très nombreuses occasions de tuer des hommes. J'étais simplement en train de me demander quelle partie de votre corps j'allais viser. Le ventre, je crois. Ça fait très mal et ça dure très longtemps.

— Est-ce là que vous avez visé Carew ? demandai-je en bâillant. Car je suppose que c'était vous ?

— Pour être franche, non. J'aurais aimé être chargée de le tuer ; mais je n'ai pas eu l'honneur ou le plaisir de le faire. Cela est échu à quelqu'un d'autre.

Elle se mit à rire.

— Je trouve la situation des plus divertissantes, continua-t-elle. Je vous avais suivi jusqu'à Dorking et je me demandais ce que vous faisiez sur le terrain de golf. Et là-dessus, pauvre crétin, ne voilà-t-il pas que vous avez eu une idée ingénieuse à mon sujet. Bien entendu, j'ai deviné tout de suite quelle était cette idée. Vous avez pensé que, si vous pouviez faire ma connaissance, la connaissance de la si charmante Bettina Vaile, me ramener à Londres, vous lier avec moi, vous pourriez vous servir de moi. Vous pourriez voir si vos ennemis témoignaient un intérêt quelconque à Mrs Bettina Vaile. Vous espériez découvrir grâce à moi qui ils étaient.

» Je me suis dit que ce serait grand dommage de vous décevoir, et vous devez me concéder que j'ai bien joué ma petite comédie, n'est-ce pas, Michael ? J'ai tiré moi-même cette balle à travers la fenêtre de ma chambre à coucher. J'étais sûre que vous donneriez dans ce panneau, tout comme je l'étais que vous donneriez dans celui-ci, soit dit en passant. A propos, vous avez vu ce qu'il y a dans la caisse sur laquelle vous êtes assis, n'est-ce pas, Michael ?

Ses yeux étincelèrent. Elle avait l'air plus diabolique que jamais.

— Vraiment, remarqua-t-elle, vous avez plutôt joué de malchance. Les choses ont mal tourné pour vous.

Elle s'appuya avec grâce contre le mur qui était derrière elle.

— En réalité, reprit-elle, vous n'avez jamais eu beaucoup de chance de vous en tirer, et j'étais sûre que vous croiriez l'histoire que je vous ai racontée au sujet de l'infortunée Alison. Je savais bien que, si je vous disais qu'on lui avait téléphoné et qu'elle était partie, vous vous précipiteriez immédiatement derrière elle afin de voir ce qui s'était passé. Et qu'ainsi vous arriveriez ici et que vous vous rendriez compte qu'on l'avait envoyée à l'endroit même où vous aviez tué notre infortuné compatriote (soit dit en passant, je suis plutôt contente que vous l'ayez tué, il était trop stupide, ardent et enthousiaste, mais peu favorisé en ce qui concerne le cerveau) et qu'alors votre curiosité serait éveillée.

Elle eut un petit rire.

— Car, n'est-ce pas, Michael, votre curiosité a été éveillée ? Lorsqu'en arrivant ici vous vous êtes rendu compte que c'était la même maison, votre curiosité a été portée à son comble, n'est-ce pas ? Et, là-dessus, vous êtes entré et vous avez trouvé votre pauvre petite Alison pliée en deux dans la caisse. Pauvre chéri... Aviez-vous beaucoup d'affection pour elle, Michael ?

Je gardai le silence pendant un moment. J'étais en train de réfléchir à ce que j'aimerais exactement faire à cette femme si l'occasion m'en était donnée, à cette harpie sadique qui, pour l'instant, s'amusait démesurément.

Finalement, je lui grimaçai un sourire. Je commençais à me demander pourquoi elle parlait tellement au lieu de terminer sa petite besogne.

— Eh bien ! dis-je, maintenant nous sommes à égalité, n'est-ce pas ? J'ai eu votre petit copain, et vous avez eu Alison Fredericks. Ça n'a pas dû lui faire grand'chose de mourir, pas trop en tout cas. Voyez-vous, Alison était quelqu'un de plutôt bien.

— Ce qui signifie, naturellement, mon charmant Michael, que, moi, je ne le suis pas.

Elle éclata d'un rire moqueur qui découvrit ses dents blanches.

— Ecoutez, espèce d'idiote, avant que nous en ayons fini avec vous, vous pouvez compter récolter ce que vous méritez.

— *Nous ?* demanda-t-elle en bâillant. Et pourrais-je savoir qui cela peut être ? Vous ne vous considérez tout de même plus comme faisant partie de nos adversaires, Mr. Kells ?

Elle haussa les épaules.

— Je dois avouer que Carew et vous avez été plutôt forts de vous faire passer pendant un an dans le Pas-de-Calais pour des officiers allemands. Je dois admettre que c'est là un exploit assez remarquable. Mais il semble que vous ne soyez pas aussi habiles lorsque vous êtes dans votre propre pays.

Je décidai en moi-même comment j'allais jouer cette partie. Il n'y avait du reste pas trente-six manières.

— Est-ce que vous n'êtes pas un peu trop sûre de vous ? demandai-je.

Vous êtes vraiment trop intelligente pour penser que, Carew et moi, nous sommes lancés tout seuls dans cette affaire. Je suis certain que vous vous rendez compte que ce que vous faites ou ne faites pas n'a fichtrement aucune importance et que, finalement, vous y passerez. Ceci dit, vous commencez à m'embêter. Cela vous dérangerait-il que je fume ?

— Pas du tout, mon cher Michael, dit-elle aimablement, pas du tout. Mais, quand vous mettrez la main dans votre poche, ayez bien soin de n'y prendre qu'un étui à cigarettes. Je suis une très bonne tireuse. Je ne rate jamais le but.

— Ne craignez rien, dis-je. Même si j'en avais la possibilité, je ne vous descendrais pas maintenant. Je veux vous laisser mariner un petit peu dans votre jus.

Je pris mon étui et mon briquet, allumai une cigarette dont je soufflai exprès la fumée dans la direction de son visage.

— Je me demande, interrogea-t-elle, pourquoi vous vous imaginez pouvoir parler comme cela ?

— Ce n'est pas que je m'imagine pouvoir le faire, dis-je, c'est que je le sais.

Mon assurance sembla l'ébranler un petit peu.

— Que voulez-vous dire exactement par là ? demanda-t-elle.

Je lui débitai mon petit conte de fées.

— L'ennui, dis-je, c'est que vous vous méprenez sur les gens. Alison Fredericks n'était pas la petite idiote que vous vous figurez. En venant ici, elle m'a téléphoné. J'ai compris immédiatement de quel endroit il s'agissait. J'ai compris qu'il s'agissait de l'endroit où j'avais garé votre petit copain. Vous ne vous figurez tout de même pas que je suis venu ici tranquillement tout seul ? Non ? Me croyez-vous un tel idiot ?

— N'est-ce pas le cas ? demanda-t-elle.

— Ecoutez, dis-je, si vous le voulez, je vais courir un risque. Pour le moment présent, le canon de votre Luger est braqué sur un point quelconque situé aux alentours de mon nombril. Si vous appuyez sur la gâchette, je suis cuit. Mais vous le serez aussi, car vous ne dépasserez pas la porte de cette maison. J'ai un chien de garde de l'autre côté de la rue. Vous n'avez tout de même pas pensé que j'étais assez idiot pour venir ici *seul,* hein ?

— A supposer que ce que vous racontez soit vrai, dit-elle lentement... Eh bien ! même si c'était vrai, vous seriez mort, et c'est le principal.

Je risquai autre chose.

— Non, dis-je, ce n'est pas le principal. Du moins pas en ce qui vous concerne. Tant que je suis vivant, vous avez une chance d'arriver à avoir ce que vous voulez.

Elle me regarda vivement.

— Je parle de ce que vous avez essayé de prendre à Sammy, continuai-je. Vous vous êtes donné énormément de mal pour tâcher de trouver où était ce que vous cherchiez. Sans résultat. Maintenant, votre attention est dirigée sur moi, mais je ne vous serai pas bon à grand'chose si je suis mort.

— Voulez-vous dire, demanda-t-elle, que, si j'épargnais votre vie, vous me donneriez ce que nous désirons ? Du reste, sourit-elle, même si vous faisiez cela, ce ne serait peut-être maintenant d'aucune utilité pour nous.

Je haussai les épaules.

— Ecoutez, dis-je, j'en ai marre de parler avec vous. Allez-y, tirez.

Elle se déplaça un peu. Elle s'appuya contre le mur, le bras tenant le pistolet pendant le long de son côté. J'observai ses pieds, fermement posés, de si petits pieds et de si jolies chevilles. Je me surpris à me demander comment une telle... vous me comprenez... pouvait être aussi bigrement séduisante.

— Nous procéderons à l'exécution, dit-elle avec un petit sourire qui me sembla presque bizarre, lorsque, moi, j'en aurai envie. Je trouve plutôt agréable de vous écouter, de vous laisser parler, de vous faire attendre en vous demandant quand je vais vous tuer et *comment*...

— Vraiment, fis-je en grimaçant un autre sourire. Ainsi, vous n'avez pas encore tout à fait décidé de me tuer d'une balle. Vous allez peut-être utiliser un autre procédé ?

— Pourquoi pas ? demanda-t-elle en souriant de nouveau, de ce singulier petit sourire. Vous aviez en Allemagne un autre de vos si brillants agents, continua-t-elle, un garçon charmant nommé Cressy. Ce Cressy était tout à fait sympathique et pas du tout maladroit. Comme vous-même et comme l'infortuné Carew, il était là en officier allemand. Mais il avait réussi plus fort encore que vous, Michael chéri, il était parvenu, grâce à de faux papiers et à un culot vraiment admirable, à se faire affecter aux Bases expérimentales de lancement des fusées de la côte de la Baltique. Quelle réussite ! Il est bien malheureux pour ce cher Cressy que son aventure se soit si mal terminée. Et cela de la façon la plus extraordinaire. Cela vous intéresserait-il d'apprendre comment il a fini ?

Je ne répondis pas. J'étais de nouveau en train de penser que Bettina gaspillait un temps rudement précieux à parler de délicieux petits riens, mais, au fond, gaspillait-elle vraiment son temps ? Peut-être essayait-elle d'apprendre quelque chose — une petite chose que je laisserais peut-être échapper.

— Je suis toujours intéressé, dis-je, sauf quand vous parlez de vous-même.

Elle eut une moue.

— Vous me détestez, n'est-ce pas, Michael chéri ? Et vous allez me détester tellement plus avant que j'en aie fini avec vous. Enfin... Pour en revenir à votre ami Cressy qui faisait du si bel ouvrage pour vous à Peenemunde, un soir, il y eut un raid aérien très violent. Comme vous le savez, la R.A.F. avait déjà découvert l'existence de la base expérimentale et faisait tout son possible pour l'anéantir en la bombardant.

» Le pauvre Cressy, qui jouait vraiment bien son rôle de capitaine de D.C.A. lourde, avait été de service pendant plusieurs nuits et il était très fatigué. Après le raid, il fut relevé et gagna sa chambre qui était située dans une rangée de baraques en bois réunies par un corridor de communication. Il se jeta sur son lit tout habillé et s'endormit.

» J'étais dans les parages, à la recherche d'un autre espion, un Français, et je regardais dans toutes les chambres au cas où mon espion se trouverait dans l'une d'elle. Nous savions qu'il était dans le voisinage.

» Eh bien !... ouvrant la porte de Cressy, je jetai un coup d'œil à l'intérieur de sa chambre. Etendu sur son lit, il dormait profondément et semblait rêver. J'étais sur le point de refermer la porte et de m'en aller après m'être moralement excusée pour avoir ainsi troublé le repos d'un officier allemand, lorsque Cressy se mit à parler dans son sommeil en anglais. Oui, mon charmant Michael, en *anglais !* Amusant, n'est-ce pas ?

Je haussai les épaules. Ainsi c'était comme cela que Cressy avait été descendu.

— A ce moment précis, reprit-elle, la deuxième vague des bombardiers de la R.A.F. arriva. Ils faisaient un vacarme des plus effroyables. Il me vint à l'idée que ce serait peut-être une bonne chose pour moi d'exécuter sur-le-champ l'espion anglais. Je pensai d'abord lui brûler la cervelle, mais, à la réflexion, je me dis que ce serait plus amusant de lui couper la gorge. C'est ce que je fis tandis qu'il dormait. J'étais en train de me demander si j'allais procéder de même avec vous.

— Il ne serait pas aussi facile de me couper la gorge à moi, dis-je, surtout maintenant où je me trouve être très éveillé !

— Je m'arrangerai, dit-elle.

Je bâillai de nouveau, très bruyamment et plutôt théâtralement.

— Une chose est tout à fait évidente pour moi, dis-je, et c'est que l'idée de me tuer ne vous plaît pas du tout. D'abord pour la raison que je vous ai déjà exposée et ensuite parce que, très manifestement, vous n'avez pas trouvé la chose que vous cherchiez. La chose que vous croyiez en la possession de Sammy Carew et qu'il n'avait pas sur lui, la chose que vous pensez que j'ai peut-être. Eh bien !... c'est possible, je l'ai peut-être, n'est-ce pas ? Et je ne l'ai certainement pas sur moi. Me tuer serait donc du temps perdu. Vous avez déjà décidé ça, n'est-ce pas, Bettina adorée ? Faites donc ce que vous voudrez, je m'en contrefiche. Mais cessez de parler, car, comme je vous l'ai déjà dit, votre conversation m'assomme.

S'éloignant du mur, elle se rapprocha un peu de moi.

— Cochon d'Anglais, dit-elle, je vais te tuer d'une balle dans le ventre et j'espère que tu mettras longtemps à mourir !

Je fus frappé soudain de l'idée qu'elle parlait sérieusement. La main qui tenait le Luger s'éleva. Il y eut un éclair et une détonation. L'ampoule de la lampe électrique sembla devenir très grosse et m'éclater au visage. Je dégringolai de la caisse, et le sol, semblant se précipiter vers moi, me frappa violemment.

Quand, ayant suffisamment repris mes esprits, je fus parvenu à m'asseoir sur le sol et à m'appuyer contre la caisse, je regardai le cadran lumineux de ma montre-bracelet et je découvris qu'il était quatre heures et quart. Je devais être resté inconscient pendant plus de trois heures.

Je tâtai délicatement le côté de ma tête. J'avais une coupure, mais elle ne saignait plus. J'avais en outre une bosse de la taille d'un petit œuf de pigeon. J'avais également le plus beau mal de tête qu'il m'eût jamais été donné d'avoir. Heureusement, la nature, qui, je le pensais, m'avait doté d'une certaine quantité de sens commun, m'a certainement donné un crâne très solide.

Il flottait dans la pièce une odeur particulière, un mélange de monoxyde de carbone et de quelque chose d'autre. Je ricanai — à mes dépens, je le crains — à l'idée d'avoir été réduit à l'impuissance avec un pistolet à gaz, car c'était évidemment ce qu'avait utilisé Bettina.

Tout cela corroborait plutôt ma théorie comme quoi elle ne tenait pas du tout à ce que je fusse mort pour le moment. Comme quoi il était nécessaire que, pour un temps en tout cas, je restasse en vie. Après m'être demandé pourquoi, je finis par conclure que je pourrais réfléchir à cette question à un autre moment.

Je me mis à penser à Bettina Vaile, ou du moins à la personne qui prétendait s'appeler ainsi. Je passai pas mal de temps à penser à elle et un peu plus de temps encore à créer quelques nouvelles formules qui tenaient très largement compte de sa naissance, de sa famille, de sa vie et de son avenir.

Je me demandai également pourquoi elle s'était donné le mal de venir jusqu'à Namur Street dans le seul but de me tirer dessus avec un pistolet à gaz. Il devait y avoir eu une raison à cela. Peut-être avait-elle voulu me retirer de la circulation, tandis qu'elle manigançait quelque chose autre part, quelque chose que ma présence eût peut-être gêné. Bettina et ses amis n'étaient pas le genre de gens à reculer devant un meurtre. Ils n'avaient pas hésité à tuer Sammy et Alison Fredericks et ils n'hésiteraient certainement pas à me tuer moi-même. Mais, alors, pourquoi ne l'avaient-ils pas fait ? Je me dis que j'étais peut-être capable de deviner la réponse à cette question.

J'étais plus que jamais certain que le quatuor — c'était maintenant devenu un quatuor, qui se composait de Bettina, de Tantine, de la petite frappe et de Janine — s'employait activement à chercher quelque chose. Ils avaient d'abord pensé que Sammy avait ce quelque chose. Ils pensaient maintenant qu'il ne l'avait pas. Ma remarque avait déclenché quelque chose dans l'esprit de Bettina. Elle lui avait donné à penser. Ma remarque avait fait naître une idée chez elle, l'idée que, si je restais en vie, je les mènerais à ce qu'ils voulaient. Je me dis qu'il serait très intéressant de savoir ce que c'était qu'ils voulaient.

Au bout d'un moment, je me levai. Me traînant le long du mur, je trouvai en tâtonnant le commutateur et j'allumai l'électricité. Une fois la lumière allumée, il me fallut bien quelques secondes pour retrouver mon équilibre. Appuyé contre le mur, j'avais plutôt l'impression d'être l'épave de *L'Hesperus.* Je me demandais aussi ce que j'allais faire maintenant. Mais, lorsque j'eus achevé ma cigarette, j'étais arrivé à la conclusion que cela ne servirait à rien de rester dans cette cave à essayer de résoudre des problèmes qui n'avaient pas de solution.

Après m'être exercé pendant quelques instants à marcher de long en large, j'éteignis l'électricité, allumai mon briquet, montai l'escalier et me retrouvai enfin dans la rue. Je restai un bon moment à considérer le numéro 27. Une maison plutôt fatale, ce numéro 27. La petite frappe y avait rencontré son Waterloo et de même cette pauvre gosse d'Alison. Je me rendais compte qu'il allait falloir faire quelque chose au sujet de cette dernière. Du moins, le Vieux aurait-il à le faire, ce qui signifiait que j'allais avoir à lui apprendre qu'il avait perdu un agent de plus. Il en serait certainement encore plus satisfait !

Je rentrai lentement chez moi. Cinq heures venaient juste de sonner lorsque j'ouvris la porte de mon appartement. Après avoir allumé la lumière dans l'antichambre, je me dirigeai vers la salle de bains où je me baignai le visage dans l'eau froide et examinai du mieux que je le pus ma tête dans le miroir. Ç'aurait pu être pire. J'avais de la veine de ne pas avoir une fracture du crâne.

Allant dans le salon, je me préparai un whisky-soda. J'étais en train de verser de l'eau de seltz avec parcimonie lorsque j'aperçus la grande enveloppe qui était posée contre un vase sur la console. Elle m'était adressée, mais l'écriture m'était inconnue. Elle n'était pas timbrée. Je l'ouvris et y trouvai une autre enveloppe et un petit mot ainsi rédigé :

Cher Mr. Kells,

J'ai trouvé dans un ruisseau près de Mulbery Street l'enveloppe ci-jointe non timbrée et qui vous était adressée. Vous remarquerez que, dans le coin de cette enveloppe, il y a quelques mots écrits au crayon priant la personne qui la trouverait de la mettre à la poste. Pensant que cette lettre pouvait avoir de l'importance pour vous, j'ai décidé de la porter moi-même à votre adresse et d'y joindre ce petit mot.

Sincèrement vôtre,

James Thwaites

Posant sur la console le petit mot de l'obligeant James Thwaites, je saisis l'enveloppe. Elle était chiffonnée et tachée de boue. Mon adresse était écrite au crayon, et, dans le coin, il y avait : *La personne qui trouvera cette lettre rendra un grand service en la mettant à la poste.*

Jamais de la vie, je ne fus aussi près d'avoir le souffle coupé, car, croyez-le ou pas, l'écriture était celle de Sammy.

Après avoir bu mon whisky-soda, j'ouvris l'enveloppe. J'y trouvai quatre feuilles de papier qui avaient manifestement été arrachées d'un carnet. Je lus la lettre de Sammy qui était rédigée dans la sténo conventionnelle que nous utilisions toujours, lui et moi.

Cher Micky,

C'est une sale histoire que celle-ci, n'est-ce pas ? En ce moment, je suis dans le pétrin, et il ne semble pas que je doive en sortir. Tout d'abord, un mot d'explication. Je t'ai évité à la cocktail-party parce qu'il y avait là une femme dont j'ai plutôt peur. Elle m'observait tel un chat. Je n'en suis pas tout à fait certain, mais je pense — et ce n'est qu'une intuition — qu'elle est de l'autre bord. Je me suis dit que la meilleure chose à faire était de me noircir convenablement, ce que j'ai fait. Je savais que dans ces circonstances tu n'essaierais même pas de me parler. Je n'avais qu'une idée, c'était de te donner mon adresse afin que nous puissions nous occuper de cette histoire plus tard. Eh bien ! ça n'a pas marché.

Après avoir quitté la cocktail-party — je pense que tu t'y es amusé et voudras probablement retourner chez ces gens, — je suis rentré à mon meublé et je me suis offert un poil du chien qui m'avait mordu. Mais quelqu'un avait trafiqué la bouteille de whisky et transformé en drogue mon excellent Black and White. J'ai tourné de l'œil comme une fillette. Néanmoins, mon vieux crâne semble plus solide que ne le pensaient mes amis, et je suis revenu à moi, très vague et incapable d'y voir avec précision, mais assez bien tout de même pour pouvoir remarquer que deux types étaient en train de fouiller soigneusement ma chambre. Etant parvenu à me lever, j'ai bondi sur mon pétard qui était sur la table de nuit et j'ai lâché deux coups dans l'espoir d'attirer l'attention de quelqu'un de la maison. Personne n'a bougé, et j'ai simplement tourné de nouveau de l'œil avec le concours d'un gnon que m'a donné sur la tête l'un de mes visiteurs. Somme toute, une histoire des plus désagréables.

Soit dit en passant, la raison pour laquelle j'ai choisi Kinnoul Street, c'est que, le jour même où je suis arrivé ici, je suis très vite parvenu à la conclusion que quelqu'un s'intéressait beaucoup à moi, un jeune gars au visage pâle et qui a une prédilection pour le maquillage. Plus tard, j'ai pu découvrir qu'il habitait au 23 Kinnoul Street. J'ai donc pensé que je pouvais tout aussi bien y loger moi aussi. La propriétaire de l'endroit est une femme très gentille qui sera peut-être à même de t'apprendre quelque chose.

Lorsque je revins à moi pour la seconde fois, je me trouvais dans la pièce d'où je suis en train de t'écrire ceci. Il y a une fenêtre dans cette pièce, assez haute et grillagée. J'ai l'impression que je suis à un deuxième ou à un troisième étage. Les bruits de la circulation que je peux vaguement entendre par la fenêtre légèrement entrouverte me paraissent très lointains.

En ce qui concerne la mission (sur laquelle du reste je n'ai été affranchi qu'au cours de ces douze dernières heures) : l'une des sections spéciales d'Himmler est ici pour essayer de contrôler les points de chute des bombes volantes. Les premières n'ont apparemment pas encore dépassé le stade expérimental. Ils espèrent pouvoir diriger leur tir. La bande qui est ici, dans laquelle il y a, je crois, deux ou trois femmes, a la mission importante de vérifier où tombent les bombes et de faire parvenir de l'autre côté les renseignements obtenus. Comment ils se proposent exactement de parvenir à ce résultat, je l'ignore. Mais ce que je te dis est un fait.

Je crois qu'il y avait au moins deux ou trois de ces gens à la cocktail-party, ainsi, au cas où tu ne te rappellerais pas l'adresse, la voici : Mrs. Charles Marinette, 324 Gladstone Court, St-John's Wood. Si nécessaire, tu peux faire vérifier l'identité de tous ceux qui étaient à la soirée et partir de là. La femme dont j'avais peur, et, comme je te l'ai déjà dit, ceci n'est que de l'intuition, est une grande femme blonde, plutôt trop belle. Quand je dis trop belle, je veux dire qu'il y a quelque chose d'assez fabriqué dans son genre particulier de beauté, une sorte de beauté sur mesure, quoi ! J'espère que tu comprendras ce que je veux dire. Par ailleurs, une silhouette des plus intéressantes. Et j'ignore son nom.

Je crains fort que tout ceci ne te serve pas à grand'chose, mais il y a toujours une chance que tu puisses mettre le doigt sur quelque chose qui complète l'un des points que je t'ai indiqués.

Je ne suis pas très content de la situation où je me trouve pour le moment, car je n'ai vu aucun des types qui m'ont amené ici et ainsi je ne peux rien te dire sur eux, sauf que c'est une bande de durs. Tu ferais mieux d'y aller prudemment. Je commence aussi à penser qu'il y avait quelque chose de pas très catholique dans cette taule de Kinnoul Street. Non seulement parce que j'ai vu le gigolo y aller, mais aussi parce qu'il n'aurait pas été facile pour les types qui étaient dans ma chambre d'entrer dans celle-ci s'ils n'avaient pas eu des complicités quelconques dans la place. Quelqu'un dans la maison aurait dû m'entendre tirer mon coup de feu — à moins, bien entendu, que la femme qui est la propriétaire ait été dehors à ce moment-là. Mais je ne vois pas pour quelle raison elle aurait bien pu être dehors à cette heure de la nuit — ou du matin.

Hier, j'ai retrouvé le gigolo dans Kinnoul Street. Il bayait aux corneilles au coin de la rue. J'ai lié conversation avec lui et nous avons finalement atterri dans un pub de Mulbery Street qui s'appelle La Touffe de Plumes. *Nous avons bu quelques verres ensemble. J'ai l'impression que c'est un gars très dangereux.*

C'est grâce à lui en tout cas que je suis allé à la cocktail-party. Il m'a laissé entendre que ça pourrait être amusant et, comme tu le sais, j'ai pour principe de tout essayer au moins une fois.

Ces idiots ne m'ont pas encore fouillé. Peut-être pensent-ils que c'est inutile ! J'ai encore mon carnet et un crayon et, par un coup de veine, une enveloppe. Je t'écris donc cette lettre et je vais risquer ma chance et tâcher de la jeter par la fenêtre de ma prison. Peut-être la recevras-tu. Sinon, eh bien ! et après ?

Enfin, bonne chance, Micky. Si je me tire de ceci, nous boirons un verre ensemble, mais, je ne sais pas pourquoi (ou je le sais trop bien), j'ai des doutes sur mon avenir. J'ai l'impression assez nette que je suis « cuit ».

A toi toujours,

Sammy

P.S. — Je travaille avec une fille très chic. Elle aussi était à la cocktail-party. Elle a tout ce qu'il faut et elle est loin d'être tombée sur la tête. Son nom : Janine Grant. Son adresse : 16 Verity Street. — S.

M'étant versé un autre whisky-soda, je le bus lentement, puis, craquant une allumette, je fis brûler la lettre de Sammy. J'étais grandement obligé à Mr. Thwaites, quel qu'il fût.

J'allumai une cigarette et me mis à arpenter la pièce de long en large.

Depuis le début, cette mission s'était révélée une sacrée histoire. Tout le monde, moi y compris, avait essayé de créer des situations grâce auxquelles il fût possible d'obtenir un indice quelconque à partir de quoi progresser. Personne, du moins personne de notre bord, n'avait encore fait rien de bon. J'avais pisté Janine, perdant du temps avec elle, alors que, si j'avais su qui elle était, je serais peut-être parvenu à l'heure qu'il était à des résultats sérieux.

Pas d'erreur, la vie était vraiment pleine de surprises !

Mais, maintenant, je me représentais assez bien ce qui était arrivé à Sammy, à Janine, à Tantine et à toute la bande. Je reconstituai l'histoire depuis le début, comblant les vides, et il y en avait beaucoup, vous pouvez me croire, avec des hypothèses.

Et je dressai un plan de campagne. Il fallait faire quelque chose et bigrement vite, sinon le Vieux allait avoir une attaque d'apoplexie. La première chose était de contacter Janine et d'apprendre quel avait été exactement le jeu ; comment Sammy — et Sammy était loin d'être un idiot — comptait jouer la partie et à quel moment exactement ladite Janine intervenait dans le tableau. Cela fait, je me proposais de mettre Freeby dans ma confidence et de lui faire connaître tout ce qui s'était passé depuis le début. De la sorte, il pourrait continuer le boulot au cas où Bettina ou ses amis parviendraient finalement à me supprimer.

J'allais du reste me méfier salement de la nommée Bettina. Cette poule était un vrai poison. Elle était très habile, particulièrement bonne actrice, et elle ne reculerait devant rien. Bettina était vraiment une dure de dure.

Et je lui gardais un chien de ma chienne pour Cressy. Je croyais ce qu'elle m'avait dit au sujet de celui-ci. Elle l'avait vraiment tué et *elle connaissait son vrai nom,* et non pas seulement le nom allemand sous lequel il se dissimulait. Où l'avait-elle appris, ce nom ?

Je me mis à penser à Cressy. Ce gars-là avait été l'un de nos meilleurs agents. Un polyglotte magnifique, malin comme un singe et qui avait un culot du diable.

Je me rappelais le soir où Sammy et moi avions eu l'idée concernant Cressy. A ce moment-là, nous étions tous les deux officiers subalternes hautement respectés attachés à une rampe de lancement des fusées dans le Pas-de-Calais, situation que nous nous étions procurée en descendant les deux officiers qui avaient été envoyés là de l'Est, officiers que personne ne connaissait et dont nous avions pris les papiers et les uniformes. Le commandant du Centre, un certain Meyerein, qui était l'une des autorités en matière de V-I, vint inspecter notre base avant de partir pour le Centre expérimental de Peenemunde sur la Baltique. Dès que nous le vîmes, Sammy et moi, nous nous regardâmes. C'était Cressy tout craché. La même taille, le même genre de visage, la même démarche.

Il resta quatre jours. Mais ce délai fut suffisant pour faire venir Cressy, qui fut parachuté dans les parages, et, la nuit où l'infortuné major Meyerein partit, il eut assez de malchance.

Sammy et moi rattrapâmes sa voiture, et, après avoir réglé son compte au major et l'avoir enterré dans le bois le plus proche, nous équipâmes Cressy avec son uniforme, ses papiers, ses documents et tout le sac à malice. Cressy, qui parlait l'allemand et une demi-douzaine d'autres langues comme l'anglais, alla à Peenemunde où il travailla avec un certain succès jusqu'au moment où Bettina le démasqua. Après quoi, pour lui, ce fut : Rideau !

Mais j'avais l'impression qu'avant cela il avait dû faire passer quelques renseignements en Angleterre ; quelque chose qui, si nébuleux que cela pût avoir semblé au menu fretin de l'Intelligence Service, devait signifier quelque chose pour Sammy qui, lui, connaissait les dessous de l'affaire et la mentalité particulièrement brillante de Cressy.

D'autre part, c'était un fait plutôt inquiétant que Bettina connût le nom de Cressy. *Comment ?* A Peenemunde, on ne le connaissait que sous le nom de Meyerein. Il n'avait rien sur lui pour le trahir. Comment savait-elle que c'était Cressy ?

Je soupirai. Peut-être avaient-ils quelqu'un qui travaillait ici longtemps avant l'arrivée de Bettina. Quelqu'un qui était affranchi sur Cressy, juste comme il l'était sur Sammy et sur moi.

J'éteignis ma cigarette. Tout ceci, me dis-je, pouvait attendre jusqu'à demain. J'étais fatigué, et l'idée de dormir était séduisante.

Juste au moment où j'entrais dans ma chambre, le téléphone se mit à sonner.

6

Freeby

Je restai un instant à considérer l'appareil d'un air indécis. Pour une seule soirée, j'avais eu plus que mon compte de coups de téléphone, et le souvenir de celui de Bettina était encore présent à ma mémoire. Je me disais que quelqu'un d'autre allait peut-être essayer une nouvelle plaisanterie. Je saisis le récepteur. C'était Freeby.

— Désolé de vous déranger, dit-il, mais j'ai pensé que vous devriez savoir que Janine n'est pas rentrée chez elle.

— Ah ! oui ? fis-je. Et cela vous déplaît ?

— Pour vous dire toute la vérité, répondit-il, je m'en fiche plutôt. Je n'en sais pas assez long. Mais j'ai pensé que cela vous intéresserait sans doute.

— Pour vous dire la vérité, fis-je, je ne pense pas que nous ayons à nous en faire pour Janine, mais, puisque je vous tiens au bout du fil, nous allons tout aussi bien pouvoir régler une ou deux choses. J'ai besoin de vous parler.

— O.K. ! Mr. Kells.

— Où êtes-vous en ce moment ? demandai-je.

— Dans la cabine téléphonique qui se trouve à une centaine de yards de *La Touffe de Plumes,* le *pub* de Mulbery Street.

— Parfait, Freeby. Dans ce cas, vous allez gagner le bout de la rue et, sur la gauche, pas mal de temps après avoir dépassé *La Touffe de Plumes,* vous trouverez une petite rue qui s'appelle Namur Street. Attendez-moi devant le 27. J'arrive tout de suite.

— Entendu, dit-il, et il raccrocha.

Après avoir allumé une cigarette et bu un petit whisky-soda, je pris mon chapeau et sortis. J'avais fini par penser que, pendant que j'y étais, autant valait ne pas me coucher de la nuit.

Je gagnai rapidement Namur Street. C'était l'aube maintenant, et il faisait assez frais. Je marchais rapidement, me demandant vaguement pourquoi Janine n'était pas rentrée chez elle.

Freeby était debout devant le numéro 27. Il avait au visage la même expression bénigne et plutôt indifférente. Il avait les mains dans les poches, l'air d'avoir froid.

— Nous allons régler cette question, dis-je, et puis nous pourrons peut-être, vous et moi, aller nous reposer un petit peu. Entrez.

Je le précédai à l'intérieur du 27, et il me suivit le long du corridor, puis dans l'escalier conduisant au sous-sol. J'allumai l'électricité.

— Asseyez-vous sur la caisse, lui dis-je.

Il s'assit. Je lui tendis une cigarette.

— Avez-vous jamais rencontré une fille nommée Alison Fredericks ? demandai-je.

— Oui, dit-il, et j'ai assez d'affection pour elle. J'ai travaillé deux fois avec elle. C'est une fille bien.

J'allumai ma propre cigarette.

— Vous voulez dire : *c'était* une fille bien, remarquai-je.

Le visage de Freeby n'eut pas un tressaillement.

— Qu'ont-ils fait ? demanda-t-il. Ils l'ont descendue ?

— Elle est dans la caisse sur laquelle vous êtes assis, Freeby. Mrs. Bettina Vaile est l'un des plus beaux ornements des services d'espionnage du sieur Himmler. Je viens d'avoir ce soir une petite séance avec elle, ici même.

Il haussa les épaules.

— Oui, dit-il, ce sont des choses qui arrivent parfois. Pauvre gosse ! Je suis désolé pour elle.

— Moi aussi. En temps voulu, nous ferons quelque chose à ce sujet. Je vous disais donc que, cette nuit, je me suis laissé avoir comme un collégien. Mrs. Vaile — j'aimerais bien savoir quel est son vrai nom — m'a téléphoné pour me raconter que, moi, j'avais téléphoné à Alison et lui avais demandé de venir ici. Elle se doutait que j'y viendrais moi-même sur-le-champ pour voir de quoi il retournait. Je suis effectivement venu. J'ai trouvé le cadavre d'Alison dans la caisse. Elle a été tuée d'une balle entre les deux yeux. Là-dessus, l'entreprenante Bettina est arrivée et a fait un joli numéro avec, comme accessoire, un Luger.

— Comment se fait-il que vous soyez encore en vie ? demanda Freeby.

— Mrs. Vaile, dis-je, tenait à ce que je reste vivant. Son pistolet était à gaz. J'ai passé un bon moment sur le sol, inconscient.

Il eut l'air surpris.

— C'est plutôt drôle, n'est-ce pas, Mr. Kells ? Ils prennent la peine de supprimer Alison et pas vous. Je me demande bien pourquoi ?

— J'ai réfléchi à cette question, dis-je. Ils sont à la recherche de quelque chose.

— Je comprends, dit Freeby en continuant de fumer tranquillement.

Je me mis à marcher de long en large.

— Ecoutez, dis-je finalement, voici ce que je sais de cette affaire. Sammy Carew, l'un des meilleurs agents du Vieux — peut-être avez-vous entendu parler de lui, — et moi-même avions été placés dans une base d'artillerie allemande du Pas-de-Calais. Nous nous faisions passer pour des officiers subalternes du régiment d'artillerie chargé du lancement des V-I. Pendant que nous étions là-bas, nous avons supprimé un Allemand — le major Meyerein, — nous lui avons pris son uniforme et ses papiers et les avons donnés à un autre de nos hommes — Cressy — que nous avons envoyé à Peenemunde sur la côte de la Baltique, au principal centre expérimental des

V-I. Cressy est resté là-bas un bon bout de temps, jusqu'au moment où quelqu'un, l'ayant démasqué, l'a supprimé. Ce quelqu'un, c'était Mrs. Vaile. Elle-même me l'a raconté cette nuit.

Freeby eut un petit sifflement admiratif.

— Elle est vraiment forte, cette Mrs. Vaile, dit-il, pas vrai ? Elle se fiche éperdument que l'on sache exactement ce qu'elle fait. Elle vous raconte tout sur elle-même et vous épargne ainsi la peine de le découvrir. Elle me fait un peu penser aux agents des services secrets que l'on voit au cinéma. Je me demande où elle veut en venir. En tout cas, elle ne manque pas de culot. Elle est vraiment fortiche, la sœur !

— Oui, elle est sacrément forte. Et elle le sait. Il faut y aller prudemment avec ce numéro-là. L'embêtant, continuai-je, c'est qu'elle connaissait le nom de Cressy.

— Plutôt mauvais, ça, murmura Freeby. Je me demande comment elle l'a su.

— Je l'ignore. Mais le fait qu'elle ait connu son nom m'a donné une idée. Carew et moi avons quitté la base du Pas-de-Calais à des moments différents. Nous sommes partis de France l'un après l'autre. Carew est arrivé ici le premier. Moi, j'ai attendu, caché dans les bois, le signal du départ. Je suis arrivé à mon tour ici. Eh bien ! tandis que nous étions chez les Allemands, nous avions tous les deux des pièces d'identité, et les doubles des photos qui figuraient sur celles-ci se trouvent à l'état-major de la division. Ainsi, lorsque nous sommes partis, ils se sont doutés qu'il y avait quelque chose de pas très catholique. Ils n'ont eu qu'à prendre nos photos dans leur fichier et à les envoyer ici, et, de la sorte, les gens à eux qui sont ici pouvaient savoir qui chercher. Compris ?

— Compris.

— Sammy Carew, continuai-je, était en train d'essayer de pincer l'un des groupes d'espionnage de Himmler, qui opère ici. Ce groupe a pour mission de tâcher de contrôler l'effet des bombes volantes et des fusées qu'ils nous envoient, de recueillir les renseignements concernant leur portée et leur point de chute, de façon à leur permettre de diriger leurs engins au lieu de les lancer à l'aveuglette. Apparemment Carew n'avait aucune base de départ pour son travail, mais il a eu la même idée que moi. Il savait que les autres avaient vu le double de sa photo et que, s'il y avait quelqu'un par ici qui s'intéressât à lui, il allait tôt ou tard l'avoir sur le râble. Il a donc attendu patiemment jusqu'au moment où il s'est rendu compte que quelqu'un le filait, ce quelqu'un étant la petite frappe que j'ai descendue. Vu ?

Freeby fit oui de la tête.

— Carew y a été à fond avec ce gars-là, continuai-je. Il a découvert qu'il habitait Kinnoul Street. C'est pourquoi il est allé lui-même y habiter. Ce faisant, il courait quelques risques, mais il se rapprochait aussi de nos gens. Le lendemain de mon arrivée ici, j'étais censé contacter Carew. Il me dit de venir le retrouver à une cocktail-party. Il allait à cette cocktail-party sur la suggestion de la petite frappe et avait l'impression que celui-ci espérait ainsi pouvoir le montrer à des gens qui seraient à ladite cocktail-party. S'étant rendu compte de cela, Sammy se saoula délibérément un petit peu, de façon que je ne puisse pas lui parler et qu'ainsi je ne me trahisse pas si les autres n'étaient pas encore affranchis sur mon compte. Mais, franchement, je crois que Sammy perdait son temps. Je crois qu'ils savaient aussi qui j'étais. De toute manière, afin de ne pas déparer le tableau, je me noircis un peu moi-même.

— Je vois, dit Freeby. C'est assez simple, n'est-ce pas ?

— Tout à fait simple, dis-je. Je me suis rappelé une femme qui était à cette cocktail-party : cette Janine. Mais j'ai commis une erreur à son sujet. Elle est de notre côté. Elle travaillait avec Sammy. Mais il y avait aussi ce soir-là une autre femme que Sammy n'aimait pas, une femme qu'il décrit comme étant une beauté sur mesure, une blonde. J'ai l'impression de savoir qui cela peut être.

— Je m'excuse de vous interrompre, Mr. Kells, mais comment savez-vous tout ceci ?

— Une voix venue de la tombe me l'a appris, répondis-je avec un léger ricanement. J'ai reçu une lettre de Carew ce soir. Il l'a jetée par une fenêtre avant d'être tué, et quelqu'un me l'a apportée.

Il hocha la tête.

— Ainsi, ils étaient affranchis sur Cressy, et probablement sur Carew et sur vous. Ça ne se présente pas tellement bien, n'est-ce pas ?

Je haussai les épaules.

— Possible, dis-je. On verra.

— Ils sont sans doute également affranchis sur Janine, continua-t-il.

Je secouai la tête.

— Non, Freeby, je ne le crois pas et je vais vous dire pourquoi. Lorsque j'ai rencontré la petite frappe à *La Touffe de Plumes,* on m'y avait envoyé dans ce but : leur idée était qu'il me contactât à un moment quelconque. Eh bien ! le personnage en question a pris la peine de me dire que Carew était parti avec Janine et que tout le monde connaissait celle-ci, suggérant de la sorte que c'était plus ou moins une grue. Eh bien ! il n'aurait pas fait cela s'il avait su que Janine travaillait pour nous, parce qu'il se serait douté que je savais que ce n'en était pas une. Vu ?

— Mais, alors, à quoi bon cette histoire ?

— A quoi bon ? En vue d'avoir un alibi pour la mort de Carew. En vue de suggérer que la dernière personne à avoir vu Carew vivant était Janine. Quand je suis allé la trouver, elle devait tout naturellement corroborer l'histoire, quelle qu'elle fût, qu'ils m'avaient racontée. Ignorant qui j'étais, elle devait se méfier de moi.

— Je ne la blâme pas, ricana-t-il. Une fois qu'elle aura été un peu plus longtemps dans ce métier, elle ne se fiera probablement à personne. Plus il y a longtemps que l'on est dans ce métier, plus on devient prudent. De toute manière, elle ne savait probablement rien de plus et elle ne voulait pas courir de risques.

— Oui, fis-je, je pense qu'ici vous avez raison. J'ai l'impression que ce qui est arrivé la nuit de la cocktail-party doit avoir été quelque chose dans ce genre : Sammy Carew est allé à cette soirée et a emmené Janine avec lui parce qu'il savait que les autres n'étaient pas affranchis sur elle. Lorsqu'il est arrivé là-bas, quelque chose ne lui a pas plu : l'atmosphère, les gens, ou simplement quelqu'un qu'il a trouvé là, sans doute la belle femme. Alors

Sammy s'est mis en devoir de faire de cette cocktail-party une soirée normale, du moins en ce qui le concernait : il s'est noirci. Il savait que je me rendrais compte dès mon arrivée que quelque chose allait de travers en le voyant noir. Le seul contact qu'il ait eu avec moi a été pour me glisser un morceau de papier sur lequel il avait écrit son adresse.

— Je comprends, dit Freeby. Il ne vous avait rien dit au sujet de Janine. Il comptait le faire soit à la cocktail-party, soit ensuite, mais il s'en est abstenu lorsque quelque chose ou quelqu'un l'a un peu effrayé.

— C'est bien ce que je pense, repris-je. Lorsque Sammy m'a vu boire de l'alcool en quantité, il a pris cela comme une indication de ma part pour lui dire que j'avais compris quel était son jeu.

Freeby hocha la tête.

— Et quand la soirée s'est terminée...

— Quand la soirée s'est terminée, dis-je, je pense que Sammy est parti avec Janine. Il l'a raccompagnée à Verity Street jusque chez elle. Les autres les ont filés, bien entendu. Ils se doutaient que Sammy raccompagnerait Janine. Il l'a probablement quittée sur le seuil de sa porte et est rentré chez lui. Les autres qui pensaient bien qu'il aurait soif avaient drogué le whisky ou l'eau de seltz. Sammy a tourné de l'œil, puis, quand il est revenu à moitié à lui, il s'est aperçu que quelque chose de pas catholique se passait dans sa chambre. Il a donc tiré deux coups de feu. Personne n'y a fait attention puisque la seule autre personne qui fût dans la maison était la complice des autres. Là-dessus Sammy a de nouveau tourné de l'œil, et ils l'ont emmené autre part. Lorsqu'il revient à lui pour la seconde fois, il m'écrit une lettre et la jette par la fenêtre, espérant que quelqu'un me la fera parvenir. Ensuite de quoi les autres le suppriment, et voilà. Vu ?

— Vu.

— C'est alors que j'entre en scène, continuai-je. Je vais chez Sammy, et la femme aux yeux bleus que j'ai baptisée Tantine m'aiguille sur *La Touffe de Plumes* parce qu'elle sait que la petite frappe rôde dans les parages. Je pénètre dans le bar et je me renseigne au sujet de Sammy. La petite frappe a alors une idée fameuse. Il sait que, la nuit d'avant, Sammy a raccompagné Janine jusque chez elle, il a donc l'idée ingénieuse de me raconter que Sammy est parti avec celle-ci une heure seulement avant mon arrivée à *La Touffe de Plumes*. Ceci dans le but de m'expédier en vitesse chez Janine — et ce but est atteint. J'apprends alors que Sammy a été tué par une bombe volante.

J'allumai une nouvelle cigarette.

— Il faut que vous vous rendiez compte, repris-je, que le petit ami au visage pâle était loin d'être idiot. Après avoir tué Sammy, ils l'ont transporté au square pour l'enterrer à l'endroit où l'on fait des travaux. Juste au moment où ils vont se mettre au boulot, un V-I arrive et projette l'un des camions sur Sammy. La petite frappe ou l'un de ses copains va trouver le policeman le plus proche et lui dit qu'un homme, que l'on a vu sortir de la maison où habite Janine quelques instants auparavant, vient d'être tué dans le square par une bombe volante. Ceci établit péremptoirement que Sammy était avec Janine immédiatement avant d'être tué. En d'autres termes, cela empêche la mort de Sammy de paraître suspecte, ou, du moins, c'était là ce qu'ils espéraient.

» A notre première entrevue, Janine ne démentit pas cette histoire, parce qu'elle voulait gagner du temps. Qui je pouvais être, elle n'en avait pas la moindre idée et elle était prête à dire n'importe quoi pour se débarrasser de moi. Elle avait besoin de temps pour réfléchir. Il est tout à fait évident qu'elle ne connaît pas le Vieux, ni aucun de ses agents. Elle est quelqu'un que Sammy a dû ramasser en route et elle doit être en ce moment en train de courir de tous les côtés pour essayer de trouver quelqu'un qui soit un ami, un *vrai,* de Sammy. Mais elle a peur d'en dire trop. Elle se contente donc de voir venir et de jouer à l'esbroufe.

Freeby écrasa le bout de sa cigarette sur le dessus de la caisse.

— C'est plausible, dit-il. Tout cela concorde.

— Oui, déclarai-je, il me semble que cela tient debout. Mais, à partir de ce moment, les autres ont un nouveau sujet de tracas : moi. Ils se demandent ce que je veux à Janine. Ils supposent que j'essaie d'apprendre la vérité au sujet de Sammy. Ils mettent donc quelqu'un à mes trousses. Ce quelqu'un, c'est Bettina Vaile, qui me suit jusqu'à Dorking où j'improvise un petit sketch pour lier connaissance. Après quoi, je la ramène à Londres, je l'invite à dîner, enfin je fais tout mon petit numéro dans le but de voir si quelqu'un va se mettre à s'occuper d'elle. Elle a rudement dû s'amuser. Non, ce qu'elle a dû se marrer, Bettina ! Là-dessus, je décide de les faire surveiller, elle et Janine, et, en conséquence, Alison et vous faites votre entrée dans l'histoire. Vous connaissez plus ou moins le reste.

Il fit oui de la tête.

— Il y a une seule chose que je ne comprends pas, dit-il. Si la nommée Vaile l'avait fermée, si elle ne vous avait pas téléphoné ce soir et ne vous avait pas fait venir ici, pour retrouver Alison, vous n'auriez jamais été affranchi sur son compte. Elle aurait pu continuer à vous mener en bateau. Pourquoi ne l'a-t-elle pas fait ?

— C'est là un point intéressant, dis-je. Mais il y a peut-être une raison. Il y en a peut-être même deux. La première pourrait être que Bettina avait besoin d'être débarrassée de moi pendant quelques heures cette nuit, tandis qu'elle manigançait quelque chose. Elle était pressée et a été obligée de m'éliminer comme elle l'a pu. La méthode qu'elle a employée était la seule qui lui permît de s'assurer de moi. En me faisant venir ici et en me mettant knock-out avec ce sacré pistolet à gaz.

— C'est là une explication plausible, dit Freeby. Mais quelle autre raison peut avoir eue Mrs. Vaile ?

— Une seule, répondis-je. Supposez que ces gens aient mené quelque chose à bonne fin. Supposez qu'ils estiment qu'ils vont avoir à agir vivement et à faire ce qu'ils se proposent de faire, quoi que ce soit, en quelques jours. Eh bien !... est-ce que cela ne vaudrait pas la peine de sacrifier quelqu'un afin de retenir notre attention ?

— Je comprends, dit-il, vous voulez dire : sacrifier Mrs. Vaile ?

— Tout juste. Vous savez de quoi ces gens sont capables. Ils sacrifieraient leur propre mère pour accomplir une mission. Maintenant que Mrs. Vaile s'est démasquée et qu'elle m'a laissé voir qui elle était, je vais m'occuper d'elle, n'est-ce pas ? Je vais m'occuper d'elle exclusivement et avec tous les moyens en mon pouvoir. Voilà ce que les autres pensent.

Freeby hocha la tête.

— Oui, dit-il. Et, tandis que vous serez ainsi occupé, quelqu'un d'autre, quelqu'un dont vous ne savez rien, exécutera la besogne sérieuse. Je pense qu'il peut très bien en être ainsi. Ce n'est pas une si mauvaise technique, du reste.

Il alluma une nouvelle cigarette.

— Dommage pour Janine, remarqua-t-il. Je me demande où elle peut bien être.

Je haussai les épaules.

— Quel que soit l'endroit où elle se trouve, elle reparaîtra bien à un moment quelconque, dis-je. Du moins, je l'espère... Dans cette histoire, il ne s'agit pas d'y aller par trente-six chemins, il faut y aller à fond et sans prendre garde à la casse. Ces gens sont à la recherche de quelque chose. En dehors de la mission qu'ils ont à remplir ici et des renseignements qu'ils font passer de l'autre côté — le Vieux pense que, d'une manière quelconque, ils arrivent à ce résultat, — il y a quelque chose qu'ils veulent, quelque chose que, croient-ils, Carew avait. Maintenant, ils se figurent que c'est moi qui ai ce quelque chose. C'est pourquoi Mrs. Vaile ne m'a pas supprimé. C'est pourquoi aussi ils vont continuer à me pister.

Freeby hocha la tête.

— Ça risque de ne pas être très agréable pour vous, dit-il.

— Ce sont les risques du métier, fis-je. Ce qui importe, c'est que nous découvrions qui me piste, car Mrs. Vaile va se tenir à l'écart. La petite frappe est morte. Je suis affranchi sur Tantine. Quelqu'un de nouveau va donc être mis en ligne, quelqu'un que je ne connais pas.

— Compris, déclara Freeby. Il faut que nous trouvions cette personne, et quand nous l'aurons trouvée...

Je lui souris.

— Quand nous aurons trouvé cette personne, nous la ferons parler, Freeby, que ça lui plaise ou non.

Il se leva de la caisse.

— Cela me va, dit-il. En attendant, que puis-je faire ?

— Apprenez tout ce que vous pourrez sur le compte de Mrs. Vaile. Allez chez elle et tâchez de découvrir quelque chose. Vous ne découvrirez probablement rien du tout, du moins, rien qui vaille la peine. Il va falloir aussi que vous vous tuyautiez sur une autre femme qui était chez elle. J'ai vaguement l'impression que c'est celle dont Sammy parle dans sa lettre, la femme qui était à la soirée Marinette. La femme dont il avait peur.

— Comment est-elle ? demanda Freeby.

— Le genre sur mesure, dis-je. Un teint splendide et pas un cheveu qui ne soit à sa place. Très bien habillée, presque trop bien, et une ligne du tonnerre. De très petits pieds, démarche plutôt affectée. Nom : Mrs. Heldon. Je ne sais pas d'où elle vient, j'ignore tout sur elle. Votre seule chance de la retrouver, c'est si le portier est allé lui chercher un taxi et a entendu l'adresse qu'elle donnait au chauffeur. Si elle avait une voiture de location, vous pourrez peut-être retrouver celle-ci.

Freeby jeta un regard vers la caisse.

— La mort d'Alison me fait de la peine, dit-il. Désirez-vous que l'on fasse quelque chose à ce sujet ?

— Oui. Prévenez le Vieux et faites-la enlever d'ici. Autre chose. Il serait peut-être bon que vous n'oubliiez pas que la petite Bettina s'attend certainement à ce que quelqu'un s'occupe d'elle. Votre mission ne va pas être de tout repos. Ils vont probablement avoir l'œil sur vous.

— La même chose vaut pour vous, ricana-t-il. Mais je pense qu'ils aimeraient mieux vous « avoir », vous, que « m'avoir », moi.

Je haussai les épaules.

— Nous finirons tous par y passer un jour ou l'autre, dis-je. Et maintenant, Freeby, je crois que ce que vous avez de mieux à faire, c'est de vous en aller.

— Au revoir, Mr. Kells. A bientôt... j'espère.

Je me dis que je l'espérais aussi.

Il était trois heures d'un bel après-midi lorsque je m'éveillai. Je me levai, me baignai, endossai une robe de chambre, allumai une cigarette et me mis à arpenter mon appartement. Je pensais à Freeby. Je pensais qu'il était fort possible que Freeby y passât, tout comme Alison y était passée. Mais je ne voyais pas ce que je pouvais faire à ce sujet.

Je me mis ensuite à penser à Janine. L'importance, si elle en avait, qu'elle avait dans cette affaire, je n'avais aucun moyen particulier de la connaître. Il se pouvait qu'elle fût très importante comme il se pouvait qu'elle ne le fût pas. Elle pouvait en savoir très long comme elle pouvait ne rien savoir du tout. J'espérais en tout cas que, quel qu'eût été son emploi du temps de la nuit dernière, maintenant elle allait être chez elle et disposée à parler.

Après m'être baladé chez moi pendant un quart d'heure, j'appelai le Vieux. En écoutant la sonnerie, je me demandais quel genre d'accueil, ou plutôt de savon, j'allais recevoir. Mais, une fois n'est pas coutume, je me trompais. Le Vieux fut gentil comme tout. En fait, il me sembla même un peu trop gentil.

— Bonjour, dis-je. Je pense que vous avez déjà vu Freeby ?

— Oui, répondit-il. J'ai eu une conversation avec lui. Nous nous occupons de tout. Il semble que les choses se précisent. Que pensez-vous de la situation, Kells ?

— Je pense qu'elle me plaît juste un tout petit peu plus. Je commence à y voir un peu clair. Mais il y a quelque chose qui m'embête au sujet de Freeby.

— Oui ? demanda-t-il. Quoi ?

— Eh bien ! expliquai-je, je pense que ma belle amie s'attend à ce que je lui colle Freeby ou quelqu'un sur le dos. Elle s'y attend certainement.

— Oui, approuva le Vieux. Je pense que vous avez raison. J'ai un peu compris où elle voulait en venir en entendant ce que m'a raconté Freeby.

— Cette dame s'emploie activement en ce moment à attirer notre attention afin de la détourner d'autre chose. Peut-être s'imagine-t-elle que je vais suivre moi-même le bout de sucre qu'elle nous tend au bout d'un fil. Peut-être aussi pense-t-elle que je vais charger quelqu'un d'autre de la surveiller.

— Que voulez-vous que je fasse ? demanda le Vieux.

— Je voudrais que vous donniez un ange gardien à Freeby. Mais il n'y a pas de raison particulière pour que Freeby soit obligé de le savoir. S'il le savait, cela pourrait le gêner. Mais, quel que soit le gars que vous allez choisir pour cet office, il faut que ce soit un dur de dur.

— Avez-vous jamais rencontré un nommé Ernie Guelvada ? demanda le Vieux après un court silence.

— Non, dis-je, mais j'ai beaucoup entendu parler de lui. Il travaillait avec Kane, n'est-ce pas, à Lisbonne ?

— C'est ça, dit le Vieux. Guelvada est ce que vous appelez un dur de dur et, dans son genre, quelqu'un de particulièrement adroit. Il pourrait vous être utile. De toute façon, je vais le charger de veiller sur Freeby et lui parler de vous. Si vous désirez le contacter, appelez ce numéro.

Et, après m'avoir donné ledit numéro, il raccrocha.

Je me dis que le Vieux était un vrai chou. Ernie Guelvada était juste l'homme qu'il fallait pour cette mission. Guelvada était un sacré dur, il avait un charme spécial — un charme bien à lui — et pas le moindre scrupule. Il avait travaillé pendant des années avec Kane, dénichant et supprimant des agents ennemis à Lisbonne. Quelqu'un de très brillant, Guelvada, et qui éprouvait, pour tout ce qui était allemand, une haine qu'il serait difficile de dépasser. L'origine de ce sentiment aussi violent que tenace était la suivante : un officier de Panzer avait torturé son amie au début de la guerre. La jeune femme était morte, et, depuis lors, Ernie n'avait plus qu'une seule idée : tuer des Allemands. En fait, il aimait les tuer et éprouvait une grande joie à le faire.

Je fumai une autre cigarette et m'offris un tout petit whisky. Puis, après m'être habillé, j'ouvris ma malle-armoire et inventoriai ma collection de cartes d'identité, de passeports, tout le bric-à-brac que j'ai rassemblé. Je trouvai ce que je cherchais : un mandat de perquisition de Scotland Yard, en blanc. J'inscrivis le nom du détective inspecteur Summers, appelai Guelvada, lui demandai de venir me voir à quatre heures et demie, mis mon chapeau et sortis.

Je me dirigeai lentement vers Mulbery Street. D'une manière ou d'une autre, j'étais plutôt content de l'aspect qu'avaient pris les choses. J'avais l'impression que quelque chose allait se passer, quelque chose qui m'indiquerait une piste définie. Après tout, il fallait bien que Janine sût quelque chose. Elle ne pouvait avoir travaillé, même si peu que ce fût, avec Sammy, sans rien apprendre et, dès qu'elle saurait qui j'étais et ce que j'étais, elle parlerait.

Soit dit en passant, cela me faisait plutôt plaisir de la revoir. Janine, pensais-je, était une personne plutôt excitante, et j'étais plus que satisfait qu'elle fût de notre côté.

L'après-midi était splendide, et, comme je passais devant *La Touffe de Plumes,* je m'aperçus que j'avais le cœur presque léger. Sans m'arrêter, je jetai un coup d'œil dans le petit passage qui menait au bar et je me dis que la vie était plutôt cocasse, me demandant ce que les gens qui étaient dans le bar la nuit où j'avais rencontré la petite frappe penseraient s'ils apprenaient ce qui s'était passé dans leur quartier aussi calme que salubre.

Lorsque je fus arrivé au 16 Verity Street, je sonnai chez la propriétaire et j'attendis. Deux ou trois minutes plus tard, la porte fut ouverte par une femme d'une cinquantaine d'années, boulotte, les cheveux gris et l'air très convenable, qui me regardait avec curiosité.

— Bonjour, dis-je, vous êtes mistress ?

— Mrs. Adams. Que puis-je faire pour vous ? Je le regrette, mais tous mes appartements sont loués.

— Je ne suis pas en quête d'un logement, Mrs. Adams. Je suis l'inspecteur Summers, de Scotland Yard, dis-je en lui montrant mon mandat. Je crois qu'une dame nommée Janine habite dans cette maison.

Elle me regarda d'un œil étonné.

— Oui, dit-elle. C'est juste. Vous voulez la voir ?

— S'il vous plaît. Elle est chez elle, je suppose ?

— Je l'ignore. Deux messieurs de la Défense passive sont venus la voir ce matin vers dix heures. Je ne sais pas si elle est sortie depuis lors.

— Dites-moi, Mrs. Adams, quand ces messieurs sont venus, ont-ils sonné chez elle ou chez vous ?

— Ils ont sonné chez moi.

— Très bien, fis-je. Mais peut-être vous ont-ils dit qu'ils avaient d'abord sonné chez elle sans recevoir de réponse ?

— Non, répondit-elle, ils n'ont rien dit de ce genre. Ils ont seulement dit qu'ils désiraient la voir.

Elle avait l'air vaguement mal à l'aise.

Je lui souris.

— Ne vous tracassez pas, Mrs. Adams. Ce n'est rien de très important. Que leur avez-vous dit de faire ? Les avez-vous accompagnés au premier ?

— Non, déclara-t-elle. J'étais occupée. Je leur ai dit de monter et de frapper à la porte de son salon.

— Parfait, Mrs. Adams. Aviez-vous jamais vu ces messieurs de la Défense passive auparavant ?

— Non, répondit-elle. Jamais. J'ai pensé que c'étaient sans doute deux nouveaux. Je connais la plupart de ces messieurs.

Je hochai la tête.

— Je pense que c'étaient effectivement deux nouveaux, dis-je. Voyez-vous un inconvénient à ce que je monte parler à Miss Janine ?

— Certainement pas. C'est au premier. Vous frapperez à la porte à gauche sur le palier.

Je montai l'escalier et frappai à la porte du salon, mais sans obtenir de réponse. Lorsque j'essayai d'ouvrir la porte, je découvris qu'elle était fermée à clef. Il me fallut deux ou trois minutes de travail silencieux pour l'ouvrir. Ceci fait, je pénétrai dans la pièce.

On eût dit que ce salon avait été le lieu de la bataille d'Hastings. Les meubles étaient sens dessus dessous, les tiroirs gisaient sur le sol. Il n'y avait pas un coin qui fût en ordre. Même les housses de coussins avaient été éventrées. Je soupirai. Il semblait que les deux messieurs de la Défense passive s'en fussent donné à cœur joie. Debout dans un coin de la pièce, je contemplai ce chaos.

Puis, traversant silencieusement le palier, j'allai taper plus discrètement encore à la porte de la chambre. Il n'y eut pas de réponse, et cette porte était, elle aussi, fermée à clef. Je réussis à l'ouvrir et entrai. Le spectacle était sensiblement le même. Les draps, les couvertures avaient été jetées par terre, et quelques plutôt jolies robes du soir gisaient lamentablement sur le sommier.

J'allumai une cigarette et contemplai la chambre. Janine avait évidemment su arranger les choses avec goût. Je me dis qu'elle serait plutôt ennuyée si elle pouvait voir maintenant l'état de son appartement. J'avais l'impression qu'elle n'était pas rentrée du tout la nuit dernière. Il était manifeste que les types avaient fouillé les deux pièces, qu'ils les avaient même fouillées de fond en comble et, après avoir pris les clefs à l'intérieur des portes, avaient fermé celles-ci de l'extérieur et emporté les clefs. Je me dis qu'il était plus que possible que Janine ait eu beaucoup de veine de ne pas se trouver là. Je me promenai dans la pièce, regardant dans tous les coins possibles. Je ne savais pas ce que je cherchais, mais j'espérais pouvoir trouver quelque chose. Je ne trouvai rien.

Retournant dans le salon, je me livrai aux mêmes investigations. Il y avait un secrétaire dans un coin. Je m'en approchai. Sur la tablette de ce secrétaire, il y avait un sous-main. Je l'ouvris et j'en examinai le contenu. Il n'y avait pas grand'chose d'intéressant, à part une carte postale non utilisée. Cette carte postale illustrée était de celles que l'on achète par série et celle-ci faisait apparemment partie d'une série représentant des maisons de campagne pittoresques. C'était une photographie de *l'Old Moor Lodge* à Chippingfield.

Je la remis dans le sous-main et continuai à errer dans la pièce, essayant de trouver quelque chose d'anormal, quelque chose que quelqu'un eût oublié ou laissé tomber. Il n'y avait rien de ce genre, mais, au moment où je me dirigeai vers la porte, je vis un indicateur de chemin de fer A.B.C. tout neuf sur la cheminée. Je le saisis et le tins entre deux doigts et le pouce de chaque main, par chaque extrémité de sa couverture. Je le tins ainsi au-dessus de ma tête. La brochure s'ouvrit. Je mis le doigt à l'endroit où elle s'était ouverte et replaçai l'indicateur sur la cheminée. Il s'était ouvert à la page qui donnait les heures des trains pour Chippingfield parce que c'était la seule page à laquelle l'indicateur eût été ouvert. Le refermant, je le remis dans sa position primitive. Je jetai un dernier coup d'œil sur les deux pièces, en refermai les portes avec le passe-partout de mon trousseau de clefs et descendis au rez-de-chaussée.

Allant jusqu'au haut de l'escalier qui conduisait au sous-sol, j'appelai Mrs. Adams.

— Oh ! Mrs. Adams, lui dis-je quand elle parut, Miss Janine n'est pas chez elle. Je pense qu'il peut se passer quelque temps avant qu'elle revienne. Les portes de ses deux pièces sont fermées. Le mieux pour vous, c'est de ne toucher à rien jusqu'à mon retour.

— Oh ! fit-elle. Mais... vous pensez qu'elle reviendra ?

— Oh ! oui, elle reviendra, soyez-en sûre. Le loyer est-il payé ?

— Jusqu'à la fin de la semaine seulement.

Je lui demandai à combien se montait le loyer. Elle me le dit. Prenant mon portefeuille, je lui tendis quelques billets.

— Voici le loyer jusqu'à la fin du mois, Mrs. Adams. Miss Janine sera de retour d'ici là, je l'espère.

Je rentrai à pied chez moi, lentement. Pour le moment, je ne voyais qu'une seule chose à faire. De toute façon, j'avais toujours aimé la campagne.

« Bon Dieu ! commençai-je à me demander, qu'est-ce que fabrique Janine ? » Mais je me fichai de moi-même : ce qu'elle fabriquait, je le savais. Et j'espérais qu'*elle aussi* le savait !

7

The Great Ravallo

Ernie Guelvada arriva à quatre heures et demie. C'était un personnage tiré à quatre épingles, aux pieds minuscules et au magnétisme personnel assez grand pour être gênant. Il était plutôt petit et, à première vue, semblait un peu gros. Gros, il semblait seulement l'être ; en fait, il était tout ce que l'on voulait, sauf cela. Guelvada était presque tout en muscles. Il posait ses pieds sur le sol avec la précision bizarre que l'on associe en général aux membres de la famille des félins. Il avait un visage rond, sympathique, d'apparence cordiale. Sa bouche était mobile et bien dessinée. Ses yeux étaient d'un bleu acier particulier. Des yeux de tueur.

Un dur de dur, Guelvada.

Il parlait un anglais bizarre avec une trace presque imperceptible d'accent belge. C'était un grand amateur de films de gangsters américains et il entrelardait ses phrases les plus pédantes d'expressions d'argot américain qui donnaient à sa conversation un caractère étrangement incongru. Le mot *hey,* utilisé comme une sorte de point final, revenait dans ses discours toutes les fois que l'entreprenant Ernie y pensait.

Lorsque je lui eus versé un verre, il s'appuya contre la console de mon salon et considéra avec satisfaction les plis parfaits de son pantalon.

— Je dois vous dire, Mr. Kells, déclara-t-il, que je suis ravi de travailler avec vous — rudement ravi, vraiment. J'ai beaucoup entendu parler de vous. Je crois que vous n'aimez pas qu'on vous marche sur les pieds, hey ?

— Vous n'aimez pas les gens qui se laissent marcher sur les pieds, Guelvada ? demandai-je.

— Par les Allemands, fichtre non.

Lorsqu'il prononça le mot « Allemands », ses mains se contractèrent de façon assez singulière. Il me donna l'impression de quelqu'un qui avait envie de mettre ses doigts autour de la gorge de quelqu'un, il me donna l'impression d'être une dynamo chargée d'une quantité considérable de bile concentrée.

— Personnellement, dit-il, je ne me suis jamais laissé marcher sur les pieds par ces salauds d'Allemands, hey ?

— J'ai entendu dire cela, fis-je sèchement. Eh bien ! peut-être allez-vous avoir l'occasion de vous amuser un peu.

— Rien ne saurait m'être plus agréable, remarqua-t-il.

— Pourtant, lui conseillai-je, je vous demande de ne pas aller plus vite que la musique. Ne permettez pas au penchant naturel que vous avez de traiter les Allemands de la façon la plus déplaisante possible de vous obscurcir la vision.

— Je vous assure que je suis extrêmement adroit ! dit-il. Qu'est-ce que je vais faire ?

— En ce qui vous concerne, la situation est parfaitement simple. Vous connaissez Freeby ?

Il fit oui de la tête.

— J'ai demandé à Freeby de filer une femme nommée Mrs. Bettina Vaile, dis-je. Mrs. Bettina Vaile est allemande. Elle fait partie de l'un des services d'espionnage d'Himmler. C'est une dame qui s'est collée délibérément sous mon nez dans le but de s'attirer le maximum d'attention de ma part.

Guelvada fit de nouveau oui de la tête.

— C'est un vieux truc, dit-il. On amuse le client pendant que quelqu'un lui fait ses poches. Quelqu'un que vous ne connaissez pas, dans le cas présent.

— C'est ce dont j'ai l'impression, dis-je. J'ai confié la dame à Freeby. Elle va probablement s'en apercevoir. Il se peut qu'elle essaie de se débarrasser de Freeby ou que quelqu'un d'autre tente de le supprimer. Votre mission est de jeter un coup d'œil sur lui et sur la situation en général.

Je fis à Guelvada un exposé de ce qui était arrivé jusqu'alors.

— Je comprends parfaitement.

Prenant un bout de papier, j'écrivis dessus l'adresse de Bettina Vaile et quelques renseignements que je jugeais bon qu'il connût.

— Apprenez cela par cœur, dis-je en lui donnant le papier, et, ensuite, détruisez-le. Restez en communication avec moi, ici. Je pense qu'il ne serait pas mauvais que vous me téléphoniez deux fois par jour. La première fois à midi, la seconde à neuf heures du soir. Même si je ne suis pas ici, je pourrai vous atteindre grâce aux messages que vous laisseriez au portier.

— Cele me semble un programme excellent, dit Guelvada.

— Sous peu, déclarai-je, il va certainement se passer quelque chose. C'est évident. Mrs. Vaile ne s'est pas donné la peine d'abattre ses cartes simplement pour m'apprendre qui elle était. Elle sait que je vais m'occuper d'elle à fond. Elle y est préparée. La chose à retenir, néanmoins, c'est qu'elle ne se serait pas démasquée ainsi si elle n'avait pas estimé que le travail, quel qu'il soit, qu'elle a en train est tout près d'aboutir. Elle risque sa chance contre le temps et contre nous.

— Je crois que vous avez entièrement raison. Elle est un peu pressée et elle croit pouvoir s'en tirer, elle ou quelqu'un d'autre. De toute façon, sans doute est-elle l'une de ces fanatiques salopes qui préfèrent mourir pour le Führer. Elle se doute que vous l'aurez, mais elle espère que, tandis que vous serez occupé à la descendre, quelqu'un d'autre réussira la grosse affaire.

Je lui versai un autre verre.

— Bonne chance, Guelvada. Servez-vous d'un revolver, d'un couteau, ou de ce que vous voudrez, si vous y êtes forcé, mais ne vous en servez pas simplement pour le plaisir.

— Entendu, Mr. Kells. Merci beaucoup. Je vous promets que je ne serai méchant que si je ne peux pas faire autrement. Au revoir.

Il considéra négligemment le bout de papier, prit dans sa poche un petit briquet en or, mit le feu au coin du feuillet et, après l'avoir regardé brûler, il déposa soigneusement les cendres dans ma corbeille à papier. Puis, saisissant son chapeau, il joignit les talons, s'inclina presque imperceptiblement et s'en alla. Pendant la plus grande partie du temps où il avait été dans la pièce, je m'étais senti vaguement mal à l'aise. Guelvada produisait cette sorte d'effet sur les gens. Mais il me plaisait néanmoins. Pour cette mission, c'était l'homme qu'il fallait.

Pensant à lui, je me dis que j'aimais mieux être de *son* côté.

Il était six heures et demie d'une très belle fin d'après-midi d'été lorsque j'arrivai à Chippingfield. Après avoir garé ma voiture, je jetai un coup d'œil sur le petit village : il consistait principalement en une rue unique bordée par des petits groupes de maisons. Au bout d'un instant, j'allumai une cigarette et, m'étant engagé dans la grand'rue, j'arrivai au petit hôtel de l'endroit. Après avoir commandé un whisky-soda, je demandai l'annuaire téléphonique local.

Je m'assis dans le petit bar, l'annuaire sur les genoux et le verre à la main, me demandant si j'allais avoir de la veine.

Ouvrant le bouquin à la lettre « C », je parcourus la page avec le doigt. Lorsque j'eus trouvé ce que je cherchais, je bus mon whisky-soda. Il n'y avait qu'un seul Carew à Chippingfield : une Miss Eleanor Carew. Et elle habitait à *Old Moor Lodge*. Je poussai un soupir de soulagement. Après avoir posé le verre sur le bar, je sortis de l'hôtel et m'engageai dans la rue.

Le policeman du village qui se tenait non loin de là m'apprit où se trouvait *Old Moor Lodge*. Tout en m'y rendant, je me demandais quel genre d'accueil j'allais recevoir. Je me demandais si, même maintenant, à supposer que j'eusse deviné juste, j'allais faire recette. Je finis par conclure que je le saurais bientôt.

Old Moor Lodge était une délicieuse vieille maison située au milieu d'un joli jardin. Il régnait dans cet endroit une atmosphère calme et un peu démodée qui me plut beaucoup. Je m'imaginais aisément Sammy dans ce décor et me demandai quand il était venu là pour la dernière fois.

Je poussai la grille, montai l'allée carrossable envahie par les mauvaises herbes, sonnai à la porte de la maison. C'était l'une de ces vieilles cloches qui continuent à sonner longtemps après que l'on a tiré le cordon. Au bout d'un moment, la porte fut ouverte par une très charmante vieille dame vêtue d'une robe d'alpaga gris, un fichu de dentelles sur les épaules. Elle me regardait avec des yeux clignotants derrière ses lunettes à monture d'écaille.

— Vous êtes bien Miss Carew ? demandai-je.

— Oui, dit-elle.

Elle souriait, et l'on eût presque dit qu'elle m'attendait.

— Pardonnez-moi de poser des questions. Dans un instant, je vous dirai pourquoi je le fais. Je présume que vous êtes la tante de Sammy Carew ?

— Oui, je suis la tante de Sammy.

Elle ne parut pas surprise de ma question, et cela ne me plut pas.

— Pourrais-je entrer un instant pour vous parler ?

— Je vous en prie, répondit-elle.

Elle tint la porte ouverte, et je pénétrai dans le vestibule sombre et frais.

Elle ferma la porte derrière moi et, me précédant, me conduisit dans un salon joliment meublé.

— Asseyez-vous donc, dit-elle. Vous trouverez des cigarettes dans la boîte qui est sur la table.

Je pris une cigarette et m'assis. Miss Carew s'installa dans un grand fauteuil en face de moi.

— Eh bien ! demanda-t-elle très tranquillement, que puis-je faire pour vous ?

— La chose est un peu compliquée, Miss Carew... Je m'appelle Kells, Michael Kells. Je suis un très vieil ami de Sammy. Je suppose que vous n'avez aucune idée de ce qu'il faisait ces dernières années ?

— Mais si, dit-elle avec un sourire. Je sais parfaitement bien que Sammy est dans l'armée, dans l'artillerie. Il est officier.

— Ah ! bien, fis-je, mais je pensais : « Ah ! c'est comme ça ! » La question, continuai-je, c'est que Sammy a eu un accident il n'y a pas très longtemps. Je suis en train d'essayer de découvrir une ou deux choses à ce sujet. C'est une histoire assez étrange et assez embrouillée, Miss Carew. Et je ne veux pas vous ennuyer en vous la racontant.

— Merci beaucoup, dit-elle. Mais, Mr. Kells, que désirez-vous exactement ?

Je me dis qu'il était inutile de tourner plus longtemps autour du pot. Il était tout à fait évident pour moi que la tante de Sammy avait beaucoup de sang-froid et qu'elle était très intelligente. Ce n'était pas une vieille dame que l'on pût promener en barque.

Et il y avait à parier tout le thé de la Chine contre un œuf pas frais qu'elle était au courant de tout ce qui concernait Sammy. Elle savait ce qu'il faisait. Elle ne pouvait que le savoir. Sammy m'avait dit qu'entre deux voyages il passait toujours quelques jours chez elle. Et, de toute manière, elle devait se douter qu'en temps de guerre les officiers d'artillerie ne s'occupent pas de quoi s'occupait Sammy.

Une fois, il m'avait demandé de venir la voir avec lui. Je regrettai bien de ne pas l'avoir fait. Elle eût fait ma connaissance. Pour le moment, j'avais l'impression très nette de ne pas lui plaire du tout. Et je ne l'en blâmais pas. A sa place, mes sentiments eussent été les mêmes.

— Je désire savoir, dis-je d'un ton bref, si une jeune femme très jolie et qui prétend s'appeler Janine est venue vous voir.

— Mr. Kells, demanda-t-elle, pourquoi cette Miss Janine serait-elle venue me voir ?

— Je vais vous le dire. Sammy et elle travaillaient ensemble. Une petite mission que Sammy exécutait en plus de son travail d'officier d'artillerie. J'ai l'impression que Sammy a disparu temporairement et que cette jeune femme pourrait avoir envie de savoir où le trouver, le cas échéant, ou, à défaut, comment entrer en rapport avec les gens pour qui il travaille. Il m'est venu à l'idée, Miss Carew, qu'elle avait pu entendre parler de vous par Sammy et qu'elle pouvait être venue vous voir pour vous demander si vous saviez qui étaient les employeurs de Sammy, afin qu'elle-même pût entrer en contact avec eux.

Elle me sourit. C'était un sourire bienveillant.

— Mais, Mr. Kells, dit-elle, je ne comprends pas. Je ne comprends pas ce que vous entendez par les employeurs de Sammy. Je vous l'ai dit : Sammy est officier.

« Ça ne sert à rien de tourner autour du pot, pensai-je. Mieux vaut y aller carrément. »

— Miss Carew, dis-je, Sammy est officier, mais, depuis trois ans et demi, il exécutait avec moi ce que l'on appelle en général des « missions spéciales ». Eh bien !... il a disparu il y a quelques jours, et cela ne me plaît pas. En fait, continuai-je en baissant un peu la voix, je ne serais pas étonné qu'il fût mort. Je ne sais pas grand'chose sur cette jeune femme qui s'appelle Janine, mais, ce que je sais, c'est qu'elle était une amie de Sammy. J'ai perdu contact avec elle. Il faut que je la retrouve. Je me suis dit qu'il était possible qu'elle fût venue ici. Est-ce le cas ?

— Mr. Kells, dit Miss Carew, vous vous rendez compte que je ne sais rien de vous. Vous vous rendez compte également qu'il n'y a pas de raison particulière pour que je me fie à vous. Je crains, du reste, que vous ne soyez la victime d'une méprise.

Je haussai les sourcils, me demandant ce qui allait venir maintenant.

— Lorsque vous pensez que Sammy est mort, continua-t-elle, vous faites tout à fait erreur. Je sais qu'il ne l'est pas. Il m'a téléphoné pas plus tard qu'hier.

— Miss Carew, demandai-je, êtes-vous sûre que c'était Sammy ?

— Mr. Kells, si vous connaissiez le moins du monde mon neveu, vous sauriez qu'il a une voix très caractéristique. Pensez-vous, du reste, que je sois incapable de reconnaître la voix de mon neveu ? Quant à cette Miss Janine dont vous parlez, je ne sais vraiment rien d'elle.

Me rendant compte que j'étais chocolat, je me levai, éteignis ma cigarette en en écrasant le bout dans le cendrier. Miss Carew mentait visiblement, et je pouvais deviner pourquoi, mais cela ne servirait à rien d'insister.

— Eh bien ! Miss Carew, je vais vous laisser. Je regrette que vous ne puissiez pas m'aider.

— Je le regrette aussi. Au revoir, Mr. Kells.

Elle me précéda dans le vestibule et ouvrit la porte.

— Au revoir, Mr. Kells, me répéta-t-elle au moment où je sortais avec un rien de sarcasme dans la voix, je suis désolée que vous vous soyez donné tant de mal pour rien.

Elle ferma la porte.

En descendant l'allée carrossable, j'exprimai ma pensée avec de très vilains mots. Quelqu'un avait travaillé la tante de Sammy et lui avait raconté une sacrément bonne histoire. Celui, quel qu'il fût, qui lui avait téléphoné et s'était livré à une imitation de Sammy tellement réussie m'avait proprement annoncé. On avait deviné que je viendrais. On se doutait que je voudrais me renseigner au sujet de Janine et l'on m'avait devancé.

Je rentrai à l'hôtel et bus un autre whisky-soda. La situation n'était pas tellement brillante.

A l'heure qu'il était, les autres étaient manifestement affranchis sur Janine. Et cette idée ne me plaisait pas du tout.

Je restai au bar de l'hôtel jusqu'à ce qu'il fût près de sept heures et demie, buvant du whisky, fumant des cigarettes et ne me sentant pas particulièrement jovial. La situation ne se présentait pas tellement bien, mais aussi il arrive assez rarement que les situations se présentent vraiment bien dans mon métier.

Je conclus qu'il ne servait à rien de rester là à me tourner les pouces. M'approchant du comptoir, j'eus une petite conversation avec le patron. J'appris ainsi que la ville la plus proche s'appelait Walling — un petit patelin situé à cinq ou six milles à l'écart de la grand'route. Retournant à ma voiture, je la mis en marche et m'engageai sur la route de Walling. Je pensais à Janine.

Il me semblait assez évident que celui, quel qu'il fût, qui avait téléphoné la veille à la tante de Sammy devait l'avoir fait de Walling. C'était l'endroit logique. Chippingfield me semblait résolument hors de question. Il y avait bien entendu environ un millier d'autres endroits d'où l'appel avait pu provenir, et, même si celui-ci émanait de Walling, je ne voyais pas très bien ce que je pouvais y faire. Mais il y avait tout de même une toute petite chance que je pusse découvrir quelque chose à Walling. En tout cas, je ne voyais pas ce que l'on pouvait faire d'autre pour le moment. Je m'imaginais assez bien également ce qui allait arriver à cette dame si quelqu'un n'agissait pas et plutôt vite. Un de ces quatre matins, nous trouverions la petite Janine, un sourire béat aux lèvres et la gorge proprement tranchée. A moins que quelqu'un se dépêchât de faire quelque chose. Mais quoi ? Et comment ?

En arrivant à Walling, je laissai ma voiture dans un garage et jetai un coup d'œil sur les lieux. C'était une jolie petite ville à peu près de l'importance de Dorking, avec une grand'rue bordée de vieilles maisons et de non moins vieilles boutiques, où donnaient des rues plus petites. L'endroit avait vraiment du caractère.

Je me rendis au principal hôtel — une auberge à l'ancienne manière située au milieu de la grand'rue — parce que c'était manifestement l'endroit où aller. Le bar, une salle lambrissée de chêne, remplie de fumée et bourdonnante d'animation, était pleine du genre de gens qui se rassemblent en un tel endroit un jour de marché. Après m'être fait servir un verre, j'allai m'asseoir près de la fenêtre. Il me semblait que j'avais autant de chance de découvrir quelque chose à Walling que j'en avais de m'envoler tout droit au ciel. En fait, je m'étais rarement senti aussi déprimé.

De l'autre côté de la rue, en face de la fenêtre par laquelle je regardais, il y avait un espace vide, et je pouvais apercevoir les collines dans le lointain. La soirée était belle et, derrière ces collines, le ciel était magnifique. Je me découvris en train de me demander ce qui me permettait de considérer que j'avais le droit de m'abandonner à des pensées poétiques.

Et c'est alors que cela se produisit.

Sortant du débit de tabac qui était de l'autre côté de la rue, apparut Tantine. Tantine avec sa silhouette coquette, ses yeux d'un bleu étincelant, sa démarche décidée. Tantine qui avait été la propriétaire de Sammy à Kinnoul Street, Tantine qui m'avait aveuglé avec du poivre !

J'avalai mon verre d'un trait et me glissai rapidement hors de l'hôtel. Tantine marchait sur l'autre trottoir. Je la suivis, prenant bien garde de rester derrière les autres promeneurs. Je savais que si Tantine m'apercevait seulement tout serait raté.

Elle ne tourna même pas la tête. Sa promenade avait nettement un but défini. Tantine allait *quelque part*. Traversant la chaussée, je hâtai le pas pour me rapprocher d'elle. Il y avait heureusement beaucoup de monde dans la grand'rue, et, comme je l'ai dit, elle ne tourna pas une seule fois la tête. Nous arrivâmes à un endroit où la grand'rue se rétrécissait et où la foule était un peu plus dense. C'est alors que je perdis Tantine. Un instant avant je la voyais, et, l'instant d'après, elle avait disparu. Elle semblait s'être volatilisée. Lorsque j'arrivai à l'endroit où je l'avais aperçue pour la dernière fois, je trouvai une allée étroite. Je m'y engageai. Une autre petite allée terminait perpendiculairement la première, et Tantine pouvait avoir tourné à gauche ou à droite. Mais il n'y avait nulle part trace d'elle.

Je revins à la grand'rue, allumai une cigarette et jurai. Il était évident que Tantine avait dû entrer quelque part, mais où cela ? Je n'en avais pas la moindre idée. Je continuai ma marche. A une vingtaine de pas environ après l'allée, je regardai distraitement les affiches. Il me vint à l'idée qu'il y avait une toute petite chance que Tantine fût entrée dans ce cinéma, encore que je ne visse pas très bien comment, occupée comme elle l'était par d'autres questions, le cinéma pouvait l'intéresser.

Je pris un billet et entrai. La salle était petite et sentait un peu le moisi. La projection n'était pas très bonne, et le film était ancien. Lorsque mes yeux se furent habitués à la pénombre, je jetai un regard autour de moi, essayant de découvrir Tantine. Mais il n'y avait pas la moindre trace de cette charmante personne.

Le film se termina. Les lumières se rallumèrent, et j'étais sur le point de me lever pour partir quand l'écran fut levé et les rideaux qui étaient derrière s'ouvrirent en même temps que les lumières de la salle s'éteignaient. Une dame parut sur la scène avec des tourterelles dressées à qui elle se mit à faire exécuter des tours. La séance comportait aussi une ou deux attractions. Je restai à regarder la dresseuse de tourterelles. Elle était assez forte. Elle faisait faire toutes sortes de tours très amusants à ses oiseaux, et ceux-ci semblaient y prendre du plaisir. Quand son numéro fut terminé, le rideau se baissa et le public applaudit parcimonieusement. Je me levai de mon fauteuil et commençai à me diriger vers la sortie. J'avais presque atteint celle-ci quand j'entendis une voix venue de la scène qui disait : « Mesdames et messieurs, je vais maintenant avoir l'honneur d'imiter pour vous le roucoulement des tourterelles que vous venez d'applaudir au cours du beau numéro de Mlle Leclercq. »

Je me tournai. Le rideau s'était de nouveau levé, et sur la scène il y avait un homme qui était en train de faire une imitation du roucoulement des tourterelles. Il était excellent.

Tout près de moi, se tenait une ouvreuse.

— Qui est-ce ? lui demandai-je.

— C'est « The Great Ravallo », me répondit-elle. Notre grande attraction de la semaine. Je suis sûre qu'il pourrait se montrer dans des établissements beaucoup plus importants que celui-ci. Je suis sûre même qu'il pourrait trouver des engagements dans les grandes villes.

— Possible, fis-je.

Ravallo continuait son numéro. Il imita toutes sortes de bruits. Il imita un homme qui n'avait pas de voile à son palais. L'assistance, que le numéro précédent avait plutôt ennuyée, applaudit bruyamment.

Je pris une cigarette dans mon étui, l'allumai et restai appuyé contre le mur à regarder Ravallo.

— Je le trouve très bon, dis-je à l'ouvreuse. Quand repasse-t-il ?

— Vers dix heures et quart, au cours de la dernière séance. Nous terminons avec lui.

Après avoir bavardé quelques instants avec la jeune femme, je sortis du cinéma et, reprenant la grand'rue, je revins à l'allée où j'avais perdu Tantine. Je la parcourus et, arrivé à son extrémité, tournai à gauche. Douze ou quinze pas plus loin, je trouvai ce que je cherchais : l'entrée des artistes du cinéma. Je revins à l'auberge et me fis servir un autre whisky-soda.

Je me sentais beaucoup mieux. En rapportant mon verre au comptoir, je demandai à la barmaid où était le téléphone. Elle me le dit et, y allant, je demandai le numéro de mon appartement à Londres et parlai au portier.

— Mr. Guelvada, lui dis-je, Mr. Ernie Guelvada me téléphonera ce soir à neuf heures. Je désire que vous lui transmettiez un message. Prenez donc votre bloc et notez.

J'attendis qu'il fût revenu avec le bloc.

— Dites à Mr. Guelvada, repris-je, de se procurer une voiture et de venir à Walling dans le Berkshire. Il me trouvera au *Bar de la Couronne,* dans la grand'rue. Dites-lui que je compte sur lui pour neuf heures quarante-cinq et qu'en conséquence il faudra qu'il se dépêche.

Après lui avoir fait répéter le message, je raccrochai et, retournant au bar, m'offris un autre verre. J'avais l'impression que j'allais en avoir besoin.

Lorsque j'eus fini mon verre, je sortis dans la grand'rue et, marchant sur le trottoir en face de celui du cinéma, je me dirigeai vers cet établissement. Quand je fus à hauteur de l'allée, je traversai rapidement et gagnai non moins rapidement l'allée qui lui était perpendiculaire.

Cette fois-ci, je pris à droite. Cette petite allée se dirigeait capricieusement vers l'ouest de la ville et devenait assez vite plus large. Cinq minutes de marche me menèrent au bord d'un terrain de golf. Le longeant, j'arrivai à une petite route de campagne bordée de loin en loin par des cottages et des bungalows ou par des champs. Encore cinq minutes et j'aperçus un petit cottage au milieu d'un jardin en friche au centre duquel il y avait un écriteau : *A louer.* J'en fis discrètement le tour et, après avoir un peu travaillé la porte de la cuisine avec mon passe-partout, j'y pénétrai.

L'endroit était idéal. Il était non meublé et se composait de trois pièces et d'une cuisine. L'une des pièces, située entre celles de devant et la cuisine, avait une petite fenêtre donnant sur les champs.

Je ressortis par la porte de la cuisine, que je tirai derrière moi sans la fermer à clef. Je marchai sur la route pendant quelque temps et puis revins vers la ville et la grand'rue, empruntant toutes les fois que c'était possible des chemins écartés. Je ne craignais qu'une seule chose, c'était qu'à ce moment précis Tantine m'aperçût et fît rater toute la petite comédie que j'avais combinée.

En me retrouvant à l'abri dans le *Bar de la Couronne,* je poussai un soupir de soulagement.

Ernie Guelvada entra au *Bar de la Couronne* à dix heures moins douze. Il portait un costume de tweed, des souliers marron, une assez jolie chemise de flanelle verte et une cravate rouge brique. Tout à fait la tenue qu'il fallait pour une partie de campagne. Etant donné le temps qui lui avait été nécessaire pour revêtir cet accoutrement, il avait dû rouler comme un fou.

Je commandai de quoi boire, et nous allâmes nous asseoir dans le coin.

— J'ai eu votre message, dit-il, et je me suis magné comme trente-six diables. Comme vous le voyez, j'ai seulement pris le temps de me fringuer convenablement. J'imagine que quelque chose est arrivé, hey ?

— Vous imaginez juste, dis-je. Tantine est reparue. Elle est ici et elle n'y est pas seulement pour sa santé.

Il prit dans sa poche un élégant étui à cigarettes, me le tendit, alluma nos cigarettes.

— Vous m'intéressez salement, déclara-t-il d'une voix douce.

— La petite Janine n'est pas rentrée chez elle la nuit dernière, lui dis-je. Et cela a été plutôt une veine pour elle, du reste. Ils ont fouillé son appartement : tout a été retourné de fond en comble. En y allant moi-même jeter un coup d'œil, j'ai trouvé dans le sous-main une carte postale illustrée représentant l'*Old Moor Lodge* à Chippingfield, un village près d'ici. Eux aussi l'avaient vue...

Guelvada hocha la tête.

— Ah ! oui, murmura-t-il. Et Janine ? Où est-elle passée, cette poupée ?

— Elle est allée à l'*Old Moor Lodge* voir la tante de Sammy Carew, lui dis-je. Elle voulait tâcher d'apprendre pour qui travaillait Sammy. Elle savait qu'elle était repérée et elle n'avait pas beaucoup de temps à perdre. Mais les autres se sont occupés de la question, eux aussi. Comment ? Je ne le sais pas exactement. Mais ils avaient pris leurs précautions. Au moment où Janine est arrivée chez la tante de Sammy, quelqu'un avait déjà téléphoné à celle-ci et fait une rudement bonne imitation de Sammy. Cette personne a prétendu être Sammy et a dit à la vieille dame que, si la petite venait et posait des questions, il fallait la diriger sur X..., à un endroit X..., mais surtout ne pas lui dire que Sammy avait téléphoné. Vous comprenez ?

Guelvada hocha la tête.

— Fortiche, dit-il. Tout à fait fortiche...

— La vieille dame a également été mise en garde contre moi, repris-je. On lui a dit que j'allais sans doute venir pour essayer de la faire parler et qu'il fallait se méfier de moi comme de la peste et ne rien me dire.

Guelvada haussa les épaules.

— C'est toujours comme ça avec ces sacrées vieilles ! déclara-t-il. Il n'y a pas le choix : ou bien elles n'arrêtent pas de causer au moment où le silence est ce que l'on désire par-dessus tout, ou bien, si l'on désire qu'elles l'ouvrent, elles tiennent leur clapet si bien fermé que l'on est chocolat. Au diable Miss Carew... hey ?

— Ne vous frappez pas pour elle, dis-je. Avoir trouvé Tantine ici, c'est un coup de veine... mais pourvu que ça dure !

Il fronça le sourcil.

— Mince ! dit-il. Ainsi, vous avez trouvé Tantine, la dame au poivrier, et cela par hasard. Ça, c'est du gâteau. Nous allons lui foncer sur le râble, à cette vieille pas grand'chose... hey ? Non ! Quelle veine vous avez eue !... Mais on m'a dit que vous aviez toujours été veinard. La même chose s'applique à moi très souvent, du reste.

— Nous allons avoir besoin de toute la veine possible, dis-je. Mais, c'est vrai, j'ai eu de la veine. Je suis venu ici par hasard de Chippingfield et j'ai aperçu Tantine. Elle m'a semé dans la grand'rue, près d'une allée qui mène à l'entrée des artistes d'un petit cinéma. Il y a quelques attractions au programme de celui-ci, des attractions de music-hall, et l'une d'elles est un type nommé Ravallo qui imite les voix...

— Bon Dieu ! s'exclama Guelvada. Je suis follement ému. J'en ai presque des palpitations. Un sacré coup de veine... hey ?

— Du gâteau, dis-je. C'est le gars qui a donné ce coup de téléphone truqué à Miss Carew. Tantine est allée le voir ce soir. Elle s'est engouffrée dans l'entrée des artistes et était probablement dans sa loge pendant que j'assistais au numéro. Vous comprenez ce que cela signifie, n'est-ce pas ?

— Pas tout à fait, dit Guelvada. S'il vous plaît, soyez un petit peu plus explicite... hey ? Vous voulez dire que Tantine, la taulière de Kinnoul Street, a payé cet homme pour qu'il téléphone à Miss Carew et imite la voix de Sammy. Vous voulez dire...

— Utilisez donc un peu votre matière grise, l'interrompis-je. Ce Ravallo ne pouvait pas imiter la voix de quelqu'un qu'il n'avait jamais entendu, pas vrai ?

— Bon Dieu ! dit Guelvada. Il fait donc partie de la bande et...

— Juste, fis-je. Ravallo est l'un des gars qui ont supprimé Sammy. Le seul endroit où ce Ravallo a pu rencontrer Sammy, c'est celui où ils l'ont mené après l'avoir drogué. Sans doute Ravallo était-il l'un des deux types dont parle Sammy, les deux types qui fouillaient sa chambre lorsqu'il est revenu à lui pour la première fois.

— Oui, dit Guelvada. Je comprends parfaitement. Il me semble que cet imitateur de voix mérite quelque chose. Et quelque chose de pas trop rapide. Quelque chose...

Il eut un geste de la main très expressif.

— Nous avons tout notre temps pour cela, dis-je. Mais, auparavant, il y a autre chose à faire.

— Quoi ?

Guelvada me regardait curieusement.

— Il faut qu'il parle, dis-je. Il a parlé au téléphone pour Tantine et, maintenant, il va parler pour nous... et de bonne grâce.

Guelvada se mit à rire. C'était l'un des rires les plus silencieux et les plus inquiétants que j'eusse jamais entendus. J'en eus des frissons dans la moelle épinière.

— Parfait, dit-il, absolument parfait ! J'ai plusieurs manières excellentes pour faire parler les gens. Avec ma méthode, ils parlent toujours. Je suis sûr que vous serez surpris.

Je lui répondis que non.

— Quand commence-t-on à travailler ? demanda-t-il en éteignant sa cigarette.

— Pas besoin de se presser, déclarai-je. Ravallo passe pour la dernière fois vers dix heures dix. Son numéro dure environ vingt minutes. La petite ouvreuse m'a dit que, pour la dernière séance, il restait un petit peu plus longtemps en scène. Après cela, il se change et se démaquille. Cela nous mène jusque vers dix heures quarante-cinq et, à ce moment-là, il fera assez sombre. Nous allons nous transporter sur les lieux vers dix heures et demie et trouver un coin où nous poster dans l'allée.

— Je suis certain que vous avez extrêmement bien combiné tout cela, dit Guelvada. J'attends avec une sacrée impatience le moment de passer de la théorie à la pratique.

Il alluma une nouvelle cigarette, puis, négligemment — trop négligemment :

— Parlez-moi, je vous prie, de cette Janine, dit-il. Elle m'intéresse beaucoup. Vous avez probablement entendu dire que j'avais une véritable adoration pour tout ce qui est féminin. Une admiration du tonnerre ! J'aimerais en savoir un peu plus long sur cette Janine.

Je lui grimaçai un sourire. J'avais, certes, entendu parler de lui.

— Elle est épatante, dis-je. Je ne sais pas si vous voyez ce que je veux dire, mais elle a tout. La voix, les cheveux, le corps, tout est bien. Et elle a énormément de charme et de ce que les Américains appellent « ça ». Elle se meut avec grâce. La regarder marcher, c'est du nanan. Quelqu'un d'unique, Janine.

Je soupirai.

— Je suis impatient de la connaître, fit-il doucement.

Il me jeta un regard de coin.

— Surtout, ne vous énervez pas, dis-je.

— C'est bien ma veine ! s'exclama-t-il. Enfin, ajouta-t-il en haussant les épaules, qui sait ? A l'heure qu'il est, elle est peut-être morte. Auquel cas, le désappointement sera général. Hey ?

Il soupira de nouveau.

— Il y avait une femme à Lisbonne, reprit-il. D'une beauté, d'un charme, d'une allure, je ne vous dis que ça. Une belle poupée, vous pouvez m'en croire ! Là-bas, je travaillais avec Kane, et il devint nécessaire pour moi de contacter cette dame afin d'avoir quelques renseignements. Elle s'appelait Marandal.

Il soupira encore plus profondément.

— Cela ne m'excitait pas tellement d'avoir une entrevue avec elle, continua-t-il. Cela ne m'excitait pas parce que je m'étais séparé d'elle environ un an auparavant dans des circonstances un peu pénibles...

Je consultai ma montre-bracelet. Il était dix heures vingt.

— J'avais découvert, disait Guelvada, que mon exquise Marandal ne m'était pas entièrement fidèle, qu'elle se permettait de recevoir les hommages d'un Portugais, uniquement du reste parce que celui-ci avait énormément de fric et lui achetait diams sur diams. Donc je quittai Marandal. En la quittant, j'emportai du reste quelques cailloux : son collier et son bracelet de diamants. Elle s'aperçut de cela après mon départ. Vous vous rendez bien compte, Mr. Kells, qu'il était très difficile de renouer avec elle ?

— Oui, dis-je, ça a dû être rudement difficile. Que s'est-il passé ?

— Elle travaillait avec un agent espagnol nommé Roccas. Celui-ci travaillait pour les Allemands de Lisbonne. Kane m'ordonna de me mettre en rapport avec Roccas à travers elle. Un matin, de très bonne heure, j'allai donc chez elle et la trouvai — à cinq heures et demie, je vous prie ! — en train de faire une réussite. Elle a été splendide : d'abord, elle m'a lancé un vase chinois à la tête — vous pouvez encore voir la cicatrice, hey ? Après quoi, elle a essayé de me tuer avec un vieux yatagan. Néanmoins...

— Votre histoire peut attendre, Guelvada.

Il vit que je consultais ma montre.

— Alors, dit-il, on va au boulot ? Hey ?

Je hochai la tête et nous nous levâmes.

— Oui, dis-je. Allons chercher notre ami. Et rappelez-vous que c'est ou lui ou nous !

— Avec Guelvada, dit-il en ricanant, tandis que nous traversions la pièce, ce sont toujours les méchants qui trinquent. Comme au cinéma, hey ?

8

Guelvada

De l'endroit où je me tenais dans l'allée, à environ vingt-cinq pas de l'entrée des artistes du cinéma, je pouvais entendre le *God save the king* que jouait le Panatrope ou un instrument analogue. Eteignant ma cigarette, je me mis à l'ombre du mur.

J'étais posté du côté de l'entrée des artistes. Guelvada, que je ne pouvais voir d'où je me trouvais, était dissimulé quelque part à l'autre bout de l'allée, vers la route qui menait dans la campagne.

Environ dix minutes se passèrent, et deux personnes sortirent par la porte des artistes et disparurent dans l'allée qui conduisait à la grand'rue. Cinq minutes de plus s'écoulèrent.

Je commençais à être inquiet. Il m'était soudain venu à l'idée que le Great Ravallo était peut-être un de ces artistes qui préfèrent sortir d'une salle de spectacle par l'entrée principale. S'il en était ainsi, ça risquait de compliquer les choses.

J'étais en train de ruminer cette idée lorsque j'entendis la porte de l'entrée des artistes qui claquait, et Ravallo parut. Il était grand, plutôt bien de sa personne et avait à la ville la même démarche décidée que sur scène. Après s'être arrêté devant la porte pour allumer une cigarette, il se mit en marche vers l'allée conduisant à la grand'rue, s'éloignant ainsi de moi. Je le suivis silencieusement.

Il était sur le point de tourner dans l'allée lorsque Ernie Guelvada surgit d'une porte.

— Excusez-moi, je vous prie, l'entendis-je dire, mais je vous serais très reconnaissant de me donner du feu.

Ravallo murmura quelque chose et fouilla dans la poche de sa veste. Arrivant derrière lui, j'appuyai le canon de mon Mauser (je tenais celui-ci dans la poche droite de mon veston) contre le côté de Ravallo.

— Venez, Ravallo, dis-je. Nous allons causer un petit peu. Et surtout n'essayez pas de faire le mariole, nous sommes capables d'être très méchants.

— Si tu savais à quel point nous pouvons être méchants, tu n'en reviendrais pas ! lui dit en allemand Guelvada.

Le nommé Ravallo ne parut pas terriblement troublé. Il nous regarda l'un après l'autre, Guelvada et moi, et haussa presque imperceptiblement les épaules. J'avais l'impression que cette histoire l'ennuyait un peu. C'était sans doute le cas. Il devait se poser différentes questions : comment avions-nous fait pour le pincer, ou bien qu'allait-il faire, ou bien encore qu'allait dire ou faire son patron quand il apprendrait que lui, Ravallo, s'était fait pincer.

La plupart des gens qui travaillent pour Himmler sont comme cela. Pour eux, la mort ne signifie pas grand'chose. Ça ne leur plaît pas de mourir, bien entendu, mais, puisque c'est pour le Führer, ils semblent ne pas trop y attacher d'importance.

Guelvada était à la droite de Ravallo.

— Direction? demanda-t-il.

— Tout droit, répondis-je. Il y a un petit cottage inoccupé qui fera bien l'affaire. Ce n'est pas loin.

— Parfait, dit Guelvada. Allons-y.

Nous nous mîmes en route. Le Great Ravallo marchait entre nous deux avec la même démarche théâtrale. Nous ne rencontrâmes personne — ce dont je fus plutôt content. Et la soirée était maintenant suffisamment sombre pour que je pusse cesser de craindre que Tantine, en nous voyant, troublât le programme des réjouissances.

Guelvada fredonnait à mi-voix en flamand. Il avait l'air heureux. Sans doute comptait-il passer un agréable moment avec Ravallo.

Nous arrivâmes au cottage, gagnâmes la porte de derrière et entrâmes. J'allumai ma torche, en masquant la lumière avec mes doigts, et poussai Ravallo devant moi dans la petite pièce à la haute fenêtre donnant sur la campagne.

Je demandai à Guelvada d'obturer cette fenêtre. Il parvint à ce résultat de la façon la plus simple, en prenant la veste de Ravallo et en l'accrochant devant la fenêtre. Je démasquai la torche.

Ravallo était debout, en bras de chemise, au centre de la pièce. Il avait la même expression d'ennui sur le visage, mais, dans ses yeux, il y avait comme une lueur indéfinissable.

Dans la poche gauche de mon veston, je pris une pelote de solide ligne de lin et la tendis à Guelvada.

— Ficelez-le, dis-je.

Guelvada prit la pelote et s'approcha de Ravallo.

Ravallo haussa de nouveau les épaules, mais, cette fois, son geste était plus marqué. Il y avait quelque chose de désespéré dans son attitude.

— Qu'attendez-vous de moi ? demanda-t-il. Quels renseignements espérez-vous obtenir de moi ? Je ne sais rien. Pourquoi saurais-je quelque chose ? Je ne suis pas assez important pour que l'on me mette au courant.

Guelvada et moi, nous gardâmes le silence. Ravallo porta les mains à son visage et les laissa tout de suite retomber avec lassitude. Puis il se mit à regarder Guelvada qui le considérait avec, sur le visage, le même sourire paisible.

Décidément, Ernie s'amusait.

— Ficelez-le, répétai-je. Et servez-vous de son mouchoir comme bâillon, si besoin est. Je ne veux pas de bruit. Et fouillez-le.

Le Belge sourit.

— Cela va de soi, dit-il.

Il se mit à s'occuper de Ravallo. Il lui lia prestement les poignets et les chevilles.

Mettant mon Mauser dans ma poche, j'allai inspecter rapidement les autres pièces du cottage. Dans la dernière de celles-ci, j'avisai une petite caisse en bois.

Je la rapportai et la plaçai au centre de la pièce où se trouvaient Guelvada et Ravallo.

Debout devant Ravallo, je le considérai. Je pouvais sentir à côté de moi Ernie Guelvada qui m'observait du coin de l'œil. Il était en train de se demander jusqu'où j'allais aller exactement, si j'allais aller jusqu'au bout et *faire* parler Ravallo, ou si j'étais seulement en train de bluffer.

Je ne bluffais pas. Ma décision était prise. Je savais trop ce que les Allemands et les Japonais ont fait pour hésiter à malmener un agent ennemi afin d'obtenir les renseignements dont j'avais besoin. Je savais ce que celui-ci m'eût fait si j'avais été à sa place.

Je me demandais ce que Ravallo savait exactement, quelle était son importance exacte dans le tableau. Je pensais qu'il devait être *très* important. Comme je l'avais dit à Guelvada, Ravallo avait certainement dû rencontrer Sammy à un moment quelconque pour être à même d'imiter ainsi sa voix. C'est alors qu'une autre idée me vint. Quelqu'un avait imité ma voix, ce quelqu'un qui avait téléphoné à Alison Fredericks chez Bettina Vaile et lui avait dit d'aller à Namur Street. Alison n'y serait pas allée si elle n'avait pas été certaine que c'était moi qui lui avais parlé. Si elle avait eu le moindre doute, elle m'eût téléphoné d'abord. Et elle ne l'avait pas fait. Elle ne l'avait pas fait parce qu'elle avait cru me parler. Alors qu'elle avait parlé à Ravallo.

S'il en était ainsi, Ravallo devait m'avoir entendu parler moi aussi à un moment quelconque. Où cela ? Et le seul endroit auquel je pusse penser, c'était la cocktail-party Marinette. Oui, c'était là qu'il avait pu m'entendre parler.

Ravallo, en outre, était probablement l'un des deux hommes qui étaient allés chez Sammy, après que celui-ci eût avalé son whisky drogué, se livrer à quelques petites investigations. Cela signifiait que Ravallo travaillait avec Tantine, fait qui était corroboré par la présence de cette dernière à Walling. Sans doute Tantine était-elle son « contact » particulier.

Et il avait trouvé un rudement bon truc pour pouvoir travailler comme il l'entendait. Il était artiste de music-hall et jouait dans les cinémas et les petits music-halls et, ainsi, ses déplacements n'étaient point suspects, non plus que sa présence en n'importe quel endroit.

Ceci me donna une idée. Il y avait à parier tout le thé de la Chine contre un œuf pourri que ni Tantine, ni personne d'autre, ne soupçonnait ma présence à Walling. C'était pur hasard et une grande veine pour nous si je l'avais vue. Donc, il était tout à fait possible que Ravallo ait été un petit peu moins prudent que d'habitude. Car, ces derniers jours, il n'avait rien fait de plus dangereux qu'imiter au téléphone la voix de Sammy. Il devait donc ne pas s'en faire. Cela pouvait être bon pour moi.

Je me mis à penser à Freeby, me demandant ce qu'il fabriquait, s'il avait essayé de se mettre en rapport avec moi, si notre petite amie Bettina Vaile avait tenté de faire la mariole. Mon impression était qu'elle allait tâcher d'entraîner Freeby quelque part, assez loin des sentiers battus, espérant que je le suivrais et permettant ainsi au travail, quel qu'il fût, d'être fait et vite fait.

— Asseyez-vous sur la caisse, Ravallo, dis-je.

Ravallo s'approcha de la caisse en sautillant et s'assit. Il avait l'air d'un prisonnier très docile, mais j'imaginais qu'il gagnait seulement du temps, espérant que quelque chose viendrait le tirer de sa fâcheuse position.

Ernie Guelvada était debout à côté du foyer, appuyé contre la cheminée délabrée. Il fumait tranquillement sans que ses yeux quittassent jamais le visage de l'homme assis sur la caisse.

J'allumai une cigarette et, m'accotant au mur, je regardai Ravallo.

— Ecoutez, dis-je, et tâchez de ne pas trop vous compliquer les choses. Vous travaillez pour l'une des organisations d'espionnage d'Himmler. Vous êtes en rapport avec une assez jolie femme qui a des yeux très bleus. Elle est allée vous voir ce soir même au cinéma, dans votre loge. Je veux savoir pourquoi. Voici la première question.

» La seconde, c'est celle-ci : hier, ou peut-être avant-hier, sans doute d'après les instructions de cette même femme, vous avez téléphoné à une certaine Miss Carew à Chippingfield. Vous avez imité la voix de son neveu, Sammy Carew, voix que vous aviez entendue et soigneusement étudiée. Vous avez dit à Miss Carew que vous étiez son neveu et que vous pensiez qu'une jeune femme nommée Janine allait lui rendre visite, que cette jeune femme lui poserait des questions sur vous, Sammy, ou lui demanderait comment elle pouvait vous atteindre. Vous avez dit à Miss Carew qu'elle ne devait à aucun prix révéler que vous aviez téléphoné. Vous lui avez donné des instructions précises sur ce qu'elle devait dire à Janine. Vous l'avez surtout avertie que, si je venais moi-même — et vous lui avez fait ma description, — il ne fallait rien me dire. Quoi que je pusse raconter.

» Je désire savoir exactement ce que vous avez dit à Miss Carew. Je désire ensuite avoir des renseignements sur une nommée Mrs. Vaile. Il se peut que vous la connaissiez, comme il se peut que vous ne la connaissiez pas. Mais, si vous savez quelque chose, dites-le. Cela vous épargnera beaucoup d'ennuis.

» En fait, je désire connaître le scénario complet, tout. D'une manière ou de l'autre, vous allez parler et, lorsque vous aurez parlé, nous vérifierons vos dires. Nous vous laisserons ici et nous reviendrons vous chercher après vérifications. Si vous avez menti ou essayé de faire le mariole, nous nous occuperons à nouveau de vous. Compris ?

Ravallo sourit légèrement.

— Je comprends très bien, fit-il d'une voix douce.

— Ernie, dis-je à Guelvada, parlez-lui.

Guelvada s'avança. Il s'arrêta devant Ravallo et le considéra, la tête penchée de côté, en souriant, d'un sourire des plus inquiétants.

— Mon ami, dit-il, écoute-moi. Je suis Guelvada. Peut-être as-tu entendu parler de moi ? Je suis un spécialiste dans l'art de faire parler les gens. Avec moi, ils parlent toujours, à la longue... hey ? Donc... pourquoi ne pas t'épargner un tas d'ennuis en parlant sans plus faire d'embarras.

Ravallo ne répondit rien.

— J'ai l'impression que tu dois être un type rudement obstiné, continua Guelvada. Mais je m'en fous. J'ai quelque chose de spécial pour toi... Je vais te dire ce que c'est... Tout d'abord, je vais te faire faire la connaissance d'un petit truc japonais, simplement pour te montrer de quoi il retourne. Si tu décides de parler à un moment quelconque, tu n'auras qu'à secouer la tête de droite à gauche. Compris ? O.K. ! Après cela, si tu n'as pas parlé, j'utiliserai l'eau. Tu as entendu parler de l'eau ? Je parie que oui. Herr Himmler apprécie beaucoup le truc de l'eau. Il l'utilisait sur les Juifs à Columbia Hauss, à Berlin. Ce n'est pas très agréable. C'est même salement désagréable... hey ?

— Ravallo, dis-je, il est bon que vous sachiez qui est Guelvada. C'est un type particulièrement méchant. Peut-être aimeriez-vous apprendre la raison de sa méchanceté ?

Il sourit de nouveau. Le même sourire indifférent. Il haussa légèrement les épaules comme pour dire : « Si ça vous amuse... »

— Guelvada, continuai-je, était fiancé à une jeune femme, une Belge. Eh bien !... lorsque les Allemands arrivèrent dans le village où celle-ci habitait, ils ne furent pas très gentils pour elle. En fait, ils furent même très désagréables. Finalement, elle en est morte. Je pense qu'elle a dû être plutôt contente de mourir... Naturellement, tout cela n'a pas beaucoup plu à Guelvada. Ça a eu un effet particulier sur lui : les Allemands — les gens comme vous — lui sont devenus très antipathiques. Il aime prendre de petites revanches. Si je vous abandonne à lui, vous allez passer un très sale quart d'heure. Alors, êtes-vous disposé à parler ?

Ravallo me regarda, puis il regarda Guelvada. Il eut un sourire méprisant.

— Je vous emmerde tous les deux, dit-il en allemand.

Guelvada fit un pas en avant et appuya son index sur l'épaule de Ravallo. Il l'appuya sur le nerf de l'épaule et puis, avec l'autre main, il fit à Ravallo ce que l'on appelle la clef japonaise du cou.

Ravallo se mit à se tortiller comme un ver. Il avait le visage gris cendre. Au bout d'un instant, des gouttes de sueur apparurent sur son front.

Guelvada retira ses mains et fit un pas en arrière. La tête inclinée de côté, il considéra Ravallo. Puis, avec un geste d'impuissance, il se tourna vers moi.

— Il est coriace, dit-il. Eh bien !... je vais le traiter à l'hydrothérapie.

Personne ne peut supporter cela. Y a-t-il un seau ou une boîte en fer-blanc dans cette taule... hey ?

— J'ai vu un vieux seau dehors dans la cour et il y a un robinet dans la cuisine.

Guelvada hocha la tête.

— Et le fil va me servir pour le suspendre, dit-il. O.K. ! Le sieur Ravallo en veut, il va en avoir !

— Guelvada va vous infliger la torture de l'eau, dis-je à Ravallo. Vous savez ce que c'est, n'est-ce pas ? Il va suspendre au-dessus de votre tête un seau d'eau dans le fond duquel il y aura un petit trou. L'eau va se mettre à couler goutte à goutte sur votre tête. Pas régulièrement. Car Guelvada aura soin de faire balancer légèrement le seau. On ne connaît personne qui ait pu supporter très longtemps cette eau tombant goutte à goutte d'une façon continue et irrégulière. Vous serez forcé de parler. Pourquoi ne pas le faire tout de suite ?

Ravallo me regarda. Il avait les yeux las, l'air presque excédé.

— Je vous emmerde, vous et votre maudit pays, dit-il.

Je haussai les épaules.

— Bon, dis-je, on vous aura donné votre chance.

Guelvada revint avec le seau. Il le posa sur le sol et alluma une cigarette. Il regardait Ravallo.

— Allez-y, Ernie, dis-je. Il faut qu'il parle. En attendant, je viens d'avoir une idée et je vais aller voir ce qu'elle donne. Ecoutez ce qu'il aura à dire lorsqu'il aura décidé qu'il est plus sain pour lui de se mettre à table. Je serai de retour aussitôt que possible.

— O.K. ! dit Guelvada. Je vais m'occuper de lui méthodiquement. Vous pouvez vous en remettre à moi : il causera, le frère.

Il commença à retirer sa veste.

Je quittai le cottage et me dirigeai vers le chemin qui menait à l'entrée des artistes du cinéma. Il faisait tout à fait sombre maintenant, et la nuit était délicieuse. Il soufflait une douce brise, et je me pris à me demander à quoi ressemblerait la vie quand il n'y aurait plus la guerre et si l'on pouvait faire ce qui vous plaisait dans la vie.

Après avoir ainsi rêvé pendant quelques minutes, je revins à l'affaire en cours. Je me mis à penser à Janine. A supposer que les autres soient affranchis sur Janine — et j'étais parvenu à la regrettable conclusion qu'ils l'étaient, — ils devaient se figurer qu'elle avait une sorte de contrat de travail soit avec Sammy, soit avec moi. Ils avaient vu Sammy avec elle et avaient connu mon désir d'entrer en relation avec elle. Ils n'auraient qu'une seule idée : la faire parler, d'une façon très analogue sans doute, à celle que nous employions avec Ravallo. Ils étaient certainement désireux d'apprendre des choses sur Sammy et sur moi-même. Et le fait que Janine sût peu de choses de la mission de Sammy et rien du tout de la mienne ne lui servirait à rien ! Au contraire !

Sans le savoir, Janine avait joué le jeu des autres. Elle avait laissé chez elle la carte postale de *Old Moor Lodge* et, plus grave que cela, elle avait probablement laissé l'indicateur A. B. C. ouvert à la page de Chippingfield. Les autres avaient deviné qu'elle irait trouver la tante de Sammy et ils avaient pris les devants. Ravallo avait téléphoné à Miss Carew, dit qu'il était Sammy et qu'il pensait que Janine allait venir, qu'il fallait lui dire telle chose et l'engager à se rendre à tel endroit, mais sans mentionner son nom à lui.

C'était une chance à courir, et cela avait marché. On avait dit à Janine d'aller quelque part, et elle y était probablement allée, se jetant dans quelque chose de pas tellement bon.

Et c'était là la raison pour laquelle j'étais disposé à me montrer très méchant avec Ravallo.

J'étais maintenant arrivé dans l'allée qui menait à l'entrée des artistes. Rasant les murs, je m'avançai silencieusement jusqu'à la porte. Elle était un peu en retrait dans le mur. J'étais donc hors de vue maintenant et n'avais plus à prendre de précautions.

Je restai un instant à tendre l'oreille, mais je ne pus rien entendre. A l'heure qu'il était, j'espérais que le cinéma serait désert. Je me dis qu'il était peu probable qu'en temps de guerre on procédât de nuit au nettoyage de la salle.

Au bout de quelques instants, je me mis à travailler la porte. C'était une porte à deux battants dont la serrure était ancienne, je l'ouvris en cinq minutes. Pénétrant à l'intérieur, je fermai la porte derrière moi et m'arrêtai dans le couloir pour écouter.

L'endroit était aussi silencieux qu'un cimetière. Remerciant mon étoile pour les règlements de la défense passive, j'allumai ma torche et regardai autour de moi. Le couloir où j'étais menait à la scène. A quelques pas de moi, il y avait, de part et d'autre du couloir, deux escaliers en colimaçon menant à l'étage supérieur.

Je montai l'escalier de droite et trouvai un petit couloir. La première pièce donnant dans celui-ci était évidemment utilisée pour entreposer le matériel musical. J'y vis des disques et un appareil d'enregistrement. La porte suivante ouvrait sur le bureau du directeur et la troisième et dernière pièce servait de vestiaire au personnel.

Revenant au rez-de-chaussée, j'essayai l'escalier de gauche. Sur la première porte du couloir, il y avait une carte : *The Great Ravallo, le plus grand imitateur du monde.* Cette porte était fermée à clef, mais il ne me fallut pas deux minutes pour en avoir raison. Pénétrant dans la pièce, j'allumai l'électricité, fermai la porte et, le dos appuyé contre celle-ci, jetai un coup d'œil autour de moi.

C'était là l'habituelle loge de music-hall. Il y avait quelques photos de Ravallo fichées dans le cadre du miroir de la table à maquillage, ainsi que des coupures de la presse locale. Un habit et du linge étaient pendus au portemanteau, recouverts d'une housse, et, dans le coin, se trouvait l'habituel panier d'osier des tournées théâtrales.

Je commençai mes recherches. Je fouillai la pièce à fond. J'examinai même les doublures des vêtements, les talons des souliers, enfin tout. Forçant la serrure du panier, je répandis le contenu de celui-ci sur le sol et l'examinai systématiquement.

Je ne trouvai rien. Après avoir remis tout à sa place, j'allai m'asseoir sur le tabouret, devant la table à maquillage.

Sur cette table, il y avait les habituels bâtons de fond de teint, les boîtes de poudre, les mouchoirs à démaquiller, tous les accessoires nécessaires, une boîte de cigarettes et une demi-bouteille de whisky. Il y avait aussi un carnet, un petit carnet de cuir. Je l'ouvris. C'était l'agenda de Ravallo.

Je l'examinai attentivement. C'était l'habituel agenda d'un artiste de music-hall et il donnait les endroits où le Great Ravallo s'était produit au cours des trois derniers mois. Ces endroits étaient surtout des petits cinémas de province. Çà et là, il y avait un engagement dans un music-hall de second ordre d'une ville de province.

Je dépassai la page où était inscrit le cinéma de Walling. Le lendemain, il n'y avait rien. Et je tournai la page suivante avec un singulier sentiment d'expectative. Cette page-là portait comme indication : *Weathervane Club, Pellsberry,* et il y était noté en outre que Ravallo devait y donner deux représentations par soirée.

Les pages suivantes étaient vierges. L'engagement au *Weathervane Club* était le dernier engagement du Great Ravallo.

Je m'attendais à cela et, étant donné la situation, il était tout aussi bien qu'il en fût ainsi.

Je remis le carnet sur la table, regardai attentivement autour de moi, rangeai tout plus ou moins comme je l'avais trouvé, éteignis la lumière et quittai la loge.

Gagnant ensuite la porte de l'entrée des artistes, je me glissai silencieusement dehors et la fermai aussi à clef, derrière moi.

En reprenant la direction du cottage, je me demandai si Ravallo s'était décidé à parler. Je finis par conclure que c'était plus que certain et que la seule question était de savoir combien de choses il avait dites.

Mais il se pouvait qu'il fût malin. Il se pouvait qu'il eût fait ce que font les agents de renseignements de tous les pays du monde lorsqu'ils se trouvent dans une situation difficile. Il se pouvait qu'il eût dit assez de choses vraies pour faire croire à sa bonne foi, mais pas assez pour que cela pût nous servir. Et il n'allait pas être facile pour nous de vérifier ses dires.

La nuit était soudain devenue très noire, et quelques gouttes de pluie se mirent à tomber. Je m'avançai rapidement le long de la route, ou plutôt de la piste, qui menait à notre cottage, considérant cyniquement ce que les respectables habitants de Walling trouveraient à dire s'ils apprenaient qu'un cottage inhabité de leur calme district était utilisé, pour le moment, comme chambre de torture. Je haussai les épaules à cette pensée. Au cours de cette guerre, des choses très bizarres se sont passées et que l'on ne saura jamais.

Je pénétrai dans le champ, m'approchant du cottage par derrière. A l'heure qu'il était, pensai-je, Ernie Guelvada était en possession de quelques renseignements, ou bien notre ami Ravallo ne devait pas se sentir tellement à son aise.

En pataugeant dans la boue du champ, je me mis à penser à Sammy et à me demander ce qui s'était en réalité passé la nuit de la cocktail-party, à me demander quelle était cette chose qu'avait Sammy, cette chose à laquelle nos amis s'intéressaient tellement. Probablement un document ou une photo, ou les deux. Il était bien évident que quelque chose était arrivé à la soirée Marinette qui avait décidé Sammy à affecter de ne pas me connaître et à ne pas me parler ni à rien faire qui pût donner une indication sur l'affaire en train. Pourquoi ?

La réponse à cette question, c'était que Sammy savait, ou se doutait, qu'il était repéré et qu'il avait affaire à des gens salement dangereux et qui ne reculeraient devant rien.

La chose la plus sûre lui avait semblé de se noircir, et il était parvenu à cette conclusion *à la soirée même* et non avant. S'il avait découvert quelque chose avant la soirée, il eût pu se mettre en rapport avec le Vieux et me faire transmettre les renseignements. Mais il ne l'avait pas fait. Une autre chose, c'était que Janine se trouvait à la soirée avec lui. Sans doute Sammy l'avait-il amenée comme une sorte de « paravent », dans le but de donner l'impression à ceux que cela intéressait qu'il avait seulement l'intention de passer une soirée agréable avec une amie.

Il avait confirmé cette impression en raccompagnant ensuite Janine chez elle. Mais il ne lui avait rien dit à elle de ses soupçons. Il ne lui avait rien dit de moi non plus. Pourquoi ?

La réponse à cette dernière question pouvait fort bien être que Sammy estimait que moins Janine en saurait à ce moment-là, mieux ce serait pour elle. Il pensait, avec de la veine, trouver assez vite une occasion de se mettre en rapport avec moi. Sans doute avait-il eu l'intention de me contacter le lendemain matin.

Mais si Sammy avait en sa possession quelque chose que les autres voulaient — quelque chose d'important — qu'avait-il pu en faire ? Il disait dans sa lettre qu'en sortant de la torpeur provoquée par le verre drogué qu'ils avaient préparé pour lui il avait trouvé deux hommes dans sa chambre. Cela signifiait que quelqu'un — sans doute, ma petite amie aux yeux bleus, Tantine — avait drogué l'alcool pendant qu'il était à la cocktail-party et que les recherches qu'ils avaient alors eu le temps de faire n'avaient rien donné.

Ils avaient donc supprimé Sammy après avoir probablement essayé auparavant de le faire parler par toutes sortes de moyens. Et ils n'y étaient pas parvenus. Je ne pouvais imaginer personne faisant parler Sammy — quels que fussent les moyens employés — si celui-ci ne voulait pas parler.

Ce qui signifiait que la chose — le document, la photo, ou quoi que ce fût — sur quoi ils désiraient tellement mettre la main était toujours à trouver. Que cette chose était encore là où Sammy l'avait cachée. Et il ne l'avait pas cachée sur lui, sinon les autres l'eussent trouvée, et elle n'était pas dans sa chambre, puisqu'ils avaient fouillé celle-ci, et elle était suffisamment importante pour que Sammy désirât l'avoir à sa portée, dans un endroit où il pût l'atteindre rapidement et quand il le voudrait. Ce qui signifiait également que cette chose avait une très grande importance pour nous dans la mission présente. La mission dont Sammy avait, selon toute probabilité, l'intention de me parler le lendemain de la soirée Marinette.

Jusqu'à quel point Janine était-elle au courant ? A l'heure actuelle, c'était aussi, là, l'une des inconnues du problème. Mais Janine *savait* quelque chose. Elle en savait assez en tout cas pour désirer ne pas se trouver avec Tantine lorsque cette bonne dame était venue la voir Verity Street, elle en savait assez pour avoir évité Tantine et s'être risquée Kinnoul Street pour y jeter un coup d'œil, pour chercher *quelque chose*. Elle devait savoir ou avoir deviné ce qu'était ce quelque chose.

Peut-être était-ce grâce à Janine que Sammy s'était procuré l'objet en question. Je me rendis compte que cinq minutes de conversation avec cette jolie personne pourraient m'épargner beaucoup de tracas. Eh bien ! la chose à faire, c'était de trouver Janine. Peut-être Ravallo savait-il où elle était.

Si Sammy et moi avions pu avoir une conversation. Si... En fait, cette histoire avait si mal commencé, avait été tellement embrouillée par la mort de Sammy, que Janine, au lieu d'être une aide, avait été presque un danger.

Je me demandais où elle était. Ce qu'ils mijotaient à son sujet. Je me dis que ça risquait de ne pas être tellement rigolo pour elle. J'imaginais le genre de traitement que lui ferait subir Mrs. Bettina Vaile, ou Tantine. Ces deux dames appartenaient au type de femmes qui adorent arracher les ailes des papillons.

Sammy n'avait rien dit de moi à Janine. C'était évident. Elle ne savait rien de moi et, très justement, elle s'était méfiée. Et elle continuerait de se méfier jusqu'au moment où il me serait possible de lui révéler les choses qui lui prouveraient que j'étais du bon côté.

Mais il y avait une chose que Sammy avait dite à Janine. Il lui avait parlé de sa tante, Miss Carew de Chippingfield. C'était probablement Sammy qui avait donné à Janine cette carte postale de l'*Old Moor Lodge*. Et ce geste était caractéristique de Sammy.

Selon toute probabilité, il lui avait dit que si elle se trouvait dans un pétrin quelconque elle pouvait aller voir Miss Carew. Et, pour des raisons connues de lui seul, c'était tout ce qu'il avait décidé de lui dire. Pourquoi ?

Je pouvais deviner la réponse à cette question. C'était parce qu'à la soirée Sammy était parvenu à la conclusion que les autres étaient après lui et *après moi*. Il m'avait donc évité. Son seul contact avec moi, et qui avait été très rapide et que personne n'avait certainement remarqué, ç'avait été lorsqu'il avait glissé dans ma poche le morceau de papier sur lequel il avait inscrit son adresse. Son idée, c'était que si un accident lui arrivait cette nuit-là — *et il avait l'impression que c'était possible* — j'eusse quelque chose à partir de quoi travailler, même si, ce quelque chose, ce n'était que son adresse.

Rien que son adresse ! Quelque chose se déclencha dans mon esprit. Je m'arrêtai et restai au milieu du champ, à une trentaine de pas de la porte du cottage, méditant sur la signification de ces mots. Peut-être étais-je enfin sur une piste.

Je me rappelais cette bizarrerie de la maison de Kinnoul Street, la maison de Tantine. C'était que la porte d'entrée ne semblait jamais en être fermée à clef, que n'importe qui pouvait y entrer ou en sortir. Mais, quoi, il y a des tas de maisons meublées à Londres où la porte d'entrée reste ainsi ouverte.

Ainsi, des gens de toutes sortes et de toutes conditions pouvaient facilement pénétrer dans la maison, s'ils avaient à y faire. Et Sammy savait cela. Il savait qu'il n'était pas toujours nécessaire de sonner et d'attendre que l'on ouvrît la porte. Il savait en fait qu'il serait très facile pour moi, s'il lui arrivait quelque chose, d'entrer dans la maison.

Eh bien !... il ne me serait pas difficile de faire le nécessaire à ce sujet. Je me remis en marche vers la porte du cottage, pensant au Great Ravallo et me disant qu'il ne devait pas se sentir tellement brillant. Je me demandais à quel état l'avait réduit le traitement hydrothérapique de Guelvada.

Je poussai la porte et entrai. Debout dans l'étroit et sombre couloir, je m'arrêtai pour écouter. Je ne pus rien entendre. J'allumai ma torche et, en atténuant la lumière avec mes doigts, m'avançai dans le couloir. Je jetai un coup d'œil dans la cuisine, ne vis rien, fis encore quelques pas et pénétrai dans la pièce où j'avais laissé Guelvada et Ravallo.

De la porte, je pus contempler un très singulier spectacle. Guelvada était assis sur la caisse, à côté du foyer. La lueur d'un bout de bougie posée sur le bord de la cheminée tombait sur son visage. Sa tête était appuyée sur une main. Il présentait l'image de la plus noire consternation. Un mégot éteint pendait au coin de sa bouche. D'un œil morne et fixe, il considérait le sol et, lorsque j'entrai, il me regarda avec une expression presque piteuse.

Manifestement, Ernie n'était pas tellement satisfait de la vie.

Contre le mur, du côté opposé à la porte, gisait le corps de Ravallo. Il était visiblement mort. Il avait le visage calme et était étendu dans une attitude assez naturelle.

— Alors ?... demandai-je.

Guelvada haussa les épaules. Il retira son mégot de sa bouche et le jeta dans le foyer d'un geste presque furieux. Puis il tendit le pouce dans la direction de feu Ravallo.

— Il est mort, dit-il. Tout à fait mort, sacré bon Dieu ! Je suis dans une de ces rognes ! Moi, Guelvada, je me suis laissé posséder comme une fillette. Bon Dieu de...

Je haussai les épaules.

— Et il n'a rien dit ? demandai-je.

— Il n'en a pas eu l'occasion, déclara Guelvada. Tout de suite après votre départ, je suis allé chercher le seau et j'ai commencé à équiper mon petit appareil d'hydrothérapie. En quittant la pièce je lui avais dit : « Mon ami, sous peu, tu ne seras que trop content de parler à Ernie Guelvada. Tu ne seras que trop content de faire cesser l'insupportable chute goutte à goutte de l'eau sur ta tête. Je n'aurai pas besoin de te demander de parler. Toi-même, tu ne demanderas pas mieux de le faire. Tu comprends, mon ami ? »

» Voilà ce que je lui avais dit. Il m'avait regardé avec ses drôles d'yeux et m'avait répondu quelque chose de très grossier, mais cela d'une voix très douce qui eût dû me donner des soupçons. Il a ajouté encore une ou deux choses du même acabit, et j'ai quitté la pièce.

» Lorsque je suis revenu, il était mort. Il était tombé de la caisse et gisait sur le sol.

— Empoisonné, je suppose ?

— Juste, dit Guelvada. Il a dû avaler le poison lorsqu'il a porté les mains à son visage, au moment où il a fait semblant d'être désespéré. Vous vous rappelez ? Juste avant que je le ligote. Bon Dieu ! ce qu'il a dû se foutre de nous ! Le salaud !

Il se mit à jurer, employant les plus effroyables expressions que j'aie jamais entendues pour désigner la famille, les parents et la descendance — s'il en avait — de l'infortuné Ravallo. Je crois bien qu'il parla ainsi pendant environ quatre minutes et sans utiliser deux fois le même adjectif. Guelvada était vraiment très en colère.

J'allumai une cigarette.

— Allons, Guelvada, lui dis-je, quand il s'arrêta pour souffler, voulez-vous oublier vos ennuis pendant quelques instants et écouter attentivement ce que je vais vous dire. C'était là notre dernière chance de savoir quelque chose qui lui valût la peine, d'une façon vraiment rapide, continuai-je, en désignant le cadavre de Ravallo. Eh bien ! maintenant, il ne s'agit plus de rigoler. Il faut que nous tâchions de retrouver cette Janine. Et il faut nous grouiller. Sinon...

Guelvada hocha la tête.

— Très juste, remarqua-t-il. Si nous ne la retrouvons pas et s'ils la prennent, ils vont la faire parler. Ils ne seront pas du tout gentils pour elle, ces... Je les connais !

— Il ne s'agit pas de dire : s'ils la prennent, déclarai-je. Je vous parie tout le thé de la Chine qu'à l'heure qu'il est ils l'ont coincée. Ce Ravallo a donné à Miss Carew des instructions sur ce qu'il fallait dire à Janine. Sans doute ont-ils fait dire à Janine de se rendre à un endroit quelconque où ils l'attendaient. Et, si elle sait vraiment quelque chose, ils arriveront à l'apprendre. Ils ont probablement déjà commencé à la travailler.

— Qu'allons-nous faire ? demanda Guelvada.

— Moi, je vais rentrer à Londres. Je verrai si Freeby a appris quelque chose. Des événements se sont peut-être passés de ce côté-là.

— J'aimerais vous accompagner, dit Guelvada. Ça me ferait rudement plaisir. Cette affaire m'intéresse beaucoup maintenant. Et puis je n'ai pas encore eu l'occasion de tuer quelqu'un. Peut-être aurai-je ma petite chance... hey ?

— Peut-être. Mais vous n'allez pas m'accompagner à Londres. Pour le moment, il s'agit de se débarrasser de ce cadavre. Il fait très sombre maintenant, vous allez pouvoir le planquer quelque part par ici. Retournez ensuite à *La Couronne* et prenez une chambre. Demain, vous surveillerez l'entrée des artistes du cinéma.

— Pourquoi cela ? interrogea-t-il.

— Tantine, dis-je. Servez-vous donc un peu de votre matière grise, Guelvada. Ravallo ne va pas donner signe de vie à Tantine. Elle est ici à Walling, et ce n'est pas pour sa santé. Elle et lui travaillaient ensemble. Demain, c'est jeudi, et Ravallo devait encore jouer en matinée et en soirée. Je sais quel est son prochain engagement. Je sais où il devait aller. Mais il est évident que Tantine voudra entrer en rapport avec lui avant cela. Ils se rencontraient toujours dans sa loge, ils pouvaient y parler tant qu'ils le voulaient, sans être observés ou dérangés. Tantine y retournera donc probablement. Si oui, ne la lâchez pas d'une semelle. Il faut absolument que vous découvriez où elle ira en quittant Walling. Ceci dit, en un sens, c'est une bonne chose que Ravallo soit mort.

— Vraiment ? demanda-t-il. Eh bien ! moi, je ne vois pas en quoi. Expliquez-vous, Mr. Kells.

— Tantine va se demander ce qui a bien pu arriver à Ravallo, dis-je. Demain, lorsque celui-ci ne paraîtra pas pour son numéro au cinéma, la nouvelle fera le tour de la ville, et Tantine l'apprendra. Elle va se précipiter de tous les côtés pour tâcher de découvrir quelque chose. Ensuite de quoi elle commencera à avoir les foies. Elle pensera que nous avons pincé Ravallo et que nous l'avons supprimé. Et elle *fera quelque chose ou ira quelque part*. Il faudra bien qu'elle prenne une décision quelconque. Votre mission est de découvrir laquelle. Compris ?

— Compris, dit-il. Vous avez raison comme toujours, Mr. Kells. Mais, ajouta-t-il en regardant le cadavre, j'aurais tout de même aimé passer une demi-heure avec ce... vous me comprenez. Enfin...

Il haussa les épaules d'un air résigné.

— Vous retrouverez bientôt l'occasion de tuer quelqu'un, à moins que les autres ne vous tuent d'abord. Enfin, bonsoir ! Faites le ménage ici et embrayez sur Tantine aussitôt que vous le pourrez.

Je lui fis une description détaillée de cette charmante dame.

— Où puis-je vous atteindre ? demanda-t-il.

— Appelez-moi chez moi à Londres, répondis-je. Si je ne suis pas là, il y aura quelqu'un pour prendre les messages. Bonsoir.

Je sortis. Il pleuvait ferme, et la nuit était très sombre.

Cela, en tout cas, c'était une bonne chose. Relevant le col de ma veste, je me dirigeai vers Walling.

Somme toute, nous n'avions pas eu tellement de veine.

Il était minuit passé lorsque je fus de retour à Londres. Laissant la voiture dehors, je montai tout droit chez moi après avoir interrogé le portier. Apparemment, personne n'avait téléphoné, personne n'avait rien fait du tout. En fait, tout avait été tellement calme et tranquille que je commençais à me sentir légèrement ennuyé de la tournure que prenaient les choses.

Je pris une douche bouillante, puis froide, me changeai et m'offris un grand verre. J'en avais besoin. J'avais l'impression de tourner en rond sans jamais arriver nulle part. J'avais l'impression que d'ici un instant j'allais m'imaginer avoir rêvé tout cela.

Je posai les pieds sur la cheminée et me mis à penser à Sammy. Dès le début de cette affaire, Sammy avait paru ne pas être très en forme, ce qui ne lui ressemblait pas du tout. Sammy était un type qui était toujours en forme. Il pouvait faire quelque chose qui fût vague, ou qui parût bizarre, ou ambigu, ou incongru, ou simplement rudement idiot, mais il avait toujours soin de laisser dépasser quelque chose pour vous montrer ce qu'il avait dans la tête. Il en avait toujours été ainsi jusqu'à l'affaire présente.

Et si quelqu'un pouvait me montrer quelque chose qui dépassât ou qui fût visible à l'œil nu, je me sentais prêt à lui donner une médaille. Personnellement, je commençais à me sentir tout prêt d'être battu.

Dans mon métier, on fait un tas de choses sans beaucoup réfléchir au préalable. Il le faut. La plupart du temps, on joue aux devinettes, et la réussite ou l'insuccès correspondent simplement au nombre de fois où l'on a deviné juste. Il était, bien entendu, évident pour moi que Sammy avait espéré me contacter et me parler soit la nuit de la cocktail-party, soit le lendemain. Il le fallait. Quelque chose était arrivé la nuit de la cocktail-party pour lui faire changer d'idées.

Et je pouvais deviner une raison à ce changement. Du moins, le pensai-je. Je me demandai si j'avais eu raison ou tort de penser que ce pourquoi Sammy avait décidé de ne pas m'adresser la parole, de ne pas m'écrire un mot avant d'aller à la cocktail-party, de ne pas en écrire un non plus au Vieux pour qu'il me le transmît, c'était que Sammy soupçonnait quelque chose, c'était qu'il y avait quelque chose qui embêtait Sammy. Mises à part toutes les conclusions auxquelles il avait pu parvenir à la cocktail-party — conclusions où il avait décidé de s'en payer une tranche, de renoncer à parler affaire et de se noircir, — il y avait aussi quelque chose qui embêtait Sammy *avant* la cocktail-party. Sinon Sammy eût fait quelque chose à mon sujet. Je me dis que cette hypothèse tenait à peu près debout.

Je me versai un nouveau verre de Vat 69, remis mes pieds sur la cheminée, me carrai dans mon fauteuil et consacrai toute mon attention à la dame que nous connaissions sous le nom de Janine.

Elle était très maligne, très habile et très belle, cette personne. Elle avait tout ce qu'il fallait : un charme fou et une sérieuse quantité de matière grise. Sa conduite — en ce qui me concernait — avait été très bizarre dès le début. Et, dès ce moment-là, en effet, j'avais considéré que Janine était de l'autre côté et qu'elle complétait le quatuor Tantine, Petite Frappe, Mrs. Bettina Vaile et elle. Telle avait été ma première idée. Je l'avais totalement abandonnée quand j'avais reçu la lettre de Sammy. Et cette lettre était la seule raison que j'eusse d'abandonner mon idée. Mais ce pourrait être très drôle si la première hypothèse que j'avais formée au sujet de Janine était juste.

S'il en était ainsi, il fallait que Sammy se fût trompé, et cela ne ressemblait pas à Sammy. Pourquoi, pourtant, n'aurait-il pas pu se tromper ? Tout le monde peut se gourer une fois, et, lorsqu'on a affaire à un numéro comme Janine et que l'on a un tempérament comme celui de Sammy, eh bien !...

Du reste, qui donc était Janine ? A part Sammy, personne n'avait jamais entendu parler d'elle, personne ne l'avait jamais rencontrée ni, apparemment, vue. Certainement le Vieux ne la connaissait pas. Sinon il m'en eût parlé.

Il faut que vous vous rappeliez que, la dernière fois que j'avais vu Sammy, c'était dans le Pas-de-Calais. Nous étions convenus de nous séparer. Il devait partir le premier, et je devais le suivre lorsque le moment serait propice. Ceci dans le but d'éviter que les autres nous pincent tous les deux.

Mais il était plus que certain que notre absence avait été remarquée tout de suite. Et les Allemands devaient avoir donné l'alarme à leurs différents services en moins de temps qu'il ne faut pour allumer une cigarette.

Il était donc très probable qu'au moment où Sammy arriva en Angleterre la clique Tantine-Mrs. Vaile était déjà avertie que nous allions essayer de rentrer au bercail et nous guettait avant même notre arrivée.

Et c'était à un moment quelconque entre celui où il m'avait quitté et celui où, étant parvenu ici, il avait parlé au Vieux, que Sammy avait découvert ce qu'il avait découvert, quoi que ce pût être. Et il était tout aussi évident que la chose en question lui avait été révélée par Janine : la chose en question étant qu'un groupe d'espions d'Himmler était ici pour s'occuper des bombes volantes.

Et pourquoi pas ? Sammy avait rencontré Janine à un moment quelconque entre celui où il m'avait quitté et la nuit de la cocktail-party. En tout cas, c'était là un fait dont j'étais certain. Fort bien, il était donc possible que ce fût Janine qui lui eût parlé du groupe d'espions et que le renseignement original vînt d'elle.

Et ceci devait avoir incité Sammy à penser que Janine était régulière. Il l'avait crue. Il avait considéré le fait qu'elle lui eut donné ce renseignement (renseignement corroboré sans doute par d'autres renseignements sur elle-même) comme une garantie de sa sincérité. Et Sammy avait agi d'après les renseignements de Janine.

Et où cela l'avait-il mené ?

Il me vint une idée très marrante. Une idée qui ne me plaisait pas du tout. A supposer, pour la commodité de la discussion, que Janine travaillât pour l'ennemi, qu'elle fît partie des gens à qui l'on avait dit que deux hommes qui s'étaient fait affecter aux bases de lancement des V-I étaient en réalité des agents britanniques et qu'ils étaient probablement en route pour l'Angleterre. A supposer qu'on lui eût donné une description détaillée de ces deux hommes ? Eh bien ! au départ, elle nous connaissait. C'était un point d'acquis pour elle. Alors, d'une manière ou d'une autre, elle était entrée en rapport avec Sammy — elle pouvait même avoir été placée sur son chemin avant qu'il quittât la France. A supposer ensuite qu'elle lui eût raconté l'histoire des gens d'Himmler travaillant à Londres. Elle se doutait : a) que Sammy la croirait parce que nous savions tous les deux que la chose qui tracassait les Allemands chargés du lancement des V-I sur les côtes françaises et belges, c'était de ne pas pouvoir avoir d'indications sur les points de chute de leurs engins et : b) que Sammy serait probablement chargé de la mission de détruire le groupe d'Himmler.

En d'autres termes, les autres seraient affranchis sur nous, ils sauraient qui nous étions et, avec Janine faisant semblant d'être de notre côté, ils seraient en bonne posture pour nous jouer quelques sales tours. Ceci, joint au fait que je savais qu'il leur fallait à tout prix un résultat et qu'ils commençaient à être un peu désespérés, qu'il fallait qu'ils fissent quelque chose et cela fichtrement vite, formait un très bon argument si l'on voulait raisonner dans ce sens.

Si l'on acceptait cette théorie, il était possible que Sammy — qui n'était pas idiot — eût cru jusqu'au moment de la nuit de la cocktail-party que Janine était régulière avec lui. Eh bien !... A supposer qu'à un moment quelconque *avant* la cocktail-party un doute se fût introduit dans son esprit ? Qu'eût-il fait alors ?

Sûrement, exactement ce qu'il avait fait.

Sa première pensée eût été pour sa mission. Sa seconde de me protéger afin que, si les autres réussissaient à l'avoir, je pusse continuer le travail. Ainsi il ne m'eût pas donné signe de vie. Il ne m'eût pas écrit, pas téléphoné, m'eût mis la puce à l'oreille de la seule façon qui lui était possible à la cocktail-party, en se noircissant. Et en me glissant le seul renseignement essentiel, son adresse, sans rien me dire de Janine et sans rien lui dire de moi.

C'était là ce qu'il eût fait et c'est ce qu'il avait fait.

Après quoi, avant d'être tué, il avait pris la peine de me dire dans sa lettre que Janine était pour nous, qu'elle était de notre côté. Alors... que répondre à cela ?

Il y avait pourtant une réponse à cela. *Ce n'était peut-être pas la vérité. Et si Sammy avait ajouté ce passage concernant Janine pour être sûr que sa lettre me parviendrait !* Je me l'imaginai jetant son enveloppe par la fenêtre dans l'espoir que quelqu'un la mettrait dans une boîte ou me l'apporterait. Il savait fichtrement bien que sa lettre pouvait aisément tomber entre les mains des autres, puisqu'elle allait tomber quelque part dans la rue devant la maison où il était prisonnier. Et si Sammy — malin comme toujours — avait parlé de Janine pour me mettre dans le bain comme il y était lui-même, *les autres ne pouvaient qu'avoir intérêt à ce que la lettre me parvînt.* Et pourquoi pas ? Le reste des renseignements que contenait cette lettre était sans importance... Rien qui ne pût amener de résultats pratiques.

Je terminai mon verre en concluant que le doute était quelque chose de très vilain.

L'attitude de Janine depuis le début pouvait permettre qu'elle fût d'un côté ou de l'autre : le leur ou le nôtre. Cette attitude, on pouvait l'expliquer de la manière que l'on voulait et la mettre en musique. On pouvait l'expliquer d'une manière comme de l'autre, et où cela vous menait-il ?

Même pour sa visite à Miss Carew, on avait le choix entre deux motifs, l'un qui était de découvrir pour qui travaillait Sammy afin de pouvoir donner à cette personne les renseignements ou les documents qu'elle avait — si elle en avait, — et le second qui était de découvrir, *pour les autres,* qui était le chef du Service de contre-espionnage anglais travaillant contre eux.

Je finis par conclure que la vie pouvait être rudement vache.

Après quoi, je pris mon chapeau et sortis. J'avais le sentiment que Verity Street m'appelait.

Arrêtant ma voiture au croisement de Mulbery Street et de Verity Street, je la garai dans un coin obscur et me dirigeai vers la maison de Janine, marchant sur le trottoir d'en face.

La pluie avait cessé, le vent était tombé et un peu de lune s'était montré. La nuit n'était pas désagréable, et l'atmosphère lourde que j'avais précédemment associée à ce voisinage était remarquable par son absence. Je décidai de considérer cela comme un présage, bien que, je dois le dire, je ne sois pas le genre de personne qui perde beaucoup de temps à faire joujou avec les présages.

En approchant de la maison, je pus voir un rai de lumière qui passait sous le rideau de défense passive du salon de Janine. Je m'arrêtai et allumai une cigarette, me disant que le moment était venu où cette dame et moi devions avoir une nouvelle petite conversation.

Traversant la rue, j'appuyai sur le bouton qui se trouvait au-dessus de la carte au nom de Janine. Rien ne se passa. Je sonnai de nouveau et laissai mon doigt appuyé sur le bouton. Personne ne se dérangea. Alors je frappai à la porte.

Une minute environ s'écoula, puis la porte s'ouvrit. Dans le vestibule faiblement éclairé se tenait la propriétaire. Elle me regarda avec, dans les yeux, une certaine hostilité. J'eus l'impression qu'elle ne m'aimait pas beaucoup. Je me demandai pourquoi.

— Bonsoir, dis-je. Comment allez-vous ? Miss Janine est-elle chez elle ?

— Il est très tard, dit la propriétaire d'une voix aigre. Nous n'avons pas l'habitude de recevoir des visiteurs à cette heure.

— J'en suis désolé. A propos, je suppose que vous vous souvenez de moi. Je suis l'inspecteur de police qui est venu hier.

— Oui ? fit-elle d'un ton légèrement insolent. Vous ne m'avez pas l'air d'un inspecteur de police.

— De quoi ai-je l'air ? lui demandai-je. D'un phoque savant ? De toute manière, peut-être aurez-vous la bonté de répondre à ma question. Je désire voir Miss Janine.

— Impossible, dit-elle. Elle n'est pas ici.

Je hochai la tête.

— L'avez-vous vue depuis que je suis venu ? demandai-je.

Elle secoua la tête.

— Elle n'est pas encore revenue, déclara-t-elle.

J'allumai une nouvelle cigarette.

— Qui est donc dans son salon en ce moment ? demandai-je. Même si vous trouvez que je n'ai pas l'air d'un inspecteur de police, vous devez vous rappeler que j'ai payé le loyer. Vous n'avez pas loué cet appartement à quelqu'un d'autre, j'espère ?

— Non, dit-elle. On est en train de nettoyer un peu. Nous avons eu beaucoup à faire et ce n'est que maintenant que nous avons trouvé le temps de nous occuper du ménage.

Je bâillai.

— Quel ennui, dis-je. Enfin tant pis... J'aurai plus de chance la prochaine fois. Si vous voyez Miss Janine, vous pourrez lui dire que je suis venu et que nous pourrions nous rencontrer un de ces jours, même autre part qu'ici... disons par exemple Kinnoul Street. Cela lui sera peut-être plus commode.

Je lui souris gracieusement.

— Très bien, dit-elle d'une voix aigre en refermant bruyamment la porte.

Je regagnai ma voiture. Il était assez évident que quelqu'un — probablement Janine elle-même — avait solidement travaillé la propriétaire. Je me mis à penser que peut-être Janine ne me plaisait pas tellement et que certaines des idées que j'avais eues plus tôt dans la soirée étaient peut-être tellement justes que c'en était ahurissant.

Mettant ma voiture en marche, je m'engageai dans Verity Street. En passant devant la maison, je pus voir qu'il n'y avait plus de rai de lumière à la fenêtre du salon de Janine. Quelqu'un avait fait le nécessaire.

Je tournai dans la direction de Kinnoul Street, me disant que, pendant que j'y étais, autant valait faire toutes mes visites. Je me disais que ce serait amusant si, quand je sonnerais à la porte de la maison de Kinnoul Street, c'était Tantine qui m'ouvrait. Mais je ne le pensais pas. J'avais l'impression que Tantine n'était pas revenue là depuis la nuit où avait eu lieu l'incident du poivrier et qu'elle n'y reviendrait probablement jamais. Cette maison n'allait être qu'un souvenir de plus pour elle.

J'arrêtai la voiture dans un renfoncement, éteignis les lumières et achevai le trajet à pied. La maison était dans une obscurité complète. Elle avait l'air vide et poussiéreux. Il y avait quelque chose dans cet endroit qui me déplaisait.

Je sonnai, et personne n'y prit garde. J'essayai ensuite d'ouvrir la porte. Cette fois-ci, elle était fermée. Je remarquai alors collé sur la fenêtre du rez-de-chaussée le grand « E » noir de la Défense passive. (« E » est la lettre initiale du mot *empty,* qui signifie : vide, inoccupé.) La rue était silencieuse, la lune avait disparu derrière un nuage. Je pris mon trousseau de clefs et commençai à travailler la porte. Ce fut très facile. Au bout de trois minutes, j'étais dans la place.

Après avoir tiré la porte derrière moi, je commençai mes explorations. Je connaissais assez bien la topographie de l'endroit : à droite du vestibule, se trouvait la salle à manger où j'avais eu ma dernière entrevue avec Tantine ; au premier, se trouvait l'ancienne chambre de Sammy, et, au second, celle de Tantine.

J'allai dans la salle à manger et allumai ma torche. L'endroit était dans l'état où je l'avais vu la dernière fois. Les reliefs du souper de Tantine étaient encore sur la table, les meubles dans les mêmes positions, et la chaise de Tantine toujours renversée sur le sol, telle qu'elle était tombée lorsque Tantine avait fait sa sortie précipitée.

Personne apparemment n'était revenu là depuis ma dernière visite. Mais quelqu'un avait téléphoné aux gens de la Défense passive que la maison était inoccupée. Et voilà.

Je montai dans la chambre de Sammy. Elle aussi était exactement dans le même état que la dernière fois. Les vêtements de Sammy étaient toujours soigneusement empilés sur le lit. Le rideau de Défense passive étant baissé, j'allumai l'électricité. Et, m'accoudant au pied du lit, je me mis à penser à Sammy.

J'allumai une cigarette. Je supposais que Sammy n'avait pas été très surpris, lorsqu'il était revenu à lui, de trouver deux gars en train de fouiller sa chambre. Rien ne surprenait jamais Sammy. Mais il avait dû trouver bizarre que ses visiteurs aient pu le croire assez idiot pour cacher ce qu'ils cherchaient, quoi que ce fût, dans sa propre chambre.

Mais, ce qu'il y avait de comique, c'était que personne ne faisait jamais ce que les autres pensaient qu'il allait faire, sauf parfois quand on le faisait, parce que l'on pensait que les autres penseraient que c'était tellement évident que ça valait tout de même la peine d'essayer de le faire. Un peu compliqué peut-être, mais compréhensible dans un métier comme le nôtre. Cela valait souvent la peine d'imaginer ce que les gens penseraient qu'on allait faire et puis de faire le contraire. Sammy était un type qui avait tendance à penser dans ce sens.

Sortant de la chambre de Sammy, je montai l'escalier. Je trouvais cela rudement marrant d'être là en train de me balader dans une maison qui avait été le théâtre d'au moins deux drames — si l'on peut appeler drame ma petite affaire du poivrier, — une maison qui était vide d'occupants, mais pleine de meubles, de babioles, d'atmosphère et tout.

J'ouvris la porte de la chambre de Tantine et y pénétrai. Je balayai la pièce avec le rayon de ma torche, vis que le rideau de Défense passive était tiré, trouvai le commutateur et allumai l'électricité. Tout dans la pièce était normal. Je regardai le lit et, croyez-m'en, j'aurais été plutôt surpris si Tantine avait été dedans coiffée d'un bonnet de nuit. Le lit était fait, la courtepointe repliée comme si quelqu'un allait s'y coucher.

Cette chambre était très agréable. Le lit se trouvait contre le mur, à gauche de la porte. La pièce était grande, une moquette en couvrait tout le sol, et, près de la baie, à droite de la porte, il y avait un grand secrétaire assez beau. Le buvard, les encriers, et les porte-plume étaient rangés bien en ordre sur la tablette, ainsi qu'un agenda, un essuie-plume et tous les autres bibelots que les vieilles dames aiment avoir à l'endroit où elles écrivent leurs lettres. Il y avait aussi un classeur contenant du papier, une sébile pleine d'attaches et d'épingles et même un carnet de timbres. J'en conclus que Tantine était un numéro plutôt méticuleux lorsqu'elle n'était pas en train de couper la gorge de quelqu'un ou de se livrer à un genre de plaisanterie analogue.

Sur la cheminée, dont le foyer était masqué par un radiateur à gaz garni de charbon imitation, il y avait la photo de Tantine dans un cadre d'argent, photo que j'avais déjà remarquée lors de ma précédente visite. Je m'approchai pour la considérer plus à mon aise.

Comme vous le savez probablement, les photos sont de drôles de choses. L'appareil voit souvent un tas de détails qui échappent à l'œil humain, et celui, quel qu'il fût, qui avait photographié Tantine connaissait plutôt bien son métier. La photo était prise de face, et Tantine me regardait de son cadre d'argent avec une expression qui disait aussi clairement que l'eussent fait les mots : « Je t'emmerde ! »

Oui, il n'y avait pas de doute, l'expression de Tantine signifiait cela.

Je saisis le cadre pour l'examiner de plus près, puis, me rapprochant de la lumière, je l'examinai de plus près encore. Les caractéristiques faciales de cette femme plutôt dangereuse m'intéressaient décidément. Après l'avoir bien regardée, je décidai de remettre le cadre sur la cheminée.

C'est alors qu'une de ces choses arriva. Une de ces choses qui arrivent une ou deux fois dans une vie. Le dos du cadre, qui était de l'habituel carton noir, retenu par deux petits crochets, se défit. La photo de Tantine tomba sur le sol, et il ne me resta plus dans la main que le cadre d'argent et le verre. Alors, comme je me baissais pour ramasser le reste, je découvris entre le verso de la photo et la plaque de carton une petite enveloppe brune.

Cette enveloppe était à peu près de la taille d'une enveloppe de carte de visite, et je savais exactement ce qu'elle représentait. Lorsque je la vis, mon cœur se mit à battre. Laissant le reste sur le sol, je ramassai l'enveloppe et l'ouvris. Dedans, il y avait trois pellicules photographiques carrées de huit centimètres environ de côté. Je savais exactement ce qu'étaient ces films. C'étaient des positifs de microphotographies de plans ou de documents, telles qu'en utilisent tous les services de contre-espionnage et de renseignements.

Les images étaient trop petites pour que je pusse les déchiffrer. Mais cela ne me tracassait pas. Je *savais* ce que Sammy avait caché derrière la photo de Tantine parce qu'il savait fichtrement bien que c'était là le dernier endroit où les autres le chercheraient, *dans sa chambre à elle.*

Pour la première fois depuis le début de cette affaire, je commençai à me sentir un peu ému. Prenant une feuille de papier sur le secrétaire de Tantine, je la découpai en petits morceaux dont je garnis l'enveloppe, de sorte que celle-ci semblait toujours contenir les films. Puis, après avoir recollé soigneusement l'enveloppe, je la remis à sa place dans le cadre de la photo et reposai le tout sur la cheminée. Allant au secrétaire, je pris une des enveloppes de Tantine, y inscrivis l'adresse du Vieux, saisis un morceau de papier sur lequel j'écrivis : *Urgent. Prière d'agrandir immédiatement,* mis les films et le mot dans l'enveloppe, la cachetai, y collai l'un des timbres et me dirigeai vers la porte.

Je descendis l'escalier, mon Mauser à la main, me sentant plutôt bien et tout à fait résolu, si quelqu'un me barrait la route, à ne pas perdre mon temps en discussions. Je me contentai de tirer la porte derrière moi, sans la fermer à clef.

Au bout de Kinnoul Street, il y avait une boîte à lettres. J'y jetai la mienne, allumai une cigarette et retournai chez Tantine.

Je remontai tranquillement dans sa chambre. Je me sentais presque heureux. J'étais affranchi sur Sammy.

Sammy se rendant compte qu'il était repéré avait manœuvré de la seule façon possible. Sans doute, le jour de la cocktail-party, probablement dans l'après-midi, il s'était emparé de ces films. Et ces films étaient rudement importants. Ces films, c'était de la dynamite. Je savais cela, bien que je ne les eusse pas examinés. Sammy savait qu'il avait les autres sur le dos et qu'il ne pouvait se fier à personne. Il n'avait pas pu se mettre en rapport avec moi parce que Janine le collait comme une sangsue. Il avait les autres sur le dos, mais il voulait essayer dans la mesure du possible de ne pas me mettre dans le bain. Avant d'aller à la cocktail-party, il revint Kinnoul Street et, parce qu'il était Sammy, il opéra en plein pays ennemi. Sans doute était-il monté dans la chambre de Tantine et avait-il planqué les films derrière la photo de cette aimable personne avant d'aller à la cocktail-party. Il espérait que je comprendrais assez bien sa lettre pour me rendre compte qu'en ce qui me concernait, le champ des opérations était cette taule de Kinnoul Street. Eh bien ! j'étais arrivé au but et, même si je n'y étais arrivé que par hasard, cela ne faisait fichtrement rien.

Je commençais à me sentir fatigué. D'une manière et de l'autre, ç'avait été une journée très remplie. Je consultai ma montre-bracelet. Il était près de trois heures.

J'éprouvais un singulier sentiment d'exaltation. J'avais l'impression très nette que, lorsque le Vieux aurait fait agrandir ces films, nous tiendrions le bon bout. Je saisis mon « flask » dans ma poche-revolver et fus enchanté de le trouver à demi plein. Après avoir bu une sérieuse lampée, je me sentis mieux encore.

Je me dirigeai vers la porte et éteignis la lumière. Je passais sur le palier quand j'entendis un bruit.

Quelqu'un ouvrait la porte d'entrée en bas. J'entendis le bruit de la clef et des pas dans le vestibule. Retournant dans la chambre de Tantine, j'en fermai la porte derrière moi, puis, me dirigeant vers le lit, je m'étendis dessus. Et, calmement allongé dans l'obscurité, j'attendis.

Les pas montaient l'escalier. C'étaient des pas légers et décidés à la fois.

Une femme, supposai-je. J'entendis le claquement de hauts talons sur le palier et le bruit de la porte qui s'ouvrait. Puis la lumière s'alluma.

Janine entra dans la pièce. Elle ne regarda pas dans ma direction. Ses yeux étaient tournés vers la baie, vers le rideau de Défense passive et vers le secrétaire.

Et elle était ravissante.

Elle portait une robe de velours gris bleu sous un manteau de loutre ouvert. Elle avait une petite ruche de crêpe georgette rose corail au cou et aux poignets. Ses petits pieds étaient chaussés d'escarpins de cuir verni à hauts talons et elle avait des bas d'une soie arachnéenne sur ses très jolies jambes. Vraiment ravissante, Janine. Un bijou !

Elle se tourna, me vit et leva la main droite dans laquelle elle tenait un de ces petits, mais très efficaces Luger équipés avec le silencieux que feu Herr Heydrick inventa pour le bénéfice des gens de l'espionnage allemand avant d'être descendu par un Tchèque plutôt gentil.

— Hello ! Janine, dis-je en lui souriant. Enchanté de vous voir. Sans doute êtes-vous venue régler cette petite question de loyer !

9

Bettina

Je mis tranquillement mes mains derrière ma tête. Janine était debout au pied du lit, les bras appuyés sur le bois. Elle avait l'air à la fois amusé et légèrement en colère.

— Eh bien ! Gretchen, lui dis-je. Comment vont les choses pour vous ?

Elle sourit, un petit sourire sardonique. Je remarquai qu'elle avait le doigt fermement posé sur la gâchette du Luger et il me vint à l'idée qu'elle pouvait tout aussi bien me tuer que me parler.

— Pourquoi Gretchen ? demanda-t-elle de sa voix basse et musicale avec une très légère nuance de mépris.

— Parce que Gretchen ou quelque chose d'approchant, Gretchen, Karla, ou Liesl, est votre nom, celui-là ou un autre de ces noms allemands. A moins, bien entendu, que vous ne portiez un de ces nouveaux noms nazis dont les enfants sont affublés ces temps derniers.

Elle haussa les épaules. Elle était bigrement belle, l'air très mauvais et remarquablement sinistre.

— Que faites-vous ici ? demanda-t-elle.

— Exactement la même chose que vous, répliquai-je finement. Puisque je cherche la même chose. Un de ces jours, du reste, je vais la trouver. Même si je dois pour cela soulever les lames du parquet.

— Je ne crois pas que vous la trouverez, dit-elle. En fait, je ne crois même pas que vous pourrez chercher quelque chose, en quelque endroit que ce soit, après cette nuit. Je crois que vous allez mourir.

— C'est bien ennuyeux, dis-je. Mais on m'a déjà tenu ce genre de boniment. Il paraît, d'ailleurs, que ce sont les hommes les plus menacés qui vivent le plus longtemps.

Je m'assis sur le lit et m'accoudai sur les oreillers. Dès que je bougeai, elle me suivit avec le canon de son Luger. Elle le baissa de nouveau lorsque j'eus cessé de remuer.

— Ecoutez, Janine, dis-je, pourquoi ne pas avoir l'intelligence d'abandonner ? Vous êtes battue et vous le savez. Il y a assez longtemps maintenant que vous faites joujou avec vos amis, Mrs. Bettina Vaile, Tantine, le Great Ravallo et tous les autres membres de votre cirque ambulant. Pourquoi n'abandonnez-vous pas et n'essayez-vous pas de sauver votre peau quand il en est encore temps ? Je suis affranchi sur vous. Et, même si vous pressez sur cette gâchette, cela ne vous mènera réellement nulle part.

Elle haussa les sourcils.

— Non ? fit-elle. Expliquez-moi donc ce que vous entendez exactement quand vous dites être affranchi sur mon compte.

— Vous n'avez qu'à m'écouter, déclarai-je. Si vous êtes une fille raisonnable, vous suivrez mon conseil et ferez ce que je vais vous dire. Je m'appelle Michael Kells. Je suis un agent travaillant pour ce pays. Il y a des années que je fais ce métier. Et, ce qui vous intéresse davantage, je suis le type qui était avec Sammy Carew, lequel, vous le savez bien — trop bien, bon Dieu ! — se trouvait sur la côte française, dans une des bases de lancements des V-I.

» Eh bien ! quand nous avons considéré que notre mission était terminée, nous avons décidé de rentrer ici. Carew est parti le premier. Cependant, votre amie Mrs. Bettina Vaile — j'ignore son nom allemand — avait démasqué et tué un agent que nous avions envoyé à Peenemunde. Je crois que nous sommes partis juste à temps.

» J'ai l'impression que vous vous êtes liée avec Sammy quand il était sur le chemin du retour. Probablement en France même. C'est pour cela que vous m'avez raconté cette histoire de mariage avec lui à l'étranger, vous vous rappelez. Vous vous êtes liée avec lui et vous lui avez débité un bon vieux boniment. Vous lui avez dit que vous travailliez pour les Anglais ou pour la Résistance française, ou quelque chose de ce genre. Vous vous doutiez qu'il ne vous croirait pas comme cela. Alors vous avez mélangé un peu de vérité à votre petit conte, afin de faire passer le reste. Vous lui avez raconté une histoire parfaitement vraie au sujet d'un groupe d'espions allemands qui travaillaient ici et qui tâchaient de recueillir des renseignements sur les points de chute et la portée des bombes volantes et des fusées. Vous saviez que votre histoire prendrait si vous lui donniez une preuve que ce que vous disiez était vrai. Eh bien ?

Elle eut un lent sourire.

— Continuez, dit-elle. Vous ne pouvez savoir combien vous êtes drôle, Mr. Kells. Ainsi, je lui ai donné une preuve de la véracité de mes dires ?

— Vous pouviez vous le permettre, ricanai-je. Vous saviez qu'une fois que vous seriez ici avec lui — avec lui croyant en vous — vous pourriez reprendre cette preuve, quelle qu'elle fût, avant que quelqu'un d'autre que Sammy l'ait vue. Vous saviez que vous pourriez le supprimer avant qu'il ait eu le temps de rien faire à ce sujet. Le seul ennui, et plutôt un gros ennui, pour vous, c'est que Sammy vous a un peu baladée en bateau. Sammy n'était pas un idiot. En tout cas, il était plus fort que vous.

— Vraiment, fit-elle d'un ton aigre. Et qu'a-t-il fait ?

Je haussai les épaules.

— Pour une raison connue de lui seul, dis-je, Sammy eut des doutes sur votre compte. Malgré votre histoire, malgré ce que vous lui aviez donné. Vous pensiez qu'il portait la chose sur lui et que, lorsque vous le descendriez, vous pourriez la récupérer. Mais il n'avait pas la chose sur lui. Ce qu'il a fait était plutôt habile. La nuit où il vous a menée à la cocktail-party Marinette, il a caché cette chose — quelle qu'elle soit — ici *dans cette maison*. Et ce fut là l'une des idées les plus habiles qu'il ait jamais eues dans sa vie. Sammy eut l'impression, juste avant d'aller à cette soirée, qu'il vous avait sur le dos, vos amis et vous. Vous saviez qu'il n'avait jamais eu l'occasion de se débarrasser des documents ou des papiers que vous lui aviez donnés. Il les cacha donc dans cette maison. Après la soirée, il vous a raccompagnée jusque chez vous. Tout ce temps, vos amis le pistaient, et Sammy savait cela. Ensuite, après vous avoir laissée Verity Street, il est revenu ici et a bu un whisky-soda que Tantine ou quelqu'un d'autre avait eu soin de droguer. Il a tourné de l'œil. Lorsqu'il est revenu à lui, il y avait des gens en train de fouiller sa chambre. Mais ils ne trouvèrent rien. Parce que Sammy n'était pas assez idiot pour cacher quelque chose dans sa propre chambre.

Elle sourit.

— Vous savez magnifiquement deviner les choses, Mr. Kells, n'est-ce pas ? Ou bien vous savez magnifiquement mentir. Je suppose que vous allez me dire d'ici un instant que vous savez où il a caché les documents ?

Je haussai les épaules.

— A la place de Sammy Carew, dis-je, je les aurais cachés ici même, dans cette pièce. Parce qu'ici, c'est à peu près le dernier endroit auquel on puisse penser. Comme je vous l'ai dit, je vais probablement commencer mes recherches en soulevant les lames du parquet.

Un sourire compatissant apparut sur les lèvres de Janine.

— Oh ! non, Mr. Kells, dit-elle. Je doute fort que vous puissiez à l'avenir vous livrer à ce genre d'occupation. A propos, je me demande quel est votre *vrai* nom ?

— Je vous l'ai déjà dit, je suis le Père Noël.

— Oui ? fit-elle. Eh bien ! j'ai l'impression que la dernière cheminée où vous êtes descendu va vous dégringoler sur la tête.

— Mais non, dis-je, vous avez tort de vous tracasser pour moi. Moi, je ne suis pas inquiet sur mon sort. Je le serais plutôt sur le vôtre. A propos, vous êtes-vous bien amusée chez Miss Carew ? Avez-vous appris ce que vous désiriez savoir ? Avez-vous découvert qui était le patron de Sammy ? Pauvre Janine, je suis plutôt ennuyé pour vous. Ça ne marche pas tellement bien, n'est-ce pas ?

Elle soupira.

— Si je vous disais que je travaillais avec Sammy Carew, fit-elle, qu'il avait confiance en moi, je gaspillerais probablement ma salive...

— Ne vous fatiguez pas, dis-je. D'abord, je me suis toujours méfié de vous. Sans doute aviez-vous réussi à gagner la confiance de Sammy ; moi, en tout cas, je ne veux pas courir de risques avec vous. Il y a juste une possibilité que vous disiez la vérité, mais je ne crois pas que vous la disiez. A un moment, j'ai eu l'impression que oui, plus maintenant. Toutes les preuves sont contre vous.

— Le même raisonnement ne s'applique-t-il pas exactement à vous ? demanda-t-elle. Bien sûr que si. Sammy ne m'a jamais parlé de vous. Il n'a jamais mentionné ni votre nom, ni...

— Je pense bien ! l'interrompis-je. Sammy n'était pas bouché à ce point, s'il avait eu confiance en vous, il vous eût affranchie sur mon compte. Mais il ne l'a pas fait. La raison est évidente.

Elle mit ses doigts fins devant sa bouche et bâilla. Je commençai à déplacer ma main du côté de ma poche intérieure. Si je pouvais arriver à saisir mon Mauser, cela vaudrait la peine pour moi de risquer de faire un carton sur le revolver qu'elle tenait à la main. Mais je n'en eus pas l'occasion. Le canon du Luger se pointa dangereusement, et je retirai vivement ma main. Pour le moment, l'idée de recevoir une balle dans la peau ne m'excitait pas particulièrement.

— Eh bien ! dit-elle après un silence. Eh bien ! Mr. le Père Noël, qu'allons-nous faire maintenant ?

— En ce qui me concerne, je n'ai pas l'intention de bouger, répondis-je avec douceur. J'ai l'intention de faire de cet endroit mon adresse permanente et d'y rester jusqu'à ce que quelque chose arrive. Et, si je reste suffisamment longtemps ici, ce quelque chose ne pourra qu'arriver.

— Oui, fit-elle, et beaucoup plus tôt que vous ne le pensez.

S'éloignant du pied du lit, elle gagna le centre de la pièce. Le Luger au bout de son bras détendu, elle me considéra.

— Il se peut que vous soyez quelqu'un de bien, dit-elle calmement. Mais il y a toutes les chances que ce ne soit pas le cas. Je crois que vous jouez un jeu très subtil, Mr. Kells, et je ne veux pas courir de risques avec vous.

— Cela se trouve très bien : je ne veux pas non plus en courir avec vous. A propos, comment avez-vous fait pour apprendre où habitait Miss Carew, la tante de Sammy ?

— Comment, à votre avis ? demanda-t-elle. Mais, de la façon la plus simple, lui-même me l'a dit.

— Oh ! ça va, Janine ! Vous oubliez la carte postale qui était dans votre sous-main, Verity Street. Cette carte postale faisait partie d'une série imprimée il y a des années. Elle vous a probablement été passée par l'un de vos amis allemands qui savait que Sammy avait coutume de séjourner chez sa tante lorsqu'il était en Angleterre. Sammy ne vous eût pas donné une carte postale. Il vous eût tout bonnement donné l'adresse. Mais pourquoi ne vous en allez-vous pas ? Vous commencez à m'ennuyer un peu.

— Vous racontez n'importe quoi, dit-elle avec une nuance de colère dans la voix. Oui, n'importe quoi. Je vous répète que c'est Sammy Carew qui m'a donné cette adresse.

— Vous m'avez également dit qu'il était marié avec vous et quelques autres charmants petits riens. Ecoutez, Janine, si Sammy avait eu confiance en vous, c'est à vous qu'il eût remis ces documents. Il ne les eût pas cachés là où personne ne pouvait les trouver. Il vous les eût confiés en vous disant ce qu'il allait en faire, où les porter. Sammy se doutait que vos amis allaient l'avoir, il devait donc souhaiter pouvoir se débarrasser de ces papiers, mais il ne l'a pas pu. Il ne voulait pas vous les donner à vous et il n'a pas pu me dire où ils se trouvaient. Il n'a pas pu m'en parler à la cocktail-party parce que vous étiez avec lui et ne le quittiez pas des yeux. Vous voyez ?

— Mais, vous, vous pensez que vous allez les trouver. Le malin Mr. Kells ! Vous vous figurez savoir où ils sont.

— On ne peut rien vous cacher, dis-je avec un sourire sarcastique.

Elle se rapprocha soudain un peu de moi.

— Comme vous dites, déclara-t-elle, j'ai longtemps cherché où il pouvait bien les avoir mis. Je crois avoir deviné juste. Vous n'avez pas l'intention de bouger, n'est-ce pas ? Je suis très bonne tireuse et il me serait très désagréable de vous tuer. Vous êtes trop amusant.

— Faites comme chez vous, dis-je.

Elle recula jusqu'à la cheminée, puis, se ravisant brusquement, revint vers le lit, plongea sa main à l'intérieur de ma veste et me prit mon Mauser.

— Comme cela, vous serez forcé d'être sage, dit-elle. Vous êtes beaucoup trop impulsif pour qu'on vous laisse porter une arme.

Elle recula de nouveau vers la cheminée. Elle posa le Mauser sur le coin du secrétaire et, me faisant toujours face, étendit la main vers la photo de Tantine. Elle saisit le cadre et le jeta sur le garde-feu. Le verre se brisa, le dos tomba. La petite enveloppe brune gisait maintenant devant le garde-feu.

Souriante, elle se baissa et la ramassa. Puis elle se redressa et fit deux pas vers moi.

— On dirait que j'ai deviné juste, n'est-ce pas, Mr. Kells ? On dirait même que j'ai deviné plus juste que vous.

— Ecoutez, Janine, fis-je négligemment. Soyons amis. On pourrait s'entendre au sujet de cette chose.

— Mais oui ! Et puis quoi encore ? J'ai ce que je voulais et, maintenant, je vais vous laisser à vos réflexions.

Elle mit l'enveloppe dans la poche intérieure de son manteau.

— Maintenant, Mr. Kells, dit-elle avec un sourire, je vous quitte. Vous allez rester bien sagement là où vous êtes, et je vais vous enfermer et, d'ici le moment où vous sortirez de cette pièce, je serai loin.

Je ne répondis rien à cela, pensant que cette combinaison m'allait parfaitement bien.

— Eh bien ! fis-je, j'ai été enchanté de vous voir. Ne vous tracassez pas pour le loyer, vous pourrez me rembourser un de ces jours.

Elle sourit.

— Entendu, dit-elle. J'y penserai. A moins évidemment que j'oublie. Vous ne vous amuserez pas beaucoup, n'est-ce pas, Mr. Kells ? Ce qui est dommage en un sens. Surtout pour un homme doué d'une imagination comme la vôtre.

— Mon imagination n'est pas si mauvaise, Janine. Parfois même, je la trouve excellente. Un de ces jours, du reste, vous serez peut-être du même avis que moi.

— *Possible,* dit-elle. Mais j'en doute. Enfin... Bonsoir...

Elle se dirigea vers la porte, l'ouvrit et s'arrêta, me regardant par-dessus l'épaule. Je croisai les mains derrière la nuque et restai là à lui sourire. J'étais très content qu'elle n'eût pas pris la peine de regarder dans l'enveloppe brune. Lorsqu'elle le ferait, elle allait être rudement surprise.

Pour le moment, elle était plutôt satisfaite d'elle-même. Elle m'adressa un délicieux petit sourire.

— Vraiment, Mr. Kells, ou quel que soit votre nom, vous êtes un homme terriblement stupide.

— Pas possible ? Et pourquoi cela, je vous prie ?

— Vous avez basé tous vos arguments et toutes vos hypothèses sur le fait que Sammy Carew avait caché cette enveloppe dans cette pièce. L'idée que *quelqu'un d'autre* ait pu l'y avoir cachée ne vous est jamais venue.

— D'accord, dis-je. Qui d'autre ?

— Mais *moi-même,* idiot ! C'est moi qui l'ai cachée ici. C'est pourquoi je savais où chercher. Et, là-dessus, bonsoir !

Elle franchit le seuil, ferma la porte. J'entendis la clef qui tournait dans la serrure.

Je m'étendis de nouveau et regardai le plafond, me disant que quelque chose devrait bien se passer d'ici un instant. Quelque chose d'agréable, pour changer.

J'attendis dix minutes, puis, me levant, je pris le Mauser sur le secrétaire, forçai la porte et descendis. Au-dehors, la rue était déserte. Je gagnai ma voiture, mis le moteur en marche et, en attendant qu'il fût chaud, fumai une cigarette.

Puis je rentrai chez moi, garai la voiture et allai me coucher.

Lorsque le Vieux m'appela le lendemain à midi, je dormais. En entendant sonner le téléphone, je devinai que *quelque chose* était arrivé. J'espérai que ce serait une bonne chose.

Ç'en était une.

— Vous faites des progrès, Kells, dit le Vieux. Félicitations.

— Merci beaucoup, répondis-je. Pourrais-je savoir de quelle nature sont ces progrès ?

— Vous le verrez. On est en train de s'occuper de ces films. Les agrandissements seront prêts dans l'après-midi ou au début de la soirée. Je vous enverrai une série d'épreuves par un messager spécial. Et, alors, vous pourrez vraiment vous mettre au travail.

Je raccrochai et retournai au lit. Il me semblait que pour le moment c'était sans doute l'endroit le plus sûr pour moi.

A trois heures, le téléphone sonna de nouveau. C'était Guelvada.

— Hey ? dit-il, Mr. Kells, c'est un peu embêtant, mais que pouvais-je faire ? Vous savez, c'est un sacré boulot de filer quelqu'un quand on est tout seul. Je...

— Vous voulez dire que vous avez perdu Tantine, l'interrompis-je. Elle vous a semé. Ne vous en faites pas, je m'y attendais. Que s'est-il passé ?

— Vous aviez raison, dit-il. Elle est arrivée à l'entrée des artistes du cinéma pendant le début de la « matinée » de cet après-midi... Elle est entrée et ressortie bigrement vite. Moi, j'étais forcé de me tenir dans l'allée — assez près — au cas où elle s'en irait dans l'autre direction. J'étais dans une embrasure de porte et elle est passée si près qu'elle aurait pu me toucher. Quand elle se fut éloignée de quelques pas, elle se tourna et me lança un de ces regards, je ne vous dis que ça ! Je crois qu'elle m'avait repéré. Ensuite elle a gagné la grand'rue. Elle a traversé la chaussée, est entrée dans une boutique et, je le suppose, est sortie par la porte de derrière. De toute manière, je l'ai perdue. Et voilà ! Plutôt embêtant... hey ?

— Cela ne fait rien, Ernie, dis-je. *Maintenant,* cela ne fait rien. Revenez tout de suite à Londres et veñez chez moi, vers huit heures, ce soir.

— O.K. ! Mr. Kells... Vous pouvez compter sur moi.

Il était cinq heures quand le téléphone sonna de nouveau. C'était Freeby.

— Je suis content que vous soyez de retour, dit-il. Je vous ai appelé hier. Cette affaire me tracasse.

— Qu'est-ce qui vous tracasse, Freeby ? Notre très charmante Bettina ne ferait-elle pas ce que vous voulez qu'elle fasse ?

— Elle ne fait rien du tout, dit Freeby. C'est cela qui me tracasse. Cette femme devrait avoir peur. Elle devrait être en train d'essayer de se débiner ou de rejoindre ses amis. N'est-ce pas ?... Eh bien !... elle se contente de ne rien faire. Elle reste chez elle, sort et fait quelques courses quand ça lui chante. Elle se comporte comme n'importe quelle femme normale et elle semble se ficher éperdument de tout.

— Ne vous frappez pas, dis-je. Il faut que vous vous rendiez compte que c'est quelqu'un de très fort. Je suis sûr qu'elle sait que vous la filez et elle reste là pour vous occuper. Elle pense que, tandis que nous nous consacrons à elle, nous ne nous occuperons de rien d'autre. Continuez comme maintenant et téléphonez-moi s'il arrive quelque chose de vraiment intéressant.

Je pris un bain, puis une douche froide, bus un petit whisky, m'habillai et fumai quelques cigarettes.

A sept heures, le messager spécial arriva, porteur d'une grande enveloppe. Je signai le reçu, lui offris un verre et le congédiai, puis m'approchant de la fenêtre, j'ouvris l'enveloppe.

Le premier agrandissement était une lettre. Dès le premier coup d'œil que je jetai sur l'écriture, je commençai à me sentir un tout petit peu ému. L'écriture était celle de Collison, un agent qui avait travaillé deux ou trois fois avec moi au commencement de la guerre. Collison avait été parachuté en France il y avait un an et était passé dans le maquis. Il n'avait plus donné signe de vie, et nous pensions tous qu'il avait été descendu.

La lettre indiquait brièvement que les documents joints avaient été pris à l'ennemi par une personne qui travaillait avec Collison et qui servait d'agent de liaison entre lui et la Résistance française. Cette personne, disait Collison, était tout à fait sûre. Le premier des documents, continuait-il, était la liste des membres d'un groupe « extérieur » ennemi qui opérait déjà en Angleterre, avec au moins une adresse par personne et les noms sous lesquels ces gens vivaient en Angleterre.

Jetant un coup d'œil rapide sur la liste, je fus amusé de découvrir que Mrs. Bettina Vaile n'était autre que Fraülein Liesl Ernst. Il y avait le signalement de cette dame : donc, il ne pouvait pas y avoir de doute. Parcourant rapidement la liste, je pus reconnaître Tantine aux yeux bleus, le Great Ravallo, la petite frappe que j'avais exécutée. Il y en avait deux ou trois autres que je ne connaissais pas.

Le deuxième document était la copie d'un ordre adressé à ce groupe par les services de renseignements allemands avec des instructions sur ce qu'ils devaient faire, les renseignements qu'ils devaient obtenir sur la portée et les points de chute des bombes volantes et des fusées. Aucune allusion n'était faite à la manière dont ils devaient envoyer les renseignements quand ils les auraient. Mais j'étais peut-être à même de deviner la réponse à cette question.

Le troisième document était une copie d'un autre ordre des services de renseignements allemands relatif au financement du groupe et qui se terminait par le boniment habituel disant que les agents devaient se tuer s'ils tombaient aux mains des Anglais afin qu'aucun renseignement ne pût leur être arraché.

Le quatrième document était une carte du Surrey dressée d'une façon assez particulière et indiquant certains points de concentration.

Je revins à la lettre de Collison. Il continuait en disant que, grâce à la collaboration de membres de la Résistance française, il avait pu faire microphotographier les documents et sa lettre ; qu'il en gardait une copie et que sa collaboratrice, qui, il l'espérait, pourrait gagner l'Angleterre dans un délai raisonnable, aurait l'autre copie. Il soulignait que cette personne serait à même de donner quelques renseignements supplémentaires qui nous seraient probablement utiles.

Je déposai la lettre et allumai une cigarette. C'était décidément quelque chose d'important que nous avions là entre nos mains. Avec ces renseignements et les petites choses que j'avais réussi à rassembler, nous allions pouvoir mener la mission, l'affaire, à bonne fin. Je me sentais fort jovial et, en conséquence, me versai un autre whisky. Puis, le verre à la main, je revins à la table et achevai de lire la lettre de Collison.

Il ne restait plus qu'un bref paragraphe. Je le lus et reçus le plus grand choc de ma vie. Je restai là, mon whisky à la main, regardant les mots, étonné d'avoir pu être un aussi sombre idiot.

Car le dernier paragraphe de la lettre de Collison disait que la personne qui s'était procuré les documents, qui s'était occupée de les faire photographier par les Français, était une dame qui, depuis la guerre, travaillait avec les services de renseignements de l'état-major de la Résistance française. Collison joignait la photo de cette personne et son signalement.

Et son nom était Miss Janine Grant !

Le Vieux prépara un nouveau whisky-soda, me l'apporta et retourna s'asseoir dans son fauteuil. Il tira sur son cigare et, soufflant lentement la fumée, la contempla. Il haussa les épaules.

— Bien sûr, dit-il, c'est une sacrée déveine pour cette petite. Mais que pouviez-vous faire d'autre ? C'est juste une de ces choses.

— Je sais, dis-je. Juste une de ces choses. Pourtant, j'aurais voulu que cela puisse se passer différemment. Je voudrais que vous puissiez voir cette jeune femme. Elle a vraiment quelque chose.

Le Vieux haussa de nouveau les épaules.

— Peut-être la verrai-je, dit-il. J'espère qu'elle sera encore jolie. Je parie que vous allez trouver son cadavre quelque part dans un fossé ou dans un cours d'eau. Ils ne vont pas être gentils pour elle, vous savez.

— Je sais, dis-je.

— La situation dans laquelle se trouvait Carew ne lui permettait vraiment pas de se fier à cette jeune femme, continua le Vieux. Il ne croyait pas à sa sincérité tout en y croyant un peu. Dommage qu'ils n'aient pas eu le temps de faire un peu mieux connaissance.

— Ils n'en ont jamais eu l'occasion, dis-je. Vous pouvez vous-même vous en rendre compte. Cette Janine rencontre Sammy au moment où celui-ci se préparait à quitter la France. Elle ne le connaît pas. Elle ne sait de lui que ce qu'il en dit. Et c'est également tout ce qu'il sait d'elle, ce qu'elle dit d'elle-même. Ils estiment donc sage tous les deux de réserver leur opinion l'un sur l'autre jusqu'au moment où, arrivés ici, il sera possible pour eux de parvenir à savoir la vérité. En attendant, Janine avait ces films et elle ne les lâchait pas. Elle ne les donna pas à Sammy parce qu'elle n'était pas sûre de lui. C'est là que je me suis gouré pour la première fois, je me suis toujours figuré que c'était Sammy qui avait les films.

— Se tromper était tout naturel, dit le Vieux en avalant un peu de fumée de cigare.

— Ensuite, les choses ont marché trop vite pour tous les deux, repris-je. Sammy a découvert que le petit ami pâle le pistait. Il s'est rendu compte qu'il était repéré. Il a commencé à soupçonner tout le monde — y compris Janine. Il avait tout à fait raison. Comme il ne voulait pas la perdre de vue, il l'emmena à la cocktail-party. Dès son arrivée là-bas, l'atmosphère ne lui plut pas du tout. Il se noircit donc pour m'affranchir. Il n'avait rien dit de moi à Janine. Elle ne savait rien de moi.

» C'est alors que les choses se mettent à arriver. Sammy est tué, et je vais le voir à la morgue. Janine commence à avoir peur. Elle ignorait pour qui travaillait Sammy, qui était son patron. Moi, j'étais là à l'embêter, à faire le méchant, l'air bigrement inquiétant. Janine décida de cacher ces films et elle s'y prit très habilement. L'après-midi où Tantine vint la voir, elle s'esquiva par la porte de derrière, se précipita Kinnoul Street et cacha les films derrière la photo de cette vieille pas grand'chose. Moi, j'ai cru, bien entendu, qu'elle était allée là-bas afin de fouiller les affaires de Sammy.

— Enfin, dit le Vieux, c'est embêtant, mais c'est comme ça. Vous ne pouvez rien y faire.

« Non ? Pas possible ! pensai-je. Voyez-vous ça !... »

Après avoir fini mon verre, je m'en allai. Je savais exactement ce que le Vieux voulait qu'il fût fait et je savais exactement aussi ce qu'il me dirait et ce qu'il me ferait si je m'occupais d'autre chose que de l'achèvement de la mission. Eh bien ! pourtant, peut-être allai-je aussi m'occuper d'autre chose. Pas beaucoup, rien qu'un tout petit peu.

Et il fallait que je réussisse. Il fallait que je réussisse à cause d'une conclusion à laquelle j'étais parvenu. Et, cette conclusion, c'était que Janine m'intéressait assez, d'un point de vue strictement personnel, je ne sais pas si vous me comprenez.

Je me promenai pendant quelque temps dans Saint-James's Park, réfléchissant. Il était maintenant près de huit heures et demie. Ernie Guelvada devait être en train de m'attendre chez moi, impatient de faire quelque chose ou de descendre quelqu'un. J'espérai qu'il penserait à se servir à boire. A la réflexion, je me dis qu'il n'y avait pas de danger qu'il oublie de le faire.

Je sortis dans Piccadilly. Je venais de décider de prendre un taxi pour rentrer chez moi quand une auto s'arrêta le long du trottoir non loin de moi, et j'entendis une assez jolie voix qui disait : « Michael... Cher Michael... »

C'était Bettina Vaile, ou plutôt Fraulein Liesl Ernst, et elle était ravissante. Elle portait une robe vert amande assez ajustée et un petit manteau d'hermine d'été.

— Eh bien ! eh bien ! dis-je en m'approchant de l'auto. Je suis forcé de vous concéder que vous avez un culot du diable, Liesl. Mais où pensez-vous que ceci va vous mener ?

— Je vais vous le dire, Michael, fit-elle en souriant. Je vais vous dire où cela va me mener *exactement*. Oh ! Michael, vous êtes un homme très séduisant, un homme délicieux, encore que j'aie dû me servir contre vous d'un pistolet à gaz. Croyez-moi, à ce moment-là, je ne pouvais pas faire autrement.

— Allons, dis-je. De quoi s'agit-il ? Etes-vous venue vous livrer ?

Elle eut une jolie moue.

— Non, Michael. Je vous ai rejoint ici parce que je pense que nous devrions prendre un verre ensemble. Vous rappelez-vous quand vous m'avez invitée à dîner au *Berkeley ?* Comme je vous ai bien fait marcher ! N'est-ce pas, chéri ?

— Si jamais je vous offre un verre, il y aura du poison dedans.

— Possible, mon chéri, dit la fraulein. Mais je pense tout de même que cela pourrait vous être très utile de m'offrir un verre et d'écouter ce que j'ai à dire. Ça vous sera d'un grand secours.

Je la regardai. Ses yeux semblaient un petit peu moins durs, et elle était inquiète. J'eus l'impression que Bettina ou Liesl — comme vous voudrez — avait peur.

— Qu'allez-vous faire ? demandai-je. Vous mettre à table ?

Elle hocha la tête.

— Il n'y a rien d'autre à faire, n'est-ce pas ? Nous sommes dans un sale pétrin. Je le sais. Les autres ne veulent pas le croire. Ils pensent encore que nous allons gagner et que nous pourrons partir d'ici. Moi, non. Je ne crois pas aux fées. Je n'y ai jamais cru.

— En d'autres termes, dis-je, vous pensez à la petite Liesl. Vous avez l'intention de me proposer un marché ?

Elle hocha de nouveau la tête.

— Oui, Michael, dit-elle gravement. Je veux vous proposer un marché.

J'ouvris la portière et montai à côté d'elle. Elle portait un parfum très capiteux. Je la regardai de côté. Ma première impression était juste, pensai-je. Elle avait peur. Elle avait fini par conclure qu'il n'y avait pas d'issue et elle allait tâcher de s'en tirer le mieux possible.

— Comment vous est-il possible de proposer un marché ? demandai-je.

Vous êtes une femme rudement dangereuse. Vous êtes Allemande, espionne, vous avez sans doute supprimé une demi-douzaine de bons Anglais...

— Qui m'auraient supprimée les premiers s'ils l'avaient pu, m'interrompit-elle.

Elle tourna dans Berkeley Street et s'arrêta au coin. Nous descendîmes et, traversant la rue, entrâmes au bar du *Berkeley*. Je commandai des cocktails.

— Je ne crois pas que les choses soient tout à fait désespérées, dit-elle. Je pense encore que, pour moi, il y a de l'espoir. Je suis Autrichienne, et, que vous le croyiez ou non, j'ai été obligée de faire cet affreux métier. Des tas de femmes font de l'espionnage pour les Allemands. Elles y sont forcées. Elles ne sont pas volontaires. Eh bien ! je suis l'une de ces femmes. Et je ne vois pas pourquoi je n'essaierais pas de sauver ma peau.

— En soi, évidemment la vôtre mériterait d'être sauvée. Mais dites-moi ce qui vous a amenée à adopter ce point de vue ? Quelle est la cause de cette peur soudaine ?

Elle haussa les épaules et eut une moue.

— Vous, je suppose, dit-elle. Je sais que vous êtes trop fort pour nous. Je sais aussi que vous avez quelque chose dans votre manche et je ne crois pas qu'aucun de nous ait la moindre chance de sortir d'Angleterre. Je sens cela. Et, moi, je ne veux pas mourir. Je veux continuer à vivre. Peut-être qu'une fois cette guerre finie la vie vaudra d'être vécue.

— Vous me faites pleurer, Liesl. Mais je n'en écoute pas moins. Quel est le marché ?

— Le marché est le suivant, dit-elle à voix basse. Il faut que vous me promettiez que je ne serai pas fusillée. Cela m'est égal de faire un peu de prison. Cela, je pourrai le supporter si je sais qu'un jour je pourrai de nouveau vivre ma propre vie. Si vous me promettez cela, je vous dirai tout ce qu'il faudrait que vous sachiez maintenant. Je vous dirai exactement ce que notre groupe a l'intention de faire. Je vous dirai les renseignements qu'ils ont pu se procurer et comment ils espèrent rapporter ceux-ci en Allemagne. Et je vous amènerai, vous et vos amis, à l'endroit dans la campagne où ils doivent se réunir — tous — quand leur mission sera terminée.

— Quand doit-elle être terminée, cette mission ? demandai-je.

J'avais achevé mon verre, je fis signe au garçon de nous apporter la même chose.

— Notre mission est pratiquement terminée maintenant, dit-elle. Si vous voulez faire quelque chose, il faut le faire vite, très vite. Mais, avant tout, il faut que vous me promettiez...

— Rien, dis-je. Je ne vous promets absolument rien, petite Liesl. Et même si je vous promettais quelque chose, ma promesse ne vaudrait pas un clou. Vous ne me croyez tout de même pas assez idiot pour conclure un marché avec vous... Non ?

Elle haussa les épaules. L'expression de ses yeux était piteuse.

Je lui tendis mon étui à cigarettes et allumai celle qu'elle prit et la mienne.

— Ecoutez-moi, Liesl. Je vous conseille de parler maintenant et de dire tout ce que vous savez. Voilà ce que je vous conseille. Sans que je vous promette rien, sans marché, ni rien de ce genre. Si vous avez des renseignements qui puissent m'être utiles, je *pourrai* essayer de faire quelque chose pour vous. Je *pourrai*. Je ne dis pas que je le ferai. Il faut que vous courriez ce risque. Alors... êtes-vous disposée à parler ?

— Je suis entre vos mains, dit-elle après un long silence. Je suis forcée de faire ce que vous dites.

— Combien êtes-vous dans votre groupe ? demandai-je.

— Maintenant, répondit-elle, pas beaucoup. Il y a d'abord la femme qui le dirige.

— Une femme d'environ quarante ans, avec des yeux très bleus ?

Elle fit oui de la tête. C'était donc Tantine. J'avais toujours pensé que Tantine était quelqu'un d'important.

— Et il y a une femme que vous avez rencontrée chez moi, continua-t-elle, une certaine Mrs. Heldon, une très jolie femme. Et il y avait moi. Nous n'étions que trois femmes. Maintenant, les hommes : d'abord, il y avait Karl — le jeune homme que vous avez tué et mis dans la caisse — et un homme nommé le Great Ravallo. Il était imitateur de voix et faisait son numéro dans les petits cinémas de province. Il était en Angleterre depuis des années. Il lui était toujours facile de trouver un engagement à l'endroit où nous avions besoin de renseignements.

Je la regardai.

— Où est le Great Ravallo maintenant ? demandai-je.

— Je l'ignore. Il a disparu. Nous ne savons pas où il est passé. Mais cela n'est pas important. Il ne devait plus se rendre qu'à un seul endroit. Les renseignements qu'il avait recueillis doivent déjà être entre les mains de notre chef.

— C'est tout ? demandai-je.

Elle secoua la tête.

— Il y a encore trois hommes, dit-elle. Et, demain soir, tout le monde doit se réunir dans une maison située à la campagne. Une maison qui appartient à l'un de nous depuis des années. C'est là que les dernières dispositions seront prises.

Je bus mon cocktail.

— Et que proposez-vous ? demandai-je. De nous mener là-bas ?

— Oui, dit-elle. Demain soir. La maison est près d'Andover. Elle s'appelle *Forest End*. Et pour y accéder il faut prendre une certaine route d'une certaine manière. Sinon ils auront des soupçons. Vous comprenez ?

— Je comprends, dis-je. Maintenant, Liesl, écoutez... Je vais vous donner une chance. Je pense que vous êtes un assez vilain numéro, mais je vais tout de même courir ce risque. Ce soir, à un moment que nous allons choisir, je vous retrouverai, et vous pourrez me mener à l'endroit en question. Mais pas de blagues. Sinon !

— Je jure que tout ce que je fais et dis à partir de maintenant est régulier, Michael. Merci de me donner une chance de prouver que je suis sincère. Maintenant, écoutez-moi, je vais vous dire ce qu'il va falloir que nous fassions...

Je commandai de nouveaux cocktails et écoutai.

Debout devant le *Berkeley,* je regardai l'auto de Liesl disparaître dans la direction de Berkeley Square. Après avoir allumé une cigarette, je m'acheminai vers chez moi.

Eh bien ! maintenant, je savais qu'ils avaient Janine. Ils allaient la faire parler. Et, afin de ne pas être dérangés, ils étaient prêts à sacrifier Liesl. L'histoire qu'elle m'avait racontée était bien entendu du pur boniment. Elle avait pour mission de m'attirer, moi et tous les nôtres, à Andover, pour donner aux autres le temps et la liberté d'action dont ils avaient besoin pour terminer leur travail.

Mais elle était fortiche, Liesl. C'était une bonne actrice. Elle n'avait pas froid aux yeux, et un de ces culots !

En arrivant chez moi, je trouvai Guelvada confortablement installé dans un fauteuil en train de boire un whisky-soda. Il était élégamment habillé et avait tout à fait l'air d'un dandy.

En me voyant, il se leva, joignit les talons et me fit son habituel petit salut.

— Vous savez, Mr. Kells, dit-il, je suis rudement désolé pour cette Tantine. Ce n'est pas souvent que je me laisse avoir... hey ? Mais que pouvais-je faire ? Pas moyen de pister une femme avec succès si l'on n'a pas deux ou trois personnes qui travaillent avec vous.

— Ne vous frappez pas pour ça, Ernie. Je vous ai déjà dit que cela n'avait pas d'importance. Ceci dit, si vous vous sentez d'humeur spécialement meurtrière, je crois que vous allez avoir une chance de vous soulager.

— Vous voulez dire que je vais enfin avoir une chance de tuer quelqu'un ; ce n'est pas trop tôt !

— Oui, j'ai l'impression que quelqu'un va avoir la gorge coupée. J'espère toutefois que ce ne sera pas moi.

Je lui versai un autre verre.

— Je viens d'avoir une très intéressante conversation avec l'une de nos amies allemandes, dis-je : Mrs. Bettina Vaile, ou plutôt Liesl Ernst. Elle a décidé de donner ses amis. Elle a décidé de nous mener ce soir à Andover, à l'endroit où doit se réunir le reste du groupe. Tout ce qu'elle m'a demandé, c'est de lui promettre qu'elle ne serait pas fusillée.

Guelvada sourit.

— Le vieux truc, hey ? Ils se servent une fois de plus de cette femme comme paravent pour détourner l'attention ?

— Peut-être, dis-je. Mais cela ne les mènera nulle part. Finissez votre verre et allez me chercher Freeby. Il faut que nous nous organisions.

10

Le Patron

Ernie Guelvada, affalé sur le siège, deux doigts sur le volant, chantait une vieille chanson flamande plutôt leste. J'eus l'impression qu'il était heureux. Heureux, sans doute, à l'idée que le moment était proche où, avec un peu de veine, l'occasion lui serait peut-être donnée de tuer quelqu'un. J'espérais, moi aussi, qu'il en serait ainsi.

Je me mis à examiner mes hypothèses : jusqu'à quel point celles-ci allaient-elles être justes ou fausses ? Et qu'arriverait-il si elles étaient fausses ?

Si elles l'étaient, ce serait plutôt mauvais pour Janine. Oui, plutôt mauvais.

Je me mis à penser à Sammy et aux dernières vingt-quatre heures de sa vie. Elles devaient avoir été assez excitantes. D'autant plus qu'il n'avait pas pu faire grand'chose, sauf laisser les événements suivre leur cours, ce qui est quelque chose que personne, du moins personne de bien, n'aime faire.

Je me figurais assez bien ce qu'avaient été ces dernières vingt-quatre heures. Ni Sammy, ni Janine n'avaient dû s'amuser beaucoup, ne sachant ni l'un ni l'autre à qui se fier, ou ne pas se fier.

Guelvada appuya à fond sur l'accélérateur, et la Jaguar du Vieux fit un bond en avant et s'installa dans un solide soixante milles à l'heure. Nous avions dépassé Thilford, et, consultant ma montre, je vis qu'il était juste onze heures passées. En tout cas, même si j'avais tort, nous ne serions pas en retard !

Je jetai un regard de coin sur Guelvada. Il chantait toujours sa chanson à boire, un léger sourire sur les lèvres. Près de son pied gauche, presque sous le siège, il y avait le petit sac de cuir qu'il avait apporté avec lui et qu'il maniait avec quelques précautions. Je me doutais quelle avait été l'idée de Guelvada en l'apportant. Sans doute avait-il pensé au passé et à son amie... la jeune Belge.

Je mis mes mains dans les poches de mon imperméable et me laissai aller en arrière sur le siège. Janine, décidai-je, avait rencontré Sammy quelque part en France. Probablement sur la côte, à un de ces endroits où les pêcheurs sont volontiers obligeants. Elle avait découvert qu'il avait pris ses dispositions pour retourner en Angleterre et lui avait raconté son histoire, mais, comme elle n'en savait pas très long sur Sammy, elle n'avait rien dit des films. A ce moment-là, évidemment, son attitude était tout à fait justifiée.

Sammy était donc arrivé ici au courant de la présence en Angleterre du groupe d'Himmler. Croyant assez à cette histoire pour être décidé à s'en occuper sérieusement, mais pas assez néanmoins pour avoir une confiance entière en Janine. Et, de la sorte, tous les deux se trouvèrent dans une situation plutôt difficile.

Ensuite, très vite après leur arrivée à Londres, Sammy s'était rendu compte qu'il était filé par la petite frappe. Ce fait, qui, en soi, n'avait rien d'extraordinaire, lui fit néanmoins ouvrir un petit peu plus l'œil et il se convainquit qu'il était repéré. Il conclut qu'il n'y avait pas de temps à perdre, téléphona au Vieux et, après lui avoir dit qu'il était sur quelque chose, demanda quelle serait mon adresse quand je serais de retour. Il n'avait qu'une seule idée : me mettre au courant de l'affaire, parce que deux têtes valent mieux qu'une et qu'il n'était pas très sûr de Janine.

Celle-ci, de son côté, ne lâchait pas Sammy d'une semelle. Elle n'avait pas envie de courir de risques. Sans doute avait-elle les films sur elle et elle était bien décidée à ne pas s'en séparer avant de savoir exactement sur quel pied danser.

Le petit ami, qui ne doutait de rien et qui était prêt à tout pour essayer d'en finir et pour faire connaître Sammy à ses amis, eut le culot de suggérer à Sammy — sans doute en buvant un verre à *La Touffe de Plumes* — de venir à la soirée Marinette. Sammy avait sauté sur l'occasion, espérant que cela pourrait lui donner quelque chose de tangible comme base de départ. Sans doute avait-il demandé s'il pouvait amener une amie. Il alla donc à la cocktail-party avec Janine. Il téléphona aussi chez moi et, apprenant que j'étais arrivé, me demanda de venir aussi.

Ensuite, lorsqu'il était arrivé là-bas, avant moi-même, il avait vu la chose qui l'avait effrayé. Je m'imaginais avec assez de précision ce que c'était. Dans sa lettre, il parlait d'une femme fort belle et qui l'avait un peu effrayé. Cette femme était quelqu'un qu'il avait déjà vu, donc, ce ne pouvait être Janine. C'était une blonde, et j'avais l'impression que ce devait être Mrs. Heldon. Sammy l'avait probablement vue en France à un moment quelconque, travaillant pour les Allemands ou, en tout cas, ne fabriquant pas grand'chose de bien.

Sammy s'était donc noirci. C'était là une manière de me mettre en garde, et, voyant cela, je l'avais imité.

Cette manière d'agir ne plut probablement pas beaucoup à Janine. Elle ne pouvait comprendre de quoi il retournait, et cela ne dut pas faire monter pour elle les actions de Sammy.

Après la soirée, il l'avait raccompagnée jusque chez elle. Quelqu'un les pistait, et Sammy le savait. Janine aussi, que Sammy le lui eût dit ou qu'elle l'eût deviné. Probablement la dernière hypothèse était la juste. Alors elle eut peur. Elle voulait se débarrasser de ses films, mais ne savait fichtrement pas qu'en faire. Elle devait être plutôt morose, Janine.

Là-dessus, Sammy prend congé d'elle et rentre chez lui. Il boit sa potion comme un bon petit garçon et tourne de l'œil. En revenant à lui, il trouve des gens dans sa chambre en train de chercher quelque chose. Il a dû se demander quoi ! Ensuite, ce sont les derniers instants de Sammy, il est embarqué quelque part, légèrement passé à tabac, puis tué.

Exit Sammy !

Maintenant Janine était vraiment dans le pétrin. Le lendemain, les choses commencent à arriver. On lui apprend que Sammy a été tué par un V-I. Peut-être le croit-elle, peut-être ne le croit-elle pas. Ce qu'elle croit ou ne croit pas est sans importance. Sammy — son unique contact en Angleterre — était mort. Elle ne savait absolument rien sur lui ; elle n'était même pas sûre qu'il fût régulier. Elle avait probablement eu autant de discussions avec elle-même au sujet de Sammy que j'en avais eu à son sujet à elle.

Après cela les choses se mettent à se développer sérieusement. Je fais mon apparition et je pose des questions au sujet de Sammy. Janine se méfie de plus en plus de tout le monde. Elle estimait qu'elle devait avant toute autre chose se renseigner au sujet de Sammy. Il était bien évident qu'elle savait où habitait Sammy. Peut-être l'avait-elle filé à un moment quelconque. Elle avait peur de moi et s'attendait à ce que quelque chose d'autre arrivât.

Quelqu'un, cette Janine ! Elle avait quelque chose de plus que son visage, sa silhouette et sa personnalité. Elle avait du courage. J'espérai qu'il lui serait possible de continuer à en avoir dans l'avenir !

L'événement suivant, ce fut Tantine. Janine, pas idiote, se rendant compte que les autres avaient pris la peine de pister Sammy jusque chez elle, savait qu'à un moment ou l'autre ils viendraient lui rendre une petite visite pour découvrir exactement le rôle qu'elle jouait dans l'histoire. Elle se contenta donc d'attendre patiemment. Mais il était évident, pour moi, que, pendant ce temps, Janine avait aussi discrètement surveillé le logis de Sammy, Kinnoul Street. Elle avait fait cela parce qu'il n'avait pas reparu après la nuit de la cocktail-party. Peut-être se méfiait-elle moins de lui maintenant et pensait-elle que quelqu'un avait pu le descendre. En tout cas, à ce moment-là, elle avait dû voir Tantine, soit en entrant Kinnoul Street, soit en sortant.

Et Janine avait résolumment mis Tantine au nombre des autres. Tantine ne lui plaisait pas du tout, et Janine avait bigrement raison en cela !

Là-dessus, Tantine fait son apparition dans Verity Street. Elle avait décidé d'aller voir Janine. Tantine était inquiète de la disparition de la petite frappe dont ils n'avaient pas encore retrouvé les traces.

Janine, cette fois-là — une fois n'est pas coutume, — eut un peu de veine. Ayant vu Tantine dans Verity Street et n'ayant aucun doute sur ses intentions, elle décida de risquer sa chance. Elle s'esquiva par la porte de derrière et, tandis que Tantine était occupée ailleurs, se précipita Kinnoul Street, sans doute avec l'idée de voir si elle pourrait s'introduire dans la maison et découvrir ce qui était arrivé à Sammy. Lorsqu'elle fut dans la place, elle trouva les vêtements de Sammy proprement empilés sur le lit. Il ne lui fallut qu'un coup d'œil pour constater que quelqu'un avait décousu les doublures pour les recoudre ensuite un peu à la va-vite. Cela lui donna à penser. Elle monta à l'étage supérieur, vit la photo de Tantine sur la cheminée et, en ayant conclu que c'était la chambre de cette personne, planqua les films derrière la photo, certaine que personne ne penserait jamais à venir les chercher *là,* et s'en alla.

Et, si j'avais eu l'intelligence de me rendre compte que c'était elle qui avait les films, et non Sammy, j'aurais pu m'épargner quelques migraines, et elle ne serait pas dans le pétrin où elle était maintenant.

Je me mis à penser au Great Ravallo. J'avais été un peu idiot avec le Great Ravallo. Il était évident que l'on s'était servi de lui pour imiter la voix de Sammy pour le bénéfice de Miss Carew, la propre tante de Sammy, et il était non moins évident que c'était lui le gars qui avait téléphoné chez Bettina Vaile, parlé à Alison Fredericks en imitant ma voix et attiré la pauvre gosse Namur Street, à l'endroit où ils avaient découvert le cadavre du petit ami dans la caisse, ceci non tellement par hasard que parce que tout le monde dans notre métier sait qu'une maison vide ou « A louer » est l'endroit le plus commode pour supprimer quelqu'un ou pour cacher un cadavre. Ils savaient que le petit ami avait été supprimé dans le quartier de Mulbery Street : le reste avait été facile.

Mais, la chose importante, c'était que le Great Ravallo eût été capable d'imiter *ma* voix. Cela *signifiait qu'il l'avait entendue.* Et cela signifiait aussi qu'il devait se trouver à la soirée Marinette, car c'était le seul endroit où il pût l'avoir entendue.

Et voilà !

Je jouais le Great Ravallo gagnant et j'espérais qu'il allait arriver dans un fauteuil !

La Jaguar roulait toujours à la même allure. Guelvada attaqua une nouvelle chanson, puis, soudain, il interrompit ses vocalises.

— Ainsi, dit-il, vous êtes certain que ce Ravallo est la clef de toute l'histoire... hey ?

— Vous allez vous en rendre compte par vous-même. Ravallo était l'agent chargé de parcourir le pays. Tous les endroits mentionnés dans son agenda sont situés à l'intérieur de la zone de chute des bombes volantes. A l'exception d'un seul... celui où nous allons.

Guelvada ralentit pour aborder un virage en épingle à cheveux.

— Et l'endroit en question est celui où doit avoir lieu la dernière réunion ? demanda-t-il.

Je fis oui de la tête.

— Les gens de leur groupe travaillant en des endroits divers pouvaient faire leur rapport à Ravallo quand celui-ci arrivait dans la région. Il avait pour mission de centraliser ses rapports. C'est ce qui eut lieu, tandis qu'il jouait au cinéma de Walling. Walling était le dernier endroit où il dût recueillir un rapport. Durant le temps qu'il y passa, il accomplit sa mission, termina son propre rapport d'ensemble et le donna à...

— Bon Dieu ! s'exclama Guelvada. Vous avez certainement raison. Il le donna à Tantine. C'est pour cela qu'elle était là.

— J'espère avoir raison, dis-je. Si c'est le cas, je pense que l'endroit où nous allons est le dernier rendez-vous. C'est là que tout le monde fera son dernier rapport et c'est de là aussi que les renseignements seront expédiés de l'autre côté d'une manière ou de l'autre.

— Et... Janine ?

— Cet endroit est certainement aussi celui où ils l'ont envoyée, dis-je. Réfléchissez un peu. Elle est allée voir la tante de Sammy à Chippingfield parce qu'elle désirait savoir où porter ses films et quelle était la personne à qui les remettre. Elle exposa sa situation à Miss Carew, et celle-ci lui dit avoir reçu comme instructions pour elle d'aller à Pellsberry, au *Weathervane Club,* et de remettre les films à la personne qui lui serait indiquée. Bien entendu les autres n'ont pas la moindre idée de ce qu'il y a dans l'enveloppe. Mais ils savent que Janine est en possession de quelque chose. Ils ont décidé de s'en emparer et, aussi, qu'elle se mettrait à table pour eux, et cela qu'elle le veuille ou non.

— Plausible, dit Guelvada. Mais que va-t-il se passer quand ils ne trouveront que des morceaux de papiers dans l'enveloppe. Ça va plutôt aller mal pour elle... hey ? Salement mal !

— C'est possible, dis-je. C'est fort possible. En tout cas, nous le saurons bientôt. De plus, il y a toutes les chances pour que cette nuit soit la bonne. C'est celle où je suis censé être en route pour Andover avec notre bonne amie Mrs. Bettina Vaile. On voulait se débarrasser ainsi de moi afin d'avoir le champ libre là-bas.

Guelvada eut un sourire ironique.

— Je donnerais cher pour voir la tête qu'elle fera, dit-il, en arrivant au rendez-vous quand, au lieu de vous trouver, elle s'apercevra qu'elle est faite... Voyez la surprise ! Je parie qu'elle vous consacrera quelques expressions choisies... hey ?

— Je le parie aussi, dis-je.

J'étais capable d'imaginer l'expression du visage de Bettina quand elle découvrirait qu'au lieu d'avoir réussi à m'emmener en bateau c'était tout bonnement elle-même qu'elle avait ainsi baladée. J'aurais bien voulu qu'il me fût possible d'être là-bas pour assister à la scène. Je me demandais ce qu'elle allait faire. Telle que je la connaissais, elle allait probablement se coller une balle dans la tête. Et ce serait un bon débarras !

Nous ralentîmes en traversant Mayton. A la sortie de la petite ville, à l'endroit où la route bifurque, Guelvada arrêta la voiture à la lisière d'un champ.

Freeby, abandonnant le chêne derrière lequel il était tapi, s'approcha de la voiture.

— Mr. Kells, dit-il, il semble que cette fois-ci vous ayez deviné juste. Le *Weathervane Club* est sur la grand'route de Forbridge, après Pellsberry, à environ un mille plus loin. C'est une ancienne ferme qui appartient à une certaine Mrs. Mayne qui habite la maison voisine — la seule du reste — depuis ces six dernières années. Elle est arrivée là environ un an avant la guerre.

— Rien d'autre ? demandai-je.

— Si, dit Freeby. Ils ont la permission de rester ouvert jusqu'à deux heures du matin cette nuit. Il y a bal au bénéfice d'une œuvre locale.

— A quelle distance du *Weathervane Club* se trouve la maison de Mrs. Mayne ? demandai-je.

Freeby réfléchit pendant un instant.

— Le club, dit-il, est tout près de la route au milieu d'une petite clairière. Derrière, il y a un terrain qui sert de parc à voitures. Ce terrain est long d'environ vingt ou trente yards. A l'autre bout de ce terrain, il y a un petit taillis, et c'est là que se trouve la maison de Mrs. Mayne. Cette maison est environ à un jet de pierre du club.

— Parfait, Freeby, dis-je. Vous pouvez rentrer à Londres et vous donner congé.

Guelvada remit la voiture en marche. Freeby nous salua de la main. La route contournait maintenant de petites collines. Au bout de dix minutes, nous arrivions à Pellsberry.

— Faites le tour de la ville, dis-je à Guelvada. Vous rattraperez la grand'route de l'autre côté. Je crois qu'à partir de maintenant il vaut mieux n'être vus par personne. Jusqu'au moment où, au contraire, nous tiendrons à être vus.

Guelvada fit oui de la tête.

— Vous me croirez si vous voulez, dit-il, mais je commence à me sentir un tout petit peu énervé, rien qu'un tout petit peu.

Il me sourit.

Nous fîmes le tour de la ville et rejoignîmes la grand'route.

Après une faible côte, nous roulâmes à nouveau en plat. La route était en lacet, et des collines la bordaient de chaque côté. Un peu de lune était apparu, et les collines étaient un mélange d'ombre et d'argent.

En débouchant d'un tournant, je pus apercevoir les deux maisons à un demi-mille de là.

— Arrêtez-vous au premier virage et garez-vous dans un champ ou derrière une haie, dis-je. Nous finirons la route à pied.

Guelvada braqua et s'engagea dans une petite route qui s'éloignait vers la gauche. Il arrêta la Jaguar à l'ombre d'une haie. Nous quittâmes la voiture.

Quelque chose faisait une bosse sous le manteau de Guelvada et il tenait le petit sac de cuir dans sa main droite. Jamais je n'avais vu un air aussi heureux à Guelvada.

Choisissant les coins d'ombre, nous suivîmes la route et, au bout de quelques minutes, nous arrivions à l'extrémité du champ voisin du *Weather-vane Club*.

Le Club, une ferme ancienne, se dressait dans une clairière un petit peu en retrait de la route. De l'endroit où nous étions, nous pûmes entendre, apportés par le vent, les sons d'un air *hot*. On dansait encore, j'en fus content.

— C'est ici que nous nous séparons, dis-je à Guelvada. Vous allez gagner l'arrière du club et jeter un coup d'œil sur les voitures qui s'y trouvent. Essayez de découvrir s'il n'y a pas un passage dérobé de quelque sorte, ou un souterrain, menant du club à la maison. Il est à peu près certain qu'il y en a un.

— Et où est-ce que je vous retrouve ? demanda Guelvada.

— Comment voulez-vous que je vous le dise ? ricanai-je. Après avoir fait ce que je vous demande, revenez jeter un coup d'œil. Je serai quelque part dans les environs. Peut-être à l'intérieur du club.

— O.K. ! dit-il.

Et il disparut.

Je fis le tour du champ, longeant les haies, et, contournant la clairière, m'approchai du club par-derrière. Le son de l'orchestre venait du côté de la maison le plus éloigné de moi, et j'imaginai que le dancing et le bar devaient se trouver de ce côté, tandis que du mien il devait y avoir la cuisine et les offices. Je m'avançai silencieusement le long du mur de derrière, essayant d'identifier les portes, guettant les sons qui venaient de l'intérieur. De ce côté de la maison, le silence était complet.

J'avisai une fenêtre à guillotine qui était placée à quelque distance du sol. Sans doute la fenêtre d'une office, me dis-je. En agissant sur le châssis, je fis sauter la targette et, soulevant la fenêtre, je me glissai à l'intérieur. Après avoir remis en place le rideau de défense passive, j'allumai ma torche. Je ne m'étais pas trompé, je me trouvais dans une office assez spacieuse. Des bouteilles et des provisions de toutes sortes étaient rangées sur les rayons. La porte n'était pas fermée à clef.

Je l'ouvris. J'étais maintenant dans une autre office plus grande que la première et je pouvais entendre distinctement l'orchestre en train de jouer une rumba.

J'ouvris la porte qui se trouvait à l'autre bout de la pièce. La musique devint plus forte. Devant moi s'étendait un long couloir avec des portes de chaque côté. A l'extrémité de ce couloir, il y avait un épais rideau.

Je m'avançai silencieusement le long du couloir. D'après le son de la musique, il était évident que le dancing se trouvait de l'autre côté du rideau. En passant devant chacune des portes du couloir, je m'arrêtai pour écouter. Je n'entendis rien. S'il y avait quelqu'un dans les pièces, c'étaient des gens très peu bruyants.

Quand j'eus atteint l'extrémité du corridor, j'écartai légèrement du mur l'un des côtés du lourd rideau. Devant moi, je vis une grande salle que l'on avait transformée en dancing. L'orchestre — un orchestre de cinq musiciens — était dans le coin le plus éloigné sur la droite, et il y avait des tables tout autour de la piste. Les tables et les sièges étaient dorés, et la décoration générale de cet endroit lui donnait l'aspect d'une mauvaise imitation de ce que l'on appelait avant la guerre un *night-club*.

Le rideau derrière lequel je me tenais masquait ce qui était évidemment l'endroit par lequel se faisait le service de l'un des coins de la salle. Ce coin était dans l'ombre, il y avait une sorte de galerie au-dessus de lui. Ecartant un petit peu plus le rideau, je jetai un coup d'œil autour de la salle.

J'avais deviné juste !

A une table placée à l'écart des autres, à droite de la piste et assez loin de l'estrade de l'orchestre, plusieurs personnes étaient en train de souper. Tantine, le visage rayonnant de bonne grâce, était assise, présidait. A sa droite, il y avait Janine et, à sa gauche, la belle Mrs. Heldon. A côté de celle-ci, était assise cette Miss Varney que j'avais également rencontrée chez Bettina Vaile. Il y avait en outre trois hommes, jeunes et l'air pas commode, que je ne connaissais pas.

Pendant que je l'observais, Tantine tourna la tête et regarda vers l'entrée principale du dancing, entrée qui était, en diagonale, à l'opposé de mon coin. Elle regarda la porte et puis consulta sa montre-bracelet.

Je me souris à moi-même. Tout allait bien jusqu'à présent. Là ! Ils attendaient quelqu'un. Quelqu'un d'important. Sans doute le patron. Je remis soigneusement en place le rideau et, revenant sur mes pas dans le corridor, je traversai les deux offices et empruntai pour sortir le chemin par lequel j'étais venu. Je me glissai le long de l'espace où quelques voitures étaient garées et me dirigeai vers la haie derrière laquelle se trouvait la maison de Mrs. Mayne.

Guelvada surgit de l'ombre derrière la haie. Il s'approcha tout près de moi.

— Il y a un passage couvert qui va du club au garage qui se trouve derrière la maison, dit-il. Il doit, bien entendu, y avoir une porte dans le garage qui conduit directement dans la maison. Venez avec moi. Je vais vous montrer.

Il m'entraîna le long de la haie. A une vingtaine de pas, en deçà de celle-ci, il y avait un garage en briques attenant à la maison. Un passage couvert s'en éloignait qui longeait le parc à voitures.

— Voici le passage qui conduit à l'entrée latérale du club, dit Guelvada. De sorte qu'en cas de pluie on peut aller de celle-ci à la maison sans se mouiller. Cela empêche aussi que l'on puisse voir de la route les personnes qui vont du club à la maison de Mrs. Mayne. Une idée pas mauvaise... hey ?

Je fis oui de la tête. Nous gagnâmes un coin ombreux près du mur du garage. Par terre, tout près de celui-ci, posée derrière un petit buisson, j'aperçus la mitraillette de Guelvada. A côté d'elle, il y avait le sac de cuir.

— Qu'est-ce qu'il y a dans ce sac en cuir, Ernie ? lui demandai-je.

— Vous savez, dit-il lentement avec un geste des mains, comme pour s'excuser, je suis toujours préparé au pire... On ne sait jamais exactement ce qui va se passer, et, parfois, un peu d'explosif, pas trop, juste ce qu'il faut, est très utile... hey ? Surtout quand on a beaucoup de clients à servir ?

— Nous ne nous étions pas trompés, dis-je. Janine est ici. Ils attendent quelqu'un. J'ai l'impression très nette que, lorsque cette personne sera arrivée, ils gagneront tous la maison. Je vais retourner au club simplement pour le cas où ils changeraient d'idée. Restez ici et voyez si vous pouvez ouvrir, sans abîmer la serrure, la porte du garage. Je crois bien que nous serons amenés à y entrer.

— C'est déjà fait, ricana Guelvada. Un enfant aurait pu l'ouvrir. O.K. ! Je vous attends dans les parages.

Il disparut dans l'obscurité.

De nouveau, je traversai la clairière, enjambai la fenêtre de l'office et m'avançai dans le couloir. Heureusement pour moi, tout le service qui se faisait alors — et il s'agissait principalement de boissons — venait du bar, lequel se trouvait dans le coin près de l'entrée principale. Personne ne semblait utiliser mon couloir.

Ecartant légèrement le rideau, je jetai un coup d'œil. Mes petits amis étaient toujours en train de souper, et Tantine, un charmant sourire aux lèvres, était penchée vers Janine et lui parlait. Je me mis à penser à Sammy et formai un souhait au sujet de Tantine. Un souhait qui n'était pas particulièrement gentil.

Deux ou trois minutes s'écoulèrent, puis un homme en uniforme de portier entra et vint parler à une femme qui était assise à une table voisine de celle des soupeurs. Quand l'homme eut fini de dire ce qu'il avait à dire, cette femme se leva, parla à Tantine et suivit l'homme quand il retourna à l'entrée principale. Tantine se leva à son tour et resta debout près de la chaise, le visage souriant, regardant la porte d'entrée.

Un homme parut. C'était le parfait spécimen du gentleman anglais. Il en avait les vêtements et la moustache. Tout en lui était distingué et correct. Derrière lui se tenait la femme à qui le portier avait parlé et qui, je le présumai, était Mrs. Mayne, la propriétaire du club.

Tantine alla à la rencontre du nouveau venu, le ramena à la table et fit les présentations. Il s'assit, et un garçon lui apporta un verre.

L'orchestre attaqua un autre morceau *hot*. Des gens se levèrent et se mirent à danser. La présence de cet orchestre me faisait plaisir. Il était tout à fait certain que mes soupeurs n'allaient pas s'occuper d'affaires sérieuses dans cette atmosphère, ce qui me convenait très bien. J'avais besoin de calme autant qu'eux.

Laissant retomber le rideau, je m'appuyai contre le mur et attendis. Au bout d'une minute, un homme venant de la direction de l'office s'avança dans le couloir. Quand il me vit, il s'arrêta net.

— Qui..., commença-t-il.

Je lui donnai un coup de poing. Un seul, mais dans lequel je mis tout ce dont j'étais capable. Il bascula contre le mur et allait s'écrouler lorsque je le saisis à bras-le-corps. Le jetant sur mon épaule, je le transportai dans la première office. Je l'y installai bien gentiment, fermai la porte et retournai dans le couloir, estimant qu'il se passerait une bonne dizaine de minutes avant qu'il s'intéressât à quoi que ce fût, et encore n'était-ce pas sûr !

Je jetai un autre coup d'œil à travers le rideau. Le souper battait toujours son plein. L'un des hommes dansait avec Mrs. Heldon, les autres parlaient. Le dernier venu à l'air distingué s'était maintenant installé à la gauche de Janine et était en grande conversation avec elle.

La musique s'arrêta. Il y eut une pause, et puis tout le monde se mit debout, et l'orchestre joua le *God save the king*.

Je me marrais intérieurement, d'être là, l'œil collé à la fente entre le mur et le rideau, à observer une bande d'agents nazis écoutant debout notre hymne national. Ce spectacle me plaisait beaucoup.

Maintenant la musique s'était arrêtée, et les musiciens commençaient déjà à ranger leurs instruments. Tantine, qui s'était assise après l'hymne, se leva et jeta un regard circulaire sur ses compagnons. Ceux-ci se levèrent à leur tour et se dirigèrent non pas dans la direction de l'entrée principale comme le faisaient les autres gens, mais du côté gauche du club. Guelvada ne s'était pas trompé, ils allaient utiliser le passage couvert.

D'un bond, je gagnai les offices. En traversant la première, j'éclairai de ma torche le visage de l'homme qui gisait contre le mur. Ce qui se passait autour de lui ne semblait nullement l'intéresser. Le laissant à ses réflexions ou à ses rêves, je me glissai rapidement par la fenêtre, fis en courant le tour du parc à voitures et, courant toujours, longeai la haie. Guelvada attendait derrière le garage.

— Ils arrivent, dis-je. Mais, doucement, Ernie, attendez pour agir que je vous en donne le signal.

— O.K. ! murmura-t-il dans un souffle.

Une minute s'écoula. Debout dans l'ombre, nous guettions l'extrémité du passage couvert, à la lisière du taillis. Bientôt je pus entendre un bruit de voix qui devenait plus fort à mesure que le petit groupe approchait.

Janine et le dernier venu sortirent du passage et se dirigèrent vers la porte du garage.

— ... de la plus grande importance pour ce pays, Miss Grant, pus-je l'entendre dire, voire même pour l'empire tout entier.

Tantine, qui apparut ensuite, les dépassa. Je l'entendis qui ouvrait la porte du garage.

Les autres suivaient.

Nous attendîmes. Je perçus le bruit de la porte du garage que l'on fermait à clef et les voix qui s'éloignaient.

— Nous allons attendre deux minutes, dis-je.

Elles me parurent deux heures, ces deux minutes.

Je donnai un coup de coude à Guelvada, et nous nous approchâmes de la porte du garage. Il travailla rapidement et efficacement la serrure. Au bout d'une autre minute, nous ouvrions la porte, entrions, la tirant simplement derrière nous.

Au fond du garage, il y avait deux marches et une porte peinte en vert. Elle n'était pas fermée à clef. Je l'entrouvris à peine et, dans la demi-obscurité, je tendis l'oreille. Un murmure de voix, venu de quelque part à l'intérieur de la maison, arriva jusqu'à moi.

Du coin de l'œil, je pouvais voir Guelvada appuyé contre le mur du garage, sa mitraillette et son sac de cuir sur le sol à côté de lui. Il était en train de se faire les ongles avec un petit couteau suédois, un instrument dont, je l'avais entendu dire, il se servait avec beaucoup d'efficacité. Il souriait.

Soudain, très brusquement, il se raidit. Je jetai un coup d'œil par-dessus mon épaule. L'homme que j'avais laissé dans l'office venait d'ouvrir la porte du garage et se tenait sur le seuil, se frottant la mâchoire, nous regardant. Le clair de lune nous permit de voir l'expression d'étonnement de son visage en nous apercevant.

Guelvada fit entendre un petit sifflement entre ses dents et lança le couteau, qui frappa l'homme en pleine gorge. Il tomba de côté, la main crispée sur le manche de la lame. Puis il resta immobile.

— Bien travaillé, Ernie, dis-je. Fermez la porte. Montez la garde ici pendant un petit moment, puis suivez le couloir jusqu'à ce que vous m'ayez trouvé.

Il fit oui de la tête. Je poussai la porte et commençai d'avancer dans le couloir, très lentement, très silencieusement, dans la direction des voix. J'aperçus bientôt un rai de lumière passant sous une porte à l'extrémité du couloir et je pus entendre la voix de Tantine et le son de rires discrets.

Je m'approchai de la porte, l'entrouvris à peine et jetai un coup d'œil. La pièce était un salon au fond duquel il y avait un grand rideau masquant l'entrée d'une autre pièce. Je traversai le salon et, l'oreille collée au rideau, j'écoutai.

L'homme parlait. L'homme qui était arrivé le dernier au souper.

— Assez de cette comédie, disait-il. Mes amis, il est temps de passer aux affaires sérieuses. Soyez tous les bienvenus ici ce soir. *Heil Hitler !*

Il y eut un chœur discret de *Heil* et un cri étouffé. Je souris : ça, c'était Janine.

— Restez où vous êtes, Miss Grant, dit quelqu'un, et ne faites aucun mouvement. Ceci, si vous désirez continuer à vivre.

Je regardai par-dessus mon épaule. La porte s'ouvrit, et Guelvada s'approcha de moi. Il marchait sans bruit, comme un chat. Il souriait largement.

— Voyez-vous, Miss Grant, continuait la voix, vous n'avez vraiment pas de chance. D'abord, je suis certain que vous avez toujours essayé de faire ce que vous considérez être votre devoir envers votre pays, mais il en est de même pour nous. Dès le début, du moment où nous avons remarqué votre association avec feu Mr. Carew, vous nous avez été suspecte. Quand vous êtes allée voir sa tante, Miss Carew, à Chippingfield, nous avons compris que nos soupçons étaient justifiés.

» Soit dit en passant, nous nous doutions que vous iriez voir Miss Carew. Nous savions depuis longtemps que, lorsqu'il était en Angleterre, Carew avait l'habitude de séjourner chez elle. Manifestement, sa tante savait ce qu'il faisait. Nous avons donc arrangé un petit scénario pour votre bénéfice à toutes deux. Un de nos collègues, qui a le don d'imiter les voix, a téléphoné à Miss Carew, lui disant qu'il était son neveu et que, sans vous apprendre d'où venaient ces instructions, elle devait vous envoyer ici avec tous les documents qui pouvaient se trouver en votre possession.

» Ainsi, Miss Grant, nous allons procéder par ordre. Tout d'abord, vous avez certains documents. Nous les voulons...

— Jamais je ne vous les donnerai, déclara Janine. Jamais !

J'entendis Tantine qui disait de sa voix froide et coupante :

— Elle les a probablement sur elle.

— Parfait, dit l'homme. Fouillez-la. Je regrette que nous soyons forcés de faire cela aussi publiquement, Miss Grant...

— Il semble que je n'aie pas le choix, dit Janine d'une voix étouffée. Je vais vous les donner...

Il y eut un silence. Je m'imaginai l'infortunée Janine leur tendant son enveloppe brune.

— Très fort, Miss Grant, dit soudain l'homme. Mais où sont les vrais documents ? Comme vous le voyez, dans cette enveloppe, il n'y a que trois morceaux de papier blanc.

J'entendis un autre cri étouffé. Cette nuit était fertile en surprises pour Janine.

Je pris mon Mauser dans ma poche et en levai le cran de sûreté. Guelvada était debout derrière moi, le canon de sa mitraillette appuyé sur son avant-bras gauche.

— Miss Grant, continuait la voix, je vous donne deux minutes pour me dire où se trouvent les documents. Soit dit en passant, cela vous intéressera peut-être de savoir que, dans le coffret que vous voyez sur cette table, se trouvent les rapports de nos agents en Angleterre, rapports rassemblés à grands risques par l'un de nos collègues qui s'appelle à juste titre le Great Ravallo. Cette nuit, ce coffret sera porté à un endroit de la côte connu de nous et, de là, en France, puis en Allemagne. Vous comprendrez, Miss Grant, que je désire maintenant y joindre les documents que vous possédez. Où sont-ils ?

Je n'attendis pas la réponse. Ecartant le rideau, je m'avançai dans la pièce. Ils étaient debout autour d'une table, et Janine faisait face à son interrogateur. Tantine me vit, et son visage devint livide.

— Désolé de vous déranger, dis-je.

L'homme qui avait interrogé Janine se tourna vers moi en poussant un juron. Je ne crois pas avoir jamais pressé sur une gâchette avec plus de joie. La balle l'atteignit en pleine poitrine, et il s'écroula de côté.

Saisissant Janine par la main, je la poussai violemment dans l'autre pièce. Ma seconde balle fit voler en éclats l'ampoule électrique.

— A vous, Guelvada, dis-je.

Et, tandis que j'entraînais Janine à travers la pièce et dans le couloir, j'entendis le crépitement de la mitraillette.

Nous parcourûmes à toute vitesse le couloir et, sans ralentir le train, traversâmes le garage, la haie et le parc à voitures. De l'autre côté de celui-ci, près de ma fenêtre d'office, nous nous arrêtâmes. Janine, haletante, s'appuya contre le mur.

J'étais inquiet sur le compte de Guelvada, mais je n'avais pas de raisons de l'être : il jaillit hors de la haie, tel un bolide, et se jeta à plat ventre. Il fut sage de le faire. A ce moment précis, sa bombe à retardement explosa et avec elle disparurent la résidence de Mrs. Mayne et les restes du groupe « extérieur » de Herr Himmler.

Je poussai un soupir de soulagement.

Ernie Guelvada, qui conduisait, se carra sur son siège et entonna l'un de ses refrains flamands assez particuliers.

Je me tournai vers Janine qui était assise sur le siège arrière et la couvrit un peu mieux avec la couverture. Le temps s'était mis au froid.

— Janine, dis-je, expliquez-moi quelque chose. Pourquoi avez-vous caché ces films derrière la photo de Tantine ? N'était-ce pas un peu dangereux ?

— Que pouvais-je faire d'autre ? répondit-elle. Lorsque je l'ai vue dans ma rue, j'ai décidé de sortir par la porte de derrière et d'aller jusqu'à Kinnoul Street pour voir si je pouvais trouver quelque chose, quelque chose que Sammy eût laissé. Tandis que j'étais là-bas, j'ai entendu quelqu'un à la porte. J'avais les films sur moi. Je me suis dit que, si c'était l'un de ces gens, je risquais de me les faire prendre. Je n'ai eu qu'une seule idée : les mettre quelque part. La photo de cette femme m'a semblé le meilleur endroit. J'avais l'intention de revenir les chercher.

— C'est ce que vous avez fait, dis-je. Vous rappelez-vous l'entrevue que nous avons eue dans la chambre de Tantine ?

— Je ne l'oublierai jamais, Mr. Kells, dit-elle en souriant.

— Est-ce que vous ne croyez pas que vous pourriez m'appeler Michael pour changer ? Mr. Kells est un peu cérémonieux.

— D'accord, dit-elle, surtout étant donné que vous m'avez toujours appelée Janine. Mais peut-être avez-vous oublié nos premières entrevues ?

— Je ne les oublierai jamais, déclarai-je. Et j'espère qu'il y en aura encore beaucoup d'autres.

Elle soupira.

— Je le crains, dit-elle.

Je jetai un coup d'œil à Guelvada. Il regardait droit devant lui la route éclairée par la lune et souriait un peu sarcastiquement.

— Pourquoi le craignez-vous ? demandai-je à Janine.

Elle me lança un regard de coin.

— Peut-être vous rappelez-vous, fit-elle, que je vous ai aussi dit lors de notre première entrevue que je considérais que vous étiez le type d'hommes qui obtient très souvent ce qu'il veut...

Guelvada attaqua une nouvelle chanson.

Dans le lointain, nous pûmes entendre la cloche d'une voiture de pompiers.

Guelvada s'arrêta de chanter.

— Il doit y avoir un incendie quelque part, dit-il. Sans doute quelqu'un a-t-il laissé tomber un V-I. Plutôt marrant, acheva-t-il en riant, puis il se remit à chanter.

— Je trouve l'opinion que vous avez de moi de bon augure, dis-je à Janine, car...

Elle m'interrompit en souriant.

— Ne me faites pas dire ce que je n'ai pas dit, Michael. J'ai dit que je considérais que vous étiez le type d'homme qui obtient *très souvent* ce qu'il veut. Je n'ai pas dit *toujours.*

Je haussai les épaules et, lui offrant une cigarette, allumai mon briquet.

— Janine, dis-je, qu'est-ce qu'*un mot* entre amis ?

ON NE S'EMBÊTE PAS

Titre original :
Never a Dull Moment

Traduit par Henri Thies

1

Je suis une poire

Pas le temps de s'embêter ! On dit ça ! Probable que vous êtes de ces types qui mènent une petite vie bien pépère, qui savent chaque matin ce qu'ils vont faire. Je voudrais bien être comme vous, parce que, la mienne, de vie, est tellement bahutée que je ne sais même pas ce que j'ai fait la veille.

Je suis un pauvre couillon.

Vous avez peut-être entendu parler de moi, de Lemuel H. Caution, Lemmy pour les dames ? J'ai un poste au Bureau Fédéral des Enquêtes et toutes sortes d'em...bêtements. Je passe mon temps à chasser bandits et coquins, voleurs à la tire, as de l'enlèvement, escrocs internationaux, bouffeurs de blanc, joueurs de bonneteau, contrefacteurs, spécialistes des trains de luxe, sans parler des poules qui font le bisenesse avec eux. J'ai chassé tous les gibiers, tous les illégaux sur le territoire des Etats-Unis et ailleurs. Des gras, des maigres, des durs qui se baladent feu en poche et des malins, des beaux mecs qui la font au boniment.

Des poules. Beaucoup de poules, pour un motif ou pour un autre. Presque toujours pour le même — mais pas celui que vous pensez — chère madame. Eh non ! Les dames que j'ai chassées étaient en général de ces petits numéros bien fadés dont il vaut mieux se garer quand elles en pincent pour votre pomme.

J'ai aussi chassé des gonzesses, pour d'autres raisons, des raisons passées de mode. Croyez-moi, les copains : on s'entend mieux avec une petite blonde vicieuse d'Oklahoma qui a fait les quatre cents coups, qu'avec ces renchéries, si pures qu'elles tirent le rideau de la salle de bains dès qu'elles croient qu'on se rince l'œil par le trou de la serrure.

Nous sommes en 1941, au mois de juillet, à Betchworth, un petit patelin du Surrey, en Angleterre, joli petit trou qui vaut bien son jus quand on est de mon humeur, et je m'accoude à la barrière du terrain de golf.

Il est onze heures du soir mais c'est l'heure d'été, par ici, le ciel est encore clair. Un bath coin. Ça sent l'herbe, le foin coupé et tout et tout. Y a des grandes prairies, des allées de tilleuls, des collines, pour ceusses auxquels ça plaît. Ça m'emballerait bien davantage si j'étais peintre paysagiste. Le malheur, c'est que je ne suis qu'un agent du Bureau Fédéral qui a des drôles d'idées sur le beau sexe, très peu de gaieté naturelle et une ampoule au talon gauche. Alors, la nature...

La porte est fermée et ça ne m'étonne pas ; tout va mal aujourd'hui. Seulement les obstacles, ça me connaît : une main sur la barrière, je saute, me prends le pied dans une branche et vais embrasser la terre anglaise, de l'autre côté. Après quelques remarques joyeuses, je me brosse et monte le sentier qui conduit à l'allée de tilleuls.

Je suis en vacances, paraît-il ! Et les embêtements ne font que commencer. Un de ces jours, quand j'en aurai bien marre, je me bouclerai dans une arrière-cuisine pour y faire des patiences. Comme ça, on me foutra peut-être la paix.

L'air sent bon. La journée a été chaude. Une bonne brise vient la rafraîchir. Du haut du sentier, on découvre toute l'allée de tilleuls. Pas de maison en vue. Ça ne fait rien : il passera bien quelqu'un dans le voisinage. Adossé à un arbre, j'allume une cigarette. Que voulez-vous ! J'suis du genre poétique, moi. Rechercher la beauté a été le principal souci de ma vie. Laquelle ? Celle qui se termine à un bout par une jolie tignasse blonde et à l'autre bout par une paire de souliers à hauts talons. Ce qui se trouve entre les deux a été, de longues années, mon occupation préférée. Voilà pourquoi j'suis philosophe, et capable de me planquer quand une belle blonde m'approche par le travers. Maintenant, vous savez.

Ça ne veut pas dire que je n'apprécie pas la beauté d'un terrain de golf anglais, ce qui est vraiment un bath truc, quand on y pense. C'est peut-être à cause du golf, qui est une occupation passionnante, à ce qu'on dit, que les habitants de cette île chantent : « Ah ! verse encore... » pendant que les Boches lâchent leurs bombes sur la cathédrale Saint-Paul. Le malin qui a prétendu que l'atmosphère faisait le caractère connaissait ses oignons, sûr.

Deux types remontent dans ma direction. Ça doit être des « mordus ». L'un d'eux porte une tenue de Home Guard, avec un sac de golf en bandoulière. L'autre est muni des mêmes instruments de torture mais il a un pantalon gris, une chemise bleue et un crâne poli comme une bille. On va pouvoir se renseigner.

Ils arrivent à mon niveau et je dis au type en Home Guard :

— Pourriez-vous m'indiquer la maison de M. Schribner ? Max Schribner ? J'ai comme une idée qu'il habite dans le voisinage.

Le type réfléchit.

Oui, il pourra peut-être me rencarder. M. Schribner, c'est sans doute celui qui occupe la villa toute blanche, de l'autre côté de la grand'route, après le quatorzième trou, à environ trois quarts de mile, à vol d'oiseau.

Il me montre l'endroit et se tire des pieds.

Je vais m'asseoir un peu plus loin sur le tronc d'un arbre abattu. Qu'est-ce que je vais raconter à ce Schribner, en admettant qu'il soit chez lui ? C't'affaire, c'est un de ces boulots où l'on ne sait rien de rien. Faut tout deviner.

Y a pas à chiquer, j'arrive pas à concentrer ma pensée. Au contraire. Je pense à une femme rencontrée à Omaha, il y a dix-huit mois de ça. Un joli morceau. Elle avait de tout. Tellement que, ce qu'elle n'avait pas, on n'était pas foutu de s'en apercevoir. Et puis, passionnée, et directe comme pas une. De celles qui vous donnent tout à la condition qu'elles ne veuillent pas autre chose. Je me revois, sous la véranda, parlant à la gosse, une nuit comme celle-ci. Elle me disait : « Vous, Lemmy, vous aurez toujours des histoires avec les femmes. Si vous n'en aviez pas jusque-là, vous vous ficheriez à l'eau, de dépit. Ne vous en faites donc pas : un beau jour, vous vous ferez couper la gorge, et par une femme, je le parierais. »

Tout ça pourrait vous faire croire que je suis un as avec les femmes. C'est possible, mais c'est pas sûr. D'abord, avec les poules, y a pas de costaud qui tienne. Celui qui se tire des griffes de la belle gosse au joli déhanchement et à l'œil accrocheur, c'est tout simplement qu'il est né sous une bonne étoile ou qu'il a eu un sacré sens de la direction, au bon moment. Avoir une histoire, c'est pas dur, mais faut être un sacré malin pour en sortir, surtout quand il y a une gonzesse dans le jeu.

Après tout, à quoi bon réfléchir, à l'avance, à ce que je vais dire à ce type, à ce Schribner ? En route pour le quatorzième trou ! Il est juste sur une petite hauteur et, de là, je découvre dans la vallée déjà tachée de brume une petite maison blanche au toit rouge. Y a du bon. C'est sûrement là.

Je descends la colline en zigzags, en direction du cottage. Je me prends à penser à cette Julia Wayles. Comment jouer mes cartes ? A quoi peut-elle bien ressembler, c'te gosse ? Comment marche-t-elle ? Quelles mines fait-elle en vous parlant ? Parce que c'est ça, voyez-vous, qui vous renseigne sur ce qu'une femme peut faire dans la vie. Est-elle de l'espèce tranquille, de celles qui restent au coin de leur feu et qui raccommodent des chaussettes tous les mercredis soir, ou bien au contraire de ces curieuses qui aiment à rouler et à faire des chichis ? Je voudrais savoir ce que c'est que cette Julia. Ça simplifierait les choses.

Ma vieille mère, qui savait ce que c'était, a toujours redouté de me voir tourner comme papa qui a passé sa vie à combattre pour l'honneur des dames, pour découvrir, sur le tard, que c'est seulement quand une poule rend les armes que la bataille commence. Elle ne cessait de me mettre en garde contre tout ce qui porte des bas de soie et un sourire tentateur. Elle disait qu'un jour une femme me perdrait. Elle se trompait du reste. On m'a souvent emmené à la campagne mais ça n'a pas eu de suites. Si vous pouviez savoir...

A dix-sept ans, j'ai rencontré une rouquine avec une ligne à vous couper le respir, des yeux bleus et une technique qui aurait mis Messaline elle-même au rang d'une petite blanchisseuse. J'ai passé ma vie à me garer des griffes des beaux bébés. C'est comme ça. C'est peut-être que je vais trop fort, que je m'emballe, ou bien que je suis de ces types qui aiment le changement. A moins que ce soit le désir de m'instruire. Je ne sais pas au juste.

La rouquine m'apprit beaucoup de choses. J'avais fait sa connaissance à une soirée où on ne buvait que du sirop de salsepareille en s'occupant de bonnes œuvres. Au premier coup d'œil, je tombai amoureux d'elle. C'est pas une blague. Elle avait trente-cinq ans, pas d'angles, rien que des courbes. Avec ça une voix douce et une façon de vous regarder qui vous faisait comprendre qu'Adam n'avait vraiment été un homme qu'à partir du moment où il avait tourné la page.

Et bonne avec ça ! Vous n'avez pas idée. Elle était dame patronnesse et faisait partie d'une société de tempérance qui s'efforçait d'empêcher les jeunes gens de courir, le soir. Cela réussit parfaitement avec moi. Cette dame avait sur moi une telle influence que je ne sortis pas de chez elle de trois semaines. Sur quoi je rentrai chez ma mère après être passé chez le pharmacien pour m'y réconforter. Ma mère était en train d'ouvrir une boîte de conserves de tomates. A ma vue, elle la lança au mur, en plein dans le portrait de papa.

Elle croyait dur comme fer à l'hérédité.

Eh bien... cela a été ma première expérience des femmes et dès lors je n'ai jamais jeté un regard en arrière, sinon pour viser une jolie gosse en robe courte montant à une échelle. Maintenant, vous savez. Un jour, vous me parlerez de vous.

Je pousse la porte du jardin et m'engage dans l'allée. La nuit commence à tomber et un bout de lune sort d'un nuage. Que peut être cette Julia, et à quoi elle ressemble ? Elle doit tout de même avoir un petit quelque chose, sans quoi je ne serais pas ici à arpenter un terrain de golf, au lieu de jouer aux petits jeux, à domicile, avec la belle blonde dont j'ai fait la connaissance la veille, au bar américain du Savoy.

Je sonne. Au bout d'une minute, un type ouvre la porte. Un gros type au cou gras, engoncé dans une chemise de soie, au col trop étroit d'au moins deux pointures. Il est bien habillé et porte aux doigts deux cailloux qui doivent coûter cher. Il sourit. Il a l'air content. « Vous désirez ? »

Je lui dis que je m'appelle Willick. Paul Willick. Que je recherche une jeune femme du nom de Julia Wayles. Peut-être connaît-il un certain Maxie Schribner ? Il le connaît très bien. C'est lui-même.

Il reste là, appuyé au chambranle de la porte, comme une brave tortue qui chercherait à faire plaisir à son copain. Il a une face de lune. Il est rond et gras, du genre Bibendum, à la peau élastique. La lèvre est épaisse et un peu pendante mais son dessin n'est pas laid. Un peu une bouche de femme, en arc, si vous voyez ce que je veux dire. Des yeux bleu clair et des sourcils presque blancs. A tout prendre, si j'avais à choisir entre les restes du dîner de la veille et ce type-là, vous me trouveriez dans la cuisine. Sa gueule ne me revient pas.

— C'est parfait, M. Schribner, dis-je. Et maintenant que nous nous connaissons, vous pourrez peut-être me renseigner sur cette dame Wayles.

— Bien sûr ! Entrez donc.

Il enfile le couloir et je le suis. Il ouvre une porte, au fond et je me trouve dans une pièce confortable, doucement éclairée. Dans un coin, il y a un bureau encombré de papiers.

Je m'assieds dans un grand fauteuil et on me donne une cigarette.

— Que puis-je faire pour vous ? Ne voudriez-vous pas me donner quelques renseignements sur votre compte ?

Il m'adresse un bon sourire, un peu celui du maître accueillant un nouvel élève.

— Rien de plus facile, Schribner. Comme je vous le disais, je m'appelle Willick. Je suis employé de la Transatlantic Detective Agency. Voilà. Je ne sais rien du tout de cette petite Wayles. En mission dans le pays, j'ai reçu un câble me demandant de trouver une certaine Julia Wayles, qui serait arrivée de New-York il y a trois ou quatre mois. Le patron ajoutait que si j'arrivais à contacter un nommé Schribner, qu'on supposait habiter ce patelin de Betchworth, il serait peut-être capable de m'aider.

— Certainement ! fait l'autre qui se lève pour aller s'appuyer un cigare.

Et il ajoute : Je ne sais pas si je pourrai vous en dire beaucoup et je m'étonne même de trouver mon nom mêlé à cette histoire. C'est peut-être parce que j'ai effectivement connu une Julia Wayles aux Etats-Unis. Mais je me demande ce qu'elle serait venue faire par ici.

— C'est parfait, dis-je. Ainsi, vous la connaissez ? Quel genre de poule est-ce ? Un de ces oiseaux de nuit qui vous donnent du fil à retordre ou bien une fille du genre sérieux, pas de celles qui ne demandent qu'à prendre leur vol avec un beau garçon ?

— Oh ! C'est donc ça ? Alors chez vous on la croit partie avec un type ?

Je hausse les épaules.

— Si on savait ce qu'elle a fait, on ne me demanderait pas de la retrouver. On m'aurait câblé tout ce qui aurait pu m'aider dans mes recherches. Mais puisque vous la connaissez, vous pouvez me dire à quoi elle ressemble. Et c'est déjà beaucoup, hein ?

Il n'avait pas pensé à cela. Ce type est une gourde de première, ou bien il fait l'idiot.

— Voyez-vous, mon vieux, lui dis-je, j'ai comme une idée que vous avez besoin d'une leçon de psychologie. Il tombe sous le sens qu'une dame qui a une bobine comme on en voit en première page du dernier numéro du *Journal de Cuisine* inspire plus de confiance que le beau bébé que mon père sort le soir, qui a une ligne à faire rêver. Pas vrai ?

Il en convient. A bien y penser, il se rappelle que cette Julia Wayles était plutôt du second genre. Il parle, avec l'air rêveur de la tortue échouée sur la grève, de celle qu'on fait voir aux badauds pour dix sous.

— A la réflexion, dit-il, oui... cette Julia Wayles était un beau brin de fille. Grande et mince, bien ronde pourtant. Un joli teint, des cheveux auburn et le pas souple. Assez romanesque, ajoute-t-il. Après tout, c'est possible. Elle a bien pu s'emballer sur un type et jouer rip avec lui.

— Je vois ça, dis-je. Et... c'est tout ce que vous savez ?

Il me fait un petit signe de la tête.

— Je ne vois pas pourquoi elle serait venue par ici, sans quelque type à ses trousses. A mon avis...

Le bouton de la porte tourne. Je lève la tête et rien que de voir qui entre, je manque d'attraper une maladie de cœur. J'ouvre la bouche mais le nouveau venu me devance.

— Hello, Maxie ! Qu'est-ce que ce voyou fait ici ?

Je me remets de ma surprise et l'examine. Un grand garçon, pas mal du tout, large d'épaules, les hanches minces. Il a les mains dans les poches de son veston et son poing droit est bien gros. Il est armé, c'est sûr. Maxie a l'air étonné.

— Allez-y doucement, Rudolf, dit-il. Ne vous trompez-vous pas ? C'est M. Paul Willick de la Transatlantic Detective Agency. Il recherche une jeune dame du nom de Julia Wayles, et est venu me voir, pensant que je pourrais lui donner quelques renseignements.

L'autre ricane.

— Que vous dites ! jette-t-il. Vous ne connaissez pas celui-ci ? C'est Lemmy Caution, l'agent fédéral. L'étoile du Bureau des Recherches, ministère de la Justice, Washington. Le salaud qui a fait aux pattes Willie Krats et ses hommes, il y a dix-huit mois de cela. Il a descendu tous mes copains, ou presque. Paul Willick ? Laissez-moi rire !

— Ecoutez... dis-je, mais Maxie coupe.

— Vous, fermez ça. Vous avez mal agi, M. Caution. Vous vous êtes introduit sous un faux nom dans une paisible demeure anglaise, au milieu des beautés de la nature, dans un but que je ne veux pas connaître.

Il tire sur son cigare.

— Rudolf, ajoute-t-il. Qu'allons-nous faire de ce daim ?

L'autre sort la main droite de sa poche, pose son pistolet sur la table, et s'assied sur une chaise voisine.

— A quoi bon en discuter, Maxie ? répond-il. Ce type ne me plaît pas. Cette façon de rôder dans les environs sous prétexte de s'occuper de l'affaire Wayles ne me paraît pas très sympathique. Ça sent mauvais, tout ça ! On va lui régler son compte.

Maxie approuve joyeusement et semble reprendre goût à la vie.

— Je dois vous avouer, Rudolf, que vous me paraissez avoir raison. Il va falloir prendre soin de M. Caution, conclut-il en se levant et en venant à moi. Pas de veine, hein ? me lance-t-il. Dix minutes plus tôt, vous ne rencontriez pas Rudolf et vous repartiez bien tranquille. Maintenant c'est joué. A deux miles d'ici, se trouve un superbe égout. On va vous y porter cette nuit et vous pourrez descendre tout doucement jusqu'à la mer. Un joli voyage. Malheureusement, vous ne serez pas en état d'en profiter.

Je m'efforce de rire.

— Voyons, mon gros ! lui dis-je. Vous n'y pensez pas ! Nous sommes en Angleterre où l'on n'est pas tendre pour les types qui en liquident d'autres ou les fichent à la flotte. On vous mettra la main au collet avant que vous ayez pu vous reconnaître. Et puis tenez, vous me dégoûtez. Vous avez tout de la limace.

— Ça va, Caution. Causez toujours. J'ai le bon bout et cette nuit, vous la bouclerez pour de bon. On va vous remplir votre grande gueule de vase et les anguilles vous boufferont le nez. Ça ne vous dit rien ? Non ?

J'ouvre la bouche pour dire à ce chéri ce que je pense de ses parents quand je reçois sur le portrait un gnion à me démolir la mâchoire. Je me cramponne aux bras de mon fauteuil pour lui rentrer dans le bide et je fonce. Il me reçoit sur son genou et je m'endors bien gentiment.

Quand je reviens à moi, je suis couché sur le pavé, avec ma tête contre le mur. J'ai les mains et les pieds liés mais le type qui m'a ficelé ne s'est pas particulièrement intéressé à la question, et je défais le nœud avec mes dents. C'est Rudolf qui a dû m'arranger comme ça. La tête et le ventre me font bigrement mal. Je me libère et m'adosse au mur. L'endroit est froid et humide. Je suis dans un sous-sol, une sorte de cave, mais pour l'instant, la géographie ne m'intéresse pas. Je pense à Rudolf.

Parce que, vous qui êtes si malins, vous n'avez pas compris que Rudolf, qui ne paraît pas m'aimer beaucoup, n'est autre chose que Charles Milton et que c'est pour cela que j'ai failli avoir une attaque quand je l'ai vu arriver dans la turne. C'est un agent du Bureau Fédéral qui travaille dans la région d'Oklahoma et l'on voit tout de suite la raison de son attitude. Il est sur l'affaire, c'est sûr, et a approché Schribner sous un faux nom. Il est même possible qu'il soit en bonne posture et très avant dans la confiance de Schribner.

Milton a dû penser que Schribner savait qui j'étais. Pour éviter de compromettre sa propre position, écarter tout soupçon, il a froidement cassé le morceau et m'a découvert, en se payant ma tête. La confiance que lui porte Schribner s'en trouvera renforcée.

Je me lève et m'étire. Dans ma poche je trouve sous mes doigts mon briquet. Je l'allume. Je suis dans une cave en pierre. Le plafond est très bas. Dans un coin s'entassent des bûches, à côté d'un amas de charbon. A l'autre bout, une porte en fer. Je me fouille et suis très heureux de retrouver mon étui à cigarettes. J'allume une sèche. Cela fait du bien.

Cette petite Wayles commence à m'intéresser, je l'avoue. Si ce type, Schribner, est prêt à me descendre rien que pour m'empêcher de savoir ce qu'est devenue la gosse, c'est que ça doit avoir une drôle d'importance, pour lui ou pour un autre. Qui est-elle ? A quoi ressemble-t-elle ? Que fait-elle dans la vie, à part ses disparitions ?

Je réfléchis sérieusement à tout ça, quand la porte s'ouvre et qu'on allume une lampe de poche. C'est Milton.

— Hé ! Caution... Ça va ?

Je lui dis que oui, à part le fait que ma tête ronfle comme une scie circulaire et que ça me tortille dans les tripes. Autrement, je me sens bien.

— Parfait. Alors, sortez de là, et vite. Schribner sera de retour dans un quart d'heure. Quand il rentrera, je lui raconterai que vous avez fait un boucan de tous les diables, que je vous ai descendu, et mis à l'eau. Il me croit un affranchi de l'autre côté de la mare. Je ne veux pas qu'il change d'avis. Je savais que vous comprendriez le jeu.

— Entendu, camarade, que je lui fais. Mais ne pourrait-on pas se rencontrer quelque part pour parler de l'affaire ?

— C'est nécessaire, me répond-il. Un sale boulot, du reste.

Et il me demande où je suis descendu.

— A Londres, lui dis-je. Mais il vaut peut-être mieux que je me rapproche.

— Oui. Il y a à Dorking un hôtel qui s'appelle le White Lion. C'est un bon coin. Installez-vous. J'irai vous voir demain et nous parlerons. Pour l'instant, filez. Autrement cela pourrait faire des histoires et je ne voudrais pas brouiller les cartes en ce moment.

Nous remontons l'escalier. Je prends mon chapeau et je me tire.

La nuit est superbe et le golf est rudement chic sous la lune. Je gagne la route de Dorking, en cherchant les coins sombres, pour éviter Schribner. Personne. Une fois sur la grand'route, j'allume une cigarette et m'en vais bon pas en sifflotant. Après tout, l'affaire sera peut-être intéressante. C'est en tout cas l'avis de Charlie Milton.

La jeune Wayles sera peut-être intéressante, elle aussi.

2

Le type aime les framboises

Si l'un de vous veut un jour s'embêter à en mourir, il n'a qu'à rester vingt-quatre heures dans une chambre d'hôtel sans en sortir. Rien de mieux, je vous l'assure.

Je suis dans cette carrée du White Lion depuis le matin. D'abord parce que je ne suis pas assez gourde pour risquer de montrer mon nez à Schribner et aussi parce que j'ai peur de rater Charlie Milton. Ajoutez à ce bouillon que les gens de l'hôtel n'ont pour ainsi dire pas de whisky (à mon avis), que la femme de chambre a les jambes en cerceau et un œil qui dit zut à l'autre et vous verrez clairement la situation. Ce que la vie peut être moche, parfois ! Mais inutile de vous le dire, vous devez bien le savoir tout seuls.

Je me couche sur le lit et j'allume une cigarette. J'avale une forte bouffée et me mets à penser à Julia Wayles. Par désœuvrement et aussi par habitude de penser aux femmes. C'est une manie chez moi. Avez-vous quelquefois essayé ? Ça passe le temps. Quand vous n'aurez rien de particulier à faire, posez votre vieille carcasse sur le premier matelas venu et pensez aux femmes.

Vous fumez et une longue théorie de beautés défile à vos regards. Vous revoyez cette douce fille que vous avez amenée à résipiscence en dix-neuf cent et quelques, celle qui a voulu vous faire votre affaire et qui, au moment crucial, a décidé qu'elle vous en préférait un autre. Il y a aussi celle qui en pinçait si dur pour vous qu'elle vous a barbé tout de suite et l'autre, celle que vous gobiez si fort que vous sentiez que ça ne pourrait pas durer. Et enfin vient celle que vous avez tant voulu avoir et que vous n'avez jamais pu approcher parce qu'elle n'est pas encore arrivée. C'est celle-là qui occupe les pensées de la plupart des gens. Et le fait qu'elle n'existe pas ne les arrête pas.

Parce que, voyez-vous (on a dû vous le dire quand vous étiez encore jeunes), l'homme recherche la douleur et chaque fois que vous rencontrez dans la rue un type avec un sourire large comme ça, vous pouvez parier votre dernier sou que, *a)* il vient de payer la dernière mensualité de sa Buick, ou bien, *b)* qu'Elle a dit qu'elle voulait bien... (elle n'a pas dit *quand)*... Il rigole, il trouve la vie plus chic qu'un pot de miel et quand plus tard, vous le rencontrez faisant triste mine, c'est qu'Elle a tenu sa promesse ou qu'au contraire Elle ne l'a pas tenue. C'est tout pareil, comme résultat.

Allongé, les yeux au plafond, la cigarette au bec, j'attends toujours Charlie Milton, et je pense à ces dames. Les meilleures de toutes sont celles qui sont passées dans votre vie sans que vous ayez eu le temps de satisfaire votre curiosité. Parce que, sur le chapitre des dames, tout type est un enquêteur-né. Quand il n'a rien à enquêter, il reste tranquille.

Quelque part, une pendule sonne onze heures. Au dernier coup de timbre, on frappe à la porte et Charlie Milton passe la tête. Il tient à la main un siphon et deux verres. La bosse de son veston pourrait bien être liquoreuse. Il entre et referme la porte.

— Ça a collé, dit-il. Quand Schribner est rentré, je lui ai raconté que vous vous étiez déficelé et que vous aviez fait du boucan. J'avais dû vous assommer et vous jeter à l'eau avec une brique dans la poche et une balle dans la tête. L'idiot m'a cru.

Il débouche la bouteille de whisky.

— O.K., lui dis-je. Je suis un macchabée. Ça me plaît. Maintenant, parlez-moi donc de cette histoire Julia Wayles.

Charlie verse deux whiskies bien tassés. Nous les buvons, avec deux autres derrière, pour tuer le ver.

— Une drôle d'affaire, fait-il. Je vais vous dire ce que je sais, et ce n'est pas beaucoup. D'ailleurs c'est *votre* affaire.

— Jamais de la vie ! D'abord, je suis en vacances.

— Vous étiez, me réplique-t-il en ricanant. En vacances conditionnelles. Il était bien entendu que vous resteriez en contact avec l'ambassade.

Il vide son verre et fait claquer sa langue.

— Le directeur du Bureau Fédéral câble et téléphone depuis trois semaines pour vous mettre sur l'affaire. Il s'est trouvé que je venais par ici pour une histoire de fournitures de guerre et on m'a confié le boulot, en vous attendant.

Il allume une cigarette.

— Etait-elle jolie, Lemmy ? fait-il.

— J'étais en Ecosse, dis-je. Pour apprendre le golf.

— Bien sûr, répond-il. Chaque fois qu'on vous verra sur un terrain de jeu, on pourra regarder la blonde en train de pousser sa balle, devant vous. Quand êtes-vous revenu ?

— Mardi. Je suis passé à l'ambassade et j'ai eu le dernier télégramme du directeur. Je suis venu hier pour voir ce Schribner. Le câble disait qu'il devait être mon premier « contact » et que je devais me méfier.

— Je pense bien, fait Charlie. Ecoutez, voici l'affaire. Il y a à New-York un type du nom de Sigfried Larssen — un Suédois — qui est inspecteur de je ne sais quoi. Il est en relations avec une certaine poupée appelée Julia Wayles. Elle sort avec lui et il ne pense qu'à l'épouser. Elle n'a pas l'air pressée. Le Larssen en question s'impatiente, parce que la dame est si bien qu'on la court beaucoup et aussi parce qu'il s'est mis dans la tête qu'elle s'intéresse à un autre type. C'est pour cette raison qu'elle ferait droguer Larssen. Ça l'embête mais il ne s'inquiète plus le jour où elle lui dit qu'elle est d'accord pour se marier la semaine suivante, si ça lui chante.

Charlie remplit les verres, que nous séchons, et il poursuit :

— Le petit Sigfried est bien joyeux. Il accepte, se précipite, obtient la licence, s'achète un beau costume et, le jour dit, saute à la mairie où il attend la petite Julia. Elle ne se montre pas.

Sigfried attend un bout de temps puis s'affole. Il va à la police et on appelle les hôpitaux et les postes de secours. Personne n'a vu Julia qui s'est volatilisée. Il court au Bureau des Disparitions et fait du boucan. Le bureau prend l'affaire en main et ne trouve rien. Et voilà.

— Tout cela est fort bien, dis-je. Mais qu'est-ce que vient faire le Bureau des Recherches là-dedans ? C'est pas un travail pour nous. Cela regarde la police ou les Disparitions, pas le Bureau Fédéral.

— Juste, Lemmy, dit Charlie. Sachez donc que ce Sigfried n'est pas si bête qu'il en a l'air. Il va trouver un avocat et lui déclare qu'il est prêt à payer la forte somme si on lui retrouve sa Julia. Il ne pense pas que la police y parvienne. Il demande conseil au bavard. Quel est le meilleur moyen de trouver sa dame ?

« Les G-men, dit l'autre. Mais comment faire agir le Bureau Fédéral ? Il faut trouver un prétexte, dit le bavard, invoquer une atteinte aux lois fédérales, prétendre par exemple que la petite a été enlevée à bord d'un navire américain, ou encore kidnappée...

— Pas bête, le bavard, dis-je en passant.

— Juste, fait Charlie. Il demande donc à Sigfried les noms des amis et connaissances de Julia et Sigfried lui apprend que Julia a fréquenté un type du nom de Schribner, un copain qui a fait un matelas comme racketteur à Détroit.

« L'avocat tente de retrouver Schribner et apprend qu'il est en Angleterre. On n'a pas son adresse. (Je ne pense pas qu'on se soit donné beaucoup de peine pour ça.) L'avocat et Sigfried déclarent alors que Schribner a enlevé Julia.

— J'y suis, dis-je. Voilà comment le Bureau Fédéral vient dans l'affaire.

— Oui, dit Charlie. De gré ou de force, il est forcé de marcher. Pour commencer, on enquête au sujet de Schribner, qui est bien en Angleterre. Evidemment, ce n'est pas très net. On n'a peut-être pas du tout enlevé Julia qui s'est probablement tirée des pieds parce qu'elle tenait pas à épouser Sigfried. Pourtant il faut agir. Alors le directeur vous envoie un câble, pensant que vous pourrez combiner l'utile et l'agréable, pimenter votre congé d'une petite affaire amusante. Seulement au lieu de vous tenir en contact avec l'ambassade, vous êtes en train d'agacer une dame en kilt dans les montagnes d'Ecosse.

— C'est un sacré mensonge, dis-je. Je n'ai pas été dans la montagne et elle ne porte pas de kilt. Tout au plus ses ancêtres...

— Ouais ! dit Charlie. Vous n'aurez pas fait attention. Dans l'obscurité... Passons. Je me trouvais dans les parages, chargé d'une livraison de prêt-bail et le directeur m'a demandé de voir ce Schribner, pour m'assurer qu'il ignorait Julia. Dès votre retour, je devais vous passer l'enquête.

— Comment avez-vous dégotté Schribner ?

— Scotland Yard s'en est chargé, dit Charlie. J'ai vu votre vieux copain Herrick ; il m'a retrouvé le type en trois jours. Je n'ai pas dit pourquoi je m'intéressais à lui. Je suis arrivé sur place avant-hier et j'ai téléphoné de Dorking. Une dame m'a répondu et quand je me suis enquis de Schribner, elle a dit : Etes-vous Rudy ? J'ai répondu oui à tout hasard, pour voir, et elle m'a aussitôt prié de venir sans tarder, parce que Schribner avait appris que les G-men étaient sur ses traces, rapport à l'affaire Julia Wayles, et qu'il voulait me voir sans retard. Très bien. Je fais traîner la conversation avec la dame qui me demande si je suis arrivé depuis longtemps, d'où je conclus que le dénommé Rudy vient de quelque part. Je devine que c'est des Etats-Unis. Elle me dit encore de venir le lendemain et de téléphoner d'abord à

Maxie Schribner pour lui dire qui je suis et donner l'heure de mon arrivée. Ce qui m'apprend que le Schribner n'a jamais vu Rudy.

Je me décide à risquer un gros coup. J'attends un jour puis je téléphone à Maxie. Je lui dis que je suis Rudy, que j'ai débarqué l'avant-veille et que je vais aller le voir. Il me répond que c'est d'accord, qu'il ira me chercher en voiture au bout du golf et me prie de lui dire à quoi je ressemble. J'ai ainsi la preuve qu'il ne connaît pas Rudy. Je lui donne mon signalement. Il arrive à l'heure dite et nous allons à la villa. Vous y êtes ?

— Très bien, lui dis-je en prenant un peu de whisky pour m'éclaircir les idées.

— Je ne suis dans la maison que depuis trois ou quatre heures que vous arrivez à votre tour, reprend Charlie. Je n'ai fait jusque-là qu'occuper Schribner en le faisant parler. Pas difficile, c'est une gourde. Il prend tout pour argent comptant. Je le laisse s'expliquer. Il me demande des nouvelles des copains et je lui dis que tout va bien. Il rigole et me rétorque que Jackie Larue ne doit pas être très à son aise dans sa cellule, à Leavenworth, qu'il n'a pour son compte jamais vu un type accepter avec plaisir une condamnation à quinze ans de prison. Par contre, il ne souffle pas mot de l'affaire Julia Wayles et j'évite le sujet. J'y reviendrai, quand il faudra. Là-dessus, vous arrivez tout chaud et cela ne me plaît pas. Je comprends que vous êtes passé à l'ambassade et que vous avez reçu le télégramme. Schribner m'annonce que vous êtes Paul Willick, de la Transatlantic Agency et cela m'embête. Maxie, je le sais, a reçu avis que les G-men sont sur sa piste (il m'en a dit quelques mots) et je crains qu'il n'ait des soupçons. C'est pour ça que je vous ai brûlé. Pour me mettre dans les petits papiers de Maxie. Vous, vous ne risquiez rien. J'étais toujours là pour vous tirer d'affaire.

— Je comprends, dis-je. Pour l'instant, Schribner est donc persuadé que les petits poissons me bouffent le nez et il a confiance en vous, qui m'avez démasqué. Et cette dame à qui vous avez parlé au téléphone, qu'est-ce que c'est ?

— Je ne sais pas, dit Charlie. Je n'ai vu que Schribner, dans la villa. Ah ! C'est une sale histoire.

— Pour ça, oui ! dis-je. Que diable allons-nous faire ? Nous ne savons même pas si cette Julia Wayles a été enlevée et nous ne pouvons pas compter sur les flics d'ici avant d'être sûrs. Schribner a voulu me liquider, c'est entendu, mais il n'a fait que le vouloir. Reste l'enlèvement. Mais où est le cadavre ? En avez-vous trouvé un, par hasard, dans les environs ? Un qui ressemble à Julia, j'entends ?

Charlie secoua la tête.

— Il y a bien longtemps que je n'ai pas vu de macchab, dit-il. Je veux dire un beau, bien raide, avec les orteils en l'air. Mais patience, ça viendra.

Il se lève, consulte son bracelet-montre et prend un verre de whisky.

— A vous de jouer, Lemmy. Moi, je m'en vais. Je reprends la route de Londres. Demain soir, pensez à moi, imaginez-moi en train de faire les yeux doux à quelque belle dame sociable et de lui proposer une alliance défensive et offensive.

— Que le diable vous emporte, lui dis-je. Je croyais que vous étiez ici sur une affaire de prêt-bail ?

— C'est vrai. Mais pour quelle raison ne ferais-je pas moi aussi, personnellement, mon petit contrat de prêt-bail ? La guerre nous rapproche les uns des autres.

— Elle n'a pas rapproché ma permission, lui dis-je morose. Cette année, les framboises sont plutôt rares...

Charlie glousse.

— Ça me fait penser que Schribner en raffole, dit-il. Il en a bouffé un kilo sous mes yeux, l'autre jour. Le jus dégoulinait de ses grosses lèvres. C'en était dégoûtant. Quel drôle d'oiseau !

— Ah ! il aime ça ? dis-je. On tâchera de lui en offrir, de bien mûres, mais pas de celles qu'on cueille dans les haies.

J'attrape la bouteille au moment où Charlie s'apprête à la vider.

— Eh bien... au revoir, vieux, me fait-il. Attention à Maxie, hein ! Il n'est pas toujours agréable, le type. Il serait bien capable, s'il vous rencontrait, de vous prendre pour un revenant. Allons, à bientôt.

Il se tire et une minute plus tard, j'entends sa voiture démarrer.

Je finis le whisky qui n'a pas bon goût.

J'avais raison de me traiter de poire, vous le voyez bien, vous autres ! A deux heures du matin, je suis toujours dans mon lit, au White Lion, cigarette aux lèvres. Je regarde le plafond, et je râle.

Je suis le type à poisse. Chaque fois qu'une histoire n'a ni queue ni tête, c'est moi qui la récolte. Quand un avocat rusé trouve un prétexte pour colloquer au Bureau Fédéral une affaire de poule, c'est encore moi qu'on demande. Sherlock Holmes, à ma place, aurait pris double dose de morphine et, en fin de compte, se serait foutu à l'eau. Il est, mon cher Watson, des cas où la vie est vraiment par trop simple...

Cependant, le sujet présente quelques côtés intéressants. Je goûte assez le comique des choses, et aussi leur étrangeté. Si cette affaire Wayles n'est pas curieuse, je veux être changé en compotier.

Voyons ! Tout d'abord ce Sigfried Larssen, fiancé de Julia, qui sait si peu d'elle qu'il n'est pas bien sûr qu'elle l'épousera et ne paraît pas très étonné qu'elle s'y refuse. Au lieu de supposer immédiatement qu'elle a joué rip avec un autre type, il commence par faire le tour des hôpitaux et alerte la police. Puis, quand le Bureau des Disparitions abandonne tout espoir, il dégotte un bavard qui imagine une combine d'enlèvement, pour alerter le Bureau Fédéral qui est bien forcé de marcher : les enlèvements, c'est crime d'Etat.

Mais pourquoi Sigfried pense-t-il qu'on a enlevé Julia ? En fait, il n'en croit rien, nous le *savons.* C'est une astuce de son avocat pour faire marcher le Bureau Fédéral. Alors comment Sigfried peut-il espérer qu'il retrouvera la belle ? Si elle a mis les voiles avec un type, il y a peu de chances qu'elle revienne pour la seule raison qu'il aura alerté le Bureau. Cela va de soi.

Entre nous, tout cela me semble assez louche.

Autre chose : ce coco, Schribner, est bien gourde et bien crédule, pour mon goût. Si crédule que ça mérite un examen médical sérieux. Charlie Milton lui téléphone et Schribner s'empresse de lui faire savoir qu'il ne l'a jamais vu. Quand il rencontre Charlie, il ne lui demande aucune preuve de son identité. Il admet sans discuter que Charlie est bien Rudy. Il lui apprend même qui est Rudy, lui confie que celui-ci est le copain de Jackie Larue qui tire une condamnation de quinze ans à Leavenworth. Et tout ça alors que lui, Schribner, sait que les G-men sont sur sa piste. Et qui donc l'a renseigné ?

Je m'assieds sur mon lit et allume une cigarette. Parce qu'il me paraît évident que seuls Sigfried Larssen ou son avocat ont pu passer le tuyau à Schribner. Dans quel but ? Je voudrais bien le savoir !

Un point me chiffonne encore : l'accueil que m'a fait Maxie. Je lui raconte que je suis Paul Willick de la Transatlantic Agency et ça paraît lui faire plaisir. Mais aussitôt que Milton, toujours déguisé en Rudy, lui déclare que je suis Lemmy Caution, le G-man, le type s'excite, se fâche et veut immédiatement me jeter dans l'égout de l'endroit.

Enfin, le copain a l'air bien indifférent quand Charlie lui apprend ce qu'il a fait. Ça n'a pas l'air de le préoccuper. Il ne pose aucune question, n'exige aucun détail. Il lui suffit de savoir qu'on m'a eu, qu'on m'a collé un pruneau et mis à l'eau pour descendre jusqu'à la mer. Ou bien ce Maxie est un vrai dur, aussi dur qu'il est laid, ou bien il se fout de nous.

Je pousse un profond soupir. A quoi bon tourner en rond ?

Je me mets à penser à Julia. Je voudrais bien pouvoir jeter un coup d'œil sur un portrait de la dame. Je pourrais apprendre quelque chose. Entrevoir un joli museau, ça renseigne. Elle a peut-être une de ces billes de sainte nitouche qui attire les ennuis, ou encore une gueule de cimetière mais une jolie ligne de jambes et de hanches, sous un certain angle. Ça aussi, ça crée des difficultés.

Quant à moi, je sais, d'expérience, que le pivot de toute affaire délicate, c'est la femme. Le problème féminin vous a probablement occupés souvent, vous autres. Parce qu'un type normal fait toujours attention aux poules et que celui qui n'y consacre pas une bonne partie de son temps a quelque chose qui ne va pas. Il a des chances pour finir d'une congestion du foie à moins qu'un complexe fâcheux ne le mène tout droit à l'asile du patelin.

Oui, l'étude des poules, des sucrées, des douces, des blondes blé-mûr, des porteuses de soie ou de fesses, appelez-les comme vous voudrez, ça peut occuper largement toute la vie d'un homme. J'irai plus loin même. J'ai connu des vieux jetons de quatre-vingt-dix ans qui ne pensaient plus qu'à ce qu'ils avaient appris trop tard et qui cherchaient à se représenter ce qu'ils auraient pu faire si, *primo,* ils avaient eu le culot nécessaire, *secundo,* si *elle* ne leur avait pas aplati la gueule avec leur fer à repasser et, *tertio,* si le mari n'était pas survenu dans le jardin au mauvais moment. Ce qui prouve qu'il y a temps et place pour tout et aussi qu'un type même corpulent peut très bien passer par une fenêtre cinq fois trop petite pour lui — et en vitesse — quand il risque de recevoir sur ses lignes de communication une double charge de plomb ou qu'il sent ses arrières menacés par un furieux employant la tactique de Staline et armé d'un fort couteau de cuisine.

Parce que tous les grands scientifiques, y compris Mac West, le vénérable Confucius et la blonde gérante du débit de tabac, au coin de la rue, tous sont d'accord pour estimer qu'un type est né avec les poules, qu'il les court ou qu'elles lui courent après. Dans le premier cas, avec de la veine, il peut s'en tirer. Dans le second, il éprouvera de gros déboires à vouloir faire sa place sur un marché déjà encombré. Dans le troisième cas, à force de se planquer, il attrapera le torticolis, c'est du couru. De toute façon le pauvre diable risquera gros et sa curiosité lui coûtera cher ; quel besoin a-t-il de savoir si la tactique dont il a usé non sans succès avec la rouquine de Saratoga, l'été dernier, rendra avec cette typesse en soie du Mexique munie des rondeurs qu'il faut ?

Il est près de trois heures. Une belle nuit. La lune éclaire en plein ma fenêtre et je me prends à penser que le golf de Betchworth doit être bien joli à cette heure. Vous autres, vous savez déjà que j'en pince pour le paysage et rien ne me fait plus de plaisir qu'une promenade au clair de lune... Rien, ou presque.

Ce golf me donne une idée. Il est temps que je passe à l'action, que je mette mon grain de sel dans cette affaire-là.

Je me lève, baisse les rideaux, me passe la figure à l'eau froide, histoire d'enlever les toiles d'araignées, et descends dans le hall de l'hôtel. Il y fait si noir qu'on se dirige à l'odeur.

J'avise une petite porte sur laquelle, l'allumette en main, on lit : « Portier de nuit ». Je frappe et, au bout d'un certain temps, une voix fait : « Qui est là ? »

— C'est Hitler, dis-je. Je viens d'atterrir dans la Grande-Rue. Rendez-moi un petit service et je vous donne un bout d'Espagne, deux îles de l'archipel Malais et une grosse blonde que j'ai faite aux pattes à Goering, celle qui sait se tenir en équilibre sur une oreille, en chantant « Remercions notre Führer » tout en s'accompagnant sur la harpe juive.

On entend des grognements variés. La porte s'ouvre et il en sort un type qui se dit portier. Je lui demande où se trouve le téléphone ; il me le montre. Il m'informe également, *primo,* que l'appareil fonctionne si mal que ce n'est pas la peine d'en parler, *secundo,* qu'il y a à parier cent contre un qu'on ne me donnera pas la communication demandée et, *tertio,* qu'à ce moment-là l'un de nous, de mon interlocuteur ou de moi, sera mort. Je lui rétorque que tout est O.K., que j'ai déjà usé du téléphone anglais et que je vis encore. Pour finir, je lui glisse une demi-couronne et il se fait la paire.

J'entre dans la cabine et j'appelle Whitehall 1212. Je suis veinard. En moins de deux, un type me répond que je suis à la permanence de Scotland Yard. Qu'est-ce que je désire ? Je lui explique que je voudrais connaître le numéro privé du chef inspecteur Herrick, que je suis Lemmy Caution, agent accrédité du Bureau Fédéral près l'ambassade des Etats-Unis. Je complète mon signalement en déclarant que je porte une fraise en un endroit intéressant de ma personne. Le jour anniversaire de son mariage, ma mère avait eu une envie de fruits.

Le type me répond que j'ai de la chance : Herrick est de service de nuit. Il va me le passer. Là-dessus, Herrick vient en ligne.

— Ici Lemmy Caution, mon vieux, dis-je. Je vous parle des déserts de Dorking.

Il rit.

— Qu'est-ce que vous faites là-bas ?

— Je voudrais bien le savoir. Je viens de prendre une affaire des mains d'un de nos hommes, de Charlie Milton. Vous vous souvenez peut-être qu'il vous a demandé l'adresse d'un certain Max Schribner ?

Oui, il se rappelle. Ce Schribner paraît s'occuper de fournitures de guerre. Il me demande pourquoi je ne suis pas allé le voir, lui, Herrick.

Je m'explique. Je lui dis que j'étais en Ecosse, pour apprendre le golf. Je me suis remis au travail et je passerai le voir, un de ces jours. Veut-il me rendre un service ?

On le sent hésiter. Puis :

— Ecoutez, Lemmy. J'ai un faible pour vous, vous le savez, et j'admire beaucoup vos méthodes, mais, la dernière fois que nous avons soi-disant travaillé en collaboration, je ne vous ai pas aperçu, du début à la fin de l'affaire.

J'en conviens. Mais, cette fois-ci, c'est différent. J'irai le voir dans deux ou trois jours et le mettrai au courant de tous mes faits et gestes. En attendant, je voudrais bien qu'il fasse une ou deux petites choses pour moi.

J'entends un gros soupir. De quoi s'agit-il ?

D'appeler le type qui est de service à l'ambassade des Etats-Unis pour le prier de téléphoner d'urgence à Washington. Je dicte le message.

Lemuel H. Caution, agent principal F.B.I. 165-43.

A Directeur Bureau Fédéral Recherches Ministère Justice Washington Référence Julia Wayles — stop — demande renseignements sur Jackie Larue condamné quinze ans Leavenworth — stop — nom des complices, correspondants et visiteurs.

Répondre Inspecteur-chef Herrick New Scotland Yard Londres qui transmettra — stop — merci — stop.

Herrick me dit qu'il va appeler tout de suite l'ambassade. Il voudrait me voir au plus tôt pour régler officiellement l'affaire. Je lui promets de passer chez lui dès que je pourrai et même avant, et je raccroche.

J'allume une cigarette et je sors dans la rue. C'est une nuit à bombardiers. Mais c'est calme comme un cimetière. Je me sens de plus en plus poétique.

Vous connaissez maintenant l'affaire comme moi et il est possible que ça vous ait donné des idées. En tout cas, j'ai les miennes et les voici. Et tout d'abord cette histoire d'enlèvement me paraît être une blague. C'est une combine de Sigfried Larssen et de son avocat. Pas une minute je n'admets que Larssen croit vraiment qu'on a enlevé Julia Wayles. S'il ne retrouve pas la gosse, c'est pour une raison qu'il connaît fort bien. Il a menti tout simplement pour faire marcher le Bureau Fédéral.

J'ai encore comme une idée qu'il y a un lien entre ce Larssen et Maxie Schribner, ce type qui apprend sans ciller que j'ai été basculé dans l'égout avec une balle dans la tête.

En tout cas, la nuit est belle et je vais passer à l'action. J'ai horreur de rester sans rien faire et j'aime les situations dramatiques. Je vais « dramatiser » Maxie.

Je rentre dans le hall et reprends le téléphone. Je demande les renseignements et je finis par obtenir le numéro de la maison de Schribner. Je sonne. Après un bout de temps une femme me répond et la voix est très gentille. Une voix basse et fraîche, une de celles qui font désirer à grand'papa d'avoir deux siècles de moins.

Ce que je veux ?

J'imite aussi bien que possible la voix de Charlie Milton et affecte un ton d'émotion contenue.

— Ici, Rudy. C'est urgent. Maxie est-il chez lui ?

Elle coupe dans le pont. Il prend un bain, répond-elle. Faut-il aller le chercher ?

— Non, c'est inutile. Allez plutôt lui dire qu'il s'habille au plus vite et se rende aussitôt à l'arrêt de l'autobus, à Holmwood. C'est à deux miles environ de l'autre côté de Dorking. Je l'y rejoindrai dans vingt minutes. Surtout qu'il n'aille pas se tromper ! C'est urgent.

Elle est d'accord. Je raccroche. Cette voix ne me déplaît pas. Après tout, j'aurai peut-être de la veine.

Je remonte dans ma chambre et emplis mon étui à cigarettes. Puis, je pars bon pas par un chemin détourné, en direction du terrain de golf, sur la route de Reigate. Comme j'y arrive, une voiture de tourisme me dépasse, capote baissée. J'ai le sourire. Schribner est au volant. Je dispose de quarante à cinquante minutes.

Je prends le chemin de Betchworth, tourne dans l'allée privée, passe par-dessus la clôture en fil de fer destinée à empêcher de passer les moutons et enfile l'avenue de tilleuls.

Quelque sage, Confucius ou un autre, a dit qu'il n'y avait rien de tel que la vérité, et, parfois, je suis de cet avis. En tout cas, je ne dirai rien que la vérité à la dame du téléphone.

Qu'est-ce que je risque ?

3

Au revoir, Tamara

Trois heures et quart. J'arrive à la villa de Schribner.

Je frappe à la porte et j'attends. Je pense à la belle dame que j'ai rencontrée, il y a trois nuits de cela, au bar américain. Quel dommage que j'aie été forcé de lui poser un lapin ce soir ! Je ne saurai jamais ce qu'elle pense de ceci et de cela et, tout le reste de ma vie, je me demanderai ce qui aurait pu se passer si ce petit trésor avait une technique personnelle du baiser, de celles qui font danser grand'père, ou si au contraire elle est de celles qui se contentent de vous couler des regards en coin, vous connaissez ça ?

Parce que, voyez-vous, c'est toujours ce qu'on n'a pas eu dont on se souvient. Ce vieux malin de Confucius a dit : « La vraie charmeuse est semblable au livre de poèmes bien lus sans intérêt excessif. » Le vieux connaissait ses oignons et je suis de son avis : quand je me mets à lire, j'aime que le livre soit neuf et intéressant. Quand le corsage est bien, je n'en aime que mieux ce qu'il y a dessous. Et vous ? La même chose, hein ?

Au beau milieu de ces sérieuses réflexions, la porte s'ouvre et, de surprise, je bâille comme une seiche atteinte de bronchite.

La dame paraît, bien éclairée de l'intérieur — en voilà une qui se moque des prescriptions du black-out ! Un bébé comme ça, ça vous fait tomber à la renverse. Vous avez bien été quelques fois intéressés par une femme, hein ? Et puis, un jour, vous en rencontrez une autre, qui vous plaît davantage. Et bien, si vous mettiez ensemble toutes celles qui vous ont emballés, vous n'arriveriez pas à vous réchauffer, après avoir vu celle-là.

De taille moyenne, elle est châtain. Sa peau, on dirait de la crème, de celle que vous enlevez sur le lait le matin, au petit déjeuner. De grands yeux d'un bleu profond comme celui de la mer. Une ligne à faire rêver une fille d'Eve et pomponnée comme pas une. Après ça, on peut tirer l'échelle. Je vous le dis : si j'étais le shah de Perse et que j'aie cette dame dans mon harem, je ne m'occuperais même pas des cinq cent quarante autres. Je ferais tirer les rideaux et jouer de la musique en sourdine après avoir laissé une note au laitier, pour lui dire de passer seulement tous les quinze jours.

Elle me regarde, sans broncher. Cette petite sucrée, ça ne lui fait rien d'ouvrir à trois heures du matin à un inconnu ! Elle se met une main sur la hanche et s'appuie de l'épaule au chambranle de la porte.

— Vous désirez ?

Elle dit ça d'un petit ton sec. Oh ! Pas désagréable, mais assez intéressant. Elle n'a pas froid aux yeux, la gosse.

— Madame, je voudrais avoir un brin de conversation avec vous. Je voudrais discuter un ou deux points et, croyez-moi, vous seriez chic d'accepter, sans magnes. Sinon, vous pourriez le regretter.

Elle ne bouge pas.

— Vous allez un peu fort, qu'elle dit. Inutile, mon vieux. Nous n'avons pas besoin d'homme de peine, ni de cartes pour le prochain Noël. Pourquoi regretterais-je de ne pas vouloir vous écouter ?

— Voici, lui dis-je. Je suis Lemmy Caution. J'ai dans ma poche une carte du Bureau Fédéral de Recherches et je suis curieux, de nature. Je vous dois en premier lieu un aveu très confidentiel que je ne ferais même pas à ma mère. Vous ignorez sans doute que je suis mort, et que Maxie Schribner me croit en train de flotter dans le grand collecteur du patelin. En second lieu, vous êtes la petite dame à qui un certain Rudy, un copain à Schribner, a téléphoné il y a environ trois quarts d'heure. Eh bien, Rudy, c'était moi. Troisièmement, quand j'ai entendu votre jolie voix à l'appareil, j'ai pensé que vous étiez un bébé qui méritait enquête, et le message que je vous ai passé pour Schribner n'était qu'une frime. Enfin, quatrièmement, un petit trésor comme vous ne doit jamais rester tout seul. Je sais bien que plus d'un as a quitté la route dans une courbe dangereuse mais ça ne fait rien : je suis prêt à me risquer, même si ça doit finir par un vieux dérapage. Et merci tout de même de m'avoir écouté.

Elle sourit. Elle a un de ces sang-froid, la gosse ! On pourrait rafraîchir son Martini avec.

— C'est vous, Caution ? fait-elle. Le grand Lemmy Caution. L'étoile du ministère de la Justice. C'est épatant...

— Mais non, mais non...

— Entrez donc, reprend-elle, puisque vous y tenez et dites-moi ce que vous avez sur le cœur. Parce que je voudrais bien dormir un petit peu, cette nuit.

— Quelle blague ! je lui fais en passant la porte. Quand je tombe sur une dame portant une robe de velours marron qui lui va aussi bien que la vôtre, deux bracelets au poignet, des trucs et des machins au cou, sans parler des souliers à hauts talons, des bas de soie gris et une mise en plis toute fraîche, je *sais* qu'elle ne va pas se coucher. J'y pense : vous attendez peut-être quelqu'un ?

Elle me fait entrer dans la pièce où j'ai vu Schribner et Milton, la nuit précédente.

— Je ne dis pas que j'allais me coucher toute habillée... dit-elle en me désignant un grand fauteuil. Asseyez-vous donc et remettez-vous, mon ami. Si toutefois les cerveaux du Bureau Fédéral connaissent le repos. Et excusez-moi si j'ai l'air un peu troublée, ajoute-t-elle d'un air qui me paraît sarcastique. Je ne suis qu'une pauvre fille sans expérience et je n'ai pas l'habitude de me mesurer avec des colosses de votre envergure.

— Vraiment ? Qu'avez-vous donc fait, de votre vie ? Vous n'avez pas attrapé cette ligne dans des clubs féminins.

— Je sais bien peu des hommes, murmure-t-elle en me lançant un regard capable d'allumer une cigarette. Je ne tire mon expérience que de quelques bons livres...

— Ça va, Desdémone, je lui fais. En fait de livres, vous ne vous êtes jamais intéressée qu'aux carnets de chèques.

Elle s'assied et croise les jambes. C'est bon pour des yeux fatigués. Je ne vous parlerai pas du galbe de ses jambes parce que je n'ai pas le temps. Mais pour des jambes, ça en est. Et je m'y connais.

— Très bien, Lumière, dit-elle. Vous vous croyez malin, n'est-ce pas ? Vous pensez avoir mis le doigt dessus ? Parfait. Allez-y, héros de mon cœur. Où ça vous démange-t-il ?

— J'y arrive, Beauté. Vous ne vous trompez pas. J'ai peut-être une petite surprise pour Maxie et pour vous.

— On dit ça, reprend-elle. J'ai déjà entendu parler de vous, M. Caution. Vous passez pour faire vite et bien. Jusqu'ici, je ne m'en suis pas aperçue. Vous semblez avoir du retard.

J'allume une cigarette.

— Ecoutez-moi, belle Hélène, je lui fais. Ecoutez-moi bien. Vous cherchez sans doute à faire traîner la conversation jusqu'au retour de Maxie. Ça ne vous servira à rien, je vous en préviens. Parce que si je revois ce type-là et que je sois mal disposé, j'en ferai une pâtée, de votre gros lard ! Et maintenant, expliquons-nous.

— Qu'est-ce qui vous arrête ? dit-elle. Récitez votre compliment, mon chou. Quand j'en aurai assez, j'irai me coucher.

— Entendu. Ça me plaît. J'ai toujours aimé la compagnie des jolies femmes. Et pour commencer, comment vous appelle-t-on ?

— Tamara Phelps, mais mes amis disent Tamara tout court.

— Je pense bien. Et maintenant, laissez-moi vous mettre au courant. Sachez, en premier lieu, que je recherche une dame répondant au nom de

Julia Wayles. Cette personne était fiancée à un certain Larssen. Elle a disparu. Le Bureau Fédéral est d'avis qu'on l'a enlevée et que ce Schribner n'est pas étranger à l'affaire. J'ai également l'idée que vous avez joué avec Maxie. Très bien. La nuit dernière je suis venu ici voir Schribner au sujet de la gosse. J'ai prétendu être Paul Willick de la Transatlantic Agency. Un crétin est arrivé qui m'a reconnu et a sorti son feu. Maxie a décidé qu'on me liquiderait proprement avant de m'envoyer à l'égout. Qu'est-ce que vous en dites ?

— Cela ne me plaît pas particulièrement, dit-elle. C'est peut-être vrai, mais ce n'est pas sûr. Je sais seulement qu'on ne vous a pas tué et que vous n'êtes pas en train de flotter en eau sale, ce qui met Maxie hors de cause.

— C'est juste. Mais... le reste ? Et la police anglaise ? Qui croira-t-elle, de Maxie ou de moi ? Un peu de sagesse, ma petite. Vous vous êtes fourrée dans une sale affaire.

— Des histoires, dit-elle. Je sais m'inquiéter, quand il le faut. Pour le moment, je ne tremble pas, vous vous en rendez compte.

— Ecoutez. Je m'efforce, vous le voyez, de vous rendre service. Vous avez tort de vous entêter. Tirez votre épingle du jeu, tant que vous le pouvez et n'attendez pas que je me mêle de l'affaire. Je serai dur, au point que vous pourrez bien vous trouver du jour au lendemain dans un pénitencier anglais, avec quelques siècles de réclusion à tirer. Réfléchissez, ma petite.

Elle me regarde puis baisse les yeux et considère le parquet avec application. Elle a l'air triste, pensif. On dirait une tourterelle qui vient de s'expliquer avec un aigle de passage. Elle a un petit quelque chose, c'est sûr. Puis, soudainement, comme à contre-cœur :

— Vous avez peut-être raison...

Elle se croise les mains sur le genou et je décèle dans ses yeux cette lueur qui m'avertit qu'elle va me raconter sa vie ou me sortir un de ces baratins qui enfoncerait les derniers articles de propagande de Goebbels.

— Ecoutez, Lemmy, reprend-elle. Quand je vous ai vu, dans le jardin, ce soir, vous m'avez tout de suite attirée. J'ai senti qu'une femme pouvait avoir confiance en vous, s'appuyer sur vous.

J'acquiesce, d'un signe de tête. Je réfléchis, si fort, qu'on pourrait entendre mon cerveau cliqueter. Parce que, quand une dame de ce genre se met à dégoiser de cette façon, faut faire gaffe. Quand une sucrée, avec cet œil-là, vous télégraphie : « Vas-y, mon vieux, je suis pas de bois », vous parle de s'appuyer sur vous, vous pouvez parier vos revenus d'un an contre un œuf pas frais que ça signifie quelque chose de pas catholique.

— Ouais ! Je lui fais. Appuyez-vous. Y en a tellement qui se sont déjà appuyées, comme vous dites, que j'en suis tout tordu. Allez-y, l'enfant... C'est ma tournée.

Le téléphone se met à sonner. Elle se lève et prend l'écouteur.

— Allô... C'est vous, Maxie ? Oui... Tamara. Non ! Personne. On n'a pas appelé. Oh ! Vraiment ? Rudy n'est pas venu ?... Vous vous êtes peut-être trompé. Il vous attend peut-être à Holmwood-Nord... Oui, à votre place, j'irais... Eh bien, vous reviendrez. S'il téléphone, je lui dirai de rappeler un peu plus tard... Entendu.

In petto, je rigole. Elle bourre la caisse à Maxie ! Elle va peut-être entendre raison, cette petite ! Elle revient s'asseoir, pensive.

— Et voilà... j'ai menti. Cela me donne une demi-heure.

Elle a les yeux humides.

— ... Et ce n'est pas trop pour prendre une décision.

— Vraiment ? dis-je. Ecoutez, chérie ! J'ai connu des bébés de votre genre qui n'auraient pas eu besoin de plus de deux minutes.

Je me penche vers elle.

— ... Allons, décidez-vous. Vous avez peur. Il faut être pour ou contre Maxie, avec ou contre la loi, que je représente ici. Si vous êtes sage, vous n'hésiterez pas longtemps.

Elle me lance un regard furtif.

— Tout ça, c'est très beau, fait-elle. Mais que vient faire la loi dans tout ça ?

— Que voulez-vous dire ?

— Nous sommes ici en Angleterre, réplique-t-elle. Et non pas en Amérique. Là-bas, vous pourriez peut-être me faire des ennuis, mais ici, j'en doute.

— Vous savez pourtant qu'il me suffit de montrer ma carte à Scotland Yard pour qu'on me donne tout l'appui dont je pourrais avoir besoin. Alors ?

Elle sourit.

— L'appui ? dit-elle. Allons donc ! Vous ne savez même pas si l'on a commis un crime. Vous ignorez si l'on a enlevé Julia Wayles. Vous ne savez rien. Pour avoir l'appui de la police anglaise, il faut un motif valable. Que lui raconterez-vous ? Que vous avez obtenu, je ne sais comment, l'adresse de Schribner, qu'un type — un copain de Maxie — a sorti son pistolet, qu'on a voulu vous plomber et vous fiche à l'eau ? Pourquoi ne l'a-t-on pas fait ? Comment vous en êtes-vous tiré ? Quant à moi, si j'étais un flic anglais, je ne collaborerais certainement pas avec vous. Je vous enverrais voir un spécialiste des maladies mentales.

J'allume une cigarette pour me donner le temps de répondre. Cette petite n'est pas bête. Il est certain qu'un abonné de l'asile du patelin trouverait lui-même mon histoire assez curieuse. Même si Herrick me croyait sur parole — il le ferait sans aucun doute — je ne pourrais rien tirer de lui, vu la loi anglaise.

— C'est bon, dis-je. Si c'est là votre opinion, pourquoi vous en faire ? Vous êtes bien tranquille, ici. Je ne vous inquiète pas. Très bien ! Alors pourquoi avez-vous menti à Schribner ? Voyons ! Soyons francs ! Jetez donc vos cartes. Vous vous savez mal embarquée. Vous savez qu'il y a quelque chose derrière cette histoire de Julia Wayles. Vous mourez d'envie d'ouvrir le bec. Si c'est de Schribner que vous avez peur, ne vous en faites pas. Je le soignerai.

— C'est possible, dit-elle. Si j'en étais sûre... Mais un type de la police, ça promet tout ce que lui demande une pauvre fille comme moi, pour la faire parler.

Je proteste.

— Pas moi ! Si vous me connaissiez bien, vous seriez épatée. Je mérite toute confiance, au point que c'en est parfois pénible. Regardez-moi donc : cette attitude si nette, si franche, et mes jolis yeux. Je vous surprendrai peut-être : si je me trouvais seul sur une île déserte avec la première classe d'une école de jeunes filles, eh bien, je saurais me tenir. Elles seraient toutes en sûreté, ces petites.

— Et moi, si je me trouvais à aborder une île avec vous, j'irais m'offrir au premier crocodile venu. Ce serait plus sûr.

— Comme vous voudrez. En tout cas, vous avez à choisir. Schribner ou moi. Je me mets à rire.

... Schribner ! Ce type me dépasse. Il est tellement godiche que si on lui donnait une paire de guêtres, il chercherait à les faire ressemeler.

Elle ne répond rien. Elle regarde le feu dans la cheminée. C'est un joli tableau, je vous l'assure. La façon dont elle avance l'épaule me plaît beaucoup. Je ne vous ai pas menti en vous disant qu'elle avait du galbe.

Au bout d'un moment, elle se lève, se met les mains dans le dos et arpente la pièce, le nez en l'air.

Elle se retourne brusquement vers moi.

— Puis-je avoir confiance en vous ?

Je souris.

— Essayez toujours, dis-je en me levant à mon tour.

Je vais à elle :

— Toute la question est de savoir si je puis me fier à vous, *moi.*

Elle relève le menton.

— Vous n'en doutez pas, me réplique-t-elle. Si vous êtes tant soi peu physionomiste, vous devez être sûr de moi.

— Peut-être, dis-je.

Sa voix se brise à la fin des phrases.

— Vous avez raison, Lemmy, reprend-elle. Je suis mal partie. J'aurai sans doute besoin de vous et je saurai jouer le jeu.

— Je ne sais pas trop, dis-je. L'expérience m'a appris qu'il y a quatre sortes de femmes : celles qui savent jouer et celles qui ne savent pas.

Elle fronce les sourcils.

— Vraiment ? fait-elle. Et quels sont les deux autres genres ?

— Une subdivision des deux premières. On classe aussi les dames selon qu'elles savent embrasser, ou non. Quand on donne un baiser à une dame, elle ferme les yeux ou les garde ouverts. On sait beaucoup d'une femme après l'avoir embrassée.

Elle sourit, me montre de jolies dents, très petites, s'approche de moi et me tend ses lèvres.

— Je ne m'oppose pas à l'examen, dit-elle.

J'ouvre la bouche pour répondre, mais avant que j'aie pu dire un mot, elle me passe les bras autour du cou et une seconde plus tard, elle m'embrasse comme si elle vivait sa dernière nuit. Le bébé sait y faire. Puis elle s'écarte.

— Quelle sorte de femme suis-je donc ? fait-elle.

— Je ne sais pas, dis-je. Je n'ai pas regardé vos yeux. Nous ferons peut-être un autre essai, à l'occasion. Je ferai attention.

— Peut-être, dit-elle avec un petit soupir.

Elle s'approche de la chaise, dans le coin, et prend mon chapeau qu'elle me tend.

— Où puis-je vous revoir ? Ici, il m'est impossible de vous parler. Schribner va revenir. Je ne tiens pas à ce qu'il vous trouve.

— Pourquoi ? C'est surtout pour lui que cela pourrait être mauvais.

— Peu importe, répond-elle. Schribner ne compte pas. Il me faut vous parler. Je vous ferai confiance.

— Entendu. Je suis descendu dans une taule qui s'appelle le White Lion, mais je ne vais pas y rester. Je retourne à Londres. Vous me trouverez Jermyn Street 726 a, voici le numéro de téléphone. A moins que les frisés aient fait sauter la boîte entre-temps.

J'inscris le numéro sur un bout de papier que je lui tends. Et j'ajoute :

— Maintenant, ma petite, laissez-moi vous donner un bon conseil. N'essayez pas des trucs et des machins, parce que si vous ne marchez pas droit, ça pourrait vous coûter cher.

— Je dirai tout, fait-elle. Quelque chose en vous me plaît.

— Vrai ? lui dis-je en rigolant. Eh bien, c'est réciproque, mon petit.

— Nous verrons ça. Pour l'instant, filez. Je tiendrai ma promesse.

— O.K.

Elle ouvre la porte et je suis dans le couloir. Au dehors, la lune brille.

Si j'avais un carnet et un crayon, je serais fichu d'écrire un poème. C'est dans ma nature, vous le savez.

— Au revoir, Tamara. Soyez gentille et ne vous penchez pas à la fenêtre. Vous pourriez tomber. N'oubliez pas que j'attends votre visite.

— J'irai. Au revoir.

J'arrive à la petite barrière blanche. Je me retourne. Elle est debout sur le seuil de la porte. Comme j'enfile le sentier, elle me crie :

— Hé, Lemmy... vous vouliez savoir si j'étais de celles qui gardent les yeux ouverts ou qui les ferment, quand on les embrasse ? Je peux vous le dire.

— Ah ! Alors ?

— Eh bien, je les ai gardés ouverts. J'avais peur de m'endormir. Bonne nuit, espèce de nouille !

Je traverse le terrain de golf à l'endroit du quinzième trou et je suis l'avenue de tilleuls. Je réfléchis profondément. Faut pas vous tromper, les copains. Ce n'est pas parce que je me permets de temps en temps une petite rigolade, que ma tête ne continue pas à tourner rond. Vous pensez peut-être que j'ai fait l'imbécile avec cette dame Tamara. C'est possible, mais c'est pas certain. Parce que, de toute façon, ou bien elle cherchera à avoir Schribner, ou moi. Dans les deux cas, on en tirera quelque chose.

De l'avenue des tilleuls, je vois la route de Reigate. Une paire de phares avance vers moi. C'est Maxie qui rentre chez lui. Il ne doit pas être content. Il le sera encore moins quand il s'apercevra que le supposé Rudy a disparu. Charlie Milton m'aura été plus utile qu'il ne pensait l'être.

J'allume une cigarette et allonge le pas en sifflant un vieil air : « La vie est une coupe de fruits. »

Qui dira le contraire ?

4

Confucius a dit

Je suis à ma fenêtre, Jermyn Street, à reluquer les femmes qui passent, en pensant à ce vieux copain de Confucius. Vous en avez peut-être entendu parler, vous autres ? C'était un brave Chinois qui avait tant de bon sens que, s'il vivait encore, on l'aurait pris pour rédiger les sous-titres à Hollywood. Après quoi, il aurait perdu toute envie de rire.

Bon. En tout cas, ce type avait l'habitude de penser souvent aux femmes. Il était à la page, le copain. C'est lui qui a dit : « Le serpent pique. La femme pique et embrasse en même temps. » Ça dit tout, hein ?

Et si le vieux n'a pas chipé l'idée à Issy Shank, le « scripteur » qui dit dans son livre *Conseils aux jeunes amoureuses* : « Dorlote-les d'abord et puis casse-leur la patte », ça prouve qu'il ne se mettait pas le doigt dans l'œil.

Tout ça me ramène à Tamara Phelps (une femme avec un pareil nom, c'est capable de tout), à Maxie Schribner et à tous ceux qui sont mêlés à cette petite histoire. J'ai dans l'idée qu'avant la fin, Charlie Milton regrettera de m'avoir passé la main pour reprendre son affaire de prêt-bail. Ce truc-là, c'est du nanan, vous le verrez bien.

Le soleil brille et ne serait-ce les barrages de ballons, on oublierait la guerre, si on pouvait trouver des cigarettes. Sur le trottoir d'en face, une belle gosse descend de voiture en montrant plus de cuisse que le règlement ne le permet. Etourderie ? Soleil ? C'est peut-être aussi à cause du pilote aviateur qui la regarde avec cet air de faucon ravageur qu'ils prennent tous à chasser les Messerschmitt. La dame regarde par-dessus son épaule, tortille du croupion et rentre dans une boutique de parfumerie. L'aviateur la suit, en moins de deux. Il doit lui aussi avoir besoin de parfum.

Espérons que la petite est maligne. Parce que si elle ne sait pas ce que c'est que le combat aérien, elle risque fort de voir son adversaire lui rentrer dedans avant qu'elle ait pu dire ouf. Il fera le tonneau de victoire et la malheureuse disparaîtra derrière un nuage en laissant derrière son fuselage une longue traînée de fumée noire.

Je me demande ce que Confucius aurait pu penser de Tamara Phelps. Peut-être ce que j'en pense moi-même ? C'est sûrement un bébé qui sait compter, et qui, en dehors de ses avantages physiques, a du cran. Elle est tout de même un peu nerveuse, ce qui me prouve qu'elle joue une partie assez difficile.

Schribner, c'est autre chose. On ne sait rien de lui. Il n'est peut-être pas si bête qu'il en a l'air. Un dur, lui ? C'est possible. Un type avec une gueule comme lui est capable de tout. Faut le voir à l'action.

J'allume une cigarette, m'envoie un petit coup de whisky de la dernière bouteille des douze que j'ai apportées avec moi d'Amérique, mets mon chapeau et me tire. Je prends un cab. Scotland Yard, mon vieux !

Herrick n'a pas changé. Un peu plus gris sur les tempes, mais toujours cette figure mince et impassible. Ce type-là ne clignerait même pas de l'œil en arrêtant Hitler pour avoir pincé le train d'une belle gosse. Je l'asticote. Je lui dis que je recherche Julia Wayles mais que le département ne s'intéresse pas beaucoup à l'affaire. C'est du tout-venant.

Il est au courant. Charlie Milton lui en a parlé quand il est venu pour avoir l'adresse de Schribner. Qui est-ce, ce Maxie ?

Il sourit.

— Je ne crois pas qu'il soit un voleur d'enfants. Il est chargé d'une mission de surveillance pour le compte du gouvernement américain. Il paraît être en situation régulière et va partir pour l'Irlande, dans les usines américaines, à Londonderry. Il a loué la villa de Dorking pour deux mois.

Il allume une pipe et m'observe à travers la flamme de l'allumette :

— Je me demande pourquoi vous vous occupez de cette affaire-là. Si le Bureau Fédéral ne s'y intéresse pas, dans quel but vous en a-t-il chargé ? Il n'y avait qu'à employer la procédure ordinaire.

Je hausse les épaules.

— Je ne sais pas. C'est peut-être parce que j'étais sur place, en permission.

Il souffle un rond de fumée.

— Nous ferons tout pour vous aider. Si vous avez besoin d'aide, dites-le. A une seule condition...

— Laquelle ?

— Que vous ne fassiez rien de définitif avant de m'avoir prévenu de vos intentions.

J'ai l'air surpris. Il ricane.

— Oh ! Je sais bien. Vous n'y pensez pas !

Il me menace du tuyau de sa pipe.

— Souvenez-vous de votre dernière affaire ici, celle de la bombe Whitacker. Vous vous êtes bien fichu de nous, hein ? On n'a rien su du début jusqu'à la fin. Cela valait mieux, peut-être, après tout. Vous usez de méthodes un peu expéditives pour un commissaire de chez nous. Ce n'est pas l'Amérique, ici, voyez-vous.

— Je le sais, dis-je. Mais ne vous inquiétez pas, Herrick. Je ne voudrais, pour rien au monde, déplaire à vos petits amis. Vous êtes trop chic, et je ne vous demanderai qu'une toute petite chose, pour l'instant.

Il veut savoir de quoi il retourne.

— Je voudrais avoir le nom d'une bonne agence de police privée. Des types ayant de la tête et sachant s'en servir. Cette affaire Wayles n'est pas assez importante pour qu'on mette la police officielle en branle, actuellement du moins, et je ne voudrais pas mobiliser deux de vos hommes pour rien. Cependant, j'ai beaucoup à faire.

Il est de mon avis et tire sur sa pipe.

— Il y a bien les Enquêtes Callaghan, fait-il enfin. Une affaire menée par Slim Callaghan. Un type calé. Callaghan n'est pas bête. Pas assez... parfois...

Je le remercie chaudement, je prends l'adresse et le numéro de téléphone, et je me tire après avoir serré la main d'Herrick.

A la porte, je me retourne. Il tire sur sa pipe et me regarde d'une drôle de façon. Il doit être en train de se demander si je ne vais pas lui jouer un tour.

Qui sait... après tout ?

Le bureau de Callaghan est dans Berkeley Square. Je prends l'ascenseur. J'ouvre la porte et j'ai un bref coup d'œil à l'adresse de la dactylo.

On voit bien que c'est un détective qui l'a dégottée. Elle est rudement bien. Une rouquine aux yeux verts avec des jambes à contraindre le roi Salomon à juger que ses quatre cents femmes ne lui suffisent pas et qu'il lui faut encore celle-ci...

— Oui ? qu'elle me fait tranquillement.

Je lui dis que je voudrais voir M. Callaghan pour affaire personnelle. Elle parle au téléphone et une minute plus tard me désigne une porte.

Le Callaghan est assis à son bureau. Un type à l'œil roublard. Beaucoup de cheveux noirs, une figure mince avec un menton pointu. Il est bien fringué et a l'air de s'embêter. Il me fait l'impression d'un dur qui aurait des manières.

Je décline nom et qualités, lui dis que je suis en congé dans la région et que je m'intéresse à une drôle d'histoire. Je voudrais un peu d'aide.

Il allume une cigarette et m'en passe une.

— Quelle espèce d'aide ?

— Un type qui puisse me prêter main forte. L'inspecteur-chef Herrick est un copain à moi. Je voudrais un homme intelligent qui pourrait faire de la filature pour mon compte. Surveiller un ou deux cocos et me rendre des petits services. Vous voyez ça ?

Il voit très bien. Il sonne et la gosse du premier bureau apparaît, carnet en main.

— Effie, dites donc à Nikolls de venir.

Elle sort.

— C'est mon assistant — Windemere Nikolls —, il n'a rien de spécial à faire en ce moment, me dit Callaghan, et je tiens à être agréable à Herrick. Nikolls a réponse à tout et connaît Londres comme sa poche. C'est un Canadien.

La porte s'ouvre et un grand type entre. Il a une tête ronde ; les yeux clignotent sans arrêt. Un rien de brioche. Bien planté sur ses jambes, il a un peu l'air costaud de boîte de nuit.

— Qu'y a-t-il, Slim ?

— Voici M. Caution, dit Callaghan. Il a besoin de vous et vous dira ce qu'il veut.

— Bon, fait le type. Il tire de sa poche un paquet de Lucky Strike et m'en crache une. Où les trouve-t-il ?

— J'ai un plan, qu'il me fait. On pourrait vous mettre à la source, si ça vous dit.

Il rigole.

— Je connais aussi un endroit où on trouve le meilleur bourbon qui soit jamais venu du Kentucky.

— Je pense bien. On pourrait peut-être y faire une virée, tout en causant.

Ça lui va. Je prends mon chapeau.

— Ça va vous coûter sept guinées par jour plus les frais, dit Callaghan. La maison vous enverra son compte quand vous aurez fini avec Nikolls. Donnez donc votre adresse à miss Thompson.

C'est d'accord. Je prends congé et je m'arrange avec la rouquine. Le Nikolls se colle un feutre sur l'œil et on part au pays du bourbon.

Dès la première bouteille, je commence à gober le copain. Il a déjà travaillé pour la Transatlantic Agency. C'est marrant et c'est aussi une recommandation.

Je me mets à parler femmes pour voir les réactions du type. J'avais tort de m'en faire. Au premier mot, son œil s'allume.

— Le sujet m'intéresse, m'avoue-t-il. Un bon détective doit l'avoir étudié à fond. Un jour, j'écrirai un livre là-dessus. J'ai mes idées.

Il pousse un profond soupir.

— Ce bouquin, je l'ai commencé il y a dix ans, à Toronto, ajoute-t-il. Il n'est pas encore fini. On m'a dérangé. Des poules.

Il me regarde et rit. Il a le sens du rigolo, le frère. Je peux peut-être l'employer comme l'idée m'en est venue.

— J'ai aussi une théorie sur les hanches, poursuit-il. Rien de tel pour renseigner qu'une ligne de hanches.

— Oui, dis-je. Surtout quand *elle* est assise sur vos genoux.

— Non, c'est pas ça, réplique-t-il. La vue suffit. Quand la hanche est mince et pointue, vous pouvez vous dire presque à coup sûr que la petite a un époux mécontent, et qu'elle a mauvais caractère. Tandis que la dame bien ronde voit généralement la vie en rose, que son mari rentre directement chez lui sans s'attarder, toujours conscient du fait que le voisin aime lui aussi les beaux châssis. C'est-y vrai, ou pas ?

— C'est stupéfiant, dis-je. Je commande encore deux whiskies. Ecoutez-moi, Nikolls. Voici ce que je voudrais de vous. Et vite, parce que c'est urgent.

— Je ne fais jamais traîner les choses. C'est pas dans l'habitude de la maison.

— Parfait. Mais il faudra être prudent parce que la gosse en question n'est pas une gourde. Elle a de la tête à revendre.

— A quoi ressemble-t-elle ? Comment s'appelle-t-elle ? C'est très important, un nom. Ça renseigne.

— Possible. Il est encore plus utile de savoir comment son chéri l'appelle quand il est sous pression. Celle-là, c'est Tamara Phelps.

— Joli nom. Tamara Phelps... Une femme avec un nom comme ça sait y faire. C'est sûr.

— Tout juste, Nikolls. Elle a de ça, je vous l'assure et fort bien réparti. Un joli tableau. Avec des yeux rêveurs qui peuvent, à l'occasion, être plus froids que l'acier. Une de ces lignes qui pousserait un sculpteur à lancer sa glaise à la figure de son modèle préféré. Maligne avec ça...

— Un numéro, je vois. Et qu'est-ce que j'ai à faire avec elle ?

— Je ne suis pas très sûr d'elle. Elle va sans doute essayer de me rouler, et très bientôt probablement. Elle doit me téléphoner et venir chez moi.

Vous la prendrez en filature à la sortie. Je voudrais savoir où elle ira, ce qu'elle fera après m'avoir vu. Vous suivez ?

— Cela paraît assez facile, dit Nikolls.

— Le tout est de ne pas lui donner l'éveil. Je veux gagner sa confiance et si elle se sait filée, elle gâtera tout.

— Entendu. Elle ne saura rien, fait-il. Quand je *suis* une femme, c'est pour de bon.

On vide encore deux verres et il me parle de femmes qu'il a rencontrées de par le vaste monde. Ce type-là a l'air de connaître ses oignons et je me demande comment il a encore trouvé le temps d'être détective. Il y a tellement de poules dans l'existence du copain qu'il n'y a plus pour lui de coin tranquille dans l'univers, sinon peut-être en Islande.

On boit encore un peu et je prends congé de Nikolls. J'ai son numéro de téléphone en sorte que je peux l'appeler quand je le voudrai. Je lui donne le mien avec mon adresse afin qu'il puisse emboîter le pas à Tamara quand elle montrera son nez. C'est bien le type qu'il me faut.

Je rentre chez moi, Jermyn Street, enlève mon veston et mon gilet et m'allonge sur mon lit.

Quand je me réveille, il est six heures. La soirée s'annonce bien. Je flâne, cigarette au bec, en m'administrant de temps à autre un coup de bourbon pour m'inspirer.

Ma foi... l'affaire ne me déplaît pas. J'ai l'impression qu'il va y avoir du nouveau, et sans tarder. Tamara Phelps est inquiète, c'est sûr, et la première chose qu'elle fera après avoir parlé — si elle parle — sera d'embêter Schribner. Cela le fera peut-être s'ouvrir un peu.

Je me demande aussi pourquoi tout ce foin au sujet de cette affaire Wayles.

Le Bureau Fédéral ne s'inquiète pas, en général, de la disparition d'une petite. Elle doit être la sœur d'une huile quelconque.

On frappe à la porte et le boy entre. Il me tend une enveloppe et disparaît. J'ouvre. C'est la réponse au coup de téléphone de Herrick à Washington :

Ministère de la Justice Directeur Bureau Fédéral Recherches Washington à Lemuel Caution agent principal F.B.I. numéro 165-43 — par Herrick C.I.D. Scotland Yard Londres.

Référence votre enquête — stop — Jackie Larue tueur et racketteur d'Indianapolis purge quinze ans prison à Leavenworth pour enlèvement — stop — son complice principal Rudy Zimman en fuite — stop — pas de visiteurs Zimman soupçonné diriger bande en attendant évasion Larue — stop — sept tentatives déjà faites — stop — Associée de Rudy Zimman serait Tamara Phelps — stop — Phelps déjà condamnée quatre fois pour complicité d'enlèvement — stop — Considérée comme dangereuse — stop — Actuellement sous surveillance — stop — Bonne chance.

Très bon ! On ne brûle pas encore mais ça se réchauffe. Ce message me donne matière à réflexion et je suis en train de concentrer mes facultés quand le téléphone se met à sonner. Je décroche l'écouteur. C'est Tamara.

— Ah ! C'est vous. J'ai plaisir à vous entendre. Vous vous décidez, enfin !

— Oui. J'ai réfléchi. Je parlerai mais vous me protégerez ?

— Ne vous inquiétez pas, ma petite. Où êtes-vous présentement ?

Elle me téléphone de la cabine du métro, à Picadilly Circus.

— O.K. Venez donc prendre le verre et la cigarette de l'amitié. Vous vous confierez à votre bon oncle Caution et peut-être vous pardonnera-t-il.

— C'est bien, fait-elle. J'arrive. Mais... une jeune fille peut-elle s'estimer en sûreté dans votre appartement ?

— Bébé, avec une tête et une ligne comme les vôtres, il n'y a guère qu'un endroit où vous puissiez être en sécurité, c'est un frigidaire. Allons ! Venez vite.

Elle consent. Je raccroche, attends une minute et appelle Nikolls.

— La dame est en route. Elle vient de me téléphoner de Picadilly. Elle sera ici dans quelques minutes. Installez-vous sans perdre de temps de l'autre côté de la rue. Elle ne vous verra pas. Quand elle ressortira, filez-la. Dès qu'elle arrivera à destination, passez-moi un coup de fil. Compris ?

Il est d'accord. Il se met tout de suite au boulot.

Je raccroche et m'octroie un petit verre. J'ai l'impression que l'affaire va commencer pour de bon. Vous allez voir pourquoi.

J'ai à peine fini mon verre qu'on frappe à la porte. Je vais ouvrir. C'est elle.

Vraiment, je vous l'assure, un bébé comme ça, ça fait quelque chose à un type qui s'intéresse aux femmes. Elle porte une robe bleu saphir qui va bien à ses yeux. Pas de bas mais la peau tannée tout juste ce qu'il faut. Des petits souliers de chevreau blanc parés de bleu. Un petit chapeau de paille souple et un sac de chevreau blanc, agrémenté de cuir bleu.

— Tamara, lui dis-je, j'ai gâché ma vie ! Vous avez l'air d'un ange. Entrez donc.

Je referme la porte derrière elle. Elle va à la cheminée, se regarde dans la glace, tapote une boucle. Elle se sait en beauté.

J'avance le grand fauteuil, apporte les cigarettes. Elle s'assied, languissante. Du coin de l'œil, je vois fort bien que la gosse n'est pas si inquiète qu'elle prétend l'être.

— Que diriez-vous d'un petit verre, chérie ? Un coup de bourbon pour cimenter notre nouvelle amitié !

Elle n'y voit pas d'inconvénient. Je remplis les deux verres et la regarde boire. Elle avale ça comme du petit lait. Ce n'est pas la première fois qu'elle y met le nez, c'est bien sûr. J'allume une cigarette et prends place dans l'autre fauteuil.

— Tamara, où en êtes-vous avec Maxie Schribner ? Etes-vous sa petite amie ?

— Ne dites donc pas de bêtises. Je préférerais un alligator. Ce type-là me rend malade.

— Je vous comprends, lui dis-je. Il me fait le même effet. Et maintenant, ma petite, allez-y. Parlez.

— Je crains bien de me mettre, en vous racontant tout cela, dans une situation difficile. Je ne suis qu'une imbécile. Mais quelque chose en vous, Lemmy, m'inspire confiance.

— Ça c'est gentil, dis-je. N'en jetez plus. Vous me faites rougir.

— Eh bien... vous avez raison. Il s'agit d'un enlèvement. Et Schribner en est.

Je souffle un rond de fumée et le suis des yeux.

— Qui l'a préparé ?

— Je ne sais pas. Cela a été arrangé à New-York. Quelqu'un a voulu faire disparaître cette dame Wayles.

— C'est donc ça ! Le motif ? L'argent ? Je n'ai pourtant pas entendu dire que cette Julia Wayles ait été pleine aux as.

— J'ignore. D'ailleurs on a déjà vu des enlèvements pour autre chose que de l'argent.

— Croyez-vous ? lui fais-je. Eh bien, moi, je n'ai jamais vu enlever une femme simplement parce qu'elle dégottait bien. J'en ai vu enlever pour en tirer rançon, ou bien parce qu'elle savait trop de choses et qu'on voulait lui fermer le bec, définitivement, ou bien, au contraire, parce qu'elle ne voulait pas parler. En dehors de ces trois motifs...

— Vous avez peut-être raison, mais je ne sais rien.

— Admettons. Un type, à New-York, a voulu enlever Wayles. Bon. Où est-elle actuellement ? Qui a fait le coup ?

— Je ne le sais pas non plus. Je suis seulement sûre qu'elle a été enlevée et qu'elle est en Angleterre.

— Comment y est-elle venue ? A pied ? Cela m'étonnerait.

— Moi aussi. On l'a chargée sur un bateau. Comment, je l'ignore.

— Nous verrons cela dans une minute, dis-je. Que vient faire Schribner dans l'affaire ?

— Il a son rôle à jouer de ce côté-ci de l'eau. Je crois qu'il sait où elle est. Je crois aussi, sans en être sûre, qu'il travaille avec ceux qui l'ont enlevée.

— Je vois. C'est une de ces histoires où personne ne sait rien sur son voisin. Et vous, alors ? Quel est votre rôle ?

— Vous savez ce que c'est, Lemmy, dit-elle en hésitant. Les affaires ne sont pas brillantes en Amérique depuis que Hoover a ouvert les radiateurs et déclaré la guerre. On est devenu si patriote qu'on n'a plus le temps de s'occuper des gangsters. Il y a même des durs de Broadway qui se sont engagés dans l'armée rien que pour taper dans la figure du copain Hitler, vous vous rendez compte ?

— Enfin, ça va mal ?

— Plus mal encore. La crise, quoi ! Un beau jour, je rencontre une amie au Moxsie's Bar. Elle me demande si je veux du travail, un petit boulot pépère, pas trop risqué. Il s'agit de s'occuper d'une dame en Angleterre ; les amis qui l'ont en charge jugent qu'il faudra une femme.

— Oui. Une sorte d'infirmière. Pour le cas où elle tomberait malade ?

— Ça, je n'en sais rien, dit-elle. Peut-être que ceux qui la gardent ont des raisons valables pour la retenir. Dérangement mental ou quelque chose d'approchant. Je ne pose jamais de questions, vous savez.

— C'est juste. Comment êtes-vous venue ici ?

— Mon amie a tout arrangé. Elle m'a donné quelques billets, un passage et m'a dit de me présenter à Schribner. C'est comme ça que je me suis installée à Dorking. C'est seulement quand Rudy est arrivé que j'ai commencé à avoir des soupçons.

— Ah ! C'est Rudy ? Et qu'a-t-il fait pour cela ?

— Il m'a suffi de le voir, pour être fixée. C'est Rudy Zimman, un spécialiste de l'enlèvement aux Etats-Unis. Dès lors, je n'ai pu douter : Julia Wayles avait été enlevée.

— Vous croyez donc qu'on s'est emparé d'elle à New-York et qu'on l'a embarquée. Vous êtes d'avis que Schribner l'attendait, qu'il doit savoir où elle est actuellement. Sur ce, la bande a estimé avoir besoin d'une femme n'ayant pas froid aux yeux, de votre genre. C'est dans ce but qu'on vous a pourvue d'argent et adressée à Schribner. Puis Rudy survient et vous savez dès lors qu'il s'agit d'un enlèvement. Où est la petite Wayles ?

— Je ne sais pas. Schribner est discret. Il faudra bien qu'il parle, un jour.

— Je comprends. Et vous me renseignerez à votre tour ?

— Oui. Elle me lance un coup d'œil. Vous êtes un malin, vous !

Je fais une petite grimace.

— C'est possible. Mais autre chose : pourquoi avez-vous peur, actuellement ? Vous avez su, dès le début, de quoi il retournait. Que s'est-il passé, depuis votre venue en Angleterre, qui vous inquiète ? Schribner ne vous aurait-il pas bien traitée ? Pourquoi avez-vous décidé de me parler ?

— Je ne sais pas au juste. Cette affaire ne me plaît pas. Schribner prétend que les gun-men sont sur ses traces. J'ai peur de ces types-là, voyez-vous. Ils ont la main lourde et l'on ne sort pas aisément des prisons fédérales. Je ne tiens pas à regarder le plafond d'une cellule pendant deux ans.

— Ah ! c'est ça ? fais-je. Je m'étonne que vous ayez eu besoin de venir à Dorking, pour comprendre. N'auriez-vous pas pu y penser un peu plus tôt, avant de prendre le bateau par exemple ?

Elle se lève et se plante devant moi. Ses yeux sont humides.

— Vous ne me croyez pas, Lemmy ?

— Asseyez-vous donc, ma petite.

Elle reprend son fauteuil. Je poursuis :

— Vous me rappelez une brave dame qui, dans son ignorance, était convaincue que l'Association du Silence était un club de blondes.

— Que voulez-vous dire ?

— Ceci : vous êtes Tamara Phelps comme je suis pape. Dans un instant vous allez sans doute vouloir me persuader que je suis le Père Noël. Vous êtes la plus sale petite menteuse que j'aie rencontrée dans la vie. Faudrait pas que vous imaginiez que je coupe dans le pont.

— Comment ? Comment ? fait-elle.

— Est-ce que j'ai l'air d'un cheval ? Vous serez peut-être surprise d'apprendre que le type que vous avez cru être Rudy Zimman n'était autre que Charlie Milton, un gun-man, qui s'est foutu de vous, et de Maxie Schribner. En prétendant reconnaître Rudy, vous vous êtes vendue. J'ai su aussitôt que vous n'aviez jamais vu Zimman, ou qu'il était dans votre plan de me faire croire à sa venue en Angleterre.

« ... C'est pour la même raison que vous vous faites appeler Tamara Phelps. Dès que j'ai su, par Milton, que Schribner avait mentionné le nom de Jackie Larue — qui purge actuellement une peine de quinze ans de prison à Leavenworth — j'ai fait téléphoner à Washington, au Bureau Fédéral.

« ... J'ai sa réponse. Tamara Phelps est l'amie de Rudy Zimman. Elle est en observation, aux Etats-Unis. Qu'en dites-vous, ma petite ?

Elle me regarde, bouche bée.

— Nous pourrions, maintenant, passer aux affaires sérieuses ? dis-je. Qui êtes-vous ? Allons, videz votre sac !

— Oui, j'ai fait l'imbécile, admet-elle. Je vais tout vous dire, toute la vérité. Tenez, je vais vous prouver...

D'une main preste, elle fouille dans son sac et en tire un petit joujou à la crosse ornée de perles. Elle me vise en plein ventre. J'en ai la crampe.

— Gros malin ! fait-elle. Tenez-vous tranquille, ou je tire.

Je hausse les épaules.

— Ça va, la belle, lui dis-je. Vous avez pris vos précautions, je le vois. Vous aviez prévu l'accrochage.

— Je suis toujours prête à tout, riposte-t-elle. Ça me réussit parfois. Pas toujours. Cette fois-ci, j'ai été mal inspirée de vouloir m'appeler Tamara.

— J'ai cette impression, dis-je. Quel est votre nom, le vrai ?

Elle rit, se lève et gagne la porte.

— Je m'en vais, mon vieux. Si vous m'en croyez, vous resterez ici bien gentiment dans votre fauteuil. Sinon, je vous ferai un trou. Allons, au revoir, flic de mon cœur. On se reverra peut-être.

La porte claque.

J'ai le sourire. J'allume une cigarette et emplis mon verre. La soirée est bonne.

5

Trop de Rudy

La pendule, sur la cheminée, sonne dix heures et je suis assis, les pieds en l'air, cigarette au bec, buvant de temps en temps un petit coup, pour mieux réfléchir. C'est visible comme une tache de grenadine sur un tapis blanc : on est en train de faire marcher Schribner. Pensez-y un peu et dites-moi si vous n'êtes pas de mon avis.

Voici : admettons pour plus de simplicité que Julia Wayles ait été réellement enlevée. Elle est passée d'Amérique en Angleterre d'une façon ou de l'autre. Nous ignorons ce qui lui est arrivé depuis lors et peu nous importe pour l'instant. En tout cas, Schribner n'est pas étranger à l'affaire. La soi-disant Tamara Phelps a peut-être dit la vérité, pour une fois, en déclarant qu'il devait prendre soin de Julia et savoir où elle était.

Tout semble prouver que l'opération a été menée par des membres de la bande à Jackie Larue, et le fait que Schribner a parlé de Larue quand Milton, se disant Rudy, a donné de bonnes nouvelles des copains, le confirme. A cela, Schribner a répliqué que Larue ne devait pas se trouver si bien que ça dans sa cellule à Leavenworth.

De plus, Rudy Zimman et Tamara Phelps — la vraie — sont des amis de Jackie Larue et Schribner les attend, pour motifs ayant trait à l'affaire Wayles.

Mais Maxie ne les connaît personnellement ni l'un ni l'autre, ce qui paraît indiquer que *s'il* travaille avec la bande à Jackie Larue, les accords ont dû se faire par correspondance. Parce que si Schribner avait connu Larue, ou les membres de son gang, il aurait connu Rudy et Tamara.

Pourtant, il y a quelqu'un d'autre dans l'affaire. C'est sûr. *Quelqu'un qui sait que Schribner ne connaît ni Rudy Zimman ni Tamara Phelps.* Un malin qui, pour certaine raison personnelle, informe Schribner que Rudy Zimman et Tamara Phelps vont venir le voir.

Ça va bien. La gosse qui m'a couvert avec son pétard et qui s'est fait la paire, celle qui n'est pas Tamara Phelps, arrive dans le pays, bourre la caisse à Maxie en se faisant passer pour ce qu'elle n'est pas et s'installe à Dorking, dans la villa.

C'est alors que Charles Milton téléphone. Elle croit avoir affaire à Rudy Zimman, qu'elle ne connaît évidemment pas et le laisse deviner à son interlocuteur. Charlie, pas bête, en profite et déclare être Rudy.

Deux questions intéressantes se posent alors ; deux petits problèmes assez rigolos : qui a pris la place de Tamara Phelps ? Qui savait que la véritable Tamara allait venir en Angleterre et avait intérêt à lui substituer la fausse ?

Enfin, il n'est pas douteux que le vrai Rudy Zimman et la vraie Tamara sont en route pour l'Angleterre à moins qu'ils ne soient déjà sur place. Quand ces deux-là vont rencontrer Maxie Schribner, il va y avoir du sport. Le type va comprendre qu'on s'est fichu de lui.

Voilà ma façon de voir et je pense que vous serez de mon avis. C'est aussi une affaire comme je les aime ; tous les personnages se mélangent, chacun se demandant ce qu'est l'autre. On n'a plus qu'à s'asseoir et à les regarder faire. Parce que neuf fois sur dix, ils résoudront *votre* problème en même temps que le leur. Ce n'est peut-être pas la méthode de Sherlock Holmes mais ça vaut bougrement mieux que de se balader partout avec une loupe binoculaire à chercher des indices sous la table de la salle à manger, pour y trouver en fin de compte un morceau de chewing-gum qu'un type y a collé trois semaines auparavant.

Il est dix heures et quart quand je me lève pour prendre une douche chaude. J'ai envie de me fourrer au pieu mais quelque chose me dit qu'il va y avoir du nouveau. Je me rhabille donc et bois un coup, histoire de tuer le ver.

A dix heures et demie, le téléphone sonne. Le portier m'annonce qu'un monsieur me demande. Un certain Nikolls. Je lui dis de le faire monter.

Deux minutes plus tard, Nikolls entre, referme la porte et accroche son chapeau à la patère. Il tire de sa poche un paquet de Lucky Strike et une boîte d'allumettes, en allume une sur le fond de son pantalon, et s'installe dans le fauteuil.

Ce type ne doit pas se laisser troubler par grand'chose.

Il regarde la bouteille.

— Un petit coup ne me ferait pas de mal, dit-il. On réfléchit mieux, *après*. Vous ai-je déjà dit que j'écrivais un livre sur l'art du détective ?

— Pas possible ! fais-je. Ce sera sûrement bon. Qu'en pense votre patron, Callaghan ?

— Oh ! Lui ! dit Nikolls avec un geste de mépris. Il a une technique très différente de la mienne. Par jalousie, sans doute.

J'acquiesce. Je remplis son verre et il le vide d'un trait. Puis, dans une énorme bouffée de fumée :

— Vous voulez savoir ce qu'a fait la gosse, la petite Phelps, n'est-ce pas ? Je lui ai emboîté le pas à la sortie, et j'ai eu de la chance.

— Ah ? Comment ?

— Elle a pris un taxi au bout de Jermyn Street et s'est fait conduire à Mayfield Court, du côté de Hampstead. Je l'ai suivie dans une autre voiture. Elle est entrée dans l'immeuble et a sonné à la porte d'un appartement du rez-de-chaussée.

« De mon côté j'ai fait la connaissance avec le garçon d'ascenseur. Je lui ai raconté une histoire de filature dans une action de divorce. Qui occupait l'appartement dans lequel était entrée Tamara ? La locataire est une certaine dame Owen. A ce moment-là, Tamara est sortie et j'ai pris le large. Appelant le garçon, elle lui a demandé s'il serait possible d'avoir un taxi à minuit moins le quart, pour Dorking. Puis elle a regagné l'appartement.

« Le type est allé voir à la station et m'a renseigné au passage. Il avait arrangé la chose. Un taxi viendrait à l'heure dite. Je n'ai pas pu savoir l'adresse. La petite la donnera plus tard au chauffeur.

— C'est parfait, dis-je à Nikolls en remplissant son verre. Je connais l'adresse en question. Dites-moi, ajoutai-je, quand j'ai vu votre patron, je ne lui ai parlé que d'une petite surveillance. Peut-être aurai-je besoin de vous pour autre chose, d'un peu plus corsé. Ça vous va ?

Il a un petit sourire.

— Si vous connaissiez mieux la maison Callaghan, dit-il, vous sauriez qu'on n'hésite pas. J'ai appris à être dur. Je travaillais dans un bureau de police privée à Chicago, en 1935. Cela vous renseigne ?

— Très bien, dis-je. L'année 1935 a été une de celles qui comptent, au cours de laquelle un policier privé a eu de la chance de ne pas rester dans un ruisseau, le ventre troué. Vous avez vécu cette époque-là ; ça me suffit, mon garçon.

Il allonge le bras, prend la bouteille et se sert.

— Allez-y, fait-il.

Je réfléchis d'abord un petit peu, puis je parle.

— Voilà. Quand cette dame que vous croyez être Tamara Phelps — et qui ne l'est pas — prendra son taxi, ce soir, pour Dorking, je la suivrai. J'ai comme une idée qu'elle va aller trouver Schribner pour lui raconter une histoire. Passons là-dessus. Cela ne vous intéresse pas. Je lui laisserai tout le temps nécessaire pour dire ce qu'elle voudra à Schribner, puis je me montrerai à mon tour. Le plus drôle est que je n'aurai même pas de pistolet ; j'irai comme ça, les mains vides. Ce Maxie Schribner a déjà essayé de me liquider. Il ne m'aime pas. Il est possible qu'il fasse cette nuit une nouvelle tentative.

— Je vois ça, dit Nikolls. Qu'est-ce que je fais dans tout ça, moi ? J'apparais à mon tour, au moment crucial ?

— Non ! lui fais-je. Vous allez à Dorking vers minuit trente. Sortez du patelin par la route de Reigate. A environ deux cent cinquante mètres de la sortie du pays, vous arriverez sur le terrain de golf. Il y a des tas d'endroits où vous pourrez discrètement garer votre voiture sans qu'on la voie.

« ... Vous sautez la barrière et vous traversez le terrain jusqu'à une allée de tilleuls. Vous la suivez jusqu'à la crête et m'attendez à l'ombre d'un arbre.

— Entendu, dit Nikolls. J'y serai vers une heure moins le quart.

— Parfait. Si la prétendue Tamara Phelps quitte Hampstead en taxi à minuit moins le quart, elle ne sortira pas de l'endroit où elle va, qui se trouve à côté du golf, avant une heure. Cela nous donne tout le temps voulu pour arranger nos petites affaires. Vous avez bien compris ?

— O.K., fait-il. J'y serai. Encore une chose. Si quelqu'un récolte un mauvais coup dans l'affaire — je veux dire si je me trouve en état de légitime défense — j'aimerais autant que cela se passe tranquillement. Callaghan, mon patron, n'aime pas la publicité dans certains cas un peu corsés.

— Entendu, lui dis-je. Ne vous en faites pas. Moi non plus, je n'aime pas la publicité. J'aime bien régler mes petites affaires en douce.

— D'accord. Nikolls consulte sa montre. Il est onze heures moins le quart, ajoute-t-il. J'ai une demi-heure. Juste le temps d'aller dire bonsoir à une petite bonne femme qui a de bien jolies hanches. Elle m'inspirera peut-être. Au revoir.

Il gratte une allumette sur sa cuisse, allume une cigarette, met son chapeau et les bouts. Ce type-là, malgré sa taille et son poids, marche comme un chat. Il doit savoir se tenir dans un coup dur.

Je décroche le téléphone et appelle l'Ambassade des Etats-Unis ; je parle au secrétaire de service, lui donne mon numéro de code. Je désire, lui dis-je, une voiture devant ma porte, à Jermyn Street, à onze heures. Il promet de m'envoyer une voiture de l'Ambassade. Le chauffeur l'arrêtera au bord du trottoir et l'y laissera. Je le remercie de mon mieux. Je lui demande, de plus, de faire enlever de la voiture la plaque diplomatique parce que je ne veux pas être à l'origine d'un nouveau *casus belli* à Dorking. Il me le promet.

— A propos, M. Caution, me dit-il, je suis heureux de vous savoir de retour et au travail. On vous cherchait partout.

— Je n'étais pourtant pas difficile à trouver. J'étais en permission en Ecosse. Ne vous a-t-on pas dit que j'adorais la nature ?

Il se tord de rire.

— J'ai entendu parler de vous, réplique-t-il, et je me doute du genre de nature qui vous intéresse. Bonne nuit.

Il est minuit et demi, tout juste, quand je saute la barrière, le long de la route de Reigate et que je coupe la prairie en direction de l'allée de tilleuls. Il fait frisquet et il a plu un peu. La lune se cache derrière de gros nuages. C'est une de ces nuits où il se passe quelque chose. De bon, espérons-le.

Je remonte l'avenue. A ma droite, une bande de moutons. Certains — les malins — s'abritent sous les arbres. Les autres — les gourdes — restent en plein vent. Les moutons, c'est comme les gens. Il y a ceux qui savent se planquer et ceux qui ne le savent pas.

Quelqu'un fait : Psitt... Je me retourne. C'est Nikolls. Adossé à un arbre, il fume une cigarette dont il cache le bout dans le creux de sa main.

— Ah ! C'est vous ! Alors, ces hanches ? Vous n'avez pas eu trop de mal à les quitter ?

— Oh non ! qu'il fait. Moi, vous savez... Celles-là ou d'autres... On en trouve tant qu'on en veut... en cherchant.

Il m'offre une Lucky Strike et son briquet. C'est bon, de fumer.

— Alors ? dit-il. A quoi joue-t-on ? Est-ce que je retourne à Londres demain, ou bien dois-je m'installer définitivement à la campagne ?

— Pour l'instant, lui dis-je, vous vous appelez Rudy Zimman. Un sale coco. Vous avez un copain, Jackie Larue, qui tire actuellement quinze ans à Leavenworth pour enlèvement. Vous avez compris ?

— Très bien. Et qu'est-ce que j'ai fait depuis que Larue est à l'ombre ? Ai-je commis quelques nouveaux crimes ?

— Vous avez fait de tout. Au point que vous vous dégoûtez vous-même. Ces derniers temps, vous avez tâté de la traite des blanches...

— Je comprends. Un petit changement.

— Oui. Bref, quelqu'un, que je ne connais pas, est venu vous trouver à New-York et vous a demandé de passer en Angleterre pour prendre contact avec un certain Maxie Schribner. Ce type vit dans une petite villa toute blanche — assez gentille — à deux miles d'ici tout au plus. Je vous montrerai l'endroit. Vous me suivez ?

— Très bien. Continuez. J'aime avoir des détails sur l'histoire de ma vie.

— On a également envoyé une dame voir ce Maxie Schribner. Elle s'appelle Tamara Phelps, mais pas celle que nous connaissons. Celle-ci, c'est une frime. Schribner, lui, a coupé dans le pont. Cette dame ne connaît pas Rudy Zimman. Prévenue de son arrivée, elle a pris un autre type pour lui.

— J'aurai plaisir à la rencontrer, dit Nikolls. L'entrevue sera intéressante.

— Vous n'en savez rien. D'ailleurs je crois bien que cette fausse Tamara va raconter à Schribner une histoire et chercher à tirer son épingle du jeu. Elle est inquiète, comprenez-vous ? La petite conversation que nous avons eue chez moi l'a fait réfléchir.

— Oui. Elle trouve le terrain glissant.

— C'est ça. Elle va chercher à endormir Schribner, pour pouvoir filer. Vous allez intervenir, frapper à la porte de la villa et vous présenter comme le vrai Rudy Zimman arrivant tout droit d'Amérique.

« Le copain va pousser des cris, dire qu'il a déjà vu Rudy, qu'il a disparu. Vous répondrez qu'il s'agit en réalité d'un agent du Bureau Fédéral, Charlie Milton, et qu'il a laissé Lemmy Caution s'échapper.

« Schribner va avoir peur. Vous demanderez alors qui est cette dame. Maxie va être encore plus surpris. Vous déclarerez qu'elle n'est pas plus Tamara Phelps que vous n'êtes le pape. Il y a beaucoup trop d'amateurs dans cette affaire, ajouterez-vous, et je vais faire un sérieux nettoyage. Je vais commencer tout de suite par la soi-disant Tamara.

« Schribner coupera dans le pont. Il vous proposera sans doute de régler son compte à la dame et de la descendre dans l'égout. C'est ce qu'il voulait faire de moi. Emmenez-la en assurant Maxie que vous vous chargez d'elle. Empoignez-la et ramenez-la à mon appartement de Jermyn Street. Si, en route, elle parle, notez ce qu'elle vous dira. D'ailleurs je ne serai pas long à vous rejoindre.

— Entendu, dit Nikolls. Vous restez dans les environs ?

— Je ne sais pas encore. Cela dépendra. En tout cas, allez-y comme c'est convenu.

— A quelle heure Rudy Zimman est-il supposé arriver à la villa ?

— Vers une heure et demie. Et ne vous étonnez de rien. Ce n'est pas une affaire ordinaire.

— Je m'en suis déjà aperçu.

Je lui indique la situation de la maison, et le laisse appuyé à un arbre, rejetant la fumée par le nez.

Il fait noir comme dans un four. La lune est partie, et il tombe une pluie fine. Une de ces nuits où l'on aimerait discuter de la guerre avec une petite camarade en pyjama rose et bien disposée. Je ralentis le train dans l'herbe mouillée. Pourquoi les terrains de golf sont-ils si grands ? Je voudrais bien aussi que les choses aient la même apparence, de nuit comme de jour.

J'arrive à la villa. Tout est tranquille. J'ouvre la barrière, m'engage à pas feutrés dans l'allée. J'écoute à la porte puis essaye les fenêtres. Toutes sont hermétiquement bouchées et obscurcies, en sorte qu'il est bien difficile de savoir s'il y a de la lumière à l'intérieur.

Je reviens sur le devant de la maison quand j'entends un bruit de moteur. J'aperçois aussi la lueur de deux phares, sur la route. C'est probablement le taxi de Tamara. Tout juste. La voiture s'arrête.

Vivement je gagne le derrière de la villa. J'ai repéré une porte de service. Si Max est tout seul dans la maison, je pourrai tenter ma chance et entrer pendant qu'il recevra la petite.

J'essaye la porte. Elle n'est pas fermée. Je me glisse à l'intérieur. On parle, du côté de la façade. Une voix d'homme : c'est Schribner.

J'allume mon briquet dont je masque la flamme, de la main. Je suis dans une cuisine au bout de laquelle donne une porte. Je m'approche et je risque un œil. C'est un couloir traversant toute la maison. Schribner et Tamara entrent justement à l'autre bout, et pénètrent dans une pièce, à gauche.

Je rentre la tête et réfléchis. Je vais les laisser s'arranger tous les deux. Après un petit bout de temps, je passe encore une fois la tête par la porte entrebâillée. J'entends parler. Je suis doucement le couloir jusqu'à la porte de gauche, celle du salon sans doute. Elle n'est que poussée. Tamara est en train de dégoiser son compliment, de sa voix basse, aisément reconnaissable.

— Ecoutez, Maxie. Nous sommes mal partis, convenez-en. Plus vite nous sortirons de cette affaire et mieux cela vaudra. Vous êtes un brave, je n'en doute pas. On ne vous fait pas peur, c'est possible. A moi non plus. Mais cette fois-ci...

Schribner veut dire quelque chose, mais elle le boucle et poursuit :

— Où est Rudy ? Il s'est tiré, hein ? A temps. Et ce voyou de Caution le sait. Parce que s'il n'a pas eu son compte, c'est qu'il a fait peur à Rudy. Comprenez-vous ?

Je rigole intensément. Vous le comprenez comme moi, cette petite Tamara joue son jeu. Elle sait très bien que le Rudy dont elle parle n'est autre que Charlie Milton. Elle sait aussi que c'est Charlie qui m'a fait sortir de la cave. C'est pour certaines raisons personnelles qu'elle fait marcher Maxie, qu'elle prétend que Rudy s'est enfui, de peur. Je me demande où elle veut en venir ?

— Tout cela me déplaît, dit Schribner. Que se passe-t-il ici ? Pourquoi Rudy aurait-il fait ça ? Un dur comme lui se mettre à table ? Pas vrai.

Je rigole encore plus. Je le comprends, le frère ! Cela lui plairait encore moins d'apprendre que la dame qui lui tient le crachoir n'est pas la vraie Tamara. Et s'il savait que je suis derrière la porte, à écouter...

Il n'a pas peur, pourtant, il faut le reconnaître. On le sent seulement sérieux, préoccupé.

— Pourquoi ne pas jouer le jeu selon les règles ? reprend-elle. Pourquoi ne pas planquer cette Wayles dans un endroit sûr, et discuter avec Caution ? D'abord, où est-elle, cette dame ?

Schribner a un petit rire.

— Ça, ça me regarde, dit-il. Et je ne le dirai à personne. C'est la carte que je me réserve, comprenez-vous ?

— Très bien. Faites comme vous l'entendez. Mais ne la gardez pas trop longtemps. J'ai dans l'idée que ce salaud de Caution va nous sonner. Allez-y, mon vieux. Soyez brave, tant qu'il vous plaira. Mais je n'en suis pas.

— Qu'allez-vous faire ? dit Schribner d'une voix changée. Voulez-vous me faire comprendre que vous pourriez parler, à l'occasion ? Supposez-vous que cet idiot de Rudy va l'ouvrir ? Dans ce cas, je ne voudrais pas être dans sa peau, ma petite. Quant à vous...

— Ne faites pas l'imbécile, Maxie, coupe-t-elle. Vous devriez me connaître mieux que cela. Un peu de bon sens, que diable ! Si j'avais l'idée de me tirer des pieds, est-ce que je serais ici, à vous parler comme je le fais ? Il y a longtemps que j'aurais mis les bouts. Franchement, vous êtes jeune...

— Bon... bon... fait Schribner. Vous avez peut-être raison, mais tout cela ne me plaît guère.

Je l'entends se lever. Un tintement de verre. Un glou-glou.

— Buvons donc un coup, reprend-il. Ça nous aidera à réfléchir.

Je consulte ma montre. L'aiguille lumineuse approche de l'heure fixée à Nikolls. Je m'éloigne silencieusement, traverse la cuisine, et sors dans le jardin. Je me mets à l'ombre des buissons, sur le côté de la maison. Cinq minutes se passent et Nikolls paraît. Il traverse la route, va arriver à la barrière. Je contourne la villa, rentre dans la cuisine et me plaque contre le mur, dans le couloir. De ma place, j'entendrai tout. On frappe à la porte. Schribner va ouvrir.

— Que désirez-vous ?

La faible lumière qui vient du salon me permet de discerner les traits de Nikolls. Il semble très à l'aise. Il est bon acteur, ce type.

— Ce que je désire ? Je suis Rudy Zimman.

Un silence. Maxie respire à petits coups précipités.

— Hein ? Quoi ? Qu'est-ce que vous dites ?

— C'est clair, fait Nikolls. Je m'appelle Rudy Zimman. Je viens de loin, pour vous voir et vous devez être au courant. C'est bien vous Schribner, oui ?

— Oui, fait l'autre. Mais je n'y comprends plus rien. Entrez donc, cela vaudra mieux.

Il fait demi-tour, pousse la porte du salon pour laisser passer Nikolls et le suit. Il repousse la porte sans la fermer complètement et je m'en réjouis. Je me rapproche à mon tour.

— Qui est mademoiselle ? demande Nikolls.

— Quoi ? Vous ne la connaissez pas ? dit Schribner, d'une drôle de voix.

— Moi ? Je ne l'ai jamais vue, dit Nikolls. Qu'est-ce qui se passe donc ici ?

— Je commence à comprendre, fait Schribner. Ainsi donc, celui qui est venu ces jours-ci et qui a disparu n'était pas Rudy Zimman. Et celle-ci n'est pas Tamara Phelps !

— Ne faites donc pas l'idiot ! s'écrie Nikolls en rigolant. Je connais Tamara, peut-être !

Un silence et Tamara dit, d'une voix changée :

— Hé ! Les copains...

— Ferme ça, toi, petite garce, jette Schribner. Boucle-là. Tu parleras quand on t'interrogera.

— Ça va drôlement ici ! fait Nikolls en traînant sur les mots. Hein ! Schribner ! Alors, vous vous êtes laissé bourrer le mou ? Un type qui se disait Rudy Zimman ! Et vous l'avez cru, pochetée !

— Pourquoi pas ? rétorque Maxie. Est-ce que je connaissais le vrai Zimman ? Je reçois un câble qui m'annonce son arrivée. Et celle d'une dame, Tamara Phelps. Bon. Cette poule se présente. Elle me dit s'appeler Tamara. Je la crois, pas vrai ? Rudy va venir, prétend-elle. Le type arrive et moi, je le reçois bien. Si j'avais quelque doute à son égard, il a su s'y prendre pour me tranquilliser.

— Ah ? fait Nikolls. Peut-on savoir comment ?

Je me tords de rire, derrière la porte. Ce Nikolls connaît son affaire. Il est marle. J'aime la façon dont il mène les choses. Callaghan a eu la main heureuse, c'est sûr.

— Il y a quelques jours, dit Schribner, un type arrive qui décline nom et qualités : Paul Willick, flic privé au service de la Transatlantic Agency, à la recherche d'une dame du nom de Julia Wayles. Rudy était allé prendre l'air. Je trouve ça assez normal. La famille Wayles a engagé quelques policiers pour retrouver la donzelle. Je m'apprête à faire marcher le type.

« Là-dessus, Rudy arrive et se met à crier que ce n'est pas du tout Willick, que c'est Lemmy Caution, un gun-man. Après ça, que voulez-vous, je n'ai plus douté de lui.

— Je comprends, grogne Nikolls. Et alors ?

— On a fourré le type à la cave. Rudy devait le plomber et le mettre à l'eau. Sur ces entrefaites, j'ai dû sortir et à mon retour, Rudy m'a raconté qu'il avait mis le poulet à l'égout avec une brique dans la poche. Là-dessus, il s'est tiré et je ne l'ai pas revu.

— Naturellement, dit Nikolls. Le malheur avec vous, Schribner, est que vous n'avez rien sous votre chapeau. On peut vous raconter n'importe quoi.

Vous croyez tout. Apprenez donc que le type que vous avez pris pour moi n'était rien d'autre que Charlie Milton, un agent du Bureau Fédéral, un salaud du genre de Caution. Il vous a eu, celui-là !

« ... Là-dessus, Caution se montre. Que fait Milton ?

« C'est un malin. Pour tirer son copain d'affaire, il déclare qu'il va le buter. Naturellement, il le laisse filer et se tire lui aussi des pattes.

Je perçois un bruit que je reconnais ; c'est le frottement d'une allumette sur un fond de pantalon.

— Mais ce n'est pas le plus important, poursuit-il. Qu'est-ce que c'est que cette poule ? Comprenez-vous le jeu ?

— Je crois que oui, dit Schribner. Elle travaille avec Charlie Milton et Caution. Milton s'est fait passer pour Rudy et elle pour Tamara Phelps.

— Vous y êtes, dit Nikolls. Il faut agir et sans perdre un instant.

La petite intervient.

— Ecoutez-moi, Schribner...

— Ferme ça, la gosse, dit Nikolls. Tu es faite.

Sa voix se fait menaçante. Il dit à Schribner :

— Avant tout, avant de vous parler, je vais vous montrer quelque chose. Ce Milton paraît s'être tiré d'ici sans dommages. Caution aussi. Je vous fiche mon billet qu'il ne sera pas de même de cette jeune dame !

— A qui le dites-vous ! fait Schribner. Comment va-t-on faire ?

— Avez-vous un pistolet ?

— Bien sûr.

J'entends ouvrir et refermer un tiroir. Maxie doit passer l'arme à Nikolls.

— Vous avez ici un des plus beaux terrains de golf que j'aie vu, de ma vie. Je ne vais pas perdre de temps. On va régler ça tout de suite.

— Bon, dit Schribner. Je vais même pouvoir vous donner un tuyau. En sortant de la maison, traversez la route, tournez à droite et prenez le sentier jusqu'au treizième trou.

Il a un petit rire sec.

— Un mauvais nombre, ricane-t-il. A cet endroit vous verrez en bordure du terrain quelques buissons. De l'autre côté passe la rivière. Une pierre au cou de l'enfant et on ne la retrouvera pas, de quelques semaines. Personne n'ira la chercher.

— Ça colle. C'est une bonne nuit pour ça. En route, ma petite chérie.

— Vous ne ferez pas cela... gémit-elle.

— Je vais me gêner, sûr, dit Nikolls en rigolant. Ecoute, la gosse. Peut-être sais-tu qu'il y a plusieurs façons de tuer un chat. Si tu me suis gentiment, ça ira tout seul et ce sera vite fait, sinon, je te colle un de ces pruneaux qui te fera rendre ton dîner en quelques minutes. Dame, ce sera plus douloureux. Alors, fais ton choix. Et vite !

Il y a un silence. Je regagne la cuisine. La porte du salon s'ouvre. Nikolls sort. Il tient la petite par le bras, d'une main large comme une escalope. Dans l'autre, il a un automatique. Il pousse sa prisonnière contre le mur, ouvre la porte du jardin, qui se referme sur eux.

Du salon vient un bruit de verres heurtés. Schribner doit être bien content.

6

La bougresse a de la dent

Je suis toujours dans le couloir à me demander comment pousser le jeu. J'entends encore un heurt de verres. Schribner remet ça, histoire de se caler un peu après le choc qu'il a eu à voir le Rudy numéro deux. Il ne se sent peut-être pas si mariolle que ça.

Ces poisses-là me paraissent avoir fortement misé dans le coup. Faire son affaire à un type — que ça soit son gniasse ou la supposée Tamara — ça leur paraît tout simple. C'est qu'ils jouent gros, bien sûr. Parce que même un coco comme Schribner ne va pas semer le pays de refroidis si ça n'en vaut pas la chandelle.

Il commence à me courir sur la banane, le frère. En douce, je me file le long du couloir, pousse un peu la porte et risque un œil.

Il est assis dans le grand fauteuil, il ne peut pas me voir. Affalé, il fume une cigarette. La bouteille de whisky est par terre. Il tient son verre à la main. Il combine quelque chose. Un plan de campagne, sans doute.

Je le regarde comme ça une bonne minute, et j'entre.

— Bonsoir, mon pote. Je passais par ici et j'ai pensé que ça vous ferait plaisir de me voir. Ça biche toujours ?

— Sacré... ! grogne-t-il.

Il a une gueule de porc à la broche. Des petites gouttes de sueur perlent sur son front. Il se ressaisit et amène, non sans peine, une sorte de sourire sur ses lèvres grasses. J'aperçois, sur la cheminée, un panier de framboises. Des belles, bien rondes. Je me rappelle que ce Charlie Milton m'avait dit : le type adore les framboises. Je vais lui en donner, moi ; et des juteuses.

— Mais... c'est Caution ! fait-il. Je pensais justement à vous.

— Ça ne m'étonne pas. Vous pensiez au brave type que je suis, à la mélasse dans laquelle vous êtes et vous jugiez qu'il était temps de me proposer un marché. C'est bien ça, hein ?

— Oui... fait-il. Je ne suis pas têtu. Je sais quand je suis battu.

Il se sort de son fauteuil et fait mine de s'approcher de la desserte. Il allonge la main pour prendre la bouteille de whisky qui s'y trouve.

Moi, je rigole. Parce que le carafon, à côté de lui, est à moitié plein. J'avance d'un pas et je lui en refile un sur le soufflant. Ça fait : « Plof ! ». Comme un bouchon de champagne. Du coup, il s'assied par terre et me regarde d'un air triste.

— Vous comprenez, mon vieux, je lui dis, faudrait pas croire que je suis tombé sur la tête ! Des trucs comme ça, ça ne prend pas avec mézigue.

J'ouvre le tiroir et en sors un « 25 Spécial » que je glisse dans ma poche.

— Vous faites erreur, qu'il me dit. C'était pour le whisky. C'est du meilleur. Fallait pas vous fâcher.

Je lui pose mon pied sur la figure et je donne un coup sec. Sa tête va cogner le coin de la desserte et il pousse un gueulement. Quand il retire sa main, elle est pleine de sang. Il a pâli, c'est positif. On dirait une tortue abordée par un sous-marin en balade.

Je ramasse la carafe et m'en envoie un petit coup. C'est du bon. Ce copain-là s'y connaît en sirop. Je m'assieds sur le bras du fauteuil.

— Ecoute, Gueule d'Amour... On va causer tous les deux, bien gentiment si tu veux, et je te conseille d'y aller franc jeu, sans charres. Fais gaffe. Pour commencer, je pense que tu es un foutu menteur. Et puis, ta gueule me déplaît. Troisièmement, tu es si gourde que chaque fois que tu l'ouvres, y a plus de conversation. Quand tu te seras bien mis ça sous ton skatinge à poux, tu pourras parler franc et je te le recommande si tu ne veux pas que je te taille la peau du ventre pour voir ce que tu fais des framboises que tu as bouffées. Ça va ?

Il ne dit rien. Il reste assis, sans bouger, comme si c'était lui les derniers jours de Pompéi.

Pour le réconforter je lui envoie quelques gouttes de whisky sur son vilain museau. L'alcool le pique et il se met la main sur les yeux.

— O.K., beau gosse, je lui fais. Remets-toi et puis écoute. Je veux d'abord savoir où est Julia Wayles, pourquoi on l'a enlevée — si toutefois c'est bien le cas.

Il sort son mouchoir et se met à s'essuyer la figure. Vous me croirez si vous voulez, les copains, mais le petit Maxie a un peu l'air de la souris aux prises avec le chat.

— Puis-je me lever ?

— Pourquoi pas ? Tu auras peut-être meilleure mine en espalier mais je te préviens que si tu fais des blagues, ça bardera un coup. Compris ?

Il me l'assure. Il se relève, attrape la carafe, s'envoie une bonne lampée, a un petit frisson. Puis s'appuie au mur.

— Je ne sais rien du tout de Julia Wayles, grogne-t-il. Je ne l'ai même jamais vue. Ah ! Je voudrais n'avoir jamais entendu parler d'elle !

— C'est déjà quelque chose. Tu as entendu parler d'elle. Qu'en disait-on ?

— Elle devait venir ici. Mais du diable si je sais où elle est. Je devais prendre soin d'elle. Ça ne me dit plus rien du tout. Elle me fatigue, celle-là.

— C'est possible. Mais... pour le contact ?

— Rudy Zimman devait me renseigner, fait-il. C'était lui qui menait l'affaire et une autre poule — Tamara Phelps — s'occuperait de Julia. Mais ça n'a pas marché. Un faux Rudy Zimman est venu tout bousculer et il paraît que celle qui se faisait appeler Tamara Phelps n'était, elle aussi, qu'une frime.

— En tout cas, cela lui a coûté cher, hein ? J'étais dans les parages quand votre copain Rudy l'a emmenée. Elle doit être actuellement au fond de la rivière avec une brique au cou et la bénédiction de Rudy, en plomb. Ah ! Vous êtes un type !

Il est pâle comme un mort.

— Quoi ?... Vous étiez là ? Et vous n'êtes pas intervenu ? Vous n'aviez qu'à arrêter Rudy...

— Et pourquoi l'aurais-je fait ? De quelle importance peut être pour moi une aventurière de plus ou de moins ? Elle l'a cherché, hein ? Rudy l'a butée. Ça simplifie les choses.

— Comment cela ? fait-il. A votre point de vue, j'entends ?

— Je vous implique dans une affaire criminelle. Vous et Rudy. Et c'est une des raisons pour lesquelles vous parlerez. Tous les deux.

— Lui, mais pas moi, dit Maxie. J'ai vidé mon sac et je sais rien de plus de cette saloperie.

Il réfléchit un instant et sa figure se détend. Il a une idée.

— Et puis, de quoi m'accusez-vous ? Je n'y ai pas touché, à cette femme ! C'est Rudy. Et vous, qui étiez là, vous n'avez pas levé un doigt. Alors ? Julia Wayles ? Connais pas ! On m'a tout juste payé pour venir ici, attendre une dame qui voulait voyager. Vous ne pouvez rien contre moi. Je me fous...

— Taisez-vous, Schribner. Vous n'êtes qu'un morceau de saindoux bourré de framboises. Vous avez tout du phoque de cirque. Votre tête fonctionne à peu près comme une rue à sens unique avec un embouteillage au bout. Un inconscient, voilà ce que vous êtes. On vous taperait sur la tête avec un morceau de coke que vous ne vous en apercevriez même pas.

— Je me fous de toi, sale flic !

Le ton n'est pas aimable !

— Je m'en fous, tu entends ! Tu ne peux rien me faire ! Nous sommes ici en Angleterre ; on n'y connaît pas le troisième degré.

— Tu crois ? je lui dis. Attends un peu, mon pote. Je vais te faire une petite démonstration.

Je devine sa pensée. Il cherche à gagner du temps, il attend le retour de celui qu'il prend pour Rudy Zimman. Rudy a buté la femme et n'hésitera pas à m'entourer de ses prévenances. Mon Maxie en profitera pour se tailler.

Ce type n'est qu'un dégonflard et je le crois sans peine quand il assure ne rien savoir de Julia. Des gars à la redresse qui méditent un coup sérieux n'emploieront jamais un « jaune » comme Maxie. Ils s'en servent comme d'un paravent — d'un type au casier judiciaire à peu près vierge, un auxiliaire qu'on peut envoyer en avant-garde, qui joue les utilités, jusqu'à ce que Rudy Zimman et Tamara Phelps — les vrais, les durs, viennent faire le travail. Cela explique très bien l'attitude de Schribner.

Je prends encore une bonne lampée à la carafe. Une chose est sûre : il faut que je me débarrasse de ce coco-là pendant que je vais m'occuper de l'autre bonne pièce, de Tamara. Nikolls doit être en train de l'emmener à mon appartement de Jermyn Street. Il se livre peut-être lui-même à une petite enquête. Je ne vois aucun inconvénient à ce qu'il s'intéresse particulièrement à sa ligne de hanches. Ça peut même servir. Avec les femmes, on ne sait jamais.

— Dites donc, Schribner, vous avez ici une bien jolie cave. Vous allez y faire un petit séjour. Vous y resterez au frais, bien tranquille, jusqu'à ce que je vous aie trouvé un mode d'emploi. Toute la question est de savoir si, oui ou non, vous serez sage ?

— Je ne bougerai pas, fait-il.

Je vais à lui et le prends par le revers de son veston. Il se laisse faire comme un mouton. Mais dans ses yeux passe une lueur mauvaise. Ce salaud-là saurait être vache, à l'occasion.

— Un de ces jours, me dit-il, je vous aurai, et bien.

— Vas-y tout de suite, mon pote. Qu'est-ce que tu attends ? Et avant sa réponse je lui en mets un. Un joli petit crochet à la mâchoire, qui claque sec. Plus personne ! Y se laisse aller.

A terre, je le fouille. Un portefeuille avec un peu d'argent anglais et des photos de femmes — de celles qu'on pouvait s'attendre à trouver sur un type comme Maxie — et un trousseau de clefs.

Je prends les clefs, une lampe torche que je trouve sur la cheminée et fais le tour du propriétaire. Schribner ne s'intéressera pas à mes mouvements d'un bon moment.

J'ai vite trouvé la cave. Il y a dans la cuisine, à droite, une porte qui donne sur un escalier tournant, en pierre. Je m'étonne, en passant, qu'une villa à un étage ait une cave, et maçonnée par-dessus le marché. C'est peut-être là que ces types avaient l'intention de mettre Julia Wayles. Qui sait ?

Je remonte, charge Schribner sur mon épaule, le pose gentiment au fond de la cave et ferme la porte. Il reviendra peut-être à lui. Dans ce cas, il pourra toujours s'amuser à bouffer le charbon.

Je remonte encore une fois l'escalier, bois encore un petit coup de whisky, histoire de me détendre un peu les nerfs et fais une virée dans la maison. Rien d'intéressant sinon un grand panier de framboises dans la cuisine. Ce type doit passer une bonne partie de son temps à s'approvisionner en framboises. Le marché des fruits est en Angleterre assez démuni, en ces temps.

Puis je sors. La cuisine donne sur un petit jardin entouré d'une barrière blanche. A gauche se trouve un hangar. Cela doit être le garage. La porte n'est que poussée. J'entre et me trouve devant une grosse Benz, comme on n'en a jamais construit par ici. Je donne un coup de lampe à l'intérieur. Les coussins sont couleur framboise. C'est certainement l'auto de Maxie.

Je vois autre chose. Sur le siège de devant, à côté de celui du conducteur, bien en évidence, une feuille de papier sur laquelle on lit : « *Où vous fourrez-vous donc ? Quand vous aurez le temps, passez donc au Waterfall, à Capel.* » Pas de signature.

Je plie le papier et le fourre dans ma poche. Je rentre dans la villa, m'assieds dans le grand fauteuil du salon, bois un peu de whisky et allume une cigarette.

Ça commence à bouger.

Il est trois heures moins le quart. Je gagne l'allée de tilleuls pour reprendre ma voiture, garée dans un petit chemin, sur le bord de Reigate.

Qu'est-ce que ce Waterfall ? Un hôtel, une auberge ou l'une de ces boîtes rigolotes qu'on trouve aux environs de la capitale ? Je vais y voir.

Je démarre et roule vers Dorking. Il fait rudement noir. Pas un chat sur la route. Mais de l'autre côté de la villa, je rencontre un agent cycliste. Où est Capel ? Pas loin, me dit-il. Je lui demande s'il connaît une maison appelée le Waterfall. Oui, me répond-il, mais cela doit être fermé. Il me regarde drôlement. Il doit avoir entendu parler de l'endroit.

Je le remercie vivement et poursuis mon chemin. J'arrive très vite à Capel. Un joli coin mais il fait nuit et je ne suis pas en mesure d'apprécier comme il conviendrait le paysage. Je laisse la voiture derrière une haie et passe la grille de fer forgé.

Le Waterfall est une de ces demeures provinciales du bon vieux temps, transformée au goût du jour. La lune sort de derrière les nuages et j'apprécie l'élégance du lieu. On voudrait y voir passer des types en perruques, habillés de soie et de satin, avec des épées et tout le saint frusquin. Il y a une entrée à colonnes. Tout est calme et silencieux.

J'arrive très vite à la conclusion que cette entrée principale ne me plaît pas et je fais le tour de la maison, pour voir. Derrière, il y a une autre porte. Je m'arrête et écoute. De l'intérieur m'arrive une musique discrète. On danse. Je frappe et j'attends, les mains dans les poches. Au bout de deux ou trois minutes, la lourde s'entrebâille. Pas de lumière à l'intérieur. Il doit y avoir un rideau de black-out.

— Oui ? fait une voix.

— Bonsoir, je réponds. J'espérais trouver ici des amis à moi.

— Encore faudrait-il que je sache qui vous êtes, reprend la voix, légèrement railleuse.

Je souris.

— Oh ! Ça ! Et si je vous disais que je suis un copain de Max Schribner ?

— C'est possible. Qui voulez-vous voir ?

Je ris franchement.

— Elle est ici, hein ?

— Possible. Comment s'appelle-t-elle ?

Je risque le paquet :

— Phelps, dis-je, et je vois à sa figure que j'ai mis dans le mille. A quoi bon perdre notre temps ? Ignorez-vous que miss Tamara Phelps attend une visite ?

— O.K. Entrez.

Il referme la porte sur moi et lève le rideau pour que je puisse passer. Nous traversons une grande cuisine, suivons un couloir. Par une porte ouverte, je vois deux types en train de faire la cuisine. Puis nous montons un escalier. La musique se fait plus distincte. Tout est très propre et bien meublé. Les fenêtres sont soigneusement masquées. C'est une boîte clandestine, c'est sûr.

Encore un long couloir avec des vieux tableaux aux murs. Au bout, une porte double. Mon guide ouvre et je puis voir ce qu'on voit dans toutes les grandes villes du monde, un parquet de danse entouré de petites tables et un orchestre de cinq musiciens sur une estrade, au fond. Le croiriez-vous ? Nous sommes ici à trente miles de Londres et nous avons, en pleine guerre, un bon exemplaire de boîte de nuit — ce que vous trouvez partout dans le monde — qu'il soit en train de s'étriper ou non.

C'est la fin de la soirée. Deux ou trois musiciens remettent leurs instruments dans leurs étuis et une douzaine de clients se lèvent et gagnent la sortie. Le type qui me conduit traverse la pièce. A droite de l'estrade se trouve une table isolée. Une dame y est assise et mange. Voici donc Tamara, la vraie. Fichtre !

Je vous ai peut-être déjà dit que dans notre boulot, on trouve des tas de belles poules. Il y en a parmi vous qui s'étonnent peut-être de ce que les numéros qu'on rencontre dans ce genre d'affaires aient tous quelque chose à vendre. Pourquoi n'y en aurait-il pas des laides, de temps à autre, penseront certains ? La raison en est bien simple. Ce n'est pas une mocheté qui quitte la ferme de ses parents pour aller pécher à la ville. Eh non. C'est toujours les girondes qui jugent qu'elles ont de quoi intéresser les types de la ville, les gars au pèze. Ça ne réussit d'ailleurs pas toujours. Y en a qui glissent.

Alors, celles-là, elles se rabattent sur des types à combines. Je n'ai jamais entendu parler d'un affranchi qui se soit servi d'un laideron. Aussi quand je dis que cette Tamara a de quoi, c'est que je le pense. De plus, elle sait s'asseoir et s'habiller. Je pourrais passer des heures à la regarder, si j'étais un cave de ce genre-là.

Je suis toujours l'autre, m'efforçant de bien me mettre dans l'œil le portrait de la poule, et me demandant comment je vais jouer mon jeu. Ce ne sera pas facile.

Cette poule-là, avec son style et son allure, est du genre sainte nitouche. Ça vous dit peut-être pas grand'chose, mais, moi, ça me fait peur. C'est les pires. Une petite, c'est effronté, voyou ou bien ça se donne des airs réservés. Avec celles-là, faut se méfier. On ne sait pas où on va. On fait jamais du bon boulot, pas souvent, en tout cas.

Je n'ai jamais connu qu'un type qui ait fait une affaire avec une gonzesse du genre pudique. Il était si laid qu'un boulet de canon dans la gueule l'aurait sûrement amélioré. Figurez-vous qu'il en pinçait justement pour une petite bien tranquille. Il voulait l'épouser, cet homme, par n'importe quel moyen. Il s'était fait présenter au cours d'un exercice d'alerte aérienne. Tout était noir et elle ne pouvait pas voir sa tronche. Après quoi, il s'était arrangé pour la rencontrer.

Il arrive chez elle, lui saute dessus et se met à l'embrasser comme un fou. Elle, toujours modeste, éteint la lampe et l'irréparable s'accomplit. Après, c'était trop tard. Ce vieux copain de Confucius aurait certainement trouvé un bon truc à écrire là-dessus. C'est possible en tout cas.

Toute femme de ce genre-là est dangereuse parce que, si c'est naturel chez elle, il vous faudra faire attention où vous mettez les pieds. Elle est garantie vierge, de celles qui font plus de foin qu'une sirène de paquebot quand elles se font poisser, par accident. Si c'est du chiqué, alors elle est doublement dangereuse parce qu'elle connaît tous les trucs et qu'elle a de bonnes raisons de vous la faire à l'oseille. Vous pigez ?

Pour moi, j'aime qu'une poule connaisse son affaire et n'en cache rien. Et je suis, ce faisant, en bonne compagnie puisque le vieux Confucius dit : « La femme qui prétend être une pure cherche à cacher sa connaissance coupable. » Tout ceci pour vous montrer, bande de gourdes, que ce vieux malin aurait pu faire sa petite partie avec n'importe quelle blonde sortie du salon d'amour de la mère Licovat, au quatorze de Barrel Alley, à la condition toutefois d'avoir pu sortir son carnet et y trouver à temps le proverbe idoine.

Cette dame Tamara est un bijou. Elle est assise là, toute seule, et mange sans se presser, très joliment. Elle porte une robe de satin noir, collante, qui fait une belle réclame à sa ligne, des bas de soie beige et des souliers de satin noir avec des talons de quatre pouces. Sur ses épaules et ses cheveux, elle a jeté une sorte de mantille très légère, et bleue.

Ses cheveux sont blonds et *vrais*. Cette couleur-là n'est jamais sortie d'une bouteille. Elle a une belle peau et une bouche affolante. Une de ces bouches impeccablement modelées qui vous rend piqué parce que vous ne voulez pas la perdre de vue et que cela rend les affaires difficiles. Elle a aussi un joli pied qu'elle sait poser. Vous voyez ce que je veux dire : c'est net, gracieux, parfait.

Elle porte un morceau de pain à sa bouche et je puis admirer ses mains aux doigts longs. Ses poignets fins sortent de manchettes bleues.

Je pousse un soupir. Un de ces jours, je rencontrerai une femme comme ça qui sera du côté de la loi et de l'ordre. Ça me changera. Mais est-ce possible ?

Mon guide me présente :

— C'est quelqu'un de Maxie Schribner. Puis il se barre.

Elle me lance un regard, mais alors, un vrai ! Elle a des yeux d'un bleu limpide qui m'examinent des pieds à la tête. Puis elle les pose sur les miens et alors ! J'en éprouve une secousse que je ne connaissais pas encore. C'est comme si on était déshabillé aux sons d'une valse lente par Hélène de Troie et la reine de Saba.

Moi, je dis rien. J'attends que le bébé commence. Je me demande si la voix ira avec le reste. Mais je ne suis pas pressé. Elle parle doucement, traîne un peu sur les mots et les mots sortent de sa bouche comme de la crème versée sur des roses. Cette femme, je vous le dis, c'est le fin du fin. Et je ne dis pas peut-être.

— Hello, camarade... ses lèvres s'entrouvrent dans un sourire. Puis elle se tait brusquement, un bout de biscuit à la main, à mi-chemin de la bouche.

Je m'assieds, toujours en silence. Il vaut peut-être mieux la laisser parler. Ce sera plus facile.

— Vous venez de chez Schribner, reprend-elle. Il est rentré et a trouvé le papier ?

— Oui, dis-je. Quelqu'un a mis une note dans la voiture de Maxie ; Schribner a pensé qu'on était venu pendant son absence, et, pour avancer le contact, il m'a demandé de venir ici.

Elle m'examine longuement.

— Vous avez l'air d'un *hombre* qui sait danser. Vous connaissez la *conga ?*

Et moi de riposter :

— J'en suis pratiquement l'inventeur.

Se moque-t-elle de moi ? N'a-t-elle rien de mieux à penser qu'à la *conga ?*

Elle fait un signe à un type en smoking, de l'autre côté de la pièce. Il arrive aussitôt.

— Faites revenir votre orchestre pour jouer une *conga*. Je veux danser.

Les autres obéissent et commencent à jouer. Elle se lève et moi aussi. Elle contourne la table et se glisse dans mes bras, sans plus s'en faire. Ah ! monsieur ! Si elle danse ! Oh pardon !

La piste est vide et l'orchestre n'est pas mauvais. J'ai dansé la *conga* avec d'autres et il est possible que je la danse encore, mais ce ne sera jamais plus ça. Elle a un de ces corps qu'on a tort d'emmailloter et, danser avec elle, c'est toute une éducation. J'oublie tout.

Les musiciens jouent cinq fois le morceau avant que nous ne regagnions notre table. Pendant notre absence, on a apporté une bouteille de whisky. Elle la débouche et en prépare un raide. Elle y met un peu d'eau et me le tend.

— Comment vous appelez-vous, mon beau gosse ? Et que faites-vous avec Maxie Schribner ?

— Je suis Willy Careras, lui dis-je. Je travaillais avec la bande de Margoni à Chicago. Puis ça a commencé à sentir mauvais. On m'a conseillé de prendre des vacances. Je suis venu par ici il y a un an environ. J'ai traîné un peu... C'est alors que j'ai rencontré Schribner. Je le connaissais, de New-York. Il m'a dit que je pourrais lui être utile. Il a une affaire, je ne sais quoi. Je le remplace de temps en temps. Vous voyez ça ?

— J'espère qu'il vous paie bien, dit-elle. Un joli remplaçant... Elle me décoche un petit sourire qui en dit long. Je vous emploierais bien volontiers, moi aussi.

Je lui rends un regard à faire passer Casanova pour le fils du fermier.

— Allez-y, Tamara.

— J'entends pour faire mes courses et répondre au téléphone, reprend-elle, toujours souriante. C'est tout. Elle lève les yeux sur moi, et sa lèvre a un petit pli gouailleur. Ne vous trompez pas... Willy, fait-elle d'un air modeste. Ne croyez pas que je sois une fille facile. Je suis très froide...

Je souris.

— Je veux vous croire, mais si vous êtes froide, je veux me servir de crème glacée pour faire des compresses chaudes et celui qui vous a appris à danser la *conga* de cette façon-là devait être un expert en...

— C'est différent, fait-elle. J'aime la danse. Mais je ne vais pas plus loin...

Elle baisse les yeux sur son assiette.

— Possible. Vous changerez d'avis, quelque jour. Je lui adresse un nouveau sourire complice. C'est probablement que vous n'avez pas encore rencontré le type idoine.

— Peut-être, avoue-t-elle avec un soupir. Je crois être une femme qui n'a jamais eu l'occasion de dire oui...

Elle allonge la main et prend mon verre. Elle le porte à sa bouche et y trempe les lèvres. Puis elle me le rend.

— Je voulais y goûter, murmure-t-elle. Elle ouvre un étui en or et en tire deux cigarettes. Elle les allume toutes les deux et m'en tends une. Le bout est imprégné d'un parfum léger. C'est peut-être son sac. C'est joliment fin, en tout cas. Je lui lance un bref regard. Cette petite est si jolie qu'elle pourrait devenir une habitude avant qu'on s'en aperçoive.

Elle se lève. Sa mantille bleue la fait ressembler à une nonne. Mais quelle nonne !

— O.K., Willy... Retournez chez Maxie et dites-lui que Rudy le verra demain. Bonne nuit, beau gosse. Elle prend son sac et s'en va. Elle sort par une porte qui ouvre de l'autre côté de la salle.

Je finis mon glass et me retourne. Le type qui m'a fait entrer m'attend. Il me reconduit.

Dehors, il tombe une pluie fine. Il fait très noir. Je ne suis pas trop satisfait de ma visite. Cette sacrée femme ne m'a rien appris et m'a raconté ce qu'elle a voulu. Peut-être attend-elle Rudy Zimman, le vrai. C'est possible, sans plus.

Je suis l'allée au bout de laquelle j'ai laissé ma voiture. Derrière elle se trouve une grosse voiture de tourisme. J'ouvre la portière de ma bagnole quand une main se pose sur mon bras. C'est la dame.

— Ah !... Ma foi, je suis content de vous revoir, Tamara, dis-je. Il y a bien longtemps que nous ne nous étions pas rencontrés.

Elle a un petit rire très doux. A la lumière des veilleuses de la deuxième voiture, je vois qu'elle porte un manteau d'agneau. Elle a serré la mantille autour de ses cheveux. Elle est tout près de moi et je retrouve le parfum de sa cigarette.

— Vous allez être occupé avec Schribner. Il aura sans doute beaucoup à faire. Mais n'oubliez pas, quand vous aurez le temps, de venir me voir. Je voudrais vous parler.

— Oui... Et de quoi, ma belle ?

Elle rit encore, d'un rire de gorge.

— Vous me rappelez un petit serin que j'ai eu. J'habite aux Grange Apartments, dans Mount Street, à Londres. Montrez-vous-y.

— J'irai.

— Cela sera très, très gentil, ajoute-t-elle.

De sa main gantée de chevreau blanc, elle me prend la lèvre supérieure entre le pouce et l'index, me force à baisser la tête et m'embrasse. Comme ça. Cette Tamara, c'est une pile électrique ! Cristi...

Elle s'écarte, et d'une voix changée, froide :

— Je sens que je vais en pincer pour toi. Pourquoi ? Je n'en sais rien. A bientôt, beau gosse.

Elle monte dans sa voiture, tourne l'allée et met les gaz. Des yeux, je suis le feu rouge qui s'éloigne.

La bagnole roule en douceur vers Betchworth. J'ai de quoi réfléchir, et tout mon temps. La pluie a cessé et la lune se montre. La route serpente comme elles font toutes dans cette région. Je me sens bien mais un peu drôle.

Quelle combine ! Cette affaire n'a ni queue ni tête, de quelque côté qu'on l'examine. Rien n'apparaît clairement, comme toutes les choses intéressantes du reste.

Je pense à la Tamara. Celle-là, elle connaît son truc. Ce qu'elle veut, les réponses à faire, et tout. C'est pas une gourde. C'est peut-être moi le plus couillon du lot.

Je me demande ce que Nikolls peut faire avec l'autre numéro. Qui est-ce, celle-là ? A quoi joue-t-elle ? Et la prochaine, de poule, qu'est-ce qu'elle sera ? Parce que les bonnes choses vont toujours par trois. Et les gonzesses aussi. J'ai jamais vu une affaire comptant deux numéros comme Tamara et l'autre où on n'en a pas trouvé une troisième. Celle-là sera peut-être du type courant, du genre pot-au-feu. Ça nous changerait.

J'arrête la bagnole dans un petit sentier tranquille, près du terrain de golf et m'en vais à pied vers la maison de Schribner. Une chose est sûre : je vais faire parler celui-là, même si je dois pour ça lui mettre une cigarette sous le nez. Il va falloir qu'il l'ouvre.

Je rentre par la porte de derrière et descends à la cave. J'ouvre la porte. Il a allumé une lampe électrique. Il est assis au fond ; appuyé au mur, il fume une cigarette. Il a une grosse bosse à la mâchoire.

Il me regarde comme si j'étais le diable. Décidément, Maxie ne m'aime pas.

Il y a une vieille chaise le long du mur. Je la pose devant Schribner et je m'assieds.

— Schribner, que je lui dis, le temps est venu de parler. Du bon sens, mon garçon ! Il serait intelligent de votre part de vous mettre à table, parce que, si vous résistez, je vous forcerai bien à l'ouvrir, d'une façon ou de l'autre.

— Vraiment ? qu'il me fait. Vous m'intéressez. Vous devez être très populaire parmi vos amis, espèce de...

— Doucement, mon vieux. Ça ne vous servira à rien de vous mettre en colère.

J'allume une cigarette et je continue :

— Voici où nous en sommes. Après vous avoir déposé ici, j'ai fait un tour au garage et j'ai trouvé un papier dans votre bagnole. Une petite note assez sarcastique. Elle disait que vous pourriez à votre retour aller au Waterfall, à Capel, une boîte de l'autre côté d'Holmwood. Je pense que c'est Rudy Zimman qui a écrit ça.

— Qu'est-ce que vous me chantez ? dit-il. Rudy est déjà venu...

Je lève la main.

— Vous n'y êtes pas. Le type qui a emmené la dame n'était pas plus Rudy que moi. Il est à mon service. On vous a fourré dedans.

— Oh ! Alors... fait-il. Il n'y a donc que des frimes, ici !

— Tout juste. Ça vous montre qu'on vous a comme on veut. Il y a tellement de Rudy dans c't'affaire qu'on pourrait en former toute une colonie de nudistes. Mais ne vous en faites pas : le copain qui a écrit cette note, c'est le vrai.

— Alors, demande-t-il, le type qui a emmené la femme ne l'a pas butée ?

— Nature, gros malin. Il ne lui a rien fait.

— Je me demande ce qu'elle peut bien être.

— Ne le savez-vous pas ? Voyons. Schribner, pourquoi ne pas jeter vos cartes ? Mangez donc le morceau. Il est clair comme le phare de Nagaransett que quelqu'un vous l'a mise entre les pattes pour arriver jusqu'à Julia Wayles. Quelqu'un qui est de l'autre côté de l'eau et qui sait y tâter. Parlez-moi de ce type-là. Qui est-ce ?

— Je ne sais rien. Bien vrai. Rien du tout. Y en a peut-être qui ont intérêt à piétiner nos plates-bandes...

— Vous devez avoir raison, lui dis-je. Ce ne serait pas la première fois qu'un type viendrait se mêler d'une affaire d'enlèvement. Un qui aurait pensé que s'il vous reprenait Julia Wayles, elle ne serait pas sans valeur sur le marché. Qu'il pourrait peut-être faire casquer vos copains. Une petite de ce genre-là, ça doit avoir son prix.

Il hausse les épaules, sans répondre.

J'allume une nouvelle cigarette.

— Vous devez bien comprendre que vous êtes du mauvais côté de la balance, dis-je. La dame qui s'est si bien foutue de vous, qui vous a fait croire qu'elle était Tamara Phelps, c'est bibi qui la tiens. Je la ferai peut-être parler. Je saurai qui l'a fait marcher et ce qu'il y a au bout du bâton. Après ce sera votre tour. Et puis celui de Rudy Zimman, le vrai, qui m'intéresse.

— Sans blagues ? Et comment ferez-vous parler Rudy ? Vous ne savez même pas où il est.

J'ai un petit sourire farceur.

— Je suis allé cette nuit à Capel. Au Waterfall. A voir la gueule des types, ce sont des amis de Rudy. Il a peut-être une organisation de ce côté-ci de l'eau. Vous n'en savez rien, bien entendu ?

— Rien. Je ne sais rien. Pas la moindre chose...

— Bon, bon, que je fais, nous y reviendrons tout à l'heure. En tout cas... quand j'ai été là-bas, au Waterfall, on m'a demandé ce que je voulais. J'ai couru ma chance et nommé Tamara. On m'a fait entrer et je lui ai sorti une bonne histoire. J'ai dit que j'étais Willy Careras, un dur qui avait travaillé avec la bande à Margoni, dans le temps, à Chicago. J'y ai glissé que j'étais venu par ici pour des raisons de santé, que je vous avais rencontré, que j'étais votre homme à tout faire — mais que je ne savais rien. Vous voyez ça ?

« ... Elle a coupé dans le pont. C'était pas si mauvais et puis elle vous sait assez flanchard pour faire faire votre boulot par un autre. Même s'ils ne vous ont jamais vu, Rudy Zimman et Tamara, ils vous connaissent, s'pas ? C'est forcé. S'ils ne savaient pas que vous étiez un coco à la manque, ils ne vous auraient pas mis dans le jeu.

— Tout ça, c'est du baratin, qu'il me fait. On ne peut rien contre moi. Rien.

— On s'en fout, je lui dis en rigolant. N'empêche que c'est moi qui commande, maintenant. Je tiens Rudy et la petite Tamara.

— Qu'est-ce que vous allez faire ?

— Je vais attendre. Attendre la venue de Rudy. Vous, vous resterez ici. Pas besoin que vous voyiez l'oiseau. Je lui raconterai que vous êtes malade, qu'on vous a fourré à l'hôpital, que vous m'avez mis au courant pour agir à votre place. Tamara lui a probablement parlé de moi, lui a dit que j'étais Willy Careras. Il saura aussi que Careras en a tellement sur la conscience, qu'à côté de lui, le diable ressemble à la dame qui distribue des tracts à San Diego quand les marins vont à terre. Il me croira, pas vrai ? Il parlera. Il me dira peut-être où est Julia. Après, l'affaire sera dans le sac.

Il ne répond rien mais n'a pas l'air satisfait.

Je me lève et m'étire. Je me sens bien.

— Schribner, lui dis-je, je vais vous laisser pour aller faire un petit roupillon dans le salon. Mais si jamais je vous entends bouger, je redescends pour vous en mettre un dans la gueule qui vous fera ressembler à un nègre polynésien passé sous un tank. *Adios, caballero...*

Je reboucle la lourde et remonte l'escalier. Après tout, ce ne sera peut-être pas si difficile que je le pensais. Si j'en mets plein la vue à Rudy quand il viendra et que la petite de Nikolls parle, c'est du tout cuit.

Je m'arrête en haut des marches pour allumer une cigarette, j'enfile le couloir. J'entre dans le salon...

Il y a un type dans le fauteuil. Un grand type mince fringué à la mode, avec une chemise de soie qui coûte dans les cinquante dollars. Une gueule de mort. Des lèvres minces comme un trait de rasoir. Des cheveux noirs rejetés en arrière.

Il sort de sa poche un étui en platine et allume une cigarette. Il me regarde gentiment, sans rien faire. La voix est douce, un peu amère, si vous me comprenez bien.

— Je suis Rudy Zimman. N'êtes-vous pas Willy Careras ? Où est Schribner ?

— Malade, que je réponds. Il a attrapé un sale truc, la rougeole ou quelque chose d'approchant. On l'a fourré à l'hôpital, à Guildford. Il m'a prévenu de votre arrivée et m'a dit de prendre soin de vous. C'est moi qui ai trouvé le papier que vous aviez mis dans l'auto et je suis allé à Capel, où je vous ai manqué...

— Ouais, fait-il.

Il met la main à la poche et en sort un Mauser ; il me vise le creux de l'estomac et sourit. Le type n'a pas l'air très tendre.

— O.K. Caution, vous pouvez rentrer ça. Je suis affranchi sur votre compte. Vous êtes fait, mon vieux. Je vais vous régler votre compte.

— Je vois, fais-je. C'est fini de rire, je crois.

Il va à la desserte et s'en verse un. Il le boit tranquillement, en s'appuyant au meuble, sans me quitter du regard. Il ne cille pas et il y a du rouge dans ses yeux. Ce zigoto ne me plaît pas du tout.

Du dehors vient le bruit d'une voiture qui stoppe et un moment j'espère un joint, mais pas longtemps.

La porte s'ouvre et Tamara entre. Elle regarde Rudy et lui décoche un joli sourire. Puis elle s'approche de moi. Vous ai-je déjà dit que la voir marcher c'est du nanan ? Elle glisse et le type qui a inventé l'ondulation des hanches a dû penser à ce bébé-là.

La voici devant moi. Elle ouvre son manteau d'agneau, arrange sa mantille. Ses doigts sont longs et les ongles émaillés en rouge. Ces mains empêcheraient un sculpteur de dormir. Rudy, toujours appuyé à la desserte, l'observe, et ricane. Je n'ai jamais vu une créature avoir l'air aussi cruel que ce Rudy.

— Alors, mon joli ? me dit-elle de sa voix basse et calme, tu as cru que ça y était ? Tu as cru refaire la petite Tamara ?

Elle se tourne vers Rudy.

— Regarde-moi ce nigaud, Rudy ! Ce petit rusé ! Un amour ! Ces épaules, cette taille fine !

Elle se rapproche encore.

— Vous êtes merveilleux, grand gosse, me dit-elle. Le malheur est qu'en vous plantant votre perruque sur la tête, on a oublié de mettre un cerveau dedans. Non ! Ce qu'il est gentil, dis, Rudy !

— Je suis de ton avis, dit l'autre en se servant une nouvelle rasade. Pourquoi ne lui donnerais-tu pas un baiser ? Quand on en pince pour un type, pourquoi ne pas lui montrer un peu d'affection ? Il va se faire trouer la paillasse ; ça lui fera peut-être plaisir d'être embrassé par une dame, avant.

— Tu es bon, Rudy, fait-elle. C'est ce qui m'a toujours plu en toi. Tu penses à tout.

Elle se retourne vers moi. Rudy se déplace pour me garder sous le champ de son automatique. Elle lève la main, me prend la lèvre entre ses doigts doux et froids. Elle approche sa bouche.

— Petit salaud, murmure-t-elle. On en mangerait.

Elle me mord la lèvre et se recule. Le sang coule, chaud sur mon menton et les larmes inondent mes joues. Je lui lance une grossièreté.

— Tu n'aimes pas ça, mon chéri ? dit-elle. Tu n'aimes pas qu'on t'embrasse ?

Elle m'adresse un long sourire.

Rudy rit, de la gorge.

— O.K. Tamara ! Ecarte-toi. Je vais le saler. Où est-ce que je lui mets ça ?

— Comme tu voudras, Rudy. Personnellement, j'estime que le nombril est ce qu'il y a de mieux. Il y a longtemps que je n'ai pas vu un type se tortiller. Mais si tu as une meilleure idée, dis-le.

Rudy va parler. Le téléphone se met à sonner.

Le téléphone a ceci de particulier : c'est que son appel vous fait sursauter, quand vous ne vous y attendez pas. Et ces types n'attendent pas de coup de téléphone. Tamara tourne la tête vers l'appareil, dans le coin du salon, et Rudy l'imite.

Je risque ma chance. Je bondis vers la lampe qui se renverse et je saute de côté. Nous sommes dans le noir et Rudy commence à vider son feu.

Les balles claquent sur les pierres de la cheminée puis on entend la voix de Tamara, aussi calme qu'à l'ordinaire :

— Tu ne voudrais pas me tuer, Rudy ?

Je suis à quatre pattes, comme un coureur au départ, à droite de la cheminée. Il y a un silence. Puis le téléphone recommence à sonner.

— Viens par ici, dit Rudy. Je vais le buter.

— Que tu dis ! je fais.

Je bondis en avant et je passe par la fenêtre, vitres, panneau de black-out et tout. Un morceau de verre me coupe la figure, mais je m'en tape. Je me reçois sur la tête dans l'herbe, ça ne me gêne pas non plus. Jules César, mordant un morceau de terre anglaise à son débarquement, n'est pas plus fortiche que moi. Je me relève et me tire par la grille de fer, le long de la route. Quand j'arrive à l'avenue de tilleuls, je ralentis le train et m'essuie le front. Ma lèvre me fait encore très mal et ma joue, profondément entaillée, saigne beaucoup.

Je m'assieds sur un tronc d'arbre et je gueule. Je dis mon chapelet. Les petits noms d'oiseaux que je donne à ce salaud de Zimman et à son amie

Tamara feraient rougir un sergent de marine qui aurait été refait de son portefeuille par une blonde au bec-de-lièvre.

Un de ces jours, je la poisserai, la Tamara, et elle s'en souviendra.

Et je ne dis pas peut-être !

7

Un drôle de boulot

Je retrouve la bagnole où je l'avais laissée. Je prends place, allume une cigarette et me mets à ruminer tranquillement l'affaire. Parce que j'ai maintenant l'impression qu'il y a tout autre chose là-dessous qu'une simple histoire d'enlèvement.

Ce qu'il faut, c'est que la dame conduite chez moi par Nikolls, la fausse Tamara, parle. Il le faut absolument. Même si je dois la sonner.

Parce que ce bébé-là sait quelque chose, c'est sûr. Celui qui l'a poussée à approcher Schribner en se prétendant Tamara doit être au courant de la combine. Il a voulu sans doute enlever Julia à la barbe des autres pour les faire casquer ou pour tout autre raison que nous ignorons. Nous verrons bien. Et quand j'aurai une idée de ce type, j'aurai de fortes chances pour entraver le tout.

La petite parlera sans faire trop de magnes. Elle avait carrément les foies quand Nikolls l'a emmenée ; elle pouvait penser qu'elle allait faire un tour dans la rivière. Elle aura tout le temps pour réfléchir à ce qui pourrait lui être utile.

D'autant plus que le copain Nikolls a dû la travailler. Il sait son boulot, y a pas.

Il est quatre heures et demie quand je mets la bagnole en route et que je prends le chemin de Londres. La lune s'est levée et la nuit est belle. Je roule tout en pensant aux types mêlés à cette affaire, à ce qui va leur arriver avant la fin, parce que j'ai de plus en plus l'idée que cette combine Wayles est un de ces coups fourrés qui deviennent très rigolos.

A cinq heures moins le quart, j'arrête la tinette dans Jermyn Street. J'entre, je presse le bouton de l'ascenseur mais rien ne vient. Le portier de nuit a dû se fourrer au pieu. Je grimpe l'escalier et presque en haut, m'arrête pour allumer une cigarette. Je suis rudement fatigué mais me prépare néanmoins à la petite conversation avec la dame qui m'attend en compagnie de Nikolls. Je me suis mis dans la théière de la faire parler.

Je suis le couloir, j'ouvre la porte : surprise ! L'antichambre est plongée dans l'obscurité. Ça sent le vide. Je pousse la porte du salon et j'allume. Personne. Un coup d'œil aux autres pièces, puis je reviens dans le salon. Qu'est-ce que ça veut dire ? Est-ce que Nikolls en aurait fait à sa tête ?

Au bout d'une minute, une idée me vient. J'attrape l'annuaire des téléphones et je note le numéro du bureau de Callaghan. Peut-être Nikolls s'est-il mis en relation avec sa boîte ? On saura peut-être où il est. J'appelle.

Un type me répond. Qui parle ? C'est le portier de nuit. Je lui demande le bureau de Callaghan. Il ne peut pas me le donner (il n'y a personne) mais si l'affaire est urgente, il me passera M. Callaghan, dont l'appartement est au-dessus de ses bureaux. Je suis d'accord et reste en ligne. Après un petit bout de temps, la voix de Callaghan se fait entendre.

— Ici, c'est Caution, lui dis-je. C'est au sujet de votre type, Nikolls. Il devait m'attendre chez moi, où je pensais le trouver. Il n'y a personne. Pouvez-vous me renseigner ?

Il assure ne rien savoir, sinon que Nikolls lui a téléphoné il y a près d'une heure pour le prier de lui faire porter un dictaphone à mon appartement de Jermyn Street. C'est tout ce qu'il sait. Je remercie et raccroche.

Qu'est-ce que ça veut dire ? Où est ce Nikolls et qu'a-t-il eu besoin d'un dictaphone ? Peut-être a-t-il laissé un mot pour moi au portier ? Je redescends. Je sonne, sans plus de succès que la première fois. Pour finir, je descends les dernières marches jusqu'au coin du portier. Il fait très noir. Je heurte quelque chose et je m'étale. Relevé, j'allume mon briquet. Pas étonnant que le portier ne réponde pas ! Il est couché par terre, le front sanglant. On a dû y aller fort pour lui faire une bosse de cette taille sur la cafetière, avec un instrument contondant, comme on dit. Il a dû se passer quelque chose.

J'adosse le type au mur et regagne mon appartement. Je regarde un peu partout. Dans le coin de la fenêtre, sur une petite table, il y a un imperméable. C'est celui de Nikolls, je le reconnais. Il me vient une idée. Je m'approche et je soulève le caoutchouc. C'est le dictaphone. Je tourne le bouton et une minute plus tard, j'entends la voix de Nikolls.

— Allons, la gosse, parle. Faudra bien que tu y arrives et à ta place, je n'attendrais pas le retour de Caution. C'est un dur, tu sais. Il ne sera peut-être pas aussi gentil que moi.

Elle répond :

— Je suis dans le bain, je le sais bien. J'ai voulu être trop maligne. Eh bien, voilà : une partie de ce que j'ai dit à Caution est vrai. J'étais à New-York sans trop savoir quoi faire. Ça allait mal depuis la déclaration de guerre et J. Edgar Hoover a mené la vie dure aux copains. Je voulais travailler, à condition, bien sûr, que ça soit dans mes cordes. Alors...

Soudain la voix s'altère. La gosse pousse une espèce de cri. Elle fait :

— Ah !... Qu'est-ce que c'est ?

Et Nikolls répond :

— Doucement, ma petite !

Ça s'arrête là. Je stoppe le dictaphone, et vais m'asseoir. Je crois avoir compris. Nous avons été refaits, une fois de plus. J'allume une cigarette. Je vous ai bien dit que j'étais la poire dans c't'affaire. Ça change pas.

Rudy Zimman devait être dans les parages de la villa de Schribner quand Nikolls est arrivé. Il a attendu et pas seul : il avait quelqu'un avec lui. Quand mon homme est sorti avec la petite, il les a fait suivre jusqu'à mon appartement.

A ce moment, je sors et trouve le billet dans la voiture de Schribner. Je vais au Waterfall où je rencontre Tamara Phelps, qui sait déjà qui je suis : Caution, un agent fédéral. Je regagne la villa de Schribner. Pendant que je suis en route, Zimman téléphone à Tamara, la met au courant. Il lui dit de venir au plus vite à la villa.

Lui-même pénètre dans la maison et n'y trouve personne parce que je suis dans la cave, avec Schribner. Puis j'ai ma scène avec lui, Tamara arrive. Il cherche à me buter et je m'échappe.

Mais Zimman est alerté. Il sait très bien que je vais me remuer, faire parler la petite qui a prétendu être Tamara et que je vais trouver quelque chose qui va me tuyauter sur le boulot. Rudy se met dans la tête de me passer ; il téléphone au type qui a filé Nikolls et la poule, lui dit de rentrer chez moi et de capturer la petite.

Entre-temps, Nikolls a une idée. Il persuade sa prisonnière de parler mais il est bien trop flemmard pour prendre par écrit ce qu'elle va dire. Il téléphone à Callaghan et lui demande un dictaphone, qu'on lui apporte. La femme commence son baratin quand un type entre, pistolet au poing. La petite pousse un cri et Nikolls, pour autant que j'aie une idée de ce qui s'est passé, jette son manteau sur le dictaphone. Et voilà !

Eh bien, c'est pas riche. Je m'envoie ma dernière cigarette et un petit coup de whisky. Je prends une douche chaude et me colle au lit. Quand on n'a rien d'autre à faire, c'est une bonne chose que de se coucher, parce qu'on est en sûreté... Enfin, le plus souvent ! Et puis, si on peut pas y faire des merveilles, il est du moins impossible d'y faire beaucoup de bêtises.

Je me réveille et consulte ma montre. Il est onze heures. La pluie glisse sur la vitre. Je me sens comme le temps, et c'est moche.

Je reste là à regarder le plafond et à retourner tranquillement dans ma tête cette combine à la noix. Ça ne sert pas à grand'chose d'ailleurs, parce que pour faire du solide, faut avoir du tangible et celui qui me dira qu'il y en a dans ce mic-mac a rudement besoin d'aller se faire voir à ces spécialistes à la longue tête qui vous collent de gentils petits coups sur la sorbonne avec un marteau d'argent et vous demandent des cinq cents balles pour vous annoncer que vous êtes piqué — chose que tout le monde sait et qu'on vous a dite cent fois, à l'œil.

Je me lève et prends encore une douche. Puis je sonne le service et demande un petit déjeuner avec beaucoup de café. Le type arrive avec son plateau et je lui demande ce qui est arrivé au portier de nuit.

Il me raconte ça. On a conduit le pauvre bougre à l'hôpital voisin pour lui faire des points de suture. Autrement, il est d'aplomb.

La nuit dernière, ou plutôt ce matin, me dit le type au déjeuner, arrive un mec qui sonne pour l'ascenseur. Le portier le fait monter du sous-sol et ouvre la porte. Le type dit qu'il veut voir le monsieur qui l'attend dans l'appartement de M. Caution. Le portier lui dit que mon appartement est au premier étage et met l'ascenseur en marche. A peine en route, l'autre type sort son feu, le colle sur le ventre du portier et ordonne à celui-ci de faire descendre l'ascenseur au sous-sol, s'il veut rester en un seul morceau.

Le portier obéit. Il a une belle venette. Le copain au pistolet ne rigole pas. En bas, le portier ouvre la porte et s'efface. A ce moment, il reçoit un bon coup de crosse sur la crêpe. Il préfère ne plus penser à rien et s'endort. C'est tout. Quand il revient à lui, il se retrouve appuyé au mur, où je l'ai laissé.

Je remercie le type au plateau et lui refile un biffeton de cinq dollars. Il se tire et je prends mon petit déjeuner suivi de quatre doigts d'un vieux cru du Kentucky, juste assez pour éviter un rhume et garder ma vieille tête en bon état de marche. Puis je m'assieds à mon bureau et me mets à faire mon petit résumé.

J'écris tout ce que je sais de cette affaire Wayles, et c'est pas beaucoup. C'est un bon truc de mettre les choses noir sur blanc, parce que, bien souvent, ça vous donne une idée. Enfin, voici ce que j'écris et peut-être qu'un de vous en tirera plus que je ne le fais moi-même.

Voici les faits.

1. — Pour une raison ou pour une autre, Julia Wayles — une dame que personne ne connaît — quitte les Etats-Unis et gagne l'Angleterre. Elle le fait pour l'une des deux raisons suivantes :

a) Parce qu'elle le veut pour un motif que nous ignorons.

b) Parce qu'elle a été enlevée.

Pour simplifier, nous supposerons qu'elle a été enlevée.

2. — Cet enlèvement a quelque chose à voir avec Jackie Larue, un mec qui est en train de tirer quinze ans à Leavenworth et qui a essayé de jouer rip deux ou trois fois déjà. Nous le pensons parce que des copains de Larue — Rudy Zimman et Tamara Phelps, deux qui sont collés ensemble — sont sûrement dans la combine Wayles.

3. — Quelqu'un envoie Schribner par ici pour s'occuper de Julia à son arrivée. Mais il dit qu'il ne l'a pas vue et ne la connaît pas. Ça peut paraître rigolo mais je crois ce type.

4. — Après la disparition de Julia, son ami — un type nommé Larssen — prend un avocat pour faire marcher le Bureau Fédéral des Recherches après que le Bureau des Disparitions a échoué.

5. — Le Bureau Fédéral ne me trouvant pas met Charlie Milton sur l'affaire et lui dit de contacter Schribner. Les autres l'apprennent on ne sait comment, probablement par Larssen ou son avocat.

6. — Schribner apprend de celui qui est derrière cette combine d'enlèvement l'arrivée en Angleterre de Rudy Zimman et de Tamara Phelps qui lui donneront des instructions.

7. — Mais quelqu'un se montre. Un ou plusieurs types qui savent que Rudy et Tamara sont mêlés à tout ce mic-mac envoient une autre poule (dont nous ne savons pas le nom) qui dit être Tamara et contacte Schribner. Dans quel but, nous l'ignorons.

8. — Par un coup de veine, je découvre que cette poule, c'est du flan. Je monte un coup avec Nikolls et je ramasse la typesse, qui est pour l'instant notre témoin principal, parce qu'elle doit savoir un bout de ce qui se passe. Malheureusement elle est enlevée avec Nikolls par un type qui travaille pour Rudy. Nikolls, c'est par-dessus le marché parce que je suis d'avis qu'ils n'en ont pas besoin. C'est la femme qu'ils voulaient, pour la faire parler. Ils désirent savoir qui est au courant de leur combine, aux Etats.

Et voilà ! C'est l'histoire telle que je la vois. Il n'y a qu'une ou deux choses à faire. Et il faut se magner.

Je m'envoie encore un petit verre, pour le cas où il y aurait des germes d'influenza dans les parages et je me fringue : un très bath costume gris, avec chemise de soie bleue, col et cravate bleu marine, en soie pareille. Je me colle un feutre marron sur l'œil, me regarde dans la glace et constate ma satisfaction. On vous a peut-être déjà dit que je ne suis pas si défait que ça, même si j'ai endommagé un peu ma vieille gueule par-ci par-là. Je me passe un petit bouquet de violettes dans la boutonnière et me taille.

Dehors, je prends un taxi, et dis au type de me conduire à Mayfield Court, Hampstead, et d'appuyer sur le champignon.

Je me renverse sur les coussins, bien à l'aise. Je fais des ronds de fumée.

Tout va par trois, je vous l'ai déjà dit, les potes. Nous avons déjà deux femmes dans l'affaire, la fausse Tamara qui vaut le coup d'œil, et la vraie qui vous éblouit, au point qu'on la prendrait, la sainte nitouche, pour l'institutrice de l'école du dimanche du patelin.

On va bien voir ce que c'est que la troisième.

Pendant que je roule sur Mayfield Court, la pluie cesse et le soleil se montre. Cela me ravigote, je ne sais pas trop pourquoi, parce que je suis pas de ces types qui sont joyeux seulement quand le soleil brille ou qu'ils sont schlasses. Je suis de nature poétique : un rien m'égaie. Tout ce qu'il me faut c'est une jolie petite ferme, soixante gallons de bon whisky — du raide — et une poule bien galbée avec du tempérament. Tout juste ce que les politiciens appellent des aspirations raisonnables. Malheureusement, je serai peut-être salement vioque quand j'aurai tout ça, ce qui me ramène au vieux Confucius, qui dit : « Tout ce qui est beau appartient à la jeunesse. » Pensée qui, transcrite par mon ami Issy Shank, le scriptwriter d'Hollywood, se lit : « Le vieux, y sait oser, mais y peut plus. »

Dans le vestibule de cette boîte de Mayfield, j'avise un tableau, qui m'informe que Mme Lorella Owen occupe l'appartement 5, au rez-de-chaussée. J'enfile le couloir et me trouve devant une femme de chambre qui est si bien qu'on la croirait sortie d'une troupe de girls après un concours de jambes.

Elle me demande ce que je veux et je lui dis que je suis M. Caution, qu'il est urgent que j'aie une petite conversation avec Mme Owen. Elle me prend mesure, d'un coup d'œil, et, convaincue que je ne suis pas un de ces types qui raflent les compteurs à gaz, me fait entrer. Je suis le bébé jusqu'à un très gentil salon. Elle va prévenir sa patronne.

Je m'assieds et me tourne les pouces pendant cinq bonnes minutes, puis la porte s'ouvre et une dame entre. Elle a les cheveux gris et a la ligne très jeune. Un joli teint. Une démarche agréable. Elle a sur le côté de la figure une bosse, comme si on lui avait envoyé un bon jeton avec un fer à repasser quand elle était gosse. Mais le pire, c'est quand elle parle.

Elle a une voix qui ferait désirer d'être au Siam. Elle parle du nez. Tout ce qu'elle dit lui sort d'une narine. On dirait de la harpe juive désaccordée.

Il était temps qu'on tombe sur une femme moins bien que les autres.

— Je suis Mme Owen, qu'elle fait. Vous désirez ?

Je réponds que je lui serais très obligé de s'asseoir et de m'écouter avec attention si elle veut s'éviter des désagréments.

Elle a l'air un peu surpris. Naturellement, dit-elle. Je reprends :

— Je suis Lemuel H. Caution, agent spécial du Bureau Fédéral des

Enquêtes et je recherche une nommée Julia Wayles. On pense que cette dame a été enlevée et amenée en Angleterre. Vu ?

Elle voit.

— Très bien. En travaillant cette affaire, je suis tombé sur un type assez suspect nommé Max Schribner. Il avait avec lui un joli bébé prétendant être Tamara Phelps, un autre numéro venu des Etats-Unis. Bref, pour des raisons que nous n'avons pas à discuter ici, j'en suis venu à la conclusion que cette dame n'est pas du tout Tamara Phelps mais quelqu'un d'autre dont je voudrais bien connaître le jeu qu'elle joue. Je l'ai fait venir chez moi.

« Elle ne s'est pas dégonflée. Mais quand j'ai commencé à lui dire qu'elle se payait ma tête et qu'elle n'était pas Tamara, elle s'est échauffée et m'a couvert avec son feu. Après quoi elle a fait une sortie très digne, me laissant tout aussi avancé qu'avant. Vous me suivez, Mme Owen ?

Elle me dit que oui, mais qu'elle ne comprend pas très bien...

Je la coupe et poursuis :

— Madame, laissez-moi vous donner un bon tuyau. N'essayez pas de me faire avaler que vous n'entravez rien de rien.

Elle prend une allure digne.

— Je ne vois pas ce que vous voulez dire, M. Caution, me fait-elle de sa terrible voix.

— Ce que je veux dire ? Quand cette dame a quitté mon appartement, elle ne savait pas qu'il y avait quelqu'un qui l'attendait pour la prendre en filature. Vous savez ce que c'est, j'espère. Un type pour voir où elle allait. Eh bien, elle est venue tout droit ici et elle a eu une petite conversation avec vous avant de rentrer à Betchworth, chez Schribner.

Je m'arrête de parler et la regarde. Elle est très calme, les mains sur les genoux. Ces mains, elles me fascinent. Belles, fines avec de longs doigts souples et de beaux ongles. Cette Lorella Owen m'intéresse, y a pas à dire. Et je reprends :

— C'est comme ça. Vous comprenez ce que je suis venu faire ici. C'est clair comme un nez dans un visage que vous êtes très bien rancardée sur cette dame qui se fait passer pour Tamara Phelps. C'est pour parler de moi qu'elle est venue vous voir après m'avoir fait le coup du rigolo. Hein ?

— Oui... Je comprends, M. Caution, fait-elle. Et je reconnais tout ce que peut avoir de suspect pour un homme de votre profession l'attitude de cette personne.

— Suspect ? Vous en avez de bonnes, que je lui dis. J'irai plus loin que ça. Vous n'avez qu'à déballer votre sac. C'est vu ?

— Dois-je voir dans vos paroles une menace, M. Caution ? dit-elle en jouant avec ses doigts. Ceci ne me plaît pas. Vous n'obtiendrez rien de moi, de cette façon.

— Non ? Vraiment ? Eh bien, nous allons voir. Je vous donne cinq minutes pour vous décider, ou bien je vous fourre dans un taxi et vous embarque pour Scotland Yard. Vous aurez à y répondre d'obstruction aux devoirs d'un fonctionnaire fédéral agissant dans ce pays sur les ordres de son gouvernement. Ça vous convient, ma petite ?

— Non, pas du tout, fait-elle. Une cigarette ?

Je lui dis oui et elle me présente un grand coffret d'argent. C'est . Lucky Strike, mes préférées.

Elle en prend une et l'allume pour elle. Elle se met tranquillement à fumer en zyeutant par la fenêtre. Elle a l'air d'une femme qui pense à un truc tout ce qu'il y a de plus sérieux.

Je ne pipe pas. Je la regarde seulement et, intérieurement, j'rigole. Peut-être bien qu'elle va encore me sortir un conte de fées. Peut-être aussi qu'elle va me dire la vérité. Avec les poules, on ne sait jamais.

Après un petit bout de temps, elle commence :

— M. Caution, je suis dans une situation bien difficile. Le mieux est de vous dire tout. Ça me soulagera beaucoup. Une femme de mon âge est au-dessus des mensonges et des cachotteries. Voilà ce que je pense.

— Oui, je lui dis. Mais ça ne veut pas dire qu'une femme de n'importe quel âge ne sache pas y aller de son petit mensonge quand ça lui chante. En fait, je crois que plus elles sont vieilles et mieux elles font ça. Oh ! pas toujours. Je ne dis pas ça pour vous, bien entendu...

Je lui refile un petit sourire gentil. Un de ces sourires charmants qui font naître la sympathie, la confiance. Tout ce qu'il faut, quoi...

— Allez-y donc, ma petite dame, et parlez. Mais laissez-moi vous donner encore un petit rancard avant de commencer. Pas d'histoires de serpents, hein ? Parce que je suis pas un type qui croie au Père Noël. Autre chose : si vous me mettez bien au courant des dessous de l'affaire, je pourrai probablement agir. Et, je vous le dis tout de suite, je suis prêt à vous pardonner même si vous avez fait quelque chose de pas très légal. Mais si vous m'expédiez sur une fausse piste et que je m'en aperçoive, alors... ça bardera pour vous.

Elle m'adresse un petit coup d'œil séduisant. Et puis, de sa voix terrifiante :

— M. Caution, je vous ai déjà dit que je n'aimais pas les menaces. Je vous dirai la vérité parce que c'est mon devoir.

Elle pousse un petit soupir.

— Ah ! Vous allez me trouver bien imprudente...

— Je ne sais pas, je réponds. Parlez d'abord, et après, je vous dirai ce que j'en pense. Allez-y donc, bébé.

Elle me toise.

— Je ne suis pas un bébé, fait-elle, et je n'aime pas qu'on me parle de cette façon.

— Je ne l'ai jamais pensé, dis-je. Bébé est simplement un terme d'amitié usité entre marins, quoique je n'en sois pas un. Allez-y donc.

— Eh bien, vous désirez sans doute avant tout être renseigné sur cette femme mystérieuse qui a prétendu être Tamara Phelps.

Et elle ajoute, l'air très sérieux :

— Je reconnais qu'elle a dépassé les instructions reçues, mais elle a pensé qu'il lui fallait opérer sa retraite.

Je la ramène à la question.

— Qui est cette dame ?

— Une femme qui a fréquenté à New-York un monde très suspect. Une fille de la pègre, comme vous diriez.

... Mais il faut d'abord que je vous dise que je m'appelle Mme Lorella Owen, que je suis veuve et une vieille amie de la famille Wayles. J'ai bien connu Henri Wayles, le père — elle pousse un petit soupir —, il fut même un temps où l'on pensait que nous nous épouserions. Naturellement, à sa mort, j'ai pris beaucoup d'intérêt à ses filles.

« En apprenant la disparition de Julia, j'ai été bouleversée. Peu de temps après, un de mes amis, employé au Bureau des Disparitions à Chicago, m'a informée que malgré leurs ramifications dans le pays, on n'avait pas réussi à la retrouver. Puis, par suite de coïncidences extraordinaires qui n'importent pas ici, j'ai rencontré cette femme, Dodo Malendas. Elle m'a dit être sûre que Julia Wayles avait été enlevée et qu'on la retenait en Angleterre. Cet enlèvement, disait-elle, était l'œuvre de deux personnes, un homme appelé Rudy Zimman et une femme du nom de Tamara Phelps. Ils allaient partir tous deux en Angleterre pour entrer en relations avec celui qui retenait Julia prisonnière, un certain Schribner. Cette femme proposait — comme ce Schribner ne connaissait ni Rudy Zimman, ni Tamara Phelps — de partir en Angleterre, d'y trouver Schribner, de se donner pour Tamara Phelps et de retrouver ainsi Julia.

Elle me fait un petit sourire du genre timide, qui ne prend pas du tout avec moi. Elle poursuit.

— Voyez-vous, M. Caution, ma vie a été bien monotone et j'ai été toute émue à la pensée de pouvoir sauver Julia. J'ai accepté. J'ai dit à Dodo Malendas que je la suivrais et que, quand elle saurait où est Julia, nous irions à la police, pour faire arrêter Zimman, Phelps et Schribner. Malheureusement ça n'a pas marché comme je l'espérais.

— Je pense bien, que je lui réponds. Ça n'a même pas marché du tout. Un petit tuyau, en passant : si vous voulez des sensations, vaudrait mieux pour vous agacer un tigre endormi que vous mêler avec une bande comme celle de Zimman. On vous a jamais dit que ces zigotos étaient des durs ? Quand ils vous mettent le grappin dessus, ils vous en font voir des drôles.

— Croyez-vous, M. Caution ? me sort-elle comme si elle l'espérait.

— Eh oui ! C'est sûr.

Mentalement, je fais des restrictions. A voir la bosse qu'elle a sur la gueule et à entendre sa sacrée Bon Dieu de voix, je crois bien que Rudy se contenterait de la fourrer dehors et de lui faire passer le goût du pain. Je suis sûr qu'aussitôt qu'il l'entendrait, il voudrait la bousiller. Moi-même, je ne suis pas bien certain... Elle me fait mal au ventre.

— Parfait, je lui dis. Vous me semblez avoir dit la vérité. Mais votre amie Dodo s'est mise dans un sale cas. Elle est retournée chez Schribner. Je pense qu'elle a voulu essayer encore une fois de savoir où était Julia. Je l'ai ramassée et fait conduire à mon appartement, Jermyn Street. Il semble bien que la bande à Zimman lui ait remis la main dessus. Elle est peut-être bousillée, à l'heure qu'il est.

— Oh ! Mon Dieu ! fait-elle. C'est terrible ! Une si jolie fille !

— Jolie ? Cette gosse était plus que jolie. Elle était belle.

Il me semble que cette Mme Owen est un numéro du genre froid. L'idée de Dodo sonnée par la bande Zimman ne paraît pas l'émouvoir beaucoup. C'est peut-être qu'elle cherche l'aventure.

— Ecoutez, Mme Owen, je lui dis, parlez-moi donc des sœurs Wayles. Il y en avait deux, dites-vous ? Julia et une autre ? Comment s'appelait-elle ?

— Karen Wayles. Elle avait un an de moins que Julia. Toutes deux très belles et attirantes, à ce qu'on m'en a dit, du moins.

Elle me regarde malicieusement.

— Je ne peux en juger, M. Caution, reprend-elle, n'étant pas un homme. Mais il y avait entre les deux une grande différence. Julia était extrêmement intelligente — brillante même. Un de ces cas très rares où l'esprit et la beauté s'allient ; tandis que Karen, je regrette de le dire, était carrément stupide.

— Ouais ! Comment ça, stupide ?

— C'était une de ces jeunes filles qui sont toujours en train de tomber amoureuses. Elle se croyait amoureuse de tout homme bien qu'elle rencontrait. Mais je suis heureuse de constater qu'elle s'est améliorée sous ce rapport maintenant qu'elle a une place. Elle travaille au W.P.A. à New-York et s'en tire très bien. J'estime qu'il est bon pour une jeune fille d'avoir une occupation pour lui meubler l'esprit. N'êtes-vous pas de mon avis, M. Caution ?

— Je ne sais pas. Les femmes, voyez-vous, ça trouve toujours quelque chose pour s'occuper l'esprit et je n'en ai pas connu une seule qui ait tenu un poste sans histoires.

Je me lève.

— Eh bien, je vous remercie, Mme Owen. Je pense que vous restez à Londres ?

— Oh, oui ! Bien sûr. Voulez-vous être assez bon pour me faire savoir ce qui est arrivé à Dodo ?

— Entendu.

Elle se lève à son tour.

— Au revoir, M. Caution. Je vous souhaite bonne chance. Mais ne voulez-vous pas accepter un verre de vin de sureau ? J'en ai apporté trois bouteilles d'Amérique. Je tiens la recette de ma grand-mère.

— Non, merci, madame ! Je suis un de ces types auxquels le vin de sureau réussit très mal.

Elle me tend sa main que je prends. Il n'y a pas à dire, elle a de jolies mains. Des doigts souples, doux au contact. C'est malheureux que le reste ne soit pas en rapport.

Je dis au revoir et me barre. La jolie femme de chambre me reconduit. En sortant, je lui refile un coup d'œil en coin. Ça ne me déplairait pas de parler à ce bébé-là, par hasard.

Je suis le couloir. Dans la rue, je prends un cab et lui dis de me conduire à Jermyn Street, mais à peine avons-nous tourné le coin que je tape au carreau et fais arrêter la voiture. Je paie le type et fais le tour du pâté de maisons jusqu'à l'angle qui fait face à la porte de Mayfield Court. Il y a là un petit café, de ces petites boîtes tenues par deux vieilles dames et un chat. Je m'installe. De ma table, je vois l'entrée de Mayfield Court.

Non, je ne suis pas très satisfait de cette dame Lorella Owen. Il y a quelque chose qui cloche. Je réfléchis. Comme la nature peut être cruelle pour une femme ! Mais l'idée vous en est peut-être déjà venue, à vous aussi. Cette gonzesse-là a une ligne à faire rêver, des mains épatantes, une grosseur sur le côté de la figure, un joli teint, des cheveux gris et une voix si épouvantable qu'on ne saurait l'imaginer.

Minute ! Cette voix n'est pas possible ! Je vois maintenant pourquoi les mains de la dame m'ont tellement épaté. Mme Owen, c'est une frime. La ligne est jeune, comme les mains, si douces, blanches et souples. Tout ce qu'elle a de vieux, c'est les cheveux, les traits du visage et la voix. C'est pas possible qu'on puisse naître avec une voix pareille ! Encore une qui joue son petit rôle dans la farce.

Je bois ma tasse et en commande une autre. J'ai fumé trois cigarettes quand je vois sortir quelqu'un de Mayfield Court et c'est Mme Owen. Pas moyen de se tromper à cette ligne et à ces jambes. Avais-je raison, ou pas ? Parce qu'elle n'a plus de grosseur sur la figure et ses cheveux ne sont plus gris. Je vois des mèches d'un blond chaud sortant de dessous un joli chapeau crânement campé sur l'œil.

Elle suit le trottoir et va jusqu'à la station de taxis. Elle monte dans l'un d'eux au moment même où je me file dans un autre. Je dis au chauffeur de suivre et de ne pas perdre. Je me fourre dans un coin de la voiture, allume une cigarette et me détends.

Nous rentrons en ville, descendons Oxford Street, Regent Street, jusqu'à l'Amirauté. Là, j'ai une nouvelle surprise. Le taxi s'arrête devant Scotland Yard. Mme Owen descend et passe la porte. Ça... alors !...

Je paie mon chauffeur, m'accote au mur, et me mets à réfléchir bien tranquillement. Puis j'ai une idée. Je gagne la plus proche cabine téléphonique, et j'appelle Scotland Yard. On me donne le bureau des renseignements. Je dis au type :

— Excusez-moi de vous déranger, mais je m'appelle Rackets. Je suis un ami de Mme Lorella Owen. Je crois qu'elle se trouve actuellement dans le bureau du chef inspecteur Herrick. Je voudrais lui parler.

Le type me dit de garder la ligne, une minute. Puis que c'est bon, qu'il va me donner la communication. Un instant plus tard, j'entends la voix d'Herrick qui fait : allô ! J'étouffe la mienne et je dis :

— Est-ce bien le chef inspecteur Herrick ?

Il me dit oui, qu'est-ce que je désire ?

— Je crois que vous avez chez vous Mme Owen. Pourrais-je lui dire un mot ?

Il dit oui, gardez la ligne.

Moi, au lieu de ça, je raccroche, je sors de la cabine et me tire du côté de Charing Cross. Qu'est-ce que c'est que cette foutue histoire, cette dame Owen qui se colle des grosseurs sur la figure, une perruque grise et tout, et puis qui va jaspiner avec Herrick quand je viens de la quitter ? Herrick, le mariolle qui ne veut pas que je lui fasse des trucs et des machins derrière le dos. Herrick qui n'est pas content de la façon dont j'ai mené ma dernière affaire en Angleterre.

Il y a un type qui se fout de moi. Très bien... A partir de maintenant, je vais jouer si serré que je ne vais même pas me dire ce que je ferai...

Si je sais quoi, bien entendu.

Et voilà, vous en savez autant que moi.

8

Je vais jusqu'au bar automatique de Regent Street et m'envoie une salade et des petits pains. Quand je vous dis que je suis un type sérieux, c'est pas des charres. Je me concentre tellement que je vois tout en double. Mais il y a une chose qui est bien sûre, c'est qu'on se fout de moi et que je vais savoir pourquoi. J'ai déjà eu des drôles de boulots dans ma vie mais jamais je ne suis tombé sur une affaire avec autant de déguisés que celle-ci.

Tout d'abord cette Dodo Malendas prétendant être Tamara Phelps et puis maintenant Mme Lorella Owen, avec sa bosse sur la figure, ses cheveux gris et sa voix qui fait penser à une fabrique de conserves en boîtes, qui essaye de m'en mettre plein la vue, alors qu'elle est aussi gironde que les autres, et peut-être aussi vache. Je finis mon déjeuner et rentre à Jermyn Street. Je m'envoie deux gobelets bien tassés contre les rhumatismes et me fourre au pieu. La tête à peine sur l'oreiller, je m'endors, parce que, comme je vous l'ai déjà dit, je suis un type qui est toujours content de tout et puis parce que quand on n'aime pas une situation, on peut toujours y changer quelque chose... quelquefois !

Quand je me réveille, il est dix heures. Il fait carrément nuit. Je prends une douche chaude, je m'habille et fourre mon vieux Luger dans son étui, sous l'épaule gauche. Ça me réconforte. Puis j'attrape le téléphone et appelle Scotland Yard. Herrick n'est pas là mais on me donne son numéro privé. Après un petit bout de temps, je l'ai sur la ligne.

— Dites donc, Herrick. Cette histoire Wayles m'embête un peu. Je voudrais vous en parler.

— Je suis bien fâché de l'apprendre. Puis-je vous aider ? Je ne pensais pas que vous preniez l'affaire très au sérieux.

Il fait une petite pause et reprend :

— Est-ce que je ne vous ai pas mis en rapport avec l'agence Callaghan ? N'a-t-elle pas pu vous donner l'appui que vous vouliez ?

— Oh, si. Ils m'en ont donné beaucoup. Il y a même un brave type, Nikolls, qui travaille pour moi. Il est épatant. Non, c'est pas ça qui me gêne.

— Alors, quoi ?

— Eh bien, je ne sais trop par quel bout prendre l'affaire. On y trouve des zigotos qui ont l'air de tourner en rond, sans but bien précis. Et puis, il y a une chose que vous pourriez faire pour moi.

— Quoi donc ?

— Ce type, Max Schribner, ce coco qui habite après Dorking. Il me semble que c'est lui qui devait s'occuper de Julia Wayles à son arrivée. Je trouve que ce serait une bonne chose de mettre cet individu hors jeu.

Il y a un autre petit silence. Et puis :

— Ou...i ! Vous avez une inculpation contre lui ?

— Oh ça ! Vous pourrez sûrement arranger quelque chose. Ce type n'est pas franc. Faudrait l'écarter.

— C'est bien possible, qu'il me répond. Mais dans ce pays, il faut avoir un motif avant d'arrêter les gens.

— Bon, qu'est-ce que vous pensez d'une inculpation pour tentative de meurtre ? A supposer que ce type ait voulu me bousiller. Hein ?

— Oui, ça irait. Il a vraiment essayé de vous descendre ?

— Non, pas tout à fait. Il s'est comme qui dirait arrangé avec un autre copain.

— Je vois. Et qui est-ce, cet autre ?

Je lui explique que c'est Charlie Milton. Herrick pousse un grand soupir :

— Ecoutez, Lemmy, il me fait, c'est pas sérieux. Faut trouver mieux que ça. On ne peut pas inculper Schribner d'avoir dit à Milton de vous tuer. De toutes façons, Milton ne l'aurait pas fait.

— C'est possible. Mais Schribner ne savait pas que Milton, c'était Milton. Il croyait que c'était un autre qui m'aurait buté, lui.

— Soyez sérieux, Lemmy, me dit Herrick. Représentez-vous un tribunal écoutant une histoire comme ça !

— Bon, bon ! Ça va. Et vous dites que vous vouliez collaborer !

— Mais parfaitement ! Collaborer tant que c'est possible. Mais je ne vois pas l'intérêt d'arrêter Schribner sous une fausse inculpation. Il n'y a pas tentative de meurtre, Lemmy, comprenez-le. Puis-je faire autre chose pour vous ?

— Je ne vois pas. Je vous téléphonerai, en cas de besoin.

— Je vous en prie. Je ne serai que trop heureux de pouvoir vous rendre service, à tout instant.

Je raccroche et j'ai le sourire. Herrick m'a dit tout ce que je voulais savoir. Je suis peut-être une gourde, mais pas tout le temps. J'allume une cigarette et passe en revue les principales figures de cette affaire.

Dodo Malendas, un bébé assez dur qui décide soudainement de travailler pour Mme Lorella Owen, de l'aider à retrouver Julia Wayles. Mme Lorella Owen est une amie de la famille Wayles et s'intéresse tellement au sort de Julia qu'elle embauche une poupée du genre Dodo et prend la peine de venir en Angleterre surveiller l'opération. Ça ne lui suffit pas. Dès que je me montre et que je cause direct, elle court chez Herrick au Yard comme si elle avait un tigre à ses trousses.

Herrick, de son côté, m'emmène en bateau. Il m'en veut toujours pour des affaires que j'ai réglées dans le pays et c'est un fait que je ne lui ai jamais dit ce que je faisais. Je l'ai passé par derrière.

Mais cette fois-ci, je voudrais bien collaborer et lui, il se défile. J'ai une idée dans la tête. Je me trompe peut-être mais tant pis. Vaut mieux marcher sur une fausse idée que de roupiller sur une bonne. Allons-y.

Je colle ma tinette dans un sentier pas loin du Waterfall, à Capel, j'allume une cigarette et me mets à réfléchir.

J'essaie de me faire une idée de l'endroit. Il y a une quantité de bastringues et de bars dans ce coin, avec des tas de types de la ville, en temps normal, j'entends. Mais les temps ne sont pas normaux et je me demande ce qu'une boîte comme le Waterfall peut faire.

Pensez-y un peu vous-mêmes et vous me comprendrez. Une taule comme ça, ça gaze quand les types au pèze ont des voitures et de l'essence pour sortir de la grande ville. Mais actuellement où trouver du jus ?

C'est peut-être bien un truc que Rudy exploite lui-même pour ses combines. Une frime et les musiciens comme les autres y jouent d'un peu tous les instruments. Tant pis. Que j'aie tort ou raison, je vais risquer ma chance.

Je descends de voiture, jette ma cigarette et m'en vais le long de la route puis de l'allée qui mène à la maison. Je la contourne et arrive à la porte par laquelle je suis entré l'autre fois.

Je cogne. Au bout de quelques minutes, on vient. La porte s'ouvre de quelques centimètres et une voix connue fait :

— Qu'y a-t-il ?

— Dites donc, vieux... je fais et, en même temps, je passe la main par l'ouverture et croche. Un coup heureux. Je tiens le type par les cheveux et avant qu'il ait pu gueuler, je le tire à moi et lui cogne la tête, bien sec, sur le coin de la porte.

J'envoie un coup de pied dans le panneau, je passe l'autre main. Je tire le copain par le cou, lui fais une clé japonaise et je commence une campagne de soupirs.

— Ecoute. Tout ce que je veux, c'est un rancard. Un seul. Quant à ce que j'peux t'faire, ça regarde personne, hein ? T'as compris ?

Il me dit oui.

Je sors mon Luger de son étui et lui mets le canon dans les côtes.

— Marche, ma vieille. Sans t'arrêter, ni parler. On a une petite affaire, nous deux.

Il la boucle. Je le fais marcher jusqu'à la route et prendre le sentier où j'ai mis la bagnole.

Il fait noir comme dans un four et il tombe une pluie fine. C'est par des nuits comme ça qu'il se passe des choses.

J'ouvre la porte de la voiture et pousse le type sur le siège arrière. Puis je m'installe de travers sur le siège du conducteur, face à lui. J'ai pris une lampe dans le coffre et je l'éclaire. Il est du type ordinaire avec une bonne gueule, pas méchante. Il a les foies, c'est visible. Il ne sera pas difficile.

— Ecoute, beau gosse. Ecoute-moi d'abord et puis réfléchis. Cette bagnole est la propriété de l'Ambassade des Etats-Unis, tu piges ? Alors... possible que, en rentrant en ville, cette nuit, j'aurai besoin de téléphoner aux flics du patelin pour raconter qu'on me l'a faite aux pattes. Je dirai que je l'avais laissée devant chez moi, Jermyn Street, pour aller prendre un pardessus et que, quand je suis revenu, elle était partie.

« Bon. Alors, ils vont se mettre à la chercher. Ils la retrouveront demain, au fond des carrières à chaux de la route de Reigate, avec toi dedans. Tu ne seras pas très beau, tu sais...

— Qu'est-ce que vous voulez dire ? qu'il me fait.

— Ça tout juste, mon pote. Ou bien tu vas parler, et vite, ou bien j't'envoie un bon coup sur le crâne avec mon pistolet. Je t'assieds au volant et j'te fais descendre dans la carrière, après t'avoir fourré un peu d'alcool dans le bec. On croira que t'étais saoul et que t'as fait le saut, tout seul.

Je souffle deux ronds de fumée.

— Bonne idée, je continue. On dira qu't'as volé la bagnole et que tu es venu par ici pour des raisons personnelles. T'auras trouvé la bouteille et bu un bon coup. Ça expliquera le tout. Il y a deux cents pieds à descendre, tu sais. T'auras le temps de réfléchir...

— Vous voulez faire ça ! Sa lèvre tremble.

— Regarde-moi, je lui dis, et réponds toi-même.

— Qu'est-ce que vous voulez savoir ?

J'ai un petit sourire.

— Je vois que tu veux bien jouer. T'es malin. O.K. Primo, qu'est-ce que c'est que cette bande de Waterfall ? Combien d'Anglais là-dedans ?

— Deux. Les autres sont américains.

— Depuis combien de temps sont-ils ici ?

— Deux mois environ.

— Et c'est Rudy Zimman qui s'est arrangé pour leur faire passer l'eau ? C'est lui qui a préparé la planque, hein ? Le commerce, c'est de la frime ? Hein ?

— Quelque chose comme ça. On donne à manger aux clients réguliers. Le soir, on répond que c'est fermé.

— Qu'est-ce qu'on fait là-dedans ?

— Je ne sais pas trop. Non, je vous jure... Moi, je touche ma paie toutes les semaines et je ne pose pas de questions. J'suis un type sage. Mon boulot, c'est de veiller à la porte.

— Tu ne vas pas me la faire, hein, petit pote ? que je lui dis. Parce que j'ai mauvais caractère et si je pensais que tu voulais m'avoir, tu passerais au fond de la carrière.

— Non, non. Je dis tout ce que je sais et si c'est pas beaucoup, je n'y peux rien. Pourquoi n'allez-vous pas ramasser un des autres types ?

— Bonne idée. Je verrai ça quand j'aurai fini avec toi. Bon. Maintenant, renseigne-moi. Tamara Phelps est-elle au Waterfall ?

Il secoue la tête.

— Non. Elle vient de temps en temps mais on ne l'a pas vue aujourd'hui. J'ai entendu raconter qu'elle était en ville.

— Et Rudy Zimman ?

— Il est en voyage, du côté de Liverpool. On ne l'attend pas avant deux ou trois jours.

— Savais-tu qui j'étais quand je suis venu l'autre nuit ? Savais-tu que j'étais Caution ?

Il dit que oui. Il l'a su après que je me suis tiré. Il ajoute que Tamara Phelps s'en foutait, à ce qu'elle disait.

J'ai un sourire.

— Peut-être que cette dame se croit bien à l'abri. Possible qu'ils commencent à ne plus avoir peur d'un gun-man. Et toi ?

Il assure que non. Il ne pense pas du tout comme ça. Je lui demande pourquoi.

— Eh bien, je n'aime pas cette affaire. Parce que je n'en sais rien. J'aime bien *savoir* ce que je fais.

Je lui dis qu'il est sage. Je m'arrête de parler et allume une cigarette, tout en observant mon type. Il commence à se retaper. Il a moins peur, c'est visible. Il a l'air de vouloir se mettre de mon côté.

Je souffle des ronds de fumée tout en pensant à la psychologie de ces étrangleurs. Ce type est comme les autres. Tout va bien tant que rien ne se passe. Mais quand ça commence à aller mal, ils ne pensent plus qu'à se planquer.

— Puis-je fumer ? me demande-t-il.

— Sûr. Je lui donne une cigarette et je lui allume. Et j'ajoute : Ecoute, je vais te donner une chance. Pas parce que ta sale gueule me plaît ! Mais ça arrange mes affaires, c'est tout.

— Une chance ? Quelle chance ? Et comment je saurais si c'est pas pour mieux m'arranger ?

— Ça, mon vieux, faut avoir confiance en mézigue... C'est ça ou la carrière à chaux.

Il ne dit rien, une minute et puis :

— Alors... cette chance ?

— La nuit dernière, il y avait deux personnes à mon logement de Jermyn Street. Elles ont disparu. On les a coiffées. L'une des deux, c'était un type nommé Nikolls et l'autre une gosse du nom de Dodo Malendas — une petite maligne — qui cherchait son affaire dans les environs. Tu ne sais pas où on les a mis ?

— Non. Je ne sais pas.

Je soupire, lui colle le canon de mon Luger sous le nez et je lui en mets un gentil petit coup. Il pousse un gueulement et se rejette dans le coin de la voiture. Ce copain-là n'est pas un héros.

— Réfléchis, que je lui dis. Fais marcher ta petite tête, autrement, j'te fais quelque chose qui n'est pas dans une musette.

Il porte sa main à sa figure pour voir si son nez y est toujours, et parle :

— Je ne sais pas où ils sont. Peut-être à la planque de la route de Leatherhead. C'est possible mais je n'en sais rien.

— Ça fait rien, mon gosse. Tu t'échauffes. Alors, comme ça, y a une planque sur la route de Leatherhead ? Vas-y, mon chou !

Il parle. Il dit tout.

— Epatant, je lui fais. A ce qu'il paraît, Rudy a des tas de propriétés dans la région. Le Waterfall ici, à Capel, et puis la maison de Schribner à Betchworth et puis maintenant le truc de Leatherhead. C'est gentil, tout ça !

Je fume un petit peu et j'ajoute :

— T'y mets pas du tien. Je suis sûr que tu pourrais me dire beaucoup plus, si tu voulais. T'es rancardé, mon gars. Tant pis, j'vas t'dérouiller.

Je lui en mets un en travers du museau avec mon Luger. Il se met à pleurnicher.

— Mon Dieu... qu'il fait. J'ai tout déballé. J'sais rien d'plus. Moi, je reste à la porte. Sacré nom de...

Je lui en fous un autre sur le portrait. Et puis je m'écarte. Il est renversé sur les coussins. Les larmes coulent sur ses joues. Il n'a pas l'air à son aise. Mais, il n'a pas menti. Il ne doit rien savoir de plus.

J'allume une autre cigarette et regarde ma montre. Il est juste minuit. Une nuit noire. La pluie claque sur le toit. Il va peut-être se passer quelque chose.

— Ecoute, abruti, je lui dis, et réponds vite. Y a-t-il d'autres bagnoles au Waterfall ?

Il me dit que oui. Le garage est derrière la maison. Il y a une demi-douzaine de voitures. Elles appartiennent aux types qui dirigent le Waterfall.

— Bon. On va en prendre une. La meilleure. Tu as la clef ?

Il me répond que ce n'est pas fermé.

— C'est du billard. Eh bien, allons-y. Descends de la bagnole et trotte au garage. Mais rappelle-toi que je te suis. Au moindre bruit capable de renseigner les autres, je te fais ton affaire. Et maintenant, chasse !

On suit le sentier, la route, puis l'allée du Waterfall. On fait le tour de la boîte. Le type y va doucement et je le garde à l'œil. On finit par arriver à un garage bas, en pierre. Il ouvre la porte et entre. Je le suis, referme et allume ma torche.

Il y a cinq voitures. La première, de notre côté, est une Lancia Sport. La clef d'allumage est en place. Je consulte le tableau : le réservoir est plein.

— Monte, lui dis-je, et sors c'te bagnole. C'est moi qui vais ouvrir la porte. Quand tu l'auras passée, stoppe pour m'attendre et rappelle-toi que c'est pas la vitre qui m'empêcherait de te brûler la gueule. Vas-y.

Je monte à mon tour et il sort la tinette. Dehors, je descends, je ferme la porte du garage et me rassieds à côté du type.

— Et maintenant, gagne la route, en douce, je lui dis.

Nous avançons à dix à l'heure, au ralenti. Cette tinette est une merveille ; on la conduit comme un agneau. Sur la route, je dis au type de rouler un peu et de s'arrêter sur le bas-côté. Il obéit.

— Et maintenant, descends et viens avec moi.

Il met pied à terre en me regardant drôlement. Il a les foies. Il est pas sûr de ce que je vais faire de lui. Nous revenons à l'endroit où j'ai laissé ma bagnole. J'ouvre le coffret du tableau et en tire ma bouteille que je glisse dans ma poche.

— Ecoute, toi. Si je te disais de te mettre au volant et de te barrer ? Si c'était ça, ta chance ? Qu'est-ce que tu ferais ?

Il se passe la langue sur les lèvres.

— Je ficherais le camp, et vite. Directo pour Londres, où j'ai des copains, et puis les Etats-Unis, en troisième.

Je lui grimace un sourire.

— Eh ben, ça va. Mets-les... couillon...

Je lui passe la clef d'allumage.

Il me regarde ; il ne peut pas y croire. Puis il me voit remettre mon Luger dans ma poche et ça le soulage. Il essaye d'un sourire. Son nez, qui a été bien sonné, lui donne l'air idiot.

— J'fous le camp, murmure-t-il. Merci...

Il embraye et démarre. Doucement la bagnole revient sur la route et puis il en met sur le champignon. Son feu rouge oscille sur la route comme s'il avait tous les diables à ses trousses.

Planté sur le macadam, je réfléchis. Ce cave-là est comme les autres : il a trop de nerfs. Pourtant Rudy Zimman n'est pas un homme à employer des mecs à la manque. Il s'est sûrement produit quelque chose qui a fait peur à ce type. Les choses sont peut-être plus avancées que je ne le pense. Peut-être aussi que les hommes de Zimman trouvent le bisenesse plus dur qu'ils ne l'avaient cru.

J'allume une autre cigarette. Puis je monte dans la Lancia. Il est minuit dix. Faut que j'en mette si je ne veux pas manquer mes rendez-vous de cette nuit.

Je mets l'allumage et démarre. A l'entrée d'Holmwood, je vois une cabine téléphonique. Je stoppe, traverse la route et rentre dans la cabine. J'appelle l'employé et lui demande la police de Dorking. Au bout d'un moment, un flic répond.

— Ici, L.H. Caution. Je suis un membre de la police américaine travaillant avec l'Ambassade des Etats-Unis. On vient de me faire ma voiture aux pattes, il y a à peine cinq minutes de cela.

Il me dit oui et demande des détails. Je continue :

— C'est une voiture de l'Ambassade. Je lui donne le numéro et le signalement. J'ajoute : Je peux vous donner aussi des précisions sur mon voleur. J'avais laissé ma voiture sur le bas-côté de la route pour aller voir un ami, à une centaine de yards de cette cabine, à Holmwood. Quand je suis sorti de ma voiture, j'ai remarqué un individu arrêté non loin de moi. Un type avec une tête d'étranger, mince, de taille moyenne, au teint brouillé. Il avait un drôle de nez. On aurait dit qu'il venait de se battre, ou quelque chose comme ça...

Le flic me dit merci, que tout est bien, qu'on va retrouver la voiture. Je le remercie beaucoup. Quand ils l'auront retrouvée, ma bagnole, ils n'auront qu'à la retourner à l'ambassade des Etats-Unis, à Londres, sauf instructions complémentaires.

Il me dit très bien et raccroche. Je rejoins ma Lancia. Mon type va se faire ramasser à mi-chemin de Londres. Il va être salement surpris.

Et puis après ?... Je lui ai dit que je lui donnais une chance. Qu'est-ce qu'il aura à réclamer ? La vie est pleine de surprises. S'il ne le sait pas, eh bien, ça lui sera un plaisir de l'apprendre.

Je colle la bagnole sous un arbre. Je me suis arrêté à un mile et demi environ de Leatherhead.

Il ne pleut plus et la lune se montre. Au-dessus de ma tête passent des bombardiers revenant de chez les Boches, de l'autre côté de la Manche. J'espère qu'ils leur en ont collé un bon coup.

Juste à ma droite, il y a un carré d'herbe et une haie. J'y mets la voiture et éteins les phares. Je reste assis, à fumer ma cigarette, bien gentiment, en réfléchissant un petit peu.

Cette affaire est une de celles qui n'ont ni commencement, ni fin. Faut deviner d'un bout à l'autre.

En tout cas, je suis sûr de quelque chose, c'est qu'Herrick me mène en bateau, pour une raison ou pour une autre. Sinon, il aurait liquidé Schribner sous un prétexte quelconque. Il n'a pas marché pour une raison qu'il ne voulait pas me donner. Et d'un.

Le second point est que c'est *par* Herrick que je suis tombé sur Schribner. Quand j'ai commencé cette affaire, l'ambassade m'a donné l'adresse de la planque à Schribner. Celui-ci devait être mon premier contact. Elle tenait l'adresse de Charlie Milton et celui-ci l'avait reçue de Herrick.

Herrick tenait donc à ce que nous tombions sur Schribner mais quand je lui ai demandé de le liquider, il m'a répondu non et a cané... pourquoi ? Je commence peut-être à avoir mes idées là-dessus.

Je fume et réfléchis à toutes les affaires où il y avait beaucoup de belles gonzesses. C'est pas ça qui manque dans celle-ci. Dodo Malendas vaut le coup d'œil. Tamara Phelps ferait rêver un peintre et je suis sûr que Mme Lorella Owen vous ferait tiquer, quand elle ne porte pas une perruque et qu'elle ne se mêle pas de déranger les plans de la nature.

Y en a qui aiment avoir affaire à des types et d'autres qui préfèrent se servir des femmes. Moi, j'aimerais mieux fricoter avec ces poules pour y voir un peu plus clair dans le jeu de Rudy Zimman et de ses durs. Les femmes parlent plus facilement que les hommes, et font plus facilement des fautes, quand elles sont un peu serrées. Une femme est maligne jusqu'à ce que quelque chose lui fasse perdre l'équilibre, et alors, y a plus personne. C'est ce jeu-là que je vais jouer.

Je jette ma cigarette, descends de la bagnole et m'en vais sur la route, cherchant des yeux le pont qui me mènera à cette planque dont le type a parlé.

Il est une heure et la nuit n'est pas trop mauvaise. J'ai mon Luger sous le bras et une bonne bouteille plate dans ma poche.

Croyez-moi ou non : je me sens heureux.

Me voici maintenant dans l'ombre d'une haie, en vue de la taule en question et me demandant ce que je vais y trouver, si je dois y trouver quelque chose. C'est une espèce de grand corps de ferme auquel on a réuni un bâtiment isolé par un passage en pierre, une espèce de couloir.

La lune est pleine et fait briller l'herbe mouillée. C'est poétique cent pour cent. Et je me mets à penser que moi aussi, je suis un type très poétique, et qu'un de ces jours quand j'aurai fini de chasser c'te pègre, je m'installerai dans une petite ferme du Minnesota où je serai bon poète et tout, si les gonzesses sont bien.

Parce que la poésie et les femmes, ça va ensemble. Quand vous voyez un type s'asseoir et écrire quelque chose de rupin sur l'amour — un de ces trucs qui vous font frissonner de la colonne — vous pouvez parier votre dernier rond qu'il vient de tirer une bordée pépère avec une môme qu'a une belle ligne de hanches et tout le reste. Chaque fois qu'un poète engueule la vie, c'est le plus souvent que sa gosse a trouvé un autre copain pour lui payer des saucisses qu'ont un autre goût. Je ne sais pas si vous me comprenez.

J'ai connu une dame si poétique qu'elle était un vrai danger pour tout ce qui porte des pantalons. J'ai rencontré ce bébé quand j'étais sur une affaire de contrefaçon à Black Bay. Elle avait des châsses comme des étoiles, une voix à pousser la romance et un de ces déhanchements qui aurait fait courir au bar le type qui a inventé la loi de la pesanteur. Il y serait resté devant un double whisky à se demander s'il rêvait. Vous me croirez si vous voulez, cette petite était si jolie que chaque fois qu'elle se regardait dans une glace, elle rougissait de confusion.

Elle faisait des vers. Tout lui était bon. Elle travaillait avec la plus jolie petite bande de faux-monnayeurs qui ait jamais posé un billet à la gomme sur le comptoir d'un caissier myope. Après que j'eus pincé son petit ami et que je l'eus envoyé tirer quinze ans au pénitencier de l'endroit, elle écrivit un poème : « Il me faut te quitter », et quand quinze jours plus tard, je la ramassai à son tour pour infraction à la loi fédérale, elle me tira quatre coups de pétard, m'envoya un coup de pied dans le ventre et essaya de m'enlever un œil avec une épingle à cheveux nickelée. Après quoi, elle se mit à table et écrivit un autre poème : « Aux griffes de la loi » qui aurait fait pleurer un cuisinier chinois sur ses oignons.

Tout ça pour vous montrer, les potes, qu'il n'y a pas un si grand écart entre le bisenesse et la poésie que vous le pensez.

Je suis la haie jusqu'à une barrière qui ouvre sur la façade des bâtiments. Je pousse, espérant qu'elle ne craquera pas. Ça va. Et juste au moment où je me plante au milieu de ce patio ou cour de ferme, comme vous voudrez, une idée me frappe le ciboulot avec la force d'une brique lancée d'une main sûre.

Pour je ne sais quelle raison, je pense à Mme Lorella Owen. Eh bien, cette dame m'a dit que Dodo Malendas l'avait contactée pour lui expliquer que Rudy Zimman et Tamara Phelps avaient enlevé Julia Wayles et que Tamara l'avait emmenée en Angleterre. Vous pouvez faire comme vous voulez mais moi, j'ai plutôt idée de croire ce que Dodo disait.

Vous vous souvenez qu'elle se baladait dans New-York, essayant de trouver un boulot quand elle avait rencontré quelqu'un qui lui en avait offert un, pas trop honnête. Vous vous rappelez ça ? Eh bien, à supposer que ce soit justement Mme Owen, ce quelqu'un ? Alors... si c'est Mme Owen qui a proposé à Dodo de venir en Angleterre pour se faire passer pour Tamara Phelps, comment Mme Lorella Owen savait-elle qui avait enlevé Julia Wayles ? Comment savait-elle que Rudy Zimman et Tamara Phelps avaient combiné l'affaire ? Trouvez-moi donc une réponse à celle-là !

Je me fourre l'idée derrière la tête pour la creuser plus tard. Je traverse la cour en restant dans l'ombre et je passe derrière la ferme. Je suis le mur, cherchant une porte, parce que j'ai l'impression que dans ce pays, les portes de derrière n'ont jamais de verrous, des bons, j'entends.

En voici une. Mais elle est du genre solide, et, pour une fois, bien fermée. J'essaye l'autre côté de la maison. J'arrive bientôt à une petite fenêtre à environ huit pieds au-dessus du sol. Une espèce d'imposte. J'y passerai tout juste.

Je vais de l'autre côté de la haie et ramasse une bonne motte de terre glaise, mêlée d'herbes. Je la colle à la vitre et je donne un coup sec sur le carreau, de l'autre main. Ça casse et je ramène un morceau de verre.

En deux minutes, la fenêtre est ouverte, et l'instant d'après, je suis à l'intérieur. Je me trouve dans une sorte de grande office — c'est une vieille bâtisse, cette ferme — mais la porte est ouverte et je passe dans une cuisine dallée. Je grimpe quelques marches et suis un couloir. Je m'arrête dans l'obscurité, cachant de la main la lumière de ma torche et écoute. J'entends un type qui chantonne tranquillement, assez loin dans la maison.

Je me rappelle cet air-là ; je l'ai entendu pour la dernière fois dans un club de Broadway et je vois encore la petite gosse futée qui le chantait. Je me secoue, vite, de crainte de redevenir poète et me remets au boulot.

J'avance le long du couloir puis je grimpe un escalier de pierre. En haut, il y a une porte et un autre couloir. Au bout, une porte entrouverte. Le chanteur est derrière.

J'éteins ma lampe et avance avec précaution. Je risque un œil par la fente.

La pièce est du genre carré, grande, sans fenêtre. Il y a une espèce d'ouverture d'un côté, en haut du mur. Anciennement, cet endroit a dû être une grange ou quelque chose comme cela. Mais c'est confortablement meublé et il y a un téléphone au mur. Au milieu, une table avec quelques brochures et revues sur lesquelles est posé en travers un fusil de chasse au canon scié. Un petit morceau du vieux Chicago en pleine campagne anglaise !

Le type qui chantonne est un rude gars avec le nez écrasé. On dirait qu'il a reçu un tank dans le portrait. Debout, il est en train d'ouvrir une boîte de corned beef et quand il s'arrête de chanter, c'est pour jurer. Il a du vocabulaire. La boîte est ouverte, enfin, et juste à ce moment le téléphone se met à sonner. Le type s'approche du mur et décroche le récepteur.

— Oui... dit-il... oui. Tout va bien. J'ai vu l'oiseau il y a quelques minutes... Oui... Il dort toujours et ne se réveillera pas d'ici quelque temps... O.K.

Il raccroche et revient à son corned beef. Il se remet à chanter : « Tout va très bien ». Je pousse la porte et j'entre, assez vite pour être à côté de la table avant qu'il ait eu le temps de m'éclairer.

— Hé ! Mon pote ! je lui fais.

Il se retourne et a l'air un peu hébété. Il pose son corned beef sur la table.

— Qu'est-ce que c'est ? Sa voix ressemble au grondement d'un train dans un tunnel.

— Rien. Je me promène. Je voulais des nouvelles d'un certain Nikolls et d'une dame qui a été faite avec lui, une dame appelée Dodo Malendas. Vous ne savez rien sur eux ?

— Rien du tout. Et si je savais quelque chose, j'irais pas te le dire.

Je lui fais un sourire et me place entre la table et lui.

— Il y a une bonne douzaine de raisons pour que tu parles, mon vieux. Mais une seule suffira, celle-ci : j'en ai marre de courir la campagne à cette heure à essayer de mettre la main sur le pauvre cave qui te paye... le Rudy Zimman. Il m'embête. En voici une autre, de raison : j'aime pas ta gueule et j'ai des motifs de supposer que tu n'es pas né comme les autres. Il a fallu des trucs pas ordinaires pour mettre au monde une pareille face de pou, un bâtard puant comme toi. T'as compris ?

Il rigole.

— Tu veux jouer avec moi, mon pote ? qu'il me fait.

Je regarde ses bras. Des troncs d'arbres.

— Quand je voudrai jouer avec un galeux comme toi, j't'écrirai, je lui dis. Où est Nikolls ?

Il me lance la boîte de corned beef. Je me baisse et elle me passe au-dessus de la tête. Et puis il attaque.

Je ne sais pas si je vous ai dit, les copains, que pour un type qui pèse deux cents livres, j'ai le pied assez léger. Je fais un petit pas de côté au moment où le type arrive à mon niveau et je lève le genou. Il le prend dans le bas-ventre et il en rote assez fort pour être entendu jusqu'en Jamaïque.

Il recule de quelques pas et étudie la situation. A mon tour, j'essaie d'un vieux truc.

Je fais un saut dans sa direction et m'arrête net. Il marche à fond et me lance un grand coup de pied dans le ventre. Je fais un pas en arrière, et shoote à mon tour. Je l'attrape le pied en l'air. Il roule sur le dos. Je ne bouge pas. Je le surveille.

Le type est rapide, pour un coco de sa taille. Il roule et se relève en un clin d'œil. Debout, il reconsidère la situation, tout en me regardant comme si j'étais le serpent originel, celui d'Adam et d'Eve.

— Eh bien, mon gros ? je lui dis. Tu me rappelles un petit que j'ai connu à Brooklyn. Seulement, il était plus marle que toi. Il cognait des deux pieds à la fois.

Il me lance un très gros mot.

— Salaud ! Tu vas voir !

— Oh, passe la main, je lui dis. Toi et puis qui encore ? Avant que j'aie fini de te dresser, tu pourras te servir de ta gueule pour essuyer les plumes. Et puis, qu'est-ce que t'attends ?

Il grogne et revient sur moi. Cette fois-ci, il est plus prudent. Il approche gentiment et sans se presser. Je l'attends. Il me décoche un punch capable de me faire passer le nez de l'autre côté de la tête, s'il portait. Mais pardon ! Je le bloque. Et en même temps je fais une chose à laquelle il ne s'attend pas. Je risque un petit pas en avant et lui envoie un coup de talon sur le pied. Sec.

Il soupire comme un sifflet à vapeur. Je prends avantage de la pause pour lui taper un bon coup dans le ventre. Il devient d'un joli vert et je double pour lui montrer que je ne lui en veux pas.

Il recule vers le mur. Je le suis, fais semblant de rentrer, saute de côté et le touche sous les reins, à droite. Il fait : Oh !... et ses mains s'abaissent. Je lui envoie un direct en pleine figure. Ça fait un peu le bruit d'une bombe tombant sur minoterie. Et puis je lui passe un coup de coude sous le menton.

C't enflé se dégonfle. Ses genoux se dérobent sous lui. Je l'attrape sous le menton de la main gauche pendant que je prends sa mesure avec la droite. Et puis, je le punis.

De toute la force de mon bras, je lui en mets un sur le museau, et cruel, je vous le dis.

Il se couche et a l'air de se demander si c'est la fin du monde et s'il est encore en un seul morceau. Je le regarde. Puis j'allume une cigarette et m'approche de la table. Je prends la pétoire et enlève la charge. Et puis, je reviens au type.

— Avant de remettre ça, bébé, je lui dis, et pendant que tu peux encore parler, je répète ma question. Où est Nikolls ?

Il me répond un mot que j'aime mieux ne pas vous sortir et je lui laisse tomber la crosse du fusil sur son vilain museau. Après ça, il est encore plus beau que jamais. Cette gueule ! On dirait la carte du monde avec les possessions britanniques en rouge. A rencontrer ce copain-là par une nuit noire, vous n'oseriez plus boire, de peur de lui ressembler.

Je remets le fusil sur la table. Et puis j'observe attentivement cette pauvre nouille. Il mettra un bout de temps à reprendre de l'intérêt à la vie.

J'enfile le couloir et allume la lampe. Je pars en reconnaissance et, vous me croirez si vous voulez, cette turne a autant de passages et de tournants que le Coney Island Maze aux heures d'affluence.

Après un bout de temps, j'arrive dans un long couloir dallé. C'est celui que j'ai vu de l'extérieur, qui réunit les deux bâtiments. Au bout, je trouve un petit porche de bois avec un contrevent. Je l'ouvre et regarde. Et puis j'ai le sourire. Je dois avoir trouvé Nikolls.

De l'autre côté du porche, il y a un petit escalier et, en bas, de la paille étendue sur un sol dallé. Les murs sont également en pierre ; ça devait être une étable, dans le temps.

Nikolls est couché le long du mur, au fond. Une lampe à huile lui éclaire la figure. Il est sans connaissance. Il respire fortement et porte sur le coin du crâne une bosse grosse comme un œuf.

Je descends et l'examine. J'y suis. Le type a été drogué à fond et dort comme un loir. Ça va durer encore longtemps. Je soulève sa paupière et essaye du vieux truc : je lui touche le globe de l'œil. Ça ne rend pas. Il en a encore pour quelques heures.

J'inspecte les alentours et ne vois rien d'intéressant, sinon qu'à côté de Nikolls la paille est foulée comme si quelqu'un s'y était couché. Pas d'erreur, c'était Dodo Malendas. Je me demande ce qu'on a pu faire d'elle.

Je regagne le couloir, ferme la porte et le volet, reviens dans la pièce où j'ai laissé roupiller l'autre beau gosse. Je lui donne un coup d'œil. Il est tel quel.

Je vais à nouveau dans le couloir, au milieu duquel il y a une espèce de bahut. J'y trouve des caisses et de la corde. J'en prends un bon bout, reviens auprès de mon type et me mets à le ficeler. J'y vais de bon cœur et quand j'ai fini, il a l'air d'un saucisson. Je le traîne jusqu'au bahut, le fourre dedans, avec une caisse sous la tête, et referme la porte.

Puis je vais au téléphone et décroche le récepteur. Comme ça si quelqu'un appelle, il pensera que la ligne est en dérangement. Je retourne à ma bagnole.

J'aurais peut-être dû m'occuper de Nikolls. Et puis, après tout, je n'en sais rien et ça ne me préoccupe guère. J'ai un autre rendez-vous.

Je commence à croire que l'association Callaghan-Nikolls a voulu me faire marcher. En montant dans la tinette, je regarde ma montre. Deux heures et demie. Je vais aller voir une dame. C'est la meilleure heure pour ça… si elle est du genre que je pense.

J'embraye et roule sur Londres. L'air que chantait le type me trotte dans la tête, le copain que j'ai laissé dans le buffet : « Tout va très bien… »

Pourquoi pas ?

9

Tamara, fais gaffe !

Je roule sur Londres en chantonnant et en me demandant combien il faut d'haricots pour en faire cinq. Peut-être que je trouverai la solution plus vite que vous ne pensez.

Vous me croyez peut-être piqué d'agir comme je le fais actuellement, mais en y réfléchissant deux minutes vous pourriez arriver à comprendre que je ne suis pas aussi complètement marteau que vous le jugez.

Voici comment je vois le truc. Quand ce joli bébé de Tamara Phelps m'a donné son adresse et m'a dit qu'elle serait heureuse de me voir, elle avait sûrement une raison de derrière la tête. On pourrait évidemment penser qu'elle cherchait à gagner du temps parce que je lui avais dit que j'étais Willy Careras. Ce serait se gourer, car, vous comme moi, nous sommes bien sûrs maintenant qu'elle savait que j'étais Lemmy Caution. Elle voulait quand même que je connaisse son adresse.

Vous allez me dire que, sachant qui j'étais et sachant aussi que j'étais assez bien rencardé sur le jeu qu'elle menait avec son ami Rudy Zimman, elle était folle d'espérer que j'irais chez elle. Vous vous ficheriez encore dedans.

Cette Tamara est une coquine. Et les coquins font quelquefois de drôles de choses. Si fortiches qu'ils soient, y a tout de même quelque chose qui les gêne. Ils se demandent tout le temps s'ils ne vont pas glisser et se faire pincer.

Le type qui a parlé de « l'honneur chez les voleurs » était plus marteau qu'un asile tout entier. Il devait être tellement piqué que chaque fois qu'il avait une idée, il devait lui sortir des étincelles par les yeux. L'honneur chez les bandits, ça n'existe pas. Aussitôt que ça commence à mal tourner, tous les copains et les copines se tirent des pieds, pour chercher la sortie. Ils ne pensent plus qu'à sauver leur peau.

Possible, direz-vous, mais dans ce cas-ci, c'est différent. Vous me direz aussi que je me gourre, si je crois que Tamara Phelps va vendre la bande avec laquelle elle travaille, simplement parce qu'elle est inquiète et vous ajouterez qu'elle en pince pour Rudy Zimman, qu'une femme ne vend pas le type qui la botte.

C'est à voir ! J'ai connu des poules qui étaient tellement parties sur un mec qu'elles se seraient coupé la gorge pour lui, aussi longtemps qu'il jouait le jeu comme elles l'entendaient. Mais dès qu'il faisait quelque chose qui leur déplaisait — un rien — eh bien, ces poules-là auraient appelé les flics si vite qu'on aurait cru qu'il y avait le feu.

J'ai connu une bath gosse, bien profilée, dans le comté de Hathkin, et qui travaillait avec un détrousseur d'autos. Un mec à la hauteur, qui savait y faire pour arrêter les bagnoles dans les coins tranquilles et persuader les occupants de la fermer. Il faisait ce boulot depuis des années et il avait pour travailler avec lui, une sucrée du nom de Wandy Long. Un fin morceau avec une jolie démarche et une bouche frémissante. On aurait dit un ange.

Elle avait l'habitude de se mettre sur le côté de la route et de prendre le genre pathétique. Elle prétendait être en peine d'aller à quelque endroit. Des rupins passant dans leurs belles bagnoles et se sentant un peu seuls dans la vie tiquaient sur Wandy et mettaient le pied au frein. Une jolie cargaison à prendre.

Une fois qu'elle était montée, le type était foutu. Cette gosse vous aurait sorti un œil avec un vieux couteau de poche, tout en ayant l'air très peinée de vous faire ça. Elle était si douce, et sa bouche si tentante que c'était presque un honneur de se faire couper la gorge par cette gosse-là.

Le détrousseur auquel elle tenait si fort était un oiseau du nom de Freemer.

Elle était avec lui depuis des années. Quand il avait eu cinq ans à tirer, elle l'avait attendu à la porte de la prison. Il cognait dessus, pas mal... mais ça allait, elle encaissait.

Un soir Freemer stoppe une voiture conduite par une dame de la grande ville. Il travaillait tout seul, cette fois-là. Il grimpe dans la bagnole et dit à la dame de quitter la grand'route. Elle obéit et Freemer se met à ramasser le sac, les bagues et les bracelets de la femme.

Quand il a fini, il la regarde et ne la trouve pas trop mal. Alors il lui prend la taille et lui donne un baiser. Ce qu'il ignorait, c'est que Wandy était sur la colline et suivait l'opération avec une vieille lorgnette dont son grand'père s'était servi à la bataille de Gettysburg. O.K. Le lendemain matin, deux flics viennent sortir Freemer du lit avant même qu'il ait eu le temps de se frotter les yeux. La petite Wandy avait parlé au commissariat central la nuit précédente.

Tout ça pour vous prouver, les potes, qu'en amour on ne sait jamais de quel côté une poule va sauter. Mais peut-être que vous le savez. Peut-être même que vous avez eu à vous garer, quelquefois.

J'arrive à Mount Street un petit peu après trois heures du matin. Il ne fait pas chaud et je voudrais bien avoir un pardessus... mais il est possible que quelque chose se produise qui vienne me réchauffer, ou me refroidir.

Je gare la bagnole dans une petite rue et pars à pied à la recherche des Grange Apartments. Après un petit bout de temps, j'ai le contact. C'est un beau bâtiment formant les deux côtés d'un carré, l'un sur la rue, l'autre sur une rue adjacente. Pas de lumière et la porte principale est fermée. Je fais un petit tour et dans la rue de côté, je trouve l'entrée de secours. Il y a une porte vitrée avec un rideau de black-out. Elle n'est pas fermée.

J'entre. J'ai devant moi un long couloir avec deux puits d'ascenseur. Des ampoules bleues éclairent le tout et jettent une lumière assez sinistre.

Je suis doucement le couloir vers l'un des ascenseurs et cherche un tableau qui me dira si Tamara habite l'immeuble, quoiqu'il n'y aurait rien de surprenant à ce qu'elle ait donné un faux nom. Juste comme j'arrive à la grille de l'ascenseur, je l'entends descendre. Je ne pense plus qu'à me cacher. A ma gauche s'ouvre un passage. Je me plaque contre le mur, parce qu'un instant, j'ai eu l'idée que Rudy Zimman pourrait bien être dans la cabine.

J'entends la grille s'ouvrir, puis quelqu'un passe tout près de l'endroit où je suis. Ce n'est pas Rudy Zimman. Non, monsieur ! Croyez-moi si vous voulez, c'est Dodo Malendas ! Je pousse un grand soupir. C'est ce que les mecs calés appellent un nouveau développement de l'affaire, et c'est cette fillette, Dodo Malendas, qui est censée avoir été mise sur le boulot par Mme Lorella Owen pour retrouver Julia Wayles, et qui fait des visites ici, chez Tamara, à trois heures du matin.

Ah ! La vie est rigolote ! Qu'est-ce qui a pu arriver à cette poule depuis qu'elle a été enlevée avec Windemere Nikolls qui ronfle actuellement dans c'te ferme à Leatherhead ? Comment se fait-il qu'on la rencontre en train de se balader par ici ? Je commence à croire que c'est là une de ces affaires dans lesquelles chaque fois qu'on additionne deux et deux, on trouve à peu près sept.

J'attends quelques minutes pour donner à Dodo tout le temps de sortir ; puis j'allume une cigarette. Je reprends le grand couloir et sors. Je vais dans Mount Street et me mets à chercher une cabine téléphonique. Je finis par en trouver une. Je rentre, je prends le numéro des Grange Apartments et j'appelle. Au bout de quatre ou cinq minutes, un type me fait « Allô ! » avec un bâillement.

— C'est très urgent, je lui dis. Je voudrais parler à miss Tamara Phelps. Pouvez-vous me donner son appartement ?

Il me demande d'attendre un instant pendant qu'il consulte la liste puis me répond :

— Oh oui ! Miss Phelps est au deuxième étage. Une minute, monsieur.

Il y a un temps d'arrêt. Je tiens le récepteur à l'oreille tout en soufflant des ronds de fumée et en me demandant l'accueil qu'on va me faire quand je vais dire à Tamara qui je suis, si elle va raccrocher en vitesse et se tirer des pieds comme si elle avait les cinq cent mille diables à ses trousses. Peut-être bien qu'elle aura peur quand elle saura qui est en cause.

Elle vient en ligne. Elle parle, de sa voix froide :

— Allô ! Qui est à l'appareil ?

Je ricane.

— Allô, Tamara. Comment allez-vous ? C'est Lemmy Caution. Une bonne surprise, hein ?

Elle pousse un drôle de petit grognement.

— Ah ! Par exemple ! Vous savez, Lemmy, on m'a toujours assuré qu'il n'était pas facile de se débarrasser de vous. Je pensais pourtant que Rudy allait vous faire votre affaire, la dernière fois que je vous ai vu.

— Oui ? Et avec votre aide, chérie. Quel charmant bébé vous faites.

— Ecoutez, mon vieux, réplique-t-elle, ne vous a-t-on jamais dit que c'était une mauvaise chose que d'en venir trop vite aux conclusions ? D'où me parlez-vous ?

— Je viens de rentrer à Londres et je suis dans une cabine de Picadilly, au bout de Regent Street.

— Parfait. Eh bien, venez donc me voir, tout de suite. J'ai à vous parler. Et quand vous saurez ce que je veux vous dire, vous serez bien content d'être venu.

— Oui ? que je fais. Vous me garantissez qu'il n'y aura pas un poisse pour m'attendre derrière votre porte avec un canon-revolver ?

— Voyons, Lemmy ! Ne vous ai-je pas dit que je savais qui vous étiez quand vous êtes venu au Waterfall, sous le nom de Willy Careras ? Vous seriez certainement surpris d'apprendre que je suis de votre côté.

— Oh ! Pas surpris, je lui dis. Tué. Chaque fois que vous serez de mon côté, chérie, je signerai un contrat de société avec le diable... Je saute chez vous.

— Entendu. Au deuxième étage, numéro 47. Au revoir, mon vieux.

Elle raccroche.

Je sors de la cabine et me mets à me balader dans les rues, tout le temps que j'aurais mis pour venir de Picadilly Circus, parce que vous comprenez, les potes, que je ne tiens pas à ce que la petite devine que j'étais à sa porte et que j'ai pu voir sortir Dodo Malendas.

Je fume une paire de cigarettes, puis je retourne aux Grange Apartments. Je suis peut-être une gourde mais je vais tout de même tenter quelque chose. Et puis si ça ne réussit pas, on pourra toujours remettre ça...

Je sonne à l'appartement, Tamara ouvre et je reçois une secousse. Cette vieille bille de Confucius, dont je vous ai parlé, disait : « Une belle femme perverse est toujours belle. L'imbécile ne voit que sa beauté. » Ce vieux coin avait peut-être raison parce que je vous fiche mon billet qu'à voir le bébé qui s'encadre dans la porte, avec derrière lui une espèce de douce lumière rose, ça me fout un coup au cœur. Elle est peut-être perverse mais elle me botte salement. Et si le Confucius avait été dans les environs, probable qu'il aurait pensé la même chose que moi. Il aurait peut-être désiré être plus jeune.

Elle porte un pyjama de soie avec le col haut, à la façon russe, et par-dessus une robe d'intérieur beige avec de la dentelle. Je ne sais quelle espèce de dentelle, mais c'est rudement bien. Les cheveux sont joliment arrangés et attachés en arrière avec un ruban. Et ses lèvres s'ouvrent sur des dents éblouissantes. Elle me reçoit comme un vieux copain :

— Hello, Lemmy !... Entrez donc !... Et cherchez. Je vous le dis, nous sommes seuls dans l'appartement.

— Ça va bien, Tamara, je lui réponds. Parce que s'il y avait quelqu'un, ça ne m'inquiéterait pas trop. J'ai mon feu sous le bras et vous seriez surprise de voir comme je m'en sers vite quand je vois quelque chose qui sent pas très bon.

— Oh ! Lemmy... Faites donc pas l'enfant.

Elle se retourne et me conduit dans la pièce, de l'autre côté. Je ferme la porte derrière moi, j'accroche mon chapeau et je la suis. Elle va à la desserte et prépare des verres. Soudain, elle me fait face, les mains au dos, sur le bord du meuble. Elle m'envoie un doux sourire.

— Ah ! Lemmy, ça fait plaisir de vous voir ici. Pour une fois, je suis heureuse.

— Et moi ! je réponds... Je ne connaissais pas le bonheur avant de vous rencontrer, Tamara, et c'est trop tard. Mais venons-en à nos oignons. Je voulais vous parler. Vous êtes mal partie, hein ? Qu'est-ce que vous voulez ? Vous planquer ?

Elle se remet à ses bouteilles, et me lance un coup d'œil en coin par-dessus l'épaule.

— Je suis mal partie, vous dites ? Qu'est-ce que j'ai donc fait, Lemmy ?

Je fais la grimace.

— Ce que vous avez fait ? Quand vous avez voulu me buter, avec Rudy Zimman, chez Schribner, alors, ça ne compte pas ?

Elle a l'air surprise, un peu fâchée.

— Moi, vous buter ? J'aime ça ! Qui est-ce qui a mis le pied sur la lampe que vous aviez renversée, pour que Rudy ne puisse pas vous tirer ? En réalité, je vous ai sauvé la vie.

— J'vous crois !

Elle a un de ses délicieux petits roucoulements. Je vous le dis, les copains, quand c'te poule rit, ça vous envoie des frissons dans l'échine. Elle s'approche, un verre à la main :

— Il n'est pas empoisonné, Lemmy. C'est du bon whisky écossais. Buvez ça, asseyez-vous et écoutez-moi.

Je m'assieds. Le whisky est épatant.

— Allez-y, lui dis-je. Mais attention, Tamara. Que ça soit du bon. Je commence à perdre patience avec vous autres.

Elle a l'air sérieux :

— Vous ne le pensez pas, Lemmy. Vous croyez seulement le penser.

— Et qu'est-ce que je pense, Tamara ?

Elle me regarde avec de grands yeux que vous ne pourriez pas croire que cette gonzesse pourrait mentir, même si on la payait pour ça.

— Ce que vous pensez, Lemmy, est que vous avez marre de Rudy Zimman, mais pas de *moi.*

— Ça, c'est nouveau, je lui casse. Alors, vous ne faites pas attelage, tous les deux ? Vous n'êtes pas l'amie de Rudy depuis des années, non ? Vous ne l'aimez pas peut-être ? Tout le monde sait que vous êtes avec lui depuis quatre, cinq ans, Tamara. Faudrait trouver autre chose.

Elle regarde le plafond. On dirait la dame surveillante chargée de l'école du dimanche à Three Elks, cherchant un sujet pour la prochaine session.

— Vous avez beaucoup roulé, Lemmy, me dit-elle. Vous connaissez la vie. Ne savez-vous pas que certaines femmes sont contraintes à faire ce qu'elles ne voudraient pas ?

Je prends une bonne lampée de whisky.

— Si ça continue, vous allez me faire pleurer, Tamara. Vous allez me parler de la ferme du Minnesota que vous avez quittée pour tenter votre chance dans la grand'ville, de votre rencontre avec Rudy Zimman, de votre erreur et du sort funeste qui vous a poursuivie. La vieille histoire, si vieille que le gui y pousse.

— Oui ? fait-elle. Eh bien, pour une fois, elle est vraie.

Elle se penche et met les mains sur les bras du fauteuil. Il y a des larmes dans ses yeux. Assise comme ça, elle a un genre aristocratique. Je le pense, une minute. Et puis l'idée me frappe, avec la force d'une brique, que si cette sucrée-là a du sang aristocratique, c'est par transfusion.

— Vous pouvez être tellement cynique, soupire-t-elle, que vous ne croyez plus à rien. Cette histoire de la ferme est plus vraie que vous ne le pensez.

Elle se rejette en arrière et met les mains derrière sa tête. Elle poursuit :

— C'est drôle que vous ayez parlé d'une ferme parce que c'est là que j'ai été élevée et je voudrais ne jamais l'avoir quittée. Mais j'étais comme beaucoup d'autres. Je ne pensais qu'à la ville. Je passais des heures le long de la ligne de chemin de fer qui traversait les champs derrière la ferme, à regarder les trains. Je les enviais parce qu'ils allaient là où je ne pouvais aller.

— De quoi vous plaignez-vous ? Vous y êtes venue, à la ville.

— Oui, soupire-t-elle. Pour mon malheur. J'avais une bonne place dans un magasin à Chicago. J'étais heureuse... et puis j'ai rencontré Rudy.

Un éclair passe dans ses yeux. A ce moment, il semble que Rudy passerait un mauvais quart d'heure si elle le tenait.

— J'étais une enfant. Et une imbécile.

Elle me sourit.

— Rudy est rudement bien quand il veut. Et il en a mis, avec moi. Vous ne me croirez pas non plus sans doute : mais je pensais que Rudy m'épouserait. Je n'étais pas de celles qui vont avec un type comme ça, à la gomme, mais il m'a fallu un an pour savoir ce qu'il était et quand j'ai voulu le quitter, il m'a dit ce qu'il me ferait si je fichais le camp. Le malheur est que j'en savais déjà trop sur lui.

Je ricane.

— C'est pas que je vous croie ou que je ne vous croie pas, bébé, je lui dis. Mais pourquoi c't accès subit contre Rudy ? Il a été rudement chic pour vous, à sa façon.

— Croyez-vous ? Rudy n'est pas si chaud. Il ne les lâche pas, vous savez. Il jette les diamants un peu comme un manchot des deux bras.

Elle se lève, se penche sur moi, prend mon verre et va le remplir. Je remarque qu'elle ne boit que du gingembre.

— Vous ne buvez pas ? je lui dis.

— Non. Je suis au régime. Elle me sourit. Et puis je soigne ma ligne.

— Je vois bien. Moi, je ne suis pas au régime mais il faut aussi que je me surveille. Personne ne vous a jamais dit que vous étiez rudement bien roulée, Tamara ?

Elle revient avec un verre à la main et s'arrête.

— Pour ce à quoi ça m'a servi ! Hein ? Trimballée par Rudy, fourrée dans toutes ses sales combines ; certaines de ses idées me déplaisent.

Je ne dis rien. Je crois que la dame va parler bisenesse.

— La raison pour laquelle je voulais vous voir, Lemmy, reprend-elle, est celle-ci. Que vous le croyiez ou non, je ne sais pas ce que Rudy manigance et puis, même si je le savais, ça ne me dirait rien. Voilà.

Je fais un signe de tête.

— Vous pensez que le temps est venu de vous planquer.

Elle hausse les épaules.

— Me tirer ? Qu'est-ce que je peux faire ? Où pourrais-je aller ? Je ne peux même pas sortir de ce sacré pays, de la façon dont je suis accrochée.

Je vais essayer un truc. Je lance :

— Vous le pourriez, si vous étiez plus facile. Je pourrais, moi, vous en sortir.

Elle prend l'air sérieux.

— C'est pour ça que je parle, dit-elle. Vous êtes un gun-man, vous pouvez arranger les choses pour moi. Même me faire rentrer aux Etats-Unis, en quelque endroit où Rudy ne pourrait pas me raccrocher.

— Pourquoi vous en faire pour Rudy ? Il ne pourra plus raccrocher personne quand j'en aurai fini avec lui.

— Je le pense bien. Mais il a des copains.

— Ecoutez, ma petite, faites quelque chose pour moi. Installez-vous dans ce fauteuil et répondez-moi.

— O.K.

Elle s'assied et croise les jambes. C'est assez gentil. Elle a une jolie ligne de jambes et, croyez-moi, elle sait s'en servir. De fait, je pense qu'il y a bougrement peu de cette dame que je ne connaisse pas.

— Parlez-moi de cette affaire Julia Wayles.

Elle fait la grimace.

— Je voudrais bien, répond-elle. Je n'en sais malheureusement pas plus que les autres. Zimman n'est pas une nouille. Il juge que quand on ne sait rien, on ne peut pas l'ouvrir. Il a pas mal de monde qui bosse pour lui ici mais si vous interrogiez l'un ou l'autre, probable qu'il vous répondrait qu'il ne sait rien.

— Possible. Mais vous, c'est autre chose.

— Il y a du vrai, répond-elle. Eh bien voilà. L'idée est venue de Jackie Larue qui est en taule à Leavenworth.

Je dresse l'oreille. Ça, c'est du bisenesse.

— L'idée, c'était que Rudy s'arrange pour donner de l'air à Larue. On n'a pas pu. On a bien essayé deux ou trois fois mais ça n'a pas marché. Alors on a pensé à Rudy pour mener l'affaire. En tout cas, s'il s'agissait d'un enlèvement — comme je le crois — ça n'a pas été fait de la façon ordinaire. Ç'a été du genre soigné, vous comprenez ? Cette Wayles a été amenée ici, je ne sais pas comment. Schribner, cette gourde, devait faire le comité de réception.

— Une minute. Qu'est-ce que c'est, ce Schribner ?

— Un type qui a un cerveau, elle fait. Et moche avec ça. Je ne l'aime pas. C'est tout ce que je sais.

— Continuez.

— Alors, comme la Wayles était passée en Angleterre, on est venus, nous aussi. D'autres aussi mais sur d'autres bateaux. L'affaire a été bien goupillée. Ils avaient tous des passeports assez bons pour passer la douane à New-York et la police anglaise.

Elle a une espèce de sourire.

— Je ne sais s'ils seraient aussi bons pour ressortir, mais j'en doute, avec vous derrière.

— Dites, Tamara. Pourquoi l'a-t-on enlevée, cette gosse ?

— Pour ça, faudra repasser. Je ne l'ai jamais vue et je ne sais pas ce qu'elle peut valoir. C'est certainement pas une héritière et j'ai encore jamais entendu parler de rançon.

— Je comprends. Cette affaire-là, ce n'est donc pas pour le pèze ?

— Autant que je sache. C'est possible, mais j'ignore.

— Où est Julia Wayles ?

Elle secoue la tête.

— Je ne sais pas et je ne pense pas qu'un autre que Rudy Zimman le sache. Mais... — elle me fait un sourire et me lance un regard en coin de dessous ses longs cils — ... je peux me renseigner. Ça peut être fait en une minute. On pourrait s'entendre, nous deux.

— S'entendre ? Comment ?

— C'est pourtant bien clair. Je vais m'arranger pour savoir où est la petite. Quand ce sera fait, je tenterai ma chance. Je vous renseignerai. Vous pourrez la retrouver... — Elle soupire. — Elle sera la seule femme dont Rudy n'aura rien pu faire.

— Et alors ?

— Eh bien, vous vous occuperez de Rudy. Quand je vous aurai dit où se trouve Julia Wayles, vous n'aurez aucune difficulté à savoir où il est, lui. Et quand vous le tiendrez, il parlera. Rudy n'est costaud que quand il a ses copains autour de lui.

Je ne dis rien, mais ce petit renseignement ne me paraît pas cadrer avec ce que j'ai entendu dire de Rudy Zimman.

— Et quand vous aurez Rudy et la Wayles, poursuit Tamara, vous me ferez sortir d'ici. Je veux repartir, et vite. On passera l'éponge, hein ?

Elle est assise bien gentiment et me regarde en bonne petite fille sage. On lui donnerait le Bon Dieu sans confession.

— Ça m'a l'air d'aller, je lui dis, mais je voudrais vous poser encore quelques questions. Savez-vous quelque chose d'une nommée Dodo Malendas ?

Elle incline la tête.

— Oui, j'en ai entendu parler. Elle a cherché à se faire passer pour moi. On voulait savoir où était Julia Wayles en approchant Schribner. Mais — elle a un petit sourire — il me semble qu'on l'a nettoyée ?

— Savez-vous où elle peut être ?

Elle secoue la tête.

— Comment le saurais-je ? Je ne l'ai jamais vue.

Je me lève.

— Vous ne savez rien de plus, Tamara ?

— Je vous ai tout dit. Vous êtes au courant de tout, comme moi. Alors, le marché tient-il ?

— O.K. Tamara. Vous me direz où est Julia Wayles. De telle façon que je puisse mettre la main sur Rudy Zimman et ceux qui travaillent avec lui. Moi, de mon côté, je m'occupe de vous. Je m'arrangerai pour qu'on ne vous inquiète pas. Je vous ferai donner un passeport pour les Etats-Unis. Et là-bas, les flics vous laisseront tranquille. — Je la regarde d'un air un peu gourde. — Ça vous plaît, la gosse ?

Elle se lève, s'approche.

— Tout à fait. Vous savez, Lemmy, la première fois que je vous ai vu, il y a longtemps de ça, quelqu'un vous a montré à moi dans la rue, à New-York, j'ai pensé tout de suite que vous étiez un type épatant. J'ai pas changé d'avis.

Elle me met les bras autour du cou et me donne ses lèvres. Cette femme-là pourrait donner des leçons de baiser par correspondance. Quand elle éloigne sa bouche, c'est comme si on enlevait le cataplasme de la poitrine de grand'père. Vous savez, un de ces baisers ! Puis elle s'écarte et me dit.

— C'est bien. Dites-moi où je pourrai vous trouver.

Je m'exécute. Je lui donne le numéro de mon logement de Jermyn Street et celui de mon téléphone. En cas d'absence, elle peut laisser une lettre à la concierge. Elle m'accompagne jusqu'à la porte et me tend mon chapeau.

— Ecoutez, Lemmy. Ce ne serait peut-être pas prudent que j'aille chez vous... si je veux vous voir. Il vaudrait mieux qu'on se rencontre ailleurs, dans un endroit plus commode.

— Où ça ?

— Au cottage de Schribner, à Betchworth. Il n'y a personne là-bas, et j'ai les clefs. Je peux vous les donner. Ce serait un bon rancard, si on avait à se voir.

— Moi, je veux bien. Mais Schribner ? Qu'est-ce qu'il fait ? Il n'est pas chez lui ?

Elle secoue la tête.

— Ne vous inquiétez pas pour lui. Il est fini. Il a tout mélangé dans cette affaire. Il est si gourde qu'il croit qu'on met les lettres circulaires à la boîte par un trou rond. Avec ça, il est malin, parfois... et même trop malin.

— Je vois... — J'allume une cigarette. — Alors, Schribner est liquidé ? Qu'est-ce qui lui est arrivé ? Rudy lui a donné son compte ?

Elle a un petit sourire, du genre mystérieux. J'ai l'impression que Schribner ne s'est pas entendu avec Rudy.

— O.K. Eh bien, ça va... la boîte de Betchworth fera l'affaire. Et puis, j'ajoute avec un bon sourire, c'est au cœur du pays de Rudy Zimman. Donnez-moi les clefs, ma petite.

Elle va à la desserte, ouvre un tiroir, en retire un petit trousseau qu'elle me remet.

— Voici, Lemmy, dit-elle avec un petit sourire coquin. L'idée d'avoir un lieu de rendez-vous secret avec vous me plaît. — Elle soupire. — Vous me faites quelque chose, Lemmy. Vous me fascinez.

Je ne réponds rien. Je suis en train de me demander ce que je ferais à cette gosse-là si je le pouvais. Quelque chose avec de l'huile bouillante.

— Au revoir, mon vieux, dit-elle encore. Et rappelez-vous que, maintenant, je travaille pour vous. Je suis de votre côté.

— Entendu. Au revoir, Tamara.

Je referme la porte sur moi et quand je vous dis que je ne ris pas avant d'être dans la rue, c'est la vérité.

Je m'allume une cigarette et m'en vais retrouver ma bagnole. Je monte, démarre et refais la route de Leatherhead. J'en mets un coup parce que j'ai beaucoup à faire cette nuit-là et je suis si fatigué que je pourrais dormir quelques années sans même me retourner.

Et j'ai pas mal à réfléchir aussi. Ce que m'a sorti cette Tamara, c'est de la dynamite. Peut-être certains d'entre vous, les copains, penseront-ils que la petite va franc jeu... Ceux-là, tout ce que je peux dire, c'est qu'ils sont bons pour la camisole de force, et vite.

A mon avis, il y a tout juste assez de vérité dans ce qu'elle a raconté pour la rendre dangereuse. Elle est pas folle, la gosse.

Ce qui paraît être le plus important, c'est le truc de Schribner. Vous vous rappelez : « Schribner, elle a dit, est liquidé. Il n'est plus dans l'affaire. » Pourquoi ? Si Schribner était assez important pour avoir été dans le bisenesse dès le début, pourquoi l'a-t-on balancé par-dessus bord ?

Peut-être bien que j'ai la réponse et que dès demain... Enfin, on verra.

Et puis il y a la question Dodo Malendas. Dodo qui est supposée travailler pour Mme Lorella Owen et rechercher Julia Wayles, et qui joue son petit jeu personnel et rencontre en secret Tamara. Cette gosse paraît manger aux deux râteliers. Là aussi, on verra peut-être clair, un jour.

Enfin, il y a Nikolls. Lui aussi, il a fait de drôles de trucs. Mais ça ne me gêne pas. Je suis à la page.

J'ai des tas d'idées. Elles ne sont pas toutes bonnes mais elles mènent toutes quelque part et je les utiliserai toutes. Ça sera rigolo, même si je me trompe.

Je jette ma cigarette et en allume une autre. Je me demande à quoi peut ressembler cette Julia Wayles. Dès le début, elle a été le pivot de toute la combine et je ne sais pas la tête qu'elle a. Je viens de traverser Fulham et j'arrive sur la route de Wimbledon. Un bon coup sur le champignon et je laisse aller.

Peut-être que la nuit sera bonne, au total.

10

A la chinoise

Cinq heures viennent de sonner quand j'arrive à cette boîte de Leatherhead. Je gare la bagnole à l'endroit où je l'avais laissée la première fois, passe le petit pont et me dirige vers le derrière de la maison. Le brouillard couvre les champs. Ça sent l'humidité. Un bon coup de whisky me ferait du bien. J'arrive à la vieille ferme, m'arrête et écoute. Je n'entends rien. J'entre, comme je l'ai déjà fait, par la fenêtre.

Je monte l'escalier et suis le couloir jusqu'au placard où j'ai fourré Bille de Clown. Je l'ouvre et colle un coup de lampe électrique à l'intérieur. Le type est revenu à lui. Il n'a pas changé de place, il est toujours ficelé comme je l'avais laissé, avec la tête sur le côté. Il me regarde du coin de l'œil. Il n'a pas l'air de m'aimer beaucoup.

— Alors, Bille de Clown ? Comment ça va ? Je vais peut-être te déficeler dans quelques minutes, et puis tu parleras.

— Ah ! qu'il dit. Et qui c'est qui me la fera ouvrir ?

— Mézigue. Et puis compte pas trop sur ma bonté. Je vais te préparer un petit plat de ma façon.

Je referme tranquillement la porte et continue mon chemin jusqu'à la porte à contrevent derrière laquelle j'ai trouvé Nikolls. Je regarde. Il est toujours là mais il respire moins fort. La drogue a fait son effet et son sommeil est nature. Et je me mets soudain à rigoler parce que, couchée à côté de lui, les mains et les pieds empêtrés dans des cordes comme si elle était vraiment liée, je reconnais Dodo Malendas !

Allongée sur le dos, elle regarde le plafond, l'air innocent. J'y suis. Quand Nikolls et la petite ont été enlevés à mon logement de Jermyn Street, on les a amenés ici. On a drogué Nikolls pour l'empêcher de voir ce qui se passait et puis on s'est expliqué avec la petite. Elle a dû parler, et surtout sur Mme Lorella Owen. Celui qu'elle a renseigné — peut-être Rudy Zimman lui-même — a jugé que c'était assez important pour la laisser aller tuyauter elle-même Tamara. Ce qu'ils ignorent tous, c'est que j'ai vu Dodo sortir de l'appartement.

Puis je téléphone à Tamara et nous avons notre métingue. Elle me balance une histoire, qui est la suite de ce qu'elle vient d'apprendre de Dodo.

Entre-temps, on a ramené Dodo à Leatherhead. On l'a collée dans la paille à côté de Nikolls pour que cet idiot croie qu'elle a toujours été là. Il ne se souviendra que d'une chose : d'avoir été enfermé avec Dodo.

Les types qui ont ramené Dodo n'ont pas trouvé Bille de Clown. Ils ont dû se demander où il était, sans penser au placard. Peut-être l'ont-ils cru en balade. En tout cas, moi, je me risque. Je passe la tête et je dis tout doucement :

— Eh bien, Dodo, comment ça va ?

Elle regarde et me voit.

— Ça alors ! Caution ! Quelle surprise !

— C'est rien, je lui fais. Tu auras encore d'autres étonnements, ma belle. Et ne vas pas me raconter que tu ne peux pas bouger. Ces ficelles, c'est de la frime. Je sais que tu viens de voir Tamara Phelps. Je t'ai vue sortir de chez elle.

— Drôle de chose que l'existence, elle soupire.

Elle se débarrasse des cordes dont elle avait entouré ses poignets. Je descends l'escalier et la regarde. Nikolls dort comme une souche.

— Ecoute, bébé, j'suis rancardé sur toi. Les types qui t'ont ramassée avec Nikolls, Jermyn Street, t'ont amenée ici et puis ils ont fait un petit marché avec toi, hein ?

Elle s'assied. Elle a l'air embêté, pour de vrai.

— Eh bien, oui, fait-elle.

— O.K., ma petite. Et moi, je te conseille de parler si tu ne veux pas tirer quinze ans dans une prison anglaise. Ça ne te plairait pas, non ? Vas-y, crache, bébé, et n'élève pas trop la voix parce que je n'tiens pas à réveiller c'te gourde, à côté. Je veux qu'il croie ce que les autres voulaient lui faire admettre, que t'étais pas sortie d'ici.

— Qu'est-ce que vous vouliez que je fasse ? J'ai cherché tout le temps à être loyale avec mes employeurs, et chaque fois ça m'a rapporté une sale histoire.

— Cause toujours, tu m'intéresses, je lui fais. Dis plutôt que chaque fois que t'as pensé à être loyale, comme tu dis, ça t'a foutu un coup. Mais vas-y... dégoise.

— Eh bien, dit-elle, deux types nous ont eus dans votre taule. Ils nous ont amenés ici. En arrivant, Nikolls a voulu faire le mariolle, alors ils lui ont collé une injection de morphine ou de quelque chose d'approchant au bras. Et puis, ils m'ont dit qu'ils allaient me faire parler ou que sans ça, ça irait mal. Ils m'ont sorti ce qu'ils me feraient. — Elle fait une petite grimace. — Ça n'était pas très joli.

— Qu'est-ce que tu leur as dit ?

— J'ai parlé de Mme Owen. J'ai dit que je travaillais avec elle, qu'elle marchait avec Scotland Yard...

— Alors, Mme Owen « marche » avec Scotland Yard ? C'est intéressant, lui dis-je en m'asseyant sur les talons à côté d'elle. Ecoute, ma petite, tu vas parler, sinon ce que le gars à Zimman t'avait promis, ça sera de la petite bière à côté de ce que je te réserve. Qui est-ce, Mme Lorella Owen ? Pourquoi se colle-t-elle une perruque grise et des grosseurs sur le portrait ?

Elle réfléchit une minute, l'œil fixe, et puis elle me dit :

— Après tout, vous l'apprendriez, tôt ou tard. C'est Karen Wayles, la sœur de Julia.

— C'est donc ça ! Et elle est venue en Angleterre pour retrouver sa sœur, hein ?

— Oui.

— Et elle t'a demandé de l'aider, n'est-ce pas ? Parce que tu as travaillé avec la pègre à New-York, elle a jugé que tu approcherais plus facilement qu'elle ces copains-là ?

— C'est vrai.

J'allume une autre cigarette. Assis à côté d'elle, je l'observe et je réfléchis en douce. Parce que l'histoire, pour être vraisemblable, ne tient pas fort en un ou deux endroits. Pourquoi Karen Wayles marcherait-elle avec Scotland Yard et pourquoi diable Herrick me joue-t-il dans le dos pour faire plaisir à Karen Wayles ? Et puis Karen Wayles, qui est-ce ?

Je me rappelle ma conversation avec Mme Lorella Owen qui a prétendu être une vieille amie de la famille Wayles. Qu'est-ce qu'elle racontait ? Que Karen travaillait au W.P.A. de New-York et elle insinuait que Karen était une femme stupide. Elle parlait donc d'elle-même. Hum ! Bizarre ! Ça prouve seulement à quel point ces poules-là peuvent être futées.

— O.K., bébé, je dis à Dodo. Qu'est-ce qui est arrivé quand tu es allée voir Tamara ?

— Je lui ai dit que Mme Owen, c'était Karen. Et aussi ce qu'elle voulait faire.

— Qu'a dit Tamara ?

— Pas grand'chose. Elle sait très bien que ni Herrick, ni Karen, ni vous ne savez où est Julia. Tamara se croit en bonne posture. Elle a gardé l'atout maître. Elle a Julia.

— Cette petite-là, elle vaut donc tant que ça ?

Je fais des ronds de fumée. Mon coup de téléphone a dû faire salement plaisir à Tamara. Il est arrivé à pic, juste après la visite de Dodo Malendas. Elle a pu me bourrer le mou, tout à son aise. Pour un hasard, c'est riche.

— O.K. Maintenant, va en haut, la gosse, et apporte un peu d'eau. On va réveiller le copain.

— Bon.

Elle se lève. Je l'accompagne. Dans le coin de la grande chambre où j'ai fait connaissance avec Bille de Clown, il y a un robinet. Elle trouve un verre et l'emplit. Je sors pour aller chercher mon flacon que j'ai laissé dans la bagnole. Quand je reviens, Dodo est en train de faire boire Nikolls. Il est assis le dos au mur et paraît surpris.

— Comment ça va, vieux ? Alors, on a été emmené en balade ?

Il porte la main à sa tête. Je crois vous avoir déjà dit qu'il a une bosse grosse comme un œuf.

— Et comment ! qu'il me dit. C'est pas la première fois que ça m'arrive, mais je voudrais bien savoir pourquoi ils m'ont seringué un truc à dormir.

— C'est rien, je lui réponds. On voulait sans doute que vous vous teniez tranquille. Comment vous sentez-vous ?

Je lui refile un coup de whisky. D'un trait, il sèche presque la bouteille.

— Pas mal. Tout ce que je veux, c'est mettre la main sur ces salauds-là.

— Ça viendra peut-être, je lui dis. Mais, pour l'instant, nous avons autre chose à faire.

— Quoi donc ?

D'un coup de menton, je désigne la Malendas.

— Faut d'abord prendre soin de l'enfant. On va l'attacher sérieux, qu'elle ne puisse pas bouger un doigt. Elle pourrait devenir dangereuse.

— Ecoutez... commence Dodo.

Je lève la main.

— Toi, ma gosse, tiens-toi. C'est un bon conseil que je te donne. Le danger, avec toi, c'est que tu ne sais pas toi-même de quel côté que t'es. L'indécision, y a rien de plus grave dans la vie. Alors j'vais décider pour toi. Tu resteras avec nous. Ça vaut mieux. Ferme donc ça et accepte. Allez-y, Nikolls.

Nikolls se lève et s'étire. Je lui donne une cigarette et il se met au travail. Quand il en a fini avec la môme, elle a tout du ver à soie.

— O.K., il me fait. Et maintenant ?

Je prends la lampe à huile.

— On va tenir une petite séance, vous et moi. On laisse le bébé ici, et j'ose espérer qu'il n'aura pas peur dans le noir. Au revoir, Dodo.

Il est près de six heures quand on se met à discuter du sort de Bille de Clown. Nikolls a trouvé du thé, des trucs et des machins et nous déjeunons assis à la grande table devant un bon feu.

— Alors, qu'est-ce qu'on fait ? demande Nikolls.

Je ne lui dis pas. D'abord parce que je ne confierai rien à ce type pour des raisons que vous connaîtrez bientôt et aussi parce qu'il me faut savoir ce qui va se passer dans les environs. Je parle à Nikolls de Bille de Clown.

— Il est ficelé dans le placard du couloir. C'est un dur. Il jure qu'il ne parlera pas. Et il va peut-être nous donner pas mal de fil à retordre, avant de l'ouvrir. Il le faut, pourtant.

Nikolls fouille sa poche et en tire un paquet de Lucky Strike. Il me le tend et frotte une allumette sur le fond de son pantalon.

— Est-ce que je vous ai déjà parlé de cette blonde que j'avais rencontrée aux courses de Saratoga ?

Je lui réponds que non, et je me demande quel rapport ça peut avoir avec la façon de faire parler Bille de Clown. Nikolls reprend :

— En voilà une qui avait du tempérament ! Une passionnée, quoi ! Elle en pinçait dur.

Il a l'air tout chose.

— J'y ai fait des charres, oh, pas grand'chose... Elle pouvait pas vivre sans moi, qu'elle disait. Vous voyez ça ? Je fais c't effet-là quelquefois.

Je fais un signe d'assentiment. Ce type-là se dégoûte lui-même, c'est visible.

— Je comprends, je lui dis. Elle avait le béguin, quoi ! Mais ça n'a rien à voir avec Bille de Clown.

— J'y viens. Enfin, moi, je m'intéressais à une autre et j'aime pas les situations irrégulières. Alors je donne son paquet à la blonde. Ça ne lui a pas plu. Elle s'est concertée avec elle-même, pour en venir à la conclusion qu'elle allait m'apprendre à vivre. Et elle a réussi, c'est moi qui vous le dis !

— Pas possible ! Et comment s'y est-elle prise, Windy ?

— Je vais vous dire. Un soir, deux types me ramassent alors que j'allais voir l'autre petite. Ils m'emmènent dans son appartement et m'attachent à une chaise dans la cuisine. Là elle me déclare que si je ne lâche pas l'autre et que si je continue à fricoter dans ses parages, elle me fera la vie dure. Moi, je lui rigole au nez. Je lui demande si elle croit qu'on me fait caner comme ça. Bref... elle se met au boulot.

A mon tour de rigoler.

— Qu'est-ce que vous me chantez ? Vous n'allez pas me raconter qu'on a voulu vous abîmer, peut-être ? Si elle vous gobait tant que ça...

— Oh non, qu'il fait d'un air léger. Pas ça. Mais autre chose, de meilleur.

— Quoi ?

— Un truc chinois. La torture de l'eau. Ça, mon vieux, c'est bon ! Après, tant qu'elle a voulu de moi, j'ai plus bronché. — Il réfléchit une minute. — Et il a fallu en mettre ! Il a un petit sourire, du genre évocateur.

— Alors, vous proposez, lui dis-je, qu'on emploie le truc chinois avec Bille de Clown ?

— Tout juste. Ça fait parler n'importe qui. Et ça ne blesse pas le type. Ça le rend piqué.

Il bâille.

— C'est ce que j'ai vu de plus malin, comme torture, il ajoute, et j'en connais.

J'allume une cigarette.

— Eh bien, c'est entendu, je lui fais. Au boulot.

Nikolls se lève. Ce grand garçon m'a l'air d'avoir envie de dire deux mots aux copains qui nous embêtent. Il sort et revient quelques minutes après en traînant Bille de Clown par les pieds. Il ne le ménage pas. Il le laisse par terre devant moi et va du côté du robinet. Je l'entends remuer derrière moi.

— Ecoute, je dis à Bille de Clown. Je voudrais que tu me donnes un petit renseignement. Pas grand'chose. Tout juste ce que tu sais et c'est pas bézeff. Et d'abord, pour quand c'est que tu attends les types à Rudy Zimman ? C'est toi qui es le gardien ici ? Quand ils ont amené Nikolls et l'autre poule, c'était pour combien de temps. Ça, tu le sais ?

— Je le sais, il me répond. Mais je ne le dirai pas.

— Bon. Ça va. — Je me renverse sur ma chaise. — Allez-y, Windy.

Je fume sans m'en faire tout en regardant Nikolls. J'ai vu pas mal de choses dans ma vie mais jamais cette torture de l'eau à la chinoise. On apprend à tout âge. Nikolls place une chaise devant l'évier. Puis il prend une boîte de conserve vide et perce un trou dans le fond. Il suspend la boîte à un chevron, au-dessus de la chaise. Puis il s'assied sur la chaise et la déplace jusqu'à ce qu'il soit juste au-dessous du trou fait dans la boîte à conserves. Il se relève, assied Bille de Clown à sa place et lui attache la tête et les épaules au dossier, de façon qu'il ne puisse pas bouger. Ensuite, il remplit la boîte avec un pot à eau, et lui donne une petite secousse pour qu'elle se balance. Puis il va chercher une autre chaise, la met à côté de la mienne, s'assied et se croise les mains sur le ventre, tout en surveillant Bille de Clown.

L'eau se met à tomber goutte à goutte sur la tête au type, mais pas toujours à la même place. Parfois même, ça tombe à côté. Bille de Clown bâille. Tout ce mic-mac a l'air de le raser.

— C'est avec ça que vous voulez me faire parler ? il fait. Qu'est-ce que vous croyez que je suis ? Un navet ?

— Ça va, mon vieux, dit Nikolls. Attends un peu.

Il se tourne vers moi.

— Ça va prendre dans les environs d'une heure.

— Bon, je lui fais. Vous me réveillerez. Si ça ne réussit pas, on essayera autre chose.

Je me colle la tête sur le dossier de ma chaise et je roupille. Je crois vous avoir dit que j'étais très fatigué.

Nikolls m'envoie un coup de coude dans les côtes. Je me réveille. Il rigole.

— O.K., il me dit. Ce grand garçon a décidé de parler.

Il consulte sa montre. Il a l'air content. Une heure dix minutes.

— Il a été dur, le frère.

J'ouvre les yeux et regarde le mec attaché à la chaise. Il pleure comme un gosse. Ce truc chinois est pépère. Je me lève et m'approche. Il gémit, demande qu'on arrête l'eau. Nikolls descend la boîte.

— Alors, mon vieux, je fais à l'autre, tu t'y mets ? Eh bien, crache. Mais si tu nous bourres le mou, c'est une caisse d'eau qu'on te suspend au-dessus de la tête et on te laissera jusqu'à ce que tu sois complètement piqué.

— Ça va bien, qu'il fait. J'attends personne. La consigne était de garder les deux prisonniers. Y a des provisions en masse, ici. On m'a dit aussi de ne pas sortir. Je pense qu'on serait venu me chercher dans deux ou trois jours avec l'homme ou la femme, pour aller ailleurs. C'est tout ce que je sais, et c'est la vérité.

Il ne ment pas, le type. Il a trop peur. C'est épatant de ce que ça peut faire, un peu d'eau au bon endroit.

— Il y a longtemps que tu es dans le pays ? je lui demande.

— Sept semaines, à peu près.

— Tu es venu avec Rudy Zimman ? Comment as-tu passé et combien étiez-vous, en tout ?

— J'ai voyagé avec quatre autres. C'est Rudy qui nous a donné les passeports. C'était bien manigancé. On venait soi-disant pour une affaire de munitions. C'est tout ce que je sais.

— Qu'est-ce que tu pensais que tu aurais à faire dans le pays ?

— Je ne sais pas. Je travaillais avec des copains, à Chicago. On m'a demandé si je voulais un bon boulot tranquille. Avec deux cents dollars par semaine à la clef, et pas de risques à courir. J'ai marché.

— Ça va, je dis à Nikolls. Il dit la vérité. Je le reconnais. Ce type-là, c'est un outil comme les autres. La sorbonne, c'est Rudy.

« ... D'accord, mon vieux. Maintenant, je vais te dire ce que je vais faire de toi. On va te laisser ici. De façon que tu ne puisses pas sortir. On te collera de quoi bouffer et puis, faudra te tenir pénard, hein ? Essaye pas un truc, ni la poule non plus, parce que tu ramasserais. Compris ?

Il dit oui. J'allume une cigarette. Puis, moi et Nikolls, on se met au travail. On l'emmène dans la pièce où est Dodo. On le ficelle. On les arrange bien tous les deux. Ils ne peuvent pas bouger sauf qu'on met un peu de lait et de boustifaille entre les deux. Faut bien qu'ils vivent un jour ou deux comme ça. Si on ne revient pas, par exemple, ça ira mal.

— Au revoir, mes petits. Soyez bien sages. Peut-être qu'on pensera à vous, plus tard. A bientôt.

On sort. Nous regagnons la voiture et on se met en route sur Londres.

— Ecoutez, Windy, je lui dis. Rentrez à votre bureau et dites à Callaghan que j'ai plus besoin de vous. J'irai le voir un de ces jours et lui expliquerai pourquoi.

— Qu'est-ce que ça veut dire ? il me fait. Ça marchait bien, pourtant !

— Possible. Mais il y a un ou deux petits points que je voudrais éclaircir, d'abord. Peut-être que ce sera fait demain, dans l'après-midi. Alors, je vous verrai. Compris ?

Il dit oui, qu'il a compris. Et puis, il la boucle. Il sait ce que je veux dire.

11

La combine Callaghan

J'ouvre l'œil à midi et attrape une cigarette. Je reste au pieu, bien confortable, à regarder le plafond et à me demander ce que la journée va m'apporter. J'ai comme une idée que ce ne sera pas mauvais.

Je reprends une cigarette et décroche le téléphone. Je demande mon petit déjeuner et dis au type de service d'appeler l'inspecteur-chef Herrick.

Au bout de quelques minutes, il répond.

— Dites donc, mon vieux, je lui fais. Je voudrais vous voir. Vous serez à votre bureau ? Il dit oui, qu'il sera là tout le temps. Il me demande comment va l'affaire Wayles.

Je ris un bon coup.

— C'est dans le sac, petite tête ! J'ai tout ce qu'il faut.

Il va me demander quelque chose et je lui coupe la parole.

— Je ne vais pas vous en parler comme ça, je lui fais. Je vais déjeuner et puis j'irai vous voir. J'ai quelques plaintes à formuler.

— Oh ! Pas possible. J'espère qu'il ne s'est rien passé de grave, Lemmy...

— Rien que vous ayez pu remarquer. D'ailleurs ce n'est la faute de personne. A tout à l'heure, Herrick.

Je raccroche. Je vais lui donner un petit peu de temps pour réfléchir.

Je déjeune, prends un bain et m'envoie un petit coup de casse-patte pour prévenir le rhumatisme, après quoi je me cherche un complet rupin et je m'arrange un peu parce que je suis un de ces types qui aiment se sentir bien fringués quand ils pensent qu'il va arriver quelque chose.

Puis je descends et hèle un taxi. En route pour Scotland Yard, je fais mon plan. Je ne dirai pas plus qu'il ne faut.

Je me sens très bien, et d'attaque. Parce que je suis un malin au poker et que quand on veut m'avoir, on me trouve. J'sais y faire, moi aussi, à l'estomac. Je vais dire assez de vrai et assez de faux pour faire croire au copain que je suis arrivé à ce que je voulais.

Et si ça rend... eh bien... on rigolera un bon coup.

Herrick est à sa table, fumant une petite pipe. Il est tout miel et tout sucre.

— Comment ça va, Lemmy ? Je suis heureux que ça marche comme vous voulez. Qu'est-ce que je peux faire pour vous ?

— Pas beaucoup, je réponds. Parce que même si je désirais quelque chose, j'sais pas trop si je vous le demanderais. Vous avez déjà essayé de m'avoir et vous n'aurez pas l'occasion de remettre ça. Vu ?

Il ouvre de grands yeux. Y me fait ça à la surprise.

— Qu'est-ce que vous voulez dire, Lemmy ? Qu'est-ce qui vous prend ?

— Rien, je lui casse. J'allume une cigarette et jette mon chapeau sur le bureau. Je suis toujours debout et le regarde.

— Ah ! Vous m'avez emmené en bateau, je continue. Vous et votre amie. Mme Lorella Owen, la femme à la perruque grise et aux bosses sur le portrait. Seulement, vous vous êtes levés trop tard, vous autres.

Il se met à dire quelque chose et je le coupe.

— Inutile. Vous fatiguez pas. Ça ne vous a servi à rien, d'ailleurs. Je suis dans le coup, que ça vous chante ou pas. Tamara Phelps a jacté, mon vieux, et comment ! Enfin... vous me comprenez ? J'ai la main, maintenant. Je sais où est Rudy Zimman, où est Tamara. Et Julia Wayles et Karen aussi. Je pourrais accrocher toute la bande dans les cinq minutes si ça me chantait. Ça vous la coupe, hein ?

Il prend l'air sérieux.

— Pourquoi parler par énigmes, Lemmy ? Si vous avez quelque chose à me reprocher, pourquoi pas le dire ? Je ne demande qu'à vous aider.

— Cela vaudrait mieux. Mais, je vous le dis, j'aime pas qu'on se serve de moi et qu'on me fasse des machins dans le dos. Si vous voulez que je vous aide, vous, dites-le. Mais pas de vacheries, compris ?

— Quelles vacheries ? il me demande. Je me rends compte qu'il me fait marcher pour voir ce que je sais.

— En premier lieu, il y a cette histoire de Max Schribner. Je vous téléphone, je vous demande de mettre le type à l'ombre et qu'est-ce que vous faites ? Vous me sortez des alibis. Vous dites que c'est pas possible, que vous ne pouvez l'inculper. Vous me faites droguer et pendant ce temps-là, qu'est-ce que vous faites ?

— Eh bien... qu'est-ce que je fais ? Il commence un petit sourire.

— Vous lui sautez dessus et vous l'agrafez. Vous vous figurez m'avoir joué un bon tour. Vous le croyez mêlé à l'affaire et qu'il pourra parler. Vous pensez que je n'en saurai rien. Ce que vous ignorez, c'est que vous m'avez rendu un fier service.

Il hausse les sourcils. Il a l'air très intéressé. Je lui débite alors la petite histoire que j'avais préparée en taxi.

— Ecoutez. Quand vous avez ramassé Schribner, Tamara Phelps l'a su et subito. Comment, je l'ignore. Mais ça lui a fichu les foies. Elle m'a contacté et on s'est entendu. Si je lui promettais un sauf-conduit pour sortir du pays et l'assurais que les gens à Zimman ne l'agraferaient pas, elle dégoiserait toute la combine. J'ai accepté le marché. Elle m'a tout sorti. Ça vous épate, hein ? Vous et votre grande copine, Mme Lorella Owen ?

Il se met à dessiner sur son buvard, l'air sérieux.

— A partir de maintenant, je lui dis, je vais jouer mon jeu tout seul. Je vais leur rentrer dedans, à ces mecs-là, et s'il y a du pétard, vous vous expliquerez...

— Ecoutez, Lemmy, il me fait. Mais moi, j'ai pas fini. Je reprends :

— J'écoute rien. Vous m'avez eu, ou voulu m'avoir depuis le début. Quand je vous ai demandé quelqu'un pour m'aider, vous m'avez adressé à la maison Callaghan. Evidemment, vous ne pouviez pas me dire que vous aviez demandé au Callaghan de vous renseigner sur mes mouvements. Vous ne pouviez pas non plus me sortir que son double, Windemere Nikolls, rancardait son patron, qui vous tuyautait à son tour. Alors ?

Il pousse un grand soupir.

— Faut pas chercher à vous la faire, Lemmy, qu'il me dit. D'abord, cette affaire ne m'a pas plu, dès le commencement. Mais comment avez-vous su que Callaghan marchait avec nous ?

— Bien facile. J'avais envoyé Nikolls et Dodo Malendas à mon logement de Jermyn Street, en sortant d'une planque de Betchworth. Je n'avais pas demandé à Nikolls d'essayer de faire parler la petite. A peine arrivé chez moi, il se fait envoyer un dictaphone par Callaghan. Si la gosse avait mangé le morceau, ça aurait été enregistré et Nikolls aurait passé le disque à Callaghan, qui vous aurait rancardé. Ça vous aurait donné du travail.

« Il a bien cherché à confesser la môme mais il n'a pas eu de veine. Des types à Zimman se sont amenés et les ont emmenés tous les deux. On les a mis à l'abri, dans un coin de campagne.

Herrick tire sur sa pipe. Il ne dit rien d'abord, et puis :

— Lemmy, faut qu'on se parle franchement. On va mettre ça au point, depuis le début.

— C'est bien ça, mon garçon, je lui lance. Maintenant que vous êtes dans le pétrin, vous vous alignez sur les copains. Eh bien, je vous écoute.

— Je comprends que vous en ayez marre, Lemmy. Mais c'est pas de ma faute. Je vais vous le prouver. Attendez-moi une minute.

Il sort et ne revient que dix minutes plus tard. Il a une lettre à la main.

— Je viens de voir le commissaire adjoint. Je lui ai exposé la situation. Il m'a autorisé à vous mettre au courant de toute l'affaire.

Il s'assied derrière son bureau.

— Si vous voulez connaître la raison de mon attitude, Lemmy, eh bien... sachez que j'ai des chefs auxquels je dois l'obéissance. Voici l'explication...

Il me tend la lettre, que je lis. Elle est vieille de dix jours et vient de l'Ambassade des Etats-Unis. Elle dit :

Cher Monsieur Herrick,

Je vous confirme l'entretien que j'ai eu avec le commissaire adjoint de la police au sujet de l'affaire Wayles. Nous avons essayé de nous mettre en rapport avec l'un des fonctionnaires du Bureau Fédéral, l'agent principal L.H. Caution, en permission dans ce pays, mais sans pouvoir l'atteindre. Nous sommes sûrs d'ailleurs qu'il se présentera dans un ou deux jours. Entre-temps, nous aurons recours à un autre agent du Bureau Fédéral, l'agent spécial Charles Milton.

Nous vous prions de voir M. Milton qui entrera en relation avec le nommé Schribner à Betchworth et tentera d'obtenir des renseignements sur les déplacements de miss Wayles.

L'agent principal Caution prendra la suite de Milton dès son retour.

Je dois maintenant vous demander votre assistance sur un point délicat. L'agent principal Caution limitera son enquête à la disparition de Julia Wayles. Il s'efforcera de la retrouver. On ne lui dira rien du point essentiel de l'affaire, c'est-à-dire du groupe de la cinquième colonne opérant simultanément aux Etats-Unis et en Angleterre. Cette partie de l'enquête demeurera entièrement séparée du reste et, à cette occasion, je vous serai reconnaissant de bien vouloir prêter aide et assistance à l'officier spécial du Service Secret Américain chargé de cette question, Mme Lorella Owen.

Il est probable que Caution, qui mènera son enquête sur les déplacements de miss Wayles avec son énergie coutumière, vous fournira des indications qui pourront servir à Mme Owen dans l'accomplissement de sa tâche, et il serait peut-être bon que tout auxiliaire détaché par vous pour assister l'agent principal Caution vous tienne de temps en temps au courant de ce qu'il aura pu apprendre afin que vous puissiez renseigner Mme Owen.

Charles C.S. Senley
Conseiller de l'Ambassade des Etats-Unis

— C'est bien ce que je pensais. J'étais la poire, quoi ! A moi tout le boulot moche, les vacheries avec des sales mecs, tout ça pour que Mme Lorella Owen se colle une perruque grise, des bosses sur la gueule en se figurant qu'elle est agent secret. Parfait !... Alors, qu'est-ce que vous faites ?

Herrick me regarde droit dans les yeux.

— Vous devez comprendre, Lemmy, qu'à plusieurs reprises vos façons de procéder dans ce pays ont été assez particulières. Votre ambassade est peut-être aussi de cet avis. Elle a sans doute jugé que Mme Owen — une personne qui a l'air d'avoir une certaine expérience — préférerait apporter à sa tâche plus de délicatesse.

— C'est possible, lui dis-je. J'ai l'impression que cette dame Owen est venue ici s'occuper d'une combine de cinquième colonne, derrière laquelle serait Rudy Zimman. L'enlèvement de Julia Wayles est lié à cette histoire. Eh bien, c'est moi qui tiens la corde, vous comprenez. Je mènerai le train ou bien je m'installerai dans mon fauteuil en fumant une vieille cigarette pour regarder vos types faire les imbéciles. Vous pouvez le dire à Mme Owen, c'est aussi pour elle.

Il pose sa pipe.

— Je vous crois, Lemmy. Je suis prêt à admettre que vous avez Rudy et Tamara dans votre poche, que vous savez où sont Nikolls et Malendas. En d'autres mots que l'affaire est cuite, pour vous. C'est bien ça ?

Je ne cligne pas de l'œil. Vous, vous savez où nous en sommes. L'affaire n'est pas plus finie que moi. On ne fait que commencer. Mais là-dessus, motus !

Je le regarde en face avec une expression de sincérité qui ferait éclater en sanglots la doyenne des maîtresses d'une école du dimanche.

— Oui. C'est la vérité. C'est bien ça.

— Ceci étant, y me répond, allez de l'avant, mon vieux. Voilà mon avis. Tout ce que nous voulons, c'est Zimman, Phelps et les gros, ceux qui mènent le boulot. Le reste, c'est facile. Comment allez-vous procéder ?

— Ça, ça regarde mézigue. Mais il me faudrait un peu d'aide. Dites à Callaghan de cesser ses blagues et de se mettre en serre-file. Ou sans cela, je le fous par-dessus bord, lui aussi.

— Ne faites pas ça, me dit Herrick. Callaghan est très bon. Il a du crâne. Je vais arranger ça.

Il prend le téléphone et demande au central de lui donner les Enquêtes Callaghan. Deux minutes plus tard il obtient la communication.

— C'est vous, Slim ? Ecoutez. Les instructions que je vous avais données de me tenir au courant des mouvements de Caution sont annulées. Il sait tout. Il vient de me dire qu'il nous faudrait nous lever de bonne heure pour l'attraper, et je suis assez de son avis. Voulez-vous dorénavant prendre vos instructions directement de lui ?... Très bien.

Il raccroche.

— Je vais lui envoyer une note de confirmation. Son organisation est à votre entière disposition, Lemmy. D'après ce que vous me dites, je suppose que l'affaire sera terminée dans quelques heures.

— Peut-être pas si vite que ça. Mettons deux ou trois jours. En tout cas, ce ne sera pas long.

— Très bien, dit-il. Dès que je le pourrai, je contacterai Mme Owen pour la mettre au courant de la nouvelle situation.

— Pas la peine. Cette dame me fatigue. Et puis, autre chose : elle est bien trop jolie pour être au Service Secret. Nous pourrions très bien l'employer au Bureau Fédéral.

Il rigole.

— Oh ! Vous sauriez l'employer, où qu'elle soit, me lance-t-il. Je vous connais assez pour en être sûr. Mais si je ne dois rien lui dire, vous allez me donner votre parole que vous vous chargerez vous-même de lui exposer les faits nouveaux.

— Soyez tranquille. J'irai la voir.

Herrick rallume sa pipe, l'air soulagé. Plus souvent que j'irais tout sortir à Mme Owen ! Quand j'en aurai fini avec ce joli bébé, il n'aura plus envie d'essayer de mettre le petit Lemmy en boîte. C'est moi qui vous le dis ! Vous vous rappelez peut-être, vous autres, ce que disait le vieux Confucius : « Le chemin de l'homme qui ment est difficile, mais la femme qui ment ne connaît pas la franchise et est à l'aise comme le serpent dans l'herbe. » Les serpents, moi, ça me connaît. J'sais y faire avec eux. Et puis, il est toujours permis de les agacer avant de les prendre.

Je dis au revoir à Herrick en promettant de le tenir au courant. Puis je me taille.

Chauffeur ! Berkeley Square !

Callaghan et Nikolls sont perchés sur de hautes chaises, au Bar du Zouave dans Albemarle Street. Chacun d'eux a devant lui un double whisky. En m'apercevant, Callaghan rigole.

— Eh bien, Caution ? Qui vous a dit où nous étions ? Un verre ?

— Avec plaisir, mon vieux. Laissez-moi vous dire que c'est pas ordinaire pour un flic privé comme vous d'avoir une secrétaire aussi jolie qu'Effie Thompson. On a dû déjà vous le dire.

— Souvent.

Il commande un autre double whisky. Je prends une grande chaise.

— Vous étiez avec Herrick quand il m'a téléphoné, me dit-il, et vous connaissez donc la situation. Nous n'avons fait que suivre les instructions qui nous étaient données, vous le comprendrez. Notre maison suit toujours les directives de ses clients, quand elle le juge utile.

Il regarde Nikolls qui a un petit sourire.

— Ça va, que je lui réponds. Tout ira bien si vous marchez avec moi. Après tout, l'affaire ne fait que commencer.

— Pas possible ? fait Callaghan. Alors, c'est pour quand ?

— Pour tout de suite. Voilà toute l'histoire comme je la vois. Rudy Zimman et sa bande, pour des raisons connues d'eux seuls, enlèvent une dame appelée Julia Wayles et l'amènent en Angleterre. O.K. Ses amis, sa famille et son type, le fiancé (si toutefois elle est bien fiancée) font un raffut de tous les diables et décident le Bureau Fédéral des Recherches à se mettre au boulot.

« Entre-temps, le Service Secret Américain a dû découvrir que la bande Zimman s'occupe d'une autre combine, d'un truc de cinquième colonne. Il met un de ses agents, une bath gosse, appelée Mme Lorella Owen, sur la question. Sa tâche est de démolir cette cinquième colonne. De son côté, le Bureau Fédéral me charge de pister Julia Wayles. Mme Lorella Owen vient en Angleterre et l'Ambassade américaine prie Scotland Yard de pousser l'enquête Wayles en me laissant dans l'ignorance du reste. Et vous, les copains chargés de m'aider, devez rendre compte à Herrick qui à son tour fait son rapport à la belle gosse, Mme Owen.

Là-dessus je vide mon verre. Ça fait du bien par où que ça passe. Garçon, trois autres !

— ... Tout ça, c'est très beau, je continue. Mais il y a un cheveu qui tombe dans la soupe. La nuit dernière, je viens en ville faire une visite à la petite Tamara. Et qu'est-ce qui sort de son logement ? Dodo Malendas, la poule qui a été ramassée avec Nikolls.

Nikolls fait des yeux grands comme des soucoupes.

— Ah ! ça... alors !

— O.K., mon vieux. Et voilà pourquoi ils vous ont seringué. C'était pour vous empêcher de suivre la manigance. Fallait qu'ils parlent à Dodo, qu'ils s'arrangent avec elle. Elle a eu peur, c'te gosse. On l'a menacée d'un tas de trucs vaches. Alors, elle m'a parlé, à moi. Et qu'est-ce qu'elle m'a boni !

— Ça doit être quelque chose, fait Callaghan.

— Du nanan, mon vieux. Que Mme Lorella Owen, c'était Karen Wayles, la sœur de Julia, venue ici pour la chercher.

Callaghan regarde Nikolls. Nikolls regarde Callaghan. Et celui-ci pousse un petit sifflement.

— Qu'est-ce que vous en dites, les copains ?

— Je commence à voir clair, murmure Callaghan. Je crois bien que j'y suis.

— Et moi aussi.

— Moi aussi, dit Nikolls à son tour. Je ne vous ai jamais raconté l'histoire de cette petite aux cheveux couleur de fraise que j'avais rencontrée dans le Minnesota ? Cette gosse-là...

— Oh ! fermez ça, Windy, fait Callaghan. On la connaît et puis c'est inutile.

— Bon... bon. Chaque fois que je raconte une histoire qui a directement trait à la question, c'est inutile, grogne Nikolls en fourrant son nez dans son verre.

— Avez-vous une idée en tête ? me demande Callaghan.

— Et une bonne, mon vieux. Seulement faut m'aider et la boucler, hein ?

— Ça va être un cas très intéressant, dit Callaghan.

— Tuyau.

Il commande trois autres whiskies et nous nous mettons à notre petit boulot tranquille.

12

L'enlèvement

A trois heures, je rentre chez moi, pour me refaire un peu. Faut se concentrer avec soi-même pour revoir toute c't' affaire et chercher les endroits où on aurait pu se tromper dans ses calculs. Y en a pas. Avec un peu de veine, ça ira comme sur des roulettes.

Parce que, les potes, ça se voit comme un nez dans un visage que Rudy et Tamara vont essayer un coup dur, et sans tarder. Ils sont bien forcés. Ils sont dans la mélasse et vont chercher à en sortir. Le tout, c'est qu'ils jouent dans le sens prévu.

Je fume cigarette sur cigarette et pense à toutes ces histoires auxquelles étaient mêlées tant de jolies femmes. C'est vrai, dans l'illégal, les poules sont malignes. Et de ces trois gosses : Tamara Phelps, Dodo Malendas et Mme Lorella Owen, laquelle choisirais-je pour me tenir compagnie sur une île déserte, après un naufrage ? Dodo Malendas est à exclure : elle est à double face. Tamara ? J'aimerais mieux faire une fugue avec un requin. Ma foi... ça ne me laisse plus que la petite Lorella et je ne sais vraiment pas assez de son tempérament pour m'affoler.

Faudra faire sa connaissance de plus près.

A cinq heures, Nikolls s'amène comme convenu. Tout va bien. Callaghan a placé deux types dans le voisinage du logement de Lorella, dans un sous-sol inoccupé. Il y en a encore trois autres au premier étage de la maison d'en face. Ces cinq mecs-là, tout ce qu'il y a de pépère, paraît-il, s'occuperont de l'imprévu. Je demande si l'on est au courant des projets de Lorella.

— Elle ne bougera pas, me répond Nikolls. On a un de nos hommes déguisé en employé du gaz qui navigue dans les parages. Il a une touche avec la femme de chambre qui lui a dit que sa patronne serait chez elle toute la journée. Elle a demandé son dîner, et tout.

— O.K., mon garçon. Eh bien, ne lâchez pas le morceau et vous, restez à votre bureau pour pouvoir entrer en action à mon premier appel, et en vitesse.

Il se taille. Sur quoi je m'envoie un petit coup de whisky, histoire de me protéger des germes. Et au pieu illico. J'ai bien gagné mon petit dodo et l'idée me vient que le boulot ne va pas manquer.

Couché, je réfléchis un petit peu à tout ça, espérant que l'affaire va se développer du bon côté, et je pense à Mme Lorella Owen.

Cette petite-là, elle a du bon. Elle est pas seulement galbée. Peut-être bien aussi qu'elle a du crâne. Elle m'intéresse, en quelque sorte. Ça me ferait plaisir de la voir de près, sans perruque et sans machin sur la figure. Et je voudrais bien aussi connaître sa voix, la vraie.

Parce que, vous le savez, les copains, j'suis du genre poétique. Curieux de nature avec ça, prêt à tout essayer, surtout quand il s'agit de femmes.

Ah !.. J'en ai connu, de ces gosses ! Mais ça m'est encore jamais arrivé de rencontrer une môme du Service Secret des Etats-Unis, et qui ressemble à Lorella. Vraiment, elle pourrait m'intéresser, celle-là.

Sur cette grande pensée, je baisse le rideau. Dormir, ça vaut toujours quand il n'y a rien d'autre à l'horizon.

Il est huit heures quand je me réveille. Je prends une douche chaude et appelle le service qui me monte à dîner. Tout en sirotant mon café, je me demande si tout va bien coller.

Plus ça va et plus j'ai l'impression que j'ai bien pu faire une grosse gaffe. Je vais avoir l'air fin. Ils vont tous se foutre de moi, Mme Lorella Owen, Herrick et les autres.

Encore quatre doigts d'un vieux Kentucky, pour les nerfs, et j'ai encore le verre à la main que le téléphone se met à sonner. C'est le portier. Il y a une dame qui me demande sur la ligne. Est-ce que je peux lui parler ?

Et comment ! Et vite encore ! Mes doigts tremblent d'impatience. Y a pas... Ça doit être l'âge...

C'est elle ! C'est Tamara ! C'est bien sa voix de gorge, si douce qu'on dirait qu'on verse de la mélasse sur un couvre-pied de satin.

— Alors... Tamara ? Vous y venez ? Vous vous décidez à manger le morceau ? Et Rudy avec ? Vous êtes sage.

Elle roucoule, positivement. Cette petite a un rire qui ferait danser une rumba à un paralytique général.

— Mon vieux, fait-elle, j'suis de celles qui savent de quel côté on a beurré la tartine. Ce bisenesse-là, c'est trop chaud pour moi... et pour les autres. Je me planque, quoi ! Et j'suis loyale, je tiens le marché passé avec vous. Seulement, faudra me protéger.

Je lui en mets plein les yeux.

— Tout est arrangé, Tamara. J'ai un passeport spécial de l'Ambassade et vous pourrez vous embarquer demain, si ça vous chante. Ne vous en faites pas pour Rudy. J'suis là, bébé.

— Merci, Lemmy, qu'elle me fait d'une voix tout émue. Je n'oublierai pas ça. Vous serez toujours pour moi le chic type qui aura été bon pour Tamara. Si, un de ces jours, je peux faire quelque chose pour vous...

— J'dis pas non, ma petite chatte. (Elle serait ravie de me couper le cou avec un couteau émoussé pendant qu'une autre vache me tiendrait, ça, j'en suis sûr.) Le jour venu, vous me trouverez, la main tendue. Mais c'est pas tout ça. Ça marche-t-il comme vous le voulez ?

— Bien mieux encore, mais je ne vais pas vous le dire au téléphone. On pourrait m'interrompre. Il faut que je vous voie sans que Rudy soupçonne quelque chose.

— O.K. Dites-moi où et quand ?

— Le cottage de Schribner serait le mieux. Il n'y a personne. J'ai une clef et vous l'autre. Pouvez-vous vous y trouver ce soir entre onze heures et minuit ?

— Entendu.

— C'est parfait, reprend-elle. J'ai tout arrangé au sujet de certaine personne, vous me comprenez ? et vous pourrez aller la chercher, cette nuit. Je vous dirai où.

— Alors, c'est vu, Tamara. A la villa de Schribner entre onze heures et minuit. Venez le plus tôt possible. Si nous avons un peu de temps de libre, je vous montrerai du nouveau. A bientôt, ma petite...

— Au revoir, Lemmy. N'oubliez pas que j'ai tenu ma promesse...

Elle raccroche et je m'envoie un verre, pour me porter bonheur. Ça, c'est du boulot. Je sonne l'agence Callaghan. Nikolls répond.

— L'affaire est en route. Tamara vient de me téléphoner, je lui dis. On a pris rendez-vous tous les deux à la villa de Schribner à Betchworth, entre onze heures et minuit. Ça veut dire que les types vont risquer un coup vers cette heure-là, pendant mon absence. Allez retrouver vos gars et pas de bêtises !

— Tout va tranquillement.

— Pas pour longtemps, Nikolls. Ils attendent la nuit pour opérer. Ayez l'œil et tenez-moi au courant. Si quelque chose m'arrive et qu'il me soit impossible de téléphoner, vous savez que faire.

— Oui, me répond-il. Mais si la petite fait du foin ? Ça m'embête.

— Craignez rien. Elle est trop maligne pour faire du bruit pour rien. C'est pas son genre.

Il insiste.

— Vous pouvez vous tromper. Avec les femmes, ça arrive à tout le monde. Les apparences, vous savez...

Décidément ce type-là donne dans la philosophie.

— Tenez, reprend-il. J'ai connu une gosse dans le comté de Mayola, croyez-moi si vous voulez, elle me fichait la crampe. Je passais mes vacances dans la ferme voisine de la sienne et par la fenêtre de ma chambre, je la voyais s'affairer à son boulot.

« Vous me croirez peut-être si je vous dis que la partie supérieure de c'te môme, c'était une merveille. J'avais jamais vu ses jambes : il y avait un petit mur qui m'empêchait de les voir. Mais le reste, c'était pommé. De beaux cheveux, une peau crémeuse et une ligne à en tomber en diguedille. Vous suivez ?

« ... Je crevais d'envie de voir l'autre moitié, bien entendu. Est-ce que les jambes valaient le reste ? Un beau jour, je me lève très tôt et vais m'appuyer au petit mur près duquel elle avait l'habitude d'attendre ses vaches, pour les traire. Elle sort... et qu'est-ce que je vois ? Tout, je vous l'ai déjà dit, était parfait en elle...

— Ma foi...

— Non, vous n'y êtes pas, reprend Nikolls l'air piteux. Moi qui m'étonnais qu'une aussi belle gosse reste dans une ferme, sans un type pour lui faire du plat. Ah ! Cette surprise !

— Dégoisez votre truc, Nikolls. L'impatience va me tuer.

— Eh bien, elle avait deux jambes de bois. Elle m'a même laissé y enfoncer des clous, pour m'amuser.

Il pousse un profond soupir.

— ... Tout ça pour vous dire qu'il ne faut pas juger d'une femme sur les apparences.

— C'est possible, Nikolls. Mais, dans notre affaire, ça ne joue pas. Si vous croyez que notre petite va gueuler, coiffez-la avec un sac. L'idée n'est pas si mauvaise.

— Pourquoi pas ? Eh bien... J'attends de vos nouvelles et espère que tout ira bien pour vous.

— Bonne chance, Nikolls.

Je raccroche en rigolant doucement, en pensant à la tête de la gosse dans son sac.

Et d'une !

Il est juste onze heures quand, Dorking passé, j'arrête la bagnole dans le petit chemin, près du terrain de golf. Je me colle ma bouteille de whisky dans la poche et mon étui sous le bras gauche. Peut-être bien qu'il y aura une petite fusillade avant la fin de la soirée.

J'éteins les phares et me mets en route vers l'allée de tilleuls, sans oublier de prendre le dictaphone trouvé chez moi.

Il fait humide et froid ; de temps en temps un bout de lune se montre entre les nuages et une espèce de brouillard donne à la campagne un genre mystérieux. On se doute qu'il va se passer des choses.

Que voulez-vous... J'suis poète. Tout en grimpant la côte, je me demande si un jour viendra, où, lâchant la chasse à l'étrangleur, je pourrai m'installer dans cette petite ferme d'élevage, dans le Minnesota. Le chiendent c'est que, avec la ferme, faut une jolie dame et l'idée me frappe, brutalement, qu'on peut se fatiguer d'une seule poule dans une ferme. C'est très simple ! Un type malin aurait beaucoup de fermes, donc beaucoup de poules. Après quoi il se sentirait beaucoup plus fatigué qu'avant.

Il y a peut-être pas mal de philosophie dans cette idée, parce qu'il me semble qu'un type passe toujours son temps à penser aux heures pépères qu'il pourrait passer avec la seule femme qu'il désire. Plus tard, quand il l'a eue, il regrette ce qu'il aurait pu faire avec les autres. Vous me suivez ?

Voici la crête, l'allée de tilleuls. La lune s'est levée et fait des ombres. De l'autre côté des arbres s'étend le terrain de golf, émergeant du brouillard blanc.

Je m'arrête pour allumer une cigarette. Au même instant, on m'appelle :

— Hé ! Lemmy...

C'est Nikolls qui sort de derrière un gros arbre.

— Eh bien ?... Qu'est-ce qu'il y a ?

Il rigole.

— C'est O.K., y me fait. Mais ils ont commencé un peu plus tôt que vous ne le pensiez.

On s'assied tous les deux sur une bille de bois. Il est onze heures et quart. Tamara peut attendre.

— Qu'est-ce qui s'est passé, Nikolls ?

Il tire une cigarette de sa poche. Je parie qu'il va frotter son allumette sur le fond de son pantalon. Tout juste !

— Ça a été du velours, me dit-il. Des types se sont amenés en douce, un peu avant dix heures, aux Mayfield Apartments. Quatre costauds. Et bien fringués, avec ça. Moi, je faisais marcher l'ascenseur. J'avais pris la place du garçon, pour deux livres. Les mecs demandent Mme Owen et je leur dis d'attendre une minute. J'en profite pour faire signe au type que j'avais posté au-dehors. Puis je rentre dans l'ascenseur et je grimpe mes quatre poisses jusqu'au troisième. Là, je descends, en disant que je vais revenir. Ils n'ont pas l'air content mais ne disent rien. Je reviens et fais descendre l'outil au premier étage.

« Ils n'ont même pas eu le temps de mettre la main à la poche. On les attendait. On avait un appartement vide, au second, pour eux. On les a ficelés et on s'est mis au boulot. L'un d'eux n'a pas été trop dur. Il a parlé.

— Ah !

— C'est bien ce que vous pensiez. Ces mecs-là devaient enlever Lorella. Une grosse Mercedes les attendait devant la porte et leur idée était de transporter la petite jusqu'à une planque à eux, sur la route de Brockham. Ça s'appelle « Le Marais ». Mais fallait pas qu'ils y arrivent avant une heure et demie. Ils devaient attendre dans les parages, au besoin.

— Oui, je comprends. Et alors ?

— C'est nous qui avons enlevé Lorella. On a fait ça dans les règles, à la

Rudy Zimman, le feu au poing, et tout. On l'a descendue par l'escalier de service et fourrée dans la bagnole avant qu'elle ait pu dire « ouf ». Ça a marché tout seul.

— Où est-elle maintenant ?

— Où vous avez dit. Nous avons deux voitures planquées à un quart de mile de la villa de Schribner, à bonne distance de la route. Lorella est dans l'une d'elles, garrottée, les yeux bandés et pas trop à son aise, à ce que je crois. Dans la tinette, il y a deux types avec elle, et autant dans l'autre.

— C'est du beau travail. Et maintenant, voici la suite. Prenez une des deux voitures et rapprochez-vous de la maison de Schribner, mais sans vous faire voir. Moi, j'y vais. Tamara m'attend ou va arriver. Laissez la bagnole bien masquée et gagnez la villa à pied. Si la porte de la cuisine est ouverte, c'est que Tamara est là. Sa voiture sera dans les environs. Placez la vôtre de façon à pouvoir la filer, plus tard. Mais ne vous faites pas voir, hein ! Qu'elle ne se doute de rien. Elle ira sûrement retrouver Rudy Zimman et, ce salaud-là, il me le faut avant demain matin. Vu ?

« ... Après le départ de Tamara et le vôtre, j'irai chercher votre autre bagnole et j'amènerai Lorella dans la villa. Faut que je lui parle. Vous irez tout droit à cette planque du « Marais » et attendrez, pour le cas où on aurait besoin de vous. Y aura peut-être du grabuge. Dites-le aux autres.

— Et si Tamara met les bâtons, très loin ? Est-ce que je la suis ? demande Nikolls.

— Vous êtes un peu jeune. Si ces salauds doivent amener Lorella au « Marais » à une heure et demie du matin, vous pouvez être sûr que Rudy Zimman et Tamara Phelps resteront dans les environs. La Phelps, en sortant d'ici, ira certainement au quartier général de Rudy. Et c'est ce que je veux connaître.

— Bien. J'ai compris, fait Nikolls. Alors... au revoir. Ç'a été une gentille soirée jusqu'ici.

Là-dessus, il se barre.

Moi, j'allume une autre cigarette et poursuis mon chemin. Voici la villa de Schribner. Pas de bagnole à l'extérieur. Tamara n'est pas arrivée. Je sors mon Luger, par prudence, et entre. Rien de changé sinon qu'on a réparé la fenêtre du salon, celle par laquelle je suis passé la dernière fois.

A la cave, tout est O.K. Revenu dans le salon, j'allume une cigarette et me mets à mon aise. Il y a un peu de whisky.

Dix minutes se passent et une voiture s'arrête devant la maison. La porte s'ouvre. C'est Tamara et j'ai beau y être habitué, à cette gosse, elle est si chouettement fringuée que ça m'en colle un frisson.

Elle porte un petit manteau de fourrure, ouvert. Dessous, on aperçoit une robe de flanelle grise qui sort des mains d'un type qui connaît son boulot. Elle a un petit col bleu, tout simple, presque émouvant, vous voyez ce que je veux dire ? On dirait un de ces bébés aux grands yeux innocents qui ignorent encore tout des problèmes de la vie et qui rougissent quand on parle de galbe.

Elle me fait un petit sourire, vient à moi, m'arrondit ses bras autour du cou et me donne un de ces baisers à vous faire dresser les cheveux sur la tête. Après quoi, elle s'écarte un peu et me regarde avec les yeux de l'innocent qui se réjouit de sa condamnation à mort.

— Eh bien, Lemmy, me voici et vous admettrez que j'ai bien travaillé pour vous.

Elle remet une boucle en place.

— ... J'ai peut-être souvent fait des trucs et des machins, dans ma vie. Mais la méchante fille a su réparer ses fautes.

— C'est du boulot, Tamara, je lui réponds ; et moi aussi, j'ai travaillé, pour vous. Tout est prêt. A partir d'aujourd'hui, vous êtes blanchie. Asseyez-vous donc pendant que je vais inspecter cette taule pour m'assurer qu'il n'y a personne dans les décors.

— Il n'y a pas un chat, ici. Je puis vous l'assurer, mais si vous voulez voir de vous-même, vous êtes libre.

Elle sort une cigarette et l'allume, puis ouvre la desserte, y trouve une autre bouteille de whisky et des verres.

Moi, je fouine un peu partout puis je vais ouvrir la porte de la cuisine, pour que Nikolls soit rancardé. Et puis je reviens.

Elle a rempli les verres et m'en tend un.

— A la santé de Julia Wayles, dit-elle, à celles de Lemmy Caution et de la petite Tamara.

Elle sèche son verre comme une vieille pratique.

— Allons, ma petite, videz votre sac, je lui fais. Mon temps est précieux.

— Le mien aussi. Alors... voilà ! Julia Wayles est dans une planque appelée « Le Marais ». Ce n'est pas loin d'ici. Il y a un type qui la surveille, et il est si gourde qu'il ne gênera personne. Tout ce que vous avez à faire, c'est d'y aller. Sonnez, collez une pêche au type et sortez la gosse. Elle en sera bien contente après être restée un temps infini liée et bâillonnée au taffetas. Oui, elle sera contente de voir qu'elle peut encore parler.

— Bon, j'irai en sortant d'ici. Et j'ajoute : Au fond, qu'est-ce que c'est que toute cette affaire ? Qu'est-ce que c'est que cette gosse, Julia Wayles ? De quoi s'agit-il ?

Elle répond tout de go, sans même hésiter. Elle est tellement sûre que tout va bien pour elle qu'elle me dira de la vérité tout ce qu'elle osera.

— Rudy a trouvé la fine combine. Au début de la guerre, ça n'allait pas fort pour nous et Zimman était à court. Le pèze qu'il cherchait, il l'a trouvé. Le « Bund » allemand aura toujours un joli boulot pour un type comme Rudy...

— Ah ! C'est ça ! J'aurais dû m'en douter.

— Rudy a monté une soi-disant affaire, poursuit-elle. Il a avec lui deux ou trois bons types, des copains qui n'ont jamais été faits par la police. Schribner était l'un d'eux. L'idée de Rudy était de faire marcher une espèce de relais entre ce pays-ci et la France. Du travail de cinquième colonne. Des agents qui passaient d'Allemagne et de France aux Etats-Unis. Et croyez-moi, c'était organisé ! Willie Karenza, le faussaire, et d'autres encore travaillent pour l'organisation, fabriquent les passeports et tous les papiers. Ça rapporte gros à Rudy.

— Que vient faire là-dedans Julia Wayles ?

Elle attend un peu avant de répondre. Et puis :

— C'est une dame Lorella Owen qui l'a mise dans l'affaire. Mme Owen est agent du Service Secret et Julia Wayles l'a renseignée. Elle a l'air gourde mais elle fait du bon boulot... Elle a découvert ce que faisaient Rudy et ceux qui travaillaient avec lui. Vous comprenez ?

— Mais Rudy l'a su et c'est pour ça qu'il l'a enlevée ?

— Tout juste. Il a un petit compte à régler avec elle. Et puis, comme ça, il l'a sous la main et ça peut lui servir, si l'affaire tourne mal pour lui. Seulement le fiancé de Julia s'est remué et alors vous êtes entré dans le jeu.

« ... Et puis, continue-t-elle, le Service Secret a envoyé Lorella Owen en Angleterre. Elle a pris Dodo Malendas avec elle, qui s'est fait passer pour moi, ce qui pouvait réussir parce que Schribner ne me connaissait pas. Dodo s'en est bien tirée... Mais pas longtemps.

— Tout cela, c'est clair comme le jour. Continuez, Tamara.

— Il n'y a pas grand'chose à dire. Rudy a su qui était Dodo et l'a soignée. Elle a mangé le morceau. Et voilà.

— Rudy est bien placé. Pourquoi le lâchez-vous ?

— J'ai peur. C't'affaire est trop grosse pour moi. Elle ne me plaît pas. Moi, je préfère les petits coups, les trucs de tous les jours. La cinquième colonne internationale, ça me fout la frousse. Et puis, dit-elle avec un petit sourire, j'ai peur de vous. Vous allez tortiller tout le bazar en cinq sec. Je me tire à temps.

— Alors, je n'ai plus qu'à aller chercher Julia... Quand est-ce que je vais pouvoir crocher Rudy ?

— Il a une maison sur la côte. Un truc épatant.

Elle ouvre son sac et en tire une enveloppe.

— Tout ça, c'est écrit. Le nom de la maison, les noms des types. Tout ce qu'il faut. Cette nuit, vous ramassez Julia et demain ce sera le tour de Rudy et de sa bande. Ils ne sauront même pas que Julia leur a échappé. Ils ont déjà pris le large... vous comprenez ?

— Très bien.

Je prends l'enveloppe et la fourre dans ma poche.

— Où se trouve cette planque, ce « Marais » ?

Elle me rancarde. Puis elle se lève et me fait les yeux doux.

— Je suis dans vos mains, Lemmy. Que me commandez-vous ?

— Filez. Rentrez à Londres et passez la nuit où vous voudrez. Demain, à trois heures de l'après-midi, soyez à mon logement, Jermyn Street. Je m'occuperai de vous. C'est vu ?

— O.K.

Elle me tend la main.

— Au revoir, patron, je suis rudement contente d'être avec vous...

Elle me lance un de ces regards en coulisse et se taille en vitesse comme si elle en avait gros sur la patate. Une minute plus tard, j'entends sa voiture démarrer. J'éteins les lampes et lève le rideau noir. On voit danser son feu rouge sur la route de Dorking-Reigate. Quelques instants plus tard, je repère la voiture de Nikolls, qui suit.

Je pousse un grand soupir. Ça va pas mal, jusqu'ici.

Un petit coup de whisky pour m'égayer, mon chapeau et je me tire à mon tour. Je gagne la route de Brockham, en utilisant les ombres des haies.

Au bout de dix minutes, je trouve la bagnole. Elle est planquée dans un petit chemin creux, et bien cachée. Deux gars pépères montent la garde en fumant.

— Je m'appelle Caution, je leur dis. Comment va Mme Owen ?

L'un des types rigole et regarde du côté de la bagnole.

— Pas mal. Seulement, elle est mal disposée.

Je regarde à l'intérieur. Lorella est sur un siège arrière. Elle a les yeux bandés, les mains liées. Quand j'avance la tête par la portière, je perçois son parfum et je vous fiche mon billet, les copains, que c'est pas désagréable aux narines.

Je me retourne et hèle le type qui est debout près du capot.

— Hé, vous !... Dans dix minutes, menez la voiture jusqu'à la villa d'où je viens. Il n'y a personne. Un escalier va de la cuisine à une cave. Déposez-y l'enfant. Attachez-la à un fauteuil pris dans le salon. Vous pourrez lui donner un verre et une cigarette. Mais ne lui déliez pas les mains et n'enlevez pas le bandeau qu'elle a sur les yeux. Compris ?

Le type fait un signe d'assentiment.

— Ceci fait, remontez. Installez-vous dans le salon et passez-vous un whisky dans les gencives. Je viendrai plus tard vous donner mes ordres.

Je retourne au cottage pour y prendre le dictaphone que je place dans la cave. Il y a une prise de courant. L'appareil peut se mettre en marche avec le pied.

Je ressors et retrouve ma bagnole. Jamais de ma vie je n'ai aussi souvent traversé un terrain de golf. Un de ces jours, faudra que j'apprenne à y jouer.

Une fois dans la voiture, je me détends un peu. Que va-t-il se passer cette nuit ?

Pour finir, je pars en direction de Dorking. D'une cabine téléphonique, j'appelle Scotland Yard. Herrick vient en ligne.

— Ecoutez, mon vieux. Tout va bien jusqu'ici. L'affaire est dans le sac.

Il répond qu'il est bougrement content, et qu'est-ce que je désire ?

— A vous de marcher, maintenant, mon vieux. Il est onze heures et demie, n'est-ce pas ? Prenez une équipe de bons gars avec vous et rendez-vous dans un coin qu'on appelle « Le Marais », de l'autre côté du village de Brockham. Soyez-y à deux heures moins vingt. Attendez-moi. Vous allez faire un beau coup de filet, veinard !

Il est heureux, le frère. Puis il me demande si je sais où est Julia Wayles ? Peut-être bien que je me suis fichu de lui quand j'ai prétendu que j'étais rancardé ?

— C'est possible, mais maintenant c'est autre chose. Je vais justement voir cette dame. A deux heures moins vingt. Au revoir, mon vieux.

A mon tour de rigoler.

13

Je roule vers Brockham en sifflotant parce que, entre nous, je ne suis pas ce que les politiciens appellent mécontent de la situation et tout le chiendent à venir sera pour le copain Herrick. J'arrive à dix heures dix à l'endroit indiqué. C'est une grande boîte avec beaucoup d'arbres et assez éloignée de la route. Un grand mur l'entoure. Ça sent le légume mouillé. C'est pas engageant.

Je file le long du mur que, pour finir, j'escalade, en me servant d'un arbre bien placé.

Je me retrouve de l'autre côté dans un buisson, au bout d'un court de tennis qui s'étend entre moi et la façade de la maison. Une allée mène à une barrière. J'allume une cigarette et jette un coup d'œil à mon Luger, pour le cas où quelqu'un voudrait me faire une blague. Puis je traverse le tennis, monte les marches du perron, et sonne.

Ça, c'est une cloche ! Bonne pour annoncer le grand incendie de Londres. Le tintement retentit dans toute la maison et me revient assourdi, sinistre. Une de ces maisons qui paraissent vides même quand un monde fou l'habite. Deux ou trois minutes se passent. Rien ne se produit. Un bruit, enfin. On retire une chaîne et la porte s'ouvre, très peu. On demande :

— Qu'est-ce que c'est ?

— C'est M. Caution, que je réponds. Ouvrez donc, mon vieux. J'ai à vous parler. On obtempère, j'entre dans un grand vestibule. Au fond se trouve un escalier très large. Partout, sur les murs, des têtes d'animaux, des panoplies. Ça doit être une de ces vieilles boutiques anglaises à la mode de l'ancien temps, mais le type qui m'a ouvert n'est ni vieux, ni démodé. Ce n'est rien d'autre que Lanny Flayne, un Italo-Irlandais qui a bossé avec plusieurs bandes d'East Side. Ah ! Le monde est bien petit...

— Lanny ! Ça, par exemple ! C'est-y que tu as craint la grande sécheresse que tu es venu de ce côté de l'eau ? Ou encore...

— Dites-donc, c'est pour me dire ça que vous voilà ? Y a rien pour vous ici. Alors, barrez-vous !

— Oh ! Lanny, faut pas me parler comme ça !

Je regarde par-dessus son épaule et je feins la surprise :

— Mais... Qu'est-ce que c'est... ?

Il se laisse prendre et se retourne. Je lui envoie un bon paquet sur la pointe du menton, un de ces coups secs qui sonnent.

Le type n'insiste pas, et s'allonge gentiment. Pas de doute, il ne me gênera pas, d'un bon bout de temps. Je lui fais les poches, ramasse un pistolet et un trousseau de clefs. Et maintenant, le tour du propriétaire.

C'est très grand et très vide. Rien à la cave, ni au rez-de-chaussée. Au palier du premier un rai de lumière sous une porte. C'est à croire que ces idiots ont voulu m'indiquer l'endroit.

Je pousse la porte qui résiste. Une des clefs du trousseau l'ouvre. J'entre et me mets à rigoler.

Elle est là !

Couchée sur un matelas, un bandeau sur les yeux, la bouche fermée avec des bandes de taffetas, pieds et poignets liés. Ça l'empêche pas d'ailleurs d'être belle gosse ! Ce qu'il peut y en avoir dans cette affaire-là, c'est fou ! Elle gémit en m'entendant approcher.

— Allons, bébé, vos malheurs sont finis, je lui dis. Je suis Caution. Lemuel H. Caution, agent principal du Bureau Fédéral des Enquêtes, et quand j'aurai décollé le taffetas que vous avez sur la bouche, vous me direz si ça vous fait plaisir.

C'est tout un boulot. Il faut couper les cordes qui enserrent ses poignets et ses chevilles, enlever le foulard qui l'aveugle. Elle me regarde de ses grands yeux bleus et n'a pas l'air fâchée du tout.

Je ne sais pas si vous avez jamais eu à enlever du taffetas de la bouche d'une dame, mais croyez-moi, c'est tout une combine. Ça fait mal. Le mieux est de soulever un coin de l'emplâtre et de tirer sec. Elle met cinq minutes à s'en remettre. Et puis, elle me dit :

— Quel soulagement ! Etes-vous réellement un gun-man ?

— Oui, ma petite. Et vous, vous êtes bien Karen Wayles, n'est-ce pas ? Le plus rigolo de l'affaire est que tout le monde a voulu me persuader que vous étiez Julia. Mais j'étais fixé sur votre compte. Comment ? Je vous raconterai ça plus tard.

Elle incline la tête.

— Puis-je savoir, me demande-t-elle, pourquoi on m'a traitée ainsi ? J'ai vécu des semaines la tête dans un sac, la bouche collée avec des bandes de taffetas. Que se passe-t-il donc ?

— C'est un mic-mac de tous les diables, lui dis-je en rigolant. Vous saurez tout bientôt.

— Je l'espère bien. Tout cela m'a fortement déplu.

A la bien regarder, il me semble que Mme Lorella Owen devait avoir raison. Karen a l'air un peu gourde.

— Faut d'abord qu'on se tire d'ici, en moins de deux, je lui dis. Parce que m'est avis que l'endroit ne va pas être sain dans une petite demi-heure. Vous ne voyez pas d'inconvénient à ce qu'on les mette ? On aura tout le temps de parler, après.

— Ça me va, me répond-elle. Mais dites-moi donc tout de suite où je suis.

— Avec plaisir, je lui fais en me marrant doucement. Nous sommes en 1941 ; il y a la guerre et nous sommes ici à Betchworth, dans le Surrey, en Angleterre. Ça vous dit quelque chose ?

— Ah ! Mon Dieu ! gémit-elle en s'affaissant dans mes bras.

C'est rigolo qu'une femme tourne de l'œil parce qu'elle se trouve dans un autre pays que celui dans lequel elle se croyait être. Elle ne savait même pas qu'elle avait quitté les Etats-Unis.

Je stoppe la bagnole devant la maison de Schribner et porte Karen à l'intérieur. Nikolls et ses gars attendent dans le salon. Nikolls fume une cigarette et boit du whisky. Pour lui, c'est toute la vie. Il se lève.

— Tiens ! On nous amène de la compagnie ? lance-t-il.

— Oui. Je vous présente miss Karen Wayles et vous permets de lui offrir un verre. Elle vient de passer de sales moments.

Je me tourne vers un autre type.

— Lorella est en bas ?

— Qu'est-ce que ça signifie ? fait Nikolls. A quoi joue-t-on ? A cache-cache ?

— Vous, fermez ça, lui dis-je, et amusez la dame. Racontez-lui vos histoires de blondes fatales. Cela la distraira. A tout à l'heure, Karen. Vous allez avoir une jolie surprise, dans quelque temps.

J'enfile le couloir, passe par la cuisine et descends à la cave.

Julia est renversée sur un fauteuil apporté tout exprès du salon. Elle a les yeux bandés, est vêtue de la robe d'intérieur de velours vert qu'elle avait sur elle quand Nikolls l'a enlevée de chez elle. Le teint, les cheveux auburn, tout est de première. Une des plus belles gosses qui me soient jamais tombées sous les yeux.

Je prends une voix extraordinaire et je nasille au point que cela m'en fait mal.

— Alors, Julia, on te tient tout de même. On ne s'est pas gourré, cette fois-ci. Pas d'importance. Moi, quand j'ai loupé mon coup, je remets ça.

Elle a un petit gémissement et puis, d'une voix douce :

— Vous êtes Rudy Zimman ?

— Tout juste, ma gosse. Une cigarette ?

— Je ne veux rien de vous.

— Tut ! Tut ! Prends donc ça ! T'auras peut-être pas la chance d'en fumer d'autres.

Je m'approche, lui mets une cigarette entre les lèvres et lui donne du feu. Du bout du pied, je mets en marche le dictaphone.

— Pauvre petite pochetée. Si t'avais joué le jeu, t'aurais peut-être gagné !

— Vous m'intéressez, dit-elle froidement. Mais vous pouvez garder vos conseils, M. Zimman. Vous me tenez, c'est bien, mais faites attention de ne pas vous faire agrafer plus tôt que vous ne le voudriez.

— Ouais ? Et par qui ?

— Par Caution. Vous a-t-on dit qu'il était sur l'affaire ? Il vous aura.

— Oh ! Ça ! S'il avait été dessus depuis le début, possible. Mais on ne l'a chargé que de retrouver Julia Wayles. On n'a pas voulu le rencarder sur le reste, sur le vrai bisenesse. C'est toi qui tenais les ficelles. Il semble qu'ils ne sont pas toujours d'accord entre eux, ceusses du gouvernement, hein ?

— Vous êtes au courant, je le vois, dit-elle amère.

J'ai touché le point sensible, ça se sent.

— Oui, pas mal. Plus que tu ne penses. Le Service Secret a connu ma petite combine. Alors, on t'a mise dessus, toi, Julia Wayles, l'as des agents secrets !

J'éclate de rire.

— Ecoute, ma gosse, j'te connaissais avant de me mettre au truc. Je me suis arrangé pour t'écarter. C'était pas une bonne idée de te posséder, et puis d't'amener ici pour t'avoir, comme monnaie d'échange, si ça chauffait trop dur ? Y a eu une connerie de faite, c'est vrai. Les deux types qui devaient t'enlever se sont gourrés. En plein. Ils ont fait ta sœur Karen. On l'savait pas, alors.

« ... Moi, j'la gardais ici, croyant que c'était toi. Tu l'as su et ça t'a pas plu. C'est pas drôle de savoir sa sœur aux mains d'un mec comme moi. Alors tu rappliques et puis t'as une idée. Tu veux garder ton affaire bien à toi. Tu comprends que celui qui recherchera la petite Wayles, il en bavera peut-être. Alors tu fais marcher le fiancé de Karen et le F.B.I. met Caution en action.

Je ris encore.

— Il est pas fou, le Caution. S'il avait été sur le mastic dès le début, tu ne serais pas dans la mélasse. Parce que maintenant j'ai les deux sœurs, Julia et Karen. Et juste à temps, hein ?

— Vous avez le dessus, Zimman, me dit-elle, mais ça ne durera pas. Sur un point seulement, vous avez raison. J'ai été stupide. J'aurais dû jouer franc jeu avec Caution. Si j'avais fait ça dès le commencement, je n'en serais pas où j'en suis.

— Sûrement pas, ma petite. Tu le connais, Caution. C'est un mariolle, celui-là. Un dur, qui a du crâne. Tous, ils ont peur de lui, en Amérique, même moi ! Moi, Rudy Zimman, le plus fortiche de tous, celui qui n'a jamais été pris ! Ce type-là, eh bien, c'est un as, je te dis.

« ... A preuve, qu'il est rancardé sur mon boulot.

Elle marque le coup.

— C'est vrai ?

— Et comment ! Au point que je n'ai plus qu'une chose à faire : me tirer des pattes, avec les copains. Nous partons cette nuit. Tout est prêt.

— C'est ce que je craignais, fait-elle avec un petit soupir. Caution est refait, encore une fois. Par ma faute. Pourquoi ne me suis-je pas fiée à lui ?

— Eh oui, pourquoi ? En tout cas, je vais régler ton sort, et celui de ta sœur. Je ne prendrai pas de gants avec vous deux.

— Tant pis pour moi. J'ai mal joué et perdu pour avoir voulu être trop maligne.

— C'est toujours comme ça avec les femmes. T'as voulu faire le boulot d'un homme et puis t'as glissé. T'as pas bien agi avec Caution.

— Pourquoi vous intéresse-t-il tant ? fait-elle soudain.

— Je vais te le dire.

J'arrache son bandeau. Elle ferme ses yeux que la lumière éblouit, les ouvre et me regarde.

— Mon Dieu ! C'est vous !

— Oui, Julia. C'est moi. Avez-vous eu peur ? Où seriez-vous, toutes deux, votre sœur et vous, si je n'avais pas pris soin de vous... as du Service Secret !

Elle ne répond rien. Je lui délie les mains.

— Allons, ma petite, lui dis-je. Sortons d'ici. Karen est en haut. Nous l'avons enlevée tout à l'heure. Tout va bien.

Il est près de deux heures quand j'arrête la tinette devant la barrière du

« Marais ». De mon siège, je vois des éclairs de torches électriques, des allées et venues. Herrick est en train d'arranger Zimman.

J'enfile l'allée de la maison. Herrick est sur les marches du perron. Il fume sa pipe d'un air réjoui.

— Alors, Lemmy ? Vous avez gagné encore une fois ? Cela devient une habitude. Un jour, vous me confierez votre recette.

— Ma méthode ? C'est tout simplement de suivre mon nez, lui dis-je. Avez-vous ramassé tous ces voyous ?

— Nous avons Rudy Zimman, Tamara Phelps et une douzaine de complices. Le menu fretin s'est égaillé, mais peu importe. Privés de chefs, ces gens ne sont plus rien.

Il rebourre sa pipe.

— Et les sœurs Wayles ? demande-t-il.

— Je les ai. Toutes les deux. Elles ne sont pas loin d'ici. Mais je n'en ai pas tout à fait fini avec Julia, votre amie Mme Lorella Owen !

— Vous avez tort de m'en vouloir, me répond-il en haussant les épaules. J'ai dû obéir aux ordres reçus. Julia Wayles entendait mener sa partie à sa façon ; elle avait le commandement.

Il me lance un regard de côté et ajoute :

— Je me demande qui est le patron, maintenant ?

— Julia est O.K., que je réponds. Son idée était très bonne mais elle n'a pas su l'utiliser. Tout aurait bien marché si elle ne s'était pas heurtée à moi. D'ailleurs, c'est grâce à elle que j'ai pu approcher ces salauds.

— Possible, mais je ne vois pas encore la nécessité de vous avoir tenu dans l'ignorance.

— Ecoutez, mon vieux. Julia Wayles n'est pas seulement une belle gosse, mais aussi une fille intelligente. Si cette affaire avait été menée comme elle l'entendait, elle en serait sortie très bien, et vous avec.

— Comment cela ?

— Ça se voit tout seul, lui dis-je. Rudy Zimman apprend qu'une femme du Service Secret le piste aux Etats-Unis. Quelqu'un l'informe que cette dame est rancardée sur lui et certains de ses hommes. Il lui vient une idée : il va l'enlever. Il saura ainsi ce qu'elle a appris sur son compte, la « liquidera », ou la mettra en lieu sûr pour s'en servir dans le cas d'ennuis graves. Vous suivez ?

« Malheureusement, ses hommes enlèvent la sœur, Karen, au lieu de Julia, qui ne peut rien leur dire. Elle ignore même que sa sœur est du Service Secret ; elle ne brille pas par l'intelligence. Tout ce qu'elle a, c'est de la ligne.

« Rudy ignore s'être trompé de dame. Il envoie sa prisonnière à Schribner. Entre-temps, Julia apprend l'enlèvement de sa sœur, et il lui vient une idée. Elle arrive à son tour en Angleterre, amenant avec elle une poule à gangsters, Dodo Malendas. Julia sait que Schribner, préposé à la surveillance de la soi-disant Julia, n'a jamais vu Tamara Phelps. Dodo paraît en qualité de Tamara et Schribner se laisse abuser.

« ... Très bien. Là-dessus, Julia développe la deuxième partie de son plan : il s'agit de lancer un gun-man à la recherche de Julia Wayles. Charlie Milton est chargé de l'affaire. Il vient vous voir et vous lui conseillez de contacter Schribner. C'est bien ça ?

— Oui, mais je ne vois pas où cela nous mène.

— Attendez. C'est ici qu'est l'astuce. Julia estime que Schribner, approché par un gun-man, aura peur, qu'il confiera ses craintes à Tamara Phelps. C'est comme ça que Julia espère apprendre où est Karen. Quand elle le saura, elle sera sur l'affaire principale.

— Oui, je vois, dit Herrick. L'idée était bonne. Mais ça n'a pas marché.

— De ma faute, je lui réponds en rigolant. C'est moi qui ai averti Schribner que la fausse Tamara n'était autre que Dodo Malendas, sur quoi Zimman s'empare d'elle et la contraint à parler. Elle lui apprend qu'il a fait erreur, que la dame qu'il retient, c'est Karen Wayles. Elle avoue travailler elle-même pour Julia Wayles, venue en Angleterre.

Herrick commence à voir clair et m'écoute avec attention. Je poursuis :

— Moi, je continue à surveiller Dodo, qui rend visite à Tamara, me prouvant ainsi qu'elle a parlé. Interrogée, elle prétend que Mme Lorella Owen est Karen Wayles. D'où je conclus immédiatement que Mme Owen n'est autre que Julia.

« J'ai alors un coup de veine. Je vais voir Tamara qui me raconte une histoire à dormir debout. D'après elle, Rudy Zimman chercherait à se planquer pendant qu'il est temps. Elle propose de me remettre Julia Wayles. En fait, c'est *Karen* Wayles qu'elle a l'intention de me coller entre les pattes.

« Le plan était bien clair. Dodo leur avait appris qu'ils avaient enlevé Karen, au lieu de Julia. Ils cherchaient à réparer leur erreur. Pour ça, ils m'offraient Karen, ce qui me mettait hors de jeu assez longtemps pour leur permettre d'enlever Mme Lorella Owen, *alias* Julia Wayles, dans son appartement de Mayfield. Compris ?

— L'idée n'était pas mauvaise.

— Bigrement maligne. Mais moi, pas si bête, je fais ramasser par Callaghan l'équipe envoyée par Rudy pour s'emparer de Julia. Vous les trouverez dans un logement vide de Mayfield, au deuxième étage. Joli travail, hein ?

— Vous êtes toujours le vieux Lemmy, grogne Herrick. De plus en plus culotté, à ce qu'il me semble.

— Qui ne risque rien n'a rien. Pour finir, Nikolls enlève Julia. Elle se croyait aux mains de Zimman ! Entre-temps, j'ai pris la livraison de Karen. Tout colle !

— Tenez ! il me fait. Voici nos amis, Rudy et Tamara...

Les flics chargent leurs prisonniers dans un car de la police. Je vois Tamara, telle la reine de Saba dans une tempête de neige, enchaînée à un grand type : Rudy Zimman.

Je descends les marches et m'approche.

— Hé ! Tamara ! Comment ça va ? T'es mal partie, cette fois, ma petite. Qu'est-ce que t'as encore fait ? T'as volé les dents en or du gosse ou t'es sortie après le couvre-feu ? J'vais le dire à Hitler. Y sera pas content.

— Salaud ! qu'elle me fait. Vipère gluante ! Sale marlou !... Flic à la manque !... Espèce de...

Elle m'en dit des vertes et des pas mûres. Y a même des mots que je comprends pas.

— Ecoute, Virginie, je lui fais. Tu l'as bien cherché...

— Virginie ? Je m'appelle pas Virginie. Sale vache...

— C'était le prénom de ma grand'mère et tu lui ressembles, en plus décatie. Ça fait rien, je lui envoie pour finir, tu vas être tranquille un bon bout de temps.

— T'es malin, Caution, hein ? dit Zimman. T'as gagné, pauvre gourde, mais je te rattraperai, un de ces jours, et tu verras ce que je te réserve. Ça sera pas une balle...

— T'inquiète pas de ça, grand singe. T'as pas encore compris que tu en as ici pour quinze ans et, qu'après ça, tu seras extradé et envoyé à Alcatraz pour y finir ta chienne de vie ? Allons, au revoir, les petits potes !

Le car démarre, montre son feu rouge. De quoi Rudy aura-t-il l'air sous la casaque de forçat ?

Herrick se tourne vers moi.

— Alors, Lemmy, je vous attends demain... Nous avons beaucoup à nous dire.

— Entendu, mon vieux, mais tard, dans la soirée. J'ai encore une petite enquête à faire. Au revoir...

Je file dans l'allée vers ma bagnole quand un type surgit de l'ombre. Un grand bonhomme avec une belle dame. C'est Callaghan.

— J'ai voulu assister à la mort de la bête, Caution. Mes félicitations.

— Merci beaucoup, je lui fais, et merci aussi de l'aide que m'ont donnée les vôtres. Des types épatants. Quant à Nikolls...

— Windy est un bon, me répond-il, mais il parle trop. Passez donc à Berkeley Square avant d'embarquer pour l'Amérique. J'ai un de ces Kentuckys...

— Entendu.

Le couple se dirige vers la maison et je passe un coup d'œil à la femme. Ce type-là, il a presque autant de goût que moi. Des jambes épatantes.

Il faudra que j'aie une conversation sérieuse avec ce Callaghan, un de ces jours.

A trois heures et demie, je suis à la villa Schribner. Une lune splendide. Plus de brouillard. Un paysage de conte de fées... Y a pas, j'suis poète.

Je stoppe l'outil et j'entre. Nikolls et Karen, qui a sur elle le manteau de Nikolls, causent gentiment, accoudés à la barrière. Il doit être en train de lui raconter ses histoires de poules blondes. Ça n'a pas l'air de lui déplaire.

Je le siffle.

— Hé, Nikolls ! Vous avez fait du bon boulot. Faut couronner l'ouvrage. Accompagnez donc Karen jusqu'à l'appartement de Julia, à Mayfield, et attendez-moi.

Je rentre dans la maison.

J'aurais jamais cru qu'une route puisse être aussi belle sous la lune. Le moteur tourne rond. Je ne dis rien. Julia attaque :

— De toute façon, tout ceci relève du Service Secret. L'affaire sera réglée comme je l'entends. Vous n'avez à vous occuper que du rapt. C'est compris ?

— Très bien, je lui dis. O.K. Vous tenez sans doute à vous attribuer tout le bénéfice de l'affaire. Pourquoi pas ? Le malheur avec vous, les gens du

Service Secret, c'est que vous n'êtes pas très marles. Quand ça ne va pas, vous venez chercher le Bureau Fédéral.

Je tourne en direction de Leatherhead.

— Où allons-nous ? demande-t-elle.

— J'ai à faire dans le pays, je lui réponds. Y a une petite amie dans une cave, pas loin d'ici, depuis un bon bout de temps. Elle a peut-être besoin d'un peu d'exercice.

— Mon Dieu ! Dodo Malendas ! Je n'y pensais plus.

— Pas plus à ça qu'au reste. Je me demande ce que vous deviendrez sans moi. Cet enlèvement vous a fait perdre la tête.

— Attention aux coups de pied, qu'elle me fait. Vous allez vous faire mal. On vous dit très intelligent, M. Caution. Comme cela doit vous vexer de travailler pour une femme !

— Pas du tout. J'aime bien ça, au contraire. Pour *certaines,* du moins. C'est rigolo.

— Que voulez-vous dire ? fait-elle en me lançant un regard en biais.

— Quand vous étiez dans la cave, chez Schribner, vous croyiez avoir affaire à Zimman et vous avez déballé votre sac. Caution était épatant, à ce moment-là. Heureusement, j'avais un dictaphone. Quand je serai rentré aux Etats-Unis, ça amusera beaucoup les collègues. Je ferai passer le disque tous les matins, en public.

Elle émet un petit sifflement et ne répond rien, sur le moment. Puis :

— Que devrait faire une pauvre fille dans ma situation pour avoir ce disque ?

Je lui adresse un petit sourire :

— Etre bien gentille, et polie, et tout, me convaincre qu'elle fait de son mieux, enfin vous me comprenez ?

Elle sourit à son tour. Cette gosse-là, elle a vraiment tout ce qu'il faut. Il ne lui manque rien.

— Je vais imiter Tamara. On va chercher un terrain d'entente.

— C'est ça, ma chérie. Sans oublier que je garde toujours une carte dans mon jeu.

— Et une autre dans votre manche, ajoute-t-elle. Alors, ce marché ?

— Il faut d'abord me mettre en bonnes dispositions d'esprit. Il faut une ambiance favorable. Je vois là-bas un gros arbre dont les branches surplombent la route et qui me paraît convenir à ce genre de scène.

Je stoppe la bagnole juste sous l'arbre.

— Une minute, Lemmy. Prétendez-vous, parce que vous avez ce disque, avoir le droit de m'embrasser où et quand il vous plaira ?

— Tout juste, belle enfant ! Vous avez mis le doigt dessus.

Elle pousse un soupir.

— Je m'en doutais, murmure-t-elle. Je dois avoir le don de seconde vue.

Je mets l'allumage et on roule sur Leatherhead. Julia allume deux cigarettes et m'en passe une. Elle est légèrement parfumée et ça me botte tout à fait.

Cette ferme dans le Minnesota... Oui, plus tard, quand j'aurai quatre-vingt-dix ans de plus, ce sera très bien.

Pour l'instant, ce boulot a des avantages, des compensations vraiment très chouettes.

L'une d'elles occupe le siège arrière.

Gardez donc votre ferme, les potes !

OMBRES DANS LA RUE

Titre original :
Dark Street

Traduit par S. Denis

PREMIÈRE PARTIE

1

Gestapo

Un opaque brouillard jaune s'infiltrait lentement, comme un gaz lourd, dans la place des Roses et dans l'impasse, supprimant la base des petites maisons sales et délabrées qui semblaient flotter étrangement dans l'air.

Au bout de l'impasse, un mince trait de lumière filtrait sous la porte du bistrot. Dans la salle obscure, éclairée d'une lampe à pétrole, Fours, le patron, penché par-dessus le comptoir, regardait le plancher d'un air morne. Une âcre senteur de vinasse se mêlait à l'odeur indescriptible que dégageait son « cigare mexicain », composé de quelques feuilles de tabac enroulées autour d'un cylindre de paille. De temps à autre, il crachait avec précision dans une petite boîte en fer-blanc posée au milieu de la salle.

Fours était un gros homme ventripotent, d'aspect peu engageant. Un bout de ficelle retenait son pantalon bouffant de velours brun ; sa chemise, dont le col ouvert laissait voir une poitrine hâlée et velue, avait dû être bleu pâle, mais à force de crasse, elle avait pris une teinte bleu foncé.

Il avait une grosse figure joufflue, la peau huileuse ; sa moustache noire, ses sourcils épais en broussaille, ombrageant de petits yeux noirs au regard perçant, son béret graisseux posé de travers sur son crâne, tout cela s'accordait pour lui donner l'air d'un pirate décadent qu'une aventure plus ou moins extraordinaire aurait transplanté à Paris, dans un bistrot, en décembre 1943.

Fours sortit du comptoir, prit un pot d'étain accroché au mur, en face de lui, le tint sous le robinet d'un tonneau de vin et le remplit jusqu'à moitié. Il le porta à ses lèvres et but. Le vin avait un goût aigre et amer.

Il raccrocha le pot, s'essuya la bouche du revers de la main et se mit à jurer doucement, tout seul, prononçant des jurons épouvantables, un effroyable assemblage de mots grossiers, cherchant du réconfort dans les bas-fonds de l'obscénité.

Au moins, on pouvait jurer. Mais, bon sang, c'était à peu près tout ce qu'on pouvait faire. Tous vos gestes étaient surveillés. Toujours il y avait des types qui vous épiaient ; on ne pouvait se fier à personne, cré nom d'un chien. Et puis, quoi, ça n'avait rien d'étonnant, puisqu'on achetait maintenant un homme pour une douzaine de repas substantiels et une gentille petite femme pour une robe et un paquet de bonbons.

Fours se disait que Paris était un coin salement dangereux. Et pas moyen d'en sortir, à moins de se mettre du côté de ces salauds ! Mais, si on ne bougeait pas, on risquait de crever de faim ou de se faire déporter vers un autre bagne par les S.S.

Tout ce qu'on pouvait faire, c'était d'essayer de prendre sa revanche quand une occasion se présentait. Mais il fallait une occasion.

Fours ralluma son cigare mexicain, humide à force d'avoir été mâchonné. Il avait un goût de papier d'emballage.

Il s'appuya sur le comptoir et attendit. Il pouvait sentir le brouillard dehors, qui essayait de s'insinuer comme une infection, qui se glissait en rampant, comme tout le monde faisait aujourd'hui.

Il cracha et se mit à chanter tout bas ; en pensant aux régiments qui défilaient jadis, en des temps meilleurs, il fredonna la *Madelon*.

Duborg et Michaelson remontaient le boulevard de Clichy sans hâte, les mains dans les poches. Duborg était gras, mais robuste et bien taillé. C'était un Gascon de bonne famille. Il était gentil à sa façon et il plaisait aux femmes.

Michaelson, l'Anglais, était grand et mince, l'air légèrement maladif. A le voir, on aurait dit qu'il n'avait aucun courage moral ni physique, on l'aurait pris pour une poule mouillée. Mais cette apparence était trompeuse.

— Mon ami, disait Duborg, tout ça ne me dit rien de bon. Ce doit être une femme. Plus j'y réfléchis, plus je suis certain que c'est elle. J'espère qu'elle sera condamnée à brûler éternellement en enfer.

Et il se mit à débiter calmement, d'un ton monotone, une longue série de vœux blasphématoires concernant cette femme.

— Est-ce si grave ? répondit Michaelson sans s'émouvoir. Après tout, il y a encore une chance que tout se passe bien, tu sais.

— Oui, mais quelque chose me dit que ça va mal tourner. J'ai l'impression d'avoir suivi longtemps une route toute droite et monotone ; j'avais espéré que la fin du trajet serait amusante. Maintenant, je crois qu'elle sera plutôt désagréable.

— Tu as une indigestion, Henri, répliqua Michaelson en riant. Il commence à faire du brouillard, ça pourrait nous être utile.

Duborg haussa les épaules. Ils avaient atteint la place des Roses ; ils suivirent le trottoir en pressant le pas et entrèrent dans le bistrot de Fours.

— Bonsoir. Ça pue, ici ! dit Duborg.

— Tout pue, répondit Fours. Paris pue. Moi, je pue...

Et il ajouta, comme après mûre réflexion :

— Toi aussi, tu pues.

Il décrocha le pot d'étain, le remplit sous le robinet du tonneau de vin et le tendit à Duborg. Celui-ci en but la moitié, à petites gorgées, et reposa le pot sur le comptoir.

— Eh bien ! est-elle venue ? demanda-t-il.

Fours secoua la tête négativement.

— Non, je regrette, mon pote, je ne l'ai pas vue.

Duborg regarda Michaelson.

— C'est bien ce que je pensais. Ça se gâte.

Michaelson ne répondit pas. Il tourna légèrement la tête quand la porte s'ouvrit derrière lui, livrant passage à un gamin, au museau de rat, vêtu de haillons crasseux qui ne tenaient plus ensemble que par miracle.

Une lueur d'espoir brilla dans les yeux de Duborg.

— Eh ! Carlos, tu sais peut-être quelque chose ?

— J'en sais long, dit le gamin. Ils ont arrêté Cerisette cet après-midi.

— Qui ? demanda vivement Duborg.

— La police de Vichy, dit Carlos en crachant élégamment sur le plancher. Mais après ils l'ont remise à ces... Vous voilà au courant maintenant.

Michaelson regarda Duborg, puis Fours, et sourit tristement.

— Ça y est, dit-il.

— Il faut déguerpir d'ici. Et tout de suite, dit Duborg. Sinon Fours serait découvert. S'ils ont pris Cerisette, nous sommes les suivants sur la liste.

Toujours aussi calme, Michaelson approuva.

— Tu as parfaitement raison. Au revoir, Fours. Au revoir, Carlos.

Le gamin dit vivement d'une voix pressante :

— Vous me laissez tomber ?

Duborg le regarda et sourit ; il l'appela d'un vilain nom et dit :

— Ecoute, moucheron, nous allons maintenant... tu sais où. Suis-nous à vingt-cinq ou trente pas, en te cachant dans les ombres. D'ailleurs, il y a du brouillard, et la nuit est noire. Si nous nous sommes trompés, ça n'a pas d'importance. Mais, si nous avons deviné juste, tant mieux pour toi.

Le gamin ouvrit la bouche pour répondre, mais Duborg reprit d'un ton affectueux :

— La ferme ! canaille. Fais ce que je t'ai dit.

Il dit au revoir à Fours et sortit du bistrot.

Michaelson tendit la main à Fours, fit demi-tour et sortit en fermant tranquillement la porte derrière lui.

Debout près du comptoir, Carlos, les traits tirés, regardait Fours d'un air pathétique. Pas un muscle du visage de Fours n'avait bougé ; il aurait bien voulu cracher, mais il avait la bouche trop sèche.

Duborg et Michaelson s'éloignèrent de la place des Roses et gravirent une rue déserte. Tout paraissait calme, on n'entendait aucun bruit. Le brouillard s'épaississait, recouvrant tout d'un manteau qui donnait aux choses un aspect fantomatique. Après cent mètres, ils tournèrent dans une ruelle. Carlos les suivait maintenant à trente mètres environ, rasant les murs et regardant fixement droit devant lui. Arrivé au coin où ils avaient tourné, il attendit.

Sur l'autre trottoir, à quinze mètres, Duborg ouvrait la porte d'une maison délabrée. Il entra, alluma une petite lampe électrique, monta l'étroit escalier de bois, suivi de près par Michaelson.

Au bout de la courbe de l'escalier, un peu avant le premier palier, Duborg s'arrêta subitement. Il étendit la main en arrière et, rencontrant l'épaule de Michaelson, la serra fortement. En face d'eux, un mince filet de lumière filtrait sous la porte. Duborg soupira. Ils montèrent les dernières marches et traversèrent le palier. D'un geste brusque, Duborg ouvrit la porte toute grande.

Trois hommes étaient dans la pièce. L'un d'eux, de petite taille, habillé d'un costume de confection bon marché, tenait à la main un revolver Mauser.

Sa main pendait gauchement à son côté. Ses yeux fureteurs bougeaient sans cesse.

Duborg et Michaelson entrèrent. Michaelson ferma tranquillement la porte et s'y adossa. Un des trois hommes, un gros type en pardessus, se leva de la chaise boiteuse sur laquelle il était assis et dit :

— Gestapo.

— Cette précision était inutile, répliqua Duborg. Dès mon plus jeune âge, on m'a appris à reconnaître l'odeur des rats.

Le gros homme sourit aussi aimablement qu'il put. Il avait une tête et un visage carrés, les cheveux coupés court, des yeux d'un bleu très pâle.

— Vous êtes Henri-François Duborg, dit-il d'un ton presque neutre, et vous — il désigna Michaelson du pouce —, vous êtes Georges-Ernest Michaelson. Vous êtes des espions à la solde de l'Angleterre. En tant que civils, j'ai le droit de vous faire fusiller. Cependant, votre cas sera peut-être considéré avec plus d'indulgence si vous décidez de parler.

— Je vous emm..., répliqua Michaelson d'une voix douce.

Le gros homme haussa les épaules.

— Si vous refusez, ça n'a vraiment pas beaucoup d'importance. Cerisette Mavrique nous a fait des aveux complets cet après-midi.

— Je parie que ce n'étaient pas des aveux spontanés, dit Duborg.

Le gros homme approuva d'un signe de tête.

— Elle nous a donné effectivement beaucoup de mal, vous pouvez me croire. Mais, en fin de compte, elle a tout de même parlé. Nous avons des moyens de délier les langues, vous savez !

— A qui le dites-vous ! répliqua Duborg. Quant à moi, je voudrais vous dire ceci...

Il fit un pas en avant et lança à l'Allemand un violent coup de pied qui l'atteignit au creux de l'estomac. Le gros homme poussa un cri perçant, tomba par terre et se tordit en gémissant.

Dans son coin, l'homme qui tenait le Mauser leva l'avant-bras et tira trois fois. Les trois balles atteignirent Duborg à l'estomac.

Le deuxième homme, qui était resté assis, se leva lentement. Il mit la main dans sa poche. Mais il avait à peine bougé que Michaelson, d'un bond surprenant, le plaquait aux jambes. Ils tombèrent ensemble par terre. Michaelson écrasait d'un pouce l'œil du policier ; l'homme au revolver restait là, prêt à tirer, l'air vaguement ennuyé de ne pouvoir aider son acolyte, un peu mal à l'aise. Le gros homme avait cessé de geindre ; accroupi dans un coin, il se tenait le ventre. Duborg était mort.

Michaelson glissa sa main jusqu'à la gorge de son adversaire. Mais ce mouvement permit à l'autre de tirer une fois. Il avait visé avec soin : la balle se logea dans la tête de Michaelson. L'homme qu'il avait maintenu sous lui leva le bras et repoussa le cadavre sur le côté. Il se releva et s'appuya contre le mur, haletant.

L'autre dit en allemand :

— On ne va pas être du tout content de nous. La consigne était de les amener vivants.

— Ces maudits espions... Ils n'en font jamais d'autres, dit l'homme appuyé au mur.

Et, brossant de la main ses vêtements, il ajouta :
— D'ailleurs, ils auraient tort d'agir autrement.
Il alla vers le gros homme, se pencha sur lui et dit :
— Karl a reçu un sale coup. Il s'en souviendra encore longtemps, je crois.
Au coin de la rue, Carlos, le gamin à museau de rat, attendait. Sa figure faisait une tache blanche dans le miasme du brouillard. Quand il entendit les coups de revolver, il fit prestement demi-tour et courut prévenir Fours.

2

Mister Quayle

Peu de gens avaient le privilège de connaître les ramifications de la pensée de Mr. Quayle. Lui-même avait parfois des doutes à ce sujet. Il vivait, mentalement, le plus en avant possible, principalement parce que les gens qui dépendaient de la forme particulière de son esprit vivaient en général dans l'incertitude du lendemain et mouraient parfois, en moins de temps qu'il n'en faut pour le dire.

Si ces accidents avaient donné à Mr. Quayle un aspect un peu acide, s'il considérait le monde, y compris les hommes et les femmes qui l'habitent, avec une certaine prévention défavorable, on lui pardonnera aisément : il y a des choses pires que la mauvaise humeur.

Il était grand, souple, bien fait. Il s'habillait sobrement et avait le don de passer inaperçu dans les foules, de se confondre avec le décor, sans attirer l'attention. Ce n'était là qu'une des très nombreuses qualités qu'il possédait et qui lui étaient très utiles dans sa profession ; il savait aussi, le cas échéant, prendre les plus graves décisions avec autant d'énergie que de promptitude.

Il paya son taxi, entra dans l'hôtel *Hyde Park* par le tambour, traversa le foyer extérieur, laissa au vestiaire son pardessus et son chapeau noir et pénétra dans le bar. Il y avait foule : des officiers anglais et américains, des membres des services auxiliaires féminins, des gens de toutes sortes et de toutes conditions.

Quayle s'assit sur une haute chaise au bout du bar et commanda un gin à l'eau. Il réfléchit que c'était un breuvage déprimant, mais que, de toute façon, la vie ne pouvait guère être plus déprimante qu'elle l'était pour l'instant.

Le sommet de sa tête était chauve, une frange de cheveux lui donnait l'aspect d'un moine tonsuré. Il avait un visage rond qu'on pouvait qualifier de très intelligent ou de vaguement stupide, selon que Quayle voulait paraître l'un ou l'autre. Il sirotait son gin en regardant droit devant lui.

Il se disait que la vie était plutôt ridicule, tragiquement ridicule. Cette définition de la vie lui parut s'appliquer très bien au moment présent. Il jeta un regard de côté à gauche, et la vue d'une séduisante jeune femme en uniforme réussit à le distraire, l'espace d'une seconde, des ennuis qui l'obsédaient. Il admira ses cheveux blonds, bien coiffés sous un seyant bonnet militaire, sa poitrine bien développée, son ventre plat, ses jambes bien faites. Puis il reporta son regard sur les bouteilles alignées en face de lui sur des rayons devant un miroir.

La profession de Mr. Quayle ? Disons que son travail n'était le travail de personne. C'était un travail que la guerre avait rendu nécessaire, la guerre et ses rouages secrets, ses plans mystérieux, ses complots ténébreux, ses machinations ourdies dans l'ombre, les meurtres crapuleux, toute la partie clandestine des guerres mondiales modernes, qui ne consistent pas seulement en combats aériens et en chocs d'infanterie.

Il finit son gin, en commanda un autre, sortit de sa poche un grand étui, prit une cigarette, l'alluma et se mit à fumer. Il était impatient.

Au cours de sa vie dangereuse, l'expérience avait appris à Quayle qu'on n'avait vraiment peur que de deux choses : une certaine sorte de situation et un certain type de femme. On avait peur de l'un et de l'autre pour la même raison : dans les deux cas, on était dans l'incertitude, on craignait des répercussions imprévues. Une situation inconnue pouvait être source de désagréments ; une femme, connue ou non, pouvait manifester tout à coup des facultés insoupçonnées. C'étaient là des choses dangereuses dont on pouvait avoir peur quelquefois. Il y avait encore l'étonnante irritation que cause l'indécision, l'impossibilité de prendre une décision pour sortir d'une situation, parce qu'on manque des éléments essentiels, parce que la base fait défaut. On voudrait saisir les moindres indices pour essayer de reconstituer l'ensemble et agir, faire n'importe quoi, tout en se disant que, quoi qu'on fasse, on a toutes les chances de se tromper, faute de renseignements précis. L'homme qui avait dit : Dans le doute, abstiens-toi savait ce qu'il disait ; il avait deviné que la plupart des gens auraient diablement besoin de son conseil.

Quayle était ce qu'on peut appeler un dur à cuire. Il possédait une maison dans la proche banlieue de Londres et une femme qui lui était dévouée et qui croyait, si étrange que cela paraisse, qu'il travaillait dans quelque bureau tout à fait normal d'un ministère. Il avait extérieurement toutes les particularités d'un Anglais normal appartenant à la bourgeoisie aisée, d'un honnête quinquagénaire que la guerre avait un peu dérangé dans ses habitudes et dans son train de vie ; rien ne le distinguait, à première vue, de tant de gens qu'on rencontre tous les jours dans la rue. Mais cet aspect inoffensif cachait une dangereuse réalité. Un homme dangereux, terrible, même, voilà ce qu'était Quayle, un homme sur l'ordre de qui des choses étranges survenaient dans plusieurs parties du monde, un homme qui ordonnait la mort et qui la détestait, un homme qui tirait les ficelles et faisait danser les marionnettes et qui sentait les larmes lui monter aux yeux, si tant est qu'il ait jamais eu de larmes, parce qu'il lui fallait faire danser des marionnettes. Tel était Mr. Quayle.

Un homme entra dans le bar, venant du foyer. C'était un homme corpulent, carré d'épaules, avec une grosse figure agréable. Il était en uniforme, et, sur l'écusson qu'il portait à l'épaule, surmontant l'éclair de son Commando, on lisait : *Canada*. Malgré sa tendance à l'embonpoint, il portait bien l'uniforme ; ses chevilles et ses pieds ne manquaient pas de finesse ; au bout de ses longs bras ballants, pendaient deux mains larges aux doigts en spatule.

Quayle se déplaça imperceptiblement vers la droite, et le Canadien vint tout naturellement occuper l'espace devenu libre. Quayle commanda encore un gin à l'eau, en but la moitié, prit une nouvelle cigarette dans son étui et sortit un briquet qui refusa de fonctionner. Il demanda du feu au Canadien.

Celui-ci sourit. A le voir, on pouvait estimer que c'était un homme heureux et que, dans la plupart des circonstances, même les plus difficiles, il conservait le même air heureux. Il sortit un briquet de sa poche, pressa le déclic et présenta la flamme à Quayle en se penchant vers lui.

— Est-ce que je peux parler ? demanda-t-il pendant que Quayle allumait sa cigarette.

— Ça va. Parlez, fit Quayle en hochant la tête.

— Je suis passé au bureau : vous n'y étiez pas, et la secrétaire m'a dit qu'elle pensait que vous étiez ici. Ça doit faire un bon moment que vous m'attendez, hein ?

— Croyez-vous ? dit Quayle, de mauvaise humeur.

Les doigts de sa main droite tambourinaient nerveusement sous le rebord du bar.

— Je sais ce qui s'est passé, reprit Dombie. Je me doute que vous n'avez pas eu le sourire ces temps derniers. On dirait qu'ils ont réussi encore un sale coup.

— Qu'ils aillent au diable ! dit Quayle âprement.

Il y avait tout un monde de sentiments dans ces mots.

— A qui le dites-vous ! dit Dombie.

Le barman en jaquette blanche était en face d'eux, derrière le bar. Dombie dit joyeusement :

— Alors, mon vieux, vous avez du whisky ? Donnez-m'en un grand verre, avec juste un peu de soda. Et que ça saute !

Il posa un billet d'une livre sur le comptoir. Le barman s'éloigna. Quayle demanda :

— Que s'est-il passé et comment l'avez-vous su ?

Le Canadien s'adossa confortablement dans sa chaise, sortit un étui en cuir, y prit une *Lucky Strike* et l'alluma.

— Je l'ai su par Fours, dit-il avec un calme imperturbable. Ça vous étonne, mais j'étais là-bas la nuit dernière. Un avion est venu me prendre à Frenduly, dans le Pas-de-Calais. Je suis de retour seulement depuis ce matin. Je suis diablement content d'en être sorti !

— Vous avez eu chaud, n'est-ce pas ? dit Quayle.

— C'est un vrai chaudron de sorcières. Les Allemands commencent à se faire de la bile. Et vous savez comme ils sont quand ils ont peur. Ils tapent dur et ça fait mal. Ils tuent à tort et à travers.

— Et alors ? dit Quayle.

— Eh bien ! voici. La police de Vichy, cette ridicule police d'opérette, s'est avisée de l'activité de Michaelson et de Duborg. Mavrique, qui assurait la liaison entre eux deux, a été arrêtée. Ce n'aurait pas été si grave s'ils ne l'avaient pas livrée à la brigade noire, une des sections de la Gestapo. Je suppose qu'ils ont fait avouer à Cerisette tout ce qu'elle savait. Ils ont pour ça de gentilles méthodes, vous savez.

— Pas besoin de me le dire. Je sais, dit Quayle avec une sourde colère.

— Elle a vendu la mèche, reprit Dombie. Duborg et Michaelson se sont rencontrés chez Fours et sont rentrés directement du bistrot à la maison. Comme ils se doutaient de ce qui les attendait, ils ont dit à un gamin à museau de rat, nommé Carlos, un brave gosse, d'ailleurs, de les suivre, pour voir ce qui arriverait. Bon. Et alors ils se sont expliqués avec les types de la Gestapo qui les attendaient. Il a dû y avoir de la bagarre, et nos deux hommes sont restés sur le carreau. On a envoyé une voiture mortuaire pour les emporter. Voilà tout !

Il poussa un soupir.

— En tout cas, ces deux-là n'ont pas parlé.

— Vous pouvez être sûr qu'ils n'ont pas parlé, Dombie, dit Quayle avec véhémence, à voix basse. Quoi qu'on ait pu leur faire, jamais ils n'auraient parlé.

— Vous avez certainement raison, répondit le Canadien. C'est pour ça qu'ils ont commencé la bagarre. Ils ne voulaient pas courir le risque de parler. Ils connaissaient trop bien, tous les deux, les procédés de ces gens-là quand ils veulent vraiment vous faire parler.

Quayle vida son verre avec colère et le repoussa sur le comptoir. Le barman s'approcha. Quayle fit renouveler les consommations. Sa main droite tambourinait toujours sous le rebord du bar.

— Allons, Mr. Quayle, ne vous frappez pas, reprit Dombie. Je sais bien ce que vous ressentez. Vous les avez envoyés là-bas et vous voudriez être avec eux. Mais c'est impossible. Pas un de ces garçons-là n'a couru autant de risques que vous.

— Ce n'est pas à cause de Duborg et Michaelson que je me tracasse, dit Quayle. S'ils y sont restés, c'est que c'était écrit. Ces choses-là arrivent tous les jours.

Il baissa la voix et dit dans un chuchotement :

— Mais je veux savoir qui a donné cette femme. Comment ces guignols de Vichy ont-ils pu mettre la main sur Mavrique ? Qui les a renseignés ?

Chaque syllabe de ces mots était chargée de haine.

Dombie écarta les doigts de sa main droite sur la planche du bar. Sa paume avait la largeur d'une petite assiette ; ses doigts courts et spatulés, aux ongles larges, rappelèrent vaguement à Quayle une pieuvre dont les tentacules auraient été coupés court.

— Voyez-vous, dit-il, l'affaire Mavrique a son origine ici même. Il y a trop de ces satanés Boches qui se baladent irrégulièrement dans les environs. Vous le savez. Il y en a qu'on laisse exprès en liberté. On leur fait cadeau de leurs têtes. Certains bureaux croient que, si on leur donne assez de corde, ils se pendront tout seuls.

— Moi, je n'ai jamais cru une telle absurdité, dit Quayle.

Dombie haussa les épaules.

— Mr. Quayle, reprit-il, il n'y a qu'un homme qui ait pu avertir à temps ces salauds... et vous savez qui c'est.

— Oui, je sais. Ce doit être Lelley, dit Quayle.

Dombie regarda autour de lui. Le bar était presque vide. Dix heures allaient sonner.

— Parfaitement. Ce doit être Lelley. Je voudrais pouvoir lui ouvrir le ventre. Et après tout, reprit-il, comme illuminé par une idée soudaine, qu'est-ce qui m'en empêche ?

— Ce n'est pas votre affaire, dit Quayle en souriant. Vous faites bien votre travail, Dombie, mais ce n'est pas votre genre.

Après un silence, il reprit :

— Vous avez raison. Il n'y a pas de doute. C'est notre ami, Mr. Charles Ermyn Lelley, autrement dit petit Fritzy, ce superbe produit de l'école de dressage numéro un de Mr. Himmler. Mr. Lelley d'Upper Nelswood, le hobereau du village.

— C'est le seul type qui ait pu faire le coup, répliqua Dombie. Vous savez qu'il était au courant de ce que faisait Mavrique. Quand elle a réussi à passer la première fois et qu'elle est venue ici, Lelley avait été informé.

— Je le sais, dit Quayle.

— Ça ne gaze pas de l'autre côté. Nous avons eu des pertes sensibles. Onze agents de liaison se sont fait prendre pendant les cinq derniers mois.

— Je sais, dit Quayle presque rudement.

— On continue d'en envoyer parce que, nom d'un chien, on ne peut pas faire autrement. Il faut savoir ce qui se passe. C'est vous qui l'avez dit, Mr. Quayle.

— Oui, dit Quayle avec un sourire, et je connais un moyen d'en sortir. Je fais un trait sur toute l'organisation que nous avons montée là-bas et je rappelle tous mes agents de liaison. Ils ne s'attendent pas à ce tour-là.

— C'est une bonne idée. Et puis… vous en envoyez d'autres ?

Quayle fit un signe de tête affirmatif.

— J'en envoie dix-sept qu'ils ne découvriront jamais. Dix-sept dont Mr. Lelley ne soupçonnera jamais l'existence.

— J'espère que vous ne lui laisserez aucune chance de les découvrir. Il est diablement malin et il a pu établir des relations avec l'Irlande. C'est comme ça qu'il fait passer ses informations en France.

Quayle regarda Dombie avec un sourire que celui-ci connaissait bien et qui le rendit tout heureux.

— Lelley ne saura rien de mes dix-sept agents. Je ne lui laisserai pas la moindre chance.

— Ça me fait rudement plaisir de vous entendre dire ça, dit Dombie en finissant son verre.

Il fit renouveler les consommations et, quand le barman se fut éloigné, Quayle reprit :

— C'étaient deux braves garçons, Duborg et Michaelson. Duborg vous ressemblait un peu, et Michaelson était un garçon solide, sur qui on pouvait compter. J'avais fait son apprentissage. Il a travaillé pour moi pendant cinq ans. Il a été partout et fait toutes sortes de choses. C'est une fin de carrière un peu rude.

— Il y en a de pires, dit Dombie. Je parie qu'il ne s'est pas laissé abattre sans leur laisser un petit souvenir.

Ils burent leurs verres. Quayle se leva.

— J'ai des coups de téléphone à donner. Prenez quelques jours de congé. Venez me voir d'ici deux ou trois jours. Vous savez où.

— D'accord, patron. A bientôt, dit Dombie en se levant à son tour.

» Je suis content que vous ayez pris une décision au sujet de Lelley. Je crois que c'est une bonne chose.

Quayle ne répondit pas. Il sortit du bar, prit son chapeau et son manteau au vestiaire et sortit.

Le Canadien alluma une autre cigarette et commanda un whisky.

Il regardait le miroir devant lui, examinant le visage des hommes et des femmes assis dans le bar. Il s'amusait à se demander avec laquelle de ces femmes il aimerait coucher s'il avait le choix.

Il s'assit sur la haute chaise et savoura à petites gorgées le whisky qui lui parut excellent. Dombie réfléchit à la vie. Hier soir, il était en France, en France occupée, attendant l'avion qui devait descendre à l'intérieur du barrage de bombes et venir le chercher si tout allait bien. Effectivement, l'avion était venu et l'avait transporté ici. Dombie sourit de satisfaction. Vingt-deux fois déjà il avait fait l'aller et retour, parachuté et ramené en avion. Un de ces quatre matins, il y aurait une anicroche un peu sérieuse et il serait bon pour le grand saut, comme Duborg et Michaelson.

Il finit son verre, fit signe au barman, s'en fit servir un autre.

Il se demandait ce qu'il allait faire tout de suite, où il allait aller. « La vie est belle, se disait-il, oui, mais à condition de ne pas flancher. »

3

Je danserai de joie le jour de ta mort, gredin !

Appuyé sur le piano à queue, Kerr regardait les doigts agiles de Thérèse Martyr glisser sur les touches. Elle jouait doucement, avec une technique superbe. Elle pénétrait le numéro de hot d'une certaine qualité musicale qui n'avait certainement pas existé dans l'esprit du compositeur.

Thérèse était grande et svelte. En bougeant un peu la tête, Kerr pouvait voir ses longs pieds minces sur les pédales. « Thérèse, se disait-il, est très belle au-dessous de la ceinture. »

Elle avait la poitrine plate, un visage allongé et plutôt funèbre, de beaux yeux. On ne pouvait lui refuser un certain charme particulier. Kerr regardait sa propre image qui se reflétait sur le bois du piano. Il se demandait s'il était légèrement ivre ou seulement un peu surexcité. Il aurait voulu le savoir. C'est assez difficile de savoir quand on est un peu éméché. Kerr avait passé une assez grande partie de sa vie à boire sans en être affecté. Mais, ces temps-ci, on ne savait jamais, on n'était jamais sûr.

La salle avait la forme d'un « L ». Les murs et le plafond, peints en crème, brillaient. L'éclairage était habilement dissimulé dans de vieux candélabres en fer forgé. Le parquet noir et ciré était recouvert de petits tapis noirs et blancs. Aux deux longues fenêtres, de chaque côté du « L », pendaient des rideaux de brocart blanc, rehaussés aux bords d'un motif noir et or en relief. Kerr trouvait cet appartement épatant : tout y était, le confort et le goût. Et les femmes aussi étaient charmantes. Celles qui venaient aux soirées de Glynda Milton avaient toujours l'air belles, chacune dans son genre. L'étaient-elles vraiment ? Kerr se demandait si c'était lui qui les trouvait belles ou si c'était seulement parce qu'il se trouvait en général heureux aux soirées de Glynda. Il se demandait aussi s'il était réellement heureux ou seulement un peu ivre ?

En levant la tête, il vit Sandra, appuyée contre le mur, juste en face de lui. Elle était habillée d'une longue robe du soir, collante, d'une coupe magnifique, d'une étoffe douce, couleur jacinthe des prés. Elle portait au cou et au poignet droit de jolis bijoux anciens dorés, ornés de pierres fines. Elle était absolument adorable, avec ses cheveux couleur de miel, ses yeux d'un violet lumineux, sa poitrine haute, sa taille svelte. Kerr la regarda en souriant. Il se disait : « J'ai une femme adorable, une femme épatante. Elle est tout simplement merveilleuse. » Elle lui sourit sans bouger. Elle était parfaitement calme et belle au-delà de toute expression.

Quoi qu'il arrivât, Sandra semblait toujours calme et nonchalante. Pourtant, en réalité, au fond d'elle-même, elle ne l'était pas. Pas le moins du monde. Kerr saisit le verre posé près de lui, avala le whisky d'un trait et s'appuya de nouveau sur le piano. Il se mit à penser à Sandra. Il se dit que c'était une très bonne chose, pour un homme, de penser objectivement à sa femme à l'occasion. Quand il leva les yeux, elle était toujours appuyée contre le mur, toujours souriante, et elle ne l'avait pas quitté du regard.

Dans le coin, Glynda Milton s'entretenait avec l'Espagnol Miguales. C'était une brune svelte, avec de tout petits pieds et de toutes petites mains, vêtue d'une courte robe rouge. Elle tenait d'une main un long verre droit et, de l'autre, gesticulait avec un peu trop d'exubérance. Kerr se dit que Glynda était un peu « partie ». D'ailleurs, tout le monde ce soir, était un peu « gai ». Excepté Sandra. Jamais Sandra ne perdait le contrôle d'elle-même.

Kerr était grand, élancé, il avait un visage agréable, l'air d'un type qui a du cran. Un charme particulier, indéfinissable, émanait de sa personne et le faisait rechercher par les femmes. Il le savait. Il avait les épaules larges, la taille fine, de longues jambes, des mains robustes et artistiques. Ses cheveux châtain foncé frisaient légèrement. C'était un de ces hommes toujours habillés de façon impeccable. A nouveau, il observa les doigts de Thérèse. Elle jouait maintenant autre chose, un morceau dont il ne savait pas le titre, mais ensorcelant. Ce mot lui plut, il se le répéta deux ou trois fois.

Il regarda autour de lui dans la pièce. Glynda était toujours absorbée dans sa conversation avec l'Espagnol. Assise sur le long canapé de brocart blanc, Magdalen Francis causait d'une voix douce et caressante avec un officier gaulliste. Kerr l'écouta. On ne se lassait jamais d'écouter la voix suave de Magdalen, elle avait quelque chose d'apaisant. Elle était habillée d'une robe vert pâle, qui avait dû coûter très cher, et ses cheveux blonds étaient superbement coiffés. Magdalen avait toujours l'air de sortir d'une boîte. Elle avait du style.

Kerr prit la résolution de cesser de boire. C'était une bonne idée, car, s'il buvait encore un verre ou deux, il commencerait probablement à réfléchir à ce qu'il pourrait essayer avec telle ou telle de ces femmes. Et ça n'irait pas du tout.

Thérèse quitta le piano, remonta vers le fond de la pièce et engagea la conversation avec Elvira Feyle. En les voyant ainsi l'une à côté de l'autre, se souriant, Kerr leur trouva grand air. Malgré sa poitrine plate, Thérèse avait du chic. Elle savait s'habiller au moins, celle-là. Elle portait une longue jupe noire, avec un délicieux corsage de dentelle couleur crème. Ses cheveux noirs étaient relevés en hauteur, dégageant entièrement le visage. Elvira était un peu taillée à coups de serpe, mais ses mains et ses pieds étaient très acceptables, et elle avait une grâce particulière. Elle se balançait un peu en parlant.

« Elvira a encore mis un sérieux doigt au gin », se dit Kerr. Elle avait un faible pour le gin. Elle aimait boire du gin, jouer au poker et regarder les autres sombrer progressivement dans l'ivresse. Par malheur, c'était elle qui, invariablement, s'enivrait la première. Quelqu'un du marché noir lui procurait du très beau linge, parce que, quand elle le mettait, il se trouvait toujours des gens pour la mettre au lit. Kerr trouvait qu'elle était une gentille petite grue.

Toutes ces femmes étaient attirantes. Kerr se disait que la plupart avaient tout ce qu'une femme doit avoir. Il se demandait seulement ce que chacune savait ou pensait de lui et de ses rapports avec les autres femmes. Il aurait bien voulu le savoir...

Puis il se remit à penser à Sandra. Ce serait drôle, si elle savait... — ou s'en était-elle déjà aperçue ? — qu'il était faible avec les femmes. Car elle ignorait naturellement son autre secret. Diable ! se disait-il, si elle l'apprenait... Bah ! elle lui pardonnerait tout. Elle trouverait même peut-être qu'il était un héros ! Que pensait-elle de lui au juste ? Sans doute qu'il buvait trop, qu'il profitait de son poste tranquille au ministère, de cet emploi réservé, qui n'existait que sur le papier pour fournir des alibis aux gens comme Kerr.

Thérèse revint au piano.

— Voulez-vous que je vous joue quelque chose, Ricky ? demanda-t-elle.

Il la regarda : elle avait des ombres violettes sous ses pommettes, et sa bouche était couleur framboise.

— Qu'avez-vous envie de me jouer, belle enfant ? dit-il.

Elle le regarda longuement et sourit lentement. Puis elle dit presque à voix basse :

— Si je jouais ce que je devrais jouer, ce serait : « Je danserai de joie le jour de ta mort, gredin ! »

— Oh ! ce n'est pas ce que vous pensez vraiment, n'est-ce pas ? dit Kerr.

Elle le regarda avec impertinence.

— Pourquoi pas ? dit-elle.

Elle se mit à jouer un morceau qu'il ne reconnut pas, mais qui lui plut. Peut-être connaissait-elle le genre de musique qu'il aimait. De toute façon, elle devait le savoir.

Quayle ouvrit la porte de son appartement, entra dans l'antichambre, fit de la lumière et ferma la porte derrière lui. Il resta un moment indécis, les mains dans les poches de son pardessus. Il pensait à Lelley. Avec une sourde colère, il se remémorait divers détails concernant Lelley. Puis il haussa les épaules, ôta son pardessus, traversa l'antichambre, suivit le long couloir et entra dans la cuisine. Il ouvrit la porte du lavoir de cuisine, puis la porte de ce qui semblait un placard. Quand il l'eut franchie, il se trouva dans l'appartement contigu au sien. Il suivit le couloir, ouvrit la seconde porte à gauche et entra. La pièce était meublée comme un bureau : les murs étaient garnis de grands fichiers d'acier, il y avait un double bureau au milieu de la pièce, avec cinq téléphones dont chacun était pourvu d'un disque numéroté. D'un côté du bureau, une jeune fille blonde, en uniforme d'officier de la W.A.A.F., étouffait poliment un bâillement de sa main blanche.

— Bonsoir, Myra, dit Quayle. Où est Cordover ?

Elle répondit aussitôt :

— En congé pour trois semaines. Il est chez lui. Il a téléphoné ce soir pour donner de ses nouvelles. Je crois qu'il était sur le point de se coucher. Vous avez besoin de lui ?

— Pas pour le moment. Passez-moi le dossier Lelley.

Elle se leva, alla vers un des fichiers, l'ouvrit, choisit un dossier parmi les douzaines de chemises soigneusement serrées et le tendit à Quayle. Celui-ci s'assit de l'autre côté du bureau et lut la fiche. « Charles Ermyn Lelley — s'appelle d'abord Enrique Luis, porteur de papiers d'identité norvégiens — passe pour être propriétaire d'une petite ligne de navigation faisant le trafic le long des côtes scandinaves et entre la Norvège et l'Ecosse. Signalé en 1945 par M.I.5 comme pouvant être un agent ennemi. En janvier 1939, s'appelle Diome de Falza, muni de papiers d'identité tchèques, travaille dans des agences d'information et, en général, dans toute la Tchécoslovaquie. Est en contact direct avec l'organisation d'Himmler. En juin 1939, en Angleterre, à Nelswood. Y achète la propriété seigneuriale. Verse d'importantes subventions aux caisses locales. Passe pour être le troisième fils de Jonathan Lelley. (Ce fils est parti pour l'étranger il y a environ quinze ans.)

» Sert d'agent de liaison entre l'ambassade d'Allemagne à Londres et l'organisation d'Himmler. Principaux « contacts » en Irlande. Utilise un système de « boîtes aux lettres » original et qui n'a pas encore été découvert.

» Remarques générales : a été employé dans le service des recherches de la Gestapo, à Berlin. Organise des émeutes spontanées antisémites pour les S.A. Considéré comme un sadique. Parle parfaitement l'anglais, l'allemand, le français, l'espagnol, le portugais. A opéré de Nelswood depuis 1939. »

En dessous, il y avait un point d'interrogation au crayon.

Quayle regardait toujours la fiche tapée à la machine, devant lui. Son visage avait pris une expression presque aimable. Il dit à la jeune fille blonde :

— Avez-vous une cigarette, Myra ?

Elle fit un signe de tête affirmatif, alla chercher une cigarette dans son sac à main en cuir et la lui donna. Quayle l'alluma et fuma en silence. Puis il jeta le dossier sur la table.

— Vous pouvez me classer le dossier Lelley dans les « affaires réglées », dit-il.

— Bien, Mr. Quayle. Vous voulez dire : a cessé toute activité ?

— C'est cela. A cessé toute activité, répondit Quayle en souriant.

Il se renversa dans sa chaise, aspira une bouffée et demanda :

— Sont-ils tous de retour ?

— Tous sauf deux, Mr. Quayle. Nous en avons perdu deux.

Quayle hocha la tête.

— Morts ? Disparus ?

— Ils ont été tués. On ne sait pas où ni comment.

— Et les neuf autres sont bien rentrés ?

— Oui, tous les neuf.

Elle regarda Quayle, se demandant ce qu'il allait faire.

— Savez-vous où est Kerr ? demanda-t-il.

— Non, je ne sais pas. Il a travaillé la dernière fois chez Cordover, vous vous rappelez. Ils ont donc pris leur congé ensemble. Cordover saura où il est.

— Très bien. Téléphonez à Cordover. Dites-lui de se tenir prêt. Je l'appellerai dans le courant de la nuit. Dites-lui que j'ai besoin de savoir avec certitude où est Kerr.

— Entendu, Mr. Quayle.

Quayle se leva. Sa cigarette dans la main gauche, il resta un instant à regarder la jeune fille blonde.

— C'est une partie diablement serrée, n'est-ce pas, Myra ?

— A qui le dites-vous ! fit-elle en hochant la tête. Pour moi, ce n'est pas difficile, je prends seulement des messages.

— Je vais me reposer une heure. Après, je vous dirai ce qu'il y a à faire. J'aurai sans doute besoin de parler à Cordover.

— Très bien, Mr. Quayle.

Quayle sortit, retourna dans son appartement privé. Il alluma le radiateur électrique dans la chambre à coucher et le regarda, perdu dans ses pensées.

Puis il se mit à marcher de long en large, fumant sa cigarette. Lelley l'avait voulu. Il aurait ce qu'il avait cherché. Maintenant, la responsabilité de Lelley dans cette affaire était évidente. Il avait été informé de la venue de Mavrique à Londres il y a cinq semaines. Il s'était servi d'un pseudo-réfugié hongrois qui travaillait pour lui à l'occasion.

Il l'avait fait suivre pendant des jours. Tout le monde s'en était plutôt amusé. Même lui, Quayle, s'était demandé à quel jeu Lelley croyait-il qu'il jouait. Et puis Mavrique était rentrée en France, et Vichy avait mis la main sur elle et l'avait livrée. La seule personne qui ait pu leur procurer des renseignements sur Mavrique était Lelley. Peu importe comment, probablement par l'intermédiaire du groupe allemand établi en Irlande. En tout cas, le mal était fait. Mavrique, Duborg et Michaelson liquidés, et, un de ces jours, ce serait le tour de Fours et du gamin Carlos. Quayle se demandait seulement ce qu'ils avaient pu tirer de Mavrique, quels noms elle avait donnés.

Il haussa les épaules, ôta son veston, son gilet, ses chaussures, s'étendit sur le lit, les mains derrière la tête. Il resta ainsi couché, regardant le plafond, mettant au point les détails de son plan.

4

La soirée interrompue

Sammy Cordover ouvrit les yeux, s'étira, regarda le plafond et y vit une tache dont le dessin, pour une raison quelconque, le troubla. Il avait la bouche sèche. Il se passa la langue sur les lèvres et remarqua qu'il avait toujours la bouche sèche quand il se réveillait à cette heure-ci. Par le haut de la fenêtre, le brouillard pénétrait dans la chambre, un de ces brouillards londoniens qui viennent subitement, sans rime ni raison, et qui étaient associés dans son esprit à des choses désagréables.

Il leva la tête. Au bout du lit, un gros doigt de pied, sortant des couvertures, lui rappela vaguement que la vie était quelque chose de pratique et de désagréable.

La chambre était petite, pauvrement meublée et en désordre. Dans un coin, ses vêtements étaient soigneusement pliés sur une chaise : son pantalon large, au pli toujours impeccable, son veston croisé, pincé à la taille, rembourré aux épaules. Sous la chaise, ses souliers cirés, à bouts pointus, étaient sur des embauchoirs de Woolworth. Sammy était un gandin. C'est ce que se disaient les jeunes filles. Un type intelligent, Sammy : il gagnait beaucoup d'argent à sa compagnie de transport, à la campagne, et il savait le dépenser. Il était toujours bien mis, et gentil, et tranquille. Il ne se permettait jamais de privautés... c'est-à-dire... au moins pas en public. Et puis il était généreux aussi. Voilà ce que les filles pensaient de lui.

Il reposa sa tête sur l'oreiller et se détendit. Il aurait voulu qu'il se passât quelque chose. C'était très bien de flâner ainsi sans occupation définie, en dépensant quelques louis et en prenant du bon temps. Ça pouvait aller, mais ce n'était pas particulièrement satisfaisant. D'ailleurs, il ne connaissait rien qui fût particulièrement satisfaisant. Pourtant, de temps à autre, un peu d'animation ne faisait pas de mal... juste un peu... Il sourit.

Sammy Cordover était un cockney. Il faisait partie de cette race unique et supérieure d'individus qui, nés à Londres et y vivant, sont imprégnés jusqu'à la moelle de toutes les qualités et de tous les défauts dont l'ensemble constitue le cockney londonien. C'était un dur.

Il avait vingt-sept ans. Dans ces vingt-sept années, il avait fait l'expérience de la plupart des choses qui sont le lot de ceux qui ont grandi à Londres et qui ont dû lutter contre la mentalité de la grande ville pour se faire une place au soleil. Cette lutte l'avait rendu coriace, adroit, rusé. Il avait un respect religieux pour tout ce qu'il considérait meilleur que lui-même, tout ce qui avait de la classe.

Il bâilla. Tout en regardant le plafond, il repassa les dernières années de sa vie. Comme la plupart des gens de son espèce, c'était un aristocrate à sa manière et à un degré que ne soupçonnent même pas certaines familles qui s'enorgueillissent d'un arbre généalogique. Sammy croyait que les choses qu'il faisait étaient bien parce qu'il considérait qu'elles étaient bien. Il vivait sur cette croyance. Il avait une confiance absolue dans les gens qui lui disaient ce qu'il devait faire. Il croyait en eux, convaincu qu'ils avaient toujours raison. Que diable ! il fallait bien croire à quelque chose.

Il étendit la main, reprit une cigarette du paquet de *Players* posé sur la table, l'alluma avec un briquet vert et or, un peu voyant, et se mit à fumer. Il se demandait combien de temps on lui permettrait encore de rester à baguenauder en ville, dépensant l'argent qu'on lui payait le premier de chaque mois, buvant de la bière dans des gobelets d'étain, dans d'étranges estaminets, en attendant que quelque chose arrive. Il s'interrogea sur l'avenir, se demanda ce qui pouvait arriver à un homme qui faisait le genre de travail qu'il faisait, quel avenir l'attendait. Il se rendait compte que, de toute façon, quelle que fût la profession banale qu'il embrasserait plus tard, ce qu'il faisait maintenant laisserait en lui une empreinte ineffaçable. Sa vie ne serait jamais plus la même qu'avant la guerre. Il se demanda si elle vaudrait même encore la peine d'être vécue.

Il sortit du lit. Il était tout nu. Son corps, assez maigre, n'était pas très bien développé, mais il était robuste et souple, avec de grands pieds, des genoux osseux. Il avait un long visage mince, un grand nez ; sous sa tignasse noire, un front assez large dominait deux yeux clairs, brillants, qui lui donnaient un faux air d'intellectuel.

Debout au milieu de la chambre bon marché et poussiéreuse, il fumait une cigarette, se demandant ce qu'il allait faire.

Le téléphone — d'un modernisme incongru parmi toutes ces vieilleries — se mit à sonner. Il alla à la cheminée, décrocha le récepteur et dit d'une voix nasillarde :

— Ici, Cordover.

La voix de la jeune fille blonde se fit entendre doucement :

— Bonne nuit, Mr. Cordover. Ne quittez pas, s'il vous plaît. Je vous mets en communication...

— Parfait. J'écoute.

Il entendit distinctement la voix de Quayle disant d'un ton calme :

— Bonsoir, Sammy. Ici, Quayle. Où est Mr. Kerr ?

Sammy fit passer sa cigarette dans l'autre coin de sa bouche et répondit :

— Il m'a dit qu'il allait à une soirée chez Mrs. Milton, une amie de Mrs. Kerr. J'ai le numéro de téléphone. Il doit y être encore en ce moment.

— Très bien ; téléphonez-lui et dites-lui de me rencontrer à l'endroit habituel. Je l'attends à minuit et demi. J'ai à lui parler. Il y aura un petit travail pour vous deux cette nuit. Je crois que ça lui plaira de vous avoir avec lui.

Sammy sourit.

— Ça colle, Mr. Quayle.

— Alors dites-lui de venir me voir. De votre côté, attendez qu'il vous fasse signe. Vous avez compris ?

— Compris, Mr. Quayle. Je lui téléphone tout de suite.

— Très bien. Au revoir, Sammy.

Cordover dit « au revoir » et raccrocha. Il regardait le téléphone. Sa cigarette s'était éteinte et pendait au coin de sa bouche. Puis il pivota sur ses talons et sourit, comme s'il venait de penser à quelque chose d'amusant.

Quelque part dans l'appartement, une pendule sonna bruyamment minuit. Kerr, appuyé contre le mur, près de la porte, pouvait voir, tout près de lui, le visage de Magdalen Francis. Il se dit vaguement qu'il avait un sérieux béguin pour Magdalen.

Elle vint vers lui et dit :

— Ricky, je crois que vous êtes gris et je vous trouve terriblement gentil quand vous êtes gris.

Il lui sourit et répondit :

— Détrompez-vous. L'alcool fait de moi un sauvage. Je suis un type épouvantable.

Elle rit et son rire, qui venait du fond de sa gorge, faisait un bruit délicieux de cascade.

— Naturellement, vous êtes terrible. Tous les hommes sont des goujats, Ricky. Mais ça m'est égal que vous soyez saoul. D'ailleurs, vous vous tenez bien. Personne ne s'en douterait.

Il la regarda de côté.

— Ah ! on ne s'en douterait pas ? C'est une idée que vous vous faites, chérie. Et de quoi ne se douterait-on pas ?

Elle le regarda. Kerr eut l'impression qu'elle le regardait pendant un temps infini. Il crut pouvoir lire presque une histoire dans ses yeux, une histoire amusante. Soudain, le visage de Magdalen devint sérieux. Mais une seconde après, elle se remit à sourire.

— Si je sais quelque chose sur vous, personne ne saura rien de ce que vous ne voudrez pas qu'on sache, dit-elle.

— Ah ! vous croyez que je suis un type comme ça, Magdalen ?

— Je me trompe peut-être ?

Du coin de l'œil, il pouvait voir Sandra, debout près du canapé, en grande conversation avec Miguales. Magdalen dit quelque chose qu'il n'entendit pas. Il n'avait pas écouté, tout occupé à observer Miguales. Décidément, l'Espagnol avait quelque chose de séduisant. Il était grand, bien découplé, il avait un visage maigre, bronzé, aux traits réguliers. Kerr savait, d'après les renseignements qu'il avait pu obtenir, que Miguales avait combattu des deux côtés pendant la guerre civile en Espagne et que cela l'avait amusé. Une façon comme une autre de rester impartial sans être neutre. Il avait le sens de l'humour et il avait aussi du cran. En le regardant, Kerr croyait entendre les paroles suaves qui sortaient de la bouche de l'Espagnol. Il se disait que ce type-là, malgré sa voix douce, pouvait être très coriace s'il voulait. La blancheur de ses mains contrastait avec sa figure bronzée. Ses doigts étaient longs et flexibles. Les femmes raffolaient de Miguales ; un peu trop, même, au goût de Kerr. Il se demandait ce que Sandra pouvait penser de lui.

Il bomba le torse et dit à Magdalen :

— Continuez, chérie, j'aime beaucoup entendre votre voix.

Mais l'Espagnol continuait d'occuper ses pensées. Kerr se demandait si

Sandra pourrait jamais s'éprendre de quelqu'un. La chose lui paraissait fort improbable. Kerr avait l'égoïsme supérieur de quelqu'un qui a passé sa vie à penser à lui-même. Parce que les circonstances l'y avaient obligé, parce que, la plupart du temps, il avait abouti à des conclusions plutôt sévères, parce qu'il avait dû prendre des décisions assez rudes, agir rapidement, en improvisant parfois. Et, quand on était comme ça, on était nécessairement un égoïste.

Il va sans dire que Kerr ne savait pas qu'il était un égoïste. Aucun véritable égoïste ne se rend jamais compte qu'il l'est.

Il pensa à Sandra. Elle était toujours gentille avec tout le monde. Si elle était gentille avec Miguales, c'est parce qu'il était seul, malheureux et sans argent, vivant dans un pays trop occupé par la guerre pour avoir beaucoup de temps de se soucier des finances des neutres. Kerr se dit qu'un de ces jours, quand il se sentirait en forme, il aurait une conversation avec Sandra. Il essayerait de sonder un peu cet être bien équilibré, absolument charmant et délicieux, qui était sa femme, une femme qui pouvait être passionnée et pourtant garder, même pendant les moments de passion, une certaine réserve aussi délicieuse qu'inattendue. « Un de ces jours, se dit Kerr, il faudra absolument que je lui parle. »

Magdalen dit très doucement, avec un sourire complice masquant l'expression de ses yeux :

— Vous ne m'avez pas téléphoné, Ricky. Il y a des jours que vous ne m'avez pas téléphoné. Pourquoi ?

Il sourit, et son sourire illumina toute sa figure. Il avait l'air alors très gentil.

— C'est trop fort, dit-il, qu'est-ce que vous me racontez-là ? C'est vous qui vous êtes imaginé que je ne vous ai pas téléphoné.

Elle dit à voix basse :

— Du calme, Ricky. Ne faites pas le fou.

Il répondit tranquillement :

— Pourquoi pas ? Nous sommes tous des fous, Magdalen. Vous et moi ne faisons pas exception. Pas vrai ?

Elle haussa une épaule avec vivacité.

— C'est possible, dit-elle, mais faut-il le raconter à tout le monde ?

— Je n'en sais rien, mais alors absolument rien, répondit Kerr.

Il sentit qu'il avait envie d'aller quelque part, se laisser tomber dans un fauteuil et se détendre. Il se sentait fatigué.

A ce moment, on entendit la sonnerie du téléphone. Le bruit du timbre qui semblait particulièrement hargneux agaça Kerr. Magdalen Francis le quitta. Il redescendit dans la pièce et tourna dans l'autre branche du L. Il resta là, seul, appuyé au mur, tenant un mégot qui commençait à lui brûler les doigts.

Glynda Milton entra, venant du vestibule.

— Ricky, on vous demande au téléphone, dit-elle.

— Merci, Glynda, dit Kerr.

Il n'était pas surpris du tout. Au fond de lui-même, il avait obscurément pressenti que l'appel téléphonique était pour lui. Il y avait trop longtemps qu'il menait une vie oisive. Peut-être y avait-il un nouveau travail en perspective. Il sortit dans le couloir et gagna le vestibule d'un pas rapide et assuré. S'il était ivre, ça ne se voyait pas. Avant de décrocher le récepteur, il regarda autour de lui pour s'assurer qu'il était seul.

— Allô ! Ici, Kerr.

La voix de Cordover répondit au bout de la ligne.

— Bonsoir, Mr. Kerr, ou plutôt bonjour. Ici, Sammy.

— Oui, qu'est-ce qu'il y a ?

— Le vieux m'a parlé. Il veut vous voir.

— Bien sûr. Quand ?

— Tout de suite. Il brûle d'impatience. Allez le voir immédiatement. Il m'a dit de me tenir prêt.

Kerr sentit un petit spasme à l'estomac, comme un léger choc nerveux. Il se reprocha d'avoir trop bu.

— Très bien. Comme d'habitude, je pense ?

— Oui, comme d'habitude. Vous me ferez signe, n'est-ce pas, Mr. Kerr ?

— Oui. Dès que je sais de quoi il retourne, je vous appelle. Au revoir.

Il raccrocha. Il resta un moment à regarder le téléphone. C'était vraiment une invention extraordinaire. Une sonnerie se déclenchait, on recevait un message et on devenait aussitôt un autre homme. On avait quelque chose à faire. Il avait retrouvé tout son sang-froid et sa lucidité d'esprit.

Il traversa l'antichambre et s'engagea dans le couloir ; à mi-chemin, sur un bahut antique, il aperçut son chapeau et le prit à la main.

Au même instant, Sandra sortit du salon. Elle vint vers lui et s'arrêta à quelques pas devant lui. Kerr se dit qu'elle avait l'air adorable au-delà de toute expression.

— Elle a été gentille ? demanda-t-elle.

— Qu'est-ce que tu veux dire par là ? Tu crois que je parlais à une femme ?

Elle sourit. Il observa sa bouche : il aimait voir ses lèvres s'entrouvrir, découvrant la blancheur éclatante de sa denture.

— Bien sûr, c'était une femme. C'est évident. Tu ne veux pas me faire croire qu'on t'appelait pour ton travail à cette heure de la nuit ?

— Sandra, tu fais complètement fausse route. C'est bien du ministère qu'on m'a téléphoné.

Elle eut un rire délicieux qui faisait dans sa gorge comme un petit roucoulement.

— Quelle bonne blague, Ricky ! C'était une femme. Et tu as déjà pris ton chapeau. Elle doit être magnifique pour te faire quitter cette soirée où il y a aussi de très jolies femmes.

— Il y en a une magnifique.

Elle rit à nouveau.

— C'est de moi que tu parles ?

— Oui, c'est de toi.

Il y eut un silence.

— J'espère que je te verrai un de ces jours, dit-elle.

— Bien sûr. Probablement demain matin. C'est simplement une petite chose en passant. Tu sais, Sandra, nous sommes en guerre.

— On me l'a déjà dit. Bonne nuit, Ricky chéri.

Elle lui tourna le dos et entra dans le salon.

Kerr regarda son chapeau. Il le trouvait très chic, ce beau chapeau couleur de tabac. Il alla à la porte du salon. Juste au coin, en tournant, il put voir Glynda.

— Au revoir, Glynda, dit-il, je vous remercie de cette charmante soirée. Ne croyez pas que je ne me sois pas amusé parce que je suis resté sérieux. Mes hommages, très chère amie.

— Au revoir, Ricky. Je ne sais pas où vous allez. Mais où que ce soit, ne faites rien qui puisse me fâcher si je l'apprends.

Kerr s'éloigna. Au moment de sortir, il jeta un dernier coup d'œil furtif sur Sandra. Il l'aperçut à l'autre coin de la pièce. Elle était revenue auprès de Miguales.

Dehors, un vent glacial balayait les rues. Kerr passa devant le théâtre Saint-James et gagna la place Pall Mall. Il regarda sa montre. Il était minuit et demi. Il descendit une rue étroite et s'arrêta à mi-chemin devant une petite porte bleu foncé serrée entre deux maisons. Kerr sortit une clef de sa poche, ouvrit la porte, la referma derrière lui. Il alluma une petite lampe électrique et monta l'étroit escalier de bois. Il ouvrit la porte à droite, au premier étage, et entra dans une petite pièce carrée meublée d'un bureau et de quelques chaises.

Quayle, fumant une cigarette, était assis derrière le bureau.

— Bonsoir, dit Kerr.

La cigarette aux lèvres, les mains dans les poches, il regardait Quayle avec une tranquille indifférence.

— Vous vous êtes bien amusé, à cette soirée ?

— Pas trop mal.

Quayle soupira.

— Moi aussi, j'étais un grand amateur de soirées dans le temps. Mais, à présent, je suis trop occupé.

— Je crois même que vous prenez à peine le temps de dormir, dit Kerr.

— En effet, je n'ai pas beaucoup dormi ces jours-ci, dit Quayle en se levant.

Il jeta son mégot dans la cheminée.

— Voici de quoi il s'agit, reprit-il. Il s'est passé des choses désagréables de l'autre côté de la Manche. On a arrêté un de mes agents, une femme ; on a réussi à la faire parler. C'est assez embêtant.

— Je crois bien.

— Il n'y avait qu'une façon de parer le coup. J'ai rappelé tous nos agents de liaison. Nous avons eu la chance de n'en perdre que deux. Je vais en envoyer une nouvelle fournée.

Kerr approuva d'un hochement de tête.

— Bonne idée. Un bon coup de balai, il n'y a rien de tel.

— Je sais. Mais il y a anguille sous roche.

Kerr attendait patiemment qu'on lui dise en quoi tout cela le concernait.

— Près d'ici, à Nelswood, il y a un homme qui se fait passer pour Charles Ermyn Lelley. Il habite la maison seigneuriale du pays. C'est un de leurs meilleurs agents. Nous lui avons laissé la bride sur le cou parce que certaines sections de l'Intelligence Service croyaient que ce pouvait être une bonne chose.

Il haussa les épaules.

— Le moment est venu où je crois que ça va devenir une très mauvaise chose, et je ne suis pas disposé à le tolérer.

Kerr ne répondit rien.

Quayle reprit :

— Ce Lelley a découvert un moyen de transmettre des informations à l'étranger. Je ne sais pas comment. Peut-être par les relations qu'il a en Irlande ou par une autre méthode. Il a été à l'école d'Himmler.

— Ils sont très bons, dit Kerr en souriant à Quayle.

Quayle lui sourit à son tour.

— Vous devez le savoir, Ricky, dit-il.

— Ainsi, reprit Kerr, le dénommé Lelley commence à vous agacer.

— Oui, si vous voulez. L'essentiel, c'est que je suis très pressé d'envoyer mes nouveaux agents en France et que je n'ai pas l'intention de le faire tant que Mr. Lelley aura une possibilité quelconque d'intervenir dans cette affaire. Par conséquent...

Kerr poussa un soupir.

— Par conséquent, Mr. Lelley doit faire le grand saut ?

— C'est cela, dit Quayle. Il doit faire le grand saut.

— Quand ? demanda Kerr.

— Cette nuit. Il faut agir vite.

— D'accord. Je travaille seul ?

— Non, Cordover sera avec vous. Mais, écoutez, je crois qu'il serait bon de simuler un accident. Ce serait beaucoup plus simple pour tout le monde.

Kerr sourit.

— Vous voulez dire que les bureaux de l'Intelligence Service ne se fâcheraient pas ?

— Ils peuvent se fâcher autant qu'il leur plaira, répondit Quayle. C'est nous qui avons d'abord à parler. C'est mon organisation qui prend les plus grands risques, et ils le savent. mais, d'un autre côté, dans les circonstances actuelles, il est préférable, à bien des égards, que cette affaire soit réglée en douceur.

Kerr sourit comme un enfant heureux.

— Ça veut dire que vous nous avez mâché la besogne.

— J'ai tout préparé en détail, aussi minutieusement que possible.

Quayle tira une feuille de papier de sa poche et reprit :

— Regardez, voici un plan de la maison, du manoir de Nelswood. C'est là que se trouve Lelley en ce moment. Du moins, il y était il y a trois heures. Je l'ai fait surveiller sans arrêt pendant des semaines. Maintenant, voici comment vous allez faire. Cordover jouera son rôle habituel de camionneur d'une compagnie de transport. Il aura un camion assez lourd. Mais je veux essayer quelque chose avant d'aborder le vrai travail. On ne sait jamais, ce Lelley peut avoir envie de faire quelques révélations intéressantes quand il comprendra que ça tourne mal pour lui. Il peut vouloir parler un peu, pour garder une chance de sauver sa peau. C'est le marché habituel.

— Je sais. Mais il aura beau parler, il n'y coupera pas tout de même, dit Kerr.

— Parfaitement.

Quayle aspira une bouffée.

— Si j'avais jamais eu des scrupules d'agir sournoisement avec cette racaille, je les ai perdus depuis l'affaire japonaise. Il n'y a pas de scrupule à avoir avec un type comme Lelley. C'est un tueur et un sadique.

— Compris, dit Kerr. J'entre et je lui propose le marché. S'il coupe dans le panneau et parle, tant mieux, mais, de toute façon, je conduis l'affaire jusqu'au bout.

Quayle approuva d'un hochement de tête.

— Vous allez, en tout cas, jusqu'au bout. Et voici comment vous vous y prendrez. Venez ici, Ricky, regardez un peu ce plan...

5

Le grand saut

Il faisait froid dans la campagne. Le vent entrait dans la voiture par la vitre ouverte et fouettait le visage de Kerr. Cette sensation ne lui déplaisait pas. Bien qu'à Londres il ait fait du brouillard, ici la nuit était splendide et la lune brillait dans le ciel pur. Devant l'auto, la route s'étendait comme un ruban blanc. En faisant cette remarque, Kerr se demanda où il avait lu cette comparaison pour la première fois. Et puis il se dit qu'il avait des choses plus sérieuses à faire qu'à se demander à quoi ressemblait une route.

Il lâcha le volant de la main gauche, fouilla dans la poche de son pardessus, en quête d'une cigarette. Il sentit sous son bras gauche le souple cuir mexicain de l'étui de son revolver. Il pressa son bras contre l'arme, il aimait la sentir là, à sa place. Puis il se mit à réfléchir aux armes automatiques de toutes sortes dont il s'était déjà servi, depuis un Webley-Scott, de la marine, qui vous faisait sauter le sommet du crâne d'un homme à dix mètres, jusqu'à un minuscule joujou de vingt-deux millimètres avec lequel on tapait dans le mille ou bien on ne faisait qu'une petite égratignure. Aujourd'hui, il avait pris son arme préférée, un Mauser réglementaire de l'infanterie allemande, à dix coups, avec des cartouches de calibre 38. Ça faisait une sale blessure. Kerr se disait que c'étaient d'excellents engins. Ils ne s'enrayaient jamais. Parfois, la douille vide revenait en arrière et vous frappait au milieu du front, mais ça n'avait pas d'importance. L'important, c'était ce qui arrivait au copain qui recevait la balle.

Kerr mit la cigarette dans sa bouche, trouva son briquet, l'alluma. Il aspira profondément la fumée dans ses poumons et ressentit un léger malaise. « Ce n'est pas bon d'avaler la fumée quand on a absorbé trop d'alcool », se dit-il. Pendant les six derniers mois, il s'était déjà répété une douzaine de fois qu'il devrait bien se modérer un peu et boire moins d'alcool. On se laisse aller trop facilement à boire un coup de trop, et ce n'est pas adroit.

Il appuya sur l'accélérateur : l'aiguille du compteur de vitesse indiqua le cent à l'heure. Il réfléchit à quelques affaires dont il s'était occupé pour le compte de Quayle...

Arrivé en haut de la montée, il ralentit pour la descente. Au loin, sur la gauche, il apercevait la tache que faisait le petit bois. Cinq minutes plus tard, il l'avait atteint. Il stoppa la voiture, descendit et regarda à gauche et à droite. La route était déserte. Il fit trente mètres et trouva la barrière qui clôturait le champ, avec la haie haute dont Quayle lui avait parlé.

Il ouvrit la barrière, retourna à sa voiture, la conduisit prudemment dans le champ et la dissimula sous un buisson épais. Il savait exactement où se trouvait le buisson. Quayle le lui avait dit aussi. En éteignant les phares, Kerr se dit que Quayle ne laissait presque rien au hasard. Il s'arrangeait pour faciliter le travail le plus possible. Pourtant, il restait toujours des difficultés. En s'éloignant du buisson, Kerr allait perdre le contrôle de ses nerfs.

Sans doute, les nerfs pouvaient vous lâcher. Même des pilotes fameux, des as aux records impressionnants, avaient parfois besoin de repos. Et lui, Kerr, ne s'était guère reposé toute cette année. Quel était le résultat ? On en faisait trop, on prenait trop de risques et, par une sorte de compensation naturelle, on commençait à boire un peu trop. L'alcool vous donnait le coup de fouet nécessaire.

Il avait atteint la barrière. Il s'avisa soudain qu'il avait froid. Il retourna vivement à la voiture, ouvrit la réserve cachée à côté du siège du conducteur et en sortit une bouteille de whisky. Il but un grand coup et remit la bouteille dans sa poche.

Il ferma soigneusement la barrière derrière lui et fit une centaine de mètres sur la route jusqu'à l'embranchement. La route principale continuait à droite ; celle de gauche était une petite route terreuse à peine mieux qu'une piste en cendrée. Kerr la suivit et pénétra dans le bois. De chaque côté, la végétation était dense. Ça sentait la terre humide. Kerr trouva que ça sentait un peu la mort.

Maintenant, la route était devenue un simple sentier. Un peu plus loin, Kerr arriva à une clairière. Il tourna à gauche. Dans un endroit presque impossible, sur une pente derrière quelques arbres, un camion était arrêté, tous feux éteints. Kerr trouva que ce camion avait quelque chose de saugrenu. Mais y avait-il quelque chose qui ne fût pas saugrenu ? Sammy Cordover descendit du camion, ferma tranquillement la porte derrière lui. Il resta nonchalamment appuyé contre le côté du camion, l'air presque heureux. Il était vêtu d'une salopette, et une casquette était posée de travers sur son crâne. Un mégot éteint pendait à un coin de sa bouche.

— Bonsoir, Mr. Kerr, dit-il.

— Hallo ! Sammy. Comment ça va ?

— Tout va très bien. Et, vous, comment vous sentez-vous ? Vous êtes en forme ?

— En grande forme. Cette fois, nous n'avons pas de détails à examiner ensemble, n'est-ce pas ?

Sammy Cordover pencha un peu la tête de côté. A la lumière de la lune,

Kerr trouva qu'il avait un peu la tête d'un hibou. Oui, Cordover ressemblait assez à un hibou, parfois.

Sammy dit :

— Je ne suis pas tout à fait de votre avis. Si ça ne vous fait rien, Mr. Kerr, je vous proposerai de faire une petite promenade avec moi. Même quand on a tous les atouts en main, il vaut mieux ne pas prendre de risques. j'aurais voulu avoir un camion plus léger. Cet engin-là, on dirait un autobus. Et il pèse sur les roues, les pneus ne sont pas assez gonflés.

Il lança en l'air un crachat qui décrivit une courbe élégante.

— Au retour, je botterai le derrière de l'individu qui s'occupe de ces camions. Qu'est-ce qu'il s'imagine, cet idiot-là ?

— Pourquoi un camion léger serait-il mieux ? demanda Kerr.

— Venez avec moi, vous allez voir, répondit Sammy.

Ils traversèrent le bois. Sammy marchait un peu en tête, d'un pas aisé et assuré, ses longs bras ballants. « Même maintenant, se dit Kerr, il a la démarche légère des cockneys. » Il sourit. Rien, pas même l'imminence de la mort, ne pouvait troubler Sammy.

A la sortie du bois, ils se trouvèrent sur une route qui, de l'autre côté, longeait une carrière. Ils suivirent la lisière du bois. Vingt-cinq mètres plus loin, une route latérale débouchait à angle droit dans la route principale.

— Vous avez compris, Mr. Kerr ? dit Cordover en souriant. Je ne peux pas me payer le luxe d'une petite erreur.

Kerr sourit à son tour.

— Vous savez bien, Sammy, que vous ne vous trompez jamais.

— J'espère que je ne me tromperai pas cette fois-ci. J'ai jeté un coup d'œil au fond de cette carrière... ça ne me dit rien du tout, je vous assure. Pourtant...

Kerr regarda sa montre.

— Encore vingt minutes. J'ai le temps de retourner chercher ma voiture et d'aller au village.

— Il y a quelqu'un qui vous attend ? demanda Cordover.

Kerr fit un signe de tête affirmatif.

— Stott est là-bas. Il file notre homme depuis plusieurs jours. Il me donnera tous les renseignements nécessaires.

— Parfait, dit Cordover. Je suppose que vous allez bavarder un peu ? Je vous donne donc une demi-heure. Dans une demi-heure, je sors la bagnole sur la route. J'aurai les phares allumés. Si quelqu'un vient, mais c'est peu probable, je fais semblant d'avoir des ennuis avec mon moteur.

— Vous avez pris un chargement, je crois ?

— Oui, dit Sammy en souriant. Je transporte des blindages qui doivent être livrés demain matin à une fabrique de munitions à quarante kilomètres.

Kerr mit la main dans la poche de son pardessus et en retira la bouteille de whisky.

— Vous avez soif, Sammy ? dit-il.

Sammy dit plaisamment, en mettant les mains dans ses poches :

— Merci, Mr. Kerr. Je ne suis pas un grand amateur d'alcool, sauf de temps en temps. Je préfère la bière.

— Vous avez peut-être raison, dit Kerr, qui n'en but pas moins une grande gorgée.

Du coin de l'œil, il remarqua que Sammy l'observait. Un moment, il crut même voir son visage changer d'expression et s'en étonna. Il remit la bouteille dans sa poche.

— Au revoir, Sammy. A tout à l'heure, dit-il.

— Entendu, Mr. Kerr. Bonne chance. L'affaire est dans le sac. Mais restez tout de même sur vos gardes.

— Ne vous faites pas de bile. Et, vous aussi, soyez prudent.

Kerr rebroussa chemin dans la forêt.

Stott était à l'ombre d'un chêne, au bord de la route, au dernier embranchement avant Nelswood. Il se confondait parfaitement avec le paysage : son pardessus noisette, son chapeau mou marron foncé, sa figure veinée de bleu et couperosée faisaient partie des ombres. Stott était toujours comme ça. Tout naturellement, instinctivement, il se plaçait toujours devant un décor neutre. Il était là, appuyé contre l'arbre, les mains dans les poches, et attendait.

Il attendait toujours quelque chose ou quelqu'un. Pour l'instant, il attendait Kerr. Devant lui, l'étroite route sinueuse menait au petit village. La lueur de la lune sur les toits des maisons frileusement blotties faisait croire qu'ils étaient recouverts d'une couche de sucre glacé. Stott trouva que le paysage ressemblait à une carte postale de Noël, et cela le fit penser à Noël.

C'était un drôle de type, ce Stott. Il avait commencé par être un soldat dans un régiment de cavalerie ; ensuite il avait travaillé à la commission pour une firme de tracteurs ; puis il avait été trois ans dans la marine marchande. Il avait vu du pays avant de commencer à travailler pour Quayle. Son nouveau genre de travail lui convenait. Il aimait ça. Tout autre aurait trouvé fastidieuses ces longues attentes immobiles, ces heures passées à attendre, par n'importe quel temps, ces courses continuelles, dans des rues grouillantes de monde, sur les pas d'un personnage que Quayle faisait filer. Mais ces besognes monotones ne déplaisaient pas à Stott, parce qu'elles lui laissaient le temps de réfléchir.

Il pouvait réfléchir tout à loisir à Aloyse.

Stott trouvait extraordinaire qu'un homme de son milieu, de son éducation, ait jamais pu épouser une femme comme Aloyse. L'idée d'épouser une femme qui portait un tel nom lui avait toujours semblé un peu folle. Il se rendait compte qu'elle avait mis ses actes en accord avec son nom. Et, bien qu'il fût toujours sur le qui-vive, tout le temps qu'il passait à surveiller et à attendre, c'est à elle qu'il pensait.

Il songeait à leur mariage, qui n'avait duré que cinq semaines étranges, à ce mariage qui n'avait jamais été consommé et qui s'était terminé par un laconique message : d'une cabine téléphonique, elle l'avait averti qu'elle partait avec un autre. Ça s'était passé il y a trois ans. Depuis lors, il ne l'avait jamais revue, elle ne lui avait jamais écrit. Il se demandait ce qui avait bien pu lui arriver. Bien sûr, elle était trop belle pour lui. C'était une créature svelte, aux hanches lisses et avec des jambes adorables. La première chose que Stott avait remarquée en elle, c'était ses jambes. Il avait toujours admiré la beauté et, vaguement, au fond de lui-même, il éprouvait une sourde rancune de ne jamais l'avoir possédée.

Appuyé nonchalamment contre l'arbre, tout en observant la route principale par laquelle l'auto devait venir, il se demandait pourquoi elle avait condescendu à faire de lui son époux. Il devait y avoir une raison. Elle avait dû éprouver quelque vague désir, ou un mécontentement, ou un besoin impérieux de quelque chose qu'il avait, lui ; une force, si minime fût-elle, l'avait poussée à rester docilement à ses côtés devant M. le maire.

Il bougea un peu ; une épaule commençait à lui faire mal. Il se disait qu'un jour, peut-être, au hasard des endroits où Quayle l'enverrait recueillir des informations, au cours d'une de ces besognes subalternes, mais importantes, dont il avait pris l'habitude, il pourrait découvrir quelque chose concernant sa femme, peut-être même la revoir. Et que ferait-il s'il la rencontrait ? Il ne s'était jamais permis d'envisager sérieusement cette éventualité. Peut-être, avec un peu de chance, trouverait-il enfin une réponse à la question qui l'obsédait depuis si longtemps : pourquoi Aloyse l'avait-elle épousé ?

Il entendit, à quelque distance, le bruit d'une automobile. Il recula dans l'ombre, plus près du tronc de l'arbre. Quand il put distinguer la ligne de la voiture au clair de lune, il reconnut immédiatement que c'était celle de Kerr. Il fit quelques pas en avant sur la route, juste le temps d'être vu de celui qui conduisait, et rentra dans l'ombre.

L'auto prit la route de gauche, dépassa Stott et tourna, cent mètres plus loin, dans une route étroite. Kerr revint jusqu'à l'endroit où se tenait Stott et traversa la route juste en face de lui, pénétrant dans le cercle d'ombre qui entourait le chêne.

— Bonsoir, Stott, dit-il.

— Bonsoir, Mr. Kerr, dit Stott sans bouger. Tout va bien. J'ai ce qu'il vous faut.

— Tant mieux, dit Kerr.

Il prit une cigarette de son étui, en offrit une à Stott qui refusa, alluma une cigarette.

— Alors ? demanda-t-il.

— Voici, dit Stott, en continuant tout droit, vous trouvez une nouvelle bifurcation à un kilomètre. Vous prenez la route de gauche. Le manoir est à cinq cents mètres à droite, très en retrait de la route. On y accède par une allée assez longue qui conduit à une grille à cinq barreaux. C'est l'entrée principale. L'allée pour les voitures est de l'autre côté.

— Mais, moi, je prends la première allée ? dit Kerr.

— Oui. Quand vous serez devant la grille, vous tournerez à droite, en suivant un petit chemin. Vous trouverez un endroit commode pour ranger la voiture. Personne n'y va jamais ; on ne la verra même pas. Vous pourrez aller la reprendre facilement.

— Bon, dit Kerr.

Il parlait d'un ton calme. Mais il sentait ce léger tremblement nerveux qu'il avait déjà eu récemment dans des circonstances analogues.

— Le reste est facile, reprit Stott. Quand vous aurez franchi la grille, vous serez encore assez loin de la maison ; vous pourrez la contourner.

Derrière, il y a une porte blanche et, à côté, une fenêtre dont la poignée est cassée. C'est par là que vous pouvez entrer.

— Je vois, dit Kerr.

— En passant par la fenêtre, poursuivit Stott, vous vous trouvez dans un lavoir de cuisine. En face de vous, une porte mène à la cuisine. Sur la droite, une autre porte donne sur un couloir qui traverse toute la maison et conduit au vestibule. La nuit, Lelley se trouve d'habitude dans son cabinet, une sorte de bibliothèque ; la troisième porte à gauche en descendant le couloir. Si ça vous intéresse, je vous signale qu'il y a un escalier qui mène du vestibule au premier étage.

— Non, le premier étage ne m'intéresse pas. Qui se trouve dans la maison, à part Lelley ?

— Cette nuit, il n'y aura personne d'autre que lui. Une femme vient tous les jours faire le ménage et la cuisine. Elle part à huit heures. Et l'agent que Lelley utilise est parti pour Arpingdon. Je ne sais pas ce qu'il y fait, mais il a pris le train ce soir et il ne pourra pas être de retour avant demain matin de bonne heure, à moins de faire le chemin à pied, ce qui est peu probable.

— Combien y a-t-il de voitures au garage ?

— Deux. Mais il n'y en a qu'une qui sert : une Morris de vingt-cinq chevaux. Il a de l'essence parce qu'il s'est chargé d'un travail quelconque pour le conseil d'Arpingdon. Mais il ne se sert pas souvent de l'auto. Voici une clef du garage que Mr. Quayle a fait faire.

— Merci. Savez-vous si Lelley est en relations avec des gens du voisinage ?

— Non, dit Stott en secouant la tête. Il est diablement malin. Il reçoit rarement du monde et il ne fréquente presque personne. On dirait qu'il passe son temps à flâner, qu'il s'amuse à faire pousser des légumes dans son jardin. C'est un roublard, ce Lelley !

— A qui le dites-vous !

Il y eut un silence. Kerr aspira une bouffée, retira sa cigarette de sa bouche, regarda le bout incandescent. Finalement, il demanda :

— Y a-t-il encore autre chose ?

— Je ne crois pas, Mr. Kerr.

— Depuis combien de temps inspectez-vous ici ?

— Ça fait presque cinq semaines.

— Ce doit être un boulot assommant.

Stott haussa les épaules.

— Je ne sais pas, Mr. Kerr. Vous savez, je réfléchis à tant de choses.

— Vous avez de la chance. Voulez-vous boire un coup ?

La face rubiconde de Stott s'éclaira d'un sourire.

— Merci, Mr. Kerr, dit-il.

Kerr lui donna la bouteille. Quand Stott eut bu, il but un grand coup à son tour. Il commençait à se sentir en pleine forme, en pleine euphorie.

— C'est bon, Stott. Vous pouvez déguerpir. Comment rentrez-vous ?

Stott sourit dans l'ombre.

— Je fais une douzaine de kilomètres à pied. Ensuite, Mr. Quayle a prévu qu'une voiture devait me prendre.

— Alors, bonne nuit, Stott. A un de ces jours.

— J'espère bien, dit Stott.

Il traversa la route et disparut dans un des petits sentiers qui menaient derrière le village.

Kerr, appuyé contre l'arbre, finissait sa cigarette. Il se demandait à quoi Stott pouvait réfléchir.

Debout, un bras appuyé sur le chambranle, Lelley regardait le feu dans la cheminée. Un petit appareil de T.S.F., sur une table chinoise, jouait une valse viennoise. Lelley appréciait la musique en connaisseur.

Il était grand, élancé ; il avait une figure allongée, mais le front large, les yeux très éloignés l'un de l'autre et très bleus. Le nez et la mâchoire étaient proéminents. En considérant ce visage, on lui trouvait un air étrangement débonnaire, dû peut-être au fait que ses yeux étaient d'un bleu très tendre et avaient un regard doux.

Il portait une élégante robe de chambre en soie bleu marine, avec des revers et un col noirs. Comme la plupart des gens de sa profession, Lelley était un homme étrange. On avait besoin d'hommes peu ordinaires dans cette profession. Il eût été impossible à un homme normal de faire négligemment et sans effort les choses que Lelley avait faites. Derrière le doux regard des yeux bleus et le large front, il y avait le cerveau cruel d'un fanatique.

C'était un homme étrange et, à sa façon, entièrement désintéressé. Il s'imaginait que les choses qui pouvaient lui arriver lui étaient tout à fait indifférentes ; il croyait n'accorder d'importance qu'à ses possibilités d'action, ou aux actes qu'il pouvait provoquer. Quelquefois, il se demandait vaguement comment tout cela finirait et, comme il croyait ne pas tenir à la vie, il se disait que la mort le laisserait indifférent. Toutefois, il passait beaucoup de temps à réfléchir à cette question, presque comme s'il contemplait le destin d'un personnage étranger à qui il ne porterait qu'un médiocre intérêt.

Il y avait eu des choses désagréables dans sa vie. Les circonstances l'avaient parfois obligé à faire du mal à certaines gens, même à leur faire cruellement mal. Il se justifiait en disant qu'il ne désirait pas faire mal, mais que c'était une nécessité pour assurer le bien-être d'un certain peuple et la réussite de certaines choses, ce peuple et ces choses ayant une importance primordiale. Lelley s'était trouvé dans l'obligation de faire cruellement mal, même à des femmes, mais, dans ces occasions, il n'avait manifesté aucun remords. Ses collaborateurs les plus intimes croyaient secrètement entre eux que ces sauvageries avaient sur lui l'effet d'un stimulant. Mais, s'il était sadique, la cruauté ne lui coûtait pas d'effort, il la considérait nécessaire à son existence et à son travail.

Il traversa la pièce, tourna le bouton de la radio. Il se mit à réfléchir sur lui-même, objectivement. Il se rendait compte qu'il avait atteint le sommet de la courbe, que quelque chose devait se produire.

Il comprenait qu'à moins que les Anglais fussent encore plus idiots que certaines gens le pensaient (et Lelley n'était pas de ceux-là) l'arrestation de la femme Mavrique, suivie du meurtre de Duborg et de Michaelson, devait provoquer de leur part une vigoureuse riposte.

Quelqu'un devait savoir que l'information qui avait rendu possible cette arrestation et ces meurtres émanait d'Angleterre. Lelley se disait qu'il était possible qu'on l'eût découvert, et, dans ce cas, tôt ou tard, on agirait contre lui. C'était forcé. Mais il se demandait ce qu'on ferait au juste et si l'on adopterait la même méthode que celle qu'il aurait utilisée à leur place.

Il haussa les épaules. Puis il retourna à la cheminée et alluma une cigarette. Il s'appuya contre le chambranle, faisant jouer les muscles de ses épaules en avant et en arrière. S'ils ne font pas quelque chose dans un délai assez court, se disait-il, mettons une semaine ou deux, ce sera mon devoir d'essayer de partir d'ici. Il pouvait le faire. Il connaissait un moyen de passer en Irlande et, une fois qu'on était là-bas, à condition de ne pas commettre d'imprudences, on n'avait rien à craindre.

D'un autre côté, il se dit que, si ses adversaires avaient l'intention de faire quelque chose, ils ne tarderaient pas, surtout s'ils savaient quelque chose à son sujet. Il se demandait ce qu'ils avaient pu apprendre le concernant, s'ils le considéraient comme un agent subalterne ou bien s'ils avaient connaissance de l'organisation supérieure qu'il avait mise sur pied au cours des sept années précédentes. Il sourit un peu. Il se demanda quelle serait leur attitude s'ils avaient appris que le traitement infligé par les Japonais aux femmes anglaises et aux prisonniers anglais avait été imaginé et suggéré par lui. Il haussa les épaules de nouveau. Ces choses-là étaient nécessaires, surtout quand on traitait avec un peuple comme les Japonais, qui font tellement cas des apparences qu'ils se croient deux fois victorieux quand ils peuvent humilier et dompter des femmes et des prisonniers sans défense.

Pas une seconde l'idée ne l'effleura que ceux qui l'employaient, ceux qui avaient fait dépendre tant de choses de son cerveau ingénieux et souple, l'avaient maintenant laissé tomber, l'abandonnaient à son triste sort. Cela aussi faisait partie du jeu. Lelley était cruel, mais prêt à retourner sa cruauté contre lui-même. Il était possible qu'ils fussent même contents de se débarrasser de lui, ces êtres supérieurs et dominateurs. Peut-être en savait-il trop long.

Il était fatigué. Il bâilla et jeta dans le feu sa cigarette fumée jusqu'à moitié. Puis, comme il se retournait, il vit la porte s'ouvrir lentement, et Kerr, revolver au poing, entra dans la bibliothèque. Lelley ouvrit de grands yeux. Il se sentait légèrement intéressé. Il pensa en allemand, ce qu'il ne se permettait que dans les circonstances tout à fait exceptionnelles : « Ça y est. Tu es pris au piège. C'est la fin. Seras-tu encore assez malin ? »

Il mit les mains dans les poches de sa robe de chambre et sourit, presque aimablement, à Kerr. Celui-ci demeurait dans l'embrasure de la porte, très calme, immobile. Ses lèvres esquissaient un demi-sourire qui, pour une raison que Lelley ne pouvait déterminer, lui donnait l'air très méfiant.

— Asseyez-vous, Lelley, dit-il. Cette fois, c'est votre compte qui va être réglé.

Lelley haussa les épaules. Il se dirigea vers un grand fauteuil de cuir et s'y assit. Ses mouvements étaient lents et gracieux.

— Je me disais, justement, qu'il était temps que se produise quelque chose comme ceci, dit-il.

Kerr abaissa la main qui tenait le Mauser.

— Vous n'êtes pas surpris, dit-il. Donc, vous avez pris toutes vos dispositions et vous êtes prêt à mourir pour le Führer ?

— Pourquoi pas ? dit Lelley avec un sourire. La mort n'est pas si terrible.

Kerr ouvrit de grands yeux.

— Vraiment ! Dans votre bouche, cela fait l'effet d'une plaisanterie. Il me semble que vous avez rendu la mort assez terrible à certaines personnes, n'est-ce pas ?

Lelley répondit d'un ton assez résigné :

— Ces choses étaient sans doute nécessaires. En tout cas, je ne crois pas qu'une discussion à ce sujet puisse être profitable à aucun de nous.

Kerr fouilla dans la poche gauche de son pardessus, prit une cigarette, la mit à sa bouche, sortit son briquet, alluma la cigarette. Il ne quittait pas des yeux le visage de Lelley. « Voici donc le grand Lelley, se dit-il. L'as d'Himmler, le sadique. Il a les nerfs solides ; mais il bluffe. Il cherche à gagner du temps. Il va essayer de me jouer un tour avant qu'il soit longtemps. Tiens-toi sur tes gardes, Ricky. »

— Je n'ai pas de temps à perdre, dit-il enfin. Mais vous savez que, dans des circonstances comme celles-ci, il y a quelquefois une chance de faire un marché.

Lelley sourit.

— Vraiment. J'imagine que vous faites allusion au genre de marché que l'on fait si souvent dans notre métier. C'est-à-dire que, si je consens à parler, vous me laissez la vie sauve ?

— Malheureusement oui, dit Kerr. Vous savez probablement que les Anglais ont une répugnance invincible à tuer les gens de sang-froid, même des gens comme vous.

Cette bonne blague le fit sourire lui-même.

— Voulez-vous dire, reprit Lelley, que vous retenez dans vos prisons un certain nombre de nos agents avec lesquels vous avez fait ce marché ?

Kerr fit un signe de tête affirmatif.

— C'est exact, dit-il. Nous serons assez bêtes pour leur rendre la liberté après la guerre. Vous serez peut-être du nombre. Vous pourrez alors recommencer de fonder une organisation, peut-être vous préparer à la prochaine guerre.

— Je n'ai pas envie de parler, dit Lelley. Cette conversation m'assomme. Puis-je vous suggérer d'y mettre fin ?

Kerr réfléchit un instant et dit :

— Ecoutez, en ce qui me concerne, je suis tout disposé à vous donner satisfaction immédiatement. Je ne vous aime pas, Lelley. Je sais pas mal de choses sur votre compte. Ça ne me ferait absolument rien de vous tuer. J'ai déjà descendu un certain nombre de vos amis.

Il ajouta en ricanant légèrement :

— Reste uniquement à savoir comment je vous tuerai.

— Je ne comprends pas, dit Lelley.

— Vous aviez un homme qui travaillait pour vous, il s'appelait Schmaltz, de son vrai nom. Il a fait du bon travail à Lisbonne, avant qu'on ait mis la main dessus.

Lelley approuva d'un signe de tête.

— Je sais, dit-il, c'est vous qui l'avez rattrapé.

— Parfaitement, répondit Kerr. Je n'aimais pas beaucoup Schmaltz, parce qu'il avait l'habitude de tuer les gens d'une balle dans le ventre. Comme vous le savez, ça peut être une mort très douloureuse et très longue. Peut-être voulez-vous en faire l'expérience. Pour ma part, je n'y vois pas d'objection.

— Quand il faut mourir, on désire tout naturellement une mort rapide, dit Lelley.

— Très bien. Puisqu'il en est ainsi, nous allons terminer cette première moitié de mon travail, selon les ordres que j'ai reçus. Vous allez mettre un veston. Vous êtes un peu trop fort pour moi, Lelley. Je crois que quelqu'un d'un peu plus intelligent désire traiter avec vous. Nous allons lui faire une visite.

— Quelqu'un d'autre va m'offrir un marché ? Ma réponse sera exactement la même et le résultat aussi, je n'en doute pas une seconde.

— Je n'en suis pas si sûr que vous. L'homme que nous allons voir pourrait être encore un peu plus brutal que je ne le suis moi-même. Il trouvera peut-être un moyen de vous faire parler.

— C'est possible. Chacun a son point faible.

— Bon. A présent, c'est moi que cette conversation assomme, dit Kerr avec impatience. Etendez les bras droit devant vous : nous allons chercher votre veston. J'ai la clef du garage. La clef du démarreur est dans votre voiture. Nous allons faire un petit tour en voiture tous les deux. Quand je vous aurai remis en bonnes mains, mon rôle sera terminé. Mais je suis chargé de vous amener là-bas sans incident.

Lelley se leva.

— Très bien, dit-il.

Il traversa la pièce jusqu'à la porte de chêne garnie de fer de l'autre côté de la bibliothèque.

Kerr, le revolver dans sa main droite, le suivait comme son ombre. Maintenant qu'il était en action, il se sentait parfaitement à son aise, calme, presque heureux et satisfait.

« Je me demande quelle tête ferait Sandra si elle pouvait me voir maintenant ! se disait-il. Je me demande ce qu'elle dirait ! Et elle croit que je suis avec une femme... »

Il sourit. Il trouvait ça très drôle.

La lumière éblouissante des projecteurs contrastait avec la lueur douce du clair de lune qui inondait la route sinueuse. De chaque côté, les haies rejetaient la lumière sur la route qui était éclairée comme en plein jour. Il y avait quelque chose de surnaturel dans l'éclat particulier de l'atmosphère ; dans le silence de la campagne, le sourd bourdonnement du moteur avait quelque chose de macabre.

Kerr était assis à l'arrière, sur le côté gauche. Il avait la main gauche dans la poche de son pardessus ; de la droite, il tenait le Mauser, légèrement contre ses genoux. Devant lui, Lelley, au volant, conduisait avec brio. Kerr regarda ses épaules, elles reposaient doucement contre le dossier, balancées un peu par le mouvement de l'auto. Lelley avait conservé un sang-froid étonnant.

« C'est un type très fort, se dit Kerr. Très fort. » Bah ! les gens comme Lelley devaient nécessairement être des types forts pour faire ce genre de travail. Et jamais ils ne s'avouaient battus. Ils défendaient leur chance jusqu'au bout. Tout en jouant la comédie, ils ne cessaient pas une seconde de réfléchir, d'essayer de trouver la bonne solution. Par exemple, Lelley était en train, en ce moment, d'essayer de se tirer de ce mauvais pas.

« Je voudrais bien savoir ce que tu vas essayer, salopard, se disait Kerr. Car je suis sûr que tu vas essayer quelque chose. C'est forcé. Tu es trop malin pour te laisser embarquer dans une sale affaire où tu risques d'être traité un peu brutalement si l'on veut te rafraîchir la mémoire. Pour te sortir de là, tu vas d'abord essayer quelque chose, n'importe quoi. Mais je parie que je sais ce que tu vas faire. »

Lelley dit négligemment :

— Si je continue de suivre cette route, nous faisons un demi-cercle autour d'Arpingdon et nous revenons à Nelswood. C'est ce que vous voulez ?

— Non, ce n'est pas cela, dit Kerr. Vous allez prendre la première route à gauche à l'embranchement ; vous longez une carrière sur la droite. Après la carrière, la route bifurque à nouveau : vous prendrez encore à gauche, la direction de Paddenham. Nous nous arrêterons à Paddenham.

— C'est là que se trouvent vos amis ? Celui qui a l'intention de me proposer un marché est à Paddenham ?

— Fermez-la, dit Kerr d'un ton bref. Ne quittez pas la route des yeux et laissez vos deux mains sur le volant. A la moindre fantaisie de votre part, je vous tire une balle dans le dos, à la hauteur du ventre. Si c'est ça que vous cherchez, vous serez servi. Mais fermez-la. Ça m'assomme, les discussions à cette heure de la nuit.

Lelley haussa les épaules.

— Comme vous voudrez, dit-il.

Dans le réflecteur, Kerr vit l'ombre d'un sourire sur son visage.

Il y eut un long silence.

Kerr prit une cigarette dans la poche de son manteau, l'alluma, la fuma avec plaisir, avalant de grandes bouffées de fumée. « C'est curieux, se dit-il, comme le plaisir qu'on éprouve à fumer varie suivant l'humeur du moment. Parfois, on allume une cigarette et on lui trouve un goût infect. D'autres fois, comme maintenant, par exemple, elle a un goût merveilleux. »

Peu à peu, les haies disparaissaient, la route s'élargissait progressivement, mais devenait moins lisse. Ils arrivèrent à l'embranchement.

Lelley engagea vivement la voiture sur la gauche et accéléra. La route s'étendait toute droite sous la lumière des phares. La voiture se mit à tanguer curieusement. Kerr se leva. « Tout va bien », se dit-il.

— Ne vous énervez pas, Lelley. Ralentissez un peu. Il y a quelque chose qui cloche ? dit-il aimablement.

— On dirait qu'un pneu se dégonfle. La voiture pèse d'un côté. J'ai de la difficulté à conduire, répondit Lelley.

— Rangez-vous à gauche et stoppez, dit Kerr. Bon sang ! je crois que le pneu a une fuite. En avez-vous un de rechange ?

Lelley fit signe que oui.

— A l'arrière, dit-il.

Sous l'action des freins, la voiture grinça et s'arrêta.

— Je vais voir ça. Mais n'essayez pas de faire le malin pendant ce temps-là, n'est-ce pas, Lelley !

— Non, dit Lelley d'une voix très calme. D'ailleurs, qu'est-ce que je pourrais essayer ?

Kerr ouvrit la porte, descendit, se pencha pour examiner le pneu gauche à l'avant. L'air s'échappait très lentement par une valve défectueuse. C'était une petite fuite, mais qui suffisait pour faire tanguer la voiture dès qu'on roulait un peu vite. Kerr ne s'en étonna pas... et pour cause : il avait lui-même fixé la valve ! C'était du bon travail !

Il regarda la route. La carrière était à cinquante mètres. La lune éclairait la craie blanche sur la route.

Kerr dit :

— Je vais sortir la roue de rechange et changer la roue. Le pneu est bon, c'est seulement une petite fuite, mais il est possible que nous ayons à rouler assez longtemps cette nuit, et je ne veux pas prendre de risques. Restez où vous êtes, les mains sur le volant, Lelley, et ne bougez pas. Je ne vous quitte pas des yeux, tenez-le-vous pour dit.

— Je ne l'oublie pas, dit doucement Lelley.

Kerr alla derrière la voiture. Les mains dans les poches de son pardessus, il regardait la roue de rechange. Il tenait le revolver baissé dans la poche droite. Il se mordait les lèvres. « Eh bien ! se disait-il, c'est le moment de tenter ta chance ; allons, qu'est-ce que tu attends, file ! »

Soudain, d'une brusque secousse, Lelley mit la voiture en marche. Elle bondit et prit de la vitesse. Kerr regardait le feu arrière en ricanant. Il savait bien que Lelley allait essayer de s'enfuir. C'était la seule chose à faire. Très calme, il voyait en imagination Lelley, assis au volant, le pied sur l'accélérateur, s'imaginant qu'il allait pouvoir s'échapper, malgré tout, et souriant de son sourire lent et débonnaire. La voiture faisait maintenant du soixante-dix. Elle se trouvait juste devant la première baie de la carrière. Les mains de Kerr étaient un peu moites dans les poches de son pardessus.

— Bonne chance, Sammy, bonne chance, dit-il doucement.

A cinquante à l'heure, le camion déboucha de la route latérale, perpendiculairement à la route principale, et emboutit violemment la voiture de Lelley. Cordover accéléra d'abord en direction de la carrière, puis donna un brusque coup de volant pour l'éviter. Kerr put entendre le grincement des pneus des deux véhicules qui dérapaient. La voiture de Lelley, projetée loin du camion, bondit avec fracas sur la route, pivota sur les roues avant, et l'arrière vint faire face à la carrière.

Dans la fraction de seconde qui suivit, Kerr vit que Lelley avait réussi à ouvrir la porte droite. Aussitôt, la voiture culbuta presque doucement par-dessus le bord de la carrière.

Kerr écouta. Le temps lui parut long jusqu'à ce qu'il entendît la voiture s'écraser au fond. Il courut vite vers le camion.

Sammy Cordover était debout à côté du capot et s'essuyait les mains à une poignée de chiffons. Sa cigarette éteinte pendait à sa lèvre inférieure.

— Hallo ! Mr. Kerr ! dit-il. C'était moins cinq ! j'ai cru que j'allais faire la culbute, moi aussi. Je vous avais bien dit qu'il fallait un camion moins lourd. Et les pneus étaient mal gonflés. Je suis diablement embêté...

Kerr, s'adossant au côté du camion, ne répondit rien. Sammy Cordover s'éloigna, tandis que Kerr restait là à fumer, aspirant profondément la fumée dans ses poumons et la rejetant brusquement. Il transpirait légèrement.

— Sammy !

Cordover revint vers lui et dit froidement :

— Diable ! Ça n'a pas marché comme je voulais. Venez voir, il y a quelque chose d'embêtant...

— Pour l'amour du ciel, qu'est-ce qu'il y a ? dit Kerr nerveusement.

Il suivit Cordover et, se penchant au-dessus de la carrière, il vit, éclairé par la lune, à vingt mètres de profondeur, le corps de Lelley, grotesquement couché en travers d'un petit morceau de rocher en saillie, juste assez large pour le retenir.

Sammy dit lentement :

— Il a réussi à ouvrir la porte, vous voyez. Il a été projeté d'abord et la voiture après lui. Il est tombé sur ce maudit éperon, et la bagnole l'a manqué. C'est assez embêtant.

Kerr demanda pourquoi.

— Et si cet idiot n'est pas mort, hein ? dit Sammy. Supposez un peu qu'il soit encore vivant... C'est ça qui est embêtant. Mais je vais arranger ça. Surveillez la route pendant ce temps-là.

Kerr approuva d'un signe de tête. Il se sentait un peu froid à l'estomac. Il s'éloigna du camion et regarda la route dans les deux sens. Sammy Cordover éteignit les phares, ne laissant que les feux de position. Il entra dans l'arrière du camion et en ressortit bientôt avec une corde de manille roulée. Il attacha une extrémité autour du camion et jeta l'autre bout par-dessus la carrière. Il resta quelques secondes au bord de la carrière, toujours le mégot aux lèvres, et regarda le fond. Puis il s'agenouilla, prit la corde dans ses mains et se laissa glisser. Kerr était énervé par cet accident imprévu. Il réfléchit rapidement et tint une histoire toute prête au cas très improbable où quelqu'un ferait son apparition sur la route déserte.

Il entendit un étrange bruit sourd et mou. Une ou deux minutes plus tard, la tête de Sammy apparut au bord de la carrière. D'un bond, Sammy fut sur la route, il ramassa la corde, remonta le bout qui pendait dans la carrière, détacha l'autre extrémité, enroula le tout et le jeta dans l'arrière du camion. Il vint vers Kerr en s'essuyant les mains sur ses fesses.

— Maintenant, ça colle. Je lui ai donné un petit coup de pied. Et voilà.

Kerr demanda :

— Il était mort ?

— Je n'en sais rien. Mais, s'il ne l'était pas, il l'est sûrement maintenant.

— Très bien, dit Kerr. Vous restez ici, Sammy. Vous savez ce que vous devez raconter. Je vais prévenir la police de Nelswood. Vous jouerez la comédie convenue. Et n'oubliez pas que vous souffrez d'une commotion nerveuse. Si vous pouvez pleurer un peu, ça sera parfait.

— Ça colle, Mr. Kerr, dit Sammy Cordover en ricanant. D'ailleurs, ça m'a donné un choc quand j'ai cru que je faisais la culbute, moi aussi. En tout cas, on a eu de la chance... parce que si je n'avais pas eu la corde...

— A qui le dites-vous !

Kerr s'éloignait déjà quand Cordover le rappela.

— Si ça ne vous fait rien, Mr. Kerr, avant de partir, j'aimerais bien un petit coup de gnole. L'air frais de la nuit n'est pas bon pour ma poitrine.

Kerr lui tendit la bouteille, attendit qu'il eût bu. Puis il se dirigea d'un pas alerte dans le bois, vers un raccourci qui le ramènerait à Nelswood.

Juste derrière la gare de Nelswood, au bout de la route de terre, il y avait la cabine téléphonique indiquée sur le plan de Quayle. Kerr arrêta le moteur, rangea sa voiture sur le côté, descendit et entra dans la cabine.

Il alluma sa lampe électrique, trouva le numéro, le composa sur le disque et attendit. Il se demandait si Lelley était mort avant que Sammy l'eût poussé au fond de la carrière. Il est vrai que ça n'avait plus aucune importance.

A l'autre bout de la ligne, la sonnerie durait depuis deux minutes, quand une voix bourrue se fit enfin entendre.

— C'est le commissaire de police de Fitchley qui est à l'appareil ? demanda Kerr.

Et, ayant reçu une réponse affirmative, il raconta d'une voix encore tremblante d'émotion :

— Un terrible accident vient de se produire à la carrière à la sortie de Nelswood. Une automobile roulait à vive allure sur la route, quand un camion déboucha de la route latérale, près de la bifurcation de Brent. Le choc a été épouvantable ; l'auto a été projetée au fond de la carrière avec son conducteur.

Le policier dit presque joyeusement :

— C'est plutôt une sale blague, ça, dites donc. J'y vais tout de suite. Voulez-vous me donner votre nom ? Vous étiez sur les lieux quand l'accident s'est produit ?

— Oui, dit Kerr. Je venais en sens inverse, en direction de Nelswood. J'ai tout vu. Vraiment, ce n'était la faute de personne. Je m'appelle Ricardo Kerr. Je suis fonctionnaire du ministère de l'Armement. Le conducteur du camion vous attend là-bas, il s'appelle, je crois, Samuel Cordover. Il conduisait un camion pour Maekin et Philps et transporte des blindages, je crois. Il a l'air fortement commotionné.

— Ça ne m'étonne pas, dit le commissaire.

— J'ai une mission urgente, d'intérêt national, à terminer, dit Kerr. Vous exigerez certainement de moi un rapport : aussi je vous propose de donner au commissariat de police d'Arpingdon tous les renseignements que je possède. Je peux y être dans une heure, quand j'aurai rempli ma mission.

— Très bien, monsieur, dit le policier. Je vous remercie. Je téléphone à Arpingdon qu'ils envoient une ambulance et je me rends tout de suite sur les lieux de l'accident.

Kerr lui souhaita bonne nuit et raccrocha. Il remonta dans sa voiture et alluma une cigarette. Puis il sortit la bouteille de whisky de sa poche et la vida jusqu'à la dernière goutte. C'était excellent. Il resta un petit moment à penser à Lelley et à Cordover et à Quayle et à lui-même. Puis il mit le moteur en marche et prit la direction d'Arpingdon.

Il était cinq heures du matin. Les rues étaient noires : la lune avait disparu. Kerr roulait en direction de Knightsbridge. Il avait froid. Il arrêta sa voiture devant la cabine téléphonique, en face de l'hôpital. Il entra dans la cabine, composa un numéro.

Très vite, il entendit la voix de Quayle.

— Allô ! Qui est-ce ?

— Ici, Ricky. Je vous téléphone parce que j'ai été témoin d'un terrible accident, il y a quelques heures, à Nelswood.

— Vraiment ? Que s'est-il passé ? dit Quayle d'une voix qui trahissait sa curiosité.

— Une collision épouvantable. Je venais juste de sortir de Nelswood et je roulais le long de la carrière. Une voiture venait en sens inverse. Un camion lourd a débouché d'une petite route latérale et a envoyé l'auto et son occupant par-dessus le bord de la carrière. Ils se sont écrasés au fond.

— C'est terrible, dit Quayle.

— Je pense bien. L'auto s'est brisée en mille morceaux. Je n'ai jamais rien vu de pareil.

— Oui, tous les jours il arrive de ces accidents... Qu'allez-vous faire maintenant, Ricky ?

— C'est bizarre, mais je ne me sens pas tellement fatigué. En tout cas, je n'ai pas l'intention de rentrer chez moi cette nuit. Je crois que je vais descendre à l'hôtel *Saint-Ermyn* à Knightsbridge, comme d'habitude.

— Parfait. Dormez bien. Venez donc me voir demain, à six heures, à l'endroit habituel. J'ai quelque chose à vous dire.

— Entendu. J'y serai, dit Kerr.

Il raccrocha.

Il monta dans l'auto et alla jusqu'à l'hôtel *Saint-Ermyn*, à Knightsbridge, un petit hôtel à l'ancienne mode où il était bien connu. Il mit la voiture au garage et sortit de la malle arrière sa valise qui était préparée avec du linge propre et un complet de rechange. Il entra dans l'hôtel.

Il dit au vieux portier de nuit :

— Bonjour, Charles. Je viens de faire un voyage éreintant. Je suis vanné.

— Vous désirez qu'on vous laisse dormir toute la journée, Mr. Kerr ?

— Oui, jusqu'au déjeuner. Qu'on m'apporte du café à une heure. Vous n'avez sans doute pas de whisky. On ne peut plus s'en procurer ces temps-ci.

— Vous allez être étonné, Mr. Kerr, mais nous avons toujours un peu de whisky pour nos fidèles clients. Je vous en ferai monter dans votre chambre.

— Merci. Mettez-m'en une demi-bouteille, si c'est possible. J'aurai besoin de boire ce matin.

6

Tentation

Kerr s'éveilla. Pendant un court instant, il demeura dans cet état intermédiaire entre le sommeil et le réveil complet. Puis il sursauta en se rappelant, tout à coup, qu'il avait rendez-vous avec Quayle. Il regarda sa montre-bracelet. Elle marquait cinq heures. Il poussa un soupir de soulagement et laissa retomber sa tête sur l'oreiller.

Il entendait dehors le bruit du trafic dans Knightsbridge. Le jour commençait à décliner. Il ferait bientôt sombre.

Kerr se mit à réfléchir aux rues sombres qu'il avait connues. Il y avait la rue Esteranza, à Lisbonne, où Fenney avait été lardé de coups de couteau et jeté dans le caniveau. On l'avait trouvé, le matin, la tête presque séparée du tronc. Il y avait la place des Roses, ce cul-de-sac ténébreux où Fours tenait un bistrot. Beaucoup de rues sombres lui revinrent à la mémoire.

Il n'y a pas d'ombres dans une petite rue noire, avait dit Confucius, ou un autre. Ça prouvait que Confucius avait encore beaucoup à apprendre. Kerr connaissait les rues noires où il y avait des ombres, même si on ne pouvait pas les voir. Des ombres qui savaient se servir avec une merveilleuse dextérité d'un lacet d'étrangleur, d'un couteau, d'un revolver ou tout simplement d'une paire de gros godillots. Avec un ou deux coups de pied bien placés, on pouvait tuer quelqu'un presque aussi vite qu'avec un revolver ou un couteau.

Il se rappelait son travail à Lisbonne, dans les premiers jours de la guerre, quand c'était devenu vraiment sérieux et qu'il avait fallu agir vite. Il se rappelait la nuit où, avec Kane et Ernie Guelvada, il avait liquidé onze agents ennemis, presque tous dans des rues noires ou des allées obscures. Il se rappelait la nuit où Guelvada avait tué Schiltter en lui coupant la gorge dans une ruelle, à Estoril. Guelvada, qui était un tireur émérite au revolver, avait tué l'espion allemand avec un couteau, « pour changer un peu », comme il disait.

Kerr se mit à réfléchir à Sandra. Il se dit qu'après avoir vu Quayle il rentrerait à la maison et qu'il y trouverait Sandra, l'air adorable comme toujours, habillée à la perfection. Elle le regarderait de côté, avec ses adorables yeux violets, et sourirait tendrement. Il n'y aurait dans ses yeux aucune accusation, simplement une vague curiosité.

Elle le regarderait presque comme pour lui dire :

« Je me demande comment elle est, cette femme avec laquelle tu as été. Je me demande quelle séduction, dont je suis dépourvue, elle exerce sur toi. Je me demande ce qu'elle peut te donner que je ne puisse te donner aussi. » Elle dirait de sa voix douce, où percerait un très léger sarcasme : « Tu as dû travailler dur au ministère, Ricky ? » Et il hausserait les épaules.

Il répondrait : « Sandra, tu sais bien ce que c'est. Nous sommes en guerre.

Toutes sortes de choses doivent être faites. Il n'y a plus d'heure pour le travail en période de guerre.

Elle dirait : « Je sais. Veux-tu boire quelque chose, Ricky ? »

Elle porterait probablement cette longue robe rouge collante qu'elle portait à la maison, quelque chose de très sophistiqué. Elle aurait un ruban dans les cheveux et elle lui donnerait un cocktail. Debout devant le feu, il boirait, la regardant par-dessus son verre, et cette chose flotterait dans l'air entre eux.

Mais, bon sang, que pouvait-il y faire ? Que faire contre une chose comme ça ? Fallait-il dire simplement : « Ecoute, ma chérie, ne sois pas injuste. Je n'ai pas été avec une femme la nuit dernière. Oui, je sais, j'ai un faible pour les femmes, et quelques-unes m'ont déjà fait faire des folies ; mais, crois-moi si tu veux, je n'étais pas avec une femme la nuit dernière. »

Et Sandra répondait : « Non ? Je ne veux rien savoir de ce que tu ne veux pas me dire, Ricky. Parlons d'autre chose. » Elle lui apporterait une cigarette, l'allumerait de ses longs doigts fins et blancs ; elle lui donnerait un autre cocktail. Et Kerr s'imagina lui racontant toute la vérité.

« Ecoute, Sandra, la nuit dernière, je n'étais pas avec une femme ; j'ai tué un homme, pas très loin de Nelswood. Je vais te dire ce que nous avons fait. Ce type-là, un Allemand, un épouvantable salaud, roulait en auto sur la route, le long d'une carrière, quand Sammy Cordover — cet étrange petit bonhomme qui est venu me voir ici une fois ou deux —, un type qui a des nerfs d'acier, a débouché d'une route latérale, au volant d'un camion. Il a embouti le Boche et l'a envoyé culbuter, lui et sa bagnole, au fond de la carrière. L'amusant, c'est qu'il était resté accroché à un éperon en saillie, à vingt mètres de profondeur. Sammy a dû descendre à l'aide d'une corde et lui donner un coup de pied pour le faire tomber au fond. Nous n'étions pas sûrs qu'il était mort, mais maintenant, il l'est sûrement. La carrière a quatre-vingt-dix mètres de profondeur. Voilà ce que j'ai fait la nuit dernière, ma chérie. Et ce n'était pas la première fois. Nous sommes en guerre, on a besoin d'autres armes encore que l'aviation et l'infanterie. On ne combat pas seulement sur les champs de bataille, mais dans chaque ville du monde, incessamment à découvert et en secret. Eh bien ! moi, je suis de ceux qui combattent en secret, dans l'ombre. »

Kerr se vit buvant une grande gorgée de whisky à l'eau. Il s'entendait poursuivre : « Tu te rappelles quand je suis allé à Lisbonne ? Je t'ai dit que j'y allais pour le ministère de l'Armement, n'est-ce pas ? Ce n'était pas vrai. J'ai rencontré là-bas deux hommes : un type de premier ordre appelé Kane et un drôle de petit Belge nommé Ernie Guelvada. Celui-ci a pris les Allemands en horreur depuis qu'une brute de la Gestapo a coupé les seins de sa fiancée, au début de la guerre, dans un village de Belgique. Nous n'avons diablement pas perdu notre temps tous les trois. En l'espace d'une vingtaine de jours, nous avons occis jusqu'au dernier toute une couvée d'agents ennemis. Voilà ce que j'ai fait à Lisbonne. Qu'en dis-tu, Sandra ? »

Kerr regarda le plafond. Il se demandait ce qu'elle dirait si elle savait.

Mais elle ne saurait jamais. Il s'assit dans son lit, s'étira. Sur la table de nuit, à côté de lui, il y avait la demi-bouteille de whisky que Charles, le portier de nuit, lui avait procurée. Kerr la regarda d'un air surpris en constatant qu'elle était aux trois quarts vide. Il fallait qu'il ait eu vraiment soif avant de s'endormir.

Il passa une langue pâteuse sur ses lèvres sèches. Se lever, sortir du lit, s'habiller, tout cela lui semblait pénible, même à cette heure de la journée. Il étendit la main vers la bouteille et finit le whisky. Il se sentit mieux. Il se leva et alla dans la salle de bains.

Il était juste six heures quand Kerr entra dans la maison de la place Pall Mall. Il monta l'escalier et trouva Quayle assis derrière le bureau et fumant. Il ferma la porte derrière lui et resta debout, regardant Quayle.

— Hallo ! Quayle, dit-il. Je suis heureux que tout ait bien marché.

— Bonjour, Ricky. Entrez donc. Asseyez-vous, dit Quayle.

Kerr prit une chaise et s'assit près du bureau.

Quayle dit doucement :

— Mr. Lelley a cessé désormais de nous embêter. Tout s'est très bien passé. La police a été très satisfaite des explications fournies par Sammy Cordover. Ils ont été plutôt enclins à sympathiser avec lui. C'est curieux : ils avaient déjà remarqué que l'endroit où s'est produit l'accident était dangereux ; ils avaient même songé à fermer la route transversale.

— Tout s'est bien terminé ? demanda Kerr.

— Oui, j'ai parlé à Cordover ce matin. Il m'a dit que notre ami Lelley avait voulu vous créer des ennuis au dernier moment. C'est une chance que Cordover ait eu cette corde.

Il ajouta avec un sourire :

— Mais Sammy pense toujours à tout.

Kerr tâta sa poche, en quête de son étui à cigarettes. Il se disait : « Je me demande ce qui va venir maintenant, où il va m'envoyer et ce qu'il faudra que je fasse. »

Il s'aperçut soudain qu'il se sentait fatigué. Il alluma sa cigarette, leva les yeux et vit que Quayle le regardait en souriant. Il se demanda à quoi pensait Quayle.

— Il y a une petite chose que vous pouvez faire, Ricky, dit Quayle. Après cela, vous pourrez prendre deux semaines de congé. Vous irez vous reposer quelque part à la campagne. Vous avez beaucoup travaillé ces deux dernières années, n'est-ce pas ?

Kerr répondit négligemment :

— Pas mal, en effet. Mais... n'est-ce pas ?... c'est la guerre.

— Oui, dit Quayle, le regard absent.

Il réfléchissait déjà à un autre projet : ses pensées l'entraînaient ailleurs.

— Qu'est-ce que c'est, votre petite chose ? demanda Kerr.

— Ceci, dit Quayle, en sortant de la poche intérieure de son veston une feuille de papier pliée en quatre, couverte de notes tapées à la machine. Nos nouveaux agents sont maintenant tous à leur poste en France. Demain soir, Vining sera parachuté à un endroit derrière le Pas-de-Calais. Il sera notre homme de liaison et le responsable du groupe. Il fera continuellement la navette entre la France et ici pour maintenir le contact.

— On dirait que c'est un service régulier de passagers que vous avez créé entre la France et l'Angleterre, dit Kerr en riant.

— Ma foi, vous dites presque vrai, dit Quayle. Il ne se passe pas de nuit sans que nous ne parachutions des agents. C'est très bien organisé, et les Français nous aident beaucoup. Voici donc la liste de nos agents, avec les noms sous lesquels ils sont connus en France et leurs adresses. Votre travail consiste à remettre cette liste à Vining, demain matin, à la gare Victoria. Il prend le train de onze heures pour Douvres. Il a quelque chose à faire dans la ville ; après, il se rendra au terrain d'aviation d'où il s'envolera pour la France. Il doit apprendre cette liste par cœur dans le train. Pour lui, c'est un jeu d'enfant, il a une mémoire prodigieuse. Quand il saura la liste par cœur, il doit la brûler, en tout cas la détruire avant d'arriver à Douvres. Je n'ai pas besoin de vous dire que cette liste est très importante.

— A qui le dites-vous !

Quayle lui tendit la feuille de papier. Kerr jeta un rapide coup d'œil sur les noms et les adresses, la plia, ouvrit son veston et son gilet et la glissa dans une poche secrète qu'il avait fait faire à l'intérieur de son gilet.

— C'est tout ? demanda-t-il.

— C'est tout, Ricky. Vous rencontrez Vining demain matin. Vous lui remettez la liste et vous lui donnez mes instructions. Après quoi, vous pouvez partir en vacances et vous amuser un peu.

— Très bien, dit Kerr en se levant. Je suis heureux que l'affaire Lelley se soit bien terminée.

— Moi aussi. Ce type-là m'agaçait singulièrement.

— Eh bien ! il ne vous agacera plus maintenant. Alors, au revoir, Quayle.

— Au revoir, Ricky, dit Quayle. Je vous téléphonerai de temps en temps.

Kerr sortit. Il passa devant le théâtre Saint-James et prit la rue Saint-James en remontant vers Picadilly. Il se sentait mieux. Sa tête était plus libre. Il traversa Picadilly en direction de Knightsbridge.

Il pensait que la vie était une drôle de chose et aussi une partie passionnante. Il se demanda ce que faisait Sandra, ce que faisait Sammy Cordover.

Il croyait tout savoir de Sammy, et pourtant, en pensant à lui, il fut étonné de s'apercevoir qu'il n'avait pas la moindre idée de ce qu'il pouvait faire en ce moment. Il se rendit compte qu'en réalité il savait très peu de choses sur Sammy. Il savait seulement qu'il l'accompagnait dans son « travail » et qu'il gardait toujours un sang-froid admirable dans les situations les plus difficiles. Mais, en dehors de ça ? Il ne savait rien de Sammy ; il ignorait sa vie privée, ses espoirs, ses craintes, ses désirs, ses passe-temps, ses marottes ou les femmes qui lui plaisaient. Il ne savait absolument rien.

Après tout, n'était-ce pas souvent comme ça, entre soldats ? On avait beau avoir été dans la même tranchée qu'un camarade, être monté à l'assaut avec lui, avoir tué des Allemands avec lui, on n'en savait pas plus sur lui pour ça. On ne savait ni où il habitait, ni ce qu'il faisait, ni ce qu'il pensait. La guerre avait rapproché pour une besogne précise deux êtres dont chacun gardait pour soi sa vie privée.

Kerr entra dans le bar au coin de Street Sloane et but un grand whisky à l'eau. Il sortit, alluma une cigarette et se dirigea vers Brampton Road. Il se sentait étrangement exalté ; il éprouvait une sensation d'euphorie très particulière et qu'il ne comprenait pas très bien.

Il était content de marcher sans savoir où il allait. Une ou deux fois il tourna au hasard, à gauche ou à droite, dans une petite rue, sans se soucier d'où elle le conduisait. Il arriva devant une grande place carrée et s'arrêta brusquement. Il regarda autour de lui et se dit que c'était une belle place qui avait de l'allure ; elle était spacieuse, avec un jardin au milieu ; l'architecture des maisons avait du style. Il se demanda où il était. Il crut se rappeler vaguement cet endroit pour l'avoir déjà vu dans une autre ville, dans un pays étranger, mais il ne se rappelait pas l'avoir vu dans aucun quartier de Londres qu'il connût.

Il traversa la place et prit une rue étroite ; à mi-chemin, il remarqua sur sa droite une ouverture voûtée : au fond d'un passage, formant cul-de-sac, il y avait une taverne. C'était une vieille maison avec des fenêtres enchâssées de plomb ; une vieille enseigne se balançait au-dessus d'une porte gothique qui formait l'entrée. Kerr se dit qu'on pouvait croire que c'était une église désaffectée et transformée en cabaret. Cette idée l'amusa.

Il pénétra dans le cul-de-sac et entra dans la taverne. L'intérieur était aussi amusant et aussi étrange que l'extérieur. Kerr se trouvait dans un bar bas de plafond, en forme de « L » allongé. Il y avait un renfoncement à une extrémité. Le bar était plein à craquer. On entendait un murmure de voix, et l'air était chargé d'une épaisse fumée de tabac. Kerr alla au fond du bar et s'assit sur une chaise haute, en face du comptoir. Il commanda un grand whisky à l'eau.

Il se sentait soudain très fatigué. Il se dit que, quand il aurait vidé son verre, il rentrerait à la maison et se coucherait. Il avait besoin de sommeil.

Autour de lui, le murmure des voix allait croissant ou décroissant : on aurait dit qu'il y avait un certain rythme dans le bourdonnement des conversations. Chacun semblait avoir une foule de choses à dire et les chuchoter du ton le plus confidentiel. Soudain une voix domina le bruit confus ; c'était la voix d'un Américain qui s'exclamait.

— Ah ! mince, alors... la belle môme !

Kerr se retourna et vit que c'était un soldat qui venait de parler ainsi. Il se tourna dans la direction du regard admiratif du soldat, mais il ne put rien voir, parce que l'autre regardait dans le côté court de la salle en « L ». Il se leva donc de sa chaise, son verre à la main, et alla jusqu'à l'angle du bar. Il resta là, regardant droit devant lui, et une vague surprise se peignit sur son visage. Il vit la femme en question, assise sur une chaise haute, à demi adossée au mur, qui formait l'extrémité du bar. Elle était adorable au-delà de toute expression. Ses mains gantées, jointes sur ses genoux, elle regardait, droit devant elle, d'un air hagard.

Kerr s'approcha d'elle, indécis, vaguement mal à l'aise. Elle était parfaitement belle. Elle était habillée d'un tailleur vert tendre avec des revers d'astrakan ; elle ne portait pas de chapeau, et ses cheveux étaient couleur d'encre de Chine. Ses yeux étaient bleus et son visage d'une pâleur mortelle.

Elle penchait un peu les épaules en avant, et Kerr put admirer la courbe de ses hanches, sa taille svelte, la ligne de ses épaules. Elle avait de longues jambes, et sa jupe serrée faisait voir leurs formes : elles étaient adorables. Ses pieds posés sur un barreau de la chaise étaient petits et magnifiquement chaussés.

Kerr ne pouvait détacher d'elle son regard. Il se disait : « Diable, Ricky, que vas-tu faire ? » Il lui semblait évident qu'il devait faire quelque chose.

Il n'avait plus aucune envie de rentrer chez lui : cette idée lui semblait absurde.

Il s'avança, s'assit sur la chaise libre à côté d'elle et la regarda.

Elle regardait toujours fixement droit devant elle, d'un air profondément malheureux, comme en proie à un désespoir sans remède.

— Ne soyez pas si triste ! dit Kerr. Quittez cet air abattu. Rien n'est jamais aussi grave qu'on se l'imagine. On se tracasse souvent pour peu de chose. Vous pouvez me croire, parce que je vous dis la vérité.

Il lui sourit, en même temps qu'il trouvait le ton de sa voix un peu étrange.

Elle tourna la tête, le regarda. Kerr vit qu'elle portait une blouse de chiffon vert pâle, fermée en haut par une broche de diamant et de rubis. Il se dit qu'elle portait une fortune sur elle et se demanda ce qu'elle faisait dans cet endroit.

Elle dit d'une boix basse et tremblante :

— C'est très aimable à vous de vouloir me redonner du courage. Je vous remercie. Mais je crains que ce ne soit inutile.

— Rien n'est inutile, dit Kerr.

Il parlait vivement ; il se disait qu'il devait absolument la faire parler, qu'il ne devait pas lui permettre de s'en aller avant qu'elle ait parlé. Sentir cette femme près de lui le faisait divaguer. Il respira avidement son parfum. Il poursuivit :

— Rien n'est inutile. Tout a un sens ; demain, tout s'arrangera. Tout le monde a des mauvais moments à passer dans la vie, vous savez.

Elle dit :

— Vous êtes très gentil. Je voudrais pouvoir dire comme vous. Je voudrais croire que vous avez raison.

— Je vous en prie, dites-moi ce que vous avez ?... Y a-t-il quelque chose que je puisse faire pour vous ?

Elle secoua la tête et dit :

— J'ai erré au hasard, je suis entrée dans des salons de thé, dans des bars, des tavernes et, depuis le début de la soirée, moi qui n'ai jamais bu de la vie, je ne cesse pas de boire. On m'avait dit qu'en buvant beaucoup on arrivait à oublier les choses. Mais ce n'est pas vrai. Je n'ai rien oublié.

— Qu'essayez-vous d'oublier ? demanda Kerr.

Elle dit très doucement :

— J'avais deux frères que j'aimais beaucoup. Ils étaient mes amis les plus chers. Tous les deux ont été abattus au-dessus de l'Allemagne, le même jour, il y a une semaine. Et, cet après-midi, j'ai appris que mon mari a été tué en Italie. Nous étions mariés depuis quatre mois. Pouvez-vous comprendre comment je me sens ? Je voudrais mourir. Il m'est impossible de continuer à vivre. Pour moi, la vie n'a plus aucun sens.

— C'est terrible, dit Kerr. Je comprends bien ce que vous devez éprouver. C'est affreux. Mais que pouvez-vous y faire ?

Il prit sa petite main gantée dans la sienne, la serra avec émotion et la laissa retomber sur ses genoux. Ce geste parut l'avoir touchée.

— Vous me plaisez, dit-elle. Je crois que vous êtes très gentil. Vous avez dû souffrir beaucoup, vous aussi. Merci.

Kerr fit signe à la barmaid, commanda deux grandes fines à l'eau et dit :

— Il faut boire beaucoup, cette nuit, et puis aller au lit et dormir. Vous n'avez pas dû dormir beaucoup ces jours-ci.

— Je n'ai pas dormi du tout. Je crois que je ne pourrai jamais plus dormir.

On apporta les fines à l'eau. Kerr dit :

— Buvez ça. Ça vous remettra.

Elle but, pendant que Kerr lui parlait d'une voix douce et calme. Il lui raconta des histoires, des faits divers, des choses qu'il avait vécues, tout cela pour lui prouver qu'au fond rien n'avait beaucoup d'importance, que le temps guérissait tout, que la fortune était changeante et que demain tout irait déjà mieux. Il n'arrêtait pas de bavarder. Quelque chose le forçait à parler sans cesse, il se disait que, s'il s'arrêtait, elle s'en irait, et cette idée lui était insupportable.

Elle l'écoutait, très calme, sans l'interrompre, en le regardant de temps à autre. Une fois ou deux, elle lui lança un regard scrutateur qui le plongea dans un étrange état d'exaltation. Une ou deux fois, elle dit quelques paroles insignifiantes, et Kerr observa sa bouche, aux lèvres parfaitement dessinées, s'entrouvrir, découvrant une denture d'une blancheur éclatante.

Il commandait toujours de nouvelles fines. Il se sentait l'esprit très clair, pas du tout obnubilé par l'alcool. Il trouvait que cette rencontre, juste après l'affaire Lelley, tombait à pic, que le hasard faisait bien les choses.

A dix heures, elle dit :

— Il faut que je m'en aille. Voulez-vous être assez aimable pour m'accompagner ? J'habite de l'autre côté de la place. Si vous voulez me reconduire jusque chez moi...

Ils sortirent de la taverne. Dehors, il faisait un clair de lune magnifique. Ils traversèrent la place. Elle lui prit le bras. En sentant cette femme à ses côtés, Kerr éprouvait une sorte de vertige encore inconnu. Il se demandait ce qui allait se passer, s'il allait se passer quelque chose, et il se dit qu'il fallait nécessairement qu'il se passât quelque chose.

Arrivés devant une porte, ils s'arrêtèrent.

— Je vous remercie beaucoup, dit-elle. Vous avez été si gentil avec moi. Bonne nuit.

— Je vais vous paraître ridicule, mais je ne veux pas vous quitter. Si je m'en allais, je ne vous reverrais sans doute jamais, et cela... me semble impossible.

— Oh ! je suis vraiment égoïste ! L'idée ne m'était même pas venue que vous aussi vous pouviez être malheureux.

Kerr ne répondit pas. Le bruit du trafic de la ville parvenait jusqu'à lui, mais lui semblait éloigné à plus de cent kilomètres.

— Voulez-vous entrer boire quelque chose ? Je peux vous offrir quelque chose à boire...

Ils entrèrent. Dans l'antichambre froide, des fleurs embaumaient. Kerr resta dans l'obscurité. Puis la lumière se fit. Il posa son chapeau et entra dans la chambre. C'était une chambre délicieuse. Il vit une bibliothèque, de vieux meubles ; une bûche achevait de se consumer dans la cheminée. L'éclairage était tamisé. Kerr essaya de mettre un peu d'ordre dans son raisonnement, de comprendre ce qu'il allait faire.

Elle lui apporta une boisson dans un grand verre fragile, d'une forme particulière. Il le prit de la main gauche, la remercia et la regarda. Elle se tenait en face de lui et le regardait aussi ; ses yeux étaient fatigués, et elle avait l'air malheureuse. Sa bouche tremblait...

— Croyez-vous ?... Croyez-vous ?... dit-elle.

De son bras libre, Kerr la saisit par la taille et la serra contre lui avec une violence à lui briser les os. Dans un sentiment de suprême exaltation, il sentit le corps souple céder sous son étreinte.

Leurs bouches se joignirent. Kerr sentit les larmes qui inondaient le visage de l'inconnue.

Il broya le verre dans sa main gauche ; les morceaux tombèrent en tintant sur le parquet ciré. Le sang chaud lui coulait le long des doigts. Il l'enlaça plus fort...

Un rayon de soleil faisait une ombre grotesque sur le plancher. Les bras derrière la tête, encore mal réveillé, Kerr regardait cette ombre en clignant des yeux, essayant de l'identifier. Il secoua un peu sa torpeur et vit que le papier de la chambre était rouge, que les meubles étaient dorés, de style second Empire. Le lit aussi était doré, et le lourd couvre-pied piqué, dont la moitié traînait par terre, était de soie rouge. Il se demanda ce qu'il faisait dans un lit doré et sous une couverture de soie rouge.

Il bâilla, s'étira, reposa la tête sur l'oreiller et se souvint...

Il réfléchit pendant un temps qui lui parut long. Il trouvait une satisfaction particulière à se rappeler les événements de la soirée et de la nuit précédentes. Sa main gauche lui faisait mal. Il se rappela le verre qu'il avait broyé. Il se rappela tout.

Il remua un peu dans son lit et se dit que le lendemain était le jour des récriminations et des questions ; on se demandait pourquoi on avait fait ceci ou cela.

Il se rappela cette femme dans les moindres détails ; cette créature merveilleuse, étrangement exotique et absolument délicieuse. Dans quelques minutes elle allait s'éveiller et se rappeler ses propres malheurs. Eh bien ! peut-être pourrait-il lui être de quelque secours. Peut-être...

Kerr se complut à imaginer comment elle aurait l'air à cette heure matinale, avec le soleil qui pénétrait dans la chambre. Il tourna la tête et vit qu'elle n'était pas là. La surprise le réveilla tout à fait. Il se demanda où elle pouvait être. Etait-elle descendue ? Ou bien elle faisait le café ? Ou encore elle prenait peut-être un bain ?

Kerr se leva. Il était tout nu dans la lumière du soleil. De l'autre côté de la pièce, sur une chaise, il y avait une robe de soie. Il l'enroula autour de lui, sortit de la chambre, descendit précipitamment au rez-de-chaussée à la recherche de son inconnue.

La maison était vide. Non seulement elle était vide, mais, en traversant les diverses pièces, Kerr les trouva étrangement mornes et sans vie. L'atmosphère de ces grandes pièces bien meublées pesait sur lui d'une façon insolite. Il se demanda où diable elle pouvait être. Debout, au milieu du salon, drapé dans une robe de soie bleu pâle, il avait l'air saugrenu et ridicule.

Elle était sans doute sortie. Elle s'était réveillée, avait trouvé Kerr dans son lit et en avait été surprise. Puis elle s'était rappelé. Alors elle s'était levée, passant à quatre pattes au-dessus de lui et entraînant avec elle le couvre-pied de soie rouge. Elle s'était habillée et elle était sortie. Elle voulait probablement réfléchir un peu. Kerr comprenait très bien ça. Il se dit que cette explication devait être la bonne.

Il revint à l'escalier. Il se mit à penser à Sandra et, soudain, il s'arrêta. Elle avait eu raison, après tout ! Il était avec une femme. Kerr fit la grimace. A vrai dire, il n'y avait pas eu de femme d'abord ; mais il y en avait une maintenant. Il se rappela la petite scène qu'il avait répétée avec elle en imagination, dans son lit, à l'hôtel *Saint-Ermyn,* avant d'aller au rendez-vous de Quayle. Il s'était passé tant de choses depuis ! Il monta les marches. Il aurait voulu une cigarette. Soudain, il éprouva une sensation extraordinaire, comme si des doigts glacés s'étaient posés sur son cerveau. Il escalada rapidement les dernières marches, laissa glisser la robe de soie de ses épaules sur le plancher, ouvrit la porte de sa chambre, puis, se ravisant, sortit de la chambre, prit le couloir et entra dans la salle de bains.

Dans le coin, il y avait la chaise sur laquelle il avait posé ses vêtements la nuit dernière. Toujours soigneux, il avait suspendu son gilet et sa veste au dossier de la chaise. Mais, maintenant, la veste et le gilet étaient par terre.

Il s'approcha lentement, ramassa le gilet, ouvrit nerveusement la poche secrète intérieure. La liste des nouveaux agents de Quayle en France — la liste avec leurs noms, leurs adresses et tous les détails les concernant, la liste qu'il devait remettre à Vining — avait disparu.

Kerr laissa retomber le bras qui tenait le gilet. Il retourna à pas lents dans la chambre à coucher, s'assit sur le bord du lit. L'ombre grotesque, la tache de lumière sur le plancher étaient toujours là.

Il laissa tomber le gilet par terre et se prit la tête dans les mains. Le regard fixé sur le mur en face de lui, il répéta :

— Oh mon Dieu ! mon Dieu !

DEUXIÈME PARTIE

1

Cherchez la femme...

Mrs. Selby, une grosse gaillarde réjouie, âgée de cinquante-cinq ans, ouvrit doucement la porte de la chambre à coucher de Sammy Cordover et jeta un coup d'œil vers le lit. Le spectacle qui s'offrit à sa vue était sans beauté.

Une jambe hors des couvertures, la tête renversée en arrière sur l'oreiller, la bouche grande ouverte, Cordover ronflait. Mrs. Selby compara le bruit qu'il faisait à celui d'une scie mécanique.

Elle le secoua un peu par l'épaule.

— Il est dix heures passées, Mr. Cordover, dit-elle. Voulez-vous votre petit déjeuner ?

Cordover ouvrit les yeux et lui jeta un regard sinistre. Elle lui trouva l'air très fatigué. « C'est honteux, pensait-elle, d'obliger un garçon aussi chétif à conduire toute la nuit de gros camions sur les routes. Il fallait que le ministère de l'Armement fût bien à court de conducteurs pour engager des petits gars comme Sammy Cordover. Et il était si gentil ! Il essayait bien parfois de prendre un air pas commode, mais on savait, bien sûr, que c'était pour rire. Elle compara mentalement Sammy à son fils, un gaillard solidement bâti, qui était dans une unité combattante. Celui-là, au moins, c'était un homme, ce n'était pas une mauviette. Elle se dit qu'on devrait bien chercher des gens plus vigoureux et plus robustes pour faire un travail comme celui de Sammy.

Cordover dit d'une voix encore ensommeillée :

— Apportez-moi du thé, madame Selby, et du pain grillé avec de la confiture. Grouillez-vous.

Quand elle fut partie, il s'assit dans le lit. Il éprouvait, tout au fond de lui-même, une lointaine sensation de plaisir : il y avait quelque chose dont il ne se souvenait pas très bien, mais qui lui faisait plaisir. Il promena son regard dans la chambre en désordre et sourit en apercevant, posé contre le mur d'en face, un grand carton sur lequel le nom d'un tailleur réputé était écrit en grands caractères. Ce devait être le nouveau complet qu'il avait commandé.

Il se leva, trouva une cigarette sur la cheminée et l'alluma. Il regardait le carton, se demandant si le complet lui irait bien.

Les événements de l'avant-dernière nuit n'avaient laissé aucune trace dans son esprit. Il se les rappelait exactement comme un épicier peut se rappeler avoir vendu un chou à tel ou tel client. Ça lui semblait beaucoup moins important que son nouveau complet, par exemple. Sammy avait très souvent participé à des affaires dans le genre de celle qui s'était passée à la carrière de Nelswood. L'expérience l'avait aguerri : ses nerfs, habitués à la surexcitation et au danger, se tendaient ou se relâchaient sans effort. Ces trucs-là, c'était son métier.

Il déficela le carton, en sortit le complet, qu'il suspendit soigneusement au dos d'une chaise. Puis il enfila une vieille robe de chambre en laine et s'assit en attendant Mrs. Selby.

Quand il eut fini son petit déjeuner, il se demanda ce qu'il allait faire aujourd'hui. Quayle n'aurait pas besoin de lui, c'était sûr. Sammy savait bien comment ça se passait : après une affaire comme celle de Nelswood, on avait droit à quatre ou cinq semaines de congé et, s'il survenait quelque chose dans l'intervalle, on chargeait un autre de s'en occuper.

Un autre... Sammy se demanda combien il y avait de gens qui faisaient le même boulot que lui et Ricky Kerr, s'il y en avait beaucoup qui fussent inscrits sur les livres de Quayle et qui eussent des rapports secrets et mystérieux avec des types comme Lelley, qui disparaissaient subitement de la circulation d'une manière ou d'une autre...

Un curieux type, ce Quayle ! Et qui savait y faire. Il tenait toujours sa main gauche dans l'ignorance de ce que faisait sa main droite ; il vous disait juste ce qu'il fallait savoir pour le travail, rien de plus. Sammy savait quelles responsabilités pesaient sur les épaules de son patron, et il éprouvait pour Quayle une admiration voisine de l'affection. Avec Quayle, on se sentait en sûreté, on n'allait pas à l'aveuglette. Quand il vous appelait, il avait déjà examiné tous les détails du travail qu'il allait vous confier, il avait établi un plan d'action minutieux. Naturellement, il pouvait toujours y avoir une anicroche imprévue. Sammy Cordover se rappela qu'il l'avait échappé belle une ou deux fois parce que tout n'avait pas marché selon les calculs. Mais c'étaient les risques du métier. Et puis, en tout cas, c'était un métier bien payé ; on avait même parfois quelques bons supplémentaires qui vous permettaient d'acheter un nouveau complet.

Sammy se rasa et s'habilla. Quand il eut fini, il se heurta à une petite difficulté qui l'empêcha de voir entièrement l'effet de son nouveau complet. C'était un complet bleu, ultrachic, avec un veston croisé, pincé haut à la taille, comme Sammy les aimait, le pantalon assez large, au pli impeccable, tombait sur des souliers légèrement pointus. Malheureusement, le miroir sur la table de toilette ne lui permettait de voir qu'une moitié de lui-même à la fois. Malgré ce petit inconvénient, il se déclara satisfait.

La sonnerie du téléphone retentit brusquement. Sammy sursauta et regarda l'appareil. « C'est plutôt marrant », se dit-il. Deux personnes seulement connaissaient son numéro de téléphone : la secrétaire de Quayle et Quayle lui-même. Et jamais on ne lui avait téléphoné si tôt après qu'il eut terminé une affaire. Il se demanda ce qui était arrivé. Il décrocha le récepteur. La secrétaire de Quayle était au bout du fil. Cordover ne l'avait jamais vue, mais il aimait sa voix.

— Mr. Cordover, Mr. Quayle voudrait vous parler, dit-elle.

— J'écoute, dit Sammy, et il attendit.

— Hallo ! Sammy, dit Quayle, il y a un salon de thé *Lyons*, tout près de Ryder Street, à Saint-James, avec un comptoir où l'on se sert soi-même au rez-de-chaussée. Pouvez-vous y être dans vingt minutes ?

— Entendu, Mr. Quayle, répondit Sammy.

Il raccrocha. « Que peut-il bien me vouloir, se demandait-il. Que diable a-t-il encore combiné ? » Toujours perplexe, il acheva de fumer sa cigarette. Jamais Quayle ne l'avait appelé si tôt après un travail. Il avait dû arriver quelque chose de fâcheux, un accident quelconque. Bah ! on verrait bien. Cordover haussa les épaules. Il décrocha d'une patère, derrière la porte, son chapeau mou bleu foncé, de forme américaine, le mit sur sa tête, comiquement penché sur le côté, et sortit.

Assis à une table à dessus de marbre, Quayle buvait du café. Cordover alla au comptoir, se fit donner une tasse de café et paya. Puis il vint s'asseoir à côté de Quayle.

— Bonjour, Mr. Quayle, dit-il. Il y a quelque chose qui ne gaze pas ?

Quayle sourit, et ce sourire rassura presque Sammy.

— Pourquoi me demandez-vous ça ? dit-il.

— Parce que, d'habitude, quand vous m'appelez, c'est que vous avez du travail pour moi ; et jamais vous ne m'avez appelé aussitôt après une affaire. Alors j'ai pensé que quelque chose n'allait pas, que vous aviez des ennuis.

— Il y a un tas de choses qui ne vont pas, Sammy, dit Quayle presque négligemment.

Cordover ne répondit pas. « Qu'est-ce qu'il va me servir maintenant ? se disait-il. Quelque chose de pas commode, je parie. Quelqu'un a dû faire une gaffe, je me demande qui. »

— Je n'ai pas l'habitude de vous faire des confidences, reprit Quayle. Je ne crois pas que ce soit une bonne chose. J'estime qu'il vaut beaucoup mieux, pour les gens qui travaillent pour moi, qu'ils ne sachent que le strict nécessaire et rien de plus.

— C'est une bonne idée, dit Cordover. Comme ça, s'ils se font pincer, ils ne peuvent pas parler, puisqu'ils ne savent rien.

— Vous avez raison, Sammy, dit Quayle en souriant. Pourtant je vais vous faire quelques révélations aujourd'hui. Parce que c'est nécessaire. Nous sommes plutôt dans le pétrin, vous savez.

— Est-ce que ça a un rapport avec l'affaire de l'avant-dernière nuit ? demanda Sammy en baissant la voix.

— Oui... et non, répondit Quayle. Voici ce qui s'est passé. Mr. Kerr avait été mis en possession d'une liste de gens qui travaillent pour nous en France occupée. Cette liste devait être remise ce matin à onze heures à un de mes agents qui sera parachuté en France cette nuit. Il s'agissait d'une liste très importante.

— Je m'en doute, dit Sammy.

— Hier soir, Mr. Kerr, qui avait cette liste dans la poche intérieure de son gilet, est allé dans un bar appelé *Le Turban vert*. Il y a rencontré une femme... très alléchante, ma foi, à ce qu'il paraît.

Quayle fit la grimace.

— Ils ont engagé la conversation. Elle avait eu beaucoup de malheurs ces derniers temps. Ses deux frères avaient été abattus au-dessus de l'Allemagne le même jour, et elle venait de perdre son mari.

— La pauvre ! Elle devait faire peine à voir.

— Oui, dit Quayle.

Il ajouta d'un ton sarcastique :

— Mr. Kerr a voulu la consoler, et ils ont bu quelques verres ensemble ; il l'a accompagnée chez elle et y a passé la nuit. Mais ce matin, quand il s'est réveillé, l'appartement était désert et la liste avait disparu.

— Sacré nom d'un chien ! dit Sammy.

Quayle approuva d'un signe de tête.

— Entièrement de votre avis, dit-il.

Il y eut un silence. Puis Cordover demanda :

— Et qu'est-ce que je dois faire dans tout ça, Mr. Quayle ?

— Sammy, vous avez travaillé souvent avec Mr. Kerr. Vous avez dû faire une vingtaine d'affaires ensemble. Vous le connaissez assez bien, n'est-ce pas ? Et il vous est sympathique ?

Cordover fit un signe de tête affirmatif.

— Oui, j'ai beaucoup de sympathie pour lui. C'est un brave type, il me plaît. Je l'ai souvent regardé marcher dans la rue. J'aurais voulu être comme lui.

— C'est seulement son physique que vous admirez ? demanda Quayle.

— Non, il est vif, vous savez, et intelligent, et il peut être excessivement coriace à l'occasion. Du moins...

— Que voulez-vous dire par « du moins... », demanda vivement Quayle. Vous comprenez, Sammy, que ce que nous disons maintenant est important. N'oubliez pas que la vie de plusieurs personnes est en jeu.

— Celles qui sont sur la liste ?

— Parfaitement.

Il y eut un nouveau silence. Sammy Cordover but un peu de café, sortit un paquet de cigarettes, en alluma une.

— Voyez-vous, Mr. Quayle, reprit-il, ces temps derniers, je me suis dit, une ou deux fois, que Mr. Kerr était peut-être un peu imprudent. J'ai remarqué qu'il aimait bien boire un coup. Et, ces derniers temps, je me suis dit qu'il buvait un petit peu trop. Je me suis dit qu'il était peut-être un peu fatigué.

— C'est tout ? dit Quayle.

— Je ne sais pas. On voit des choses, on a des idées... mais, n'est-ce pas, on peut se tromper. Quand je suis allé chez lui, une ou deux fois, j'ai cru remarquer que Mrs. Kerr regardait son mari un peu de côté, d'un air curieux. Je me suis demandé ce qu'elle pensait, si peut-être elle avait remarqué quelque chose.

— Et à quoi croyez-vous qu'une femme comme Mrs. Kerr ait pu penser ?

Sammy se frotta le menton avec un doigt.

— Moi, je ne saurais pas vous le dire, Mr. Quayle. Mais, vous savez, Mr. Kerr est un type qui a beaucoup de succès auprès des femmes. Il avait l'habitude d'aller à toutes sortes de soirées. Il connaît des femmes très chic. Je l'ai vu avec plusieurs.

— Ah ! dit Quayle.

Cordover reprit :

— Ecoutez, Mr. Quayle, vous ne m'en voudrez pas si je vous dis quelque chose qui vous paraîtra peut-être un peu déplacé.

— Dites tout ce qu'il vous plaira.

Cordover regarda la table.

— Voyez-vous, Mr. Kerr est plutôt comme un cheval de course, n'est-ce pas, c'est un pur-sang. Quand il s'apprête à faire un boulot, il y met tout ce qu'il a dans le ventre. Je l'ai observé la nuit dernière à Nelswood. Il était nerveux, crispé. Il a toujours été comme ça avant l'action. C'est comme un artiste qui a le trac avant d'entrer en scène. Et puis, quand l'affaire est réglée, quand tout est fini, il a tendance à s'effondrer d'un seul coup, parce que ses nerfs ne le soutiennent plus. Vous voyez ? Il avait bu quelques verres. C'est pourquoi je suis un peu étonné, Mr. Quayle.

— Qu'est-ce qui vous étonne ? demanda Quayle.

— Vous n'êtes pas une cruche, Mr. Quayle. Vous êtes un cerveau. Je crois bien que vous êtes l'homme le plus intelligent de l'Angleterre. Je ne travaille pas avec vous depuis si longtemps sans connaître un peu vos méthodes, et vous avez affaire à forte partie. C'est pour ça que je ne comprends pas que vous n'ayez pas remarqué que Mr. Kerr a une sorte de réaction nerveuse après le travail.

— Eh bien ! supposons que je l'aie remarqué, dit Quayle.

Cordover le regarda.

— Alors, vous lui avez tout de même confié cette liste aussitôt après l'affaire Lelley ? Vous l'avez chargé de la remettre à quelqu'un. C'est cela qui m'étonne.

— Un bon point, Sammy... Mais le travail avant tout, n'est-ce pas ? C'est très bien, toutes ces histoires de réaction nerveuse, de gens qui flanchent après une affaire...

— Je sais bien, Mr. Quayle, je sais bien..., dit Cordover.

Il attendait ce qui allait venir.

— J'ai vu Mr. Kerr ce matin, reprit Quayle. Il est venu me voir et m'a tout raconté. Il est retourné au *Turban vert*. On lui a dit que c'était la première fois qu'on voyait cette femme dans l'établissement. C'est une coïncidence extraordinaire qu'elle se soit trouvée juste dans le bar où il entré au hasard, car, notez-le bien, lui non plus n'avait encore jamais mis les pieds dans cette boîte, et qu'elle fût précisément la personne qui désirait entrer en possession de la liste.

— Etes-vous certain qu'elle était déjà là quand il est entré ? demanda vivement Cordover.

Quayle ricana.

— Je savais que vous me diriez ça. Bien sûr que non, elle n'était pas encore là. Elle est venue derrière lui.

— Mon Dieu..., dit Cordover, ils avaient donc pris Kerr en filature ; il était suivi. Ça veut dire...

— Exactement, dit Quayle avec une rage sourde. Ça veut dire que Kerr est découvert, ça veut dire qu'on l'a suivi à son retour sur l'affaire Lelley, qu'on l'a peut-être même surveillé pendant tout ce temps-là, que cette femme est entrée dans le bar après lui et qu'on le connaissait suffisamment pour savoir comment il réagirait quand il aurait bu quelques verres de trop.

— Vous croyez qu'ils sont au courant de l'affaire Lelley ? dit Sammy.

— Pourquoi pas ? dit Quayle en haussant les épaules. Nous ne sommes pas les seuls à jouer ce jeu. Les Allemands aussi ont quelques bonshommes de première force, vous savez. Lelley en était un.

Cordover dit vivement :

— Ecoutez, Mr. Quayle, vous aviez vos raisons pour vous débarrasser de Lelley. Vous vouliez qu'il soit occis, n'est-ce pas ? Mais vous ne m'avez pas dit pourquoi.

— Il fallait que Lelley fût occis comme vous dites, Sammy, parce qu'il transmettait à l'étranger des informations sur nos agents en France. Nous en avions perdu trois il y a peu de temps et certainement à la suite de rapports qu'il avait fournis. C'est pour cela qu'il fallait le supprimer.

— Ecoutez, Mr. Quayle, dit Cordover, est-ce que ça ne saute pas aux yeux qu'on savait que Lelley allait être découvert, que vous sauriez que c'était lui qui avait donné vos agents ?

Quayle approuva d'un signe de tête. Une petite lueur d'admiration brillait dans ses yeux.

— Je crois que vous voyez juste, Sammy, dit-il. Je sais ce que vous allez me dire. Vous allez suggérer que les gens qui employaient Lelley savaient que nous allions nous occuper de lui, que nos recherches aboutiraient à lui et que nous lui sauterions dessus, tout comme ils auraient fait à notre place. Alors, ils auraient placé Lelley sous surveillance pour voir ce que nous allions faire.

— Vous avez peut-être raison, dit Cordover, mais, en admettant qu'ils aient surveillé Nelswood et les environs, ils n'auraient pas pu filer Mr. Kerr au retour. Ils ne pouvaient pas courir ce risque. Les autos ne circulent pas sur les routes la nuit : il aurait remarqué qu'il était suivi.

— Très juste, dit Quayle. Il y avait donc quelqu'un qui pouvait les prévenir, quelqu'un qui a pu les avertir que Kerr se rendait à Nelswood. Ce quelqu'un savait quel était le vrai métier de Kerr et a pu deviner la nuit où l'affaire allait se déclencher. Alors, à quoi cela vous fait penser, Sammy ?

Sammy réfléchit un moment et dit :

— Je n'étais au courant de rien avant votre coup de téléphone, Mr. Quayle. Et j'ai téléphoné à Kerr aussitôt à cette soirée chez Mrs. Milton. Tiens, mais...

Il s'arrêta soudain.

— Très juste, dit Quayle. Il y avait à cette soirée une personne qui savait que Lelley devait faire le grand saut. Cette personne savait que Kerr travaillait pour moi et elle était en mesure de filer Kerr à son retour à Londres. Ce n'était pas très difficile, il ne pouvait revenir que par une seule route. Et, depuis ce moment-là, ils ne l'ont pas lâché.

— Alors on a dû le pister aussi quand il est venu vous voir le lendemain. Où l'avez-vous vu, Mr. Quayle ? L'endroit est découvert.

— Vous avez raison, Sammy, dit Quayle, très calme. Nous ne l'utiliserons plus.

Cordover aspira une bouffée.

— C'est diablement embêtant, cette histoire-là, dit-il. Je crois que vous devez être sérieusement embêté.

Sa voix devint hésitante, il dit d'un air timide, comme honteux :

— Vous savez que je ferais n'importe quoi pour vous, pour Mr. Kerr et Mrs. Kerr.

— Mrs. Kerr vous plaît beaucoup, n'est-ce pas, Sammy ? dit doucement Quayle.

— Si elle me plaît ! C'est comme une déesse pour moi. C'est la personne la plus adorable que j'aie jamais vue de ma vie, Mr. Quayle. Je pourrais passer des journées entières à la regarder.

Une idée lui vint. Il fronça les sourcils et dit :

— Est-elle au courant du vrai métier de son mari ? Sait-elle qu'il travaille pour vous ?

Quayle secoua la tête.

— Pas du tout, dit-il. Elle ne sait rien. Elle croit qu'il est employé au ministère de l'Armement.

Sammy approuva d'un signe de tête.

— Bon. Alors dites-moi ce que je dois faire, Mr. Quayle. Je ferai tout ce que vous me demanderez.

— Ecoutez, Sammy. Nous disons donc que cette femme s'est emparée de la liste.

— Mais je pense à quelque chose, Mr. Quayle. Que va devenir le type qui doit être parachuté en France cette nuit ? Le voilà dans de sales draps, maintenant qu'ils ont la liste. Qu'est-ce que vous comptez faire pour lui ?

Quayle haussa les épaules.

— Je ne peux rien faire du tout. Je lui fais parvenir un double de la liste, c'est tout. Mon seul espoir, c'est qu'avant qu'il puisse s'en servir nous aurons le temps, ici, de faire quelque chose. Sinon...

— Sinon tous vos agents en France sont foutus ! Dieu les assiste !

— C'est malheureusement exact, Sammy.

Cordover réfléchit un moment et dit :

— Eh bien ! Mr. Quayle, la femme qui est actuellement en possession de la liste doit la passer à quelqu'un, n'est-ce pas ? Il s'agit de l'en empêcher. Connaissez-vous un moyen ?

— Jusqu'ici, quand ils voulaient transmettre rapidement une information à l'étranger, ils passaient par Lelley. Maintenant, c'est impossible, puisque Lelley est mort. Il y a donc quelqu'un d'autre... que nous ne connaissons pas.

— C'est clair comme le jour.

— N'est-ce pas ? Il s'agit de trouver cette mystérieuse personne d'une façon ou d'une autre, et je crois que la soirée chez Glynda Milton pourra nous fournir des indices. Il faut faire vite. Et, si c'est nécessaire, il ne faut pas hésiter à y aller carrément.

Il se pencha en avant vers la table :

— Maintenant, écoutez-moi bien, Sammy...

2

O'Mara

Il était presque midi. Dans Picadilly noir de monde, au milieu de la foule grouillante qui se répand à midi dans ce quartier, Kerr marchait, l'air absent, sans voir personne. Il était dans un étrange état d'esprit qu'il ne comprenait pas lui-même. Il y avait en lui quelque chose de pire que le remords. Il se sentait plutôt comme un homme dont c'est le devoir de se condamner à mort.

Il réfléchissait à l'entrevue qu'il venait d'avoir avec Quayle. Avant d'aller le voir, il s'était demandé avec inquiétude quelle serait l'attitude de son patron ; il n'était pas rassuré, car il savait que Quayle pouvait être impitoyable et se montrait extrêmement cruel en certains cas. A son grand étonnement, Quayle avait écouté sa terrible confession sans presque manifester de surprise. Il avait dit seulement, sans paraître y attacher trop d'importance :

— Bien sûr, c'est un coup dur pour Vining et pour mes agents en France. Mais je ne peux pas retenir Vining ici. Il faut qu'il parte ce matin. Tout ce que je peux faire, c'est lui envoyer un double de la liste que je vous avais donnée. Espérons que la dame dont vous avez fait la connaissance n'aura pas la possibilité de faire parvenir trop vite sa liste à ses amis. Sinon, ça irait très mal pour nos gens. Vous savez comment ils seraient traités par les Allemands, n'est-ce pas, Ricky ?

Kerr s'engagea dans Berkeley Street. En approchant de chez lui, il se mit à penser à Sandra. Il se disait amèrement que, si les choses avaient suivi leur cours normal, il aurait inventé une histoire pour ne pas lui faire de peine ; il aurait trouvé une explication plausible de son absence. Maintenant, il sentait qu'il ne désirait plus rien expliquer du tout.

Il était plein de mépris pour lui-même ; il se dégoûtait, il n'avait plus envie de parler à qui que ce fût. Il aurait voulu s'empêcher de penser. Quayle avait dit encore :

— Vous feriez mieux de prendre quelques semaines de congé, Ricky. Après, je vous trouverai un autre travail.

— Vous êtes vraiment très chic, Mr. Quayle, avait-il répondu. Je croyais qu'après ça vous m'auriez balancé. Et ça ne m'aurait pas plu.

Quayle l'avait regardé et avait dit :

— Je vous donnerai une autre chance. On dit qu'on acquiert de la sagesse par l'expérience. Vous tirerez peut-être de cette affaire un enseignement salutaire. Mais, avait-il ajouté avec un sourire, vous n'aurez plus de défaillance de ce genre-là. En tout cas, si vous récidiviez, cela pourrait avoir des conséquences très fâcheuses pour vous, je vous en donne ma parole, Ricky.

Le soleil sortait des nuages. Il faisait frais, mais la journée était agréable. Berkeley Street était plein de jolies femmes. L'une d'elles éclata soudain de rire, d'un joli rire argentin. Kerr se dit qu'il détestait ce rire. Il aurait voulu étrangler cette femme pour la punir de pouvoir rire comme ça.

Il traversa Berkeley Street, prit l'ascenseur qui le conduisit au troisième étage de l'immeuble, suivit le couloir, ouvrit la porte de son appartement. A chaque fois qu'il rentrait chez lui, il éprouvait invariablement un sentiment particulier de bien-être, dû probablement à l'atmosphère accueillante de son « home », à la décoration charmante qui était l'œuvre de Sandra.

Kerr accrocha son manteau et son chapeau, entra dans le salon. Il n'y avait personne. Il chercha Sandra dans tout l'appartement, l'appela sans obtenir de réponse. Apparemment, elle était sortie. Il entra doucement dans la chambre à coucher de sa femme et aperçut, posée contre un miroir, sur la coiffeuse, une enveloppe carrée. En haut, à gauche, il lut ces mots écrits en gros caractères : « Pour Ricky. » Souvent, quand elle s'absentait, elle laissait ainsi, à cet endroit, un petit mot pour le prévenir de l'heure de son retour.

Kerr ouvrit l'enveloppe et lut ceci :

« Mon cher Ricky,

» Cette lettre va sans doute te donner un choc ; mais je crois que tu n'en seras pas trop affecté. De toute façon, je ne vois pas comment je pourrais te faire beaucoup de peine.

» Bien sûr, ton orgueil masculin sera blessé. Mais je t'avoue, mon cher Ricky, que mon orgueil féminin a aussi passablement souffert ces derniers temps. Nous voilà donc quittes.

» Si j'ai décidé de te quitter, ce n'est pas que je m'ennuie ou que je me sente malheureuse ; je dois te dire très franchement que je me suis pourtant ennuyée et que j'ai été malheureuse ces trois ou quatre derniers mois. Ce n'est pas non plus à cause de tes étranges absences, dont tu me donnais des explications sur un ton dégagé comme si ça n'avait aucune importance. D'ailleurs, tes explications étaient parfois si ridicules que j'ai pensé que tu ne te donnais même pas la peine d'inventer un mensonge acceptable.

» Je m'en vais parce que — tu me croiras si tu veux — je suis tombée follement amoureuse. Ce n'est pas un homme dans ton genre, mais je l'aime, et je ne crois pas compter assez pour toi pour que mon départ te fasse beaucoup de chagrin.

» Je ne sais pas ce que tu décideras ; mais, quand tu auras pris le temps de réfléchir, j'espère que tu me feras connaître tes intentions.

» Ne crois pas qu'il s'agisse d'un coup de tête, d'une toquade sans lendemain que tu puisses prendre à la légère. Il me semble t'entendre dire que c'est une de ces petites choses sans importance qui arrivent tous les jours. C'est très sérieux, ne t'y trompe pas.

» Adieu, Ricky. Nous aurons passé ensemble des moments inoubliables, et il est bien regrettable que les choses en soient venues là, n'est-ce pas ?

» SANDRA.

» *P.S.*— A propos, je dois naturellement te dire son nom : c'est Miguales. »

Kerr plia la lettre et la mit dans la poche de son veston. Il alla au salon à pas lents et se versa un grand verre de whisky. Appuyé contre le buffet, il regardait le mur en face de lui d'un air vague. « Le proverbe a raison, se disait-il : Un malheur ne vient jamais seul. Mais on dit aussi : Jamais deux sans trois. Nom d'un chien, je me demande quelle tuile va encore me tomber dessus. Oui, je serais curieux de le savoir. Il me semble que j'ai déjà plus que mon compte. »

C'est alors qu'Aloysius Shaun O'Mara entre en scène. Si nous nous attardons à présenter ce personnage en détail, c'est qu'il en vaut vraiment la peine. Il était grand et très fort. Il faisait penser à un taureau, à cette différence près qu'on était immédiatement conquis par la beauté de son visage, par le charme irrésistible qui émanait de sa personne et qui n'appartient qu'à un certain type d'Irlandais.

Cette terre lui semblait un endroit très plaisant. A n'importe quel moment de la nuit ou du jour, il était manifestement très satisfait d'être au monde. Il était prêt à trouver la vie agréable dans n'importe quelle circonstance. Empressons-nous d'ajouter que très souvent il considérait aussi la mort sans déplaisir.

Les hommes et les femmes qui peuplent ce monde lui semblaient absolument charmants. Il aimait les hommes en général, et, si quelqu'un, ici ou là, lui déplaisait en particulier, Mr. O'Mara trouvait inévitablement un moyen de mettre fin à cette situation. Il adorait les femmes, c'est-à-dire qu'il adorait l'idée de la femme en général ; il était prêt à adorer n'importe quelle femme en particulier, à condition qu'elle dépassât un certain niveau. Mais, si les circonstances l'exigeaient, il pouvait être absolument impitoyable avec une femme aussi bien qu'avec un homme.

Ses yeux étaient d'un bleu séduisant. Il avait le visage rond, le teint frais, un front intelligent. Sa moustache à la Clark Gable plaisait aux femmes, et ses cheveux blonds frisés, coiffés en arrière, excitaient leur envie. O'Mara avait les aptitudes les plus diverses. Il était de ces gens qui savent faire à peu près tout. Tireur émérite, il montait à cheval, jouait du piano et avait gagné des régates sur son yacht à voiles. Il parlait un grand nombre de langues, bien que très peu de gens s'en soient aperçus. Il s'habillait avec beaucoup de goût, et ses complets impeccables s'harmonisaient toujours avec les particularités de son physique. Il avait une intelligence vive, froide, mathématique, qui, cependant, n'excluait pas la fantaisie, et il savait très bien se servir d'un revolver ou d'une mitraillette.

Mr. O'Mara vous charmait, mangeait et buvait avec vous, s'entretenait gaiement avec vous, jouait aux cartes avec vous, vous gagnait votre argent, vous jurait une amitié indéfectible et vous tuait, tout cela avec le même plaisir et une égale désinvolture.

Dans ces conditions, on conviendra aisément que Mr. O'Mara était la personne rêvée pour entrer au service de Mr. Quayle. En effet, Mr. Quayle le considérait comme son agent numéro un. Quayle, qui joignait à beaucoup d'intuition un discernement logique probablement inégalé, s'était rendu compte très vite de certaines choses : il avait compris, par exemple qu'O'Mara était une personnalité de premier ordre, qu'il était capable d'une loyauté et d'un dévouement absolus envers la personne pour qui il travaillait et de la cruauté la plus brutale envers tout ce qui était allemand ou japonais. Il y avait manifestement une raison à cette cruauté, mais Quayle ne s'était même pas soucié de la connaître.

O'Mara avait le chic pour « ramasser les morceaux », pour s'occuper d'une affaire qui avait mal tourné, pour intervenir dans un boulot au dernier moment et remettre tout à sa place.

O'Mara travaillait depuis longtemps pour Quayle. Là où son intelligence et sa brutalité ne suffisaient pas, la chance l'aidait à réussir. Il avait du charme et une certaine douceur qui se manifestait dans son amour des animaux muets, et il s'en servait comme d'une arme.

Mr. O'Mara était unique, omniprésent et certain. Il était aussi infaillible et inéluctable que la main de la Mort. S'il prenait grand plaisir à vivre, c'est qu'il était toujours prêt, à tout moment, à être intrigué et amusé à la perspective de mourir, probablement de façon soudaine et violente.

O'Mara s'arrêta en haut de Saint-James Street ; il resta un moment à observer le trafic, les femmes. Cette rue lui plaisait, d'autant plus qu'il la revoyait, pour la première fois, après une absence de deux ans.

Il avait beaucoup voyagé pendant ces deux ans. Il tira de la poche intérieure de son veston un étui de cuir, y prit un petit cigare noir, en coupa le bout avec les dents et l'alluma. Il resta encore quelques instants au même endroit, avalant l'âcre fumée de son cigare.

Puis il descendit Saint-James Street, tourna dans Pall Mall et entra dans un immeuble où étaient installés des bureaux. Il lut au mur, sur l'indicateur des adresses, que la Société de matériel d'aération pour les colonies avait son siège au troisième étage. Il prit l'ascenseur et monta.

Dans le grand bureau de réception bien meublé, il y avait la blonde secrétaire, vêtue d'un gentil tailleur, très occupée à taper à la machine. O'Mara lui sourit. Elle trouva son sourire adorable et, quand il parla, sa voix caressante lui sembla absolument délicieuse. Toutefois, elle ne s'en affecta pas outre mesure, parce qu'elle avait entendu parler de Mr. O'Mara et savait à quoi s'en tenir à son sujet.

— Je suis Mr. O'Mara, dit-il. Je vais peut-être vous étonner, mais je rentre aujourd'hui même d'Amérique du Sud.

La jeune fille s'avança vers lui et leva la barrière de chêne.

— Entrez, je vous en prie, Mr. O'Mara.

Il traversa le bureau derrière elle. Elle ouvrit la porte à l'autre extrémité et s'effaça pour le laisser passer.

Au fond du grand bureau privé, Quayle était assis devant une grande table en noyer. La blonde secrétaire ferma doucement la porte.

Quayle se leva et vint au-devant d'O'Mara, la main tendue.

— Hallo ! Shaun, dit-il, je suis heureux que vous soyez de retour.

— Je rentre à l'instant même, Mr. Quayle, dit O'Mara. Mon séjour là-bas a été magnifique, vraiment. Je suis très content de mon voyage.

Quayle s'assit sur le bord de la table. Ils se regardèrent en souriant. O'Mara, solidement planté sur ses jambes écartées, avait l'air d'un gentil taureau. L'âcre odeur de son cigare brésilien se répandait dans le bureau.

— Vous fumez toujours ces trucs-là ? demanda Quayle.

— Je n'ai jamais rien trouvé qui me convienne mieux. Ces petits cigares sont reposants et ne durent pas trop longtemps. Ils ont les qualités que devraient avoir les femmes et qu'elles n'ont pas, malheureusement.

— Alors ? Je devine, à votre air, que tout s'est bien passé, dit Quayle.

O'Mara se rapprocha de Quayle.

— Oui. Mais l'affaire n'était pas commode, et j'ai eu du fil à retordre.

Il fit tomber du doigt la cendre de son cigare.

— Racontez-moi ça, dit Quayle.

O'Mara haussa les épaules.

— Bien entendu, l'individu en question savait ce que vous aviez décidé à son sujet. Et il semble avoir été informé aussi de mon arrivée en Amérique du Sud. Il est descendu à Rio. Je m'en doutais. On se croit toujours plus en sûreté dans une grande ville. On croit pouvoir s'y cacher. On s'imagine que dans la foule on passera inaperçu. Et puis, à Rio, il y a un tas de femmes adorables, des lumières éblouissantes et des bars où l'on peut puiser du courage dans l'alcool pour pas cher, le soir. Alors que, dans la brousse, c'est plutôt difficile.

— Vous lui avez dit pourquoi vous veniez ? demanda Quayle doucement.

O'Mara fit un signe de tête affirmatif.

— Je ne lui ai rien caché. Je lui ai dit qu'il était un ignoble salopard et que, s'il avait eu le moindre sursaut d'honnêteté, il se serait tué lui-même sans attendre qu'on vienne le retrouver.

— Lui avez-vous rappelé les conséquences de son bavardage ?

O'Mara fit un nouveau signe de tête.

— Je lui ai dit qu'à la suite des renseignements qu'il avait fournis contre la somme de six mille livres deux transports de troupes avaient été coulés et que nous avions perdu beaucoup de monde.

Il parlait sans animosité, du ton habituel de la conversation, avec son charme habituel.

— Il était plein de remords, ajouta-t-il avec un sourire.

— Que s'est-il passé ensuite ? demanda Quayle.

O'Mara alla vers la cheminée et se laissa tomber dans le grand fauteuil de cuir avec une grâce surprenante pour un homme de sa carrure et de son poids.

— Je suis allé dans un petit café dans la Praca Maua et je l'ai aperçu, en chair et en os, buvant de la cachasea.

Il sourit.

— C'est un breuvage terrible, vous le savez peut-être. C'est l'alcool le moins cher et qui saoule le plus vite. Mais il n'avait pas l'air de se cuiter aussi facilement qu'il aurait voulu.

O'Mara soupira. Il se rappelait la scène. Il se rappelait l'odeur des trottoirs brûlants, cuits au soleil, scintillants, l'arôme de café et de tabac, qui venait des quais proches, et les petites boutiques.

— Je suis allé lui dire deux mots. Je lui ai parlé comme un père, reprit-il avec un sourire charmant. Je lui ai dit qu'on n'échappait pas comme ça à O'Mara et que ça ne lui servait à rien de courir.

— Qu'est-ce qu'il a dit quand il a su vos intentions ?

O'Mara haussa les épaules.

— Il a tout essayé. Il a proposé toutes sortes de moyens d'exercer des représailles. Mais je tenais à en finir au plus vite. Il était déjà arrivé à l'état d'excitation où il se trouvait quand il rôdait le soir, autour du « Mangue », le quartier indigène. Il avait pris goût aux petites filles couleur de café. Je me suis dit qu'il pourrait avoir peur et qu'il ne tiendrait pas sa langue, qu'il pourrait même aller trouver la police, et, bien sûr, ce n'était pas dans mon programme.

— Qu'avez-vous fait alors ? demanda Quayle.

— Je lui ai payé un verre d'alcool dans lequel j'ai versé un Micky Finn, dit O'Mara négligemment. Et, juste au moment où il allait tourner de l'œil, je l'ai conduit dehors et je l'ai embarqué dans la voiture. A cinquante kilomètres de la ville, je lui ai trouvé un petit coin charmant : un marécage puant infesté de grosses araignées jaunes et de serpents.

Ce souvenir le fit sourire.

— J'ai pensé que c'était le lieu de repos qui lui convenait le mieux. Je lui ai flanqué une balle dans le crâne et je l'ai enterré.

Quayle dit placidement :

— Et voilà une affaire liquidée. Vous avez une mine superbe, Shaun.

— Je me sens très bien, dit O'Mara. Ça me semble tout drôle d'être de retour ici après une si longue absence. L'Angleterre est un pays magnifique. Je n'en connais aucun qui puisse supporter une guerre si longtemps sans que sa physionomie en soit trop bouleversée.

— Où logez-vous ? demanda Quayle.

— J'ai loué un appartement pas loin de Knightsbridge. Je m'y plais beaucoup. Avez-vous du travail pour moi ou suis-je en vacances ?

Quayle mit les mains dans ses poches et marcha de long en large dans la pièce.

— Ecoutez, Shaun, comprenez bien ce que je vais vous dire, parce qu'il n'y a aucune comparaison entre l'affaire dont je vais vous parler et celle que vous venez de terminer.

O'Mara leva légèrement les sourcils.

— Vous n'allez pas me dire qu'un autre saligaud a trahi ?

Quayle s'arrêta et secoua la tête.

— Non, il ne s'agit pas de ça.

Il y eut un silence, puis il reprit :

— Shaun, vous vous souvenez de Ricky Kerr ? Il avait fait du bon travail depuis un an et demi environ. C'est un type qui a les nerfs à fleur de peau, vous savez, assez porté sur les femmes. Il s'est mis un peu à boire aussi ces temps derniers.

— Oui. Et alors ?

— Eh bien ! il y a quelques jours, je l'ai chargé d'un petit travail qui était devenu nécessaire. Le lendemain, il est venu me voir, et je lui ai donné une liste des nouveaux agents qui vont travailler pour moi en France. Il avait mission de la remettre à Jerry Vining qui devait être parachuté le lendemain dans la nuit. Or il semble que Kerr ait souffert d'une petite réaction nerveuse après son travail...

O'Mara l'interrompit.

— Je trouve ça très mauvais. Je n'aime pas les gens qui ont des réactions nerveuses.

— Sans doute. Mais tout le monde n'est pas aussi solide que vous, Shaun.

— Et, alors, que lui est-il arrivé, Peter ?

— Il est sorti le soir et il a bu quelques verres. Il s'est fait harponner par une femme dans une taverne à l'enseigne du *Turban vert*. Il est sorti avec elle, ils ont passé la nuit ensemble, et elle lui a volé la liste. Il est venu me raconter tout ça le lendemain matin.

— C'est un fichu étourneau, ce crétin-là, dit O'Mara d'un ton à peine bourru. Il n'est pas permis de faire des gaffes pareilles.

— En tout cas, le fait est là. Vining est parti hier matin. Il a été parachuté la nuit dernière. Pendant ce temps-là, la femme se balade ici avec notre liste. C'est plutôt vexant.

— Elle peut se balader avec la liste tant qu'elle voudra, ce n'est pas ça qui est embêtant. Mais il s'agit de savoir ce qu'elle va faire avec. Il est probable qu'elle va essayer de la communiquer de l'autre côté. A-t-elle un moyen de la faire passer à l'ennemi ?

— Je ne sais pas, avoua Quayle. Le type qui leur servait de bureau de poste, un nommé Lelley, un as, est justement celui que Kerr a liquidé. C'est lui qui se chargeait de transmettre les informations à l'étranger. Je ne sais donc pas exactement ce qu'elle va faire de cette liste. L'ennuyeux, c'est qu'il est évident qu'ils sont fixés sur l'identité de Kerr et sur son activité. Ils le surveillent. Ça me déplaît énormément.

— Je pense bien ! C'est très dangereux, dit O'Mara.

Puis avec un soupir, il ajouta :

— Alors, que faut-il que je fasse ?

— La nuit où Lelley a été supprimé, Kerr se trouvait à une soirée. Je crois que quelqu'un avait déjà l'œil sur lui. Cordover, un autre de mes agents, qui a travaillé avec Kerr, l'a appelé au téléphone à cette soirée. La personne qui était au courant de l'activité de Kerr a deviné de quoi il retournait. Elle a pu faire signe à un autre personnage. Ils se doutaient que nous allions régler le compte de Lelley. Ça leur était absolument égal, pourvu que l'opération leur permît de prendre contact avec nous. Ils se sont arrangés pour filer Kerr. C'était assez facile s'ils l'avaient vu rentrer de la campagne à Londres. Il doit y avoir quelqu'un qui connaît assez bien le caractère de Kerr et ses habitudes pour savoir qu'il se cuiterait légèrement après le boulot et qu'une très belle femme pourrait alors l'emmener coucher avec elle. Vous comprenez ?

— Je commence à comprendre, dit O'Mara. C'est toujours la même histoire. On devrait bien la mettre en musique et l'enregistrer sur disque. Mais je commence à en avoir marre.

— Je me suis aussitôt attelé à la besogne, reprit Quayle. Cordover, un garçon en qui je peux avoir toute confiance — c'est un cockney, un chic type et, un vrai « dur » —, m'a déjà beaucoup aidé. Je lui ai donné des instructions, mais il n'est pas tout à fait à la hauteur pour mener cette affaire jusqu'au bout par ses propres moyens. Je voudrais que ce soit vous qui vous en chargiez, Shaun. La mémoire est toujours bonne ?

— Meilleure que jamais.

— Très bien. La soirée en question avait lieu chez une certaine Mrs. Glynda Milton. Les invitées s'appelaient Magdalen Francis, Thérèse

Martyr, Elvira Fayle. Sandra Kerr, la femme de Ricky, était également présente, ainsi qu'un autre personnage intéressant, un Espagnol appelé Miguales.

— Tout cela est enregistré. Où vais-je aller maintenant en sortant d'ici ?

— Je vais téléphoner à Ricky. Il doit être rongé par le remords actuellement. Je crois qu'il ne doit pas se sentir dans son assiette. Je lui dirai que vous irez le voir ce soir et qu'il serait bon que vous ayez tous les deux un entretien à cœur ouvert. Je lui suggérerai de vous faire un portrait fidèle de toutes ces belles femmes qu'il fréquente. Il vous racontera tout. Peut-être un détail qui n'avait pas éveillé ses soupçons vous mettra-t-il sur une piste. Vous découvrirez peut-être quelque chose, Shaun. Ou, plutôt, je n'en doute pas si votre tête fonctionne toujours aussi bien. Et retenez bien ceci : vous pouvez y aller aussi carrément que vous voudrez. Je vous laisse toute latitude. Le cas échéant, Sammy Cordover pourra vous donner un coup de main. Laissez votre adresse à ma secrétaire en sortant. Je dirai à Cordover de se mettre en rapport avec vous. Ma secrétaire vous dira où vous trouverez Ricky Kerr.

O'Mara aspira une bouffée de son cigare noir et dit :

— Tout cela me semble assez simple. Il vient de me venir une idée. La chose la plus intéressante est certainement que l'autre côté savait que Lelley était repéré. Ils se sont servis de lui pour découvrir ce que vous alliez faire, exactement comme vous vous êtes servi de Ricky Kerr pour les forcer à se démasquer. Alors il y a quelque chose qui me semble assez évident.

— Quoi donc ?

— Ils savent où habite Kerr.

Ils se regardèrent en souriant.

— Parfaitement, dit Quayle. Je savais que vous penseriez à cela. Ils savent où est l'appartement de Kerr. Ça ne fait aucun doute.

— Voilà qui me plaît. Ça me donne un point de départ. J'ai une idée, et vous l'avez déjà devinée. Je vais prévenir Cordover, nous allons jouer ça tous les deux.

— Je crois avoir deviné en effet, dit Quayle. En tout cas, ce n'est pas un mauvais début.

O'Mara se leva.

— Très bien. C'est un peu une course contre la montre, n'est-ce pas ? Il ne faut pas perdre une minute. Je dois absolument mettre la main sur cette liste avant qu'ils aient pu la faire passer de l'autre côté ?

— Je m'en fiche pas mal de cette liste, dit Quayle en ricanant. De toute façon, c'est une liste truquée. Je me doutais qu'ils se serviraient de Lelley pour nous faire mordre à l'hameçon. Ils savaient que nous l'avions repéré. Je me suis douté qu'ils tendraient un piège à Ricky et je n'ai pas voulu courir de risques. Je lui ai remis une liste fantaisiste, mais il n'en sait rien. La bonne liste, je l'ai fait parvenir à Jerry Vining.

— Vous êtes diablement fort, Peter ! Je vous admire. Personne ne saura jamais ce que vous faites, ni ce que vous pensez. Vous avez joué un bon tour à Kerr, et c'est une chance. Peut-être que vous vous payez aussi ma tête sans que je m'en doute. De votre part, rien ne me surprendrait.

Il haussa les épaules et rit joyeusement.

— Eh bien ! je me mets en route. Je ne vous ferai signe que si c'est nécessaire.

— Inutile de revenir ici, Shaun. Je sais que vous mènerez l'affaire à bonne fin. C'est très important.

O'Mara avait déjà ouvert la porte.

— Vous savez bien que je n'aime pas l'ouvrage fait à moitié, Peter, dit-il encore.

Dans le bureau de réception, il laissa son adresse à la jeune blonde.

Il la regarda de ses yeux clairs. Elle rougit sans savoir pourquoi. Quand il fut sorti, elle comprit que c'était sans doute à cause de la façon dont il lui avait dit : « Quand vous aurez besoin de moi. »

3

Echec diplomatique

Il faisait froid dehors ; mais, dans son appartement de Knightsbridge, O'Mara se sentait confortablement au chaud et à l'aise. Vêtu d'une robe de chambre de velours couleur lie-de-vin, il était assis à côté d'un guéridon et pressait le récepteur du téléphone contre son oreille, écoutant Sammy Cordover au bout du fil. Il aimait la voix du petit cockney, sa façon de parler et de présenter ses idées.

— Très gentil, tout cela, Sammy, dit-il. Je crois que vous et moi nous pourrons très bien jouer ça ensemble. Je vous ai donné tous les renseignements, n'est-ce pas ? Je pars d'ici à neuf heures. Je vais jeter un coup d'œil au bar *Berkeley* et boire un verre. En sortant, je resterai un moment sur le trottoir. De là, j'irai à pied chez Kerr.

Après un court silence, O'Mara reprit :

— Ecoutez, Sammy, vous n'êtes pas un idiot, n'est-ce pas ? Vous avez beaucoup travaillé avec Kerr. Qu'est-ce que vous pensez de lui ?

— C'est un type à la hauteur, Mr. O'Mara, un type très bien. Ça, je le sais. Mais, vous savez, il arrive toujours un moment où, si fort qu'on soit, on se sent fatigué. Il a bu un peu trop. Ses nerfs étaient un peu usés, si vous voyez ce que je veux dire.

— Je vois. Mais, dans notre métier, les nerfs ne doivent jamais s'user. Est-ce que vos nerfs s'usent, Sammy ?

Pour toute réponse, Cordover se contenta de rire.

— J'aimerais vous rencontrer, Sammy. Nous nous verrons dès que je pourrai. Nous irons boire un verre ensemble. J'aimerais savoir comment vous avez été amené à faire ce métier.

La voix de Cordover prit un autre ton, un ton dur et cassant, qui ne présageait rien de bon.

— Je peux vous le dire tout de suite, Mr. O'Mara. Ma sœur, qui s'appelait Rose, c'était une chouette gosse, je vous assure, Mr. O'Mara, elle valait mieux que moi, elle avait de l'instruction et elle était jolie...

— Vraiment ? dit O'Mara d'une voix caressante. C'est à cause d'elle que vous faites ce métier, Sammy ? De qui a-t-elle eu à se plaindre ? Que lui a-t-on fait ?

— Elle était nurse à l'hôpital Stanley à Hong Kong, Mr. O'Mara.

O'Mara fit un mouvement comme si le diable en personne avait parlé.

— J'ai compris, Sammy, dit-il lentement.. Alors, c'est entendu, n'est-ce pas ? Nous jouerons ça comme convenu. A bientôt.

Il raccrocha.

Il se leva, tourna le bouton de radio et resta devant le poste, écoutant une rumba jouée par un bon orchestre. Ça lui rappelait l'Amérique du Sud. O'Mara aimait la musique. Comme à tous les Irlandais, la musique lui faisait quelque chose. Elle provoquait en lui ce sentiment extraordinaire d'animation joyeuse qui vous donnait le goût du danger, de l'aventure, qui vous stimulait à courir des risques.

Après quelques instants, il ôta sa robe de chambre de velours, la jeta sur une chaise et alla dans sa chambre à coucher. D'un tiroir, il sortit un Luger, un engin assez extraordinaire. C'était un revolver du modèle courant, avec un barillet raccourci de cinq centimètres, au bout duquel était vissé un silencieux en forme de bulbe. Cet ornement avait été fabriqué spécialement pour O'Mara, à Rio, pour un individu très adroit, qui n'aimait pas que ça fasse beaucoup de bruit quand il descendait quelqu'un. C'était du bon travail.

O'Mara mit son gilet et son veston croisé. A l'intérieur du côté gauche de son veston, coupé spécialement pour recevoir un tel poids, il y avait une poche revolver dans laquelle il glissa le Luger. Il revint au salon, se versa un petit verre de fine, le tendit à la lumière et le but. Il alluma un de ses cigares noirs favoris, enfila un pardessus bleu de bonne coupe, prit son chapeau mou noir et s'en alla.

Une demi-heure plus tard, il sortait du bar *Berkeley*. Il faisait froid. O'Mara discutait sur le trottoir avec le portier qui essayait de lui trouver un taxi. Il alluma assez ostensiblement sa torche électrique. Il n'y avait pas de taxi disponible et il décida d'aller à pied. Il descendit Berkeley Street, les mains dans les poches, le cigare au coin de la bouche, le chapeau noir penché de côté. Si la rue avait été éclairée, les passants l'auraient pris pour un personnage romantique. Il marchait lentement, appréciant l'âcre odeur de son cigare. Il pensait à une femme qu'il avait connue à Rio. Une femme splendide, exquise, comme on en rencontre peu. Il se demandait s'il la reverrait jamais. Dix minutes plus tard, il sonnait à l'appartement de Kerr et attendait patiemment, le chapeau à la main, que la porte s'ouvrît.

Ricky Kerr vint ouvrir. Sa silhouette noire se détachait sur la lumière du vestibule.

— Bonsoir, dit O'Mara doucement. Mr. Kerr, sans doute ? Je m'appelle O'Mara. Quelqu'un vous a peut-être déjà parlé de moi ?

— Entrez, dit Kerr.

O'Mara se débarrassa de son pardessus et de son chapeau dans le vestibule et suivit Kerr au salon.

Kerr dit avec un étrange sourire désabusé :

— J'aurais dû mieux connaître Quayle. Quand je l'ai quitté ce matin, j'ai cru qu'il m'avait pardonné et que l'affaire était plus ou moins enterrée. Mais bien sûr, ce n'était pas possible.

O'Mara dit d'une voix très douce, caressante et rassurante :

— Ecoutez-moi bien, Kerr. Je travaille depuis longtemps pour Quayle. Il m'a envoyé dans tous les pays du monde. C'est un homme qui laisse toujours sa main droite dans l'ignorance de ce que fait sa main gauche. Et il a raison. Il est très compréhensif et ne vous en veut pas de ce qui vous est arrivé. Mais vous comprenez bien qu'il est forcé d'agir en conséquence. La situation n'est pas brillante.

— Pardi, je le sais bien. Je n'ai pas besoin de vous dire que je me tiens pour un pied, pour le dernier des crétins. Puis-je vous offrir quelque chose à boire ?

— Volontiers. Je ne déteste pas l'alcool.

— J'ai du whisky.

Kerr remplit les verres.

O'Mara s'assit, tenant à la main son grand verre de whisky. Il regarda Kerr longuement. Puis il reprit :

— Ça vous a fichu un sérieux coup, n'est-ce pas ? Vous avez mauvaise mine. Vous avez besoin de repos.

Sa voix était toujours caressante.

— Un malheur ne vient jamais seul, répondit Kerr. Pour le moment, je suis dans une mauvaise passe. D'abord, je mets stupidement cette affaire sur les bras de Quayle. Et puis, en rentrant chez moi, aujourd'hui, je trouve une lettre de ma femme qui m'annonce sa décision de me plaquer. Ça, non plus, ne m'a pas fait plaisir.

— C'est une blague, dit O'Mara. Mais les femmes vous jouent souvent de ces tours-là, vous savez. Pourquoi est-elle partie ? Simplement parce qu'elle se barbait ? Avec les gens comme nous, les femmes se barbent, parce qu'elles ne savent jamais où nous sommes. Ou bien est-elle tombée amoureuse de quelqu'un ?

Kerr alluma une cigarette.

— C'est bien ce qui m'ennuie le plus. Elle m'a quitté pour un autre.

— Qui est-ce ? demanda O'Mara en regardant Kerr dans les yeux.

Kerr but un peu de whisky avant de répondre.

— C'est un nommé Miguales, un Espagnol, un type assez désagréable et qui n'a pas froid aux yeux. Il s'est battu pendant la guerre civile.

— Très intéressant, dit O'Mara. C'est sans doute le Miguales qui était avec vous à cette soirée que vous avez dû interrompre juste avant l'affaire Lelley, n'est-ce pas ?

— C'est exact, dit Kerr.

Il eut un petit rire bizarre.

— Quayle n'a pas perdu son temps, à ce que je vois. Alors, cette soirée l'intéresse. Il croit...

— A quoi bon vous mettre en peine de ce qu'il croit. Cette soirée est très importante. Nous nous sommes rendu compte qu'il y avait parmi les invités quelqu'un qui en savait trop long sur vous, Kerr. Et, maintenant, votre femme s'en va avec Miguales qui, précisément, assistait à cette soirée.

— Dites donc, vous voulez insinuer...

— Je n'insinue rien du tout, dit O'Mara doucement. Je constate des faits objectivement. Et puis, ne faites pas le méchant, Kerr, voulez-vous ? C'est trop tard pour commencer à faire le méchant.

Kerr haussa les épaules.

— Vous avez parfaitement raison. Je n'ai pas le droit de faire le méchant à propos de quoi que ce soit.

Il y eut un silence. Puis Kerr reprit :

— Vous n'êtes pas venu ici pour rien, O'Mara. Vous voulez savoir quelque chose. Vous avez vu Quayle ?

— J'ai vu Quayle, et c'est moi qui suis chargé de cette affaire. Quand je commence un travail, j'ai l'habitude d'aller jusqu'au bout.

Il sourit béatement.

— J'examine l'affaire à fond pour la mener jusqu'à sa conclusion logique. Pour le moment, j'examine ce qui vous concerne. Je suis venu vous voir parce que j'ai plusieurs questions à vous poser. Vous y répondrez, même si, comme c'est probable, elles ne vous plaisent pas.

Il rit d'un rire très jeune, et sa gaîté provoqua une détente. L'atmosphère s'éclaircit un peu, et Kerr y fut sensible.

— Eh bien ! dit-il en souriant, jouons à la balle, je suis prêt.

— Puis-je avoir un autre verre de whisky ? demanda O'Mara.

Il attendit que Kerr lui eût rendu son verre, puis il reprit :

— Ecoutez, Ricky, vous et moi, nous sommes de trop vieux renards dans le métier pour nous en faire accroire mutuellement. Vous avez fait une blague. Ç'aurait pu aussi bien m'arriver. Mais le sort ne l'a pas voulu. Maintenant, mon boulot consiste à remettre ça d'aplomb, et vous allez m'aider.

— D'accord, dit Kerr.

Debout, appuyé contre le petit bar, il pensait à Sandra, se demandait où elle était et ce qu'elle faisait.

O'Mara s'installa confortablement contre les coussins du grand fauteuil. Il but une gorgée de whisky et regarda Kerr par-dessus son verre. Il se sentait heureux. Il allait pénétrer dans un problème qu'il comptait bien résoudre en fin de compte, un problème où il faudrait faire preuve de beaucoup d'astuce. Et puis il était content de travailler à nouveau en Angleterre.

— Ecoutez, Ricky, je m'intéresse à la soirée où vous êtes allé la nuit où vous avez supprimé Lelley. Quayle n'a pas perdu de temps ; comme vous l'avez remarqué, il m'a déjà fourni un certain nombre de renseignements. Outre un officier gaulliste et Miguales, cet Espagnol dont votre femme s'est subitement entichée — O'Mara s'arrangea pour donner à son sourire une expression de tristesse compatissante —, il y avait là quatre femmes : Elvira Francis, Thérèse Martyr, Glynda Milton, votre hôtesse et Magdalen Francis. C'est bien cela ?

— C'est bien cela.

— Si je m'y connais en hommes, vous êtes un type terrible avec les femmes. Je crois que quelques-unes de celles qui étaient à cette soirée vous portaient une affection très tendre, n'est-ce pas ?

— C'est possible.

O'Mara dit en détachant les syllabes de chaque mot :

— Avec lesquelles avez-vous couché, Ricky ?

Il y eut un silence, et Kerr répondit :

— Je crois bien que j'ai fait plus ou moins des folies avec la plupart.

Il ajouta vivement :

— Mais ne croyez pas que j'en pince sérieusement pour aucune d'elles.

— Un homme n'a pas besoin d'en pincer pour une femme. Il suffit qu'il y ait en elle quelque chose qui attire : la finesse de sa cheville, le son de sa voix, sa façon de se coiffer, ses mains, sa démarche... On m'a dit que vous n'étiez vraiment épris que de votre femme. C'est une femme adorable, paraît-il. Mais je comprends. On peut être amoureux de sa femme et faire quand même un faux pas.

Il rit doucement.

— Alors il y a eu quelque chose entre vous et toutes ces femmes à des époques différentes, je suppose ? Simplement des flirts, comme ça, en passant ?

— Oui, des choses sans importance.

Il y eut un nouveau silence.

— Avez-vous une raison quelconque de croire qu'une de ces femmes puisse être en relation avec l'ennemi ? Non, naturellement. Si vous aviez eu une idée pareille, vous vous seriez méfié. Mais, maintenant, étant donné ce qui s'est passé, pensez-vous qu'il ait pu y avoir quelque chose ?

Kerr secoua la tête.

— Non, dit-il. Tenez, Glynda Milton est tout juste... Oh ! elle est bien gentille. Son plus grand plaisir est d'organiser des soirées. Elle est fantasque. Elle s'amourache d'un homme de temps en temps, pas souvent. Magdalen Francis, c'est une idiote. Elle est folle des hommes. Elle ne songe qu'à la toilette et à faire des conquêtes. Elvira Fayle, c'est une gentille petite grue. On s'expose à toutes sortes de désagréments quand on sort quelque part avec elle. Quant à la Martyr...

Il se mit à rire.

— Qu'a-t-elle de si amusant, cette Martyr ?

— C'est une femme un peu bizarre. Elle n'a pas un physique très séduisant. Elle a les seins plats, et son visage plutôt moche. Mais le reste est tout de même étrangement séduisant. Et, surtout, elle s'habille très bien.

— Pourquoi avez-vous marché avec elle ? Vous n'avez pas l'air emballé.

— Je ne sais pas. Avec les femmes, il y a un tas de choses qui m'échappent. Je lui trouvais un certain charme, et puis, dans un sens, elle me faisait de la peine.

— Elle vous faisait un peu pitié, et vous avez voulu la consoler ?

— Oui, quelque chose comme ça. Vous croyez que c'est important ?

— Pas énormément. Je voulais seulement me faire une idée d'ensemble.

O'Mara reprit :

— Ne vous éloignez pas, Ricky. Ne sortez pas trop souvent. Je voudrais que vous soyez ici si j'ai besoin de communiquer avec vous. Je vous téléphonerai sans doute demain.

Kerr demanda, un peu inquiet :

— Vous croyez que vous allez pouvoir arranger ça ? Je pense à Vining et à ceux qui travaillent pour nous en France. Ils seraient tous fichus si nous ne retrouvions pas la liste à temps.

— J'en ai peur, en effet. En tout cas, nous ferons de notre mieux. A propos, Ricky, j'ai encore une question à vous poser, bien qu'elle soit un peu personnelle : qu'avez-vous l'intention de faire au sujet de Mrs. Kerr ? Irez-vous la voir ?

Kerr haussa les épaules.

— Je ferai ce que vous voudrez. Je ne veux rien entreprendre qui puisse vous créer des difficultés...

— Merci. Alors, pour l'instant, ne faites rien du tout. Résignez-vous à l'inaction provisoirement ; ce sera très habile. Voyez-vous, je suis intéressé par les autres femmes qui étaient à cette soirée. Je crois, du moins, qu'elles peuvent être intéressantes, et je ne veux pas que votre intervention provoque un bon petit scandale qui risquerait de brouiller les cartes. Plus tard, quand j'aurai eu l'occasion de les mettre à l'épreuve, vous pourrez agir à votre guise.

Kerr haussa de nouveau les épaules. Il se disait que ce qui était perdu était perdu et que ce qu'on pouvait faire après n'avait pas beaucoup d'importance.

O'Mara regarda le bout de son cigare, puis le remit dans sa bouche et avala l'âcre fumée avec un plaisir évident.

Il se pencha en avant et dit :

— Maintenant, Ricky, nous allons avoir un petit entretien à cœur ouvert, tous les deux, au sujet de ces femmes. Vous allez me donner tous les détails, me dire comment elles s'habillent, ce qu'elles aiment, ce qu'elles n'aiment pas, comment elles s'amusent... Commençons par Elvira Fayle. Racontez-moi tout ce que vous savez d'elle. Tout d'abord...

O'Mara avait commencé son subtil interrogatoire

Sandra Kerr regardait le feu dans la cheminée. Elle tenait une cigarette dans une main et tendait l'autre vers les flammes. La chaleur du feu montait vers elle, l'enveloppait, lui donnait une sensation agréable. Mais était-ce le feu qui était responsable de l'état d'exaltation dans lequel elle se trouvait ? Elle se disait : « Tout ça, ça va faire souffrir Ricky. Mais il l'avait vu venir... J'espère que ça lui servira de leçon un jour. Pauvre Ricky ! »

Elle portait une robe de velours bleu, à côtes, et, au cou, une écharpe de dentelle vieux rose retenue par une broche de saphirs.

Elle jeta sa cigarette dans le feu et marcha lentement de long en large dans la pièce, les mains derrière le dos. Elle pensait à Ricky, à Miguales, à d'autres personnes aussi, à toutes sortes de choses intéressantes. Elle se disait que rien n'était plus amusant que d'essayer de mettre au point les choses qui allaient se produire, puis d'observer le déroulement des événements et de constater les erreurs commises. A une extrémité du salon, il y avait un long miroir. Elle se regarda dans le miroir et se dit qu'elle était coiffée d'une façon séduisante avec ce ruban bleu noué dans ses cheveux. Elle se demanda si Miguales saurait apprécier sa coiffure, espéra que oui.

Elle sourit un peu en pensant à Miguales. Elle se dit que c'était un type bizarre. Puis elle interrompit ses allées et venues et se dirigea vers une table, dans le coin de la pièce, sur laquelle était posé le téléphone. Le fil du téléphone allait de l'appareil jusqu'à la boiserie.

Sandra sortit du salon et revint, une minute après, avec un canif tranchant. Elle se mit à dénouer les fils du cuivre en les séparant avec la petite lame du couteau. Quand elle eut fini, elle essaya le téléphone. Il ne fonctionnait plus. Il n'y avait plus de contact.

Elle entendit le bruit d'une clef dans la serrure, ferma le canif, le glissa dans la poche de sa robe et revint à la cheminée. En ouvrant la porte, Miguales l'aperçut, un bras appuyé sur le chambranle, dans une pose gracieuse et nonchalante. Il resta un instant immobile à la regarder. Il avait l'air abattu, les épaules voûtées, ses longues mains pendaient à ses côtés, dans un geste de désespoir impuissant. Il regarda longtemps Sandra, comme s'il essayait d'analyser ses propres pensées à son sujet.

— Bonsoir, Enrico, dit-elle d'une voix très douce. Pourquoi as-tu l'air si triste ?

Miguales haussa les épaules. Il alla au buffet, prépara les cocktails, remplit deux verres et vint en offrir un à Sandra.

— Jamais on n'a vu une liaison aussi extraordinaire que la nôtre, ma chérie, dit-il. Jamais il n'y a rien eu d'aussi complètement incompréhensible, de presque stupide. Jamais rien qui ait commencé d'une façon aussi merveilleuse pour se terminer si tragiquement.

— Tu es déprimé, Enrico. Voici déjà plusieurs jours que tu es malheureux, dit Sandra avec un sourire. C'est à cause de mon mari ; tu te demandes ce qu'il pense, ce qu'il va faire. Mais, au lieu de te tracasser, tu ferais mieux de te détendre. Crois-moi, Ricky n'a pas perdu la tête. Il a toujours été raisonnable, tu sais.

— Ce n'est pas mon avis. Trouves-tu qu'il se soit conduit d'une façon raisonnable avec toi ? dit Miguales.

Elle haussa les épaules, but une gorgée de son cocktail, posa le verre derrière elle sur la cheminée. Puis elle dit :

— C'est différent. Tu dois comprendre que Ricky a toujours été très épris de moi ; mais il a dû le plus souvent livrer un combat contre son tempérament. Quand je l'ai quitté pour toi, je t'ai prévenu que j'aimais toujours Ricky et que tu ne devais pas t'attendre à grand-chose de ce côté-là. Je reconnais que Ricky a été stupide avec les femmes, qu'il s'est mis à boire, qu'il s'est conduit en général d'une façon ridicule que je n'étais pas disposée à supporter, mais cela ne veut pas dire qu'il soit idiot, en tout cas pas assez pour faire rien de vraiment insensé.

Miguales vida son verre, retourna au buffet, s'en versa un autre. Elle remarqua que sa main tremblait légèrement.

— Je n'ai pas peur de Ricky, dit-il. Pourquoi aurais-je peur de lui ? Non, je déteste la vie, c'est tout. Je croyais que je touchais au but, que ma mission allait être une réussite éclatante, que je resterais ici un certain temps et qu'en rentrant en Espagne je pourrais t'emmener avec moi, puisque tu serais devenue ma femme... Toutes ces pensées me causaient un très vif plaisir.

— Et, maintenant, elles ne te causent plus aucun plaisir ?

Il se tourna, appuyé contre le buffet, et demanda en la regardant :

— Comment as-tu eu l'idée de te séparer de ton mari pour vivre avec moi, Sandra ?

— A la suite d'une conversation que j'ai eue avec Thérèse. Elle a toujours été pour moi une très bonne amie. J'ai beaucoup d'amitié pour elle, et elle me le rend bien. Elle savait ce qui se passait entre certaines de ses amies et Ricky et elle en souffrait pour moi. Il lui a fallu beaucoup de courage pour me dire finalement ce qu'elle avait à me dire. Puis, je ne sais plus comment, ton nom a été prononcé au cours de la conversation. Elle m'a dit que tu m'aimais, que tu avais dit que, si je devenais ta femme, tu te contenterais de ce que je voudrais bien te donner, si peu que ce soit.

Elle haussa les épaules et reprit :

— Alors j'ai voulu quitter Ricky. J'étais obligée. Tu dois comprendre, Enrico, qu'une femme peut être éprise d'un homme au point de continuer à souffrir ses infidélités, même si elle sent qu'elle perd chaque jour davantage le respect d'elle-même. Il fallait que je prenne rapidement une décision. Je l'ai prise. Je t'ai parlé. Et nous voilà ici, tous les deux, dit-elle en souriant.

— Tu es l'être le plus adorable et le plus charmant que j'aie jamais connu, dit Miguales sans bouger de place. Comme tout ceci est étrange. Je me demande qui, de nos amis, croirait qu'il ne s'est rien passé entre nous depuis que tu habites avec moi et que je ne t'ai même jamais embrassée. Je me demande s'ils pourraient comprendre qu'une telle communion d'esprit puisse exister.

— Est-ce que tu attaches beaucoup d'importance à ce qu'ils croient ? Un jour, peut-être, Enrico, tout deviendra possible entre nous. En attendant, dis-moi quelque chose... Pourquoi es-tu si ennuyé ?

Il répondit d'une voix grave :

— Il vient de m'arriver une chose terrible. Ma mission s'est terminée par un échec complet. Tu sais que je suis venu ici envoyé officiellement par le gouvernement national espagnol. Les questions de propagande me sont familières, et je devais essayer de créer entre mon pays et le tien une atmosphère de conciliation, qui rendît possibles certaines choses.

Il étendit les mains dans un geste de désespoir.

— Eh bien ! tous mes efforts n'ont abouti à rien. Aux yeux des Anglais, Franco est l'allié d'Hitler, son gouvernement est germanophile. Tous les gens à qui je m'adresse croient que je suis de connivence avec les Allemands. J'ai dû renoncer à les persuader du contraire. Au moins, j'avais espéré que je pourrais rester ici jusqu'à ce que ton divorce soit prononcé, je voulais t'épouser ici et t'emmener avec moi en Espagne. Mais, maintenant, c'est impossible.

Sandra se raidit.

— Enrico ! cria-t-elle.

Il hocha la tête et dit amèrement :

— C'est la triste vérité, Sandra. On m'a donné mon congé. Le gouvernement britannique m'a pratiquement enjoint de quitter l'Angleterre dans un délai de quatre à cinq jours. Qu'allons-nous devenir ?

— Mon Dieu ! Que vais-je devenir ? Enrico !

— C'est bien ce qui me cause le plus de soucis. Pour moi, tout m'est égal. Je ne pense qu'à toi.

— Je ne peux vraiment pas aller avec toi en Espagne ? Tu ne connais pas un moyen...

Il l'interrompit :

— C'est impossible. On ne te laisserait pas partir. Jamais tu n'obtiendrais ton visa pour l'Espagne. Crois-tu qu'ils ne savent pas que tu es en ce moment ici, avec moi, dans mon appartement ?

Sandra poussa un soupir et le regarda. Ses yeux violets étaient sombres et tristes.

— Qu'allons-nous faire, Enrico ? demanda-t-elle.

— Je ne sais pas. Je voudrais bien le savoir. De l'argent, j'en ai plus qu'il n'en faut. Je peux te laisser tout l'argent que tu voudras. Mais il faut que je retourne en Espagne. Je ne sais même pas quand je te reverrai.

Il y eut un silence.

— Ecoute, dit Sandra, ce soir, nous sommes tous les deux très tristes, très malheureux. Eh bien ! il faut faire quelque chose pour se sortir de là. Remettons à demain les affaires sérieuses et, ce soir, allons dîner quelque part, danser et faire comme s'il ne s'était rien passé. Veux-tu ?

Il lui sourit.

— Tu es merveilleuse ! Tu sais prendre la vie du bon côté et en tirer ce qu'elle a de meilleur. Tu connais la recette du bonheur. C'est parce que tu es si bonne.

Il s'éloigna du buffet et dit :

— Faisons donc comme tu viens de dire. Veux-tu téléphoner pour retenir une table ?

— Oui, dit-elle.

Elle alla au téléphone et décrocha le récepteur.

— Bois encore un cocktail, Enrico, et souris-moi. Ce n'est pas aujourd'hui la fin du monde. Qui sait ? Quelque chose de merveilleux nous attend peut-être au coin de la rue.

Il se versa un autre cocktail.

— Tiens, le téléphone est dérangé. Je n'entends pas la sonnerie d'appel.

Il vint vers elle et dit :

— Laisse-moi essayer.

Il prit à son tour le récepteur, forma un numéro.

— En effet, il est détraqué, dit-il en raccrochant.

— Ça ne fait rien. Je vais descendre chez le concierge. Je téléphonerai de sa loge qu'on envoie un ouvrier demain matin pour réparer l'appareil. En même temps, je ferai réserver notre table. Finis ton verre ; je reviens dans une minute.

Au rez-de-chaussée, dans le vestibule, Sandra vit par la grande porte vitrée que la loge du concierge était déserte. Elle entra, décrocha le récepteur, forma un numéro. Après une courte attente, elle dit :

— Je téléphone de la part de Mr. Miguales, appartement 22, à Saint-Erwin's Court, Saint-John's Wood. Primrose 73624. Le téléphone ne fonctionne plus ; il est absolument nécessaire qu'on vienne le réparer d'urgence. A propos, le Señor Miguales a un passeport diplomatique. J'ai pensé que ce détail pouvait vous intéresser.

— Très bien, dit une voix. Nous enverrons quelqu'un demain matin à la première heure, madame.

Elle remercia et raccrocha. Elle attendit un moment, puis forma le numéro du restaurant et fit réserver une table pour le dîner.

Sammy Cordover était posté dans l'ombre, sous un porche, face à l'entrée de l'immeuble de Kerr ; appuyé contre le mur, les mains dans les poches, il pensait à O'Mara. Il se disait qu'O'Mara devait être un type fantastique, un type d'une classe transcendante. Il jugeait ça rien qu'à sa façon de parler, au timbre de sa voix, à l'autorité de son élocution. « O'Mara ! Ça, c'est un nom épatant, se disait-il. Il y a quelque chose dans un nom comme ça. Quand on s'appelle O'Mara, on n'est pas une lavette, on est sûrement un costaud et un dur. » Eh bien ! dans le petit jeu qu'ils venaient de commencer, les occasions de prouver qu'on était un costaud et un dur ne manqueraient pas.

Cordover avait aperçu O'Mara juste quelques secondes, sur le trottoir d'en face, quand il était sorti du *Berkeley* et qu'il avait allumé sa torche électrique si ostensiblement pour se faire reconnaître.

Il faisait froid, mais Cordover ne sentait pas le froid. Le regard fixé sur le porche de la maison d'en face, il attendait que quelqu'un en sortît. Si les déductions d'O'Mara étaient exactes, l'appartement de Kerr était surveillé de l'intérieur de l'immeuble. Ils voulaient voir qui entrerait chez Kerr, pour pouvoir le filer à la sortie. Cordover bougea un peu. Il aurait voulu fumer une cigarette. Trois ou quatre minutes s'écoulèrent ; puis, en face, la grande porte s'ouvrit, et un homme sortit. Quand il écarta le rideau de défense passive, Cordover eut le temps de le voir distinctement à la lumière du vestibule. Il était grand, maigre, jeune. Sa figure était mince et très pâle, les yeux profondément enfoncés dans les orbites. Sa tête rappela vaguement à Cordover celle d'un squelette, vue dans la pénombre.

L'homme traversa la rue. Cordover entendit les pas se rapprocher, puis s'arrêter à quelques mètres de lui. Il ricana. Manifestement, l'homme guettait la sortie d'O'Mara et s'était dissimulé sous un porche, à gauche de celui où se tenait Cordover. « Mon pote, se dit celui-ci, j'ai vaguement l'impression que tu vas bientôt passer un mauvais quart d'heure. Tu es certainement un petit copain à Lelley, un autre pourri. » Il s'appuya à nouveau au fond du porche.

Dix minutes s'écoulèrent. Puis la porte d'en face s'ouvrit à nouveau. O'Mara sortit. Il s'arrêta au bord du trottoir pour rallumer son cigare. Cette opération lui prit beaucoup de temps. Puis il tourna à droite et s'éloigna d'un pas lent.

Cordover attendit que l'individu à sa gauche ait quitté le porche. Il laissa le bruit de pas décroître, puis il se mit en route à son tour silencieusement. « C'est plutôt marrant, on dirait une procession », se disait-il. L'homme qui pistait O'Mara connaissait son affaire. Profitant de l'obscurité, il se tenait assez près de sa proie, marchant à l'intérieur du trottoir, contre les maisons. Pour ne pas attirer l'attention, il variait son allure de temps en temps.

Il était bien entraîné.

Pressant un peu le pas, O'Mara traversa Berkeley Square et suivit Charles Street. C'était une rue calme et déserte. Il obliqua ensuite dans Queens Street, tourna à gauche et s'engagea dans un Mews. Cordover entendit les pas de l'homme, devant lui, s'accélérer. « Bougre d'idiot, c'est là que tu veux faire ton coup, hein ? » Il se représentait l'individu plongeant la main dans sa poche pour saisir le revolver qu'il croyait pouvoir décharger sur O'Mara. Le Mews était long et silencieux, bordé de maisons vides et de garages. Même en plein jour, c'était un endroit désert.

Sans bruit, Cordover pressa le pas ; au moment où l'homme qui le précédait allait s'engager dans le Mews, Cordover était déjà sur ses talons. Il le rejoignit juste comme il venait de tourner au coin de la rue, glissa son bras sous celui de l'homme au visage blême et pressa un court revolver contre son pardessus.

— Ne t'énerve pas, mon gars, et n'essaie pas de faire le mariole.

L'autre se retourna et regarda Cordover. La faible lueur d'un réverbère, à quelques mètres de là, permit à Sammy de voir qu'il n'avait nullement l'air ému ; on aurait presque dit qu'il trouvait cette façon d'agir toute naturelle.

— Je ne comprends pas, dit-il d'un ton calme.

— Tu vas comprendre. Viens avec moi, dit Cordover.

Ils descendirent le Mews. A vingt mètres, O'Mara se tenait sous le porche d'une maison inhabitée. Il avait déjà ouvert la porte.

— Amène-le ici, Sammy, dit-il.

— Je crois que vous faites erreur..., dit l'homme au visage blême.

— Si par hasard nous nous étions trompés, nous vous ferions mille excuses, dit O'Mara avec désinvolture.

Ils entrèrent dans la maison, et Cordover ferma doucement la porte derrière lui. O'Mara alluma sa torche électrique. Il connaissait manifestement cette maison ; il avait dû l'inspecter en sortant de chez Quayle, avant que Cordover l'eût appelé au téléphone. Il prit un escalier qui les conduisit au sous-sol. Il n'y avait qu'une fenêtre, pourvue d'un obturateur réglementaire. O'Mara trouva un commutateur. La petite ampoule dispensa une faible lumière. L'endroit était poussiéreux et sans autre mobilier que deux chaises bancales et une table.

— Faites comme chez vous, mon ami, dit O'Mara, mettez-vous à votre aise.

L'homme s'assit, posa ses mains sur ses genoux et regarda O'Mara. Ses yeux profondément enfoncés étaient brûlants.

— C'est bien, Sammy, dit O'Mara à Cordover. Je vais m'occuper de lui. Vous savez ce qui reste à faire, n'est-ce pas ?

— Oui. Pour quand ?

— Dans un quart d'heure, je pense, dit O'Mara négligemment. Pas plus tard. Au revoir.

Cordover s'en alla, et O'Mara, sortant le Luger de sa poche, s'approcha de l'individu au teint blafard et l'examina. Il pouvait avoir vingt-huit ans. Il avait posé son chapeau sur la table. Il avait des cheveux blonds, ondulés, et une cicatrice sur un côté de la figure.

— Debout ! commanda O'Mara.

L'autre obéit, et O'Mara tâta vivement ses poches. Il trouva un automatique de calibre 38, le mit dans la poche de son pardessus et fit se rasseoir l'homme.

— Eh bien ! nous y voilà ! Vous vous étiez figuré que vous alliez me supprimer comme ça. Votre patron s'était dit que Kerr aurait de la visite quand on saurait qu'il avait perdu cette liste. Il espérait que quelqu'un d'important se dérangerait ; quelqu'un comme moi !

Il eut un sourire de pitié.

— Vous savez, dit-il d'un ton très doux, je crois qu'on s'est payé votre tête.

— Ah ! vraiment ? dit l'homme, un faible sourire aux lèvres.

Il y eut un silence.

— Qu'allez-vous faire ? demanda-t-il encore.

O'Mara prit l'autre chaise, secoua un peu la poussière et s'assit à califourchon. Il regarda longuement son vis-à-vis, essayant de deviner à quel genre de type il avait affaire.

— Ecoutez, nous n'avons pas beaucoup de temps à perdre en bavardages ni l'un ni l'autre. Avez-vous l'intention de parler ?

Le jeune homme répondit avec un accent impeccable.

— Je n'ai absolument rien à vous dire.

— Bien que je ne puisse vous l'affirmer, vous auriez peut-être avantage à parler. Pour qui travaillez-vous ? Qui vous a dit de surveiller l'appartement de Kerr ?

Il y eut un silence. Puis le jeune homme appela O'Mara d'un nom grossier et regarda droit devant lui, l'air têtu.

O'Mara sourit.

— Vous sortez d'une des écoles de Mr. Himmler, n'est-ce pas ? Vous avez décidé de mourir pour le Führer et la patrie sans parler.

L'autre ne répondit pas.

O'Mara dit négligemment :

— Je n'ai aucune sympathie pour vous. Les gens de votre espèce me déplaisent même souverainement. Ils me font vomir. Pourtant, je crois qu'il est de mon devoir de vous dire ceci : je vous laisse la vie sauve si vous parlez et je vous remets à une autre section. Je ne sais pas ce qu'ils feront de vous ; vous vous débrouillerez avec eux. C'est un risque à courir. Alors, qu'en dites-vous ?

Il n'obtint pas plus de réponse que la première fois. Les yeux qui regardaient O'Mara du fond de leurs orbites étaient presque sans expression. Le jeune homme avait l'air parfaitement calme et indifférent. O'Mara se leva en soupirant.

— C'est bon, dit-il. Comme vous voudrez.

Il tenait dans la main droite le Luger surmonté du silencieux. Il leva le bras et tira trois fois. Le bruit fut celui d'une bouteille qu'on débouche. Le jeune homme tomba de sa chaise sur le côté, foudroyé. Il gisait par terre comme un sac.

O'Mara remit le revolver dans sa poche. Il se pencha sur le cadavre, le retourna et ouvrit le pardessus. Puis il déboutonna le veston et le gilet d'une main experte, sans s'occuper de la grande tache sinistre qui s'étalait sur la chemise. Il se mit à fouiller les poches. Il trouva deux clefs, quelque menue monnaie, un bout de crayon dans les poches du gilet. Les poches du pantalon étaient vides. Dans la poche intérieure du pardessus, il y avait une enveloppe.

O'Mara la prit, la regarda. Il n'y avait rien d'écrit sur l'enveloppe, mais à l'intérieur il y avait une feuille de bon papier à lettres. La lettre, écrite en espagnol, était adressée au señor... O'Mara remarqua que le nom avait été gratté. En tenant la feuille contre la lumière, il put voir les marques du grattage. Le texte de la lettre était ainsi conçu :

« Señor...,

» Je trouve que vous n'agissez pas très correctement avec moi. Vous ne me donnez pas le genre de travail dont nous avions convenu ensemble. J'ai fait ce que j'avais promis de faire, parce que je tiens toujours parole. Mais, quand c'est à votre tour de tenir vos promesses, vous semblez me laisser froidement tomber. Cette façon d'agir n'est pas de mon goût, je vous en avertis.

» J'espère trouver un moyen de vous voir et qu'il sera possible de régler cette affaire à l'amiable. Sinon, il ne me reste qu'une chose à faire. J'aimerais ne pas en être réduit à cette extrémité, parce que je suis un homme d'honneur.

» Je compte fermement avoir de vos nouvelles dans les quatre jours qui viennent. Je me trouve dans une situation très difficile.

» E.M. »

O'Mara s'assit sur la chaise poussiéreuse. Il lut et relut le billet. Puis il le remit dans l'enveloppe et l'enveloppe dans sa poche. La tête appuyée dans une main, il regarda fixement le cadavre à ses pieds. La tache rouge suintait maintenant à travers le pardessus.

Soudain O'Mara sourit. « Parbleu ; je veux bien être pendu ! » murmura-t-il. Il avait presque l'air heureux.

La porte s'ouvrit, et Cordover entra.

— Ça colle, dit-il. Le camion est dehors. J'ai une caisse de fruits qui fera l'affaire et quelques sacs.

Il désigna de la tête le cadavre.

O'Mara sortit son étui à cigares, choisit un petit cigare noir, l'alluma et dit :

— C'est parfait. Nous allons l'emporter. Vous savez où ?

Cordover fit un signe de tête affirmatif.

— Tout est prêt, Mr. O'Mara.

O'Mara alla à la porte. En passant devant Cordover, il dit en regardant le cadavre :

— Celui-là, il a payé pour votre sœur. Mais il ne sera pas le seul. Avec un peu de chance, nous en liquiderons encore deux avant de terminer cette affaire.

Ils descendirent le couloir.

4

« *Le Cantaloup jaune* »

Une petite camionnette du service des téléphones de Londres s'arrêta devant Saint-Erwin's Court. Sammy Cordover en descendit et pénétra dans l'immeuble. Il était vêtu d'une salopette et portait une trousse d'outils.

— C'est bien à l'appartement n° 22 que le téléphone est dérangé, n'est-ce pas ? demanda-t-il au concierge.

— Oui. Chez Mr. Miguales, au premier étage. Prenez l'escalier, c'est juste au coin.

— Merci, dit Cordover.

Il ôta du coin de sa bouche sa cigarette à demi fumée, l'éteignit, mit le mégot sur son oreille gauche. Puis il monta l'escalier et sonna au n° 22.

La bonne ouvrit la porte.

— Service des téléphones, dit Cordover. Je viens pour la réparation.

— Entrez.

Il suivit la bonne dans le salon, posa sa trousse à outils et examina l'appareil.

— Le contact est rompu, dit-il à la bonne. Quelqu'un a sans doute tiré un peu trop fort sur le fil.

Il ouvrit sa trousse et se mit au travail.

Sandra Kerr entra dans la pièce. La bonne dit :

— Oh ! madame, c'est un homme du service des téléphones qui répare notre appareil.

Sammy regarda Sandra par-dessus son épaule et dit :

— Bonjour.

— Bonjour. Est-ce que c'est grave ? Vous en aurez pour longtemps ? demanda-t-elle.

— Oh ! non, dit Sammy. C'est l'affaire de quelques minutes.

— C'est bien, Mary, dit-elle en faisant un geste à la bonne qui sortit.

Cordover, à genoux par terre, continua son travail. Il mettait un nouveau fil souple et rétablissait le contact. Sandra vint vers lui.

— Que s'est-il passé au juste avec notre appareil ? demanda-t-elle.

— Pas grand-chose. Quelqu'un a dû jouer avec le fil ; il n'y avait plus de contact.

Il s'appuya d'une main sur la petite table derrière lui. Entre ses doigts, il tenait un petit morceau de papier plié. Sandra glissa la main sur la sienne, prit le morceau de papier.

— Eh bien ! je suis contente que ce ne soit pas plus grave que ça, dit-elle. Si vous voulez une tasse de café, quand vous aurez fini, Mary vous en donnera une à l'office.

Elle sortit, alla dans sa chambre à coucher et déplia le petit morceau de papier. Elle lut ceci :

« 32 Fayle Street-Fulham Road, cette nuit, dix heures. »

Elle alla à la cheminée, posa le morceau de papier sur un cendrier, frotta une allumette et le regarda brûler.

Le club du *Cantaloup jaune* est une « boîte » très agréable, pas bien loin de Berkeley Square. Son atmosphère raréfiée, et parfois captivante, n'avait jamais manqué de séduire Mrs. Glynda Milton jusqu'à ce soir. Mais, si, pour le moment, elle se sentait incapable d'apprécier quoi que ce fût et d'éprouver la moindre satisfaction, ce n'était pas qu'elle fût soudain blasée, mais à cause d'événements sur lesquels elle n'avait aucun contrôle.

Mrs. Glynda Milton était caractéristique d'un type de femmes très belles, qui, en cette cinquième année de guerre, ne se sentaient plus la force « d'encaisser ».

Il y a beaucoup de femmes comme ça. Glynda avait un mari qui l'aimait, mais assez jaloux ; elle recevait chaque mois une somme d'argent très convenable, elle habitait un appartement délicieux, elle avait une garde-robe splendide ; bref, elle semblait posséder tout ce qui, aux yeux de la plupart des femmes, donne le bonheur. Pourtant, elle était malheureuse. Son malheur venait de ce qu'elle s'ennuyait. Pour échapper à cet ennui, elle faisait diverses choses qui ne réussissaient qu'à l'ennuyer davantage.

Elle couchait avec des gentlemen qu'elle jugeait dignes de cet honneur, elle buvait un peu trop, fumait un peu trop, dépensait un peu trop. Si elle trouvait le temps long pendant la journée, c'est parce que les nuits étaient inévitablement plus courtes.

Elle était svelte et charmante, avec des mains et des pieds délicieux. C'était une de ces femmes qui semblent spécialement créées pour orner le sommet d'un grand tabouret aux pieds chromés, devant un bar, au comptoir chromé, dans une des innombrables boîtes de nuit de la capitale. Si elle avait besoin d'une excuse à sa conduite, elle l'avait toute prête. Son excuse, c'était Mr. Hitler et la guerre, et le fait qu'on en avait « plein le dos » de rester éternellement collé à Londres, sans autre distraction que de fréquenter les boîtes mentionnées plus haut, au lieu de courir d'une plage à l'autre, sur le continent, aux heures convenables, dans des toilettes convenables, et de boire des cocktails dans des bars — qui ressemblaient à ceux de Londres, il est vrai —, mais où l'on pouvait commander à boire dans une autre langue et où les jeunes gens étaient très passionnés, même s'ils en voulaient aussi à votre fric.

Tel était le royaume de Glynda.

Et, maintenant, elle était assise à sa table dans le coin du restaurant du *Cantaloup jaune.* La salle était meublée avec goût, et les lumières tamisées faisaient apparaître sous un jour si favorable le physique des belles dîneuses que celles-ci étaient souvent plus prodigues de leurs faveurs qu'elles n'en avaient eu d'abord l'intention.

Elle était, comme toujours, habillée avec beaucoup de chic. A la même table, en face d'elle, Thérèse Martyr mangeait une cerise qu'elle avait retirée de son verre à cocktail. Elle était superbement vêtue d'une robe noire simple, mais de prix, créée par un grand couturier, avec un seul rang de vraies perles, et elle regardait la salle, Mrs. Milton et le monde en général avec une visible satisfaction.

Glynda Milton se disait avec amertume : « Tu es très heureuse, Thérèse, n'est-ce pas ? Tu es enchantée de ta petite personne. Comme j'aimerais te couper la gorge, sale garce ! »

Toutefois, ces pensées ne modifiaient pas l'expression de son visage.

— Thérèse, je voudrais un autre cocktail, dit-elle. J'espère qu'on ne va pas nous faire attendre le dîner trop longtemps.

Thérèse fit un signe à un garçon qui passait et commanda un cocktail.

— Nous allons dîner dans une minute, ma chère amie, dit-elle. j'ai commandé un menu spécial. Nous aurons un poulet. J'ai pensé que nous devions faire une petite fête.

— En quel honneur ? demanda Glynda.

Thérèse haussa les épaules.

— Je ne sais pas, dit-elle. Faut-il toujours avoir une raison pour faire la fête ? Sais-tu que tu es absolument ravissante ce soir, Glynda ? Ta robe me plaît énormément. D'ailleurs, tu as toujours un goût si exquis pour t'habiller.

« Qu'elle me fiche la paix avec mon goût exquis », se disait Mrs. Milton.

Elle avait peur, elle avait une peur terrible. A intervalles réguliers, son regard se tournait vers la porte qui faisait communiquer le bar et le restaurant. Elle attendait quelqu'un qui devait entrer par cette porte, un homme très grand, tout à fait charmant et qui la terrifiait. Elle attendait Mr. O'Mara.

Elle se disait que la vie était bizarre et pas drôle du tout. Ce matin, elle s'était sentie presque heureuse. Elle s'était réjouie d'aller chez son coiffeur. Son rendez-vous avait été entièrement couronné de succès. Elle était sortie avec cette sensation agréable qu'éprouve une femme quand elle est bien coiffée. Son taxi, qui ne la laissait jamais en panne, à cause du pourboire très généreux qu'elle ne manquait jamais de donner au chauffeur, l'attendait au bord du trottoir.

Mais elle n'avait pas eu le temps d'aller jusqu'au taxi. Quelqu'un l'avait abordée et avait enlevé son chapeau pour la saluer d'un grand geste cérémonieux qui lui avait fait croire que c'était un étranger. Il lui avait adressé la parole en ces termes :

— Mrs. Milton, je crois ? Je m'appelle O'Mara. Je suis absolument navré de bondir sur vous comme un fauve sur sa proie, mais je crois que vous et moi nous devons avoir ensemble une petite conversation.

— Vraiment ? avait-elle répondu. Mais je ne vous connais pas.

Et elle avait fait un mouvement comme pour passer outre.

— Vous ne me connaissez pas, en effet, Mrs. Milton, avait répliqué O'Mara. Mais, ne vous y trompez pas, vous ne tarderez pas à me connaître.

» Je ne vous empêche pas de prendre votre taxi, mais je crois que ce serait beaucoup plus intelligent de votre part si vous veniez boire une tasse de café et bavarder un peu avec moi.

Elle avait répondu d'un ton indigné :

— Pourquoi devrais-je boire une tasse de café avec vous ? Qu'est-ce qui m'y forcerait ?

Tout en parlant, elle s'efforçait en vain de se souvenir où elle avait déjà rencontré ce personnage et se demandait si elle l'avait jamais rencontré.

C'est à ce moment-là qu'elle avait commencé à avoir peur.

O'Mara avait dit avec un sourire aimable :

— Je vais vous le dire. Vous savez qu'Hubert, votre mari, en a soupé de vos incartades conjugales, de vos flirts de droite et de gauche. Et il est justement dans une humeur où il pourrait se fâcher sérieusement et devenir très méchant. Vous pouvez même être sûre qu'il sera bigrement méchant si je lui fais savoir que vous avez passé quelques nuits intéressantes avec Ricky Kerr. Vous ne croyez pas qu'Hubert serait absolument enchanté d'apprendre ça ? Allons, venez boire un café et bavarder un peu avec moi, petite sotte que vous êtes.

Ce Mr. O'Mara pouvait avoir l'air très dur, très sinistre quand il parlait.

— Voici votre cocktail, ma chérie, dit Thérèse. Oh ! à propos, savez-vous quelle est la nouvelle définition d'un météorologiste ?

Glynda avala son cocktail d'un trait. Elle répondit qu'elle ne savait pas.

— Un météorologiste, dit Thérèse, toute joyeuse, est un homme qui regarde une femme dans les yeux et qui voit si...

— Oh ! très bon... Excellent ! Vraiment ! dit Mrs. Milton.

Mais elle pensait à O'Mara. Elle avait levé les yeux vers lui, regardé son visage souriant, son air impertinent, cette bouche qui venait de l'appeler « petite sotte » et elle s'était dit : « C'est du chantage. C'est comme ça que ça commence. Oh mon Dieu ! »

Elle avait dit quelque chose comme ça.

Toujours souriant, O'Mara avait répondu :

— Ne vous faites pas de mauvais sang, Mrs. Milton. Personne ne veut vous faire chanter, ni vous faire peur — du moins pas beaucoup — à condition que vous fassiez ce qu'on vous dira. Maintenant, voulez-vous prendre votre taxi toute seule, ou préférez-vous que nous allions ensemble boire une tasse de café quelque part ?

— Très bien, avait-elle dit d'un ton bref.

Et elle avait bu une tasse de café avec Mr. O'Mara. Il lui avait seriné sa leçon, elle avait dû la répéter plusieurs fois ; elle savait maintenant par cœur ce qu'elle devait dire et faire. Et elle attendait O'Mara, se demandant ce qui allait suivre : si elle aurait encore d'autres choses à faire, d'autres rôles à jouer.

— Je ne t'ai encore jamais vue boire un cocktail aussi vite, dit Thérèse. Tu l'as avalé d'un seul trait. Tu ne vas pas te mettre à boire ?

Elle sourit avec enjouement.

— Je n'avais pas fait attention, dit Mrs. Milton. Je suis un peu énervée, un peu soucieuse.

— Vraiment ? dit Thérèse. Tu ne vas pas me dire que tu as réellement des soucis, Glynda ? Puis-je savoir ce que c'est ?

— Tu le sais déjà, dit Mrs. Milton. Tu le sais très bien. C'est à cause de Sandra que je me fais des soucis.

Thérèse prit un air étonné en levant à nouveau ses sourcils dessinés au crayon.

— Mais pourquoi ? demanda-t-elle. En quoi Sandra peut-elle être une cause de soucis pour toi ?

— Parce que je crois que tu lui as joué un très sale tour, dit Mrs. Milton en regardant Thérèse avec des yeux flamboyants. Parce qu'elle se trouve dans une situation diablement difficile. C'est mon amie, tu le sais. Je suis sincèrement son amie. Je n'ai pas de l'amitié tout à fait la même conception que toi, Thérèse.

Thérèse sourit. Il y avait une sorte de mépris apitoyé dans son sourire.

— Tu n'es guère polie pour ton invitée, Glynda, dit-elle. De quoi parles-tu ? As-tu appris quelque chose ?

— Ecoute, dit Glynda, je sais que tu t'es rendue ridicule avec Ricky Kerr. Je sais que tu as été sa maîtresse et qu'il t'a laissée choir. Il en avait assez de toi, mais, toi, tu n'as pas voulu en rester là, n'est-ce pas ? Tu as médité un plan de vengeance. Tu as raconté à Sandra un tas de mensonges sur Ricky, découvert cet aimable Espagnol, ce Miguales, tu l'as mise dans une rage folle contre lui et tu l'as jetée dans les bras de Miguales qui n'attendait que ça !

— Ma chère amie... Ma chère amie... Voilà un affreux roman-feuilleton, n'est-ce pas ?

Il y avait quelque chose de sardonique dans sa voix.

— Et cela t'a fait beaucoup de peine ? Mais pourquoi donc, ma chère amie ? Tu seras peut-être surprise d'apprendre que Miguales a l'intention d'épouser Sandra. Je trouve que ce sera un couple magnifique.

— Thérèse, tu es une menteuse, dit Glynda Milton.

— Vraiment ? dit Thérèse sans paraître émue le moins du monde.

— Oui, tu es une sale menteuse, reprit Mrs. Milton. Naturellement, tu ne sais pas que la mission diplomatique de Miguales est terminée, qu'il a échoué complètement et qu'il doit quitter l'Angleterre dans trois ou quatre jours. Il lui est donc absolument impossible d'épouser Sandra, même s'il le voulait.

Elle ajouta avec un sourire amer :

— D'ailleurs, elle aurait dû obtenir d'abord le divorce, et, très sincèrement, je ne crois pas que Ricky soit très disposé à lui faciliter les choses, surtout après la façon dont elle l'a traité.

Thérèse Martyr dit sérieusement :

— Est-ce vrai ce que tu me racontes là, Glynda ? En effet, c'est assez terrible. Je croyais que Miguales devait rester ici de façon permanente. Je croyais...

— Tu as pu croire ce que tu voulais, dit Glynda, en tout cas, tu t'es trompée. Voilà la situation. Pourquoi n'as-tu pas attendu un peu ? Bien entendu, tu ne pouvais pas attendre ; tu voulais te venger de Ricky, même si tu devais pour cela rendre Sandra malheureuse toute sa vie. Que veux-tu qu'elle fasse, maintenant ? Elle a quitté Ricky et ne peut pas revenir chez lui. Et Miguales doit partir. Mon Dieu ! quelle situation !

Thérèse dit négligemment :

— Je suis de ton avis, Glynda. La situation n'est pas très brillante. A propos, qui t'a raconté tout ça ?

Glynda mentit avec beaucoup d'aisance ; elle avait bien appris son rôle.

— C'est Sandra qui m'a téléphoné ce matin. Elle m'a tout raconté.

— Elle t'a dit que Ricky avait couché avec moi ? Elle t'a dit ça ? demanda Thérèse au comble de la surprise.

— Non, dit Glynda en secouant la tête. C'est Ricky qui me l'a dit. Il m'a téléphoné après ma conversation avec Sandra. Je ne crois pas qu'il soit animé d'excellentes intentions à ton égard. Et il a bien raison. Tu t'es conduite comme une petite peste avec lui et Sandra.

— Ma chère, tu exagères toujours, dit Thérèse. A ta place, je prendrais un autre cocktail et j'essaierais de me calmer un peu.

— Tu as tout à fait raison. D'ailleurs, je déteste les disputes en public.

— Tant mieux, dit Thérèse avec un sourire mielleux. Tu allais me faire croire le contraire.

Elle commanda un autre cocktail.

Glynda regarda vers la porte et frissonna intérieurement. Elle venait d'apercevoir la haute silhouette de Mr. O'Mara. Elle se dit : « Eh bien ! le voici. J'ai fait ce qu'il m'a dit. J'espère qu'il sera content et que je n'ai plus rien à craindre... »

A l'entrée du restaurant, O'Mara laissait son regard errer dans la salle. Soudain, sa figure s'illumina d'un sourire de surprise et de satisfaction quand il aperçut Mrs. Milton. Il se dirigea vivement vers elle.

— Mais, je ne me trompe pas, c'est la petite Glynda ! dit-il. Quel plaisir de vous revoir après tant d'années !

Elle le regarda comme si elle devait rassembler ses souvenirs. Après un moment, elle sourit.

— Oh ! Shaun ! dit-elle. Il y a une éternité que je ne vous avais vu. Qu'étiez-vous donc devenu ? Thérèse, je te présente Mr. O'Mara, un de mes très vieux amis. Miss Thérèse Martyr.

O'Mara s'inclina galamment et dit à Glynda :

— J'ai été envoyé en Amérique du Sud par le ministère de l'Armement et je suis content d'être rentré. Vous savez, c'est très bien de se sentir loin de la guerre, et l'Argentine est un pays merveilleux, je vous l'accorde, mais il n'y a rien au-dessus de Londres !

— Je suis très heureuse de vous revoir, Shaun, dit Mrs. Milton. Vous êtes resté toujours le même, très satisfait de vous-même et du monde en général.

— Pourquoi pas ? A propos, comment vont tous mes amis ? Que font Ricky et Sandra ?

Mrs. Milton dit avec un peu d'hésitation :

— Ils vont bien.

Après un court silence, elle ajouta ;

— Ricky travaille pour le ministère de l'Armement à présent. J'espère que vous ne tarderez pas à leur faire une visite.

— Dès que j'aurai le temps. Je veux d'abord me réinstaller et revoir un ou deux coins de l'Angleterre que j'ai toujours aimés. Après, j'irai voir les amis.

Un garçon s'approcha de la table et dit :

— Excusez-moi, Mrs. Milton. On vous demande au téléphone.

— Oh ! on ne me laisse jamais une minute tranquille, dit Glynda Milton en s'en allant.

Thérèse Martyr dit :

— Vous ne voulez pas vous asseoir, Mr. O'Mara ?

— Merci, dit O'Mara.

Il prit une chaise et s'assit à table. Il appela le garçon et commanda un grand martini.

Il regardait Thérèse et semblait l'apprécier en connaisseur.

Elle dit :

— Ainsi, vous connaissez les Kerr ?

Il fit un signe de tête affirmatif.

— Je les connais depuis des années, dit-il. C'est un si gentil garçon, un peu volage, vous savez, mais il a très bon cœur. Un garçon de grande valeur. Je l'aime beaucoup. Vous les connaissez aussi ?

— Oh ! oui ! Je les connais très bien. Vous savez qu'il y a eu de la discorde dans le ménage ces derniers temps ?

O'Mara fit l'étonné.

— Non ? dit-il. Cela m'étonne beaucoup. Je suis fâché d'apprendre ça. Mais ce sont des choses qui arrivent, même dans les ménages les plus unis.

Le retour de Glynda Milton interrompit leur conversation.

— Je suis désolée, dit-elle, mais il faut que je parte. Hubert est à la maison. Il vient justement de me téléphoner. Il veut aller quelque part à la campagne, et je dois le rejoindre tout de suite. Mon devoir d'épouse obéissante exige que je rentre immédiatement.

— Attends au moins d'avoir dîné, Glynda, dit Thérèse.

— Impossible, ma chère, répondit Glynda. Tu connais Hubert. Il se plaint que je dîne en ville tous les soirs, et je lui ai promis de rentrer tout de suite. Il faut vraiment que je m'en aille. Mais, ajouta-t-elle en regardant O'Mara, peut-être que Mr. O'Mara voudra manger le poulet à ma place ?

— Ce serait très gentil. Ne refusez pas, Mr. O'Mara, dit Thérèse.

Il la regarda, sans chercher à dissimuler son admiration.

— Savez-vous, Miss Martyr, que j'ai une chance inouïe ! dit-il. Je vais passer ma première soirée depuis mon retour à Londres en compagnie d'une femme délicieuse. C'est une de ces surprises aussi merveilleuses qu'inattendues qui font tout le charme de la vie. Glynda, je vous prie de dire à Hubert combien je lui suis obligé de vous avoir téléphoné.

— Allons, je vous quitte, dit Mrs. Milton. Bonne nuit, Thérèse. J'espère que tu viendras me voir bientôt. Bonne nuit, Shaun. Je compte aussi sur votre visite.

Elle sortit du restaurant, traversa le bar et attendit dans le hall que le commissionnaire lui eût trouvé un taxi.

Elle se disait : « J'espère qu'il est content de moi. J'ai suivi ses instructions à la lettre. Maintenant, il va peut-être me laisser tranquille. »

Elle était inquiète, malheureuse ; elle avait peur. Mr. O'Mara lui faisait peur avec ses complots ténébreux, ses faux coups de téléphone, ses menaces, ses sourires. Tout en lui l'effrayait. Elle avait l'obscur pressentiment que Mr. O'Mara était une dangereuse force de la nature qu'il était préférable d'éviter.

Le commissionnaire lui ayant trouvé un taxi, elle rentra chez elle. Pour la première fois depuis bien longtemps, elle était heureuse de rentrer chez elle.

Sandra s'engagea dans la rue noire. Elle alluma sa torche électrique pour éclairer la porte de la première maison, calcula où pouvait être le numéro 32 et se hâta dans cette direction.

Elle pensait à Ricky, se demandait ce qu'il faisait, ce qu'il pensait. Elle était malheureuse. Elle sentait que le danger l'enveloppait, comme les ténèbres de cette rue. Elle sentait que le moment était venu d'une crise, d'un paroxysme destructeur. Elle pressa le pas, parce qu'elle avait hâte de savoir les choses qu'on pourrait lui dire et parce qu'elle voulait affronter la crise, quels qu'en soient les résultats, afin que tout cela appartienne le plus vite possible au passé.

Elle était arrivée devant le numéro 32. C'était une petite maison qui n'offrait aucun intérêt particulier. Rien ne la distinguait d'une longue série de maisons semblables, de style victorien, bâties à une époque de prospérité et de respectabilité petites-bourgeoises. Chacune avait son petit jardin sur le devant, et on accédait à la porte d'entrée par un escalier de quelques marches.

Elle frappa à la porte et entendit des pas à l'intérieur. La porte s'ouvrit, et elle entra dans le vestibule obscur. Elle entendit la porte se fermer derrière elle, et quelqu'un fit de la lumière.

Quayle, adossé à la porte, la regardait en souriant.

— Eh bien ! Sandra..., dit-il. Je suis heureux de vous voir. Vous avez l'air un peu soucieuse, mais vous êtes toujours aussi belle.

— Merci. Mais je n'ai pas beaucoup de temps pour bavarder. Miguales rentrera vers minuit. Si je n'étais pas là, il pourrait avoir des soupçons et...

— Ne vous en faites pas pour Miguales. De toute façon, vous serez rentrée bien avant minuit.

Il la conduisit dans une petite pièce confortablement meublée. Il y avait un grand bureau avec deux téléphones. Il avança un fauteuil vers Sandra.

— Asseyez-vous et remettez-vous, Sandra, dit-il.

Il la regarda avec un sourire encourageant. Elle s'assit dans le fauteuil. Elle avait retrouvé un peu d'assurance. Il lui donna une cigarette, l'alluma et revint s'asseoir derrière le bureau.

— Eh bien ?... dit-il.

Elle avala la fumée de sa cigarette.

— Il n'y a pas grand-chose de nouveau, dit-elle. Miguales est très prudent. Il ne prend aucun risque. Il a peur, il a terriblement peur. Il me dit qu'il doit quitter l'Angleterre ces jours-ci, que les milieux gouvernementaux ne le prennent pas au sérieux, que sa mission a échoué et qu'il est obligé de partir. Il me jure qu'il est au désespoir parce qu'il ne peut pas m'emmener avec lui. Il dit qu'il avait espéré rester ici assez longtemps pour pouvoir m'épouser, dès que j'aurais obtenu le divorce. Il prétend avoir reçu l'ordre de quitter l'Angleterre à bref délai.

Quayle répondit brièvement :

— Il ment. Mais il ne peut pas faire autrement. Il est dans une mauvaise passe. D'ici peu, il va se faire drôlement sonner. Et alors...

Il eut un sourire malicieux.

— Je voudrais savoir ce que devient Ricky, dit Sandra. J'ai tellement peur pour lui. Je n'arrête pas une minute de penser à lui.

— Bien entendu, dit Quayle. Bien entendu, vous pensez tout le temps à lui. Mais vous n'avez pas à vous faire de bile, ma chère Sandra. Ç'aurait pu aller beaucoup plus mal pour Ricky.

— Qu'est-ce que vous voulez dire ? dit-elle en le regardant.

— Je veux dire que, si nous avions suivi une autre méthode, Ricky serait probablement mort à l'heure qu'il est, dit Quayle très placidement. Il était repéré et condamné à disparaître. Les autres savaient, sans le moindre doute, que c'était lui le responsable de la mort de Lelley. Cela leur en disait assez.

— Et, maintenant, il n'est plus en danger ? demanda Sandra.

Quayle haussa les épaules.

— Pas plus en danger que nous tous, dans ce métier, vous savez. Mais je ne crois pas qu'il y ait lieu de s'inquiéter vraiment.

Il lui sourit.

— Quelqu'un de très bien veille sur lui, reprit-il. Un gentleman, un type qui n'a pas froid aux yeux, je vous assure. Il s'appelle O'Mara. Il fait bonne garde. J'espère qu'il aura bientôt du nouveau à m'annoncer. Alors je saurai ce que j'ai à faire.

Il se mit à rire.

— Ce sera follement drôle quand je raconterai toute l'histoire à Ricky, reprit-il. Ce sera crevant. C'est la première fois que j'ai dû utiliser les services de la femme pour m'assurer du mari. Nous avons affaire à forte partie, cette fois. A propos, avez-vous jeté un coup d'œil sur le passeport de Miguales ? Je parie que c'est un passeport diplomatique.

Elle fit signe que oui de la tête. Elle demanda :

— Savez-vous ce que vous vouliez savoir ? Savez-vous qui...

— Pas encore, dit-il en secouant la tête. Donnons une chance à O'Mara. Je n'ai jamais vu personne travailler aussi vite que lui. Il va se mettre en action dans une minute, et, alors, il va se passer quelque chose, vous pouvez en être sûre.

Il alluma une cigarette, appuya ses coudes sur le bureau. En le regardant, Sandra trouvait qu'une atmosphère de confiance émanait de lui, qu'il possédait une étrange maîtrise sur les êtres et les événements. Elle se sentit mieux ; son inquiétude disparaissait progressivement.

— Ecoutez, Sandra, dit-il, je voudrais que vous compreniez bien que, si nous avons suivi cette méthode, ce n'est pas que nous n'aimons pas Ricky ou que nous n'ayons pas confiance en lui. Il a fait du travail magnifique. Mais il arrive un moment où n'importe qui flanche un peu, surtout quand on a le tempérament de Ricky. Je me doutais qu'il allait avoir une défaillance, et la seule chose que je pouvais faire était d'utiliser cette défaillance pour mes fins personnelles. C'est pour cela que vous avez dû entrer dans le jeu. Mais ne vous tracassez pas. Il comprendra.

Il se leva et se mit à marcher de long en large.

— Récemment, deux de nos meilleurs agents ont été tués à Paris, dit-il. Les Allemands avaient obtenu des renseignements sur eux en torturant une femme, nommée Mavrique, qui travaillait pour nous. Mais celui qui leur avait fourni les premiers renseignements vivait en Angleterre ; c'était Lelley. Ils savaient qu'après l'arrestation de Mavrique et le meurtre de nos deux agents nous devinerions que c'était Lelley qui était à l'origine du coup par les informations qu'il leur avait transmises. Lelley aurait eu le temps de s'enfuir. Il a fait une douzaine de fois l'aller et retour entre l'Irlande et ici. Il aurait pu faire une nouvelle traversée. Mais ce n'était pas l'homme à s'esquiver sans en avoir reçu l'ordre. Ce n'était pas le premier venu, c'était un dur, un nazi bon teint. Ils l'ont laissé ici ; ils l'ont délibérément sacrifié.

— Je comprends, dit Sandra. Ils voulaient vous voir venir.

— C'est cela, dit Quayle. Ils attendaient notre réaction. Ils savaient que Lelley était repéré. Mais ils ignoraient quels renseignements au juste nous possédions sur lui.

Quayle cessa d'arpenter la pièce et revint à son bureau. Il alluma une nouvelle cigarette, qu'il fuma avec plaisir.

— Je leur ai fait la partie belle, reprit-il. Il y a des années, Lelley avait une femme qui travaillait avec lui ici. Elle était d'ailleurs très habile. Cette femme est entrée en rapport avec un de mes agents, appelé Stott, qui s'éprit d'elle au point de l'épouser. Ils avaient cru probablement que Stott était un personnage important. Mais elle ne tarda pas à s'apercevoir du contraire et que c'était seulement un employé subalterne, chargé des besognes routinières. Alors elle l'a plaqué au bout d'un mois à peine. Je crois que cet abandon inopiné a beaucoup affecté le pauvre Stott. Il ne cesse encore d'y penser.

Quayle eut un rire sarcastique.

— Je savais donc que Stott n'était pas un inconnu pour Lelley, reprit-il, et, pourtant, je l'ai fait surveiller précisément par Stott. Ils l'ont su et en ont été certainement enchantés.

— Ils devaient surveiller Stott de leur côté, dit Sandra.

— Ils pouvaient surveiller Stott et voir ce que nous allions entreprendre contre Lelley. Stott ne les intéressait pas spécialement. Ce n'était que du menu fretin. Ils attendaient que quelqu'un de plus important fût chargé de régler le compte de Lelley. Je n'ai pas déçu leur attente : j'ai chargé Ricky de l'affaire et... Lelley a eu un accident d'automobile.

Quayle poussa un soupir.

— Mais avant même cet accident, quelqu'un avait déjà repéré Ricky et avait deviné son véritable métier. Cette personne l'avait rencontré assez souvent pour en arriver à certaines conclusions. Quand Ricky a reçu un coup de téléphone, à la soirée de Mrs. Milton, la personne en question a deviné qu'il allait faire quelque chose contre Lelley. Elle a téléphoné aussitôt à l'ange gardien de Stott et l'a prévenu que Ricky quittait la ville en voiture. Celui qui surveillait Stott a probablement été témoin de l'entrevue de celui-ci avec Ricky. Ensuite quelqu'un au volant d'une voiture — probablement une des voitures de notre ami Miguales — a suivi Ricky au moment où il rentrait à Londres, et depuis ils ne l'ont pas lâché d'une semelle. Ils étaient sûrs maintenant qu'il était bien l'homme qu'ils avaient voulu connaître.

Quayle aspira une bouffée.

— Alors, j'ai fait une blague à Ricky, reprit-il. Je savais qu'il était un peu abattu, qu'après l'affaire Lelley il se laisserait un peu aller et qu'il boirait un verre ou deux de trop. Il n'est pas toujours maître de ses nerfs, vous savez. Je lui ai donc donné une liste truquée de nos agents en France pour toute éventualité. L'éventualité s'est produite. La personne qui filait Kerr était une jeune femme très séduisante et elle s'est arrangée à sa façon pour subtiliser la liste. Mais elle avait dû se découvrir : Ricky pouvait maintenant la reconnaître. C'était un grave inconvénient pour les opérations futures, et ils devaient essayer d'y remédier au plus vite. Ils devaient essayer quelque chose... c'est-à-dire qu'ils l'ont peut-être déjà essayé...

— Mon Dieu, mon Dieu !... Ils vont tuer Ricky... Ils vont tuer Ricky !... s'écria Sandra.

Quayle la regarda en souriant.

— Calmez-vous, Sandra. Je vous ai dit qu'O'Mara veille sur lui. Si je devais avoir un ange gardien, j'aimerais assez que ce fût O'Mara. C'est un garçon très efficace, qui ne fait jamais le travail à moitié.

— Vous avez raison, je sais que vous ne l'avez pas laissé sans protection, dit Sandra.

Quayle se leva et dit :

— Vous aimez beaucoup Ricky, n'est-ce pas ? Il faudra que je lui dise, un de ces quatre matins, la chance qu'il a d'avoir une femme comme vous.

Il regarda sa montre-bracelet.

— Il est l'heure. Retournez chez Miguales, Sandra, dit-il. Au bout de la rue, vous aurez la chance de trouver un taxi : le conducteur est un homme à moi. Rentrez par le chemin le plus court et surveillez toujours Señor Miguales.

— Que dois-je faire avec lui maintenant ? demanda-t-elle.

— Faites-lui croire que vous êtes amèrement déçue par sa façon d'agir ; qu'il n'aurait pas dû vous mettre dans une pareille situation : vous ne pouvez plus continuer d'habiter avec lui et vous ne pouvez pas retourner chez Ricky. Il vaut mieux que vous ayez une petite dispute avec lui et que vous le laissiez en plan. Allez à l'hôtel. Quand vous serez fixée, téléphonez à la Société de matériel d'aération pour les colonies, à Pall Mall, et donnez votre adresse et votre numéro de téléphone à ma secrétaire.

— Entendu, dit Sandra. Je ferai comme vous avez dit.

Elle se leva. Quayle l'accompagna jusqu'à la porte.

— Vous faites un travail très important, Sandra. Si vous remarquez que les choses se corsent et que ça devient un peu difficile, pensez que vous travaillez pour Ricky autant que pour moi. Bonne nuit.

Il ferma doucement la porte derrière elle et resta dans le vestibule, écoutant le bruit des pas qui s'éloignaient.

Puis il revint dans la petite pièce, s'assit à son bureau et fuma, attendant patiemment le coup de téléphone d'O'Mara.

Il était presque onze heures. Thérèse et O'Mara étaient assis sur de hauts tabourets du bar de *Cantaloup jaune* et buvaient du whisky à l'eau... Ils étaient satisfaits d'eux-mêmes et du monde comme on l'est ordinairement après un bon repas et qu'on se trouve en agréable compagnie.

O'Mara semblait enclin aux confidences. Thérèse l'observait du coin de l'œil et se disait : « Il a été longtemps absent, il est content d'être de retour. C'est un très beau garçon, sans doute un peu stupide. Il peut être amusant. »

— Je m'étais toujours douté que le ménage Kerr craquerait un jour ou l'autre, dit O'Mara. Je n'ai pas été surpris du tout quand vous m'avez dit qu'il y avait eu du grabuge. C'était, de toute évidence, un mariage qui ne pouvait pas durer.

Thérèse sirota son whisky, à petites gorgées, en regardant O'Mara par-dessus son verre. Elle avait l'air très séduisante et elle le savait.

— Pourquoi n'étiez-vous pas surpris ? Qu'est-ce qui vous fait dire que ce mariage ne pouvait pas durer ?

O'Mara haussa les épaules.

— Ce qu'il y a d'ennuyeux avec Ricky, dit-il, c'est qu'il a un sacré tempérament. C'est un type très intelligent, notez bien, mais il a trop de tempérament. Il a aussi tendance à être égoïste et, quand on a une femme aussi ravissante que Sandra, on devrait s'efforcer de contrôler son égoïsme. Je crois que Ricky devait l'assommer à la longue.

— C'est possible, dit Thérèse. Mais je crois qu'il y a quelque chose de plus grave que ça. Ricky est très porté sur les femmes en général, et j'ai l'impression qu'il y a eu quelque chose entre Glynda et lui, à un moment donné, et que Sandra s'en est aperçue.

— Oui, dit O'Mara avec un sourire narquois, ou bien quelqu'un lui aura dit.

Elle lui sourit. O'Mara admira la beauté de ses dents. Elle dit froidement :

— C'est de cela justement que Glynda m'accusait avant votre arrivée. Elle était très fâchée contre moi. Elle me reprochait d'avoir semé la discorde entre Ricky et Sandra et d'avoir été chercher, au moment crucial, le sémillant Espagnol, Miguales, auprès de qui Sandra s'est réfugiée.

— Non ! C'est impossible. Je n'en crois rien ! dit O'Mara. Vous êtes incapable d'une chose pareille.

Elle souriait toujours. O'Mara lui plaisait, décidément.

— Vous allez être surpris, dit-elle, mais je vous assure que ça ne me coûterait absolument rien de faire une chose comme ça.

Il haussa à nouveau les épaules.

— Je veux bien être pendu si je comprends quelque chose aux femmes, dit-il. Pourquoi feriez-vous une chose pareille ? A moins, bien entendu, que vous n'ayez une revanche à prendre sur quelqu'un.

— C'est précisément ce que Glynda insinuait. Elle prétendait que j'avais été la maîtresse de Ricky, qu'il m'avait laissée tomber et que, pour me rattraper, j'avais jeté Sandra dans les bras de Miguales, après lui avoir raconté des infamies sur le compte de Ricky.

O'Mara se mit à rire.

— Oh ! mais ça irait mal pour vous si Glynda racontait tout cela à Sandra. Telle que je la connais, Sandra aurait une piètre opinion de vous si elle apprenait ça.

Thérèse sourit lentement d'un sourire machinal.

— Croyez-vous que ça doive m'empêcher de dormir ? Ce n'est pas mon avis. Il y a très peu de chances pour que Glynda rapporte ces choses à Sandra. Elle n'oserait pas. Voyez-vous, elle aussi a eu deux ou trois aventures galantes avec Ricky, et son mari est terriblement jaloux. C'est lui qui a l'argent, et, si quelqu'un lui apprenait ce qui s'est passé entre sa femme et Ricky, je crois que ça irait très mal pour Glynda...

— Oui, elle rirait jaune, dit O'Mara. Mais je m'aperçois que vous êtes une petite futée, Miss Martyr ; vous la connaissez dans les coins, pas vrai ?

Il ne doit pas faire bon vous avoir pour ennemie. Je commence même à avoir un peu peur de vous maintenant.

Il sortit de sa poche son étui à cigares. C'était un étui en or mat, avec, dans le coin, ses initiales en or blanc.

Elle dit d'une voix suave :

— J'ai peine à croire qu'une femme ait jamais fait peur à Mr. O'Mara. Vous avez beaucoup d'expérience, j'en suis sûre, Mr. O'Mara. Je parierais même que c'est une femme qui vous a donné ce superbe étui.

— C'est prodigieux. Vous avez deviné juste, dit-il en la regardant de côté. C'est en effet une femme qui m'a donné cet étui à Rio. Vous le trouvez joli, n'est-ce pas ?

Il le lui tendit. Elle l'ouvrit et lut à l'intérieur cette inscription : « A Shaun... Je me souviendrai. »

Elle ferma l'étui d'un coup sec et le lui rendit.

— Espérons qu'elle tient parole, dit-elle d'un ton cynique.

O'Mara soupira.

— Ce qu'il y a de terrible avec les femmes, c'est qu'elles prennent toujours les autres femmes pour des menteuses. Pour moi, je crois qu'elles ont raison. Un autre whisky, Miss Martyr ?

— Non, merci. Et pourquoi ne m'appelez-vous pas Thérèse ? demanda-t-elle. Je sens que nous allons devenir amis. Et votre prénom me plaît beaucoup. Shaun, c'est un nom charmant. Quand j'aurai bu ce whisky, vous aurez peut-être la gentillesse de me reconduire chez moi si nous trouvons un taxi.

— Avec le plus grand plaisir, dit-il.

— Et puis..., dit Thérèse lentement, et puis... je pourrai peut-être vous donner quelque chose à boire. Un dernier verre pour le chemin du retour.

— Cela me ferait très plaisir également, dit-il.

Ils finirent leurs verres. Thérèse Martyr se leva. O'Mara admira la grâce de ses gestes. Il se disait qu'il était impossible de ne pas s'intéresser à Thérèse.

Ils se dirigèrent vers le hall.

— Simplement au cas où vous auriez de moi une trop mauvaise opinion, dit-elle, si vous me considérez comme une très vilaine femme, comme une sale intrigante, je crois devoir vous dire qu'en fin de compte l'affaire Sandra Kerr-Miguales n'aura de suites fâcheuses pour personne.

— Non ? Vraiment ? Et pourquoi ?

— Pauvre Miguales ! dit Thérèse. Il n'a pas eu de chance. Il était venu ici en mission diplomatique. Je crois qu'il essayait de raccommoder le peuple anglais avec le gouvernement Franco. Vous voyez d'ici les chances qu'il avait de réussir. Il a échoué sur toute la ligne. On le renvoie en Espagne, et il n'emmènera certainement pas Sandra avec lui. Il n'en a pas les moyens.

— Je vois, dit O'Mara. Et que va-t-elle faire quand il sera parti ?

Elle haussa les épaules.

— Je suppose qu'elle reviendra auprès de Ricky. Pourquoi pas ? Elle l'aime beaucoup, au fond. Seulement, lui, il est si stupide... Ah !... enfin, on nous a trouvé un taxi.

Ils sortirent. Dans le taxi, elle se tourna vers O'Mara.

— Dites-moi... êtes-vous le genre d'hommes qui embrassent les femmes dans les taxis ?

— Quelquefois, dit O'Mara. Mais quelquefois seulement. Tout dépend de la femme qui est à côté de moi.

— Bien entendu. C'est ce que je craignais... dit-elle.

O'Mara ouvrit la porte de son appartement, entra, alluma la lumière dans le vestibule et regarda l'heure à sa montre-bracelet. Il était une heure passée.

Il entra dans le salon, jeta son chapeau et son pardessus sur une chaise, alla au buffet, se versa un petit verre de fine et le but.

Il posa le verre et sortit de la poche intérieure de son veston la lettre qu'il avait trouvée sur le cadavre du jeune homme au visage pâle. Debout au milieu de la pièce, fumant un de ses petits cigares favoris, O'Mara relut la lettre en concentrant toute son attention.

« Señor...

» Je trouve que vous n'agissez pas très correctement avec moi. Vous ne me donnez pas le genre de travail dont nous avions convenu ensemble. J'ai fait ce que j'avais promis de faire, parce que je tiens toujours parole. Mais, quand c'est à votre tour de tenir vos promesses, vous semblez me laisser froidement tomber. Cette façon d'agir n'est pas de mon goût, je vous en avertis.

» J'espère trouver un moyen de vous voir et qu'il sera possible de régler cette affaire à l'amiable. Sinon, il ne me reste qu'une chose à faire. J'aimerais ne pas en être réduit à cette extrémité, parce que je suis un homme d'honneur.

» Je compte fermement avoir de vos nouvelles dans les quatre jours qui viennent. Je me trouve dans une situation très difficile.

» E.M. »

Il remit la lettre dans sa poche, alla au téléphone, forma un numéro.

Après quelques secondes, il entendit la voix de Quayle.

— Peter, puis-je parler ? dit O'Mara.

— Oui... dans une minute. Je vous rappellerai sur une autre ligne.

O'Mara raccrocha. Deux minutes plus tard, Quayle l'appela au téléphone.

— Allez-y, je vous écoute, Shaun.

— Comme je le pensais, l'appartement de Kerr était surveillé. Ils avaient placé là un jeune blanc-bec, du type classique, assez gonflé. Il m'a filé sans se douter que Cordover était derrière lui. Vous savez, le coup habituel de : « Suivez le guide. »

— Et qu'avez-vous fait de votre poursuivant, Shaun ?

— Exactement ce que vous pensez, dit O'Mara. A l'adresse que vous m'aviez donnée. Ça a parfaitement marché.

— Vous semblez très content. Avez-vous un filon ?

— Je crois que oui, répliqua O'Mara. Savez-vous quelque chose de nouveau sur Miguales ?

— J'ai appris cette nuit qu'il veut s'en aller. Il a peur, dans la mesure où un type comme Miguales peut vraiment avoir peur.

— Ça peut arriver, dit O'Mara en souriant. Alors il veut s'en aller. Ça, c'est assez marrant, vous savez, Peter.

— Pourquoi ?

— Les grands esprits se rencontrent. j'ai eu un petit intermède assez cocasse avec Glynda Milton. Je vous apprends que, pour l'instant, je lui fais jouer la comédie. Elle ne s'est pas mal tirée du rôle que je lui avais confié. Je lui avais raconté, à tout hasard, que Miguales quittait le pays et je suis très satisfait d'apprendre que c'est vrai. Ça me facilite les choses considérablement.

Il y eut un silence, puis O'Mara reprit :

— A propos, cette histoire avec Sandra... Pourquoi diable a-t-elle choisi un moment aussi délicat pour laisser tomber Ricky ? C'est un peu bizarre, vous ne trouvez pas ?

— Non, pas du tout. Et vous serez de mon avis quand vous saurez qu'elle travaille pour moi. C'est moi qui lui ai dit de se jeter au cou de Miguales.

— Ça, par exemple ! Vous feriez la pige à un vieux renard, Peter !

— Non, dit Quayle. Je suis seulement intelligent. Vous aussi, d'ailleurs.

— Vous avez compris que Ricky est en danger, n'est-ce pas ? Ils veulent avoir sa peau, parce qu'il pourrait reconnaître la femme qui l'a harponné au *Turban vert*. C'est un trop gros risque. Mais ils doivent avoir quelqu'un d'autre que le jeune crétin qui voulait me faire le coup du père François. Croyez-vous qu'ils aient quelqu'un ?

— Je ne saurais pas vous dire, Shaun...

— Et, entre Sandra et Miguales, que va-t-il se passer ?

— Elle le laisse en plan. Ils auront une dispute, et elle le quittera. Elle ira vivre à l'hôtel.

Après un court silence, O'Mara demanda encore :

— Que dois-je faire de Miguales ? Je veux dire : quand le moment sera venu ?...

— Allez-y avec précaution, dit Quayle. Il vaut mieux que ce soit un accident ou quelque chose comme ça. Vous savez ce que je veux dire. Il a un passeport diplomatique. Ça complique un peu les choses.

— Bon. Dites donc, Peter, j'ai besoin de quelques empreintes digitales. Vous pouvez me procurer ça assez vite ?

— Lesquelles ?

— Celles de Magdalen Francis et d'Elvira Fayle. Elles étaient toutes les deux à la fameuse soirée.

— Entendu. Et les deux autres, Milton et Martyr, qu'en dites-vous ?

— Elles ne m'embarrassent pas pour l'instant. Je n'ai besoin que des empreintes de Francis et de Fayle.

— Un spécialiste se mettra au travail dès le début de la matinée. Je les aurai de toute façon demain et je vous les ferai parvenir dans la soirée. On dirait que vous ne vous endormez pas ces temps-ci, Shaun. Vous avez beaucoup à faire.

— J'ai pas mal de travail. Mais tout marche bien. Il y a longtemps que je ne me suis senti aussi heureux. A propos, prévenez Kerr qu'il reste chez lui, qu'il ne quitte pas son appartement. Je ne voudrais pas qu'il lui arrive quelque chose. Il a eu assez de désagréments comme ça ces derniers temps, n'est-ce pas ?

— Oui, et vous aussi, tenez-vous sur vos gardes, Shaun.

O'Mara fit une grimace.

— Vous me regretteriez tout de même un peu, hein ? Ça vous ferait de la peine si je tournais de l'œil.

— C'est surtout l'odeur de vos abominables cigares qui me manquerait ! Allons, bonne nuit, Shaun.

O'Mara raccrocha. Il regarda un moment le téléphone, l'air pensif. Puis il ralluma son cigare.

Il alla au phono, choisit un disque de rumba et fit claquer ses doigts au rythme de la musique.

TROISIÈME PARTIE

1

Miguales fait ses malles

O'Mara sortit du *Premier Lounge*, dans Albermale Street, et se dirigea vers son appartement. Il avait bu deux grands whiskies à l'eau et se sentait en paix avec le monde en général.

Il était sept heures quand il rentra chez lui ; il alla directement au salon, vit, sur la table, le grand paquet cacheté que Quayle avait promis de lui envoyer : le rapport et les photographies du « spécialiste ».

O'Mara ouvrit le paquet. Il examina rapidement, d'un œil exercé, les photos, prit le rapport et le lut. Il sourit : toutes ses prévisions se trouvaient confirmées. Il emporta le paquet dans la cuisine, garda deux ou trois articles dont il avait besoin et brûla le reste.

Il revint au salon, se versa un verre de fine, tourna le bouton de la radio, trouva de la musique de danse et s'assit, le verre à la main. Il se mit à penser à la femme de Rio, se demandant s'il la reverrait et quand.

Il ne doutait pas de la revoir un jour : il portait toujours son image au fond de lui-même et, dès qu'il avait quelques minutes à lui, ses pensées conscientes s'orientaient invariablement vers elle. O'Mara se disait qu'un besoin aussi violent ne pouvait être longtemps réprimé et qu'un jour ou l'autre il retournerait à Rio, la retrouverait, gracieuse, éminemment désirable, dans sa maison blanche au toit rouge et aux ombres attirantes. Il était essentiel que tout cela se produisît à nouveau. Quand bien même il n'y aurait pas d'autre raison que le fait que l'histoire se répète toujours.

L'histoire se répète... Cette pensée, qui lui était venue par hasard, éveilla certaines idées dans son esprit et le fit ricaner. Peut-être l'histoire allait-elle se répéter assez pour lui éviter beaucoup de désagréments et lui simplifier la tâche.

Il réfléchit à l'affaire Lelley. Les circonstances de la vie, du travail, de la mort de Lelley étaient un exemple type de la technique des nazis. Lelley avait connu la fin que lui réservaient, depuis toujours, les gens de chez lui qui l'employaient. Il en savait trop et pas assez.

On lui avait permis de créer et de perfectionner une vaste organisation d'espionnage dans ce pays. On l'avait laissé agir à sa guise ; on lui avait donné tout l'argent qu'il voulait. Il possédait tout, sauf sa propre vie. Il vivait au bord d'un gouffre, et la moindre faute pouvait lui coûter la vie. Lelley le savait ; il avait compris que sa vie ne pesait pas lourd entre les mains de ses chefs ; tout comme, à ses yeux, celle de ses subordonnés n'avait aucune importance. L'essence du credo nazi est un fanatisme incompréhensible à des esprits normaux, un fanatisme de la mort comparable seulement au démodé hara-kiri des Japonais.

La radio se mit à jouer une chanson appelée *Je vous verrai un de ces jours,* et les pensées d'O'Mara retournèrent à la femme de Rio. Des scènes de plaisir, des minutes exquises lui revinrent à la mémoire. Il se demanda comment il pourrait combiner un travail important et efficace au Brésil avec son plaisir. Il y avait du travail pour lui, là-bas, il en avait la certitude. Et il était également certain que Quayle l'y renverrait aussitôt qu'il aurait terminé la présente affaire.

O'Mara poussa un soupir. Le moment était donc venu de faire place nette. Il fallait en finir. Après, il pourrait penser tout à loisir à la dame de Rio. Mais, pour l'instant, il valait mieux prendre la résolution de l'oublier.

Il finit son verre, alla au téléphone, forma un numéro. Il attendit patiemment, écoutant la musique du poste qui jouait toujours. Enfin la voix de Cordover se fit entendre à l'autre bout du fil.

— Bonsoir, mon gars, dit O'Mara. Comment allez-vous ?

— Très bien, dit Cordover. Je me demandais justement quand vous alliez me faire signe.

— Je suis comme les pauvres de l'Evangile, je suis toujours avec vous, dit O'Mara en plaisantant. Ecoutez bien, Sammy, je voudrais que vous filiez notre ami Miguales. Ne le lâchez pas d'une semelle. Si vous avez besoin de quelqu'un pour vous donner un coup de main, adressez-vous à notre cher patron. Surveillez, dès maintenant, la maison de Miguales. S'il sort, essayez de savoir où il va et quand il reviendra. Il fait ses préparatifs de voyage. Attendez-vous à des allées et venues ; il fait ses malles, met ses affaires en ordre. Restez en contact étroit avec Mr. Q... Tenez-le au courant de tout ce qui se passe. Il sait où me joindre, si c'est nécessaire. Vous avez bien compris ?

— Compris, dit Cordover. Il y a encore autre chose ?

— Pas pour le moment. Ça suffira amplement à vous occuper. Bonne nuit !

Il raccrocha.

Il se mit à arpenter la chambre, alluma un de ses cigarillos et réfléchit aux moyens qu'il allait utiliser. Cette réflexion dura dix minutes. « C'est un peu risqué, se dit-il en manière de conclusion. Mais pas tellement. Bah ! quand on est pressé de retourner dans un endroit comme Rio, on ne regarde pas à un risque de plus ou de moins. »

Il alla au téléphone, forma un numéro. La voix de la jeune fille blonde, froide et lointaine, dit :

— Hello !

— Ici, O'Mara. Le descendant de tous les rois d'Irlande. Veuillez ne pas l'oublier. Je voudrais parler au patron.

Il s'imagina le sourire de la jeune fille. Elle répondit :

— Très bien, Mr. O'Mara, ne quittez pas. Le patron n'est pas là, mais je peux tout de même vous mettre en communication avec lui dans une minute.

— Magnifique ! s'exclama O'Mara. Quelle organisation ! ajouta-t-il en riant. Un de ces jours, reprit-il, faites-moi penser que je dois vous raconter une histoire sur votre voix.

— Je n'y manquerai pas, Mr. O'Mara, dit-elle. J'espère que c'est une belle histoire.

— Une histoire charmante, dit-il vivement. Presque aussi charmante que votre voix.

Elle répondit avec une froideur affectée :

— Ne quittez pas, s'il vous plaît.

Il y eut un assez long silence, puis la voix de Quayle se fit entendre à l'autre bout du fil.

— Merci pour les photos et le rapport, Peter, dit O'Mara. C'était du travail rapide.

— Est-ce bien comme vous l'aviez pensé ? Etes-vous satisfait ? demanda Quayle.

— Très satisfait. Je me prépare à passer à l'action très prochainement. A propos, quand cette affaire sera finie, est-ce que je pourrai retourner à Rio ?

— Probablement, dit Quayle. Je suppose que vous avez l'habituelle raison supplémentaire pour désirer y retourner. Ou bien est-ce seulement le climat qui vous attire ?

— C'est seulement le climat, dit O'Mara.

— Quand pensez-vous en avoir terminé, Shaun ? demanda Quayle. J'ai idée que vous n'avez pas de temps à perdre.

— Vous avez raison. Je n'ai plus beaucoup de temps. En fait, j'en ai même si peu que j'en suis presque effrayé. Mais vous allez être étonné de la rapidité de mon action. Je ne vais pas leur laisser le temps de souffler. Voulez-vous me rendre un service ?

— Naturellement.

— Je dînerai au *Cantaloup jaune.* J'ai chargé Cordover de surveiller Miguales de très près. Miguales est obligé de changer d'air le plus vite possible. J'ai dit à Cordover de vous prévenir si quelque chose se produisait. Voulez-vous me téléphoner, ou me faire téléphoner par votre blonde secrétaire, au *Cantaloup jaune ?* A neuf heures trente, si possible. Pas plus tard. Je ne voudrais pas rester collé là-bas. Ça va ?

— Entendu, dit Quayle. Alors, vous vous apprêtez à leur rentrer dans le chou ?

— Parfaitement. Il le faut, d'ailleurs.

— Eh bien ! bonne chance et bonne nuit, dit Quayle. Mais ne vous exposez pas trop.

O'Mara raccrocha, attendit une minute, puis composa un numéro. Il dit doucement, de sa voix la plus charmante :

— Thérèse, ma chérie, je me sens dans les meilleures dispositions à votre égard ce soir. J'ai des nouvelles extraordinaires et surprenantes à vous murmurer dans le creux de l'oreille. Si nous soupions ensemble ? Qu'en dites-vous ?

— Ma soirée est retenue, Shaun, dit-elle en riant. Mais ça ne fait rien, je me dégagerai. Vous saviez, n'est-ce pas, que je ferais ça pour vous ; c'est pour cela que vous avez attendu le dernier moment pour m'inviter.

— Je n'espérais pas un refus, naturellement, dit O'Mara. Bien entendu, je me rends parfaitement compte de l'attirance fatale que j'exerce sur les belles femmes mais je vous remercie tout de même d'avoir laissé tomber l'autre type.

— Ce n'était pas un homme, c'était une femme, dit Thérèse. Nous remettrons cela à un autre jour. Où dînons-nous ce soir ?

— Dans cette boîte où nous nous sommes rencontrés la première fois, dit O'Mara. Je trouve qu'on y est très bien et le nom me plaît ; le *Cantaloup jaune,* ce n'est pas banal. Voulez-vous que nous y soyons à neuf heures ?

— Très bien. Je mettrai ma robe la plus ravissante en votre honneur. J'imagine que vous vous êtes aperçu que j'ai un sérieux béguin pour vous, Shaun ?

— Vraiment ? dit O'Mara. Voyez-vous cela ! Et pour quelle raison ?

— Je ne le sais pas très bien moi-même. Vous êtes un homme étrange et vous pouvez être tout à fait charmant quand vous voulez. Et puis vous avez beaucoup voyagé, et j'aime vos mains et vos yeux. Je ne vois rien d'autre, sinon que vous êtes un de ces types épouvantables qui sont toujours si sûrs d'eux-mêmes. Vous prenez ce que vous voulez, où vous voulez. Vous avez une façon originale de considérer les choses...

— Trêve de compliments ! dit O'Mara. Je vais avoir la tête enflée. Vous allez me faire croire sérieusement que je suis un type formidable.

— Et vous n'en êtes pas un, c'est très probable, dit vivement Thérèse.

» Vraiment, je crois que vous êtes un type tout à fait ordinaire ; et c'est peut-être seulement que j'en ai marre des jeunes zazous aux cheveux longs. Je crois que c'est ça. C'est la comparaison qui vous avantage.

— Parfait, dit O'Mara. Je vais me faire couper les cheveux spécialement pour vous plaire ce soir. Au revoir, mon amour. A tout à l'heure... Soit dit en passant, je crois que vous êtes très bonne, pas méchante du tout.

— Oh ! merci, milord ! dit Thérèse. Vous êtes terriblement gentil.

— C'est mon défaut, dit O'Mara. Je ne peux pas voir les femmes souffrir. Je suis trop doux avec elles.

— Vous voulez dire que vous êtes un démon ! dit Thérèse. A tout à l'heure. A neuf heures.

O'Mara raccrocha. Il se mit à arpenter la pièce, l'air pensif ; il mettait au point quelques détails.

Debout devant la cheminée, Miguales tenait un verre de cocktail dans une main, une cigarette dans l'autre. Maintenant qu'il était seul, son visage, habituellement souriant, était crispé. Des lignes dures encadraient sa bouche ; les doigts qui tenaient la cigarette se contractaient nerveusement.

Miguales posa le verre sur la cheminée et se mit à marcher dans la pièce. Il se disait qu'il y avait certaines limites aux obligations que l'on pouvait avoir, aux risques que l'on pouvait courir pour défendre une cause. Elevé en soldat, Miguales, conscient de sa puissance de séduction sur les femmes, avait préféré les chemins sombres de l'intrigue à la gloire des combats. Il se voyait toujours dans le rôle de l'agent secret à qui tout réussit, qui, par son charme et son intelligence, peut être plus utile dans les arrière-cours de la guerre que sur le champ de bataille.

Maintenant, il était un peu étonné : il commençait à se rendre compte que ce jeu présentait du danger. Il sourit un peu. Heureusement, il était à couvert. Le danger n'était pas si grave. Avec un passeport diplomatique, il avait des chances de s'en tirer. Il était espagnol et, comme tel, avait droit à la protection dont jouissent les neutres dans les pays belligérants.

Il se mit à penser à Sandra. Il restait une vague question au fond de son esprit ; il soupçonnait n'avoir jamais tout à fait compris cette affaire avec Sandra. Il haussa les épaules. Qu'importe, sa décision était prise.

Ce fut avec un certain sentiment de soulagement qu'il se mit à penser à son voyage, à son retour dans son pays. De toute façon, il serait mieux là-bas qu'ici. Il soupira. Bien sûr, ç'aurait été amusant de continuer cette aventure avec Sandra, mais c'était impossible, voilà tout. Miguales, qui était un bon acteur, arriva à la conclusion que, dans cette intrigue, il avait joué son rôle, sans brio peut-être, mais très convenablement. Il regarda l'heure à sa montre-bracelet. Il était huit heures et demie. Il s'assit à son bureau, dans le coin de la pièce, et écrivit un mot pour Sandra.

Dehors, il faisait nuit noire. Un vent d'est s'était levé. Il faisait froid. En face de Saint-Erwin's Court, Sammy Cordover et Stott étaient dans le renfoncement obscur d'un porche, d'où ils pouvaient observer l'entrée de l'immeuble, de l'autre côté de la route. Stott mit les mains au fond des poches de son pardessus.

— C'est un sacré boulot, tout de même, dit-il. Ça vous plaît, à vous ?

Cordover bougea un peu la tête.

— Pourquoi pas ? dit-il.

— Je me demande souvent pourquoi il y a des types qui font ce boulot-là, dit-il. Je suppose que vous faites la même chose que moi ?

— Ça dépend. Qu'est-ce que vous faites, vous ?

Stott haussa les épaules.

— Je suis d'habitude l'ange gardien de quelqu'un. Je surveille des endroits, j'ai l'œil sur des individus. J'étudie la topographie de certains lieux ou de certains immeubles. C'est à peu près tout. Ce n'est pas un boulot passionnant, mais ça laisse du temps pour réfléchir. Et vous, quelle est votre branche ?

— A peu près la même chose que vous.

De l'autre côté de l'avenue, la porte s'ouvrit. Le concierge sortit, portant deux grandes valises. Une minute après, Miguales fit son apparition. A la lueur de la porte entrouverte, ils purent le voir qui attendait dans le hall que le concierge eût trouvé un taxi. Quelques instants après, l'homme revint et parla à Miguales, qui haussa les épaules.

— Il va probablement aller à pied, dit Cordover. Il ne prend pas sa voiture. Il se fera envoyer ses bagages, je pense. S'il s'en va, je me charge de lui. Vous, restez ici. Vous savez où m'appeler si quelqu'un entre dans l'immeuble, je veux dire quelqu'un que vous jugerez intéressant.

— Compris, dit Stott.

Miguales dit quelque chose au concierge et descendit l'avenue. Cordover lui laissa prendre une dizaine de mètres d'avance et, sortant de son renfoncement, s'élança sur ses traces, sans se préoccuper beaucoup des ombres. Il fit même en sorte que l'homme qu'il filait entendît ses pas. A une ou deux reprises, il crut voir Miguales regarder derrière lui par-dessus son épaule.

A neuf heures, Sandra Kerr entra dans l'appartement de Miguales. Elle alla au salon. La petite pendule sur la cheminée sonna neuf heures comme elle ouvrait la porte. Elle vit la lettre posée contre la pendule, ouvrit l'enveloppe et lut ceci :

« Ma bien-aimée Sandra,

» Je pars et je crois que nous ne nous reverrons plus. Tu viendras probablement chez moi pour me voir, mais je serai parti. Tu penses que j'ai peut-être encore quelque chose à te dire : c'est parce que je sais que tout espoir est vain que je ne puis supporter de te revoir.

» Jusqu'à la dernière minute, j'ai tenté l'impossible pour rester dans ce pays. Mais on m'a enjoint de partir immédiatement. Je prendrai l'avion demain matin de bonne heure. Je reviendrai chercher quelques petites choses dans mon appartement entre dix et onze heures. Je sais qu'à ce moment tu seras partie. J'ai remarqué que tu avais fait tes valises, que tout était prêt pour ton départ.

» Les mots ne prouvent rien, Sandra, et ils seraient impuissants à exprimer combien je souffre. Mais tu sais ce qu'il y a dans mon cœur.

» Jamais je ne t'oublierai. L'image de ta beauté sera toujours présente à mon esprit.

» Je suis pour toujours

» Ton dévoué,

« ENRICO. »

Elle lut la lettre encore une fois, puis la chiffonna en boule avec l'enveloppe et la jeta au feu. Elle se dit que Miguales cachait mal son jeu.

Elle sourit un peu. Miguales se croyait un acteur de grande classe, un intrigant de grande envergure, un Machiavel au petit pied. En réalité, il était médiocre, pas très malin ; il avait un certain charme superficiel qui ne pouvait tromper une femme un peu intelligente. Elle alla au téléphone, obtint la communication avec le bureau de Quayle. Elle donna à la blonde secrétaire un message pour Quayle.

2

Un homme d'honneur

O'Mara entra dans le hall du *Cantaloup jaune*. Il aperçut Thérèse, assise dans le coin opposé, sous une grande lampe à abat-jour. Il fut impressionné par son élégance. Elle était vêtue d'une robe de laine couleur aigue-marine, sur laquelle elle portait un court manteau d'agneau de Perse. Ses petits pieds étaient chaussés de souliers vernis noirs. Elle n'avait pas de chapeau. On remarquait à son cou une très belle broche de circons et de diamants. La couleur de sa robe rehaussait le vert de ses yeux.

Elle se leva et vint au-devant d'O'Mara.

— Vous voyez, Shaun, dit-elle, vous avez fait de moi votre esclave docile. Non seulement je suis arrivée la première, mais c'est moi qui viens à votre rencontre.

O'Mara lui sourit.

— Vous a-t-on jamais dit combien vous êtes ravissante ? En entrant, je pensais...

Elle l'interrompit et lui demanda avec un sourire impertinent :

— Que pensiez-vous ?

— Je pensais que j'aimerais prendre le bout de votre nez entre mon pouce et l'index, le tenir en l'air et vous embrasser sur la bouche.

— Oh ! cher Mr. O'Mara ! Et moi qui croyais que ce n'était pas du tout dans vos manières !

— Vraiment ? dit O'Mara en haussant comiquement un sourcil.

Ils allèrent au bar, et O'Mara commanda les consommations.

— En quel honneur tout ceci, Shaun ? demanda-t-elle. Je sens qu'il y a quelque chose dans l'air. Je devine au scintillement dans vos yeux qu'il s'est passé quelque chose. Je veux savoir ce que c'est... Je suis sûre que c'est passionnant.

— Je ne sais pas jusqu'à quel point je peux vous le dire, dit O'Mara en la regardant sérieusement. Je ne sais pas jusqu'à quel point je puis vous dire quoi que ce soit. Je ne suis pas tout à fait certain que je puisse avoir confiance en vous, Thérèse.

Elle sourit et dit :

— Vous ne pouvez pas avoir confiance en moi ? Voilà qui me plaît, par exemple !

— Ça m'est égal que ça vous plaise ou non, dit O'Mara.

Il eut un sourire de gamin.

— En fait, reprit-il, j'ai quelque chose de très amusant à vous raconter sur les Kerr. Vous savez, Ricky Kerr m'intriguait un peu et j'ai l'habitude de satisfaire ma curiosité.

— Je vois. Votre curiosité est satisfaite maintenant et vous allez me dire ce que vous avez découvert concernant Ricky.

— Je vous le dirai, mais pas tout de suite. Nous allons d'abord dîner.

— Vous m'intriguez énormément, Shaun. Vous êtes très mystérieux. Et je trouve que le mystère vous rend encore plus séduisant.

— Mystérieux, moi ? dit O'Mara. Pas le moins du monde. Personne n'a aussi peu de secrets que moi.

— Il y a pourtant une chose qui me surprend, dit-elle en le regardant malicieusement. Vous jouissez avidement de la vie et de tout ce qu'elle peut offrir de bon. Comment se fait-il que vous ne soyez pas mobilisé ?

Il haussa les épaules et répondit négligemment :

— Mettons que je sois un homme paisible.

— Vous êtes un démon ! dit Thérèse. Je parie que vous adorez tuer les gens.

— Ça dépend, dit O'Mara.

Il but un peu de whisky à l'eau.

— Tuer les gens, c'est un sport très dangereux, vous savez. Je n'aime pas avoir des histoires. J'estime que la vie consiste avant tout à passer des moments agréables, sans jamais se laisser embarquer dans aucune affaire.

— Je ne suis pas tout à fait de cet avis, mais vous avez peut-être raison, Shaun. Ainsi, vous êtes le gentleman qui parcourt le monde en prenant du bon temps, sans jamais s'embarquer dans aucune affaire. Je prévois que, dans une minute, vous allez me dire que vous n'êtes pas embarqué dans une affaire avec moi ?

— Que voulez-vous dire par là ? répondit-il en la regardant de côté.

» En tout cas, je ne m'embarque jamais si loin que je ne puisse faire demi-tour quand ça me plaît.

— Quelle impertinence ! Vous avez un sérieux toupet de me dire ça froidement. Vous êtes absolument impossible, Shaun !

Il se pencha un peu plus près d'elle.

— Ma chère, écoutez-moi. Vous ne prétendez pas que je devrais vous suivre partout toute la vie, comme un caniche, n'est-ce pas ? Je présume qu'au bout d'un certain temps, mettons six mois, vous trouveriez ça assommant.

— Pas assommant ; trop passionnant, au contraire, dit Thérèse. J'aurais besoin de vous faire escorter par un homme armé d'une mitraillette, spécialement chargé de tenir les autres femmes à distance.

— Vous croyez donc que les femmes me trouvent séduisant ? dit O'Mara.

— Je ne crois pas, j'en suis sûre. Voyez-vous, je ne m'emballe pas facilement pour un homme. Eh bien ! j'ai tout de suite eu le coup de foudre quand je vous ai vu.

— Un de ces jours, vous vous remettrez de ce choc, n'est-ce pas ? En attendant, dites-moi quelque chose...

— Si je peux, répondit-elle en finissant son cocktail. Mais, d'abord, il me faut un autre martini.

— O'Mara commanda les consommations.

— La question que je vais vous poser a un rapport avec ce que je me propose de vous raconter après le dîner, avec cette petite histoire comique qui vous amusera beaucoup, je crois. Y a-t-il longtemps que vous connaissez Miguales ? Quel genre de type est-il ?

— Je ne le connais pas très bien, mais ce que je sais de lui me paraît assez sympathique. J'ai fait sa connaissance à Biarritz il y a cinq ans, juste avant la guerre. Il avait été envoyé là en mission diplomatique par son gouvernement. Il était séduisant, attentionné et charmant. N'allez pas croire qu'il y ait eu quoi que ce soit entre lui et moi. Je serais très vexée si vous aviez cru cela. Ce n'est pas mon type, et, dans une certaine mesure, je le trouve vaguement stupide.

— Comment ! Vous avez été à Biarritz il y a cinq ans ? Quelle coïncidence ! Je m'y trouvais aussi à la même époque. C'est drôle de penser que nous étions peut-être descendus au même hôtel, que nous nous sommes peut-être déjà vus !

— Oh ! non, Shaun, je ne vous ai jamais vu, dit-elle.

Il eut l'air surpris.

— Comment le savez-vous ? demanda-t-il.

Elle lui sourit lentement et dit en le regardant de côté :

— Si je vous avais déjà vu, mon cher, n'importe quand, vous pensez bien... que ça ne se serait pas passé comme ça.

Ils allèrent au restaurant. O'Mara avait retenu une table dans un coin, une table très accueillante, avec son petit vase de fleurs et son abat-jour rose.

Il commanda des cocktails.

— J'ai commandé par téléphone un dîner spécial. Nous avons de la chance. C'est un jour où l'on mange bien ici. Nous aurons des hors-d'œuvre, un poulet et un dessert épatant spécialement préparé pour nous. Vous voyez que je me mets en frais pour vous plaire.

Thérèse lui lança un regard brûlant.

— Et que doit faire une femme pour se montrer digne de toutes ces marques d'attention, Mr. O'Mara ? dit-elle en souriant.

— Buvez votre cocktail et ne posez pas de ces questions, dit O'Mara avec vivacité.

Il leva son verre.

— A votre santé, ma chérie.

— Je suis très curieuse d'entendre votre mystérieux récit, reprit-elle. Je bous d'impatience. Ce doit être passionnant.

— Bien sûr, dit O'Mara. C'est pour cela que je vous ai retenue si longtemps au bar. Vous aviez de la peine à rester assise sur votre chaise.

— Racontez-moi..., dit Thérèse.

O'Mara jeta un regard circulaire dans la salle.

— Il ne faut pas qu'on nous entende, dit-il. C'est une histoire très amusante, mais, quand on y réfléchit, ce n'est pas si rigolo que ça. Comme je vous l'ai dit, il s'agit de Ricky Kerr.

— Dès le premier soir où nous nous sommes vus, vous vous êtes terriblement intéressé à Ricky. Pourquoi ? Et qu'a-t-il fait maintenant ?

— Vous avez raison de dire que je m'intéresse terriblement à Ricky. Ecoutez maintenant et tenez-vous bien. Supposez que je vous dise que Ricky ne travaille pas plus au ministère de l'Armement que je ne suis pape.

Supposez que je vous dise que notre cher Ricky est ni plus ni moins un agent du Service Secret. Qu'en diriez-vous ?

Thérèse sirota son cocktail.

— Je ne sais pas si je serais tellement surprise. Un peu, tout de même. Ricky est-il bien le genre d'homme qui convienne pour faire un travail comme ça ? Est-ce qu'il n'est pas un peu trop volage ?

O'Mara approuva d'un signe de tête.

— C'est aussi ce que j'ai pensé. Et pourtant, croyez-moi si vous voulez, c'est bel et bien un agent secret.

— Bon, dit Thérèse. Admettons. Mais continuez, Shaun ; racontez-moi la suite !

A ce moment, le groom du hall entra et se dirigea vers leur table.

— Mr. O'Mara ? dit-il. On vous appelle au téléphone.

— Oh ! s'écria Thérèse désappointée. Juste au moment où je commençais à frissonner.

O'Mara se leva.

— Excusez-moi, j'en ai pour une minute, dit-il. D'ailleurs, vous ne perdrez rien pour attendre, mon histoire n'en sera que meilleure.

Il lui sourit et gagna le hall.

Il entra dans la cabine téléphonique, ferma soigneusement la porte derrière lui et décrocha le récepteur.

— Allô ! Shaun ? disait Quayle. Ecoutez, Sammy vient de me téléphoner. Notre ami a terminé ses préparatifs ; il a quitté son appartement il y a environ une demi-heure. Sandra est arrivée après lui, elle a trouvé un billet d'adieu qu'il avait laissé pour elle. Il la laisse choir le plus poliment possible. Elle est repartie.

— Bien, dit O'Mara doucement. Et Miguales ?

— Il doit revenir chercher divers bagages et quelques petites choses sans importance. Il sera dans son appartement vers dix heures. Cordover a appris cela par le concierge. Il a filé Miguales. Stott monte toujours la garde devant l'immeuble.

O'Mara vit à sa montre qu'il était dix heures moins dix. Il sourit. Ses prévisions s'avéraient exactes quant au temps. C'était déjà quelque chose.

— Très bien, Peter, dit-il. Je vais passer dire bonjour à notre ami. Je n'ai plus besoin de Stott, il pourra déguerpir. A bientôt.

Il raccrocha.

Il revint lentement au restaurant. Le garçon commençait à servir le dîner.

— Ah ! vous voilà, dit Thérèse. Le repas est magnifique.

O'Mara prit un air soucieux et ennuyé.

— Ecoutez, ma chérie, dit-il. Je suis obligé de vous quitter. Je le regrette beaucoup, mais je suis forcé. Mon patron vient de m'appeler. Il veut que demain matin, à la première heure, je parte pour l'Irlande pour une affaire très urgente. Ça ne m'enchante pas. J'aurais voulu rester ici un petit moment. Je vais donc aller le trouver tout de suite pour essayer de le faire changer d'avis.

— Oh ! comme c'est dommage ! Faut-il absolument que vous partiez, Shaun ? Que va devenir votre dîner ? Et moi, que vais-je devenir ?

Elle fit une petite moue.

— Cela m'est égal de me passer de dîner, dit O'Mara. C'est pour vous que je suis ennuyé. Mais il n'y a rien à faire. Il faut que j'y aille, que j'essaye de le persuader d'envoyer un autre à ma place dans notre intérêt à tous les deux.

— Combien de temps vous faudra-t-il ?

Il haussa les épaules.

— Peut-être une heure, peut-être plus.

— Eh bien ! si vous allez en Irlande, dit-elle avec un petit sourire, emmenez-moi avec vous, ce serait gentil. Mais, pour être sérieux... s'il faut que vous partiez, je ne veux pas vous retenir. Revenez seulement me voir chez moi quand vous aurez fini. Je vous attendrai. Je prétends qu'il n'y a personne dans toute l'Angleterre qui sache si bien que moi faire une omelette. Avec de vrais œufs, bien entendu. Je vous en ferai une de mes propres mains.

Elle ajouta en baissant les yeux :

— J'ai donné congé à ma bonne pour cette nuit.

O'Mara lui sourit.

— Vous êtes absolument délicieuse, Thérèse. C'est entendu. Je règle l'addition ici, je vais voir mon patron au ministère de l'Armement et, dès que nous avons fini de discuter, je viens vous rejoindre chez vous.

Il reprit après un court moment de réflexion :

— C'est pour rire que vous me demandiez de vous emmener en Irlande, n'est-ce pas ?

Elle haussa les sourcils.

— Que vous êtes bête ! Pourquoi pas ? Si vous pouvez obtenir le visa de sortie.

— Ça, c'est formidable ! Vous êtes une femme extraordinaire. Eh bien !... au revoir. A tout à l'heure, chez vous. Profitez du bon repas.

— Je ne cesserai de penser à vous une seule minute.

— Quel beau sujet de réflexion ! dit O'Mara.

Il lui sourit et s'en alla.

Sandra hésita sur le seuil ; puis elle mit la clef dans la serrure et ouvrit la porte. Elle vit qu'il y avait de la lumière dans le salon. Elle traversa le vestibule, ouvrit la porte du salon, la ferma derrière elle et y resta adossée.

Assis à son bureau, dans le coin opposé, Ricky Kerr leva la tête, lui sourit et vint à sa rencontre.

— Eh bien ! Sandra, te voilà revenue ? dit-il.

Ils se regardèrent, debout, face à face, puis ils éclatèrent soudain de rire l'un et l'autre.

— Oui, je suis revenue, Ricky, dit-elle enfin. Tu as été très fâché contre moi, n'est-ce pas ?

Il la prit dans ses bras.

— Je sais tout, ma chérie ; je suis au courant de tout. Si un type comme moi est capable de recevoir une leçon, je t'assure que j'en ai reçu une fameuse.

Elle lui mit un doigt sur la bouche.

— Je sais, et ce sera beaucoup plus simple désormais, n'est-ce pas ? Tu vois, tu n'auras plus besoin de chercher des excuses, d'inventer des histoires.

— C'est inutile maintenant. Quayle m'a téléphoné ce soir. Il m'a raconté tous les tours qu'il m'a joués. Tu es une femme étonnante, tu sais ?

Il la regarda avec admiration.

— Tu le penses vraiment, Ricky ? demanda-t-elle.

— Tu ne le crois pas ? Mais je pense que tu es l'être le plus adorable, le plus merveilleux qui soit au monde. J'en suis sûr et je n'ai plus l'intention de courir le moindre risque avec toi.

— Vraiment, pas même pour des personnes aussi adorables qu'Elvira, et Magdalen, et Glynda, et Thérèse ?

— Non, pas même pour ces femmes-là. De toute façon, elles ne t'arrivent pas à la cheville.

Son visage prit à nouveau un air sérieux.

— Et j'ai tiré encore une autre leçon de ma mésaventure, reprit-il. C'est de ne plus courir de risques dans le travail ; je veux dire en ce qui concerne Quayle. Il s'est joliment payé ma tête, celui-là.

— Tu veux dire qu'il s'est servi de toi ; qu'il a su profiter d'une défaillance de ta part. Eh bien ! Ricky... même si tu as servi d'hameçon, tu as été très utile. Soit dit en passant, moi non plus, je n'ai guère été autre chose qu'un hameçon.

— Voilà ta punition ! dit Kerr en l'embrassant.

— J'ai soif. Je vais nous préparer quelque chose, dit-elle. J'ai eu très peur tous ces jours-ci.

— Je m'en doute. Je n'étais pas non plus très rassuré. Rester ici, sans bouger, ça ne me disait pas grand-chose. Il y avait des moments où j'étais très impatient... Je voudrais te demander quelque chose...

— Rassure-toi, Ricky. Mon aventure, si on peut appeler ça une aventure, avec Miguales, a été très platonique.

Elle rit.

— Je ne crois pas qu'il en ait jamais désiré davantage. Je crois qu'il avait plutôt peur de moi !

— A qui le dis-tu ! Moi aussi, j'ai peur de toi quelquefois.

Elle dit par-dessus son épaule :

— C'est comme ça que ce devrait être.

Elle remplit les verres, lui en apporta un et dit avec un peu de nervosité :

— Ricky, que va-t-il se passer ?

Il secoua la tête.

— Je ne sais pas, dit-il. Quayle désire que je reste ici à sa disposition. Il va peut-être me trouver un petit travail. C'est un certain O'Mara qui s'occupe de l'affaire pour le moment, et, celui-là, je t'affirme que c'est quelqu'un. Il est formidable. J'aime mieux être son ami que son ennemi.

Sandra dit à voix basse :

— Que vont-ils faire ?

Kerr haussa les épaules.

— Je ne sais pas. Une chose est certaine : O'Mara est obligé de donner un sérieux coup de balai. Il ne laissera aucun de ces types-là s'en tirer à bon compte. Ils y passeront tous. Dieu seul sait comment il s'y prendra ! Avec lui, on ne sait jamais exactement.

Il leva son verre :

— Je bois à ta santé, ma chérie, et à la santé d'O'Mara. Je lui souhaite bonne chance.

Ils burent le toast ensemble.

Miguales était en face de la cheminée, en train de fumer une cigarette. Pour la première fois depuis plusieurs jours, il se sentait en paix et content. Enfin, et non sans mal, il voyait clair devant lui. Il sentait qu'il était sorti d'une vallée de ténèbres et que maintenant la route était libre. Dans vingt-quatre heures, il aurait quitté ce maudit pays avec son brouillard glacial, sa pluie, ses ombres sinistres. Il se mit à s'adresser à lui-même des félicitations. Bien sûr, il fallait montrer les dents de temps à autre ; il fallait aussi faire fonctionner son cerveau. Miguales se dit qu'il avait bien tiré son épingle du jeu. Ses patrons avaient beau être des durs, il avait été assez subtil pour les rouler.

Il alluma une cigarette, alla au buffet, examina le shaker. Il y avait encore un peu de martini au fond. Il se versa un verre et revint auprès du feu.

Dehors, la rue était noire. O'Mara arriva lentement sur le trottoir opposé à l'immeuble. Il trouva Stott sous un porche, appuyé contre le mur, les mains dans les poches, perdu dans ses pensées.

— C'est vous, Stott, n'est-ce pas ? dit O'Mara.

— Oui. Vous êtes Mr. O'Mara ? dit Stott.

— Tout juste. Il s'est passé quelque chose ?

— Non, rien. Il est toujours chez lui. Je ne crois pas qu'il bouge avant demain matin.

— Parfait. Eh bien ! votre boulot est terminé, Stott. Vous pouvez rentrer chez vous et fumer tranquillement votre pipe, ou boire du thé, ou faire tout ce que vous avez l'habitude de faire quand vous êtes à la maison.

Stott sourit dans les ténèbres.

— Merci, Mr. O'Mara, dit-il.

Et il s'éloigna sans hâte.

O'Mara alluma un de ses petits cigares, mit la main dans son veston, sentit le bout de son Luger dans la poche intérieure. Puis il traversa l'avenue.

Le concierge de Saint-Erwin's Court était dans sa petite loge, plongé dans la lecture du journal du soir.

O'Mara demanda :

— Mr. Miguales, s'il vous plaît ? On m'a dit qu'il ne partait pas avant demain matin. Il m'attend.

— Au premier étage. Voulez-vous que je vous monte avec l'ascenseur ?

O'Mara secoua la tête.

— Ce n'est pas la peine. Je prendrai l'escalier. L'exercice me fait du bien.

Miguales buvait un second martini quand il entendit la clef dans la serrure. Il ne fut pas surpris. Il pensa que c'était le concierge. Mais il ouvrit de grands yeux quand il aperçut O'Mara dans l'embrasure de la porte.

O'Mara entra, fumant son cigare ; sa main droite, qui pendait négligemment le long du corps, tenait le Luger.

— Bonsoir, Señor Miguales ! dit-il avec un sourire affable. Comment allez-vous ? Je suis enchanté de vous rencontrer.

— Je ne comprends pas, dit Miguales.

— Vous allez comprendre, répliqua O'Mara d'un ton bref. Asseyez-vous, Miguales. Nous allons avoir un petit entretien amical tous les deux.

— J'insiste pour que vous me disiez qui vous êtes ! Vous êtes de la police ? J'ai le droit de savoir et vous demander ce que vous venez faire ici. Apprenez que j'ai un passeport diplomatique.

O'Mara ricana et leva un peu son revolver.

— Votre passeport diplomatique ne vous servirait absolument à rien contre cet outil-là. J'aime mieux vous le dire tout de suite. Mais, si vous voulez savoir qui je suis, je vais satisfaire votre curiosité. Je me nomme O'Mara et je suis un de ces gens que vous n'aimez pas beaucoup, vous et vos amis.

Il s'avança un peu dans la pièce.

— Vous n'avez pas de veine, Miguales. C'est un sale coup qui vous arrive, j'en conviens. Vous aviez si gentiment pris toutes vos dispositions. On vous avait payé vos trente deniers, j'imagine, et il ne vous restait plus qu'à filer à l'anglaise. C'est bien ça, n'est-ce pas ? Vous prenez l'avion demain matin, vous présentez d'un geste superbe votre passeport diplomatique et vous voilà rentré en Espagne, racontant vos aventures à vos amis. Vous vous êtes cru très malin ; vous vous êtes dit : « Ces Anglais, quels idiots, tout de même ! » et vous n'aviez pas une opinion plus flatteuse de vos patrons.

» Moi, je crois que vous êtes adroit, Miguales. Le malheur, c'est que vous ne l'êtes pas assez. Il s'en faut même de beaucoup.

Miguales voulut parler, mais les mots lui restèrent dans la gorge pour une raison qu'il ne pouvait s'expliquer. Peut-être jugea-t-il prudent de se taire en voyant l'expression du visage d'O'Mara.

— Asseyez-vous, dit O'Mara d'un ton bref. Ecoutez. Je me suis fait mon idée sur votre compte, Miguales. Vous êtes un homme de paille. C'est normal que vos patrons, que les charmantes personnes pour qui vous travaillez, vous emploient à des besognes subalternes. Je voudrais que vous sachiez que les types dans votre genre ne m'intéressent que très peu.

Miguales répondit :

— Je ne comprends pas ce que vous dites. Vous entrez ici, vous êtes armé, vous me menacez. Eh bien !

Il croisa les bras et le regarda fièrement.

— A quoi cela vous avancera-t-il de me tuer ? Je suis citoyen espagnol, je suis un neutre. Mon gouvernement attend mon retour. Si vous me tuez, cela provoquera un incident diplomatique entre nos deux pays.

Il s'arrêta en voyant O'Mara se tenir les côtes de rire.

O'Mara remit le revolver dans sa poche.

— Soit, dit-il. Je ne vous menacerai pas. J'ai bien mieux que cela. Asseyez-vous et écoutez-moi.

— Je suis prêt à vous écouter. Je suis tout à fait raisonnable, dit Miguales, un peu rassuré.

Il réfléchissait rapidement, essayait d'arriver à une conclusion.

Il aurait voulu trouver une explication logique à l'irruption subite de cet inconnu chez lui, mais ne trouva rien. Tout ce qu'il pouvait faire était de gagner du temps.

Il répéta :

— Je suis tout à fait raisonnable.

— Vous serez raisonnable, dit O'Mara. Parce que c'est votre intérêt et parce que je ne vous demande pas grand-chose. Je vais seulement vous poser une question, et vous y répondrez. Tout dépend de la façon dont vous répondrez à cette question... mais je vous préviens que je n'ai pas beaucoup de temps à perdre avec vous, Miguales, faites bien attention, ajouta-t-il avec un charmant sourire.

Miguales se renversa dans le grand fauteuil, les bras croisés. Il éprouvait une bizarre sensation de froid au creux de l'estomac. Il avait peur d'O'Mara.

O'Mara dit :

— Il y a quelques jours, un agent allemand, nommé Lelley, a eu un accident, la nuit, près de Nelswood. Un homme du nom de Kerr, qui avait joué un rôle dans cet accident, et dont vous connaissez la femme, fut pris en chasse à son retour à Londres. Il a été filé par quelqu'un qui pouvait conduire une voiture la nuit, même avec les restrictions actuelles.

» Sans doute, dit O'Mara, avec une grimace cynique, était-ce une voiture portant la plaque du Corps diplomatique.

» En tout cas, reprit-il, Kerr a été suivi par vous ou vos amis pendant un certain temps. Puis la chance vous a favorisé. Kerr a été mis le lendemain en possession d'une liste d'agents anglais en France. Le soir, il a rencontré dans une boîte de nuit une femme assez séduisante et l'a accompagnée chez elle. Le lendemain matin, il constate que la femme a disparu et la liste avec elle. Vous me suivez bien ?

— Je comprends tout ce que vous dites, répondit Miguales. Mais je ne vois pas en quoi tout cela me concerne. Je ne comprends pas pourquoi je me serais intéressé spécialement à votre ami Kerr. Il est exact qu'il y a eu quelque chose entre sa femme et moi. Mais cet épisode est fini. Je ne sais rien de lui. Je...

— Très bien, l'interrompit O'Mara. Maintenant, vous allez me dire qui est cette femme et où elle se trouve actuellement.

Il y eut un silence, puis Miguales dit d'une voix douce :

— Señor, je vous assure...

— Pas de boniments, hein ! Miguales ! Les petites histoires que vous pouvez inventer ne m'intéressent nullement. Ce que je veux savoir et ce que vous allez me dire, c'est le nom de cette femme et où elle se trouve. Dépêchez-vous de prendre une décision. D'ailleurs je vais vous donner une excellente raison de répondre correctement à ma question. Vous plairait-il de l'entendre ?

— Señor, je suis prêt à écouter tout ce que vous voudrez. Mais je ne suis pas forcé de savoir de quoi vous parlez.

— Bon. Ecoutez bien ceci. Quand cette dame de vos amis s'est emparée de la liste confiée à Kerr, vous avez cru avoir fait un beau coup, n'est-ce pas ? Eh bien ! la liste était truquée. Vous voyez, dit O'Mara avec un rire sardonique, nous ne sommes pas aussi idiots que vous le croyez. Mais vous aviez une autre affaire à régler. Vous deviez vous débarrasser de Kerr. Il vous gênait beaucoup, parce qu'il avait vu cette femme ; il pouvait la reconnaître. Vous étiez donc obligé de le supprimer.

O'Mara aspira avec plaisir une bouffée de son cigare. Il se leva, se mit à marcher dans la pièce.

— Ce n'était pas compliqué. Vous avez chargé un homme de votre organisation, un jeune blanc-bec, de surveiller l'appartement de Kerr. Il devait d'abord voir si quelqu'un allait faire visite à Kerr ; puis, en temps voulu, il devait supprimer Kerr. Mrs. Kerr avait déjà été neutralisée, de façon très adroite, je dois le reconnaître, par vous-même, mon cher don Juan.

» Maintenant, poursuivit O'Mara, appuyé contre le buffet et regardant Miguales d'un air presque bienveillant, l'histoire se corse. Vous avez écrit une lettre à votre employeur. Vous n'étiez pas très satisfait : on n'avait pas été correct en affaires avec vous ; n'est-ce pas ? Et puis vous commenciez à avoir peur, Miguales, et vous vouliez vous sortir de là. Vous avez donc écrit cette lettre et vous l'avez adressée au señor un tel. Cette lettre a bien été reçue par le destinataire, c'est-à-dire par la personne qui vous emploie.

O'Mara fit une légère pause et avala la fumée de sa cigarette. Puis il reprit :

— Vous avez fait une folie en écrivant cette lettre, Miguales. Si vous aviez un peu réfléchi, vous auriez compris que vous en saviez un peu trop. Les personnes qui étaient très heureuses des services que vous leur rendiez dans ce pays, services précieux étant donnés les privilèges dont vous jouissez en tant que diplomate, n'étaient pas disposées à supporter la moindre folie de votre part. Cette lettre leur montrait que vous leur glissiez dans la main, que vous vouliez vous faire régler et vous retirer des affaires. Alors ils ont arrangé quelque chose pour vous. Ça vous intéresserait peut-être de savoir quoi ?

Miguales ne répondit pas. Il regardait O'Mara fixement. Son visage était fermé, impénétrable.

— Voici ce qu'ils ont arrangé pour vous, dit O'Mara. Exactement la même chose que pour Lelley. Ils ont sacrifié Lelley dans l'espoir que sa mort leur permettrait de faire mordre l'un de nous à l'hameçon. Dans votre cas, la technique a été un peu différente. Votre chef a pris la lettre que vous lui aviez écrite, il a effacé le nom, de sorte que la lettre commençait par : « Señor... », et cette lettre, mise sous enveloppe, a été glissée dans la poche intérieure du jeune blanc-bec chargé de surveiller l'appartement de Kerr. Vous comprenez pourquoi, n'est-ce pas, Miguales ?

Miguales dit lentement :

— Non, non...

— Alors, je vais vous le dire. Ne voyez-vous pas, pauvre imbécile, que votre patron savait parfaitement que, nous aussi, nous surveillions l'appartement de Kerr et que nous mettrions la main sur le jeune blanc-bec ? Si celui-ci était arrêté, on trouverait dans sa poche la lettre compromettante pour vous. Vous ne comprenez pas cela ? Ce n'aurait pas été si grave si le petit jeune homme avait été arrêté : vous auriez toujours pu trouver une échappatoire, inventer une histoire quelconque, fournir une explication plus ou moins plausible. Mais on ne l'a pas arrêté. Savez-vous ce qui lui est arrivé, au petit jeune homme ?

— Non..., dit Miguales encore une fois.

Ses mains tremblaient un peu.

— On a trouvé son cadavre dans une maison inhabitée. Il a été descendu à coups de revolver. Il avait dans la poche de son pardessus votre lettre dans laquelle vous vous plaignez qu'on n'ait pas été correct en affaires avec vous et vous menacez de ne pas en rester là si vous n'obtenez pas satisfaction.

O'Mara ricana.

— Vous voyez, l'histoire se répète, mon ami. L'histoire, c'est que vous avez tué ce jeune homme. Vous l'avez tué au cours d'une discussion un peu violente que vous avez eue ensemble. Votre passeport diplomatique peut à la rigueur vous protéger contre l'accusation d'espionnage, mais non contre celle de meurtre. Pas à l'époque actuelle. Vous avez tué cet homme. Vous l'avez tué parce qu'il en savait trop long sur vous et parce qu'il avait rompu quelque convention passée entre vous deux.

Miguales s'écria d'une voix rauque :

— C'est faux ! C'est un mensonge abominable ! Je n'ai jamais tué personne.

— En ce qui me concerne, je suis tout disposé à vous croire, dit O'Mara ironiquement. Je ne crois pas que vous ayez le cœur assez bien accroché pour tuer qui que ce soit. Vous préférez charger quelqu'un de ce travail salissant. Mais tous les indices sont contre vous. Vous ne parviendrez pas à vous disculper. Et vous ne pourrez pas partir d'ici. Vous serez traîné devant les tribunaux, accusé de meurtre, et je me trompe fort si vous ne vous balancez pas bientôt au bout d'une corde jusqu'à ce que vous soyez complètement refroidi. Qu'est-ce que vous dites de cela, Señor Miguales ?

Miguales répondit d'une voix pâteuse :

— C'est une infamie. C'est une ignoble machination. On m'a tendu un piège...

O'Mara bâilla.

— C'est ce que j'essaye de vous faire comprendre. Votre patron, qui était aussi celui de Lelley, vous a tendu ce piège. La technique est toujours la même, vous le remarquerez. Lelley avait fait son boulot : on l'a laissé ici pour qu'il soit liquidé. Vous avez fait votre boulot : on décide de vous supprimer. Le petit jeune homme pâle a fait son boulot et il n'y a pas coupé non plus. C'est une entreprise de nettoyage par le vide, vous ne trouvez pas ?

Miguales répliqua :

— Je ne sais absolument rien du meurtre de cet homme. Et qu'est-ce qui me prouve que vous n'êtes pas en train de bluffer ? Qu'est-ce qui me prouve que cet homme est mort, comme vous le prétendez ? Je refuse de vous croire.

— Bien sûr, dit O'Mara aimablement. Mais je suis bien placé pour savoir qu'il est vraiment mort, puisque c'est moi qui lui ai fichu trois balles dans la peau. Et vous n'empêcherez pas que sa mort ne soit un excellent chef d'accusation contre vous. On a trouvé votre lettre sur le cadavre, et cette lettre indique clairement que vous aviez eu ensemble une dispute.

O'Mara eut un joyeux sourire.

— Naturellement, poursuivit-il, vous soutiendrez que cette lettre n'a pas été adressée au petit jeune homme, mais à quelqu'un d'autre. Parfait... mais, alors, vous vous placez dans une situation très embarrassante. Si la lettre n'était pas adressée au type en question, dites-moi alors à qui ? Ça, je crois que vous n'avez pas envie de le dire. Vous avez trop peur, Señor Miguales, vous manquez d'audace.

Miguales ne répondit pas. Son front était couvert de sueur.

Après un silence, il dit enfin :

— Je me trouve en effet dans une situation très difficile. Comme je suis un homme d'honneur...

— Ne me faites pas rire ! Vous n'êtes pas du tout un homme d'honneur, dit O'Mara. Vous partez en avion demain matin, n'est-ce pas ? Votre passeport est en règle. Il n'y a pas de raison que vous ne partiez pas. En fait, je ne vous retiendrai pas ici ; je préfère vous laisser partir, parce que, si vous restez ici, vous mourrez. Mais il n'y a pour vous qu'un moyen de quitter l'Angleterre : c'est de me dire le nom et l'adresse de la femme qui a harponné Kerr dans cette boîte de nuit.

Miguales se leva. Debout, tournant le dos à la cheminée, il regarda O'Mara et dit :

— Supposons un instant que, par quelque moyen, je puisse vous donner l'indication que vous me demandez, ai-je votre parole qu'en ce cas vous me laisserez partir sans me faire de difficultés ?

— A quoi bon parler ainsi, Miguales ? Nous ne sommes pas au théâtre. A quoi cela vous servirait-il que je vous donne ma parole ? Un peu de courage, que diable, c'est un risque à courir. Vous savez qui je suis. Vous pouvez deviner pour qui je travaille. Je travaille pour ceux qui ont réglé son compte à votre ami Lelley. Je vous dis ceci : si vous me donnez le nom et l'adresse de cette femme, je ne ferai personnellement rien pour vous empêcher de prendre l'avion demain. Mais il faut vous décider tout de suite.

— Ma décision est prise, dit Miguales. J'ai été traité avec mépris et d'une façon indigne. On ne m'a pas traité comme un homme d'honneur. Je vais vous dire qui est cette femme ; je vais vous donner son adresse.

Il alla à son bureau dans le coin de la pièce. Il prit une feuille de papier et un crayon, écrivit le nom et l'adresse demandés. Puis il tendit la feuille à O'Mara.

Celui-ci la lut, la plia et la mit dans sa poche.

— Vous êtes un homme très avisé, Miguales. *Adios, señor.*

O'Mara ferma doucement la porte derrière lui.

Immobile, Miguales regardait le mur en face de lui. Il se disait à lui-même : « *Madre de Dios.* Tu l'as échappé belle, Enrico... mais tu as des façons de te tirer d'affaire... »

Dehors, O'Mara, les mains dans ses poches, descendait lentement la rue. Il était satisfait du succès de son entrevue avec Miguales. Tout s'était passé comme il l'avait espéré. Il marcha jusqu'au croisement de deux rues principales où se trouvait une cabine téléphonique. Il y entra, composa un numéro.

— Quayle ? dit-il. Allô ! Peter, je viens de passer une charmante soirée. Mon dîner a été interrompu, mais tout le reste semble prendre une excellente tournure. A propos, vous vous rappelez la belle inconnue qui avait volé la liste. J'ai son nom et son adresse. Elle s'appelle Esmeralda Valoz, elle habite 117 Thorpe Court, Bayswater. J'ai pensé que ça pouvait vous intéresser.

— Ça m'intéresse énormément. Beau travail, Shaun.

— Dites donc... c'est seulement une idée qui me vient, laissez donc cette femme tranquille pour le moment. Ce ne serait peut-être pas adroit de l'inquiéter pour l'instant.

— Vous devez le savoir, Shaun. Je ne ferai rien avant que vous me le disiez.

— Très bien. Bonne nuit, Peter.

Il raccrocha, sortit de la cabine, regarda l'heure à sa montre. Il poussa un soupir et se remit en route, lentement, dans la nuit.

3

L'omelette de Thérèse

O'Mara, debout devant le pick-up, écoutait un nouveau disque de rumba. Il tenait un verre de whisky à l'eau dans une main, le mégot d'un cigarillo dans l'autre. Il était triste, dans la mesure où un homme de son caractère pouvait l'être. La musique réveillait en lui la nostalgie de ces pays ensoleillés et luxuriants où l'on vit et on aime au son de la rumba, du tango, de la maxixe.

O'Mara, qui cachait et contrôlait un tempérament aussi volcanique qu'artistique, croyait languir après l'atmosphère tropicale, les senteurs enivrantes de l'Amérique du Sud, après les chevaux, les femmes, les nuits... après tous les paysages et les musiques qui avaient formé le décor de sa vie, dans ces pays où il croyait avoir goûté le bonheur parfait.

En réalité, O'Mara était un peu comme un tragédien qui se voudrait comédien. Il ne savait pas apprécier ses qualités originales, si appropriées à son métier et qui lui avaient permis de faire déjà une si brillante carrière. O'Mara aimait beaucoup son métier, parce qu'il mettait de la couleur et de l'aventure dans sa vie. Mais, s'il avait été employé de façon permanente en Argentine, il aurait eu la nostalgie de l'atmosphère londonienne. Il trouvait toujours doublement attirantes les femmes qui étaient provisoirement hors d'atteinte. Si la femme de Rio lui apparaissait si éminemment désirable, c'est qu'il se trouvait à Londres. S'il eût été à Rio, il lui aurait donné, comme cela s'était déjà produit, de nombreux sujets de plainte par ses infidélités.

C'était ce dualisme dans sa nature qui lui causait ce sentiment passager d'insatisfaction. Son appartement, bien qu'il y fût installé depuis peu, lui donnait une sensation de confort et de bien-être. Il aurait bien voulu y rester tout seul en buvant tranquillement du whisky et en écoutant de la musique argentine.

L'idée du travail qu'il avait à faire cette nuit ne lui causait aucun plaisir. C'était un boulot nécessaire, qu'il fallait terminer avec le maximum de succès et de la manière la plus décisive possible. O'Mara était un artiste à sa manière.

Sur une table, la petite pendulette, qui avait été témoin de beaucoup de scènes particulières de sa vie, sonna un seul coup. Il la regarda. Elle marquait minuit et demi. Il alla dans sa chambre, ôta sa robe de chambre de velours, enfila son veston croisé, examina son revolver, le replaça dans la poche intérieure et se disposa à sortir.

Il rit cyniquement. Il venait de penser qu'il s'était ainsi préparé à sortir un nombre incalculable de fois, dans les lieux les plus divers, ajustant sa cravate, mettant son chapeau sur le côté, sentant sous son coude gauche le poids de son Luger au nez camus. Il avait joué cette scène tant et tant de fois qu'il était enclin à la trouver plutôt assommante. Mais, pour d'autres, ces préparatifs de départ avaient souvent signifié la mort, une mort plutôt violente, mais à laquelle O'Mara savait donner un certain cachet artistique.

« Un jour, se disait-il, je partirai et je ne reviendrai pas. Un jour, il se trouvera infailliblement quelqu'un d'un peu plus malin, d'un peu plus rapide que moi. » Il soupira, jeta un regard circulaire dans le salon, éteignit la lumière, ferma tranquillement la porte de son appartement derrière lui.

Il se dirigea sans hâte vers l'appartement de Thérèse. Il pensait à Miguales. Il se disait que le monde était plein de gens comme ce Miguales, ils pullulaient. Des types pas bêtes, égoïstes, avec un sentiment hypertrophié de leurs capacités, de leurs instincts, de leurs intuitions. Ils étaient des jouets entre les mains des types vraiment intelligents, des nazis fanatiques, des vrais durs, pour qui la vie et la mort ne comptaient pas quand il s'agissait d'exécuter les ordres du Führer. O'Mara éprouva une sorte de pitié attendrie pour Miguales. Il aimait à passer à ses propres yeux pour un sentimental et il se disait qu'en tout cas ça ne coûtait rien.

Il était une heure quand il arriva chez Thérèse. Il appuya une seule fois sur la sonnette et attendit patiemment. Il se félicitait que l'action de son charme sur Thérèse ait rendu possibles certaines opérations.

Elle ouvrit la porte toute grande et sourit à O'Mara, qui la regarda avec admiration. Elle était vêtue d'une longue robe de maison en velours à côtes d'une teinte cerise — presque assortie à celle de son rouge à lèvres ; ses petits pieds étaient chaussés de mules de même couleur. Les boutons de sa robe étaient en vieil argent ; une large ceinture de velours de la même teinte que la robe, mais unie, lui entourait la taille.

O'Mara dit d'une voix un peu épaisse :

— Vous êtes délicieuse, Thérèse ; vous êtes à croquer.

— Merci du compliment, Mr. O'Mara. Mais je crois que vous préférerez une omelette. Entrez.

O'Mara s'avança dans le long vestibule. Quand elle eut fermé la porte, il se retourna vers elle et la prit dans ses bras.

Elle l'embrassa avec passion.

— Vous êtes un homme terrible, sans foi ni loi ; je n'aurais pas confiance en vous une minute, dès que je ne pourrais plus contrôler vos faits et gestes. Et, pourtant, vous êtes irrésistible, Shaun.

Elle se dégagea doucement de son étreinte.

— J'espère que vous avez eu gain de cause avec votre chef ? demanda-t-elle. J'espère qu'il vous a laissé libre d'agir comme vous voulez.

O'Mara la suivit au salon. C'était une pièce délicieuse. Les murs étaient vert pâle, les rideaux de brocart d'une teinte plus sombre, les meubles couverts d'un velours vert foncé. Un feu brûlait dans la grille. A côté de la cheminée, une petite table était préparée pour le souper d'O'Mara.

— Non, dit O'Mara. Le patron n'a pas voulu céder. Que ça me plaise ou non, je dois partir demain matin pour l'Irlande. L'idée de prendre l'avion à neuf heures répugne à mon sens esthétique, mais c'est comme ça.

Il haussa les épaules.

— Je vais peut-être vous étonner, reprit-il, mais j'ai soif. Donnez-moi un grand verre de whisky à l'eau, si c'est possible, ma chérie.

— Tout est possible, dit-elle.

Elle versa le whisky, qui était très fort, actionna le siphon d'eau de Seltz et lui apporta le verre. Il était devant la cheminée et il vacillait légèrement sur ses jambes, mais très légèrement.

Elle crut qu'il était ennuyé de partir et qu'il avait déjà bu un peu trop.

— Toute chose a pourtant ses avantages, reprit O'Mara. Voyez-vous, mon chef, comme vous dites, tient beaucoup à moi. Il n'a pas voulu céder sur le chapitre de mon travail en Irlande, mais, en revanche, il m'a laissé quelques facilités.

— C'est vrai ? dit Thérèse, tout près de lui, les yeux levés vers lui, souriante. Racontez-moi..., dit-elle.

O'Mara but une grande gorgée de whisky, toussa un peu, puis avala d'un trait le reste du verre.

— Vous me croirez si vous voulez, ma chérie, mais il m'a dit que, si je voulais vous emmener avec moi pour une semaine, il n'y voyait pas d'inconvénient.

Thérèse plissa ses jolies lèvres et le regarda de côté.

— C'est vrai, Shaun ? dit-elle. Je peux vraiment t'accompagner ? Ce n'est pas une blague ?

O'Mara ouvrit les bras tout grands, et elle vint se blottir contre lui.

— Non, je ne blague pas, Thérèse. Tu peux venir avec moi. J'aurais pu avoir ton visa cette nuit si j'avais voulu. Mon patron est un homme influent, tu sais, il a le bras long. Mais c'est un détail. Je pourrai avoir le visa n'importe quand. Nous allons passer une semaine magnifique.

Elle rit d'un petit rire argentin.

— Ce sera superbe ! Tu es un type épatant, Shaun. Nous allons boire tous les deux à cette bonne nouvelle.

Elle remplit les verres et dit :

— Je me demande pourquoi j'ai un tel béguin pour toi. Je me conduis comme une petite fille sans expérience, et on ne peut pas dire que j'en sois une.

— A qui le dis-tu ! dit O'Mara en l'embrassant.

Elle resta une minute dans ses bras, puis se dégagea.

— Je vais te faire ton omelette, dit-elle. Il faut que tu manges un peu. Tu as légèrement trop bu. En mangeant, tu me raconteras ta conversation avec ton chef et, après, tu t'en iras. Car, si je dois être prête de bonne heure, je serai obligée de te mettre à la porte.

— Aussitôt que j'ai mangé la fameuse omelette, je m'en vais, dit O'Mara.

— Non. Il faut d'abord me raconter l'histoire de Ricky. Ma curiosité n'est toujours pas satisfaite, et je suis femme : il faut tout me raconter sur Ricky et son mystérieux travail dans les services de contre-espionnage.

O'Mara se servit un peu de whisky.

— Je te raconterai tout cela après avoir mangé l'omelette. Je me sens ce soir dans une humeur à te raconter toutes sortes de choses.

Elle lui sourit. Il se dit, en la regardant, qu'elle était une des femmes les plus séduisantes qu'il ait jamais vues de sa vie ; qu'il y avait en elle quelque chose d'étrange, indépendant de ses parures ou de son élégance, qui la rendait belle, qui lui communiquait un charme particulier et bien à elle.

— Tu pourrais me raconter toutes sortes de choses, Shaun ? Cela veut dire que tu as confiance en moi. Ou bien es-tu victime de l'alcool qui délie les langues de tous les hommes ? Je me demande lequel des deux je dois croire.

O'Mara lui sourit en grimaçant.

— Si je n'avais pas confiance en toi, dit-il, je ne boirais pas tant quand tu es dans les parages. La réponse est donc : j'ai confiance en toi. Je voudrais t'en dire plus long à ce sujet. Viens ici.

— Non, dit Thérèse. Pas maintenant. Je veux d'abord faire ton omelette.

— Je doute fort que tu puisses en réussir une à mon goût, dit-il. Je suis très difficile en ce qui concerne les omelettes.

— Tu vas voir ça ! dit-elle en s'en allant.

O'Mara l'entendait dans la cuisine. Il s'imaginait ses doigts agiles, ses mouvements gracieux quand elle était au travail. « C'est une femme épatante », se disait-il.

Quand elle revint avec l'omelette, O'Mara était vautré dans le grand fauteuil, ses longues jambes étendues vers le feu. Il la regarda, avec l'air d'avoir sommeil, et dit :

— Tu sais, Thérèse, si j'étais de ces types qui s'enflamment pour de bon, je crois que c'est de toi que je tomberais amoureux. Qu'est-ce que tu en dirais ?

Thérèse posa le plat sur la petite table et vint vers lui.

— J'aimerais mieux être la femme d'un crocodile jusqu'à la fin de mes jours. Tu es l'homme le plus délicieux, Shaun, et, pris à petites doses, tu es certainement unique. Mais vivre avec toi constamment !... Mon cher, n'importe quelle femme t'assommerait au bout de six mois, tout simplement parce qu'elle n'aurait plus de secret pour toi. Tu n'aurais plus rien de nouveau à découvrir, tu la connaîtrais sur toutes les coutures. Allons, mange ton omelette et dis-moi si je l'ai réussie.

— Je me demande s'il existe un homme qui, même en vivant continuellement auprès de toi, pourrait jamais te connaître tout entière. Je te tiens pour une femme très mystérieuse. Tu as les seins un peu plats, mais, à part cela, tu me fais l'effet de la dynamite. Voilà ma pensée.

— Comme c'est bizarre ! Est-ce que ça te dérangerait beaucoup de terminer ton repas avant d'analyser les autres défauts physiques que tu aurais pu remarquer en moi ?

O'Mara ne répondit pas. Il se mit à manger. Thérèse, assise sur une petite chaise recouverte d'un coussin de velours, l'observait.

Il était deux heures et demie. O'Mara avait avancé le grand canapé en face du feu. Il était penché, la tête appuyée sur les coussins, tenant Thérèse dans ses bras. Elle dit doucement :

— Je suis absolument folle de m'abandonner ainsi à toi. Je te connais depuis si peu de temps. Je fais tout ce que tu veux, je m'efforce d'être telle que tu me désires. Et, maintenant, je suis sur le point de commettre la dernière folie, je vais partir avec toi pour l'Irlande.

Elle soupira.

— Je me demande ce qui arrive à une femme qui part pour l'Irlande avec un homme tel que Mr. O'Mara.

O'Mara sourit.

— Elle passe quelques jours merveilleux et, quand tout est fini, elle revient en Angleterre et elle oublie tout. C'est-à-dire à condition qu'elle soit aussi raisonnable que je l'imagine.

— Je suis assez raisonnable, Shaun, dit-elle. Mais je me demande s'il y a dans le monde assez de sagesse pour se conduire raisonnablement avec un homme comme toi.

Elle leva la tête vers lui et lui tendit ses lèvres.

Le baiser dura longtemps.

Puis elle dit :

— Raconte-moi l'histoire de Ricky. Je commence à avoir des remords à son sujet. Bien que j'aie agi avec les meilleures intentions, je me dis que je n'aurais pas dû faire rencontrer Miguales à Sandra. J'aurais dû me douter que cela causerait du remue-ménage.

— A quoi bon t'en faire pour Ricky ? Il est assez grand pour s'occuper tout seul de ses affaires. Ricky s'est conduit comme un imbécile. Quand on fait le métier qu'il fait et qu'on tient entre ses mains la sécurité d'un pays et ses intérêts, on est inexcusable de se mettre à trop boire et se laisser entortiller par une femme, si belle soit-elle. Ricky me fatigue.

Il y eut un silence. Puis Thérèse dit :

— Mais, Shaun, tu devrais être plus indulgent en certains cas. Si Ricky travaille vraiment pour le contre-espionnage, s'il fait un travail aussi dangereux, il a droit à une certaine considération, même de ta part.

— Pourquoi ? dit O'Mara brusquement. Pourquoi dois-je avoir de la considération pour Ricky puisque je fais le même travail, moi aussi ? J'ai couru vingt fois plus de risques que lui. Mais je ne me suis pas conduit comme un idiot, moi !

— Mon Dieu ! Est-ce vrai, Shaun ? Tu veux dire que...

— Oui, dit O'Mara en grimaçant. Voilà des années que je fais ce boulot-là. Et maintenant, à peine rentré en Angleterre, je dois me mettre à l'ouvrage pour essayer de réparer toutes les âneries commises par des types comme Kerr. Enfin, au moins, j'ai réussi. C'est déjà quelque chose.

Il sourit en la regardant dans les yeux.

— Et, comme récompense, j'ai le droit de faire un petit voyage en Irlande.

— J'aurais dû deviner ! dit-elle. Un homme qui s'arrange en moins d'une heure pour partir en avion pour l'Irlande et qui peut emmener avec lui une femme follement amoureuse doit nécessairement avoir un sérieux piston. Voilà donc l'histoire ! C'est très gentil d'avoir eu confiance en moi, Shaun.

— Il faut bien avoir confiance en quelqu'un, dit O'Mara. Moi, c'est en toi que j'ai confiance. Je t'assure que cette histoire a failli me flanquer par terre. Je me suis tracassé à en être malade. Je me demandais par tous les diables ce que je devais faire. Je ne savais pas par quel bout commencer. Mais, maintenant, c'est réglé. Ma bonne étoile m'est restée fidèle. J'ai eu la chance de trouver le joint, et maintenant tout se terminera bien, j'espère.

Elle se pelotonna tout contre lui.

— Shaun, Shaun chéri, dis-moi ce qu'avait fait Ricky, le pauvre type...

— Donne-moi encore un verre, ma poulette, et je vais te raconter toute l'histoire, bien qu'elle soit diablement longue.

Elle se leva, remplit un verre et le lui apporta. Puis elle s'assit sur le tapis, adossée au bord du canapé, regardant le feu dans la cheminée. Elle se disait qu'O'Mara était un homme comme les autres. Tous, si forts, si puissants soient-ils, ont toujours un point faible qui les oblige à parler. Ils sont tous comme ça, les meilleurs comme les pires. Elle posa sa main sur les gros doigts d'O'Mara et les serra très fort.

O'Mara finit son whisky, posa son verre vide par terre et dit :

— Les nazis avaient un type, un agent qui travaillait ici pour eux ; un nommé Lelley. Il était rusé, le copain, et il savait y faire. Ce Lelley habitait l'Angleterre depuis plusieurs années. Il se faisait passer pour un gentilhomme campagnard, dans son village à Nelswood. Il était bien camouflé. Son principal travail consistait à faire passer des informations à l'étranger, et, comme tu peux le deviner, ce n'est pas chose facile en temps de guerre.

Thérèse dit doucement :

— J'aurais cru que c'était même impossible.

— Je l'aurais cru aussi, dit O'Mara. Pourtant, Lelley y était arrivé. Il avait plusieurs méthodes, en particulier il se servait d'un groupe d'agents allemands en Irlande. Tu me suis ?

— Je vois, dit-elle. Et c'est pour ça que nous allons en Irlande ?

— Tout juste, dit O'Mara. J'aurai peut-être un petit travail de nettoyage à effectuer. Tu me seras d'un grand secours. Tu feras très bien dans le décor, tu joueras le rôle de Mrs. O'Mara.

— Je te trouve magnifique ! Tu disposes de moi sans même me demander mon avis ! dit Thérèse. Mais qu'est devenu le mystérieux Lelley ?

— Lelley avait beau jeu. Nos gens l'avaient repéré, mais le laissaient en vie : ils voulaient voir ce qu'il allait faire. Ça n'a pas tardé. Il a transmis à l'ennemi des informations qui ont causé la mort de deux de nos meilleurs agents. On décida alors qu'il était temps de le supprimer. Ce n'était pas bien difficile, mais l'opération eut des répercussions imprévues. Je ne t'ennuie pas, ma chérie ?

— Au contraire. Je trouve ça passionnant. Tu me donnes une haute idée de mon importance en me confiant tous ces secrets, Shaun. Continue, je t'en prie.

— Lelley aurait eu tout le temps de décamper après avoir fait passer ses informations. Il ne l'a pas fait. Il devait se douter que son dernier boulot l'avait trahi, et pourtant il n'a pas bougé. A cela il n'y avait qu'une seule raison : les gens qui utilisaient Lelley étaient curieux de savoir ce que nous allions lui faire. Ils croyaient qu'après l'avoir liquidé nous serions persuadés de nous être débarrassés d'un adversaire diablement dangereux et que peut-être nous nous relâcherions un peu, que nous prendrions les choses un peu plus à la légère.

— De qui parles-tu ? Des gens en Allemagne qui employaient Lelley ? Des nazis ?

— Non. Je parle des nazis qui l'employaient ici, en Angleterre. Les gens pour qui travaillait Lelley sont en Angleterre.

— Ah ! je vois..., dit Thérèse. Très bien... Shaun... On dirait un roman.

— La réalité est toujours plus étrange que les romans, énonça O'Mara, trivialement. Quoi qu'il en soit, Kerr, qui était bien noté, fut chargé de régler l'affaire Lelley. Il s'en acquitta fort bien. Lelley trouva la mort dans un « accident » arrangé à Nelswood, et voilà tout. Mais nos ennemis étaient parfaitement au courant de ce qui s'était passé. Ils savaient ce que Ricky Kerr allait faire la nuit qu'il partit pour Nelswood. Ils décidèrent de le filer, une fois l'affaire terminée, pour entrer en contact avec notre organisation. C'est pour cela qu'ils s'étaient résignés à sacrifier Lelley. Donc, la nuit que Ricky descendit à Nelswood, quelqu'un était sur ses traces, quelqu'un qui était présent à la soirée de Glynda Milton, où Ricky reçut le coup de téléphone... quelqu'un qui avait la possibilité d'avertir nos « amis » que Ricky était chargé de l'affaire.

— Mon Dieu, s'écria vivement Thérèse, à la soirée de Glynda. Tu veux dire... Tu veux dire...

— Je veux dire que le type qui a fait le coup, c'est Miguales, dit O'Mara.

Il y eut un silence. Puis Thérèse dit doucement :

— Shaun... C'est terrible... Miguales... Qui aurait cru...

— Tu vas voir la technique de ces gars-là, Thérèse, dit O'Mara en grimaçant. Ils sont terriblement malins, tu sais. Donc, quand Ricky est rentré à Londres, ils l'ont suivi, ils ont vu où il allait, avec qui il se rencontrait. Et la chance les a favorisés. On remit à Ricky, pour son travail, une liste de nos agents en France, des gens qui sont continuellement exposés à la mort, qui subissent les pires tortures quand ils tombent entre les mains des Allemands, tu peux t'en douter, n'est-ce pas ? Eh bien ! cet abruti de Ricky prend une cuite. Il va dans un bar, boit un coup de trop et s'enflamme pour une très charmante jeune femme qu'on avait mise là exprès pour ça. Il part avec elle et se fait voler la liste. Du beau travail !

— Et tu ne sais pas qui est cette femme ? Tu n'en as pas la moindre idée ? demanda Thérèse. Tu pourrais peut-être le savoir, d'une façon ou d'une autre.

— Je vais bientôt le savoir, dit O'Mara. Parce que Miguales va me le dire.

Il se redressa sur le divan, mit ses bras derrière les épaules de Thérèse et l'embrassa sur les cheveux.

— J'ai appris pas mal de choses sur Miguales, dit O'Mara. Vois-tu, ma chérie, ils avaient placé un type en bas de l'immeuble de Ricky pour surveiller son appartement. Nous le savions. Je me suis occupé de cet individu : j'ai trouvé dans sa poche une lettre écrite par Miguales. Apparemment, Miguales s'était disputé avec lui, ils avaient eu une altercation, comme c'est fréquent... je ne sais pas exactement à quel sujet, je suppose qu'il devait s'agir d'argent. Miguales est un Espagnol et il ne faisait pas ce travail uniquement pour son plaisir, comme les nazis. Il le fait parce qu'il est payé. Pour moi, je crois qu'il commençait à avoir peur et qu'il voulait se retirer des affaires, mais qu'on ne voulait pas le régler avant qu'il ait terminé son travail.

— Tu as arrêté l'homme qui surveillait l'appartement de Kerr ?

— Non. Il a été trouvé mort dans une maison inhabitée, dit O'Mara. Il avait le corps troué de plusieurs balles. Comme on a trouvé sur lui la lettre de Miguales, je suppose que c'est Miguales qui l'a tué. Son passeport diplomatique ne lui servira pas à grand-chose en l'occurrence. Ça ne l'empêchera pas de passer en jugement pour meurtre.

Thérèse dit doucement :

— Je comprends... Mais tu ne seras pas plus avancé, Shaun. Tu ne sauras toujours pas ce que tu veux savoir.

— Je crois que j'ai été un peu plus malin que tu le crois, ma chérie, dit O'Mara. Vois-tu, Miguales se prépare à quitter son appartement à huit heures du matin. Eh bien ! à sept heures et demie, avant de passer te prendre ici, j'irai lui faire une petite visite. Ce sera le moment psychologique : juste comme il est sur le point de partir, au moment où il s'imagine nous avoir bien roulés et s'être habilement tiré d'affaire. Alors je lui ferai une proposition.

Elle leva les yeux vers lui en souriant et le regarda avec une certaine admiration.

— Tu vas le faire parler, dit-elle.

— Et comment ! répondit O'Mara en ricanant. Je lui laisse le choix. Ou bien rester ici et être inculpé de meurtre : quelle que soit l'issue du procès, il serait un homme fini ; ou bien rentrer en Espagne, mais à condition de me dire ce que je veux savoir. Je veux savoir qui est la femme mystérieuse qui a embarqué Ricky et certaines autres choses encore qui me semblent louches depuis quelque temps. S'il joue le jeu loyalement, il pourra prendre l'avion. Sinon...

O'Mara haussa les épaules.

Thérèse garda un moment le silence, puis elle dit :

— Shaun... tu es vraiment très fort. Tu es d'une habileté extraordinaire. Mais suppose que Miguales ait peur des gens dont tu parles, suppose qu'il ait trop peur pour parler ?

O'Mara secoua la tête.

— Il parlera, j'en suis sûr, affirma-t-il. D'abord parce que c'est un poltron. Et puis il sait fichtrement bien que, s'il « donne » cette femme, nous avons ce que nous voulons. Entre deux maux, il choisira le moindre, parce que c'est un type comme ça. Sois tranquille, il parlera.

Elle dit d'un ton sérieux :

— Tu sais, chéri, je suis inquiète pour toi. Un de ces jours, quelqu'un dans le genre de Miguales se fâchera et il t'arrivera quelque chose de très désagréable. Enfin j'espère que tout va s'arranger comme tu le désires et qu'il parlera.

— Dès qu'il aura mangé le morceau, reprit O'Mara, je communique le renseignement à mes amis par téléphone, et ils se chargeront du reste. Moi, dit-il en se penchant sur elle et en l'embrassant sur la bouche, je viendrai te prendre ici, un peu après huit heures, et nous partirons directement pour l'Irlande. Qu'est-ce que tu dis de ça, mon amour ?

— Ça me plaît énormément. Tu es un vrai démon. Quelquefois, tu me fais peur. Tu...

Elle fut interrompue par la pendule sur la cheminée qui sonna trois heures. Elle se leva vivement.

— Shaun, va-t'en..., dit-elle. Sinon j'aurai l'air d'une mégère quand tu viendras me chercher à huit heures. Et j'ai au contraire l'intention d'être très séduisante. Veux-tu donc me faire le plaisir de t'en aller après avoir bu un dernier verre ?

O'Mara se leva.

— Cette proposition est acceptable. Encore un dernier verre.

Elle le lui tendit. O'Mara leva son verre :

— Je bois à nous deux, ma chérie.

Il avala le whisky d'un trait, sans en laisser une goutte dans le verre.

Elle l'accompagna dans l'antichambre, l'aida à enfiler son manteau.

— Ne sois pas en retard, dit-elle. Je serai prête à l'heure. Et sois prudent. Je commence à avoir peur pour toi.

Elle tendit ses lèvres.

Après un moment, O'Mara dit :

— Tu n'as pas à t'en faire pour moi, ma chérie. Je suis né pour être pendu. Et ne me fais pas attendre : je serai là à huit heures un quart.

Il sortit, ferma doucement la porte derrière lui. Elle resta dans le vestibule, écoutant le bruit décroissant de ses pas dans le couloir.

4

Coup double

Le petit réveil sur la table de nuit se mit à sonner. O'Mara, encore tout endormi, étendit la main pour arrêter la sonnerie.

Il resta quelques minutes à bâiller et à se frotter les yeux. Puis il se leva, s'assit sur le bord du lit. Il étendit la main vers son étui à cigares, choisit un de ses petits cigares favoris et l'alluma. Il resta cinq minutes à fumer ainsi, satisfait.

En regardant la pendule, il constata qu'il était sept heures moins dix. Il se leva, posa son cigare sur un cendrier, alla dans la salle de bains. Dix minutes plus tard, il revint dans le salon, rasé et habillé. Il se sentait fatigué, vaguement mal à l'aise ; toujours, vers la fin d'une mission, O'Mara souffrait un peu des nerfs, se tracassait au sujet du dénouement tout proche.

Il alla au buffet, se versa un petit verre de fine et le but. Il aurait voulu se faire du café, se demanda s'il en avait encore le temps, conclut qu'il était trop tard et y renonça. Il alla au téléphone, forma un numéro, attendit.

La voix de Quayle se fit entendre à l'autre bout de la ligne.

— Vous savez, Peter, vous êtes un type extraordinaire, dit O'Mara. On dirait que vous passez votre vie assis à côté du téléphone. Est-ce que vous allez quelquefois vous coucher ?

— Je suis dans mon lit pour le moment, répondit Quayle. Mais je n'ai pas beaucoup dormi ces derniers temps. Comment voulez-vous que je dorme quand je me fais des cheveux à cause de vous ? Je me demande ce que vous devenez et si votre enquête avance.

— Laissez-moi tranquille, moi et mon enquête, dit O'Mara. Entre nous, très confidentiellement, ça ne va pas mal du tout. Pensez-vous pouvoir réveiller notre ami Ricky Kerr et l'envoyer faire un tour chez la dénommée Valoz ? Je crois que c'est nécessaire. Il fera bien de nous l'amener, s'il peut !

Quayle dit :

— Je me demande ce que cela signifie. Enfin, je vais lui faire la commission.

— Il aura besoin d'une voiture, dit O'Mara. Qu'il passe à l'adresse indiquée et qu'il remette la femme en question à une personne que vous lui désignerez. Il est sept heures passées : j'aimerais qu'il soit là-bas à sept heures et demie au plus tard ; il n'a pas beaucoup de temps. Dès qu'il aura fini, qu'il vienne me rejoindre dans Saint-Erwin's Court à Saint-John's Wood. Je l'attends un peu avant huit heures. Qu'il ne se mette pas en retard, parce que je dois repartir aussitôt ailleurs.

— Entendu, dit Quayle. Vous avez l'air très affairé ce matin.

— Il faut bien que quelqu'un fasse le boulot, dit O'Mara. Un de ces quatre matins, j'espère que vous me donnerez un petit travail sur mesure, où je pourrai dormir quand je voudrai, boire quand je voudrai et avec qui je voudrai. Un de ces jours...

— Un de ces jours, vous aurez tout ce que vous désirez, l'interrompit Quayle. D'ici là, si vous vous surpassez, je vous enverrai à Rio.

— Je ne vis plus que pour ça, répondit O'Mara.

Il raccrocha.

Il ralluma son cigare, se mit à arpenter la pièce, les mains derrière le dos. Le résultat de ses méditations fut la constatation qu'il avait le trac. Il se mit à faire un plan au cas où quelque chose clocherait, au cas où quelqu'un ferait des difficultés.

« Il y a des gens terriblement forts, se dit-il. On a beau les étudier, en tirer des conclusions, déterminer exactement ce qu'ils feront dans telle ou telle circonstance, on risque toujours de se tromper, et, avec de la déveine, ils font tout autre chose que ce qu'on avait espéré. »

Il se dit que, si quelqu'un faisait des siennes, ça pourrait mal tourner pour plusieurs personnes. Mais il se fia une fois de plus à sa bonne étoile.

Il regretta de n'avoir pas fait de café : il aurait eu le temps. Il se versa un autre verre de fine, se dit que c'était malsain de boire de la fine à une heure aussi matinale, ce qui ne l'empêcha pas d'en avaler un troisième verre. Il se sentait mieux ; l'air lui semblait moins froid.

Il mit son pardessus et son chapeau, descendit l'escalier et se rendit au garage, où il avait remisé sa voiture. Sans rouler trop vite, il se dirigea vers Saint-John's Wood. Il était huit heures moins vingt quand il arriva. Il rangea la voiture dans une rue latérale et fit vivement le tour du pâté de maisons pour pénétrer dans l'immeuble.

Il regarda à gauche et à droite dans le couloir et ne vit personne.

Il suivit le couloir qui menait au grand vestibule, constata avec satisfaction que le concierge n'était pas de service et monta l'escalier.

Devant la porte de l'appartement de Miguales, O'Mara s'arrêta, sortit un jeu de clefs de sa poche et les essaya l'une après l'autre dans la serrure. En procédant à cette opération, il se disait que ce serait plutôt marrant si, en entrant, il allait trouver l'appartement vide et l'oiseau envolé. Et puis il se dit que ce ne serait pas tellement marrant, que ce serait même assez embêtant.

Il trouva la bonne clef, ouvrit la porte et entra. Il faisait chaud, comme si toutes les fenêtres étaient restées fermées. Une odeur de vieux tabac flottait dans l'air.

O'Mara resta dans le vestibule, tendant l'oreille. Il n'entendit rien. Il traversa le vestibule, ouvrit la porte du salon et passa la tête dans l'entrebâillement de la porte. La pièce était complètement obscure : les rideaux de défense passive étaient encore descendus. O'Mara chercha à tâtons le commutateur, le trouva et fit de la lumière.

Il avança d'un pas dans la pièce, s'arrêta et s'appuya contre le chambranle de la porte. Il souriait, et si ce n'était pas de bonheur, c'était du moins de satisfaction.

Le corps de Miguales était couché en travers du petit bureau, dans le coin de la pièce. Il avait reçu un coup de couteau dans la nuque. Le bureau était couvert de sang, et le sang avait coulé le long du meuble, formant une mare sombre sur le tapis. Les doigts crispés de la main droite tenaient encore un stylo.

O'Mara, immobile, contemplait ce lugubre tableau d'un œil presque indifférent, en homme qui a vu la mort dans la plupart de ses aspects les plus violents et que le grotesque ne surprend pas.

Mais Miguales, lui, avait été surpris. O'Mara reconstitua en pensée la scène. Miguales, assis au bureau, écrivant ce qu'on l'avait prié ou ce qu'on lui avait ordonné d'écrire ; et puis, tandis qu'il s'exécutait, le coup frappé subitement, d'une main sûre, paiement équitable des opérations pas trop bien réussies du défunt señor.

O'Mara traversa la pièce et vint se placer derrière le cadavre, prenant soin de ne pas marcher dans la flaque de sang. A côté de la main droite, si farouchement cramponnée au stylo, il y avait une feuille de papier, sur laquelle était tracé ce seul mot : « Reçu »...

O'Mara ricana. C'était vraiment tordant. Ainsi, Miguales était en train de toucher de l'argent. Il avait obtenu le supplément réclamé et se disposait à écrire le reçu quand il avait été frappé de ce coup de couteau dans la nuque. L'occupation des dernières secondes de sa vie avait un caractère symbolique.

O'Mara poussa un soupir et s'éloigna. Il éteignit la lumière, ferma la porte du salon, sortit de l'appartement. Il descendit vivement l'escalier et sortit par une porte de côté. Il fit à nouveau le tour du pâté de maisons. A cinquante mètres de l'entrée principale, une voiture était arrêtée. Ricky Kerr était au volant.

— Bonjour, Ricky. Comment ça va ? dit O'Mara en grimaçant. Et comment va la charmante femme qui vous avait joué ce sale tour ? L'avez-vous trouvée ?

— Oui, dit Kerr. Mais elle était morte.

— Pas possible ? De quoi est-elle morte, à votre avis ?

— Il n'y a pas de doute possible. Elle s'est empoisonnée.

— Ça m'étonne. Eh bien ! tant pis, voilà ! Pensez-vous que ç'avait bien l'air d'un suicide ?

— Oui. Moi, j'ai cru que c'était un suicide.

— Quelqu'un vous a-t-il vu entrer ou sortir ? demanda O'Mara.

Kerr secoua la tête.

— Non, personne, dit-il. Et, dans l'appartement de la Valoz, il n'y avait personne que le cadavre. Je me demande ce qui l'a incitée à se tuer.

— Elle ne s'est pas tuée. On l'a tuée. Mais il vaut mieux que ç'ait l'air d'un suicide, dit O'Mara. Parfait. Je vous remercie, Ricky. C'est tout ce que je voulais savoir.

Kerr prit un air étonné.

— Je suis un peu surpris, dit-il. J'avais cru qu'il y aurait un petit travail pour moi dans les parages. Je m'étais dit que peut-être...

Il désigna de la tête l'entrée de Saint-Erwin's Court.

— Non. Il n'y a plus de travail, ou presque rien, dit O'Mara en souriant un peu. Quelqu'un s'est chargé de liquider notre ami Miguales. Je viens de lui faire une petite visite. Il est mort, tout à fait mort. A mon avis, ce n'est pas dommage.

— On dirait qu'il vient de se produire pas mal de choses, dit Kerr, ou plutôt il y a quelqu'un qui a fait se produire pas mal de choses.

O'Mara dit d'un air mystérieux :

— C'est aussi mon avis. Eh bien ! au revoir, Ricky. A bientôt.

Et il s'en alla.

Il alla tranquillement jusqu'à la rue latérale où stationnait sa voiture. Il regardait sa montre. Il était huit heures moins trois. Il monta dans sa voiture, mit le moteur en marche et roula à vive allure vers l'appartement de Thérèse. Il ne voulait pas être en retard.

5

Une nuit agitée

A peine O'Mara eut-il appuyé sur la sonnette que la porte s'ouvrit. Thérèse était dans le couloir du vestibule et lui souriait.

Elle était habillée d'un tailleur à carreaux noirs et blancs, sous un manteau de léopard blanc, et coiffée d'un turban noir. Elle était très agréable à regarder.

— Je commençais à croire que tu serais en retard, Shaun, dit-elle. Tu ne peux t'imaginer quel soupir de soulagement j'ai poussé en t'entendant sonner.

— Tu ne vas pas dire que tu m'attendais dans le vestibule ? Es-tu pincée pour moi à ce point-là ?

— Oui, vois-tu, je crois que je suis pincée à ce point-là.

— Quelle sale menteuse vous faites ! dit O'Mara en la regardant dans les yeux.

Les yeux de Thérèse étaient devenus durs comme des diamants. « Quel dommage, se disait O'Mara, quel gaspillage, quelle superfluité de la nature que cette femme, si belle, pourvue de tant de charme et de séduction, soit si pourrie au-dedans d'elle-même. Elle réunit en elle les artifices de la putain, la malice du singe, la fourberie venimeuse du serpent. »

Thérèse s'était raidie.

— Que veux-tu dire ? demanda-t-elle d'une voix rude. Qu'est-ce que cela signifie ?

— Vous n'en avez pas la moindre idée, n'est-ce pas ? dit O'Mara en claquant la porte derrière lui. Allez dans votre salon, ma jolie. Et n'essayez pas de me jouer un sale tour, parce que ça vous coûterait cher. La comédie est finie.

Elle tourna les talons, entra dans le salon où il la suivit. Au milieu de la pièce, elle se retourna vers lui et lui fit face :

— Shaun, je ne sais pas ce qui s'est passé...

Il lui coupa la parole.

— Ne faites pas l'imbécile, ma chère. Vous êtes beaucoup trop intelligente pour me parler comme ça, Thérèse. Vous avez eu une nuit un peu agitée, vous ne trouvez pas ?

Elle voulut répondre, mais il l'arrêta d'un geste.

— A quoi bon de grands discours ? Vous savez, et moi je sais, que nous avons assez bavardé ensemble.

Il lui sourit d'un sourire sardonique.

Les bras pendant à ses côtés, Thérèse n'avait pas l'air nerveuse le moins du monde. Pourtant, sa respiration était un peu haletante.

— Le malheur avec vous, mes jolies poupées nazies, reprit O'Mara, c'est que vous êtes si malignes que vous ne pensez jamais aux petits détails.

— Ah ! vraiment, nous ne pensons pas aux petits détails ? Vous allez peut-être me dire ce que j'ai oublié. Ce serait très gentil de votre part, espèce de...

Le mot obscène lui vint aisément à la bouche.

— Quelle sale petite peste vous faites. Vous devriez avoir honte de connaître des mots pareils. Ah ! vous voulez que je vous dise ce que vous avez oublié ? Il y a un bout de temps que je m'occupe des gens de votre acabit. Vous faites toujours des âneries parce que votre esprit est si tortueux et biscornu que vous compliquez les choses au point de ne plus prendre garde à ce qui est le plus évident. Voyez-vous, Thérèse, vous auriez pu encore vous en tirer à bon compte, cette fois-ci, sans cette lettre que Miguales vous a écrite.

Elle leva les sourcils.

— Miguales m'a écrit une lettre, à moi ?

— A vous, ma très chère. Miguales avait adressé sa lettre à une « señora », et vous avez gratté la dernière lettre pour qu'on lise « señor ». Et puis vous avez glissé cette lettre dans la poche intérieure du manteau de la jeune fripouille qui surveillait l'appartement de Kerr. Vous saviez parfaitement que nous lui tomberions dessus ; vous vouliez nous aiguiller sur une fausse piste, vous pensiez que nous ferions subir à Miguales le même sort qu'au regretté Mr. Lelley... Une fois Miguales liquidé, selon vos désirs, vous auriez pu continuer tranquillement ici votre petit travail. Vous estimiez qu'après avoir supprimé Lelley et Miguales nous serions persuadés d'avoir exterminé toute la bande. Vous vous êtes dit que nous jugerions que la malheureuse Valoz ne valait même pas la peine qu'on s'occupe d'elle. Eh bien ! — O'Mara haussa les épaules — vous avez fait le travail à ma place, hein ? Mon Dieu, Thérèse, ajouta-t-il en riant, que vous avez dû passer une nuit agitée ! Vous vous êtes laissé prendre à mes boniments. Vous avez cru que j'allais faire une visite à Miguales, ce matin, et le placer devant une alternative embarrassante. Mais, voyez-vous, c'était déjà fait avant que je vienne ici la nuit dernière. Je savais, avant de venir vous voir, le nom de la femme qui avait aguiché Kerr et lui avait volé la liste. Vous avez cru que j'essaierais de la découvrir ce matin et vous avez employé les grands moyens.

» Quand je vous ai quittée cette nuit, vous êtes allée voir votre amie Valoz et vous lui avez réglé son compte. Elle était peut-être une bonne nazie, elle s'est empoisonnée volontairement, ou bien c'est vous qui l'avez empoisonnée. Je m'en moque. Puis vous avez été voir Miguales et vous avez eu une explication avec lui. Vous l'avez tué et vous avez cru que, cette fois encore, vous vous étiez tirée d'affaire.

O'Mara prit un cigare dans son étui, l'alluma et poursuivit :

— Mais je ne crois pas que vous auriez eu le courage de procéder à ces exécutions si je n'avais pas imaginé notre petit voyage en Irlande. Vous avez pensé qu'il y avait toujours une chance de déguerpir, n'est-ce pas, Thérèse ? Comme c'eût été merveilleux si j'avais cru que Miguales avait été assassiné par un quelconque inconnu, si je n'avais pas su que l'assassin, c'était vous. Je serais revenu vous prendre ici, et nous nous serions envolés ensemble vers l'Irlande. Voilà ce qui se serait passé... si ce voyage avait été autre chose qu'une invention, qu'un piège dans lequel vous êtes tombée.

Il poussa un soupir.

— Dieu sait ce que vous m'auriez fait en Irlande. Vous auriez eu tous les atouts en main ; vous avez tant d'amis là-bas.

Thérèse dit âprement :

— Tout cela n'est que mensonges !

— Allons donc ! Il n'y a pas un mot qui ne soit la pure vérité. Et vous le savez aussi bien que moi. Voulez-vous prétendre que Miguales ne vous a pas écrit cette lettre ?

— A quoi bon ? Me croirez-vous si je vous affirme que cette lettre ne m'était pas adressée et que je ne l'ai jamais vue ?

— A d'autres ! Avec moi, ça ne prend pas. J'ai relevé vos empreintes digitales sur toute la lettre.

Thérèse ne répondit rien. Elle le regardait, les paupières mi-closes.

— C'est toujours la même histoire, reprit O'Mara. Je suis sûr qu'une Miss Thérèse Martyr se trouvait effectivement en villégiature à Biarritz, il y a cinq ans, à l'époque où vous prétendez avoir rencontré Miguales. Mais je suis prêt à parier n'importe quoi qu'elle n'est jamais rentrée en Angleterre. Je suis sûr que, si nous contrôlons son identité, nous trouverons que cette Miss Thérèse Martyr n'avait plus de parents dans ce pays. Et, alors, vous l'avez fait disparaître à Biarritz, hein ! et vous êtes venue ici, sous son nom, et vous avez travaillé pour le Führer. Eh bien ! c'est fini maintenant. Tout ce qui reste — O'Mara sourit —, c'est le voyage en Irlande. Ma voiture vous attend en bas. Venez, Thérèse.

— Je ne me sens pas bien, dit-elle en levant les yeux vers lui. Puis-je aller dans ma chambre un moment ? Je crois que vous me devez bien ça, Shaun ?

— Allez dans votre chambre, dit-il.

Il plongea la main dans la poche de son veston et en tira le Luger.

— Mais pas de mauvaises plaisanteries, n'est-ce pas ? Vous êtes au bout de votre rouleau, Thérèse. La partie est finie.

— Non, la partie n'est jamais finie, répliqua Thérèse farouchement. Moi, je suis peut-être finie, et mes amis aussi. Mais d'autres viendront nous remplacer. La partie continuera toujours.

Elle alla dans sa chambre à coucher et ferma la porte derrière elle.

O'Mara, debout dans le salon, avalait l'âcre fumée de son cigare.

Trois ou quatre minutes s'écoulèrent. Impatienté, O'Mara traversa la pièce et ouvrit la porte de la chambre.

Thérèse gisait sur le plancher, recroquevillée contre le côté du lit. Elle se tenait le ventre, de ses mains crispées, sa figure était livide, ses lèvres tachées. Quand O'Mara entra, elle tourna les yeux vers lui dans un dernier effort conscient, quelque chose de vert et de terrible brilla dans ses yeux quand elle le regarda. Puis sa tête retomba en arrière, son corps se tordit convulsivement, ses membres se détendirent. Elle était morte.

O'Mara contempla un instant son cadavre. Il aspira une bouffée avec satisfaction. Une série d'images lui traversa rapidement l'esprit : il revit les scènes où Thérèse avait joué le premier rôle.

« Elle était diablement maligne, se dit-il. Elle avait le génie de l'intrigue et du meurtre. Elle savait dompter les hommes. Mais j'ai mis un terme à ses conquêtes et à ses victoires »... O'Mara haussa les épaules. Il ferma la porte de la chambre doucement derrière lui et sortit de l'appartement.

O'Mara rentra chez lui, alla au salon, jeta son chapeau et son manteau sur une chaise. Dans la cuisine, la femme de ménage faisait du café. Du bon café, à en juger par l'odeur.

— Bonjour, madame Sykes, lui cria O'Mara. Apportez-moi mon café ici. Une pleine cafetière.

Il alla au téléphone, forma le numéro de Quayle et dit :

— Vous pouvez aller dormir, Peter. Tout est terminé maintenant.

— Un coup de balai, Shaun ?

— Un coup de balai. Ou plutôt Thérèse m'a épargné cette peine. A propos, on ferait bien d'envoyer quelqu'un chez elle découvrir ce qui s'est passé. Elle est dans sa chambre à coucher. Sandra Kerr me paraît tout indiquée. Ça ferait bien dans le tableau, vous ne trouvez pas ?

— Vous êtes toujours aussi artiste, Shaun, dit Quayle. En tout cas, je vais m'occuper de ça. Vous ne me dites rien de notre ami espagnol ?

— Il n'a pas eu de chance, le pauvre. Esmeralda non plus. J'ai peur que Thérèse ne se soit mise très en colère contre eux deux. Et vous pouvez vous représenter comme elle devait être quand elle avait vraiment des ennuis. Kerr vous dira ce qui s'est passé avec la Valoz.

— Il est justement ici, dit Quayle. Reposez-vous, Shaun. Nous ramasserons les morceaux.

— Merci, dit O'Mara. Oh ! à propos, Peter, m'accordez-vous un petit congé ?

— La semaine prochaine, vous pourrez changer d'air. Je vais vous étonner, Shaun : je vous envoie à Rio de Janeiro. On dirait que certains de nos « amis » en prennent là-bas un peu trop à leur aise. Vous pourriez rendre des services. Qu'en pensez-vous ?

O'Mara fit une grimace de contentement.

— Sans blague, Peter, c'est vrai ? Vous m'envoyez vraiment à Rio ?

— Parfaitement, dit Quayle. Venez donc déjeuner avec moi, je vous raconterai ça. Alors, au revoir, Shaun, je vous attends à midi.

O'Mara dit au revoir et raccrocha. Ses yeux brillaient de joie.

Mme Sykes entra, apportant le café. O'Mara s'en versa une tasse et la but. Il reposa la tasse, alla au pick-up, mit un disque de rumba. Il resta debout, balançant ses épaules au rythme de la musique.

Sans attendre la fin du disque, il alla au téléphone, demanda les télégrammes pour l'étranger.

— Ici, Mr. Shaun O'Mara. Knightsbridge 66540. Voici un télégramme pour l'étranger. Ce n'est pas très urgent ; il peut mettre trois jours. Je dicte, faites bien attention, je vous prie, c'est très important.

Il dicta lentement, l'adresse d'abord :

« Señorita Eulalie Guimaraes 25, Edificio Ultramar. Copacabana. Rio de Janeiro. »

— Et maintenant le texte :

Tenho recordacoes maravelhosas. Stop. Adorote e sou sempre teu. Stop. Até à vista. Stop.

Signé : *Shaun.*

O'Mara poussa un soupir et dit à la demoiselle du téléphone :

— Si vous êtes bien sage et si vous priez bien le bon Dieu, un de ces jours vous recevrez aussi un télégramme dans ce genre-là. C'est la grâce que je vous souhaite.

Il raccrocha et retourna boire son café.

SOMBRE INTERLUDE

Titre original :
Dark Interlude

Traduit par Henri Thies

1

O'Mara

Shaun Aloysius O'Mara sortit de l'ombre de l'église, enjamba non sans peine le petit mur et, titubant entre les tombes, s'avança vers le bosquet d'ifs, au bout du cimetière.

Le soleil tapait dur. Pas un souffle d'air. O'Mara trébucha sur une pierre tombale et jura affreusement. Tournant la tête, il aperçut le petit curé, sa soutane brillante d'usure, sa figure mince et pâle.

Il lui rit au nez, entonna une chanson obscène, en breton. Le curé haussa les épaules, disparut sous le porche frais de l'église. O'Mara entendit son pas décroître. Drôle de bruit que celui des vieux souliers sur les dalles de granit !

Il était à moitié ivre. Comme à l'ordinaire. Des verres, des bouteilles d'alcools variés, de mauvaise bière, des litres de véritable cognac fait de véritable alcool méthylique additionné d'un colorant quelconque avaient affaibli son métabolisme. Des tonneaux de vin frelaté, coupé d'eau-de-vie, avait rempli ses veines d'acide, jauni ses yeux, relâché les muscles de son visage et de son estomac.

Grand et fort, O'Mara avait ressemblé à un taureau. Une belle bête sauvage, dominatrice. Il avait maintenant des poches sous les yeux. Son teint frais avait tourné au gris de l'être tombé au dernier degré de l'ivrognerie. Ses cheveux blonds bouclés ornant un front intelligent pendaient maintenant en longues mèches sales.

Arrivé à l'autre bout du cimetière, il repassa le mur. Plus d'ombre. Le soleil brûlait sans pitié sa tête nue ; il en sentait l'ardeur à travers ses cheveux épais, sur sa nuque noire de hâle et de crasse.

Il portait un pantalon de velours bleu au fond très ample, serré au-dessus des souliers éculés. Pas de chaussettes. On voyait à chaque pas les chevilles sales. Sa chemise, bleue à l'origine, était noire de sueur accumulée. Elle s'ouvrait sur une large poitrine qui en avait fait sauter les boutons.

Il entra dans le bosquet d'ifs. Le feuillage épais formait une sorte de chambre froide. Au-dehors, c'était l'enfer. Ici, la tombe et ses glaces.

Il trébucha sur une racine et tomba. Trop fatigué pour se relever, il resta à terre.

Ses lèvres s'agitaient, murmuraient des mots sans suite. C'était la fin, il le sentait. Une immense pitié l'envahissait, et la faiblesse, la maladie : des élancements dans le bras et la jambe gauches ; une impression de paralysie, la nuit ; une mémoire défaillante.

On peut parfois trop bien jouer le jeu, pensait O'Mara. Tomber dans l'exagération et dépasser le but. Il avait trop bu.

Il le sentait, preuve que la tête était encore bonne. Quayle assurait que cela seul importait. Quayle prétendait que lui, O'Mara, pouvait tout faire, tout risquer et tout oser sans dommage.

Que le diable emporte ce Quayle, qui savait tout, et le reste ! Un type qui vous disait ce qu'il fallait faire, ou ne pas faire.

Couché sur la terre humide, O'Mara insultait Quayle, couvrait son nom d'effroyables épithètes, l'accablait de comparaisons immondes.

Parfois, on oublie, et c'est merveilleux. Ne serait-il pas splendide d'oublier l'endroit où il avait caché la coramine et l'étui à seringue ?

Il se mit à réciter des vers. Tant qu'on n'oublie pas ses classiques, tout va bien. Cela signifie que le cerveau fonctionne, plus ou moins. Puis il s'efforça de penser logiquement. Il était bien O'Mara, fait qu'il ne s'avouait qu'à lui-même. Shaun Aloysius O'Mara, né et élevé dans le comté de Clare. Il savait jouer du piano et monter à cheval. Bon tireur, il savait aussi barrer un voilier. Il parlait quatre langues. Voilà ce qu'il était, ce qu'il avait été.

Il s'appelait maintenant Philippe Garenne. Philippe le vaurien. Un ivrogne débraillé et stupide employé au garage Volanon, de l'autre côté de la rivière. Dans un instant, il allait se lever, sortir du bosquet d'ifs, grimper la colline pour contempler l'estuaire sous le soleil. Il apercevrait de l'autre côté de l'eau les masures des pêcheurs, le pseudo-hôtel vide et le cinéma brûlé par les Allemands. A droite, près du quai où s'amarraient les barques de pêche, il verrait le garage Volanon et le café Volanon, son voisin. Ce voyou de Volanon serait sur le pas de sa porte, fumant sa pipe courbe pleine d'un âcre tabac, qui se demanderait où cet ivrogne de Philippe était passé... Que le diable emporte Volanon... au diable le café Volanon et le garage avec !

Il se releva lentement et, debout sous l'ombre fraîche, se prit à penser à cette douleur nerveuse dans le bras gauche.

Elle allait s'atténuer, pour revenir demain... comme à l'ordinaire...

Eulalia ?... Ses traits changèrent, s'adoucirent. La senhorita Eulalia Guimaraes... une vraie senhorita. La belle, la délicieuse senhorita Eulalia Guimaraes, qui habitait un superbe appartement dans Ultramar, à Copacabana, Rio-de-Janeiro. Une scène lui revenait à l'esprit... qui lui semblait déjà lointaine dans le temps.

Il se revoyait. Il sortait de la salle de bain. Le soleil entrait à pleine fenêtre dans le salon, éclairait violemment le tapis blanc, les murs peints de primevères. Il portait une robe de chambre rayée de larges raies tabac clair et noires. Très bien, cette robe, son seul vêtement. Debout devant le phonographe, il écoutait maintenant un tango. La douceur de la musique s'alliait à la claire lumière.

Quand il se retourna, Eulalia s'encadrait dans la porte donnant sur sa chambre. Elle se drapait dans un peignoir de dentelle, d'où sortait le bout de ses mules de velours. Cheveux sombres, visage pâle, lèvres rouges et des yeux bruns, très beaux. Quand elle souriait, le soleil semblait plus éclatant. Un sourire captivant, ensorceleur.

Elle s'appuyait d'une main au mur et sourit à Shaun :

— On peut, paraît-il, dit-elle, être trop heureuse. Un si grand bonheur ne saurait durer, mon chéri. Même si...

Il rit parce qu'il ne la croyait pas. Qu'allait-elle imaginer et pourquoi ces doux soucis, ces craintes ?...

Le tango déroulait sa lente cadence. O'Mara l'accompagnait des épaules et du pied.

On sonna.

Et il lui sembla qu'une main glacée se posait sur sa poitrine, lui étreignait le cœur.

Il alla à la porte, d'un pas rapide, et l'ouvrit. Willis, le courrier de l'ambassade d'Angleterre, lui tendait un papier.

« Un si grand bonheur ne saurait durer, mon chéri... » O'Mara entendait encore les dernières paroles d'Eulalia.

Il prit l'enveloppe, et Willis s'en fut. Il l'ouvrit. C'était la copie d'un message en code, envoyé sans doute par la valise diplomatique. Il était bref, laconique :

Rentrez immédiatement — stop — Récréation terminée — stop — Quayle.

Et voilà !

Il s'était habillé et avait écrit un mot pour Eulalia qui était encore dans son bain :

Je pars... on m'appelle. C'est mon devoir. Il le faut. Shaun.

Il était sorti sans bruit, laissant tout. N'était-ce pas le plus simple, pour elle et pour lui ? Pas de questions inutiles. Pas même de celles qui ne touchent que l'esprit...

C'était bien la façon de Quayle... Rentrez... le jeu est fini... Que le diable emporte ce Quayle !

Comme il faisait froid sous ces ifs, malgré le soleil brûlant ! Debout, il s'efforçait de penser, le cerveau plein de mauvais alcool, étrangement calme, indifférent presque.

Il avait fallu boire, pourtant. Il lui semblait du moins. A quoi bon en discuter ?... On ne discutait pas avec M. Quayle. Pas deux fois, en tout cas... Pas de questions importantes.

C'était injuste. Impossible d'être *quelqu'un,* d'avoir du cran, du moral après avoir bu ainsi. On n'était plus qu'une loque. Il le fallait cependant pour que la *chose* arrivât. Des deux façons, c'était l'enfer. Merci, monsieur Quayle... Merci beaucoup... Que le diable vous emporte, monsieur Quayle ! vous fasse passer sous un autobus, un jour de brouillard.

Son estomac se soulevait : il se sentait vraiment mal. Appuyé à un arbre, il laissa passer la nausée.

On avait dit de lui — qui donc ? Richard Kerr... oui, c'était bien lui... O'Mara vous charmera, dînera avec vous, jouera aux cartes, vous gagnera votre argent, vous prendra votre petite amie, vous jurera fidélité éternelle et vous tuera, si c'est nécessaire. Que dirait aujourd'hui Richard Kerr, s'il le voyait ?

Il avait soif. Il lui fallait boire. N'importe quoi. Même de cette infecte eau-de-vie que Volanon brûlait dans son arrière-boutique. Mais boire !

Il devait donc contourner l'estuaire, retourner au garage Volanon, s'humilier et s'excuser auprès du patron d'avoir craché la veille à la figure de Tierche le poissonnier. Volanon s'était mis en rage. Mais que pouvait-il faire ? Impossible de se passer des services de son employé. O'Mara, même ivre, valait mieux que rien. Trois jours par semaine, il travaillait, si peu que ce soit...

Il ferait la route à pied, suerait un peu de l'alcool qui l'imbibait. Cela lui ferait du bien. Peut-être se produirait-il quelque chose... peut-être. Des mois s'étaient écoulés, mornes, et dans quelques semaines O'Mara en serait au dernier degré de l'abrutissement, à celui à partir duquel on commence à voir des choses sur le mur.

O'Mara sortit lentement du bosquet et se mit à suivre le sentier qui bordait la haute falaise. Il pouvait voir, de l'autre côté de l'estuaire, Volanon à la porte de son café...

Le chemin était étroit, la falaise à pic. Ne serait-il pas drôle de tomber ? Cela éviterait bien des ennuis. Mais, non, monsieur... pas aujourd'hui, monsieur... Non, monsieur Quayle... pas encore, et que le diable vous emporte !

Le curé, dans sa soutane usée, sortit de l'église, traversa le cimetière. Il suivit les pas maladroits de O'Mara sur le sentier.

— Pauvre Philippe !... Pauvre garçon ! murmurait-il.

2

Tanga

O'Mara, couché par terre, s'adossait au mur blanchi à la chaux du garage Volanon. Il semblait, sans le voir, considérer avec intérêt son soulier droit, en piteux état. Un lézard sortit d'une crevasse du mur chaud de soleil pour disparaître dans une autre, et O'Mara eut un violent sursaut. Il lui fallut, pour reprendre son calme, comprendre qu'il avait *vraiment* vu le lézard.

Ce jour-là, il n'y avait rien eu à faire. Après que Volanon, la nuit précédente, lui eut dit quelques vérités piquantes, O'Mara avait décidé de boire le moins possible, de quelques jours ; il allait s'y efforcer. Pour finir, il conclut qu'il n'aimait pas les lézards. La vie, pensait-il, continuerait telle qu'elle était auparavant. Rien ne serait changé, sinon qu'il serait chaque jour un peu plus imbibé d'alcool, un peu plus stupide. Puis l'hiver viendrait avec ses pluies, et il mourrait de pneumonie.

O'Mara n'avait jamais envisagé la possibilité de la mort, et l'idée l'amusait vaguement. Il en concluait que rien ne changerait, qu'il faisait partie d'un tout immuable. Image pénible, contrastant violemment avec la scène environnante : l'estuaire inondé de lumière, le toit rouge et les murs blancs du garage.

Et, soudain, tout s'anima.

La grosse voiture « Typhon » apparut au tournant de la rue étroite, l'artère principale du petit village de pêcheurs. Le conducteur était un maître du volant. Prenant son virage à un bon soixante à l'heure, il accéléra sur la pente boueuse qui menait à la rivière, freina et stoppa devant la porte du garage.

O'Mara ne bougea pas. Son bras gauche lui faisait mal. Un tremblement convulsif s'emparait de sa jambe. Les symptômes ordinaires, qu'on expliquait mal. Un docteur de la ville voisine y voyait un cas de fausse angine. C'était l'alcool et les cigarettes caporal en doses massives. Cela venait des nerfs et de la mauvaise alimentation.

O'Mara regardait son soulier droit avec un intérêt croissant. Il eut un léger frisson. Etait-ce le drame, enfin ? Serait-il capable de jouer son rôle ? En avait-il encore les moyens ?

Du coin de l'œil, il observait la grosse voiture. La portière s'ouvrit, un pied parut, une jambe de femme très belle, un bas de soie arachnéenne. O'Mara reconnaissait cette ligne :

— Mon Dieu !... Ça y est ! Tanga !

C'était bien elle. Tanga de Sarieux, qu'il avait rencontrée une fois et dont il se souvenait fort bien. Il retrouvait la voix lente et calme, le délicieux accent français.

Elle sauta à terre, marcha vers le garage, franchit la porte à glissières, entra dans l'ombre fraîche. Elle marchait avec le suprême aplomb et la grâce qui faisaient partie du rôle qu'elle assumait. « Sacrée femme ! » pensa O'Mara, qui tremblait toujours.

Tout était calme. Pas de brise de mer. On entendait les mouches bourdonner, accompagnement de la canicule qui renforçait le silence. Du garage venait la voix calme de Tanga demandant le patron. Il regarda la voiture. Le pneu avant était presque à plat. C'était bien cela !

Quelques minutes s'écoulèrent. Tanga sortit du garage, s'approcha de la voiture, suivie de Volanon, épais, graisseux et suant. Un morceau de ficelle serré à la ceinture retenait son pantalon de toile souillé de taches. Le ventre débordait en plis mous.

— Si ce n'est que ça, madame, nous allons arranger l'affaire... Si je peux faire travailler cet ivrogne.

Et, tourné vers O'Mara :

— Hé ! Philippe... arrive ici, imbécile ! Change la roue, l'autre est derrière.

Tanga jeta un regard à O'Mara :

— Croyez-vous qu'il en soit capable ? demanda-t-elle froidement. Il a l'air bien ivre.

— Madame a raison, dit Volanon en haussant les épaules. Il l'est toujours. Il a toutes sortes de choses, des maladies. A le voir, on pourrait aussi croire qu'il a le cafard. Mais il travaillera... quand je l'aurai mis au pas.

— Et vous ? Si vous y mettiez la main..., dit Tanga.

— Mais, madame, je suis le propriétaire ! fit Volanon, très digne.

Tanga se mit à rire. Volanon, la mine renfrognée, tourna le dos après un mauvais regard à O'Mara et s'en fut vers le garage. Arrivé à la porte, et par-dessus l'épaule :

— Je prierai Madame de ne pas donner d'argent à cet ivrogne.

Tanga répondit d'un signe de tête. O'Mara pouvait entendre le bruit des espadrilles du patron traînant sur le ciment, au fond du garage. Après un effort visible, il se leva, non sans peine. Il lui fallut se retourner, se mettre à genoux et s'accrocher au mur. Debout, il s'appuya, puis lentement s'approcha de la voiture. Tanga le regardait avec dégoût.

— Le cric est dans la caisse arrière. Voici la clef du cadenas de la roue de secours. Je suis pressée. Faites vite, je vous prie.

— C'est compris, dit O'Mara.

Et, plus poliment :

— Madame, travailler vite est l'essence même du genre de la maison. Un garage de première classe. Cela ne va pas être long.

— Bien.

— Mais il me semble que votre pneu est crevé. Si vous voulez que je le répare, et je vous le recommande, il me faudra disposer d'un petit peu de temps.

— Combien ?

Il haussa les épaules.

— Une demi-heure.

Tanga regarda du côté de l'estuaire. On apercevait, sur l'autre rive, la colline verte, la petite église et, tout en haut, le cimetière.

— Il y a dans les environs une villa appelée *Côte d'Azur,* dit-elle. Pas loin d'ici, je crois. Je reviendrai prendre la voiture dans une heure. Je veux espérer que vous aurez terminé votre travail ?

— Certainement, dit O'Mara, s'appuyant au long capot, adressant à Tanga un regard quémandeur, où l'on aurait pu lire l'humilité, l'insolence et l'admiration.

« Ainsi, c'est elle », pensait-il. Il comprenait, pour la première fois, qu'elle avait tout ce qu'il fallait à l'artiste pour réussir dans son dangereux métier : la beauté, l'intelligence et la personnalité. Ce métier n'était-il pas aussi le sien ?

Elle portait un corsage et une jupe en crêpe de Chine beurre frais, et sa bouche était de couleur fraise écrasée. Le visage était parfait, très noble. Ses oreilles s'ornaient de deux petites fleurs d'ambre, s'harmonisant avec la couleur de sa robe. Les cheveux étaient très noirs ; un ruban ambré les retenait. Chaussée de mouton blanc, elle avait des gants tannés jaunes.

Elle était capable de lui faire oublier bien vite Eulalia, pensa O'Mara intensément.

— L'idée est excellente, madame, dit-il. Je n'aurai ainsi pas besoin de me presser.

Passant à l'arrière de la voiture, il en revint avec le cric, s'assit par terre, glissa l'outil sous l'essieu avant et se mit à tourner lentement la poignée.

— Cet incident m'intéresse. Croyez-vous qu'il y ait crevaison ou fuite à la valve ?

— Nous allons le savoir, dit O'Mara.

La roue était libre.

Se traînant à terre, il s'assit commodément, et, d'un doigt tremblant, se mit en devoir de dévisser le chapeau.

— Il est bien dur, madame, dit-il. Ou mes doigts ne sont plus ce qu'ils étaient.

Elle regardait du côté de l'église. Doucement, avec son accent charmant, elle murmura, en anglais :

— Savez-vous que vous êtes étonnant en ivrogne ?

Et, plus haut, en français :

— Les valves sont toujours dures quand elles sont neuves. Avec cette sale poussière de vos routes bretonnes...

Et en anglais, très vite :

— Epatant ! Rien n'y manque. Vous êtes gras, soufflé. Où est mon bel O'Mara ?

O'Mara grommela un mot malsonnant. Il s'escrimait toujours sur la valve.

— Un certain Taudrille téléphonera à six heures précises, reprit-elle. C'est compris ? C'est lui, mon cher. A six heures juste. Taudrille. Compris ?

— Oui, dit-il. Volanon ne sera pas ici. C'est moi qui répondrai. Naturellement il connaît le numéro.

— Naturellement, idiot, fit-elle.

Elle souriait toujours, regardant la petite église de l'autre côté de l'eau, laissant tomber les mots un à un. Il évitait de lever les yeux sur elle.

— Et alors ? demanda-t-il, très calme.

Elle haussa imperceptiblement les épaules.

— Vous verrez bien, dit-elle. L'affaire débute. Etes-vous à la hauteur, mon cher ?

— Je n'en sais rien, grogna-t-il. Ce n'est pas sûr. Mais j'ai une bouteille de coramine. Une double dose suffira à me remettre d'aplomb pour un temps.

Elle contemplait maintenant le mur, le soleil jouant sur l'eau.

— Vous en aurez besoin, cher ami. Il faudra vous doper un peu, surtout, ajouta-t-elle avec un petit rire, si Taudrille n'arrive pas exactement à temps.

— Que diable me chantez-vous là ? dit O'Mara.

Elle haussa les épaules.

On entendait le claquement des espadrilles de Volanon. La valve avait cédé.

— Ce n'est pas la valve, madame, dit Philippe. La chambre est percée.

Il se releva, alla à la caisse arrière, revint avec des outils, se mit en devoir de retirer l'enjoliveur et de dévisser les écrous.

Volanon avait passé la porte et surveillait son ouvrier.

Tanga s'écarta.

— J'ai des amis à la villa *Côte d'Azur,* dit-elle à Volanon. Est-ce loin d'ici ? Je vais aller les voir et je reviendrai dans une heure. Votre homme assure qu'il aura terminé la réparation.

— Très bien, madame. Je suis sûr que, dans une heure, ce vaurien aura fini. Mais je ne serai pas ici et si vous vouliez me régler tout de suite... Je vais vous dire où est la *Côte d'Azur.* Ce n'est pas loin.

Du coin de l'œil, O'Mara la vit donner de l'argent à Volanon. Ils échangèrent quelques mots ; il la renseignait. Elle s'éloigna, et Volanon la suivit des yeux. Puis il vint se planter à côté de O'Mara.

— Une chic femme, hein, vieux ? Il y a longtemps que je n'en ai pas vu une aussi bien balancée. Ça ne te fait pas venir l'eau à la bouche ?

— Moi, ça m'est bien égal, dit O'Mara.

— Tant mieux pour toi, dit Volanon. Pas de bêtises, hein. Répare ça au poil. Elle peut faire une bonne cliente.

Il rentra dans le garage.

O'Mara prit la roue pesante par les rayons, la dégagea. Le travail lui plaisait, il *faisait* quelque chose. « Taudrille va téléphoner à six heures, pensa-t-il. J'ai assez attendu. On va vivre, enfin. » Il redressa la roue, la fit rouler, la cala le long du mur et se surprit à chantonner.

Trois heures et demie du soir.

M. Quayle, dont les affaires ne regardaient personne d'autre que lui, avait tout juste cinquante ans et le cheveu rare. Assis dans son bureau de l'*International Refrigeration Company,* dans Pall Mall, il pensait que la vie était toujours aussi tragiquement ridicule que pendant les années de guerre. Ou plutôt, si les drames étaient moins nombreux, les effets demeuraient les mêmes. Plus sérieux, si l'on peut dire, parce que la vie humaine est considérée, on ne sait pourquoi, plus précieuse en temps de paix qu'en temps de guerre.

Cette erreur, ainsi en jugeait M. Quayle, compliquait encore la question, et sa tâche personnelle était précisément de s'occuper de la vie de beaucoup de gens.

Il avait devant lui deux listes de noms. Une longue et une courte. La première comprenait tous ses collaborateurs morts ou disparus au cours de la guerre ; la seconde, ceux qui avaient simplement « disparu » depuis la fin des hostilités.

Le téléphone sonna. Il prit le récepteur :

— Monsieur Quayle, dit une voix douce, il y a quatre voitures de déménagement devant la porte. Les conducteurs assurent que nous allons déménager !

— C'est parfaitement exact, Myra, dit Quayle. Dites à leur chef de commencer le travail à cinq heures trente. Les voitures doivent être chargées à six heures. Elles seront conduites à Golden Square et parquées sur la face ouest du square. Un chef d'équipe de l'Office du Travail les y attendra avec un conducteur pour chaque voiture. Il aura ses instructions.

— Très bien, monsieur Quayle.

— Où est Ernest Guelvada ? demanda-t-il.

— Chez lui. Je lui ai téléphoné ce matin et l'ai prévenu que je le rappellerais.

— Priez-le de passer ici à quatre heures et quart, dit Quayle qui raccrocha.

Il reprit la longue liste posée sur sa table. En face de chaque nom, il mettait un visage. Everesley, le jeune homme amateur de musique. Everesley n'avait pas eu de chance. Il n'avait pas duré longtemps. Les nazis l'avaient pincé en 1944. D'un sens, il n'avait pas été mal loti. On l'avait fusillé. De même Mme Gwendoline Ermine, cette jolie femme, un peu forte, qui parlait si bien l'allemand.

Quayle avait appris qu'elle avait mis plus de temps pour mourir. On avait été très désagréable avec elle. Il y avait aussi cette jeune Française si intelligente, Mavrique. Elle s'était fait prendre à Paris. Torturée, elle avait parlé — chacun a son point faible — et, par elle, l'ennemi avait pu prendre Michaelson et Duborg. Perdus eux aussi. Deux bons types.

Il sortit son briquet, brûla la longue liste, regarda le papier noirci se recroqueviller dans le cendrier. Il poussa un soupir. Quel dommage de finir ainsi ! C'est pourtant le sort du plus grand nombre. Il se souvenait de certains...

Prenant la seconde liste, il la relut avec soin et la brûla aussi. Celle-ci lui déplaisait encore plus que la première.

Il fallait agir.

Il disposait, en esprit, ses pièces sur l'échiquier. Mais il n'était pas question de rois et de reines, de cavaliers ou de tours. Il s'agissait d'hommes et de femmes, et leurs noms importaient peu. Il préparait son nouveau « jeu », choisissant ses troupes, enchaînant les événements probables.

Il réfléchit longtemps, fuma une grande quantité de cigarettes, laissa sa pensée s'écarter des bases théoriques du problème, cherchant des combinaisons neuves, sans perdre de vue la situation qu'il avait lui-même créée. La crise était proche, il le sentait. Déjà Philippe Garenne, l'ivrogne, le propre à rien, réparait une chambre à air dans un petit garage, sur la baie de Saint-Brieuc.

Au bout d'un certain temps, il en revint au présent. Une chose était sûre. Il n'y avait qu'un homme capable de jouer la petite pièce imaginée par Quayle. Un homme assez intelligent et en même temps assez simple pour jouer convenablement la partie.

Guelvada... c'était lui. Ernest Guelvada, alias Ernie, le Belge libre pendant la guerre, naturalisé sujet britannique, pour récompense de ses services.

Guelvada, qui paraissait heureux et dont le cœur était plein d'une haine inexprimable pour tout ce qui était nazi... haine si violente qu'il dépassait parfois le but.

Guelvada, pensait Quayle, haïssait assez violemment pour se montrer sans pitié si c'était nécessaire. Il avait assez d'intelligence pour opérer un changement de front en temps utile. Assez humain, cependant, pour pouvoir simuler (?) une certaine faiblesse envers les femmes, si la femme était assez attirante et que cette faiblesse ne vienne pas le gêner dans l'accomplissement de sa tâche.

« Oui, pensait Quayle. C'est bien Guelvada qu'il me faut. »

L'objet des pensées de M. Quayle quitta un Picadilly ensoleillé pour s'engager dans Saint-James Street. Guelvada était petit, très bien habillé, à la façon de ces mannequins qui peuplent les vitrines des bons tailleurs et que personne ne regarde. Le visage était rond. L'apparence décelait la bonne humeur, et rien ne trompe plus que l'apparence. Au fond, il n'était pas très heureux. Il avait vécu pendant la guerre des jours si particuliers, si étranges, que cette paix subite et ses suites ne lui plaisaient pas outre mesure.

Au milieu de Saint-James Street, il se prit à penser à M. Quayle. « Voici venir le licenciement », se dit Ernest.

Tout était fini. Ministres, diplomates et experts se réunissaient un peu partout, pour décider du sort du monde. Plus de brèves fusillades dans les coins sombres, plus de rivières recelant dans leurs flots un corps abandonné. Plus de coups de couteau, plus de ces enquêtes serrées, haletantes, où l'on faisait parler un homme ou une femme, pour en sauver beaucoup d'autres. Tout cela s'effaçait, s'évanouissait dans le passé.

Tant pis, songeait-il. Il lui semblait qu'on lui eut arraché des bras une femme aimée sans qu'il puisse se défendre. Guelvada se remémorait 1940, le spectacle peu agréable qu'avait présenté, après le passage de l'ennemi, le corps de la jeune femme qu'il avait tant aimée. Il passa sa langue sur ses lèvres. Depuis lors, il avait réglé de vieux comptes, non sans plaisir. C'était fini, et il le regrettait.

Il tourna dans Pall Mall. Un peu plus avant dans la rue, devant les bureaux, ceux de Quayle, l'*International Refrigeration Company,* stationnaient deux grandes voitures de déménagement. Guelvada poussa un soupir. Il avait bien deviné. C'était la fin. Il entra, prit l'ascenseur jusqu'au premier étage, entra. La téléphoniste, une belle blonde, dit :

— Bonjour...

— Bonsoir, dit Guelvada en un anglais impeccable. Je suis Ernest Guelvada. Je viens voir M. Quayle.

— Tout droit, dit-elle.

Guelvada traversa le bureau, poussa la porte de chêne, la referma sur lui. Dans un angle, assis derrière une grande table, Quayle fumait une cigarette. Il leva les yeux.

— Hello, Ernie.

— Hello, dit Guelvada, et probablement adieu. Je vois que vous déménagez, monsieur Quayle.

— Cela vous ennuie, n'est-ce pas ?

— Evidemment, dit Guelvada, haussant les épaules. Que me restera-t-il ?

Quayle sourit. Sa lourde face ronde, sous ses rares cheveux, exprimait la bonté.

— A votre place, dit-il, je ne me ferais pas de soucis de ce côté.

— Je suis heureux de vous l'entendre dire, répliqua Guelvada. J'ai cru, à voir les camions...

— Mauvaise direction, coupa Quayle. Il est toujours permis de déménager. Asseyez-vous.

Guelvada obéit. Quayle se leva, écrasa sa cigarette dans le cendrier et se mit à marcher de long en large. Dans son fauteuil, son visiteur s'étonnait.

— Comprenez bien, dit enfin Quayle. La guerre est officiellement terminée. En réalité, il se passe des choses étranges dans un monde toujours assis sur une caisse de dynamite. Le monde veut la paix de toutes ses forces, mais certains — ils sont nombreux — pensent tout autrement. Les occasions ne leur manquent pas. Vous me comprenez ?

— Fort bien, dit Guelvada.

— Parfait, dit Quayle. Vous saisirez aussi sans peine que la cessation des hostilités met certaines organisations comme la nôtre dans une situation particulière. Elle modifie notre technique et nos méthodes. Il nous faut être beaucoup plus prudents. C'est dire que nos hommes doivent endosser de nouvelles responsabilités.

— Qui n'est pas responsable ? dit Guelvada doucement.

— Oui. Evidemment. Mais il y a risque et risque.

Il sourit.

— Je regretterais de vous voir pendre, ajouta-t-il très simplement.

Il y eut un silence.

— Je vous comprends, dit enfin Guelvada. Auparavant, on pouvait attraper une balle ou un coup de couteau, mais on ne risquait pas la corde. Aujourd'hui, c'est différent.

— Exactement, dit Quayle.

Guelvada aspira une forte bouffée de fumée.

— Ce serait une nouvelle expérience assez curieuse, dit-il. Amusante. J'ai déjà fait connaissance avec la balle et le couteau. Je n'ai jamais encore été pendu.

— Vous savez certainement, dit Quayle, allant s'asseoir derrière sa table, qu'il existe d'autres organisations que la mienne et qui travaillent pour nos anciens ennemis. Personne n'a jusqu'ici mis le doigt dessus. Nous aurions pu les déceler, les contrebattre. Mais, à la fin de la guerre, elles ont disparu, apparemment. C'est à peine si nous avons pu recueillir quelques indices. Les faits seuls révèlent leur activité. On a jugé et exécuté un groupe de criminels de guerre, mais ceux dont je parle sont sans doute les meilleurs d'entre nos ennemis. Ils ne reculent pas plus que nous devant les risques. Des gens très bien, peut-être, très braves et plus résolus que jamais.

— Il faut bien qu'ils agissent, dit Guelvada, qu'ils courent leur chance. Ils sont brutaux, déterminés, parce qu'ils sont comme le rat pris au piège.

— Il y avait un certain Rozanski, dit Quayle, qui a fait le début de la guerre 1914-1918 dans un régiment de cavalerie d'élite. Un très bon officier. Il a eu un accident, une blessure au pied. Impossible de monter à cheval. Il refusa d'entrer dans les bureaux et passa à la section des renseignements. Le travail lui plut. Après la guerre, on le retrouve dans une organisation travaillant à l'étranger, et il y fait merveille. Quand il fut évident que le régime hitlérien allait tomber, que l'Allemagne était battue, la plupart des organisations intérieures et extérieures, qui n'étaient, vous le savez, pas même connues des forces armées et de la Gestapo, s'enterrèrent. Pas de traces. Pas un papier permettant aux Alliés de les détruire. Si demain on arrêtait Rozanski, je ne saurais qu'en faire. On ne peut rien prouver contre lui. Vous me comprenez ?

— Oui, dit Guelvada. Vous *savez,* mais vous ne pouvez rien prouver.

— Je ne chercherais même pas de preuves si je pouvais en obtenir, grogna Quayle. Cela ne servirait à rien. Depuis la fin de la guerre, j'ai perdu trente-sept agents en Europe centrale, dans des conditions où je n'aurais pas dû en laisser un seul. Personne ne sait rien. Les gouvernements contrôlant l'Allemagne ignorent tout. Les Allemands aussi. Personne ne sait rien, mais nous devinons.

— Vous voulez ce Rozanski ? demanda Guelvada.

— Oui, dit Quayle. Rozanski parcourt l'Europe en tous sens. Il obtient de faux papiers, des passeports avec la plus grande facilité. Il dispose de grosses sommes, qui viennent on ne sait d'où. Il est possible qu'ils aient caché de l'argent à la fin de la guerre. Voici encore quelque chose que je voudrais bien savoir.

— Monsieur Quayle, savez-vous où opère actuellement ce Rozanski ? demanda Guelvada.

— J'ai une idée, dit Quayle. L'affaire se développe lentement. Rozanski n'est plus jeune. Il doit avoir cinquante-six ou sept ans. Ses nerfs lâcheront un jour ou l'autre. Il a mené une vie fatigante.

Guelvada ne répondit pas. Quayle s'était remis à arpenter la pièce de long en large.

— Je vous dirai tout, du moins tout ce que vous devez savoir, reprit-il au bout de deux ou trois minutes. Je suis certain que Rozanski vous connaît. Vous êtes très répandu, Ernie, en Europe, j'entends. Je veux faire comprendre à Rozanski que nous sommes après lui, que je vous ai chargé d'en finir, d'user de votre drôle de petit couteau suédois ou de toute autre méthode, d'employer la technique qui vous a si bien réussi pendant la guerre. Voilà ce que je veux faire croire. J'y arriverai.

— Et alors ? dit Guelvada.

— Alors, je veux que vous le preniez en chasse. Rozanski, bien évidemment, sait que vous ne pouvez pas agir comme en temps de guerre. Il sait que vous êtes tenu à certaines précautions. En d'autres termes, il sait que vous devrez préparer votre action, imaginer un accident ou quelque chose d'approchant. Le résultat est qu'il vous surveillera. Si vous jouez bien votre carte, Ernie, et vous êtes bon joueur, je crois que Rozanski passera d'assez mauvais moments.

— Et alors ? dit Guelvada.

— Quand un homme a peur, dit Quayle, il agit curieusement. Il se trahit lui-même. Particulièrement s'il a, comme Rozanski, été assez heureux pour vivre sans dommage toutes ces années de guerre. Peut-être a-t-il encore du goût pour la vie, après avoir pris celles de beaucoup d'autres ?

— C'est possible, dit Guelvada.

— Rentrez chez vous, Ernest, dit Quayle. Je vous enverrai ce soir une petite note pour vous dire ce que vous aurez à faire. Vous la lirez et la brûlerez.

— Est-ce que je travaille avec d'autres ? demanda Guelvada.

— Oui, dit Quayle. Dans un sens, vous avez de la veine : vous agissez avec une femme extrêmement intelligente. Une magnifique collaboratrice. Très belle aussi. Elle s'appelle Tanga. C'est la comtesse de Sarieux.

— Intelligente, dites-vous ?

— Très, fit brièvement Quayle. C'est nécessaire. Vous vous rappelez sans doute O'Mara.

— Si je m'en souviens ! dit Guelvada. Qui pourrait oublier O'Mara ? Quel homme ! Il est dans l'affaire ? Une belle équipe, en vérité. Une beauté fatale... un maître...

— Oui, O'Mara en est, dit Quayle, très sérieux. Probablement contre sa volonté. Je sais depuis longtemps, reprit-il après un silence, que Rozanski travaille en France. Le Deuxième bureau a quelque chose contre lui, mais je l'ai prié de ne pas bouger. On a donc laissé l'homme tranquille. Il a, plus ou moins, fait ce qu'il a voulu. Il semble qu'il ait fait surtout porter son effort sur *mon* organisation. Rozanski a un sang-froid, une assurance absolus. Il est de ces gens qui croient en tout ce qu'ils font. Il marche à fond. Vous connaissez le genre.

— Oui, dit Guelvada... Des types dangereux. Formidables... De vrais bandits...

— Tout à fait cela, dit Quayle. Il me paraît curieux que quatre de mes hommes aient disparu dans un cercle de trente milles de diamètre, ayant à peu près son centre à Gouarec, en Bretagne.

— C'est très intéressant... Très curieux, dit Guelvada.

— Dans un sens, oui, dit Quayle. Vous imputez ces incidents à une certaine négligence de leur part ?

Le Belge haussa les épaules.

— Ou à un manque d'organisation, dit-il. Mais vous disiez que Rozanski s'en prenait surtout à votre organisation. Cela me paraît étrange. Les Français sont toujours au travail, que je sache ? Il le faut bien. Beaucoup de points restent à élucider. Le Deuxième bureau...

— C'est exact, dit Quayle. Mais les Français ne nous tiennent pas au courant de leurs mouvements, sauf s'ils désirent un *contact* pour quelque raison particulière. De notre côté, nous ne faisons appel à eux qu'en cas de besoin.

— Je vois, dit Guelvada. Je vois... C'est donc que ce Rozanski est au courant de vos affaires. Peut-être ne sait-il rien des leurs. Il a découvert quelque chose...

— C'est bien cela, dit Quayle. Rozanski a *su,* je ne sais comment. Peut-être a-t-il quelqu'un derrière lui. Peut-être travaille-t-il seul, dans un effort désespéré, pour *marquer un point* avant de rendre compte et d'aller là où vont tous les bons nazis quand ils en ont fini.

— Vous avez sûrement raison, dit Guelvada, qui sourit. Vous avez d'ailleurs toujours raison. Je ne crois pas que vous vous trompiez jamais, monsieur Quayle.

— Je n'aime pas cela, dit Quayle. Quand le cas se présente, cela coûte généralement cher à quelqu'un. Et je le regrette autant que si c'était moi.

Il jeta un coup d'œil aux papiers noircis tassés dans le cendrier.

— Rozanski sait quelque chose, poursuivit-il. Cela lui a permis de remporter un ou deux succès mineurs. Vous souvenez-vous de Parlass, qui travaillait avec vous en Belgique au début de la guerre ?

Guelvada fit un signe d'assentiment.

— Parlass est mort. On a trouvé son cadavre sous un train à vingt milles de Gouarec. Puis il y a eu un homme et une femme appelés Despères — une très gentille femme — et encore une jeune fille nommée Lissol, une Irlandaise. Il me semble que Rozanski sait quelque chose. Et, pour me renseigner sur sa technique, j'ai dû lui donner du travail.

Guelvada sourit.

— Je comprends, dit-il. Du moins je crois comprendre. Vous lui avez donné *quelqu'un ?*

— Oui. Shaun Aloysius O'Mara, dit Quayle avec un petit sourire. Dans un sac.

— Mon Dieu ! fit Guelvada, très calme, est-ce possible ?

— Indispensable, dit Quayle en haussant les épaules. Il fallait quelqu'un de taille.

— Je sais, dit Guelvada. Je comprends.

— Nous avons arrangé l'affaire depuis longtemps, dit Quayle. L'idée essentielle était que O'Mara devait mal tourner. Il était tout à fait normal qu'on l'ait licencié après la guerre, avec une bonne récompense. C'était bien dans la note. O'Mara est allé à Paris, où il a fait de fortes dépenses, joué gros jeu et bu comme un trou. Mes instructions étaient de tourner mal, carrément — ou presque. Vous connaissez O'Mara. C'est un garçon consciencieux qui ne fait pas les choses à demi. Avec lui, on en a pour son argent.

— Je sais. C'est un homme, dit Guelvada. Mais vraiment...

— Il a eu des histoires à Paris, dit Quayle. Il a été superbe. La police l'a ramassé plusieurs fois. Deux ou trois types haut placés savaient ce qu'il avait fait pendant la guerre. Ils sont venus me trouver. Je leur ai répondu qu'en ce qui me concernait O'Mara n'existait plus, qu'il n'avait rien à faire avec moi et qu'ils pouvaient l'envoyer au bagne si cela leur chantait.

— Très bien... Tout à fait dans la note, dit Guelvada.

— O'Mara a glissé de plus en plus bas, reprit Quayle. En apparence du moins. Il s'est fait mettre à la porte d'une demi-douzaine d'affaires. Il a fait de la prison. Mais il se rapprochait insensiblement de la Bretagne. Il courait le pays. Il a travaillé dans une ferme et a volé son patron. Il est entré à l'hôpital avec un bon début de delirium tremens. Il est épatant, je vous dis. Il m'a surpris moi-même...

— O'Mara est un *artiste,* dit tranquillement Guelvada. Tout ce qu'il fait est bien fait... jusqu'à la fin.

— J'espère bien que ce ne sera pas la fin, dit Quayle d'un ton brusque. Bref... O'Mara a trouvé une place sur la baie de Saint-Brieuc. Il est l'employé d'un certain Volanon, qui aime aussi à boire et qui, de ce fait, n'est pas trop mal disposé envers lui, qu'il croit être un bon à rien du nom de Philippe Garenne, repris de justice. Volanon a un petit garage sur la côte. Il ne paie presque pas O'Mara. Il le nourrit et lui fournit assez de mauvais alcool pour le retenir chez lui...

— Je commence à comprendre, dit Guelvada. *Rozanski connaît O'Mara.*

— Oui, dit Quayle. Rozanski connaît O'Mara. Il sait que O'Mara a travaillé pour moi pendant la guerre. J'ai pensé que, tôt ou tard, il s'en prendrait à lui, ne serait-ce qu'en souvenir des anciennes luttes. Mais il cherchera d'abord à le faire parler et il n'est pas difficile de délier la langue d'un ivrogne...

— C'est égal, monsieur Quayle, dit Guelvada, vous êtes dur. Et comment !

— Oui, ce jeu est dur, dit Quayle. Nous ne faisons pas de sentiment. Je n'ai jamais prétendu diriger un pensionnat de jeunes filles...

— Non, dit Guelvada. Certainement pas de jeunes filles... ça... Mais puis-je poser une question ?

Quayle attendait.

— Ce Rozanski n'est certainement pas un imbécile, dit Guelvada. S'il en arrive à croire que O'Mara n'est plus qu'un triste alcoolique, pourquoi, en admettant qu'il veuille le supprimer, chercherait-il à le faire parler ? O'Mara, expulsé de vos services, ne sait rien. Que pourrait-il dire... même sous les tortures les plus raffinées ? Rozanski ne peut rien espérer tirer de lui.

— *Rozanski sait fort bien que O'Mara me connaît,* dit lentement Quayle.

Guelvada émit un petit sifflement :

— Je vois, dit-il. Vous lancez Rozanski sur vous. Vous courez votre chance. Vous pensez que Rozanski va faire parler O'Mara, qu'il saura par lui qui vous êtes, où vous êtes...

— Tout juste, dit Quayle. Rozanski donnera dans le panneau, j'en suis convaincu. Il jouera sa dernière carte pour moi. Pour cela, il montrera sa main, je ne sais comment, à un moment donné. Et nous l'aurons.

— C'est un plan magnifique, dit Guelvada. Et O'Mara ?

— On ne fait pas d'omelette sans casser d'œufs, dit Quayle en consultant sa montre. Rentrez chez vous. Je vous enverrai vos instructions ce soir par la voie ordinaire. Il faut que vous soyez en France demain matin. Vous y ferez un séjour intéressant, ajouta-t-il en souriant.

Guelvada se leva.

— J'ai aussi cette impression, dit-il. Un séjour très intéressant, comme vous dites. J'espère vous revoir bientôt.

Quayle souriait toujours.

— Moi aussi, *je l'espère,* conclut-il.

Guelvada sortit.

Cinq heures. Tanga sortit de la salle de bain de la villa *Côte d'Azur*. Elle portait une robe de crêpe de Chine vert-nil et des sandales. Elle suivit le petit couloir, entra dans la salle à manger, tout en nouant sa ceinture. Yvette, la femme de chambre, grande, osseuse, au visage dur, intelligent, se tenait près de la fenêtre, le récepteur du téléphone à la main.

Tanga s'assit, croisa les jambes, prit une cigarette dans la boîte, sur la table, et l'alluma. Le moindre de ses mouvements était plein d'une grâce non étudiée.

— Eh bien ! Yvette ? dit-elle.

— Dans une minute, madame, dit la fille. J'ai parlé à la Sûreté nationale. On va prier le central de vous donner par priorité le numéro demandé. Vous pourrez parler sans crainte d'être entendue.

— Croyez-vous ? dit Tanga, souriante.

Yvette dit quelques mots dans l'appareil.

— On va rappeler, dit-elle en raccrochant.

Une légère fumée bleue sortait des lèvres de Tanga. Celle-ci la regarda monter, s'élargir, puis disparaître.

— Alors, Yvette, cela a-t-il été amusant ?

La femme haussa les épaules :

— Dans un trou pareil..., fit-elle. D'ailleurs, la vie ne m'amuse plus. Depuis que ces brutes-là ont tué mon mari...

— Oui, dit Tanga. Je sais. Les époux rétrospectifs sont toujours bien mieux qu'ils ne l'étaient en réalité. L'aimiez-vous donc tant que cela, de son vivant ?

— Madame a raison, concéda Yvette avec un sourire un peu gêné. Peut-être me plaisait-il moins alors que maintenant.

Elle joignit les mains sur son tablier.

— Je suis venue ici et j'ai pris la villa en charge, au nom de M. et de Mme de Chervasse. La chose était sue de tous quand ils arrivèrent tous deux. Ils sont restés deux semaines. Vous aviez arrangé tout cela, madame.

Tanga acquiesça d'un signe de tête.

— Je suis restée pour garder la villa. Le pays est très calme et tout y est sujet de conversation. Les pêcheurs n'aiment pas ceux de la ville. J'ai fait connaissance de M. Tierche, le poissonnier. Il est bavard et arrête souvent sa voiture devant la villa. Je lui offre un verre de byrrh. On cause. J'ai appris certaines choses sur Philippe Garenne.

— Qu'en dit-on, Yvette ? demanda Tanga, nonchalante.

— Qu'il se tuera à force de boire, poursuivit la femme. Je le crois volontiers. Je l'ai vu. C'est une pitié. Il a dû être bel homme. On le trouve souvent dans la rue, ivre mort. Volanon, son patron, aime bien boire, lui aussi.

— Est-ce possible ? dit Tanga.

Le téléphone sonna. Yvette prit le récepteur.

— On vous appelle d'Angleterre, madame.

Elle reposa l'écouteur et sortit. Tanga vint à l'appareil.

— Bonsoir, comtesse ! fit la voix de Quayle.

Tanga eut un petit rire.

— Bonsoir.

— Quel temps fait-il chez vous ? demanda Quayle. Pourra-t-on voler ?

Tanga rit encore.

— Au contraire, dit-elle. La tempête menace.

— Basez-vous cet avis sur une information précise ? demanda Quayle très vite. Auriez-vous pris l'avis d'un météorologue expert ?

— J'ai eu des renseignements d'un certain M. Epps, de Paris, qui s'y connaît, paraît-il. M. Epps a dû en entendre parler.

— Par Taudrille, sans doute ? hasarda M. Quayle.

— Tout juste, dit Tanga. M. Taudrille a parlé de mauvais temps. L'orage serait sur nous vers six heures, ce soir. Dans ce cas, on appellerait quelqu'un au téléphone.

— Croyez-vous que ce « quelqu'un » sera en état de recevoir la communication ?

— Certainement, dit Tanga. Je dois dire que j'éprouve pour lui une véritable admiration.

— Nous en sommes tous là, dit Quayle. Mais tiendra-t-il tête à l'orage ?

Elle haussa les épaules.

— Cela dépendra, dit-elle, de la force de la tempête.

— Parfait, dit Quayle. Tout me paraît très bien marcher. Etes-vous bien installée ?

— Oui. Je suis à la villa avec Yvette, ma femme de chambre. M. et Mme de Chervasse m'ont apparemment sous-loué leur villa pour un mois. J'ai une voiture. On répare un de ses pneus au garage Volanon, sur la baie. Je vais aller la chercher dans quelques instants.

— Renseignez-moi, si possible, après l'orage, dit Quayle.

— Ne pourriez-vous pas de votre côté me donner quelques prévisions ? Le temps est incertain.

— Je n'en sais pas plus que vous, dit Quayle en riant. Mais il est bien possible qu'après un violent orage l'air soit très humide, avec possibilité de nouveaux troubles atmosphériques.

— Je vois, dit-elle doucement.

— Vous attendez une visite, je crois, reprit Quayle. Ce monsieur que vous avez invité à passer quelques jours à la villa.

Tanga haussa les sourcils.

— J'ai invité un ami ? dit-elle. C'est très intéressant.

— Oui, dit Quayle. Vous l'avez rencontré à Paris l'année dernière, je crois. Vous avez dû oublier l'invitation. Il vous plaisait pourtant beaucoup. Vous vous rappelez certainement son nom : M. Ernest Guelvada.

Tanga sourit un peu, tordit sa belle bouche.

— Je vous remercie de m'avoir rappelé tout cela et ne suis pas fâchée que M. Guelvada puisse venir. C'est excellent.

— Oui, dit Quayle. Il est bon de l'avoir près de soi, par gros temps. Eh bien ! au revoir, comtesse. Tous mes bons souhaits.

— Merci.

Elle raccrocha et passa dans sa chambre. Yvette se tenait près de la coiffeuse.

— Sortez-moi donc une jupe de toile, dit Tanga. Je vais au garage chercher la voiture.

— Bien, madame. Que se passe-t-il ? Peut-on savoir ?

Tanga haussa les épaules. Elle souriait, très calme, retira la cigarette de ses lèvres et en écrasa le bout dans le cendrier. Elle avait les doigts très fins et blancs.

— Je ne sais rien, dit-elle à demi-voix. Dieu seul le sait, et il y a peu de chances pour qu'il nous renseigne.

— Bien peu, en effet, dit Yvette, haussant nerveusement les épaules. Mais si c'était un homme, madame, je crois que vous arriveriez à le faire parler. Je n'en doute pas...

— Moi non plus, dit Tanga brièvement.

Elle s'assit devant sa coiffeuse.

O'Mara était lourdement assis sur le bord du lit en désordre, dans la chambre, petite et sale, qu'il occupait au garage, juste au-dessus de l'entrée. De sa place, il apercevait l'arrière de la Typhon restée à l'extérieur après la réparation du pneu. Qu'allait-il se passer, maintenant ? Le bras gauche ne lui faisait plus mal, mais ses jambes étaient encore assez peu sûres. Il se leva, marcha. Son pas était plus ferme qu'il ne l'aurait cru. Cela allait mieux.

Il se rappelait sa splendide condition physique avant cette aventure sur la côte bretonne. Combien de semaines, de mois faudrait-il pour qu'il puisse la retrouver, éliminer les poisons dont il s'était gorgé ? S'approchant de la fenêtre, il regarda par la vitre crasseuse.

Tanga parut sur la route étroite. O'Mara observait sa démarche. Elle allait d'un pas léger, semblait ne pas s'intéresser particulièrement aux choses de ce monde.

Elle fit le tour de la voiture, regarda les pneus, retira du cadenas de la roue de secours la clef que O'Mara y avait laissée, monta, s'installa au volant et démarra en direction de la grand'rue.

« Quayle, pensait O'Mara, sait rudement bien choisir son monde. » Quel rôle destinait-il à cette femme dans ses plans ? Qu'avait-elle à faire avec lui, O'Mara ? C'était une terrible femme. L'une de celles qui annoncent la tempête, le drame.

A l'exception de quelques femmes de pêcheurs, de l'étonnante servante de Tierche et d'Yvette, la femme de charge de la villa des Chervasse à laquelle il avait parlé une ou deux fois, il n'avait pas vu de femmes depuis des mois. Et jamais il n'en avait rencontré qui vaille Tanga. Nulle part dans le monde.

O'Mara s'écarta de la fenêtre, sortit dans le couloir, entra dans la chambre de Volanon. Le réveil posé sur une chaise dans un coin, la seule qui ne fût pas cassée, indiquait six heures moins vingt. Accoté au chambranle de la porte, les yeux sur le cadran du réveil, il réfléchissait. S'il prenait maintenant une double dose de coramine, l'estomac vide, la drogue serait dans son sang dans un quart d'heure. Une double dose de coramine agissait assez fortement sur son cerveau et ses muscles. Il serait frais et dispos entre cinq et six. Mais les effets de la coramine ne se font guère sentir plus de trois quarts d'heure. Serait-ce suffisant ? Sale affaire que de devoir affronter une épreuve inconnue, sans pouvoir s'y préparer.

Il regagna sa chambre, versa un peu d'eau du broc fêlé dans la cuvette ébréchée, se mouilla la figure et les mains, s'essuya avec une serviette douteuse, s'approcha du lit, souleva le matelas, en sortit le flacon de coramine et la boîte contenant les ampoules et la seringue. Revenu à la table de toilette, il vida le flacon dans un verre, l'éleva à la hauteur de ses yeux :

— A votre santé, O'Mara !

Il vida le verre et but un peu d'eau. Il emplit la seringue avec le contenu d'une ampoule, mit une main dans sa poche, en sortit une allumette, passa la pointe de la seringue dans la flamme. Retroussant sa manche, il enfonça l'aiguille, vida le contenu de la seringue, dans le muscle, au-dessus du coude. Puis il remit seringue et flacon en place, sous le matelas. Il mit son vieux veston sale et déchiré, s'assit sur le bord du lit et, les mains croisées sur ses genoux, attendit, tout en contemplant d'un air vague le mur, en face de lui.

Il pensait à Eulalia Guimaraes, qui semblait si lointaine dans le temps et l'espace. Il éprouvait une certaine difficulté à retrouver son visage. Ce ne fut qu'au bout de quelques instants qu'il comprit que les traits de cette nouvelle femme, de Tanga, venaient s'interposer, vivaient plus intensément dans sa mémoire. Il fit la moue. N'est-il pas curieux qu'un homme puisse perdre son temps à comparer la beauté de deux femmes ?

Etait-ce après tout si étrange ? Son cerveau commençait à s'éclaircir. La coramine et l'injection faisaient leur effet. O'Mara gonfla la poitrine, fit une profonde inspiration. Il retrouvait la plaisante sensation de force, de puissance, d'équilibre total qu'il connaissait chaque fois qu'il prenait de la coramine. Une certaine satisfaction, sans cause apparente, mais agréable.

En bas, le téléphone se mit à sonner.

Il se sentit soudain très las : l'heure était venue. Il restait assis sur son lit, continuait à fixer le mur droit devant lui. Le téléphone sonnait toujours. « J'ai le temps, pensa O'Mara. A quoi bon se presser ? » La poste allait sonner jusqu'à ce que l'on réponde, comme d'habitude. Il se souvenait de certains soirs où tous deux, Volanon et lui, s'étaient trouvés trop ivres pour descendre l'escalier, et l'appareil avait sonné sans cesse, macabre accompagnement de leurs rêves d'alcooliques. Taudrille attendrait.

A quoi pouvait-il ressembler, celui-là ? O'Mara haussa les épaules, s'appuya des deux mains sur le bord du lit pour se lever, gagna le couloir, descendit l'escalier de bois brut et noueux, entra dans le petit bureau près de la porte du garage et prit l'écouteur.

— Allô ! Ici, le garage Volanon... Philippe Garenne.

— Monsieur Garenne, mon nom est Taudrille, fit une voix. Vous avez probablement entendu parler de moi ?

— Oui, dit O'Mara. On m'a dit que vous téléphoneriez à six heures.

— Je suis toujours ponctuel, dit Taudrille.

— Vraiment ?

— La situation est délicate, monsieur Garenne. Je crois que vous allez bientôt avoir quelques visiteurs. Vous devez avoir quelque idée des messieurs qui vont aller vous voir ?

— Oui. Une idée assez vague, à dire vrai.

O'Mara s'appuya à la table branlante. Son front se mouilla légèrement.

La voix reprit :

— Je ne pense pas que vous ayez à vous inquiéter par trop. Vous me comprenez ?

— Oui, dit O'Mara, sarcastique. Je suis cependant un peu inquiet.

— C'est tout naturel, reconnut la voix. Je suis actuellement à quarante milles de chez vous, mais j'ai une très bonne voiture et la route est excellente. Je serai auprès de vous au plus tard dans trois quarts d'heure. Je ne pense pas que nos amis aient le temps de se montrer trop désagréables.

— Je veux l'espérer, dit O'Mara.

Il y eut un silence.

— Eh bien ! au revoir, monsieur Garenne.

— Au revoir.

Il raccrocha, s'assit sur la table. Nous y voici, pensait-il. Il se souvenait d'instants critiques vécus tout au long de la guerre, quand tout allait mal. Ces épreuves, il les avait gaillardement supportées. Il était alors O'Mara, le seul, l'incomparable. Mais maintenant... Il étendit sa main droite. Ses doigts tremblaient. Des bouffées de chaleur lui montaient au visage, coupées de frissons brefs. Sa jambe gauche recommençait à le faire souffrir.

Il fit une grimace. *Ah ! pays, que j'ai pu être stupide !* Décidément, ce Shakespeare était plein d'ironie et avait toujours quelque chose à dire, quelle que soit la situation.

Il se leva, passa la porte du garage, alla s'asseoir en pleine vue de la mer. La soirée était chaude. Le soleil baissait. Tout est très beau, pensa O'Mara. Il revit en esprit Tanga et Eulalia Guimaraes. Pourquoi se souvenir de visages de femmes à cette heure angoissante ?

Il se releva, alla s'asseoir un peu plus loin, le dos appuyé au petit mur blanc. Il attendit.

Il était juste six heures trente quand la voiture arriva. Elle vint très vite, par la grand'rue du village, et stoppa dans un cri de freins. L'homme assis à côté du conducteur descendit et, refermant la portière, s'y appuya, regardant O'Mara. Petit et mince, le visage olivâtre, il portait une moustache noire très fine. Sa mise était celle de tout le monde. La voiture était une Opel. Elle avait dû beaucoup rouler.

Le chauffeur descendit à son tour, de l'autre côté, et contourna l'avant. Il s'arrêta, dévisagea lui aussi O'Mara. D'une taille au-dessus de la moyenne, il surprenait par sa maigreur. Ses pommettes saillaient, très hautes, sur des joues creuses et pâles. On eût dit qu'on avait jeté une peau sur un squelette. Il était vêtu d'un costume de confection à bon marché trop grand pour lui. Son chapeau de feutre lui cachait un œil. Il incarnait assez bien le type du gangster de Chicago vers 1935, mais on relevait une différence.

Ce visage n'avait aucune expression, ne trahissait aucun sentiment d'attente ou d'espoir. Il était mort. Les yeux, immobiles dans la face pâle, regardaient sans voir. Une tête morte sur un corps animé, qui semblait se mouvoir en dépit de lui-même.

L'homme était visiblement sans âme. O'Mara le pensait, du moins.

— Bonsoir, messieurs, dit-il. En quoi puis-je vous servir ?

— C'est l'alimentation, dit le plus petit des deux hommes d'une voix très douce aux résonances curieusement métalliques. J'ai cru tout d'abord à une bulle d'air. L'essence est bien mauvaise, de nos jours. Mais non : il doit y avoir une saleté quelque part entre le réservoir et le carburateur. L'essence passe, mais en quantité insuffisante, et le moteur tousse. Vous voyez cela ?

— Oui, dit O'Mara. C'est fréquent : les voitures sont restées longtemps sans rouler.

Il se leva lentement, souleva le capot, regarda le moteur. Il était en bon état, très propre. Il dévissa le tuyau d'alimentation. Ses doigts avaient retrouvé leur sûreté.

L'homme qui s'appuyait à la portière fit quelques pas, regarda la rue du côté du village, puis vint se planter à côté de O'Mara.

— A votre place, dit-il, je ne me fatiguerais pas.

O'Mara releva les yeux. L'homme tenait à la main un automatique dont le canon était à quelques pouces de sa poitrine.

— Vous avez raison, répondit-il avec un sourire. N'en parlons plus. Je ferais mieux cependant de revisser ce tuyau.

Il le fit prestement. Puis :

— Que me voulez-vous ?

Le petit homme dit d'une voix lasse :

— Montez devant. Ne discutez pas et ne faites pas de stupidités, cela irait mal pour vous.

O'Mara grimaça un sourire. Pour quelque raison inconnue, la situation, pourtant désagréable, l'amusait vaguement.

— Merci, dit-il. Je conclus que, si je ne discute pas et me conduis intelligemment, il ne m'arrivera rien de fâcheux ?

L'homme haussa les épaules.

— Ne perdons pas de temps, dit-il. Montez.

O'Mara obéit. La douleur de sa jambe avait disparu ; il se sentait assez dispos, après tout. L'individu au pistolet monta derrière. Le chauffeur à la face de cadavre reprit sa place.

La voiture tourna, suivit lentement la petite route, traversa le village, accéléra. Elle roulait déjà bon train en passant la petite église et le groupe d'ifs.

O'Mara regarda par la fenêtre. Au-delà de la rivière, il pouvait voir le garage Volanon éclairé par le soleil couchant.

— Il n'est pas nécessaire que vous regardiez au-dehors, dit l'homme assis au fond de la voiture. Veuillez garder les yeux baissés.

— Vous m'embêtez, dit O'Mara d'abord en anglais, puis en français, en employant dans cette langue un mot infiniment plus énergique.

L'homme leva son pistolet et en laissa retomber le plat de la crosse sur le sommet de sa tête. O'Mara s'affaissa en avant. Son front heurta le pare-brise. Il resta dans cette position, inconscient. Un petit filet de sang se mit à couler sur sa joue, puis à s'égoutter sur le plancher.

Le conducteur tourna la tête.

— Ces méthodes me paraissent brutales et sans art, dit-il d'une voix froide. S'il prenait fantaisie à quelque gendarme stupide de nous demander nos papiers, il nous faudrait expliquer cette blessure. Vous avez agi sans aucun jugement. Sachant ce qui va se passer, il importait fort peu qu'il voie où nous allons ou non.

L'autre haussa les épaules.

— C'est possible, mais ce type-là me déplaît. Cela m'a fait plaisir de taper dessus.

La voiture roulait vers les ombres proches.

La maison était en retrait de la route. Elle tombait presque en ruines, et, comme l'auto prenait le virage de l'allée envahie par les mauvaises herbes, O'Mara ouvrit les yeux et se redressa.

Un côté de la maison avait souffert de l'explosion d'une bombe ou de tout autre engin de guerre. Le mur tombé barrait à demi le passage. Mais le côté droit n'avait été que marqué d'éclats de projectiles ; ces ruines, ces vitres brisées, tout donnait à l'ensemble un aspect désolé. O'Mara se demanda qui avait pu habiter cette villa et ce qu'il était devenu.

Le soleil était couché, et la pluie commençait à tomber. L'homme maigre contourna avec précaution un tas de gravats et dépassa le perron. L'allée se rétrécissait jusqu'à n'être plus qu'un sentier boueux. L'auto stoppa derrière la maison, devant une petite porte encadrée de lierre.

L'occupant du siège arrière mit pied à terre, vint observer O'Mara par le pare-brise.

— Descendez, dit-il.

O'Mara obéit. Il se sentait très faible, mais calme. Bien mieux que d'ordinaire, pensa-t-il non sans ironie. Il faut une secousse bien violente pour faire oublier à l'homme normal les petits faits de la vie courante.

Il attendit, à quelques pas de l'homme au pistolet, qui soulevait avec difficulté le loquet rouillé de la porte, sans perdre O'Mara de l'œil. L'autre repartait avec la voiture.

La porte s'ouvrit.

— Entrez, dit l'homme, et allez tout droit le long du couloir. Il fait noir, mais je vais allumer derrière vous.

O'Mara suivit le couloir. Au bout d'un instant, il entendit le claquement d'un commutateur, et une lampe électrique s'alluma.

— Je voudrais bien savoir qui vous êtes, dit-il. J'ai bien le droit, il me semble, de savoir votre nom, ajouta-t-il en parlant par-dessus son épaule.

— Halte ! dit l'homme qui ouvrit une porte à gauche. Entrez, reprit-il. Vous trouverez une chaise, à l'autre bout de la pièce. Je m'appelle Morosc. Il ne vous servira d'ailleurs à rien de le savoir.

— C'est possible, dit O'Mara. Cela m'intéresse tout de même.

Il traversa la pièce. L'homme alluma une autre lampe. O'Mara vit la chaise et s'assit. Au bout d'un instant, le conducteur de l'auto entra à son tour. Il s'adossa à la porte et se mit à regarder son prisonnier.

La pièce était vide de meubles, à l'exception de deux ou trois chaises. Pas de fenêtre. L'ampoule électrique était sale, et le plancher n'avait pas été balayé depuis longtemps. O'Mara nota tout cela automatiquement, sans même y penser : la force de l'habitude.

Sa tête lui faisait mal. De temps à autre, il éprouvait un léger haut-le-cœur. Sans doute parce que son estomac n'avait pas reçu sa ration ordinaire d'alcool. Quand pourrait-il boire ?

L'homme au pistolet s'approcha, s'arrêta devant O'Mara, le fixant froidement. La manche de son veston, très courte, découvrait son poignet et sa montre. O'Mara regarda cette montre, curieusement gravée, et chercha à déchiffrer l'heure. Au bout de quelques instants, il en vint à la conclusion qu'il était sept heures moins cinq. Que faisait donc Taudrille... Il se rappelait vaguement ce que Tanga avait dit de la situation dangereuse dans laquelle il se trouverait si Taudrille n'arrivait pas à temps. D'après la durée du trajet en auto, la maison ne devait pas être loin de l'estuaire. Où pouvait être Taudrille ?

L'homme qui s'adossait à la porte s'approcha à son tour.

Il y eut un silence. Puis il dit dans un français presque recherché :

— Il est nécessaire que vous répondiez à certaines questions. Vous le ferez, soyez-en sûr. Après quoi, vous serez abattu d'une balle. De toute façon, vous mourrez. Mais cela ira vite. Vous serez extrêmement bien avisé de satisfaire promptement notre curiosité ; sans quoi nous trouverons les moyens de vous faire parler, et mon camarade, quand le temps sera venu de se servir de son pistolet, vous touchera de façon à vous faire longtemps souffrir. C'est compris ?

L'homme se tut et sourit à O'Mara. Un sourire étrange, pitoyable. Il semblait que cette face décharnée ait oublié la douceur et la détente. Son sourire semblait le résultat d'un immense effort, d'une véritable concentration de la volonté.

O'Mara le regarda et ne répondit que d'un mot français. Un seul, très grossier.

Le porteur du pistolet poussa brusquement la chaise de O'Mara. Comme celui-ci tombait, il reçut un coup de pied dans l'estomac.

O'Mara se releva non sans peine. L'homme le frappa en pleine figure de la crosse de son pistolet. O'Mara retomba sur le côté et resta au sol, à demi couché. Il s'appuyait au mur.

— Pas trop à la fois, Morosc, dit le maigre. Vous allez toujours trop vite.

Puis, s'adressant à O'Mara :

— Nous vous observons depuis quelque temps. Vous êtes un ivrogne, à bout de résistance. Fort heureusement, vous sentez encore la douleur. Voulez-vous, je vous prie, me dire le nom et m'indiquer l'adresse actuelle de celui pour lequel vous avez travaillé pendant la guerre ? Le responsable de vos activités à Lisbonne et en Amérique du Sud ? Qui est cet homme ? Comment s'appelle-t-il ? Donnez-moi son signalement ; où il est actuellement ?

O'Mara se déplaça suffisamment pour voir celui qui lui parlait. Il mit les mains au sol et voulut se lever. Il était sans forces et retomba contre le mur. Il passa sa langue sèche sur ses lèvres fendues et saignantes et répéta une fois encore l'insulte.

Le maigre dit d'une voix sèche :

— Allez-y, Morosc. Au travail.

Morosc mit un genou en terre à côté de O'Mara et prit un de ses bras sous le sien, immobilisant sa main. Il tendit son pistolet à son camarade, sortit un briquet de sa poche, l'alluma et plaça la flamme sous les doigts de O'Mara.

Quelques secondes s'écoulèrent. Puis O'Mara poussa un gémissement. Morosc éloigna la flamme.

— Eh bien ?... demanda le petit homme.

O'Mara cherchait à parler. Ses lèvres remuèrent. L'homme sortit une gourde de sa poche et la tendit à Morosc, qui serrait toujours le bras de sa victime.

Morosc posa son briquet à terre, prit la bouteille, en introduisit le goulot entre les lèvres de O'Mara, qui toussa faiblement.

— Eh bien ?... répéta le petit homme.

O'Mara réfléchissait. Ce n'était pas facile. La douleur intense de la brûlure montait, gagnait la main, le bras. Il était pourtant nécessaire qu'il se rappelât sa conversation avec Quayle. Il pourrait alors ne pas trop se presser. Dans ce cas...

— Eh bien ? lança Morosc, impatient. Allez-vous parler ? Ou faut-il que je continue ?

O'Mara le regarda, l'œil vague... « *Laissez-les croire qu'ils ont eu raison de vous.* Ne parlez pas trop vite, pour ne pas éveiller leurs soupçons. Ils sont très intelligents... beaucoup trop. Poussez-les à bout avant de céder. Ils vous connaissent de réputation. Ils vous savent dur comme l'acier. Et malgré l'alcool, et votre condition, ils s'attendent à une forte résistance. Eux aussi simuleront. Tenez-en compte. »

Avec effort, il approcha sa tête de Morosc, qui se pencha. O'Mara lui cracha à la figure.

L'homme maigre rit doucement.

— Continuez, Morosc, dit-il. Il est toujours très impertinent. Il veut être brave.

Morosc alluma son briquet.

Les larmes coulaient maintenant sur les joues de O'Mara. Sa tête ballottait à droite et à gauche. Un râle d'agonie s'échappait de sa gorge.

— Assez, Morosc, dit l'homme maigre. Je crois qu'il va parler. Dites-lui ce que nous ferons de lui s'il se tait encore. Les ongles...

Morosc renseigna O'Mara. Il chuchotait à son oreille, et ses yeux se remplissaient d'une joie cruelle.

O'Mara parla d'une voix monotone qui semblait un gémissement. Un côté de son visage était lacéré, froissé ; les lèvres avaient éclaté. Il formait mal ses mots.

— Il s'appelle Quayle... de l'*International Refrigeration Company,* à Londres... petit, les yeux bleus...

Il cessa de parler quand la porte s'ouvrit brutalement.

L'homme maigre qui tenait le pistolet se retourna d'un bond. Le nouvel arrivant tira, l'arme à la hanche. Morosc toussa et tomba, la face contre terre. En même temps, l'homme maigre lança son pistolet, à la volée, dans la figure de l'assaillant, fonça vers la porte et disparut. On entendit le bruit de sa course précipitée dans le couloir.

Le nouveau venu traversa vivement la pièce, s'arrêta devant O'Mara, qui le regardait, l'œil terne.

— Je suis Taudrille, dit-il. Je regrette vivement de ne pas avoir été ponctuel pour une fois. C'est très fâcheux.

Taudrille menait vite. C'était une Delage sport décapotée. Le spidomètre oscillait entre cinquante-cinq et soixante milles à l'heure. Bien que la voiture fût française et qu'elle portât un numéro français, le tableau de bord était anglais. O'Mara le nota et s'en étonna.

Taudrille était un homme râblé, portant de trente-cinq à quarante ans. Il irradiait la joie de vivre ; à le voir, il semblait qu'un tremblement de terre eût été à peine suffisant pour entamer sa bonne humeur. Une tête ronde, de grands yeux bruns, bien écartés. Sous le feutre marron paraissaient des cheveux frisés, brun foncé. O'Mara remarqua les doigts courts par opposition aux paumes des mains, plutôt longues. Une main de travailleur.

Intéressant, ce Taudrille. Où Quayle avait-il pu le dénicher ? A moins que ce ne fût Tanga. On ne pouvait pas savoir. Hommes et femmes survenaient, disparaissaient à point nommé, toujours admirablement choisis en vue de la tâche particulière qui leur était dévolue. Jamais, pensait O'Mara, Quayle ne se trompait, ne commettait une erreur « d'affectation ».

Il occupait un siège arrière et observait Taudrille. Taudrille n'avait peut-être pas été aussi ponctuel que de coutume, ce soir-là, mais il faisait visiblement de son mieux pour regagner le temps perdu. Un as. Couché sur le volant à la manière des coureurs, les yeux rivés sur la route, une cigarette éteinte au coin des lèvres très mobiles.

Un type très pratique, ce Taudrille. O'Mara en jugeait ainsi en regardant sa main brûlée supportée par sa cravate. Taudrille avait oint les blessures de l'huile du bidon de réserve et enveloppé la main de deux mouchoirs. O'Mara faisait des vœux pour que l'huile soit propre.

Son bras le faisait horriblement souffrir jusqu'à l'épaule. O'Mara se serait autrement senti très bien. L'air frais qui lui fouettait le visage et le petit flacon d'excellent brandy qu'il tenait dans sa main valide étaient les causes de ce bien-être passager.

A un virage prononcé, Taudrille ralentit.

— Je l'aurais suivi si je n'avais pas été certain de le retrouver quand je voudrais, dit-il. Je le connais. C'est Nago. Il a travaillé pour le Wehrwolf depuis que les nazis ont décidé de dissoudre le parti. Je le connais par cœur, ce type-là ! Il se drogue à fond. Il boit aussi. Il est en mauvais état, physique et mental. Mais il ne manque pas d'intelligence. Il peut aussi, parfois, montrer une étonnante énergie.

D'un coup de langue, il fit passer sa cigarette humide à l'autre coin de sa bouche. O'Mara but un bon coup.

— Il est sept heures et quart, poursuivait Taudrille. Très bien. Nago n'a pas de voiture. Si je n'avais pas employé quelques minutes à démolir son carburateur, je serais évidemment arrivé un peu plus tôt. J'ai agi au mieux. Que peut faire Nago ? Rien d'autre que d'aller attendre un train à Saint-Lys. Il n'y en a pas avant huit heures, et nous y serons avant cela. Nago n'a pu trouver aucun moyen de transport sur la route. Il n'osera pas. D'ailleurs, il s'écartera des chemins fréquentés. Est-ce juste ?

— Cela me paraît raisonnable, dit O'Mara. Mais il peut téléphoner en route. Passer le renseignement qu'ils m'ont arraché.

Taudrille prit un virage en silence, puis accéléra. La Delage bondit.

— Non, dit-il, Nago ne se risquera pas à téléphoner. Apprenez d'ailleurs qu'il n'y a pas de cabine d'ici Saint-Lys. Il est parti à travers champs, droit en direction de Saint-Lys. Il *doit* se comporter ainsi. Surtout s'il estime important le renseignement donné par vous. Il ne se risquera pas à téléphoner. Il y a encore une raison pour qu'il s'en abstienne.

— Laquelle ? demanda O'Mara.

— J'ai tué Morosc, répondit Taudrille. Morosc est connu du Deuxième bureau en particulier. Nago pense certainement que je le connais, moi, et que je vais aussitôt donner l'alarme. Il va s'imaginer que tout poste téléphonique est un piège préparé à son intention, qu'on va aussitôt entourer toute la région d'un cordon de police. Voici ce qu'il pensera. Et il ne fera rien que courir, au plus vite, à Saint-Lys. Une fois dans le train, il se croira sauvé.

— Je crois que vous avez raison, dit O'Mara. Quand arriverons-nous ?

— A cette allure, dit Taudrille, dans vingt minutes.

Il porta une main à sa poche, en tira quelques cigarettes qu'il tendit à son passager.

— Allumez-m'en une, dit-il, et fumez, mon ami. Il y a un briquet dans le tablier. Rien de tel pour se retaper.

O'Mara alluma les cigarettes, en passa une à Taudrille et se renversa avec volupté sur les coussins. Tout bien considéré, la soirée aurait pu être plus mauvaise.

Tout ce qui s'était passé depuis l'arrivée de Tanga lui apportait le soulagement. L'essentiel était d'oublier de penser à soi, aux effets de l'alcool, aux mois précédents, si déprimants. Depuis ce soir, il *travaillait.* Il se retrouvait O'Mara, le vrai.

La nuit tombait quand Taudrille, penché sur son volant, arrêta la Delage devant un petit café à l'entrée de Saint-Lys. Il alluma une cigarette, puis se retourna brusquement vers O'Mara.

— J'ai mon plan, dit-il gaiement. Entrez donc dans ce bistrot. Buvez, mangez quelque chose en m'attendant. Je vais laisser ici la voiture. J'irai à la gare et tâcherai d'y trouver notre ami. Si j'ai cette chance, je l'emmènerai quelque part, pour en finir.

— Comme cela ? dit O'Mara. Tout simplement ?

Taudrille haussa les épaules.

— Le tout est de le trouver, répondit-il. Le reste est facile. Ce Nago, ne l'oubliez pas, a été employé par les nazis, puis par le Wehrwolf. Mais il n'a jamais été grand'chose. Vous me comprenez ? Il n'a jamais rempli que les rôles d'utilité. Cette affaire avec vous a dû être la mission la plus importante de toute sa vie. On l'a choisi, faute de mieux. Vous devez savoir, comme moi, que leur personnel n'est plus ce qu'il était.

O'Mara fit un signe d'assentiment.

— En cet instant, reprit Taudrille, il doit être très fier. Il a réussi un gros coup. Sans pécher par négligence, il a dû s'imaginer que j'ai perdu du temps à vous ranimer, ou à vous faire donner des soins, et vous panser. En d'autres termes, il estimera avoir une heure ou deux d'avance — suffisamment pour prendre le train et s'éloigner. Sans doute sur Paris. Ils y vont tous.

Taudrille adressa un sourire de coin à O'Mara.

— Autre chose encore, poursuivit-il. Nago, je le sais, est un intoxiqué. N'oubliez pas qu'il a travaillé contre les Français, et le maquis s'intéresse de près aux espions du temps de guerre. Il se pique, comme je vous le disais, et souffre de crises nerveuses. Il craint pour sa vie. Après les événements de la soirée, après avoir vu abattre sous ses yeux son collègue Morosc — probablement par un membre du maquis — (ici Taudrille fit la moue), il aura peur. Au point, s'il rencontre à la gare un résistant actif, de vouloir en finir tout de suite et de se suicider. Je vais tâcher de jouer cette carte, si je le trouve.

— Très bien, dit O'Mara qui mit pied à terre. Je vais vous attendre ici.

Avec un bref « au revoir », Taudrille partit d'un pas rapide vers la ville en sifflotant.

O'Mara poussa la porte du café. Il y avait peu de monde. Quelques villageois fort occupés à discuter leurs affaires. O'Mara s'approcha du zinc. Le gros patron en tablier et en bras de chemise le regarda avec étonnement.

O'Mara haussa les épaules.

— Je suis bien arrangé, hein ? fit-il. Avec leurs sales autos ! Cette brute me renverse et, très embêtée, s'arrête, recule et m'écrase les doigts ! Ces chauffards ! Je voudrais les voir tous au diable !

Il commanda un bol de cidre, du pain et du saucisson.

— Oui, c'est comme ça, de nos jours, dit le patron. Vous vous en tirez encore à bon compte. Mais faut le faire casquer, le gars ! Il est bon pour payer ! Vous n'êtes pas joli, joli... vous savez !

Le visage de O'Mara était extraordinaire. Tout un côté de la figure était mâché, depuis le nez jusqu'au menton. L'œil virait au noir. Les lèvres coupées saignaient encore. On voyait en rouge, sur la joue, la marque du cran de sûreté du pistolet de Morosc.

Le patron le servit sur une petite table, dans un coin.

Sa main bandée appuyée sur la table, il mangea. Il avait la bouche sèche, et ses doigts le faisaient cruellement souffrir. Pourvu que les ongles ne tombent pas ! Peu sensible à la douleur, il n'entendait pas se trouver physiquement diminué. En dépit de tout, il se sentait en excellent état et il restait beaucoup à faire.

O'Mara n'était pas malheureux. Essentiellement pratique, il ajoutait à son sens aigu des réalités ce grain de génie qui en avait fait pendant la guerre le meilleur agent de Quayle. Pour O'Mara, les événements des six derniers mois — de cet après-midi et de la soirée — n'étaient que les coups préliminaires d'une partie d'échecs à peine commencée...

Quoi qu'en puisse penser Quayle, de son côté.

Quayle ? Quayle estimerait sans doute que O'Mara avait droit à un peu de repos. Oui, il en jugerait sans doute ainsi. Encore n'était-ce pas sûr.

O'Mara fit la grimace, vida sa bolée, en demanda une autre. Au patron survenu, il raconta une histoire qui le fit rire.

Il mangea et but. De temps à autre, il regardait par la petite fenêtre, derrière lui. La nuit tombait. Pas de Taudrille.

Il prenait son temps. Il n'y avait pas de pendule au mur, et O'Mara ne voulait pas demander l'heure au patron. Cela n'avait d'ailleurs pas grande importance pour l'instant.

Il pensait maintenant à Tanga, volontairement. Il en oubliait sa main douloureuse, sa fatigue, son mauvais état général.

Il l'avait rencontrée pour la première fois en Argentine. A Rio, où O'Mara, travaillant avec Richard Kerr, s'intéressait alors aux faits et gestes d'un certain Pasquale Punta — individu aux multiples identités et parlant plusieurs langues comme la sienne.

Punta avait paru quelque temps sur la scène, pour disparaître une nuit, dans une petite rue très calme. On l'avait retrouvé huit jours plus tard sur un tas d'ordures, en dehors de la ville. Aventure assez courante en ces temps troublés.

Tanga était alors avec un senhor Elvada Intaces, personnage important qu'on supposait l'intime des agents de Hitler en ce coin du monde. O'Mara était allé à une réception — il était toujours sur l'affaire Punta — et Tanga l'avait accueilli. Elle jouait le rôle de maîtresse de maison chez Intaces.

O'Mara savait qui elle était, ce qu'elle faisait et, tout en lui serrant la main, lui avait jeté un regard appréciateur, avait même cherché à se faire une opinion sur son compte.

Il n'avait pu y réussir. Pour finir, il l'avait jugée du type fuyant. Très belle, mais se dérobant sans cesse. Distante. Il regrettait de ne pas l'avoir étudiée plus patiemment. Non point que cela eût beaucoup d'importance...

Son esprit se fixait maintenant sur Morosc et Nago à la face de cadavre... Une immense fatigue l'envahissait.

Ce ne fut qu'un peu après neuf heures que Taudrille poussa la porte du bistrot, son éternelle cigarette au coin de la bouche. Quelque chose devait le préoccuper. O'Mara avait remarqué qu'il oubliait de fumer quand il pensait fortement.

Sa main le faisait abominablement souffrir. La douleur s'exaspérait, montait en ondes régulières, gagnait le poignet. Combien de temps lui faudrait-il pour guérir ? Quand pourrait-il se faire soigner ? L'idée d'une infection possible ne le réjouissait pas outre mesure. Il avait trop besoin de ses mains pour se livrer pendant des semaines aux médecins. Il jura à mi-voix.

Taudrille s'approcha et s'assit en face de O'Mara. Une sueur légère brillait sur son front. Mais il semblait satisfait.

— Alors ? dit O'Mara. Un verre ?

— Dans une minute, dit Taudrille. Tout d'abord... comment va votre main ? Vous fait-elle très mal ?

— J'ai connu de pires douleurs, dit O'Mara avec un léger sourire. Avez-vous trouvé votre ami ?

Taudrille rit doucement. Un rire cynique, amusé, qui venait de la gorge. Il cracha sa cigarette.

— L'ami ? dit-il tranquillement. Comme ça !...

D'un mouvement du menton, il montrait sa cigarette et l'écrasa du pied.

— Bon, dit O'Mara. Et alors ?

Taudrille fit la grimace, se leva, alla au comptoir, en revint avec un vermouth cassis et reprit sa place.

— Tout s'est passé comme je m'y attendais, dit-il. Un peu plus triste, peut-être. Un peu... pénible. Vous allez voir. Ce Nago...

Il haussa les épaules, leva son verre et le vida d'un trait.

— Allez-y, dit O'Mara. Ne ménagez pas trop les effets.

Taudrille rit et remua vigoureusement la tête.

— J'aime bien présenter les choses dans leur ensemble, dit-il. Pour tout dire, je ne suis pas mécontent de ma soirée. Tout s'est passé selon mes prévisions. Je suis allé directement à la gare. Le train de Paris devait passer à huit heures douze.

— Le type était là ? demanda O'Mara.

— Bien sûr. Dans la salle d'attente, assis dans un coin. Il faisait une sale tête. Il était tout seul.

— Cela devait lui plaire, dit O'Mara.

— Pas du tout. Je suis entré et je lui ai montré mon pistolet. Il m'a regardé avec des yeux de chien battu. On sentait en lui le désespoir.

— Il devait être fatigué, dit O'Mara.

— Sans doute. Sa drogue devait aussi lui manquer, depuis quelques bonnes heures pour le moins. Je lui ai parlé. En père.

O'Mara ricana. Vraiment, ce Taudrille était très bon.

— Je lui ai dit qu'il n'avait aucune chance d'en sortir. Que, de toute façon, il était bien fini et que le mieux serait de ne pas se montrer difficile. Je pouvais, ai-je ajouté, choisir entre deux attitudes. Je lui ai fait remarquer ce qu'il savait fort bien, à savoir que les groupes du maquis des environs de Saint-Lys, de Gouarec et de Pont-Laroche étaient toujours très actifs, toujours à la recherche des traîtres du temps de guerre et des collaborateurs. Si je le remettais aux mains du maquis, il passerait quelques jours pénibles et il resterait bien peu de lui quand ses hôtes en auraient fini. Je pouvais au contraire, s'il acceptait de me dire tout ce qu'il savait, le livrer à la police locale, qui l'enverrait certainement au Deuxième bureau pour interrogatoire. J'ajoutai que, s'il savait jouer sa carte, s'il se montrait docile, on le garderait sans doute pour arriver au contact avec ses chefs ; bref, qu'il aurait la vie sauve.

— Cela lui a plu ? demanda O'Mara.

— Beaucoup, dit Taudrille. Il m'a dit tout ce qu'il a pu, bien peu en vérité. Il a travaillé avec Morosc, qui est un Allemand des Sudètes, et avec un autre type dont il ignorait même le nom. On vous attendait depuis longtemps. On savait que vous aviez travaillé au syndicat anglo-français « B » de contre-espionnage pendant la guerre, que vous étiez un agent important, que vous aviez fait beaucoup de mal aux Allemands à Lisbonne et en Argentine. On vous filait depuis Paris, et les ordres étaient de vous frapper dès que vous seriez « mûr ». Vous sembliez avoir quitté le service et chercher à oublier en buvant — chose que beaucoup d'agents secrets ont tenté de faire, sans toujours réussir.

— Alors ? jeta O'Mara.

— Je l'ai fait sortir de la salle d'attente. Il pensait que j'allais le remettre aux mains de la gendarmerie de Saint-Lys. Il paraissait un peu plus gai. Je lui ai même payé un grand verre de cognac — une belle saleté — dans un café. Je lui ai retiré un ridicule petit Mauser 6,25 — un de ces outils que Himmler donnait à ses collaboratrices des sections étrangères.

O'Mara bâilla. Il était très fatigué.

— Je lui ai dit que nous allions prendre un chemin de traverse pour aller à la gendarmerie. Un petit sentier qui prend derrière la gare et qui traverse un boqueteau. Quand nous avons été hors de vue, je l'ai fait s'asseoir au pied d'un arbre, et, là, nous avons parlé sérieusement. Je lui ai dit que j'allais le tuer, quoi qu'il arrive, mais que, s'il se montrait gentil, je m'arrangerais pour que cela soit fait proprement, sans souffrances inutiles. Je lui ai dit aussi en quelle partie de son corps je tirerais s'il ne faisait pas ce que j'allais lui demander.

» Pour finir, il s'est laissé convaincre, reprit Taudrille après un silence. Il a écrit une petite note signée. Je lui ai donné une cigarette et, pendant qu'il l'allumait, je lui ai brûlé ce qui lui servait de cervelle avec un ridicule petit joujou. J'ai essuyé la crosse et la lui ai mise dans la main. Et voilà !

O'Mara poussa un soupir qui dénotait un certain soulagement.

— Que disait-il dans la note ?

— Je pense à tout, dit Taudrille avec un sourire. J'ai fait une copie pour vous.

Il sortit un papier plié et le tendit à son vis-à-vis.

O'Mara le prit et lut :

J'en ai assez. On me connaît. On sait que j'ai travaillé contre la France et les Alliés. Tôt ou tard, le maquis m'aura. J'aime mieux m'en aller.

— C'est parfait, dit O'Mara. Cela évite toute histoire. Partons.

Il glissa le papier dans sa poche.

— Je suis à votre disposition, dit Taudrille en se levant. J'attends vos instructions. Vous savez ce qui va se produire maintenant ?

— Je n'en ai pas la moindre idée, avoua O'Mara. Mais, bien évidemment, il va y avoir du nouveau. A moi de me débrouiller.

— Paris ? demanda Taudrille.

— Non. Je veux retourner à Saint-Brieuc, mais sans me laisser voir. Il me faut me cacher. Cela me sera facile. J'ai des amis dans la région.

— Très bien, dit Taudrille. Je suis un grand admirateur de vos organisations anglaises. Elles sont vraiment très bonnes.

— Oh ! très bonnes, en effet, répliqua O'Mara avec un regard à sa main bandée.

Il se leva à son tour.

— Ramenez-moi donc du côté de Saint-Brieuc, reprit-il. De l'autre côté de l'estuaire. Vous me laisserez à côté de la petite église, et je vous montrerai l'endroit où vous pourrez entrer en contact avec mes amis. Je n'ose pas me montrer à Saint-Brieuc, même en voiture. Après avoir vu mes amis, vous reviendrez me prendre pour me conduire dans un coin quelconque, où je pourrai me faire soigner sans attirer l'attention.

— C'est entendu, dit Taudrille.

Ils payèrent, sortirent et remontèrent en voiture. Taudrille lança le moteur.

— La journée n'a pas été mauvaise, dit-il avant d'embrayer. Permettez-moi de vous dire que je vous tiens pour un homme très courageux.

O'Mara ricana et sortit la bouteille de cognac du tablier de la voiture. Se renversant sur les coussins, il ferma les yeux.

La pendulette de bord marquait dix heures et quart. Taudrille stoppa dans l'ombre des ifs, près de l'église. Il regarda O'Mara, qui ouvrit les yeux.

— Garez la voiture dans ce coin, Taudrille. Nous pourrons traverser le cimetière et gagner le haut de la falaise.

Taudrille obéit. Ils mirent tous deux pied à terre. O'Mara, montrant le chemin, enjamba le petit mur à l'endroit même où il avait trébuché peu de temps auparavant.

La nuit était très belle. La lune, pleine, faisait étinceler les eaux de l'estuaire.

Drôle de chose que la vie ! pensait O'Mara. A Londres, à Paris, partout, des gens buvaient actuellement des liqueurs ou somnolaient dans une loge de théâtre. On discutait dans les salons des clubs de Saint-James Street. Certains échangeaient des souvenirs de la guerre, se félicitant que la paix soit enfin venue, évoquaient le « blitz » et les bombes.

De jeunes officiers, fraîchement démobilisés, faisaient des adieux à tout cela — et certains non sans regrets.

Des adieux ? A quoi ? Qu'y avait-il de changé, en réalité ? Le monde n'était-il pas en pleine effervescence ? Ne disait-on pas qu'au Japon les sociétés secrètes s'organisaient déjà pour la revanche ?

Il en aurait voulu hausser les épaules.

Ils arrivaient au sentier qui suivait, capricieux, le bord de la haute falaise, puis s'élargissait en descendant jusqu'au village de pêcheurs. Ce chemin, il l'avait fait le matin même, d'un pas mal assuré. Il se rappelait encore sa colère à la pensée de revoir le garage et Volanon, de reprendre cette morne existence.

Depuis lors, il s'était produit certains changements.

Derrière lui, Taudrille chantonnait.

O'Mara s'arrêta, et Taudrille, venant à sa hauteur, l'imita. Du doigt, O'Mara désignait l'autre côté de l'estuaire.

— Voyez-vous, juste en face de nous, un mur blanc qui brille sous la lune ? Oui ? A gauche, une bâtisse blanche. C'est le garage Volanon. A côté encore, on distingue une lumière. C'est la fenêtre du café. Les deux maisons sont sur la route de l'estuaire.

Taudrille fit un signe de la tête. O'Mara fit un pas en avant, s'avança sur le bord de la falaise, cherchant un autre point de repère.

— Suivez la route jusqu'aux maisons, dit-il encore. C'est le début de la rue principale qui traverse l'agglomération de bout en bout. Mais écoutez-moi bien et faites en sorte de retenir ce que je vais vous dire.

— Je m'y efforce, dit Taudrille.

— Il existe dans les parages la villa *Côte d'Azur,* poursuivit O'Mara. Vous suivez la route jusqu'à arriver à un groupe de trois arbres, sur la gauche. Les arbres sont à environ deux kilomètres de la ville. A quinze cents mètres des arbres, vous trouverez, à gauche encore, un chemin de terre. Vous le prendrez. Il paraît bien étroit pour une voiture, mais il s'élargit très vite.

— J'ai compris, dit Taudrille. Prendre la route de l'estuaire au garage et au café Volanon. Traverser la ville. Rouler deux kilomètres. Trois arbres à gauche et le premier chemin à gauche.

— Tout juste, dit O'Mara. Après quoi, vous suivrez le chemin pendant huit cents mètres, pour trouver une barrière blanche sur votre droite. Elle porte le nom de la villa. Vous entrerez et demanderez Madame. Vous lui transmettrez ce message.

O'Mara regarda autour de lui, s'approcha de Taudrille et lui chuchota à l'oreille :

— Vous lui direz de ma part...

Bondissant en arrière, il posa son pied dans le dos de Taudrille et poussa de toute la force dont il était capable.

L'homme passa par-dessus le bord de la falaise. O'Mara, penché en avant, entendit le bruit sourd du corps s'écrasant sur les rochers en bas.

Il haletait. L'effort avait été prodigieux. Taudrille avait dû être étrangement surpris, trop surpris pour crier. Qu'avait-il pu penser pendant les quelques secondes de sa chute ? Il était vraisemblable qu'il avait dû faire amende honorable à O'Mara et changer — très vite — d'opinion sur son compte, sur la valeur de son intelligence.

Il regagna le chemin, prit une cigarette au fond de sa poche — une de celles que Taudrille lui avait données — et l'alluma avec le briquet qu'il avait pris dans la voiture.

Il masqua la flamme de son briquet et le bout incandescent de la cigarette de sa main à demi fermée, observant l'estuaire brillant sous le clair de lune, jouissant de la solitude et du silence qui l'environnaient.

Puis il se mit à descendre lentement vers une entaille de rocher, sorte de gorge étroite dans laquelle il s'engagea prudemment. Il allait voir ce qui restait de feu Taudrille.

Il était très fatigué. Il avait une ampoule au pied gauche. L'air froid de la nuit brûlait ses lèvres fendues.

Il lui fallut longtemps pour arriver au bas de la haute barrière rocheuse. Il avançait en tâtonnant, ne laissant rien au hasard. Une chute, même sans gravité, lui eût ôté le reste de ses forces.

Il mit une bonne demi-heure pour retrouver le cadavre.

On eût dit un sac à demi plein.

O'Mara le considéra quelques instants. Puis, tirant de sa poche le papier que Taudrille lui avait donné au café de Saint-Lys, le relut :

J'en ai assez. On me connaît. On sait que j'ai travaillé contre la France et les Alliés. Tôt ou tard, le maquis m'aura. J'aime mieux m'en aller.

Taudrille avait été vraiment bien avisé de copier cette note.

Il fit un pas, se baissa, ouvrit le veston éclaboussé de sang, glissa le papier dans la poche, reboutonna le veston.

Lentement, il revint sur ses pas, retrouva la crevasse. Il marchait comme un automate.

Il fallait arriver à la *Côte d'Azur* avant le jour. La route était longue. La falaise escaladée, il devait contourner Saint-Brieuc, approcher la villa par derrière.

Cela faisait bien quinze milles qu'il fallait couvrir en six heures au plus. A mi-hauteur de la falaise, il tomba et resta quelques minutes sans mouvement, incapable de se relever. Sa bouche s'était remise à saigner. Il se sentait très mal.

En haut, il se reposa, reprit haleine, puis se remit en route, passa le cimetière et le bouquet d'ifs. Il marchait maintenant plus vite et plus aisément sur un sol uni.

Une demi-heure plus tard, il arriva à la maison et reconnut les murs écorchés par les éclats de bombes, le tas de pierres dans l'allée. Il franchit la grille. Au fond, dans un hangar ouvert planté au milieu de ce qui avait dû être un jardin d'agrément, il trouva la voiture de Nago. Il ouvrit le capot, examina le moteur, chercha dans les poches des portières des cigarettes qu'il ne trouva pas et reprit sa route. Il se dirigeait vers Pont-Laroche, entendant bien s'approcher le moins possible de Saint-Brieuc.

Son pied le faisait souffrir et boiter. Son bras gauche le brûlait, des doigts à l'épaule. Son front ruisselait de sueur.

Il pensait à Quayle. Que faisait-il à cette heure ? Méditait-il ses plans ?

Quayle avait confiance en lui, O'Mara.

Par Dieu, il avait raison.

A cinq heures et quart, alors que la nuit s'éclaircissait, O'Mara fit ses derniers pas, en titubant, sur l'allée qui menait à la porte de service de la villa *Côte d'Azur*.

Il s'appuya lourdement au panneau de chêne, chercha le bouton de sonnette, le trouva, l'écrasa du pouce.

La porte s'ouvrit. Dans une sorte de brouillard, O'Mara entrevit vaguement le visage de Tanga debout devant lui. Elle s'écarta. Il vit ses lèvres remuer sans qu'il perçût un son.

Avec effort, il franchit le porche, tomba dans le hall, la face contre terre, se débattit et se retourna sur le dos.

Elle referma doucement la porte sur lui, s'en fut d'un pas vif au pied de l'escalier et appela :

— Yvette !

Elle revint à O'Mara et le regarda.

Son visage n'était qu'une large plaie. Les lèvres saignaient. Il avait perdu la semelle de son soulier gauche. Le pied déchiré par les cailloux aigus, très sale, saignait. Le bandage hâtif de la main était parti, et les doigts, brûlés, décolorés, couverts d'épaisse huile minérale, n'étaient pas beaux à voir.

Elle s'agenouilla auprès de lui.

— O'Mara ! Vous êtes superbe ! Prenez patience...

La femme de chambre, arrêtée au milieu de l'escalier, regardait la scène avec intérêt.

— Mon Dieu ! fit-elle en apercevant O'Mara allongé au sol.

— Vite ! Yvette ! Le brandy ! dit Tanga. Et ensuite la pharmacie. Vite !

La femme disparut.

O'Mara ouvrit un œil, puis l'autre, et regarda Tanga. Puis, délibérément, avec un grand effort, il abaissa une paupière.

Elle se pencha sur lui, releva la manche de la chemise crasseuse.

Ses longs doigts blancs contrastaient avec le poignet sale pendant qu'elle lui tâtait le pouls.

Yvette apparut dans le hall.

— Donnez-moi la seringue hypodermique et la morphine, dit Tanga... Un peu de sommeil vous fera du bien, mon ami, poursuivit-elle en s'adressant à O'Mara.

Prenant des ciseaux dans la trousse, elle fendit la manche, lava le bras à l'alcool au-dessus du coude, enfonça l'aiguille, la retira et rendit la seringue à la femme de chambre.

On sonna à la porte. Un coup prolongé.

Tanga serra sur elle sa robe de chambre et s'en fut ouvrir. Ernest Guelvada, une valise d'avion à la main, entra, souriant.

D'un coup d'œil, il embrassa la scène. Yvette debout, la seringue aux doigts, Tanga, O'Mara à terre, qui semblait détaché des choses de ce monde.

— Madame de Sarieux ? dit Guelvada. Je suis Ernest Guelvada, à votre service. J'arrive au bon moment, je crois ?

— Entrez, dit-elle. Très heureuse de vous voir.

Guelvada referma la porte sans hâte, s'approcha, posa sa valise sur une chaise. Il souriait toujours.

— Vous me paraissez vivre des heures fort intéressantes. Les hostilités sont ouvertes, à ce que je vois. Quelqu'un veut-il me dire où ce distingué Irlandais va dormir ?

Yvette fit un pas vers l'escalier. Guelvada retira son veston, se pencha sur O'Mara. Usant de la prise classique du pompier, dans un magnifique déploiement de force, il plaça le blessé sur son épaule.

Il se releva, marcha vers l'escalier, regarda derrière lui. Il semblait porter sans effort O'Mara et ses cent kilos.

— La bataille a commencé, dit-il avec un sourire railleur. Nul ne doit oublier que Guelvada vaut un corps d'armée. Personne ne le contestera à l'usage.

Il se mit en devoir de monter les marches.

Elle le regarda jusqu'au tournant de l'escalier. Puis elle alla prendre une cigarette sur le guéridon et l'alluma. La trousse à la main, elle suivit Guelvada qui, déjà arrivé au palier, fredonnait une chanson d'amour.

3

Ernestine

O'Mara sortit d'un lourd sommeil, ouvrit un œil, passa sa langue sur ses lèvres, regarda les ombres sur le tapis blanc et vit Tanga.

— Vous dormez depuis hier matin, dit-elle, et la nuit tombe. Trente-six heures. Voilà qui va vous remettre d'aplomb.

O'Mara trouvait son accent charmant.

Elle alla à la fenêtre, regarda la côte et la mer, ferma les rideaux, alluma les lampes, dont la lumière, doucement tamisée, inonda la chambre.

Une grande pièce presque complètement vitrée du côté de la mer. Murs et plafond étaient blancs ; les couvertures et le dessus-de-lit, vert amande avec des pois blancs. Le tapis, de haute laine blanche.

Dans le lit bas et large, le grand corps de O'Mara s'étalait, incongru, débordait de toutes parts. Un arceau protégeait son pied blessé du contact des draps. Son épaule gauche et son bras, émergeant d'un pyjama de soie écarlate, prêt de Guelvada, étaient bandés. Un emplâtre couvrait un côté de sa figure, maintenu par des bandes de taffetas. On ne voyait qu'un œil et la moitié de la bouche, donnant au visage une expression de dédain, d'ennui profond.

Elle s'approcha de lui.

O'Mara, cyclope au lit, la détaillait. Elle portait un grand kimono rouge brodé de fleurs blanches, des sandales de suède blanc. Un ruban rouge retenait ses cheveux noirs.

— Vous êtes bien drôle, dit-elle. Vous avez en ce moment l'air d'une tortue en colère qui serait parvenue, on ne sait trop comment, à s'installer dans mon lit. Votre œil unique est injecté de sang et brille de méchanceté. Tout devrait pourtant vous réjouir. Vous n'êtes pas mort... et Guelvada est arrivé la nuit dernière.

O'Mara poussa un grognement.

Allant à la petite table poussée dans un coin, elle emplit un biberon de whisky-soda, revint s'asseoir sur le lit et inséra le bec de porcelaine dans la bouche de O'Mara, qui se mit à sucer avec avidité. Elle le regarda, l'œil amusé.

— Je vous ai vu pour la première fois à Rio, dit-elle. Au moment où vous chassiez le dénommé Punta. Vous vous en souvenez certainement. Vous êtes venu à une réception où je faisais les honneurs, pour Intaces, qui était à la solde des nazis. Celui que Michaël Kells finit par abattre d'une balle. Kells m'avait parlé de vous, de vos exploits, et je désirais ardemment vous connaître. Je voulais voir de près le fameux Shaun Aloysius O'Mara. Vous deviez dans mon esprit ressembler à un magnifique taureau, et j'aurais été heureuse de me tromper. Je vous aurais voulu mince, très beau, d'un aspect un peu sombre et sinistre. Vous m'auriez lancé un regard dévastateur...

Elle secoua tristement la tête et soupira.

— Que tout cela est loin ! fit-elle. Vous voilà maintenant dans mon lit. Ne dirait-on pas que vous venez de passer sous un autobus, dans le Strand ?

— Fort bien, dit O'Mara du coin de la bouche. Ne vous gênez pas. Je suis à votre merci, cloué sur ce lit, mais mon heure viendra, n'en doutez pas. Dès que je pourrai me lever...

— Ah ! mon Dieu ! Vous me faites peur... Vous me terrifiez...

O'Mara fit la grimace.

— Moquez-vous de moi tant qu'il vous plaira. Laissez-moi seulement vous dire que j'ai salué la venue de votre voiture comme celle d'un message divin. De mieux en mieux, ai-je pensé quand je vous ai vue en descendre. Vous m'avez paru la plus belle chose du monde. La bouffée d'oxygène qu'on donne au malade. A tout prendre, la vie valait la peine d'être vécue...

— Flatteur, murmura-t-elle.

Il lui lança un mauvais regard.

— Vous oubliez que tout est question de comparaison, poursuivit-il. J'ai été ravi, sur le moment, de votre démarche, de votre chic, mais cela ne veut rien dire. Je puis maintenant rappeler mes souvenirs, revoir en pensée les femmes vraiment merveilleuses de Rio. Dieu merci, je vous ai remise à votre place...

— Ma place ? demanda-t-elle sèchement.

— Vous êtes jolie sans doute, dit O'Mara, conciliant. Vous êtes du type bourgeois... confortable. Vous n'auriez pas encore un peu de brandy ?

Elle marcha vers la petite table en haussant les épaules.

— Bourgeoise... et confortable ! murmura-t-elle.

Le téléphone sonna. Elle sortit de la chambre. O'Mara l'entendit rire.

Une minute passa. L'appareil placé sur la table de nuit appela. O'Mara décrocha l'écouteur.

— Hello ! Shaun, dit Quayle. Tout va bien. Vous pouvez parler sans crainte. La ligne est isolée. Tanga m'assure que vous êtes encore en un seul morceau. Ils vous ont fait la vie dure, mais vous êtes toujours O'Mara. Je pensais bien que vous tiendriez bon.

— C'est gentil de votre part, riposta O'Mara. Vraiment gentil. Je dois avouer que j'ai été ravi de l'arrivée de Taudrille. Ils parlaient de m'arracher les ongles.

— Aïe ! fit Quayle... A propos, que pensez-vous de Taudrille ?

— Pas grand'chose, dit O'Mara. Je l'ai fait passer par-dessus la falaise. Cela vous convient-il ?

— Oui, dit Quayle. Je me doutais de quelque chose. Guelvada est-il arrivé ?

— La nuit dernière. Il est ici.

— Etes-vous en état de continuer ? demanda Quayle d'un ton sérieux.

— Que me chantez-vous là ? gronda O'Mara dans l'appareil. M'avez-vous déjà vu « caner » ? Dites ? J'ai la figure en compote, un pied et une main hors de service pour quelques jours, et c'est tout. Cette petite affaire m'a plutôt fait du bien. A propos, que sait-on sur ce Taudrille ? D'où sortait-il ?

— C'est une création de Epps, dit Quayle. Epps est un pro-nazi venu à nous pendant la guerre. Il a parlé, pour sauver sa peau, et ses anciens amis l'ont su. Vers la fin de la guerre, ils ont fourré Taudrille, nazi cent pour cent et agent de Himmler, en camp de concentration. Il a affirmé être un agent français pincé par les Allemands. Epps l'a cru, et je l'ai laissé courir, pour voir ce qu'il ferait. Je pensais bien qu'il méditait un coup.

— Je comprends, dit O'Mara. Que faisons-nous maintenant ?

— Vous avez pris Taudrille sur le fait. Cela ne vous donne-t-il pas une indication ? De mon côté, je ne puis pas grand'chose pour vous. Voyez-vous un peu clair ?

— Nettement, dit O'Mara. Cela crève les yeux. Je vais aller de l'avant.

— Avez-vous besoin d'appui ? demanda Quayle. Vous avez déjà Guelvada, de l'argent et un crédit illimité. Vous pouvez demander n'importe quoi à Tanga. Une bien jolie fille, hein ? Et intelligente.

— Intelligente ? répéta O'Mara. Je ne sais pas. « Très popote »... et confortable, à coup sûr.

Quayle éclata de rire.

— Vous devriez le lui dire.

— C'est déjà fait, répliqua O'Mara. Ce qu'il me faut, c'est un contact avec le Deuxième bureau. Donnez-moi quelqu'un de Paris, pour recherches et renseignements et appui local. Demandez un bon contact dans la région avec un groupe du maquis ou un résistant bon teint. Quelqu'un d'absolument sûr, que je puisse utiliser en cas de besoin. Est-ce possible ?

— Entendu, dit Quayle. Je vous donnerai les noms dans une heure.

— Parfait.

— Vous avez eu une sale histoire, reprit Quayle. Vous n'êtes pas trop fatigué ?

— Ne faites donc pas la bête, dit O'Mara. Vous ne supposez pas que ces crétins soient capables de m'ennuyer vraiment ?

— Non, dit Quayle. Evidemment.

— Peter..., fit O'Mara, baissant la voix... Où diable avez-vous trouvé cette Tanga ? Je n'ai jamais rencontré sa pareille.

Il se mit à tousser bruyamment. Elle revenait.

— Ah ! bon, c'est elle, dit Quayle. Eh bien !... ne me l'égarez pas. J'y tiens. Elle vaut le coup, et vous pourrez vous en convaincre. Bonne chance, Shaun !

— Bonne chance ! répéta O'Mara en raccrochant... Un peu de brandy, s'il vous plaît, dit-il à haute voix. Faites venir Guelvada. J'ai à vous parler à tous les deux.

— Vous avez assez bu ce soir, dit-elle. Je suis peut-être « popote », mais aussi bonne garde-malade.

— Il est curieux, dit O'Mara d'un ton caustique, qu'une femme préfère être jugée laide que bonne ménagère. Nous en reparlerons un jour. Pour l'instant, allez me chercher Guelvada.

— Je vis pour vous servir, répliqua-t-elle avec un charmant sourire avant de sortir.

O'Mara repoussa les couvertures, posa les pieds sur la descente de lit et considéra sa jambe bandée avec intérêt. Se redressant avec effort, il tenta de faire quelques pas et y renonça bien vite. Il se remit au lit.

Tanga et Guelvada entrèrent. Le Belge portait un smoking bien coupé, une chemise et un col de soie, une cravate de soie noire. O'Mara le trouva très chic.

Guelvada approcha deux chaises du lit.

— Mes félicitations, O'Mara. Vous vous rétablissez à vue d'œil.

— Nous nous couvririons de fleurs plus tard, quand nous aurons fini, dit O'Mara sèchement. Mon pied me retient au lit pour quelques jours encore, mais il y a beaucoup à faire. Quelqu'un peut-il me donner une cigarette ?

Guelvada exhiba un paquet, fit passer son briquet. Il y eut un silence.

— Nous avons déjà une ou deux certitudes, dit enfin O'Mara. Ce Taudrille est, ou plutôt était, un agent nazi. Un excellent exemplaire, j'en conviens. Quayle s'en doutait et le pistait. Il supposait un rapport entre son activité et la perte de nos agents dans la région de Gouarec. Il s'est servi de moi dans ce but.

» ... J'ai réussi, à ce qu'il me semble, poursuivit-il avec un rire silencieux. Tanga était en rapport avec Epps à Paris. Un brave garçon, sans doute, mais un imbécile. Il a pris Taudrille pour argent comptant. Celui-ci sortait apparemment d'un camp de concentration nazi, la vieille histoire. Il a fait valoir son soi-disant travail dans la Résistance. Epps, ne pouvant contrôler ses dires, n'a pas discuté. Compris ?

— Oui, dit Guelvada.

Tanga inclina la tête.

— Quayle a joué dur, reprit O'Mara. Il m'a placé ici en tant que Philippe Garenne, un ivrogne fini, sachant très bien que les nazis me reconnaîtraient. Puis il a attendu les événements. Je me mis à travailler pour Volanon, buvant son eau-de-vie à grands verres. Puis on a décidé de me faire parler, de me faire vendre le patron. Epps l'a su et a prévenu Quayle par l'intermédiaire de Tanga, ici présente. C'est bien cela ?

Elle acquiesça.

— C'est très désagréable, dit-elle. J'avais pleine confiance en Epps. Quayle s'était porté garant de lui.

O'Mara se mit à rire.

— Vous devriez savoir que Quayle laisse ignorer à sa main gauche ce qu'elle fait elle-même, dit-il. C'est Taudrille qui a renseigné Epps. Comment celui-ci n'aurait-il pas eu confiance dans un informateur si dévoué ? Taudrille survient, lui confie qu'il a démasqué les intentions de deux agents nazis, Morosc et Nago, qui vont aller à Saint-Brieuc pour faire parler Philippe Garenne, alias O'Mara. Stupidement, Epps avale le conte et remercie.

» Taudrille conseille à Epps de ne pas s'affoler, poursuivit O'Mara après avoir tiré sur sa cigarette. Lui-même va surveiller les deux nazis, les prendre sur le fait et leur régler leur compte radicalement. Epps avise Tanga, qui prévient Quayle. Nous sommes bien d'accord ?

— Absolument, dit Tanga.

— Bon. Quayle est heureux. Taudrille va découvrir son jeu, d'une façon ou de l'autre. Il donne ses instructions : Tanga doit m'avertir de l'imminence de l'attaque, me prévenir du coup de téléphone de Taudrille. Tout est prêt.

O'Mara écrasa sa cigarette dans le cendrier. Il sentait la fatigue l'envahir.

— Taudrille me téléphone, comme convenu. Mais sa position est difficile. Il lui faut mentir. Il m'assure tout d'abord qu'il arrivera à temps pour empêcher Morosc et Nago d'être trop durs avec moi. Il me manque de parole. Pour s'excuser, il prétend avoir été dans l'obligation de saboter le carburateur de la voiture de Nago. Il ment. Le carburateur était intact. Je l'ai examiné. On n'y avait pas touché.

» ... Quand il est entré dans la chambre où l'on me malmenait, j'ai compris. Il est arrivé au moment précis où Morosc commençait le grand jeu. Il l'abattit, mais laissa partir Nago...

— Ah ! fit Guelvada. La vieille astuce ! Nago avait le renseignement.

— Eh ! oui, dit O'Mara. Taudrille, ou plutôt celui qui s'appelait ainsi, donnait du champ à Nago. Il ne me croyait pas assez dur pour oublier mes souffrances et agir sans délai. Nago, lui dis-je, va pouvoir passer l'information à un tiers. Il m'assura qu'il ne pouvait pas téléphoner, ni se faire conduire à Saint-Lys en voiture, qu'il lui faudrait aller à pied à la gare, que nous arriverions les premiers. Taudrille devait rencontrer Nago à Saint-Lys. Il fallait bien que celui-ci lui donne le renseignement qu'il m'avait tiré.

— Oui, dit Guelvada. Après quoi M. Taudrille a réglé le compte du malheureux Nago ?

— Bien entendu. A notre arrivée à Saint-Lys, je me sentais très mal. Taudrille en profita pour me laisser au café et s'en fut, apparemment, à la recherche de Nago.

» Il revint en me disant qu'il l'avait tué. Il se garda bien de m'avouer que tout se développait selon son propre plan, qu'il était débarrassé de ses deux acolytes et détenait seul le secret de l'identité de Quayle.

O'Mara tendit la main, en quête d'une nouvelle cigarette. Il l'alluma et reprit :

— Si cet imbécile m'avait dit que Nago avait trouvé une voiture pour le conduire à Saint-Lys, j'aurais pu le croire. Il n'en fit rien, et, dès lors, ma conviction fut faite...

— Et alors ? demanda Tanga.

— Nous revînmes à Saint-Brieuc, de l'autre côté de l'estuaire. Laissant la voiture sur le bas-côté de la route, nous allâmes sur la falaise, sous prétexte de lui donner les indications lui permettant de trouver la villa. Je l'ai poussé au bon moment. Il a fait le saut.

— C'est délicieux, dit Guelvada. Une solution élégante. Une jolie culbute ?

— Je crois bien, dit O'Mara. Après cela, je suis descendu jusqu'à l'eau. J'ai trouvé son corps et ai glissé dans sa poche la copie de la déclaration qu'il avait contraint Nago à écrire avant de le tuer, dans un boqueteau, derrière la gare de Saint-Lys. Tout va bien.

— Ainsi donc, dit Guelvada, l'entreprenant Taudrille est couché au pied de la falaise, quelque part de l'autre côté de la rivière ?

— Oui, dit O'Mara, et il faut agir. Je ne pense pas qu'on ait déjà découvert le cadavre. Si, par extraordinaire, c'est fait, on a lu le papier et l'on conclura — *probablement* — au suicide. Qui d'ailleurs se préoccupera beaucoup de la mort d'un inconnu dans un coin écarté de la côte, de nos jours ? Toutefois, j'espère qu'on n'a rien trouvé encore. J'ai un plan.

— Lequel ? dit Guelvada.

O'Mara bâilla.

— Ernest ! Avez-vous, ici, des cartes d'identité en blanc et munies des cachets réglementaires ?

— Oui. J'ai un peu de tout dans ce genre. M. Quayle m'a équipé lui-même. Mes cartes viennent du XVIIIe arrondissement.

— Bon, dit O'Mara. Préparez une carte au nom de Taudrille. Pour les prénoms, arrangez-vous.

— Inutile, dit Tanga. Je puis vous renseigner. Taudrille, Jules, François.

— Parfait, Tanga, ceci vous concerne. Dans une heure, M. Quayle va nous donner certains renseignements. Il aura établi un contact avec le Deuxième bureau et nous fera connaître le nom d'un chef du maquis ou de la résistance locale. Quelqu'un de sûr. Quand vous aurez touché le Deuxième bureau, faites une enquête. Recherchez ce que Taudrille a pu être, ce qu'on sait de lui. En général, les agents nazis mis en camp de concentration prenaient le nom d'un bon résistant ou d'un agent secret pris et exécuté par eux. Taudrille a pu le faire.

— N'en doutez pas, dit Tanga. La première fois que Epps m'en a parlé, je lui ai posé les questions d'usage. Epps m'a donné la photographie de Taudrille — une de ces microphotographies que les membres de la Résistance portaient sur eux. Une mince pellicule qu'on collait sous un timbre sur une vieille enveloppe et qui permettait de les identifier quand ils changeaient de groupe. J'en ai fait faire un agrandissement avant de venir à Saint-Brieuc. Je l'ai ici, dans mes papiers. Taudrille, d'après sa fiche, était un résistant de la première heure ; il avait, paraît-il, servi dans l'armée française, puis au contre-espionnage et enfin dans un groupe du maquis.

— Bon, répéta O'Mara. Taudrille a suivi la filière habituelle. Je suis prêt à parier que le vrai Taudrille a été fusillé par l'occupant et que notre homme s'est attribué ses papiers.

Il se tourna vers Guelvada.

— Prenez l'agrandissement de la photo et mettez-la dans une vieille enveloppe portant une adresse quelconque à Paris. Préparez la carte d'identité au nom de Taudrille. Et, cette nuit même, faites le tour de l'estuaire. Le cadavre est cent mètres plus bas que l'église, sur une grosse pierre plate à l'abri des marées les plus hautes. Vous verrez bien si l'on s'est approché du corps. Faites les poches du mort — n'oubliez pas de prendre des gants de caoutchouc — et placez la carte d'identité et la photographie dans une poche intérieure. Je ne pense pas que vous trouviez des papiers bien intéressants. Il était trop malin. Mais, qui sait ?

— Et après ? s'enquit Guelvada.

— Laissez Taudrille où il est, dit O'Mara. Allez voir sa voiture. Elle est garée derrière un buisson, dans l'herbe, derrière l'église. Qu'elle y reste. Elle ne vous gêne pas. Puis revenez ici sans vous faire voir. Demain, Tanga louera la barque de Pontienne. Elle fera une petite promenade avec lui dans l'estuaire. Au retour, la barque serrera de près la rive droite et passera sous la falaise. Tanga verra le cadavre sur les rochers. Elle attirera l'attention de Pontienne qui, dès son retour, téléphonera à la gendarmerie de Saint-Lys. La police de Saint-Brieuc, alertée, viendra se rendre compte, et l'on jasera. C'est ce que je veux.

— Peut-on savoir pourquoi ? dit Tanga.

— Taudrille travaillait avec quelqu'un qui connaît bien la région, dit O'Mara. J'entends un tiers, quelqu'un d'autre que Morosc ou que Nago, puisqu'il les a fait abattre. Ce tiers est sans doute la personne qui a conduit Nago à Saint-Lys en voiture.

— Mais, objecta Tanga, pourquoi Nago n'a-t-il pas pris sa propre voiture, si, comme vous l'assurez, elle était en bon état de marche ?

— Parce que Taudrille le lui avait défendu, répondit O'Mara. Taudrille en avait besoin, en plus de sa voiture personnelle. Voyez-vous pourquoi ?

Elle secoua la tête.

— Taudrille voulait me régler mon compte après avoir appris où se trouvaient mes amis. Malheureusement pour lui, je l'ai devancé. S'il avait pu me faire mon affaire, il lui aurait encore fallu se débarrasser du cadavre de Morosc. Il aurait attendu la nuit, serait allé chercher le corps du type, serait revenu à l'église, aurait placé mon cadavre sur le siège avant et lancé la voiture par-dessus le bord de la falaise.

— C'est bien cela, dit Guelvada.

— N'oubliez pas, dit O'Mara, que la position de Taudrille était excellente à condition de bien jouer le jeu. C'est apparemment un bon Français, un membre de la Résistance. Epps a confiance en lui, et Tanga aussi. Il s'est attribué une identité et un passé irréprochables. Tout est parfait pour lui s'il se débarrasse élégamment des corps de Morosc, de Nago et du supposé Philippe Garenne.

Il tendit la main pour une autre cigarette et l'obtint.

— Nago et Morosc sont identifiés. On sait qu'ils sont agents nazis. On apprend qu'ils sont passés dans la soirée au garage Volanon, où ils n'ont trouvé pour les recevoir qu'un pauvre idiot, à moitié ivre, Philippe Garenne. Ils savent que ce Garenne n'est autre que O'Mara, ex-agent du Service secret britannique, qu'ils entendent faire parler. Ils emmènent Garenne, alias O'Mara, jusqu'à la maison isolée de la route de Saint-Brieuc à Saint-Lys, dans cette intention. Ils le font parler et le tuent.

— Tout cela est très logique, dit Guelvada. Tout à fait dans le genre nazi.

— Après quoi, poursuivit O'Mara, Nago et Morosc se querellent. Cela aussi est très raisonnable. Nago est un intoxiqué, et les deux hommes travaillent pour un pays ex-ennemi dans une région très surveillée par les maquisards. Nago a assez de Morosc. D'autre part, il lui déplaît de partager avec son acolyte la prime due pour renseignements arrachés à O'Mara. Voici comment Taudrille aurait raisonné.

— Oui, dit Guelvada. C'est compris.

— Nago est donc supposé avoir tué Morosc. Il sait que la route de l'estuaire et celle de la falaise sont désertes. Il charge dans la voiture les corps de Morosc et de O'Mara, arrive sur la falaise, saute en marche et laisse la voiture faire le saut. Et voici pour Morosc et O'Mara.

» ... Puis Nago va à pied à Saint-Lys. Il y arrive fatigué, déprimé. Il lui faudrait se doper et il n'a pas sa drogue habituelle. Il se rend compte que la découverte des cadavres va tout de même compliquer les choses. Il a assez de toute l'histoire, se réfugie dans le petit bois de Saint-Lys et se tue d'une balle dans la tête, après avoir écrit sa petite note dans laquelle il avoue sa peur du maquis.

» Voilà, conclut O'Mara, comment Taudrille aurait combiné son affaire. Il serait venu ici prévenir Tanga, lui aurait dit qu'il était arrivé trop tard, que Nago, Morosc et O'Mara avaient déjà quitté le garage Volanon ; qu'à la maison isolée il n'avait pu que relever des traces de lutte, des taches de sang, qu'il avait fini par trouver la voiture écrasée au bas de la falaise. Elle aurait tout accepté et tenu Nago pour responsable de l'affaire.

— C'est exact, reconnut Tanga. Je n'avais aucune raison de suspecter Taudrille.

— Evidemment, dit O'Mara. La découverte du suicide de Nago venait confirmer l'histoire. Taudrille restait seul à connaître l'identité de Quayle, rentrait dans l'organisation, aux côtés de Tanga, n'attendant qu'une bonne occasion pour porter un nouveau coup. Qu'en dites-vous ?

— Vous avez raison, dit Guelvada. Tout s'enchaîne, se tient admirablement.

— Permettez, dit Tanga. D'après vous, O'Mara, Taudrille aurait été le seul à connaître l'identité de Quayle. Que faites-vous de celui qui a conduit Nago à la gare de Saint-Lys ?

O'Mara sourit.

— Pas bête, la dame, dit-il. Voici justement pourquoi nous allons appliquer mon plan. Oui, il y a un tiers.

— Il nous faut le connaître au plus tôt, dit Guelvada. C'est urgent.

— Demain, dit O'Mara, quand Ernest aura fait sa petite visite à feu Taudrille, Tanga téléphonera à Pontienne. Elle lui dira qu'il fait beau, qu'elle a envie de faire le tour de la baie, qu'elle veut partir au début de l'après-midi, vers deux heures. Elle ajoutera que c'est Philippe Garenne qui lui a recommandé de s'adresser à lui. N'oubliez pas, Tanga, quand vous aurez vu le cadavre de Taudrille sur le rocher, au bas de la falaise, de prier Pontienne de se rapprocher du bord.

— La comtesse va, semble-t-il , se distraire, dit Guelvada.

Tanga sourit.

— Oui, dit-elle. Cela sera assez drôle.

Elle regarda du côté de O'Mara, qui s'endormait.

— Dieu ! qu'il est désagréable, fit-elle, dépitée. Bonne nuit, monsieur Guelvada.

Guelvada s'amusait.

Comme l'horloge de la petite église sonnait une heure, il avait rangé la Typhon dans l'ombre des ifs. Debout, près de la longue voiture, la cigarette aux lèvres, il se demandait s'il allait d'abord inspecter l'automobile de Taudrille ou voir le cadavre.

Après tout, la voiture pouvait attendre. Il jeta sa cigarette, traversa le petit cimetière et prit le sentier de la falaise. Il marchait vite, sans bruit, en chantonnant.

Il trouva la descente et s'y engagea prudemment. La lune brillait, et une brise légère bruissait doucement dans les branches des ifs. Une nuit superbe.

Guelvada pensait à Taudrille. Qui pouvait-il être ? Quel avait été son vrai nom ? Quel genre d'homme avait-il été ? Probablement l'un de ces innombrables agents entraînés par Himmler. Et pourtant, se disait Guelvada, ces séides du régime nazi, si proches du robot, devaient avoir une individualité, une vie propre. Guelvada, dont l'esprit prenait aisément la tangente, cherchait à s'imaginer la vie privée, intime d'un Taudrille. Son entourage, son milieu, sa maison, ses femmes — s'il en avait eu.

Il arrivait au bas de la falaise. A cinquante pas, l'eau déferlait doucement sur le sable. A droite, s'étendait la ligne de roches tourmentées, pleines de trous, de crevasses, dangereuses pour le piéton. Guelvada, qui marchait dans la nuit avec l'assurance du chat, suivit le pied de la falaise dans l'ombre.

Il fit quelques pas et soudain vit le corps. Il était étendu sur une large pierre plate, dans l'ombre d'un gros rocher.

Ainsi donc, ceci avait été Taudrille. Et cela aurait pu être O'Mara. Celui-ci avait échappé au sort que lui préparait Taudrille parce qu'il avait la chance pour lui et aussi pour une demi-douzaine d'autres raisons.

Que n'avait-il entendu dire sur O'Mara ? La plupart de ces histoires étaient vraies. On ne tuait pas un O'Mara. Il échappait toujours, et souvent de peu. Il avait connu l'enlèvement, les coups, la torture. La mort le frôlait, mais sans l'atteindre. Cette immunité, il la devait à sa puissante intelligence — et aussi à la chance, le meilleur auxiliaire.

Guelvada se remémorait les jours sombres de la guerre, quand lui-même travaillait à Lisbonne, d'abord avec Kane, puis avec Michaël Kells, l'un des agents les plus subtils de Quayle. Parmi cette étrange tribu de Britanniques qui luttaient secrètement contre la menace nazie, les avatars de O'Mara étaient légendaires.

N'avait-il pas été une fois enlevé et enfermé dans une cellule étanche où l'eau montait lentement ? Il n'aurait pas dû en réchapper, pensait Guelvada, mais une fois de plus la chance avait joué. La maison voisine avait brûlé. Les pompiers, au cours de leur travail, avaient découvert le prisonnier. L'eau lui arrivait à la bouche.

C'était la chance la plus étonnante, la plus constante. O'Mara l'avait.

Autre chose aussi. Une sublime nonchalance, des nerfs d'acier, un cerveau puissant et un instinct sûr. On disait qu'il avait « le courage du lion, la prudence du serpent et l'instinct de la femme ».

Guelvada fit la moue. Une jolie combinaison.

Il consulta sa montre. Une heure vingt. Il était temps de se mettre au travail.

Enlevant son veston, il passa les mains dans des gants de chirurgie et entama une tâche assez déplaisante. Cinq minutes lui suffirent pour s'assurer que O'Mara avait raison. Rien d'intéressant dans les poches. Un briquet, un étui à cigarettes et un stylographe, ces deux derniers objets écrasés par la chute. Un paquet de billets de cent et cinq cents francs tachés de sang.

Guelvada glissa ses doigts dans la poche du gilet, sous le veston souillé, la poche dans laquelle O'Mara avait glissé la note écrite par Taudrille. Elle était vide.

Il se redressa, ôta ses gants en les retournant et les mit dans la poche de son veston, qu'il enfila, et considéra le corps.

On était venu. On avait fouillé le cadavre. On avait enlevé le papier. Pourquoi ? Détail, mais d'importance capitale.

« Une seule explication possible, pensa Guelvada. On ne voulait pas que la mort de Taudrille passe pour un suicide. »

Tous les plans de O'Mara se trouvaient bouleversés. L'intention de ce dernier était bien claire. La version du suicide couvrait une multitude de faits suspects. Cette note devait le faire admettre par la police de Saint-Brieuc, qui classerait l'affaire. Si elle avait pris la peine d'interroger Paris, elle aurait envoyé la carte d'identité et la photographie que Guelvada tenait à la main, prêt à la glisser dans la poche du mort. Avec l'aide du Deuxième bureau, on aurait découvert l'imposture du deuxième Taudrille.

La police aurait laissé tomber l'affaire. Elle aurait admis que le faux Taudrille avait été « éliminé » par le maquis ou par un des groupes de Résistance au courant de la substitution d'identité.

Il y aurait une enquête de pure forme qui aurait comblé les vœux de O'Mara.

Mais maintenant ? La découverte sur le cadavre du faux papier *sans* la note annonçant le suicide pouvait avoir un effet tout différent de celui qu'espérait O'Mara.

Guelvada réfléchit un moment, puis se décida. Il laisserait l'enveloppe. Si O'Mara protestait, il serait toujours temps de venir la reprendre.

Guelvada se pencha, glissa les papiers dans la poche et, silencieux comme une ombre, reprit le chemin par lequel il était venu. Tout en escaladant la pente, il chantonnait un air belge. Une vieille chanson pleine de sens : advienne que pourra, disait-elle. On n'y peut rien, ou si peu, que ce n'est pas la peine d'en parler.

La petite pendule d'ivoire placée sur la cheminée indiquait une heure vingt-cinq du matin. Quayle étendit la main, prit une cigarette sur la table de nuit, l'alluma et, couché sur le dos, se prit à considérer le plafond.

Il était vêtu d'un pyjama de soie bleue et d'une légère robe de chambre.

Sous son poids, le sommier fléchissait légèrement. Immobile, les yeux fixés au plafond, il cherchait en pensée à se représenter Rozanski.

C'est un grand avantage que de connaître son adversaire, ses traits, la forme de sa mâchoire, ses yeux, ses lèvres, l'expression habituelle de son visage. On sait quelque chose de lui. On peut deviner, prévoir. On peut encore se représenter le type de femme qui l'attirera ou à laquelle il pourra plaire. On peut imaginer ses réactions en certaines circonstances, son tempérament. Avec de la chance, on peut encore — l'idée fit un instant sourire Quayle — inférer de sa pression artérielle, de sa résistance aux boissons fortes, de ses réactions mentales.

De Rozanski, il ignorait absolument l'apparence, ne le connaissait que par ses actes. Et l'homme savait agir au mieux des circonstances difficiles dans lesquelles il se trouvait.

A coup sûr, un froid désespoir devait emplir son cœur. Il ne pouvait rien espérer. La guerre était finie. Le tableau de la chasse impitoyable faite aux agents disséminés dans le monde s'allongeait chaque jour. Le filet ramenait ici ou là un nazi qui se croyait en sûreté. Rozanski devait savoir ce qui l'attendait. Pour lui, il n'y avait pas de lendemain. Mais peu lui importait. Seul le présent comptait. Et il fallait avouer qu'il en faisait bon usage.

Il était parvenu à « liquider », suivant l'expression tant aimée des Allemands, quatre des meilleurs agents de Quayle travaillant dans la région de Gouarec. Mais il ignorait que le quatrième à mourir — Mullaly, un Anglo-Irlandais possédant un sens de l'humour que l'approche de la mort nè pouvait diminuer — avait griffonné, à ses derniers moments, sur une vieille enveloppe, une équation sèche et cynique :

« Marion, Ewart, Hugo, Patrick plus Rozanski égale Ceci. »

Quayle avait eu en main l'enveloppe souillée de sang et compris. Les prénoms désignaient Marion Doradel, Ewart Francis, Hugo Mayne et Patrick Mullaly. Plus Rozanski, ils avaient signifié… la Mort.

Quayle s'était mis au travail, sans grand succès. Il devinait dans ses grandes lignes la vie de l'homme. Jeune officier de cavalerie, plein de vie, d'ardeur, d'esprit de corps et peut-être d'intentions chevaleresques. Puis l'accident, qui avait provoqué sa mutation, sans doute assombri toute sa vie.

Puis son activité comme officier de renseignements pendant la guerre de 1914-1918, la dernière guerre entre gentlemen, alors que le service secret s'occupait surtout d'index et de fiches. Puis la paix et l'avènement du régime nazi.

Rozanski avait-il aimé ce régime ? C'était peu probable, du moins au début. De nombreux officiers de carrière s'étaient d'abord tenus à l'écart, dédaigneux. Mais, bientôt, ils avaient appris à le trouver supportable ; la vie avec les nazis pouvait offrir certaines compensations. En dépit d'eux-mêmes, ils avaient commencé à croire. Rozanski s'était certainement rallié. Pour finir, une vague d'enthousiasme l'avait soulevé, entraîné dans les premiers triomphes des armes allemandes. Involontairement, puis de bon gré, il avait souscrit aux préceptes moraux très particuliers des centres d'instruction d'espionnage, aux enseignements encore plus surprenants des académies d'entraînement des agents extérieurs et intérieurs de M. Himmler.

Il était devenu Rozanski — un nom, une méthode, un système qui signifiait la mort de tout individu assez fou pour résister.

Rozanski mourrait debout, en combattant. Pas d'avenir pour lui. Il ne pensait qu'à se venger des ennemis du système dont il était partie. Ces ennemis qui, par un étrange caprice du sort, étaient parvenus à abattre le système. Par un coup de chance, bien entendu...

Quayle se redressa, écrasa dans le cendrier sa cigarette à demi fumée et, s'asseyant sur le bout de son lit, se prit à considérer le radiateur électrique, qui ne fonctionnait pas.

Il avait appâté Rozanski. Un appât succulent, au point qu'il ne résisterait pas au plaisir de mordre. La tentation serait trop forte.

En premier lieu, O'Mara, le meilleur agent d'Angleterre. O'Mara sur un plateau. Puis, après l'insuccès du premier coup de ligne, O'Mara, Guelvada, et Tanga de Sarieux. Trois agents splendidement entraînés, pleins d'expérience, fleurs de l'espionnage et du contre-espionnage, qui, au cours de la guerre, avaient su frapper l'Allemagne au cœur, lui tirer du sang. Rozanski ne pouvait pas dédaigner une si belle proie.

Quayle pensait à ses trois agents et haussa les épaules. Il espérait qu'ils vaincraient, cette fois encore. Impossible de faire une omelette sans casser des œufs. Mais ces trois-là seraient durs à briser.

Fait caractéristique : Quayle ne se comprenait pas dans l'omelette. Et pourtant, cette fois-ci, Rozanski connaissait son existence, ferait évidemment tout son possible pour frapper et en finir.

La trompe de l'inter ronfla. Quayle s'approcha de sa table et prit l'écouteur.

— Monsieur Quayle, dit Myra, j'ai pris la note du Deuxième bureau. Vous ne vous êtes pas trompé sur le compte du *vrai* Taudrille. J'ai lu la fiche et le nom du chef du maquis de Gouarec. Autre chose. L'une des sections « M » vous demande. Ils ont employé le numéro particulier.

— Bien, dit Quayle. J'arrive.

Il sortit dans le couloir, traversa un salon, entra dans une petite cuisine, ouvrit la porte d'une armoire, en poussa le fond et se trouva dans une vaste pièce meublée de deux tables et d'une douzaine de grands classeurs en acier. Les murs étaient couverts de cartes à grande échelle de la côte bretonne et de l'hinterland. Sur la cheminée, s'alignaient une douzaine d'appareils téléphoniques. Myra était assise à sa table, à la gauche de son tableau.

— Vous semblez lasse, dit Quayle.

— Je suis fatiguée, dit-elle. Cette histoire de déménagement est venue tout compliquer. Heureusement, Eleanor sera ici dans un quart d'heure.

— Qui m'a demandé à « M »... ?

— Le colonel Mason, répondit la jeune fille. Il a appelé deux fois. La première fois, j'ai pensé que vous dormiez. Ce n'est pas très important, a-t-il dit.

— Passez-le-moi.

Elle forma un numéro et, après une brève attente, enfonça une fiche du tableau.

— Numéro trois, dit-elle.

Quayle décrocha l'un des récepteurs sur la cheminée.

— Allô ! Mason ?

Il écouta. Puis :

— Non. Il ne parlera pas. Ils ne parlent jamais, et nous n'avons pas le droit de les y forcer. Il sera pendu probablement.

Il raccrocha et resta accoudé à la cheminée, les mains dans les poches de sa robe de chambre.

— Nous sommes partis au bon moment de Pall Mall, dit-il après un silence.

— S'est-il passé quelque chose ? demanda Myra, levant un sourcil.

— Notre successeur était un Polonais, dit Quayle. Le représentant en Angleterre d'une maison de commerce. Il est resté tard au bureau hier soir.

— Et alors ?

Elle le regardait, anxieuse.

— Il est sorti vers minuit, reprit Quayle, et est parti en direction de Saint-James Street. A vingt mètres de la porte, une balle l'a couché. Mason dit qu'il était de ma taille et de ma corpulence.

— Est-il mort ?

Quayle fit un signe affirmatif.

— La police a arrêté sur-le-champ un Yougoslave, ou quelque chose d'approchant. Il n'a pas de papiers et ne peut expliquer sa présence en Angleterre. Il ne l'essaie même pas et refuse de parler. On a trouvé sur lui un pistolet. Si la balle qui a tué le Polonais correspond, on le pendra.

— C'était vous qu'on voulait, dit la jeune fille. Soyez prudent.

— Pourquoi ? demanda Quayle.

Elle ne répondit pas.

— Téléphonez à la comtesse, reprit Quayle, et passez-lui les renseignements du Deuxième bureau, ainsi que le nom et l'adresse de ce type du maquis de Gouarec. A partir d'aujourd'hui, employez le système date et chiffre. Vous donnez un numéro qui est le quantième du mois, plus le nombre du jour de la semaine. La comtesse vous répond par le quantième, plus le nombre du jour, plus trois ; Guelvada, plus deux ; O'Mara, plus un.

— Et la servante, Yvette ? demanda Myra.

— Ne vous occupez pas d'elle. Elle ne se servira plus du téléphone, dit Quayle. Bonne nuit ! ajouta-t-il en sortant.

Myra forma le numéro de Paris. La porte du fond s'ouvrit. Eleanor Frayne, la remplaçante, entra. Une grande fille blonde, l'air assez stupide. Elle étudiait, disait-elle, la décoration et s'intéressait vivement aux danses de ballet. Elle était l'une des quatre secrétaires qui assuraient le service permanent du bureau.

— L'une des sections « M » est sur la ligne, dit Myra. Un Polonais qui occupait nos anciens bureaux et qui ressemblait à Quayle a été tué hier soir en sortant.

Eleanor sortit un miroir de son sac et remit de l'ordre dans sa coiffure.

— Papa Quayle fera bien de faire attention, dit-elle.

— C'est ce que je lui ai dit, rétorqua Myra. Il m'a répondu : « Pourquoi ? »

— C'est juste, dit Eleanor.

Myra se leva, ouvrit un placard et en tira son manteau, qu'elle se mit en devoir d'endosser.

— Juste ? Que voulez-vous dire ?

— C'est clair, dit Eleanor. — Elle avait un joli zézaiement. — Si vous faisiez son métier, croyez-vous que vous pourriez faire attention à vous ?

Myra mit son chapeau.

— Bonne nuit, fit-elle.

— Bonne nuit, ma chérie, dit Eleanor. Ne vous attardez pas en route.

— Vous pensez sans doute qu'on va me fusiller dans la rue ? dit Myra, railleuse.

— Non, ma chérie. J'entends parler des loups errants du sexe masculin. Vous êtes à croquer.

— Quelle blague ! dit Myra, à laquelle le compliment ne parut pas déplaire.

» Vous aurez Paris dans une minute, reprit-elle. Pour un renseignement. On a réservé une ligne isolée pour un numéro de Saint-Brieuc. Tout cela est inscrit sur le carnet. La villa *Côte d'Azur*. O'Mara, Guelvada, de Sarieux. Le chiffre est le quantième, plus le numéro du jour de la semaine, plus un pour O'Mara, deux pour Guelvada et trois pour la comtesse. Vous y êtes ?

— Tout à fait.

Myra referma doucement la porte sur elle. Eleanor changea la fiche du tableau, manie dont elle n'avait pu se débarrasser, ouvrit son tiroir, en sortit un roman à couverture jaune et se plongea dans sa lecture.

Elle adorait les romans à sensation.

L'horloge de l'église sonnait deux coups au moment où Guelvada retrouvait le sentier de la falaise. Il ne cessait de penser à la disparition de cette note. Qui pouvait s'intéresser assez à Taudrille pour l'avoir prise ? Quand ?

Il traversa le cimetière, gagna la route, trouva, à l'abri des buissons, le coin d'herbe où la voiture de Taudrille était garée.

Il revint sur la route, regarda à droite et à gauche. Personne. Guelvada revint à la voiture, y monta, sortit de sa poche une lampe-crayon et se mit à examiner le plancher.

— Je vous tiens, sale crapule ! fit une voix basse et tremblante.

Guelvada poussa un soupir. Il lui était désagréable d'être dérangé en plein travail. Il se redressa, mit pied à terre et s'immobilisa. Devant lui, dans l'ombre du buisson, se tenait une jeune femme fort jolie. Ainsi en jugea-t-il, bien qu'elle parût très en colère et braquât sur lui un pistolet automatique.

— Mademoiselle, dit-il doucement, je suis peut-être une crapule, ce dont je doute fort, mais je ne suis pas sale. Je prends fréquemment des bains.

— Sale crapule ! Assassin ! Avec quel plaisir je vous tuerais sans plus attendre ! Mais non ! Je vais vous remettre aux mains de la police. J'irai vous voir pendre ou guillotiner. La corde serait le meilleur.

— Je le regrette beaucoup, dit Guelvada, qui haussa les épaules. Des deux méthodes, je préférerais certainement la guillotine, ajouta-t-il en traînant un peu sur les mots et l'œil en éveil.

La femme devait avoir vingt-huit ans. Il haussa un peu les rayons de sa lampe. Elle était vraiment très jolie. Un beau visage blanc, d'un ovale parfait. Ses yeux pleins de colère étaient bruns. Au repos, pensa-t-il, ses traits auraient été admirables. Une rage violente les déformait. Une femme d'action, pleine d'énergie et de vie.

— Mademoiselle, reprit-il, je vous serais reconnaissant de bien vouloir me dire qui j'ai tué ! La colère est mauvaise conseillère, ne l'oubliez pas. Que d'erreurs fatales elle a déjà causées !

— Je vous connais, dit-elle. Je vous devine. Vous êtes un de ces ignobles nazis qui battent les pays, cherchant encore à faire du mal. Jules m'avait renseignée sur votre compte.

— Vous voulez sans doute parler de Jules-François Taudrille ? Puis-je vous demander, mademoiselle, ce qu'il vous était ?

— Vous le saurez, siffla-t-elle. Je l'aimais et je le vengerai. Avant de venir à Saint-Brieuc, j'ai su, de sa bouche, les dangers qu'il allait affronter, les risques que sa tâche lui faisait courir. Je savais ce qu'il pouvait attendre des gens de votre espèce.

Ses yeux se mouillèrent. Pour quelque raison inexplicable Guelvada eut l'impression qu'elle prenait plaisir à la scène. Cette femme devait être une actrice professionnelle. En dépit de son amour pour Taudrille, de sa farouche résolution, en dépit de tout, le métier reprenait le dessus, et elle jouait.

— Je vous serais très reconnaissant de me permettre de fumer une cigarette et aussi d'abaisser le canon de votre pistolet. Je n'ai pas d'arme et suis entièrement à votre merci.

Il lui adressa un bon sourire, sortit une cigarette de sa poche et l'alluma.

— Pouvez-vous, reprit-il, me dire pourquoi vous me croyez le meurtrier de votre amoureux ?

— Pourquoi répondrais-je à vos questions, voyou ? rétorqua-t-elle. Alors que mon seul désir est de vous tirer une balle dans le ventre et de vous écraser la figure à coups de crosse pendant que vous vous débattrez contre la mort ! Croyez-vous gagner du temps ?

— Vous reconnaîtrez avec moi, dit Guelvada, sévère, que tout homme a le droit de retarder le moment où une balle le couchera. Mais vous n'en ferez rien, je le sais. Vous ne le ferez pas parce que cela serait contraire à votre nature même. Vous allez tout au contraire me dire ce qui peut vous faire croire que j'ai tué Taudrille.

— Pourquoi discuterais-je avec vous ? dit-elle. Il est évident que c'est vous qui avez assassiné Jules. Il m'avait promis de revenir me chercher après avoir fini son travail à Saint-Brieuc. Il courait un grand danger, je le savais, et son retard m'a inquiétée. Sa mission devait l'amener près de cette église. Je suis venue à bicyclette parce que je ne pouvais plus attendre. J'ai retrouvé sa voiture. Le moteur était froid.

— Vous auriez fait un excellent détective, dit Guelvada en fronçant les sourcils.

— Taisez-vous, dit-elle. Ne m'interrompez pas. Rien ne me serait plus facile que de vous tuer.

— Sans doute, mais cela ne vous servirait pas à grand'chose. Ainsi donc, vous avez trouvé la voiture. Et après ?

— J'ai suivi la falaise et j'ai trouvé le passage. Je suis descendue...

Guelvada voyait les larmes couler sur ses joues.

— ... Et je l'ai trouvé... mon pauvre ami.

— Mademoiselle, dit-il d'un ton pénétré, je compatis, croyez-le bien, à votre douleur. Permettez-moi de vous le dire. Si vous voulez m'écouter un instant, je vous prouverai que je ne suis en aucune façon responsable de la mort de M. Taudrille. Vraiment, je *crois* pouvoir le prouver.

Il la regardait. Sa figure rayonnait de bonté. Un si charmant sourire se jouait sur ses lèvres qu'une ombre de doute passa sur le visage de la femme.

— Permettez-moi, reprit Guelvada, de vous poser une ou deux questions, mademoiselle. Je suppose qu'après avoir été assez courageuse pour suivre le sentier et descendre sur la grève vous n'avez pas manqué de fouiller les poches du mort ?

— Oui, dit-elle. Il m'avait promis, s'il ne pouvait revenir en temps voulu à Saint-Lys, de venir me chercher...

— Après la représentation ? risqua Guelvada.

— Oui, dit-elle de sa voix douce et profonde. Et... vous venez de vous trahir. Vous nous avez espionnés. Jules se disait entouré d'ennemis implacables. Comment, autrement, sauriez-vous que je joue au théâtre ? Répondez-moi ?

— Le théâtre ? fit Guelvada. Mais on le sent, on le devine à chacun de vos gestes, à votre façon de parler. Vous êtes étonnante, d'ailleurs. En scène, vous devez être merveilleuse. Je l'ai su tout de suite... Mais laissons cela. Ainsi donc, vous aviez rendez-vous avec lui, après la représentation, à Saint-Lys...

— Il m'avait promis de m'envoyer un billet. Je pensais qu'il l'avait peut-être gardé dans sa poche et qu'il me permettrait peut-être de connaître ses assassins... Je sais qu'on l'a jeté au bas de la falaise. Il était si fin, si brave. Il n'est pas tombé par accident ; il avait le pied bien trop sûr. Non ! On l'a tué.

— Je n'en doute pas, mademoiselle, dit Guelvada, et vous avez rigoureusement raison. Vous avez donc cherché sur le cadavre le billet que vous supposiez y être, sans le trouver, n'est-il pas vrai ?

D'un signe, elle acquiesça. Le bras armé du pistolet pendait maintenant le long de son corps. « Il ne serait pas difficile de la désarmer », pensa Guelvada. Mais ce n'était pas nécessaire.

— Alors ? dit-il.

— On l'a tué, répéta-t-elle. J'en ai la preuve. Dans la poche du gilet, j'ai trouvé une courte note dans laquelle il disait redouter le maquis et vouloir se tuer pour lui échapper.

— Une idée bien ridicule, mademoiselle, dit Guelvada. Mais était-il impossible que M. Taudrille ait eu peur du maquis ?

— Imbécile ! fit-elle, la voix sifflante. Qu'aurait-il pu craindre ? Lui, cet incomparable agent de la France, l'un des premiers organisateurs de la Résistance dans ce pays, lui qui a combattu de toutes ses forces l'Allemand ? Mon brave... brave ami...

— Je comprends, dit Guelvada. Le doute n'est plus possible. Il a été tué par un homme à la solde des nazis.

— Oui, dit-elle. Par vous, sans doute.

Guelvada s'assit sur le marchepied de la voiture. Il semblait très à l'aise.

— Je puis vous assurer, mademoiselle, qu'il n'en est rien. Je vais vous le prouver à l'instant sans peine. Nous avons élucidé le fait essentiel : c'est vous qui avez pris le billet dans sa poche, parce que vous saviez qu'on prendrait Taudrille pour un misérable traître justement exécuté par un de ces braves et loyaux Français qui ont tant souffert ces dernières années. C'est bien cela, n'est-ce pas ?

— Evidemment, dit-elle.

Guelvada la regarda ; ses yeux bleus étaient purs.

— Ecoutez-moi, mademoiselle, dit-il. Vous m'avez dit la vérité, je le sais d'autant mieux que j'étais le second de Taudrille et son collègue. Moi aussi, j'attendais son retour à Saint-Lys. Moi aussi, je savais les dangers qui le menaçaient. Comme vous, je suis accouru, sachant qu'il avait un rendez-vous près de l'église, pour savoir ce qui s'était passé.

— Est-ce vrai ? dit-elle. Puis-je vous croire ?

— Je vais vous le prouver, mademoiselle. Avant que vous ayez été dans sa confiance, vous comprendrez qu'il était impossible à mon cher Taudrille de vous mettre au courant de certains secrets, secrets que moi-même, son collègue et ami, je soupçonnais seulement. Comme vous, je veux trouver son assassin et le tuer de ma main.

Dramatique, il se redressa de toute sa hauteur.

— J'ai dit la vérité et je le prouve. Quand j'ai, comme vous, retrouvé son corps, je l'ai fouillé, moi aussi. Mais je n'ai rien pris, mademoiselle. Au contraire. J'ai mis quelque chose dans sa poche, quelque chose qui prouve ma loyauté envers le pauvre Taudrille. J'ai voulu inciter la police à faire tout son devoir, la rendre plus désireuse de m'aider dans mes propres recherches.

— Qu'avez-vous fait ? dit la femme. Dites-le-moi.

— Vous ignorez peut-être, reprit Guelvada, que tout agent secret français porte sur lui une minuscule photographie, la sienne. On peut y lire en surimpression sa fiche personnelle. Il est ainsi capable de justifier de son identité. J'ai eu en main celle de mon ami Taudrille et je l'ai fait agrandir en deux exemplaires, dont l'un est resté à notre quartier général à Paris. Cette photographie, je l'ai glissée dans sa poche. Venez avec moi : vous la verrez vous-même.

Elle le regarda. Sa bouche se fit moins dure. Elle ne doutait plus, c'était visible.

— Je voudrais m'en assurer, dit-elle.

— Venez.

Elle le suivit dans l'obscurité à travers le cimetière, puis sur le sentier. Quand ils eurent marché un peu, il étendit la main et prit le pistolet. Elle se laissa désarmer sans résistance. Elle pleurait. Il glissa l'automatique dans la poche de son veston.

La brise de mer soufflait doucement. Guelvada la respirait à pleins poumons. « Taudrille, pensait-il, a été très fort. »

Un as.

O'Mara se réveilla, cligna des yeux, chercha à les accoutumer au soleil, qui pénétrait à flots par les larges fenêtres. Il s'étira paresseusement.

« La vie est chose bien curieuse », pensait-il. Un rien vient la modifier profondément. Quelques mois plus tôt, il n'était qu'un oisif élégant à Copacabana, Rio-de-Janeiro. Et soudain Quayle avait câblé quelques mots brefs, et tout avait été transformé. Il ne le regrettait pas, du reste. Qu'importait Rio et même la belle Eulalia ?

Quoi qu'il en soit, il avait fallu dire adieu à tout cela. Et il se retrouvait couché dans le lit d'une autre femme — qu'en penserait Eulalia ? — avec trois doigts brûlés et un problème qui réclamait une prompte solution.

Sa pensée s'égarait. Ne serait-il pas très drôle qu'Eulalia, pour des raisons connues d'elle seule, ait décidé de venir passer quelques jours à Saint-Brieuc et qu'elle retrouve son amant installé dans une agréable villa, aux côtés d'une femme charmante ? Qu'en penserait-elle ? Il y aurait du grabuge, assurément !

O'Mara en revint au présent. Sa main portait un bandage fraîchement refait. Il se sentait très bien. Cette Tanga avait dû le soigner au cours de la nuit, pendant qu'il dormait. Il sortit du lit, essaya son pied qui n'était pas trop douloureux et se recoucha.

Il était temps d'agir. D'« isoler » Rozanski, de le faire sortir de sa tanière et de lui régler son compte. Rozanski, assis à sa table, quelque part dans la région, ourdissait ses plans sinistres et, sûr d'être bientôt anéanti, chercherait à entraîner dans la mort le plus grand nombre possible de ses ennemis, ou de ceux qui, plus simplement, se trouveraient sur son chemin.

On frappa à la porte.

— Entrez !

Tanga parut, portant un plateau, qu'elle posa sur la table de nuit. Attirant à elle une chaise, elle s'assit et versa le café.

— Bonjour, O'Mara. Avez-vous bien dormi ?

D'un signe, il acquiesça. Pourquoi l'appelait-elle par son nom de famille, tout sec ?

Pourquoi les femmes avaient-elles presque toutes cette habitude d'ignorer son prénom ? Il ne pouvait se l'expliquer.

Il prit la tasse qu'elle lui tendait, remarqua une fois de plus ses doigts longs et fins, ses bagues admirables.

— Vous m'avez bien soigné la nuit dernière, dit-il. Je devais dormir profondément et me sens bien mieux maintenant.

— J'en suis heureuse, dit-elle.

Son accent, encore plus prononcé que d'habitude, n'en était que plus charmant.

— J'en ai profité, ajouta-t-elle avec un brusque sourire, pour vous examiner, pour étudier votre personnalité et votre caractère.

O'Mara lui tendit sa tasse, qu'elle emplit à nouveau.

— Quelles sont vos conclusions ?

Une lueur railleuse passa dans ses yeux.

— Personnalité... peut-être assez attachante. Mauvais, très mauvais caractère. Indigne de toute confiance féminine.

— Très juste, dit O'Mara. Avez-vous les renseignements demandés ?

— Evidemment. Le fin observateur qu'est O'Mara n'a-t-il pas déjà remarqué que, si bourgeoise et si « popote » que je sois, je puis aussi travailler dur et, fort heureusement, vivre presque sans sommeil ?

— A-t-on pris contact avec le Deuxième bureau et un chef local du maquis ?

Elle le regarda avec une certaine insolence, semblait-il à O'Mara, puis baissa les yeux. Quand elle les releva, son visage était impassible.

« Où Quayle peut-il trouver des femmes pareilles ? » pensa-t-il.

— Votre contact au Deuxième bureau est M. Guy Varin. Le Taudrille d'origine, le vrai, a travaillé dans sa section. Il vous intéressera sans doute d'avoir des détails sur l'activité du vrai Taudrille. J'en ai pris note. Yvette est en train de taper la fiche. Le chef du maquis local — qui s'est distingué pendant l'occupation et a été deux fois décoré par de Gaulle — est M. Jean-Marie Larue, habitant 13, rue des Pêcheurs, à Gouarec. Larue est photographe de son métier et a tué de sa main dix Allemands pendant la guerre. C'est un petit Breton, trapu, aux cheveux foncés, intelligent, et auquel on peut faire toute confiance. M. Varin envoie une photographie et un exemplaire de la carte d'identité dont le maquis use dans la région. Nous l'aurons aujourd'hui même.

— Avez-vous parlé avec Londres ?

— A Eleanor Frayne. Il paraît qu'un Yougoslave a voulu tuer M. Quayle. Aussi le quartier général a-t-il déménagé. Nous connaîtrons sa nouvelle adresse en temps utile. Le numéro de téléphone reste le même, et nous disposons d'une ligne directe *via* Paris. Le numéro de code est le jour du mois, plus celui de la semaine, plus un pour vous, deux pour Guelvada et trois pour moi.

Elle eut un bref sourire.

— ... Charmante façon, ajouta-t-elle, de nous faire savoir qui commande et qui doit obéir.

— Vous l'auriez su de toute façon, répliqua O'Mara d'un ton léger.

Il alluma une cigarette.

— Où est Guelvada ?

— Dans la cuisine, dit-elle. Il est rentré à cinq heures du matin. Il avait l'air guilleret et s'est mis à nettoyer la voiture. Il a dormi deux heures et s'est promené dans le jardin, parlant rhododendrons avec Yvette. Il est actuellement en train d'affûter un petit couteau suédois sur une pierre à huile. Savez-vous pourquoi ?

— Il porte ce couteau dans son chapeau, dit O'Mara. La lame, qui sort automatiquement du manche, a trois pouces et demi de long. Elle est toujours affilée comme celle d'un rasoir. Il lance admirablement le couteau. A dix mètres, il perce une carte à jouer en plein centre et prétend que c'est très propre, que cela évite bien des ennuis.

— Curieux homme, dit-elle. Pourquoi cette haine violente ?

— Les nazis ont été incorrects avec sa fiancée, et elle en est morte. Cela lui a déplu.

— Je comprends, dit-elle. C'est sans doute pour cela qu'il a l'air si gai. Il s'efforce d'oublier sa haine.

— C'est possible.

Il y eut un silence.

— Vous devriez vous reposer cette nuit, dit O'Mara. Je vais vous rendre votre chambre. Mais il me faudrait quelques vêtements décents.

— M. Varin vous en envoie de Paris, dit-elle. J'ai arrangé cela. Deux costumes, linge, souliers et objets de toilette. Je lui ai donné vos mesures.

— Très bien, dit O'Mara. Cet après-midi, vous pourriez prendre votre voiture et aller voir Volanon. Prétendez avoir arrangé avec moi un travail quelconque à faire sur la voiture. Voyez ce qu'il pense de mon absence. Ce que l'on en dit dans le village. Volanon est la gazette du pays. Plus tard, dans la soirée, avant de vous coucher, appelez M. Varin et faites-le prier la police de Gouarec de « découvrir » le cadavre du faux Taudrille. Cela vous évitera de sortir en barque avec le vieux Pontienne.

— Mais je me fais un plaisir de cette promenade, dit-elle en se levant. Je n'ai pas envie de me reposer.

— C'est possible, dit O'Mara, mais vous le ferez cependant. Vous aurez peut-être beaucoup de travail, plus tard. Prenez tout le sommeil que vous pourrez.

Elle sourit, et il en éprouva du plaisir.

— Je vous remercie de vous préoccuper ainsi de ma santé, dit-elle.

— Elle m'importe peu, répliqua-t-il. Pour l'instant du moins. Vous devez toutes vos forces à la tâche qui vous attend. Je voudrais voir Guelvada.

— Très bien, dit-elle en gagnant la porte.

Et, se retournant soudain vers lui :

— Vous montrez parfois une certaine propension à la brutalité. Bon nombre de femmes ont dû vous le dire avant moi, d'ailleurs.

— Oui... c'est exact, fit-il enfin, sans se troubler.

— Cela vous a-t-il fait plaisir ?

— Je n'y ai pas pris garde, dit O'Mara, haussant les épaules. Les femmes changent si souvent d'avis !

— Toutes ?

— Toutes.

Il étendit la main vers une cigarette.

Elle se tenait immobile, la main sur le bouton de la porte, dans une charmante attitude.

— Eulalia Guimaraes changeait-elle aussi d'avis ?

O'Mara fronça les sourcils. Un instant, il perdit son beau calme et gagna du temps en allumant sa cigarette.

— Je crois pouvoir assurer que la senhorita Eulalia Guimaraes ne m'a jamais taxé de brutalité, dit-il enfin en reprenant les mots mêmes de Tanga.

— Tout est pour le mieux si vous en êtes sûr.

— Je le suis, dit O'Mara.

Et, changeant de ton :

— Parlez sérieusement à Volanon. Renseignez-vous de votre mieux sur les bruits qui courent dans le voisinage. Sur ce qu'on pense de ma disparition, si toutefois on m'estime *disparu*.

— Entendu, fit-elle. Vos costumes seront ici dans une heure. M. Varin devait les envoyer par avion à Quimper, et de là en voiture. Voulez-vous voir M. Guelvada immédiatement ?

— Non, dit O'Mara. J'attendrai les vêtements. Je lui parlerai après déjeuner.

— Parfait. Je vais l'en informer.

Elle ouvrit la porte.

— Quant à Eulalia Guimaraes, vous vous trompez, ajouta-t-elle, avec un sourire éblouissant.

— Je voudrais bien savoir en quoi je me trompe, comtesse ?

Le ton était acide.

Elle haussa légèrement les épaules.

— Eulalia elle-même m'a avoué que vous manquiez parfois complètement de bonnes manières. Souvenez-vous : elle avait une ferme très belle au-delà de Huarjo, où elle élevait une grande quantité de jeunes porcs. Elle vous comparait parfois à eux... On déjeune à une heure et demie. Yvette va vous montrer votre nouvelle chambre et la topographie de la maison. Elle va vous apporter une robe de chambre.

Elle referma doucement la porte.

O'Mara écrasa rageusement sa cigarette dans le cendrier.

— Ça... par exemple !

Devant la glace, dans la chambre où Yvette l'avait conduit, O'Mara nouait sa cravate, non sans difficulté. Guelvada, assis à la fenêtre, regardait la vue, fumait et observait O'Mara.

— Votre amie de la nuit dernière me paraît très intéressante, dit O'Mara.

— Oui, fit Guelvada. Décidément, la comtesse a du goût, ce costume semble fait pour vous. Très bonne coupe. Elle voit tout... le plus petit détail...

— Tout est parfait, jusqu'au savon à barbe, dit O'Mara. Est-elle mariée ? L'a-t-elle été ? Que savez-vous d'elle ?

— J'ai consulté Myra, dit Guelvada, qui sourit. Elle est assez bien renseignée, comme d'habitude.

— Le mari ?

Guelvada écarta les mains.

— Ma foi... une de ces unions arrangées... Sarieux était plus jeune qu'elle, de trois ou quatre ans, je crois, et avait pas mal d'idées fausses.

— Sur quoi ? demanda O'Mara, surpris, en terminant son nœud de cravate.

— Sur les femmes, sur la boisson, les cartes et l'argent. Ainsi que sur la comtesse elle-même, dit Guelvada. Le mariage fut une faillite obligée.

O'Mara fouilla au fond de la valise légère envoyée de Paris, en sortit une boîte de cigares, l'ouvrit et sourit. Cinquante cigarillos sud-américains, de ceux qu'il préférait. Il en alluma un aussitôt et fuma avec délices.

Cette femme, Tanga, était étonnante. Comment avait-elle su ?

— Et alors ? fit-il.

Guelvada haussa les épaules.

— Elle ne divorça pas, dit-il en secouant la cendre de sa cigarette, parce que son mari était catholique et que sa famille — des gens très bien — ne l'aurait pas admis. Puis vint la guerre.

— Et il fut tué ? dit O'Mara.

Guelvada secoua la tête.

— Sa santé ne lui permettait pas d'appartenir à l'armée, même dans les services de l'arrière. Mais il semble qu'après la défaite Tanga soit parvenue à inspirer à son mari une grande ardeur patriotique, ce qui est stupéfiant, du reste. Il entra dans un groupe de résistance. Pris par les Allemands, il est mort de façon assez déplaisante, à Dachau, je crois.

— Que faisait-elle ? demanda O'Mara.

— Elle travaillait avec Quayle depuis qu'elle avait compris qu'elle n'aimerait jamais Sarieux, répondit Guelvada en s'étirant avec nonchalance. J'aime observer sa démarche. Son pas est gracieux et sa voix musicale. Elle a du goût, du chic. Elle est très belle.

Il bâilla.

— Je regrette seulement de ne pas savoir l'anglais pour faire d'elle une description plus pertinente.

— C'est fort bien ainsi, dit O'Mara, ironique. En dehors de la comtesse, qu'avez-vous observé ?

— J'ai parlé à Yvette, dit Guelvada. Elle n'a pas eu de chance, elle non plus. Les Allemands ont tué son mari, et elle reconnaît maintenant ses qualités. Le cas est fréquent, ajouta-t-il en bâillant encore. J'ai aussi lu un vieux numéro de l'*Observer,* le journal anglais. J'y ai vu qu'en 1941 un ministre grec avait provoqué une certaine « confusion » en envoyant toute l'armée en permission lors de l'attaque allemande. Cette « confusion » m'a grandement réjoui. Les Anglais ont une peur instinctive de l'exagération.

Il y eut un long silence. O'Mara marchait lentement, essayant son pied. Cela allait mieux. Les doigts aussi. Il aurait voulu se remettre tout de suite au travail.

— Et Ernestine ? lança-t-il.

— Elle est charmante, mon Ernestine, dit Guelvada. Elle me plaît beaucoup. C'est une grande actrice. Elle « joue » sans répit, et tout lui est bon pour satisfaire sa passion des planches. Même lorsque son amant a passé par-dessus la falaise, elle a trouvé moyen de dramatiser la situation. Ernestine devrait être à Hollywood. Elle y ferait merveille... à Technicolor.

— Qu'avez-vous fait après qu'elle a vu la photo que vous aviez glissée dans la poche de Taudrille ? demanda O'Mara.

— Nous sommes remontés sur la falaise, dit Guelvada. Elle voulait reprendre sa bicyclette et rentrer à Saint-Lys. Je m'y suis opposé. J'ai dit que je chargerais la bicyclette sur la Typhon et que je la ramènerais chez elle. Elle a fini par accepter, non sans plaisir.

Il porta la main à sa cravate.

— Je ne crois pas lui déplaire, reprit-il. En dépit de son amour pour feu Taudrille, elle s'intéresse vaguement à Ernest Guelvada, peut-être parce qu'elle le croit un ami de son ancien amant, peut-être aussi pour moi-même. J'ai cette impression.

— Admettons-le, dit O'Mara. Alors ?

— Je l'ai donc reconduite à Saint-Lys, dit Guelvada. Jolie promenade. Elle m'a tout dit sur elle et sur celui qu'elle croit avoir été Taudrille. Quel patriote ! Quel héros ! J'avais une forte envie de rire. A Saint-Lys, elle m'a fait stopper devant une charmante villa, à huit cents mètres au plus du petit bois qui doit toujours abriter le cadavre de notre excellent ami Nago. C'est là, me confia-t-elle, dans cette maison que Taudrille venait la voir. Ce n'était pas un imbécile que ce type.

— Il était assez intelligent, dit O'Mara.

— Elle me demanda si je voulais prendre du café, et j'acceptai. Nous entrâmes. De jolis meubles. Elle prépara le café, et je l'aidai. C'était délicieux. Elle me raconta comment elle avait connu Taudrille, comment elle s'était mise à l'aimer, pour les dangers que lui faisait courir son dangereux métier. Il était très bon pour elle et s'intéressait beaucoup à son art.

— Je le crois bien, dit O'Mara. Taudrille était assez malin pour comprendre que cette fille lui donnait une assise sérieuse à Saint-Lys et dans la région. Il a dû se servir d'elle comme d'un paravent sans qu'elle y ait rien vu.

— Vous devez avoir raison, dit Guelvada. D'ailleurs... Bref, nous avons pris le café. Il était tard, et j'ai promis d'aller la voir ce soir. Elle a un premier rôle, et je dois lui faire une analyse critique de son jeu.

» J'ai dit alors qu'il me fallait partir, et notre séparation a été dramatique. J'ai ajouté qu'en qualité d'ami de Taudrille j'étais aussi le sien, que, si Taudrille était mort pour la France, j'étais prêt à mourir pour elle, s'il le fallait. Tout cela a été très émouvant, poursuivit-il avec gravité. Elle m'a assuré qu'elle avait confiance en moi et qu'elle me serait très reconnaissante si je voulais ramener la voiture de Taudrille au garage, dont elle me donna la clef. Et l'adresse de la villa.

— Joli travail, Ernest, dit O'Mara. Et puis ?

— Puis nous nous sommes embrassés, et je suis rentré.

O'Mara suspendit sa promenade.

— Le chef du maquis local est un photographe du nom de Larue, Jean-Marie, 13, rue des Pêcheurs, à Gouarec, dit-il. Vous devriez louer une auto — n'importe où, sauf ici — et aller le voir avant de repartir pour Saint-Lys. Dites-lui de venir demain, vers dix heures du soir. Je voudrais lui parler. Il sait peut-être quelque chose, quoique j'en doute. Poursuivez le jeu avec Ernestine. Quel est son nom de famille ?

— Au théâtre, dit Guelvada, elle s'appelle Ernestine Duvallier. Mais son vrai nom est Ernestine Rumianska. Son père était polonais, marié à une institutrice de Nantes. Son père, qu'elle adorait, commandait un bataillon d'infanterie russe. Il est mort dans un camp de prisonniers, et c'est pourquoi sa fille n'aime pas les nazis. Elle déteste sa mère, qu'elle n'a pas vue depuis des années. C'est à cause du mauvais caractère de sa mère que son père était rentré en Russie.

— Je vois, dit O'Mara. Eh bien ! travaillez-la un peu. Gagnez sa confiance. Taudrille a pu lui dire quelque chose, si peu que ce soit. Nous ne devons rien négliger, même un mensonge.

— Un mensonge peut être très utile, dit Guelvada. Il est aussi très intéressant de savoir que c'est elle qui a permis à Nago d'arriver à Saint-Lys. Là-dessus, elle a été très franche.

— Qu'a-t-elle dit ? fit O'Mara en fixant Guelvada.

— Taudrille l'avait avertie qu'il allait à Saint-Lys pour une affaire très secrète, qu'un de ses associés, du nom de Nago, serait sur la route de Saint-Brieuc à Saint-Lys entre certaines heures. Il la pria de procurer à son compagnon un moyen de transport. Elle connaissait un marchand de poisson et s'arrangea avec lui pour qu'il prenne dans sa voiture Nago, qui l'attendrait à un carrefour. Taudrille ne revenant pas, elle pensa qu'il avait peut-être remis un billet pour elle au marchand. Elle le lui demanda et c'est ainsi qu'elle sut qu'il avait bien voituré Nago jusqu'à Saint-Lys.

— Je comprends, dit O'Mara, auquel le problème semblait maintenant plus clair.

Le tout était d'avoir de la patience.

Il s'approcha de Guelvada toujours à la fenêtre et jeta un coup d'œil dans le jardin.

La Typhon roulait lentement dans l'allée, en direction de la grille. Les cuivres polis étincelaient au soleil.

O'Mara regardait les mains gantées de blanc de Tanga posées sur le volant.

— J'ai bien travaillé sur cette voiture, dit Guelvada. Je l'ai astiquée à fond. Je ne savais pas qu'il y avait un homme chargé de ce soin.

— Qui est-ce ? demanda O'Mara.

— Un nommé Desart, dit Guelvada. Il fait les gros ouvrages de la maison et donne un coup de main au jardinier. Un vieux type sympathique, aux cheveux blancs, très bavard et amusant.

» Vous sentez-vous mieux ? ajouta-t-il en allumant une cigarette.

— Tout à fait bien, dit O'Mara, depuis que j'ai cessé de m'empoisonner avec l'eau-de-vie de Volanon. Mettez-vous donc en route, Ernest. Prenez l'autobus jusqu'à Coulan et gagnez à pied l'église de la côte. Ce n'est pas loin. Ramenez la voiture de Taudrille à son garage. Ce soir, vous rendrez la clef à Ernestine. Retournez chercher celle-ci après la représentation ; accompagnez-la chez elle ou offrez-lui à souper, peu importe, mais occupez-la jusqu'à une heure ou deux du matin.

— Cela ne sera pas difficile, dit Guelvada avec un sourire. Le cottage de Taudrille est à une quinzaine de kilomètres de Saint-Lys, sur la route de Gouarec à Saint-Brieuc. Voulez-vous que j'aille y faire un tour ?

— Non, dit O'Mara. Laissez la voiture au garage.

— Je suis heureux de vous voir presque rétabli, dit Guelvada en prenant son chapeau mou sur la table.

— Merci, fit brièvement O'Mara en souriant. Rien de tel que le travail pour vous remettre.

— Oui, dit Guelvada, qui retira de la coiffe de son feutre son couteau suédois et appuya sur le ressort. La lame sortit. Il passa délicatement son doigt sur le fil et remit le couteau en place.

— C'est vrai, dit-il. Rien ne vaut le travail. A bientôt.

Il sortit.

O'Mara finit son petit cigare, en écrasa le bout dans le cendrier et descendit dans le jardin. Desart travaillait dans le hangar. Un petit homme maigre d'une soixantaine d'années, très volubile. Sa figure était ridée comme une vieille pomme, et un sourire perpétuel montrait des gencives privées de leurs dents.

O'Mara lui offrit une cigarette et, s'accotant au pilier du hangar, se mit à bavarder.

Il était près de dix heures. A un bout de la table, O'Mara fumait un de ses petits cigares et regardait aimablement Tanga de Sarieux assise à l'autre bout.

— C'est très gentil d'avoir pensé à mes cigares. Est-ce Eleanor Frayne qui vous a renseignée ?

— Oui, dit-elle. Je le lui ai demandé. Puis j'ai parlé à M. Varin à Paris. Il m'a dit qu'il pouvait s'en procurer sur place.

— Vous pensez à tout, murmura-t-il.

— Je m'efforce d'être bonne, répondit-elle modestement.

— Et vous y parvenez, reprit O'Mara. Tout ceci est charmant. Un excellent dîner dans un cadre délicieux ; une belle hôtesse. Je pensais...

Il s'arrêta court.

— Vous pensiez ?... Ou bien n'est-ce pas pour mes oreilles ?

— Je pensais que la vie pouvait être bonne, dit O'Mara. Cette atmosphère est très agréable.

— Vous me comblez, dit-elle, en lui adressant un sourire éblouissant. Puis-je vous dire que vos vêtements vous vont fort bien ?

— Merci mille fois, dit O'Mara, qui se crut un instant membre d'une société d'admiration mutuelle. Il est rare, poursuivit-il, que les très belles femmes, comme vous, soient bonnes organisatrices. Vous êtes une exception.

Il lui adressa une petite grimace à travers la fumée de son cigare.

— Joli discours, O'Mara, dit Tanga. L'aviez-vous préparé ?

— Pourquoi ? dit-il en secouant la tête.

Elle pelait une pêche.

— Je le pensais, dit-elle.

Il l'observait en l'admirant.

— ... Vous auriez pu préparer. J'ai souvent cette impression quand vous me parlez et je sais pourquoi.

— Vraiment ?

— Vous avez peur de vous laisser aller, n'est-il pas vrai, O'Mara ? Vous vous trouvez à la table d'une femme qui ne vous déplaît pas, je suis heureuse de le constater. Vous vous demandez alors ce que vous devez faire. Il vous faut choisir entre la prudence et l'audace. La prudence l'emporte. Et vous faites des compliments. C'est votre façon, à vous, de vous garder. N'est-il pas vrai ?

— Rien ne vous échappe, dit-il en souriant... Mais je m'inscris en faux...

— Peu importe, dit-elle, c'est vrai. Vous craindriez, en parlant trop ouvertement, de créer une atmosphère préjudiciable à l'accomplissement de notre tâche commune. Vous êtes soucieux et devez sans doute vous trouver dans une impasse.

— Une impasse, dites-vous ? répéta-t-il en souriant.

— Oui, je le maintiens. En premier lieu, vous n'avez pas encore recouvré la santé. La situation vous préoccupe. Vous ne savez comment l'aborder. Vous pensez à Quayle, qui compte sur vous. A votre réputation.

— Pourquoi non ?

— Oui, pourquoi ? fit-elle en haussant légèrement les épaules. On vous sait intelligent et sans pitié, même avec vous-même, tout comme Quayle l'a été avec vous. Les deux hommes qui vous ont brûlé les doigts auraient pu aussi bien vous tuer.

— Admettons-le, dit O'Mara. Alors...

— Vous pouvez être sans pitié avec moi si la situation l'exige. Vous êtes en train de penser que vous serez peut-être contraint de vous montrer impitoyable et vous jugez expédient de me tenir à distance pour l'instant. Ne vous inquiétez pas, ajouta-t-elle, je suis prête à me sacrifier, si c'est nécessaire.

« Une femme extrêmement intelligente », pensa O'Mara.

— Quelle plaisanterie ! dit-il.

— Je dis vrai, et vous le savez, reprit-elle. Mais dites-moi ce qui va maintenant se passer. Puis-je savoir ?

— Rien pour le moment, répondit-il. Vous travaillez très bien, et je n'ai pas à me plaindre.

— Nous y voici, dit Tanga. Mes activités n'ont-elles pas été jusqu'ici bien limitées ? Quelques coups de téléphone à Londres et à Paris ; quelques arrangements domestiques rendus faciles par la prévoyance des Chervasse. Au total, rien de bien délicat ni de très important.

Elle prit une cigarette dans la boîte d'argent. O'Mara se leva pour venir l'allumer.

— M. Quayle m'a souvent trouvé des occupations plus intéressantes, ajouta-t-elle.

— Je n'en doute pas, dit O'Mara.

— Tout ceci me déplaît, reprit Tanga. Un peu de café ?

— Non, merci. Je sortirai, cette nuit, poursuivit-il. Ernest Guelvada rentrera tard. Si j'étais vous, je prendrais du repos pendant qu'il est temps encore.

— Vous m'avez déjà dit cela ce matin. Je ne suis nullement fatiguée, croyez-le bien. Je serai debout quand vous reviendrez.

Elle rit.

— ... J'espère que je n'aurai pas besoin de la boîte à pansements.

— Je l'espère aussi, dit O'Mara sans rire.

Il y eut un silence.

— Ne trouvez-vous pas stupide d'aller au-devant du danger avant d'être complètement guéri ? demanda-t-elle.

— Je ne *cherche* jamais le risque, dit O'Mara. Du moins sans raison. Je vais fort bien, du reste, et je vous remercie de cette sollicitude.

— C'est normal, dit-elle en s'accoudant sur la table. Je me demande pourquoi vous passez la plus grande partie de votre temps à rompre des lances avec moi.

— Moi ? fit O'Mara, surpris.

— Oui. Vous ! Vous êtes réticent, un peu banal. Vous ne devriez pas avoir peur de moi.

— Vous m'amusez vraiment, dit O'Mara. J'aurais peur de vous ?

— Le mot est peut-être un peu fort. Je ne connais pas le mot anglais qu'il me faudrait.

— Peu importe, dit O'Mara. Pourquoi aurais-je peur ?

— Je ne sais pas, dit-elle. Peut-être parce que Eulalia était une de mes amies et m'a parlé de vous.

— Oh !... ça.

— Le mot « peur » ne convient pas. Dites-moi, ajouta-t-elle en se penchant vers lui, la trouvez-vous vraiment charmante, délicieuse ?

O'Mara ne se sentait pas à son aise.

— Vous avez raison, dit-il. Il ne s'agit pas de peur, mais plutôt de gêne.

— C'est cela même, dit-elle. Voilà le mot qui me manquait. — Elle sourit, montrant ses dents blanches. — Est-elle aussi agréable, aussi amusante qu'elle est belle ? Savait-elle ce que vous faisiez à Rio avant de la rencontrer ?

— Elle l'ignorait, dit O'Mara. Pourquoi l'aurait-elle su ?

Et, brusquement :

— Avez-vous encore d'autres questions à me poser ?

— Non. Je n'oserais insister.

— Dites-moi donc ce qui s'est passé cet après-midi, fit-il, changeant de sujet. Avez-vous vu Volanon ? Ernest Guelvada et moi, nous vous avons regardée partir.

— C'est très gentil à vous, dit-elle. Oui, je suis allée au garage. J'y ai trouvé Volanon, appuyé à la porte, fumant une effroyable cigarette. Il semblait avoir bu quelque peu.

— Oui, dit O'Mara, qui se représentait la scène.

— Je lui ai demandé s'il voulait bien faire le travail dont j'avais parlé à son aide. Il a paru surpris et m'a avoué qu'il ne savait de quoi je voulais parler.

— Et alors ?

— J'avais demandé à Garenne, lui ai-je dit, de nettoyer le moteur de la Typhon. Garenne, ai-je ajouté, avait accepté. Il suffisait que je lui amène la voiture un après-midi vers trois heures.

— Qu'a répondu Volanon ?

— Que Garenne était parti. Que son aide n'était qu'un ivrogne stupide, très occupé à courir les jupons à ses rares instants de lucidité. Qu'en temps ordinaire il passait son temps à cuver son alcool. J'ai fait mine d'être choquée et lui ai demandé pourquoi il ne prenait pas un autre ouvrier. Je pensais, ai-je ajouté, que certains jeunes gens des environs seraient très heureux de trouver de l'ouvrage. Il a mis un certain temps à répondre. Pour finir, il m'a dit qu'en dépit de ses défauts Garenne lui convenait fort bien. A jeun, c'était, a-t-il assuré, un bon ouvrier. Il comprenait d'ailleurs qu'un homme s'enivrât.

— Je ne le savais pas si compréhensif, si humain, dit O'Mara. Et qu'avez-vous répondu ?

— Qu'il était immoral d'employer des gens continuellement ivres. On pouvait avoir, a-t-il rétorqué, des raisons de boire. Il pensait que Garenne souffrait d'une peine cachée, qu'il devait essayer sans doute d'oublier une femme. C'est bien possible, après tout, conclut-elle.

O'Mara se mit à rire.

— Je n'ai pas besoin de boire pour oublier les femmes, dit-il.

— Vraiment ?

— A-t-il dit autre chose ? demanda O'Mara.

— Non. Sinon que Garenne pouvait revenir d'un moment à l'autre. Que, quand vous aviez une bonne « cuite », vous alliez vous étendre sous les ifs, près de l'église. Que vous y passiez parfois des jours entiers. Que vous y aviez même dormi sous une tempête de pluie. On vous avait retrouvé la tête sur une pierre tombale en guise d'oreiller. Vous avez dû mener une bien triste vie, mon pauvre ami.

— Oui, dit O'Mara. Ainsi donc, Volanon ne prend pas mon absence au tragique. Pour lui, j'ai trop bu, ou je cours après une femme de la ville. C'est tout à fait normal de sa part. Ces deux alternatives se sont déjà présentées avant, toutefois, que je ne m'adonne complètement à la boisson. Je vous remercie beaucoup.

— Vous voici renseigné, dit-elle en se levant. Et, maintenant, je vais lire. Je vous souhaite une nuit intéressante et profitable.

— Je veux l'espérer telle, dit O'Mara en lui ouvrant la porte. A propos, je serais heureux de me servir de la Typhon. Vous n'aurez pas besoin d'elle, je pense ?

Elle le regarda, les yeux agrandis par la surprise.

— Certainement non, dit-elle. J'attendrai, en bonne hôtesse, le retour de mes invités. Et je ne poserai aucune question.

O'Mara la regarda. D'un bref coup d'œil, il vit le corsage de dentelle, le décolleté, la broche de diamant, la longue jupe noire fendue qui laissait voir les petits souliers de satin et une fine cheville.

— Très belle et très compréhensive, dit-il avec un sourire, qu'elle lui rendit.

— Deux qualités essentiellement féminines jusqu'ici dépensées en pure perte. Au revoir, O'Mara.

Il referma la porte sur elle, revint à la table, se versa un petit verre de brandy et le but. Puis il sortit par la porte-fenêtre et traversa la pelouse. La baie se piquait de feux clignotants. Il pouvait reconnaître, à gauche, les fenêtres éclairées du café et de la chambre de Volanon, au-dessus du garage.

Il suivit le sentier qui courait vers la colline, serpentait entre des petits bouquets d'arbres. L'endroit avait un air de mystère qui aurait pu plaire en d'autres circonstances.

Sous les arbres, il faisait très noir. La lune faisait briller la mer. O'Mara consulta sa montre, il était dix heures trente.

Le vieux Desart — l'aide-jardinier de la villa — l'avait reconnu. Sa surprise avait été immense de voir Garenne, l'ex-ouvrier du garage Volanon, reçu par Mme la comtesse de Sarieux à la *Côte d'Azur* !

Jamais, pensait O'Mara, le pauvre homme ne pourrait garder pour lui cette nouvelle sensationnelle. Il devait déjà l'avoir répandue au *Nouveau Café,* son coin préféré dans le quartier des pêcheurs, à Saint-Brieuc. L'histoire courait de bouche en bouche. Peut-être Volanon en avait eu des échos.

La nuit était chaude, idéale pour une promenade en voiture. O'Mara rebroussa chemin, traversa la pelouse, ouvrit la porte du garage. Il en fit sortir la Typhon en marche arrière, descendit pour refermer la porte à glissières, s'accota au mur en attendant que le moteur s'échauffe. Que pouvait faire Rozanski en cet instant ? Qui était-il ? Que pouvait-il savoir de la situation ?

Beaucoup sans doute. Il n'avait pas été long à utiliser le renseignement que Morosc et Nago avaient arraché à O'Mara. Quelques heures avaient suffi, et l'infortuné successeur de l'*International Refrigeration Company* avait payé de sa vie une erreur sur la personne. Rozanski avait un service bien organisé — jusqu'à un certain point.

Il remonta en voiture, démarra lentement, franchit la barrière et, tournant à gauche, s'engagea dans la petite route menant au bois, au-dessus de la ferme Gourant. Le moteur tournait rond, et O'Mara, qui n'avait pas piloté depuis des mois, éprouvait un certain plaisir à se retrouver le volant aux mains.

Encore une fois, il tourna à gauche, derrière la ferme, suivit une route secondaire pendant près de trois milles, puis prit à droite la route de Quimper à Gouarec. Elle passait derrière Saint-Brieuc, et un chemin carrossable allait lui permettre de passer sur l'autre bord de la rivière.

La route s'étendait, brillant sous la lune, assombrie de temps à autre par de petits boqueteaux. Il appuya sur l'accélérateur, vit l'aiguille du spidomètre atteindre soixante milles.

Il goûtait intensément le plaisir de la vitesse. Sur dix milles, il maintint l'allure, ralentissant aux virages allongés, virant au frein dans les courbes brusques.

Puis il modéra le moteur, s'arrêta dans un coin d'ombre, sortit de sa poche un petit cigare. Il le fuma avec délice, heureux de constater que le mauvais alcool n'avait pas affecté l'état de ses nerfs.

Il repartit bientôt. Deux milles plus loin, il tourna à gauche, descendit la pente. Il laissait Saint-Brieuc derrière lui. La route se faisait plus étroite et rejoignit bientôt le chemin qui menait à l'église.

Bientôt parut une lumière qu'on aurait crue au sommet de la falaise. O'Mara stoppa, gara sa voiture sur le bas-côté herbu et marcha vers une ombre solitaire.

Le gendarme — il était de la brigade de Saint-Lys — vint à sa rencontre.

— Qu'y a-t-il ? demanda O'Mara. Puis-je vous offrir mes services ?

— C'est trop tard, monsieur, dit le gendarme en secouant la tête. Un particulier a jugé bon de descendre la falaise, ou de se faire pousser par-dessus la crête. Rien à faire. Il est bon pour la morgue.

— Un homme du pays ? s'enquit O'Mara.

— On ne sait pas, dit le gendarme. Le brigadier enquête et ne m'a pas fait l'honneur de discuter la question avec moi, ajouta-t-il avec une grimace. On relèvera le corps dans la matinée.

— Un joli saut, conclut O'Mara. Eh bien !... au revoir.

Tout allait bien de ce côté. Varin avait avisé la police, qui venait de « découvrir » le corps. L'affaire était en bonne voie. Il était temps...

Il regagna sa voiture et passa l'église sur la route de Gouarec. Quinze milles plus loin, évitant Gouarec, il prit la route de Saint-Lys. Il s'arrêta sur le côté de la route. Il lui fallut un quart d'heure de marche pour arriver à la maison de Taudrille.

La villa, avec son toit rouge et ses murs blancs, faisait très bien sous la lune. La pelouse était soignée. Un mur bas l'entourait.

O'Mara poussa la barrière, entra, s'arrêta devant la porte de derrière. A côté, s'ouvrait le garage. O'Mara discernait sans peine les traces des pneus de la voiture que Guelvada avait ramenée quelques heures plus tôt.

Non loin de la porte donnait une fenêtre. O'Mara l'examina. Elle n'était pas fermée. Il l'ouvrit, entra, en repoussa les battants. Il était dans une cuisine. Un petit couloir menait à la grande porte, traversant de part en part la petite villa.

Il y avait des rideaux aux fenêtres, mais la lune éclairait fortement le salon dans lequel il pénétra. Les meubles en paraissaient de vieux style.

O'Mara consulta sa montre. Il était près d'une heure. Il regagna la cuisine et commença un examen systématique des lieux, utilisant la petite lampe de Guelvada quand c'était indispensable. Il fouilla la cuisine, la chambre à coucher, revint dans le salon, en fit le champ de ses investigations. Mais que trouver quand on ne sait pas ce que l'on cherche ?

Il s'arrêta devant la petite bibliothèque, qui ne contenait que deux livres. O'Mara prit l'un d'eux. C'était une *Vie de Napoléon,* par Charles Duroc. Un vieux bouquin, joliment relié, sur un beau papier. La plupart des pages n'en étaient pas coupées. O'Mara le remit en place, prit l'autre. Une traduction polonaise du théâtre de Shakespeare, par Julian Korsak, éditée à Vilno en 1840.

O'Mara s'approcha de la table, tenant le livre dos en dessus, et écarta les doigts. L'ouvrage s'ouvrit aux pages 410 et 411. Toutes deux étaient propres. On décelait pourtant une ombre légère sur l'une d'elles.

O'Mara vint se placer près de la fenêtre, le dos à la lumière, et examina soigneusement la tache à l'aide de sa lampe. Deux lignes avaient été soulignées au crayon, et l'on avait pris la peine d'effacer le trait avec une gomme ayant sans doute déjà servi.

O'Mara lut :

Co po imieniu ? Roza choc nazwisko mieni

Czyliz sie, mniej powabnym kolorem rumieni.

Il traduisit :

Qu'importe le nom ? La rose m'enivrera toujours de sa beauté cramoisie.

Décidément, il préférait le texte de Shakespeare.

Il haussa les épaules, referma le livre et le remit en place. Taudrille devait avoir disposé d'assez peu de temps pour lire. Ses goûts étaient en tout cas assez particuliers.

O'Mara revint au milieu de la pièce, sortit son dernier cigare et en coupa le bout avec les dents. Il se sentait vaguement désappointé. Il avait, contre toute logique, espéré trouver quelque chose chez Taudrille, un indice, une ligne de conduite ou d'action.

Cette maison devait avoir joué un rôle important dans les plans de Taudrille et de celui qui se cachait derrière lui. De celui qui voulait tuer Quayle, de Rozanski, agent nazi. Elle se trouvait exactement au centre de la zone où Quayle avait perdu ses quatre collaborateurs. Elle aurait dû *parler.*

O'Mara s'impatientait. Connu pour sa rapidité, sa chance et sa résolution, il risquait de perdre sa réputation. Peut-être était-il allé trop vite avec Taudrille, qui, vivant, aurait sans doute valu plus cher que mort.

Il haussa les épaules et alluma son cigare. Rien à faire. Il se tourna vers la porte et s'immobilisa soudain. Elle s'ouvrait.

Volanon apparut, le visage convulsé de rage et suant. Son ventre débordait de son pantalon de toile bleue. L'homme paraissait formidable. O'Mara sut aussitôt qu'il n'était pas ivre. La main hâlée qui tenait le pistolet ne tremblait pas.

Les deux hommes se dévisageaient. Volanon remuait les lèvres, voulait parler. La colère l'étouffait visiblement. O'Mara tira une bouffée de son cigare. N'était-il pas vexant de se faire « descendre » par un Français furieux, dans une petite maison déserte, sans raison valable ?

— Salaud !... Cochon !... Tu as cru pouvoir tromper papa Volanon. Je vais te tuer, Garenne !

Il fit un pas, leva le bras...

— Ne faites pas l'idiot, dit O'Mara, la voix sèche. Vous n'êtes pas un imbécile quand vous ne buvez pas. Calmez-vous.

— Imbécile. Tu ne m'auras pas, crapule. Je ne t'écouterai pas. Une balle, tout de suite !

— Vous le pouvez, évidemment, dit O'Mara. Mais vous serez guillotiné.

Volanon éclata de rire.

— Penses-tu ! Crois-tu donc qu'on me guillotinera pour t'avoir descendu ? Tu connais assez bien le pays pour savoir comment on y traite les voyous de ton espèce, comment le maquis règle les comptes des Boches ? On ne m'inquiétera même pas. La police oubliera tout quand elle saura qui tu es !

Volanon reprenait haleine.

— Sale traître ! Tu parles à Emile Volanon, à celui qui a travaillé avec le maquis. A l'homme qui a aidé à sauver les aviateurs anglais tombés en France, les agents français et britanniques. Papa Volanon a secouru tous ceux qui étaient contre les nazis. As-tu compris ? — Il rit. — On retrouvera ta carcasse ici. La police sera au courant. Et les amis me féliciteront.

— Croyez-vous ? dit O'Mara. Que voulez-vous dire avec votre police sachant qui je suis ? Encore une fois, ne faites pas l'imbécile, Volanon !

Il mit ses mains dans ses poches, sans perdre l'autre du regard.

— Tu as tué un bon Français, reprit celui-ci. Tu as assassiné Taudrille. On a trouvé son corps cette nuit. On l'avait poussé par-dessus la falaise, pas loin de l'église et du bosquet d'ifs où tu as si souvent cuvé ton vin. Je comprends maintenant ! Tu complotais avec tes amis, les rescapés de ta sale bande d'espions nazis, de toute cette clique qui voudrait perpétuer la tradition de Hitler, malgré tout. Tu as tué Taudrille, te dis-je !

— Très bien, dit O'Mara. Puisque vous le voulez, j'ai tué Taudrille. Mais il faut parfois se méfier des apparences, Volanon. Une erreur pourrait vous coûter cher. Si l'on vous prouvait que vous avez tué un ami de la France...

— Toi ! Toi ! Un ami de la France, bégaya le garagiste... Laisse-moi rire ! Allons ! finissons-en !

— Une minute, reprit O'Mara. J'ai deux choses à vous dire. Vous dites avoir travaillé avec le maquis, avoir aidé les Britanniques. Cela devrait vous faire réfléchir. N'avez-vous jamais, au cours de la guerre, entendu parler de gens qui paraissaient travailler avec les Allemands et qui en réalité se dévouaient pour la France ? Et que savez-vous de Taudrille ? Lui, un bon Français ? Qui le prétend ? Et pourquoi ? La police, parce qu'elle a trouvé dans sa poche sa photo et sa fiche du Deuxième bureau. Comment je le sais ? — O'Mara eut un petit rire. — Parce que je les y ai mises moi-même. Croyez-vous que, si j'avais tué Taudrille, j'aurais été assez bête pour laisser sur lui cette photographie ? Autre chose : si le corps n'était pas celui de Taudrille ? Le cadavre d'un autre ?

— Pourquoi t'écouterais-je ? dit Volanon.

Dans la voix, O'Mara décela le doute.

— Je n'en sais rien, dit-il, mais vous m'écoutez cependant.

— Il y a, paraît-il, deux raisons pour que je ne te tue pas. Je connais la première et je voudrais entendre la seconde. J'aime satisfaire ma curiosité.

Il s'approcha. Son pistolet restait braqué sur la poitrine de O'Mara.

— La voici, dit celui-ci. Vous avez là une bien vieille arme.

Il regarda l'automatique. Le cran de sûreté n'était pas mis. Volanon n'avait qu'à appuyer sur la détente. Il fallait risquer le tout pour le tout.

— Vous ne semblez pas être très habitué à ce pistolet, Volanon, en dépit de votre service au maquis. La sûreté est mise. Vous auriez dû y penser.

Instinctivement, Volanon baissa les yeux. Déjà O'Mara sautait, cognait du genou la main tenant l'arme. Son poing atteignit le menton. Une balle partit au plafond. Volanon s'écroula, et sa tête heurta violemment le plancher. O'Mara mit le pied sur le pistolet, que Volanon tenait toujours dans sa main.

— Lâchez ou je vous rentre les dents dans la gorge !

Volanon obéit. O'Mara ramassa l'arme non sans peine, de sa main blessée, et la glissa dans sa poche.

— Je l'ajouterai à ma collection en Angleterre. Asseyez-vous, mon vieux, et laissez vos nerfs se détendre. Parlons peu, mais bien.

Volanon se releva, porta sa main à son menton, l'œil brillant encore de rage.

« Après tout, pensa O'Mara, ce n'est pas un méchant garçon. En dépit de la mauvaise eau-de-vie, de la nourriture infecte, il restait ce que sont la plupart des Bretons, un bon Français. »

Volanon s'assit dans le fauteuil. Ses yeux ne quittaient pas O'Mara, debout devant la cheminée, les mains dans les poches.

— Ecoutez-moi, mon vieux... Si j'étais l'homme que vous croyez, l'assassin de Taudrille, ami de la France, je devrais vous tuer, ne serait-ce que pour vous fermer la bouche. Le fait que je m'en abstiens devrait vous faire réfléchir.

Volanon restait silencieux.

— ... Dans une minute, vous allez partir, continua O'Mara. A propos, comment êtes-vous venu ?

— A bicyclette, comme d'ordinaire.

— Où est-elle ?

— Dehors. Cachée sous un buisson.

— Bien, dit O'Mara après un moment de réflexion. Rentrez au garage.

Quand vous serez chez vous, débouchez donc une bouteille de votre mauvaise eau-de-vie, buvez-en un bon coup et posez-vous quelques questions. Vous vous sentirez bien mieux après cela.

— Quelles questions ? demanda Volanon, hargneux.

— Demandez-vous d'abord pourquoi j'ai tué Taudrille et vous ai épargné, si je suis vraiment celui que vous croyez. Ensuite si je n'aurais pas un lien avec un certain Jean Larue, habitant 13, rue des Pêcheurs, à Gouarec. Cela ne vous dit rien ?

— Comment ?... Vous connaissez Jean ? Il sait qui vous êtes, lui ?

— Non, dit O'Mara. Pas encore. Mais, moi, je le connais. Vous avez su que j'étais l'hôte de la dame qui a fait réparer un pneu chez vous il y a quelques jours. Cela vous a paru étrange. Vous avez trouvé surprenant que cet ivrogne de Garenne, votre ouvrier, soit reçu par cette dame. Vous avez pensé et entendu bien d'autres choses encore. Quand vous avez appris la mort de Taudrille, vous avez décidé de me supprimer. Le maquis ne pourrait, selon vous, que vous en féliciter. Vous vous êtes dit que je ne serais pas le premier traître à disparaître depuis la Libération.

O'Mara tira sur son cigare.

— Mon vieux, vous avez gaffé depuis le début. Demain, Jean Larue va venir me voir à la *Côte d'Azur.* Cela doit vous suffire.

— Vous voulez me faire croire, Philippe..., commença Volanon, plus calme, que...

— Rien du tout, dit O'Mara. Je vous dis tout simplement que celui que vous croyez s'appeler Taudrille n'était qu'un agent nazi. Je l'ai tué. Oui. J'adore tuer les nazis. Maintenant, si vous tenez à voir Jean Larue après-demain et lui parler de moi, libre à vous. Il vous confirmera mes dires. Sinon, ajouta-t-il avec un sourire, vous me trouverez à la villa. Venez avec votre pistolet. Mais je suis tranquille...

— Je doute encore, dit Volanon.

— Je le comprends, mais vous y viendrez. Reprenez donc votre bicyclette et rentrez chez vous.

Volanon se remit sur pied, écarta les mains dans un geste de résignation.

— Que puis-je faire ? murmura-t-il.

— En effet. Suivez donc mon conseil. Ah ! autre chose. Si vous êtes un bon Français, mon vieux, motus ! Sinon, vous aurez trahi votre pays.

— Je ne parlerai à personne, dit Volanon d'un air digne assez cocasse. J'attendrai après-demain. J'irai à Gouarec. Je verrai Jean Larue. S'il confirme vos déclarations, tout ira bien. Sinon, je vous retrouverai.

— C'est ça, mon vieux. Bonne nuit !

Il sortit de sa poche le pistolet de Volanon.

— ... Tenez, reprenez donc ça. Les routes ne sont pas sûres. Vous pourriez rencontrer un nazi en chemin. Un vrai, cette fois-ci.

Volanon prit l'arme.

— Je commence à vous croire, Philippe, dit-il. C'est égal : il serait étrange que j'aie eu chez moi un Anglais pendant des mois sans m'en douter.

A la porte, il s'arrêta, regarda par-dessus son épaule.

— Mais si Larue n'est pas d'accord, nous vous aurons !

— Entendu, dit O'Mara.

Deux minutes plus tard, il le vit s'éloigner à bicyclette. Il attendit dix autres minutes, sortit à son tour, regagna sa voiture et rentra à petite allure, très absorbé par ses pensées et surtout par Volanon.

A deux heures et quart, il prenait le dernier virage avant la barrière de la villa et redressait son volant, quand une détonation sèche éclata. Le pare-brise vola en éclats.

O'Mara franchit la barrière, stoppa, sauta à terre et attendit. Des bruits de pas pressés, puis une course sous bois... Il remonta en voiture et la rentra au garage, dont il ferma avec soin la porte.

Portant la main à la figure, il la retira rouge de sang. Un éclat de verre lui avait coupé la joue. Avec un juron, il contourna la maison, sonna à la grand'porte. Une minute passa, et Yvette parut.

— Mon Dieu !... monsieur O'Mara !... Encore une blessure. Vous devez être bien mauvais chauffeur.

Tanga parut à son tour en haut de l'escalier.

— Bonjour, O'Mara, fit-elle. Le café vous attend ; j'ai tenu ma promesse. Vous avez aussi besoin qu'on vous panse. Yvette, la trousse !

Yvette disparut.

— ... Qu'y a-t-il ? Qu'est-il arrivé ?

— Une simple égratignure. Quelqu'un a tiré dans le pare-brise comme je passais la barrière.

Elle haussa les épaules.

— Vous ne me paraissez pas être très populaire dans la région, dit-elle. Approchez-vous donc, que je vous soigne.

Et, plus doucement, elle ajouta :

— Il fut un temps où vous étiez joli garçon. Mais, si vous continuez ainsi, vous serez bientôt défiguré, repoussant. Au point que les jolies femmes vous voudront toutes comme *repoussoir*.

— Cela sera charmant, dit-il en la suivant dans l'escalier.

Il sortit dix minutes plus tard de la chambre de Tanga. Son nouveau pansement faisait un étonnant contraste avec les traces des violences de Morosc, sur l'autre joue. Il suivit le couloir, en direction de sa chambre, vit de la lumière sous la porte de Guelvada et entra.

Le Belge était en train de laver son petit poignard sous un filet d'eau. O'Mara fronça les sourcils. Il avait vu la couleur de l'eau de la cuvette.

— Il a servi ?

Guelvada tourna la tête et montra une face heureuse, hilare.

— Pourquoi pas ? fit-il. Je faisais une petite promenade dans les environs quand j'ai entendu votre voiture. Je n'étais pas loin de la barrière quand on a tiré sur vous. Je vous ai vu sauter, et j'ai su que vous étiez indemne.

— Alors ?

— J'étais derrière un arbre, poursuivit Guelvada. A cinq mètres du tireur. Je fus sur lui avant qu'il ait pu tenter une deuxième fois sa chance. Il était très fort. Un jeune homme. C'était très intéressant.

— Comment cela ?

Guelvada haussa les épaules.

— Nous nous sommes empoignés, et j'ai dû l'abîmer un peu. Puis il s'est enfui. J'ai suivi. Il est tombé sur une branche, mais il a eu le temps de se relever et de tirer son couteau.

Guelvada se mit à essuyer la lame sur une serviette.

— Je l'ai examiné. Il était beaucoup plus jeune que moi. J'ai pensé qu'il serait fâcheux de me faire blesser dans les circonstances présentes.

— Je comprends, dit O'Mara. Vous lui avez lancé le couteau.

— Oui, dit Guelvada. Un coup superbe. Juste dans l'artère, au-dessous de la pomme d'Adam.

— Où est-il ? demanda O'Mara.

— Dans un buisson. On mettra un certain temps à le retrouver.

— Ce pays, dit O'Mara, est couvert de cadavres. Morosc, Nago, Taudrille et, maintenant, celui-là. Vous ne savez pas qui c'est ?

Guelvada secoua la tête.

— Bonne nuit, Ernest ! dit O'Mara.

Guelvada se mit à polir la lame de son couteau.

4

Rozanski

O'Mara et Guelvada allaient et venaient dans la grande allée. Il était huit heures. Les ombres s'allongeaient, et une petite brise venait de la mer.

— Elle est amusante et pas bête, cette petite Ernestine, disait Guelvada. La nuit dernière, après le théâtre, on ne parlait à Saint-Lys que du cadavre découvert dans les rochers près de Saint-Brieuc. Non pas qu'on n'en ait pas vu d'autres. Le maquis a bonne mémoire et dent dure. Mais on disait qu'il s'agissait cette fois d'un *agent* français ; l'un de ceux qui cherchent les derniers nazis dans le pays. A la fin de la représentation, Ernestine était soucieuse, inquiète. Elle s'est excusée de me quitter, arguant d'une course urgente. Je l'ai attendue dans un café.

— Elle a dû aller à la police, dit O'Mara.

— C'est bien cela, dit Guelvada. Elle connaît un inspecteur. Elle y a appris qu'on avait trouvé le corps de Nago et le petit billet écrit sous la dictée de Taudrille. Le même que celui qu'elle avait elle-même trouvé sur le cadavre de son amant. Aussi est-elle sûre que les deux hommes ont été tués par le même assassin.

— L'a-t-elle dit à la police ?

— Non. Elle m'a réservé l'information, estimant que je pourrais ainsi trouver plus facilement le meurtrier de Taudrille. C'est, assura-t-elle, quelqu'un qui était au courant de ses plans, qui savait où le trouver et où trouver Nago. Elle est pleine de haine.

— Faites attention à vous, Ernest, dit O'Mara. Avez-vous déjà pensé qu'elle pourrait bien toujours vous suspecter d'avoir exécuté Taudrille et Nago ?

— J'en courrai la chance, dit Guelvada, haussant les épaules. Mais je ne le crois pas. Elle est absolument charmante, et trouve une certaine qualité dramatique à la situation. J'ai aussi l'impression qu'elle commence à oublier l'autre.

— En votre faveur, sans doute ? demanda O'Mara.

— Certaines femmes l'ont déjà fait, dit Guelvada. Et sans trop de façons.

— Et Jean Larue ?

— Il viendra cette nuit, à dix heures trente. A la nuit, par conséquent. A bicyclette, par la ferme Gourant. Il entrera par la petite porte, traversera la pelouse et frappera à la porte-fenêtre. Il assure qu'il y a dans la région beaucoup plus de ces sacrés nazis qu'on ne le pense généralement.

Il y eut un silence.

— Votre Ernestine m'inquiète, dit enfin O'Mara. Selon moi, elle ne va pas tarder à agir. Pour l'instant, elle réfléchit. Il est bien possible qu'elle retourne voir la police pour attirer son attention sur la similitude des notes trouvées sur les corps.

— Elle en a eu déjà l'idée, dit Guelvada. Je l'ai combattue. J'ai prétendu que cette démarche rendrait mes recherches plus difficiles. J'ai ajouté que je réfléchirais et que je lui en parlerais ce soir.

— Gagnez du temps, dit O'Mara. C'est essentiel. Annoncez-lui que vous avez pris langue avec le quartier général à Paris, que celui-ci va agir. Prenez rendez-vous pour demain en lui laissant espérer du nouveau. Jusque-là faites qu'elle se taise.

— Je pourrai ainsi gagner un jour ou deux, dit Guelvada. Après quoi, elle sera moins maniable. Non pas qu'elle ait aimé passionnément Taudrille, mais parce qu'elle le croit un bon agent français tombé sous les coups des nazis. Ils abondent par ici, assure-t-elle.

— Elle a peut-être raison, dit O'Mara.

Tanga se montra à la porte-fenêtre de la salle à manger et fit un signe à O'Mara qui s'avança.

— M. Quayle vient de téléphoner, dit-elle. Vous parliez à Guelvada, et il n'a pas voulu vous déranger. Mais il désirerait que vous l'appeliez ce soir.

— Du nouveau ? demanda O'Mara.

— Il m'a donné sa nouvelle adresse. Mélissande House, Saint-John's-wood, Londres. Guelvada doit la connaître aussi — en cas d'accident.

— C'est tout ?

Elle secoua la tête.

— Eleanor Frayne a été tuée, dit-elle encore. M. Quayle est convaincu qu'on l'a prise en filature à sa sortie de notre ancien quartier général. On l'a suivie jusqu'à Pall Mall. Elle s'en est aperçue et a voulu prévenir un policeman. L'homme qui la pistait a tiré. Il a voulu aussi abattre l'agent, mais on a pu le désarmer.

— A-t-on trouvé quelque chose sur lui ?

— Oui. Une note en code ; un ordre d'action immédiate ; tout dépendait de lui, paraît-il. M. Quayle estime que le meurtrier est probablement le dernier agent de l'organisation nazie en Angleterre et qu'il a tenté un coup désespéré.

— C'est probablement exact, dit O'Mara. Ils n'ont plus beaucoup de monde. A nous de veiller afin qu'il n'en rentre pas d'autres.

— Pauvre petite Frayne ! dit Tanga. Une si jolie fille !... Voulez-vous dîner maintenant ?

O'Mara fit un signe d'assentiment.

— Guelvada va à Saint-Lys, dit-il. Il passera la soirée au théâtre, où il va retrouver sa petite amie.

Il la suivit dans la salle à manger.

On dîna en silence. Le café servi et Yvette sortie, O'Mara se tourna vers Tanga.

— Vous feriez mieux de ne plus sortir le soir, dit-il. Ne vous risquez même pas dans le jardin. Il serait possible qu'on vous tire un coup de fusil. Je ne tiens pas à ce que vous vous fassiez tuer inutilement.

— Je serai prudente, répondit-elle en souriant. Moi aussi je tiens à la vie. Vous pensez que l'homme qui a tiré sur vous hier pourrait...

— Non, dit O'Mara. Pas lui. Il est mort. Guelvada lui a réglé son compte avec son petit couteau. Une sale histoire...

— Pourquoi donc ? s'enquit-elle. Cela vous déplaît ?

— Beaucoup. L'homme était probablement un maquis.

— Un maquis ? répéta-t-elle, incrédule. Mais comment...

— Eh ! oui, comment ?... Il faudrait une belle malchance pour se faire descendre par un maquis, après six ans de guerre, ajouta-t-il d'une voix plus douce. Ne sortez donc pas.

— C'est bien, dit-elle. Un peu de café ?

Elle emplit sa tasse.

— Qu'avez-vous donc, O'Mara ?

Il se leva, se mit à arpenter la pièce à grands pas.

— Ce que j'ai ? Parbleu ! La déveine me poursuit depuis le début. Impossible de « crocher » dans quelque chose de solide. Je n'aurais pas dû tuer Taudrille, voyez-vous ! Il eût été bien préférable d'attendre et de voir venir. Mais comment faire ? C'était lui ou moi. Cette affaire commence mal. J'ai tout du type qui cherchait un nègre habillé de noir dans un tunnel. Je ne sais par quel bout commencer...

— La chance ne vous a pas souri cette fois, dit Tanga. Je le reconnais. Mais cela changera, n'en doutez pas.

— A temps, j'espère, répliqua-t-il en se levant pour allumer la cigarette de Tanga et son propre cigare, avant de retourner à sa chaise. Ils ont tué un malheureux qui avait la malchance de ressembler à Quayle ; ils ont tué aussi la jeune Frayne. Donnez-leur-en le temps, et ils auront Quayle tôt ou tard. Ce serait une grande perte pour nous tous, pour le pays. Il nous faut des Quayle, et le besoin s'en fait sentir aussi impérieusement qu'au cours de la guerre...

— Tout viendra à point, hasarda Tanga.

— Je veux le croire, fit-il brièvement. Mais c'est à *moi* de provoquer la crise. C'est pour cela que j'ai vécu comme un chien, pendant dix mois, au garage Volanon, que j'ai bu son horrible alcool, mangé sa répugnante cuisine.

Il rit, mais ses yeux brillaient de colère contenue.

— Du nouveau ? Nous en avons. On a tué un inoffensif Polonais, et Eleanor Frayne ne s'intéresse plus aux problèmes de la décoration. C'est tout. Le plus dur, dans la vie, ajouta-t-il en se levant, est de ne rien faire, d'attendre. Cela me convient fort peu.

— Comment, ne rien faire ? protesta-t-elle. Vous êtes blessé et ne cessez de vous dépenser de toutes les façons ! Vous n'avez rien à vous reprocher. Guelvada n'a-t-il pas déjà découvert certains indices ? Cette fille, Ernestine...

— Partie nulle ! dit O'Mara violemment. Ernestine... Que savons-nous d'elle ? C'est peut-être une brave fille abusée par Taudrille. C'est peut-être aussi tout autre chose. Que faire pour le savoir ? Attendre et voir venir. L'avenir nous renseignera. Nous réussirons peut-être. Peut-être aussi retrouvera-t-on Guelvada au pied de la falaise, en dépit de toute son habileté. Alors nous saurons.

— Nous ne pouvons rien faire qu'attendre, dit Tanga. Rien.

— Je ne puis me permettre ce luxe. Ils travaillent, eux.

— Reposez-vous, détendez-vous, O'Mara, conseilla-t-elle. Si vous le pouvez. Vous êtes comme un tigre impatient.

— Il est neuf heures, dit-il en se levant, après avoir consulté sa montre. Dans quelques minutes, Volanon va fermer les portes de son garage. Puis, s'il n'y a personne au bistrot, il ira dans le quartier des pêcheurs, au *Nouveau Café.* Je vais le voir avant qu'il ne quitte le garage.

— Et alors ?

— Je lui parlerai. Il *doit* savoir quelque chose. C'est certain. Et *cela* pourra nous être utile.

— C'est possible, dit-elle, très calme.

— Ne sortez pas d'ici, reprit O'Mara. Gardez Yvette avec vous. N'allez courir aucun risque. Jean Larue sera ici à dix heures trente, venant de Gouarec en passant par la ferme Gourant. Il entrera par la petite porte, du côté du potager, traversera la pelouse et frappera à la fenêtre. Eteignez la lumière avant de lui ouvrir.

— Bien, dit-elle. Bonne chance !

— Merci.

Il s'en fut d'un pas rapide au garage, sortit la voiture par la grande grille et prit la route Gourant-Saint-Brieuc, déserte à cette heure de la nuit. Deux milles à soixante à l'heure, et il tourna dans le chemin qui menait à la gauche de l'estuaire.

Comment Volanon avait-il pu savoir que lui-même, O'Mara, rendait une visite discrète à la maison de Taudrille ? Il y avait là plus qu'une coïncidence. Volanon était renseigné. Deux sur trois des pêcheurs de la côte avaient été dans le maquis, douloureuse épine dans le pied de l'occupant. Plus tard, ils s'étaient bien vengés sur les traîtres et les collaborateurs. Certains de ces hommes savaient sans doute quelque chose qui était venu aux oreilles de Volanon. Celui-ci, grand bavard, savait aussi écouter.

O'Mara arrêta la voiture, dans l'ombre d'un mur, à cent mètres de la route de l'estuaire. Continuant son chemin à pied, il allait lentement, sous le couvert de l'obscurité, prenant garde de ne pas se laisser surprendre par un pêcheur attardé. La lune était haute, et la mer clapotait doucement au pied des quais du petit port.

La route se faisait plus étroite. O'Mara n'était plus qu'à cinquante mètres du café Volanon, qui était sombre et silencieux. Les portes du garage étaient fermées, mais la fenêtre de la chambre de Volanon était éclairée.

Avec précaution, O'Mara fit le tour du garage et ouvrit la petite porte de côté, qu'on fermait rarement. Il entra, referma la porte, s'arrêta dans le noir.

Puis, reprenant sa marche, il traversa sans bruit le garage, ouvrit la porte du petit bureau, alluma l'électricité. La place était vide, la table couverte, comme d'habitude, d'un fouillis de journaux, de catalogues, de plumes n'écrivant pas, de bouts de crayons.

Sortant du bureau, il monta l'escalier, suivit le couloir, ouvrit la porte de son ancienne chambre, vide, puis celle de la chambre de Volanon, vide encore, mais où la lumière était allumée. Pour finir, il inspecta la minuscule cuisine et l'office remplie de vieux pneus et de ferraille.

La maison était déserte. Mais la lumière allumée dans la chambre de Volanon indiquait que celui-ci n'allait pas tarder à rentrer. Il était bien trop parcimonieux pour consommer inutilement du courant.

O'Mara descendit, sortit par la petite porte et alla jusqu'à l'eau, dont il suivit le bord.

Il était furieux. Furieux de devoir ajouter de nouvelles inconnues à un problème déjà bien compliqué. Mais que faire d'autre ? Son instinct lui conseillait de se hâter d'agir.

La route n'était plus qu'un sentier suivant le bord de l'estuaire. Quelques buissons l'agrémentaient, dont certaines branches pendaient au-dessus de l'eau noire. On distinguait, de loin en loin, les têtes de ces piquets de fer employés par les Allemands pour amarrer leurs bâtiments légers.

O'Mara, se frayant un chemin dans les buissons, arriva au bord de l'eau et songea à rebrousser chemin : Volanon devait être rentré chez lui.

Et, soudain, il sut qu'il n'était pas utile de revenir au garage. La face forte de Volanon flottait sur l'eau noire et semblait le regarder. Les yeux étaient ouverts, et le béret noir, rétréci par l'eau, enserrait la grosse tête.

Il avait, pensa O'Mara, acquis une certaine dignité dans la mort. La fixité des yeux n'enlevait pas au visage une expression de noblesse qu'il n'avait pas eue de son vivant.

O'Mara eut un soupir excédé, releva les jambes de son pantalon et entra dans l'eau. Etendant la main, il la posa sur la nuque humide et froide, attira le corps à lui et considéra cette face morte.

Le Breton avait été poignardé entre les deux épaules. Une large blessure irrégulière, un travail d'amateur armé d'un méchant couteau.

O'Mara se redressa, regarda autour de lui, se mit à suivre le bord, puis s'arrêta.

La rive portait la trace de pieds boueux. Juste au-dessus, s'étendait une branche. On avait poussé Volanon — à moins qu'il n'ait glissé dans l'eau. Un accident peut-être. Il avait saisi la branche, s'était efforcé de remettre le pied en terrain sec. On l'avait laissé approcher, puis, quand il s'était baissé pour monter sur la berge, on l'avait frappé. Volanon était retombé, pour mourir dans l'eau.

O'Mara saisit la branche, s'en aida pour reprendre pied, examina l'herbe aux alentours. Il n'y avait pas trace d'une lutte. Tout au plus de vagues empreintes de pieds sur l'herbe poussiéreuse.

Un point blanc attira son attention. Il se baissa et ramassa un papier, une petite enveloppe. On y lisait : « Cachets antimigraine du Dr Veniot. » O'Mara, debout, examinait avec soin les environs.

Un peu plus loin, du côté de l'eau, il trouva un porte-mine en argent. Il le ramassa. Cette enveloppe et ce porte-mine avaient dû tomber de la poche de l'assassin.

Enlevant son veston, il roula encore une fois son pantalon au-dessus du genou et rentra dans l'eau à mi-jambe. De la main, il explora le fond, exactement au-dessous de l'endroit où l'on voyait des traces de pas sur la rive. Il ramassa des petits cailloux, qu'il jeta, poursuivant ses recherches.

Ses doigts se refermèrent sur un objet dur, qu'il sortit de l'eau et examina. Un petit livre relié de cuir noir. Il le mit dans sa poche. Cinq minutes encore, il chercha sans rien trouver, reprit pied, secoua l'eau qui emplissait ses chaussures et regagna le garage.

Pour la première fois de sa vie, il se sentait désorienté. Impression nouvelle, fort désagréable. Tout allait de travers. O'Mara avait toujours mené le jeu qu'il ne faisait aujourd'hui que suivre, en simple spectateur. A toute initiative de sa part répondait un mouvement de l'ennemi plus rapide que lui.

Entrant dans le garage par la petite porte, il la verrouilla sur lui. Il examina le sol. Rien n'avait été touché. Il monta l'escalier, visita les chambres, éteignit la lampe qui brûlait toujours dans celle de Volanon et redescendit au bureau, obscur, où il alluma la lampe.

Il sortit le livre de sa poche et l'ouvrit. En dépit de l'eau qui l'imbibait, on lisait distinctement le titre : « Petite édition des œuvres de William Shakespeare. »

O'Mara tourna les pages. Le coin de l'une des feuilles était plié. Il examina avec soin le papier, et les mots lui revinrent en mémoire : *Qu'importe le nom ? Ce que nous appelons une rose aura toujours son doux parfum...*

Ainsi donc l'assassin de Volanon s'intéressait à Shakespeare et à cette citation de *Roméo et Juliette.*

O'Mara se rappelait la traduction polonaise dans le salon de Taudrille. La traduction de Korsak en 1840 : *Qu'importe le nom ? La rose m'enivrera toujours de sa beauté cramoisie...*

Traduction assez libre, inférieure au texte original.

Un artiste, ce Korsak. Il avait préféré parler couleur, parler de rose cramoisie, un mot bien-aimé des poètes.

Cramoisi ? Pour quelque mystérieuse raison, ce mot hantait l'esprit de O'Mara. Pourquoi ?

Assis dans le petit bureau poussiéreux et encombré de prospectus, O'Mara réfléchissait, allumait machinalement une cigarette. Existait-il un rapport entre le Shakespeare de Taudrille, le nazi qui ne lisait que la vie de Napoléon et l'édition polonaise de Shakespeare, et la petite édition de poche de l'assassin de Volanon ?

C'était indiscutable. Nécessaire. Il ne pouvait être question d'une simple coïncidence.

O'Mara se répétait à lui-même le texte de Korsak :

Co po imieniu ? Roza choc nazwisko mieni
Czyliz sie, mniej powabnym kolorem rumieni.

— Bon Dieu !

Un sourire passa sur ses lèvres, découvrant ses dents de loup.

Il enfouit le livre dans sa poche et décrocha l'écouteur du téléphone, attendit, les yeux fixés sur quelque papier, sur le bureau, sans rien voir.

Yvette répondit.

— Je veux parler à Madame, dit O'Mara. Tout de suite. Ici, O'Mara.

— Bien, monsieur.

Il s'énervait, tapait du pied. Tanga vint en ligne.

— J'ai eu de la chance. Mais nous devons faire vite, dit-il, laconique.

— Tant mieux, dit-elle.

— Larue est-il chez vous ?

— Oui. Depuis dix minutes. Il est arrivé en avance.

— Que pensez-vous de lui ?

— Il me plaît. C'est un Breton. Un dur.

— Pourquoi est-il arrivé si tôt ? demanda encore O'Mara.

— Il avait un travail urgent à Saint-Lys. Il est photographe, et la police l'emploie. Chose amusante, il a été prié de photographier les corps de notre ami Taudrille et de Nago, qu'on a, paraît-il, retrouvé dans un bois. Il est venu directement de Saint-Lys.

— Je ne sais si ma chance va tenir, dit O'Mara. Larue a-t-il son appareil avec lui ?

— Attendez un instant. Je vais voir.

Il patienta. Tanga revint à l'autre bout de la ligne.

— Oui, dit-elle. Tout son chargement est sur sa bicyclette.

— Bon ! fit O'Mara. Cela va nous faire gagner beaucoup de temps. Je voudrais que vous veniez immédiatement ici avec Larue. Je suis au garage Volanon. Comment allez-vous faire la route ?

— Larue a sa bicyclette. Yvette en a une aussi. Je sais m'en servir. Je n'aime pas beaucoup cela, mais dans un cas pressé...

— C'est urgent, dit O'Mara. Prenez la bicyclette.

— Bien, patron ! fit-elle en riant.

— Mettez un manteau, dit-il. Modifiez un peu votre apparence, mais pas trop cependant. Changez votre coiffure. Mettez une blouse ou tout autre vêtement auquel vous soyez peu accoutumée. Je veux qu'on puisse pourtant vous reconnaître.

— Parfaitement, dit-elle.

— Venez par la ferme Gourant, reprit O'Mara. Il n'y a personne par ici. Volanon est parti. J'ai laissé la voiture tout contre un petit mur. Abandonnez vos bicyclettes au même endroit. Dites à Larue d'apporter son appareil. Prenez bien garde de ne pas être vus. Entrez par la porte latérale du garage.

— Fort bien, dit-elle. Va-t-on s'amuser ?

— Beaucoup, fit O'Mara.

— Je m'en réjouis, dit Tanga. Je commençais à m'ennuyer.

— Vous m'en voyez très fâché, dit O'Mara. Vos hôtes vous importunent sans doute ?

— Pas du tout. Au contraire. Non, je pensais...

— Quoi donc ?

— Que mes hôtes, comme vous les appelez, retrouveraient peut-être leur gaieté si leurs affaires allaient mieux. Au revoir.

O'Mara raccrocha. Tout en fumant une cigarette, il cherchait à se représenter Rozanski, à s'imaginer ses traits.

Dix heures trente. Guelvada, accoté au mur, en face de la sortie des artistes du petit théâtre, regardait Ernestine suivre l'étroit couloir qui allait des coulisses à la porte. Il alla à sa rencontre.

— Toujours plus délicieuse, ma chérie. Vous êtes étonnante, vraiment. Pleine d'énergie et de vitalité !

Elle sourit.

— Ernest et Ernestine, dit-elle. N'est-ce pas amusant ?

Elle parlait doucement, scandant les mots en habituée des planches. Une voix charmante, du reste.

Ils s'en furent côte à côte. Sur le trottoir, des groupes s'étaient formés et discutaient.

— Ils ont de quoi parler, dit-elle. La découverte du corps de Nago passionne l'opinion, après celle de mon pauvre ami. On lie généralement les deux affaires.

— Pourquoi donc ? dit Guelvada. On n'en voit pas bien la raison.

Elle lui lança un bref regard.

— Ne croyez-vous pas que ce soit le même qui ait tué l'un et l'autre ?

— C'est possible, dit-il, mais ce n'est pas certain. Mon travail m'a enseigné à ne pas croire avant d'avoir des preuves absolues d'un fait. Il ne faut pas sauter trop vite à la conclusion.

— Mon instinct ne me trompe pas, Ernest. Il n'y a qu'un assassin.

— Qui vous le fait penser ?

— Les deux billets le prouvent surabondamment. C'est Nago qui a écrit la note qu'on a trouvée sur son cadavre. Mon ami l'inspecteur m'a assuré que l'écriture du billet était identique à celle du carnet trouvé en même temps sur le mort. Vous comprenez ?

Guelvada inclina la tête.

— N'oubliez pas, reprit-elle, que le billet retrouvé dans la poche de Taudrille *semblait* écrit de sa main.

— Pensez-vous donc que Taudrille ne l'ait pas écrit lui-même ? Croyez-vous qu'un tiers ait imité son écriture et celle de Nago ? Ou bien admettez-vous qu'on ait forcé Taudrille à écrire ce billet ?

Elle secoua la tête.

— Personne ne pouvait contraindre Jules Taudrille, dit-elle avec force. C'était un homme splendide. Je pense qu'on a imité son écriture et que l'assassin connaissait bien Nago. C'est un expert en faux qui a écrit ces deux billets, un espion. Vous savez avec quel soin on instruisait les agents nazis...

— Vous croyez donc voir dans ces deux meurtres la main d'un espion nazi ? Selon vous, il y en aurait beaucoup dans la région ?

Elle passa son bras sous le sien.

— Evidemment, dit-elle. Vous devriez le savoir. Cette région en est infestée. Pensez aux centaines, aux milliers d'hommes employés par cet ignoble Hitler dans sa Gestapo ; aux milliers d'individus à la solde de Himmler et prêts à toutes les sales besognes. Des milliers de ces bandits sont encore en liberté, croient encore possible un rétablissement du régime dont ils étaient les suppôts. Vous savez ce que disent les Allemands : « Un nazi est toujours un nazi. »

— C'est vrai, dit Guelvada, impressionné.

— Beaucoup se sont réfugiés dans les environs, et rien n'est plus normal, reprit-elle. Cette contrée désolée est faite pour eux. Ils peuvent aisément se cacher, comploter. Mon pauvre ami travaillait ici, savait où ils étaient. Vous ne devez pas l'ignorer.

Guelvada se sentait en terrain dangereux.

— Je n'irais pas jusqu'à prétendre qu'il *savait,* dit-il prudemment. Il s'en doutait. Il les recherchait.

— J'estime de mon devoir d'aller à la police, dit-elle. Je dirai ce que je sais, ce que j'ai trouvé sur Taudrille. Je dirai aussi que j'ai pris le billet, je le leur montrerai pour leur bien prouver que les deux notes sont de la même écriture.

— Cela ne sera pas une mauvaise chose, dit Guelvada. Mais pas tout de suite.

Ils s'engagèrent dans le chemin bordé de haies qui menait à la petite maison.

— Pourquoi attendre ? dit-elle. Parlez, Ernest.

— Ecoutez-moi, fit-il. Peut-être devrais-je me taire : je suis tenu au secret tout comme mon pauvre camarade, mais j'ai idée que je pourrais bien mettre la main sur l'assassin. Je voudrais pouvoir agir sans intervention extérieure, qu'elle vienne de la police ou d'ailleurs. Dans deux ou trois jours, je frapperai. Attendez.

— C'est bien, j'attendrai, dit-elle.

Elle sortit sa clef de son sac et ouvrit la porte. Il la suivit et tourna le commutateur.

— Je ne sais trop pourquoi je fais tout ce que vous voulez, dit-elle, le regardant tendrement.

— Je voudrais pouvoir vous le dire, murmura-t-il. Mais... non... Vous ne me croiriez pas.

— Si, parlez, Ernest. Je vous répondrai en toute sincérité.

Le regard de Guelvada s'adoucit.

— La raison est simple, commença-t-il d'une voix émue. Au fond de votre cœur, délicieuse amie, vous avez un peu, oh ! très peu, d'affection pour moi. Malheureusement vous luttez contre votre sentiment parce que le souvenir de votre ami vit encore en vous.

Le front de Guelvada se rembrunit. Une ombre de tristesse passa sur son visage.

— Je ne l'ai pas oublié non plus, croyez-le bien. Il était mon ami, mon compagnon fidèle. Nous avons vécu, travaillé, lutté ensemble, et son souvenir me hante, moi aussi. Je voudrais pouvoir l'oublier, ajouta-t-il après un profond soupir. Je préférerais m'imaginer que vous voulez penser à moi.

— C'est curieux, ce que vous dites là, interrompit-elle. Je pense à vous, croyez-le bien. La nuit dernière encore... — Elle baissa les yeux. — Je ne pense que trop à vous.

Guelvada vint à elle les bras tendus. Elle lui passa les siens autour du cou. Leurs lèvres s'unirent. Ils se tinrent longtemps embrassés dans le couloir.

Elle embrassait très bien. Ce fut du moins l'impression de Guelvada. Le métier avait parfois ses bons côtés.

L'horloge de l'église, de l'autre côté de l'estuaire, sonna un coup. Les vibrations du bronze courant sur l'eau accentuaient la quiétude de la nuit. O'Mara, une cigarette non allumée à la bouche, entendit frapper légèrement à la porte du garage. Il se leva, s'étira, traversa le garage et ouvrit.

Tanga et Jean Larue entrèrent. O'Mara referma et verrouilla la porte sur eux.

— Je vous présente M. Jean Larue, dit Tanga.

O'Mara lui tendit la main.

— Je suis heureux de vous voir, dit-il. M. Guy Varin, du Deuxième bureau, me dit que je peux compter sur votre appui.

— Je suis à votre disposition, dit Larue. M. Varin m'a en effet envoyé un message vous concernant. Il me prie de faire tout ce que je pourrai pour vous. J'aurai toujours plaisir à agir contre ces salauds.

O'Mara trouvait Larue sympathique. Il était petit, noir, vif. Une cicatrice, un coup de couteau sans doute, lui barrait la joue.

— Venez, dit O'Mara, marchant vers le bureau, où il reprit sa place.

Il regarda Tanga.

Elle portait une jupe foncée et une blouse légère échancrée au col. Elle avait relevé ses cheveux, s'était fait les yeux. Elle avait modifié la ligne de sa bouche par un emploi habile de rouges de différentes teintes. Un coup de crayon sous les yeux la vieillissait, l'encanaillait. Une touche de vert gras sous les narines élargissait, modifiait la ligne du nez.

— Cela va-t-il ? demanda-t-elle.

— Très bien, dit O'Mara. Vous avez l'air... Vous êtes très différente.

Il offrit des cigarettes, les alluma, apporta deux chaises du garage et reprit la sienne.

— Larue..., dit-il, l'homme qu'on a trouvé au bas de la falaise et qui se faisait appeler Taudrille était un agent nazi. On a trouvé dans ses poches l'agrandissement de sa photo. Il est aux mains de la police. Pouvez-vous vous le procurer ?

— Je l'ai déjà fait, fit Larue avec une grimace. Vous ignorez que je suis photographe officiel. Pendant la guerre, j'ai photographié la plupart des chefs des S.S. et des troupes d'occupation. Ces documents ont été très utiles lorsque ces messieurs sont passés en jugement. J'ai photographié Taudrille à la morgue de Saint-Lys et le corps de Nago.

— C'est une chance, dit O'Mara. Pouvez-vous truquer une épreuve ? Pouvez-vous me photographier et remplacer ma tête par celle de Taudrille ?

— Cela serait impossible en partant de la photo trouvée sur lui, dit Larue. Mais j'ai pris trois clichés à la morgue. Un du corps tout entier et deux de la tête. Le dernier cliché pourra servir. Il est pris du bon côté, de celui qui n'a pas été écrasé dans la chute. Oui, cela ira.

— Parfait, dit O'Mara. Allez-y. Vous allez me photographier tout à l'heure. Puis vous procéderez à la substitution. Nous étions à peu près de la même taille, Taudrille et moi... Avec le cliché truqué, vous ferez une microphotographie où vous ferez paraître, en surimpression, la description dactylographiée que je vais vous donner. Vous comprenez ?

— Très bien, dit Larue. Vous voulez une de ces photos réduites dont nous nous servions au maquis. Quelque chose qu'on puisse aisément dissimuler et cependant distinguer à l'œil nu. Tout cela est bien facile.

— Bon. Pouvez-vous me donner la photo demain dans l'après-midi ?

— En travaillant toute la nuit, c'est possible. Je serai heureux de vous rendre service.

— De mieux en mieux, dit O'Mara. Je vous attendrai demain à la villa à trois heures. Je compte sur vous. C'est une question de vie ou de mort, ne l'oubliez pas.

— Cela sera fait. Vous avez la parole de Jean-Marie Larue.

O'Mara alluma une nouvelle cigarette. C'était en effet une question de vie ou de mort.

— Prenez votre appareil, Larue. Au travail, dit-il brièvement.

Larue disposa son matériel. O'Mara adossa une chaise au mur blanchi à la chaux. Une ou deux affiches, réclames de pneumatiques, de pièces d'automobile, donnaient la note. De la cuisine, O'Mara rapporta deux verres, quelques bouteilles vides, un cendrier et les disposa sur la table.

Il tira quelques fortes bouffées de sa cigarette, la mit tout allumée et à moitié consumée dans le cendrier. Un mince filet de fumée s'en éleva. Il coucha une bouteille sur la table, fit un signe à Tanga.

— Venez ici. — Il s'assit sur la chaise, mit les mains à la taille de la comtesse. — Vous êtes délicieuse, dit-il.

Elle le regarda. Le ton trahissait la pensée : la figure de O'Mara était dure.

— Je vous remercie bien, m'sieur, fit-elle, gavroche.

— Mais vous n'êtes pas assez provocante. Nous allons arranger cela. Donnez-moi votre rouge.

O'Mara s'en servit pour accentuer l'arc des lèvres. Et, se reculant, il jugea complaisamment son œuvre.

— C'est mieux.

Du doigt, il mit un léger désordre dans les cheveux de Tanga, ouvrit son manteau et dégagea le cou.

— Je dois être une fille, O'Mara, dit Tanga.

— Vous serez surprise, dit-il. Et, maintenant, asseyez-vous tous les deux et écoutez-moi.

Il resta debout devant eux.

— La situation est la suivante : je suis Taudrille. En ne montrant que la partie supérieure du corps et grâce à la substitution des têtes, cela ira. Une femme, Tanga de Sarieux, sait que Taudrille est un agent nazi et elle essaie de le démasquer. Elle s'efforce d'obtenir une photographie où elle paraîtra à côté de Taudrille, de façon à permettre de le reconnaître. Voici la photo qu'il nous faut. Nous la prenons dans ce bureau parce que les panneaux et réclames décorant les murs permettent de la « situer ». Quelqu'un est déjà venu dans ce bureau, dont l'œil exercé a certainement remarqué ces réclames murales. Il reconnaîtra l'endroit et du même fait *saura que la photographie a été truquée*. Il comprendra qu'elle a été prise à son intention. Me comprenez-vous ?

Tanga inclina la tête.

— Parfaitement, dit Larue. La photographie doit être très bonne. Mais le fait qu'on va la prendre ici permettra à quelqu'un de deviner qu'il y a truquage avec intention de tromper.

— Oui, dit O'Mara. Etes-vous prêt, Larue ?

Larue se leva et fixa sa lampe.

— La lumière est mauvaise. Je compterai jusqu'à cinq. A cinq, j'appuierai sur la poire. Prenez la pose.

— Tanga, venez ici, dit O'Mara. Regardez cette table. Vous voyez cette cigarette à demi fumée. Nous sommes seuls ici. Je suis Taudrille, et vous avez essayé de me faire parler. Nous avons bu pas mal, vous et moi. Le moment est venu. Vous vous appuyez contre la table, et je suis assis sur cette chaise. Vous venez vous asseoir sur mes genoux et vous me mettez les bras autour du cou. Vous m'embrassez de façon à masquer une partie de mon visage, pas assez cependant pour qu'on ne puisse me reconnaître en tant que Taudrille. Du réalisme, hein !

Tanga poussa un gros soupir.

— O France ! Que me faut-il faire pour toi ! murmura-t-elle.

Elle s'assit sur les genoux de O'Mara, lui entoura le cou de son bras. Larue mettait son appareil au point. Il commença à compter :

— Un, deux, trois...

— Donnez vos lèvres, Tanga..., dit O'Mara.

Leurs bouches s'unirent au moment précis où Larue faisait exploser sa cartouche de magnésium.

— Est-ce bon, Larue ? demanda O'Mara.

— Je le crois, dit celui-ci. Pour plus de sûreté, nous allons recommencer.

— Encore une fois, Tanga, dit O'Mara. Croyez bien que je regrette !

— Mais non, mais non..., dit Tanga. C'est la moindre des choses...

Une deuxième cartouche brûla.

— Retournez à Gouarec, dit O'Mara à Larue. Tâchez de ne pas être vu. Cela ne sera pas difficile. Il n'y a pas grand-monde dehors. Partez tout de suite. N'oubliez pas qu'il me faut cette photo à trois heures.

— Je vous ai donné ma parole, dit Larue. Mais vous oubliez la fiche dactylographiée.

— Nous y arrivons, dit O'Mara, qui sortit une vieille machine à écrire d'un placard et y inséra une feuille de papier.

La note fut bientôt prête. Son auteur la relut :

Photographie de Jules-François Taudrille. Agent nazi. A opéré dans la région Gouarec, Saint-Lys, Saint-Brieuc. Photographié avec une collaboratrice de la Section spéciale britannique pour identification par Deuxième bureau si possible. Urgent.

Il la tendit à Larue.

— Je ne mettrai pas cela au dos de la microphotographie, dit celui-ci. Cela n'irait pas. Je ferai une réduction séparée que j'attacherai au premier cliché par une perforation. C'est toujours ainsi que nous procédions pendant la guerre.

— Bien, dit O'Mara. Vous avez fait du bon travail, Larue. Merci.

Les deux hommes se serrèrent la main.

— Quoi que vous fassiez, monsieur... bonne chance ! Nos souhaits vous accompagnent.

Il replia son appareil, le remit dans sa boîte.

— Une minute, dit O'Mara. La nuit dernière, un membre par trop enthousiaste du maquis m'a tiré une balle comme je rentrais à la villa. Il pensait que j'étais un nazi. On le lui avait dit. Très malheureusement, mon camarade l'a tué.

Larue haussa les épaules.

— Cela doit être le jeune Dupont, Gaston Dupont. Il a toujours été un peu excité. Pendant la guerre, il ne pensait qu'à taper dans le tas, sans réfléchir. C'est malheureux, comme vous le dites, mais nous comprenons. Après tout, il a cru mourir pour la France. Au revoir !

Il sortit. O'Mara alluma une cigarette et s'appuya le dos au mur, les mains dans les poches.

— Vous paraissez plus gai, dit Tanga.

Il lui sourit.

— Notre métier a ses compensations, même quand les circonstances s'y prêtent mal, dit-il. J'aurais préféré vous embrasser ailleurs que devant le photographe.

— Je n'en doute pas, dit-elle.

— Partez maintenant, reprit O'Mara. Sautez sur votre bicyclette et rentrez chez vous. Cette fois-ci, passez par la grande porte.

— Et vous ? s'enquit-elle.

— Je vais revenir.

— Je trouve très vexant, déclara Tanga, d'avoir à pédaler tandis que vous rentrez noblement dans *ma* voiture.

— Partez vite ! dit O'Mara sans douceur.

Elle obéit, l'expression du visage de son compagnon lui enlevant toute envie de discuter.

Une heure. O'Mara allait et venait dans sa chambre, les mains dans les poches de sa robe de chambre, un cigare non allumé aux lèvres.

La vie était dure, pensait-il. Vraiment dure. Impossible de ménager qui que ce fût. Il fallait marcher, souffrir... Il se remémorait Morosc et Nago, la flamme du briquet entre les doigts.

Non, ses pensées n'étaient pas gaies. Rien à faire. Il fallait agir, pousser les pions sur l'échiquier... Quayle.

Tanga frappa à la porte.

— Il est en ligne, dit-elle doucement. Voulez-vous lui parler de ma chambre ou d'en bas ?

— Non. Allez vous coucher, dit O'Mara sèchement.

Elle rentra dans sa chambre.

— Quelle brute ! l'entendit-il murmurer.

Il était déjà dans l'escalier.

Il prit l'écouteur. La voix de Quayle se fit entendre.

— Ecoutez, Peter..., dit O'Mara. Cela va être dur.

— Oui ?... dit Quayle.

— J'ai une indication, enfin, reprit O'Mara. Quelque chose de sérieux. Une seule méthode possible : appâter.

— Un gros poisson ? demanda Quayle. Si cela en vaut la peine...

— Très gros, dit O'Mara. L'hameçon doit être solide en conséquence et l'appât de bonne qualité. Je vais être forcé d'offrir Guelvada et la femme...

— Il faut ce qu'il faut, dit Quayle. Nous sommes tous du même bord. Aucun des deux n'ignore les risques du métier. Si donc c'est *nécessaire*...

— Que le diable vous emporte ! coupa brutalement O'Mara. Croyez-vous que ce soit pour mon plaisir ?

— Ne vous emballez pas, dit Quayle, très calme. Vous ferez ce que vous jugerez bon. Ne vous embarrassez pas des conséquences. Avez-vous besoin de moi ?

— Beaucoup, dit O'Mara. Ecoutez-moi bien, Peter. C'est la dernière fois que je peux vous téléphoner. Pouvez-vous faire passer un avion en France avant demain, à Paris ? Un quatre places à cabine. Avec un pilote intelligent. Est-ce possible ?

— J'ai cela, dit Quayle. Après ?

— Le pilote ira à l'ambassade à Paris. Il y recevra deux réquisitions militaires signées en blanc. On s'occupera des noms plus tard. Il faut qu'il ait aussi deux passeports également en blanc, mais visés pour l'entrée en Grande-Bretagne. C'est compris ?

— Oui. Continuez.

— Vous donnerez au pilote une lettre scellée avant son départ pour Paris. Elle contiendra une note à mon adresse. Vous m'y direz que l'arrestation du meurtrier de Frayne met fin à la carrière du dernier agent de Rozanski en Angleterre, que tout va bien ; que vous me priez de rentrer avec mon collègue le plus vite possible. Vous y êtes ?

— Oui, dit Quayle.

— Parfait. Le pilote part pour Paris, y trouve les deux réquisitions de transport et les passeports signés à l'ambassade d'Angleterre. Il passe une ou deux heures en ville, puis reprend son avion pour Gouarec. Le camp d'aviation est au nord de la ville, à environ deux milles.

— Je connais l'endroit, dit Quayle. Nous nous en sommes servis pendant la guerre pour nos premiers parachutages. Le coin est bon.

— Tant mieux, dit O'Mara. Le pilote atterrit, pas plus tard que six heures du matin, avec les documents susmentionnés. Inutile de répéter qu'il doit être intelligent.

— Ne vous inquiétez pas, dit Quayle. Il le sera. J'enverrai Johnny Sagers.

— Bon, dit O'Mara. Encore un point. Il y a deux préposés au camp d'aviation. Pourrait-on leur faire comprendre de fermer un peu les yeux, le cas échéant, s'il y avait bagarre ?

— Le camp de Gouarec ne sert à rien, dit Quayle. Ces employés sont tout juste des gardiens. De toute façon, ils ne dérangeront personne. Ils recevront des instructions dans ce sens. Est-ce tout ?

— Ma foi... oui. Allons... au revoir, Peter.

— Un instant, dit Quayle. C'est au sujet de Guelvada et de Tanga. Si vous les « offrez » en appât, ne les renseignez pas trop. Cela pourrait les gêner.

— Je n'ai pas non plus cette intention, dit O'Mara sèchement. Ce n'est pas chic, d'ailleurs...

— Je sais. Je l'ai fait moi aussi. Très souvent. Non, ce n'est pas élégant.

Il y eut un silence.

— Bonne nuit, Peter !

— Bonne nuit, O'Mara ! Bonne chance !

O'Mara raccrocha, remonta dans sa chambre et s'assit sur son lit.

Il maudissait le jour où il était entré au service de Quayle et de sa section. Il jura violemment, puis se tut. Mâchonnant son cigare, il regardait le mur devant lui.

Le soleil d'après-midi entrait par la porte-fenêtre, peuplait la salle à manger d'ombres noires et dorées. Tanga de Sarieux disposait des fleurs dans les vases. O'Mara traversa la pièce.

— Bonjour, O'Mara... Ou plutôt bonsoir, dit-elle. J'ai l'impression que vous n'avez pas très bien dormi cette nuit dernière.

— Non, dit O'Mara, clignant des yeux dans un rayon de soleil.

— Vous semblez avoir un poids très lourd sur la conscience, reprit-elle. Le remords sans doute...

— Croyez-vous ? dit O'Mara. Si Larue vient, envoyez-le-moi. Je serai dans le jardin.

— Très bien.

Elle le regarda traverser la pelouse.

O'Mara se mit à arpenter l'allée de cailloux qui séparait la pelouse du taillis. Autant qu'il en pouvait juger, son plan était sûr, autant qu'un plan peut l'être. L'erreur humaine joue toujours son rôle. Mais à quoi bon s'en préoccuper ?

Il allait et venait comme une bête impatiente. Il se surprenait lui-même. Comment O'Mara, l'homme qui, depuis des années, risquait sa vie et celle des autres avec le même sang-froid, pouvait-il arrêter sa pensée sur une question insoluble ? Ce travail, il fallait le faire.

Il s'arrêta, alluma une cigarette. Jean Larue venait à lui, tenant à la main une pochette de cuir. Il souriait.

— Tout est bien, m'sieur O'Mara, dit-il. Vous allez être satisfait. Tenez.

Ils s'enfoncèrent sous les arbres. Larue ouvrit la pochette et en sortit une enveloppe. De cette dernière, il tira une photographie de format réduit, attachée à un second film par une perforation.

— Regardez cela à la lumière. C'est parfait. Vous pouvez aussi, si vous le voulez, employer la loupe.

— C'est vraiment bon, dit O'Mara au bout d'un instant.

Il distinguait parfaitement le petit bureau, les affiches au mur, reconnaissait tous les détails, se voyait lui-même tenant la femme entre ses bras, baisant sa bouche. Mais ce n'était pas son visage. C'était bien celui de Taudrille. Il prit la loupe des mains de Larue, examina avec un soin extrême les deux clichés.

— Vous êtes un artiste, Larue. Donnez-moi l'enveloppe.

Il y introduisit les photographies et mit le tout dans la poche de son veston.

— Asseyons-nous, dit-il. L'endroit est bon. Je veux vous parler. Mais je vais tout d'abord vous donner certaines explications. On ne vous aurait pas indiqué à moi si vous n'étiez pas un bon Français, un patriote du maquis. Souvenez-vous que tout ce que je vous demande est pour la France. Rappelez-vous aussi que de la façon dont vous suivrez mes instructions dépendra peut-être la vie de bons amis de la France.

— M'sieur O'Mara, dit Larue, vous connaissez mon passé, mes états de service. Mon fils est mort en combattant les Allemands. J'ai lutté contre eux pendant toute la guerre. On sait ce que j'ai fait en Bretagne. Vous pouvez avoir confiance en moi.

— Je vous crois, dit O'Mara.

Ils s'étaient assis sur un coin de mousse au pied d'un arbre.

— Ecoutez-moi, Larue, reprit O'Mara. Voici ce que vous aurez à faire.

Il était sept heures quand O'Mara revint à la villa. Il entra par la grande grille et gara la voiture. Traversant la pelouse, il poussa la petite porte, entra dans le salon.

Tanga et Guelvada buvaient des cocktails.

— Vous tombez à pic, dit Tanga. Ernest vient de nous préparer quelque chose d'épatant, c'est une recette de Lisbonne. En voulez-vous un ?

— Non, merci. Je prendrai un whisky-soda.

Il se servit lui-même.

— Egayez-vous, fit-elle, coquette. Rien n'est si mauvais qu'il le paraît.

— Rien de plus triste que la fausse gaieté, répliqua-t-il après avoir vidé son verre d'un trait. Ernest, j'ai à vous parler.

— Dois-je me retirer ? demanda Tanga.

— Non. Je vous l'aurais déjà dit, grogna O'Mara.

Elle haussa les épaules.

O'Mara les conduisit tous les deux sur la pelouse.

— Ne voyez aucune impertinence à ma question, dit Guelvada. Je vous ai vu parfois dans des situations difficiles, mais jamais vous ne m'avez paru aussi troublé. Est-ce vraiment très grave ?

— Oui, dit O'Mara. Je ne me trouble pas facilement, comme vous le dites. Je n'aime pas la situation actuelle, c'est tout.

— Je crois comprendre, dit Guelvada.

— Que voulez-vous dire par là ? fit sèchement O'Mara.

Guelvada sourit et dit :

— Si vous vous inquiétez, ce ne peut être pour vous.

— C'est possible, dit O'Mara. Mais qu'importe !

— Evidemment.

Ils arrivaient dans l'ombre des arbres. O'Mara tira l'enveloppe de sa poche, en sortit les photographies et froissa l'enveloppe qu'il jeta. Il tendit les photographies à Guelvada.

— Regardez ceci.

Guelvada examina les films.

— C'est merveilleux. Qui a fait cela ? Larue ?

— Oui, c'est du joli travail, dit O'Mara. Cela va nous servir.

— Qu'aurai-je à faire ? demanda Guelvada.

— Je vais vous le dire. Cette nuit, vous irez rejoindre Ernestine. Vous aurez dans la poche intérieure de votre veston une enveloppe contenant certains papiers que je vais vous remettre dans un instant. Vous la porterez, je le répète, dans la poche intérieure de votre veston. Est-ce bien compris ?

— C'est simple.

— Bon. Parlez-moi maintenant de la disposition intérieure de la maison d'Ernestine. Vous avez dû apprendre à la connaître.

— Fort bien, dit Guelvada avec un sourire. Vous entrez par la porte de devant et vous vous trouvez dans un couloir qui traverse toute la maison. Au bout, s'ouvre la cuisine. A droite, deux pièces, dont la première est le salon. A côté de la cuisine, la salle de bain. A gauche, une porte s'ouvre sur une chambre à coucher. Plus loin, toujours à gauche, une petite porte donne sur un escalier conduisant au grenier.

— Je vois, dit O'Mara. Quand vous arrivez le soir avec Ernestine, vous entrez généralement dans le salon ?

— Oui, c'est exact, dit Guelvada. Puis elle passe dans sa chambre, où elle change de robe. Pendant ce temps — en qualité d'habitué — j'allume la lampe à alcool sous la cafetière. Ernestine revient généralement au bout de deux ou trois minutes.

— Fort bien. Ce soir, au moment de pénétrer dans la maison, l'un des boutons de votre veston sera mal attaché et tombera sur le seuil ; avec une exclamation de dépit, vous le ramasserez. Vous êtes coquet, Guelvada, et tout défaut dans votre toilette vous déplaît. Dites-le ; il est vraisemblable que votre compagne vous offrira de recoudre le bouton.

— C'est sûr, dit Guelvada. Si elle y manque, je l'en prierai expressément.

— Il serait bon aussi, reprit O'Mara, qu'en route vous trébuchiez et tombiez. Vos mains seront sales. Vous enlèverez donc votre veston pour le confier à Ernestine et vous irez aussitôt vous laver les mains dans la salle de bain. Faites en sorte que les photos tombent de votre poche sans que vous vous en aperceviez. Allez vous laver les mains et ne vous pressez pas.

— Vous voulez qu'elle ait le temps d'examiner la photographie ?

— Exactement.

— Et l'enveloppe avec les documents ?

— Vous la laisserez dans la poche intérieure de votre veston.

— Je comprends, dit Guelvada. Si elle le veut, elle pourra en prendre connaissance.

— *Si* elle le veut, dit O'Mara.

Guelvada réfléchissait.

— Et si elle ne le fait pas ? Supposez que, revenant de la salle de bain, je la trouve en train de recoudre bien sagement le bouton ? Supposez qu'elle me rende la photographie sans un mot, prouvant ainsi qu'elle ne l'a même pas regardée ?

— Elle regardera. C'est une femme. Les femmes sont toujours curieuses. Mais, si elle faisait exception à la règle, priez-la d'y jeter un coup d'œil.

— Croyez-vous que cela se produise ?

— Non, dit O'Mara avec assurance. Elle aura vu.

— Et alors ?

O'Mara haussa les épaules.

— Je ne sais pas, dit-il. Arrangez-vous. Cette femme a aimé Taudrille. Elle vous assure qu'il était bon Français. Elle l'aime parce qu'il a travaillé pour son pays. Elle voit la photographie, reconnaît l'homme dans les bras d'une autre femme. Elle reconnaît aussi l'endroit où a été prise la photo.

— Où cela ? dit Guelvada. Puis-je savoir ?

— Dans le bureau du garage Volanon, dit O'Mara.

— Comment le saura-t-elle ? A-t-elle été déjà dans ce bureau ?

O'Mara sourit.

— C'est ce que je veux savoir, dit-il. Elle regardera le film. Si elle reconnaît le lieu, elle agira.

— Ainsi, vous pensez...

— Peu importe ce que je pense, coupa O'Mara, la voix dure. Ma pensée, la vôtre n'ont aucun intérêt. Il nous faut savoir. Nous saurons.

— Evidemment. Le moyen est radical, dit Guelvada en haussant les épaules. Je rentre donc dans le salon après m'être lavé les mains. Ernestine a ramassé la photographie et l'a regardée. Elle a reconnu son amant dans les bras de la comtesse. Elle sait que la scène s'est passée dans le garage Volanon. Alors ?

— Je ne sais pas. Il est autre chose que je veux connaître.

Un silence tomba.

— J'ai eu une vie assez mouvementée, assez diverse, dit Guelvada doucement. Mais jamais encore je n'ai fait le cobaye, cet animal infortuné, proie des expérimentateurs.

— Appelez cela comme vous voudrez, Ernest. Oui, dans un sens, vous allez servir de cobaye.

— Je comprends. Avez-vous autre chose à me dire ?

— Oui, répondit O'Mara. Allez faire votre valise. Prenez l'auto de louage, retournez à Saint-Lys et rendez l'auto au garage. Allez au théâtre. Assistez à la représentation, puis accompagnez votre amie chez elle. Vous pouvez en route lui apprendre que vous allez bientôt quitter la région, mais que vous espérez bien revenir et la revoir. Tâchez de la convaincre.

— Oui, dit Guelvada. Est-ce tout ?

— C'est tout.

Guelvada sortit de sa poche un petit portefeuille et y plaça les photographies. O'Mara lui tendit une lourde enveloppe, ouverte à l'une de ses extrémités.

— Mettez cela dans votre poche, Ernest.

Guelvada obéit et se leva.

— Je pars, dit-il. Je vais faire ma valise que je laisserai dans ma chambre.

— Au revoir, Ernest, dit O'Mara.

— Au revoir, répondit Guelvada, qui ajouta, avec un sourire : Je ne vous décevrai pas.

O'Mara le regarda s'éloigner.

O'Mara but son café en silence, posa sa tasse et regarda Tanga. Elle était plus belle que jamais, sous la douce lumière des bougies aux petits abat-jour roses. Elle portait une longue robe du soir peinte. Les manches, larges, étaient serrées aux poignets par de petits rubans de velours. On voyait à son cou un collier d'améthystes serties d'or.

— Vous rendez-vous compte que vous n'avez pas dit un mot de tout le dîner ? dit-elle. Vous réfléchissez trop, mon ami.

— Je ne crois pas, dit O'Mara. Puis-je avoir un peu de café ? Vous avez une bien jolie robe, reprit-il. Vous ferez bien d'en changer après le dîner.

— Pourquoi donc ? fit-elle, étonnée. Bien entendu, si vous y tenez... Que mettrai-je ?

— Cela n'a pas d'importance, dit O'Mara. Un corsage quelconque. Une jupe toute simple.

— Pourquoi me faire changer de robe ? demanda Tanga, intriguée. Ne puis-je savoir la raison de ce désir ?

— Je veux garder dans mon souvenir votre image telle que vous êtes ce soir, dit O'Mara d'une voix où frémissait une certaine impatience. Je me fais sentimental sur mes vieux jours.

— Une charmante raison, dit-elle. Merci. Je changerai tout de suite après le dîner.

— Ne vous pressez pas, dit O'Mara. Vous pouvez même attendre mon départ.

— Vous partez, O'Mara ? fit-elle en levant les sourcils.

— Oui. Je dois être à Paris demain matin.

« ... Quayle a-t-il raison ? pensait-il. N'est-il pas préférable de mettre en garde les gens, de les prévenir du danger qu'ils vont courir ? » Il regarda Tanga. Non. Rien ne pouvait affecter le moral, diminuer le courage de la comtesse de Sarieux. Il en était sûr. Il reprit la chaise qu'il avait quittée pour offrir une cigarette à son hôtesse et alluma la sienne.

— Tanga, commença-t-il, je vous crois curieuse. Vous devez penser actuellement que j'aurais dû vous renseigner sur ce qui se prépare. Je n'en ai parlé à personne, et ce pour deux raisons. La première est que je n'en sais rien. La seconde est que je suis — comme vous — un bon soldat, qui obéit aux ordres de ses chefs. Vous connaissez la méthode Quayle : ne pas prévenir un agent du danger qu'il va courir, à moins de nécessité absolue.

Elle tira sur sa cigarette et le regarda, pensive.

— C'est parfois une bonne méthode, dit-elle. Je dis *parfois*. Cela dépend de l'*agent*. Lorsque Quayle vous a envoyé à Paris, que vous avez commencé à boire, qu'on vous a jeté en prison, puis relâché ; quand, parvenu dans la région, vous vous êtes fait ouvrier de Volanon, que vous avez connu la saleté, la misère, l'abrutissement, pendant tout ce temps-là, O'Mara, vous saviez ce qui, un jour, vous arriverait. Vous saviez que Morosc et Nago —

ou quelqu'un d'autre — surgiraient un jour de l'ombre, vous attaqueraient. Et pourtant votre moral ne s'en est pas trouvé affecté. N'ai-je pas raison ?

O'Mara se redressa, une lueur d'orgueil aux yeux.

— Je suis O'Mara, dit-il. Je ne me laisse pas abattre.

— Précisément, dit-elle. Puis-je me permettre de vous faire remarquer, en toute humilité, que je m'appelle Sarieux ? Rien non plus ne saurait m'abattre.

— Vous n'êtes qu'une femme, remarqua O'Mara.

— Vous retardez, fit Tanga, railleuse. J'aime mieux vous voir sourire.

— Il n'y a pas de quoi, grogna-t-il en se levant.

— Je regrette de ne pas avoir pu dire au revoir à Guelvada, dit-elle. Je l'aime beaucoup. Le reverrai-je ?

— Je l'espère, dit O'Mara en s'accoudant à la cheminée. Moi aussi, je l'aime bien.

Il y eut un silence.

— Il y a deux nuits de cela, reprit-il, je suis allé faire une petite visite à la maison de Taudrille. C'est environ à neuf milles du carrefour des routes de Gouarec et de Saint-Lys. Vous voyez l'endroit ? J'ai inspecté les lieux sans rien trouver d'autre que deux livres dans la bibliothèque. L'un d'eux était une traduction en polonais du théâtre de Shakespeare par un certain Korsak, éditée à Vilno en 1840. Je l'ai feuilletée. Je parle polonais assez couramment. Un passage, assez mal traduit à mon goût, m'a intrigué fortement.

— C'est intéressant, cela, dit Tanga. Quel passage ?

— La traduction du monologue de Roméo...

» *Qu'importe le nom ? Ce que nous appelons une rose aura toujours son doux parfum.*

» Korsak en a fait dans son texte :

» *Qu'importe le nom ? La rose m'enivrera toujours de sa beauté cramoisie.*

— Ce n'est pas si mal, dit Tanga. N'est-ce pas bien polonais, essentiellement romantique ?

— Je l'ai pensé aussi, murmura O'Mara. Peu après, au moment où j'allais partir, j'ai été surpris par Volanon.

Il rit.

— Le père Volanon avec un pistolet. Il voulait me tuer. On lui avait dit que j'étais un nazi.

Elle haussa les sourcils.

— Qui ?

— Je me le suis demandé. J'avais une vague idée... J'aurais surtout voulu savoir comment Volanon avait été prévenu de ma visite à la maison Taudrille, ou bien encore, s'il l'ignorait, ce qu'il faisait dans ces parages. J'étais résolu à le lui demander. Mais il m'a fallu d'abord l'empêcher de presser la détente de son automatique. J'y parvins. Je finis même par le convaincre de ne pas m'exécuter. Il reprit sa bicyclette et regagna son garage. Je lui ai dit que j'irais le voir.

» Cette nuit, vous savez qu'en rentrant à la villa on m'a tiré un coup de feu. L'assaillant était un jeune maquisard du nom de Dupont, et il est clair que l'on m'avait signalé à lui comme nazi. Vous avez entendu ma conversation avec Larue la nuit dernière. L'homme était jeune et enthousiaste. Cela lui a porté malheur. J'ai cru tout d'abord que Volanon et Dupont m'avaient suspecté sur les dires de Desart, l'aide-jardinier. Je pensais qu'il avait parlé de moi au *Nouveau Café,* sur le port. Mais, en admettant qu'il ait annoncé que Philippe Garenne, du garage Volanon, habitait la villa, ce n'était pas une raison pour supposer que j'étais un nazi.

— C'est évident, dit-elle. Votre présence pouvait s'expliquer plus simplement, ajouta-t-elle avec un sourire. Je pouvais vous avoir vu, délicieusement ivre, au garage, et avoir conçu pour vous une passion inextinguible.

— En effet, dit O'Mara en riant. La raison me paraît excellente. Je n'en cherchais pas moins qui avait pu pousser Volanon à agir. J'en vins à conclure qu'on lui avait téléphoné au garage que Philippe Garenne, l'ivrogne travaillant chez lui depuis des mois, était un agent nazi. Il avait choisi ce moyen d'échapper à la justice française et disparu parce que Taudrille, agent français, était sur la piste. La découverte du cadavre de celui-ci au pied de la falaise, non loin du bouquet d'ifs où Garenne se trouvait ce jour-là, venait confirmer l'histoire. Volanon, sans plus réfléchir, prit son pistolet et courut sus à Garenne.

— Cela se tient très bien, dit Tanga.

— Oui, dit O'Mara. Quoi qu'il en soit, je suis parvenu à convaincre Volanon de ne pas me tuer. La nuit dernière, je suis allé au garage pour le voir. Il y avait de la lumière dans sa chambre, mais le garage était vide. J'ai trouvé Volanon sur le bord de l'eau. Il avait reçu un coup de couteau entre les épaules.

— Ah !

— Quelqu'un était donc venu, reprit O'Mara, à l'heure où l'on savait le garage désert. On avait parlé à Volanon. Celui-ci était sorti en laissant sa lampe allumée, avait discuté dans le bureau avec son visiteur. Puis tous deux étaient allés faire un petit tour. Pour finir, l'inconnu pousse Volanon dans l'eau, comme par mégarde, à deux mètres au plus d'un arbre dont les branches surplombent la berge. Puis il s'excuse, montre la branche à laquelle Volanon va pouvoir s'accrocher pour remonter sur le bord et, au moment où sa victime se baisse pour reprendre pied, le poignarde. Ce faisant, il perd un porte-mine d'argent et un petit livre qui tombe à l'eau.

— Pourquoi se donner tant de peine ? demanda Tanga. Il était si facile de tuer Volanon dans les buissons du bord !

— Facile pour un homme, dit O'Mara, mais pas pour une femme. Volanon est un grand gaillard solide, ne l'oubliez pas.

— Vous pensez donc que c'est une femme ?

Il fit un bref signe de tête.

— L'important, reprit-il, c'est le livre. Je l'ai trouvé dans l'eau. Un petit bouquin relié en cuir. *Le Théâtre de Shakespeare,* dont une page cornée au début de *Roméo et Juliette,* celle-là même où l'on pouvait lire... : *Qu'importe le nom ? La rose...*

» Je me demandais pourquoi Taudrille portait un tel intérêt à cette citation qu'il en soulignait le texte sur la traduction polonaise et aussi pour quelle raison la personne qui avait tué Volanon en portait sur elle un exemplaire anglais. Et, soudain, je compris. C'était si simple, en vérité, qu'on pouvait fort bien ne pas le remarquer.

O'Mara s'arrêta. Un lourd silence tomba.

— Alors ? fit Tanga.

— L'homme que nous cherchons s'appelle Rozanski, dit O'Mara lentement. En polonais, rose se dit roza. Le nom propre dérivé est Rozanski.

— Je ne comprends pas, dit-elle.

— Rappelez-vous la traduction de Korsak : *La rose m'enivrera toujours de sa beauté cramoisie*... Cramoisi fait en polonais *rumieni*. Mais une femme ne peut pas s'appeler « cramoisi ». De même que *roza* appliqué à un homme devient Rozanski, de même *rumieni* s'appliquant à une femme devient Rumianska.

» La jeune amie de Guelvada porte le nom d'Ernestine Rumianska, ajouta O'Mara.

— Mon Dieu !... fit-elle doucement.

— Oui. C'était le mot de passe. Qu'importe le nom ? La rose sera toujours « cramoisie ». Rozanski sera toujours Rumianska. Ce qui veut dire que Rumianska est *l'alter ego* de Rozanski. C'est une formule internationale de reconnaissance.

— Et c'est pour cela que vous avez fait prendre cette photographie hier soir ?

— Exactement. Je crois que l'assassin de Volanon est Ernestine Rumianska. A sa demande, Guelvada a ramené la voiture de Taudrille dans son garage. Je pense qu'elle allait chercher cette voiture quand elle m'a vu entrer chez Taudrille. Elle est allée aussitôt téléphoner à Volanon, qui a pris sa bicyclette. Il me croyait le meurtrier de Taudrille, agent français. Mais son plan échoue. Le lendemain, O'Mara, ou Garenne, est toujours en vie. Volanon ne l'a pas tué. Elle veut savoir pourquoi et va voir Volanon.

— Cela devient intéressant, dit Tanga.

— Passionnant, dit O'Mara. Guelvada a sur lui la photographie réduite. Nous avons arrangé une petite comédie au bénéfice de Mlle Ernestine Duvallier — en scène — et Ernestine Rumianska dans la vie réelle. Ernest va laisser tomber la photographie en ôtant son veston. Puis il passera dans la salle de bain. Elle ramassera le film, l'examinera. Elle verra qu'il a été pris dans le bureau de Volanon. Elle vous reconnaîtra, et Taudrille. Et, parce que la photo a été prise dans le garage, elle saura qu'elle est truquée.

— Elle sentira le piège, dit Tanga.

O'Mara inclina la tête.

— Et elle agira, conclut-il.

Il y eut un nouveau silence. Tanga mit sa cigarette dans le cendrier, en prit une autre qu'elle alluma à l'une des bougies de la table. O'Mara vit la lumière jouer sur son visage.

— Je me demande ce que va faire Ernestine, dit-elle.

« Que le diable emporte Quayle, pensait O'Mara. Il faut jouer franc-jeu dans une situation désespérée. Lorsque Guelvada reviendra de la salle de bain la femme sera prête à tout. »

— Elle tuera Guelvada, dit Tanga très vite.

— Elle le tentera, dit O'Mara. C'est probable. Mais il y a autre chose ;

elle trouvera dans la poche de Guelvada certains papiers qu'elle croira tombés du ciel. Cela aussi la fera agir. Il ne reste plus, avant de partir, que de savoir où est le quartier général de Quayle. Rappelez-vous que le dernier agent de Rozanski s'est fait prendre pendant qu'il filait Eleanor Frayne pour se renseigner. Cette pauvre Frayne a été plus forte que lui ; elle s'est aperçue qu'on la suivait. Ce renseignement, Ernestine le veut. Elle viendra le chercher ici.

— Je vois..., dit-elle.

O'Mara s'écarta de la cheminée, s'approcha de Tanga et se pencha sur elle.

— Croyez que je regrette, Tanga. J'aurais préféré agir moi-même. Cela m'est impossible. C'est vous qui lui direz ce qu'elle doit savoir. Il n'y a pas d'autre moyen.

— Ce ne sera pas la première fois que j'affronterai le danger, dit-elle. Je travaille depuis longtemps pour Quayle, vous le savez. Et pas un de nous n'ignore ce qui nous attend peut-être au bout du chemin.

— C'est juste, dit O'Mara. La représentation prend fin à dix heures et demie. Ernestine peut être dans les environs vers minuit. Vous feriez mieux d'éloigner Yvette.

— J'y ai pensé. Elle s'en ira dans une demi-heure.

— Je vais partir, dit-il. J'ai beaucoup à faire.

Il éteignit son cigare dans le cendrier.

— Quand, il y a quelques mois, reprit-il, Quayle me donna ses instructions, il me prévint qu'un jour je serais aux mains de l'ennemi. Je devais, ajouta-t-il, livrer les renseignements, mais seulement après l'emploi de la force ; je devais résister aussi longtemps que je le pourrais. Les nazis savaient fort bien que, si je parlais trop facilement, je ne dirais pas la vérité.

Elle se leva.

— Je comprends, O'Mara. Dans le groupe auquel nous avons l'honneur, vous et moi, d'appartenir, il est un principe observé de tous : la fin veut les moyens. J'espère que tout se passera comme vous le voulez.

— Je l'espère aussi, dit O'Mara. Au revoir, Tanga.

Cinq minutes plus tard, elle entendit crisser les graviers de l'allée sous les pneus de la Typhon.

Elle prit une cigarette dans le coffret d'argent et alla ouvrir la porte.

— Yvette...

L'horloge de l'église de Saint-Lys sonna la demie.

— La représentation s'est terminée très tôt ce soir, dit Ernestine au bras de Guelvada. Le troisième acte est très court. Il n'est que dix heures et demie.

— J'en suis ravi, dit Guelvada. Cela veut dire que j'aurai plus longtemps à rester avec vous. J'en suis doublement heureux, ce soir.

Le ton était triste.

— Ce soir ? Pourquoi ce soir ? dit-elle en se pressant contre lui.

— Il me faut partir dès demain, de très bonne heure. J'ai reçu des instructions. On s'énerve beaucoup au quartier général, je ne sais trop à quel sujet. C'est très secret.

— J'en suis bien fâchée, dit-elle. Resterez-vous longtemps absent, mon cher ami ?

Ils traversaient la petite place. La lune resplendissait. Sous sa lumière, les vieilles maisons blanches prenaient un aspect irréel.

— Non, dit Guelvada. Trois ou quatre jours. Puis je reviendrai, à moins, bien entendu, que mes chefs n'en décident autrement.

— C'est désolant, fit-elle, plaintive. Quelle sale affaire que la vie ! Quand Jules est mort, j'ai cru devenir folle. Puis vous êtes venu et, après avoir voulu vous tuer, le premier soir, j'ai senti en vous certaines qualités qui m'ont fait comprendre... à quel point j'étais femme ! Vous allez me trouver bien hardie, bien effrontée...

— Chérie, dit Guelvada, tout en pensant que toute l'histoire serait bien drôle si O'Mara s'était trompé.

Il n'était, pour sa part et de toute son expérience d'homme, pas loin de le croire. Etait-il possible qu'Ernestine jouât si bien son rôle, elle, actrice de profession ? Il estimait en effet qu'une spécialiste des planches sait moins bien dissimuler qu'une autre.

Ils allaient en silence par les rues étroites. Elle ne disait rien et paraissait très triste.

Ils arrivèrent au petit sentier qui conduisait à la maison. Guelvada trébucha, perdit l'équilibre et se reçut sur les mains.

— Nom d'un chien ! fit-il. Me voilà tout sale maintenant. Je déteste cette boue de Saint-Lys.

Elle rit.

— Peu importe, mon chéri. J'ai du bon savon parfumé. Vous en userez. Sur le chemin du retour, vous pourrez sentir vos mains et penser à moi.

Il lui sourit.

— J'espère bien avoir de vous d'autres souvenirs, fit-il dans un murmure passionné.

Ils arrivaient. Elle ouvrit la porte. Guelvada entra derrière elle, referma la porte et tourna le commutateur.

— Zut ! fit-il.

Il s'était immobilisé dans le couloir et fixait le parquet.

— Quoi donc ? demanda Ernestine.

Guelvada se baissa, ramassa un bouton.

— Je tombe dans la boue et voilà maintenant que je perds un bouton. Je ne suis pas dans un bon jour.

— C'est idiot..., dit-elle. Je vais vous le recoudre.

— Vous êtes une chic fille, Ernestine, dit Guelvada. Je vous aime tout plein.

Elle rit et passa dans sa chambre. Guelvada ouvrit la porte du salon, alluma la lampe et le réchaud du percolateur. Ernestine le rejoignit.

— Voici mon beau savon, dit-elle. Usez-en avec précaution. Pendant que vous vous laverez les mains, je recoudrai votre bouton.

— Que ferais-je sans vous ? s'écria Guelvada, qui retira son veston et le lui tendit.

Il prit le savon et sortit, non sans lui caresser la taille au passage.

Elle s'assit près de la cheminée, le veston sur ses genoux. Un objet brillant au sol attira son attention : elle se leva, posant le veston sur le dossier de la chaise, et alla le ramasser. C'était une photographie. Elle la regarda longuement à la lumière, par transparence. Pour finir, elle la glissa dans son corsage.

Sans bruit, elle gagna sa chambre et en revint presque aussitôt. Elle s'arrêta, s'appuya au mur, les mains au dos. Elle faisait face à la porte.

Guelvada parut sur le seuil ; il rabaissait ses manches en sifflotant. Il lui sourit.

— Eh bien !... Ce bouton ? Est-ce fait ?

Elle montra ses mains, et il vit le pistolet. Il continuait à sourire assez insolemment.

— Alors... la Boche ?

— Je vais vous tuer, proféra-t-elle avec effort. Avec quelle joie ! Idiot... vous vous croyez bien malin. Regardez ce que vous avez laissé tomber !

De la main gauche, elle lui tendit la photographie. Guelvada haussa les épaules.

— *Na... und dann ?*

Il poursuivit en allemand :

— D'abord, vous êtes trop grasse... et vous puez l'ail.

Elle lui lança un mot obscène.

— Vous avez tué celui qui s'appelait Taudrille, dit-elle dans un cri de fureur..., mon mari, celui que j'aimais. Vous vous êtes cru très fort. Je vais vous tuer. Je vous ai observé, suivi tout le temps. J'attendais. Je vais vous voir mourir, vous... et les autres, un par un... Je vous aurai tous !...

Elle étouffait de rage, tremblait de tout son corps. Seule la main restait ferme. Guelvada fit un imperceptible mouvement vers le canapé.

— Ne bougez pas, ou je tire !

Il haussa les épaules.

— Vous êtes folle. Et pas attirante. Une vraie saucisse allemande. Après vous avoir embrassée, je me frottais d'eau de Cologne.

— Je voudrais vous tuer à petit feu, siffla-t-elle. Je connais vos amis. Ils y passeront tous. Tous, m'entendez-vous !

— Bah ! Une grue à Hitler...

Elle lui cria une injure, leva son pistolet et tira. Deux fois. Elle s'appuya au mur, haletante.

Guelvada tomba à la renverse. Une légère écume rose lui vint au coin des lèvres. Ses yeux se fermèrent.

Elle remit le pistolet dans sa poche, s'approcha de la chaise, prit le veston, fouilla les poches, trouva l'enveloppe et se mit à lire. La note de Quayle attira particulièrement son attention :

Arrestation de Liebnisch, assassin de Frayne, met hors de cause le dernier agent de Rozanski en Grande-Bretagne — Stop — Votre retour immédiat nécessaire — Stop — Tous arrangements pris pour vous deux — Stop — Avion votre disposition camp d'aviation Gouarec ce jour à partir de minuit.

P.Q.

Ernestine sourit, puis rit franchement. Elle se leva, s'approcha du corps gisant à terre, balança le pied, frappa le mort au visage.

Puis elle courut à sa chambre, ouvrit un placard, décrocha le récepteur d'un téléphone. Très calme maintenant, elle attendit, puis, poliment, demanda un numéro.

La vieille pendule d'argent sonna un coup. Tanga traversa le salon, vint consulter le cadran. Cette pendule, elle l'avait admirée lorsqu'elle était entrée pour la première fois dans le salon de la *Côte d'Azur*. Elle était d'un travail, d'un fini admirable. Puis elle s'étonna de penser à une pendule à ce moment. Elle prit une cigarette, l'alluma. Elle portait une jupe noire, une blouse très simple. Son visage était calme, son pas assuré. Combien de temps faudrait-il encore attendre ?

Elle perçut le léger grincement de l'espagnolette. Elle ne se retourna pas. Un nouveau grincement. On refermait la porte-fenêtre.

— Tournez-vous, fit une voix.

« L'heure est venue », pensait Tanga, qui, sans savoir pourquoi, voyait en esprit O'Mara aux prises avec Morosc et Nago. Pourquoi pensait-elle à O'Mara ? Elle se retourna.

Cette femme, Ernestine, était debout devant les tentures. Sa main tenait un lourd pistolet. Elle était très pâle, tenait les yeux mi-fermés. Elle était terrifiante.

— Que voulez-vous ? dit Tanga, dont la voix dénotait une certaine alarme.

— Vous ! dit la femme brièvement. J'ai tué l'autre.

— Je ne sais de qui vous voulez parler, dit Tanga. Etes-vous folle ? On n'entre pas ainsi chez les gens à cette heure de la nuit avec cette arme ridicule.

Elle s'efforçait visiblement de garder son calme.

— Folle ? Cela serait amusant, dit l'autre. Mais peu importe. Vous allez m'obéir.

— Evidemment, il vous est facile d'être brave, dit Tanga. Vous êtes armée. Si je l'étais, moi aussi...

— A quoi bon discuter ? coupa Ernestine, qui se mit à rire. Vous allez faire ce que je vais vous dire. Vous le ferez parce que je commande. Je suis de la race supérieure.

— La formule me paraît un peu démodée, fit remarquer Tanga, ironique.

La femme contourna la table, le pistolet haut, s'approcha de Tanga et la gifla.

— Est-ce démodé, cela aussi ? Et cela ?

Elle la frappa de nouveau.

— C'est pour cela que vous êtes venue ? demanda Tanga.

— Non, fit l'autre, passant sa langue sur ses lèvres sèches. Je suis venue vous chercher... Vous présentez un certain intérêt pour l'instant. Une auto est à la porte, celle de Taudrille, que vous avez aidé à tuer, celui que vous croyez être Taudrille. Un nazi, comme moi. Cette voiture vous conduira à la mort.

Tanga éteignit sa cigarette dans le cendrier.

— Allez à la fenêtre, ordonna Ernestine, et ouvrez les rideaux. Je vais éteindre la lumière. La lune est haute, et je vous verrai, ne l'oubliez pas. Si vous n'obéissez pas strictement aux ordres, je saurai vous blesser, sans vous tuer. Je tire fort bien. Ne croyez donc pas m'échapper. Allez !

Tanga obéit, tira les rideaux. Au même instant, les lampes s'éteignirent.

Derrière elle, la voix s'éleva :

— Ouvrez la fenêtre, sortez et tournez à droite, montez dans la voiture. C'est vous qui la conduirez. Je vais m'asseoir derrière vous. Engagez-vous sur la route de la ferme Gourant, gagnez la route nationale. Je vous indiquerai le chemin. Allez !

Tanga obéit et, tout en marchant, porta la main à sa joue brûlante.

— Abaissez cette main, dit la voix.

Les deux femmes montèrent en voiture. Tanga embraya. L'auto démarra.

— Et maintenant, un peu de vitesse, mais pas trop, ma belle !

Quand la maison de Taudrille fut en vue, Ernestine dit :

— Ralentissez. Passez ce cottage et prenez le petit chemin à gauche. Suivez jusqu'à la grille à droite. Elle est ouverte. Stoppez sur la pelouse et placez la voiture face à la sortie, prête à repartir. Après quoi, descendez.

Tanga obéit. Ernestine la poussa, du canon de son pistolet.

— Vous voyez la porte ? Entrez.

Le couloir traversait la maison. Il y avait de la lumière dans le salon, et de lourdes tentures obturaient la fenêtre.

Un homme était assis sur le canapé. Entièrement chauve, il semblait avoir cinquante-cinq ans. Ses pommettes saillaient sur des joues creuses. Il semblait très fatigué. Ses traits étaient tirés. La main était fine, les doigts longs et délicats.

Au demeurant, un aspect débonnaire, celui d'un professeur d'un certain âge. Il leva sur les deux femmes un œil terne, sans expression.

Ernestine ferma la porte, s'y adossa.

— Le voici, ce joli poulet ! Tout prêt à être plumé ! dit-elle.

Tanga se tenait debout au milieu de la pièce, les bras ballants.

— Dois-je vous présenter M. Rozanski, comtesse ? reprit Ernestine. Peut-être avez-vous entendu parler de lui ?

Tanga ne répondit pas.

— Vous vous êtes encore laissée aller à vos fureurs, dit l'homme d'une voix calme et sèche. Vous avez frappé cette femme. C'était inutile. Je vous ai déjà dit que je n'aimais pas ces brutalités.

Il y eut un silence.

— Je regrette, dit enfin Ernestine de mauvaise grâce. Ne pourrai-je donc jamais satisfaire la haine qui m'étouffe ? Comment pouvez-vous exiger cela de moi ?

— La haine ? dit l'homme. Vous ne savez pas haïr. La véritable haine est froide et calculée. Mais laissons cela. Nous n'avons pas de temps à perdre. Donnez une chaise à Madame. Les menottes sont sur la table.

» Comtesse, poursuivit-il avec un sourire, nous vous honorons. Ces entraves ont déjà servi à l'un de vos compatriotes, qui a parlé, comme vous allez le faire. Il nous a dit ce que nous voulions savoir. La chaise, Karla...

Elle avança la chaise.

— Asseyez-vous, dit-elle. Mettez vos mains derrière les barreaux du dossier. Faites vite.

Les menottes cliquetèrent, emprisonnant les poignets de Tanga.

Rozanski exhiba un étui d'argent et en sortit une cigarette turque, qu'il alluma.

— J'ai examiné les papiers que vous m'avez apportés, Karla, dit-il. Je vous félicite de votre rapidité. D'ici à Saint-Lys, vous n'avez mis que quarante minutes, à bicyclette. C'est un joli temps. J'ai vu les papiers. Il semble que la chance nous favorise.

— J'en suis heureuse, dit Karla.

Il lui tendit l'enveloppe.

— Les réquisitions de transports suffiront, je pense. Les passeports seront inutiles. Toutefois, pour plus de sûreté, j'ai arrangé les photographies et rempli le questionnaire.

Il se tourna vers Tanga :

— En cette occurrence, madame, les dieux nous ont comblés. Au moment précis où notre situation se faisait, sinon désespérée, du moins difficile, où mon dernier agent en Angleterre était arrêté, je me trouve en situation d'exécuter moi-même la tâche à laquelle mes collaborateurs ont succombé.

» Vous comprendrez, ajouta-t-il doucement, que nos difficultés sont sérieuses. Nous sommes battus ; c'est là du moins ce qu'un vain peuple pense. Mes projets sont vastes. Nous réussirons cependant. Nous ne vous demanderons qu'un peu d'aide.

— Vous n'en aurez pas de moi, dit Tanga.

— Je ne suis pas de votre avis, répliqua Rozanski. Nous verrons bien. Je n'aime pas faire le mal sans nécessité, mais vous reconnaîtrez avec moi que le temps presse. Je ne puis malheureusement vous accorder aucun sursis. Parlons donc affaire tout de suite.

— A quoi bon parler ? dit Ernestine.

Une mauvaise lueur passa dans ses yeux.

— Comtesse, dit Rozanski, j'ai le bonheur inespéré d'être en possession de deux réquisitions militaires timbrées et signées de l'ambassade britannique à Paris. J'ai également deux passeports de l'ambassade en ordre parfait. Ces papiers étaient évidemment destinés à cet O'Mara et à l'un de ses collègues, vous ou encore le dénommé Guelvada, qui a été tué cette nuit. Un seul renseignement me manque ; que je l'obtienne de vous, et ma route est toute tracée. Je parviens à mon but, qui est de faire disparaître un certain Quayle.

— Je ne dirai rien, dit Tanga.

— Je veux savoir de vous, continua Rozanski sans prendre garde à l'interruption, où je puis trouver ce Quayle. Il a récemment déménagé, c'est clair, mais n'a certainement pas quitté Londres. Vous me direz où le joindre sans chercher à tromper.

— Je ne sais rien, dit-elle. De toute façon, je ne parlerai pas.

— Vous mentez, madame, dit-il avec un sourire. Nous allons vous rafraîchir la mémoire. J'ai appris qu'on dit toujours la vérité, à condition que la douleur ressentie soit assez forte.

Il regarda Ernestine.

— Quoi ? demanda celle-ci.

Il retira de sa bouche sa cigarette à demi consumée.

— La cigarette, dit-il. Pas trop vite, ni trop fort. C'est un excellent moyen avec les femmes.

Ernestine prit la cigarette tendue, alla se placer devant Tanga.

— Tu ne veux pas parler... salope ?

— Non ! dit Tanga.

Ernestine avança la main, ouvrit largement la blouse et posa le bout de la cigarette sur la chair blanche.

— Cela te plaît, petite Française ?

Un gémissement passa entre les dents serrées de la suppliciée.

— Halte, dit Rozanski doucement. Donnez-lui quelques secondes pour réfléchir. Puis recommencez.

— C'est juste, dit Ernestine. Madame la comtesse veut réfléchir. La première brûlure est supportable. La seconde est plus dure. La troisième... A la quatrième, vous parlerez, soyez-en sûre.

Tanga se taisait. A la cinquième brûlure, elle éclata en sanglots.

A la sixième, elle parla.

Rozanski soupira.

— Une femme vraiment très courageuse, dit-il en se levant.

Tanga, écroulée sur la chaise, pleurait doucement.

— Que vais-je faire d'elle ? demanda Ernestine.

— Il est indispensable qu'elle meure, dit Rozanski. Mais il est aussi nécessaire qu'on ne trouve pas son corps trop vite, sinon cela pourrait aller mal pour nous. Maintenant que l'on sait que Taudrille est mort, on pourrait venir perquisitionner ici.

— Il y a un hangar au fond du jardin, dit Ernestine. Il n'est pas fermé à clef. Je vais voir.

Elle sortit. Au loin, on entendit le ronflement d'un moteur. Rozanski tressaillit. Le bruit se rapprochait, cessa soudain. Des freins grincèrent.

Il éteignit la lumière, courut, rencontra sur la petite pelouse Ernestine, qui revenait du hangar.

— Silence, murmura-t-il. A la voiture, vite. On vient. Filons. C'est notre seule chance de salut.

Des coups violents ébranlaient la grille de la villa. Ernestine desserra les freins de l'auto, qui s'engagea sur la pente.

— Ne prenez pas la grand'route, dit Rozanski. Tournez à droite dans le sentier. On rejoindra la route plus loin. Vite.

Sur le chemin, elle embraya, accéléra, passa ses vitesses.

— Cela ne fait rien, dit-il. Ils vont perdre leur temps avec la femme.

— J'aurais voulu la voir mourir, dit-elle.

— Vous êtes stupide, Karla, dit Rozanski, toujours très calme. J'ai appris à ne pas chercher l'impossible. Arriver à ses fins, tout est là.

Sur la route, Ernestine poussa le moteur. L'aiguille du spidomètre monta, fut bientôt sur quatre-vingts. La longue route fuyait sous les roues, blanche de lune.

— Pourvu que nous arrivions à temps ! dit-elle. Avant que…

— Je me demande pourquoi vous vous énervez ainsi, Karla, dit Rozanski, renversé sur les coussins, une cigarette aux lèvres. Nous n'avons nul besoin d'aller aussi vite. Ralentissez, je vous en prie.

Elle obéit et dès lors tint le soixante à l'heure.

— Vous n'avez aucune raison de craindre, poursuivit Rozanski. J'imagine qu'on a trouvé le cadavre de Guelvada. La police de Saint-Lys, informée, a lié ce meurtre à ceux de votre mari et de Nago. C'est sans doute pour enquêter sur la mort du supposé Taudrille qu'elle a procédé à une descente…

— Oui… C'est possible, dit-elle très vite. Mais… cette femme, la Sarieux… va parler. Ils se jetteront à notre poursuite. C'est certain.

— Vous êtes décidément bien bête, ma pauvre Karla, dit Rozanski avec un soupir. Un instant de réflexion vous convaincra que la police, venue ce soir à la maison, ignore tout des opérations de O'Mara et de son groupe dans la région. Comment saurait-elle quelque chose ? Et la femme ne parlera pas parce qu'elle ne sait pas non plus.

— Je n'en jurerais pas, dit Ernestine. Et même en admettant qu'elle ne soit pas au courant… le pilote qui nous attend connaît sans doute O'Mara. Il va…

— Non, dit Rozanski. La femme ne sait rien pour l'excellente raison que Quayle ne confie les détails de ses opérations qu'au chef du groupe, O'Mara, en l'espèce. C'est du sens commun, cela ! C'est la technique courante, que j'ai toujours appliquée moi-même. O'Mara sait, je vous l'accorde, mais lui seul. Soyez sûre qu'il n'a dit à Guelvada et à la femme que le strict minimum ; ce qu'il était forcé de leur confier. Je vous le répète, c'est l'*a b c* du métier.

— Oui… peut-être, dit Ernestine d'un air de doute. Mais O'Mara… Si seulement nous savions où il est…

— O'Mara est parti dans la soirée, coupa Rozanski, très sec. A Paris. Par la route. Il est évident que Quayle, pour une raison que j'ignore, a rappelé deux de ses hommes. O'Mara et de Sarieux ou Guelvada et de Sarieux. La décision a dû être laissée à O'Mara. Le fait que les réquisitions étaient en blanc le prouve. Les passeports étaient aussi en blanc, ce qui permet de croire que O'Mara pouvait, le cas échéant, choisir une autre route s'il le jugeait nécessaire.

— Oui, dit-elle. Je comprends. Vous avez raison.

— La suite va nous le démontrer, dit encore Rozanski. Le fait que Guelvada vous a dit ce soir qu'il avait reçu l'ordre de partir vient appuyer ma théorie. Pour ce qui est du pilote, ne vous en préoccupez pas. Si je connais bien mon Quayle, le pilote aura reçu les instructions que je lui aurais moi-même données ; prendre à son bord un homme et une femme munis de réquisitions régulières. C'est tout.

— Nous arrivons, dit Ernestine. Voici les barrières.

Elle ralentit, franchit la large entrée.

— On nous attend, vous le voyez, murmura Rozanski. Les portes sont ouvertes. Tout va bien.

La voiture stoppa devant la baraque encore camouflée.

Un homme en sortit, coiffé d'une casquette, vêtu d'un vieux veston d'uniforme aux boutons de cuivre. Il s'approcha, leva la lanterne qu'il balançait au bout de son bras.

— Bonjour, m'sieur, dame... On vous attendait. Vous avez les permis ?

Rozanski exhiba les deux réquisitions militaires, les passa à Ernestine, qui les tendit au surveillant. Celui-ci les examina avec soin.

— Si vous voulez voir les passeports..., proposa Ernestine.

— Non, madame. Cela n'est pas nécessaire, dit l'homme. On nous a bien recommandé de ne pas vous retarder. L'avion vous attend. Il tourne déjà pour chauffer les moteurs. Descendez, je vais garer la voiture et prévenir le pilote.

— Merci, dit Ernestine.

Ils mirent pied à terre, marchèrent vers l'appareil.

Un mécanicien se tenait au pied de la courte échelle posée devant la porte ouverte de la carlingue. Les hélices tournaient au ralenti.

Ils montèrent dans l'avion aux ailes basses — un « Consul ». Rozanski et sa compagne occupèrent deux des fauteuils de passagers.

Le mécanicien dit quelques mots. Le pilote monta à son tour. Il portait une tenue de vol et une casquette française. Il souriait. Un jeune homme avec une petite moustache courte. Un fort accent tourangeau.

— Bonne nuit, ou bonjour, à votre choix, dit-il. Beau temps, hein ? Je suppose que vous avez déjà volé ?

— Oh ! oui, dit Ernestine, qui lui dédia un de ses plus charmants sourires.

— Parfait, dit le pilote. Si vous voulez bien mettre les ceintures... On décollera tout de suite.

Il poussa la porte du poste de pilotage, encore obscur, la referma et s'assit au fauteuil d'aide-pilote.

O'Mara alluma la lumière, regarda son voisin qui souriait et levait la main, pouce en dessus.

Les moteurs ronflèrent.

— Nous roulons..., dit O'Mara.

Dans la cabine des passagers, Rozanski se tourna vers Ernestine.

— Vous le voyez... vos peurs étaient superflues, dit-il en étendant ses longues jambes.

Ses traits se figèrent, se durcirent. Il pensait à Quayle.

L'avion survolait déjà la mer. La lune brillait sur les eaux calmes. On distinguait clairement à gauche l'estuaire de la rivière et les lumières clignotantes.

O'Mara plafonna à huit cents mètres. L'avion modifia légèrement son cap vers l'ouest. Johnny Sagers tapa sur l'épaule de O'Mara, lui désigna du doigt un point en bas.

O'Mara se pencha. Un peu plus à l'ouest, on distinguait un feu blanc intermittent qui pouvait être le fanal d'un bateau de pêche attardé.

Il approcha sa bouche de l'oreille de Sagers.

— Remplacez-moi... Volez en cercle. Quand vous entendrez le coup de feu, allez-y. Tout est prêt ?

— Donnez-moi deux minutes, dit Sagers.

O'Mara se leva, introduisit la main dans la poche de sa combinaison, en sortit un gros automatique, dont il enleva le cran de sûreté. Il ouvrit la porte du salon des passagers, referma la porte et s'y appuya en ricanant.

Rozanski cligna des yeux. Ernestine, pâle comme une morte, se raidit, vit la figure grimaçante, le parachute, le gilet pneumatique, le pistolet...

L'avion tournait en rond.

O'Mara s'arc-bouta pour assurer son équilibre. Sa voix domina le grondement assourdi des moteurs.

— Eh bien !... Rozanski... Qu'en dites-vous ? Livré à domicile... à la porte de Quayle, sans frais... c'est joli ? Hein ?

D'un bond, il fut à l'arrière. Courbé, s'appuyant aux parois du fuselage, il tenait toujours l'homme et la femme sous la menace du pistolet.

— Belle idée, n'est-ce pas ? reprit-il. Vous auriez peut-être préféré un jugement... comme les autres, à Nuremberg... Cela prolongerait votre vie. Peut-être aussi pourriez-vous espérer un appui, une aide de ceux qui travaillent encore pour vous... un de ces idiots comme Taudrille ou comme celui qui m'a regardé prendre la route de Paris hier soir ?

Rozansky restait écroulé sur son siège et baissait la tête. La femme, livide, à moitié tournée vers O'Mara, fit un mouvement. Le canon de l'automatique se releva. Elle s'immobilisa, les lèvres frémissantes.

— Que pourrait-on prouver contre vous en justice ? criait O'Mara... Rien du tout ! Surtout si la petite Sarieux est morte. Pas de preuves ! Et pourtant... rappelez-vous ce que vous avez fait à celle qui est tombée entre vos mains en Provence ? Vous en souvenez-vous ?

O'Mara ricanait toujours. Mais ses yeux brillaient de rage.

— Vous avez été stupide de tuer Volanon, Ernestine, reprit-il. Stupide. Mais vous pouviez difficilement faire autrement. Votre grande faute a été de perdre votre Shakespeare.

O'Mara mit la main sur le levier de la trappe de secours.

— Je me fais, dit-il, le juge, la cour et l'exécuteur. Je vous souhaite des rêves heureux, Rozanski, et à vous aussi, chère Ernestine !

Se retenant au fuselage, il leva son pistolet. Le bruit du coup de feu domina nettement le ronflement des moteurs.

Le nez de l'appareil se leva, obéissant au coup de palonnier donné par Sagers. La porte du poste de pilotage s'ouvrit. Sagers courut à l'arrière, vers O'Mara.

Rozanski n'avait pas bougé. La femme, hurlante, cherchait à se dégager. L'avion pointait de plus en plus vers le zénith, et elle retomba sur son siège.

O'Mara jeta son pistolet, appuya sur le levier de la trappe. Sagers, la tête la première, disparut par l'ouverture béante.

L'avion se cabrait encore. Il était sur le point de se mettre en perte de vitesse, O'Mara le sentait.

Ernestine, tombée hors de son siège, se tordait les bras.

O'Mara sauta, tomba comme une pierre. Au-dessous de lui, la mer.

Il tira sur la corde du parachute, qui s'ouvrit brutalement... Des images passèrent, rapides... Tanga, Guelvada.

A gauche, assez loin, il pouvait voir Johnny Sagers réglant sa descente.

Au-dessous, un peu à droite, une lumière blanche clignotait.

O'Mara sortit de sa poche la lampe imperméable du type de la Royal Air

Force et, la dirigeant vers l'eau, pressa à plusieurs reprises sur le bouton. En bas, le feu s'éteignit... pour se rallumer aussitôt.

Puis il vit l'avion. Il descendait en spirale... moteur rugissant. Il s'écrasa dans l'eau avec un bruit sourd.

La mer montait à la rencontre de O'Mara, qui, fermant les yeux, attendit. Au contact de l'eau, il se débarrassa de sa ceinture de parachute. L'eau salée lui fouetta le visage.

Il flottait maintenant, soutenu par son gilet pneumatique. A quelque distance, Johnny Sagers faisait marcher sa lampe. Il l'imita. Une minute plus tard, il perçut le halètement du moteur de la barque.

O'Mara poussa un soupir. Il contemplait les étoiles.

Le bateau entrait dans l'estuaire de Saint-Brieuc. Jean Larue abandonna la barre aux mains du pêcheur, s'approcha et tendit à O'Mara un petit flacon d'eau-de-vie.

O'Mara le passa à Sagers et regarda Larue.

— Alors ? fit-il.

Larue fit une grimace satisfaite.

— Tout va bien, dit-il.

Et, désignant du doigt la bouteille dont O'Mara avait fait fi :

— C'est de la bonne, vous savez ?

— Racontez..., commença O'Mara.

Larue s'accroupit à côté de lui.

— Quand M. Guelvada et la fameuse Ernestine sont entrés dans la maison, mes hommes étaient à leur poste. Ils ont entendu les coups de feu. Elle a tiré deux balles à votre ami. Dans la poitrine... C'est grave, mais pas comme elle l'aurait voulu. On lui a fait une transfusion de sang et il en sortira. C'est un gars costaud. Il...

— Allez, allez donc ! fit O'Mara, impatient.

— Moi, j'étais à la poste, au central téléphonique de Saint-Lys, comme convenu. Elle a téléphoné aussitôt qu'elle a eu les papiers. On a tout entendu, moi et le chef de la brigade mobile. Elle a parlé à un numéro à Juan-les-Fleurs, pas très loin d'ici. Un homme lui a répondu, et elle a aussitôt parlé d'une rose qu'on aurait appelée autrement. Il a répliqué que la rose serait toujours cramoisie et qu'elle l'enchanterait toujours. C'était très joli. Un mot de passe, sans doute.

— Je sais, dit O'Mara sèchement. Continuez.

— Puis elle a parlé de grandes nouvelles ; il fallait qu'elle le voie immédiatement à l'ancienne maison de Taudrille ; elle a ajouté qu'elle allait partir immédiatement à bicyclette, qu'il avait le temps, lui, de s'y rendre à pied. Il n'a pas discuté. Et ce fut tout.

Sagers s'administra une forte lampée d'eau-de-vie.

— Excellent, dit-il. C'est très bon contre l'humidité.

Il rendit la bouteille à O'Mara, qui la prit, mais ne but pas.

— Aussitôt, reprit Larue, nous sommes partis, le chef de la brigade mobile, cinq hommes et moi, à grande vitesse pour la maison de Taudrille. Nous avons caché la voiture en bas de la route, dans les buissons. Je suis entré dans le grenier par une lucarne du toit. Une petite trappe s'ouvre dans le plafond de la pièce de devant. Je l'ai entr'ouverte très légèrement. Et j'ai attendu, pistolet au poing.

» L'homme est arrivé presque aussitôt. Un grand chauve. Il est entré par la porte de derrière. Il s'est assis et a fumé des cigarettes, l'une après l'autre. Cela a duré un bon bout de temps.

» Puis la femme, Ernestine, est arrivée. A bicyclette. La police assure que, sur la route, elle roulait à une allure de record ! Elle était très pressée, celle-là ! Elle est entrée aussi par la porte de derrière, et l'entretien a duré un moment. Elle lui a donné des papiers qui ont eu l'air de lui faire plaisir. Puis elle est repartie.

— Allez toujours, dit O'Mara, crispé.

— Cette fois-ci, elle a pris la voiture, celle qui était dans le garage, derrière la maison. Elle est allée tout droit à la villa *Côte d'Azur*. Henri et Fernand Gauchard, mes deux meilleurs, étaient dans les arbres, de l'autre côté de la pelouse. Ils l'ont vue entrer par la porte-fenêtre. Elle est ressortie bientôt avec Mme de Sarieux. Elles sont montées toutes deux en voiture. Mme de Sarieux avait pris le volant, et Ernestine s'était assise à l'arrière. Elles sont parties sur la route de la ferme Gourant.

» Henri et Fernand sont alors passés de l'autre côté du petit bois et ont fait des signaux avec leurs lampes. Mes hommes étaient postés sur la route de Gourant, sur la route de Gouarec, sur celle de Saint-Lys. Le moindre chemin était surveillé par le maquis, et tous virent les signaux et les passèrent aux autres. Tout à fait comme au temps des Boches.

Larue poussa un soupir.

— Quelle que soit la route choisie, on les avait, reprit-il. Pour finir, l'auto s'est engagée dans le petit chemin qui mène chez Taudrille. De ma place, dans le grenier, je l'ai entendue s'arrêter derrière la maison. J'ai pensé alors : « On va s'amuser. » J'avais mon pistolet tout prêt.

Il sourit.

— Ce n'aurait pas été la première fois que j'aurais tiré un Allemand par la petite trappe de ce même grenier.

— Alors ? fit O'Mara.

— Ils ont attaché la comtesse à la chaise avec des menottes. Elle ne voulait pas parler, et ils l'ont brûlée avec une cigarette. Elle a fini par leur dire ce qu'ils voulaient savoir. Je n'ai pas bougé parce que vous m'aviez dit de ne rien faire avant qu'elle parle.

— Dépêchez-vous, dit O'Mara.

— Je vais aussi vite que je peux, dit Larue. L'homme a dit alors qu'il fallait la tuer, et Ernestine est sortie pour voir si le hangar était fermé.

Sagers reprit la bouteille à O'Mara, l'accola longuement et poussa un grand soupir.

— La sortie d'Ernestine m'a fourni l'occasion de faire un signal avec la lampe par le toit. Puis je me suis remis en position de tir, prêt à tout. La police est arrivée. L'homme s'est levé et est sorti. Nous avons entendu la voiture démarrer doucement sur le sentier. Nous ne l'avons pas poursuivie ; c'eût été contraire à vos instructions.

— Bon..., fit O'Mara... Et... la prisonnière ?

— Que voulez-vous dire ? fit Larue. C'est une de Sirac, une Bretonne. Croyez-vous qu'une Bretonne se laisse impressionner parce qu'un sale nazi l'a un peu brûlée avec sa cigarette ?

O'Mara essuya son front moite.

— Donnez-moi cette bouteille, dit-il à Sagers.

Il but et lança le flacon vide par-dessus bord.

La barque à moteur, moteur stoppé, courait sur son erre. Larue alluma une caporal.

— La dame vous envoie un message, ajouta-t-il. C'est rigolo. Je n'y comprends rien.

— Il n'est pas indispensable que vous compreniez, dit O'Mara, impatient. Quel message ?

Larue haussa les épaules.

— C'était pour vous dire qu'elle vous envoyait ses meilleurs souhaits. Ça, c'est le début. Je devais aussi vous faire savoir qu'elle préférait de beaucoup être ici, un peu brûlée à Saint-Brieuc, qu'une certaine dame à Rio-de-Janeiro, qui n'était pas brûlée du tout. Je ne sais si vous y comprenez quelque chose.

— Merci, Larue..., dit O'Mara... Merci pour le message... et pour le reste.

Le Breton amarra la barque au petit quai. La voiture de la police attendait à quelques pas.

— Quel terrible accident ! dit O'Mara à Larue. Un moteur a lâché, et nous avons piqué une tête dans l'eau.

— Oui, ajouta Sagers en bâillant. Quelle horrible chose ! Jamais je ne l'oublierai. Comment cela a-t-il pu se produire ?

— J'ai tout vu, dit Larue. Nous vous avons repêchés tous les deux évanouis, vous et M. O'Mara. Nous avons en vain cherché les passagers. Vous avez eu une belle veine que nous soyons en mer à cette heure-là !

— Croyez-vous que la police marchera ? murmura O'Mara.

Larue sourit.

— Nous sommes français, dit-il, et bretons par-dessus le marché. Les Bretons sont très compréhensifs. Je ferai le rapport, si vous le permettez.

Ils sautèrent sur le quai et s'approchèrent de la voiture.

— Mon pauvre avion ! gémit Sagers. Un si bon « zingue » ! Enfin, il a bien fini sa carrière, c'est l'essentiel.

5

Eulalia

O'Mara entra dans la salle d'attente de la gare de Saint-Lys.

Tanga était assise sur une banquette, près de la fenêtre. Même dans ce cadre médiocre, elle était ravissante. C'était du moins l'avis de O'Mara.

Elle vit O'Mara et lui sourit.

— Avez-vous parlé à M. Quayle ? demanda-t-elle.

Il fit un signe de la tête et vint s'asseoir à côté d'elle.

— Quayle est satisfait, dit-il. Il vous envoie ses meilleures pensées. Il se réjouit de l'état de santé de Guelvada.

— Tout est bien, par conséquent, dit-elle. Que faisons-nous maintenant ?

O'Mara faisait grise mine.

— Quayle n'a pas besoin de mes services avant six mois. Si toutefois je le désire, il peut me renvoyer à Rio.

— Pourquoi donc cette tristesse ? dit-elle. Avant, je comprends. Mais aujourd'hui ? Vos valises sont faites, prêtes à être embarquées. Vous avez six mois de permission, ou vous pouvez retourner à Rio, à votre choix. On vous y prépare une tendre réception. Vous pouvez...

O'Mara haussa les épaules.

Elle poursuivit d'un ton légèrement acide :

— Pourquoi, je le répète, ce « cafard » ? Vous avez toutes raisons de vous sentir heureux.

— Il est difficile, parfois, de parler de certaines choses..., dit-il en hésitant.

— Eh bien ! que vouliez-vous donc ? Peut-être ne pouvez-vous pas me le dire ?

— Le désir n'est pas tout, dit O'Mara sèchement.

Elle se rapprocha imperceptiblement de lui.

— Je ne vous comprends pas, O'Mara. Vous êtes, au fond, net et précis. Vous savez vouloir et parvenir à vos fins. Puis soudain, arrivé au bout d'une tâche délicate, vous semblez triste, sans raison. Ce n'est pas logique, avouez-le.

— Oh ! je sais très bien *pourquoi...*, dit-il, exaspéré.

— Fort bien, dit Tanga. C'est parler qui vous gêne. Ce qui veut dire que je suis en cause. Expliquez-vous, je vous prie... Puisque c'est moi, paraît-il, qui vous rends malheureux, j'ai le droit de savoir.

O'Mara haussa encore une fois les épaules, prit un petit cigare et l'examina avec attention, l'air morose.

— C'est bien. Je parlerai donc. Mais je suis stupide...

— Vous ne sauriez être stupide, mon ami. Expliquez-vous.

— En venant vous rejoindre après avoir pris nos billets pour Paris, dit O'Mara, regardant toujours son cigare, j'ai pensé un peu à moi. Ce n'est pas dans mon habitude...

— Et vous vous êtes dit...

— Que j'étais un imbécile, reprit O'Mara, les yeux obstinément baissés. J'ai pensé à la petite maison que j'ai près de Vannes, sur le golfe. Un petit coin charmant, un rêve, le paradis après le travail que nous venons de finir...

— Je vous écoute, dit-elle doucement.

— J'ai pensé aussi que j'allais à Paris. Que, ce soir, nous nous quitterions sur le quai de la gare bêtement.

Il décapita son cigare d'une dent rageuse.

— Paris ! Je ne tiens pas à Paris ! Je voudrais aller dans ma petite maison. Mais... pas seul. J'ai encore tellement de choses à vous dire... Un moment, j'ai cru, stupidement, que j'allais vous demander de venir avec moi. Un simple changement de train... J'ai tout de suite compris que c'était ridicule.

— Ah ! fit Tanga, pourquoi ?

— Parce que, en premier lieu, vous auriez refusé. Il y a une deuxième raison, mais elle importe peu puisque vous auriez dit non...

— Cette deuxième raison m'intéresse cependant, dit-elle gaiement. Supposons que j'aie accepté. Alors ?

— Si vous aviez dit oui, répondit O'Mara, j'aurais été bien heureux. Sans être pourtant plus avancé, puisque...

— Je vous serais reconnaissante de ne pas éluder la question, dit-elle d'un ton sec. Pourquoi n'en auriez-vous pas été plus avancé, pour employer votre expression ?

O'Mara semblait très mal à l'aise.

— La raison est évidente, murmura-t-il. Cette année... l'année prochaine... un jour serait venu où nous aurions été tous deux lancés dans quelque entreprise dangereuse. Nous nous serions peut-être retrouvés dans la situation d'où nous sortons. Après un congé passé chez moi, à Vannes, c'eût été impossible... Croyez-vous donc que j'aurais accepté de risquer votre vie, de vous offrir délibérément aux coups de l'ennemi, comme je l'ai fait avant-hier ? Après que...

O'Mara s'interrompit, alluma son cigare et se mit à contempler la lande par la fenêtre.

— Vous êtes stupide, mon ami, dit Tanga d'une voix basse et changée. Complètement stupide. Ne comprenez-vous donc pas... Non, vraiment, c'est à ne pas croire...

— Voici notre train, dit O'Mara. Je vais m'occuper des bagages.

Il courut au dehors.

A deux heures, le train s'arrêta à Rennes.

— Nous changeons ici, dit O'Mara. Le train que nous prenons est sur l'autre quai. Je me suis arrangé pour avoir un compartiment réservé. Le contrôleur vous l'indiquera. Moi, je vais voir les bagages.

— Entendu.

L'employé lui ouvrit le compartiment et s'en fut. Il revint quelques instants plus tard avec sa valise, le manteau de O'Mara et ses gants, puis disparut définitivement.

Un contrôleur survint, jeta un coup d'œil dans le compartiment.

— Ne vous dérangez pas, madame, dit-il. Monsieur m'a montré vos billets.

— A quelle heure arrivons-nous à Paris ? demanda Tanga.

— A Paris ? fit l'homme, étonné. Vous êtes ici dans le train de Vannes. Le train de Paris, c'est celui dont vous venez.

— Ah ! bien, merci.

Le contrôleur reprit sa promenade et faillit heurter O'Mara qui revenait.

— Madame croyait être dans le train de Paris, fit-il en touchant sa casquette. Je lui ai dit que j'avais vu les billets.

— Idiot ! gronda O'Mara. Je ne sais ce qui me retient de vous débiter en tranches.

— Mais, monsieur...

— Ecoutez-moi. Prenez en note ce que je vais vous dire... Et, maintenant, pas de blagues, conclut-il, après avoir donné ses instructions. Tenez ! Voici pour vous.

Il mit cinq billets de cent francs dans la main de l'employé et s'approcha à pas lents du compartiment.

Tanga le dévisageait.

— Je suis furieuse, dit-elle. Je vous déteste. J'ai été assez bête pour croire que vous pouviez, pour une fois, dire la vérité, que...

Le souffle lui manqua.

O'Mara se taisait.

— Naturellement, reprit-elle, Monsieur ne peut courir le risque d'un refus. Monsieur fait ses petites combinaisons, joue la comédie. Il veut savoir si... si...

Elle étouffait de colère.

— Et vos billets étaient pour Vannes ! Vous n'avez jamais pris de billets pour Paris. Vous étiez sûr de votre fait, n'est-ce pas ?

— Il est parfois permis de risquer..., hasarda O'Mara, piteux.

— Je ne veux pas vous revoir, dit-elle. Je vous hais. Votre seule présence m'est insupportable. Vous...

O'Mara prit ses gants et son manteau.

— Je savais que ma chance ne durerait pas, dit-il tristement. Je vais faire descendre vos bagages. Il y a un autre train pour Paris dans une demi-heure. Adieu, Tanga !

Il sortit.

Elle restait assise, furieuse et désolée.

Le contrôleur réapparut.

— Madame ! Un message urgent pour M. O'Mara ! On vient de le télégraphier de Saint-Lys. Voulez-vous le lui remettre ?

Il posa le papier bleu sur la banquette et sortit avant qu'elle ait pu répondre.

Se levant d'un bond, elle empoigna sa valise, prit le télégramme. De Quayle, sans doute ?... Elle lut.

Chéri — Stop — Ai appris Londres que vous alliez Paris — Stop — Rendez-vous Hôtel Crillon *— Stop — Baisers. Eulalia.*

Tanga relit encore une fois le texte, puis résolument descendit sur le quai. O'Mara était devant le fourgon.

— Mes bagages sont-ils descendus ? s'enquit-elle froidement.

Il secoua la tête. Elle haussa les épaules.

— J'ai réfléchi, reprit-elle. Il est des cas où un homme, en dépit de son exécrable attitude, mérite qu'on le sauve de sa propre stupidité... et du reste. Je veux vous parler, O'Mara.

— Je ne mérite pas un tel bonheur..., dit-il, très humble.

Ils regagnèrent le compartiment du train de Vannes.

Elle laissa tomber entre le wagon et le quai une petite boule de papier froissé.

« Le plus délicieux, le plus courageux des hommes n'est jamais qu'un enfant », pensait-elle.

Printed in Great Britain by
Richard Clay Ltd, Bungay, Suffolk